KB202400

이름
없는
여자

이름 없는 여자

1판 1쇄 인쇄 2022년 3월 10일
1판 1쇄 발행 2022년 3월 20일

지은이   윌리엄 윌키 콜린스
옮긴이   남유정 · 조기준
발행인   조은희
발행처   아토북

등 록   2015년 7월 31일(제2015-000158호)
주 소   (10261) 경기도 고양시 일산동구 성현로659번길 143 103-101
전 화   070-7537-6433
팩 스   0504-190-4837
이메일   attobook@naver.com

ISBN 979-11-90194-07-5 (03840)

ⓒ 도서출판 아토북, 2022

윌리엄 윌키 콜린스 지음

남유정 · 조기준 옮김

이름 없는 여자

No Name

Atto Book

시작하는 글

이 이야기의 주된 목적은 생존해 있거나 죽은 몇몇 위대한 작가들이 선택한 주제theme였지만, 모든 인류에게 영원히 흥미로운 주제subject이기에, 지금까지도 그랬고 앞으로도 고갈되지 않을 주제에 관한 독자들의 관심을 호소하는 것이다. 여기 우리가 모두 알고 있는 선과 악의 대립하는 영향에서 인간의 투쟁을 묘사한 한 권의 책이 더 있다. 이 투쟁을 의인화한 인물인 "막달렌"을 외고집과 실수 속에서도 불쌍한 인물로 만드는 게 내 목표였다. 그리고 자연 그대로의 진실에 대한 확고한 집착을 통해 가장 덜 눈에 거슬리고 최소한의 거짓된 방법으로 이 결과를 얻기 위해 열심히 노력했다. 이 설계는 달성하기 쉽지 않았다. 그리고 많은 독자 덕분에, 나 자신에게 제안했던 목적이, 어느 정도 달성됐음을 알게 된 것은 (내 이야기를 정기 간행물 형식으로 출판하는 동안) 내게 큰 격려가 되었다.

이야기의 중심인물을 중심으로 뚜렷한 대조를 이루고 있는 다른 인물을 찾아볼 수 있을 것이다. 그 대조는 대부분 유머 요소를 주로 두드러지게 보이게 하려고 노력했다. 나는 책에서 다소 심각한 구절들에서 이런 안도감을 주려고 했다. 예술의 법칙에 따라 그렇게 하는 것이 옳다고 생각할 뿐만이 아니라, 우리 주변 세계에는 순수한 비극과 같은 도덕적 현상이 없다는 것을 경험으로 (독자들의 경험이 의심

4

할 여지없이) 알았기 때문이다. 인생의 조화 속에서 어두운 실과 빛이 영원히 교차하는 곳을 보라.

등장인물에서 이야기로 넘어가기 위해, 이 페이지들에 관련된 서술은 나의 지난 소설에서 따랐던 계획과 예전에 출판된 내 작품 중 일부 계획과 다르게 구성됐다는 것을 알 수 있을 것이다. 이 책에 수록된 유일한 비밀은 1권 중간에 드러난다. 그 시점부터, 이야기의 모든 주요 사건들은 일어나기 전에 의도적으로 조짐이 보인다. 나의 현재 계획은 이러한 예견된 사건들이 야기되는 일련의 상황들을 따라가도록 독자들의 관심을 불러일으키는 것이다. 새로운 길을 따라가는 나의 한 가지 목표는 소설 쓰기 기술에 관한 연구 범위를 넓히고 독자에게 매력적으로 호소하는 형태를 바꾸는 것이다.

이것보다 시작하는 글을 더 많이 보탤 필요는 없다. 이 자리에서 말하고 싶었던 것은 책 자체가 나를 대변하도록 노력했다는 것이다.

이 이야기의 마무리 장면을 썼던 때를 기억하며, 프랜시스 카 비어드Francis Carr Beard(영국 왕립 외과 대학 동료)에게 바친다.

Contents

시작하는 글   4

1장   7

2장   189

3장   263

4장   331

5장   547

6장   615

7장   637

8장   715

옮긴이의 말   763

서머싯셔
콤-레이븐

복도 시곗바늘은 아침 6시 반을 가리켰다. 그 집은 콤-레이븐이라고 불리는 웨스트 서머싯에 있는 시골집이었다. 그날은 3월 4일이었고, 그 해는 1846년이었다.

아무 소리도 들리지 않고 똑딱거리는 시계 소리와 식당문 밖 매트에 늘어져 있는 커다란 개가 코 고는 소리만이 복도와 계단의 신비한 아침의 고요함을 어지럽혔다. 위층에서 자는 사람들은 누구일까? 그 집의 비밀을 밝혀보자. 그리고 한 사람씩 침실에서 내려올 때 졸린 사람들이 스스로 모습을 드러내도록 하자.

시계가 6시 45분을 가리키자, 개가 일어나서 몸을 흔들었다. 평소 자신을 밖으로 내보내는 하인을 부질없이 기다린 후, 그 개는 1층에서 닫힌 문에서 다른 문으로 안절부절못하며 돌아다녔고, 몹시 당황하며 매트로 돌아와 잠든 가족들을 향해 오랫동안 구슬프게 짖었다.

개가 불평하면서 짖어대는 소리가 사라지기도 전에, 천천히 내려오는 발걸음에 집 위쪽 참나무 계단이 삐걱거렸다. 잠시 후 여자 하인 중 한 명이 3월 아침이 으스스했기에 어깨 위로 우중충한 모직 숄을 걸치고 나타났다. 요리사는 류머티즘을 오래 앓았다. 다정하게 반가워하는 개를 아주 퉁명스럽게 대하며 요리사는 천천히 복도 문을 열고 개를 밖으로 내보냈다. 황량한 아침이었다. 넓은 잔디밭 위로, 그리고 짙은 전나무 농장 뒤에서, 해가 울퉁불퉁한 잿빛 구름 위로 떠올랐다. 큰 빗방울이 이따금 떨어졌다. 집 주위로 3월 바람이 불었고, 젖은 나무들이 나른하게 흔들렸다.

7시가 됐다. 집안이 다소 분주해지기 시작했다. 키가 크고 날씬한 가정부가 내려왔다. 봄 기온 때문에 그녀의 코는 빨갰다. 젊고 똑똑하고 통통하고 잠이 덜 깬 시녀가 뒤를 따랐다. 안면신경통으로 아픈 것이 그대로 보이는 식모가 다음으로 나타났다. 마지막으로 하품하는 하인이 나타났는데, 밤의 휴식을 빼앗겼다고 생각하는 한 남자의 생생한 모습이었다.

아궁이에 불을 천천히 지피기 전에 모인 하인들의 대화는 최근의 가족 행사를 언급하며 이 질문부터 시작했다. 하인 토마스가 전날 밤 그의 주인과 두 젊은 숙녀들이 참석한 클리프턴Clifton에서 열린 콘서트에서 뭐라도 봤는가? 그렇다. 토마스는 콘서트를 들었다. 그는 뒷문으로 들어가는 대가를 받았다. 시끄러운 콘서트였고 뜨거운 콘서트였다. 청구서 상단에 그랜드Grand라고 적혀 있다. 그 콘서트를 보려고 아침 9시 반에 기차로 16마일을 가고, 도로로 19마일을 되돌아와야 하는 고생까지 겪으면서 그럴 가치가 있는지는 그의 주인과 젊은 숙녀들이 결정할 문제였다. 그동안 그의 의견은 주저할 것도 없이 반대였다. 계속해서 모든 여자 하인들이 계속 물었지만, 더는 어떤 정보도 얻지 못했다. 토머스는 어떤 노래도 흥얼거릴 수 없었고, 숙녀들의 드레스도 묘사할 수 없었다. 그래서 그의 청중들은 실망하며 그를 포기했다. 그리고 부엌에서 일상적인 일에 대해서 수다를 떨다가 시계가 8시를 울리자, 하인들은 놀라서 각자 흩어져 자신들의 일을 하러 갔다.

8시 15분, 아무 일도 일어나지 않았다. 30분이 지나서야 침실 쪽에서 인기척이 들렸다. 다음으로 아래층으로 내려온 가족 구성원은 그 집 주인 앤드류 밴스톤Andrew Vanstone 씨였다.

밝은 파란색 눈을 가졌고 안색은 건강하고 발그레했으며, 키가 크고 건장하며 꼿꼿했다. 갈색 플러시 천으로 만든 수렵복 단추는 잘못 채워졌다. 그의 옆에서 짖어도 혼나지 않고 암여우처럼 작은 스코티시 테리어가 있고, 한 손은 조끼 주머니에 찔러 넣었고, 다른 한 손은 노래를 흥얼거리며 아래층으로 내려오면서 기분 좋게 난간을 두드렸다. 모든 사람은 밴스톤 씨의 겉모습에서 그의 성격을 잘 알 수 있었다. 편안하고, 다정하고, 잘생기고, 사근사근한 신사로서, 인생을 낙관적으로 살았고, 이 세상 모든 말동무 또한 낙관적이었다. 나이를 추정해보면 50살이 되었다. 밝은 마음과 건강한 체질, 재미를 즐기는 능력으로 보면 겨우 30살이 된 남성들과 큰 차이가 없었다.

밴스톤 씨가 복도 테이블에서 낡은 펠트 모자와 두꺼운 지팡이를 챙기면서 "토머스!"라고 외쳤다. "아침밥은 10시에 먹을 거야. 젊은 숙녀 분들은 어젯밤 콘서트 때문에 더 일찍 내려오지 않을 거야. 그런데, 자네는 콘서트 어땠어? 웅장했지? 맞아, 그랬어. 쿵쿵거리는 소리밖에 없었고 가끔 쾅쾅거렸어. 모든 여자들이 거의 죽을 지경이 되었지. 숨 막히는 더위와 맹렬한 열기, 누가 끼어들 틈이 없었어. 그랬어. 토머스, 웅장하다는 말이 딱 맞고, 편안한 건 아냐." 그런 생각을 내뱉으면서, 밴스톤 씨는 암여우 같은 테리어에게 휘파람을 불었고, 비가 내렸지만, 현관에서 기분 좋게 지팡이를 휘두르며, 비바람에도 아침 산책을 하러 나갔다.

시곗바늘이 계속 돌아서 8시 50분을 가리켰다. 다른 가족 구성원인 여자 가정교사 가스Garth양이 모습을 드러냈다.

눈썰미가 좋으면, 단번에 그녀가 북부 시골 여자임을 알 수 있을 것이다. 딱딱한 얼굴, 사내다운 준비성과 결단력, 완고하고 정직한 외모와 태도, 모든 것이 그녀가 국경 지역에서 태어났고 교육받았음을 보여줬다. 눈썰미가 좋으면 단번에 그녀가 북부 시골 여자임을 알 수 있을 것이다. 마흔이 조금 넘었지만, 머리는 꽤 백발이었고 노파가 쓰는 평범한 모자를 썼다. 머리도 모자 장식도 그녀의 얼굴과는 어울리지 않았고, 나이가 더 들어 보였다. 옛날에 글쓰기 때문에 상당한 어려움을 겪었다. 아래층에서 보여주는 침착함과 그녀 주변의 특유의 권위적인 분위기는 밴스톤 가※에서 그녀의 위치를 잘 말해줬다. 분명 고독하고, 핍박당하고 불쌍하게 기대는 가정교사가 아니었다. 여기 고용주와 확고하고 명예로운 관계를 맺었던 한 여자가 있었다. 그녀는 부모들이 제대로 알아보지 못하면 영국의 어떤 부모든 반대편으로 보내 버릴 수 있는 여자였다.

하인이 종소리를 듣고 나와서 주인의 지시를 말했을 때, 가스 양이 "10시에 아침 식사요?"라고 반복해서 말했다. "하! 어젯밤 그 콘서트가 어땠는지 생각했어요. 시골에 사는 사람들이 대중오락을 자주 즐기면, 나중에 며칠 동안 가족들은 탈이 나죠. 힘들어 보이네요, 토머스. 눈이 페럿처럼 빨갛고, 당신의 크라바트(넥타이처럼 매는 남성용 스카프)는 마치 그 안에서 당신이 잔 것처럼 보여요. 9시 45분에 주전자를 들고 와요. 그리고 오늘 안으로 몸이 좋아지지 않으면 나한테 와요. 약 좀 줄게요." 토머스가 물러났을 때 가스 양이 혼자서 계속 말했다. "그냥 당신이 그분을 홀로 두면 괜찮은데, 20마일 떨어진 곳에서 하는 콘서트를 보러 가기에는 건강하지 않아요. 그들은 내가 어젯밤에 그들과 함께 가길 원했어요. 그래요, 절대로 안 갔어요."

9시가 울렸다. 계단에서 어떠한 발자국도 들리지 않다가 9시 20분이 되자 두 숙녀가 아침을 먹기 위해 내려왔다. 밴스톤 부인과 부인의 큰딸이었다. 밴스톤 부인의 매력은 젊었을 때 타고난 영국 특유의 매력적인 얼굴과 팔팔함에만 기댔지만, 그 후 꽤 괜찮았던 그녀 모습을 잃어버린 지 오래됐다. 그러나 젊은 여성으로서의 그녀의 미모는 평균 이상이었고, 그녀는 여전히 특별한 개인적 재능들이 있었다. 비록 그녀는 44살이지만, 과거에, 여러 명의 자녀를 조산으로 잃었고, 그 후 사별의 아픔으로 오랫동안 병을 앓아 왔지만, 다시 되돌아오지 않겠지만, 한때 한껏 꾸미고 생기 있게 아름다웠으며, 여전히 비율이 상당히 좋고 미묘한 섬세함을 지녔다. 그녀와 함께 나란히 내려오고 있는 맏이는 그녀가 젊었을 때의 모습을 그대로 닮았다. 딸은 숱이 많고 검은색 머리였고, 어머니의 머리는 빠르게 백발이 되어가고 있었다. 어머니의 뺨에서는 더는 피지 않는 붉은 생기가 딸의 뺨에는 돌았다. 밴스톤 양은 이미 여성으로서 첫 성숙기로 꽉 찬 26살이었다. 어머니 미모에서 가무잡잡하고 위풍당당한 특징을 물려받은 그녀는 아직 모든 매력을 다 물려받지 못했다. 그녀의 얼굴 모양은 똑같았지만, 이목구비는 그다지 섬세하지 않았고, 비율도 그렇게 정확하지 않았다. 그녀는 키가 그렇게 크지 않았다. 그녀는 어머니처럼 보름달 같고 부드러운 짙은 갈색 눈이었고, 밴스톤 부인의 눈에서는 사라진 광채가 계속 빛났지만, 흥미로움이 덜 했고 덜 세련됐고 표현의 깊이는 없었다. 온화하고 여성스러웠지만, 그녀의 어머니한테서는 볼 수 없는, 신중함이 있었다. 우리가 충분히 자세히 들여다본다면, 부모들 성격의 도덕적 힘과 높은 지적 능력이 종종 자녀들에게 전해지는 과정에서 신비롭게 없어지는 것을 볼 수 있지 않을까? 서서히 퍼지는 신경쇠약과 미묘하게 퍼지는 신경 질환의 시대에, 인정하지 않겠지만 같은 규칙을 신체적 특징에도 적용할 수 있지 않을까?

어머니와 딸이 함께 천천히 내려왔다. 첫 번째 여자는 짙은 갈색 드레스에 어깨에는 인도산 숄을 걸쳤고, 두 번째 여자는 깃과 소매가 평범하고 가슴 부위에 짙은 오렌지색 리본이 있는 평범한 검은색 드레스를 입었다. 그들이 복도를 지나 아침을 먹으러 식당에 들어서면서, 밴스톤 양은 어젯밤 콘서트에 관한 이야기로 푹 빠져 있었다.

"엄마, 우리랑 함께 못해서 아쉬워요." 그녀가 말했다. "엄마가 작년 여름 후로 너무 건강했고, 몇 년은 젊어진 거 같다고 하셨잖아요. 그 행사가 엄마한테 너무 힘들지 않았을 거라고 확신해요."

"애야, 그랬을지도 모르지만 조심하는 게 좋아."

"그럼요"라고 가스 양이 아침을 먹으려고 식당 문으로 들어오며 말했다. "노라Norah 아가씨를 봐요. (좋은 아침이에요.) 노라 아가씨가 완전히 녹초가 됐잖아요. 집에 있는 것이 부인과 제가 현명하다는 살아 있는 증거죠. 나쁜 가스, 더러운 공기, 늦은 시간. 뭘 기대할 수 있겠어요? 그 애가 강철 체력도 아니고, 그래서 아픈 거예요. 아니, 부인할 필요는 없어. 너, 두통이 있는 거 같구나."

노라의 짙고 예쁜 얼굴이 환하게 미소를 지었다. 그리고 다시 신중한 표정을 지었다.

"아주 조금 머리가 아플 뿐이지, 콘서트를 후회하게 할 만큼은 아니에요"라고 하며 그녀는 혼자 창가로 걸어갔다.

정원과 방목장 저편에는 개울이 내려다보였고, 그 너머에 있는 농장 건물들, 그리고 숲이 우거지고 바위 골짜기가 (서머싯에서는 콤 Combe으로 불렸다.) 있었는데, 풍경을 가리는 언덕 사이에 난 갈라진 틈이었다.

멀지 않은 곳에 높낮이가 있는 노지 사이로 구불구불한 길이 보였다. 이 길을 따라 아침 산책을 하고 집으로 돌아오는 밴스톤 씨의 모습을 이제 분명히 알아볼 수 있었다. 그는 창가에 있는 큰딸을 보자 지팡이를 쾌활하게 휘둘렀다. 그녀는 매우 우아하고 예쁘게 고개를 끄덕이고 손을 흔들었다. 그러나 그녀의 방식은 구식으로 너무나 젊은 여자에게 이상하게 보였고, 아버지에게 하는 인사와는 어울리지 않는 것처럼 보였다.

복도 시계가 미뤘던 아침 식사 시간을 알렸다. 분침이 5를 가리키자, 침실 쪽에서 문이 쾅 하고 닫혔고, 즐겁게 노래하는 밝고 어린 목소리가 들렸다. 가볍고 빠르게 위층을 걸어, 층계참으로 뛰어내렸다가, 다시 빠른 발걸음으로 걸었다. 곧 밴스톤 씨의 두 딸 중 막내(유일하게 살아남은 두 자녀)가 빛과 같은 속도로 우중충하고 낡은 오크 층계를 향했다. 마지막 계단 3칸을 뛰어내려서 복도에 들어선 후, 가쁜 숨을 내쉬며 식당에 나타났고, 마침내 가족들이 다 모였다.

여전히 과학으로 설명이 안 되는 자연의 이상한 변덕 중 하나로, 밴스톤의 막내딸은 부모 중 누구와도 뚜렷하게 닮은 점이 없었다. 머리 색깔은 어떻게 된 걸까? 눈은 어떻게 된 걸까? 딸이 소녀로 커가면서 그녀의 부모조차도 이런 질문들에 자문자답하면서 매우 당혹스러워했다. 그녀의 머리카락은 금색이나 노란색이나 빨간색과 섞이지 않은 완전히 연한 갈색 빛으로 사람의 머리보다는 새의 깃털에서 자주 볼 수 있다. 부드럽고 풍성했으며, 그녀의 이마 밑에서 일정한 간격으로 흔들렸지만, 어떤 면에서는, 완전히 밝은 색깔의 단조로움에 윤기가 없고 생기가 없었다. 눈썹과 속눈썹은 머리칼보다 조금 더 어두웠고, 보랏빛을 띠는 파란색 눈을 보다 두드러지게 했고, 하얀 얼굴과 어울려서 너무나 매혹적이었다. 그러나 그녀 얼굴에서 사람들을 가장 놀랍게 하는 것은 바로 이 점이었다. 어두웠어야 할 눈동자가 이해가 안 될 정도로 밝았다. 눈동자는 거의 무색에 가까운 회색으로, 그 자체로는 별로 매력적이지 않지만, 가장 훌륭한 생각, 가장 온화한 느낌의 변화, 가장 깊은 열정의 문제를 이해하는 데 있어 가장 진귀한 보상적 가치를 지녔다. 이처럼 그녀의 얼굴 윗부분은 진기하게 이율배반적이었고, 얼굴 아랫부분은 조화의 정설과 거의 차이가 없었다. 그녀의 입술은 정말 여성스러운 섬세한 모양이었고, 뺨은 사랑스럽게 동그스름하고 매끈했다. 하지만 입은 너무 크고 단단했으며 턱은 너무 각지고 그녀의 성별과 나이에 비해 컸다. 얼굴색은 특색 있는 머리 색깔처럼 매우 단조로웠다. 색다른 신체적 활동이나 갑작스러운 정신적 충격을 받을 때는 제외하고 부드럽고, 따뜻하고, 크림색과 같이 희었고 뺨에는 색깔이 없었다. 아주 다른 특징으로 매우 눈에 띄는 전체적인 얼굴은 뛰어난 특이점으로 더욱 두드러졌다. 크고, 강렬하고, 옅은 회색의 눈은 거의 가만 있지 않았다. 모든 다양한 표정들이 끊임없이 계속 변하는 얼굴에 너무나 빠르게 나타나서 냉정하게 분석하지 못했다. 그 소녀는 머리부터 발끝까지 활기참으로 넘쳤다. 그녀는 언니보다 컸고 여성 평균 신장보다도 더 컸다. 아주 매혹적이고 유연하고, 매우 부드럽고 우아한 본능으로, 움직임은 자연스럽고 어린 고양이 같았다. 몸매는 이미 너무 완벽하게 발달해서 그녀를 본 사람들은 누구도 그녀가 겨우 18살이라고 생각하지 못했다. 그녀는 20살 이상처럼 육체적으로 완전히 성숙했다. 독보적인 건강함과 체력은 타고났고 너무 매력적이었다. 사실 여기에 이런 특이한 생명체의 주요 원인이 있다. 저돌적으로 집 계단을 내려오고, 모든 움직임이 활발하고, 얼굴은 늘 생기 있는 표정으로 가득하고, 밝은 색 줄무늬 모닝 드레스를 입고 리본을 펄럭거리며, 큰 진홍색 장미가 달린 작은 신발을 신고 있어도 아주 조용한 사람들의 마음을 휘어잡는 매혹적인 유쾌함까지, 모두가 같은 원천에서 피어났다. 신체적으로 매우 건강해서 모든 근육과 모든 신경이 발달했고, 성장하는 아이의 피처럼 따뜻한 젊은 피가 그녀의 정맥에 흘렀다.

그녀가 식당에 들어서자, 그녀는 시간을 지키지 않아 화가 난 집안의 권위자한테서 늘 듣던 불평을 들었다. 가스 양은 "막달렌은 지시에 대한 감각은 빼고 모든 감각을 가지고 태어났어요"라는 말을 가장 좋아했다.

막달렌! 이상한 이름인가? 사실 이상했지만, 특별한 이유가 있어서 골랐던 것은 아니었다. 그 이름은 젊은 시절에 죽었던 밴스톤 씨의 누이 중 한 명의 이름이었고 그녀를 애틋하게 기억하면서, 그는 둘째딸을 그렇게 불렀다. 아내를 위해서 큰딸을 노라라고 부르는 것처럼 말이다. 막달렌! 당연히 슬프고 우울한 위엄을 암시하는 위대하고 오래된 성경에 나오는 이름으로, 처음으로 참회와 은둔과 같은 슬픈 생각이 떠오르지만, 여러 가지 일들로 봤을 때 안 어울리는가? 확실히, 자기 모순적인 소녀는 자신의 세례명과 어울리지 않는 인물로 자라면서 또 다른 모순점을 이뤄냈다.

"또 늦었구나!" 막달렌이 헐떡이면서 키스를 하자 밴스톤 부인이 말했다.

"또 늦었군요!"라고 막달렌이 다음으로 가스 양에게 갔을 때 그녀가 소리쳤다. "그래서?" 그녀는 손으로 소녀의 턱을 스스럼없이 붙잡고, 모든 단점에도 막내딸이 가정교사가 가장 좋아하는 사람이라는 걸 무심코 드러내며 반은 비꼬면서 반은 애정을 가지고 말을 이었다. "그래서? 아가씨는 그 콘서트 어땠어요? 오늘 아침에는 몸이 어떻게 아팠어요?"

"아프다뇨!"라고 막달렌이 호흡을 가다듬고 그 말을 반복했다. "나는 그런 말 몰라요. 문제가 있다면, 나는 너무 잘 지낸다는 거예요. 너무해요! 오늘 밤은 다른 콘서트를 보러 가고, 내일은 무도회에 가고 모레는 연극을 보러 갈 거예요. 아." 막달렌은 의자에 털썩 주저앉아 테이블 위에서 두 손으로 열심히 X자를 그리며 외쳤다. "내가 얼마나 재미난 걸 좋아하는데요!"

가스 양이 "뭐! 포프Alexander Pope(영국의 시인)가 유명한 구절을 썼을 때 아가씨 같은 사람을 염두에 둔 게 분명해요."

"남자들은 일부는 일하고, 일부는 기쁨을 누리지만, 모든 여자는 사실 한량이다."

가스 양이 구절을 인용하는 동안 "놀라운 애예요"라고 밴스톤 씨가 식당에 들어오면서 말했고, 개들을 데리고 왔다. "살면서 배우는 겁니다. 가스 양, 만약 여자들 모두 한량이라면, 남녀 간은 앙갚음으로 엉망진창이 될 거예요. 남자들은 집에 들러서 양말을 꿰매는 거 빼고는 할 일이 없을 거예요. 아침이나 먹죠."

"아빠 생각은 어떠세요?"라고 말하며 막달렌이 밴스톤 씨가 뉴펀들랜드 종에 속하는 개인 것처럼 그의 목에 매달렸고, 그는 딸이 원하는 대로 내버려 뒀다. "가스 양이 말하는 한량이 바로 나란다. 그리고 나도 콘서트도 가거나 네가 원한다면 연극이나 무도회도 가고 싶구나. 새로운 옷을 입고 많은 사람을 만나고, 내가 많은 주목을 받고 머리부터 발끝까지 신난다면 어떤 오락거리라도 좋아. 11시에 잠자리에 들지만 않는다면 뭐든지 좋아."

밴스톤 씨는 마치 그 구역에서 넘쳐나는 말에 익숙해진 사람처럼 침착하게 유창한 딸의 말을 받아들였다. 훌륭한 신사는 "다음에 고를 수 있다면, 나는 콘서트보다는 연극이 더 좋을 거 같아. 애들이 굉장히 재밌어했어, 여보"라고 말했다. 그는 아내를 생각해서 말을 이었다. "사실, 내가 생각했던 것보다 좋았어. 그 사람들은 40분간 이어지는 곡을 연주했어. 중간에 세 번 멈췄어. 우리는 매번 끝났다고 생각해서 기뻐하며 손뼉을 쳤어. 하지만 다시 곡이 시작됐고, 우리는 절망해서 포기할 때까지 우리가 예리코Jericho에 있길 바라면서 놀라움과 고행을 겪었지, 노라, 중간에 3번 멈추고 40분 동안 울렸던 것을 뭐라고 했지?"

"교향곡이에요, 아빠." 노라가 답했다.

"맞아요, 거장 베토벤의 교향곡이에요!" 막달렌이 덧붙였다. "어떻게 재미없었다고 말할 수 있어요? 얼굴이 누렇고 발음하기 힘든 이름을 가졌던 외국 여자를 잊어버렸어요? 그녀가 노래 부를 때 지었던 표정들 기억 안 나세요? 그리고 바보 같은 사람들이 속아서 앙코르를 외칠 때까지 그녀가 구애했던 것도 기억 안 나세요? 보세요, 엄마, 여기 좀 봐요, 가스 양!"

그녀는 테이블 위 빈 접시를 낚아채서 악보라고 생각하고, 공연장에 있는 것처럼 그것을 들고 불쌍한 가수의 찡그린 표정과 행동을 너무나 정확하고 우스꽝스럽게 따라 해서, 그녀의 아버지는 웃음을 터뜨렸다. 그리고 (그때 우편 행랑을 들고 들어오던) 하인도 방에서 다시 나가서, 문 반대쪽에서 주인한테 들릴 만큼 따라 웃어서 무례한 짓을 했다.

"편지 왔어요, 아빠. 열쇠 주세요"라고 막달렌이 말했다. 아침 식사 자리에서 흉내 내는 것에서 작은 탁자에 놓인 우편 행랑으로 관심을 돌렸는데, 이러한 갑작스러움은 그녀의 행동 특징이다.

밴스톤 씨는 주머니를 뒤지며 고개를 저었다. 비록 막내딸이 그와 닮은 점은 없을지 몰라도, 막달렌의 산만함은 어디에서 왔는지 쉽게 알 수 있었다.

"서재에 다른 열쇠랑 같이 둔 거 같네, 가서 찾아봐라, 얘야." 밴스톤 씨가 말했다.

"당신이 막달렌에게 뭐라고 좀 해요." 딸이 방을 나가자 남편에게 밴스톤 부인이 간청했다. "자꾸 흉내 내려 하고, 당신한테 경박하게 말하는 걸 들으면 너무 충격적이에요."

"제 말이 바로 그거예요. 자꾸 말하기도 지쳐요. 밴스톤 씨를 마치 남동생인 것처럼 대해요"라고 가스 양이 언급했다. "아버지는 다른 모든 일은 우리에게 친절하세요. 그리고 활달한 막달렌은 봐주시고요, 그렇죠?" 조용한 노라가 말했는데, 겉으로는 그녀의 아버지와 동생의 편을 들었지만 진짜 속마음을 예리하게 알아채는 사람들은 없었다.

"고맙구나, 얘야." 성품이 좋은 밴스톤 씨가 말했다. 그의 부인과 가스 양에게 말을 이었다. "그렇게 말해줘서 고마워요. 막달렌은 길들이지 않은 망아지예요. 마음껏 뛰어놀게 내버려 둬요. 나이가 들고 충분히 시간이 지나면 얌전해질 거예요."

문이 열렸고, 막달렌이 열쇠를 들고 돌아왔다. 보조 탁자에서 우편 행낭을 열어 편지를 한가득 쏟아냈다. 1분도 안 돼 그것들을 가볍게 정리해서, 양손 가득히 들고 식사 테이블로 다가와 런던 우체부처럼 빠르게 편지를 배달했다.

"노라 언니 2통." 언니부터 시작해서 그녀가 불렀다. "가스 양 3통, 엄마는 없어요. 나는 1통, 그리고 나머지 6통은 모두 아빠 거예요. 게으른 아빠는 답장하는 거 싫어하시잖아요?" 막달렌은 우체부 역할을 그만두고 딸의 모습으로 돌아왔다. "서재에서 얼마나 투덜거리고 안절부절못하실까! 그리고 얼마나 세상에 편지 같은 것이 없었으면 좋겠다고 하실까. 그리고 아빠의 멋진 늙은 대머리로 답장을 할 걱정으로 얼마나 핏발이 설까. 그리고 결국 내일까지 얼마나 많은 답장을 써

18

야 하실까. 내일 브리스톨 극장 문 열어요, 아빠." 그녀가 갑자기 아버지 귀에 몰래 속삭였다. "열쇠를 가지러 서재에 갔을 때 신문에서 봤어요. 내일 저녁에 가요!"

딸이 수다를 떠는 동안 밴스톤 씨는 무의식적으로 편지를 분류하고 있었다. 처음 편지 4통은 주소를 대충대충 넘겨봤다. 5번째 편지를 봤을 때 그때까지 막달렌에게 쏠렸던 관심이 편지에 찍힌 소인으로 향했다.

막달렌은 아버지 어깨 쪽으로 고개를 내밀어 그가 봤던 소인을 똑똑히 볼 수 있었다. 뉴올리언스였다.

"미국에서 온 편지네요, 아빠. 뉴올리언스에 아는 사람 있어요?"

막달렌이 이 말을 내뱉은 순간 밴스톤 부인이 남편을 간절히 바라봤다. 밴스톤 씨는 아무 말도 하지 않았다. 방해받고 싶지 않다는 듯이 조용히 딸의 팔을 목에서 떼어냈다. 그래서 그녀는 자기 자리로 돌아왔다. 아버지는 열어보기 전에 손에 편지를 든 채 잠시 기다렸다. 어머니가 그를 간절함과 기대감으로 바라봤고, 막달렌과 마찬가지로 가스 양과 노라의 관심이 쏠렸다.

잠시 머뭇거린 후, 밴스톤 씨는 편지를 열었다. 첫 줄을 읽자마자 그의 낯빛이 변했고, 뺨은 칙칙하고 황갈색으로 바랬고, 다소 덜 발그레한 남자라면 잿빛 같았을 것이다. 그의 표정은 한순간에 슬퍼졌고 우수에 잠겼다. 노라와 막달렌은 걱정 어린 눈으로 아버지 얼굴이 변하는 것을 바라봤다. 가스 양만이 그 표정 변화가 세심한 여주인에게 미치는 영향을 살폈다.

그녀나 누군가가 기대했던 것이 아니었다. 밴스톤 부인은 놀라기보다는 흥분한 것 같았다. 뺨에는 희미한 홍조가 피었고, 눈은 반짝였다. 그녀답지 않게 컵 속의 차를 성급하게 계속 휘저었다.

버릇없는 아이로 막달렌이 여느 때처럼 침묵을 처음 깨트렸다.

"무슨 일이에요, 아빠?"

"아무것도 아냐." 밴스톤 씨는 그녀를 쳐다보지도 않고 날카롭게 말했다.

막달렌은 끈질겼다. "분명 뭔가 있어요. 그 미국에서 온 편지에 나쁜 소식이 있는 게 틀림없어요."

"네가 신경 쓸 일 아냐."

막달렌이 아버지에게 바로 퇴짜를 맞은 건 처음이었다. 그녀는 깜짝 놀라서 그를 바라봤고, 덜 심각한 상황이라면 정말 말도 안 되는 일이었을 것이다.

더는 아무 말도 없었다. 가족들이 고통스러운 침묵 속에 아침 식탁에 둘러앉아 있는 건 아마 처음일 것이다. 밴스톤 씨의 왕성한 아침 식욕은 그의 활기찬 아침 기분과 함께 사라졌다. 그는 근처 선반에서 마른 토스트 몇 조각을 떼어내고, 첫 번째 차를 멍하게 마셨고, 두 번째 차를 달라고 부탁했는데, 그건 손도 대지 않았다.

잠시 후 그가 입을 열었다. "노라, 날 기다릴 필요 없어. 막달렌, 네가 나가고 싶을 때 나가도 돼."

딸들은 바로 자리에서 일어났다. 그리고 가스 양은 그들을 배려하며 따라갔다. 너그러운 사람이 가족들에게 자기주장을 하면, 그 주장의 희귀성은 언제나 효과가 있다. 너그러운 사람의 뜻이 법이다.

"무슨 일이지?" 식당 문을 닫고 복도를 지나갈 때 노라가 속삭였다.

"어떻게 아빠가 나한테 화를 낼 수 있어?" 막달렌은 자신이 받은 상처 때문에 소리쳤다.

"아버님의 개인적인 일을 캐물을 권리가 아가씨한테 있나요?" 가스 양이 쏘아붙였다. "권리요?" 막달렌이 맞받아쳤다. "난 아빠에게 숨기는 게 없어요. 아빠가 나한테 숨길 일이 뭐가 있어요! 모욕적이에요."

입바른 소리를 하는 가스 양이 말했다. "아가씨가 신경 쓸 일이 아닌 거로 제대로 꾸지람을 받았다고 생각한다면, 조금은 제대로 아는 거네요. 아, 아가씨는 요즘 아가씨들이랑 똑같아요. 누구도 가장 중요한 게 뭔지 모르죠."

세 여인은 거실로 향했다. 막달렌은 문을 쾅 닫으면서 가스 양의 꾸지람을 마지못해 인정했다.

30분이 지났지만, 밴스톤 씨도 부인도 식당을 떠나지 않았다. 무슨 일이 일어났는지 몰랐던 하인이 테이블을 정리하러 들어갔다가 주인 부부가 가까이 앉아서 깊은 대화를 하는 것을 보고 바로 다시 나왔다. 또다시 15분이 지나 식당 문이 열렸고, 남편과 부인의 비밀 대화는 끝이 났다.

"복도에서 엄마 목소리가 들려. 우리한테 뭔가 말씀해 주러 오시나 봐"라고 노라가 말했다. 딸이 말한 대로 밴스톤 부인이 들어왔다. 그녀의 뺨 색깔은 더 짙었고, 눈가에는 눈물이 반쯤 말라 있었다. 발걸음이 다소 급했고, 모든 움직임이 평소보다 빨랐다.

"얘들아, 너희들이 깜짝 놀랄 소식이 있어. 아빠랑 난 내일 런던에 갈 거야"라고 그녀가 딸들에게 알렸다.

막달렌은 말문이 막혀 어머니의 팔을 잡았다. 가스 양은 무릎 위로 책을 떨어뜨렸다. 심지어 차분했던 노라도 일어났고, 몹시 놀라서 "런던으로 간데!"라는 말을 되풀이했다.

"우리는 빼놓고요?" 막달렌이 말을 덧붙였다.

"아버지와 나만 가. 길어도 3주야. 우린…." 그녀는 잠시 머뭇거렸다가 말했다. "중요한 가족 일로 가는 거야. 날 붙잡지 마렴, 막달렌. 갑작스럽게 생긴 일이고, 내일 가기 전에 오늘 할 일이 많아. 저기, 얘야, 날 놔줘야지."

그녀는 팔을 뿌리친 후 막내딸 이마에 서둘러 키스를 하고 바로 거실을 나갔다. 막달렌조차도 어머니가 더는 질문을 듣거나 답하지 않을 거라는 걸 알았다.

아침이 지나갔고, 밴스톤 씨의 모습은 보이지 않았다. 호기심 가득한 나이와 성격인 막달렌은 가스 양의 만류와 언니의 충고에도 불구

21

하고, 아버지를 보러 서재로 향했다. 문을 열려고 하자, 안에서 잠겨 있었다. "저만 왔어요, 아빠"라고 말했고 대답을 기다렸다. "지금 바쁘다, 애야, 방해하지 말 거라"라는 답이 돌아왔다.

밴스톤 부인에게도 마찬가지로 가까이 갈 수 없었다. 여종들과 함께 그녀의 방에서 떠날 채비를 한다고 정신이 없었다. 갑작스러운 결심과 예상치 못한 명령에 거의 익숙하지 않은 집안 하인들은 지시를 따르는 데 어색하고 혼란스러워했다. 쓸데없이 이 방 저 방을 오갔고, 계단에서 서로 부딪치면서 시간과 인내심을 잃었다. 만약 그날 낯선 사람이 그 집에 들어갔다면, 그는 런던으로 가야 하는 뜻하지 않은 불가피한 일 대신, 그 뜻밖의 재난이 일어났다고 생각했을지도 모른다.

평소 일과와 달랐다. 피아노를 치면서 아침을 보냈던 막달렌은 계단과 복도를 끊임없이 돌아다녔고, 날씨가 좋은지 보려고 문밖을 오갔다. 독서를 좋아해 속담책을 읽던 노라는 집중을 해보려고 했지만, 탁자와 선반에서 책을 하나씩 집어 들다가 놓기를 반복했다. 가스 양조차도 집안의 혼란스러움에 거실 벽난로 옆에 혼자 앉아 머리를 청승맞게 흔들었고, 할 일은 제쳐뒀다.

가스 양은 밴스톤 부인의 막연한 설명을 곰곰이 생각했다. '집안일이라? 콤-레이븐에 12년을 살았지만, 내 경험상 부모 자식 사이에 생긴 첫 번째 집안일이야. 뭘 뜻할까? 변화? 내가 늙었는지, 변화가 맘에 들지 않아.'

다음 날 아침 10시에 노라와 막달렌은 콤-레이븐의 집 현관에서 아버지와 어머니를 런던행 기차로 데려다줄 마차가 출발하는 것을 지켜봤다.

마지막까지 두 자매는, 전날 밴스톤 부인이 얼핏 말했던 비밀스러운 '가족일'에 관한 설명을 기대했다. 아무런 설명이 없었다. 부모와 자식이 완전히 새로운 상황에 놓였고, 떨어진다는 두려움에도 밴스톤 부부는 단호했다. 그들은 사랑한다는 말과 열렬한 작별의 포옹을 여러 번 했지만, 처음부터 끝까지 그 일에 대해서는 한마디도 하지 않고 떠났다.

길을 돌아선 마차의 삐걱거리는 소리가 들리지 않아 자매들은 얼굴을 마주 보았다. 공개적으로 처음으로 부모님의 믿음을 얻지 못하고 거부당했다는 침울함을 각자 방식대로 느꼈다. 늘 내성적이던 노라는 더욱더 말이 없어졌다. 현관 의자에 앉아 눈살을 찌푸리며 열린 문밖을 내다봤다. 막달렌은 성질을 부릴 때마다 그랬던 것처럼 아주 솔직하게 내뱉었다. "누가 알든 신경 안 써. 우리 모두 무시당했어!" 이 말은 하고 나서, 언니처럼 현관 의자에 앉아 문밖으로 하염없이 바라봤다.

거의 동시에 가스 양이 거실에서 현관으로 나왔다. 자신이 개입할 필요가 있어 보였고 바로 나섰다.

"아가씨 모두, 내 말 잘 들어요, 이제 우리만 남았는데, 우리 모두 편안하고 행복하게 잘 지내려면, 평소처럼 지내야 해요. 쉽게 말해서, 프랑스 말처럼 상황을 받아들여요. 예를 들어, 나는 조금 전에 평소 먹는 시간에 멋진 저녁을 준비하라고 지시했어요. 그리고 약상자로 가서 배가 아픈 가정부에게 약을 먹일 거예요. 그동안 노라 아가씨는 평소처럼 서재에서 책을 봐요. 막달렌 아가씨는 손수건은 그만 묶고 피아노를 치는 게 어때요? 1시에 점심을 먹고 개들과 산책을 할 거예요. 저처럼 활기차고 기분 좋게 보내요. 자, 얼른 일어나요. 또 그런 우울한 얼굴 보게 되면, 내 이름을 걸고, 아가씨 어머니에게 경고의 편지를 쓰고, 나는 12시 40분 열차를 타고 내 친구들한테 돌아갈 거예요."

충고를 끝낸 후 가스 양은 노라는 서재로, 막달렌은 거실로 보냈고, 그녀는 약상자가 있는 곳으로 갔다. 가정교사로서 필요한 역할을 다한 후, 이렇게 농담 반 진담 반으로 그녀는 밴스톤 씨의 두 딸에게 우호적인 권위를 내세우는 데 익숙해졌다. 노라는 말할 필요도 없이 오래전부터 제자가 아니었고, 막달렌은 이때쯤 교육을 마쳤다. 그러나 가스 양은 형식적 관계를 생각해서 떠나기에는 밴스톤 씨 집에서 너무 오래 그리고 너무 친하게 지냈다. 일을 그만둬야겠다는 생각을 처음 넌지시 말했을 때, 애정 어리고 따뜻한 투정으로 무시되었고, 농담으로 말할 때 빼고는 다시 말하지 않았다. 그때부터 모든 집안일 관리는 그녀의 손에 맡겨졌다. 거기에 노라의 책 읽기를 다정하게 도와주고, 막달렌의 음악 연습을 친절하게 살폈다. 그렇게 해서 가스 양은 이제 밴스톤의 가족 일부가 되었다.

오후가 되면서 날씨가 좋아졌다. 1시 반에 해가 밝게 빛났고 숙녀들은 개를 데리고 집을 나와 산책을 시작했다. 그들은 개울을 건너 작은 바윗길을 따라 언덕 너머로 올라가서 왼쪽으로 빠졌다가 콤-레이븐 마을을 가로지르는 교차로로 돌아왔다.

그들은 첫 번째 오두막집을 봤을 때, 길을 서성거리던 한 남자를 지나쳤는데, 그는 처음에는 막달렌, 다음에는 노라를 주의 깊게 바라봤다. 그들은 키가 작고, 검은 옷을 입은 그를 완전 이방인이라고만 생각했다. 그리고 돌아오는 길에 만났던 어슬렁거리는 행인에 대해서는 더는 생각하지 않고, 집으로 계속 걸어갔다.

그녀들이 마을을 떠나 집으로 바로 이어지는 길에 들어선 후, 검은 옷을 입은 이방인을 지나친 후, 그가 되돌아와서 그들을 따라오고 있다고 막달렌이 말해서 가스 양이 놀랐다. 그녀가 짓궂게 말했다. "그 사람, 노라 언니 쪽을 계속 따라와요. 매력적인 건 내가 아니니까 나 보고 뭐라고 하지 마세요."

그녀들은 이제 집에 거의 다 왔기 때문에 그 남자가 정말로 그녀들을 따라왔는지 아닌지는 별 상관이 없었다. 그녀들이 집 대문을 지날 때, 가스 양은 주위를 둘러보았고, 이방인이 말을 건네기 위해 발걸음을 재촉하는 것을 보았다. 그 모습을 본 그녀는 개들과 함께 젊은 아가씨들을 집으로 들여보냈고, 대문에서 그를 기다렸다.

이방인이 집에 다다르기 전에, 준비를 신중하게 마무리할 시간이 있었다. 가스 양이 돌아보자 그는 모자를 벗고 정중하게 인사했다. 그 사람 얼굴이 어떻게 보이는가? 그는 곤경에 처한 성직자처럼 보였다.

머리부터 발끝까지 묘사하자면, 그는 구겨진 상장喪章을 넓게 두른 실크해트(서양의 남성 정장용 모자)를 쓰고 있었다. 모자 아래의 가늘고 긴 얼굴은 아파 보이고 천연두 자국이 짙었고, 양쪽 눈 색깔이 달라서 매우 특이했는데, 한쪽은 담녹색 다른 한쪽은 담황갈색으로 매우 총명해 보였다. 머리칼은 철회색이었고, 관자놀이 쪽으로 조심스럽게 빗어 넘겼다. 뺨과 턱은 부드러운 면도로 아주 푸른색 혈색을 띠었다. 코는 짧았고, 입술은 길고 가늘고 탄력이 있었고, 입꼬리가 올라가 부드러운 미소를 지었다. 그의 하얀 크라바트(남성용 스카프)는 높고, 뻣뻣하고, 칙칙했다. 턱 양쪽의 더 높고, 더 뻣뻣하고, 더 칙칙한 깃은 융통성이 없어 보였다. 유연하고 작은 체구의 남성은 수수하고 허름한 검은색 옷을 입었다. 프록코트의 허리 주변 단추는 꽉 잠겨 있었고, 가슴 쪽은 위풍당당하게 벌어져 있었다. 손에는 검은색 면장갑을 끼고 있었는데, 손가락 쪽은 깔끔하게 꿰매져 있었다. 우산은 좀 닳았지만, 방수 케이스로 잘 보관되었다. 앞모습은 많이 늙어 보였다. 그를 직접 마주한다면 50살 이상으로 보일 것이다. 뒤에서 보면, 등과 어깨는 35살이라고 할 만큼 젊었다. 그의 태도는 매우 침착해서 기품 있었다. 그가 입을 열자, 풍부한 저음에 말을 잘했고, 한 음절 이상의 단어를 내뱉을 때 발성에 주의를 기울였다. 살짝 올라간 입꼬리에서 설득력이 느껴졌다. 그는 초라하지만 사시사철 피어나는 꽃처럼 공손함이 머리부터 발끝까지 배어 있었다.

"여기가 밴스톤 씨의 댁이 맞나요?" 집 쪽으로 손을 동그랗게 흔들며 그가 말을 시작했다. "밴스톤 씨의 가족이신가요?"

"맞아요, 밴스톤 씨 댁의 가정교사예요." 입바른 소리를 하는 가스 양이 말했다. 설득력 있는 남성은 밴스톤의 가정교사라는 말에 감탄하며 한 발짝 물러났다가 다시 다가와서 대화를 계속했다.

"그럼 당신과 함께 걸었던 두 젊은 숙녀분은 틀림없이 밴스톤 씨의 따님들이겠군요? 두 명 중 어두운 머리 색에 나이가 많은 아가씨는 아름다운 어머니를 닮아서 알아봤어요. 어린 아가씨는…."

"밴스톤 부인을 아시나요?" 가스 양이 모든 상황을 고려해 볼 때 말이 다소 거침없다는 생각이 들어 낯선 사람의 말을 막았다. 이방인은 공손하게 절을 하면서 그녀를 안다고 인정했고, 아무 일 없었다는 듯이 다른 말을 해서 가스 양을 깊은 생각에 잠기게 했다.

"어린 아가씨는 아버지를 닮았죠? 장담하건데, 그녀의 얼굴을 보니 떠올랐어요. 그 가족에 대해 우호적인 관심으로 바라보니, 정말 놀랍네요. 매력적이고, 특이하고, 기억에 남아요. 언니도 아니고 어머니도 아니에요. 확실히 아버지와 닮았죠?"

가스 양은 다시 한번 그 남자 말을 막으려고 했다. 그가 밴스톤 씨를 알지 못한다는 것은 분명했다. 알았다면, 막달렌이 아버지를 닮았다고 가정하는 실수를 절대 저지르지 않았을 것이다. 그는 밴스톤 부인을 더 잘 아는 걸까? 그는 그 점에 대한 가스 양의 질문에 답하지 않았다. 도대체 그는 누구인가? 무례해! 뭘 원하는 거야?

"얼굴은 기억 안 나지만, 가족 친구분인가 봐요. 무슨 용건이죠, 밴스톤 부인을 보러 왔나요?"

"밴스톤 부인과 이야기하는 기쁨을 학수고대해왔죠." 상습적으로 말을 얼버무리고 너무나 예의가 바른 남자가 답했다. "부인은 어떤가요?"

"늘 그렇죠." 가스 양은 무뚝뚝하게 말했다.

"부인은 집에 있나요?"

"없어요."

"언제 돌아오나요?"

"밴스톤 씨와 런던에 갔어요."

그 사람 얼굴이 갑자기 더 우울해졌다. 담황갈색 눈은 당황해 보였고, 담녹색도 마찬가지였다. 태도가 눈에 띄게 불안해졌다. 그리고 어느 때보다 단어를 더 신중하게 선택했다.

"밴스톤 부인은 아주 오래 집을 비우시나요?"라고 그가 물었다.

"3주 넘게 비우실 거예요. 이제 물을 만큼 물은 거 같은데요." 그녀는 마침내 성질이 나기 시작했다. "용건과 이름을 알려주세요. 밴스톤 부인께 전할 말이 있다면, 오늘 밤 우편으로 편지를 보내서 처리할게요."

"소중한 제안 정말 감사합니다. 바로 그렇게 해주세요."

그는 가스 양의 심각한 표정과 말에 크게 영향을 받지 않았다. 그녀의 제의에 안심했을 뿐이고, 아주 진심어린 마음을 내보였다. 이번에는 담녹색 눈이 주도권을 잡았고 담황갈색 눈은 평온을 되찾았다. 입꼬리는 다시 올라갔고, 기분 좋게 팔 밑으로 우산을 집어넣고, 코트 가슴팍에서 크고 오래된 수첩을 꺼냈다. 카드와 연필을 들고 잠시 머뭉거리고 생각하다가 카드에 순식간에 쓴 후 가스 양의 손에 아주 공손하게 건넸다.

"당신 편지에 이 카드를 동봉해준다면 감사하겠습니다. 메시지를 남겨서 당신을 더 곤란하게 하지 않겠습니다. 틀림없이 기억에서 지워버렸을 밴스톤 부인은 제 이름만 듣고도 작은 가족 일을 다시 떠올릴 것입니다. 감사합니다. 오늘은 저에게 기분이 좋고 놀라운 날이었어요. 이 나라는 정말 멋진 거 같네요. 밴스톤 씨의 매력적인 두 따님도 보고, 귀하신 가정교사를 알게 됐네요. 기쁩니다. 소중한 시간을 뺏어서 죄송합니다. 다시 한번 감사드리고, 안녕히 계세요."

그는 모자를 들어 올렸다. 갈색 눈과 초록색 눈은 반짝였고, 다정한 웃음을 지었다. 잠시 후 그는 발걸음을 돌렸다. 그의 젊은 등이 큰 장점으로 보였다. 그는 마을 쪽으로 재빨리 걸어갔다. 하나, 둘, 셋, 그는 길을 돌았다. 넷, 다섯, 여섯, 그리고 사라졌다.

가스 양은 손에 있는 카드를 내려다봤고, 놀라서 다시 고개를 들었다. 목사처럼 보였던 이방인의 이름과 주소는(모두로 연필로 쓰였다) 다음과 같았다.

래지 대위Captain Wragge, 브리스톨 우체국

Chapter 3

집으로 돌아온 가스 양은 검은 옷을 입은 이방인에 대한 불길한 생
각을 숨기려 하지 않았다. 그의 목적은 틀림없이 밴스톤 부인에게 금
전적인 도움을 받는 것이었다. 그녀에게 말한 그의 주장은 불쌍한 사
람이 한 말이 아니라면 이해하기 어려웠을 것이다. 밴스톤 부인이 딸
들에게 래지 대위의 이름을 말한 적이 있었나? 두 명 모두 전에 그 이
름을 들은 적이 없었다. 밴스톤 부인은 자신에게 의지하고 있는 불쌍
한 사람에 대해 언급한 적이 있었나? 반대로 그녀는 아직까지 살아 있
는 사람들이 있는지 모르겠다고 말했었다. 그러나 래지 대위는 카드
에 적힌 이름을 보면 밴스톤 부인이 '가족 문제'를 떠올리게 될 것이라
고 분명히 말했다. 무슨 말일까? 납득할 만한 이유도 없이 이방인이
만들어 낸 거짓말인가? 아니면 수수께끼 같은 런던 여행에 뒤이은 두
번째 수수께끼인가?

모든 개연성은 밴스톤 부부가 갑작스럽게 집을 떠나도록 한 '가족
일'과 래지 대위라는 이름과 관련된 '가족 문제' 사이의 어떤 숨겨진 연
관성을 가리키는 것 같았다. 가스 양은 밴스톤 부인에게 대위의 카드
를 동봉한 편지를 봉하면서도 의구심이 들 수밖에 없었다.

회신으로 답장이 도착했다. 숙녀들 중 언제나 가장 일찍 일어나는
가스 양은 편지가 배달되었을 때 식당에 혼자 있었다. 그 내용을 처음
봤을 때, 어떤 당혹스러운 의문들이 생기기 전에 마지막까지 꼼꼼하
게 읽어야겠다는 확신이 들었다. 그날 아침 노라에게 차를 끓여 달라
고 하인에게 부탁한 후, 그녀는 혼자 있고 안전한 자신의 방으로 올라

갔다.

밴스톤 부인의 편지는 상당히 길었다. 편지 앞부분에서 래지 대위에 관해 언급했고, 그와 그가 콤-레이븐으로 온 이유와 관련된 필요한 모든 설명이 숨김없이 적혔다.

밴스톤 부인의 설명을 보면, 그녀 어머니는 두 번 결혼했었다. 그녀 어머니의 첫 번째 남편은 어린 자식들이 있는 홀아비였던 래지 박사였고, 그 자식들 중 한 명이 군인처럼 보이지 않고 주소가 '브리스톨 우체국'이었던 대위였다. 래지 부인은 첫 번째 남편과의 사이에 자식을 낳지 않았고, 그 후 밴스톤 부인의 아버지와 결혼했다. 두 번째 결혼에서는 밴스톤 부인만 태어났다. 그녀가 젊었을 때 양친을 잃었고, 몇 년 동안 어머니의 가족 관계는 (그 당시 그녀와 가장 가까운, 살아 있던 친척들)은 한 명씩 죽으면서 끊어졌다. 편지를 쓰고 있는 현재, 그녀와 연락을 하고 지내는 사람이 없으면, 일면식도 없는 사촌 몇 명은 있겠지만, 현재 잘 알지 못한다고 했다.

이런 상황에 래지 대위가 말한 밴스톤 부인의 가족 문제라는 것은 무엇일까? 아무것도 없었다. 그녀 어머니의 첫 번째 남편과 그 사람의 첫 번째 부인 사이에 태어난 아들이었기에, 밴스톤 부인의 가장 먼 친척 명단을 아무리 넓게 보더라도 그가 포함될 수 없었다. 그럼에도 불구하고 그는 이 사실을 잘 알면서도(편지에 따르면), 그녀에게 가족임을 강요했다. 그리고 그가 밴스톤 씨에게 자기 자신을 소개하고 밴스톤 씨의 너그러움을 뻔뻔하게 이용할까 두려워서 그녀는 할 수 없이 그 강요를 받아들였다. 비록 비상식적으로 자신과 가족임을 주장하는 사람 때문에 남편이 짜증을 내지 않게 하려고 물론 속이기는 했지만, 지난 몇 년 동안 그가 집 근처에 절대 오지 말 것과 밴스톤 씨에게 어떠한 요구도 하지 않는다는 조건으로 그녀는 자신의 지갑을 털어서 그 대위를 도와줬다.

이런 경솔함을 기꺼이 인정하면서, 밴스톤 부인은 더 나아가, 그녀가 젊었을 때 어쩌면 어머니 가족 구성원으로서 그를 생각하는 것이 당연하다고 생각해서 받아들였을지도 모른다고 설명했다. 그가 고를 수 있었던 거의 모든 직업에서 두각을 나타낼 수 있는 능력이 있으면서도, 모든 친척에게 그는 수치스러운 존재였다. 한때 지휘권을 가졌던 군부대에서 쫓겨나기도 했다. 여러 일을 했지만 부끄럽게도 모두 실패했다. 그는 가장 저질이고 천한 방법으로 지금껏 살아왔다. 그는 간이식당 웨이트리스로 일했던 가난하고 무식한 여자와 결혼했는데, 그녀가 뜻밖에 약간의 돈을 물려받았고, 그는 그 작은 유산을 마지막 동전 한 닢까지 함부로 낭비했다. 쉽게 말해서, 그는 구제불능이었다. 밴스톤 부인이 지금까지 그를 도와줬던 조건들을 멋대로 어김으로서 또다시 못된 짓을 저질렀다. 그녀는 그가 다시는 집 근처에 오지 못하도록 그가 카드에 적은 주소로 바로 편지를 썼다. 밴스톤 부인이 래지 대위에서 보낸 편지 첫 부분에도 그런 조건들을 내걸었다.

가스 양이 수년 동안 친하게 지냈어도 전혀 알지 못했던 밴스톤 부인의 약점을 말해주는 것이었지만, 그녀는 그 설명을 당연한 것으로 받아들였다. 두 아가씨들의 짜증 나는 호기심을 달래기에 사실상 적절하고 모든 것이 설명됐다. 이런 이유로 그녀는 안도하면서 편지의 앞부분을 특히 정독했다. 편지 뒷부분을 읽기 시작했을 때와 마지막까지 읽고 난 후의 느낌은 매우 달랐다. 편지 뒷부분은 런던에 가는 일에 대해서였다.

밴스톤 부인은 가스 양과 오랫동안 유지한 친밀한 우정에 대해 말하면서 시작했다. 가스 양은 그녀가 남편과 함께 집을 떠나게 된 이유를 비밀스럽게 설명하는 것은 그 우정 때문이라고 생각했다. 가스 양은 우정을 보여주는 걸 조심스러워했지만, 자연스럽게 느꼈고, 그들의 여정과 관련된 수수께끼에 매우 놀랄 것으로 생각하고 있었다. 그리고 밴스톤 씨 혼자서 걱정해야 할 가족 문제를 밴스톤 부인이(친척 문제에 있어 관계없는 입장에서) 관여해야 하는지 틀림없이 스스로 물어봤을 것이다.

달갑지 않거나 필요 없는 일들은 언급하지 않고, 솔직하게 말을 해서 그녀에 대한 가스 양의 모든 의심을 잠재우겠다면서 밴스톤 부인이 글을 이어갔다. 남편과 함께 런던으로 가는 목적은 유명한 의사를 만나 그녀의 매우 허약하고 불안한 건강 상태에 대해 개인적으로 상담하기 위해서였다. 더 쉽게 말해서, 이 불안한 문제는 그녀가 다름 아니라 다시 임신했다는 가능성이었다.

그 생각이 처음 들었을 때 그녀는 단순한 망상으로 취급했었다. 마지막 아이를 낳은 후 상당한 시간이 흘렀다. 유아기에 그 아이가 죽고 난 후 그녀는 중병을 앓았다. 현재 그녀 나이로 봐서 그런 생각을 떠올리자마자 바로 일축해버렸다. 그런데도 몇 번이고 그 생각이 자꾸 들었다. 그녀는 최고 권위 있는 의사와 상담 필요성을 느꼈고, 동시에 런던 의사를 집으로 불러서 두 딸을 놀라게 해서는 안 된다고 생각했다. 이미 언급한 상황에 대한 의학적 소견은 이제 구했다. 그녀의 의심은 확신이 되었다. 여름이 끝날 무렵에 출산할 예정이고, 그녀의 나이와 몸 상태를 생각하면 앞으로 심각한 걱정거리였다. 의사는 그녀에게 용기를 북돋우기 위해 최선을 다했지만, 그녀는 그보다 질문의 논지를 더 명확하게 이해했고, 그녀는 그가 평소와 다르게 앞날을 생각한다는 걸 알았다.

이런 세세한 이야기를 밴스톤 부인은 그녀와 심부름꾼 사이에서 비밀로 했다. 의심을 확인할 때까지 가스 양에게 말하고 싶지 않았고, 이제는 딸들이 어떻게든 그녀에 대해 떠들어 댈까 봐 더 꺼리고 있었다. 당분간 그 이야기는 하지 말고, 여름이 올 때까지 기다리는 것이 가장 좋을 것이다. 그러는 동안 밴스톤 씨는 23일에 돌아갈 것이라고 정했고, 그때 모두 행복하게 재회할 것이라고 그녀는 생각했다. 이런 내용과 늘 쓰던 메시지와 함께 편지가 갑작스럽고 당황스럽게 끝났다.

가스 양이 편지를 내려놓고 처음 몇 분 동안은 밴스톤 부인이 측은하기만 했다. 그러나 곧 어렴풋이 드는 의심에 당혹스럽고 괴로웠다. 그녀가 방금 읽은 설명이 정말 만족스러웠고 완벽했는가? 사실대로 말하자면, 확실히 아니었다.

출발하던 날 아침, 밴스톤 부인은 분명히 기분 좋게 집을 떠났었다. 그녀의 나이와 건강 상태를 보면, 의사를 만나러 가는 일과 그녀가 기분 좋은 일이 양립할 수 있었을까? 그렇다면, 밴스톤 씨가 떠나야만 했던 뉴올리언즈에서 온 편지는 그의 아내와는 상관이 없는 건가? 그렇지 않다면, 딸이 소인을 말하는 순간 왜 그녀는 그토록 절실하게 바라봤는가? 떠난 이유를 분명히 말했지만, 편지를 읽었던 날과 출발하는 날 아침에 그녀의 태도를 보면, 뭔가 다른 이유가 있지 않을까?

만약 그렇다면, 그 결론은 매우 괴로웠다. 밴스톤 부인은 가스 양과의 오랜 우정에 대해 생각하며 해준 이야기에 대해서는 완전한 신뢰를 보였지만, 다른 이야기에 대해서는 상당히 거리를 두었다. 당연히 모든 일에서 솔직하고 거리낌 없는 가스 양은 이런 결론을 내리는 것을 망설였다. 그녀가 믿고 소중한 친구에 대한 충성심 부족해서 그런 생각을 떠올리는 것처럼 보였다.

그녀는 책상에 편지를 넣어두고 다른 일들을 살피기 위해 일어나 거실로 내려갔다. 여러 가지가 확실하지 않지만, 밴스톤 부부가 적어도 이달 23일에 돌아올 것이라는 것만은 확실했다. 그들이 돌아오면 새로운 사실들을 알게 되지 않을까?

새로운 소식은 없었다. 기대했던 일들은 일어나지 않았다. 비밀스러운 런던 일에 대해서, 그 집의 주인이나 여자 주인도 아무런 움직임이 없었다. 그들의 목적이 무엇이든 간에, 그들 모두 평상시와 같은 모습과 행동을 하는 걸 보면, 목적을 성공적으로 달성했을 것이다. 밴스톤 부인의 기분은 본래대로 차분해졌고, 밴스톤 씨는 평상시처럼 쾌활했다. 그들 여행에서 분명한 결과는 이 한 가지뿐이고, 그 이상은 없었다. 그대로 끝나는가? 그래서 그 비밀은 알 수 없고, 영원히 감춰질 것인가?

이 세상에 영원한 비밀은 없다. 수 세기 동안 땅 밑에 숨어 있었던 금은 어느 날 수면 위로 모습을 드러낸다. 모래는 그 위를 지나간 발자국을 보여준다. 물은 익사한 시체를 숨기지 않고 다시 수면 위로 떠오르게 한다. 불은 그 안에서 불 탄 것을 잿더미로 보여준다. 마음속 증오는 눈빛으로 나타나고, 사랑은 키스로 그것을 배신한 유다를 찾아낸다. 우리가 어디에 있을지 봐라. 사실이 드러나는 것은 필연적인 자연의 법칙 중 하나이며, 어떤 비밀이 마지막까지 지켜지는 것은 세상이 아직 보지 못한 기적 같은 일이다.

콤-레이븐 집의 숨겨졌던 비밀이 어떻게 이제야 드러나게 되었는가? 아버지, 어머니와 딸들의 일상생활에서 어떤 일 때문에 폭로의 법칙이 돌이킬 수 없는 길에 나타났는가? 밴스톤 부부가 돌아온 후 일어난 첫 번째 일 때문에 (부모는 보지 못했고, 아이들은 예상치 못한) 그 길이 열렸다. 표면적으로는 사소한 사회적 의식인 아침 방문처럼 별로 중요하지 않은 일이었다.

콤-레이븐의 주인 부부가 돌아온 지 사흘 후 우연히 거실에 여자 가족 구성원들이 모였다. 창밖으로 정원과 관목이 내다보였다. 그 바깥쪽은 울타리가 있었고 쪽문 뒤로 난 길에서 갈 수 있었다. 대화를 나누는 동안, 자물쇠가 떨어지는 날카로운 소리에 여자들의 관심은 갑작스럽게 쪽문으로 향했다. 어떤 사람이 길에서 관목으로 들어섰는데, 막달렌은 숲에 있는 사람을 보기 위해 곧장 창가로 향했다.

몇 분 후, 집으로 이어지는 구불구불 한 정원 산책로와 관목 길이 합류하는 곳에 신사의 모습이 보였다. 막달렌은 처음에 누군지 알아보지 못하고 그를 주의 깊게 쳐다보았다. 그러나 그가 가까이 다가오자 그녀는 깜짝 놀랐다. 그리고 재빨리 어머니와 언니 쪽으로 고개를 돌려 정원에 있는 신사가 다름 아닌 '프랜시스 클레어 군'이라고 말했다.

방문객은 밴스톤 씨의 가장 오랜 동료이자 가장 가까운 이웃의 아들이었다. 클레어 노인은 콤-레이븐 지역의 경계를 나타내는 관목 숲 울타리 바로 밖에 있는 소박하고 작은 집에 살고 있었다. 그가 조상으로부터 물려받은 중요한 유산 중 하나는 엄청난 장서였는데, 소박하고 작은 집의 모든 방을 채웠을 뿐만 아니라 계단이나 통로에도 있었다. 클레어 씨의 책들은 그의 인생에서 중요한 관심사 중 하나였다. 그는 여러 해 동안 홀아비로 지내 왔으며, 아내를 잃은 것을 냉철하게 받아들였다는 것을 숨기지 않았다. 아버지로서 그는 세 아들을 자신의 서재 존엄성과 책의 안전을 영원히 위협하는 집의 필요악으로 생각했다. 아들들이 학교에 갔을 때, 클레어 씨는 그들에게는 '잘 가라'라고 말했고, 자신에게는 '하느님 감사합니다'라고 말했다. 수입이 적고 여전히 작은 집에 살지만, 그는 아들들을 여전히 비꼬아 보고 무관심했다. 그는 스스로 혈통 있는 극빈자라고 불렀다. 1년 내내 손에 먼지떨이를 들고 책 근처에는 절대 오지 말라는 조건으로 집안일 전체를 그의 유일한 하인이었던 칠칠치 못한 노파에게 맡겼다. 그가 가장 좋아하는 시인은 호타리우스Horace(고대 로마 시인)와 포프였다. 그가 좋아하는 철학자는 홉스Tomas Hobbes(영국 철학자)와 볼테르였다. 그는 마지못해 운동을 하고 신선한 공기를 쐤고, 늘 같은 길을 걸어 동네에서 가장 험악한 길까지 갔다. 등이 구부정했고, 성질이 급했다. 그는 무를 소화했고, 녹차를 마셔도 잠을 잘 수 있었다. 인간 본성에 대한 그의 생각은 라로슈푸코François de La Rochefoucauld(프랑스 작가)가 가다듬은 디오게네스Diogenes(고대 그리스 철학자)의 견해였다. 그의 습관은 아주 단정치 못했고, 최고 자랑거리는 모든 인간의 편견보다 더 오래 살았다는 것이다.

겉모습만 보면 이 사람은 특이했다. 그의 내면이 얼마나 고귀한지 아무도 보지 못했다. 밴스톤 씨가 "클레어 씨의 가장 최악은 그의 외면이에요"라고 단호하게 주장한 건 사실이지만, 이런 말은 이웃들 사이에서만 말했다. 전혀 다른 두 사람 사이의 유대는 오랫동안 지속됐고, 우정이라고 불릴 만큼 가까웠다. 그들은 일주일 중 몇 번은 저녁에 함께 담배를 피우면서 냉소적인 철학자에 관해 연구하고 온갖 주제에 대해 논의했다. 밴스톤 씨는 어떤 주장에 반박을 잘했고, 클레어 씨는 궤변에 능했다. 그들 사이에서 기이하게 맺어진 관계의 유대로 밴스톤 씨는 그들 아버지가 자기 자식들에게 가졌던 편견을 보면서 이웃의 세 아들에 관한 관심이 커졌다.

철학자는 늘 이렇게 말했다. "나는 아이들을 아주 공평하게 바라봐요. 그 애들은 모든 면에서 평균 이하예요. 나는 모든 것을 고려할 때 자식들이 태어난 하찮은 일은 배제해요. 19세기에서 가난한 신사가 존재하는 유일한 구실은 비범한 능력이 있다는 거예요. 내 아들들은 유아기 때부터 머리가 나빴어요. 그들에게 줄 돈이 있다면, 프랭크는 정육점을, 세실은 빵집을, 그리고 아서에게는 잡화점을 줬을 거예요. 이 일들은 내가 알기로는 사람들의 수요가 항상 있는 유일한 직업이에요. 사실, 나는 그들을 도와줄 돈도 없고, 그들은 머리가 좋지 않아요. 그들은 나에게 더러운 재킷과 소리 나는 부츠를 신고 다니는 쓸모없는 사람들로 보여요. 그리고 그들이 도망쳐서 지역사회에서 꺼지지 않는 한, 나는 그들이 무엇을 해야 할지 생각하지 않을 거예요."

다행히도 그 아들들에 대한 밴스톤 씨의 생각은 정상적이었다. 그의 중재와 영향력으로 프랭크, 세실과 아서는 명문 중등학교에서 기초 교육을 받았다. 방학 동안 그들은 자유롭게 밴스톤 씨의 방목장을 다닐 수 있었다. 집에서는 밴스톤 부인과 딸들과 함께 지내면서 사람다워졌고 세련되어졌다. 이럴 때 클레어 씨는 종종 (옷을 입고 슬리퍼를 신고) 그의 작은 집에서 건너와서 창문이나 울타리 너머로 마치 이웃이 길들이려는 세 마리의 야생동물인 것처럼 아들들은 경멸적으로 바라봤다. 그는 밴스톤 씨에게 말하곤 했다. "자네와 자네 아내는 훌륭한 사람들이야. 난 진심으로 내 아이들에 대한 자네의 정직한 편견을 존중해. 하지만 자네들은 그 애들을 너무 잘못 생각하고 있어. 정말이야! 기분 나쁘게 할 생각은 없어. 공정하게 말하는 거지만, 내 말을 명심해, 밴스톤. 당신들이 아무리 애쓴다고 해도 그들은 결국 나빠질 거야."

몇 년이 더 지나고, 프랭크가 17살이 되었을 때 두 이웃 간의 부모와 친구의 상대적 위치가 그 어느 때보다도 특이하게 바뀌었다. 밴스톤 씨에게 신세를 입었던 영국 북부의 한 토목기사가 가장 호의적인 말로 프랭크를 자신의 밑에 두고 싶다는 뜻을 밝혔다. 이 제안을 받았을 때 클레어 씨는 처음에는 밴스톤에게 프랭크 아버지로서 자기 뜻을 전했다가, 나중에는 공정한 방관자의 관점에서 이웃의 부모 같은 열정을 누그러트렸다. "프랭크에게 더없이 가장 좋은 기회예요." 밴스톤 씨가 아버지 같은 열정을 내뿜으며 소리쳤다.

"이봐요 친구, 그 애는 받아들이지 않을 거야." 클레어 씨는 쌀쌀맞게 대꾸했다.

"하지만 그 애는 받아들일 거예요." 밴스톤 씨는 집요하게 말했다.

클레어 씨가 답했다. "그 애가 수학적 머리가 있다고 했지. 근면하고, 야망도 있고 목적도 뚜렷하다고. 흥! 자네는 그 애를 나처럼 제대로 보지 못하고 있어. 그 애는 수학적 머리도 없고, 근면하지도 않고, 야망도, 뚜렷한 목적도 없어. 프랭크는 부정적이야."

"부정적인 생각은 버려요!" 밴스톤 씨가 외쳤다. "나는 부정적이든 긍정적이든 개의치 않아요. 프랭크는 이 멋진 기회를 받아들일 거예요. 그리고 그 애가 최선을 다한다에 당신과 내기를 걸겠어요."

클레어 씨가 답했다. "내기를 할 만큼 부자는 아니지만, 집 어딘가에 1기니(영국 옛날 화폐 단위)는 있을 거야. 프랭크가 형편없이 돌아온다에 그 기니를 걸지."

"좋아요!"라고 밴스톤 씨가 말했다. "아니지, 잠깐만요! 난 똑같은 내기 돈으로 그 젊은 애를 부당하게 취급하지 않을 거예요. 프랭크가 이 일을 잘한다에 당신에게 5배를 걸겠어요! 그 애를 당신과 같다고 이야기하는 거 부끄러운 줄 아세요! 당신이 어떠한 간교한 말장난을 해도 난 모르는 척했죠. 하지만 당신은 항상 마치 당신 대신 내가 아버지인 것처럼 그를 나한테 맡겼잖아요. 아, 그래요! 시간을 주면 변명을 할 거니까, 당신에게 시간을 주지 않을 거예요. 당신이 유리한 주장을 하게 두지 않을 거예요. 당신은 검은색도 흰색이라고 하죠. 난 신경 안 써요. 검은색은 검은색이죠. 마음껏 떠들어봐요. 난 오늘 중으로 친구한테 프랭크의 일을 승낙하겠다고 편지 쓸 거예요."

이렇게 해서 프랜시스 클레어 군은 17살에 영국 북부로 떠났고, 토목기사 일을 시작했다. 종종 밴스톤 씨의 친구가 새로운 제자에 대한 소식을 전해 왔다. 프랭크는 조용하고, 신사답고, 재미난 청년이라고 칭찬받았지만, 공학 기초를 배우는 데 다소 더디다고 했다. 나중에 온 다른 편지에서는, 그가 자신에 대해 조금 낙담하고 있다고 했다. 그래서 새 철도 공사장으로 보내어 환경 변화를 줬는데, 모든 면이 좋아졌지만, 전문적 지식 습득은 여전히 더디었다. 이후 소식에서 그는 믿을 만한 감독의 보살핌을 받으며 벨기에 공공사업을 하러 떠난 것과 이런 새로운 변화로 그가 얻은 혜택들에 관해 이야기했다. 외국인들과 사업적 의사소통에 큰 도움이 되는 그의 태도와 언변을 칭찬했고, 그가 지식 습득에 진전이 있었는지에 대한 질문에는 불길하게 침묵하며 넘어갔다. 이런 편지들과 이와 비슷한 소식들은 프랭크의 아버지 관심을 끌기 위해 프랭크의 친구가 공들여 썼다. 매번 클레어 씨는 밴스톤 씨한테 의기양양하게 굴었고, 밴스톤 씨는 클레어 씨와 말다툼을 했다.

냉소적인 철학자가 말했다. "언젠가는 그런 내기를 하지 말아야 했다고 생각하게 될 거야." 자신감 넘치는 친구가 외쳤다. "언젠가 당신의 기니를 호주머니에 넣으면서 기뻐할 거예요." 프랭크가 떠난 지 2년이 지났다. 1년 동안 더 많은 성과를 이뤘고 문제를 해결했다.

밴스톤 씨가 런던에서 돌아온 지 이틀 후, 아침 우체부가 배달한 편지들을 보기도 전에 다른 일 때문에 아침 식탁에 없었다. 수렵복 주머니 한쪽에 넣어뒀던 편지들은 그날 늦게 시간이 나서야 다시 꺼내서 읽었다. 편지 한 개를 빠트리고 모든 편지를 읽었는데, 빠진 편지는 토목기사가 보낸 것으로, 그와 제자 사이 관계가 끝났고 프랭크가 곧 아버지 집으로 돌아간다는 내용이었다.

중요한 내용이 담긴 편지가 밴스톤 씨의 주머니에 있는 동안, 그 편지의 대상은 기차를 타고 최대한 집으로 빨리 왔다. 밤 10시 반에 클레어 씨가 그가 앉아서 녹차를 마시고 책을 읽으면서 학구적인 고독을 즐기며 좋아하는 검은 고양이와 함께 있을 때, 길에서 발자국 소리가 들렸고 문이 열렸다. 그리고 프랭크가 그 앞에 섰다.

보통 사람들이라면 깜짝 놀랐을 것이다. 그러나 그 철학자는 장남의 예상치 못한 귀환과 같은 사소한 일에 흔들리지 않았다. 만약 프랭크가 3년이 아니라 3분 동안 없었다면, 그는 학술지를 보다가 바로 고개를 들었을 것이다.

"정확히 내가 예상한 대로구나. 변경하겠다고 날 방해하지는 말거라. 고양이도 놀라게 하지 말고. 주방에 먹을 거 있으면 그거 먹고 자러 가. 내일 콤-레이븐에 가서 밴스톤 씨에게 내 말을 전해. '아버지가 인사 전하라고 하셨어요. 아버지가 늘 말했던 것처럼 저는 실패하고 돌아왔어요. 아버지가 1기니 그대로 가지고, 아저씨에게 5기니를 받을 거예요. 그리고 다음에는 아버지가 아저씨한테 했던 말을 유념하래요'라고 말이다. 문 닫고 나가. 잘 자고."

이렇게 환대를 받지 못한 채, 프랜시스 클레어 군은 다음 날 아침 콤-베이븐 마당에 모습을 드러냈다. 그리고 어쩌면 환영해 줄 거 같은 집 쪽으로 천천히 다가갔다.

막달렌이 그를 한눈에 알아보지 못한 것은 놀라운 일이 아니었다. 17살 성장이 느렸던 사내아이가 아니었다. 20살 청년으로 돌아왔다. 그의 호리호리한 체구는 이제 힘과 우아함이 생겼고, 키도 중간 키까지 커졌다. 어머니한테 물려받은 것 같았던 작고 보통이었던 이목구비는 눈에 띄는 섬세함을 잃지 않은 채 동그스름해졌고 커졌다. 턱수염은 아직 덜 자랐고, 뺨 쪽으로 구레나룻이 자라기 시작했다. 온화하고 방황하는 갈색 눈은 여자 얼굴에 더 잘 어울렸다. 남자 얼굴에 있기에는 기상과 결의가 부족했다. 손은 눈처럼 가만있지 못했다. 계속 위치를 바꿨고, 집을 수 있는 작은 물건은 계속해서 비틀거나 돌렸다. 그는 분명히 잘생겼고, 우아하고, 단정했지만, 가까이에서 본 사람들은 그를 보고 후대에 와서 건장한 가족 혈통이 사라졌다는 생각이 들었고, 프랜시스 클레어 군은 본 혈통보다는 조상의 그림자 혈통 쪽에 가까웠다.

그의 등장으로 놀랐던 마음이 조금 누그러졌을 때, 빠트렸던 편지를 찾기 시작했다. 밴스톤 씨는 커다란 주머니 안쪽에서 편지를 발견했고, 그 자리에서 읽었다.

그 기사가 적은 명백한 사실들은 다음과 같았다. 프랭크는 그의 새로운 직업에 필요한 능력이 없었다. 소명 의식이 없는 일을 계속해서 시간을 낭비하는 것은 무용지물이었다. 3년간 노력한 후, 두 사람 모두 이런 판단을 내렸고, 스승은 제자가 그의 아버지와 친구들에게 솔직하게 결과를 보여주는 것이 가장 간단한 일이라고 생각했다. 그가 지금은 포기해 버린 일을 했을 때 너무 낙담해서 보여주지 못했던 근면함과 인내심을 보다 적성에 맞고 그가 흥미를 느낄 수 있는 다른 일을 할 때 틀림없이 보여줄 것이다. 개인적으로, 그를 아는 모두가 그를 좋아했고, 영국 북부에서 알게 된 많은 친구들이 그의 밝은 앞날을 빌었다. 편지에 이런 내용이 담겼고, 그렇게 끝이 났다.

많은 사람들은 그 기사가 매우 신중한 말로 썼다고 생각했을 것이고, 나쁜 일을 최대한 좋게 바라보며 프랭크의 앞날을 걱정하고 있다고 생각했을 것이다. 밴스톤 씨는 비판적으로 편지를 읽기에는 쉽게 성질을 내고 낙관적이고, 또한 오랜 적수를 돕기보다는 한 치도 양보하지 않으려고 너무 초조해했다. 기사가 되는 데 필요한 일을 하지 않았다면 프랭크 잘못이었는가? 다른 젊은이들은 인생을 부정 출발하지 않았는가? 많은 사람들이 그런 식으로 시작해 극복하고 그 후 놀라운 일을 해냈다. 그 편지에 이렇게 생각하며, 마음씨 고운 신사는 프랭크의 어깨를 두드렸다. "힘내, 얘야! 이번에는 네 아버지가 내기에 이겼지만, 언젠가 우리가 되갚아 줄 거야!"

집주인이 이렇게 격려하자 노라를 제외하고 다른 가족들도 바로 따라서 격려했다. 고지식하고 내성적인 그녀는 손님에게 멀리 떨어져서, 그렇게 상냥하게 굴지 않았다. (과거 프랭크가 가장 좋아했던 소꿉친구) 막달렌을 필두로 나머지 사람들은 금방 예전으로 돌아갔다. 노라가 그를 '클레어 군'이라고 부르는 걸 고집하는 반면, 다른 사람들은 모두 '프랭크'라고 불렀다. 전날 밤 그가 자신 아버지에게 받았던 대우를 말해도, 노라는 여전히 엄숙했다. 그녀는 앉아서 거무스름하

고 잘생긴 얼굴을 계속 외면했고, 눈은 내리깔았으며, 뺨의 농후한 빛
깔은 평소보다 더 따뜻하고 더 깊어졌다. 가스 양은 포함해 나머지 모
든 사람은 클레어 씨가 아들에게 한 환영 인사가 참을 수 없다고 생각
했다. 하인이 들어왔을 때 소리와 유쾌함이 극에 달했고, 응접실에 손
님들이 있다는 소리에 모두 말을 잇지 못했다. "클리프턴 에버그린 로
지에서 매러블 씨와 매러블 양이 오셨습니다."

노라는 새 손님이 왔다는 말에 안심이 됐는지 바로 일어났다. 밴스
톤 부인이 다음으로 자리를 떴다. 이 두 사람이 먼저 손님을 맞으러
나갔다. 아버지와 프랭크와 있는 것이 더 좋은 막달렌은 남겠다고 했
지만, 가스 양이 5분 뒤에 그녀를 데리고 나갔다. 프랭크는 떠나려고
자리에서 일어났다.

"아냐, 아냐." 밴스톤 씨가 그를 말리면서 말했다. "가지 마. 이 사람
들 오래 있지 않을 거야. 매러블 씨는 브리스톨에 사는 상인이야. 딸들
이 클리프턴에 열리는 파티에 데려가 달라고 했을 때 한두 번 만났어.
그냥 아는 사이야. 온실에 가서 시가 피우자. 손님들은 신경 쓰지 마.
알아서 하겠지. 난 마지막 순간에 사과하면서 등장할 거야. 네가 적당
히 거리를 두고 따라오면 내가 정말 바빴다는 증거가 될 거야."

이런 기발한 전략을 비밀스럽게 속삭이면서, 밴스톤 씨는 프랭크
의 팔을 붙잡아 집 뒤쪽으로 내려갔다. 온실에 숨고 나서 처음 10분
동안은 아무 일도 일어나지 않았다. 그 후, 두 신사는 유리 너머로 밝
은색 옷을 입고 날아다니는 사람 모습을 보았다. 문이 열렸고 꽃가루
가 떨어졌고, 밴스톤 씨의 막내딸이 갑자기 정신을 잃은 것처럼 황급
히 뛰어왔다.

"아빠! 내 평생 꿈이 이뤄졌어요!"라고 그녀가 바로 말했다. "누가
붙잡지 않는다면, 온실 지붕 위로 날아갈 거 같아요. 매러블 부부가
초대장을 가지고 왔어요! 알아맞혀 보세요. 에버그린 로지에서 뭘 할
지 말이에요!"

"무도회구나!" 밴스톤 씨는 한 치의 망설임 없이 말했다.

"가정 연극이에요!!!" 막달렌이 외쳤고, 그녀의 맑고 어린 목소리가 온실 전체에 종소리처럼 울려 퍼졌다. 그녀가 무아지경으로 손뼉을 치자, 헐렁한 소매가 뒤로 젖혀졌고 동그랗고 하얀 팔과 옴폭 들어간 팔꿈치가 보였다. "〈연적The Rivals(영국 극작가 리처드 셰리든의 희곡)〉이라는 연극이에요, 아빠. 유명한 어떤 사람이 쓴 〈연적〉요! 나보고 연기를 하래요! 세상에서 내가 제일 하고 싶은 거예요. 아빠한테 달렸어요. 엄마는 고개를 흔들었고, 가스 선생님은 눈을 부라리고, 노라 언니는 평소처럼 뚱해 있어요. 하지만 아빠가 허락하면, 세 명 모두 양보해서 내가 하고 싶은 대로 하게 해줄 거예요. 허락해주세요." 그녀는 아버지에게 매달려 애원했고, 아버지 귀에 대고 부드러운 입술을 가져다 대고 다음과 같이 속삭였다. "허락해주시면, 남은 평생 착한 딸로 살게요."

"착한 딸?" 밴스톤 씨는 되풀이했다. "미친 딸이겠지. 이 사람들이랑 연극이라. 안에 들어가서 이 문제를 생각해봐야겠구나. 넌 시가 계속 펴도 돼, 프랭크. 네 일이 아니니 여기 있어."

"안 돼요, 그 사람 일이기도 해요."

프랜시스 클레어는 그때까지 얌전히 뒤로 빠져 있었다. 그는 이제 말문이 막히고 놀란 표정을 지으며 앞으로 나왔다.

막달렌은 그의 멍한 표정에 침착하게 답하며 말을 이었다. "맞아요. 당신도 연기하는 거예요. 매러블과 난 할 일이 있는데 5분 내로 다 정리해야 해요. 남는 역할이 2개가 있는데, 하나는 루시라는 시녀인데, 아빠가 허락하시면 내가 맡을 인물이에요." 아버지 팔을 몰래 꼬집으면서 말을 덧붙였다. "그 애가 거절하지 않겠죠? 첫째, 그는 사랑스러워요. 둘째, 내가 그를 사랑하고, 그도 나를 사랑해요. 셋째, 우리 사이에 어떤 의견 차이도 없어요(그렇죠?). 넷째, 내가 그에게 키스해서, 자연스럽게 입을 다물게 하고 모든 문제를 해결하는 거예요. 아차, 내가 지금 뭘 하는 거야? 아, 맞다, 프랭크한테 설명을….”

“미안한데.” 프랭크는 이 말에 반발하려고 했다.

막달렌은 반발을 조금도 알지 못하고 계속 말했다. “두 번째 역할은 포클랜드인데, 말을 잘하고 질투심 많은 연인이에요. 다른 사람들이 이야기 나눌 동안 매러블 양과 나는 창가에서 따로 포클랜드에 대해 의논했어요. 그녀는 유쾌하지만, 너무 충동적이고, 매우 현명하고, 전혀 꾸밈이 없어요. 나에게 고민을 털어놨어요. ‘어려운 포클랜드 역할을 할 신사를 찾지 못해서 걱정이에요’라고 말했어요. 물론 내가 그녀를 달래줬어요. ‘아는 신사가 있는데, 그가 바로 할 거예요’라고 했어요. ‘오, 세상에, 누구예요?’ ‘프랜시스 클레어 군이요.’ ‘그 사람 어디 있어요?’ ‘지금 집에 있어요.’ ‘밴스톤 양, 그 사람 데려와 줄 수 있어요?’ ‘매러블 양, 기꺼이 데려올게요.’ 바로 창가 자리에서 일어나 거실에 갔다가 시가 냄새가 나서 냄새를 따라왔더니 여기였어요.”

프랭크가 매우 당황하며 말했다. “연기를 부탁해줘서 감사하지만, 매러블 양과 당신이 양해를 해줬….”

“당치도 않아요. 매러블 양과 난 모습 등장인물들에 대해 상당히 확고해요. 우리가 아무개 씨가 포클랜드를 연기하기에 적합하다고 생각하면, 진지하게 말하는 거예요. 안에 들어가서 인사해요.”

“하지만 난 연기해 본 적이 전혀 없는데요. 어떻게 하는 줄도 몰라요.”

“그건 전혀 중요치 않아요. 모르겠으면, 내가 가르쳐 줄게요.”

“네가!” 밴스톤 씨가 외쳤다. “네가 뭘 안다고?”

“제발, 아빠, 농담 그만 하세요. 난 포클랜드를 포함해서 모든 등장인물을 연기할 수 있다고 매우 확신해요. 두 번 말하게 하지 말아요, 프랭크. 가서 인사해요.”

그녀는 아버지 팔을 붙잡고 온실 문으로 향했다. 계단에서 뒤돌아서 프랭크가 그녀를 따라오는지 봤다. 순간적인 행동일 뿐이었다. 하지만 바로 그 순간, 그녀의 미모로 더욱 견고해지고 타고난 확고한 의지에 사로잡혔다. 그녀가 사랑스러워 보였다. 그녀 뺨의 홍조가 부드럽게 빛났다. 눈은 기쁨으로 빛났다. 허리 위 그녀 모습은 섬세했고, 유연하고 견고했고, 매혹적이고 우아했다. "어서 와요!" 그녀는 애교스러운 손짓을 하며 말했다. "얼른 와요, 프랭크!"

40살 남자라면 그 순간 그녀를 거부했을 것이다. 프랭크는 지난 생일에 20살이 되었다. 다른 말로, 그는 시가를 버리고 그녀를 따라 온실 밖으로 나갔다. 그가 돌아서서 문을 닫는다고, 그녀를 시선에서 놓치는 순간, 가정 연극을 내켜 하지 않는 마음이 되살아났다. 집 계단에서 그는 다시 멈췄다. 근처에 있는 나무에서 잔가지를 뽑아 손에서 부러트렸고, 주위 이쪽저쪽을 둘러보았다. 왼쪽으로 난 길로 가면 아버지 집으로 돌아갈 수 있다. 벗어날 방법이 열려 있다. 왜 가지 않는가?

그가 여전히 머뭇거리는 동안, 밴스톤 씨와 그의 딸은 계단 꼭대기에 다다랐다. 다시 한번, 막달렌은 주위를 둘러봤고, 불가항력적 미모와 모두를 매료시키는 미소를 띠고 있었다. 그녀가 또다시 손짓했다. 그는 그녀를 따라 계단을 올라 문지방을 넘었다. 문이 닫혔다.

한편으로는 초대에 응하는 제스처였고 다른 한편으로는 순응하는 행동이었다. 여전히 런던 여정에 숨겨진 비밀에 대한 그의 마음과 그녀 생각을 알지 못한 채, 그들의 비밀이 드러나게 될 다소 많이 어두워진 구불구불한 길을 걸어갔다.

에버그린 로지에서 제안한 연극에 대해 밴스톤 씨가 알아보니, 연극은 대참사였다. 매러블 양은 결백하다는 듯이 굴었고, 그녀 아버지와 어머니는 주요 희생자였다.

매러블 양은 태어난 모든 폭군들 중에서 가장 힘든 아이였고, 외동딸이었다. 그녀는 첫 이빨이 났을 때부터 아버지와 어머니를 억압할 헌법상의 특권은 전혀 없었다. 그녀의 17번째 생일이 다가오고 있었다. 연극으로 생일을 축하하기로 했고, 지시를 내렸다. 고분고분한 그녀 부모들은 평소처럼 무조건 따랐다. 매러블 부인은 무대와 연극을 위해 응접실을 포기했다. 매러블 씨는 젊은 신사 숙녀들을 가르칠 존경할 만한 전문가를 고용했고 혼란스러운 집안을 연극 세계로 만드는 데 생기는 다른 부수적인 일들을 책임졌다. 가구가 부서지고 벽이 더러워지고 쾅 하는 소리, 물건이 떨어지는 소리, 망치질과 고함소리, 언제나 쾅 하고 닫히는 문과 끊임없이 계단을 오르내리는 소리에 점차 익숙해진 주인 부부는 큰 문제들이 끝날 것이라고 허황된 생각을 했다. 천진난만하고 치명적인 착각이다! 무대를 만들고 연극을 선택하는 건 사교계에서 별개의 일이었다. 배우들을 찾는 건 전혀 다른 일이었다. 지금까지 에버그린 로지에서 일어났던 일은 작은 골칫거리들에 불과했다. 견고하고 심각한 문제들이 모두에게 닥칠 것이다.

'연적'이 선택됐고, 당연히 매러블 양이 '리디아 랭귀시Lydia Languish' 역을 맡았다. 그녀가 좋아하는 청년들 중 한 명이 '앱솔루트 대위 Captain Absolute' 역을, 다른 사람이 '루시우스 오트리거 경Sir Lucius

46

O'Trigger,' 역을 맡았다. 이 두 사람은 '말라프로프 부인Mrs. Malaprop' 역을 맡은 노처녀 친척을 따라왔었다. 그리고 연극 진행이 일시 중단됐다. 등장인물이 9명 더 남았고, 심각한 문제들이 불가피하게 일어났다.

　가족의 모든 친구들은, 갑자기 태어나서 처음으로 믿을 수 없는 사람들이 되었다. 연극을 격려했던 그들이, 연기를 하는 개인적 희생을 거부하거나 역할을 맡았다가 등장인물 연구를 제대로 하지 않거나, 이미 정해진 역할을 맡겠다고 했다가 남은 역할들은 거부하거나, 연습을 할 때 몸이 약하거나 아픈 척하며 피해를 줬다. 청교도인 친척들이 있었는데, 주초에는 신나게 역할에 빠졌다가 주말에는 가족들의 심각한 압박에 참회하며 빠져나갔다. 그러는 동안 목수들이 망치를 두드리고 무대를 만들었다. 예민했던 매러블 양은 끊임없는 불안에 히스테리 상태가 되었다. 무슨 일이 일어나지 않으면, 주치의는 신경질적인 결과에 관해 답하기를 거부했다. 모든 점에서 새로운 노력을 기울였다. 등장인물에 어울리는 건 상관치 않고 배우들을 찾았다. 극 중이든 아니든 법을 모르는 18살 청년이 '앱솔루트 대위' 역을 맡았다. 무대감독이 무한한 연극 예술에서 필요한 멋진 생각들을 해냈다. 나이는 모르고 통통하지만, 마음이 착한 한 숙녀가 감정적인 '줄리아Julia'를 맡았고, 사생활에서 습관적으로 쓰던 가발이 극적인 요소를 더했다. 이런 적극적인 조치 덕분에, 연극은 시녀인 '루시'와 줄리아의 질투심 많은 연인인 '포클랜드'라는 어려운 두 등장인물을 빼고 모든 배역이 정해졌다. 남자들이 와서 연습 중인 줄리아를 봤다. 뚱뚱한 모습과 가발만 보고 착한 마음을 보지 못한 채 겉모습만 보고 겁을 먹고 사과하고 사라졌다. 여자들이 와서 루시 대사를 읽었는데 연극 전반부에는 상당히 있지만 후반부에는 없다고 언급했다. 마지막에 다른 인물들이 주목받을 때 그 역할은 관객들 시선을 받지 못하는 것에 반대하며, 대본을 덮고 사과하고 물러났다.

　공연까지 8일이 남았다. 사회 인사 200명이 초청되었다. 3번의 총

연습이 필요했고, 두 배역은 아직도 채워지지 않았다. 이런 애통한 이야기와 거의 친분도 없지만 찾아온 것에 매우 겸손한 사과를 하며, 절망에 빠진 매러블 부녀가 숙녀들에게 루시 역을, 온 세상에 포클랜드 역을 부탁하기 위해 콤-레이븐에 왔다.

밴스톤 씨의 성향 같은 아버지와 막달렌의 기질을 가진 딸을 포함한 청중들에게 상황들을 설명하자 처음부터 예상했던 결과가 나왔다. 이해하지 못한 건지 무시하는 건지, 그의 부인과 가스 양은 불길하게 침묵했고, 밴스톤 씨는 막달렌에게 버림받은 연극을 도우라고 허락했을 뿐 아니라 노라와 그를 초청하는 것을 받아들였다. 밴스톤 부인은 건강상 이유로 동행을 거부했고, 가스 양은 집에 남아 있기가 싫어서 겨우 가기로 했다. (어디 가나 부수적인 문제가 생기는 괴로운 가족) 루시와 포클랜드의 대사는 그 자리에서 맡은 사람들에게 건네졌다. 프랭크의 희미한 반발은 설명할 기회도 없이 거절되었다. 연습 날짜와 시간이 대본 표지에 주의 깊게 적혀 있었다. 그리고 매러블 부부는 너무나 고마워하며 자리를 떴다. 아버지, 어머니와 딸은 응접실 문에서부터 정원 문에 갈 때까지 계속 감사 인사를 했다.

마차가 떠나자마자, 막달렌은 완전히 새로운 모습을 보였다. 그리고 아주 근엄한 표정과 태도로 말했다. "만약 오늘 다른 손님들이 찾으면, 나는 집에 없는 거예요. 여러분이 생각하는 것보다 이건 훨씬 더 진지한 문제예요. 프랭크, 어디 가서 혼자서 당신 대사를 읽고, 가능한 주의를 흐트러트리지 말아요. 저녁 전에는 날 만날 수 없을 거예요. 아빠 허락을 받아서 저녁 식사 후 여기에 오면, 포클랜드 인물에 대한 내 생각을 마음껏 들을 수 있을 거예요. 토마스! 정원사가 무엇을 하든, 내 방 창문 밑에서는 어떤 소리도 내지 말아야 해요. 오후 내내 연구에 몰두할 거예요. 집이 조용할수록 모두에게 더 고마움을 느낄 거예요."

가스 양이 꾸짖기 전에, 밴스톤의 부인이 박장대소가 터지기 전에,

그녀는 침착하고 진지하게 허리를 굽혀 절했다. 그리고 평생 처음으로 뛰는 대신 걸어서 집 계단을 올라갔고 침실로 향했다. 그녀가 사라지자 프랭크의 무기력한 놀라움은 그 현장에서 새로운 부조리 요소를 더했다. 그는 한쪽 다리로 섰다가 다른 쪽 다리로 섰다. 대본을 말았다가 폈다가 했고, 사람들은 그를 안쓰럽게 쳐다봤다. "제가 할 수 없다는 거 알아요. 저녁 식사 후에 와서 막달렌 누나 생각을 들어도 될까요? 고맙습니다. 8시쯤에 찾아뵐게요. 제 아버지한테는 이 연극에 대해 부디 말하지 말아주세요. 마지막 말은 듣지 말아야 했어요." 그말이 그가 제대로 말할 수 있는 유일한 말이었다. 그는 손에는 가장 무능하고 가장 속수무책인 포클랜드 대사집을 들고 관목 쪽으로 정치 없이 갔다.

프랭크가 떠나고 가족들만 남게 되자, 아버지로서 밴스톤 씨의 상습적인 경솔함에 대한 공격이 시작됐다.

"앤드류, 무슨 생각으로 허락했어요?" 밴스톤 부인이 말했다. "분명히 내가 침묵하면 거절을 뜻한다고 충분히 경고했을 텐데요?"

가스 양이 말했다. "실수하셨어요. 좋은 뜻으로 그러셨겠지만, 모두에게 실수예요."

노라는 평소처럼 아버지 편을 들었다. "실수일지도 모르지만, 아버지나 다른 사람이 그런 상황에서 어떻게 거절할 수 있을지 정말 모르겠어요."

"바로 그거야, 우리 딸. 네 말대로 그 상황에서 나도 어쩔 수 없었어. 궁지에 몰린 불쌍한 사람들이잖아. 막달렌은 너무 연기하고 싶어 하고. 단호하게 반대한다고 말할 수 있었겠지만, 내가 단호하지 못하잖아. 다른 무슨 핑계를 댈 수 있겠어? 매러블 부부는 존경받는 사람들이고 클리프턴에서 최고의 회사를 운영하고 있어. 그 애가 그 사람들 집에서 무슨 피해를 주겠어? 만약 당신이 조금만 사려 깊게 생각하면, 매러블 양이 하는 거 막달렌이 못 할 이유도 없잖아? 그렇지! 불쌍한 애들이 연기해서 즐기도록 해줘. 우리도 한때 그 나이였을 때가 있었잖아. 화를 내봤자 소용없어. 내가 할 말은 그게 다야."

자신의 행동에 특유의 변명을 한 후 밴스톤 씨는 다시 시가를 피우려고 온실로 돌아갔다.

노라는 어머니 팔을 붙잡고 집으로 돌아가면서 말했다. "난 아빠한테 그렇게 말 안 했어요. 하지만 내 생각에, 연기한다고 나쁜 점은 막달렌과 프랜시스 클레어 군이 허물없이 친해지는 거예요."

"넌 프랭크에게 편견을 갖고 있어, 얘야." 밴스톤 부인이 말했다.

노라의 부드럽고 비밀스러운 적갈색 눈은 땅을 내려다봤다. 그녀는 더는 아무 말 하지 않았다. 그녀의 생각은 바뀌지 않았지만, 누구와도 언쟁하지 않았다. 그녀는 내성적이고 완고한 것이 큰 단점이었고, 침묵이 큰 장점이었다. '넌 지금 무슨 생각을 하는 거니?' 노라의 어둡고 풀 죽은 얼굴을 예리하게 본 가스 양이 생각했다. '너는 철옹성 같아. 외고집인 막달렌을 봐. 그녀는 훤히 내다볼 수 있는데, 너는 밤처럼 어두워.'

오후가 지났고, 막달렌은 여전히 자신의 방에 있었다. 계단에서는 발소리가 전혀 들리지 않았다. 다락방에서 주방까지 여기저기서 수다 소리도 들리지 않았다. 그 집 같지 않았고, 평온함이 어떤 방해 요소로 갑자기 사라졌다. 과거의 경험상 여전히 믿을 수가 없었던 변화의 현실을 직접 목격하고 싶었던 가스 양이 막달렌의 방으로 올라가 문을 두 번 두드렸고, 대답이 없자 문을 열고 들여다 봤다.

막달렌은 머리카락은 어깨 위로 모두 내려트리고 긴 거울 앞 안락의자에 앉아 있었다. 자신의 대사에 집중했고 저녁 식사를 위해 드레스를 입을 때까지 실내복을 입고 편안하게 있었다. 그녀 뒤에는 하녀가 앉아서 그녀의 젊은 여주인의 길고 숱 많은 머리를 천천히 빗질하고 있었는데, 몇 시간째 그렇게 해서 생기가 없고 체념을 했다. 햇빛이 비쳤고 창문 밖 녹색 덧문은 닫혀 있었다. 희미한 불빛이 조용히 앉아 있는 두 사람에게 부드럽게 내려앉았다. 침대 커튼은 장미색 리본 매듭으로 묶였고, 작고 하얀 침대 위에는 저녁 식사 때 입을 밝은 색 드레스가 놓여 있었다. 안쪽에는 아주 하얀 색 에나멜로 칠해진 화사한 색깔의 욕조, 반짝이는 장식이 달린 화장대, 크리스털 병, 손잡이에 큐피드가 달린 은색 종, 성지와도 같은 한 여자의 침실을 장식하는 작은 사치품들이 있었다. 그 풍경은 아주 편안하고 고요했다. 꽃과 향수의 시원한 향기가 났고, 막달렌은 대본 읽기에 완전히 몰입했고, 아가씨의 머리를 계속해서 부드럽게 빗질하는 시녀의 손과 팔은 단조롭게 움직였다. 모든 것이 똑같이 나른하고 조용한 느낌을 전했다. 문 한쪽은 밝은 대낮에 익숙한 현실이었고, 다른 한쪽은 고요한 천국 같은 꿈나라, 즉 유연한 휴식처였다.

가스 양은 문지방에 잠시 서서, 조용히 방 안을 들여다봤다. 막달렌의 시도 때도 없는 빗질에 대한 별난 환상은 집안 모든 사람에게 알려진 그녀의 악명 높은 특이한 성격 중 하나였다. 그녀 아버지가 좋아하는 농담 중 하나가 그녀를 보면 종종 고양이 등을 쓰다듬는 모습이 떠올랐고, 빗질을 오래 하면 그녀가 골골하는 소리를 들을 수 있을 거라고 항상 기대한다는 거였다. 과장된 소리 같지만, 그 비교가 아주 틀린 것은 아니었다. 소녀의 열정적인 기질은 대부분 여자들이 머리를 빗어 넘길 때 느끼는 기본적인 여성스러운 즐거움을 심화시켰고, 즐거움에 빠지게 하는 호화로움에 너무 차분하게 자신을 드러내고, 너무 깊게 졸아서 쓰다듬는 손을 즐기는 반려묘 같다는 것은 자연스러웠다. 가스 양이 제자의 이런 특이한 점을 알게 되면서, 그녀는 현재 처음으로 막달렌이 대사 때문에 정신적으로 노력하고 있다는 것을 보았다. 그래서 빗질과 대사 공부를 얼마나 오래 했는지 약간의 호기심을 느낀 그녀는 처음에는 아가씨에게 질문을(아무런 답을 듣지 못했다), 두 번째로 하녀에게 질문을 던졌다.

"오후 내내요, 가끔 쉬었어요"라는 피곤한 대답이 들렸다. "막달렌

아가씨는 머리를 빗으면 감정을 진정시키고 머리를 맑게 해준다고 했어요."

이런 상황에서 간섭하면 안 된다는 것을 경험으로 아는 가스 양은 급히 몸을 돌려 방을 나갔다. 그녀는 층계참에 도착했을 때 미소를 지었다. 여자의 마음은 (자주는 아니지만) 종종 미래에 투영된다. 가스 양은 막달렌의 불행한 미래의 남편을 예언적으로 동정하고 있었다.

저녁 식사 시간에 가족들 눈에도 아름다운 학생이 정신적으로 푹 빠져 있는 모습이 보였다. 평소 막달렌의 식욕은 먹는 것이 여성의 아름다움에 미치는 큰 영향을 무시하려는 연약한 감상주의자들이 두려워했다. 이번에 그녀는 위를 자제하는 게 가장 희귀한 현대적 순교라는 결심으로 음식을 한 가지만 먹었다. "루시 역할을 상상해봤어요." 그녀는 얌전하고 엄숙하게 말했다. "다음으로 어려운 건 프랭크를 포클랜드로 상상하는 거예요. 웃을 이야기가 아니에요. 내가 맡은 일이니까 모두 진지해야 해요. 안 돼요, 아빠. 오늘은 와인은 안 돼요. 오늘은 제정신을 유지해야 해요. 물 줘, 토마스. 그리고 젤리 조금만 더 줘."

프랭크는 저녁에 첫 대사도 모른 채 나타나자, 중년의 여교사가 뒤쪽으로 어린 남학생을 데려가는 것처럼 그의 손을 잡았다. 그날 저녁 그녀 나이보다 두 배가 많은 여성처럼 업신여기는 냉정함을 가지고 은근슬쩍 칭찬하면서, 그는 엄격하게 연습을 여러 번 시켰다. 그녀는 말 그대로 그에게 대사를 강제로 연습시켰다. 그녀 아버지는 의자에서 잠이 들었다. 밴스톤 부인과 가스 양은 그 과정에 흥미를 잃고 방 안쪽에서 둘이 속삭였다. 점점 밤이 깊었다. 막달렌은 여전히 자기 일에 지치지 않았다. 저녁 내내 보고 있었던 노라는 똑같은 인내심으로 마지막까지 지켜봤다. 여동생과 프랭크를 보면서 그녀의 얼굴은 불신으로 점점 어두워졌다. 그들이 얼마나 가까이 앉아서 같은 관심사에 집중하고 같은 목적을 위해 연습하는지를 봤다. 벽난로 시계가 11시

반이 돼서야 단호한 루시는 무기력한 포클랜드가 대본을 덮도록 허락했다. 현관문을 나서며 프랭크가 밴스톤 씨에게 말했다. "그녀는 정말 똑똑해요. 그렇죠? 반대하지 않으시면 내일 와서 그녀의 의견을 더 들어봐야겠어요. 전 결코 그렇게 못 할 거예요. 제가 그렇게 말했다고 그녀에게 말하지 마세요. 그녀가 대사 하나를 가르치면 다른 건 까먹어요. 실망스럽죠? 안녕히 주무세요."

다음 날은 첫 번째 총연습 날이었다. 전날 저녁 밴스톤 부인의 기분이 매우 우울해졌다. 가스 양과 개인적으로 이야기할 때, 런던에서 보낸 편지에 대해 또다시 언급했다. 가족 관계에 대한 래지 대위의 뻔뻔스러운 요구를 받아들인 자신의 나약함을 자책했고, 그런 후 듣기에 매우 괴롭고 낙담한 어조로 건강 상태와 다가오는 여름에 일어날 불확실한 일에 관한 이야기로 되돌아갔다. 그녀가 기운이 나도록, 가스 양은 되도록 빨리 대화의 주제를 바꾸었고, 다가오는 가정 연극에 관해 이야기했고, 연습 때마다 막달렌과 함께 가서 집으로 안전하게 돌아올 때까지 지켜보겠다고 말하면서 밴스톤 부인의 마음에서 모든 불안을 덜어냈다. 그래서 프랭크가 연습 당일 아침 콤-레이븐에 왔을 때, 가스 양은 아르고스Argus(눈이 100개 달린 거인, 감시인) 역할로 루시와 포클랜드와 함께 가기 위해 서 있었다. 열차는 정확한 시간에 세 사람을 에버그린 로지에 데려다줬다. 그리고 1시에 연습이 시작됐다.

Chapter 6

극장 한구석에서 매러블 양이 초조해하며 가스 양에 속삭였다. "밴스톤 양이 자기 대사는 알겠죠?"

"태도와 품위가 여배우를 결정짓는다면, 막달렌 연기에 우리는 깜짝 놀랄 거예요." 그렇게 답하고 가스 양은 책을 꺼내서 객석 가운데에 앉았다.

감독이 대본을 들고 무대 앞과 가까운 스툴에 앉았다. 그는 활동적이고 다정하고 성격이 쾌활한 작은 사람이었다. 과거에도 아무런 문제를 일으키지 않았던 것처럼 그리고 앞으로 어떤 문제도 없을 것처럼 인내심을 가지고 시작하라는 신호를 했다. 희곡 연적은 두 등장인물 '심부름꾼'과 '마부'가 등장하면서 시작되는데, 그들은 '베스Bath에 있는 거리'를 그린 무대 뒷배경에 비해 키가 너무 컸고, 팔다리와 목소리를 제대로 가누지 못해, 퇴장을 여러 번 잘못했는데, 무대 뒤에서 실컷 웃으면서 지금까지의 결과물에 매우 만족했다. "제발 조용히 하세요!" 쾌활한 감독이 말했다. "무대에서처럼 그렇게 큰 소리를 내면 관객들이 대사를 들을 수 없어요. 매러블 양 준비됐나요? 밴스톤 양 준비됐나요? 베스 거리 그 부분 조심해요. 비뚤어졌어요. 매러블 양, 얼굴은 정면으로 이쪽으로 봐요. 밴스톤 양은…." 그는 갑자기 말을 아꼈다. "특이하네." 그가 숨죽이며 말했다. "그녀는 본인 뜻대로 관객을 대하고 있어." 루시는 다음과 같은 대사로 장면을 시작했다. "사실, 부인, 그걸 찾는다고 마을을 돌아다녔어요. 가본 적 없는 베스에 순환 도서관이 있다고는 생각하지 못했어요." 감독은 의자에서 일어났다. "내 마음이 뛰어요. 말하지는 않지만 큰 소리가 나요." 극 중 대화는 계속됐다. 루시는 망토에서 리디아 랭귀시 양에게 읽어줄 소설 책들을 꺼냈다. 감독은 신나서 일어났다. 훌륭해! 책을 급하게 꺼내지도 않고 떨어트리지도 않았다. 그녀는 아가씨에게 책을 읽어주기 전에 제목을 봤다. 반대편으로 향해 작게 소리를 내며《감성의 눈물The Tears of Sensibility》위에《험프리 클링커Humphrey Clinker》를 내려놨다. 그 순간 그녀는 줄리아가 왔다고 말했고, 다음으로 시녀가 예의상 하는 행동을 취했고, 대본에 따라 3번째로 무대에서 내려왔다. 감독은 스툴에서 몸의 방향을 바꿔 가스 양을 열심히 바라보며 말했다. "실례합니다만, 선생님. 시작 전에 매러블 양이 저에게 젊은 숙녀분이 이번에 처음 연기하는 거라고 말해줬어요. 그럴 리가 없어요!"

"맞아요"라고 가스 양은 답하면서 감독의 놀라운 표정을 살폈다. 막달렌이 자신의 배역을 연구할 때 보여준 이해할 수 없는 근면성이 정말 그 일에 대한 진지한 관심에서 비롯됐고 타고났다는 것이 가능할까?

연습은 계속됐다. 가발을 쓰고 통통한(그리고 마음이 착한) 여인이 늘 비극적인 생각을 하는 감정적인 줄리아를 연기했고 첫 장면에서 손수건을 정신 사납게 흔들었다. 노처녀 친척은 말라프로프 부인의 말실수를 매우 심각하게 생각했고, 그녀의 실수에 대단한 고통을 가했고, 그 소리는 무엇보다도 발성 연습하는 것처럼 들렸다. 허망된 희망을 품는 '앤소니 앱솔루트 경' 역의 불쌍한 청년은 무릎을 계속 비틀거리고 지팡이로 무대를 계속 치면서 인물의 나이와 조급함을 표현했다. 더디고 어설프고, 계속되는 방해와 실수로, 루시가 다시 등장해 자신의 소박함에 대한 고백과 자신의 속임수를 칭찬하는 독백으로 끝날 때까지 1막을 질질 끌었다.

여기 1막에서는 막달렌이 겪어보지 못했던 어려움에 직면했고, 경험 부족은 눈에 보이는 실수를 여러 번 했다. 무대감독은 다른 배우들에게 보여주지 않았던 열의를 보이며 그녀를 바로 잡아줬다. 어느 시점에서 잠시 멈춰 서서 무대 한 바퀴를 돌아야 하는데 그렇게 했다. 또 다른 시점에서는 멈춰서 고개를 들고 관객들을 똑바로 바라봐야 하는데, 그녀는 그렇게 해냈다. 그녀가 받은 선물 목록을 읽으려고 종이를 꺼낼 때, 손가락으로 쳐도 되나요(그럼요)? 작게 웃으면서 시작하고요(맞아요, 두 번 웃고 나서요)? 문장마다 관객석을 똑바로 보고 은밀한 시선을 보내며 다른 걸 읽어도 되나요(맞아요, 관객석을 똑바로 보고 최대한 은밀하게요)? 감독은 기분 좋은 표정을 지으며 허락했다. 팔 밑에 대본을 키우고 즐겁게 박수쳤다. 무대 뒤에 모인 남자들은 그를 따라 했다. 여자들은 신입에게 맡기고 은퇴하는 게 낫지 않을까 하는 의구심을 느끼며 서로를 쳐다봤다. 그들을 신경 쓰기에는 연기에 너무 심취해, 막달렌은 독백을 반복했고 확실히 나아졌다. 이번에는 처음부터 마지막까지 실수 한 번 하지 않고 끝냈다. 감독은 자신의 지시에 잘 따르는 그녀의 집중력을 칭찬하며 자신도 모르게 동의했다. 작은 남자는 대본을 강하게 손으로 치며 외쳤다. "그녀는 감각이 있어. 타고난 배우야!"

"그렇지 않기를 바라는데." 가스 양은 혼잣말을 하며 무릎에 떨어트린 책을 집어 들고는 당황하며 그것을 내려다봤다. 연극과 관련해 그녀가 가장 걱정했던 결과들이 일부 남자들의 경박한 행동으로 나타났다. 그녀는 이 문제에 단호했다. 막달렌은 경솔한 소녀로 상대하기 비교적 쉬웠다. 타고난 배우로서 막달렌에게 앞으로 심각한 어려움의 조짐이 보였다.

연습은 계속됐다. 루시는 루시우스 경과 심부름꾼과 함께 (그녀가 마지막으로 등장하는) 2막 무대에 다시 등장했다. 여기서 다시, 막달렌은 미숙함을 이겨내고 또다시 자신의 실수에 대처하고 고치면서 모두를 놀라게 했다. 그녀가 실수를 하나하나 만회할 때마다 무대 뒤에서 남자들은 "브라보!"라고 외쳤다. 여자들은 "분량도 얼마 안 되는데 웃겨"라고 했다. 여론에 마지못해 동의하면서 가스 양은 생각했다. '하늘이시여 용서하소서, 우리가 가톨릭 신도여서 내일 그녀를 보낼 수 있는 수녀원이 있었으면 좋겠다고 바랐어요.' 매러블 씨의 하인 1명이 여주인의 절박한 열망 때문에 극장에 들어섰다. 그 하녀는 바로 무대 뒤 한 남자에게 '밴스톤 양은 연습이 끝났으니 여기 와서 내 옆에 앉아요'라는 메시지를 전했다. 그 하인은 공손하게 사과하고 돌아섰다. "밴스톤 양에게 안부를 전하며 양해를 구합니다. 클레어 군의 대사를 알려주세요." 그녀는 그에게 대사를 상기시켜줘서 그는 진짜로 자신의 대사를 다 했다. 다른 사람들 연기는 확실히 바보천치 같았다. 프랭크는 조금 괜찮았다. 그는 제대로 하지 못했지만, 상대적으로 괜찮았다. 대사를 상기시켜줬다는 말을 들은 감독이 말했다. "밴스톤 양 덕분이에요. 그녀가 그를 이끌었어요. 2막이 끝나고 관객들이 그녀의 마지막 장면을 보는 밤에 우리는 충분히 맥이 빠질 거예요. 그녀가 더 좋은 역할을 맡지 못해 너무나 아쉽네요!"

가스 양이 그의 말을 엿듣고 중얼거렸다. "더 큰 역할을 안 해서 정말 다행이지. 지금 상태에서 사람들이 그녀에게 박수를 보낼 수 없어. 2막에서 퇴장해서 다행이야."

절제되지 않은 생각은 성급하게 추론했다. 가스 양의 생각은 잘 절제되었다. 따라서 논리적으로 말하면, 가스 양은 성급하게 결론을 내리지 말아야 했다. 그럼에도 불구하고 그녀는 현 상황에 대해 그런 실수를 저질렀다. 더 분명하게 말해서, 그녀가 조금 전에 떠올린 생각은 그 연극이 지금까지 모든 실패를 이겨내고 오랫동안 기다렸던 성공을 이뤘다고 생각했다. 연극은 아무것도 하지 않았다. 불운과 매러블 가족은 아직 떨어지지 않았다.

연습이 끝났을 때, 가발을 쓴 뚱뚱한 여성이 몰래 그만두었다는 것을 아무도 알지 못했다. 나중에 매러블 씨가 극장 근처 방에 마련한 다과를 그녀가 먹으러 오지 않았을 때, 아무도 그녀가 없는 심각한 이유를 상상하지 못했다. 다음 연습을 하려고 모이고 나서야 비로소 일이 드러났다. 정해진 시간에 줄리아는 나타나지 않았다. 그녀 대신 매러블 부인이 손에 편지를 들고 거만하게 무대로 향했다. 그녀는 훌륭한 교육을 받았고 천생 여자였다. 그녀는 단조로운 말투를 가진 여주인이었지만, 불행과 극적인 영향이 합쳐지자, 마침내 나이 지긋한 부인은 평정을 잃고 말았다. 평생 처음으로 매러블 부인은 맹렬한 몸짓을 하고 심한 말을 했다. 그녀는 가까이에 있는 딸에게 단호하게 편지를 건네며, 아주 침착하게 말했다. "애야, 우리는 저주에 빠졌어." 놀란 단원들이 설명을 요구하기도 전에, 그녀는 뒤돌아서 방에서 나갔다. 감독은 전문가적 눈으로 그녀를 정중하게 바라봤다. 마치 연극의 관점에서 퇴장을 인정하는 것처럼.

연극에 어떤 새로운 불행이 일어났는가? 마지막이자 최악의 불행이 덮쳤다. 통통한 여인이 자신의 배역을 그만뒀다.

악의적으로 그런 것은 아니었다. 내내 착했던 그녀는 여전히 그랬다. 다른 것은 몰라도, 그녀의 상황 설명은 이를 증명했다. 그 편지 내용은 이랬다. 그녀는 마지막 연습에서 (아주 우연치 않게) 누군가 자신에 대해 말하는 것을 엿들었다. 그들은 그녀의 머리와 몸매에 대해 말했을 것이다. 그녀는 그 이야기를 되풀이해서 매러블 부인을 괴롭히지 않았다. 안 좋은 일을 더 악화시키는 것은 그녀 성격이 아니었기에 그녀는 이름을 거론하지 않았다. 그녀의 자존심에 유일하게 어울리는 일은 배역을 포기하는 것이었다. 매러블 부인의 말에 따르면, 그녀가 건방지게 젊은 등장인물을 맡은 것에 대해 여러 번 사과하면서, 자신의 나이를 언급했던 한 남성과 자신의 단점인 머리와 몸매에 대해 무례하게 이야기한 두 여자에 대해서도 언급했다. 더 젊고 더 매력적인 줄리아를 연기할 수 있는 사람은 틀림없이 쉽게 찾을 수 있을 것이다. 한편, 그녀는 모든 관련자들을 완전히 용서했고, 연극이 성공하기 바라며 떠나는 것을 양해해 달라고 했다.

공연까지는 나흘이 남았다. 어떤 사람이 좋은 뜻으로 돕고 싶다면, 그것은 바로 에버그린 로지에서 하는 연극일 것이다! 무대에 안락의 자가 하나 있었다. 그 의자에 앉아 매러블 양은 히스테리를 부리려고 했다. 막달렌은 첫 번째 발작에 앞으로 나와 매러블 양의 손에서 편지를 낚아채 참사를 막았다.

"그녀는 못생기고, 대머리이고, 못된 중년의 비열한 사람이에요." 막달렌은 편지를 갈기갈기 찢어 사람들 머리 위로 뿌리며 말했다. "하지만 그녀에게 한 가지만 말하겠어요. 그녀는 연극을 망치지 않았어요. 내가 줄리아를 연기할 거예요."

"브라보!" 남자들이 함께 외쳤다. 익명의 한 신사(아니면 프랜시스 클레어 군)이 모두가 가장 큰 소리로 장난치도록 도왔다.

막달렌이 말을 이었다. "여러분이 진실을 원한다면, 털어놓을게요. 그녀가 말하는 여자들 한 명이 저예요. 머리가 대걸레 같고 허리는 베개 같다고 했어요. 그러니까요."

"다른 여자는 저예요"라고 노처녀 친척이 말했다. "하지만 난 역할에 비해 너무 통통하다고만 했어요."

다른 사람들에게 용기를 얻어 프랭크가 외쳤다. "내가 그 남자예요. 난 아무 말 안 했어요. 여자들 말에 동의만 했어요."

여기서 가스 양은 기회를 포착하고 관객석에서 큰 소리로 무대를 향해 말했다.

"그만! 그만! 그런 식으로는 문제 해결이 안 돼요! 막달렌 아가씨가 줄리아 역을 하면 루시 역은 누가 하죠?"

매러블 양은 안락의자에 다시 앉아서 두 번째 발작을 일으키려 했다.

막달렌이 외쳤다. "말도 안 되는 소리 마요! 간단해요. 내가 줄리아와 루시 역을 같이 하면 돼요."

무대 감독은 그 자리에서 의논했다. 루시의 첫 등장을 줄이고, 소설에 대한 짧은 대화를 리비아 랭기쉬의 독백으로 바꿨는데, 막달렌의 계획이 성공하는데, 중요하게 필요한 유일한 변화였다. 1막과 2막 마지막에서 루시가 말하는 장면은 줄리아가 의상을 갈아입을 수 있는 시간을 줄이기 위해 삭제됐다. 가스 양조차도 방법을 찾으려고 열심히 노력했지만 새로운 장애물을 막을 수 없었다. 5분 만에 문제가 해결됐고 연습은 계속됐다. 손에 대본을 들고 줄리아의 극 중 상황을 익히던 막달렌은 나중에 집에 가서 밤새 새로운 대사를 공부하겠다고 말했다. 그러자 프랭크는 그녀가 시간이 없어서 자신이 연기하는 데 겪는 어려움을 도와주지 못할까 봐 걱정했다. 그녀는 자기 대사를 가지고 애교를 떨며 그의 어깨를 두드렸다. "이 바보, 내가 당신 없이 어떻게 해요? 당신은 줄리아의 질투심 많은 연인이에요. 당신은 언제나 줄리아를 울리잖아요. 오늘 밤에 와서 차 마시면서 날 울려봐요. 당신에게는 이제 지금 가발을 쓴 앙심 품은 늙은 여자가 없어요. 당신이 아프게 하는 건 내 마음이에요. 물론 내가 어떻게 하는지 가르쳐 줄게요."

공개 연습과 개인 연습을 계속하면서 4일은 빠르게 지나갔다. 공연일이 되었다. 초청객들이 모였다. 그 위대한 연극 실험은 시험대에 올랐다. 막달렌은 기회를 최대한 활용했다. 그녀는 그 시간 동안 감독이 가르쳐 줄 수 있는 모든 것을 배웠다. 서곡이 시작되자 가스 양은 한 손에는 정신 들게 하는 약병을 들고 다른 한 손에는 대본을 들고 일어날 수 있는 상황에 대비해 무대 뒤 한쪽 구성에서 마지막까지 진지하고 조용히 앉아 있었다.

관객들로 붐비고, 아프리카처럼 기온은 높고, 램프는 터지고, 커튼을 치는 것이 어려웠지만 적절하게 조화를 이루면서 연극은 시작됐다. 막을 연 '심부름꾼'과 '마부'는 무대에 올라가자마자 외운 것을 잊어버리고 대사 절반을 하지 못했고 멈췄다. 눈에 보이지 않는 감독의 "내려와"라는 간청이 들렸고, 그 말에 그들은 내려왔고, 모든 점에서 그들은 올라갔을 때보다 슬픈 경험으로 현명해졌다. 다음 장면에서 리디아 랭귀시 역의 매러블 양이 우아하게 앉았고, 매우 예쁘고 아름다운 옷을 입었고, 목소리만 빼고는 모든 것이 좋았던 그녀는 자신의 역할에서 가장 적은 대사를 정확하게 말했다. 여자들은 감탄했고 남자들은 박수쳤다. 이미 '심부름꾼'과 '마부'에게 "내려와"라고 간청했던 똑같은 목소리가 "소리 크게 해요, 아가씨"라고 속삭이는 것 빼고는 아무것도 듣지 못했다. 젊은 관중들 사이에서 킥킥거리는 반응이 있었고, 큰 박수가 터져 나왔다. 관객들의 열기는 정상 체온까지 올라왔지만, 아직 좋다는 느낌은 분출되지 않았다.

극 중반에 막달렌은 '줄리아'로 조용히 첫 등장을 했다. 그녀는 어두운 색깔의 아주 소박한 옷을 입고 있었고, 가발은 쓰지 않았다. 그녀의 두 번째 역할을 보다 효과적으로 분장하기 위해 (뺨에 약간의 연지를 바른 것을 제외하고) 모든 무대 분장은 하지 않았다. 우아하고 소박한 의상을 입고 그녀 앞에 있는 관객들 얼굴을 침착하게 바라보며, 함성과 기대감을 높였다. 잠깐의 떨림을 억누른 후 그녀는 모든 사람들이 들을 수 있게 아주 뚜렷하게 말했고, 곧 그녀의 외모가 만들어 낸 호감을 더 분명하게 보여줬다. 그녀를 냉정하게 바라보고 듣는 관객 중 한 명은 언니였다. 그날 밤 여배우가 무대에 오르기 전에 5분도 남지 않은 상황에 막달렌이 그녀를 모델로 삼아 '줄리아'라는 인물의 상냥함을 대담하게 그려냈다는 것을 알고, 말로 다 할 수 없을 정도로 놀랐다. 노라는 자신의 모든 태도와 움직임의 특이함이 뻔뻔하게 재현되는 걸 보았고, 심지어 가끔 목소리 톤까지 똑같이 따라 해서, 무대에 울려 퍼지는 억양이 꼭 자신이 말하는 것 같아서 그녀를 놀라게 했다. 연극을 위해 노라의 특성을 멋지게 따라 한 효과는 막달렌이 퇴장하면서 박수갈채로 나타났다. 그녀는 첫 장면에서 논란의 여지가 없는 승리를 거뒀다. 능숙한 흉내로, 그녀는 영국 연극에서 가장 재미없는 인물 중 한 명을 살아 있는 현실로 만들어 냈다. 그리고 그녀는 관객 200명을 열광시켰고 그들의 열기는 모두 금방이라도 폭발할 것 같았다. 이런 상황에서 더 많은 것을 해낼 수 있는 직업 배우는 어디에 있을까?

하지만 저녁 행사는 아직 끝나지 않았다. 막의 끝부분에 막달렌은 루시 역으로 분장하고 재등장했다. 가짜 머리와 가짜 눈썹을 했고 밝고 붉은 안색에 뺨에 자국이 있었고, 화려한 색깔의 옷을 입었고 아주 날카로운 목소리와 태도를 보여서, 관객들이 상당히 놀랐다. 그들은 진행순서에 적힌 가명 밑에 적힌 루시 역할을 내려다봤고, 무대를 다시 올려다보고 변장을 알아보고는, 아까보다 더 크고, 더 힘찬 박수로 놀라움을 나타냈다. 노라도 이번에는 인정할 수밖에 없었다. 모든 미숙함을 꾸준히 극복했고, 매우 따분해했던 관객들에게도 태어나서 처음으로 무대에 올라 모든 표정과 동작을 표현하는 18살 소녀의 타고난 연기 능력이 분명히 보였다. 두 역할을 하면서 사소한 실수들은 있었지만, 그녀는 두 등장인물을 완전히 구별되도록 하는 데 가장 중요하게 필요한 일을 해냈다. 모두가 그 어려움을 알았고, 그 어려움을 이겨낸 걸 보았다. 모두가 감독이 연습에서 그녀가 타고난 배우라고 말했던 감독의 열광을 따라 했다.

처음으로 막이 내렸을 때, 막달렌은 연극의 모든 흥미와 매력에 자신을 집중했다. 아버지 손님으로 왔던 관객들은 매러블 양에게 정중한 박수를 보냈다. 다소 미흡했지만, 끝까지 연기한 다른 배우들도 기분 좋게 격려해줬다. 그러나 연극이 진행되면서 막달렌이 나오지 않는 장면에서는 어떤 진정한 관심이 표출되지 않았다. 숨길 수가 없었다. 매러블 양과 친구들은 허망한 바람으로 그들을 도와달라고 불렀던 신입의 그늘에 절망적으로 가려졌다. 그리고 오늘은 매러블 양의 생일이다! 그리고 여기는 그녀 아버지의 집이다! 6주 동안 말할 수 없는 희생을 했다! 매러블 가족을 괴롭혔던 연극 때문에 일어난 모든 집안의 대참사와 더불어 막달렌의 성공으로 최고의 불행이 완성되었다.

연극이 끝나고 만찬장에 손님들과 함께 있는 밴스톤 씨와 노라를 남겨두고 가스 양은 표면적으로 자신이 도울 일이 있는지 보러 무대 뒤로 갔다. 표면적으로 자신이 도울 일이 있는지 살피려고 갔지만 실제로는 막달렌이 저녁의 승리에 심취해 있는지 보러 가는 것이었다. 만약 가스 양이 그녀의 제자가 감독과 일반 극장 출연 계약을 맺는 것을 본다고 해도 놀랄 일이 아니었다. 실제로 그 일은 일어났고, 그녀는 막달렌이 무대에서 우아한 미소를 지으며 허리 굽혀 인사를 하며 감독이 건네는 명함을 받는 것을 봤다. 가스 양이 무언의 질문을 하는 눈빛을 알아챈 작은 남자는 서둘러 명함이 자신의 것이고, 앞으로 기회가 있다면 밴스톤 양의 추천을 부탁했을 뿐이라고 해명했다.

"이 젊은 아가씨가 가정 연극에 관심을 두는 것이 이번이 마지막이 되지 않을 거예요. 장담합니다. 그리고 만약 다음번에 감독이 필요하다면, 아가씨가 친절하게 저를 위해 좋은 말을 해주겠다고 약속했어요. 저는 그 말을 늘 기억하겠습니다, 아가씨." 이런 말을 하며 그는 또다시 인사를 하고 조심스럽게 사라졌다.

막연한 의심이 가스 양의 마음을 사로잡았고, 명함을 보여달라고 했다. 해로울 것이 없는 종잇조각이 건네졌다. 그 명함에는 감독 이름만 적혀 있었고, 그 아래에는 런던에 있는 극단 이름과 주소만 적혀 있었다.

"가지고 있을 필요가 없네요"라고 가스 양이 말했다.

막달렌은 바로 그 순간 그녀가 명함을 버리기 전에 낚아채서 자기 주머니에 넣었다.

"난 그 사람을 추천해주기로 약속했고, 그 사람 명함을 보관하는 한 가지 이유예요. 만약 다른 일이 일어나지 않는다면, 그 명함이 내 인생에서 가장 행복했던 저녁을 생각나게 할 거예요. 그게 또 다른 이유예요." 그녀는 열렬하게 가스 양을 두 팔로 안으며 외쳤다. "가서 내 성공을 축하해요!"

"아가씨가 잘난 척을 안 하면, 축하해 줄게요."

막달렌은 30분간 옷을 갈아입었고 손님들과 함께했다. 그리고 가스 양이 통제할 수 있는 것보다 훨씬 더 축하 분위기가 달아올랐다. 모든 일에 있어서 느렸던 프랭크는, 무대를 마지막으로 떠났다. 그는 만찬장에 막달렌과 함께하려고 하지 않았다. 그러나 마차를 부르고 파티가 끝났을 때 막달렌의 외투를 들고 복도에서 대기하고 있었다. "아, 프랭크!" 그가 그녀 어깨에 외투를 걸쳐주자 그를 돌아보며 말했다. "모든 것이 끝나서 정말 유감이에요! 내일 아침에 우리끼리 이야기해요."

"열 시에 관목 숲에서?" 프랭크가 속삭이며 물었다.

그녀는 외투의 모자를 쓰면서 그에게 고개를 끄덕였다. 근처에 서 있는 가스 양은 떠나는 손님들의 방해로 그들이 하는 말을 듣지 못했지만, 그들 사이에 오가는 눈빛은 알아챘다. 막달렌의 신나 보이는 태도에는 근본적인 친절함과 너그러움이 있었다. 그녀가 프랭크의 팔을 잡고 마차에 탔을 때, 표정은 갑자기 생각에 잠기는 듯했고, 손은 누군가를 믿을 준비가 됐다. 무슨 뜻일까? 무대 위 제자에 관한 관심이 위험하게 한 남자로서 관심으로 더 깊어진 것인가? 이제는 끝나버린 연극 때문에 쓸데없이 시간을 낭비했던 것보다 더 심각한 결과가 생긴 것인가?

가스 양의 얼굴 주름이 더욱 깊어졌다. 지나가는 사람들 사이에서 그녀는 길 잃은 채 서 있었다. 정원에서 노라가 밴스톤 주인에게 했던 경고의 말이 기억났고, 이제 처음으로 노라가 그 결과를 제대로 봤다는 생각이 들었다.

다음 날 아침 일찍 가스 양과 노라는 정원에서 만나 함께 조용히 이야기를 나눴다. 그 면담에서 유일하게 분명한 결과는 아침 식탁에서 두 사람 모두 연극에 대한 주제에서는 눈에 띄게 침묵을 지켰다는 것이다. 밴스톤 부인은 저녁 공연에 대해 모든 것을 듣고 남편과 막내딸에게 아주 고마워했다. 가정교사와 큰딸은 그 주제에 대해 말하지 않겠다고 확고히 결심했다.

아침 식사가 끝난 후 여자들이 여느 때처럼 거실에 모여 있을 때, 막달렌은 보이지 않았다. 그녀의 습관은 거의 규칙적이지 않아서 밴스톤 부인은 그녀가 없다고 놀라지도 불안하지도 않았다. 가스 양과 노라는 서로를 의미심장하게 바라보며 침묵했다. 두 시간이 지났고 막달렌의 흔적은 없었다. 시계가 12시를 가리키자 노라는 일어나 그녀를 찾기 위해 조용히 방을 나섰다.

그녀는 위층에서 보석과 옷을 정리하지 않았다. 그녀는 온실과 정원에도 없었다. 부엌에서 요리사를 귀찮게 하지 않았고, 개들과 마당에서 놀지도 않았다. 혹시 그녀는 아버지와 외출했을까? 밴스톤 씨는 아침 식탁에서 오랜 친구인 클레어 씨를 아침에 찾아가 연극 이야기로 철학자의 빈정대는 분노를 불러일으킬 것이라고 했다. 콤-레이븐의 다른 여자들은 아무도 감히 그 집에 가 본 적이 없다. 그러나 막달렌은 무엇이든 무모하기에, 거기에 갔을지도 모른다. 그 생각이 떠오르자 노라는 관목 숲으로 들어갔다.

집에서 보이지 않는 나무들 사이 오솔길이 있는 두 번째 모퉁이에서, 그녀는 갑자기 막달렌과 프랭크와 마주쳤다. 그들은 팔짱을 끼고, 머리를 맞댄 채, 한가롭게 거닐고 있었다. 보아하니 그들은 속삭이듯 대화하고 있었다. 그들은 이상하게도 아름답고 행복해 보였다. 노라와 마주치자, 두 사람 모두 멈췄다. 프랭크는 당황하며 모자를 챙겨 아버지의 집 쪽으로 향했다. 막달렌은 전날 밤 공연 개막을 알리던 서곡을 아무렇게나 흥얼거리고 양산을 좌우로 흔들며 언니 쪽으로 왔다.

그녀가 시계를 보며 말했다. "벌써 점심시간이잖아!"

"프랜시스 클레어 군과 10시부터 관목 숲에 둘이서만 있었어?" 노라가 물었다.

"프랜시스 클레어 군이라니! 너무 예를 차린다. 프랭크라고 부르면 안 돼?"

"내가 묻잖아, 막달렌."

"세상에, 언니 오늘 아침 정말 화났구나! 내가 망신스럽구나. 어젯밤 내가 연기한 거 아직 용서 안 했어? 어쩔 수 없었어, 언니. 언니를 모델로 삼지 않았더라면 줄리아 연기를 할 수 없었을 거야. 예술의 문제야. 내가 언니 입장이었다면, 나는 그 선택에 으쓱해졌을 거야."

"내가 너였다면, 막달렌, 나는 낯선 관객 앞에서 언니 흉내를 내기 전에 다시 생각해봤을 거야."

"그래서 내가 그렇게 한 거야, 낯선 관객이니까. 그 사람들이 어떻게 알겠어. 제발! 화내지 마. 언니는 나보다 8살 많으니까 기분 풀어."

"솔직히 말할게. 조금 전 여기서 너를 만나서 유감인 거야, 막달렌."

"어이없어. 언니는 집 관목 숲에서 날 본 거고, 나는 이 영상보다 키가 작았을 때부터 알던 오랜 소꿉친구와 연극에 관해 이야기한 거야. 그게 잘못됐어? '사악한 마음을 가진 자에게 치욕이 있으라.' 몇 분 전에 대답 듣고 싶어 했지. 노르만 프랑스어로 말한 게 그 답이야."

"난 진지하게 말하는 거야, 막달렌…."

"괜찮아, 아무도 언니가 농담한다고 비난하지 않아."

66

"난 정말로 유감이….."

"언니!"

"날 방해해도 소용없어. 양심상 이 친밀한 관계가 깊어지는 걸 보게 돼서 유감이라고 말할 거야. 너와 프랜시스 클레어 군의 비밀 관계를 알게 돼서 유감이야."

"가엾은 프랭크! 언니는 그 사람 정말 싫어하는구나. 그 사람이 언니한테 나쁜 짓이라도 했어?"

노라의 자제력은 흔들리기 시작했다. 그녀가 다시 입을 열기 전에 짙은 뺨이 상기됐고 섬세한 입술이 떨렸다. 막달렌은 언니보다 양산에 더 신경을 썼다. 그녀는 그것을 하늘 높이 던져서 잡았다. "한 번!"이라고 말하고 다시 던졌다. "두 번!" 그녀는 더 높이 던졌다. "세 번…." 세 번째로 잡기 전에 노라가 화를 내며 그녀의 팔을 잡았고, 양산은 그들 사이에 떨어졌다.

"넌 참 못됐어. 부끄러운 줄 알아, 막달렌. 수치스러워!"

강제로 자기 주장을 펼치게 되더라도, 내성적인 성격이 주체할 수 없이 폭발하면 가장 저항하기 어려운 도덕적 힘이다. 막달렌은 깜짝 놀라서 입을 다물었다. 한동안, 성격과 사람됨이 너무 묘하게 달랐던 두 자매는 아무 말 없이 서로를 바라봤다. 한동안, 언니의 짙은 갈색 눈과 동생의 밝은 회색 눈이 흔들림 없이 서로를 뚫어지게 바라봤다. 노라의 표정이 먼저 바뀌었고, 노라가 먼저 고개를 돌렸다. 그녀는 말 없이 동생의 팔을 놔줬다. 막달렌은 허리를 굽혀 양산을 집었다.

"성질을 참는 건데, 언니는 내가 매정하다고 해. 언니는 항상 날 괴롭혔고 앞으로도 그럴 거야."

노라는 떨리는 두 손을 꼭 잡았다. "널 괴롭혔다니!" 그녀가 낮고 애절한 어조로 말했고 몹시 한숨을 쉬었다. 막달렌은 조금 뒤로 물러나서 망토 끝으로 양산에 묻은 먼지를 무의식적으로 털어냈다.

"맞아!" 그녀가 집요하게 다시 말을 이었다. "나도 괴롭히고 프랭크도 괴롭혔어."

"프랭크!"라고 노라가 반복했고, 동생 쪽으로 가면서 갑자기 얼굴이 빨개졌던 것처럼 얼굴이 창백해졌다.

"이미 너희들 관계가 하나인 것처럼 너와 프랭크에 대해 말하네? 막달렌! 내가 널 해치면 그 사람도 해치는 거니? 그 사람이 너한테 그렇게 가깝고 소중한 사람이야?"

막달렌은 점점 뒤로 물러섰다. 근처 나무의 잔가지에 망토가 걸렸고, 그녀는 화를 내며 가지를 부러트려서 땅바닥에 던졌다.

"언니가 무슨 권리로 캐물어?" 갑자기 그녀가 발끈했다. "내가 프랭크를 좋아하든 말든 간에, 그게 언니랑 무슨 상관이야?" 그녀는 그 말을 하고, 갑자기 발걸음을 옮겨 언니를 지나쳐 집으로 돌아가려고 했다.

더욱더 창백해진 노라는 동생을 막아섰다. "내가 널 붙잡을 때, 내 말 들어. 나는 프랜시스 클레어 군을 계속 봐왔고, 너보다 그를 더 잘 알아. 그 사람은 네가 한순간 진지한 감정을 느낄 만한 사람이 아니야. 그는 우리의 소중하고 착하고 친절한 아버지의 호의를 받을 자격이 없어. 그 사람은 어떤 신조도, 명예도, 감사함도 없이 돌아왔고 망신을 당했어. 그래! 자신의 의무를 소홀히 해서 망신을 당했지. 나는 아버지보다 더 나은 친구가 그럴 가치도 없는 그를 친절하고 위로하고 용서할 때 그 사람 얼굴을 봤어. 그 사람 얼굴에는 수치심도 괴로움도 없었어. 감사할 줄 모르는 표정과 무심한 안도의 표정만 봤어. 그는 이기적이고, 배은망덕하고 옹졸해. 겨우 20살인데 그 나이에 벌써 최악으로 실패했어. 네가 몰래 만나고 있는 사람이 바로 그런 사람이야. 그 사람에 대한 호감으로 너는 진실에 귀 기울이지 않고 심지어 내 말도 듣지 않고 있어. 막달렌! 좋지 않게 끝날 거야! 제발, 내가 너한테 하는 말 생각해보고, 너무 늦기 전에 정신 차려!"

그녀는 감정이 격해지고 숨이 가빠서 말을 멈췄고 걱정스럽게 동생의 손을 잡았다. 막달렌은 노골적으로 놀란 눈으로 언니를 바라봤다.

"너무 난폭하고 너무 언니답지 않아서, 언니를 잘 모르겠어. 내가 참을수록 심한 말을 더 많이 듣고 견뎌야 해. 언니는 프랭크에게 비뚤어진 증오심을 보였어. 내가 그 사람을 미워하지 않으니까, 나한테도 비이성적으로 화내고 있잖아. 그러지 마, 노라 언니! 손 아파."

노라는 경멸적으로 그녀를 손으로 밀쳤다. "절대 네 마음을 상하게 할 일은 없을 거야!"라고 말하고는 갑자기 막달렌한테서 돌아섰다.

순간적으로 멈칫했다. 노라는 자신의 자리를 지켰다. 막달렌은 당황해서 그녀를 바라보며 머뭇거리다가 혼자 집 쪽으로 걸어갔다.

관목 숲길을 돌아서자 그녀는 걸음을 멈추고 불안한 듯 뒤돌아봤다. '오, 맙소사!' 그녀는 속으로 '내가 그에게 말했을 때 왜 프랭크는 가지 않았을까?'라고 생각했다. 그녀는 머뭇거리다가 몇 발자국 되돌아갔다. "노라 언니는 늘 완고했고 위엄을 보였어." 그녀는 다시 멈췄다. "어떻게 하면 좋을까? 싸우기 싫은데. 화해하자." 그녀는 언니에게 가까이 다가가 어깨를 만졌다. 노라는 움직이지 않았다. '언니가 화내는 일은 흔치 않아.' 막달렌은 언니를 다시 건드리며 생각했다. '하지만 언니가 화내면, 오래 간단 말이야.' "노라 언니, 키스하고 화해하자. 나 좀 봐주라. 안 그러면 목덜미에다 한다. 아주 멋진 목이야. 키스하기에는 내 목보다 훨씬 낫지. 어쨌든 키스하자."

그녀는 노라를 뒤에서 꽉 붙잡고, 언니와 경쟁하는 것과는 거리가 멀기에 방금 일어난 일들을 모두 무시하고 말한 대로 했다. 노라의 마음은 금방 풀어졌다. 벌써 또다시 내성적으로 되었다. 말하기가 힘들었다. 그녀는 전혀 말하지 않았고 자세도 바꾸지 않았다. 그녀는 서둘러 손수건을 찾았을 뿐이다. 그녀가 손수건을 꺼낼 때 관목 숲 안쪽에서 발소리가 들려왔다. 스코티시 테리어가 눈에 보였고 "뜻대로 하소서As You Like It(셰익스피어의 희곡)"의 첫 대사를 부르는 쾌활

69

한 목소리가 들렸다. "아빠야!" 막달렌이 외쳤다. "노라 언니, 아빠 보러 가자."

여동생을 따라가는 대신, 노라는 모자의 베일을 내리고, 반대 방향으로 돌아서서 서둘러 집으로 돌아갔다. 그녀는 자기 방으로 달려가 문을 잠갔고 몹시 울었다.

막달렌이 관목 숲에서 아버지를 만났을 때, 밴스톤 씨의 얼굴에서 아침에 집을 떠난 후 기쁜 일이 생겼다는 것을 분명히 알 수 있었다. 그는 호기심 많은 딸이 한 질문에 클레어 씨의 집에서 좀 전에 왔다고 바로 답해줬다. 그리고 그는 가망이 없는 그곳에서 콤-레이븐에 있는 가족들을 놀라게 할 소식을 들었다.

그날 아침 철학자의 서재에 들어가자, 밴스톤 씨는 전에 식사할 때 읽으려고 책 위에 놔둔 편지를 옆에 두고, 여전히 늦은 아침 식사를 하는 걸 봤다. 손님이 서재에 들어설 때 그는 편지를 들고서 밴스톤 씨가 긴장되는지, 엄청나게 놀라운 소식을 들어도 괜찮은지를 물어보면서 불쑥 대화를 시작했다.

"긴장이라니요!" 밴스톤 씨가 거듭 말했다. "고맙게도, 난 긴장 같은 거 몰라요. 충격적이든 아니든 할 말 있으면 얼른 해요."

클레어 씨는 편지를 조금 더 높이 들고 아침 식탁 건너편에 있는 손님에게 얼굴을 찌푸렸다. "내가 항상 당신에게 뭐라고 말했죠?" 그가 가장 근엄한 표정과 태도로 물었다.

"내가 기억할 수 있는 것보다 훨씬 더 많은 말을 했죠."

"자네의 존재 안팎으로, 내가 항상 현대 사회가 보여주는 중요한 현상 중 하나는 어리석은 자들의 엄청난 번영이라고 주장해 왔잖아. 나에게 어리석은 자를 알려주면, 전체 사회가 매우 선호하는 인사에게 10번 중 9번의 기회를 주고 현존하는 가장 현명한 사람에게는 10번째 기회를 아까워한다는 것을 자네에게 알려줬지. 이 세상에서 가장 위대한 지성인들의 손길이 닿지 않는 모든 높은 곳에 앉아 있는 바보를 끌어내리는 것을 보게 될 거야. 우리 사회 체계 전체에 걸쳐 현실에 안주하는 저능아가 최고를 지배해. 완전 면책으로 지성인들의 탐구하는 불빛을 꺼버리고, 모든 형태의 항의에 올빼미처럼 콧방귀를 끼지. 모두가 어둠 속에서 얼마나 잘하는지 봐. 언젠가 대담한 주장은 사실상 부인되고 현대 사회의 썩은 체제는 와르르 무너질 거야."

"어림없는 소리!" 밴스톤 씨는 이미 무너진 것처럼 그의 주변을 둘러보며 소리쳤다.

"와르르!"라고 클레어 씨가 반복했다. "내 이론은 몇 마디면 돼. 이 편지에 나와 있는 놀랄 만한 제안에 대해 이제 이야기하지. 내 아들놈이….."

"프랭크가 다른 기회가 얻었다는 뜻이 아닌가요?"

"전혀 가망이 없는 멍청이 프랭크, 그 애는 평생 자신한테 도움이 되는 일을 한 적이 없고, 필연적인 결과로 사회는 그를 나무 꼭대기로 데려가는 음모를 꾸미고 있어. 그 애는 이 편지가 도착하기 전에 자네가 준 기회를 저버릴 시간이 없었고, 두 번째 기회가 찾아왔어. 부자인 내 사촌이 (가족 중에서 교육을 많이 받아서 그래서 당연히 가족 대표가 됐지) 날 기억했고, 내 장남을 돕겠다고 제안했어. 그의 편지를 읽고 나서 사건의 순서를 봐. 나의 부자 사촌은 땅 부자인 멍청이야. 그는 정계에서 잘 나가는 또 다른 멍청이를 위해 뭔가를 해줬지. 또 다른 멍청이는 상업계에 잘 나가는 세 번째 멍청이를 알았고, 현재 아무것도 아닌 4번째 멍청이를 도와주겠다는데 그 멍청이 이름이 프랭크야. 그래서 방앗간이 돌아가는 거야. 모든 인간이 보상으로 받는 크림을 바보들이 계속해서 홀짝거려. 내일 프랭크를 짐 싸서 보낼 거야. 물론 또 실패하고 오겠지. 그 아이의 칭찬할 만한 우둔함의 필연적 결과로 더 많은 기회가 생길 거야. 시간이 흘러 나는 죽어서 그 모습을 보지 못할 것이고 자네도 그럴 거야. 하지만 그건 중요치 않아.

프랭크의 미래는 어느 쪽이든 확실해. 군대, 교회, 정계 등 원하는 곳에 그 애를 데려다 놓고 내버려 두는 거야. 그 애는 그럴 자리를 차지할 만큼 아무것도 하지 않고도 위대한 현대적 자격으로 장군, 주교, 장관이 되겠지." 아들의 세상살이를 이렇게 요약하면서, 클레어 씨는 경멸하듯 편지를 탁자 너머로 던지고는 차를 다시 부었다.

밴스톤 씨는 열렬한 관심과 기쁨으로 그 편지를 읽었다. 그 편지는 다소 정성을 들여서 공손한 톤으로 쓰였지만, 프랭크가 하는 일의 현실적인 이점들은 확실했다. 필자는 친구의 이해관계를, 즉 일반적인 이해관계가 아니라 도시에 있는 무역 회사에 대한 이해관계를 이용하려고 했다. 그리고 그는 바로 클레어 씨의 맏아들에게 이 영향력을 행사했다. 프랭크는 일반 사무직과는 매우 다른 기반을 갖게 될 것이다. 그는 가능한 모든 기회를 얻게 될 것이다. 그 집에서 제안하는 첫 번째 '좋은 일'은 국내에서든 해외에서든 그가 원하는 대로 할 수 있다는 것이다. 만약 그가 상당한 능력과 근면성을 보인다면, 그의 미래는 정해졌다. 그가 런던으로 빨리 갈수록, 자신의 이익을 취할 수 있을 것이다.

"대단한 소식이네요!" 밴스톤 씨가 편지를 돌려주면서 외쳤다. "기뻐요. 집에 돌아가서 가족들에게 말해줘야겠어요. 내 기회보다 50배 좋은 기회예요. 사회를 학대한다는 것은 도대체 무슨 뜻이에요? 내 생각에 사회는 드물게 잘 행동했어요. 프랭크는 어딨어요?"

"숨었어. 아들 녀석들의 참을 수 없는 특이한 점 중 하나가 늘 숨는다는 거야. 오늘 아침에 못 봤어. 어디서든 만나면 발길질하고, 내가 보잔다고 전해줘."

아들의 버릇에 대한 클레어 씨의 의견은 형식상 좀 더 정중하게 표현되었을 수도 있지만, 실제로 그날 아침에 일어났던 일은 정확히 맞았다. 막달렌을 두고 온 후, 프랭크는 그녀가 어쩌면 언니와 헤어져서 다시 그를 만날지도 모른다는 기대감에 관목 숲에서 기다리고 있었다. 노라가 떠나자마자 밴스톤 씨가 나타났고, 그는 자신의 모습을 보여주지 않고 집으로 돌아가기로 했다. 그는 불만을 품고 되돌아갔고, 아버지의 손아귀에 빠져서, 완전히 무방비 상태로 런던으로 떠나야 한다는 엄청난 소식을 들었다.

그 사이 밴스톤은 처음에는 막달렌에게 소식을 전하고 다음으로 집으로 돌아가는 길에 부인과 가스 양에게 소식을 전했다. 프랭크의 좋은 행운을 듣고 막달렌이 설명할 수 없을 정도로 놀라고 가스 양이 안도하는 모습을 알아차리기에 그는 너무나 눈치가 없었다. 이상함을 느끼지 못한 그는 점심 식사 종이 울릴 때까지 그 이야기를 계속했고, 그때야 노라가 없다는 것을 알아차렸다. 식탁에 모두 모인 후 그녀는 머리가 아파 방에 있겠다는 전언을 아래층에 보냈다. 곧 가스 양이 프랭크의 소식을 전하기 위해 일어났고, 노라는 그 소식을 들어도 전혀 안심하지 않는 거 같았다. (그녀 말로는) 프랜시스 클레어 군은 전에도 떠났다가 돌아왔다. 그녀는 이 주제에 대해 더는 말하지 않았고 관목 숲에서 일어난 일에 대해 언급하지 않았다. 아침에 폭발한 후로 그녀의 정복할 수 없는 내성적 성격은 더 심해졌다. 그녀는 그날 오후에 아무 일도 없었다는 듯이 막달렌을 대했다. 공식적인 화해는 이루어지지 않았다. 공개적으로 화해하는 것보다 조용히 화해하는 것이 노라의 특징 중 하나였다. 막달렌은 처음이자 마지막으로 반대하는 것을 그녀의 표정과 태도에서 똑똑히 보았다. 그 동기가 자존심 때문이든, 시무룩함 때문이든, 자신에 대한 불신 때문이든, 선을 행하는 것에 대한 절망감 때문이든, 결과는 바뀌지 않았다. 노라는 앞날을 위해 소극적인 태도를 유지하기로 했다.

그날 오후, 밴스톤 씨는 가장 좋은 두통 치료법으로 큰딸에게 바람을 쐬러 가자고 했다. 그녀는 기꺼이 아버지와 함께 가겠다고 했다. 그러면 보통은 막달렌이 같이 가겠다고 했다. 막달렌은 어디에서도 보이지 않았다. 그날 두 번째로 그녀는 혼자서 마당을 배회하고 있었다. 이번에는 노라의 생각을 받아들여 프랭크를 극단적으로 간과했다가 프

74

랭크가 5분 만에 애인과 함께 달아날 계획을 세울 수 있다고 믿는 극단적인 생각을 하게 된 가스 양이 자원해서 사라진 젊은 아가씨를 찾기 위해 최선을 다했다. 오래 자리를 비웠지만, 그녀는 성공하지 못했다. 막달렌과 프랭크가 어딘가에서 은밀히 만날 것이라는 강한 의심이 들었지만, 그걸 확인할 수 있는 아주 작은 증거도 발견하지 못했다. 이때 마차가 문 앞에 도착했고, 밴스톤 씨는 더는 기다릴 수 없었다. 그와 노라는 함께 떠났고 밴스톤 부인과 가스 양은 집에서 수를 놨다.

30분이 더 지난 후 막달렌은 태연하게 방에 들어왔다. 그녀는 창백하고 우울했다. 그녀는 가스 양의 충고를 건성으로 들었다. 숲에서 정처 없이 배회했다고 이야기했고 책 몇 권을 집어 들었지만, 다시 내려놨고, 초조하게 한숨을 내쉬고 위층 자기 방으로 갔다.

"막달렌이 어제 이후 부작용을 느끼는 거 같아요." 밴스톤 부인이 조용히 말했다. "우리가 생각했던 대로네요. 연극이 모두 끝나니까, 그 애는 더 조바심을 내고 있어요."

밴스톤 부인에게 진실을 말할 기회였고, 놓칠 수 없었다. 가스 양은 양심에 의문을 품고, 그 기회를 바로 잡았다.

"우리 이웃 중 한 명이 내일 떠난다는 것을 잊어버렸나 봐요. 사실대로 말할까요? 막달렌은 프란시스 클레어 군이 떠나서 초조해하고 있어요."

밴스톤 부인은 고개를 들었고 부드럽게 미소 지으며 놀라워했다.

"설마요? 프랭크가 막달렌에게 끌리는 건 당연하지만, 막달렌도 그렇다고 생각할 수 없어요. 프랭크는 그 애와 너무 달라요. 너무 조용하고 너무 조심스러워요. 너무 따분하고 무력해요. 어떤 점에서는 안 됐어요. 그는 잘생겼다는 건 알지만, 막달렌과는 달리 너무 특이해요. 그럴 리가 없어요. 확실해요."

가스 양이 정말 놀라 외쳤다. "세상에, 순진하시네요. 성격이 비슷하니까 사람들이 서로 사랑에 빠진다고 정말로 생각하세요? 대부분의 경우 그 반대예요. 남자는 가장 마지막으로 남은 여자와 여자는 가장 마지막 남자와 결혼하는데, 친구들이 관심 가질 수 있는 사람들하고 해요. '어떻게 아무개 씨가 그 여자와 결혼했지?'나 '어떻게 아무개 양은 그런 남자한테 빠지지?'라는 말 자주 하잖아요? 소녀들이 자신들과 전혀 어울리지 않는 남자들에게 잘못된 환상을 품는 거 전혀 모르시겠어요?"

밴스톤 부인이 침착하게 말했다. "정말 그렇네요. 그걸 잊어버렸어요. 하지만 여전히 이해가 안 돼요, 그렇죠?"

"매일 일어나는 일이라서, 이해할 수가 없죠!" 가스 양은 기분 좋게 대꾸했다. "난 아침에 신문을 읽고, 현대 생활에서 작가나 화가가 그린 로맨스가 있다는 것을 부정하고 똑같은 방식으로 평범한 경험에 대해 반대하는 훌륭한 사람들을 많이 알고 있어요. 밴스톤 부인, 진지하게 제 말을 들으세요. 그 형편없는 연극 때문에 막달렌 아가씨는 많은 젊은 여성들이 먼저 겪었던 일을 프랭크와 함께하고 있어요. 그는 그녀에게 전혀 어울리지 않아요. 그는 거의 모든 면에서 그녀와 정반대예요. 그리고 자신도 모르는 사이에, 아가씨는 바로 그 점에서 그와 사랑에 빠졌어요. 그녀는 단호하고 충동적이고 영리하며 지배적이에요. 그녀는 남자가 존경하고 보호해주길 원하는 평범한 여자가 아니에요. 그녀의 최고 이상형은 (그렇게 생각하지 않는다고 해도) 그녀가 쥐고 흔들 수 있는 남자예요. 그래도! 한 가지 위안이라면, 프랭크보다 훨씬 더 좋은 사람들이 있다는 거예요. 더 많은 문제가 생기고 더 심각한 일이 일어나기 전에 그가 떠나서 다행이죠."

"가엾은 프랭크!" 밴스톤 부인이 동정 어린 미소를 지으며 말했다. "그 애가 어렸을 때부터 알았잖아요. 막달렌은 아직 어리고. 아직 그 애를 포기하지 말아요. 두 번째 때는 더 잘할 거예요. "

가스 양은 깜짝 놀라 고개를 들었다.

"그리고 그가 더 잘할 거라고요? 그다음은 어떻게 되는 거죠?"

밴스톤 부인은 엉성한 실을 잘라냈고 노골적으로 웃었다.

그녀가 말했다. "있잖아요, 옛날 속담에 닭이 부화하기 전에 닭을 세지 말라는 말이 있어요. 우리도 조금만 기다려 봐요." 그녀는 다시 수를 놨고, 말로 할 수 없는 느낌을 바라보고 생각했다.

그 상황에서 밴스톤 부인의 행동은 확실히 놀라웠다. 여기 한쪽에는 아주 매력적이고, 드물게 금전적 여유가 있었고, 동네에서 가장 훌륭한 신사가 청혼하는 것이 당연할 정도로 사회적 지위가 있는 소녀가 있다. 인생 첫 출발에 실패했고 무일푼의 게으른 청년에게 자신을 내던졌다. 그가 두 번째 기회에서 성공하더라도 동등한 조건을 가진 운명의 젊은 여자와 결혼하려면 몇 년이 걸릴 것이다. 그리고 저기 다른 쪽에는 그 소녀의 어머니가 있었는데, 조금도 과장하지 않고 바람직하지 않은 관계의 가능성에 절대 놀라지 않았다. 그녀의 말과 표정으로 봐서, 밴스톤 씨의 딸과 클레어 씨의 아들 간 결혼이 양쪽 부모가 원할 수도 있는 만큼 두 젊은이 사이의 친밀함의 결과로 만족스럽지 않을 수도 있다는 것이 결코 확실하지 않다.

극도로 당혹스러웠다. 그것을 지금은 잊었지만, 예전 런던 여행의 미스터리만큼 이해할 수 없었다.

저녁에 프랭크가 와서, 그의 아버지가 인정사정없이 다음 날 아침 3등 열차로 콤–레이븐을 떠나도록 했다고 말했다. 그는 체념한 채 이 상황을 이야기했고 그의 새로운 일에 대해 밴스톤 씨의 활기 넘치는 기쁨을 가만히 조용하게 들었다. 온화하고 애처로운 외모와 태도는 그의 장점을 돋보이게 했다. 그는 그날 저녁 그 어느 때보다도 더 잘생겼다. 부드러운 갈색 눈으로 마음을 녹일 듯한 부드러움으로 방안을 둘러보았다. 머리는 아름답게 빗겨져 있었다. 섬세한 손은 나른한 우아함으로 의자 팔걸이에 늘어져 있었다. 그는 회복 중인 아폴로처럼 보였다. 예전 어떤 경우에도 그는 습관적으로 배운 사교술, 즉 잘 자란 인큐버스Incubus(악령)가 사회에 자신을 내던지고 같은 인간들이 그의 말을 듣도록 성공한 적이 절대 없었다. 분명 따분한 저녁이었다. 밴스톤 씨와 가스 양만 이야기를 했다. 밴스톤 부인은 늘 그렇듯 침묵을 지켰고, 노라는 완강하게 뒤로 빠져 있었으며, 막달렌은 예전과는 아주 다르게 조용했고 감정을 드러내지 않았다. 그녀는 처음부터 끝까지 경계를 풀지 않았다. 프랭크에서 번개처럼 의미심장한 눈빛을 보냈지만, 다른 사람이 보기 전에 사라졌다. 심지어 그녀가 그에게 차를 가져다줄 때도, 어떤 여자도 저항할 수 없는 유혹, 여자가 사랑하는 남자를 만지는 유혹에 그녀의 자제력이 무너졌지만, 찻잔 받침을 능숙하게 잡고 자신의 손을 가렸다. 프랭크의 침착함은 덜 훈련되었다. 그가 소극적으로 있는 한 지속됐을 뿐이다. 그가 일어나 가려고 할 때, 그의 손에서 막달렌의 손가락과 따뜻함, 동시에 그녀의 머리칼을 느꼈을 때, 어색하고 혼란스러워졌다. 그는 막달렌을 배신하고 자신을 배신했을지 모르지만, 밴스톤 씨는 아무것도 모른 채 나가는 그를 따라가면서 그의 퇴로를 막았고 내내 어깨를 두드렸다. "하나님의 축복이 있기를, 프랭크!" 누구에게도 거슬리지 않는 다정한 목소리로 외쳤다. "행운이 너를 기다리고 있어. 가서 쟁취해, 이 녀석아."

"네, 고맙습니다. 처음에는 쟁취하기 어려울 거예요. 물론, 아저씨가 항상 말해왔던 것처럼, 남자의 일은 어려움을 극복하는 것이지, 그것에 대해 말하지 않는 거예요. 동시에, 제가 그렇게 숫자에 약하지 않았으면 좋겠어요. 숫자에 약하면 맥 빠져요. 아, 맞다, 안부 편지 드릴게요. 아저씨의 친절함에 매우 감사드려요, 기술 분야에서 성공하지 못해서 정말 죄송해요. 전 무역보다 기술을 더 좋아했어야 했다고 생각해요. 이제는 어쩔 수 없죠. 다시 한번 감사드려요. 안녕히 계세요."

그렇게 그는 언제나처럼 목적도 없고, 무기력하고, 신사다운 불확실한 상업을 하러 떠나버렸다.

3개월이 지났다. 그동안 프랭크는 런던에 남아서 새로운 일을 했고, 그가 약속했던 대로 가끔 밴스톤 씨에게 안부 편지를 했다.

그의 편지를 보면 무역 일에 열광하지 않았다. 그는 여전히 숫자에 고통스럽게 약하다고 했다. 지금은 유감스럽게도 너무 늦었지만, 그는 무역보다는 기술을 더 선호한다는 것이 더 확실해졌다. 이런 확신에도 불구하고, 건강에 안 좋은 공기에 높은 의자에 앉아 허리를 굽혀 장부 작성을 해서 생긴 두통에도, 사회성 부족에도, 아침밥을 급하게 먹고 싸구려 음식점에서 형편없는 저녁 식사를 해도 그는 규칙적으로 출근하고, 부지런했다. 만약 이 이야기의 확증이 필요하다면 그가 일하고 있는 부서 대표가 해 줄 것이다. 전반적인 편지 내용은 이랬다. 그리고 그 내용에 대해 편지 쓰는 사람과 프랭크 아버지는 다르게 생각했다. 밴스톤 씨는 꾸준히 나아지고 있다는 증거로 받아들였다. 클레어 씨는 특성상 반대의 시각에서 봤다.

철학자가 말했다. "이 런던 사람들을 우습게 보면 안 돼. 그 사람들이 프랭크의 목덜미를 붙잡고 있어서, 그 애가 빠져나오려고 몸부림을 칠 수 없고, 그놈은 부득이하게 굴복하고 있어."

프랭크가 런던에서 3개월간 수습 생활을 하는 동안 콤-레이븐의 집에서는 평소보다 덜 유쾌하게 시간이 지나갔다. 여름이 가까워지면서, 기분을 유지하려고 열심히 노력했지만, 밴스톤 부인은 점점 더 우울해졌다.

그녀가 가스 양에게 말했다. "난 최선을 다했어요. 나는 남편과 아이들에게 기분이 좋아 보이는 것처럼 했어요. 하지만 7월이 두려워요." 여동생에 대한 노라의 비밀스러운 불안은 시간이 지날수록 평소보다 더 심해지고 말이 별로 없어졌다. 7월이 가까워지자 밴스톤 씨조차도 기력을 잃었다. 그는 아내 앞에 계속 모습을 나타냈지만, 다른 경우에는 그의 표정과 태도에서 슬픔이 눈에 띄게 보였다. 막달렌은 프랭크가 떠난 후 너무 변해서 우울감을 풀기보다는 쌓아뒀다. 모든 움직임에서 점차 힘이 없어졌다. 그녀가 평소에 했던 일들에 무관심해졌다. 방에서 몇 시간씩 혼자 있었다. 화사하고 예쁘게 치장하는 것에 흥미를 잃었다. 눈은 흐릿했고, 짜증을 잘 냈고, 안색은 눈에 띄게 나빠졌다. 한 마디로 그녀는 그녀 자신과 그녀에 대한 모든 것에 의기소침해졌고 지루해 했다. 가스 양이 이렇게 늘어나는 집안 문제에 결연하게 맞서면서, 정신적으로 고통스러웠다. 그녀는 집주인 부부가 런던으로 떠났던 3월 아침을 자주 떠올렸고, 그 후 지난 1년간 가족 분위기가 처음으로 심각하게 변했다. 언제 다시 그 분위기가 바뀔까? 언제 변화의 구름이 걷히고 다시 과거의 햇빛과 행복했던 시간이 돌아올까?

봄과 초여름이 지났다. 바람이 불지 않는 밤, 구름 한 점 없는 아침, 무더운 날과 함께 두려워했던 7월이 왔다.

7월 15일에, 노라를 제외한 모든 사람들이 깜짝 놀랄 사건이 일어났다.

두 번째로, 분명한 이유도 없이, 두 번째로, 미리 말 한마디도 없이, 프랭크는 갑자기 아버지의 집에 다시 나타났다. 예전처럼 형편없이 돌아온 아들을 맞이하려고 클레어 씨는 입을 열었다. 그리고 아무 말도 하지 않고 다시 닫았다. 프랭크의 침착한 태도에서 해고 소식 말고 다른 소식이 있었다. 아버지의 냉소적인 시선에 그는 그날 아침 사무실에서 미래의 이익을 위해 매우 중요한 제안을 받았다고 대답했다. 처음에는 서면으로 자세히 이야기하려고 했다. 그러나 동업자들이 곰곰이 생각해보니, 그의 아버지와 그의 친구들과 개인적으로 만나면 결정을 더 쉽게 내릴 수 있을 거라고 생각했다. 그는 펜을 내려놓고 그 자리에서 열차를 타고 왔다.

이렇게 간략히 말한 후, 프랭크는 고용주가 그에게 했던 제안을 견딜 수 없는 어려움을 고려해서 외부의 시선에서 설명했다. 도시의 큰 회사는 자신의 직원에 대해 분명히 알게 됐고, 이것은 예전에 기술자가 그의 제자에 관해 알게 된 것과 거의 비슷했다. 정중한 말로 그 청년에게는 그를 흥분시킬 특별한 자극제가 필요했다. (프랭크를 추천한 신사에 대한 의무감이 있는) 그의 고용주들은 그 문제를 신중하게 고려했고, 프랜시스 클레어 군을 곧 해외로 보내는 것이 좋다고 결정 내렸다.

이 결정으로, 이제 그는 중국 거래처의 집에서 지내면서 5년 동안 차 무역과 비단 무역을 완전히 익혀야 했다. 그리고 그는 이 기간이 끝나면, 런던 본사로 돌아오는 것이었다. 만약 그가 중국에서 기회를 잘 활용한다면, 여전히 젊을 때 돌아와서 상당한 신뢰와 보수를 얻게 되고, 머지않아 회사가 그의 사업 시작을 도울 수 있을 것이다. 클레어 씨의 이론에 따르면, 그들은 그런 새로운 가능성을 여전히 주저하고, 여전히 무기력하고, 여전히 감사할 줄 모르는 프랭크에게 강요했다. 지체할 시간이 없었다. '월요일, 20일'까지 최종 답변을 회사에 알려줘야 했다. 그날 중국 거래처에 서신으로 알려줘야 했다. 그리고 프랭크는 다음 기회를 잡거나, 더 진취적인 젊은이에게 기회를 양보해야 했다.

이 특별한 소식에 대한 클레어 씨의 반응은 극도로 놀라웠다. 아들이 중국으로 간다는 찬란한 앞날에 그는 당황했다. 그의 확고한 철학적 밑바탕이 무너졌다. 사회에 대한 편견들이 그의 마음에 되살아났다. 그는 프랭크의 팔을 붙잡고, 그 집의 깜짝 손님으로 콤−레이븐까지 그와 동행했다.

"내 아들 녀석이랑 같이 왔어." 클레어 씨는 놀란 가족들이 말을 꺼내기 전에 말했다. "모두들, 아들의 이야기를 들어봐. 내 평생 처음으로 그의 존재에 대한 변칙을 받아들였어." 프랭크는 두 번째로 중국 제안에 대해 쓸쓸하게 이야기했고, 반대하는 이유와 어려움에 대해 그가 추가적으로 말하려고 했다. 그의 아버지는 첫 마디에 그를 말렸고, 단호하게 (서머싯서 중국 방향인) 남동쪽을 가리키며, 한순간도 망설이지 않고 말했다. "가!" 젊은 친구의 미래에 황금빛 전망을 본 밴스톤 씨는 진심을 다해 아주 짧게 외쳤다. 밴스톤 부인, 가스 양, 심지어 노라까지 같은 말을 했다. 프랭크는 전혀 예상하지 못했던 만장일치에 놀랐다. 그리고 막달렌은 일생에 단 한 번, 완전히 속수무책이 됐다.

현실적인 결과로, 가족회의는 프랭크는 반드시 가야 한다는 여론으로 시작하고 끝이 났다. 친구 아들의 갑작스러운 도착과 그 아버지의 뜻밖의 방문, 그리고 두 사람이 함께 가지고 온 소식에 밴스톤 씨는 당황해서, 어린 친구의 출발에 필요한 것을 정리하기 전에 잠시 쉬자고 했다. "하룻밤 자면서 생각해봐요. 내일이면 생각이 조금 더 정리돼서 내일 불확실한 문제들 모두를 결정하는데 내일이면 충분할 거예요"라고 그가 말했다. 이 제안은 쉽게 받아들여졌고, 모든 추가적인 일은 다음 날로 미뤄졌다.

그다음 날 밴스톤 씨가 생각했던 것보다 더 많은 불확실한 문제를 결정해야 했다. 가스 양은 평소처럼 혼자 차를 마신 후, 아침 일찍 양산을 들고 정원을 산책했다. 그녀는 잠을 제대로 못 잤다. 가족들이 아침 식사를 하려고 모이기 전에 10분 동안 바람을 쐬면 밤에 못 잤던 것을 보충할 수 있을 거라 생각했다. 그녀는 꽃밭 바깥 경계 부분까지 돌아다니다가, 잔디밭의 한구석에서 들판 너머로 보이는 정자 옆을 지나 다시 되돌아왔다. 그녀가 정자로 다가갈 때, 새의 지저귐 소리 같은 약간의 소리가 귀를 사로잡았다. 그녀는 입구로 돌아가 안을 들여다봤고, 막달렌과 프랭크가 함께 가까이 앉아 있는 것을 보았다. 가스 양은 경악했다. 막달렌의 팔이 프랭크의 목을 분명히 감싸고 있어서 가스 양은 경악했다. 그리고 더 나쁜 것은, 그녀의 얼굴 위치로 봐서 의심의 여지없이 그녀가 방금 중국 무역의 희생자에게 여자가 남자에게 줄 수 있는 모든 위로 중 첫 번째이고 가장 중요한 것을 줬다는 것이다. 쉽게 말해서, 그녀는 방금 프랭크에게 키스했다.

지금 자신에게 닥친 위급한 상황에서 가스 양은 직감적으로 모든 평범한 책망의 말들은 안 된다는 것을 느꼈다. 키스한 기억이 없는 중년 여성은 가차 없이 냉정하게 막달렌에게 말했다. "내가 아버님께 방금 본 것을 말해도 (아가씨가 어떤 뻔뻔스러운 변명을 하더라도) 부인하지 않겠죠?"

"그럴 필요 없어요." 막달렌이 침착하게 대답했다. "내가 직접 아빠한테 말할게요."

이렇게 말하고, 그녀는 정자 모퉁이에 매우 무기력하게 서 있는 프랭크를 돌아봤다. 그녀가 밝게 웃으며 말했다. "무슨 일이 있으면 알려줄게요. 선생님도요." 그녀는 아침 식탁으로 돌아가려고 가정교사를 지나쳐 한가롭게 걸어가면서, 특히 가스 양은 가리켰다. 가스 양은 분해하면서 그녀를 바라봤고 프랭크는 틈이 나자 옆으로 빠져나갔다.

이런 상황에서, 존경할 만한 여성이 할 수 있는 건 몸서리치는 것뿐이었다. 가스 양은 그런 방법으로 반발하며 집으로 돌아갔다.

아침 식사가 끝나고 밴스톤 씨가 주머니에서 담뱃갑을 찾을 때, 막달렌은 일어나서 가스 양을 의미심장하게 쳐다봤다. 그리고 아버지를 따라 복도로 향했다.

"아빠, 오늘 아침에 아빠한테 하고 싶은 말이 있어요, 개인적으로."

"어, 그래 무슨 일이야, 우리 딸!"

"그게⋯." 막달렌은 잠시 머뭇거리며 적당한 말을 찾았다. "일에 대해서요, 아빠"라고 그녀가 말했다.

밴스톤 씨는 복도 테이블에서 모자를 들다가 당황해서 말문이 막혔고 눈이 커졌다. 막달렌과 '일'이라는 너무나 다른 두 생각을 같이 떠올려보려고 했지만 실패했다. 그리고 정원에 가는 것을 단념했다.

딸은 아버지 팔을 붙잡고, 집에서 적당히 떨어진 그늘진 의자로 함께 걸어갔다. 그녀는 아버지가 앉기 전에 실크 앞치마로 먼지를 털어 냈다. 밴스톤 씨는 이런 특별한 배려에 익숙지 않았다. 그는 그 어느 때보다 당황하는 표정을 지으며 자리에 앉았다. 막달렌은 바로 그의 무릎 위에 앉았고, 어깨에 머리를 편안하게 기댔다.

"나 무거워요, 아빠?"

"무겁지. 하지만 나한테는 전혀 안 무거워. 그만 꾸물거리고. 그래, 무슨 일이니?"

"먼저 한 가지만 물어볼게요."

"그래? 날 놀라게 하지 마. 여자와 관련된 일은 항상 질문으로 시작하지. 계속 말해봐."

"아빠! 내가 결혼하도록 허락해 주실 수 있어요?"

밴스톤의 눈은 점점 더 커졌다. 그의 표현을 빌리자면, 그 질문에 정말 당황했다.

"너무나 심한 일이잖아! 막달렌, 어떻게 그런 무모한 생각을 하게 된 거니?"

"잘 모르겠어요, 아빠. 제 질문에 대답해 주실래요?"

"할 수만 있다면 허락하겠지, 얘야. 좀 당황스럽구나. 글쎄, 잘 모르겠다. 그래, 좋은 남편감을 찾을 수 있다면 언젠가 널 결혼시켜야겠지. 얼굴이 화끈거리네. 얼굴 들어서 바람 좀 쐬자. 싫어? 그래, 네 맘대로 해. 내 턱수염으로 네 뺨을 간지럽히겠다면 반대할 필요가 없지. 계속 말해보렴, 얘야. 다음 질문은 뭐니? 요점을 말해봐."

그녀는 그런 종류의 일을 할 때는 너무 진심인 여자였다. 그녀는 요점을 회피했고, 아주 세세한 것까지 계산했다.

"어제 우리 모두 정말 많이 놀랐어요. 그렇죠, 아빠? 프랭크는 정말 운이 좋아요, 그렇죠?"

밴스톤 씨가 말했다. "그는 내가 만난 사람들 중 가장 운이 좋은 사람이지. 하지만 그게 네 일이랑 무슨 상관이니? 나는 널 믿어, 막달렌. 말해봐."

그녀는 요점에 조금 더 가까이 다가갔다.

"그 사람 중국에서 성공하겠죠? 그곳은 너무 멀어요. 그렇죠? 아빠, 어제 프랭크 기분이 안 좋은 거 봤어요?"

"그 소식에 너무 놀라고, 우리 집에서 클레어 씨가 콧대를 세우는 걸 보고 너무 당황해서 그걸 알아채지 못했구나. 이제야 생각나네. 맞아, 프랭크는 자신의 행운을 좋아하지 않았어. 전혀 좋아하지 않았어."

"궁금하지 않아요, 아빠?"

"그러게, 애야, 좀 궁금하구나."

"혐오스러운 야만인들 사이에서 성공하기 위해 5년 동안 떠나 있고, 그렇게 오랫동안 고향 친구들을 만나지 못한다면 힘들지 않을까요? 아빠는 프랭크가 우리를 몹시 그리워할 거라 생각하죠? 그렇죠, 아빠? 그렇죠?"

"천천히 말해, 막달렌! 네 말을 따라가기엔 아빠가 좀 늙었어. 네 말이 맞아. 이 세상에서 단점이 없는 건 없지. 프랭크는 영국에 있는 친구를 그리워할 거야. 그건 부인할 수 없어."

"아빠는 항상 프랭크를 좋아했어요. 프랭크도 아빠를 늘 좋아했어요."

"맞아, 좋은 녀석이지, 아주 좋은 녀석이야. 프랭크와 난 늘 잘 지냈어."

"항상 아버지와 아들처럼요, 그렇죠?"

"물론이지, 애야."

"아마도 그가 떠나면 아빠가 생각하는 것보다 그 사람이 더 힘들

거라 생각하세요?"

"충분히 그럴 수 있지, 막달렌. 아니라고는 못 하지."

"그 사람이 영국에 남길 바라세요? 영국에 남아서, 중국에 가서 하는 것만큼이나 잘하면 되지 않을까요?"

"얘야, 그 녀석은 영국선 가망이 없어. 자신을 위해서라도 가야지. 난 진심으로 그 녀석이 잘 됐으면 좋겠어."

"아빠, 저도 그 사람이 잘 됐으면 좋겠어요, 진심으로요."

"당연하지, 네 소꿉친구잖아. 안 그래? 무슨 일이니? 이런, 왜 울어? 프랭크가 평생 떠난다고 생각하는구나. 나처럼 너도 알다시피, 그는 성공하려고 중국에 가는 거야."

"그 사람은 성공을 원하는 게 아니에요. 그 사람이 더 원하는 게 있어요."

"대체 그 애가 뭘 하고 싶은데? 내가 알아야 할 게 있니?"

"말하기 겁나요. 아빠가 웃을까 봐요. 웃지 않겠다고 약속하실 거죠?"

"널 기쁘게 하는 거라면 무엇이든지 하지, 애야. 그래 약속할게. 자 이제 말해봐! 프랭크가 무엇을 더 원하는데?"

"그가 저와 결혼할지도 몰라요."

밴스톤 씨의 눈 앞에 펼쳐진 여름 풍경이 갑자기 적막한 겨울 풍경으로 바뀌어도, 만약 나뭇잎이 모두 져버려도, 푸른 들판이 순식간에 눈으로 덮인다고 해도, 딸이 더듬거리는 목소리로 마지막 네 마디를 말하는 것보다 엄청나게 놀라지 않았을 것이다. 그는 딸의 얼굴을 보려고 했지만, 그녀는 계속 거부했다. 그녀는 그의 어깨너머로 얼굴을 감췄다. 진심인가? 그녀의 눈물에 젖은 그의 뺨이 그녀를 대신해서 답했다. 긴 침묵이 흘렀다. 그녀는 익숙치 않은 인내심을 갖고 아빠가 말하기를 기다렸다. 그는 정신을 차렸고 이렇게만 말했다. "너는 날 놀라게 하는구나, 막달렌. 말할 수 없이 놀라워."

아버지 목소리가 진지하게 바뀌자, 막달렌의 두 팔은 그에게 더 가까이 매달렸다. 그녀가 희미하게 물었다. "나 때문에 실망하셨어요? 실망했다고 하지 마세요! 아빠한테 못하면, 난 누구한테 내 비밀을 말해요? 그 사람 못 가게 해요! 제발요! 아빠가 그 사람 마음 아프게 할 거예요. 그 사람은 아버지한테 말하는 게 두렵데요. 아빠가 화낼지도 모른다고 걱정해요. 나 빼고는 우리에 대해 말한 사람이 없어요. 그 사람 보내지 마세요! 그 사람을 위해서요…." 그녀는 키스하며 다음 말을 속삭였다. "저를 위해서요!"

그녀 아버지의 다정한 얼굴은 슬퍼졌고, 한숨을 쉬며 딸의 머리를 부드럽게 쓰다듬었다. 그는 거의 속삭이듯 말했다. "쉿, 쉿!" 그녀는 지금 자신이 아버지에게 내뱉은 모든 말과 행동이 얼마나 엄청난 것인지 몰랐다. 그가 딸의 외적인 변화에 관심을 가질 만큼 오랫동안 그녀와 떨어져 있어 본 적이 없었다. 그는 딸에게 소박하고 자애로웠고, 몇 년이 지나서야 그녀가 키가 크다는 것과 몇 가지를 조금 더 알았다. 그리고 이제 한순간에 그녀가 여자가 됐다는 생각이 그의 뇌리를 스쳤다. 그는 그녀의 가슴이 자신에게 닿았을 때와 목을 감싸고 있는 그녀의 팔의 긴장감에서 그걸 알았다. 그는 여자로서의 막달렌을 몰랐다. 그녀의 마음은 이미 사로잡혔다.

"애야, 이 일에 대해 오래 생각해 봤니?" 그가 차분하게 말할 수 있게 되자마자 물었다. "확실해?"

그녀는 그가 말을 끝내기도 전에 답했다.

"그 사람을 사랑하는 게 확실하냐고요? 오, 무슨 말로 '그렇다'라고 말할 수 있을까요? 난 그 사람을 사랑해요."

그녀의 목소리는 가볍게 떨렸고, 대답은 한숨으로 끝났다.

"넌 너무 어려. 너와 프랭크 둘 다 너무 어리다고."

그녀는 처음으로 그의 어깨에서 얼굴을 들었다. 같은 순간 그녀의 표정과 생각이 비쳤다.

"아빠랑 엄마가 결혼했을 때보다 우리가 훨씬 더 어려요?" 그녀가 눈물을 흘리며 웃으면서 물었다.

그녀는 다시 머리를 기대려고 했다. 하지만 그녀가 그 말을 할 때, 그녀 아버지는 그녀가 알아차리기 전에 그녀의 허리를 붙잡고, 얼굴을 쳐다보게 하고 입맞춤을 했다. 갑작스러운 다정함에 그녀의 눈에는 눈물이 가득 맺혔다. 그는 낮은 목소리로 말했다. "아빠랑 엄마 때보다 훨씬 더 어리지는 않지." 그는 그녀를 떼어놓고 자리에서 일어나 재빨리 고개를 돌렸다. "여기서 기다려. 그리고 마음을 진정시키고 있어. 난 안에 들어가서 엄마한테 말할게." 작별 인사를 하는 그의 목소리가 떨렸다. 그리고 되돌아보지 않고 그녀를 떠났다.

그녀는 지칠 때까지 기다렸다. 그는 돌아오지 않았다. 마침내 불안감이 커져 집으로 향했다. 불안해하며 문에 다가서면서, 그녀의 심장은 또다시 겁이 나서 요동쳤다. 그녀의 고백으로 단순한 성격인 아버지가 동요하는 것을 그녀는 본 적이 없었다. 아버지와 다음 만남이 매우 두려웠다. 그녀는 이해할 수 없는 수줍음으로 복도를 천천히 왔다 갔다 했다. 언니나 가스 양에게 들켜서 말을 들을까 봐 겁이 나서, 집 안에 있는 작은 소리에도 신경질적으로 예민해졌다. 그녀가 돌아선 사이 거실문이 열렸다. 그녀는 주위를 둘러보고 복도에 있는 아버지를 보고 매우 놀랐다. 그녀의 심장은 점점 빨리 뛰었고 창백해지는 거 같았다. 아버지가 더 가까이 다가왔고, 그를 다시 한번 바라보자 그녀는 안심이 되었다. 그는 평소처럼 쾌활하지는 않지만, 다시 침착해졌다. 평소 그녀에게 대하는 태도가 아니 어머니에게 대하는 태도처럼 아주 온화하게 다가와서 말했다.

"들어가자, 우리 딸." 그가 조금 전에 닫았던 문을 열면서 말했다. "네가 나한테 했던 말 전부 네 어머니한테 말해. 하고 싶은 말이 있으면 더 하고. 어머니가 나보다 준비가 더 잘 되어 있어. 우리는 오늘 이 일을 생각해 볼 거야, 막달렌. 그리고 내일이면 너랑 프랭크는 우리의 결정을 알게 될 거야." 그녀의 두 눈은 반짝였고, 여자의 직감과 사랑으로 그의 얼굴을 보니 이미 결정이 내려졌다. 행복했고, 행복한 그녀는 아름다웠고, 그녀는 아버지 손에 키스하고 망설임 없이 거실에 들어갔다. 아버지의 말에 그녀는 평온해졌다. 첫 놀라움의 충격은 사라졌고, 오직 기쁨만 남았다. 그녀의 어머니는 한때 그녀 나이였을 때가 있었고, 그녀가 프랭크를 얼마나 사랑하는지 알 것이다. 그래서 다음 면담은 그녀 예상대로였다. 그리고 밴스톤 부인이 그녀를 처음 마주했을 때 설명할 수 없는 자제심을 보였다는 점만 빼면, 그 예상은 맞았다. 잠시 후, 어머니의 질문은 그녀의 마음에서 다정하고 잊히지 않는 경험에서 점점 더 거리낌 없이 나왔다. 그녀는 막달렌의 대답에서 자신이 바랐고 사랑했던 젊은 시절을 다시 떠올렸다.

다음 날 아침 아주 중요한 결정이 발표됐다. 밴스톤 씨는 딸을 위층에 있는 그녀 어머니의 방에 데려갔고, 어제 한 논의와 밤에 한 심사숙고의 결과를 알렸다. 그는 더할 나위 없이 친절하고 침착한 태도로 말했지만, 평소보다 말수는 적고 진지하게 말했다. 면담 내내 그는 아내의 손을 부드럽게 잡았다.

그는 막달렌에게 그도 어머니 모두 그녀가 프랭크에 대한 애정을 비난하는 것을 옳지 않다고 생각한다는 것을 말해줬다. 그것은 부분적으로, 아마도 그녀가 그와 어렸을 때 친하게 지내서 생긴 자연스러운 결과였을 것이다. 또한, 부분적으로, 연극을 하면서 그들이 필연적으로 더 가까워지면서 일어난 결과였다. 동시에 그녀의 행복한 미래가 그들이 가장 원하는 것이기 때문에, 그녀를 위해서, 그리고 프랭크가 믿음을 줄 기회를 줘야 하기 때문, 프랭크를 위해서 두 사람 모두 지지하는 것이 부모의 의무였다. 그들은 둘 다 프랭크의 편견이 심하다는 것을 알았다. 그의 아버지의 별난 행동으로 어린 시절부터 그 젊은이를 그들의 연민과 보살핌의 대상으로 여겼다. 그와 그의 동생들은 그 부부가 잃어버린 다른 자식들의 자리를 거의 채워줬다. 비록 그들은 프랭크를 좋게 생각하는 이유가 충분하다고 단호하게 생각하지만, 여전히 딸의 행복을 위해, 어떤 조건들을 수정하고, 지금부터 심사숙고하는 결혼까지 1년간의 시간을 두고 그 생각을 분명히 확인할 필요가 있었다.

그 1년 동안 프랭크는 런던에 있는 사무실에 계속 다녀야 했다. 그의 고용주들은 집안 사정으로 중국 일자리 제안을 수락하지 못한다는 것을 사전에 통보받았다. 특정 조건에서만 그는 이 양해를 막달렌과 그와의 애정을 인정받는 것으로 여겨야 했다. 그 유예 기간 동안 만약 밴스톤 씨가 전적으로 프랭크의 앞날에 대해 전부 책임질 신뢰를 주지 못한다면, 결혼 계획은 그 순간 끝나는 것이었다. 반면에, 만약 밴스톤 씨가 자신 있게 바라는 결과로 정말로 이어진다면, 즉 유예 기간 동안 프랭크가 직접 가장 소중한 신뢰를 입증한다면, 막달렌도 그에게 여성이 줄 수 있는 모든 것으로 보답해야 한다. 그리고 그가 중국에서 5년간 지내는 조건으로 현재 고용주들이 준 선물先物을 1년 안에 결혼 지참금으로 현금화해야 했다.

아버지가 그런 앞날의 계획을 이야기하자, 막달렌은 고마운 마음을 주체할 수 없었다. 마음속 깊이 감동했다. 밴스톤 씨는 딸과 아내가 진정될 때까지 기다렸다. 그리고 남은 설명을 했다.

"애야, 난 프랭크가 부인 돈으로 게으르게 사는 걸 원치 않는다는 걸 이해하지? 내 계획은 그가 현재 고용주들이 주는 지분으로 수익을 내야 한다는 거야. 그들은 곧 좋은 동업자를 찾을 거야. 그리고 너는 그에게 지분을 살 수 살 돈을 줄 거야. 난 그 액수를 네 재산의 절반으로 제한하고, 나머지 절반은 네 몫으로 둘 거야. 난 우리 모두 잘 지냈으면 좋겠어." 그는 이 말을 하면서 아내를 다정하게 바라봤다. "그 유예 기간이 끝날 때 모두 잘 됐으면 좋겠어. 만약 내가 죽더라도 달라질 건 없어, 막달렌. 사위가 생길 거라고 생각하기 훨씬 전에 작성한 내 유언장은 내 재산을 두 부분으로 똑같이 나눴어. 하나는 어머니에게, 다른 하나는 내 자식들에게 똑같이 나눠줄 거야. 내가 살아 있다면, 네 몫은 네 결혼식 날에 내가 직접 줄 거야. 노라도 결혼하면 자기 몫을 받을 거고. 그리고 만약 내가 죽으면 내 유언에 따라 받을 거야. 아, 우울해 하지 마." 그는 잠시 예전처럼 기분 좋게 말했다. "네 엄마 와 난 살아서 프랭크가 훌륭한 무역상이 되는 걸 볼 거야. 얘야, 그 집 에 가서 사위한테 우리의 새로운 계획에 대해 알려줄…."

그가 말을 멈췄고 눈썹을 살짝 찌푸렸다. 그는 머뭇거리며 밴스톤 부인에게 고개를 돌렸다.

"아빠, 그 집에서 뭘 해야 하는데요?" 막달렌은 그가 말을 끝내기를 기다리다가 물었다.

"프랭크 아버지와 상의해야 해. 이 문제에 대해 아직 클레어 씨의 동의를 받지 못했어. 그리고 시간이 촉박한데, 그가 어떤 문제들을 제 기할지 모르니, 빨리 그를 만날수록 더 좋아."

그는 낮은 목소리로 그렇게 답했고, 반은 마지못해 반은 체념한 듯 이 의자에서 일어났고, 막달렌은 그 모습을 보고 조용히 놀랐다.

그녀는 호기심 어린 눈으로 어머니를 바라봤다. 언뜻 보기에 밴스 톤 부인도 그의 변화에 놀란 것 같았다. 그녀는 불안하고 불편해 보였 다. 그녀는 아픈 것처럼 갑자기 소파 베개 쪽으로 얼굴을 돌렸다.

"아파요, 엄마?"

"괜찮아." 밴스톤 부인은 돌아보지 않은 채 짧고 날카롭게 말했다. "나 좀 내버려 둘래? 쉬고 싶구나."

막달렌은 아버지와 함께 나왔다. 그녀는 계단을 내려오면서 걱정 하며 속삭였다. "아빠! 아빠는 클레어 씨가 반대할 거라 생각하세요?"

"모르겠구나. 그가 찬성하기를 바라야지."

"그분이 반대할 만한 이유가 없잖아요. 그렇죠?"

그가 모자를 쓰고 지팡이를 짚는 동안, 그녀는 소심하게 질문을 했 다. 그러나 그는 그 말을 듣지 않는 것 같았다. 다시 물어볼지 말지 불 안해하면서, 그녀는 클레어의 집으로 가는 아버지와 정원까지 동행했다. 그는 잔디밭에서 그녀를 멈춰 서게 해서 집으로 돌려보냈다.

"머리에 아무것도 안 썼네. 정원에 있고 싶으면, 햇볕이 얼마나 뜨거운지 잊지 말고 모자 없이는 나오지 마!"

그는 그 집으로 향했다. 그녀는 잠시 기다렸고 그가 돌아왔다. 그녀는 평소 과장된 동작으로 지팡이를 짚는 그의 모습을 보지 못했다. 작은 스코티시 테리어가 뛰어나와 짖으며 주위를 뛰어다녔지만, 신경 쓰지 않았다. 그는 기가 죽었다. 이상하게 기가 죽어 있었다. 무슨 뜻일까?

Chapter 10

집으로 돌아온 막달렌은 복도를 지날 때, 갑자기 누군가 뒤에서 그녀의 어깨를 만지는 것을 느꼈다. 그녀는 돌아서서 언니와 마주했다. 그녀가 무슨 말을 하기도 전에, 노라는 혼란스러워하며 말했다. "미안해, 날 용서해줘."

막달렌은 놀라서 언니를 쳐다봤다. 관목 숲에서 그들 사이에 오간 신랄한 말에 관한 모든 기억이 그녀를 사로잡은 새로운 관심사 때문에 사라졌다. 마치 화를 냈던 만남이 전혀 일어나지 않았던 것처럼 완전히 사라졌다. 그녀는 놀라서 말을 되풀이했다. "언니를 용서하라니! 뭘?"

"너의 새로운 계획에 대해 들었어." 노라가 무의식적으로 고분고분하게 말하지만 거의 무례한 태도로 말을 이었다. "난 우리 사이를 바로잡고 싶어. 그 일에 대해 미안하다고 말하고 싶어. 잊어줄래? 관목 숲에서 일어난 일을 잊어버리고 용서해 줄래?" 그녀의 얼굴이 갑자기 어두워졌다. 동생의 대답을 듣기 전에 갑자기 돌아서서 위층으로 올라갔다.

막달렌이 언니를 따라가기도 전에 서재 문이 열렸고, 가스 양이 그 일에 대해 말하려고 다가왔다. 막달렌은 조금 전에 들었던 무의식적으로 고분고분한 감정이 아니었다. 노라는 프랭크를 찬성하는 부모님의 이의를 달 수 없는 결정을 존중하려고 그에 대한 뿌리 깊은 불신과 싸웠고, 반감이 없어지지 않았지만, 노골적으로 보이는 건 억눌렀다. 가스 양은 집주인 부부에게 그런 양보를 하지 않았다. 그녀는 지금까

93

지 집안에서 권위가 높은 위치에 있었고, 그 변화가 아무리 놀랍고 예상치 못한 문제일지라도, 집안에서 일어나는 변화를 따르지 않는 것을 단호히 거부했다.

프랭크를 암묵적으로 반대했던 가스 양이 말했다. "내 축하와 내 사과를 받아줘요. 정자에서 아가씨와 프랜시스 클레어 군이 키스하는 것을 봤을 때, 아가씨가 부모님의 뜻을 따르고 있는 줄은 몰랐어요. 난 그 문제에 대해 할 말 없어요. 셰익스피어는 반대로 말하겠지만, 나는 단지 정자에서 순조로웠던 진정한 사랑의 과정에 장애물로 우연히 그 자리에 나타나서 유감이에요. 앞으로 날 제거된 장애물이라고 생각해요. 행복을 빌어요!" 마지막 문장에서 가스 양의 입은 올가미처럼 닫혔고, 눈빛은 미래의 결혼에 대해 불길한 예언을 하는 듯했다.

만약 막달렌의 불안이 너무 심각하지 않아서 평소처럼 입을 자유롭게 놀렸다면, 그녀는 바로 비꼬면서 대답했을 것이다. 예전처럼, 가스 양은 단지 그녀를 짜증 나게 했다. 그녀는 "흥!"이라고 외치며 언니 방으로 올라갔다.

방문을 두드렸지만, 답이 없었다. 문을 열려고 했지만 안쪽에서 잠겨 있었다. 침울하고 다루기 힘든 노라가 잠궜다.

다른 상황이라면 막달렌은 문을 두드리는 것으로 만족하지 않고, 집 안이 시끄러워지고 자기의 뜻을 이룰 때까지 문에서 점점 큰소리로 불렀을 것이다. 그러나 아침에 들었던 의구심과 두려움으로 이미 그녀는 불안해졌다. 그녀는 다시 조심스럽게 아래층으로 내려와 복도 스탠드에서 모자를 챙겼다. "아빠가 모자 쓰라고 했어." 평소 성격과는 전혀 다르게, 말 잘 듣는 자식처럼 혼잣말을 했다.

그녀는 관목숲 쪽 정원으로 갔고, 그쪽에서 아버지가 돌아오는 것을 기다렸다. 30분이 지났다. 40분이 지났고 그때 멀리 있는 나무 사이로 그의 목소리가 들렸다. "옆으로 와!" 그가 개에게 큰소리로 외치는 걸 들었다. 그녀 얼굴이 창백해졌다. "아빠가 스냅에게 화를 냈어!"

그녀는 혼자 속삭이며 소리쳤다. 그다음 순간 그가 보였다. 그는 고개를 숙인 채 재빨리 걸었고, 눈 밖에 난 스냅이 옆에 있었다. 무언가 잘못됐다는 불길한 징조를 봐서 갑작스럽게 너무 놀라게 되자, 그녀의 타고난 기운이 되살아났고, 최악의 상황을 필사적으로 알아내기로 결심했다. 그녀는 아버지를 보려고 바로 앞으로 걸어갔다.

그녀는 힘없이 말했다. "아빠 표정 보니까, 무슨 일 있는 거죠? 클레어 씨가 평소처럼 매몰찼어요? 클레어 씨가 안 된다고 했어요?"

그녀 아버지는 갑자기 매우 심각한 표정을 지으며 돌아봤다. 예전과는 전혀 비교가 안 될 만큼 너무나 두려워서 그녀는 뒤로 물러섰다.

그가 말했다. "막달렌! 나의 옛 친구이자 이웃에 대해 말할 때마다 이걸 명심해. 클레어 씨가 방금 나에게 평생토록 감사히 기억해야 할 은혜를 입혔다는 걸 말이야."

그는 이런 놀라운 말을 하고 나서 갑자기 멈췄다. 그녀를 놀라게 했다는 것을 알고, 그는 타고난 다정함으로 바로 누그러졌고 그녀가 분명히 겪고 있는 긴장감을 풀어지게 했다. 그는 다시 말을 이었다. "나에게 키스해 주렴, 얘야. 그러면 클레어 씨가 찬성했다는 걸 알려줄게."

그녀는 그에게 감사하려고 애썼지만, 갑작스러운 안도감의 기쁨은 그녀에게 너무 벅찼다. 조용히 그의 목에 매달릴 수밖에 없었다. 그는 그녀가 온몸을 떨고 있다는 것을 알고 그녀를 진정시키려고 몇 마디 말했다. 주인의 목소리 톤이 바뀌자, 스냅은 다시 그의 사이 다리로 힘차게 꼬리를 흔들었고, 짧게 짖으면서 자신의 위치를 알렸다. 그 개가 자신의 예전 지위에 대한 적절한 주장은 막달렌이 예전 모습을 찾는 데 가장 어울렸다. 그녀는 털복숭이 작은 테리어를 두 팔로 끌어안고 다음으로 그 개에게 키스하며 외쳤다. "우리 강아지, 너도 나만큼 기쁘구나!" 그녀는 조금 나무라는 시선으로 아버지를 다시 바라봤다. "놀랐잖아요, 아빠. 너무 다른 모습이었어요."

"내일이면 다시 괜찮을 거야. 오늘은 조금 화가 나."

"저 때문은 아니죠?"

"아냐."

"클레어 씨가 한 말 때문이에요?"

"맞아. 네가 놀랄 만한 것은 없어. 내일이면 다 괜찮아져. 이제 가자, 얘야. 편지도 써야 하고 네 엄마랑 이야기하고 싶구나."

그는 그녀를 남겨두고 집으로 갔다. 막달렌은 잔디밭을 서성거리며 새로운 행복을 느꼈고, 그러고 나서 관목 숲으로 가서 더 큰 기쁨을 즐겼다. 개가 그녀를 따랐다. 그녀는 휘파람을 불고 손뼉을 쳤다. "그 사람 찾아!" 그녀가 기쁜 눈으로 말했다. "프랭크를 찾아!" 스냅은 이빨을 드러내고 으르렁거리며 관목 숲으로 달렸다. 아마도 그 개는 젊은 여주인의 말을 오해하고 자신을 쥐를 찾는 특사로 생각하는 걸까?

그 사이 밴스톤 씨는 집에 들어갔다. 그는 계단을 천천히 내려오는 아내를 만났고, 앞으로 가서 팔을 내밀었다. "어떻게 됐어요?" 그가 소파로 데려갈 때, 그녀가 걱정스럽게 물었다.

"우리가 바라던 대로 됐어. 내 오랜 친구가 프랭크에 대한 내 생각이 옳았다고 했어."

"다행이에요." 밴스톤 부인이 열광적으로 말했다. 남편이 소파 베개를 정리할 때 그녀가 물었다. "당신도 그렇죠? 나만큼 고통스럽죠?"

"할 일을 했을 뿐이야, 여보."

그렇게 대답하고, 그는 잠시 머뭇거렸다. 뭔가에 대해, 아마도 클레어 씨를 만나면서 어쩌면 생긴 불안감과 그가 인정해야 했던 막달렌의 질문에 대해서 더 말하고 싶은 게 분명했다. 아내를 바라보는 눈빛에서 그에게 부정적인 의혹들이 있다는 걸 알 수 있었다. 그는 아내가 편안한지만 물어보고 방에서 나가려고 했다.

"꼭 가야 해요?"

"쓸 편지가 있어, 여보."

"프랭크에 대한 거예요?"

"아니, 그건 내일 써도 돼. 펜드릴 씨에게 쓰려고. 바로 알려주고 싶어."

"일에 대해서요?"

"맞아, 여보, 일에 대해서야."

그는 방을 나와서 현관문 근처에 서재라고 불리는 작은방에 들어갔다. 성격과 습관상 편지 쓰는 걸 가장 싫어했지만, 지금은 지체없이 책상 서랍을 열고 펜을 꺼냈다. 편지는 3페이지에 달했다. 평소 편지를 쓸 때와는 아주 다르게 쓸 말을 미리 정했고 빠르게 썼다. 그는 다음과 같은 주소를 썼다. '즉각 발송-윌리엄 펜드릴 변호사, 런던 설가 링컨스 인Serle Street, Lincoln's Inn, London.' 편지를 옆으로 밀어내고 압묵지에 선을 그으면서 생각에 잠겼다. "아냐, 펜드릴이 올 때까지 내가 더는 할 수 있는 게 없어." 일어나서 봉투에 우표를 붙이고 나자 얼굴이 밝아졌다. 편지를 쓰면서 어느 정도 후련해졌다는 것을 방에서 나갈 때의 그의 태도에서 알 수 있었다.

현관에서 함께 산책 준비를 하는 노라와 가스 양을 봤다.

"어디로 가니? 우체국 근처에 가니? 나 대신 이 편지 좀 부처주렴, 노라. 아주 중요한 거라서 평소처럼 토마스에게 맡기고 싶지 않아."

노라는 바로 그 편지를 받았다.

"펜드릴 씨에게 쓴 편지야, 그 사람이 내일 오후에 왔으면 해. 필요한 준비를 해 줄래요, 가스 양? 펜드릴 씨가 내일 밤에 자고 일요일까지 있을 거예요. 잠깐! 오늘 금요일이지. 토요일 오후에 내가 약속이 있었나?" 그는 짜증 나는 표정으로 수첩을 살폈다. "토요일 오후 3시, 그레일시 제분소. 펜드릴 씨가 여기 도착할 시간이고 꼭 집에서 그 사람을 봐야 하는데. 어떻게 하지? 월요일에 그레일시 제분소에서 볼일 보는 건 너무 늦는데. 대신 오늘 가야겠네. 그럼 저녁에 제분소 주인을 만날 수 있을 거야." 시계를 봤다. "마차를 타고 갈 시간이 없으니 기차를 타야겠네. 바로 가면 하행 열차를 타고 그레일시에 갈 수 있을 거야. 노라, 편지 잘 챙겨. 저녁은 못 먹을 거야. 돌아오는 열차를 놓치면, 마차를 빌려 타고 올게."

그가 모자를 챙길 때, 프랭크를 만나고 돌아온 막달렌이 현관에 들어섰다. 서두르는 아버지를 봤고, 어디로 가는지 물었다.

"그레일시에 간다. 막달렌, 네 일이 내 일을 방해해서, 내 일을 미뤄야 해."

그는 예전처럼 진심 어린 태도로 인사를 하고 과장된 동작으로 지팡이를 짚으며 떠났다.

"내 일이라니! 내 일은 다 끝났잖아."

가스 양은 의미심장하게 노라 손에 있는 편지를 가리키며 "딱 봐도 아가씨 일이에요"라고 말했다. "펜드릴 씨가 내일 오는데 밴스톤 씨가 그 일 때문에 매우 걱정하는 거 같아요. 법적으로, 그리고 부수적인 문제들이 벌써 생긴 거예요. 정자 문 앞쪽을 들여다보는 아가씨들만 진정한 사랑의 걸림돌이 되는 게 아니에요. 가끔은 서류가 장애물이에요. 그 서류가 저처럼 융통성이 있으면 좋겠네요. 잘 되길 바랄게요. 이제 가요, 노라 아가씨."

가스 양의 두 번째 공격은 첫 번째 공격처럼 악의는 없었다. 막달렌은 조금 화가 난 채 집으로 돌아왔다. 프랭크와의 만남은 아들을 데려오라고 클레어 씨가 보낸 심부름꾼 때문에 방해받았다. 비록 밴스톤 씨와 클레어 씨 사이의 비공개 면담에서 그날 아침 논의한 문제들은 유예 기간이 끝날 때까지 아이들에게 말해서는 안 된다고 합의했고, 이러한 상황에서 클레어 씨는 막달렌이 프랭크에게 훨씬 더 호의적으로 말할 수 없는 것을 그에게 말할 수 없었지만, 그 철학자는 그가 중국에 가는 것을 구해준 부모의 양보를 아들에게 직접 알리기로 했다. 갑자기 집으로 불려가서 막달렌은 놀랐지만, 프랭크는 놀라지 않는 거 같았다. 자식으로서 그는 클레어 씨의 수상한 동기를 충분히 쉽게 파악했다. 그는 부루퉁하게 말했다. "아버지가 기분이 좋으실 때, 나의 행운을 괴롭히기를 좋아하셔. 이 메시지도 지금 날 괴롭힐 거라는 뜻이야."

"가지 마요."

"가야 해. 안 가면 끝까지 절대 들을 수 없을 거야. 쌓이면 폭발하셔. 토목 기사가 날 데려갔을 때 한 번 폭발하셨어. 런던 사무실이 날 데려갔을 때도 두 번째 폭발하셨어. 이제 네가 날 데려가면 세 번째로 폭발하실 거야. 네가 아니었다면, 난 태어나지 않았어야 했다고 했을 거야. 맞아, 네 아버지는 나에게 잘해 주셨어. 아저씨가 안 계셨다면 난 중국에 가야 했다는 것도 알아. 난 정말 큰 은혜를 입었어. 물론, 우리가 다른 것을 기대할 권리는 없어. 그래도 1년을 기다리게 하는 건 아쉽지만 말이야, 그렇지?"

막달렌은 빠르게 그의 입을 막았고, 프랭크도 감사히 받아들였다. 동시에 그녀는 그의 불만을 달래는 것을 잊지 않았다. 그녀는 프랭크의 투덜거림을 더는 듣지 못해 은근히 아쉬워하면서 집으로 돌아왔다. 그녀가 이런 정신 상태일 때 가스 양이 그녀에게 했던 정교한 비꼼은 가스 양의 숨을 낭비할 뿐이었다. 막달렌은 왜 비꼼을 신경 써야 하는가? 젊음과 사랑은 자신들을 빼고 뭘 신경 써야 하나? 이번처럼 그녀가 "흥!"이라고 많이 말한 적이 없었다. 그녀는 고요한 침묵 속에 모자를 옆에 내려놓고 어머니와 같이 있으려고 거실로 한가로이 걸었다. 그녀는 우연히 차가운 닭고기와 치즈 케이크를 보고 프랭크와 그 아버지 사이의 다툼이 끔찍할 거라고 예상하며 점심을 먹었다. 그녀는 30분 동안 피아노를 쳤다, 멘델스존의 가곡, 쇼팽의 마주르카, 베르디의 오페라, 모차르트의 소나타 중에서 선택 곡을 연주했다. 그 곡들은 이 자리에서 함께 어우러져 '프랭크'라는 불멸의 작품을 만들었다. 그녀는 피아노를 닫고 자기 방으로 올라가서 결혼 생활을 상상하며 편하게 시간을 보냈다. 녹색 덧문이 닫혔고, 안락의자가 거울 앞에 놓여 있고, 보통 때처럼 하녀를 불렀다. 더위와 나른함으로 졸릴 때까지 허리 중간까지 내려오는 머리를 빗었고, 막달렌은 잠들었다.

3시 넘어서 잠에서 깼다. 다시 아래층으로 내려가자, 어머니와 노라와 가스 양이 집 앞의 탁 트인 포르티코(건물 입구에 기둥을 받쳐 만든 현관 지붕) 밑에서 함께 앉아 그늘과 서늘함을 즐기고 있는 것을 봤다.

노라는 손에 철도시간표를 들고 있었다. 그들은 밴스톤 씨가 돌아오는 기차를 타고 제시간에 돌아올 가능성에 대해 의논하고 있었다. 그다음 주제로 그레일시 일로 넘어갔다. 늘 그렇듯이 선행으로 하는 일로, 한때 그의 오랜 농장 일꾼이었고, 지금은 심각한 재정난을 겪고 있는 제분소 주인을 위한 것이다. 여기서 그들 사이에서 종종 되풀이되는, 그리고 여러 번 말해도 지치지 않는 주제인 밴스톤 씨에 대한 칭찬으로 점점 넘어갔다. 세 사람 모두 그의 소박하고 너그러운 성격을 겪었다. 그 대화는 그의 아내에게 매우 흥미로운 것 같았다. 현재 출산이 얼마 남지 않았기 때문에 항상 그녀의 가슴속에 가장 중요한 자리를 차지하고 있는 한 주제에 신경질적으로 민감하게 느끼지 않았다. 그녀는 포르티코 아래 작은 모임에 함께하는 막달렌을 바라봤다. 막내딸에게 자기 옆 빈 의자에 앉으라고 가리킬 때 약한 손이 떨어졌다. "네 아버지 이야기를 하고 있었어"라고 부드럽게 말했다. "오, 우리 딸, 네 결혼 생활이 행복만 하다면…." 말이 나오지 않았다. 그녀는 서둘러 손수건으로 얼굴을 가리고 막달렌 어깨에 머리를 기댔다. 노라는 가스 양을 애원하듯 바라봤고, 그녀는 밴스톤 씨가 집으로 돌아오는 하찮은 주제에 대한 대화를 다시 이끌었다. 막달렌을 의미심장하게 바라보며 말했다. "아가씨 아버지가 제시간에 기차를 타고 그레일시를 떠날 건지 아니면 기차를 놓쳐서 마차를 타고 돌아올지 우리 모두 궁금해 하고 있었어요. 아가씨 생각은 어때요?"

"아빠는 기차를 놓칠 거예요." 막달렌은 평소의 민첩함으로 가스 양의 말에 힌트를 얻어 답했다. "그레일시에서 아빠가 가장 나중에 할 일은 여기로 오는 거예요. 일이 생길 때마다 늘 마지막까지 미루잖아요. 그렇죠, 엄마?"

그 질문에 막달렌이 바랐던 대로 어머니는 흥분했다. "선행으로 하는 일이면 그렇지 않아. 아버지는 지금 큰 어려움을 겪고 있는 제분소 주인을 도우러 가셨…."

막달렌이 집요하게 말을 이었다. "그리고 아빠가 뭘 할지 아시잖아요? 제분소 주인 아이들과 신나게 놀 거고, 그 어머니랑 수다를 떨고 그 아버지라는 사람과 사이좋게 지낼 거예요. 그리고 기차 시간까지 5분밖에 안 남았는데 이렇게 말할 거예요. '회계사 사무실에 가서 장부를 보자.' 아버지는 장부가 끔찍하게 복잡하다는 것을 알게 되고 회계사에게 보내자고 할 거예요. 그동안 돈을 빌려주는 거로 일을 해결할 거예요. 그리고 제분소 주인 마차를 타고 돌아오실 거예요. 그리고 아버지는 우리에게 서늘한 저녁 날씨에 도로가 얼마나 쾌적했는지 말해 줄 거예요."

그 인물 묘사는 너무나 충실해서 인정할 수밖에 없었다. 밴스톤 부인은 미소를 지으며 고마움을 나타냈다. "아버지가 돌아오면, 네가 한 말을 들려줘야겠구나." 그녀는 의자에서 힘없이 일어나며 말을 이었다. "난 이제 안에 들어가서 그 사람이 돌아올 때까지 소파에 쉬는 게 낫겠어."

포트리코에서의 작은 모임은 끝났다. 막달렌은 아버지와 면담에 관한 프랭크의 이야기를 듣기 위해서 정원으로 갔다. 나머지 여자 3명은 집에 함께 들어갔다. 밴스톤 부인이 소파에 편안하게 눕자, 노라와 가스 양은 그녀가 편히 쉬도록 두고 런던에서 배달 온 책들을 보기 위해 서재로 향했다.

조용하고 구름 한 점 없는 여름날이었다. 옅은 서풍이 불어 더위가 누그러졌다. 집 근처 들판에서 일하는 인부들의 쾌활한 목소리가 들렸다. 마을 교회의 시계 종소리가 바람을 타고 평소보다 더 선명하고 크게 들렸다. 들판과 꽃밭에서 풍기는 달콤한 향기가 열린 창문으로 들어와 집안을 가득 채웠고, 위층 노라의 새장의 새들은 햇살을 받으며 신나게 행복의 노래를 불렀다.

교회 시계가 4시 15분을 울리자 거실문이 열렸다. 그리고 밴스톤 부인은 홀로 복도를 지났다. 그녀는 마음을 가라앉히려고 무진 애를 썼다. 그녀는 너무 초조해서 가만히 누워 잠을 잘 수 없었다. 잠시 그녀는 포르티코를 향해 걸음을 내디뎠다. 그리고 돌아섰고, 어디로 가야 할지, 다음에 무엇을 해야 할지 정하지 못했다. 그녀가 여전히 머뭇거리고 있는 동안, 반쯤 열린 남편의 서재 문이 눈에 들어왔다. 그 방은 매우 혼란스러워 보였다. 서랍은 열려 있었고, 외투와 모자, 회계장부와 서류, 담배 파이프와 낚싯대가 모두 흩어져 있었다. 그녀는 안으로 들어가 문을 밀었다. 그러나 너무 살살 밀어서 여전히 문은 열려 있었다. '방 정리를 하면 재미있을 거야. 내가 힘없이 침대에 눕기 전에 그 사람을 위해 무엇인가를 해주고 싶어.' 그녀는 서랍을 정리하기 시작했고, 그 중 하나는 은행 장부가 펼쳐져 있는 것을 봤다. "아, 이 사람 정말 조심성 없어! 내가 만일 보지 않았더라면, 하인들이 다 봤을 거잖아." 그녀는 서랍을 바로 넣고 나서 사이드 테이블 위에 다양하게 어질러진 것을 봤다. 흩어진 종이들 사이에 작은 구식 악보가 있었는데, 그녀의 이름이 적혀 있었고 잉크가 바랬다. 그녀는 어린 소녀처럼 첫 번째 행복을 찾아서 얼굴이 발그레해졌다. "그 사람이 얼마나 나한테 잘하는지! 내 낡은 악보집을 기억하고, 간직했어." 테이블 옆에 앉아 악보집을 펼쳐 보면서, 지난간 시간을 떠올렸다. 시계는 30분을 가리키고, 45분을 가리켰다. 그리고 여전히 그녀는 무릎 위에 악보집을 올려놓고 앉아, 옛날 노래들을 행복하게 떠올렸다. 그가 그녀를 위해 악보를 넘겼을 때, 그가 어떤 여자의 기억도 잊을 수 없는 말을 속삭였던 전성기 시절을 감사하게 생각했다.

노라는 앉아서 책을 읽다가 고개를 들어, 서재 벽난로 위 시계를 힐끗 보았다.

"아빠가 기차를 타고 돌아오시면, 10분 안에 여기 오실 거예요."

가스 양은 깜짝 놀라서 손에서 방금 떨어트린 책을 졸린 듯 쳐다봤다. "기차로 안 오실 거예요. 막달렌 아가씨가 경박하게 표현한 것처럼 제분소 주인 마차를 타고 돌아오실 거예요."

그 말을 할 때, 서재 문에서 노크 소리가 들렸다. 하인이 나타나 가스 양에게 말을 건넸다.

"누군가가 선생님을 뵙고 싶어 합니다."

"누가요?"

"모르겠어요. 저는 모르는 사람인데, 괜찮은 외모의 사람이에요. 특히 선생님을 만나고 싶다고 말했어요."

가스 양은 복도로 나갔다. 하인이 그녀를 따라와서 서재 문을 닫고 부엌 계단으로 내려갔다. 그 남자는 문 안 매트 위에 서 있었다. 그의 눈은 어쩔 줄 몰라 했고, 얼굴은 창백해서 아파 보였고 겁에 질린 것 같았다. 그는 모자를 신경질적으로 만지작거리며 한 손에서 다른 손으로 앞뒤로 모자를 옮겼다.

"당신이 날 찾았나요?"

"죄송하지만 부인, 밴스톤 부인이 아니시죠?"

"분명히 아니에요. 난 가스 양이에요. 그걸 왜 물어보죠?"

"전 그레일시 기차역 사무실 직원입니다."

"그래서요?"

"제가 여기 온 이유는⋯."

그는 또다시 말을 멈췄다. 그의 눈은 매트 쪽으로 내려다봤고, 가만히 있지 못하는 손은 모자를 점점 더 세게 비틀었다. 그는 마른 입술을 축이고, 다시 한번 애썼다.

"아주 심각한 일 때문에 왔습니다."

"제게 심각한 일인가요?"

"아뇨, 이 집안 모두에게 심각한 일입니다."

가스 양은 그에게 한 걸음 다가갔다. 그의 얼굴을 뚫어지게 바라보았다. 그녀는 여름 더위에 추워졌다. "잠시만요!" 그녀가 갑자기 불신감을 가지고, 걱정스러운 듯이 거실문을 곁눈질했다. 그 문은 잘 닫혀 있었다. "가장 나쁜 소식을 말해 보세요. 그리고 큰 소리로 말하지 마세요. 사고가 있었군요. 어디서요?"

"철도에서요, 그레일시 기차역 근처에."

"런던행 상행 열차요?"

"아뇨, 1시 50분 하행 열차⋯."

"세상에. 밴스톤 씨가 그레일시에 가려고 탔던 그 기차요?"

"맞아요. 전 상행 열차를 타고 여기에 왔어요. 선로가 방금 정리됐어요. 편지로 전하지 말고, 제가 가스 양은 만나서 말해야 한다고 했어요. 승객 7명이 크게 다쳤고, 2명은⋯."

그다음 말이 입에서 나오지 않았다. 그는 죽은 듯이 손을 들었다. 경악해서 눈을 크게 뜨고 손을 들어 가스 양 어깨너머를 가리켰다. 그녀는 조금 돌아서서 뒤를 돌아보았다. 서재 문지방에 서 있는 여주인의 얼굴과 마주쳤다. 그녀는 낡은 음악책을 무의식적으로 꽉 움켜쥐고 있었다. 유령처럼 서 있었다. 눈은 너무나 공허했고, 아주 낮은 목소리로 그 남자의 마지막 말을 되풀이했다.

"승객 7명이 크게 다쳤고, 2명은⋯."

손가락에서 힘이 빠졌고, 악보집이 떨어졌다. 그녀는 앞으로 심하게 쓰러졌다. 가스 양은 그녀가 넘어지기 전에 붙잡았고, 남편의 생사를 들으려는 부인의 약해진 몸을 안고, 남자 쪽으로 고개를 돌렸다.

"피해 상황은 됐어요. 말해 봐요. 그분은 다치셨나요? 아니면 돌아가셨나요?"

"돌아가셨습니다."

해가 더 저물었다. 시원하고 신선한 서풍이 집 안으로 불었다. 밤이 깊어갈수록, 마을 시계의 경쾌한 종소리가 점점 가깝게 들렸다. 그 시간대가 되자 들판과 꽃밭은 달콤한 향기를 내뿜었다. 노라의 새장 속 새들은 고요한 저녁에 햇볕을 쬐고, 저물어 가는 날에 감사의 작별 노래를 불렀다.

잠깐 휘청거렸을 뿐, 그 집의 무정한 일상은 지독하게 계속됐다. 패닉에 빠진 하인들은 시간에 맞춰 한 일을 하려 맹목적으로 피했다. 하인은 저녁 식사를 위해 조심히 테이블을 정리했다. 하녀는 침실로 가져갈 뜨거운 물이 담긴 주전자를 옆에 놔놓고 앉아서 기다렸다. 주인에게 오라는 명령을 받았던 정원사는 지시받았던 것보다 초과하여 받은 수표를 들고 와서 그의 인품을 친애한다고 말하며 지정된 시간에 수표를 두고 떠났다. 절대 양보하지 않는 습관과 결코 피할 수 없는 죽음이 인간의 행복의 파편과 만났고, 죽음이 닥쳤다.

고통의 먹구름이 집안에 무겁게 내려앉았지만, 아직 가장 어둡지 않았다. 그날 저녁 5시, 재앙의 충격이 몰아쳤다. 또 한 시간이 지나기도 전에 남편의 갑작스러운 죽음을 알게 된 아내의 치명적인 위험으로 긴장감이 감돌았다. 미망인이 된 그녀는 침대에 힘없이 누워 있었다. 자기 자신의 인생과 아직 태어나지 않은 아기의 인생이 위태로웠다.

하지만 한 사람은 여전히 버텼다. 그 지도력은 초상집에 도움이 되었다. 만약 가스 양이 만년에 콤-레이븐에서 조용하고 행복하게 지내고 있는 것처럼 젊은 시절에도 그렇게 지냈다면, 아마도 끔찍한 시간을 견디지 못했을지도 모른다. 그러나 가정교사의 젊은 시절은 고통스러운 가족 일로 시련을 겪었고. 고통을 아는 여자로서 계속해서 용기를 내어 힘든 일을 다 했다. 홀로, 그녀는 딸들에게 아버지가 돌아가셨다고 말하는 시험을 마주했다. 홀로, 그녀는 끔찍한 사별 소식을 알게 된 그들이 버틸 수 있도록 고군분투했다.

큰딸에 대한 걱정은 덜했다. 노라는 슬픔에 대한 심한 고통으로 자연스럽게 눈물을 터트리며 밖으로 나갔다. 막달렌은 그렇지 않았다. 아버지 사망 소식을 처음 들었던 그 방에서 눈물 없이 말없이 앉아 있었다. 그녀의 얼굴은 노년에 느끼는 메마른 슬픔으로 이상하게 겁에 질려 있었고, 창백하고, 계속 공허했고, 보기가 무서웠다. 어떠한 깨우침도 어떤 누그러짐도 없었다. "말하지 말아요. 건드리지 말아요. 나 혼자 내버려 둬요"라고 말하고 다시 침묵에 빠졌다. 자매들의 삶을 암울하게 한 첫 번째 큰 슬픔은, 이미 그들의 성격을 바꿔놨다.

땅거미가 내려앉았다가 사라졌다. 여름밤이 밝았다. 환자의 방에 조심스럽게 어둠의 빛이 처음 비출 때, 브리스톨에서 부른 의사가 가족 주치의와 상담하기 위해 도착했다. 그는 어떤 위로도 할 수 없었다. 이렇게만 말할 뿐이었다. "노력하고 희망을 가져야 해요. 남편 부고 소식을 들었을 때 받은 충격으로 그때 그녀에게 가장 필요했던 힘이 빠져버렸어요. 그녀를 지키기 위해 어떠한 노력도 소홀히 해서는 안 돼요. 밤새 여기서 있을게요."

그는 말하면서 더 많은 공기가 들어오도록 창문 중 하나를 열었다. 집 앞 진입로와 외부 도로가 내려다보였다. 몇몇 사람들이 문 앞에 모여 안을 들여다보고 싶었다. 의사가 말했다. "만약 사람들이 소리를 내면 반드시 경고하세요." 그들에게 경고할 필요는 없었다. 그들은 단지 고인의 땅에서 일하는 일꾼들일 뿐이었다. 그리고 마을 여기저기에서 온 여자들과 아이들이었다. 그들은 모두 그에 대해 생각하고 일부는 그에 관해 이야기했고 그의 집을 보면서 게으른 마음이 조급해졌다. (사람들 말로는) 지체 높은 집안사람들은 대부분 그들에게 친절했지만, 아무도 그와 같지 않았다. 여자들은 그가 그들의 오두막집에 왔을 때, 그가 위로하는 방법에 대해 서로 속삭였다. "그분은 명랑한 사람이었는데, 안 됐어요. 또 우리에게 친절했어요. 그분은 결코 식사 시간에 들어와 쳐다보지 않았어요. 나머지 사람들은 우리를 돕기도 하고 꾸짖기도 하죠. 그분이 한 말이라고는 다음에 더 좋은 행운을 빈다고 했어요." 그렇게 그들은 서서 그에 관해 이야기하며 그의 집과 마당을 바라봤고, 유쾌한 그가 다시는 그들을 위로해주질 않을 것이라는 걸 어렴풋이 느끼면서, 두세 명씩 어색하게 자리를 떴다. 그들 중 가장 비관적인 사람들은 그날 밤, 이제 그가 죽어서 가난의 길이 더욱더 힘들어질 것을 알았다.

조금 후, 클레어 씨가 혼자 와서 의사의 말을 듣기 위해 아래 복도에서 기다리고 있다는 소식이 전해졌다. 가스 양은 직접 그에게 내려갈 수 없었다. 그녀는 전언을 보냈다. 그는 하인에게 "두 시간 후에 와서 다시 묻겠습니다"라고 말하고는 천천히 밖으로 나갔다. 다른 모든 면에서 다른 사람들과는 달리, 오랜 친구의 갑작스러운 죽음에 그에게 눈에 띄는 변화는 일어나지 않았다. 그를 집으로 오게 한 일에 암시된 감정은 단호하고 철벽같은 늙은 남성을 피해서 가는 인간적인 동정심에 대한 배신감이었다.

두 시간이 지나서 그가 다시 왔다. 그리고 이번에는 가스 양이 그를 맞이했다. 그들은 조용히 악수했다. 그녀는 기다렸다. 그가 잃어버린 친구에 대해 말하는 것을 듣고 싶었다. 하지만 하지 않았다. 그는 그 끔찍한 사고에 대해 전혀 말하지 않았고, 그 끔찍한 죽음에 대해 어떤 언급도 하지 않았다. 그는 "그녀가 차도가 있나요. 아니면 나빠졌나요?"라고 말하고 더는 말하지 않았다. 부인에 대한 걱정으로 그 남편에 대한 슬픔을 기리는 것을 억누르는 것인가? 세상과 세상의 관습에 늘 적대적인 그의 성격을 보면, 이런 행동은 어느 정도 이해할 수 있을지도 모른다. 그는 다시 물었다. "차도가 있나요, 나빠졌나요?"

가스 양이 그에게 답했다.

"차도가 없네요. 무슨 변화가 있다면 더 나빠지는 거겠죠."

그들은 정원 쪽으로 열린 거실 창가에서 이런 말을 했다. 그는 대답을 듣고 잠시 말을 멈추고, 발걸음을 내딛다가 갑자기 돌아서서 다시 말했다.

"의사가 그녀를 포기했나요?"

"부인이 위험하다는 걸 숨기지 않았어요. 그녀를 위해 기도만 할 수 있을 뿐이에요."

그 노인은 가스 양이 대답할 때 그녀의 팔에 손을 얹고 얼굴을 유심히 쳐다봤다.

"기도를 믿나요?"

가스 양은 슬픔에 잠겨 그에게서 물러났다.

"지금 같은 시기에 그런 질문은 삼가해 주세요, 선생님."

그는 대답에 귀 기울이지 않았다. 그는 그녀 얼굴에서 시선을 떼지 않았다.

"기도라니! 전에는 한 번도 기도하지 않았는데 밴스톤 부인의 생명을 지켜달라고 기도라니."

그는 그녀를 떠났다. 그의 목소리와 태도에서 그가 말하지 않은, 말로 표현할 수 없는 앞날의 두려움이 있는 거 같았다. 가스 양은 정원으로 그를 따라가서 불렀다. 그는 그녀가 부르는 것을 들었지만 절대 돌아보지 않았다. 그녀를 피하고 싶은 듯 걸음을 재촉했다. 그녀는 따뜻한 여름 달빛 아래 잔디밭을 지나는 그를 지켜봤다. 어두운 관목 숲에서 그가 갑자기 하얗고 쇠약해진 두 손을 머리 위로 들고 비트는 것을 보았다. 두 손은 내려왔고, 나무들은 그를 어둠 속에 감싸고 있었다. 그는 가버렸다.

가스 양은 마음에 한 가지 걱정이 더해진 부담감을 안고 아픈 여자에게 돌아갔다. 11시가 넘었다. 자매들을 보고 이야기 나눈 후 어느 정도 시간이 지났다. 여자 하인들 중 한 명에게 물어 그들 모두 방에 있다는 것만 알았다. 그녀는 그 딸들과 밤새 떨어지기 전에 그들에게 위로의 말을 전하기 위해 어머니 침대로 돌아가는 걸 미뤘다. 노라의 방이 가장 가까웠다. 그녀는 살며시 문을 열고 안을 들여다보았다. 침대 옆에서 무릎을 꿇고 고통 속에서 아버지가 없는 딸이 하나님의 도움을 찾는다는 것을 알 수 있었다. 그 모습을 본 그녀의 눈에는 고마운 눈물이 고여 있었다. 살며시 문을 닫고 막달렌의 방으로 갔다. 문지방에서 어떤 의구심으로 그녀의 발이 멈췄고, 잠시 기다렸다가 안으로 들어갔다.

방안에서는 여자 드레스의 바스락거리는 소리가 방 끝에서 끝까지 계속해서 단조롭게 멀리 들렸다가 가까이 들렸다가 했다. 막달렌이 자신의 방에서 조용히 이리저리 왔다 갔다 하는 소리였다. 가스 양은 문을 두드렸다. 바스락거리는 소리가 멈추고, 문이 열렸고, 차가운 절망에 빠진 채, 슬픈 젊은 얼굴이 그녀를 마주했다. 크고 밝은 눈은 무의식적으로 그녀의 눈을 바라보았다. 여전히 공허하고 눈물도 없었다.

그 모습은 어린 시절부터 그녀를 가르치고 사랑했던 충직한 여자의 마음을 아프게 했다. 그녀는 부드럽게 막달렌을 품에 안았다.

"오, 우리 아가씨, 아직도 눈물이 안 나요! 노라 아가씨와 같은 줄 알았죠. 말해봐요, 막달렌 아가씨. 할 말 있으면 해 봐요"라고 말했다.

그녀가 힘을 내서 말했다.

"노라 언니는 죄책감이 없어요. 아빠가 돌아가셨을 때, 아빠는 노라 언니 관심사는 신경 쓰지 않았어요. 내 관심사에 신경 쓰셨어요."

그런 끔찍한 대답을 하고, 그녀는 가스 양의 뺨에 차가운 입술을 가져다 댔다.

"나 혼자 감당하게 해줘요"라고 말하고는 문을 살며시 닫았다.

또다시 가스 양은 문지방에서 있었고, 다시 바스락거리는 드레스 소리가 들렸다. 고통스럽고 무의식적으로 이리저리 규칙적으로 오가는 그 소리는 가장 따뜻한 동정심을 차가워지게 하고, 가장 선명한 희망을 꺾어버렸다.

밤이 깊었다. 아침까지 차도가 보이지 않으면, 밴스톤 부인이 몇 달 전 상담했던 런던 의사를 다음 날 집으로 불러야 한다는 데 동의했다. 차도는 보이지 않았고, 그 의사를 불렀다.

아침이 되자, 프랭크가 물어보러 왔다. 그가 가스 양에게 했던 말 때문에 그녀를 다시 만나기가 꺼려져서 클레어 씨가 전날 밤에 직접 했던 일을 아들에게 맡긴 것일까? 그랬을지도 모른다. 프랭크는 그 일에 대해 알지 못했을 것이다. 그는 아버지의 신임을 얻지 못했다. 그는 창백하고 혼란스러워 보였다. 막달렌에 관한 그의 첫 질문에서 약한 본성이 그 참사로 인해 얼마나 흔들렸는지를 알 수 있었다. 질문을 제대로 하지 못했다. 말이 입에서 맴돌았고, 눈에는 이미 눈물이 고였다. 가스 양은 처음으로 그에게 마음이 갔다. 슬픔은 고귀해서 모든 연민을 받아들인다. 그녀는 몇 마디 친절한 말로 그 청년을 격려하고, 헤어질 때 그의 손을 잡아줬다.

정오 전에 프랭크는 두 번째 전언을 들고 돌아왔다. 그의 아버지는 펜드릴 씨가 그날 콤-레이븐에 오는지를 알고 싶어 했다. 만약 변호사가 온다면, 프랭크가 역에 마중을 나가서 잘 곳이 있는 그 집으로 데려가도록 지시받았다. 가스 양은 이 전언에 깜짝 놀랐다. 클레어 씨는 그의 죽은 친구가 펜드릴 씨를 부르는 목적을 알고 있는 것 같았다. 그 노인이 사려 깊은 환대를 제의하는 것은 비뚤게 감추고 있는 자연스러운 인간의 고통에 관한 또 다른 간접적 표현이었는가? 아니면 유족들은 전혀 모르고 있는, 펜드릴 씨의 참석에 대한 어떤 비밀스러운 필요성을 아는 것이었을까? 가스 양은 너무 마음이 아프고 절망적이어서 어느 질문에 대해서도 곰곰이 생각해 볼 수 없었다. 그녀는 프랭크에게 펜드릴 씨가 3시에 도착할 예정이고 감사의 마음을 전하며 그를 돌려보냈다.

그가 떠난 직후, 막달렌에 대한 걱정은 어젯밤에 겪었던 곳보다 더 좋은 소식으로 이제 안도가 되었다. 여동생의 감정을 일깨우는 데 노라의 힘이 발휘됐다. 노라의 인내심 있는 동정심으로 참았던 슬픔을 드러냈다. 그 치유의 눈물은 조용하게 나오지 않았다. 그 눈물은 고통스럽게 격정적으로 터져 나왔다. 그러나 노라는 눈물을 멈출 때까지 그녀를 떠나지 않았고, 그리고 평온이 찾아왔다. 이런 좋은 소식에 가스 양은 자기 방으로 가서 아주 필요했던 휴식을 취했다. 몸과 마음이 지친 그녀는 완전히 기진맥진해서 잠을 잤다. 몇 시간 동안 깊게 잤고 꿈도 꾸지 않았다. 여자 하인이 그녀를 깨운 것은 오후 서너 시 사이였다. 하인은 손에 쪽지를 들고 있었다. 클레어 씨 아들이 남긴 쪽지로, 가스 양에게 즉시 전달되기를 바란다는 내용이었다. 봉투의 아래쪽 모서리에 적힌 이름은 '윌리엄 펜드릴'이었다. 변호사가 도착했다.

그녀는 쪽지를 열었다. 연민과 애도의 첫 몇 문장 후, 필자는 클레어 씨 댁에 도착했다는 것을 알렸다. 그리고 업무상 매우 놀라운 요청을 하는 내용으로 이어졌다.

그는 다음과 같이 썼다. '만약 밴스톤 부인이 차도가 보인다면, 일시적이든 우리가 모두 바라는 대로 영구히 괜찮아지는 것이든, 어떤 경우든 바로 알려주길 바랍니다. 부인이 5분 동안 저에게 집중하고, 그 뒤에 서명할 수 있을 만큼 힘이 생긴다면, 저는 그녀를 만나는 것이 너무나 중요합니다. 부디 제 요청을 아주 조용히 의료진들에게 전해줄 것을 부탁드려도 되겠습니까? 그들과 당신은 제가 다른 모든 업무를 다 미뤘다고 이야기하면 이 면담의 중요성을 이해할 것입니다. 그리고 나는 밤낮으로 당신의 부름에 응할 준비가 되어 있습니다.'

편지는 이렇게 끝났다. 가스 양은 두 번 읽었다. 두 번째 읽고 나서,

지금 변호사가 그녀에게 하는 요청과 전날 클레어 씨의 입에서 나온 작별의 말이 그녀의 마음속에서 어렴풋이 연결되었다. 밴스톤 부인의 회복에 대한 첫 번째이자 가장 중요한 관심 외에 펜드릴 씨와 클레어 씨는 알고 있는 다른 초조하고 심각한 일들이 있었다. 누구에게 영향을 미쳤는가? 자녀들? 그 애들이 어머니의 서명으로 피할 수 있는 어떤 새로운 참사의 위협을 받는 걸까? 그게 무슨 뜻이야? 밴스톤 씨가 유언장을 남기지 않고 죽었다는 뜻이었나?

마음의 괴로움과 혼란으로 가스 양은 행복했던 시절 때처럼 논리적으로 판단할 수 없었다. 그녀는 서둘러 밴스톤 부인의 방의 곁방으로 갔다. 그리고 가족에 대한 펜드릴 씨의 입장을 설명한 후, 편지를 의료진의 손에 쥐어주었다. 의사 두 명은 같은 이유로 주저없이 답했다. 밴스톤 부인의 상태에서 변호사가 원하는 면담을 하는 것은 완전히 불가능했다. 현재 탈진한 상태에서 그녀가 회복한다면, 가스 양에게 바로 알려주기로 했다. 그동안 펜드릴 씨에 대한 답장은 불가능이라는 한 단어로 전할 수 있을지 모른다.

"펜드릴 씨가 그 면담을 왜 중요하게 여기는지 아시나요?"

그렇다고 했다. 의사 2명 모두 알았다.

"이 끔찍한 상황에 정신이 없고 혼란스러워요. 왜 그 서명이 필요한가요? 아니면 그 면담의 목적은 뭔가요? 난 펜드릴 씨가 전에 왔을 때만 그 사람을 봤어요. 그 사람한테 물어볼 자격이 안 돼요. 그 편지 다시 봐줄래요? 밴스톤 씨가 유언장을 작성한 적이 없다는 걸 의미한다고 생각하세요?"

의사 한 명이 말했다. "그런 건 아니라고 생각해요. 하지만 밴스톤 씨가 유언장을 남기지 않고 돌아가셨다고 해도, 법적으로 미망인과 자녀들의 몫을 보호하니…."

다른 의사가 끼어들었다. "그렇기는 하죠, 만약 재산이 토지라면요?"

"그 경우에는 잘 모르겠네요. 혹시 가스 양, 밴스톤 씨의 재산이 돈인지 땅인지 알고 있나요?"

"돈이에요"라고 가스 양이 답했다. "그렇게 말씀하시는 거 여러 번 들었어요."

"그럼 제 경험에 비춰봤을 때 안심하셔도 돼요. 유언 없이 돌아가셨다면, 법에 따라 재산의 1/3은 미망인에게, 나머지는 자녀들에게 균등하게 나눠질 거예요."

"하지만 만약 밴스톤 부인이…."

"만약 밴스톤 부인이 돌아가신다면." 가스 양이 스스로 끝맺지 못하는 질문을 완성하며 의사가 말을 이었다. "부동산은 법적으로 자녀들에게 돌아갈 거예요. 펜드릴 씨가 요청한 면담이 필요한 이유가 무엇이든 간에, 밴스톤 씨가 유언을 남기지 않았다는 의문과는 관련 없는 거 같아요. 하지만, 어쨌든, 선생님 마음을 충족시키기 위해서는 펜드릴 씨에게 직접 물어보세요."

가스 양은 의사가 권하는 일을 하려고 물러났다. 지금까지는 펜드릴 씨가 원하는 면담을 거절한다는 의사 결정을 전한 후, 의사에게 물었던 법적인 문제에 대해서 간단한 서술을 덧붙였고, 변호사가 면담을 요청하는 이유에 대해 알려달라는 그녀의 천성적인 불안감을 정교하게 암시했다. 그녀가 받은 답장은 극도로 조심스러웠다. 그녀는 펜드릴 씨의 호의적인 의견을 이해하지 못했다. 그는 일반적인 표현으로만 의사들의 법 해석을 확인시켜줬고, 밴스톤 부인이 나아져서 그를 만날 수 있기를 그 집에서 기다리겠다고 했다. 그리고 이유에 대한 조금의 설명도 없이, 밴스톤 씨의 유언장 여부에 대한 언급도 없이 편지를 마무리했다.

변호사의 답장에서 나타난 조심스러움이 오래 기다렸던 출산일로 밴스톤 부인의 상태에 대한 걱정을 다시 떠올리기 전까지 가스 양의 마음에 불안하게 남았다

이른 저녁에 런던에서 온 의사가 도착했다. 그는 고통받고 있는 여

자의 침대 곁에서 오랫동안 살펴보았다. 그는 동료 의사들과 상의하면서 더 오래 머물러 있었다. 가스 양이 그가 내린 판단을 알려달라고 종용하기 전에 그는 다시 병자의 방으로 돌아갔다.

그가 두 번째로 곁방으로 불렸을 때, 조용히 그녀 옆에 있는 의자에 앉았다. 그녀는 그의 얼굴을 쳐다보았고, 그가 입을 열기도 전에 마지막 희미한 희망이 사라졌다.

그가 조심스럽게 말했다. "힘든 사실을 말씀드려야겠네요. 할 수 있는 것은 다 했어요. 앞으로 24시간이 가장 큰 고비예요. 만약 그동안 자연이 아무런 힘을 쓰지 않는다면, 최악의 상황에 준비하셔야 해요."

그 말이 모든 것을 말해줬다. 마지막을 예언했다. 밤이 깊었다. 그녀는 버텼다. 다음 날이 되었고, 그녀는 시계가 5시를 가리킬 때까지 견뎌냈다. 그때 남편의 사망 소식이 치명적인 타격을 입혔다. 한 시간이 또 흐르고, 하나님의 자비로 그녀는 남편 곁으로 갔다.

그녀의 영혼이 사라질 때, 딸들은 침대 옆에서 무릎을 꿇고 있었다. 그녀는 그들의 존재를 의식하지 못했다. 마지막 이별의 고통을 다행스럽게도 알지 못했다.

뱃속 아이는 석양이 고요한 서쪽 하늘에서 사라질 때까지 살아 있었다. 어둠이 찾아왔고, 처음부터 희미하고 연약한 작은 생명의 빛은 깜빡거렸다가 꺼졌다. 그날 밤, 어머니와 아이가 같은 침대에 누워 있었다. 죽음의 천사는 끔찍한 명령을 내렸다. 두 자매는 세상에 홀로 남겨졌다.

Chapter 12

7월 23일 목요일 아침 평소보다 일찍, 자신의 집 문에 나타난 클레어 씨는 집에 딸린 작은 정원으로 걸어갔다. 그가 혼자서 앞뒤로 몇 바퀴를 돌고 난 후, 외모에는 별 뚜렷한 특징이 없고 마르고 조용하고, 백발의 남자와 함께했다. 그는 얼굴이 무표정하고 판에 박힌 듯 조용한 태도로 매력적이지도 반감을 사지도 않았다. 이 사람이 펜드릴 씨였다. 콤-레이븐의 고아들 앞날이 그의 말에 달렸다.

그는 클레어 씨와 합류하면서 관목 숲 쪽을 바라보며 말했다. "시간이 됐어요."

"가스 양과의 약속은 11시예요. 10분 남았어요."

"그녀를 혼자 만날 건가요?"

"먼저 내가 공개해야만 하는 상황이 아주 심각하다는 것을 경고한 후에, 난 가스 양에게 결정을 맡겼어요."

"그리고 그녀는 결정을 내렸나요?"

"그녀는 내 약속을 언급했다는 말을 쓰고, 내가 두 딸에게 했던 경고를 반복했어요. 두 딸 중 큰딸은 장례식 후 바로 앞날과 관련된 논의에 참석하는 것을 꺼리고 있어요. 놀랄 일도 아니죠. 작은딸은 그 일에 대해 어떤 의견도 내놓지 않는 거 같아요. 내가 알기로는, 그녀는 언니처럼 자신을 괴롭히고 있어요. 그래서 난 가스 양만 만날 거예요. 아주 안심되네요."

그는 평소보다 조금 더 강조하고 더 힘있게 말을 했다. 클레어 씨는 걸음을 멈추고 손님을 유심히 바라봤다.

"당신도 나만큼 나이가 들었어요, 선생님. 변호사로 오래 활동했는데 아직도 무덤덤해지지 않아요?"

"장례식에 참석하려고 어제 런던에서 돌아올 때까지 내가 얼마나 무덤덤해졌는지 결코 몰랐죠. 난 따님들이 묘지까지 부모님을 배웅하기로 했다는 것을 통보받지 못했어요. 그들이 있어서 이 끔찍한 악재의 마지막 장면이 두 배로 고통스럽고 두 배로 감동적이었다고 생각해요. 많은 사람들이 그 모습을 보며 얼마나 감동했는지 봤잖아요. 그들은 진실을 모르고 있어요. 내가 오늘 아침에 그 집에 알려줘야 하는 잔인한 불가피한 일에 대해 전혀 몰라요. 그 불가피한 일을 알고, 그들에 대한 나의 힘든 의무가 가장 고통스럽다고 생각했을 때 그 불쌍한 아가씨들의 모습에 흔들렸어요. 그동안 살아오면서 어떠한 현재의 고통과 앞날에 대한 긴장감으로 자주 흔들리지 않았는데 말이죠. 오늘 아침에도 회복하지 못했어요. 아직 나에 대한 확신이 없어요."

"선생님 같은 사람은 침착함이 필요하죠. 오늘 아침 당신 앞에 놓인 일처럼 노력해야 하는 일이 있었겠군요."

펜드릴 씨는 고개를 저었다. "심각한 일들도 많고, 더 낭만적인 이야기도 많아요. 이렇게 노력해도 안 되고 절망적인 이야기는 없었어요."

그런 말들을 하고 그들은 헤어졌다. 펜드릴 씨는 정원을 떠나 콤-레이븐으로 향하는 관목 숲길로 갔다. 클레어 씨는 작은 집으로 돌아갔다.

복도에 다다르자, 그는 열린 작은 응접실 문에서 프랭크가 머리에 손을 얹고 불쌍하게 앉아 있는 것을 보았다.

"런던에 있는 네 고용주들에게 답을 받았다. 무슨 일이 있었는지 생각해서, 그 사람들이 네게 했던 제안을 한 달간 보류해 주겠다고 하더구나."

프랭크는 안색이 변했고, 신경질적으로 의자에서 일어났다.

"내 계획이 바뀐 거예요? 그런 일이 일어나지 않도록 한 게 밴스톤 씨의 계획 아니었어요? 밴스톤 씨가 막달렌을 위해 유언장을 만들었다고 했어요. 그녀가 나에게 그분 말을 재차 했어요. 그분의 선함과 관대함으로 우리 모두를 위해 그렇게 했다는 걸 알아야 한다고 말했어요. 그분이 돌아가셨다고 어떻게 바뀔 수 있어요? 무슨 일이 생긴 거예요?"

"펜드릴 씨가 콤-레이븐에서 돌아올 때까지 기다려. 그 사람한테 물어봐. 나한테 묻지 말고."

프랭크의 눈에 눈물이 고였다.

"저한테 너무하시네요." 그가 힘없이 간청했다. "막달렌을 보지도 않고 런던으로 돌아가길 원하시는 거예요?"

클레어 씨는 아들을 자상하게 바라봤고 대답하기 전에 잠시 생각했다.

"눈물 닦아. 돌아가기 전에 막달렌을 보고 가도 돼."

이 대답을 하고 그는 응접실에서 나가 서재로 향했다. 평소처럼 책을 집었다. 습관대로 책을 펼쳐서 읽었다. 하지만 집중하지 못했고 가끔 반대편 텅 빈 의자로 시선이 향했다. 일 년 전 많은 시간 동안 그의 옛 친구가 앉아서 그와 수다를 떨고 기분 좋게 언쟁을 했던 의자였다. 고심 끝에 책을 덮었다. "망할 의자 같으니라고! 의자가 그에 관해 이야기하면 나는 들어야겠지." 그는 벽에서 파이프를 꺼내어 무의식적으로 담뱃잎을 채웠다. 손이 떨렸고, 시선은 예전의 장소로 향했다. 무심코 무거운 한숨을 내쉬었다. 그 빈 의자는 그가 대답을 얻을 수 없는 유일한 지상 논쟁이었다. 그의 마음은 패배를 인정했고, 자신도 모르게 눈은 촉촉해졌다. 그 단호한 노인이 말했다. "그가 마침내 날 이겼어. 내 유일한 약점을 그가 찾았어."

한편 펜드릴 씨는 관목 숲으로 들어가 외로운 정원과 쓸쓸한 집으로 이어지는 길을 따라갔다. 문 앞에서 그의 도착을 기다리고 있던 하인을 만났다.

"가스 양과 약속이 있습니다. 계신가요?"

"기다리고 계십니다."

"혼자 계신가요?"

"네, 선생님."

"밴스톤 씨의 서재에 계신가요?"

"그 방에 계십니다."

하인이 문을 열었고 펜드릴 씨는 안으로 들어갔다. 가정교사는 서재 창가에 홀로 서 있었다. 아침은 몹시 더웠고, 펜드릴 씨가 방에 들어오자 그녀는 공기가 더 많이 들어오게 아래쪽 창문을 올렸다. 서먹한 관계에도 그들은 공손하게 서로에게 고개를 숙였다. 펜드릴 씨는 통제가 필요한 강한 정신적 동요의 영향으로 겉으로는 최악의 단점을 보이는 많은 사람들 중 한 명이었다. 가스 양은 변호사가 답장에서 했던 불친절했던 말들을 잊지 않았다. 면담의 주제에 대해 그녀가 느꼈던 자연스러운 불안은 그 남자의 호의적인 의견으로도 해소되지 않았다. 그들은 여름 아침의 고요 속에서 마주 봤다. 두 명 모두 검은 옷을 입었다. 가스 양의 이목구비는 굳었고, 슬픔으로 수척하고 초췌했다. 변호사는 차갑고 창백한 얼굴이었고, 뚜렷한 표정이 전혀 없고, 업무적인 난처함을 암시하고 그 이상은 없었다.

"가스 양, 이런 시기에 방해해서 정말로 죄송합니다. 하지만, 이미 설명해 드렸듯이 상황이 어쩔 수 없습니다."

"자리에 앉으시겠어요, 펜드릴 씨? 이 방에서 만나자고 하셨죠?"

"이 방에만 밴스톤 씨의 서류가 보관되어 있어서, 그중 일부를 참조해야 할 수도 있습니다."

형식적인 질문과 답을 한 후, 그들은 창가 근처에 놓인 탁자의 양쪽에 앉았다. 한 명은 말하기를 기다렸고, 다른 한 명은 감당하기를 기다렸다. 잠시 침묵이 흘렀다. 펜드릴 씨는 예의상 동정을 표하며 아가씨들에 대해 언급하면서 침묵을 깨뜨렸다. 가스 양도 똑같이 예의상

답했다. 두 번째 침묵이 흘렀다. 창문 밑 상록수 사이로 파리가 윙윙거리는 소리가 방안으로 나른하게 들렸고, 정원 너머 도로를 터벅터벅 걸어가는 짐 마차의 말의 무거운 말굽 소리는 마치 밤인 것처럼 적막감 속에 뚜렷하게 들렸다.

변호사는 결단을 내렸고, 그가 온 목적을 이야기했다.

"가스 양, 특히 내가 당신에게 했던 과거의 행동이 납득되지 않았을 겁니다. 밴스톤 부인의 상태가 심각했을 때, 당신은 제게 편지를 보내서 어떤 질문을 했고, 부인이 살아계시는 동안 저는 그 대답을 하는 게 불가능했습니다. 그녀의 안타까운 죽음으로 스스로 가했던 통제에서 벗어났고, 허용 아니 더 정확하게는 부득이하게 말을 하게 됐습니다. 불행하게도 결코 하지 못했던 면담을 하기 위해 제가 밤낮으로 기다렸던 심각한 이유가 뭔지 아시게 될 것입니다. 밴스톤 씨에 대한 기억으로, 당신은 그가 만들었던 유언장을 보게 될 것입니다."

그는 일어나서, 방 한구석에 있는 작은 철제 금고를 열었고, 서류 몇 장을 가지고 탁자로 돌아왔고, 가스 양의 눈앞에 펼쳐놓았다. 그녀가 '하나님의 이름으로, 아멘'이라는 첫 구절을 읽을 때, 그는 서류를 돌려 다음 페이지의 끝을 가리켰다. 그녀는 익숙한 서명인 '앤드류 밴스톤'을 보았다. 증인 두 명의 증명과 그 서류의 날짜를 보니, 5년이 넘었다. 그래서 그 변호사는 그녀에게 유언장의 형식상 절차를 확인시켰고, 그녀가 물어보기 전에 다음과 같이 덧붙였다.

"솔직하게 말하겠습니다. 이 문서를 작성한 이유가 있었습니다."

"무슨 이유죠, 변호사님?"

"알게 될 것입니다. 진실을 알게 되면, 이 서류들은 밴스톤 씨의 기억에 대한 존경을 잃지 않는 데, 도움이 될 것입…."

가스 양은 깜짝 놀랐다.

"무슨 말이죠?" 그녀가 단호하고 직설적으로 물었다.

그는 그 물음에 개의치 않았다. 그녀가 말을 가로막지 않은 것처럼 그는 말을 이었다.

"당신에게 유언장을 보여준 두 번째 이유가 있습니다. 만약 내 감독하에 당신이 거기에 적힌 어떤 조항들을 읽는다면, 내가 여기에 있게 한 상황에 대해 알게 될 것입니다. 너무 고통스러워서 내 입으로 당신에게 어떻게 전달해야 할지 모르는 그 상황 말입니다."

가스 양은 단호하게 그를 바라봤다.

"상황들이 돌아가신 부모님들이나 자녀들에게 영향을 미치나요, 변호사님?"

"죽은 사람과 산 사람 모두에게 영향을 미칩니다. 슬프지만, 밴스톤 씨의 불행한 따님들의 앞날도 포함됩니다."

"잠깐만요, 조금만 기다려봐요." 그녀는 백발을 관자놀이에서 뒤로 넘기고, 더 젊거나 덜 단호한 여성을 압도했을 마음의 병과 공포에 대한 무시무시한 현기증으로 몸부림쳤다. 흐릿하고 슬픔으로 지친 눈으로 심중을 알 수 없는 변호사의 얼굴을 살폈다. "그분의 불행한 따님들이라니?" 그녀는 멍하니 혼자 되뇌었다. '저 사람은 고아가 된 것보다 더 나쁜 재난이 있는 것처럼 말하네.' 그녀는 다시 말을 멈췄다가, 용기를 다시 냈다. "변호사님의 힘든 의무를 제가 덜 고통스럽게 해드릴게요. 유언장에 있는 그 부분 보여주세요. 내가 읽고 최악의 상황을 알 수 있게 해줘요."

펜드릴 씨는 첫 페이지로 돌아가 빽빽하게 적힌 부분을 가리켰다. "여기부터입니다." 그녀는 읽으려고 했다. 변호사의 손가락을 따라 서명과 날짜가 적힌 부분까지 읽으려고 했다. 하지만 마음이 혼란스러워서, 그녀 눈앞에서 단어들이 다 같이 섞였고, 문장들이 빙빙 돌았다.

"무슨 말인지 모르겠어요. 변호사님이 나한테 말해 주던가 읽어주세요." 그녀는 탁자에서 의자를 뒤로 빼고는 정신을 가다듬으려고 했었다. 변호사가 너무 망설이고 마지못해서 서류를 들었을 때 "잠깐만요!"라고 그녀가 외쳤다. "한 가지만 먼저 물을게요. 자녀들에 대한 유언장이 있나요?"

"마무리했으면, 유언장이 있었습니다."

"마무리했으면!" (대답을 되풀이할 때, 그녀의 본래 무뚝뚝함에서 뭔가가 터져 나왔다) "지금은 있나요?"

"없습니다."

그녀는 그의 손에서 유언장을 낚아채 방 한구석에 던졌다.

"당신은 날 위해 시간을 내주고 싶었지만, 지금 당신 시간과 내 힘을 낭비하고 있어요. 유언장이 무용지물이라니, 거짓말이라고 해요. 사실대로 말해주세요, 펜드릴 씨, 당신 입으로 솔직하게 바로 말하세요!"

그는 그 호소에 반대하는 것은 쓸모없는 잔인함이 될 거라고 생각했다. 그 자리에서 대답하는 것 외에는 자비로운 대안이 없었다.

"올해 봄에 대해 말하죠, 가스 양. 3월 4일 기억나시나요?"

그녀의 관심이 다시 다른 곳으로 향했다. 그가 말했던 시기에 대해 생각하는 것 같았다. 질문에 대답하는 대신 스스로 의문을 제기했다.

"잠시만요, 내가 먼저 말할게요. 그분의 무용지물인 유언장, 딸들에 대해 당신이 한 말들, 그의 기억에 대한 나의 지속적인 존경심에 대한 의구심으로 새롭게 생각하게 됐어요. 밴스톤 씨가 파산한 채 돌아가셨다는 건가요, 그 말인가요?"

"전혀 아닙니다. 밴스톤 씨는 8만 파운드가 넘는 재산을 남기셨습니다. 좋은 주식에 투자하셨어요. 수입에 맞춰 사셨습니다. 빚이라고 해봐야 다 합쳐 200파운드도 안 됩니다. 만약 파산한 채 돌아가셨다면, 자제분들이 안 됐다고 느꼈을 것입니다. 하지만 내가 지금 주저하고 있듯이, 사실을 말하는 걸 주저하지 않았어야 했습니다. 제가 처음 드렸던 질문을 다시 한번 드리죠. 올해 봄으로 돌아가 3월 4일 기억나시나요?"

가스 양은 고개를 흔들었다. "날짜에 대한 기억력이 예전만큼 좋지 않아요. 너무 혼란스러워서 바로 생각이 안 나네요. 다르게 물어봐 주실래요?"

그는 이렇게 물었다.

"올해 봄, 밴스톤 씨가 평소보다 심각해 보였던 집안일이 기억나시나요?"

가스 양은 의자에서 몸을 앞으로 내밀었고, 탁자 건너편에 있는 펜드릴 씨를 간절히 바라봤다. "런던 일정! 처음에는 런던에 가는 걸 믿지 않았어요. 맞아요! 밴스톤 씨가 편지를 받고 그걸 읽고 표정이 너무 변해서 우리 모두를 놀라게 한 거 기억나요."

"밴스톤 부부 사이에 있던 일을 기억하나요?"

"그럼요. 딸인 막달렌이 미국 어디에서 온 소인을 언급했어요. 모든 게 생각나요, 펜드릴 씨. 밴스톤 부인은 그 장소의 이름을 듣는 순간 초조하고 불안해 보였어요. 그들은 다음날 함께 런던으로 갔어요. 딸들에게도 나에게도 아무런 설명도 하지 않았어요. 밴스톤 부인은 집안 일이라 했어요. 나는 뭔가 이상하다고 의심했지만, 뭔지는 말할 수 없었어요. 밴스톤 부인은 런던에서 편지를 보냈는데, 자신의 건강 상태에 대해 의사와 상담하려고 왔고, 딸들에게는 말하지 말라고 했어요. 그때 그 편지에서 뭔가가 오히려 나를 아프게 했죠. 부인이 내게 숨기고 있는 다른 이유가 있을지도 모른다고 생각했거든요. 내가 부인을 오해한 건가요?"

"그렇지 않습니다. 그녀가 당신에게서 숨기고 있던 이유가 있었어요. 그 이유를 말하면, 저는 이 집에 고통스러운 비밀을 밝혀야 합니다. 당신이 준비할 수 있도록 내가 할 수 있는 건 다 했습니다. 이제 진실을 가장 분명하고 가장 간단하게 말하겠습니다. 밴스톤 부부는 올해 3월 콤-레이븐을 떠났을 때…."

그가 그 문장을 완성하기도 전에, 갑작스러운 가스 양의 움직임이 그를 방해했다. 그녀는 너무나 놀라서, 창문 쪽을 돌아봤다. "나뭇잎 사이로 부는 바람이었네요"라고 힘없이 말했다. "너무나 충격을 받아서 아주 조그만 것에도 놀라네요. 제발, 말씀해 주세요! 밴스톤 부부가 이 집을 떠났을 때, 간단히 말해서, 그분들은 왜 런던에 갔나요?"

간단한 말로, 펜드릴 씨는 그녀에게 이렇게 말했다.

"그분들은 결혼하려고 런던에 갔습니다."

그 대답 후, 그는 탁자 위에 종이 한 장을 놓았다. 그것은 죽은 부모의 혼인 증명서였고, 날짜는 1846년 3월 20일이었다.

가스 양은 움직이지도 말하지도 않았다. 그 증명서는 눈에 들어오지 않았다. 변호사의 얼굴을 뚫어지게 쳐다봤다. 정신이 멍해졌고, 감각이 없어졌다. 그는 그녀가 충격에서 벗어나도록 모든 노력을 했지만 헛수고였다. 그녀가 정신 차리게 하는 것이 매우 중요하다고 생각했고, 치명적인 말을 단호하고 분명하게 되풀이했다.

"그들은 결혼하기 위해 런던으로 갔습니다. 정신 차려 보세요. 우선 명백한 사실을 보세요. 설명은 나중에 하겠습니다. 가스 양, 비참한 사실을 말하는 것입니다! 올해 봄에 그분들은 집을 떠났고, 런던에서 2주일을 살았다. 그들은 그 무렵에 허가를 받고 결혼했습니다. 지난 월요일에 내가 직접 발급받은 증명서 사본입니다. 결혼 날짜를 직접 보세요. 올해 3월 20일 금요일입니다."

그가 증명서를 가리키자, 가스 양을 놀라게 했던 창문 아래 관목들 사이로 희미한 산들바람이 다시 한번 나뭇잎을 흔들었다. 그는 이번에는 그 소리를 직접 듣고 산들바람이 들어오도록 얼굴을 돌렸다. 바람은 들어오지 않았다. 산들바람은 그가 느낄 수 있을 만큼 방안에 흘러들러 오지 않았다.

가스 양은 무의식적으로 정신을 차리며 증명서를 읽었다. 그녀가 뚜렷한 인상을 받는 거 같지 않았다. 어찌할 바를 모르고 당황하며 한쪽에 내려놨다. 낮고 절망적인 톤으로 말했다. "12년이에요. 난 조용하고 행복하게 12년 동안 이 가족과 함께 살았어요. 밴스톤 부인은 친구였어요. 소중하고 값진 친구이자 언니 같은 사람이었어요. 믿을 수가 없어요. 조금만 참아주세요, 변호사님. 전 아직 믿을 수가 없어요."

펜드릴 씨가 말했다. "내 말을 조금 더 들으시면 믿게 될 것입니다. 밴스톤 씨의 젊은 시절에 대해 들으면, 내 말을 더 이해할 것입니다. 아직은 말하지 않겠습니다. 당신이 회복될 때까지 기다리죠."

그들은 몇 분을 기다렸다. 변호사는 주머니에서 편지 몇 통을 꺼내어 주의 깊게 살핀 후 다시 넣었다. 그가 친절하게 물었다. "이제 들으시겠어요?" 그녀는 고개를 끄덕이며 답했다. 펜드릴 씨는 잠시 고민 후 말했다. "한 가지 점만 주의해 주세요. 지금 제가 당신에게 알려드리는 밴스톤의 성격이 당신이 아는 것과 여러 면에서 다르다면, 당신이 12년 전 그분을 처음 알았을 때는 40살이었고, 내가 그분을 처음 알았을 때는 19살 청년이었다는 것을 명심하세요."

그는 다음 말로 베일을 벗기고, 돌이킬 수 없는 과거를 보여줬다.

"선생님이 그분을 알았을 때 밴스톤 씨가 소유했던 재산은 그분 아버지가 돌아가셨을 때 물려받은 유산 일부이자 일부일 뿐이었습니다. 밴스톤 어르신은 영국 북부의 제조업자였습니다. 그는 일찍 결혼했고, 결혼으로 6명 혹은 7명의 자녀를 낳았죠. 몇 명인지는 정확히 모르겠습니다. 첫째, 장남인 마이클은 여전히 살고 있고, 이제 70살 노인이 되었습니다. 둘째인, 장녀 셀리나는 말년에 결혼했고 10년 또는 11년 전에 사망했습니다. 그 후 태어난 두 아들과 두 딸은 일찍 죽어서 특별히 언급할 필요가 없습니다. 마지막으로 수년 동안 막내였던 앤드류는 내가 말씀드린 19살 때 처음 알게 되었습니다. 내 아버지는 그 당시 은퇴하시려고 했고, 일을 물려받아 제가 밴스톤 일가의 가족 변호사가 되었죠.

그 당시에 앤드류는 막 군대에 들어가면서 사회생활을 시작했습니다. 1년 넘게 국내 복무 후, 캐나다 연대로 자대 배치를 명령받았습니다. 그가 영국을 떠날 때, 아버지와 형 마이클은 심각한 의견 충돌이 있었죠. 당신에게 그 싸움의 원인에 대해 말할 필요는 없습니다. 훌륭하셨던 밴스톤 어르신은 사납고 까다로운 성격이었다는 것만 말씀드리죠. 장남은 온화한 성격과는 거리가 먼 아버지를 짜증 나게 했을 상황에서 그에게 반항했습니다. 그러나 그분은 최대한 좋은 말로 마이클의 얼굴을 다시는 보지 않겠다고 선언했습니다. 저와 부인의 간청에도 우리 앞에서 마이클의 상손 재산분이 담긴 유언장을 찢어버렸습니다. 막내아들이 집을 떠나 캐나다로 갔을 때 가족 상황이 그랬습니다.

앤드류가 퀘벡에 도착한 몇 달 후 미국 남부 지역에서 왔던 혹은 그렇게 말했던 상당히 매력적인 여성과 알게 되었습니다. 그녀는 바로 그를 사로잡았고, 그녀는 그 점을 나쁘게 이용했습니다. 쉽고 다정하고 남을 잘 믿는 성격의 남자를 안다면, 그가 젊었을 때 얼마나 충동적으로 행동했을지 상상할 수 있을 것입니다. 이 한심한 이야기를 질질 끄는 건 쓸데없죠. 그는 21살이었습니다. 그는 가치도 없는 여자에게 맹목적으로 헌신했고, 그 여자는 너무 교활하게 그를 속여서, 돌이킬 수 없을 정도로 늦었습니다. 한마디로 그의 인생에서 치명적인 실수를 저질렀습니다. 그녀와 결혼을 했던 거죠. 그녀는 동료 사관들의 영향력이 두려워서 그를 설득해서 결혼식을 올릴 때까지 그들 사이를 비밀로 하자고 설득할 만큼 현명했습니다. 그렇게 했지만 우연한 일의 결과에 대해서는 대비할 수 없었죠. 석 달도 채 지나지 않아, 우연히 그녀가 결혼 전 살았던 삶이 폭로되었습니다. 그러나 한 가지 대안, 즉 그녀와 바로 헤어지는 대안이 남편에게 있었죠.

여전히 성격이 온순했던 불행했던 청년에게 미친 영향은 그 폭로 후 일어났던 사건으로 알 수 있습니다. 앤드류의 상관 중 한 명이, 제가 기억하기로 커크 소령이 그를 막사에서 발견했는데, 그가 아버지가 부끄러운 진실을 고백하는 편지를 쓰고 옆에는 장전된 권총이 있었습니다. 그 상관이 청년의 목숨을 직접 구했고, 타협으로 그 추문을 잠재웠습니다. 결혼은 완벽하게 합법적이었고, 결혼 전 부인의 비행 때문에 남편은 이혼을 요구할 수 없었기 때문에, 그녀의 이해관계에 호소하는 것만 가능했죠. 그녀가 왔던 곳으로 돌아갔다는 조건, 영국에 나타나지 않는다는 조건, 그리고 남편의 이름을 사용하지 않는 조건으로 상당한 연간 수당이 그녀에게 보장되었습니다. 여기에 다른 조항들이 추가되었습니다. 그녀는 모두 수용했고, 그녀가 사는 곳에서 보살핌을 잘 받도록 조치를 취했습니다. 그곳에서 그녀가 어떻게 살았는지, 모든 조건을 잘 따랐는지는 말할 수 없습니다. 내가 아는 바로는 그녀는 영국에 온 적이 결코 없고, 밴스톤 씨를 난처하게 한 적도 없고, 매년 수당이 미국 현지 대리인을 통해서 그녀가 죽을 때까지 지급됐다는 것만 말씀드릴 수 있습니다. 그녀가 그와 결혼하면서 원했던 것은 돈뿐이었고 그 돈을 얻어냈습니다.

그 사이에 앤드류는 군을 떠났습니다. 그 일이 있고 나서 그는 동료 병사들에게 고개를 들 수가 없었죠. 그는 제대하고 영국으로 돌아왔습니다. 그가 돌아왔을 때, 가장 먼저 들은 소식은 아버지의 사망이었습니다. 그는 집에 가기 전에 런던에 있는 내 사무실로 왔고, 가족 간 불화가 어떻게 끝났는지 알게 되었습니다.

내가 아는 바로는 밴스톤 어르신이 내 앞에서 찢은 유언장이 다른 유언장으로 대체되지 않았습니다. 늘 그렇듯이 그의 사망 소식을 알고 나서, 나는 그의 미망인과 자녀들 사이에서 법대로 재산이 나눠질 것이라고 충분히 예상했었습니다. 놀랍게도, 다른 유언장이 서류들 사이에 있었고, 제대로 작성돼서 집행되었는데, 그 날짜는 첫 번째 유언장을 찢은 지 일주일 후였습니다. 그는 장남에 대한 보복 조치를 유지했고, 나에게 부탁하는 것이 부끄러워서 다른 사람에게 그 일을 맡겼다고 생각했습니다.

유언장의 조항에 대해 자세하게 말씀드리지 않겠습니다. 미망인과 생존한 세 명의 자녀들이 있었고, 미망인은 유언자의 재산 중 종신 재산 소유권만 받았습니다. 나머지 몫은 앤드류와 셀리나에게 나누어졌습니다. 남자는 2/3, 여자는 1/3을 받았죠. 어머니의 사망과 동시에, 그녀의 수입에서 생긴 돈은 앤드류와 셀리나에게 예전과 똑같은 비율로 나눠줬는데, 그 총액에서 처음으로 5,000파운드가 공제돼 마이클에게 지급됐고, 이것이 완강했던 아버지가 장남에게 남긴 유일한 유산이었죠.

대략 말하면, 유언장에 정리된 재산 분할은 이렇게 쓰여 있었습니다. 어머니가 돌아가시기 전에 앤드류는 7만 파운드, 셀리나는 3만 5천 파운드를 받았고, 마이클은 아무것도 받지 못했습니다. 어머니가 돌아가신 후, 마이클은 5천 파운드를 받았지만, 앤드류의 유산은 10만 파운드, 셀리나의 유산은 5만 파운드로 늘어났습니다. 내가 이 부분에 불필요하게 질질 끈다고 생각하지 마세요. 내가 지금 하는 말 한마디 한마디가 밴스톤 씨의 따님들에게 매우 중요한 것입니다. 과거에서 현재로 넘어오면서 마이클의 상속분과 앤드류의 상속분이 너무나 불평등하다는 것을 기억하십시오. 그 보복성 유언장으로 인한 피해가 아직 끝나지 않은 것 같아 매우 걱정됩니다.

　나에게서 그 소식을 들었을 때, 앤드류의 첫 번째 충동은 개방적이고 관대한 성격에 어울리는 거였죠. 바로 그의 상속 재산을 형과 나누겠다고 제안했습니다. 하지만 한 가지 심각한 장애물이 있었죠. 그가 사무실에 왔을 때 마이클이 보낸 편지가 있었는데, 아버지와 마이클 관계가 소원해진 최초 원인이 앤드류라는 고소장이었습니다. 직설적이고 경솔했지만 집을 떠나기 전 다툼을 풀기 위해 가장 순수하고 친절한 뜻에서 했던 노력을, 어떤 사람은 기분 상하게 하는 배반과 거짓의 비난을 뒷받침하기 위해 가장 끔찍한 오해로 왜곡되었습니다. 앤드류와 난, 그가 관대한 의사를 펼쳐 이 고소가 철회되지 않는다면, 그 집행 사실만으로도 마이클이 그를 고소한 부분을 인정하는 것으로 생각했었습니다. 그는 형에게 최대한의 좋은 말로 편지를 썼죠. 답장은 아주 불쾌했습니다. 마이클은 아버지의 성질을 물려받았고, 아버지의 훌륭한 자질은 받지 못했습니다. 그의 두 번째 편지는 첫 번째 편지에서 했던 비난을 되풀이했고, 앤드류 몫에서 속죄와 배상의 행위로 제시된 배분을 받아들일 것이라고 밝혔습니다. 나는 그다음 그의 어머니에게 말을 좀 해 달라고 편지를 썼습니다. 그녀는 남편의 재산에서 종신 재산 소유권만 받은 것이 불만이었기에, 단호하게 마이클의 편을 들었습니다. 그리고 그녀는 앤드류의 제안을 그녀의 장남에게 돈을 줘서 형 말이 사실임을 알고 있는 동생에 대한 고소를 취하하려는 시도라고 오명을 씌웠습니다. 마지막 퇴짜를 맞은 후, 더는 할 수 있는 것이 없습니다. 마이클은 유럽 대륙으로 갔고, 어머니는 그를 따라갔습니다. 그녀는 장수했고, 수입에서 충분한 돈을 모아서, 사망 시 장남에게 5천 파운드 상당을 물려줬습니다. 그는 결혼을 잘해 금전적으로 넉넉했는데 더 좋아졌고, 지금은 홀아비로 프랑스나 스위스에서 한 아들과 함께 삶의 마지막을 보내고 있습니다. 곧 그 사람 이야기를 다시 하겠습니다. 그동안 앤드류와 마이클은 다시는 만나지 않았으며, 편지도 없이 다시는 연락을 하지 않았다는 것만을 당신께 알려드릴게요. 모든 면에서 그들은 예전부터 지금까지 서로 남남인 채로 지냈습니다.

이제 앤드류가 일을 그만두고 영국으로 돌아왔을 때 어떤 위치였는지 알 수 있겠죠. 재산이 있지만, 그는 세상에 홀로 남겨졌습니다. 그의 미래는 처음부터 망가졌습니다. 어머니와 형은 그와 소원해졌고, 누나는 결혼한 지 얼마 안 돼 그에게 관심과 희망을 줄 수 없었죠. 정신력이 강한 사람이라면 이런 상황에서 지적 추구에 빠지면서 피난처를 찾았을 것입니다. 그는 그 노력을 할 힘이 없었습니다. 그가 낭비했던 애정에 모든 힘을 다 쏟아부었었죠. 세상에 그가 있어야 할 곳은 삶을 행복하게 하는 아내와 아이들이 있는 조용한 집이었는데, 영원히 사라져버렸죠. 되돌아볼 생각도 안 하고 앞은 내다보지 않았습니다. 그런 절망감 속에서, 그는 충동적인 젊은이가 됐고, 런던에서 방탕한 생활에 빠졌습니다.

한 여자의 거짓이 그를 파멸로 몰고 갔고, 한 여자의 사랑이 그를 밑바닥에서 구했습니다. 그녀에 대해 가혹하게 말하지 말아요. 우리가 어제 그녀와 그를 함께 묘지에 묻었으니까요.

병과 슬픔과 남모른 보살핌으로 사람이 바뀌고 슬픔에 빠졌던 나이 든 밴스톤 부인을 알았던 당신은, 그녀가 17살이었을 때 인격과 성격의 매력을 잘 모를 것입니다. 앤드류가 그녀를 처음 만났을 때 난 그 사람과 함께 있었죠. 나는 적어도 하룻밤이라도 타락한 친구들과 타락한 즐거움에서 그를 구하기 위해, 런던 한 기업이 주최하는 무도회에 함께 가자고 설득했습니다. 그곳에서 그들은 만났습니다. 그가 그녀를 본 순간 그녀는 강한 인상을 줬습니다. 나도 그에게도 그녀는 전혀 낯선 사람이었습니다. 예의상 하는 소개에서 그녀는 블레이크 씨의 딸이라고 했습니다. 나머지는 그가 그녀에게서 알아냈습니다. 그들은 저녁 내내 (사람들이 많은 무도회장은 피해서) 함께 춤을 췄습니다.

그녀는 처음부터 상황이 좋지 않았습니다. 그녀는 집에서 행복하지 않았어요. 그녀의 가족과 친구들은 안정된 위치가 아니었습니다. 그들은 비열하고, 정직하지 못한 사람들이었고, 그녀에게 모든 면에서 가치 없는 사람들이었습니다. 그녀의 첫 번째 무도회였고, 그녀가 교양과 예절을 갖춘 남자를 만나 대화를 나눈 것은 처음이었습니다. 내가 그럴 권리가 없는데, 그녀에 대한 변명을 하는 걸까요? 인간의 나약함에 대한 어떤 인간적인 감정이 있다면, 물론 아닙니다.

그날 밤의 만남으로 그들의 미래가 결정됐습니다. 다른 만남을 이어갔고, 그녀가 자신의 사랑을 고백했을 때, 그는 다른 모든 것들 중 (순진하고 무의식적으로) 한 가지 길을 택했고, 이것은 두 사람 모두에게 가장 위험한 일이었습니다. 솔직함과 명예 때문에 그는 그녀를 속일 수 없었습니다. 그는 마음을 열고 그녀에게 진실을 말했습니다. 그녀는 너그러웠고 충동적인 아가씨였습니다. 그녀에게는 매달려야 하는 강한 유대관계가 없었습니다. 그를 열정적으로 사랑했고, 그는 여자들의 영원한 명예로서 연민에 호소했는데, 모든 호소 중 가장 저항하기 어려운 것입니다. 그녀는 그와 그의 파멸 사이에 자신만이 있다는 것을 정확히 알았습니다. 그가 구할 수 있는 마지막 기회가 그녀의 결정에 달려 있었습니다. 그녀는 결심했고, 그를 구했습니다.

날 오해하지 마십시오. 내 이야기가 심각한 사회적 문제를 하찮게 여긴다고 비난하지 마세요. 나는 거짓 없이 그녀에 대한 기억을 지킬 것입니다. 진실만을 말할 것입니다. 그녀가 그가 일찍 죽을 수도 있었던 광란의 도가니에서 그를 붙잡은 건 사실입니다. 그녀가 당신이 너무나 잘 기억하고 있는 행복한 가정생활을 그에게 되찾아준 것이 사실입니다. 그는 너무나 감사하게 기억하고 있어서 그가 자유로워진 날에, 그는 그녀를 아내로 맞이했습니다. 엄격한 도덕이 권리를 주장해서, 그녀의 어릴 적 잘못을 비난하도록 두세요. 기독교적 자비가 그녀에 대한 힘든 형벌을 누그러트릴 수 있는지, 기독교적 자비가 평생 사랑과 성실, 고통과 희생 속에서 살았던 그녀의 기억에 대해 간청할 수 있는지 하고 신약성서를 읽었지만 별 효과가 없었습니다.

조금만 더 이야기하면 당신이 직접 겪은 일을 듣게 될 것입니다. 밴스톤 씨의 현 위치가 결국 한 가지 결과로 이어진다는 사실을 상기시켜 드릴 필요가 없을 겁니다. 어느 정도 불가피하게 진실을 밝히게 될 것입니다. 블레이크 양의 가족에게 그의 절망적인 불행을 비밀로 하려고 했지만, 그녀의 아버지와 친구들의 끈질긴 조사로 당연히 실패했습니다. 만약 그녀의 친척들이 소위 '존경할 만한' 사람들이었다면 무슨 일이 일어났을지 나는 말할 수 없습니다. 사실대로라면, 그들은 (흔히 말하는) 만만하게 대할 수 있는 사람들이었다. 현재 가족의 유일한 생존자는 자신을 래지 대위라고 부르는 건달입니다. 밴스톤 부인으로부터 마지막까지 침묵의 대가로 몰래 갈취했고 그의 행동이 다른 친척들과 평생 다르지 않았다는 것을 당신에게 말하면, 내가 고객의 이익을 위해 어떤 종류의 사람들을 상대해야 했는지와 그들의 분노를 어떻게 달랬는지 당신은 알게 될 것입니다.

처음에는 영국을 떠나 아일랜드로 향했던 밴스톤 씨와 블레이크 양은 그 후 몇 년 동안 그곳에서 지냈습니다. 소녀였던 그녀는 자기의 위치와 불가피한 일에 움츠러들지 않고 마주했습니다. 사랑하는 남자에게 자신의 인생을 바치기로 했고, 그의 결혼은 법적으로 엉터리이며, 자신이 '하늘이 인정한 아내'라고 스스로를 설득함으로써 자신의 양심을 잠재웠으며, 그녀는 그의 합법적인 아내가 아니라는 의혹이 일지 않도록 처음부터 그와 함께 사는 가장 중요한 목적을 세웠습니다. 사실 굳건히 결심하고 인내심을 갖고 계획을 세우고, 삶의 가장 소중한 관심사에 대해 신속하게 행동할 수 있는 여성들은 소수입니다. 이제 그 이름을 가진 권리가 있는 밴스톤 부인은 지금 그런 이름을 붙일 권리가 있습니다. 밴스톤 부인의 끈기와 재치가 평균 이상이었습니다. 그리고 그녀는 초기에 필요한 모든 예방책을 취했는데, 준비가 부족한 남편의 능력으로는 고안할 수 없었던 예방책으로, 나중에 그들의 비밀을 지키는 데 아주 큰 역할을 했습니다.

이러한 안전장치 덕분에, 그들이 영국으로 돌아왔을 때, 한 점의 의혹도 일어나지 않았습니다. 그들은 처음에 데본셔에 정착했는데, 단지 밴스톤 씨의 가족과 연줄이 있는 북부 카운티에서 멀리 떨어져 있었기 때문이었죠. 생존한 친척들 사이에서는 그들이 두려워할 만한 특이한 조사가 없었습니다. 그는 어머니와 형과 완전히 사이가 멀어졌습니다. 결혼한 누나는 그가 캐나다에서 돌아온 후 내가 묘사한 비참한 삶의 방식에 빠졌을 때부터 (목사였던) 남편에 의해 그와 어떤 소통도 하지 못하게 되었습니다. 그는 다른 친척이 없었습니다. 그와 블레이크 양이 데본셔를 떠났을 때, 다음 거주지가 이 집이었습니다. 환심으로 사려고 하지 않았고, 관심받는 걸 피하지도 않았습니다. 그저 그들 자신과 자녀들, 그리고 조용한 시골 생활에 행복했습니다. 친해진 몇몇 이웃들에게 의심도 받지 않았습니다. 우연한 사고로 많은 사람들처럼 그들의 진실이 드러날 때까지는 말이죠.

당신이 그 사람들과 아주 가까운 관계인데, 그들이 결코 배신해서는 안 된다는 것이 이상해 보인다면, 상황을 고려해보면 명백한 변칙을 이해하게 될 것입니다. 당신이 이 집에 들어오기 전에, 그들은 15

년 동안, (결혼식을 안 했다 뿐이지) 사실상 남편과 아내로 살아왔다는 것을 기억하세요. 그리고 동시에 현재 밴스톤 씨의 행복을 방해하거나, 과거를 상기시켜주거나, 미래에 대해 경고하는 어떤 사건도 일어나지 않았다는 것을 명심하세요. 당신이 봤던 그의 손에 있던 미국에서 온 편지가, 그의 아내가 죽었다는 소식을 알려주기 전까지 말입니다. 그날부터, 즉 그가 혐오했던 과거를 떠올리고, 그녀가 감히 예상하지 못했던 미래가 손에 닿았을 때, 당신이 이미 깨닫지 못했다면, 그 두 사람 모두 정체를 드러냈다는 것을 곧 알게 될 것입니다. 당신과 자녀들이 전혀 의심하지 않았기에, 진실을 알지 못했던 것입니다.

과거의 슬픈 이야기는 이제 당신도 나만큼 알게 되었네요. 말하기가 참 어려웠습니다. 하나님은 내가 살아 있는 자에 대한 진정한 동정심과 죽은 자에 대한 진정한 연민을 가지고 말했다는 것을 아실 것입니다."

그는 잠시 말을 멈추고 고개를 조금 돌린 다음, 손에 머리를 기댔는데, 조용하고 감정을 드러내지 않는 태도는 그에게 자연스러운 것이었다. 지금까지 가스 양은 가끔 말하거나 무언의 관심 표시로 그의 이야기를 중단시켰을 뿐이다. 그녀는 눈물을 감추려고 하지 않았다. 고개를 들어 그에게 말할 때 눈물이 뺨에 빠르고 조용하게 떨어졌다.

"내 생각에, 당신에게 상처를 준 거 같아요." 그녀는 기품있고 간결하게 말했다. "이제 당신을 더 잘 알게 됐어요. 날 용서하고 당신 손을 잡게 해주세요."

그 말과 그에 수반되는 행동에 그는 깊이 감동했다. 그는 조용히 그녀의 손을 잡았다. 그녀는 가장 먼저 말했고, 가장 먼저 자제력의 본보기를 보였다. 남자가 괴로워하는 모습을 보는 것만큼 힘차게 자신의 슬픔에 강하게 몸부림치는 것이 여성의 고귀한 본능 중 하나다. 그녀는 조용히 눈물을 닦았다. 다시 말할 때 그와 더 가까이 앉기 위해 조용히 의자를 탁자 주위로 끌어당겼다.

"펜드릴 씨, 이 집에 일어난 일 때문에 너무나 마음이 무너졌어요. 그렇지 않았다면 난 오늘 변호사님이 한 말에 더 잘 참았어야 했어요. 이야기를 이어 가기 전에 한 가지만 물어봐도 될까요? 내가 사랑하는 아이들 때문에 지금 그 어느 때보다도 마음이 아파요. 그들의 미래에 대한 희망이 없나요? 그들에게는 가난만이 남아 있는 건가요?"

변호사는 그 질문에 대답하기 전에 망설이다가, 마침내 말했다. "그들은 이방인의 판단과 자비에 달려 있습니다."

"그들 출생의 불행 때문인가요?"

"부모의 결혼에 따른 불행 때문입니다."

그런 놀라운 대답을 하고 그는 일어나서 바닥에 던져진 유언장을 집어 그들 사이에 있는 탁자 위에 다시 올려놨다.

"쉬운 한 가지 말로 당신에게 진실을 말할 수 있습니다. 그 결혼으로 이 유언장은 무효가 됐고, 밴스톤 씨의 따님들은 삼촌에게 달렸습니다."

그가 그 말을 할 때, 산들바람이 창문 아래 관목들 사이로 다시 불었다.

"그들의 삼촌이요?" 가스 양이 되풀이했다. 그녀는 잠시 생각하다가 갑자기 펜드릴 씨의 팔에 손을 얹었다. "마이클 밴스톤 씨는 아니죠!"

"마이클 밴스톤 씨가 맞습니다."

가스 양의 손이 여전히 무의식적으로 변호사의 팔을 움켜잡았다. 그녀는 지금 갑자기 알게 된 것을 깨닫기 위해 온 정신을 집중시켰다.

"마이클 밴스톤에게 달렸다니!"라고 혼잣말을 했다. "그들 아버지의 가장 억울해하는 적에게 달렸다니? 어떻게 그럴 수 있죠?"

"몇 분만 더 집중하면 알게 될 것입니다. 우리가 이 고통스러운 면담을 빨리 끝낼수록, 마이클 밴스톤 씨에게 더 빨리 연락할 수 있습니다. 그리고 그가 자기 동생의 고아가 된 딸들을 위해 어떤 결정을 했는지 더 빨리 알게 될 것입니다. 그들이 그 사람에게 전적으로 달렸다는 걸 재차 말할게요. 밴스톤 부부가 결혼하던 시기에 마지막으로 일어났던 일련의 사건들을 생각해보면, 어떻게, 왜 그랬는지 당신은 쉽게 이해할 수 있을 것입니다."

"잠시만요, 변호사님. 그때 결혼식을 올렸다는 비밀을 당신은 알고 있었나요?"

"불행히도 몰랐습니다. 그때 전 런던에 있지 않았고 영국에서 멀리 떨어져 있었습니다. 부인의 사망 소식을 알리는 편지가 왔을 때 밴스톤 씨가 저와 연락을 할 수 있었다면, 따님들의 운명이 지금처럼 위태롭지 않았을 것입니다."

그는 잠시 말을 멈추고, 더 진행하기 전에, 면담하기 전에 그가 살폈던 편지들을 다시 한번 보았다. 그는 편지 한 통을 가져와서 옆에 있는 탁자 위에 놓았다.

"올해 초 저의 오랜 고객이자 친구가 소유한 서인도 부동산과 관련해 사업상 매우 중요한 일이 생겨, 자메이카에 저와 파트너 2명 중 한 명이 가야 했습니다. 둘 중 한 명은 시간이 나지 않았고, 다른 한 명은 여행하기에는 건강이 좋지 않았습니다. 제가 갈 수밖에 없었죠. 밴스톤 씨에게 편지를 보내 2월 말에 영국을 떠나야 한다고 말했고, 사업의 특성상 6월 이전에 제가 서인도에서 돌아올 가능성이 거의 없다고 말했습니다. 특별한 동기를 가지고 편지를 쓴 게 아니었습니다. 내 파트너들이 내가 밴스톤 씨의 개인적인 일에 알고 있다는 것을 몰랐기 때문에, 형식적인 예방조치로 단지 그에게 나의 부재를 알리는 것을 옳다고 생각했을 뿐입니다. 2월 말에 그의 소식을 듣지 못하고 전 영국을 떠났습니다. 3월 4일, 그의 아내가 죽었다는 소식이 전해졌을 때 바다에 있었고, 6월 중순이 돼서야 돌아왔습니다."

"그분께 당신의 출발은 알렸는데, 당신이 돌아온 것은 알리지 않았나요?"

"개인적으로는 안 했죠. 제 서기장이 사무실에서 여러 곳으로 보내는 회람용 편지에서 제가 돌아왔음을 알렸습니다. 오랫동안 자리를 비운 후 수많은 업무가 밀려서 편지를 쓸 여유가 생기지 않아, 개인적 편지를 대신해서 보낸 것은 그것이 처음이었습니다. 거의 한 달 후, 그의 결혼을 처음으로 알리는 편지가 제게 도착했는데, 그 편지는 치명적 사고가 일어났던 날 직접 쓴 거였죠. 그분이 편지를 쓰게 된 배경은 당신이 관심을 가졌을 일에서 비롯되었습니다. 즉, 클레어 씨의 아들과 밴스톤 씨의 막내딸 사이의 애정 관계 말입니다."

"그때 난 그 애정 관계에 대해 호의적이었다고 말할 수 없어요. 그 당시 난 가족 비밀을 몰랐어요. 이제는 잘 알게 됐지만요."

"맞아요. 지금 당신이 이해할 수 있는 동기가 우리를 핵심으로 이끄는 동기입니다. (제가 클레어 씨에게 그 상황에 대해 자세하게 들었듯이) 젊은 아가씨는 아버지에게 자신의 사랑을 고백했고, 그 고백으로 그 아버지는 곧바로 자신의 젊은 시절을 떠올렸죠. 그는 밴스톤 부인과 긴 대화를 나눴고 두 젊은이의 사랑이 더 진행되기 전에 클레어 씨에게 개인적으로 그 진실을 알려야 한다고 둘 다 동의했습니다. 이럴 수밖에 없는 것이 남편과 아내 모두에게 더할 나위 없이 고통스러웠죠. 그러나 그들은 자신들의 감정을 희생하는 데 확고했고, 명예롭게 단호했습니다. 그리고 밴스톤 씨는 그 자리에서 클레어 씨의 집으로 향했습니다. 그날 밴스톤 씨의 태도가 크게 달라졌다는 것은 확실히 보셨을 겁니다. 이제 그 이유를 알겠죠?"

가스 양은 고개를 끄덕였고, 펜드릴 씨는 계속 말했다.

"당신은 클레어 씨가 모든 사회적 편견에 대해 경멸하는 것을 충분히 알기에, 이웃이 그에게 한 고백에 대한 반응이 어땠는지 예상할 수 있을 것입니다. 면담 5분 만에, 두 오랜 친구는 어느 때처럼 편안하고 거리낌 없어졌습니다. 대화 도중, 밴스톤 씨는 딸과 미래의 남편을 위해 그가 한 금전적인 약속에 대해 말했고, 그렇게 해서, 밴스톤 씨는 자연스럽게 지금 탁자에 있는 유언장에 대해 언급했습니다. 자신의 친구가 그해 3월에 결혼했다는 것을 기억해 낸 클레어 씨는 유언장이 언제 작성됐는지 물었고, 5년 전에 작성했다는 답변에, 법적으로 휴짓조각이라고 직설적으로 말해 밴스톤 씨를 놀라게 했습니다. 그 순간까지 그는 다른 사람들과 마찬가지로 법적으로나 사회적으로나 남자의 결혼이 그의 인생에서 가장 중요한 사건으로 여겨진다는 것을 전혀 몰랐습니다. 미혼으로서 만들었을지도 모르는 유언장의 효력이 사라졌고, 남편으로서 유언의 뜻을 전체적으로 재차 분명히 할 필요가 있었죠. 이런 명백한 사실을 알게 되자 밴스톤 씨는 어찌할 바를 몰랐습니다. 친구가 그가 죽을 때까지 기억해야 할 의무가 있다고 말하자, 그는 바로 그 집을 떠나 자신의 집으로 돌아와 저에게 이 편지를 썼습니다."

그는 그 편지를 가스 양에게 건네주었다. 눈물도 흘리지 않고 말할 수 없는 슬픔 속에서 그녀는 다음 편지를 읽었다.

"펜드릴 씨에게, 우리가 서로에게 마지막으로 편지를 쓴 후로 내 인생에 놀라운 변화가 일어났어요. 당신이 떠난 후 일주일쯤 지나서, 나는 미국에서 내가 자유로워졌다는 소식을 들었어요. 그 자유가 무슨 소용이 있는지 말할 필요가 있을까요? 내 아이들의 어머니가 지금 내 아내라고 말할 필요가 있나요?

만약 당신이 돌아왔을 때 나에게서 소식을 듣지 못한 것에 놀랐다면, 다른 유언장을 작성해야 한다는 법적 필요성을 몰랐던 나의 무지 때문이에요. 난 오랜 친구인 클레어 씨로부터 (우리가 만나면 이야기할 그 상황에 대해) 듣고 처음으로 알게 된 지 30분도 채 되지 않았어요. 가족들 걱정으로 소식을 전하지 못했어요. 내 아내의 출산이 임박했다는 이 심각한 걱정 외에도, 둘째 딸은 이제 막 약혼을 했어요. 오늘 클레어 씨를 만나기 전까지, 이런 문제들로 정신이 없어서, 당신이 돌아왔다는 소식을 알고 나서도 한 달 동안 당신에게 편지를 쓸 생각을 전혀 하지 못했어요. 이제 유언장을 다시 만들어야 한다는 것을 알고 바로 편지를 씁니다. 세상에, 이 편지를 받으면 그날 바로 와 주세요. 와서 이 순간 나의 두 사랑스러운 딸들이 아무것도 받지 못한다는 끔찍한 생각에서 저를 안심시켜 주세요. 만일 내가 무슨 일이 생긴다면, 만약 그들의 어머니를 제대로 대우해 주려고 했던 내 바람 때문에 노라와 막달렌의 상속권이 박탈당한다면, 난 내 무덤에서 잠들지 못할 것입니다. 무슨 수를 써서라도 와 주세요.

— A. V."

펜드릴 씨가 말을 이었다. "토요일 아침에 이 편지가 도착했습니다. 난 바로 다른 모든 일을 제쳐놓고 기차역으로 향했죠. 런던 종착역에서, 나는 금요일의 사고 소식을 들었습니다. 그 소식을 들었을 때 사망한 승객들의 수와 이름에 대한 설명이 달랐어요. 브리스톨에서 더 정확히 알게 됐고, 밴스톤 씨에 대한 끔찍한 사실을 확인했습니다. 여기 도착하기 전에 정신을 차릴 시간이 있었는데 클레어 씨의 아들이 기다리고 있었어요. 그는 나를 아버지의 별장으로 데려갔고, 거기서 한순간도 지체하지 않고 밴스톤 부인의 유언장을 작성했습니다. 내 목표는 그녀의 딸들을 위한 유일한 조항을 확보하는 것이었습니다. 밴스톤 씨는 유언장 없이 돌아가셨고, 재산의 3분의 1은 미망인에게 돌아가고, 나머지 3분의 1은 그의 친족들이 나눠 가지게 되죠. 혼외 출생으로 태어난 밴스톤 씨의 딸들은 아버지가 돌아가신 상황에서, 그 마을 일꾼들의 딸들만큼이나 재산에 대한 소유권을 주장할 수 없습니다. 남은 한 번의 기회는 그들의 어머니가 충분히 회복해서, 그녀가 사망할 경우 1/3 몫을 그들에게 물려준다는 유언장을 남기는 거였습니다. 이제 제가 왜 그 면담을 요청하는 편지를 썼는지 알 겁니다. 왜 제가 밤낮으로 호출을 기다렸는지 알 것입니다. 당신의 질문에 부득이하게 그런 답변을 보내서 대단히 죄송했습니다. 하지만, 밴스톤 부인의 목숨이 붙어 있는 한, 그 결혼의 비밀은 제가 아닌 그녀의 비밀이었고 모든 것을 세심히 고려했을 때 제가 공개할 수 없었습니다."

"잘하셨어요, 변호사님. 그 이유를 이해하고 존중해요."

"따님을 지키려는 제 마지막 시도는, 알다시피, 밴스톤 부인의 병환으로 소용이 없었습니다. 그녀의 사망 후 (법적으로 결혼한 상태에서 태어나) 몇 시간 동안 살아 있었던 아기는 법적으로 밴스톤 씨의 모든 재산을 소유하게 되었습니다. 아기가 몇 시간이 아니라 산모보다 몇 초만 더 오래 살았더라도 결과는 똑같았을 것입니다. 아기의 사망으로 합법적인 후손의 친족이 돈을 가져가게 되고, 그 친족이 아기의 삼촌인 마이클 밴스톤입니다. 8만 파운드의 전 재산이 사실상 이미 그 사람의 소유로 넘어갔습니다."

"다른 친척들은 없나요? 다른 사람이 있다는 희망이 없나요?"

"마이클 밴스톤의 주장에 따르면 다른 친척들이 없습니다. 죽은 아기의 할아버지들이나 할머니들 중 (외가와 친가 모두) 살아계신 분은 없습니다. 밴스톤 부부의 사망 나이를 고려하면, 살아계실 것 같지 않았죠. 그러나 생존한 삼촌이나 고모들이 없다는 걸 슬퍼하는 건 불행한 일입니다. 사촌들은 살아 있습니다. 바트람 부주교와 결혼했고 제가 말했듯이 몇 년 전에 사망한 밴스톤 씨의 누나의 아들과 두 딸입니다. 그러나 그들의 이해관계는 더욱 가까운 혈족 관계로 대체됩니다. 아뇨, 가스 양, 우리는 단호하게 사실을 받아들여야 합니다. 밴스톤 씨의 따님들은 누구의 자녀도 아닙니다. 그리고 법적으로 그들은 어쩔 수 없이 삼촌의 처분에 달렸습니다."

"잔혹한 법이네요, 펜드릴 씨. 기독교 국가에서 잔혹한 법이에요."

"잔혹하긴 하지만, 가스 양, 이 경우는 놀라운 특이한 점으로 양해를 받을 수 있습니다. 난 사생아에게 미치는 영향 때문에 영국 법을 옹호하지 않습니다. 오히려 국가에 대한 수치라고 생각합니다. 부모의 죗값을 자식이 받죠. 아버지와 어머니들한테서 결혼에 대해 속죄하는 가장 강력한 동기를 박탈함으로써 악을 조장합니다. 그리고 도덕과 종교라는 이름으로 이 두 가지 혐오스러운 결과를 만들어 내죠. 하지만 이 불행한 소녀들의 경우에 대해 대답하는 데 특별한 억압은 없습니다. 부모가 결혼해야 자녀들도 합법적으로 인정하는 다른 나라의 더 자비롭고 기독교적인 법은 이 아이들에게 자비롭지 않습니다. 그분이 따님들의 어머니를 만났을 때 이미 아버지가 결혼했다는 것으로 그 따님들은 사회 전체적으로 낙인이 찍히고, 유럽 민법 범위에서 벗어났습니다. 감춰봤자 소용없기에 어려운 사실을 말하겠습니다. 과거를 돌아보면 희망이 없습니다. 미래를 바라보면 희망이 있을 수 있습니다. 제가 지금 해줄 수 있는 최선의 일은 당신이 마음 졸이는 시간을 단축하는 것입니다. 1시간 내로 전 런던으로 돌아갈 것입니다. 도착 즉시 마이클 밴스톤 씨와 가장 빠른 방법으로 연락해서 결과를 알려드리겠습니다. 지금 두 자매의 입장은 안타깝지만, 가장 좋은 쪽으로 생각해야 합니다. 우리는 희망을 잃지 말아야 합니다."

"희망요?" 가스 양이 되풀이했다. "마이클 밴스톤한테서 희망요!"

"그렇습니다. 자비의 영향이 아니라면 시간이 그에게 미친 영향에 희망을 거는 거죠. 이미 말했듯이 그는 이제 노인이 되었고, 자연의 순리에 따라 더 오래 살 수 없을 것입니다. 만약 그가 동생과 처음 대립했던 시기를 되돌아본다면, 그는 30년을 되돌아봐야 합니다. 분명히, 다른 사람처럼 누그러들지 않았을까요? 분명, 이 돈을 소유하게 된 충격적인 상황에 알게 되면, 다른 이유가 없다면, 봐주지 않을까요?"

"당신처럼 생각해보도록 할게요, 펜드릴 씨. 최대한 희망을 품어볼게요. 그 결정을 알 때까지 우리는 얼마나 맘 졸이며 있어야 할까요?"

"잘 모르겠습니다. 우리 쪽에서 유일하게 지체되는 것은 마이클 밴스톤의 유럽 대륙 거주지를 찾는 것일 겁니다. 나는 이 문제를 잘 해결할 방법들이 있다고 생각합니다. 그리고 내가 런던에 도착하는 순간, 그 방법들을 시도해볼 것입니다."

그는 모자를 쓰고, 아버지의 마지막 편지와 쓸모없는 유언장이 나란히 놓여 있는 탁자로 다시 갔다. 잠시 고민한 후, 그는 두 가지 전부를 가스 양에게 줬다.

그는 조용히 자신을 억누르면서 말했다. "고아가 된 자매들에게 어려운 진실을 알리는 데 도움이 될 것입니다. 만일 아버지의 유언장에서 그가 어떻게 그들을 언급하는지 알 수 있고, 그가 마지막으로 쓴 편지를 읽을 수 있다면 말이죠. 이 증표들로 아버지가 살면서 자식들에게 속죄하려고 했다는 걸 알게 될 것입니다. 내가 이 쓸모없는 유언장을 작성했을 때 그분이 이렇게 말했어요. '그 애들이 자신들의 출생을 비통하게 생각할지도 모르지만, 결코 나에 대해 비통하게 생각하지 않을 거예요. 나는 그들에게 아무것도 하지 못할 거예요. 그들은 내가 그들에게 느꼈던 슬픔이나 내가 만족시키지 못할 바람을 결코 알지 못할 거예요.' 그분은 자신이 평생 자식들에게 감추었던 사실이 자신의 사망 이후에 드러났을 때 애원하기 위해 그 말을 유언장에 넣었습니다. 어떤 법도 딸들에 대한 그의 뉘우침과 사랑을 뺏을 수 없습니다. 유언장과 편지를 당신에게 맡기겠습니다. 잘 간직해주세요."

그는 친절한 이별이 얼마나 그녀의 마음에 와닿는지 보았고, 조심히 작별을 재촉했다. 그녀는 두 손으로 그의 손을 잡고 몇 마디 속삭이며 감사함을 전했다. "제가 최선을 다하겠습니다"라고 말한 후 그는 무뚝뚝하게 돌아서 떠났다. 넓고 쾌활한 햇살 속에서 그는 아픈 진실을 밝히기 위해 왔다. 넓고 쾌활한 햇살을 받으며, 그 진실이 밝혀지자 그는 떠났다.

펜드릴 씨가 집을 떠난 것은 오후 1시 무렵이었다. 가스 양은 다시 혼자 탁자에 앉았고, 아침에 일어났던 일의 불가피한 면을 마주하려고 애썼다.

그녀의 생각은 마음대로 되지 않았다. 단 몇 분간이라도 자신의 위치에 대해 생각하지 않고 압박감에서 벗어나려고 했다. 잠시 후, 그녀는 밴스톤 씨의 편지를 열어 무의식적으로 또 읽었다.

한 마디 한 마디, 고인의 마지막 말이 점점 더 그녀의 관심을 끌었다. 계속된 고독, 깨지지 않는 침묵이 그녀의 마음에 영향을 끼쳤고, 그녀가 가장 피하고 싶었던 과거와 현재에 대해 생각했다. 편지를 마무리하는 우울한 내용에 이르자, 그녀는 막달렌과 프랜시스 클레어의 결혼을 고려하는 시작에 이를 때까지, 처음에는 무의식적이었지만 서서히 그 치명적인 일들의 연결고리를 거꾸로 따라가고 있다는 것을 알게 됐다.

그 결혼으로 밴스톤 씨가 오랜 친구네 집으로 갔고, 그렇지 않았다면 자신의 입으로 그 고백을 하지 않았을 것이다. 그 후 변호사를 집으로 부르게 되는 일을 알게 됐다. 변호사를 부른 일로 또다시 토요일 일정을 금요일로 급하게 앞당겼고, 치명적인 사고 그 금요일에 그가 사망했다. 그의 죽음 후 두 번째 사별을 겪었고 집안이 적막해졌다. 그가 가장 신경 썼던 딸들의 밝은 앞날은 소용없어졌고, 그날 아침 그녀를 압도했던 비밀이 폭로됐고, 이제 그녀가 고아가 된 자매들에게 여전히 더 지독한 비밀을 알려야 한다. 그녀는 처음으로 모든 일련의 사건들을 보았다. 구름 한 점 없는 푸른 하늘과 바깥의 햇빛에 비친 나무들의 초록빛처럼 선명하게 보였다.

언제, 어떻게 그들에게 말할 수 있을까? 아버지와 어머니가 사망하기 1주일 전에 그들의 위법 활동이 밝혀졌다는 것을 누가 자매들에게 말할 수 있을까? 첫 눈물이 뺨에 젖어 있는 동안, 첫 이별의 아픔이 마음속에서 가장 절정인 동안, 장례식에 대한 기억이 아직 하루도 지나지 않은 동안, 누가 그 무서운 말을 할 수 있을까? 그들의 마지막 친구도 떠나지 않았고, 그들 때문에 마음이 찢어지는 충실한 여자도 떠나지 않았다. 아냐! 당분간은 무슨 일이 있어도 침묵하자. 앞으로 며칠 동안이나 자비롭게 조용히 하자!

그녀는 자연스럽고 인간적 연민을 가슴에 품은 채 유언장과 편지를 손에 들고 방을 나갔다. 그 연민으로 입술을 굳게 다물고 단호하게 앞날에 대해 눈을 감았다. 복도에서 발걸음을 멈추고 귀를 기울였다. 아무 소리도 들리지 않았다. 조심히 계단을 올라가 자신의 방으로 가는 중에 노라의 방문을 지나갔다. 안에서 들려오는 두 자매의 목소리가 그녀의 귀를 사로잡았다. 잠시 고민한 후, 그녀는 감정을 억누르고 재빨리 다시 계단을 내려갔다. 노라와 막달렌 모두 다 펜드릴과 그녀 사이의 면담에 대해 알고 있었다. 그녀는 약속을 정하는 그의 편지를 그들에게 보여주는 것이 자신의 의무라고 느꼈다. 변호사가 집을 떠나자마자 그녀의 방에 틀어박혀 있다면, 그들의 의심을 살 수 있을까? 난간에서 그녀의 손이 떨렸다. 자신의 얼굴에 감정이 드러나는 것 같았다. 그날까지 한 번도 실패한 적 없고 너무 자주 내왔던 헌신적인 불굴의 용기가 마침내 힘에 부치는 일을 맡았다.

복도 문에서 그녀는 잠깐 다시 생각한 후 정원으로 나갔다. 나무 사이에 있어 집에서 보이지 않는 소박한 벤치와 탁자로 향했다. 옛날에 그녀는 그곳에 종종 밴스톤 부인과 노라와 함께 앉아 있었고, 막달렌과 개들은 풀밭을 뛰어다녔다. 이제는 그녀 혼자 그곳에 앉았다.

믿기지 않는 유언장과 편지를 탁자 위에 두었다. 고개를 숙이고, 두 손으로 얼굴을 가렸다. 홀로 그곳에 앉아 가라앉는 용기를 내려고 애썼다.

앞으로 다가올 암울한 날들에 대한 의혹이 그녀에게 몰려들었다. 노라와 막달렌에게 숨기고 있는 위험이 곧 드러날 것이라는 두려움이 그녀를 괴롭혔다. 한순간의 우연한 일로 갑자기 진실이 드러날지도 모른다. 펜드릴 씨가 그녀가 그들을 이해시켰다고 확신하고 편지를 쓸 지도 모르고, 개인적으로 그 자매들에게 말을 할 수도 있다. 그들은 눈 깜짝할 사이에 문제들이 생길 수 있고, 바로 집을 떠나야 하는 예상치 못한 일이 생길 수도 있다. 그녀는 이런 모든 위험이 보였다. 그리고 여전히 최악의 상황을 마주하고 말을 할 수 있는 고통스러운 용기가 그 어느 때보다 나지 않았다. 이윽고 생각의 골이 깊어지면서 말과 행동이 밖으로 튀어나왔다. 그녀는 고개를 들어 힘없이 탁자를 손으로 쳤다.

"세상에, 어떻게 해야 하지? 어떻게 그 애들에게 말하지?"

"말할 필요가 없어요, 이미 알고 있어요"라고 말하는 목소리가 그녀 뒤에서 들렸다.

그녀는 일어서서 주위를 둘러보았다. 막달렌이 앞에 있었다. 막달렌이 그 말을 했다.

그랬다. 상복을 입은 단아한 자태가 무성한 잎을 배경으로 큰 키로 어두운 표정을 지으면서 아무런 움직임 없이 서 있었다. 담담해 보이는 하얀 얼굴과 싸늘하게 체념한 듯한 흔들림 없는 회색 눈을 한 막달렌이 있었다.

"우리 벌써 알고 있어요." 분명하고 침착하게 그녀가 똑같이 말했다. "밴스톤 씨의 따님들은 누구의 자녀도 아닙니다. 그리고 법적으로 그들은 어쩔 수 없이 삼촌의 처분에 달렸습니다."

눈물 한 방울 흘리지 않고, 목소리도 떨지 않고 변호사가 했던 말을

144

정확히 그대로 다시 말했다. 가스 양은 깜짝 놀라 한 걸음 뒤로 물러섰고 벤치에 몸을 기댔다. 그녀는 머리가 빙빙 돌았다. 순간적으로 현기증이 나서 눈을 감았다. 다시 눈을 떴을 때, 막달렌은 팔로 그녀를 부축하고 있었고, 뺨에 입김을 불었고, 차가운 입술로 그녀에게 키스하고 물러났다. 소녀의 입술이 닿는 감촉에 그녀는 두려움에 떨었다.

말을 할 수 있자마자, 그녀는 필연적인 질문을 했다.

"어디서 들었어요?"

"열린 창문 밑에서요."

"내내 있었어요?"

"처음부터 끝까지요."

그녀는 귀를 기울였었다. 고아가 된 첫 주에 18살인 이 소녀는 엄청난 폭로를 하는 변호사의 말 한마디 한마디 귀 기울여 듣고 있었으며, 결코 자신을 드러내지 않았다. 처음부터 끝까지, 그녀의 유일한 움직임은 나뭇잎 사이로 산들바람이 부는 것으로 착각할 만큼 조심스럽고 가벼운 움직임이었다.

그녀는 다소 온화하고 부드러운 말투로 했다. "아직 아무 말 마세요, 의심의 눈초리로 날 쳐다보지 마세요. 내가 뭐 잘못했어요? 펜드릴 씨가 노라 언니와 나에 대해 선생님과 얘기하고 싶어 했을 때, 그의 편지는 우리가 면담에 참석할지 말지 선택권을 줬어요. 언니가 있지 않겠다고 결정했다면, 내가 어떻게 올 수 있었을까요? 그렇게 하지 않았다면 어떻게 내 이야기를 들을 수 있었겠어요? 내가 듣는다고 해서 나쁜 건 없잖아요. 당신이 우리에게 말하는 고통을 덜었으니 좋은 거예요. 선생님은 이미 우리 때문에 충분히 고통을 겪었어요. 이제는 우리가 스스로 고난을 깨달아야 해요. 나는 깨달았어요. 그리고 노라 언니는 깨닫고 있어요."

"노라!"

"맞아요. 선생님 대신에 내가 할 수 있는 거 다 했어요. 노라 언니한테 말했어요."

그녀가 노라에게 이야기했다니! 그녀 어머니와 비슷한 여자를 놀라게 하는 그 엄청난 용기를 가지고 마주한 이 소녀가 가스 양이 가르쳤던 그 소녀였나? 그녀의 성격을 자신의 성격만큼이나 잘 안다고 생각했던 그 소녀였나?

"막달렌!" 그녀는 불같이 소리를 질렀다. "나를 놀라게 하는군요!"

막달렌은 한숨만 쉬고 지쳐서 돌아섰다.

"날 더 나쁘게 생각하지 마세요. 나는 울 수가 없어요. 가슴이 답답해요."

그녀는 잔디밭으로 천천히 걸음을 옮겼다. 가스 양은 키가 크고 어두운 인물이 홀로 나무 사이로 사라질 때까지 지켜봤다. 그 모습을 보는 동안, 그녀는 다른 것을 생각할 수 없었다. 그 모습이 사라진 순간, 노라를 생각했다. 처음으로 그녀의 마음은 본능적으로 두 자매의 연장자로 향했다.

노라는 여전히 자기 방에 있었다. 그녀는 창가 소파에 앉아 있었는데, 밴스톤 부인이 남편의 서재에서 발견했던 유품이었던 그녀 어머니의 오래된 악보집이 무릎 위에 펼쳐져 있었다. 그녀는 아주 슬피 그 책에서 고개를 들어, 옆의 빈자리를 친절하게 가리켰기에, 가스 양은 순간적으로 막달렌이 진실을 말했는지 의심했다. 노라는 악보집 첫 페이지를 넘기면서 담담히 말했다. "보세요, 여기 어머니 이름이 적혀 있고, 다른 페이지에는 아버지에게 쓴 시가 있어요. 만약 우리가 아무 것도 받지 못한다면, 이건 가질 수 있을 거예요." 그녀는 가스 양의 목에 팔을 두르고, 뺨에 희미한 색채가 스며들게 했다. 그녀가 속삭였다. "얼굴을 보니 불안해하고 있네요. 내가 걱정되세요? 내가 들었는지 궁금하세요? 모든 진실을 들었어요. 나중에 비통하게 느낄 수도 있겠지만 지금은 아무 느낌이 없어요. 막달렌 보셨어요? 선생님 찾으러 나갔었는데, 어디에 두고 오셨어요?

146

"정원에요. 그녀와 이야기할 수 없었고 볼 수도 없었어요. 막달렌 아가씨는 날 놀라게 했어요."

노라는 급히 몸을 일으켰다. 가스 양의 대답에 놀라고 괴로워했다.

"막달렌을 나쁘게 생각하지 마세요. 막달렌은 그 비밀에 더 고통스러워해요. 오늘 아침에 우리에 대해 들은 것에 대해 슬퍼하지 마세요. 가스 선생님, 비통해야 할 일은 오직 하나뿐이에요! 어제 무덤에 묻은 부모님에 대해 뭘 기억했었죠? 그분들이 우리에게 주신 사랑, 다시는 받을 수 없는 사랑이었어요. 오늘은 뭘 기억할 수 있을까요? 세상과 세상의 잔혹한 법 때문에 가장 자상한 아버지와 어머니에 대한 자식들의 기억이 어떻게 바뀔까요!" 그녀는 말을 멈추고 커져 가는 슬픔에 몸부림치다가 조용히, 단호하게 참았다. "내가 가서 막달렌을 데려오는 동안 여기서 기다려주실래요? 막달렌을 늘 가장 예뻐했잖아요. 여전히 그러셨으면 해요." 그녀는 가스 양의 무릎에 악보집을 조심히 놓고 방을 나갔다.

"막달렌을 늘 가장 예뻐했잖아요."

부드럽게 말한 그 말이, 가스 양의 귀에는 비난하듯이 들렸다. 제자로서 그들을 오래 알고 지내면서 처음으로 그녀와 그녀에 대한 모든 것들이 자매들에 대한 상대적인 평가에서 치명적으로 잘못하지 않았는지 의심이 들었고, 이제 그런 생각이 어쩔 수 없이 떠올랐다.

그녀는 12년간 그들과 매일 함께하면서 두 제자의 성격을 살폈다. 속속들이 알고 있었다고 생각했던 그들의 성격들이 갑자기 고통의 시련을 겪었다. 그들은 어떻게 그 시련에서 벗어났을까? 예전 경험에 비추어, 그녀는 그들을 볼 준비가 되었나? 아니다. 완전히 반대다.

이러한 결과들은 무엇을 의미할까? 그 질문을 자문하면서 여러 생각들이 떠올랐고, 그 생각들은 우리 모두를 놀라게 하고 슬프게 했다. 우리를 둘러싼 사회적 영향에 의해 형성돼 외면으로 뚜렷하게 보이는 본성 외에도 교육이 간접적으로 바뀌기도 하지만, 결코 변화하기를 바랄 수 없는 우리 자신의 일부로 내면의 눈에 보이지 않는 본성이 모든 인간에게 있는가? 이것을 부정하고 우리가 백지와 같이 태어났다고 주장하는 철학은 우리가 백지처럼 태어나지 않았다는 것을 말하지 못하는 철학일까? 생후 며칠 된 두 명의 아기를 비교한 적이 없고, 그 아이가 엄마나 간호사가 마음대로 채울 수 있는 백지와 같은 본성을 가지고 태어나지 않는다는 것을 결코 본 적이 없는 철학인가? 개인마다 무한히 다양한 선과 악의 타고난 힘이 사람의 격려와 억압의 깊숙한 곳까지 닿고, 숨겨진 선과 악은 모두 해방의 기회와 충분한 유혹에 달린 것일까? 이런 세속적인 한계에서 세속적인 상황이 언제나 열쇠다. 그리고 그 열쇠가 풀 수 있는 우리 안에 갇힌 힘에 대해 인간의 경계심이 우리에게 미리 경고할 수 없을까?

가스 양의 머리에 처음으로 이런 생각들이 암울하고 끔찍한 가능성처럼 조심히 떠올랐다. 처음으로 그녀는 그러한 가능성을 과거의 행동과 특성들, 고아가 된 자매들의 앞으로의 삶과 운명과 연관시켰다.

어두운 유리잔처럼 두 가지 본성을 들여다보면서, 그녀는 의심에 의심을 더하며, 하나의 가능성 있는 진실에서 다른 진실로 향했다. 지금까지 그녀가 알았던 노라와 막달렌은 성격은 모두 겉모습이었을지도 모른다. 매력적이지 않은 비밀스러움을 간직하고 내성적인 한 자매가 매력적으로 개방적이고 활발한 다른 자매는 각각의 경우 도덕적 결과를 낳는 신체적 원인과 다소 관련 있을 것이다. 자매들의 행복하고 부유하며 특별한 사건이 없는 삶 속에서 지금까지 아무것도 없었던 그 겉모습 밑에 선천적 성향의 힘이 숨겨져 있었을 수 있다. 그들의 삶에서 처음으로 심각한 참사가 생기면서 이제 눈에 띈 것이었다. 그런 것일까? 미래에 대한 약속은 노라의 성격적인 겉모습의 그림자를 통해 예언적 빛으로 빛나고, 막달렌의 밝은 성격의 겉모습의 반짝임 밑으로는 예언적 어둠으로 어두워진 것일까? 만약 언니의 삶이 그녀 안에 있었던 미개발된 선의 무르익는 땅이 될 운명이면, 동생의 삶은 그녀 안에 있는 악의 기운과 죽음의 전쟁터가 될 운명이었을까?

그 끔찍한 결론을 내리기 전에, 가스 양은 당황하여 뒷걸음질 쳤다. 그녀의 마음은 진실한 여자의 마음이었다. 노라를 더 많이 사랑했다는 확신을 받아들였고, 막달렌을 더 낮춰보려 했다는 의심을 거부했다. 그녀는 일어서서 초조하게 방안을 서성거렸다. 그녀는 좀 전까지 했던 생각에 갑자기 화가 나서 움찔했다. 만약 막달렌의 성격에 위태로운 점이 있다면 어찌해야 하나? 그 소녀를 돕는 것이 그녀의 의무이지 않았나? 어떻게 그 임무를 수행했나? 그녀는 첫 두려움과 첫인상에 지배당했다. 그녀는 아침에 알게 된 막달렌의 행동이 나중에 가장 고귀하고 가장 영속적인 결과를 보장하는, 자기희생적 용기를 의미하지 않는지를 생각해보려고 하지 않았다. 그녀가 먼저 직접 해야 했던 부드러운 충고를 노라가 하게 했다. 그녀는 비통하게 생각했다. '세상에, 내가 얼마나 오래 세상을 살았는데, 오늘까지도 나의 나약함의 사악함을 전혀 몰랐다니!'

방문이 열렸다. 나갔을 때처럼 노라 혼자 들어왔다.

"정원 벤치 옆 작은 탁자 위에 두고 온 거 기억나세요?"라고 그녀가 조용히 물었다.

가스 양이 답하기도 전에, 그녀는 아버지의 유언장과 편지를 꺼냈다.

"막달렌은 선생님이 떠난 후 돌아와서, 이 마지막 유품들을 발견했어요. 그 애는 펜드릴 씨가 그것들이 그녀의 유산이자 나의 유산이라고 말하는 것을 들었어요. 내가 정원에 갔을 때, 동생은 편지를 읽고 있었어요. 그 애와 말할 필요가 없었어요. 무덤 속 우리 아버지가 말해줬으니까요. 그녀가 아버지 말에 얼마나 귀 기울였는지 보세요!"

그녀는 편지를 가리켰다. 고인이 쓴 편지 마지막 줄에는 굵은 눈물방울 흔적이 짙게 남아 있었다.

"그 아이의 눈물이에요." 노라가 부드럽게 말했다.

가스 양은 막달렌이 더 나은 모습으로 돌아왔다는 무언의 폭로에 고개를 숙였다.

노라가 간청했다. "아, 다시는 그녀를 의심하지 마세요. 이제 우리만 남았어요. 최대한 인내심을 가지고 세상을 헤쳐나가야 하는 힘든 길에 있어요. 막달렌은 어느 때보다 불안해하고 있어요. 돌아가서 예전처럼 사랑으로 그 애를 도와주세요. 견딜 수 있게 도와주세요."

"하나님께서 심판하실 테니, 평생토록 나의 온 정성과 힘을 다할게요." 가스 양은 이같이 열렬하게 답했다. 노라가 자신에게 내밀었던 손을 붙잡고, 그 손을 슬픔과 겸손으로 입술로 가져갔다. "오, 아가씨, 날 용서해줘요! 난 너무나 눈이 멀었어요. 아가씨를 제대로 알지 못했어요."

노라는 말을 더 하기 전에 살며시 그녀를 살폈다. 그리고 부드럽게 속삭였다. "나와 함께 정원으로 가요. 그리고 막달렌이 인내심을 가지고 미래를 바라볼 수 있도록 도와줘요."

미래! 아주 희미한 빛을 누가 볼 수 있었을까? 현재 눈앞에 직면한 마이클 밴스톤이라는 불길한 인물과 그 사람 뒤로 모든 가망이 없어지는 것을 누가 알 수 있었을까?

Chapter 15

다음 날 아침, 펜드릴 씨로부터 소식이 왔다. 유럽 대륙에 있는 마이클 밴스톤의 거주지를 찾았다고 했다. 그는 취리히에 살고 있었다. 그리고 그 정보를 알게 된 날, 그곳으로 편지를 보냈다. 다음 주 중에 답장이 도착할 것으로 예상하며, 그 내용은 바로 콤-레이븐 숙녀들에게 전달할 것이라고 했다.

짧았지만, 그동안은 지루하게 흘러갔다. 회신이 오기까지 열흘이 걸렸고, 마침내 회신이 왔을 때는, 엄밀히 말하면, 아무런 대답도 없었다. 펜드릴 씨는 런던에서 마이클 밴스톤의 지시를 따르는 대리인만 언급했다. 지시 사항을 연락하는 데 있어 어떤 어려움이 있어, 취리히에 또다시 편지를 써야 했다. 그리고 '협상'은 현재 또다시 멈췄다.

펜드릴 씨의 편지 두 번째 단락에는 완전히 새로운 정보가 담겨 있었다. 마이클 밴스톤의 아들(그리고 외동자식)인 노엘 밴스톤이 최근 런던에 도착해 사촌인 조지 바트람이 사는 하숙집에서 지내고 있었다. 펜드릴 씨가 하숙집을 방문했다. 바트람 씨가 매우 친절하게 맞이했지만, 그의 사촌은 손님을 맞이할 상태가 아니라고 알려줬다. 노엘 밴스톤은 지난 몇 년 동안 병환을 앓고 있었다. 최고의 의학 조언을 받기 위해 영국에 왔고, 여행 피로도가 여전히 너무 심해서 침대에 누워 있다고 했다. 이런 상황에서 펜드릴 씨는 떠날 수밖에 없었다. 노엘 밴스톤을 만났다면, 그의 아버지의 지시와 관련된 몇 가지 어려움을 해결했을지도 모른다. 이렇게 되자, 며칠 더 기다릴 수밖에 없었다.

고독하고 긴장된 공허한 나날들이 흘렀다. 마침내 변호사의 세 번째 편지에서 오랫동안 미뤄졌던 회신의 결론을 알렸다. 최종 답변을 취리히에서 받았고, 펜드릴 씨가 다음날 오후 콤-레이븐에서 직접 알려줄 것이라고 했다.

그다음 날은 8월 12일 수요일이었다. 밤에 날씨가 바뀌었고, 안개와 구름 사이로 해가 희미하게 떴다. 정오 무렵에는 하늘이 온통 흐렸고, 기온이 크게 낮아졌다. 그리고 비는 메마른 땅 위에 계속 쏟아졌다. 3시가 되자 가스 양과 노라는 펜드릴 씨의 도착을 기다리며 거실로 향했다. 얼마 지나지 않아 막달렌이 합류했다. 30분 후에 철제 빗장이 떨어지는 익숙한 소리가 관목 숲 너머의 울타리에서 그들의 귀에까지 들려왔다. 펜드릴 씨와 클레어 씨가 같은 우산을 쓰고 빗속에 사이좋게 정원을 걸어오는 모습이 보였다. 그들이 창가를 지날 때 변호사는 고개를 숙였다. 클레어 씨는 깊은 생각에 빠져 아무것도 보지 못한 채 곧장 앞으로 걸어갔다.

끝없이 계속될 것처럼 보였던 꾸물거림 후, 현관 매트에서 젖은 발을 힘없이 닦은 후, 문밖에서 비밀스럽게 중얼거리며 질문과 대답이 오간 후에야 두 사람이 들어 왔다. 클레어 씨가 앞장섰다. 노인은 아무런 인사도 없이 곧장 테이블 쪽으로 가서, 지치고 주름진 얼굴로 건너편에 있는 세 여인을 측은하게 바라보았다.

"나쁜 소식이에요. 난 모든 불필요한 긴장감을 싫어해요. 이런 경우에는 솔직한 게 좋아요. 내 말은, 친절하게 간단히 말할게요. 나쁜 소식이에요."

펜드릴 씨가 따라 들어왔다. 그는 말없이 가스 양과 두 자매와 악수를 하고 그들 가까이에 자리를 잡았다. 클레어 씨는 창문 옆 의자에 따로 앉았다. 맞은편에 앉아 있는 노라와 막달렌의 얼굴에 비가 내려 흐릿해진 빛이 슬프게 비쳤다. 가스 양은 그들보다 약간 뒤에 있어서 그늘이 졌고, 그녀 가까이에 있는 변호사의 침착한 얼굴은 옆모습만 보였다. 거실 구석에 따로 앉아 있던 클레어 씨에게 이렇게 4명의 모습이 보였다. 그의 길고 발톱 같은 손가락들은 무릎 위로 깍지를 꼈다. 검고 경계심 많은 눈으로 한 사람 한 사람씩 얼굴을 살폈다. 나뭇잎 사이로 떨어지는 빗방울 소리와 벽난로 위 선반에 있는 시계의 맑고 끊임없는 똑딱거림은 자리에 앉아 있는 사람들 사이 침묵의 순간을 형언할 수 없을 정도로 숨 막히게 했다. 펜드릴 씨가 말을 하자 모두에게 안도감을 줬다.

"클레어 씨가 제가 나쁜 소식을 들고 왔다는 것을 벌써 말씀했군요. 가스 양, 마지막으로 만났을 때 당신의 의심이 저의 희망보다 더 타당했다는 것을 말하게 돼서 유감입니다. 젊었을 때도 정말 비정했던 형은, 늙어서도 여전했습니다. 제가 만나본 인간 본성이 최악인 사람들 중, 마이클 밴스톤만큼 그렇게 자비가 없는 사람은 만나본 적이 없었습니다."

"그 말은 형이 동생 재산을 모두 차지하고, 동생의 자녀들은 아무것도 받지 못한다는 건가요?"라고 가스 양이 물었다.

"현재 긴급 상황이니 일정 금액을 주겠다고 했지만, 너무나 야박하고 부족해서 말하기가 부끄럽네요."

"앞으로 살기 위한 돈은 없고요?"

"전혀 없습니다."

그 대답을 듣는 순간, 가스 양과 노라의 마음속에 똑같은 생각이 스쳤다. 두 자매 모두에게 재산을 뺏는 그 결정은 두 자매 중 동생에게는 그것으로 끝나는 것이 아니었다. 마이클 밴스톤의 무자비한 결단은 사실상 프랭크를 중국으로 보내고, 막달렌의 결혼에 대한 현재 모든 희망을 부숴버리는 것이었다. 변호사의 입에서 그 말이 나올 때, 가스 양과 노라는 막달렌을 걱정스럽게 바라봤다. 그녀는 얼굴이 창백해졌지만, 미동도 없었고 한마디도 하지 않았다. 동생의 손을 잡고 있던 노라는 잠깐 떨림을 느꼈지만, 곧 사라졌다. 그뿐이었다.

펜드릴 씨가 말을 이었다. "제가 한 일을 분명히 말씀드리겠습니다. 제가 어떤 노력도 하지 않았다고 생각지 않으셨으면 합니다. 마이클 밴스톤에게 편지를 썼을 때, 처음에는 일반적인 형식적 설명만 하지 않았습니다. 그분이 형의 재산을 소유하게 된 모든 상황을 분명하고 진지하게 알려줬습니다. 제가 런던에 있는 그의 변호사에게 그의 서면 지시를 언급한 답변과 지시 사항이 담긴 사본을 받고, 그 사항들을 숙지하게 되면서, 필자의 결정이 최종적으로 받아들이는 것을 단호히 거절했습니다. 저는 다른 한편으로 그 변호사를 설득해, 조금 더 미루기로 합의했습니다. 저는 노엘 밴스톤 씨의 중재를 받기 위해 런던에서 만나려고 했지만 실패하고, 그의 아버지에게 두 번째 편지를 썼습니다. 답장은 무례하게 퉁명스러운 말로 지시 내용은 이미 전달했으며, 그 지시가 최종적이라고 선언한 후 나와 서신을 더 주고받는 것을 거절했습니다. 그것이 협상의 시작이자 끝이었습니다. 만약 이 비정한 사람의 마음을 움직일 방법들을 간과했다면 알려주세요. 해보겠습니다."

그는 노라를 바라보았다. 그녀는 동생의 손을 힘내라는 듯이 붙잡고, 두 사람을 향해 답했다.

그녀는 조금 전에 느낀 조용하고 불평하지 않는 슬픔에 약간 상기되고 온화한 태도로 말했다. "저뿐만 아니라 여동생 생각을 말할게요. 할 수 있는 건 모두 다 하셨어요, 펜드릴 씨. 우리는 너무 희망적으로 생각하지 않으려고 애썼어요. 우리 모두 친절이 절실할 때 변호사님이 베푼 친절에 깊은 감사를 드려요."

막달렌은 언니 손을 잡았다가 빼고는, 잠시 조급하게 옷 매무새를 가다듬더니 갑자기 의자를 탁자 쪽으로 더 가까이 옮겼다. 그녀는 (손으로 재빨리 쥐고) 탁자 위에 한쪽 팔을 기댄 채, 펜드릴 씨를 바라봤다. 언제나 얼굴이 하얘서 눈에 띄었던 그녀는 이제 공허하고 핏기없는 창백한 모습으로 생각에 잠겨 있었다. 하지만 큰 회색 눈의 눈빛은 여전히 밝고 안정적이었다. 그리고 톤은 낮았지만, 그녀의 목소리는 분명하고 단호했다. 그녀는 변호사에게 다음과 같이 말했다.

"펜드릴 씨, 우리 아버지의 형이 런던으로 지시를 써서 보냈고, 변호사님이 그 사본은 받았다고 했죠. 그거 보관하셨죠?"

"당연하죠."

"가지고 계신가요?"

"가지고 있습니다."

"제가 봐도 될까요?"

펜드릴 씨는 머뭇거렸고, 막달렌에서 가스 양을, 가스 양에서 다시 막달렌을 불안하게 쳐다봤다.

"그런 부탁은 하지 말라고 간청하고 싶습니다. 지시 내용을 아는 것으로도 확실히 충분합니다. 읽어도 소용없는데 왜 스스로를 괴롭히세요? 표현들이 너무나 가혹합니다. 감정이라고는 없이 너무 끔찍해서, 정말 그것을 보여드리고 싶지 않습니다."

"펜드릴 씨, 제 고통을 덜어주시려는 거 잘 알아요. 하지만 전 참을 수 있어요. 누구도 괴롭히지 않겠다고 약속할게요. 다시 한번 부탁드려도 될까요?"

그녀는 때가 묻거나 굳은살이 없는 부드럽고 하얀 손을 내밀었다.

"제발, 막달렌, 다시 생각해봐!"

"아가씨는 펜드릴 씨를 괴롭히고 있어요. 우리 모두를 힘들게 하고 있어요."

변호사가 간청했다. "득 될 것이 없어요. 이렇게 말하는 걸 용서해주세요. 아가씨에게 지시 내용을 보여줘서 득 될 것은 정말 없어요."

클레어 씨가 혼잣말을 했다. "바보들! 자기 뜻대로 할 거라는 걸 아무도 모르는 거야?"

막달렌은 고집했다. "뭔가 얻을 수 있는 게 있어요. 이 결정은 정말 심각한 거예요. 저에게 더 심각…." 그녀는 가까이 앉아 자신을 지켜보고 있는 클레어 씨를 둘러보다가, 표출한 적 없던 배신의 감정을 처음으로 밖으로 드러내며 바로 다시 그를 쳐다봤다. 그녀는 말을 이었다. "개인적인 이유로 언니보다 나에게 훨씬 더 심각해요. 난 아버지의 형이 우리의 재산을 빼앗아 갔다는 것만 알아요. 그 사람이 그런 행동을 하는 데는 어떤 이유가 있었을 거예요. 그 이유를 숨기는 건 그 사람한테도 우리한테도 불공평해요."

"난 알고 싶지 않아"라고 노라가 말했다.

"난 알고 싶어"라고 막달렌이 말했고, 한 번 더 손을 내밀었다.

이때 클레어 씨가 정신을 차리고 처음으로 개입했다.

"당신 양심에 따르세요. 그 애가 주장하는 거 들어주세요. 그 애의 권리예요. 그러고 싶다고 하면."

펜드릴 씨는 조용히 안주머니에서 지시 내용이 담긴 서류를 꺼냈다. "제가 경고드렸습니다"라고 말한 뒤, 다른 말 없이 탁자 너머로 서류를 건넸다. 서류 중 한 페이지 모퉁이가 접혀 있었고, 막달렌이 처음 페이지를 넘기자, 그 접힌 페이지에 사본이 보였다. "언니와 저에 대해 언급한 부분이 있나요?"라고 그녀가 물었다.

"결정할래, 노라 언니?" 그녀는 언니를 바라보며 물었다. "내가 이거 큰 소리로 읽을까 아니면 나 혼자 읽을까?"

"혼자서 읽어요." 말없이 당혹스러워하고 괴로워하며 자신을 바라보고 있는 노라를 대신해서 가스 양이 대답했다.

"그렇게 할게요"라고 답하고, 막달렌은 사본을 다시 보고 다음과 같은 내용을 읽었다.

"… 이제 현금 재산과 가구, 마차, 말과 기타 등등에 대한 나의 뜻을 알렸습니다. 내가 당신에게 지시해야 하는 마지막 문제는 그 집에 사는 사람들과 그들을 대신해 펜드릴이라는 변호사가 내세운 터무니없는 요구들입니다. 그 사람은 분명 나에게 매달리는 그만의 이유가 있을 것입니다.

죽은 동생에게 두 명의 사생아가 있다는 것을 압니다. 두 명 모두 이제 스스로 밥벌이를 할 나이가 된 젊은 여자들이죠. 그들을 대리하는 변호사가 모두 마찬가지로 부정한 다양한 고려사항을 존중해 달라고 했습니다. 당신이나 나나 한낱 감정에 관한 문제들과는 아무런 관계가 없다는 것을 그에게 잘 말하십시오. 그리고, 그가 더 잘 알도록, 내 행동의 이유와 그리고 두 여자에게 주면 적당하다고 생각하는 지급액에 대해 분명히 알리세요. 이 두 가지 지시 내용은 다음 단락에서 자세히 확인할 수 있습니다.

관계된 사람들이 내가 죽은 동생의 재산을 마음대로 처분할 수 있는 상황을 어떻게 생각하는지 알기를 바랍니다. 나는 이런 상황들을 항상 내 것이어야 했던 유산을 되찾을 천우신조의 기회라고 생각한다는 것을 그들에게 이해시키십시오. 나의 권리일 뿐 아니라 아버지로부터 받은 부당함에 대한 적절한 보상과 내가 상속받지 못하도록 비열한 음모를 벌인 동생이 치르는 적절한 대가로 나는 그 돈을 받는 것입니다. 젊었을 때 그의 행동은 모든 인간관계에서 한결같이 신뢰가 가지 않았습니다. 그리고 그때 모습은 내가 그와 연락을 중단한 후에도 (자신의 법정 대리인을 통해서 보여준 것처럼) 계속되었습니다. 그는 체계적으로 아내도 아닌 여자를 아내인 것처럼 사회에 내보였고, 이후 그녀와 결혼함으로써 도덕적으로 어긋나는 행위를 했습니다. 이와 같은 행위로 그 자신과 그의 자녀들은 심판을 받았습니다. 난 그들 부모가 했던 부정을 계속하도록 거들거나 자격도 없는 세상에 자리 잡을 수 있도록 도와줌으로써 나 스스로 인과응보를 자초하지 않을 것입니다. 태어났으니 생활비를 벌라고 하십시오. 그들의 처지를 인정한다면, 선물로 각각 100파운드를 줘서 도덕적인 인생을 시작할 수 있도록 도울 것입니다. 이 금액은 개인이 신청하면 수령 확인서를 통해 지급할 수 있도록 허가합니다. 또한, 거래가 완료되면 그들과 연락하는 게 처음이자 마지막이 될 것이라는 점을 분명히 알려주십시오. 그들이 집을 떠나는 준비는 당신 재량에 맡기겠습니다. 다른 모든 문제와 마찬가지로 이 문제에 대한 나의 결정은 분명하고 마지막이라는 것만 덧붙입니다."

서류에서 고개를 한 번도 들지 않고 막달렌은 한 줄 한 줄, 처음부터 끝까지 그 끔찍한 문장들을 쭉 읽었다. 그 방에 모인 다른 사람들은 모두 함께 열심히 그녀를 바라봤는데, 가슴 쪽 옷이 점점 더 빨리 오르락내리락하는 것을 봤고, 처음에는 사본을 가볍게 쥐었다가 점점 마지막 부분으로 갈수록 무의식적으로 종이를 구기는 것을 보았지만, 그녀가 속으로 무슨 생각을 하는지는 정확히 알 수 없었다. 다 읽자마자 조용히 사본을 밀어내더니, 갑자기 얼굴을 손으로 가렸다. 그녀가 손을 내렸을 때, 방에 있던 네 사람 모두가 그녀의 변화를 알아차렸다. 표정에서 뭔가가 미묘하고 조용하게 바뀌었다. 익숙했던 이목구비는 언니와 가스 양에게 갑자기 낯설어 보였다. 그리고 그 뭔가는 수년 동안 내내 그날과 관련해 절대로 잊히지 않았고 결코 묘사될 수 없었다.

그녀가 펜드릴 씨에게 처음 한 말은 이랬다.

"변호사님이 처리하기 전에 한 가지 더 부탁드려도 될까요?"

펜드릴 씨는 동의하는 몸짓으로 형식적으로 답했다. 지시 내용을 읽겠다는 막달렌의 결심은 변호사에게 좋은 인상을 주지 못한 것 같았다.

그녀가 말을 이었다. "당신이 마이클 밴스톤 씨에게 처음 편지를 쓸 때, 우리의 이해관계에 대해 아주 친절하게 말씀해주셨어요. 그 사람에게 모든 상황을 얘기했다고 하셨죠. 그 사람이 우리에 대해 정말 알고 있는 것이 무엇인지, 언제 자기 변호사에게 이 지시를 보냈는지 알고 싶어요. 그 사람은 내 아버지가 유언장을 작성했고, 언니와 제게 재산을 남겼다는 걸 알았나요?"

"알았습니다."

"어떻게 해서 우리가 이 비참한 상황에 빠지게 됐는지 그 사람에게 말씀하셨나요?"

"아가씨 아버님이 결혼했을 때 다른 유언장을 작성해야 한다는 것을 전혀 몰랐다는 것을 말했습니다."

"아버지가 클레어 씨를 만난 후에 다른 유언장을 작성하려고 했지만, 끔찍한 사고로 돌아가셔서 작성하지 못한 것도요?"

"그것도 역시 알고 있습니다."

"그 사람은 아버지가 우리 둘에게 베푼 무한한 사랑과 친절을 알고 있…."

그녀의 목소리가 처음으로 떨렸다. 그녀는 한숨을 내쉬고, 지쳐서 손에 머리를 가져다 댔다. 노라는 그녀에게 간절히 말했다. 가스 양은 그녀에게 애원했다. 클레어 씨는 조용히 앉아, 그녀를 더욱 진지하게 지켜봤다. 그녀는 희미한 미소를 지으며 언니에게 답했다. "약속 지킬게. 아무도 괴롭히지 않을게." 그렇게 답하고, 그녀는 펜드릴 씨를 다시 바라봤다. 그리고 그 질문을 다시 했지만, 다른 말로 말했다.

"마이클 밴스톤 씨는 우리 아버지가 언니와 제가 확실히 재산을 받게 하도록 노심초사했다는 것을 알았나요?"

"그는 아가씨 아버님이 했던 말을 알고 있습니다. 그분이 저에게 보내신 마지막 편지에서 발췌한 것을 그 사람에게 보냈습니다."

"와서 딸들이 아무것도 받지 못한다는 끔찍한 생각에서 안심시켜 달라고 변호사님께 부탁했던 그 편지요? 우리의 상속권이 박탈당한다면, 아버지가 무덤에서 잠들지 못할 거라고 말했던 그 편지요?"

"그 편지와 그 말 맞습니다."

그녀는 변호사 얼굴에 시선을 고정한 채 말을 잠시 멈췄다.

"계속 말하기 전 이 모든 것을 정리해 볼게요. 마이클 밴스톤 씨는 첫 번째 유언장에 대해 알고 있었고, 두 번째 유언장을 작성 못 한 이유를 알고, 그 편지에 대해 알고 남긴 말을 읽었어요. 그 외에 그 사람은 뭘 알고 있나요? 우리 어머니의 병환에 대해 말씀하셨나요? 변호사님이 계셨을 때 임종을 앞둔 어머니가 서명할 수 있었다면, 어머니 몫의 돈이 우리에게 남겨졌을 거라는 것도 말씀하셨나요? 우리가 누구의 자식도 아닌 상황이 되고, 그 사람이 지금 우리를 이용하려고 하는 그 잔혹한 법이 부끄럽다고 그가 생각하도록 노력하셨나요?"

"그 모든 고려사항을 그에게 알렸습니다. 확실합니다. 빠짐없이 알렸습니다."

그녀는 지시서 사본으로 천천히 손을 뻗어, 자신이 받았던 모양 그대로 천천히 다시 접었다. "정말 감사합니다, 펜드릴 씨." 그 말과 함께, 그녀는 고개 숙여 인사하고 사본을 탁자 너머로 밀어낸 후 언니에게 돌아섰다.

"노라 언니, 우리 둘 다 나이가 들어서, 그리고 만약 우리가 마이클 밴스톤에게 빚진 것을 모두 잊어버리게 된다면, 나한테 와. 다시 한번 상기시켜줄게."

그녀는 일어나서 혼자 방을 가로질러 창가로 향했다. 그녀가 클레어 씨를 지나갈 때, 노인은 발톱처럼 생긴 손가락들을 뻗어 그녀가 그를 알아채기도 전에 그녀의 팔을 재빨리 잡았다.

"그 얼굴에 넌 무엇을 숨기고 있니?"라고 물으며, 그는 그녀의 몸을 숙이게 해서 얼굴을 가까이 들여야 봤다. "너의 용기는 극단적인 사람 체온 중 어디에서 나오니. 아주 차가운 상태니, 아주 뜨거운 상태니?"

그녀는 그에게서 벗어나 조용히 고개를 돌렸다. 그녀는 프랭크의 아버지가 아니라 살아 있는 어떤 남자가 자기의 생각을 함부로 방해했다면 분개했을 것이다. 그는 그녀의 팔을 잡자마자 갑자기 팔을 놔주고는, 그녀가 창가로 가게 내버려 뒀다. 그는 혼잣말했다. "아냐, 아주 차가운 상태가 아니고 다른 거야. 그녀와 그녀의 모든 게 훨씬 나

160

빠졌어."

잠시 멈춤이 있었다. 또다시 빗방울이 떨어지는 소리가, 시계의 똑딱거리는 소리가 침묵의 틈을 채웠다. 펜드릴 씨는 지시 내용을 주머니에 다시 넣고, 잠깐 생각하다가 노라와 가스 양 쪽으로 돌아서 현상황과 부족한 시간에 대해 상기시켰다.

"과거의 아픈 이야기를 하면서 우리의 협의가 불필요하게 길어졌습니다. 우리는 앞날의 일을 더욱더 준비해야 합니다. 전 오늘 저녁에 시내로 돌아가야 합니다. 아가씨들을 도울 수 있는 가장 좋은 방법을 알려주세요. 해결해 줬으면 하는 문제들과 책임을 알려주세요."

당장은, 노라도 가스 양도 그에게 대답할 수 없는 것 같았다. 아버지가 직접 말했던 결혼 계획이 한 달도 되지 않아 물거품이 되게 한 소식을 접한 막달렌 때문에 모두가 혼란스러워하고 당황했다. 그들은 그녀의 극심한 슬픔의 충격에 마주하고, 이루 말할 수 없는 절망감을 지켜보는 더 힘든 시련에 맞서기 위해 용기를 냈었다. 그러나 그들은 그녀의 지시 내용을 읽겠다는 확고한 결심, 그녀가 변호사에게 했던 잔혹한 질문들, 마이클 밴스톤의 결정에 마음속으로 모든 상황을 바로 잡겠다는 흔들리지 않는 결단에 대비하지 못했다. 그녀는 그렇게 창가에 서 있었고, 한 번도 떨어져 본 적 없는 언니도 어릴 때부터 가르쳤던 가정교사도 도저히 이해할 수 없었다. 가스 양은 막달렌을 정원에서 만났던 날, 마음속을 스쳤던 암울한 의혹을 떠올렸다. 노라는 여동생의 말에 처음으로 심한 두려움을 느끼면서 다가올 시간을 기다렸다. 두 사람은 지금까지 무엇을 해야 할지 몰라 소극적으로 있었다. 지금은 무슨 말을 해야 할지 몰라 조용히 있었다.

펜드릴 씨는 다시 앞날의 계획에 대한 주제로 돌아와 인내심을 가지고 친절하게 그들을 도왔다.

"상황이 좋지 않은데 부득이하게 신경 쓰게 해서 죄송합니다. 하지만 밤에 런던으로 돌아가야 합니다. 처음에 제가 언급했던 창피스러

161

운 금액의 지급에 대해 이야기하겠습니다. 지시 내용을 읽은 동생 분은 제 말을 더 들을 필요가 없습니다. (말하기 부끄럽지만, 필요한 일입니다) 언니 분에게 말하자면, 마이클 밴스톤 씨는 동생의 자녀들에게 각각 100파운드씩 주는 것으로 끝입니다."

노라의 얼굴은 분노로 가득했다. 그녀는 마치 마이클 밴스톤이 그 방에 있고 직접 그녀를 모욕하는 것처럼 갑자기 일어났다.

변호사는 그녀를 위하는 마음에서 말했다. "마이클 밴스톤 씨에게 아가씨가 돈을 거절한다고 말해 줄 수 있습니다."

그녀는 격정적으로 말했다. "내가 길가에서 굶는다고 해도 그 돈 한 푼 건들지 않을 것이라고 그 사람한테 말하세요!"

"당신도 거절한다고 통보할까요?" 펜드릴 씨는 그다음으로 막달렌에게 물었다.

그녀는 창가에서 몸을 돌렸다. 빛을 등지고 있어서 얼굴은 그늘에 가렸다.

"내가 100파운드를 갖고 살기 시작하기 전에 내 몫에 대해 다시 한 번 생각해보라고 말하세요. 그 사람한테 생각할 시간을 줄게요." 그녀는 그 이상한 말들을 분명하게 말했다. 그리고 재빨리 창가로 돌아서서, 방 안에 있는 모든 사람의 시선을 회피했다.

"두 사람 다 그 제안을 거절했습니다"라고 펜드릴 씨가 연필을 꺼내 메모를 하면서 말했다. 그는 수첩을 덮으면서 미심쩍게 막달렌 쪽을 힐끗 쳐다보았다. 그녀는 그에게 변호사의 습성인 잠재된 불신을 불러일으켰다. 그는 그녀의 표정과 말에 의구심을 가졌다. 그녀의 언니가 가스 양보다 그녀에게 단순한 영향을 미치는 것 같았다. 떠나기 전에 언니와 개인적으로 이야기를 나눠보기로 맘먹었다.

그런 생각을 할 때, 막달렌의 또 다른 질문이 그의 관심을 끌었다.

"그 사람은 노인인가요?" 그녀가 창가에서 돌아서지 않은 채, 갑자기 물었다.

"마이클 밴스톤 씨를 말하는 거라면, 75살이나 76살 정도 됩니다."

"조금 전에 아들에 대해 말했잖아요. 다른 아들이나 딸은 있나요?"

"없습니다."

"그 사람 부인에 대해 아는 거 있어요?"

"오래 전에 돌아가셨습니다."

말이 잠시 멈췄다. "그런 건 왜 물어보니?"

"죄송해요. 더는 묻지 않을게요"라고 막달렌이 조용히 답했다.

펜드릴 씨는 또다시 면담에 임했다.

"하인들을 잊어서는 안 됩니다. 반드시 정리하고 내보내야 합니다. 떠나기 전에 그들에게 필요한 설명을 할 것입니다. 집에 관해서는, 신경 안 쓰셔도 됩니다. 마차와 말, 가구와 식기류 등은 마이클 밴스톤 씨의 추가 지시가 있을 때까지 남겨둬야 합니다. 하지만, 언니나 동생이든 밴스톤 양은 보석이나 옷과 받은 작은 선물 등 개인적으로 가지고 있는 물건들은 전부 마음대로 하셔도 됩니다. 아가씨들이 떠나는 시기에 있어, 마이클 밴스톤 씨가 취리히를 떠나려면 한 달 이상이 걸릴 것입니다. 그리고 전 그의 변호사를 대신해서 말하는…."

"잠시만요, 펜드릴 씨." 노라가 끼어들었다. "변호사님 지금 한 말을 들어보면, 우리 집과 모든 걸 가지는 사람이…." 그녀는 그 사람의 이름을 말하는 것만으로도 혐오스럽다는 듯이 말을 멈췄다.

"마이클 밴스톤 씨에게 집과 나머지 재산이 넘어갑니다"라고 펜드릴 씨가 말했다.

"그렇다면 난 내일 떠날 준비를 하겠어요."

막달렌은 언니 말에 창가에서 깜짝 놀랐고, 지금까지 보여주지 않았던 불안감과 경각심을 가지고 처음으로 클레어 씨를 바라봤다.

"저한테 화내지 마세요." 그녀는 갑자기 겸손한 표정과 긴장된 태도로 노인에게 몸을 굽히며 속삭였다. "프랭크를 먼저 만나지 않고서는 못 가요!"

163

"그 애를 볼 수 있어. 일이 끝나면 말해주려고 여기에 온 거야"라고 클레어 씨가 답했다.

펜드릴 씨가 노라에게 이야기했다. "그렇게 급히 떠날 필요가 없습니다. 앞으로 일주일이면 충분할 것이라고 확신합니다."

"이 집이 마이클 밴스톤 씨의 집이라면, 난 내일 떠날 준비가 됐어요." 그녀는 조바심을 내며 의자에서 일어나 더 멀리 있는 소파에 앉았다. 소파를 손으로 짚을 때, 얼굴이 변했다. 소파 머리에는 그녀의 어머니가 마지막으로 쉬려고 누웠을 때 받쳤던 쿠션이 있었다. 소파 끝 쪽에는 비 오는 날 아버지가 가장 좋아했던 자리였던 투박하고 구식 안락의자가 있었는데, 그녀와 동생은 반대편에 있는 피아노로 아버지가 좋아하는 곡을 연주하면서 그를 즐겁게 해주고는 했다. 참으려고 했지만 무거운 한숨이 입에서 터져 나왔다. '아, 이 오래된 친구들을 잊고 있었어. 시간이 됐을 때, 어떻게 헤어지지!'라고 생각했다.

"밴스톤 양, 당신과 여동생분이 앞으로에 대한 어떤 확실한 계획을 세웠는지 물어봐도 될까요? 지낼 곳은 생각해 뒀습니까?"

"제가 그들을 대신해 그 질문에 답해 드리죠"라고 가스 양이 말했다. "아가씨들이 이 집을 떠나면, 나와 함께 갑니다. 내 집이 그들의 집이고, 내가 먹는 것이 아가씨들이 먹는 거예요. 아가씨 부모님은 날 존중해 주고, 믿어주고, 사랑했어요. 12년 동안, 그들은 날 가정교사로 생각하시지 않았어요. 그들의 동반자이자 친구로서 날 대해주셨어요. 그분들의 변함없는 온화함과 너그러움을 기억하고 있어요. 살면서 고아가 된 자식들에게 감사의 빚을 갚을 거예요."

노라는 황급히 소파에서 일어났다. 막달렌은 조급히 창가를 떠났다. 이번만은 자매의 행동이 다르지 않았다. 이번만은 똑같은 충격에 마음이 움직였고, 똑같은 진심 어린 감정이 고취되었다. 가스 양은 처음으로 폭발한 감정이 누그러질 때까지 기다렸다가 일어나 노라와 막달렌의 손을 잡고 펜드릴 씨와 클레어 씨에게 말했다. 그녀는 아주 냉정하고 자신의 선행에 대해 전혀 의식하지 않았다.

"내 이야기처럼 사소한 거라도 지금과 같은 순간에는 중요하죠. 두 신사 분 모두, 당신의 옛 친구들의 자식들에게 내가 할 수 있는 만큼만 할 것이라는 걸 이해해주세요. 내가 처음 이 집에 왔을 때, 나는 가정교사 생활에서 흔하지 않은 상황에서 들어왔어요. 젊었을 때, 난 언니와 함께 가르치는 일을 했습니다. 우리는 런던에 학교를 세웠고, 그 학교는 커지고 번창했어요. 학교에 대한 막중한 책임감이 버거웠기 때문에 관두고 개인 가정교사가 됐어요. 내 몫의 수익분은 건들지 않았고, 지금까지 상당한 이자가 쌓였어요. 내 이야기는 이 정도입니다. 이 집을 떠나면, 런던에 있는 학교에 돌아갈 것입니다. 그 학교는 언니가 여전히 잘 운영하고 있습니다. 우리는 그곳에서 시간이 지나 지금보다도 고통을 더 잘 견딜 수 있을 때까지 우리가 원하는 만큼 조용히 살 수 있어요. 만약 상황이 바뀌어서 노라와 막달렌이 독립을 해야 한다면, 나는 신사의 딸들이 그래야 하는 것처럼 그들이 독립할 수 있도록 도울 수 있어요. 이 나라에서 최고의 집안은 내 언니에게 가정교육에 대한 조언을 듣는 것을 좋아해요. 난 미리 언니가 밴스톤 씨의 따님들을 보살피고 싶다는 답변을 받았어요. 내가 아가씨들의 부모님에 대한 감사와 그들에 대한 사랑으로 줄 수 있는 미래예요. 신사분들 얼굴을 보니 내 제안이 적절하고 괜찮은 것 같으니, 쓸데없는 만남을 연기해서 상황을 더 힘들게 하지 말아요. 우리는 해야 할 일은 하고 노라의 결정에 따라 내일 이 집을 떠날 거예요. 조금 전에 하인들 문제를 언급하셨죠, 펜드릴 씨. 원하실 때 그 사람들을 옆방으로 다 같이 모이라고 부르고 변호사님이 정리할 수 있게 도울게요."

변호사의 대답은 기다리지 않고, 자매들이 자신들의 엄청난 상황을 깨닫는 시간을 주지도 않고, 그녀는 바로 문 쪽으로 걸음을 옮겼다. 많이 일하고 적게 말함으로써 앞으로 생길 성가신 일에 맞서겠다는 그녀의 현명한 결심이었다. 그녀가 방을 나가기도 전에, 클레어 씨가 따라와서 문지방에서 그녀를 멈춰 세웠다.

그 노인이 말했다. "전에는 여자의 감정을 부러워한 적이 없었죠. 이 말을 들으면 놀라겠지만, 난 당신이 부럽소. 잠깐만. 더 할 말이 있어요. 해결해야 할 문제가 아직 남아 있소. 프랭크라는 변치 않는 장애물 말이요. 내가 그놈 문제를 정리할 수 있게 도와주시오. 언니랑 변호사랑 같이 데리고 나가고, 난 동생이랑 같이 있을 수 있게 해줘요. 나는 그녀가 정말 얼마나 단단한지 알고 싶어요."

클레어 씨가 가스 양에게 이런 말을 하는 동안, 펜드릴 씨는 노라와 이야기할 기회가 생겼다. "시내로 돌아가기 전에 당신과 개인적으로 이야기를 나누고 싶었습니다. 밴스톤 양, 나는 오늘 당신의 신중함에 대해 매우 높이 평가합니다. 그리고 당신 아버지의 오랜 친구로서, 나는 당신 여동생에 관해 당신에게 자유롭게 말하고 싶습니다."

노라가 대답하기 전에, 그녀는 클레어 씨의 요청에 따라 하인들을 만나는 자리에 불려갔다. 펜드릴 씨는 당연히 가스 양을 따라갔다. 세 사람이 복도에 나가자, 클레어 씨는 방으로 다시 들어가 문을 닫고 막달렌에게 의자에 앉으라고 단호하게 손짓했다.

그녀는 잠자코 그의 말에 따랐다. 그는 늘 입고 다니는 길고 헐렁한 외투의 호주머니에 손을 넣고 방을 왔다 갔다 했다.

"네가 몇 살이지?" 그가 갑자기 멈추고 방 너비만큼 멀리 떨어져서는 그녀에게 물었다.

"지난 생일에 18살이 됐어요." 그녀는 그를 처다보지 않고 겸손하게 대답했다.

"18살의 소녀가 남다른 용기를 보여줬구나. 그런 용기가 아직 남았니?"

그녀는 손을 꽉 쥐었다. 두 눈에 눈물이 고이고, 뺨 위로 천천히 흘렀다.

"프랭크를 포기할 수 없어요." 그녀가 희미하게 말했다. "저를 마음

166

에 안 들어 하시는 거 알아요. 하지만 아저씨는 우리 아버지를 좋아하셨잖아요. 아버지를 위해서라도 저를 봐주시면 안 될까요?"

마지막 말은 속삭임에 가까웠다. 그녀는 더는 말할 수 없었다. 그녀는 그때처럼 여성의 사랑이 다른 모든 일, 다른 모든 기쁨이나 슬픔에 빠지는 무한한 힘을 느낀 적이 없었다. 그 순간처럼 그녀가 프랭크와 잃어버린 부모님의 기억을 소중하게 연관 지은 적은 없었다. 그 아버지에게 아들을 갖겠다고 애원할 때보다, 여자들이 그들이 선택한 남자를 보는 헤아릴 수 없는 환상의 분위기, 그녀의 눈을 멀게 해 프랭크의 나약하고 이기적이고 인색한 모든 점을 못 보게 하는 분위기가 지금보다 더 밝은 후광으로 그를 에워싸고 있었던 적은 없었다. "아, 그 사람을 포기하라고 하지 마세요!" 그녀는 온몸을 떨며 용기 내서 말했다. 다음 순간, 그녀는 갑자기 번개가 치는 것처럼 갑자기 극단적으로 굴었다. "난 그 사람 포기하지 않을 거예요!" 그녀가 거칠게 소리쳤다. "안 돼요! 천 명의 아버지가 부탁해도 못 해요!"

"난 한 명의 아버지이고, 포기하라고 하지 않을 거야."

그 뜻밖의 말을 들은 놀라움과 기쁨으로 그녀는 일어서서 방을 가로질러 그의 목에 팔을 두르려고 했다. 그녀는 집 주춧돌을 옮기려고 했을지도 모른다. 그는 그녀의 어깨를 잡고 다시 의자에 앉혔다. 그는 단호한 눈빛으로 얌전히 있으려고 그녀를 바라봤다. 그리고 투덜대는 아이를 조용히 시키는 것처럼 가냘픈 검지를 그녀에게 조심스럽게 흔들었다.

"나 말고 프랭크를 안아줘. 난 아직 너와 헤어지지 않았어. 내가 헤어질 때, 네가 원한다면, 악수는 해도 좋다. 잠깐만 진정하렴."

그는 그녀를 그대로 뒀다. 주머니에 다시 손을 넣고, 다시 단조롭게 방을 왔다 갔다 했다.

"준비됐니?" 그가 잠시 짧게 멈추고 물었다. 그녀는 대답하려고 했다.

167

"2분만 더 기다리자"라고 말하고 그는 시계태엽처럼 규칙적으로 다시 걸었다. 그는 속으로 생각했다. '이 사람들은 인간의 분별력을 유지해서 그들의 삶에 행복을 주는 존재들이야. 어떤 여자가 그러는 것처럼 안 좋은 대답을 하는 다른 사람이 있을까?'

그는 그녀 앞에서 다시 한번 멈췄다. 그녀의 호흡은 보다 안정됐다. 짙은 홍조는 얼굴에서 다시 사라지고 있었다.

"준비됐니?" 그가 다시 물었다. "그래, 마침내 준비됐구나. 내 말 잘 들어. 그리고 빨리 끝내자. 프랭크를 포기하라고 부탁하는 게 아니야. 기다려 달라고 부탁할 거야."

"기다릴게요. 인내심을 가지고, 기꺼이."

"프랭크도 기다려주길 원하니?"

"네."

"중국으로 그 애를 보내줄래?"

그녀는 고개를 숙이고, 다시 아무 말 없이 손을 꽉 쥐었다. 클레어 씨는 어려워하는 그녀를 보고 직설적으로 말했다.

"프랭크에 대한 너의 감정도, 너에 대한 프랭크의 감정도 모르는 것이 아니야. 난 거기에 관심 없어. 하지만 두 가지 분명한 사실은 말해야겠다. 햇빛을 피할 수 있는 집과 네가 입을 옷과 먹을 음식을 살 수 있을 만큼 충분한 돈을 가지기 전까지는 넌 결혼할 수 없다는 게 하나의 명백한 사실이야. 너도 돈이 없고 나도 돈이 없고, 프랭크가 중국에 가는 것이 돈을 벌 유일한 기회라는 것이 또 다른 명백한 사실이야. 내가 그 애에게 가라고 하면, 구석에 앉아서 울 거야. 내가 고집을 부리면, 그 애는 그러겠다고 하고 나를 기만할 거야. 한 걸음 더 나아가서, 내 눈으로 그 애가 배 타는 걸 본다면, 그 애는 수로 안내선으로 몰래 빠져나와 너에게 돌아갈 거야. 그 아이 성격이 그래."

"아니에요. 그 사람 성격이 아니고 나에 대한 사랑이에요."

"네가 부르고 싶은 대로 불러." 클레어 씨가 쏘아붙였다. "몰래 들어오든 연인이든 어느 쪽이든 그는 약삭빨라서 내가 잡을 수 없어. 내가 막는다고 막아도 그 애가 돌아오는 것을 막을 수는 없어. 너는 막을 수 있어. 넌 막을 용기가 있니? 그 애의 성공을 망치지 않을 만큼 그를 좋아하니?"

"좋아해요. 그 사람을 위해 죽을 수도 있어."

"중국으로 그 애를 보내줄래?"

그녀는 비통한 한숨을 쉬었다.

"저를 조금만 불쌍히 여겨 주세요. 아버지를 잃고, 어머니를 잃고, 재산도 잃었어요. 이제 프랭크를 잃을 거예요. 아저씨는 여자들을 좋아하지 않으시지만, 저를 좀 불쌍히 생각해 주세요. 그 사람을 중국으로 보내는 것이 그 사람만을 위하는 것이 아니라는 걸 알아요. 단지 아주 정말 힘들 뿐이에요."

클레어 씨는 그녀의 격렬한 감정을 듣지 않았고, 그녀의 애정에 무감각했고, 그녀의 눈물을 보지 못했다. 하지만 철학이라는 딱딱한 겉모습 속에 심장이 있었다. 그것은 절망적인 호소에 답하고 감동적인 말을 느꼈다.

"네 상황이 힘들다는 걸 부정하지는 않아. 더 힘들게 하고 싶지도 않아. 프랭크가 스스로 하기에는 약하니까 프랭크를 위해 해달라고 너에게 부탁만 하는 거야. 네 잘못도 아니고 내 잘못도 아니야. 하지만 네가 그 애에게 가져오기로 한 돈의 주인들이 바뀐 것도 사실이야." 그녀는 갑자기 눈을 부릅뜨고 입가에 위협적인 미소를 지으며 고개를 들었다.

"주인들은 또 바뀔 수 있어요."

클레어 씨는 바뀐 그녀의 표정을 보고, 목소리 톤을 들었다. 하지만 낮게 혼잣말처럼 말해서 방 건너편으로는 들리지 않았다. 그는 바로 발걸음을 멈추고 무슨 말을 했는지 물었다.

"아무것도 아니에요"라고 대답하고는 창가로 고개를 돌리고 떨어지는 빗줄기를 무심코 바라봤다. "그냥 제 생각일 뿐이에요."

클레어 씨는 다시 걷기 시작했고, 본래 이야기로 돌아왔다.

"그 애가 중국에 가는 건 프랭크뿐만 아니라 널 위해서야. 중국에서 너와 결혼할 만큼 충분한 돈을 벌 수 있을 거야. 여기서는 그렇게 못해. 고향에 머문다면, 그 애는 너희 둘 다 망칠 거야. 신중해야 할 일들은 모두 무시하고 너에게 결혼하자고 조를 거야. 그렇게 뜻을 관철하면, 나중에 그 애가 가장 먼저 돌아설 것이고 네가 짐이 된다고 불평할 거야. 내 말 들어! 프랭크와 사랑에 빠진 건 내가 아니고 너야. 그리고 난 그 애를 알아. 둘이서 충분히 자주 만나거라. 포옹하고 울고 조르고 애원할 시간을 줘. 그러면 내가 너에게 그 결말이 어떻게 될지 말해줄게. 너는 그 애와 결혼할 거야."

그는 마침내 정곡을 찔렀다. 그가 한마디 더 보태기 전에 답이 돌아왔다.

그녀는 단호하게 말했다. "아저씨는 절 모르세요. 프랭크를 위해 내가 어떤 일을 감수할지 모르세요. 아버지가 말씀하셨던, 그 재산을 모을 때까지 그 사람은 저와 절대 결혼하지 않을 거예요. 결혼할 때 짐이 되지 않을게요. 약속드려요! 프랭크 인생에서 착한 천사가 될게요. 무일푼인 소녀로 그 사람에게 가지도 않고 그 사람을 끌어내리지 않을게요." 그녀는 갑자기 자리에서 일어나 클레어 씨 쪽으로 몇 발자국 걸어가더니 방 한가운데서 멈춰 섰다. 그녀는 양팔을 힘없이 내렸고, 울음을 터뜨리며 말했다. "그 사람은 갈 거예요. 맘이 찢어진다고 해도, 내일 그 사람에게 우리는 작별 인사를 해야 한다고 말할 거예요."

클레어 씨는 바로 그녀 앞으로 와서 손을 내밀었다. "내가 도와줄게. 프랭크에게 우리가 했던 모든 말을 전해줄게. 내일 그 애가 올 때는, 작별 인사를 하러 온다는 걸 미리 알고 있을 거야."

그녀는 두 손으로 그의 손을 잡고 잠시 머뭇거리다가, 그를 올려다보며, 손을 가슴 쪽으로 가져다 댔다. "가시기 전에 부탁 하나만 드려도 될까요?" 그녀가 소심하게 말했다. 그는 손을 빼려고 했지만, 그녀는 자신이 유리하다는 걸 알고 꽉 쥐었다. "상황이 나아진다면요? 아버지 말씀대로 제가 프랭크에게 갈 수…?"

질문을 끝내기도 전에 클레어 씨는 또다시 애를 써서 손을 뺐다. "아버지 말대로, 네가 그 애한테 가도 되냐고?" 그는 그녀를 유심히 바라보며 말을 되풀이했다. "네, 가끔씩 이상한 일이 일어나잖아요. 만약 제게 이상한 일이 생기면 5년이 지나지 않아도 프랭크가 돌아오게 해주시겠어요?"

무슨 뜻일까? 마이클 밴스톤의 마음을 녹이겠다는 희망에 필사적으로 매달리는 것일까? 클레어 씨는 방금 그녀가 한 말에서 다른 어떤 결론도 내릴 수 없었다. 면담을 시작할 때 그는 그녀의 헛된 생각을 거칠게 떨쳐버렸다. 면담이 끝날 때 그는 동정하며 그녀가 헛된 생각을 하게 내버려 뒀다.

"넌 모든 희망을 버리지 않는구나. 그렇게 해서 용기가 생긴다면, 희망을 품어. 만약 이 불가능한 돈이 생긴다면, 나한테 말하렴. 그러면 프랭크는 돌아올 거야. 그동안은…."

"그동안은 약속을 지킬게요." 그녀는 슬프게 말했다.

또다시 클레어 씨의 날카로운 눈이 그녀의 얼굴을 유심히 살폈다.

"난 너의 약속을 믿을 거다. 내일 프랭크를 보게 될 거야."

그녀는 생각에 잠긴 채 의자로 돌아갔고, 말없이 다시 앉았다. 클레어 씨는 그들이 공식적으로 헤어지기 전에 문 쪽으로 갔다. 그는 나가기 전에 그녀를 돌아보면 속으로 생각했다. '이제 18살인데, 생각이 참 깊어.'

복도에서 무슨 일이 일어났는지 듣기 위해 간절히 기다리고 있던 노라를 보았다.

"모두 끝났나요? 프랭크는 중국에 가나요?"

클레어 씨는 그 질문은 듣지 않고 말했다. "네 동생이 어떻게 하는

지 잘 살피렴. 큰 불행과 맞서 싸워야 해. 평범한 인생을 살지 않을 거야. 선으로 끝날지 악으로 끝날지 바로 알 수 있다고 말하지는 않을 거야. 동생의 앞날이 평범하지 않다는 것만 너에게 경고할 뿐이야."

한 시간 후, 펜드릴 씨는 집을 떠났고, 그날 밤, 가스 양은 런던에 있는 언니에게 편지를 보냈다.

* 편지를 통한 이야기 전개

1. 노라 밴스톤이 펜드릴 씨에게

켄싱턴 웨스트모어랜드 하우스, 1846년 8월 14일.

펜드릴 씨에게

편지 날짜를 보시면, 많이 힘든 작별 중 마지막 작별이 끝났다는 걸 아실 거예요. 우리는 콤-레이븐을 떠났고, 고향에 작별 인사를 했었어요. 변호사님이 시내로 돌아가기 전에 수요일에 저에게 하신 말을 진지하게 생각해 봤어요. 가스 양이 우리를 위해 겪었던 모든 일로 그녀 자신이 받아들이려는 것보다 더 많이 동요하고 있다는 것에 전적으로 동의해요. 저와 동생에 대한 그녀의 모든 걱정을 덜어주는 것이 앞으로 제가 할 일이에요. 이건 우리의 가장 친한 친구이자 두 번째 어머니에게 할 수 있는 가장 작은 일이에요. 그렇기에 전 진심을 다 할 거예요.

하지만, 막달렌에 대해서 변호사님과 동의하는 것이 다른 점을 용서해 주세요. 속수무책인 입장에서 변호사님의 도움이 중요하다는 것을 너무 잘 알고 있고, 아버지의 믿음직한 조언자이자 가장 오랜 친구로서 변호사님의 관심의 대상을 매우 열망했지만, 의견이 달라서 정말 실망스럽지만, 저는 생각이 달라요. 막달렌을 잘 알지 못하는 사람들에게 그녀는 매우 이상하고 이해할 수 없어요. 동생이 당신을 순진하게 호도했다는 것과 아마도 가장 안 좋은 모습을 보였다는 것을 이해할 수 있어요. 하지만 지난 수요일 그녀의 언행에서 변호사님이 넌지시 알렸던, 우리를 망가트린 그 남자에 대한 어떠한 감정 때문에 전 제 여동생을 믿을 수 없다고 생각하지 않을 거예요. 만약 변호사님이 제가 아는 것처럼, 그녀가 얼마나 고귀한 성품을 가지고 있는지 안다면, 제가 당신의 의견에 완강히 반대하는 것에 놀라지 않으실 거예요. 달리 생각해주시겠어요? 클레어 씨의 말은 신경 쓰지 않아요. 그분은 아무것도 믿지 않아요. 하지만 전 변호사님 말씀을 매우 중요하게 생각해요.

변호사님이 좋은 뜻에서 한다는 걸 알기에, 막달렌에게 잘못된 행동을 하고 있다는 생각이 들어 마음이 아파요.

이렇게 제 마음을 고백했으니, 이제 편지를 쓰는 목적에 대해 말할게요. 만약 오늘 변호사님이 우리를 방문할 시간이 나지 않는다면, 우리를 떠난 후 일어난 모든 일을 쓰고 알려주겠다고 약속했었죠. 만나지 못하고 하루가 지났어요. 그래서 필통을 열어서 약속을 지키려고 해요.

가정부, 식모, 심지어 우리의 시종까지 (우리는 늘 그들에게 친절했다고 확신해요) 여자 하인 3명이 변호사님에게 임금을 받고 바로 짐을 싸서 돌아선 것에 대해 유감스럽게 생각해요. 그들은 평상시처럼 집을 나서는 듯한 것처럼 작별 인사를 하러 왔어요. 요리사는 난폭한 성미에도 매우 다르게 행동했어요. 그녀는 우리를 끝까지 돕겠다고 했어요. 그리고 (아직 우리 집 외에는 다른 곳에서 일해본 적이 없는) 토마스는 사랑하는 아버지의 변함없는 친절에 대해 너무나 감사하게 말하고, 조금 저축한 돈이 남아 있는 한 우리를 계속 섬길 수 있도록 간절히 부탁해서, 막달렌과 저는 형식적인 인사도 모두 잊어버리고, 둘 다 그 사람과 악수했어요. 그 가없은 청년은 울면서 방을 나갔어요. 그가 잘 됐으면 좋겠어요. 그가 친절한 주인과 좋은 집을 찾기를 바라요.

콤-레이븐에서의 마지막 저녁은 길고 조용하고, 밖에는 비까지 내려 참 슬펐어요. 겨울이 덜 힘들었을 거라 생각해요. 커튼은 처져 있고 밝은 램프와 따뜻한 모닥불이 우리에게 도움이 되었을 거예요. 한때 그렇게 사람이 많았던 집에 이제 겨우 5명만 남았어요. 7시에 인적이 드문 방과 소리가 없는 계단에 비춘 흐릿한 햇살이 얼마나 음침했는지 말로 표현할 수 없어요.

분명 긴 여름 저녁을 좋아하는 편견은 행복한 사람들의 편견이겠죠? 우리는 최선을 다했어요. 계속 일했고, 가스 양이 우리를 도와줬어요. 낮에는 떠날 준비하는 모습이 너무나 무서워 보였는데, 저녁이 되자 우리 자신에게서 도피하는 모습으로 바꿨어요. 처음에는 각자 자기 방에서 짐을 꾸리려고 했지만, 외로움은 우리가 견딜 수 있는 것보다 더 컸어요. 우리는 모든 소지품을 아래층으로 옮겨 큰 식탁에 쌓아놓고, 같은 방에서 함께 준비했어요. 사실상 우리 것이 아닌 것은 아무것도 가져오지 않았다고 확신해요.

수요일에 만나셨던 막달렌은 진짜 그녀가 아니었다는 저의 확신을 이미 말씀드렸기 때문에, 저는 여기서 멈춰서 제 말을 증명하는 사례를 알려드리고 싶어요. 수요일 밤에 우리가 방으로 올라가기 직전에 작은 일이 일어났어요.

옷과 생일 선물, 책과 악보집을 챙긴 후, 우리는 식탁에 어지럽게 있던 편지들을 분류하기 시작했어요. 제 편지와 막달렌 편지가 뒤섞여 있었어요. 이 중에 저는 명함을 하나 찾았는데, 그 명함은 올해 초에 여동생이 참여했던 아마추어 극단을 운영하면 배우가 준 거였어요. 그 남자는 동생이 같은 종류의 오락에 보다 많이 초대될 것이라는 믿음과 앞으로 그를 감독에게 추천할 것이라는 바람으로 자신의 이름과 주소가 적힌 명함을 줬어요. 저는 우리 상황에서 그런 명함을 보관할 가치가 얼마나 없는지 알려주려고 이 사소한 일을 세세히 언급할 뿐이에요. 당연히 전 바닥에 버리려고 탁자 너머로 던졌고, 막달렌이 앉았던 자리와 가까운 곳에 떨어졌어요. 동생은 그것을 집어서 보더니, 바로 이 세상에서 완전히 쓸모없는 존재가 되지 않았다고 말했어요. 그녀는 그걸 버렸다고 저에게 화를 냈고, 그것을 가지고 뭘 바라는지 물어본 가스 양에게 화를 냈어요. 저보다 동생에게 훨씬 더 많이 닥친 우리의 불행이 그녀를 매우 불안하게

175

만들고 그녀를 지치게 했다는 것보다 더 명백한 증거가 있을까요? 그 애가 타고난 판단력을 제대로 서지 못할 때는, 그녀가 조금도 중요하지 않은 문제에 대해 어린애처럼 지나친 심술을 부릴 때는, 당연히 동생의 말과 표정을 잘못 해석해서는 안 돼요.

11시 조금 넘어서 우리는 휴식을 취하려고 위층으로 올라갔어요. 전 창문의 커튼을 열어젖히고 밖을 내다봤어요. 아, 달도 없고 별도 없어서 어젯밤은 정말 괴로웠어요. 정원에 있는 친숙한 것들도 볼 수 없을 만큼 어둠이 짙었어요. 고요함이 너무 깊어서 제 움직임에도 거의 겁먹을 뻔했어요. 누워서 자려고 했지만, 다시 외로움이 몰려와 저를 너무나 압도했어요. 제가 26살이니까 그 정도는 이겨내야 한다고 말씀하시겠죠. 어떻게 그랬는지 거의 알지 못하지만, 몇 년 전, 우리가 어렸을 때 막달렌의 방에 몰래 들어갔던 것처럼, 저는 막달렌의 방에 몰래 들어갔어요. 동생은 침대에 누워 있지 않았어요. 그녀는 필기구를 앞에 두고 앉아서 생각하고 있었어요. 저는 마지막 밤에 그녀와 함께 있고 싶다고 말했고, 그녀는 저에게 키스하고, 누우라고 말했고, 곧 저를 따라오겠다고 약속했어요. 전 마음이 조금 차분해져서 잠이 들었어요. 제가 깨어났을 때는 날이 밝았고, 제가 처음 본 광경은 여전히 의자에 앉아 생각하고 있던 막달렌이었어요. 그 애는 잠자리에 들지 않았어요. 밤새도록 잠을 자지 않았어요.

"우리가 콤―레이븐을 떠나면 잘 거야. 모든 것이 끝나면 난 괜찮아질 거야. 그리고 프랭크에게 작별을 고할 거야"라고 했어요. 동생은 아버지의 유언장과 아버지가 자기에게 쓴 편지를 손에 들고 있었어요. 말을 다 하고 나서, 그것을 저에게 줬어요. 그 애 말로는 내가 맏이니까, 마지막 귀중한 유산은 내가 보관해야 한다고 했어요. 나눠서 가지자고 했지만, 동생은 고개를 저었어요. "유언장에서 우리에 대해 한 말과 편지에 쓰신 모든 말을 전부 베꼈어"라고 동생이 답했어요. 이런 말을 하고 품에서 작은 하얀 비단 주머니를 꺼냈어요. 항상 소중하게 간직하기 위해 밤새 만들었고 편지 발췌물을 넣어놨데요. "아버지의 마지막 소원이 우리 둘이라는 걸 말해 주고 있고, 앞으로 난 이것만 있으면 돼"라고 말했죠.

이런 것을 새겨두기에는 하찮은 것이고, 그런 걸로 변호사님을 괴롭히는 걸 부끄럽게 생각하지 않는 제 자신에게 놀랐어요. 그러나 전 변호사님과 아버지와 어머니가 오래 전부터 알고 지냈다는 걸 알고 있었기 때문에, 변호사님을 오래 친구로 생각하고 있어요(그래서 편지를 써요). 게다가 막달렌에 대한 변호사님의 생각을 바꾸려는 마음도 있어요. 그래서 막달렌에 대한 작은 것까지 말할 수밖에 없고, 제 판단으로는, 변호사님도 막달렌에 대해 저처럼 생각하시게 될 거예요.

(목요일 아침) 아침 식사 시간이 되었을 때, 우리는 식탁에서 이상한 편지를 발견하고 놀랐어요. 앞으로 변호사님이 관여해야 할 일이 생길 경우에 대비해, 이야기 드려야 할 것 같아요. 가스 양에게 보낸 편지에는 검은 테두리가 둘려져 있었어요. 보낸 사람은 지난 봄 어느 날 산책에서 집으로 돌아오는 길에 우리를 따라온 바로 그 남자, 바로 래지 대위였어요. 그의 목적은 애도를 빙자해 불쌍한 우리 어머니와의 가족 관계에 대한 그의 뻔뻔한 주장을 다시 한번 주장하는 거 같았어요. 그렇게 쓰는 건 정말 무례한 거예요. 그는 신문에서 안타까운 우리 소식을 알고 나서, 마치 우리가 정말 친밀한 관계였던 것처럼 많은 동정심을 표하며, 추신에서 (실제로 일어났던 일에 대해 전혀 몰랐다는 것이 분명해요) 그가 유언장 공개 때 다른 친척들과 함께 참석하는 것이 바람직한지를 알고 싶어 했어요. 앞으로 2주 동안 그에게 편지를 보낼 주소는 '버밍엄 우체국'이었어요. 이 문제에 관해서 제가 변호사님에게 할 말은 이것뿐이에요. 편지와 보낸 사람 모두 똑같이 우리나 변호사님에게 아주 사소한 일로 가치가 없는 것 같아요.

아침 식사 후 막달렌은 우리를 떠나 혼자 거실로 갔어요. 계속 소나기가 내려서, 우리는 작별 인사를 하러 온 프랜시스 클레어가 그곳에서 그녀를 만나도록 했어요. 그가 왔을 때 전 위층에 있었어요. 변호사님도 아마 잘 아시겠지만, 막달렌의 말에 몹시 걱정하며 30분 이상 위층에 머물러 있었어요.

30여 분이 지나서 전 아래층으로 내려왔어요. 층계참에 다다랐을 때 갑자기 애원하듯 그의 이름을 부르며 크게 흐느끼며 우는 동생의 목소리가 들렸고, 그러더니 무서운 웃음소리와 비명소리가 함께 온 집안에 울려 퍼졌어요. 전 바로 거실로 뛰어 들어갔고, 소파에 앉아 격렬한 히스테리를 일으키는 막달렌을 발견했어요. 프랭크는 고개를 숙이고 화난 얼굴로 손톱을 물어뜯으면서 그 애를 쳐다보고 서 있었어요.

저는 그 만남에서 무슨 일이 있었는지 몰랐기에 이유를 알지도 못한 채 분개해서 프란시스 클레어 씨의 어깨를 잡고 거실에서 나가게 했어요. 제가 그에게 어떻게 행동했는지, 왜 그랬는지 변호사님께 이야기하는 것이 조심스러워요. 그 사람이 나에게 심한 불쾌함을 느끼고, 다른 곳에서 숙녀답지 않은 폭력적인 행위에 대해 언급할 거라는 걸 알기 때문이에요. 만약 그 사람이 변호사님께 그 말을 한다면, 제정신이 아니었다고 말하고 싶지만, 그렇지 않아요. 변호사님이 화내지 말고 생각해주시길 바라요.

전 그 사람을 복도로 내보냈고, 막달렌은 잠시 가스 양에게 맡겼어요. 그는 떠나지 않고 복도 의자에 부루퉁하게 앉아 있었어요. "이렇게 과하게 행동하는 이유를 물어봐도 될까요?"라고 상처받은 표정으로 물었어요. "아뇨"라고 전 말했어요. "그쪽이 그 이유를 충분히 잘 알 거예요. 원한다면 바로 떠나도 돼요." 그 사람은 계속 의자에 앉아 손톱을 물어뜯으며 생각했어요. 잠시 후 그는 "이렇게 냉정한 대우를 받을 무슨 짓을 내가 저질렀나요?"라고 물었고, 난 "그쪽과 어떤 이야기도 할 수 없어요"라고 대답했어요. "우리를 내버려 두라고 할 뿐이에요. 만약 그쪽이 내 여동생을 다시 만나려고 계속 기다린다면, 내가 직접 그쪽 집에 가서 당신 아버지에게 애원할 거예요." 그 말에 그 사람은 매우 급히 일어났어요. "난 이런 일에는 불명예스럽게도 익숙해져 있어요. 모든 고난과 희생은 제 몫이었죠. 당신들 중에 내가 유일하게 마음을 가진 사람이에요. 나머지 사람들은 모두 돌처럼 굳었어요. 막달렌도 포함해서요. 제일 먼저 그녀는 날 사랑한다고 말하고, 그다음에는 나보고 중국에 가라고 말해요. 왜 이런 비정한 모순된 대우를 받아야 하나요? 나는 한결같아요. 고국에만 있고 싶어요. 그리고 (결과가 뭐죠?) 당신들 모두 나를 반대하고 있어요!" 그렇게 그는 투덜거리며 계단을 내려갔고, 그렇게 전 그의 마지막 모습을 봤어요. 우리 사이에 일어난 일은 이게 전부예요. 만약 그 사람이 변호사님께 그 일에 대해 다른 이야기를 한다면, 거짓말을 하는 거예요. 그 사람은 돌아오려 하지 않았어요. 한 시간 후에 그의 아버지가 혼자 작별 인사를 하러 왔어요. 그 분은 가스 양과 나를 만났지만 막달렌은 보지 않으셨어요. 그리고 우리에게 필요한 조치를 취할 것이라고 말씀하셨어요. 변호사님의 도움을 받아, 자신의 아들을 런던에서 잘 보살필 것이고, 때가 되면 안전하게 배에 타는 것을 보겠다고 하셨어요. 짧은 방문이었고, 슬픈 작별이었어요. 클레어 씨조차 숨기려고 애썼지만, 슬퍼하셨어요.

클레어 씨가 떠난 후, 출발까지 겨우 두 시간만 남았었어요. 전 막달렌에게 돌아갔는데, 동생은 몹시 창백하고 지쳤지만 보다 진정되고 괜찮아졌지만, 제가 생각했던 대로, 의사소통하기에는 여러 생각에 사로잡혀 있었어요. 그때 동생은 자기와 프란시스 클레어 사이에 있었던 일에 대해 아무 말도 하지 않았어요. 그 후로도 저에게 아무 말도 하지 않았어요. 제가 화를 내며 그에 대해 이야기했을 때, (남자로서 최대한 격려와 위로를 해줘야 할 때, 그 사람이 동생을 괴롭히고 아프게 했다고 생각했기에) 그녀는 제 말을 듣지 않았어요. 동생은 그 사람에 대해 가장 친절하게 봐주고 가장 달콤한 변명을 했고, 완전히 안 좋은 상태일 때 찾아온 저에게 모든 걸 탓했어요. 그 애가 고귀한 천성을 가지고 있다고 제가 변호사님께 말한 것이 틀렸을까요? 그리고 이 글을 읽으면 변호사님의 생각이 바뀌지 않을까요?

우리에게는 작별을 고할 친구가 없었어요. 그리고 몇 안 되는 지인들은 너무 멀리 떨어져 있어요. 어쩌면 우리에게 너무 무관심했는지도 몰라요. 우리는 마지막으로 함께 집을 둘러보면서 남은 시간을 보냈어요. 우리는 옛 수업 방, 침실, 어머니가 돌아가셨던 방, 아버지가 장부를 정리하고 편지를 쓰시곤 했던 작은 서재, 다른 여자아이들이 옛 친구들과 헤어질 때 느꼈던 것처럼 쓸쓸함을 느끼며 그곳을 떠났어요. 화창한 날씨에 우리는 집을 나와 정원으로 가서, 마지막으로 꽃다발을 만들었어요. 꽃이 시들기 시작하면 말리고, 그 꽃들을 보면서 지나간 행복한 날들을 기억하기 위해서요. 정원에 작별 인사를 했을 때는 30분밖에 남지 않았죠. 우리는 함께 무덤으로 가서, 조용히 나란히 무릎을 꿇고 신성한 땅에 입을 맞췄어요. 마음이 찢어질 것 같았어요. 8월은 어머니 생신이 있는 달이었어요. 그리고 작년 이맘때, 아버지와 막달렌과 전 모두 비밀리에 생일날 아침에 어머니를 놀라게 할 선물에 대해 상의를 하고 있었어요.

만약 변호사님이 막달렌이 어떻게 고통스러워하는지 보셨다면 다시는 그녀를 의심하지 않으실 거예요. 전 거의 억지로 아버지와 어머니의 마지막 안식처로 동생을 데려가야 했어요. 우리가 교회 마당을 나서기 전에, 그 애는 저에게서 떨어져 되돌아갔어요. 그녀는 무덤에 무릎을 꿇고, 격렬하게 풀 한 줌을 뜯었어요. 그리고 동시에 뭔가 혼잣말을 했는데, 제가 바로 따라갔지만, 그 말을 들을 수 있을 만큼 가까이 가지 못했어요. 동생을 땅바닥에서 일으키려 할 때, 그 애는 너무나 광적인 태도로 저를 대했고, 너무나 무서운 눈빛으로 절 쳐다봐서, 전 그 애를 보고 너무나 두려웠어요. 다행히도, 그 발작은 갑자기 사라졌어요. 그 애는 드레스 품에 풀 다발을 집어넣고는, 제 팔을 잡고 저와 함께 서둘러 교회 마당을 나섰어요. 전 그 애가 돌아간 이유와 무덤에서 했던 그 말들이 뭔지 물었어요. "돌아가신 우리 아버지한테 약속했어"라고 답했는데, 순식간에 거친 눈빛과 이미 나를 놀라게 했던 광적인 태도를 보였어요. 말을 더하면 동생이 화를 낼까 봐 겁났죠. 더 적당하고 보다 조용한 시기에 다른 모든 질문을 하기로 했어요. 이것으로 그 애가 얼마나 끔찍하게 고통스러워하고, 난폭한 불안 상태에서 얼마나 거칠고 이상하게 행동하는지 이해하게 되실 거예요. 그리고 지난 수요일에 동생을 보셨을 때, 그 애가 한 말이나 행동을 오해하지 않으실 거예요.

우리는 그 집에서 기차역으로 급히 떠나려고 겨우 제 시간에 집으로 돌아왔어요. 어쩌면 그렇게 하는 것이 우리에게 더 좋았어요. 길에서 돌아서서 우리의 시야에서 콤—레이븐의 마지막 모습이 사라지기 전에 잠시 뒤돌아볼 수 있는 시간만 남은 것이 더 나았어요. 역에는 우리가 아는 사람이 아무도 없었어요. 우리를 쳐다볼 사람도, 작별을 고할 사람도 없었어요. 기차에서 자리에 앉자마자 비가 다시 내렸어요. 철도를 보면서 들었던 생각과 우리를 고아로 만든 그 사고에 대한 끔찍한 기억은 변호사님께는 말할 수도 없고 감히 말하지도 않을 거예요. 나는 이 편지를 우울하게 쓰지 않으려고, 우리에게 베푸신 모든 친절함을 우리의 슬픔으로 변호사님을 괴롭히는 것으로 되돌려주지 않으려고 애쓰고 있어요. 아마도 고향을 떠나는 짧은 이야기를 너무 길게 하고 있는 거겠죠? 변명을 하자면, 제 마음속은 온통 그 이야기로 가득 차 있고, 마음에 없는 걸 쓰지 않을 거예요.

가스 양의 언니가 우리를 진심으로 친절하게 대해준다는 것 외에는, 새로 이사한 집에서 지낸 시간이 너무 짧아서 더 이상 드릴 말씀이 없어요. 그녀는 우리가 지금보다 더 건강해질 때까지, 앞으로의 계획을 생각하고, 생활비를 벌기 위해 최선을 다해 준비가 될 때까지 배려심 있게 우리를 봐주세요. 집이 너무 크고 방의 위치가 너무 신중하게 선택돼서, 정원에서 어린 여학생들의 웃음소리가 들릴 때 빼고는 우리가 학교에 살고 있다는 생각이 거의 들지 않아요. 가스 양과 제 여동생의 안부를 전하며, 친애하는 펜드릴 씨, 정말 감사드립니다.

— 노라 밴스톤 드림

2. 가스 양이 펜드릴 씨에게

켄싱턴 웨스트모어랜드 하우스, 1846년 9월 23일.

변호사님께

어떤 말로도 설명할 수 없는 비통한 심정에서 이 편지를 씁니다. 막달렌이 우리를 떠났어요. 오늘 아침 이른 시간에 그녀는 몰래 집을 떠났고, 그 이후로 소식이 없네요.

직접 찾아가서 말씀드리고 싶었지만, 노라를 떠날 수 없어요. 자제하고, 편지를 쓰려고 합니다.

어제도 나와 노라가 이런 일에 대비해야 할 일이 아무것도 일어나지 않았어요. 우리가 겪은 고통 중 최악인 이런 일 말입니다. 우리 둘 다 불행한 소녀에게서 눈치챈 유일한 변화는 잘 자라고 말하고서 헤어졌을 때 좀 나아졌다는 거예요. 그녀는 전에는 하지 않았던 키스를 나에게 했고, 다음에 언니를 안았을 때 울음을 터뜨렸죠. 우리는 그 진심을 별로 의심하지 않아서 이런 친절과 애정의 징후들이 더 나은 앞날을 약속하는 것이라고 생각했어요.

오늘 아침, 언니가 방으로 들어갔을 때, 그 방은 비어 있었고, 노라에게 보낸 쪽지가 화장대에 놓여 있었어요. 난 노라에게 그 쪽지를 달라고 할 수 없었습니다. 사본만 동봉해서 보냅니다. 그녀가 선택한 방향이 뭔지 알 수는 없을 거예요.

이 끔찍한 위급 상황에서 시간이 소중하다는 것을 알기에, 나는 그녀의 방을 살펴보았고, 그녀가 부재중이라는 소식을 듣고 (언니의 도움을 받고) 바로 하인들에게 물었어요. 옷장은 비어 있었고, 그녀가 분명히 가져간 거 같은 옷 가방 한 개를 빼고 모든 옷 가방이 비어 있었어요. 우리는 그녀가 개인적으로 옷과 보석을 돈으로 바꿨고, 집에서 가져온 트렁크 하나를 어제 챙겨서, 오늘 아침에 걸어서 떠났다고 생각해요. 하인 중 한 명의 대답이 너무 불만족스러워서, 그 여자가 그녀를 돕는 대가로 뇌물을 받고, 그녀 혼자서는 할 수 없었던 가출을 위한 모든 준비를 해줬다고 생각해요.

그녀가 우리를 떠난 바로 그 목적에 대해 난 의심의 여지가 없어요. 그녀가 연극으로 돈을 벌려고 떠났다고 확신하는 (더 적당한 시간에 말할 수 있는) 이유가 있어요. 클리프턴에서 그녀가 참여했던 아마추어 연극을 감독했던 배우의 명함을 가지고 있었고, 그녀를 도와줄 그에게 갔어요. 그때 명함을 봤는데 배우 이름이 허스터블이라고 알고 있어요. 주소는 정확히 기억할 수 없지만, 코벤트 가든 보우 가에 있는 어떤 극장이라는 건 거의 확실해요. 필요한 조사를 하는 데 잠시도 지체하지 말아주시기를 간청드려요. 그녀의 첫 흔적을 그 주소에서 찾을 것이라고 확신해요.

만약 그녀가 무대에 오르려고 하는 것보다 더 무서운 것이 없다면, 지금 나를 압도하는 고통과 실망을 느끼지 말아야 해요. 수백 명의 다른 소녀들이 그녀처럼 무모하게 행동했고, 결국 안 좋게 끝나지 않았어요. 하지만 막달렌에 대한 나의 두려움은 현재 그녀가 겪고 있는 위험 때문이 아니에요.

우리가 콤―레이븐을 떠난 후, 그녀의 마음을 무겁게 하는 무언가가 있었고 처음보다 지난 6주 동안 훨씬 더 무거워졌어요. 프랜시스 클레어가 영국을 떠날 때까지, 나는 그가 그녀를 다시 만나러 올 것이라는 희망을 몰래 가졌던 거 같아요. 변호사님이 이런 일을 막기 위해 취한 조치가 성공했다는 것을 알게 된 날부터, 그가 정말 배를 타고 떠났다는 것을 확인받은 날부터, 어떤 일도 일어나지 않았고, 그 어떤 것도 그녀의 관심을 끌지 못했어요. 그녀는 자신의 우울한 생각에 빠져 점점 절망적으로 자신을 포기했어요. 그 생각은 결혼 계획의 완전한 파멸을 알게 된 날 처음으로 마음에 떠올렸던 거예요. 그녀는 아버지의 재산 소유를 놓고 마이클 밴스톤과 경쟁하는 필사적인 계획을 세웠어요. 그리고 그녀가 하려는 연극 일은 모든 것을 의존하던 집에서 독립하는 수단이며, 집의 통제에서 벗어나서 그녀가 원하는 위험한 일을 할 수 있게 하는 수단일 뿐입니다. 이런 말로 내가 그녀에 대해 써서 치르는 대가는 변호사님의 상상에 맡길 게요. 나를 짓누르는 감정에 괴로워할 시기는 지났어요. 진짜 위험한 것에 대해 변호사님의 눈을 뜨게 하고, 그 위험을 피해야 한다는 즉각적인 필요성에 대한 변호사님의 확신을 강화시킬 수 있는 무슨 말이든, 나도 모르게 주저하지 않고 거리낌 없이 말하네요.

한마디만 더하고, 끝낼게요. 지난번 변호사님이 이 집에 오셨을 때, 막달렌이 아버지의 이름을 가질 권리에 대해 당신께 질문함으로써 우리를 당황케 하고 괴롭혔던 것을 기억하세요? 법적으로 그녀와 언니는 이름이 없다는 것을 당신이 인정할 때 그녀가 계속 질문했던 것을 기억하세요? 감히 이 일들을 상기시켜 드리려고 해요. 왜냐하면 변호사님은 수백 명의 고객들의 일을 살펴야 하고, 아마 그 상황을 잊어버렸을지도 모르기 때문이에요. 그 대화로 가명을 사용해서 우리를 속이고 품위를 떨어뜨릴까 봐 자연스럽게 마음이 내키지 않네요. 우리는 개인적인 용모로 찾아야 해요. 다른 방법으로는 그녀를 추적할 수 없어요.

우리의 비참한 위급 상황에서 당신의 결정을 이끌어 줄 어떤 것도 생각이 나지 않아요. 제발 어떠한 비용도 노력도 아끼지 마세요. 내 편지는 늦어도 오늘 아침 10시까지는 도착할 거예요. 바로 최선을 다할 것이라고, 한 줄로만 대답해주세요. 노라를 진정시키는 유일한 희망은 당신이 전하는 격려의 말입니다.

— 해리엇 가스 씀

3. 막달렌이 노라에게(이전 편지에 포함)

나의 언니에게

제발 날 용서해줘. 나는 지칠 때까지 나 자신과 싸웠어. 나는 가장 비참한 생명체야. 이곳의 조용한 삶이 날 미치게 해. 더 이상 참을 수 없어. 나는 가야 해. 내 생각이 뭔지 안다면, 내가 그 생각들과 얼마나 열심히 싸웠는지, 그리고 그 생각들이 외롭고 조용한 이 집에서 얼마나 끔찍하게 나를 괴롭혔는지 안다면, 언니는 날 불쌍히 여기고 용서해 줄 거야. 아, 사랑하는 언니, 내가 언니에게 마음을 열어주지 않는다고 상처받지 마! 감히 내 마음을 보일 수 없어. 진짜 내 모습을 언니한테 보여줄 수 없어.

제발 사람을 보내서 날 찾지 마. 내가 편지 써서 언니 걱정 덜어 줄게. 노라 언니, 우리는 스스로 살아가야 해. 오직 나에게 가장 어울리는 방법으로 내 것을 얻어야 해. 성공하든 실패하든, 나는 어느 쪽이든 손해 볼 것은 없어. 난 잃은 것도 없고, 품위를 떨어트릴 이름도 없어. 내가 언니 사랑한다는 것도, 가스 양에 대한 내 고마움도 진심이야. 언니를 떠나면 너무나 슬프지만, 나는 가야만 해. 내가 언니를 덜 사랑했다면, 언니 앞에서 이 말을 할 용기가 생겼을지도 몰라. 하지만, 언니의 설득에 맞서고 괴로워하는 언니의 모습을 견딜 수 있었을까? 안녕, 내 사랑하는 언니! 나의 키스를 받아줘, 너무나 사랑하는 언니, 우리가 다시 만날 때까지 안녕.

— 막달렌

4. 벌머 경사(형사)가 펜드릴 씨에게

런던 경찰국, 1846년 9월 29일.

변호사님께

사무장이 젊은 숙녀분의 실종 사건 조사에 관심 있는 당사자들이 같은 소식에 걱정하고 있다고 알려줬습니다. 오늘 그 문제에 대해 변호사님과 이야기하기 위해 사무실에 갔습니다. 하지만 당신을 만나지 못했고, 내일 다시 올 수 없어서, 늦어지는 걸 막고, 지금까지 어떤 상황인지 알리기 위해 몇 줄 씁니다.

죄송하지만, 제 이전 보고서 이후로는 진전이 없었습니다. 우리가 거의 일주일간 그 젊은 숙녀분을 찾았지만, 마지막 발자취에서 진전이 없습니다. 이 사건은 멀리서 보면 아주 단순한 사건인 것 같습니다. 자세히 보면, 더 나쁜 쪽으로 상당히 많이 변하며, 정확히 말하자면 어려운 사건이 됩니다.

지금까지 조사 상황은 이렇습니다. 우리는 보우 가에 있는 극단에서 젊은 숙녀를 추적했습니다. 23일 아침 이른 시간에 극단 관계자가 옷을 입는 동안 마차를 타고 있는 젊은 여성과 현관에서 이야기를 나누자는 연락을 받았습니다. 허스터블 씨 카드에 적힌 제작사에서, 허스터블의 주소를 적었고, 그녀가 마부에게 그레이트 노던 종착역으로 가자는 소리를 들었습니다. 우리는 그녀가 9시 기차로 떠났다고 생각하고, 그녀를 따라 12시 기차를 탔습니다. 그녀는 허스터블 씨의 하숙집에 2시 반에 들렸고, 그가 부재중이었고, 저녁 8시가 되어서야 돌아온다는 것을 알고, 8시에 다시 오겠다고 말을 남겼지만, 돌아오지 않았습니다. 허스터블 씨 진술에 따르면, 그와 아가씨는 절대 서로 마주친 적이 없었습니다. 첫 번째 고려 사항은 다음과 같습니다. 우리가 허스터블 씨를 믿어야 하는가? 전 그 사람에 대해 주의 깊게 조사했습니다. 그가 자신에 대해 아는 것보다 내가 더 많이 알고 있습니다. 나의 의견은 우리가 그를 믿어야 한다는 것입니다. 내가 아는 한, 그는 완전히 정직한 사람입니다.

그렇다면, 여기가 사건의 난관입니다. 그 젊은 숙녀분은 분명한 목적을 가지고 떠났습니다. 그녀는 그 목적을 달성하는 대신 멈췄습니다. 왜 멈췄을까요? 그리고 어디서요? 불행히도 아직 그 문제들에 대한 답은 찾을 수 없었습니다.

그 문제에 대한 나의 의견은 간략하게 다음과 같습니다. 그녀가 심각한 사고를 당했다고 생각하지 않습니다. 심각한 사고는 10건 중 9건은 저절로 알려집니다. 내 생각에, 그녀가 자신을 숨겨주려는 어떤 사람이나 사람들의 손에 넘어갔으며, 그것을 어떻게 해야 할지 알 만큼 영리했다는 것입니다. 그녀가 그들을 주도했는지, 그녀의 동의 여부는, 현재 내가 말할 수 있는 것은 아닙니다. 나는 헛된 희망이나 헛된 두려움을 일으키고 싶지 않습니다. 나는 내가 이미 내린 의견에 대해 짧게 말하고 싶습니다.

앞으로는, 내 부하 중 한 명에게 당국과 매일 연락하도록 했습니다. 또한 그녀를 찾으면 사례금을 제공한다는 전단지들이 널리 배포되도록 신경 쓰고 있습니다. 마지막으로, 모든 지방 극장의 연극 광고 안내문에 싣고, 모든 극단이 잘 살펴보도록 필요한 준비를 마쳤습니다. 이건 상당한 시간과 돈이 들어갈 것입니다. 다행히도, 지방 극장들은 사정이 좋지 않습니다. 대도시를 제외하고는 거의 열리지 않고, 적은 비용과 별 어려움 없이 그쪽을 주시할 수 있습니다.

이것들이 제가 현재 취해야 한다고 생각하는 조치들입니다. 만약 변호사님께 다른 의견이 있다면, 지시만 하시면 제가 주의를 기울여 똑같이 하겠습니다. 난 우리가 그 젊은 숙녀분을 찾아 친구들에게 무사히 데려온다는 희망을 절대 버리지 않습니다. 부디 그들에게 그렇게 말씀해 주십시오.

— 에이브러햄 벌머 씀

5. 펜드릴 씨에게 보내진 익명의 편지

변호사님께

현명하시니 한마디만 하겠습니다. 어떤 젊은 숙녀의 친구분들은 지금 시간과 돈을 헛되이 낭비하고 있습니다. 당신의 충실한 사무장과 형사는 지금 건초 더미 속에서 바늘을 찾고 있습니다. 오늘이 10월 9일인데, 그들은 아직 그녀를 찾지 못했습니다. 그들은 곧 북서항로를 찾을 것입니다. 당신의 사람들을 철수시키세요. 그러면 당신은 그 젊은 숙녀의 안전에 대해 직접 들을 수 있을 것입니다. 그녀를 더 오래 찾을수록, 그녀는 지금처럼 더 오래 숨어 있을 것입니다.

[이전 편지는 펜드릴 씨 친필로 이서됐다. "출처를 추적한 뚜렷한 방법이 없음. 소인은 '채링 크로스'. 편지지 스탬프가 봉투 안쪽을 잘라냈음. 필체는 어쩌면 남자의 것일 수 있음. 보낸 사람이 누구든 간에 정확히 알고 있음. 어린 밴스톤 양의 흔적은 더 이상 발견되지 않았음."]

요크 주
스켈더게이트

Chapter 1

우즈강 서쪽 제방에 위치한 요크시 일부로, 스켈더게이트라고 불리는 좁은 길이 있는데, 강과 평행하게 거의 남북으로 뻗어 있다. 거리에 남아 있는 몇 안 되는 오래된 집들은 우울한 현대식 흰색 도료와 시멘트로 위장하고 있다. 이곳저곳 거무칙칙한 창고와 붉은 벽돌로 된 쓸쓸한 민박집들이 뒤섞여 있는 작고 가난한 계층의 상점들이 스켈더르게이트의 현재 모습을 이루고 있다. 집들이 강변에서 물가로 이어지는 차선으로 간격을 두고 분리되어 있고, 인적이 드문 작은 탁트인 땅이 보이고, 그 너머로 항해 바지선의 돛대가 솟아 있다. 남쪽 끝에서 길이 갑자기 끊기고, 우즈강의 광대한 흐름, 나무들, 목초지, 제방 한쪽에 있는 보행로, 다른 쪽에 있는 예선로(배 끄는 길)가 시야에 들어온다.

길이 끝나는 여기서 강에서 가장 멀리 떨어진 좁고 작은 도로가 옛 요크 장벽을 넘어 포장된 인도까지 이어진다. 도로에 접한 작은 건물들은 값싼 하숙집들이고, 거대한 도시 성벽의 일부를 몇 피트 떨어진 곳에서 볼 수 있다. 이곳은 로즈메리 가라고 불린다. 빛이 거의 들어오지 않는다. 그 안에 사는 사람도 거의 없다. 스켈더게이트의 유동 인구가 그곳을 지나간다. 그리고 성벽 위 산책로를 방문한 방문객들은 위나 아래로 가는 길을 사용하고, 가능한 한 빨리 음산하고 작은 통로에서 빠져나온다.

요크의 이 막다른 모퉁이에 있는 집들 중 문 하나가 1846년 9월 23일 저녁에 부드럽게 열렸다. 그리고 호젓한 로즈메리 가에서 스켈더게이트로 혼자 한가로이 걷는 남자가 있다. 북쪽으로 향한 이 사람은 우즈강을 가로지르는 다리와 도시의 번화가로 발걸음을 옮겼다. 그의 겉모습은 상당한 부족한 외모를 지녔고, 방수 케이스에 보관된 깅엄 우산을 들고 있었다. 도로 위 더러운 곳을 가장 깔끔하게 피하면서 걸음을 걸었다. 그리고 다른 색깔의 두 눈으로 주변을 살폈다. 일자리를 찾는 담황갈색 눈과 비슷한 곤경을 겪는 담녹색 눈이다. 간단히 말해서, 로즈메리 가의 이방인은 다름 아닌 래지 대위였다.

겉으로 보기에, 대위는 콤–레이븐 집 입구에서 가스 양에게 자신을 소개한 기억에 남는 봄날 이후로 더 좋아지지는 않았다. 그 유명한 해의 철도 사건에 경계심 강한 래지조차도 충격을 받았고, 습관적인 일도 그만두고, 많은 사람처럼 결국 그도 정신을 가누지 못했다. 사무적인 모습을 잃었다. 단풍과 함께 시들어졌다. 갈색 크레이프 모자 띠는 가족의 사별을 표했다. 그의 우중충한 흰 옷깃과 크라바트의 리넨은 너무나 낡았다. 제지 업자의 무덤에 갔다가, 문구점에서 하루를 또 지내기 위해 갔다. 울 상태가 아주 좋지 않았던 회색 수렵복은 옛날 검은색 프록코트로 대체됐고, 그것은 신실한 하인처럼 세상을 엿보는 시선에서 주인 리넨의 어두운 비밀을 지켰다. 그러나 그 사람 자체는 변하지 않았다. 모든 형태의 도덕적 곰팡이에 의지하고, 사회적 곰팡이의 작용에는 영향받지 않았다. 그는 언제나처럼 정중하고, 설득력이 있으며, 붙임성 있는 품위를 지니고 있었다. 그는 셔츠 깃이 없이도, 있는 것처럼 고개를 높이 들고 다녔다. 그의 목에 감은 낡은 검은 손수건은 완벽하게 묶여 있었고, 형편없는 낡은 신발은 깔끔하게 검게 칠해졌다. 그는 아마 부드럽게 면도할 때 턱을 요크에서 가장 높은 교회 고위직과 비교했을 것이다. 시간, 변화, 그리고 가난이 모두 대위를 공격했고, 그를 땅바닥에 쓰러뜨리는 데 모두 실패했다. 옷이나 환경에 초월한 남자인 그는 요크 거리를 서성거렸다. 방랑자 기질은 그처럼 항상 빛났다.

다리에 도착한 래지 대위는 멈춰 서서 난간 너머로 강에 있는 바지선을 멍하니 바라봤다. 그가 가야 하는 특별한 목적지도 없고 할 것도 없다는 것이 분명했다. 그가 여전히 어슬렁거리고 있는 동안, 요크 대성당 시계는 5시 30분을 가리키고 있었다. 런던발 6시 20분 기차를 맞이하러 마차가 다리 위에서 덜컹거리며 지나갔다. 대위는 잠시 머뭇거리더니 마차 뒤를 따라 한가로이 걸었다. 사람들이 함께 사는 것이 사람의 규칙적인 습관 중 하나일 때, 그 사람은 큰 기차역을 찾아다니는 것을 늘 거의 좋아한다. 래지 대위는 사람들에 대한 정보를 모았고, 그날 한가한 오후에는 요크 종착역이 다른 곳과 마찬가지로 주위를 둘러볼 수 있을 것 같았다.

그는 기차가 도착한 지 몇 분 후에 플랫폼에 도착했다. 요직에 있는 영국인들의 특징 중 하나인 대규모 군중 관리에 관한 행정 조치에 대한 전체적인 무능력은 요크에서 가장 두드러진다. 아침부터 밤까지 세 개의 다른 철도 노선을 타고 승객들이 모이고, 역무원들은 당황하고, 승객들은 소란을 피운다. 늘 일어나는 소란은 래지 대위가 플랫폼에 접근할 때 절정에 이르고 있었다. 수십 명의 사람들이 모두 똑같은 곳에서 모두 똑같이 정보가 부족한 상태에서 수십 가지 방향의 수십 가지 다른 목적을 달성하려고 했다. 2등 객차 근처에서 갑자기 사람들이 흩어지는 것이 대위의 호기심을 끌었다. 그는 안으로 향했다. 그리고 멋있게 차려입은 남자가 짐꾼과 경찰관의 도움을 받아 승객들을 흥분케 한 종이 꾸러미에서 흩어진 전단지들을 주우려는 모습을 보았다.

공손하고 민첩했던 래지 대위는 이 비상 상황을 도우면서, 그 인쇄물에 대문자로 적힌 '사례금 50파운드'라는 선명한 세 단어를 봤고, 편할 때 더 자세히 보기 위해 바로 한 장을 몰래 숨겼다. 그는 손바닥으로 그 전단지를 구기면서, 색깔이 다른 그의 눈은 그 불운한 꾸러미 주인에 대한 엄청난 관심으로 고정됐다. 어떤 사람에게 주머니에 50

펜스도 없다면, 심장이 제대로 있다면 뛸 것이다. 입이 제대로 달렸다면 침이 고일 것이다. 다른 사람이 50파운드를 주겠다는 전단지를 사람들에게 주는 것을 보게 된다면 말이다.

불운한 여행객은 자신의 짐을 최선을 다해 챙겨서, 질문을 들을 만큼 정신이 있는 그날 승객 수송의 첫 번째 공식 피해자에게 질문을 하고, 플랫폼을 빠져나왔다. 기차역을 떠나 가까운 강가로 향했던 낯선 남자는 노스 스트리트 포스턴의 연락선에 탔다. 지금까지 조심스럽게 쫓았던 대위도 배에 탔고, 반대편 제방으로 향하는 그 짧은 시간 동안 자신이 숨겼던 전단지를 읽었다. 여행객에게 조심스럽게 등을 돌린 래지 대위는 이제야 다음과 같은 내용을 마음에 새겼다.

"사례금 50파운드."

"1846년 9월 23일 아침 일찍 런던 집에서 가출. 나이: 18세. 복장: 짙은 색 상복. 용모: 매우 옅은 갈색의 머리, 다소 짙은 눈썹과 속눈썹, 눈은 밝은 회색, 눈에 띄게 창백한 안색, 크고 꽉 찬 얼굴 아랫부분, 키가 크고 꼿꼿한 체형, 아주 우아하고 편안한 걸음, 솔직하고 과감한 말투, 세련되고 교양있는 숙녀의 태도와 습관, 특징: 목 왼쪽에 가까이 붙어 있는 점 2개, 내의에 '막달렌 밴스톤'으로 표시, 현재 요크에서 공연하고 있는 극단에 들어갔거나 들어가려고 했던 것으로 추측. 런던을 떠날 당시, 검은 옷 가방 하나와 짐가방 하나 외에 다른 짐은 없었음. 지인들이 그녀를 찾을 수 있는 정보 제공자에게 위의 사례금 제공. 요크 코니 가에 있는 변호사 하크니스 씨의 사무실 혹은 런던 링컨스 인, 설 가, 와이어트 펜드릴 씨와 컬트 펜드릴 씨에게 연락 바람."

위급 상황에서도 평정을 유지하는 데 익숙했던 래지 대위는, 실종된 아가씨에 대해 읽었을 때 너무 놀라서 소리를 쳤고, 연락선 사람들도 놀랐다. 여행객은 다소 관찰력이 떨어졌다. 그의 모든 관심은 강 건너편 제방에 쏠려 있었고, 그는 배가 육지에 닿자마자 급히 내렸다. 래지 대위는 정신을 차려 전단지를 주머니에 넣고, 선두에 나선 사람을 다시 따라갔다. 낯선 사람은 강가로 향한 가장 가까운 거리로 발걸음을 옮겼고, 수첩에 적힌 메모와 집 왼쪽 편에 있는 번호와 비교한 뒤, 그중 한 곳에 멈춰서 종을 울렸다. 대위는 옆집으로 가서 여행객에 등지고 서서 종을 울리는 척했다. 겉으로는 안으로 들어가기를 기다렸지만, 실제로는 자기 뒤에 있는 문이 열려서 오가는 대화를 들으려고 온 힘을 다했다.

문은 재빨리 열렸고, 래지 대위의 재치로 문지방에서 오가는 질의응답은 충분히 유익했다.

"허스터블 씨가 여기 사나요?"라고 여행객이 물었다.

"네, 선생님"이라고 여자가 답했다.

"집에 있나요?"

"지금은 없어요. 오늘 밤 8시쯤에 올 거예요."

"낮에 젊은 아가씨가 들리지 않았나요?"

"맞아요. 오늘 오후에 젊은 아가씨가 왔었어요."

"바로 그 일로 왔습니다. 그 아가씨가 허스터블 씨를 만났나요?"

"아뇨. 그 사람은 종일 나가 있었어요. 그 아가씨는 8시에 다시 올 거라고 했어요."

"그렇군요. 저도 같은 시간에 허스터블 씨를 만나러 오겠습니다."

"성함은요, 선생님?"

"됐습니다. 그냥 극단에 관련된 남자라고 하세요. 그거면 충분할 거예요. 아, 잠시만요. 요크는 초행이라서요. 코니 가에 가는 방법을 알려주시겠어요?"

그 여자는 길을 알려줬고, 문은 닫혔고, 그 낯선 사람은 코니 가로 향했다. 래지 대위는 이번에는 그를 따라가지 않았다. 그 남자의 다음 목표가 약속된 사례금에 대해 지역 변호사와 필요한 합의를 끝내는 것임을 그 전단지가 충분히 분명하게 보여줬다. 현재 목적에 대해 충분히 보고 들을 후, 대위는 왔던 길을 되돌아가 우회전한 후 수영장과 렌달 타워 사이의 강가와 접해 있는 구역인 에스플러네이드에 들어섰다. "이건 가족 문제야. 모든 방면에서 살펴봐야 해." 래지 대위는 막달렌의 어머니와 관계에 대한 오래된 억지 주장을 고집하며 혼잣말을 했다. 그는 우산을 겨드랑이에 집어넣고 양손을 뒤로하고, 심사숙고의 심연 속으로 조심히 빠졌다. 대위의 허름한 옷차림에서 볼 수 있는 규칙과 예의는 대위의 마음가짐을 구별하는 규칙과 예의를 정확하게 나타냈다. 항상 정리된 대안의 연속을 통해 그의 앞길을 내다보는 것이 습관이었다. 그래서 그는 지금 그것을 보았다.

조금 전에 그가 알게 된 놀라운 사실과 관련해 세 가지 길이 그에게 열려 있었다. 첫 번째, 그 일에 있어 전혀 아무것도 하지 않는 것이었다. 가족적인 이유에서 용납되지 않고, 금전적 이유로도 인정할 수 없기에 받아들여지지 않았다. 두 번째는 50파운드가 걸린 젊은 아가씨의 친구들에게 감사를 받는 것이다. 세 번째는 미상의 인물로 시의 적절하게 그 아가씨에게 경고를 해서 감사를 받는 것이다. 이 두 가지 마지막 대안들 사이에서 경계심 많은 래지는 망설였다. 자매들이 유산을 빼앗긴 것을 전혀 몰랐기 때문에, 막달렌의 금전적 상황에 대한 의심 때문이 아니라, 미지의 신사의 모습을 한 장애물이 고향에서 그녀의 실종과 개인적으로 관련이 없을지도 모른다는 의심에서 망설였다. 심사숙고 끝에 그는 잠시 멈추고 상황을 살피기로 결심했다. 그 사이에 첫 번째 할 일은 런던에서 온 심부름꾼과 미리 연락을 취하고, 그 젊은 아가씨를 안전하게 손에 넣는 것이다.

"이 바보 같은 애가 가여워." 대위는 한적한 강가에서 진지하게 왔다 갔다 하면서 중얼거렸다. "난 그 애를 늘 조카로서 생각했고, 늘 조카로 생각할 거야." 그 순간 입양된 친척은 어디에 있을까? 즉, 막달렌과 같은 입장에 있는 젊은 여성이 허스터블이 돌아올 때까지 몇 시간을 어떻게 보낼까? 만약 뒤에 방해가 되는 신사가 있다면, 그 질문을 생각하는 건 시간 낭비일 뿐이다. 그러나 만약 그 전단지가 말한 추론이 맞다면, 만약 그녀가 정말로 요크시에서 혼자 있다면, 그녀는 어디에 있을까? 우선, 혼잡한 거리는 아니다. 성당 미사 시간은 지났기에 대성당은 관심의 대상이 아니다. 기차역 대기실에 있을까? 그런 위험을 무릅쓰려 하지 않을 것이다. 호텔들 중 한 곳에 있을까? 완전히 혼자라고 생각하면, 확신이 없다. 제과점에? 그럴 가능성이 훨씬 높다. 마차를 타고 돌아다닐까? 물론 가능하지만, 그 이상은 아니다. 야외에서 조용한 인근 동네를 어슬렁거리면서 시간을 보낼까? 다시, 그 화창한 가을 저녁이면 그럴 가능성이 충분하다. 대위는 잠시 생각을 멈추고, 조용한 인근 지역과 제과점에 중점을 두고, 두 가지 중 첫 번째로 결정했다. 제과점에서 그녀를 찾거나, 주요 호텔에서 그녀에 대해 물어보거나, 마지막으로 7시부터 8시까지 허스터블 씨가 사는 그 동네에서 그녀를 가로막을 수 있는 시간이 충분히 있다. 햇살이 비추는 동안, 야외에서 그녀를 찾는 것이 현명하다. 에스플러네이드는 조용한 곳이지만, 그곳에 없었다. 애비 월 옆을 지나쳐 가는 한적한 길에도 없었다. 다음은 어딜까? 대위는 멈춰서 강 건너편을 바라보다가 새로운 생각에 이끌려 갑자기 여객선으로 되돌아갔다.

다른 색깔의 눈을 반짝이며 판단력 있는 남자는 생각했다. '성벽 산책로. 요크에서 가장 조용하고, 낯선 사람들이 모두 보러 가는 곳이지.'

10분 만에 래지 대위는 새로운 수색 지역을 탐색하고 있었다. 그는 (도시의 서쪽 부분 전체를 둘러싸는) 노스 스트리트 포스턴의 성벽에 올라갔고, 이 성벽에서 다시 로즈메리 가의 좁은 길에서 남쪽 끝에서 끝까지 계속 돌았다. 그때가 7시 20분 전이었다. 해가 진 지 30분이 넘었고, 구름 한 점 없는 서쪽 하늘에는 붉은 빛이 넓고 낮게 드리워져 있었다. 눈에 보이는 모든 물체는 부드러운 황혼에 은은해졌지만,

아직 어두워지지 않았다. 대위가 영국에서 볼 수 있는 가장 인상적인 장면 중 한 곳을 걸을 때, 아래쪽 거리에 켜진 처음 몇 개의 가로등은 희미한 노란 빛의 작은 얼룩처럼 보였다.

그의 오른편에는 성벽 너머로 들판이 펼쳐져 있었다. 비옥한 푸른 목초지, 목초지를 구분하는 나무들, 멀리 보이는 넓고 구불구불한 강, 근처에 흩어져 있는 건물들이 보였다. 모두가 저녁의 고요함에 둘러싸여 저녁의 평화로움으로 아름다웠다. 그의 왼편에는 요크 대사원의 장엄한 서쪽 전면이 도시 위로 치솟아 그 높은 탑들의 꼭대기에서 마지막으로 가장 밝은 하늘의 빛을 포착했다. 이 고귀한 풍경을 길을 잃은 소녀가 계속 남아서 봤을까? 아니다. 아직까지는 그녀의 흔적은 없었다. 대위는 주위를 주의 깊게 살피며 계속 걸어갔다.

그는 철길이 낡은 벽의 아치 구조물을 지나는 지점에 도달했다. 요새화된 요크와 지난 2세기 동안 포위 작전을 말해주는 오래된 역사적 석조물 밑에서, 위대한 철도 기업의 중심 활동이 시끄러운 삶의 모든 맥박과 함께 과거의 케케묵은 위엄과 나란히 뛰는 이곳에서 그는 잠시 멈춰 서서 그녀를 다시 찾았지만 허사였다. 다른 사람들은 철길의 황량한 광야에서 벌어지는 적막한 일들을 멍하게 내려다보고 있었다. 그러나 그녀는 그들 사이에 없었다. 대위는 어두워지는 하늘을 의심스럽게 쳐다보고는 계속 걸었다.

그는 아직도 옛날처럼 여전히 성벽을 튼튼히 한다는 미클게이트의 지하도에 다시 멈춰 섰다. 여기부터 포장된 산책로로 몇 계단을 내려와 옛날 문의 어두운 석조 경비실을 지나 다시 올라간 뒤, 성벽에 강에 닿을 때까지 남쪽으로 다시 그 길을 걸었다. 그는 잠시 멈춰서, 낡은 경비실의 희미한 안쪽 구석으로 걱정스럽게 들여다보았다. 그녀는 어두워질 때까지 기다리고, 사람들의 호기심 어린 눈빛에서 숨어 있는가? 아니다. 석실 안을 어슬렁거리는 고독한 일꾼만 있고, 다른 사람은 없었다. 선장은 지하도에서 나오는 계단을 올라가서 계속 걸었다.

그는 포장된 길을 따라 약 50~60야드를 나아갔다. 한쪽은 요크의 외곽 지역, 다른 한쪽은 밧줄 제조 공장과 빈 땅을 차지하고 있는 텃밭들이 있었다. 그는 간절한 눈빛으로 앞으로 나아가고 발걸음을 재촉했다. 그는 성벽 난간 옆에 서서, 얼굴을 서쪽으로 바라보고 있는 여자의 쓸쓸한 모습을 보았다. 그는 그녀가 돌아서 자신을 보기 전에 그녀임을 확실히 하기 위해 조심스럽게 다가갔다. 무기력하게 난간에 기대어 쉬고 있는, 키가 크고 어두운 모습은 틀림없었다. 그곳에서 그녀는 긴 검은 망토와 가운을 입고 서 있었고, 창백하고 단호한 젊은 얼굴에 저녁의 마지막 희미한 불빛이 부드럽게 비추고 있었다. 그녀는 그곳에 서 있었다. 부모님의 응석받이 사랑을 못 받은 지 3개월도 되지 않았고, 늘 보호받고 혼자서 신뢰를 받지 못했던 집안의 값진 보물이 그곳에 서 있었다. 세상에서 만신창이가 된 채, 낯선 도시의 조난자로, 성숙한 여성이 사랑스러운 여명 속에 서 있었다.

그처럼 방랑자 같은 그녀의 첫 모습에 불굴의 확신을 하고 있던 래지 대위마저도 깜짝 놀랐다. 그녀가 천천히 고개를 돌려 그를 바라보자, 그는 오랜 세월의 뻔뻔함으로 최대한 정중하게 모자를 들어 올렸다.

그가 말문을 열었다. "동생 밴스톤 양에게 말하는 영광을 가지네요. 여러 가지 이유로 매우 기쁩니다."

그녀는 놀랐지만 차갑게 그를 바라봤다. 집으로 돌아가는 길에 그가 가스 양과 함께 언니와 자신을 따라왔던 날의 기억이 떠오르지 않았지만, 그는 이제 달라진 태도와 옷으로 그녀와 마주했다.

그녀는 조용히 말했다. "사람 잘못 보셨네요. 난 당신을 몰라요."

대위가 답했다. "죄송하지만, 난 친척 중 한 명이에요. 올해 봄에 당신을 만나서 즐거웠죠. 그 기억에 남는 날에 돌아가신 아버님의 가문에 있는 존경스러운 가정교사에게 날 소개했었죠. 똑같이 기분 좋은 상황에서, 당신에게 날 소개하도록 허락해주세요. 내 이름은 래지입니다."

이때쯤 그는 뻔뻔스러움을 완전히 되찾았다. 다른 색깔의 두 눈은 기분 좋게 빛났고, 춤추듯 자신을 겸손하게 소개했다.

막달렌은 얼굴을 찡그리며 한 걸음 물러섰다. 대위는 냉대에 위축될 사람이 아니었다. 그는 우산을 겨드랑이에 끼고, 그녀가 알 수 있게 자신의 이름을 우스꽝스럽게 썼다. "ㄹ, ㅐ, ㅈ, ㅣ, -래지"라고 말하며 대위는 설득력 있게 손가락으로 글자들을 확인시켜줬다.

"당신 이름 기억할게요. 갑자기 떠나서 죄송해요. 약속 있어요."

그녀는 그를 지나 철도 쪽을 향해 북쪽으로 걸어가려고 했다. 그는 바로 양손을 들어 정중한 항의의 의미로 꿰맨 검은 장갑 한 켤레를 보였다.

"그렇게는 안 돼요, 밴스톤 양, 제발 부탁이에요!"

"왜 안 되죠?" 그녀가 오만하게 물었다.

"왜냐면 그쪽은 허스터블 씨의 집으로 가는 거니까요."

그의 대답을 듣고 억누를 수 없는 놀라움에 그녀는 갑자기 몸을 앞으로 숙여 처음으로 그의 얼굴을 가까이 바라보았다. 그는 대단히 기뻐하는 듯한 모습을 보였고 그때마다 그녀는 못미더워하며 세심히 살폈다. 대위는 장난스럽게 옛날 농담처럼 말했다. "ㅎ, ㅓ, ㅅ.- 허 그리고 ㅌ, ㅓ-허스터, ㅂ, ㅡ, ㄹ, -허스터블."

"허스터블 씨에 대해 뭘 알고 있죠? 나한테 그 사람을 말하는 이유는 뭐예요?"라고 그녀가 물었다.

대위의 입꼬리가 올라간 입술은 다시 위쪽으로 향했다. 그는 바로 주머니에서 전단지를 꺼내 보이며 가장 실제적인 목적에 맞게 대답했다.

"젊고 사랑스러운 눈으로 읽을 수 있을 만큼 빛이 남아 있어요. 당신의 질문에 내 설명을 듣기 전에, 이 전단지에 잠시 봐줘요."

그녀는 그에게서 전단지를 받았다. 황혼의 어스름한 불빛으로 그녀는 떠돌이 개처럼 자신에 대한 묘사가 인정사정없이 인쇄됐고 사례금이 적힌 내용을 읽었다. 그녀가 받을 충격에 대한 조심스러운 배려나 친절한 말은 없었다. 그녀가 전단지를 읽는 동안 교활한 눈으로 바라보던 방랑자는 자신이 훔친 전단지가 최악의 상황을 예상하고 만들어진 것이, 그녀를 찾는 모든 수단이 소용이 없을 때 공개적으로 쓰인다는 사실을 알지 못했다. 전단지가 그녀의 손에서 떨어졌고 얼굴이 매우 붉어졌다. 그녀는 마치 그의 존재에 대해 모른다는 듯이, 래지 대위를 외면했다.

"아, 노라 언니!" 슬프게 혼잣말을 했다. "편지를 쓰고 나서, 내가 얼마나 힘들게 떠났는데! 아, 노라 언니! 노라!"

"노라는 어때요?" 대위는 최대한 공손하게 물었다.

화가 난 커다란 회색 눈으로 그녀는 그에게 맞섰다. "이거 공개됐어요?" 그녀가 발을 동동 구르며 물었다. "내 목에 난 점에 대한 설명이 요크 전역에 퍼졌나요?"

"진정해요." 설득력 있는 래지가 간청했다. "현재 나에게 당신이 유일하게 유포된 사본을 읽었다고 믿을 만한 모든 이유가 있어요. 그건 내가 가져갈게요…."

그가 전단지에 손대기도 전에 그녀는 그걸 인도에서 낚아채서 갈기갈기 찢어서 벽에다 던졌다.

"브라보!"라고 대위가 외쳤다. "당신을 보니 당신의 불쌍한 어머니가 생각나네요. 그 가족 정신, 밴스톤 양. 우리는 모두 외할아버지로부터 뜨거운 피를 물려받았어요."

"이것 어떻게 얻었죠?" 그녀가 급히 물었다.

"아가씨, 내가 방금 말했잖아요." 대위가 항의했다. "우리 모두 외할아버지한테서 물려받았다고."

"그 전단지를 어떻게 얻었냐고요?" 그녀가 불같이 되물었다.

"천만 번 용서해주세요. 지금 가족 정신에 대해서 정신이 팔렸네요. 그걸 어떻게 얻었냐? 간단해요." 여기서 래지 대위는 가장 긴 단어로 습관적으로 한 발성 연습과 웅변술로 개인적인 설명을 했다. 이번처럼 드물지만 숨긴다고 해서 얻을 수 있는 것이 아무것도 없었던 그는 평소와는 달리, 자신의 상황이 다르다는 사실에 극도로 놀랐고, 완전한 진실을 말할 수 있었다. 막달렌에게 한 이야기의 효과는 래지 대위의 기대를 전혀 충족시키지 못했다. 그녀는 놀라지도 않았고, 짜증을 내지도 않았으며, 그의 자비에 기대거나 충고를 구하려고 하지 않았다. 그녀는 그의 얼굴을 계속 쳐다봤고, 그가 마지막 문장을 깔끔하게 맺었을 때, 그녀가 한 말은 "계속하세요"뿐이었다.

"계속요?"라고 대위가 되물었다. "충격으로 실망했군요. 하지만 다 말했어요."

"아뇨, 다 안 했어요. 당신은 이야기의 끝부분을 빠트렸어요. 결국, 당신은 날 찾아서 사례금 50파운드 보상금을 받으려고 여기 온 거예요."

그런 솔직한 말에 래지 대위는 너무나 놀라서, 잠시 말문이 막혔다. 막달렌이 유리해지기 전에, 방랑자는 균형을 되찾았다. 래지는 다시 제정신이 되었다.

"똑똑하네요." 대위는 너그럽게 웃으며 우산으로 인도를 계속 치며 말했다. "어떤 사람들은 진지하게 받아들일지도 몰라요. 난 쉽게 기분이 상하지 않아요. 또 해보세요."

막달렌은 황혼 속에 당황해 말문이 막혀 말을 잊은 채 그를 바라봤다. 그녀가 겪은 사회 경험이라고 해봐야 모두 상식을 가지고 사회적 지위가 있는 사람들 사이에서 겪은 것이었다. 지금까지 그녀는 문명사회에서 성공한 사람들만 봐왔다. 여기 실패한 사람이 한 명이 있고, 민첩한 그녀는 어떻게 해야 할지 당황했다.

"다시 그 주제로 돌아가는 걸 양해해 줘요. 당신이 정말 진심으로 말했을 것이라는 생각이 드네요. 불쌍한 아가씨! 내가 어떻게 사례금 50파운드를 받을 수 있겠어요? 그 전단지들은 앞으로 일주일 동안 공개적으로 붙지 않을 거예요. 나를 포함해 당신 모든 친척이 소중하니, 내 말을 믿어요. 이 일을 담당하고 있는 변호사들은 가능하다면, 당신에 대한 50파운드를 주지 않을 거예요. 아직도 내 궁핍한 주머니가 그 돈을 받으려고 벌리고 있다고 생각해요? 그럼 좋아요. 그럼 당신 손으로 직접 그 주머니를 잠가요. 오늘 밤 9시 45분에 런던으로 가는 기차가 있어요. 당신 친구가 원하는 대로 돌아가요."

"절대 안 돌아가요!" 막달렌은 대위가 의도한 대로 그 제안에 소리쳤다. "만약 그 전에 마음을 먹지 않았다면, 그 극도로 불쾌한 전단지를 보고 맘을 먹었겠죠. 난 노라 언니는 용서해요." 그녀는 돌아서면서 혼잣말로 덧붙였다. "하지만 펜드릴 씨와 가스 양은 아니에요."

"바로 그거예요. 그게 가족 정신이에요. 나도 당신 나이에 똑같이 해야 했는데. 피를 이어받았네요. 아! 7시 30분이네요. 밴스톤 양, 계절의 변덕을 용서하세요. 결심이 굳었다면, 자기 뜻대로 하겠다면, 8시가 되기 전에 반드시 할 일이 있어요. 당신은 젊고 경험이 부족하고, 절박한 위험에 처해 있어요. 여기 한쪽에 비상사태가 일어났어요. 다른 쪽에는 삼촌으로서 관심과 충고가 가득한 내가 있어요. 날 선택해요."

"아무에게도 의지하지 않고 나 스스로 행동하기로 한다면요? 그다음은요?"

"그럼 당신은 고대의 흥미로운 도시 요크에서 당신을 잡으려는 4개의 함정 중 하나에 곧장 들어가는 거죠. 첫 번째 함정은 허스터블 씨의 집, 두 번째 함정은 모든 호텔, 세 번째 함정은 기차역, 네 번째 함정은 극장이요. 전단지를 들고 온 그 남자가 한 시간 동안 처리했을 거예요. 그가 지금까지 (지역 변호사의 도움으로) 그 4가지 함정을 만들지 않았다면, 그는 내가 생각한 유능한 변호사 사무장이 아니죠.

자, 당신 뒤에 있는 누군가의 충고를 나의 충고를 더 듣고 싶…."

"나 혼자라는 거 알잖아요." 그녀가 위풍당당하게 끼어들었다. "만약 당신이 나를 더 잘 안다면, 당신은 내가 나 말고는 아무도 의지하지 않는다는 걸 알 거예요."

그 말은 이제 대위의 마음에 남았던 유일한 의구심, 즉 자신 앞에 어느 길이 분명한지에 대한 의구심이 풀어졌다. 그녀가 집을 떠난 이유는 전단지에 써진 대로 무대에 오르는 무모한 환상이 확실했다. 래지 대위는 속으로 논리적으로 생각했다. '두 가지 중 하나는, 현재 상황에서 그녀가 나에게 50파운드 이상의 가치가 있는지 없는지야. 만약 가치가 있다면, 그녀의 친구들은 그녀를 위해 뭔가를 해줄지도 몰라. 가치가 없다면 전단지가 걸릴 때까지 그녀를 데리고 있어야 해.' 이런 간단한 행동 계획을 굳힌 대위는 자신을 믿을 수밖에 없는 대안과 친구에게 돌아가야 하는 대안 사이에 막달렌이 정중히 놓이게 했다.

그는 도덕적으로 엄숙한 태도로 말했다. "나는 젊고 사랑스러운 친척의 독립적인 성격을 존중하고, 존중을 넘어 감탄해요. 하지만 (과감한 주장이지만) 당신 뜻대로 하려면, 먼저 당신만의 방법이 있어야 해요. 지금 당신은 어디로 갈 거죠? 우선 허스터블 씨는 논외예요."

"오늘 밤이 안 되면, 허스터블 씨에게 편지를 써서 내일 개인 약속을 잡으면 되겠죠?"

"진심으로 인정해요. 명확한 답이에요. 그럼 이제 내 차례예요. (다시 한번 과감히 말해서) 내일을 맞이하려면, 오늘 밤을 지내야 할 텐데, 어디서 잘 거죠?"

"요크에는 호텔이 없나요?"

"대가족을 위한 훌륭한 호텔들, 미혼인 신사들을 위한 훌륭한 호텔들, 남자 에스코트도 없고, 하녀도 없고, 짐도 하나도 없이 예쁘고 젊은 여성을 위한 세계 최악의 호텔들은 있죠. 어두워졌으니, 우리 동네에서 있다면, 여성용 숙소를 찾을 수 있을 거예요."

"내 짐은 휴대품 보관소에 있어요. 보관소 표를 보내려면 어떻게 하죠?"

"없어요. 짐 때문에 주소를 알려주려는 거라면, 그런 건 없어요. 생각을 해봐요, 제발! 당신을 찾는 사람들이 정말 휴대품 보관소를 살피지 않을 만큼 어리석다고 생각해요? 밤 8시에 허스터블 씨의 집에 오지 않았다는 것을 알았을 때, 모든 호텔에 문의해 보지 않을 만큼 바보라고 생각해요? 당신처럼 눈에 띄는 외모의 젊은 여성이 (그들이 당신을 받아들이는 데 동의하더라도) 호기심과 이야기의 주제가 되지 않고 여관에서 지낼 수 있을 거로 생각해요? 여기는 밤이 빨리 와요. 질질 끌지 말고, 한 번만 더 물을게요. 어디서 잘 거죠?"

그 질문에는 답이 없었다. 막달렌의 입장에선 말 그대로 대답할 말이 없었다. 그녀는 조용했다.

"어디서 잘 거죠?" 대위가 되물었다. "대답은 분명해요. 내 집에서 자요. 래지 부인은 당신을 보면 기뻐할 거예요. 그녀를 당신의 숙모라고 생각해요. 부디 숙모라고 생각해줘요. 집주인은 과부고, 집은 가깝고, 다른 하숙인도 없고, 침실도 있어요. 모든 상황에서, 이보다 더 충분한 것이 있을까요? 있죠, 난 내일에 대해 아무 말도 안 했어요. 내일은 당신에게 맡길 것이고, 나는 오늘 밤만이에요. 당신의 성급하고 독립적인 성격을 생각하면, 내 동정심과 감탄이 강할 수도 있고 아닐 수도 있어요. 견습생 생활부터 시작해 영국 연극의 빛나는 스타들의 수많은 예를 보면, 당신이 시작하려는 무대가 내 기억에 남을 수도 있고 아닐 수도 있어요. 이건 앞으로의 일들이에요. 지금은, 엄격히 내 할 일만 하는 거예요. 걸어서 5분이면 내가 사는 곳이에요. 내가 돕게 해줘요. 싫어요? 망설여져요? 날 못 믿는 거예요? 세상에! 혹시 나에 대한 안 좋은 말 들은 적 있어요?"

"상당히요." 막달렌은 조금도 움찔하지 않고 답했다.

"자세히 물어봐도 될까요?" 대위는 매우 침착하게 물었다. "내 감정은 신경 쓰지 말고 말해줘요. 간단히 말해서, 뭘 들었죠?"

그녀는 궁지에 몰렸을 때의 결과를 완전히 무시한 채 그에게 대답했다. 그녀는 바로 그에게 답했다.

"당신이 사기꾼이라고 들었어요."

"정말 그렇게 들었어요?" 이해가 안 되는 래지가 말했다. "사기꾼이라? 그 점에 대해서는 시기가 더 적당할 때 이야기하죠. 논쟁을 해보자면, 내가 사기꾼이라면, 허스터블 씨는 뭐죠?"

"존경할 만한 남자요. 그렇지 않았다면 우리가 처음 만났던 집에서 그를 만나지 말았어야 했겠죠."

"아주 좋아요. 그럼, 당신은 좀 전에 허스터블 씨에게 편지를 쓰겠다고 했어요. 당신은 존경할 만한 남자가 그녀가 연극을 하기 위해 집에서 가출했다고 공개적으로 인정하는 젊은 여성과 무엇을 할 거로 생각해요? 당신의 말을 들어보면, 지금과 같은 곤경에서 당신에게 필요한 사람은 존경할 만한 남자가 아니에요. 사기꾼이죠, 나 같은."

막달렌은 쓸쓸하게 웃었다.

"맞는 말이에요. 내 처지와 상황을 상기시켜줘서 고마워요. 나는 내 목적을 이뤄야 해요. 그리고 내가 어느 길로 갈지 선택할 수 있을까요? 이제 내가 용서를 구할 차례네요. 내가 가족이고 어떤 위치에 있는 아가씨처럼 말했네요. 말도 안 되는 소리죠! 우리는 그 점에서 더 잘 알잖아요, 래지 대위님? 당신 말이 맞아요. 누구의 자식도 아닌 사람은 아무 집에서나 자야 해요. 당신 집이라고 왜 안 되겠어요?"

그녀의 갑작스러운 기분의 변화로 교묘하게 이익을 챙기고, 더 말을 많이 해서 짜증이 나게 하는 것을 교묘하게 자제하면서 대위가 말했다. "이쪽입니다, 이쪽."

그녀는 그를 따라 몇 걸음 걷다가 갑자기 멈췄다.

그녀가 갑자기 소리쳤다. "날 찾는다고 해도, 나에 대한 권한이 누구한테 있죠? 내가 가고 싶지 않다면, 누가 날 데려갈 수 있죠? 그 사람들이 내일 날 찾는다면, 그다음은요? 펜드릴 씨에게 싫다고 할 수 없나요? 가스 양에게 용기 있게 맞설 수 없을까요?"

"노라에게는 용기 있게 맞설 수 있겠어요?"라고 벌써 2번이나 노라에 대해 말했던 것을 잊지 않았던 대위가 속삭였다.

그녀는 고개를 숙였다. 그녀는 마치 차가운 밤공기가 자신을 덮친 것처럼 몸을 떨었고, 지쳐서 벽의 난간에 등을 기대었다. "노라 언니한테는 안 돼요"라고 그녀가 슬프게 말했다. "다른 사람들과 있을 때는 나 자신을 믿을 수 있지만, 노라 언니한테는 안 돼요."

"이쪽이에요." 래지 대위가 다시 말했다. 그녀는 정신을 차리고, 어두워지는 하늘을 올려다보고, 어두워지는 풍경을 둘러봤다. "피할 수 없다면, 따라야지"라고 말하며 그를 따라갔다.

그들이 성벽 산책로를 떠나 로즈메리 가로 내려갔을 때 대사원 시계는 7시 45분을 가리켰다. 거의 같은 시간에 런던에서 온 변호사의 사무장은 부하직원들에게 마지막 지시를 내리고, 허스터블 씨가 사는 집이 잘 보이는 강 건너편에 자리를 잡았다.

Chapter 2

　래지 대위는 로즈메리 가에 일렬로 있는 작은 집들 중 거의 가운데에 멈춰서, 직접 열쇠로 문을 열고 그의 손님과 함께 들어갔다. 복도에 들어서자, 미망인의 모자를 쓴 초췌한 여자가 촛불을 들고 나타났다. "제 조카딸이에요." 대위는 막달렌을 소개했다. "요크를 방문한 조카인데 고맙게도 당신의 빈 침실에서 지내겠다고 하네요. 괜찮으시다면, 제 조카를 위해, 침대보를 특별히 신경 써주시겠어요? 아내는 위층에 있나요? 알겠어요. 촛불 좀 빌려주세요. 2층 안방에 아내가 있어요. 올라가요."

　그가 계단을 먼저 올라갔을 때, 초췌한 미망인이 애처롭게 막달렌에게 속삭였다. "아가씨가 돈을 냈으면 좋겠어요. 아가씨 삼촌은 돈 안 냈거든."

　대위가 2층 거실문을 여니, 색 바랜 호박색 새틴 가운을 입고 거무칙칙한 낡은 장갑을 손에 끼고 너덜너덜한 낡은 책을 무릎에 두고, 옆에는 작은 침실 촛불을 둔 채 작은 의자에 홀로 앉아 있는 여성이 보였다. 그 여자는 달처럼 크고 매끄럽고 희고 둥근 얼굴에 모자를 쓰고 녹색 리본을 하고 있었고, 공허해 보이는 온화하고 연한 푸른 색깔의 눈이 희미하게 빛나고 있었고, 문이 열렸을 때 막달렌이 있다는 것을 전혀 눈치채지 못했다.

　"래지 부인!" 대위가 그녀가 깊이 잠든 것처럼 소리쳤다. "여보!" 연한 푸른 색깔의 눈을 한 여자는 천천히 끝없이 일어섰다. 마침내 다 일어서자, 키가 6피트 2, 3인치에 달했다. 거인처럼 거대한 남녀는 하늘의 뜻에 따라 대부분 온화하게 태어난다. 만약 그런 상황에서 래지 부인과 어린 양을 나란히 놓고 본다면, 양이 사기꾼으로 보였을 것이다.

"차 드려요, 대위님?" 래지 부인은 발끝으로 서도 겨우 그녀 어깨에 닿는 남편을 고분고분하게 내려다보며 물었다.

"어린 밴스톤 양이에요." 대위가 막달렌을 소개했다. "우연히 만난 우리의 어여쁜 친척이자 오늘 하룻밤 머물 손님이에요!" 대위는 그 키 큰 여자의 눈을 보면, 잠들지 않았는데도 그녀가 여전히 깊이 잠들어 있는 것처럼 또다시 소리쳤다. 래지 부인의 큰 얼굴에 미소가 (희미하게) 지어졌다. "네?" 그녀는 미심쩍어하며 말했다. "아, 정말요? 아가씨 앉을래요? 미안해요, 미안하다는 말이 아니라, 반가⋯." 그녀는 말을 멈추고, 무기력한 표정으로 남편을 바라봤다.

"반갑다는 거예요, 물론!"이라고 대위가 외쳤다.

"반갑다는 거예요, 물론!" 호박색 새틴 옷을 입은 거인이 더 온순하게 그대로 따라 했다.

대위가 설명했다. "아내는 귀가 어두운 게 아니고, 그냥 좀 느린 것뿐이에요. 체질적으로 무기력하다고 해야 하나. 난 그냥 자극되게 크게 소리칠 뿐이에요 (크게 소리치더라고 이해해 줘요). 그녀에게 소리치면 바로 생각이 떠오르죠. 그녀에게 말하면 당신한테서 바로 멀어질 거예요. 래지 부인!"

래지 부인은 그 자극에 바로 반응했다. "차 드려요?" 두 번째 물었다.

"모자 똑바로 써요. 너무나 미안해요. 슬프게도 나 자신의 질서 의식 때문에 괴로워요. 모든 게 어수선하고, 체계적이지 않고 규칙적이지 않아서 너무나 짜증이 나네요. 집중력이 흐트러지고, 평정심을 잃어요. 물건들이 바로 정리될 때까지 가만히 있지 못해요. 대외적으로 말해서, 매우 유감스럽게도 아내는 내가 만난 여자들 중에서 가장 비뚤어진 여자예요. 오른쪽으로 조금 더!" 래지 부인이 마치 잘 훈련된 아이처럼 남편의 지시에 따라 고쳐 쓴 머리 장식을 보여주자 대위가 소리쳤다. 래지 부인은 바로 모자를 왼쪽으로 당겼다. 막달렌이 일어나서 바로 해줬다. 달 같은 거인의 얼굴이 처음으로 밝아졌다.

그녀는 막달렌의 망토와 보닛을 감탄하며 바라봤다. "드레스 좋아해요, 아가씨?" 그녀가 갑자기 은밀히 속삭이며 물었다. "나는 좋아해요."

"밴스톤 양에게 방을 보여줘요." 마치 집 전체가 자기 것인 양 대위가 말했다. "4층 앞쪽에 있는 집주인의 손님용 침실이 있어요. 밴스톤 양에게 필요한 화장실과 물건들 모두 줘요. 짐은 없으니 필요한 거 챙겨주고 돌아와서 차를 끓여줘요."

래지 부인은 다소 어리둥절한 표정으로 이런 고상한 지시에 따라 방으로 나가는 길을 안내했다. 막달렌은 친절한 대위가 건넨 촛불을 들고 그녀를 따라갔다. 층계참에 그들만 남게 되자마자, 래지 부인은 막달렌이 처음 소개받았을 때, 읽고 있었던 그리고 한 번도 손을 대지 않았던 너덜너덜해진 낡은 책을 들어서 천천히 자신의 이마를 두드렸다. "아, 머리야!" 키 큰 여인은 조용히 혼잣말했다. "윙윙거림이 또 더 심해지네!"

"윙윙거려요?" 막달렌은 무척 놀라며 되풀이했다.

래지 부인은 아무런 설명 없이 계단을 올라갔고, 3층에 있는 방 중 한 곳에 들어갔다.

"여기는 4층이 아니에요, 확실히 내 방이 아니죠?"라고 막달렌이 말했다.

래지 부인이 간청했다. "잠깐만요, 아가씨, 위층에 올라가기 전에 잠깐만요. 머리가 평소보다 더 윙윙거리네요. 다시 좋아질 때까지 조금만 기다려줘요."

"도움을 구할까요? 집주인을 부를까요?"

"도움요?" 래지 부인이 메아리치듯이 따라 했다. "세상에, 도움 필요 없어요. 익숙해요. 몇 년 동안 종종 머리가 윙윙거렸어요." 그녀는 멈춰서, 생각했다가, 멍해 있다가, 자포자기하며 갑자기 질문했다. "런던에 있는 다치 식당 가 본 적 있어요?" 그녀는 깊은 관심을 보이며 물었다.

"아뇨." 이상한 질문에 당황하며 막달렌이 답했다.

"내 머리가 윙윙거리기 시작한 곳이 거기예요." 래지 부인은 깊은 관심과 걱정으로 말했다. "다치 식당에서 신사분들 식사 시중 일을 했어요. 신사분들이 다 같이 들어와서 다 같이 배고파서 한꺼번에 주문했는데…." 그녀는 말을 멈추고, 너덜너덜한 낡은 책으로 기운 없이 이마를 다시 두드렸다.

"그 주문을 다 외우고, 주문한 음식을 하나씩 내오고?" 그녀를 도와주며 막달렌이 말했다. "그렇게 하면서 당신을 혼란스럽게 했나요?"

"맞아요!" 래지 부인은 매우 흥분하며 말했다. "삶은 돼지고기와 야채, 그리고 피즈 푸딩(말린 완두콩을 푹 삶아 햄이나 돼지고기를 곁들인 요리)이 1번 주문. 2번 주문은 소고기 스튜와 당근과 구스베리 타르트. 3번 주문은 웰던으로 익힌 비계가 있는 양고기. 4번 주문은 대구와 파스닙(배추 뿌리같이 생긴 채소), 갈비를 갓 요리해야지, 안 그러면 힘들어요. 5, 6, 7, 8, 9, 10번 주문이 있어요. 당근과 구스베리 타르트, 피즈 푸딩, 돼지고기와 소고기와 양고기, 묵은 빵은 여기, 새 빵은 저기, 그리고 이 신사분은 치즈를 좋아하고, 저 신사분은 안 좋아하고, 마틸다, 틸다, 틸다, 틸다, 내 이름도 모를 때까지 수십 번을 듣죠. 오, 세상에, 정말, 한꺼번에 들어와서, 모두가 동시에 화를 내고, 내 머릿속에서 벌 수백만 마리가 윙윙거렸어요. 대위님한테는 말하지 마세요! 절대 말하지 마세요!" 그 불행한 생명체는 너덜너덜하고 낡은 책을 떨어트리고, 말할 수 없는 공포의 표정으로 문을 바라보며 양손을 때렸다.

"쉿! 조용히! 대위는 당신 말 못 들어요. 이제 당신 머리가 왜 그런

지 알겠어요. 진정시켜줄게요." 막달렌은 수건을 물에 담근 다음, 온순한 아픈 아이와 같은 래지 부인의 뜨겁고 힘없는 머리에 가져다 댔다. "손이 참 예쁘네요!" 시원함을 느낀 불쌍한 생명체는 감탄하며 막달렌의 손을 잡았다. "정말 부드럽고 하얗네요! 난 숙녀가 되려고 노력하고, 항상 장갑을 끼고 있지만, 당신과 같은 손은 가질 수가 없어요. 하지만 난 멋진 드레스를 입었어요, 그렇죠? 나는 드레스를 좋아해요. 나에게 위안을 줘요. 난 내 물건들을 볼 때 항상 행복해요. 나한테 화내지 않을 거죠? 당신의 보닛(뒤에서부터 머리 전체를 감싸듯이 가리고 얼굴과 이마만 드러낸 모자)을 한번 써보고 싶어요."

막달렌은 어린 동정심으로 그녀의 기분을 맞춰졌다. 그녀는 머리에 보닛을 쓰고 거울을 바라보며 웃으며 고개를 끄덕이며 서 있었다. "예전에 이렇게 예쁜 거 하나 있었어요. 그건 검은색이 아니라 흰색이었어요. 대위와 결혼할 때 썼어요."

"그 사람을 어디서 만났어요?" 막달렌은 래지 대위에 대한 부족한 정보를 얻기 위한 기회로 삼으면서 물었다.

"그 식당에서요. 그는 시중을 든 많은 사람들 중 가장 배고프고 가장 시끄러웠어요. 다른 모든 실수를 합친 것보다 그에게 더 많은 실수를 했었어요. 그는 욕을 하곤 했죠. 아, 비속어는 쓰지 않았어요. 그가 나에게 욕하는 걸 그만뒀을 때, 나와 결혼했어요. 나를 원하는 다른 사람들도 있었어요. 아, 내가 선택했죠. 왜 안 돼요? 예상하지 못하게 돈이 조금 남아 있을 때, 돈을 벌 수 없다면, 어떻게 하겠어요? 선택해야 하지 않을까요? 난 돈이 별로 없었고, 선택도 했고, 대위를 선택했어요. 내가 대위를 선택한 거예요. 내가. 그는 그들 중에서 가장 똑똑하고 키가 가장 작았어요. 그 사람은 나와 내 돈을 돌봐줬어요. 난 여기 있고, 돈은 사라졌어요. 그 수건을 탁자 위에 내려놓지 말아요. 그 사람은 그 수건 안 쓸 거예요. 면도기는 치우지 말아요. 제발, 안 그러면, 잊어버려요. 내일 아침에 사용할 것을 기억해야 해요. 고마워요,

211

대위는 스스로 면도 안 해요. 나한테 가르쳤어요. 내가 면도해줘요. 머리도 만져주고 손톱도 깎아줘요. 그 사람은 손톱에 매우 신경 써요. 바지도 신발도 그래요. 아침에는 신문도 챙겨줘야 하고. 아침, 점심, 저녁 식사에 차에…." 그녀는 말을 멈추고, 갑자기 생각이 났는지, 바닥에 떨어진 낡은 책을 보고 낙심하며 손을 꼭 쥐었다. "읽었던 부분을 잊어버렸어요!" 그녀가 힘없이 소리쳤다. "오, 세상에, 내가 이래요! 잊어버렸어요."

"괜찮아요. 내가 바로 다시 찾아줄게요."

그녀는 책을 집어 페이지를 살폈고, 래지 부인이 중요하게 여겼던 것은 생선, 고기와 가금류와 일반적인 조리법이 담긴 요리책이었다. 페이지를 넘기던 막달렌은 어떤 한 페이지에 반쯤 마른 눈물 자국이 두껍게 나 있는 것을 봤다. "궁금하네요! 요리책에 불과한데, 누군가가 읽으면서 울었던 거 같아요."

"누군가요?" 래지 부인이 놀란 표정으로 말했다. "누군가가 아니라 나예요. 고마워요. 그 부분이 맞는 거 같네요. 종종 그거 보면서 울어요. 당신도 대위님 저녁 준비해야 하면 울 거예요. 이 책을 읽으면 다시 머릿속이 윙윙거려요. 누가 이해하겠어요? 때때로 윙윙거리다가, 사라져요. 이거 봐요! 내일 아침 식사로 그 사람이 해 달라는 거예요. '허브가 들어간 오믈렛. 달걀 두 개를 물이나 우유, 소금, 후추, 쪽파, 파슬리와 함께 저어라. 작게 다져라.' 저기! 작게 다지라니! 모두 다 넣고 섞었는데 어떻게 작게 다져요? '버터를 엄지손가락 크기만큼 프라이팬에 넣어라.' 내 엄지손가락을 봐요, 당신 엄지손가락도 봐요! 어떤 크기를 말하는 거죠? '끓여라, 하지만 갈색이 되어서는 안 된다.' 갈색이 아니면 어떤 색이어야 하죠? 책에서 안 알려줘요. 나보고 알라는데, 난 몰라요. '오믈렛을 부어라.' 이건 내가 할 수 있어요. '익을 때까지 기다렸다가, 가장자리를 둥글게 한 다음, 그것을 뒤집어서 크기를 두 배로 만들어라.' 아, 오늘 밤 당신이 오기 전까지, 내가 그것을 뒤집어서 두 배로 만든 걸 머릿속으로 여러 번 생각했어요! '부드럽게 하고, 프라이팬에 접시로 얹어서 뒤집어라.' 내가 뭘 뒤집어야 하죠? 오, 세상에, 차가운 수건을 다시 한번 써봐야 하는지, 접시인지 프라이팬인지 알려줄래요?"

"접시를 프라이팬 위에 올리고 나서 프라이팬을 뒤집으라는 그런 의미인 것 같아요."

"정말 고마워요. 기억하게, 다시 한번 말해 줄래요?"

막달렌이 다시 말해 줬다.

래지 부인이 갑자기 힘을 내면서 말을 따라 했다. "그리고 프라이팬을 뒤집어라. 이제 알겠어요! 아, 오믈렛을 전부 튀긴다고 생각했는데, 전부 튀기면 안 되는 거였어요. 정말 고마워요. 아가씨가 제대로 알려줬어요. 말하는 게 조금 피곤할 뿐이에요. 그리고 프라이팬을 뒤집고, 또 뒤집고, 또 뒤집는다. 시처럼 들리는데요?"

그녀의 목소리는 가라앉았고, 졸린 듯이 눈을 감았다. 바로 그 순간 아래층 방문이 열렸고, 아내의 능력을 일깨우는 대위의 감미로운 낮은 목소리가 위층으로 울렸다.

"래지 부인! 부인!" 대위가 외쳤다.

그 끔찍한 호출에 그녀는 벌써 일어났다. "아, 그 사람이 뭘 하라고 했죠?"라며 정신없이 물었다. "많이 시켰는데, 다 까먹었어요!"

"그 사람이 물어보면 다 했다고 말해요. 날 위해 챙기라는 거, 필요 없어요. 필요한 거 내가 다 기억하고 있어요. 내 방은 4층 앞쪽 방이에요. 내려가서 내가 바로 올라갔다고 말해요."

그녀는 촛불을 챙기고 래지 부인을 층계참으로 밀었다. "내가 바로 올라갔다고 말해요"라고 다시 속삭이고 나서 혼자서 4층으로 올라갔다.

방은 작고, 답답하고, 가구는 아주 형편없었다. 예전에 가스 양은 콤-레이븐에서 하인에게 그런 방을 주는 것을 망설였을 것이다. 하지만 그곳은 조용했고, 혼자만의 시간이 생겼다. 그래서 참을 만했고 오히려 반가웠다. 그녀는 낯선 방에 충동적으로 들어가 무의식적으로 덜컹거리는 삐딱한 작은 탁자와 칙칙해 보이는 작은 거울 쪽으로 갔다. 그녀는 거기서 잠시 있다가, 개의치 않고 돌아섰다. '내가 얼마나 창백한지 그게 무슨 상관이야? 프랭크가 날 볼 수 있는 것도 아니고. 지금 그게 무슨 상관이야.'

그녀는 망토와 보닛을 옆에 내려놓고 자리에 앉아 몸을 추슬렀다. 하지만 오늘 일어났던 일로 지쳤다. 옛날 일을 기억하려고 하니 마음만 아팠다. 앞날은 막막했다. 그녀는 다시 일어나서 커튼이 없는 창가로 가서, 적막한 밤에 그녀의 고독함에 숨겨진 연민이 있는 것처럼 밖을 바라봤다.

"노라 언니!" 부드럽게 혼잣말을 했다. "노라 언니가 날 생각하고 있는지 궁금해. 아, 언니만큼 인내심이 있다면! 내가 마이클 밴스톤에게 빚진 빚을 잊을 수만 있다면!"

그녀의 얼굴은 앙심을 품은 절망감으로 어두워졌고, 새장 같은 작은 방을 천천히 왔다 갔다 했다. "안 돼, 그 빚을 갚을 때까지 절대로!" 그녀는 프랭크를 다시 생각했다. "아직도 바다에 있어, 불쌍해, 나에게서 점점 멀어지고 있어. 낮에도 항해하고 밤에도 항해하고. 아, 프랭크, 날 사랑해줘요!"

눈에 눈물이 고였다. 눈물을 닦아내고, 문 쪽으로 가서 다시 열면서 필사적으로 경박하게 웃었다.

"다른 사람 생각이 내 생각보다는 낫겠지." 방에서 나오면서, 불쑥 말했다. "얼빠진 숙모랑 사기꾼 삼촌을 잊어버리고 있었어." 그녀는 2층 층계참으로 내려갔고, 거기서 잠시 망설이며 자문했다. "어떻게 끝날까? 눈앞이 보이지 않는 여정에서 난 지금 어디로 가고 있지? 누가 알고 누가 신경 쓸까?"

그녀는 방으로 들어갔다.

래지 대위는 자신만의 연회장에서 왕자처럼 차를 마시고 있었다. 탁자 한쪽에 앉은 래지 부인은 먹이를 기다리는 동물처럼 남편의 눈을 바라봤다. 반대편에는 빈 의자가 있었고, 막달렌이 들어오자 대위가 손을 흔들었다. "방은 어때요? 래지 부인이 잘했겠죠? 우유와 설탕 넣어요? 빵 한번 먹어봐요. 요크산 버터와 신선한 달걀을 느껴봐요. 얼마 안 되고 초라한 식사지만, 신사의 환영으로 양념했어요."

"소금, 후추, 쪽파, 파슬리로 양념하기." 래지 부인은 요리법과 관련된 단어를 바로 듣고, 남은 저녁 시간 동안 오믈렛에 대해 생각하며 중얼거렸다.

"테이블에 똑바로 앉아요!" 대위가 소리쳤다. "왼쪽으로 더, 조금 더요." 그가 막달렌에게 계속 말했다. "당신이 위층에 가 있는 동안, 계속 생각했어요. 나는 오로지 당신을 생각해서 당신의 처지를 생각했어요. 내일 내 경험에 대해 알고 싶다고 결정하면, 기꺼이 알려줄게요. 당연히 이렇게 말하겠죠. '난 당신을 잘 모르고 탐탁지 않아요, 대위님.' 한가지 장담하지만, 차를 다 마시고 나면, 당신은 나 자신과 내 성격에 꽤 친숙해질 거예요. 거짓 수치심은 내 본성과는 맞지 않아요. 내 아내, 내 집, 내 빵, 내 버터, 그리고 내 계란을 있는 그대로 보고 있어요. 그러면서 나도 봐요."

차를 다 마시자, 남편의 신호에 따라, 래지 부인은 손에 여전히 요리책을 든 채 방 한구석으로 물러났다. 그녀가 막달렌을 지나칠 때 조심스럽게 속삭였다. "잘게 다지기, 그게 어려운 문제에요. 그렇죠?"

"또 발을 끌잖아요." 부인이 무거운 평발을 질질 끌며 방을 걸어가자, 평발을 가리키며 대위가 소리쳤다. "오른쪽 신발. 발꿈치 쪽으로 당겨 신어요, 부인. 제발." 그는 팔을 막달렌에게 내밀고 지저분 작은 말털 소파로 데려갔다. "긴 여행을 했으니 정말 쉬고 싶을 거예요." 그는 소파에 의자를 끌어당겨 놓고, 마치 그가 담당 의료진으로 진단을 하는 것처럼, 단조로운 표정으로 그녀를 살폈다. "꽤 가족 같네요. 우

리의 주제인 나의 사기꾼 같은 자아로 돌아갈까요? 아뇨, 아뇨, 사과
도 할 필요도, 항의할 필요도 없어요. 당신이 그 문제를 말할 필요 없
어요. 날 믿어요. 이제 사실을 말할게요. 난 누구고 뭐하는 사람일까
요? 이 흥미로운 도시의 성벽에서 나눴던 대화를 다시 떠올려서 당신
의 관점에서 다시 시작하죠. 나는 사기꾼이고, (내가 이미 지적했듯
이) 당신이 만날 수 있는 가장 도움이 되는 사람이에요. 이제 봐요! 사
기꾼에는 여러 종류가 있어요. 우선 나의 다양성에 대해 말하고 싶네
요. 나는 협잡꾼이에요."

전혀 악의가 없는 남자로서 솔직하게 말했다는 기쁨에 색깔이 다
른 두 눈은 막달렌을 보며 반짝였고, 입꼬리가 올라간 입술로 미소를
지었다. 그의 부인은 그의 말을 들었을까? 막달렌은 그의 어깨너머로
방구석에 앉아 있는 그녀를 보았다. 요리법을 독학하는 그녀는 그 이
야기에 열중하지 않았다. 그녀의 상상 속의 오플렛은 어렴풋하게 재
서 엄지손가락 크기의 버터를 넣는 결정적인 단계까지 이르렀다. 래
지 부인은 자신의 엄지손가락 중 하나를 생각하며 앉아 있었는데, 마
음에 들지 않았는지 고개를 저었다.

대위가 말을 이었다. "충격받지 말아요. 협작꾼이 3음절밖에 안 된
다고 놀라지 말아요. ㅎ, ㅕ, ㅂ-협, ㅈ, ㅏ, ㄱ-작, ㄲ, ㅜ, ㄴ-꾼. 뜻은
도덕적인 영농인으로 인간 공감의 분야를 키우는 사람이에요. 나는
도덕적인 영농인고, 교양있는 사람이에요. 내 직업에서의 성공을 부
러워하는 편협한 평범한 사람이 나를 사기꾼이라고 불러요. 그건 뭘
까요? 똑같이 저급한 마음이 비슷한 태도로 다른 직업들의 사람들을
공격하죠. 위대한 작가를 글쟁이라 부르고, 위대한 장군을 도살업자
등으로 부르죠. 그것은 전적으로 보는 관점에 달렸어요. 당신의 생각
을 받아들여서, 난 나 자신을 협작꾼이라고 부릅니다. 이제 의무감은
내려놓고, 날 받아줘요. 내 직업에 있어, 내 말을 들어줘요. 계속 솔직
하게 말할까요?"

"네, 그리고 내가 어떻게 생각하는지 나중에 솔직하게 말해줄게요" 라고 막달렌이 말했다. 대위는 목을 가다듬고, 마음속으로 말, 발, 포병, 그리고 예비군 등 모든 군대 용어를 떠올렸고, 일반적인 책임감으로 사회의 도덕적 정착을 위해 행동에 돌입했다.

"잘 봐요. 난 궁핍한 사람이에요. 알겠죠. 내가 어떻게 그런 상태가 되었는지에 대한 질문을 복잡하게 하지 않고, 난 가난한 사람들을 돕는 것이 기독교 공동체의 의무인지만을 물어볼 거예요. 만약 당신이 아니라고 하면, 당신 때문에 난 정말 놀라고, 그걸로 끝이에요. 만약 그렇다고 하면, 내가 묻고 싶은 것은, 내가 왜 기독교 공동체의 본분을 다하는 것으로 비난을 받아야 하는지 물을 거예요. 돈을 절약한 신중한 사람이 아무도 저축하지 않은 조심성 없는 낯선 사람에게 돈을 다시 써야 하냐고 말할지도 모르죠. 물론 아니에요! 무슨 근거로요? 세상에, 그 사람이 돈이 있다는 건 분명하니까요. 전 세계에서 돈이 없는 사람은 돈이 있는 것처럼 가식을 떨죠. 10명 중 9명은 그런 가식은 거짓이에요. 왜요! 당신 주머니가 두둑하고, 내 주머니가 텅 비었다고, 날 안 도울 거예요? 비열하네요! 당신이 내 사람에 대한 신성한 자선의 의무를 저버리도록 할 거라 생각했어요? 난 그렇게 놔두지 않을 거예요. 분명히요. 그건 도덕적 영농인으로 나의 원칙이에요. 사기를 인정하는 원칙이냐고요? 물론이죠. 인간 공감의 분야를 다른 식으로 키울 수 없다고 내가 비난해야 하나요? 단순히 농사짓는 일이면 형제 영농인과 논의해요. 부탁만 한다고 그 사람들이 농산물을 얻나요? 아뇨! 내가 못된 인간을 피하듯이 그들은 빈약한 자연을 피해야만 해요. 그들은 밭을 갈고, 씨를 뿌리고, 거름을 주고, 물을 빼고, 그리고 그 밖의 모든 걸 다 해야 해요. 내가 왜 사람들을 걸러내는 엄청난 일로 견제를 받아야 하죠? 왜 우리의 일반적인 가장 고귀한 감정을 습관적으로 자극한다고 박해를 받아야 하죠? 오명이에요! 다른 말로 표현할 수 없어요. 오명! 만약 내가 미래에 대한 확신이 없었다면, 인류에 대해 절망해야 했지만, 나는 미래에 대해 확신이 있어요. 맞아요! (내가 죽은 후) 언젠가, 생각이 확장되고 깨우침이 일어남에 따라, 사기라고 불리는 직업의 추상적인 장점들이 인정받을 거예요. 그날이 오면, 날 무덤에서 꺼내서 장례식을 치르지 말아요. 날 변호한다고 목소리를 높이지도 말고, 동상으로 날 모욕하지 말아요. 그러지 마요! 묘지로 제대로 평가해줘요. 묘비에 멋진 한 문장을 새겨줘요. 그의 종족에 대한 더딘 인식 속에 영원히 잊히지 않은 채, 여기 래지가 누워 있다. 그는 쟁기질하고 씨를 뿌리고 생명체를 수확했다. 그리고 계몽된 후손들은 그의 농작물의 균일한 우수성을 축하한다."

그는 말을 멈췄다. 자신감이 부족해서, 할 말이 없어서가 아니라, 순전히 호흡이 부족해서였다. "재미난 표현으로 솔직히 말했어요"라며 유쾌하게 말했다. "놀라게 한 거 아니죠?" 다른 사람들을 의심하고 자신을 의심하면서 지치고 마음이 아팠던 그녀였기에, 사기에 대한 과장된 뻔뻔스러운 래지의 변론은 막달렌의 타고난 유머 감각을 건드렸고, 입가에 미소를 짓게 했다.

"현재 요크셔 작물이 특히 잘 자란 건가요?" 그녀는 그의 무기에 깔끔하고 여성스럽게 물었다.

"정답, 바로 그거예요." 막달렌의 현실적인 논평에 대위는 올이 다 드러난 수렵복의 꼬리 부분을 우스꽝스럽게 보이면서 말했다. "아가씨, 여기든 어디든 작물은 절대 실패하지 않지만 한 사람이 항상 수확할 수 없어요. 유감스럽게도, 난 현명한 협조를 받지 못했죠. 나는 소명 의식을 행하는 데 있어 구제 불능의 어리석음으로 기록원과 치안 판사 앞에서 유죄 판결을 받는 최악의 모든 범법자들과 내 직업에 관한 어설픈 등급과 서류와는 공통점이 없어요. 당신이 보듯이, 난 완전히 혼자예요. 수년간의 성공적인 자립 끝에 명성의 불이익이 내게 일어나기 시작했죠. 북쪽에서 오는 길에, 난 이 흥미로운 도시에서 세 번째로 잠시 멈췄죠. 난 과거 지방에서 겪은 경험에 관한 내 책을 참고했고, 너무 유명한Too Well Known을 뜻하는 T.W.K. 이니셜에 제목은 '요크에서의 개인적 위치'예요. 내 색인을 참조하고 주변 이웃을 살펴 보고, 똑같은 짧은 표시를 보죠. '리드(요크셔주 중부 도시), T.W.K.– 스카버러(요크셔주 동부 항구 도시), T.W.K.–하로게이트(북요크셔 주 마을), T.W.K.' 등이죠. 필연적인 결과는 무엇일까요? 나는 내 일 련의 행동들을 중지하고, 내 자산은 증발하고, 내 친척은 그녀 앞에 서 있는 너무나 가난한 신사를 찾아왔어요."

"당신 책이요? 무슨 책을 말하는 거죠?"

"알게 될 거예요. 날 믿든 말든, 난 당신을 절대적으로 믿어요. 두고 보면 알 거예요."

그 말을 남기고, 그는 안쪽 방으로 물러났다. 그가 없는 동안, 막달 렌은 래지 부인을 훔쳐봤다. 그녀는 여전히 남편의 수다에서 스스로 고립되었는가? 완전히 스스로 고립된 상태였다. 그녀는 상상 속 오믈 렛 만들기 마지막 단계에 이르렀다. 이제 손을 접시로, 요리책은 프 라이팬이라고 생각하고 마지막 뒤집기를 연습하고 있었다. 래지 부 인은 방 건너편에 있는 막달렌에게 고개를 끄덕이며 말했다. "알아냈 어요. 처음에 접시에 프라이팬을 놓고, 그다음에 두 개를 같이 뒤집 으면 돼요."

래지 대위는 밝은 황동 자물쇠로 장식된 깔끔한 검은 상자를 들고 돌아왔다. 그는 상자 안에서 송아지 가죽 피지로 묶여 있는 대여섯 권 의 두껍고 작은 책들을 꺼냈고, 각각은 작은 자물쇠가 달려 있었다.

그 도덕적 영농인이 말했다. "잘 들어요! 이것에 대해 나 자신을 믿 지 않아요. 정리하는 것이 내 본성이고 난 정돈된 사람이에요. 난 모 든 것을 적어놔야 해요. 그렇지 않으면 미쳐버렸을 거예요. 이게 나 의 상업용 장서들이에요. 수첩, 장부, 구역에 관한 책, 편지를 모아 놓 은 책, 발언들을 모아 놓은 책 등이죠. 한번 봐요. 첫 페이지부터 마지 막 페이지까지 얼룩 같은 것도 없고 경솔하게 쓴 것도 없어요. 이 방을 봐요. 제자리에서 벗어난 의자가 있나요? 내가 아는 한 없어요! 날 봐요. 내가 먼지투성이인가요? 내가 더럽나요? 반만 면도했나요? 간단히 말해서, 나는 티끌 하나 없는 극빈자예요, 맞죠? 잘 봐요! 난 나 자신을 믿지 않아요. 그게 사람의 본성이에요, 아가씨, 남자의 본성!"

그는 책 하나를 펼쳤다. 막달렌은 장부가 모두 보관돼 있는 감탄할 만한 정확성에 대해서는 알지 못했다. 그러나 그녀는 깔끔한 글씨체, 규칙적인 줄 간격, 빨간색과 검은색 잉크로 수학적으로 정확한 괘선, 얼룩이나 자국이나 지워진 것도 전혀 없다는 건 알 수 있었다. 비록 래지 대위의 타고난 정리 감각이 그의 행동에 대한 도덕적 영향력을 행사하기엔 너무 뿌리 깊게 기계적이었지만, 그건 그의 습관에 적당한 영향을 미쳤고, 마치 정직한 사람의 상업적인 거래인 것처럼 방법과 체계에 엄격하게 그의 사기행각을 줄어들게 했다.

"보기에, 내 방법이 복잡해 보여요? 사실 단순해요. 하급 실무자들이 하는 실수만 안 할 뿐이에요. 말하자면, 나는 결코 나 자신을 변호하지 않아요. 그리고 난 부자들에게 결코 청하지 않아요. 이 두 가지는 하급 실무자가 끊임없이 저지르는 치명적인 실수들이죠. 돈이 적은 사람들은 때때로 돈에 대한 충동을 느끼지만, 부자들은 절대 그렇지 않아요. 영주는 1년에 4만을 벌고, 존 경은 6개 자치구에 재산이 있고, 이런 사람들은 군주를 속이는 상류층 녀석들을 절대 용서하지 않아요. 이런 사람들은 가난한 사람들을 챙기고, 자신들의 돈에 신경을 써요. 정말 생각이 없어서 돈을 잃는 사람들은 누구죠? 하인들과 서기들에게는 실링 동전과 6펜스 은화가 중요해요. 로스차일드(은행가)나 베어링(영국 외교관)이 4펜스 은화를 배수로에 던졌다는 걸 들어본 적이 있나요? 로스차일드의 주머니에 있는 4펜스 은화가 지금 스켈더게이트에서 신선하지 않은 새우를 외치는 여자의 주머니에 있는 4펜스보다 안전해요. 이런 건전한 신조를 강화하고, 내 상업용 장서에 적힌 정보를 이해해서, 나는 지난 몇 년 동안 많은 사람들을 겪었고, 가장 큰 성공을 거두며 자선을 베푸는 작물을 키워왔어요. 여기 1번 책은 내가 다녔던 모든 구역에 대해, 각 구역의 일반적인 느낌과 함께 썼어요. 군사 구역, 성직 구역, 농업 구역, 기타 등등이죠. 2번 책은, 내가 옹호한 사건들이에요. 워털루에서 떨어진 장교의 가족, 신경쇠약에 걸린 가난한 부목사의 부인, 미친 소뿔에 들이받아서 죽은 목축업자의 미망인 등등이요. 3번 책은 경관의 가족, 부목사의 부인, 목축업자의 미망인에 대해 들어본 사람들과 아닌 사람들에 관한 거예요. 그렇다고 한 사람들과 아니라고 한 사람들, 다시 해보려는 사람들과 새로운 사건을 원하는 사람들, 의심하는 사람들과 주의하는 사람들, 등등이 있어요. 4번 책은 공인들에 대해 내 생각을 쓴 것으로, 나의 가치와 고결함에 대한 추천서들, 눈물을 흘리고 감정에 북받쳐서 경관의 가족, 부목사 부인과 목축업자 미망인에 관해 쓴 비통한 성명서 등등이 있어요. 5번과 6번 책은 큰 이익을 얻기 위해 작은 이익을 버리는 원칙에 따라, 실제로 수지타산이 맞는 동네에 돈을 주는, 지역 자선 활동에 대한 개인적인 기부, 매일 일어난 일에 대한 일기, (이 흥미로운 도시에서 나 자신의 T.W.K.를 찾는 어려움처럼) 현재의 어려움에 대해 적은 글, 지출과 수입, 바람과 날씨, 정치와 공공 행사, 내 건강 변화, 래지 부인 머리의 변화, 우리의 수입과 식사, 지출, 전망과 원칙 등등이 적혀 있어요. 그렇게 협작꾼의 방앗간이 굴러가요. 그래서 당신이 있는 그대로의 나를 보죠. 당신이 날 만나기 전부터 내가 현명하게 살았다는 걸 알고 있어요. 아! 내가 현명하게 살았다는 걸 알게 됐나요?"

"당신의 능력을 충분히 발휘했다는 건 의심치 않아요"라고 막달렌이 조용히 말했다.

"난 전혀 피곤하지 않아요. 필요하다면 남은 저녁 시간 동안 계속할 수 있어요. 하지만 내 실력을 충분히 발휘했다면, 앞으로 기회를 위해 내 성격에 대한 몇몇 설명은 남겨줘야겠군요. 지금 당장은 하지 않을게요. 래지는 물러납니다. 그리고 이제 본론으로 들어가서! 내가 당신 생각에 어떤 영향을 끼쳤는지 물어봐도 될까요? 아직도 당신을 믿고 모든 비밀을 털어놓은 사기꾼이 친척을 이용해 먹으려는 사기꾼이라고 생각하나요?"

"그 질문에 대한 답은 조금 있다가 할게요. 내가 차를 마시러 왔을 때, 당신은 나에 대해 진심으로 생각한다고 말했죠. 왜 그랬는지 물어봐도 될까요?"

"그럼요. 모든 정신 작용을 거쳐 최종적인 결과를 얻게 될 거예요. 당신의 비탄에 잠긴 친구들, 당신을 찾는 걸 돕고 있는 변호사들의 현재와 미래의 행위에 대해 생각해 봐요. 그들이 지금 십중팔구 이렇게 하고 있을 거예요. 변호사의 사무장은 허스터블 씨의 집에서 당신을 찾지 못하고, 모든 호텔을 싹싹 찾아다닌 후 지금쯤은 당신을 포기했겠죠. 그의 마지막 기회는 당신이 옷 가방을 가지러 휴대품 보관소로 오는 거였지만, 당신은 가지러 가지 않았고, 그 사무장은 (래지 대위와 로즈레인가 덕분에) 오늘 밤 할 수 있는 일은 다 했을 거예요. 그는 런던에 있는 그의 고용주들에게 그 사실을 알릴 것이고, 그 고용주들은 (놀라지 마요) 형사에게 도움을 청할 거예요. 어쩔 수 없는 지체를 받아들이고, 생각이 있고 당신을 찾는데, 개인적으로 도움이 되는 전단지가 있는 전문적인 정보원이 분명 내일모레, 어쩌면 더 일찍 여기 올 거예요. 요크에 남아서 허스터블 씨와 연락을 하려고 하면, 그 정보원은 당신을 찾아낼 거예요. 반면에, 만약 당신이 그가 오기 전에 (물론 기차가 아닌 다른 방법으로) 도시를 떠난다면, 그는 사무장과 같은 곤경에 빠지고, 당신의 새로운 자취를 추적하는 것이 거의 불가능할 거예요. 당신의 현재 처지에 대한 나의 간략한 요약이에요. 어떻게 생각해요?"

"한 가지 결점이 있어요. 허사로 끝나네요."

"뭐라고요. 안전한 출발의 준비와, 무대에 오르겠다는 당신의 바람을 완전히 충족시키기 위한 계획으로 끝나요. 두 가지 모두 내 경험에서 나왔고, 당신이 말만 하면 두 가지 모두 바로 상세하게 알 수 있어요.”

“무슨 말인지 알겠네요.” 막달렌은 그를 유심히 바라보며 대답했다.

“그 말을 들으니 황송하네요. ‘래지 대위님, 날 책임지세요’라는 말만 하면 돼요. 그 순간부터 내 계획은 당신 것이 돼요.”

“오늘 밤 당신의 제안을 고심해 볼게요.” 그녀는 잠시 생각해 본 후 말했다. “내일 아침에 대답할게요.”

래지 대위는 약간 실망한 것 같았다. 그녀가 의구심을 가지고 자신의 계획을 그렇게 침착하게 받아들일 거라고는 예상하지 못했다.

“바로 결정하죠.” 그는 가장 설득력 있는 어조로 항변했다. “당신은 그냥 생각….”

“당신이 생각하는 것보다 난 더 많은 것을 고려해야 해요. 당신이 알고 있는 목표 말고도 다른 목표가 있어요.”

“물어봐도 될….”

“죄송하지만, 래지 대위님, 물어보지 마세요. 환대에 감사드리며, 안녕히 주무세요. 나는 지쳤어요. 쉬고 싶네요.”

다시 한번 대위는 경험 많은 사람으로 스스로 자제하고 현명하게 그녀의 비위를 맞춰줬다.

“당연히 지치죠!” 그가 호의적으로 말했다. “그걸 미처 생각하지 못하다니, 변명의 여지가 없네요. 우리 내일 다시 이야기해요. 촛불 챙겨줄게요. 래지 부인!”

정신적 노력으로 엎드려 있던 래지 부인은 꿈속에서 오믈렛 만들기를 계속하고 있었다. 그녀의 머리는 한쪽으로, 몸은 다른 쪽으로 뒤틀려 있었다. 그녀는 조용히 코를 골았다. 가끔 손 하나를 들더니, 상상 속 프라이팬을 흔들고, 무릎에 놓인 요리책 위로 희미하게 쿵 하고 다시 내렸다. 남편의 목소리에 그녀는 깜짝 놀라 일어났고, 정신은 깊이 잠든 채 눈을 동그랗게 뜨고 그를 마주 봤다.

대위가 말했다. "밴스톤 양을 도와줘요. 그리고 다음에는 의자에서 졸지 말고, 제대로 자요. 이상하게 자서 날 짜증 나게 하지 말아요."

래지 부인은 눈을 조금 더 크게 떴고, 대단히 놀라면서 막달렌을 바라보았다.

그녀는 온순하게 물었다. "대위님이 촛불을 켜고 아침을 먹었나요? 그리고 내가 오믈렛을 만들지 않았나요?"

그녀의 남편이 또 잔소리하기 전에, 막달렌은 정답게 그녀의 팔을 잡고 그녀를 방에서 데리고 나왔다.

"내가 모르는 다른 목표라고?" 혼자 남겨진 래지 대위는 말을 되풀이했다. "결국, 뒤에 다른 남자가 있는 거야? 내가 예상치 못한 나쁜 일이 있는 걸까?"

다음 날 아침 6시가 되자, 로즈메리 가의 침실에 쏟아지는 햇살에 막달렌은 잠에서 깼다. 낯선 침대에서 자는 모든 사람들처럼, 그녀는 성가신 당혹감을 느끼며 지난 밤의 깊고 꿈도 꾸지 않은 잠에서 깨어났다. "노라 언니!" 눈을 뜨면서 무의식적으로 불렀다. 다음 순간 그녀는 정신이 번쩍 들었고, 그녀의 감각은 그녀에게 사실을 말해줬다. 그 사실을 혐오스럽게 받아들이며 끔찍한 방을 둘러봤다. 자신의 침실에서 자주 보던 모든 것들과 대조되는 그 음산함으로 어린 시절부터 몸에 배운 우아한 개인적 습관을 얼마 없는 가구 때문에 현실적으로 포기했고, 세련된 여성의 습관을 지닌 막달렌의 육체적 자존감은 충격을 받았다. 그 순간 그녀의 상황과 비교해서 그 영향력은 경멸스러웠고, 잠에서 깼을 때 방 한구석에 있는 항아리와 대야를 보자마자, 첫번째 결심을 굳혔다. 그녀는 로즈마리 가를 떠나기로 마음먹었다.

어떻게 떠날까? 래지 대위와 함께 아니면 그 사람 없이? 그 방에서 손이나 옷에 닿는 모두 것을 조심스러워하며 드레스를 입고 창문을 열었다. 가을 공기는 예리하고 달콤하게 느껴졌다. 그리고 그녀가 볼 수 있는 작은 하늘은 벌써 새로운 햇볕으로 이미 따뜻하게 밝았다. 멀리서 들리는 바지선 선장의 목소리와 오래된 성벽의 잡초 사이에서 새들의 지저귐만이 아침의 고요함을 깨트렸다. 그녀는 창가에 앉아서, 전날 밤 피곤해서 제대로 하지 못했던 생각들을 떠올렸다.

다시 떠올린 첫 번째 문제는 래지 대위라는 방랑자 문제였다. 그 '도덕적 영농인'은 다른 사람들에 대한 사기 행각을 공개적으로 고백해서 교묘하게 그에 대한 그녀의 불신을 없애려고 했지만 실패했다. 그는 자신의 능력에 대한 그녀의 의견을 높였고, 유머로 그녀를 즐겁게 했다. 그의 자신감에 놀랐다. 그러나 그가 그녀를 처음 만났을 때, 그가 사기꾼이라는 그녀의 원래 확고한 신념은 그대로였다. 만약 그때 그녀가 무대에 오르겠다는 한 가지 계획만 생각했다면, 그녀는 무슨 일이 있어도 그곳에서 래지 대위의 미심쩍은 도움을 거절했을 것이다.

그러나 그녀가 지금 스스로 무릅쓰고 있는 위험한 여정에는 무대 쪽으로 가는 길에 있는 얕은 함정들 말고도, 가는 길에 함정이 숨겨져 있는 어둡고 먼 목표가 있었다. 아침의 신비로운 고요함 속에서, 그녀는 두 번째 목표와 더 깊은 계획을 생각했고, 그녀 앞에 새로이 나타난 협잡꾼의 비열한 모습을 떠올렸다.

지금까지 생각했던 것처럼 그에 대한 우위를 느끼기 위해서 그에 관한 생각을 쫓아내려고 했다.

드레스를 조금 정리한 후 콤-레이븐을 떠날 때, 손으로 직접 만든 흰색 실크 주머니를 품에서 꺼냈다. 주머니 입구는 부드러운 끈으로 모아져 있었다. 그걸 열어 처음 꺼낸 것은 은실로 묶은 프랭크의 머리카락이었다. 다음은 아버지 유언장과 편지에서 베낀 발췌문 종이였다. 마지막은 200파운드 정도 되는 지폐들로 (가스 양 추측대로) 기숙사 학교 직원이 그녀를 몰래 도와 보석과 옷을 팔아서 마련한 돈이었다. 그녀는 지폐는 두 번 다시 쳐다보지 않고 다시 넣었고, 무릎 위에 놔둔 머리카락을 바라보며 생각에 잠겼다. 그것을 보며 상상에 빠져 부드럽게 말했다. "네가 없는 것보다 나아. 앉아서 널 보면, 프랭크를 보고 있는 거 같아. 오, 내 사랑! 나의 사랑!" 그녀의 목소리는 부드럽게 떨렸고, 입술에 살며시 그 머리카락을 가져다 댔다. 머리카락 한 가락이 그녀의 손가락에서 가슴으로 떨어졌다. 그녀의 빰에는 사랑스러운 색조가 피어올랐고, 떨어지는 머리카락을 따라가는 듯 목 아래쪽까지 퍼졌다. 그녀는 눈을 감고, 고개를 살며시 숙였다. 세상이 펼쳐졌고, 그리고 마법처럼 한순간에, 그 사랑은 이브의 딸에게 파라다이스의 문을 열어줬다.

아침이 되면서, 동네 거리에서 사소한 소리가 들렸고, 그녀는 덧없는 세월의 힘든 현실로 되돌아올 수밖에 없었다. 그녀는 무거운 한숨을 내쉬며 고개를 들었고, 눈을 떠 다시 한번 누추하고 형편없는 방을 보았다.

아버지에 대한 마지막 추모이자 이제 마음속에 품고 있는 목적과 가장 밀접하게 연관된 유언장과 편지의 발췌문은 여전히 그녀 앞에 놓여 있었다. 무릎 위에 작은 필사본을 펼쳤을 때, 그녀의 얼굴색이 순간적으로 희미해졌다. 유언장에서 발췌한 내용이 가장 위에 있었다. 돌아가신 아버지가 자녀들의 출생에 대한 오점을 용서해 달라는 간청과 그의 속죄로 지칠 줄 모르는 사랑과 보살핌을 자녀들이 기억할 수 있도록 애원하는 감동적인 말이 적혀 있었다. 다음은 펜드릴 씨에게 보낸 편지 내용 발췌문이었다. 그녀는 마지막 우울한 문장들을 스스로 소리를 내 읽었다. "세상에, 이 편지를 받으면 그날 바로 와 주세요. 와서 이 순간 나의 두 사랑스러운 딸들이 아무것도 받지 못한다는 끔찍한 생각에서 저를 안심시켜 주세요. 만일 내가 무슨 일이 생긴다면, 만약 (나의 끔찍한 법에 대한 무지로) 그들의 어머니를 제대로 대우해 주려고 했던 내 바람 때문에 노라와 막달렌의 상속권이 박탈당한다면, 난 내 무덤에서 잠들지 못할 것입니다." 이 내용 아래쪽에 다시, 그리고 페이지 하단에 펜드릴 씨 입에서 나온 끔찍한 말이 적혀 있었다. "밴스톤 씨의 따님들은 누구의 자녀들도 아니며, 법에 따라 그들은 어쩔 도리 없이 삼촌의 처분에 달려 있습니다."

그 말을 들었을 때 속수무책이었고, 모든 것을 결심한 후에도, 모든 것을 희생한 후에도 여전히 그랬다. 아버지가 마지막 바람으로 직접 말한 그녀와 언니의 생존권 주장, 중국에 있는 프랭크 생각, 노라 언니를 방치한 정당한 이유, 이 모든 것이 동생의 자식들을 거지로 만들고 모욕한 그 남자로부터 무슨 수를 써서라도 잃어버린 유산을 되찾겠다는 간절한 목표에 달렸다. 그리고 그 남자는 여전히 그녀에게 그림자였다! 그녀는 그에 대해 거의 알지 못했기 때문에 그 당시 그가 사는 곳조차도 몰랐다.

그녀는 일어나서 새장에 갇힌 숲속의 야생 동물처럼 조용하고 느긋하게 방안을 서성거렸다. "아무것도 모르는 그 사람에게 어떻게 다가가지? 어떻게 하면 알 수 있…?" 그녀는 갑자기 멈췄다. 그 질문에 관한 생각의 종지부를 찍기 전에, 래지 대위가 다시 마음속에 떠올랐다.

어둠 속에서 일하는 데 익숙한 남자, 끝없이 뻔뻔하고 교활한 남자, 돈주머니를 채울 수만 있다면, 비열한 짓도 서슴지 않을 남자, 이것이 현재 그녀에게 필요한 수단이었을까? 그녀가 한 발짝 앞서 나가기 전에 현재 그녀에게 두 가지 필요성이 충족돼야 한다는 건 분명했다. 아버지의 형에 대해 더 많이 알아야 한다는 필요성과 조사를 하는 과정에서 그를 방패막이 삼아서 그녀 자신을 숨겨야 하는 필요성이다. 그녀가 확고하게 자기 의존적이기 때문에, 불가피하게 정보원의 일은 다른 사람에게 맡겨야 한다. 그녀 처지에 아래층에 있는 방랑자 말고 다른 사람이 있는가? 한 명도 없다. 초조하게 생각하고 길게 생각했다. 한 명도 없다! 그 선택이 끊임없이 그녀와 부딪혔다. 그 목적을 위해 사기꾼을 선택할지, 등을 돌릴지.

그녀는 방 한가운데 멈춰서서 혼잣말했다. "그가 최악의 상황에서 할 수 있는 게 뭘까? 날 속이겠지. 뭐! 만약 내 돈에 그 사람이 좌우된다면 그다음은? 내 돈을 가지겠지!" 그녀는 무의식적으로 창가로 향했다. 점점 결심을 굳혀갔다. 그리고 아래층으로 첫 발걸음을 떼었고, 그 위험을 마주하고 래지 대위에게 걸어보기로 했다.

9시에 집주인은 막달렌의 방문을 두드렸고, 그녀에게 (대위의 친절한 말과 함께) 아침 식사가 준비되었다고 알렸다. 그녀는 축 처진 망토와 칙칙한 분홍색 리본으로 장식된 풍성한 갈색 삼베 실내복을 입고 있는 래지 부인이 혼자 있는 것을 봤다. 다치 식당의 전 종업원은 가죽처럼 보이는 얼룩덜룩한 노란색 물질과 아낌없이 뿌려져 있는 검은색 점이 담긴 커다란 접시에 몰두하고 있었다.

"왔어요!" 래지 부인이 말했다. "허브를 곁들인 오믈렛이에요. 집주인이 도와줬어요. 그게 우리가 만든 거예요. 대위님이 오면 아무것도 묻지 마세요. 그러지 말아요. 참 착하네요. 보기 안 좋죠. 사고가 좀 있었어요. 삐끗해서 계단에 엎질러졌어요. 거기 앉아 있던 집주인 아들이 데었어요. 세상에, 보기보다는 좋지는 않아요! 아무것도 물어보지 말아요. 아가씨가 아무 말 안 하면, 어쩌면 그 사람은 모를 거예요. 내 실내복 어때요? 흰색으로 하고 싶었는데. 흰색 있어요? 어떻게 꾸몄어요? 말해줘요!"

대위의 강렬한 등장으로 그녀의 다음 질문은 멈췄다. 래지 부인에게는 다행스럽게도, 그녀의 남편은 평소처럼 요리법에 관해 물어보기에는 막달렌이 약속했던 결정에 대해 너무 초조해하고 있었다. 아침 식사가 끝났을 때, 그는 오믈렛에 대해서는 "개들한테 줘요"라고만 말하고 그녀를 내보냈다.

막달렌과 자신 사이에 의자를 놓으면서 물었다. "내 작은 제안을 어떻게 생각해요? 어느 쪽이죠. '래지 대위님, 날 책임져 주겠어요?' 아니면 '래지 대위님, 좋은 아침이에요'인가요?"

"곧 듣게 될 거예요. 먼저 할 말이 있어요. 지난밤, 내가 연극으로 생계를 유지하는 목표 말고 또 다른 목표가 있다고 말했…."

래지 대위가 끼어들었다. "미안하지만, 생계를 유지한다고 했어요?"

"당연하죠. 언니와 난 매일 끼니를 채우기 위해 노력해야 해요."

래지 대위는 놀라서 벌떡 일어나며 소리쳤다. "뭐라고요!!! 결혼으로 부자가 되고 고인이 된 친척의 딸들이 생활비를 벌어야 한다니? 불가능해요. 말도 안 되고, 터무니없어요!" 그는 다시 자리에 앉았고, 막달렌이 그에게 상처를 준 것처럼 그녀를 쳐다봤다.

그녀는 조용히 말했다. "당신은 우리의 불행을 다 몰라요. 더 나가기 전에 무슨 일이 있었는지 말할게요." 그녀는 가능한 몇몇 세부적인 내용만 최대한 쉬운 말로 그에게 말했다.

래지 대위는 너무나 어리둥절해서 마음속으로 그 이야기로 인한 한 가지 분명한 결과만 떠올랐다. 실종된 젊은 여성에 대해 사례금 50파운드를 주겠다는 변호사의 제안은 그때까지 한 번도 생각해 본 적 없는 판단에 바로 이르렀다.

"현재 돈을 전부 뺏겼다는 건가요?"

"보석과 옷들을 팔았어요." 금전적인 문제를 자꾸 들먹이는 그에게 짜증을 내며 말했다. "경험이 부족하지만, 무대에 오를 수 있다면, 연극으로 돈을 벌 때까지 버틸 수 있어요."

래지 대위는 속으로 반지, 팔찌, 목걸이와 실크, 새틴 그리고 재산을 가진 남자의 딸이 입은 레이스를 감정했고, 실제 가치의 1/3에 해당했다. 잠시 후 사례금 50파운드는 이 현명한 사람에게 가장 낮은 평가를 받았다.

그는 가장 사무적인 태도로 말했다. "그렇다면, 지금 가지고 있는 돈과 내 도움이 있다면, 연극 무대에 계속 오르는 건 조금도 걱정할 필요가 없어요."

"당신이 지금까지 도와준 것보다 더 많은 도움이 필요해요. 안 그러서도 돼요. 요크를 떠나는 것과 연극 무대에 오르는 방법을 찾는 것보다 더 심각한 문제가 있어요."

"그런 말 말아요. 전부 듣고 있어요. 말해봐요."

그녀는 다음 말을 내뱉기 전에 신중했다. "내가 알고 싶은 몇 가지를 조사해야 해요. 내가 직접 알아보고 다니면, 사람들의 의심을 사고, 알고 싶은 걸 전혀 알 수 없을 거예요. 만약 내가 그 문제에 관여하지 않고 낯선 사람이 알아본다면, 어젯밤 당신이 줬던 도움보다 훨씬 큰 도움이 될 거예요."

방랑자 같은 래지 대위는 점점 집중했다.

"어떤 성격의 조사인지 물어봐도 될까요?"

막달렌은 망설였다. 그녀는 대위에게 유산을 뺏겼다는 것을 알리기 위해 어쩔 수 없이 마이클 밴스톤의 이름을 언급해야 한다. 그의 도움이 필요하면, 필연적으로 그 사람의 이름을 또다시 언급해야만 한다. 그가 더 많은 말을 하기 전에 최대한 조심스럽게 표현하기 전에 그는 분명히 추론 과정을 통해 스스로 알 수 있을 것이다. 이런 상황에, 마이클 밴스톤에 대해 직접적으로 말하지 못할 이유라도 있는가? 그런 이유는 없는데도 그녀는 움츠러들었다.

"예를 들어, 어떤 남자나 어떤 여자에 대한 조사인가요, 원수나 친구에 대한 조사인…?"

"원수예요." 그녀는 재빨리 답했다.

그녀의 대답에도 대위는 여전히 잘 몰랐지만, 그녀의 눈빛을 보면 알 수 있었다. 조심스러운 래지가 생각했다. '마이클 밴스톤! 그녀는 위험해 보여. 내 갈 길이 조금 더 멀겠는데.'

"그렇다면, 알고 싶다는 사람에 대해, 뭘 알고 싶은지는 분명한가요?"

"아주 분명히요. 난 그가 사는 곳부터 알고 싶어요."

"알겠어요. 그리고 그다음은요?"

그녀는 잠시 생각한 후 말했다. "그리고 그 사람의 습관, 친하게 지내는 사람들, 돈으로 뭘 하는지, 그리고 한 가지 더요. 그 집에 있는 여자가 있는지, 관계가 있는지, 가정부가 있는지, 그 사람에게 영향을 미치는 사람이 누구인지요."

"지금까지는 악의가 없네요. 다음은요?"

"없어요. 나머지는 나만의 비밀이에요."

래지 대위의 얼굴에 낀 구름이 다시 걷히기 시작했다. 그는 신중하

231

게 대안을 선택하는 것으로 되돌아갔다. '그녀의 질문들은 둘 중의 하나를 뜻해. 나쁜 짓 아니면 돈! 만약 나쁜 짓이면 내버려 둘 거야. 돈이라면 앞날을 생각해 잘 이용할 거야.'

막달렌은 경계의 눈빛으로 그가 생각하는 모습을 미심쩍게 바라봤다. "래지 대위님, 생각할 시간이 필요하다면 분명히 말해줘요."

"그럴 필요 없어요. 당신이 요크를 떠나는 문제와 연극 일과 당신의 개인적인 조사를 나한테 맡겨줘요. 내가 여기 있으니 마음껏 부탁하세요. 한마디만 하세요. 당신을 나한테 맡기겠어요?"

그녀는 심장이 빨리 뛰고 입술이 말랐지만, 그 한마디를 했다.

"그럴게요."

잠시 말이 없어졌다. 막달렌은 조용히 앉아서, 그 대답으로 마음속 미래에 대한 막연한 두려움에 버둥거렸다. 래지 대위는 새로운 대안을 생각하는 데 집중하는 것처럼 보였다. 분명히 새로운 대안을 검토하는 데 열중하고 있었다. 그는 빈 주머니에 손을 넣고, 예언적으로 금과 은을 담은 그릇의 크기를 살폈다. 그는 그 말을 들어서 얼굴을 값진 금속처럼 밝았고, 목소리는 값진 금속처럼 부드러워졌고, 대화를 이어갔다. "다음 질문은 시기에 대한 거예요. 이런 비밀 조사는 바로 해야 하나요, 아니면 나중에 해야 하나요?"

"일단은, 나중에 해도 돼요. 그 조사를 하기 전에 난 내 친구들의 간섭에서 완전히 벗어나고 싶어요."

"아주 좋아요. 그 목표를 이루기 위한 첫 번째는 단계는, 군인 말로 하자면, 요크에서 퇴각하는 거예요. 나는 지금까지 내 방법을 분명히 알고 있어요. 그러나 나는 우리가 예전에 민병대에서 말했던 것처럼, 이후에 진군 명령을 받았을 때 모두 해외에 있었죠. 다음 방향은 당신의 연극에 관한 생각을 이루는 거예요. 당신의 생각을 말해주면, 난 모든 준비가 끝나요. 어떻게 연극을 생각하게 됐죠? 당신 속에 불타는 열정이 보이는데, 누가 일깨워졌죠?"

막달렌은 대충 대답할 수밖에 없었다. 영원히 사라져버린 그 나날들을 되돌아보며 에버그린 로지에 오른 첫 무대에 대해 말해 줄 수밖에 없었다. 래지 대위는 평상시처럼 공손한 태도로 들었지만, 그 이야기가 만족스럽지는 않았다. 친구들이 관객인 건 그가 개인적으로 신뢰하지 않을 것이고 무대 감독의 생각은 그가 받을 돈과 앞날을 생각해서 말하는 남자의 생각이었다.

막달렌이 말을 끝내자, 그가 말했다. "흥미롭네요. 매우 흥미로워요. 하지만 실무자에게는 결정적이지 않아요. 내가 알려면, 당신의 실력을 알 필요가 있어요. 나도 무대에 오른 적이 있어요. 희극 연적은 나도 꽤 친숙해요. 당신이 대사를 까먹지 않았다면 '루시'와 '줄리아' 역할을 하는 걸 보고 싶네요."

막달렌은 비탄에 잠긴 채 말했다. "난 대사를 까먹지 않았고, 내 대사를 적어놓은 소책자도 있어요. 나는 늘 그걸 가지고 다녔어요. 그걸 보면 난 그때가 생각나…." 입술이 떨리고 마음이 아파서 말을 하지 못했다.

대위가 너그럽게 말했다. "긴장했군요. 나쁜 징조는 아니에요. 위대한 여배우들은 무대에서 긴장해요. 그 사람들을 본보기로 여기고 극복하세요. 파트는 어디죠? 아, 여기 있군요. 아주 멋지게 그리고 매우 분명하게 적었네요. 내가 큐를 할게요. (치과의사들 말처럼) 금방 끝날 거예요. 응접실 뒤쪽은 무대고, 나는 관객이라고 생각해요. 종을 울리면 커튼이 올라가는 거예요. 관객석이 보이고 조용해요. 루시 등장해요!"

그녀는 감정을 조절하려고 했었다. 없는 사람과 망자에 대한 순수하고 자연스러운 슬픈 감정을 참고, 울지 않기 위해 애썼다. 차가운 손을 꽉 쥐고 단호하게 시작하려고 했다. 익숙한 대사를 입에서 내뱉자, 프랭크는 바다 건너 그녀에게 돌아왔고, 죽은 아버지가 예전처럼 행복한 웃음을 지으며 그녀를 바라봤다. 향기롭고 조용한 시골에서 어머니와 언니가 부드럽게 말하는 목소리와 콤-레이븐 정원에서 산책하는 모습이 또다시 떠올랐다. 그녀는 희미하게 울부짖으며 의자에 털썩 주저앉았다. 탁자 위로 머리를 숙였고, 그녀는 격렬하게 울음을 터뜨렸다.

래지 대위는 바로 일어섰다. 그가 다가가자, 그녀는 몸을 떨며 뒤로 가라면서 손을 격렬히 흔들었다. "잠시만 날 혼자 내버려 둬요!" 그 말에 래지 대위는 안방에서 물러나 창밖으로 내다보며, 숨죽여 휘파람을 불었다. "또 가족 생각이군. 히스테리 때문에 복잡하지."

1~2분 후 그는 다시 돌아갔다.

"뭐 좀 챙겨줄까요, 차가운 물? 불에 탄 깃털? 후자극제(특히 과거 병에 넣어 보관하다가 의식을 잃은 사람의 코 밑에 대어 정신이 들게 하는 데 쓰던 화학 물질), 약 줄까요? 래지 부인을 불러줄까요? 내일로 미룰까요?"

그녀는 얼굴에 필사적인 의지와 단호한 결심으로 거칠고 발그레한 모습으로 일어섰다.

"아뇨. 난 강해져야 해요. 그리고 그럴 거예요! 다시 앉아서 내 연기를 봐요!"

"브라보! 멋있어요. 그거예요!"

그녀는 미친 듯이 반항하며 달려들었다. 목소리를 높였고, 뺨은 열병에 걸린 것처럼 발개졌다. 더 행복하고 더 좋은 날에 했던 공연에서 보였던 소박하고 소녀다운 매력은 모두 사라졌다. 타고난 연기력이 더 강하고 분명하게 나타났고, 한때 그걸 가렸던 모든 부드러운 유혹은 없어졌다. 그녀는 어떤 미묘한 감정으로 한 남자를 슬프게 하고 실망하게 했을 것이다. 그녀는 래지 대위를 정말 놀라게 했다. 그는 공손함도 긴말도 잊었다. 방랑자 인생을 살았던 그 남자의 본질적인 정신이 탄성과 함께 터져 나왔다. "도대체 누가 그런 생각을 했을까? 어쨌든 그녀는 연기할 수 있어!" 그 말을 내뱉는 순간 그는 정신을 차렸고, 평범한 대화체로 미끄러지듯 넘어갔다. 막달렌은 그의 칭찬을 막았다. "아뇨, 사실대로 말해주세요. 그거면 돼요."

구제 불능 래지가 말했다. "미안하지만, 조금은 배워야 할 거 같네요. 내가 가르쳐 줄게요."

그 대답을 한 후 그는 의자를 놓고, 계속 설명했다. 그녀는 아무 말 없이 앉았고, 태도에서 시무룩한 무관심이 느껴졌다. 그녀의 뺨은 다시 창백해졌다. 그리고 지쳐서 앞에 있는 벽을 공허하게 바라봤다. 래지 대위는 그녀가 노력했는데도 마음이 아프고 자신에게 불만족스러워하는 징조들을 보았고, 직설적으로 말해서 그녀가 정신을 차리도록 하는 것이 중요하다는 걸 알았다. 돈이 목적인 그의 눈에 그녀는 새로운 가치가 생겼다. 그녀의 젊음과 아름다움, 그녀의 연기를 보기 전에는 한 번도 생각한 적 없는 뛰어난 연기력까지 보게 됐다. 그 늙은 군인은 입장을 빨리 바꿨다. 막달렌이 그의 말을 듣기 위해 앉았을 때, 그와 그의 계획은 모두 방향을 틀었다.

그가 입을 열었다. "허스터블 씨의 의견과 같아요. 당신은 타고난 배우예요. 하지만 무대에 오르는 전에 훈련을 받아야 해요. 난 자유롭고 실력도 있어요. 다른 사람들을 가르쳤으니, 당신도 가르쳐 줄 수 있어요. 내 말은 믿지 말고, 내 눈을 믿어요. 내 관심사는 당신과 함께 고생하고 빨리하는 거예요. 당신은 연극 수입에서 내가 가르쳐 주는 대가를 줘야 해요. 첫 번째 해는 급여의 첫 반, 두 번째 해는 급여의 1/3, 그리고 런던 극장에서 첫 수당 총액의 절반을 나에게 내는 거예요. 어떻게 생각해요? 내 말이 이해되나요?"

겉으로 봐서, 그리고 연극이 계속되는 한 그의 관심사와 막달렌의 관심사가 연결되었다는 건 분명했다. 그녀는 짧게 그렇다고 말한 후, 더 많은 걸 듣기를 기다렸다.

대위가 계속 말했다. "한 달이나 6주간 공부를 하면, 난 당신이 가장 잘할 수 있는 것에 대해 알 수 있을 거예요. 모든 능력은 제자리가 있는데, 당신에게 맞는 장소는 아직 찾지 못했어요. 여기서는 못해요. 로즈메리 가에서 몇 주간 틀어박혀 있을 수 없어요. 모든 간섭과 방해에서 벗어난 조용한 시골이 우리가 한 달간 지낼 수 있는 장소예요. 요크셔에 대해 내가 잘 아니까, 장소를 생각해 봐요. 내일 떠나야 한다는 것 빼고는 아무 문제 없을 거예요."

"어젯밤에 준비할 줄 알았는데요?"

"맞아요. 어젯밤에 세웠어요. 기차를 타고 떠날 수 없어요. 왜냐면 변호사 사무장이 요크 종착역에서 당신을 찾고 있을 게 분명하니까요. 말과 이륜마차를 가지고 있는 여주인 동생한테 얻을 수 있어요. 그 마차는 내일 아침 일찍 로즈메리 가 끝에 도착할 거예요. 나는 지역의 아름다운 곳을 보여주기 위해 아내와 조카딸을 데리고 나가는 거예요. 사람들 눈에 그렇게 보이게 소풍 바구니를 들 거예요. 당신은 래지 부인의 숄, 보닛과 베일을 쓰고 변장해요. 우리는 요크를 떠나 하루 즐거운 여행을 하러 떠나는 거예요. 당신과 난 앞자리에, 래지 부인과 바구니는 뒷자리에 있고요. 다시 좋아요. 일단 큰길에 도착하면, 뭘 해야 할까요? 요크 다음의 첫 기차역으로 가는 거예요. 그 이후로는 어디로 갈지, 정하면 돼요. 그곳에는 변호사의 사무장이 당신을 기다리고 있지 않을 거예요. 당신과 래지 부인은 마차에서 내리고, 편할 때 바구니를 열어봐요. 닭고기나 샴페인 대신에, 당신이 밤새 필요한 물건을 챙긴 여행용 가방이 들어 있어요. 당신이 미리 정해놓은 곳에 가는 표를 챙기고, 난 마차를 타고 요크로 다시 와요. 이 집에 다시 한번 도착하여 남은 짐을 챙기고 아래층에 있는 여자에게 가서 '여자들이 그곳에(물론 엉뚱한 장소죠) 너무 매료돼서 거기서 지내기로 했어요. 1주일 집세를 드릴게요. 안녕히 계세요'라고 말하죠. 사무장이 요크 종착역에서 나를 찾을까요? 아뇨. 난 바로 그의 눈앞에서 표를 들고, 짐을 챙겨 기차를 타러 갈 거예요. 당신이 떠난 흔적이 어디에 남을까요? 아무 데도 남지 않아요. 아가씨는 사라졌고. 사법 당국은 난리가 날 거예요."

"왜 문제가 있는 거죠? 다 준비된 거 같은데요."

"한 가지가 남았어요!" 마지막 말을 불길하게 강조하며 래지 대위가 말했다. "요람에서 무덤까지 인간의 가장 큰 문제인, 바로 돈이죠." 그는 천천히 녹색 눈을 찡그리며 깊은 한숨을 내쉬었고, 실속 없는 호주머니에 빈털터리가 된 손을 집어넣었다.

"얼마나 필요한데요?"

대위는 감동해서 간단하게 답했다. "청구서를 계산해야 해요. 난 절대 그리고 앞으로도 거주할 수 있는 곳에서 누구에게도 동전 한 닢도 주기 싫었어요. 내가 아니라 당신을 위해서 말하는 거예요."

"날 위해서라고요?"

"물론이죠. 마차 없이는 내일 요크에서 무사히 벗어날 수 없어요. 그리고 돈 없이는 마차를 얻을 수 없어요. 집주인의 남동생은 누나의 청구서가 계산된 것을 보고, 하루치를 미리 받으면 마차를 빌려줄 거예요. 그렇지 않으면 안 빌려줘요. 내가 그 거래를 사업적인 관점에서 봐요. 우리는 당신이 나중에 연극으로 버는 돈에서 내가 사례를 받기로 합의했어요. 난 그저 앞으로 계획만 세울 뿐이요. 그리고 이런 계획에 따르는 당신은 자연스럽게 나의 자금 담당이 되는 거죠. 간단히 말해서, 당신의 첫해 급여가 총 100파운드라며, 그 금액의 절반이고, 그 금액의 1/4…."

"얼마를 원하는데요?" 막달렌이 조급해하며 말했다. 래지 대위는 전단지에 적힌 사례금을 계산 기준으로 삼고 싶었다. 그러나 그는 현재의 절제가 앞으로 매우 중요하리라 생각했다. 실제로는 12~13파운드가 필요했지만, 그는 2배로 해서 "25파운드"라고 말했다. 막달렌은 그렇게 작은 규모로 그녀를 속여서 말한 금액에 경멸적으로 놀라워하며, 품에서 작은 주머니를 꺼내서 그에게 돈을 줬다. 옛날 콤–레이븐에서는, 그녀 아버지는 한 번의 서명으로 그 집에 와서 부탁하는 누구

237

에게나 25파운드를 쥐어줬다.

연인이 정부를 바라보듯이, 래지 대위의 시선은 그 작은 가방에 쏠렸다. 그녀가 다시 그 주머니를 넣자, 그는 "복주머니!"라고 중얼거렸다. 그는 일어나서 방 한구석으로 갔다. 그리고 그의 깔끔한 상자를 들고 와, 막달렌과 자기 사이의 탁자 위에 놓고 그 상자를 신중하게 열었다.

그는 송아지 가죽으로 된 두툼한 소책자 하나를 열어보며 말했다. "인간의 본성으로서, 우리 사이에 거래가 생긴 거예요. 반드시 적어놔야겠어요."

그는 빈 페이지를 펼쳐, 윗부분에 꽤 상업적으로 적었다. "동생 밴스톤 양이 왕실 군대 출신 호레이시오 래지와 거래. 채무-채권. 1846년 9월 24일. 채무: 밴스톤 양의 첫해 급여에 대한 H. 래지의 추정 가치, 200파운드. 채권: 25파운드 지급." 기입을 다 하고, 채무자 측 최초 추정 가치를 두 배로 함으로써, 막달렌이 그녀에 대한 요구를 쉽게 받아들인 것이 그에게 손해가 아님을 천천히 보여준 후, 대위는 젖은 잉크 위로 흡인지를 누르면서, 도덕적인 행동을 하고 그것을 자랑하는 사람처럼 그 책을 치웠다.

"갑작스럽게 떠나서 미안해요. 시간이 중요하니까요. 반드시 마차를 확보할게요. 래지 부인한테는 말하지 말아요. 그녀를 믿기에는 예리하지 않아요. 물어보려고 하면, 바로 무시하세요. 큰소리만 치면 돼요. 내가 허락할 테니까, 내가 부인에게 하는 듯이 큰 소리로 말해요." 그는 실크 해트를 챙겨 인사하며 미소를 짓고 방을 나갔다.

혼자 있다는 안도감 외에는 다른 것을 거의 느끼지 못했다. 그녀 자신과 상황에 대한 심각한 변화가 일어났다는 것을 막연하게 느끼면서, 막달렌은 아침에 일어났던 일을 그림자처럼 휙 떨쳐버리고 앞으로 다가올 날을 애타게 기다렸다. 시간이 지나고, 문이 부드럽게 열렸다. 큰 체구의 래지 부인이 방에 살금살금 들어오다가 깜짝 놀라서 막달렌 반대편에 멈췄다.

래지 부인은 걷잡을 수 있는 불안감을 보이며 물었다. "당신 물건 어디 있어요? 위층에서 당신 서랍을 들여다봤어요. 잠옷과 취침용 모자는 어디 있어요? 속치마와 양말은요? 머리핀이랑 포마드 크림이랑 나머지는요?"

"내 짐은 기차역에 있어요."

달덩이 같은 래지 부인의 얼굴은 희미하게 밝아졌다. 참을 수 없는 여성의 호기심 본능으로 연한 파란색 눈이 애처롭게 빛났다가 사라졌다.

그녀가 은밀하게 물었다. "짐이 얼마나 돼요? 대위님이 나갔어요. 가서 가져와요!"

"래지 부인!" 문에서 무서운 목소리가 외쳤다.

막달렌 경험상 처음으로, 래지 부인은 자극제에 귀 기울이지 않았다. 그녀는 남편 앞에서는 실제로 조금 불평을 했다.

래지 부인이 애원했다. "그녀의 물건을 가져오게 해줘요. 가엾잖아요, 물건 챙기게 해줘요!"

대위는 무정하게 집게손가락으로 방 한구석을 가리켰다. 그녀가 나가기 전에 그 손가락을 천천히 내리다가 그녀의 신발에서 갑자기 멈췄다.

"내가 바닥에 부딪히는 소리를 들은 건가요?" 래지 대위는 두려운 표정으로 외쳤다. "맞군요. 또 발을 질질 끌었네요. 이번에는 왼쪽 신발이군요. 제대로 신어요. 래지 부인! 똑바로 신어요! 마차는 내일 아침 9시에 여기로 올 거예요"라며 그는 막달렌에게 말했다. "우리는 당신 짐을 가져오는 위험을 무릅쓸 수 없어요. 거기 메모지에 필요한 거 적어요. 내가 가게에 직접 가서 대금을 지급하고 사 올게요. 그 짐을 포기해야 해요. 사실 그래야 해요."

남편이 막달렌에게 말하는 동안, 래지 부인은 다시 방구석에서 몰래 벗어나서, 대위가 '가게'와 '꾸러미'라 말하는 걸 들었다. 그녀는 참을 수 없는 흥분으로 손뼉을 쳤고, 바로 모든 자제력을 잃었다.

대위가 소리쳤다. "앉아요! 똑바로! 오른쪽으로 조금 더. 딱 거기에 있어요!"

래지 부인은 무릎 위에 무기력하게 손을 놓고는 눈물만 흘렸다.

"나도 쇼핑 같은 거 해요." 그 불쌍한 생명체가 애원했다. "요즘 거의 못 했어요."

막달렌은 목록을 다 적었고, 래지 대위는 그걸 들고 바로 방에서 나갔다. 그는 나가면서 쾌활하게 말했다. "내 아내가 당신을 지루하게 하지 않도록 해줘요. 말을 중간에 끊어요!"

막달렌은 래지 부인의 어깨를 두드리며 위로했다. "울지 마요. 꾸러미는 당신이 열어봐요."

래지 부인은 얌전히 눈물을 닦으며 말했다. "고마워요, 아가씨. 정말 고마워요. 내 손수건은 보지 말아요. 너무 작아요. 테두리에 레이스가 달린 것도 있었는데, 이제 다 없어졌어요. 신경 쓰지 말아요. 당신 물건을 풀어보면 위로가 될 거예요. 당신은 나에게 정말 잘 해줘요. 난 당신이 좋아요. 내 말에, 화내지 않을 거죠? 키스해줘요."

막달렌은 지난날처럼 우아하고 상냥하게 그녀에게 몸을 숙여 그녀의 뺨에 키스했다. '악의 없는 뭔가를 하는 거야!'라고 그녀는 마음 아파하며 생각했다. '아, 옛날을 생각하며 순수하고 친절한 일을 하는 거야!'

그녀는 눈물이 맺히자 조용히 돌아섰다. 그날 밤 그녀는 쉴 수가 없었다. 밤이 되자 선과 악이 그녀의 영혼을 두고 치열하게 싸웠고, 아침까지도 선과 악은 계속 싸웠다. 요크 대사원 시계가 9시를 가리키자, 그녀는 래지 부인을 따라 마차에 탔고 대위 옆자리에 앉았다. 15분 정도 지나자, 요크에서 멀리 떨어졌고, 아침 햇살로 밝아진 큰 길이 그들 앞에 펼쳐졌다.

1.1846년 10월 연대기

난 가족과 함께 지내고 있다. 우리는 휘트비에서 내륙으로 2마일 정도 떨어진 에스크 강가에 있는 러스워프 외딴 마을에 살고 있다. 우리 하숙집은 편안하고 집주인이 깔끔해 축복을 더 받았다. 요크에서 퇴각한다는 내 계획에 따라 래지 부인과 밴스톤 양은 나를 따라 이곳에 왔다. 다음 날 난 홀로 짐을 챙겨 그들을 따라갔다. 종착역을 떠날 때, 나타날 거라고 예상했던 형사와 함께 긴밀한 대화를 나누고 있는 변호사의 사무장을 보면서 만족감을 느꼈다. 나는 평화로운 요크시와 주변 동네에 그를 남겨두고 떠났다. 그도 떠났고, 우리는 그로부터 30마일 떨어진 에스크 계곡에 평화롭게 지내고 있다.

밴스톤 양의 연기력을 키우려는 노력 끝에 괄목할 만한 결과가 나왔다. 나는 그녀가 다른 사람을 흉내 내는 데 특별한 재능을 가지고 있다는 것을 발견했다. 그녀는 얼굴이 유연했고, 목소리를 잘 다뤘고, 여자 등장인물과 무대의 변장에 어울리는 연기 요령도 있었다. 이제 그녀가 원하는 것은 오직 자기 자신의 능력을 확실히 하기 위해 배우고 연습하는 것이다. 이렇게 얻은 그녀의 경험으로 내 마음에 있던 생각이 되살아났는데, 그 생각은 고인이 된 범접할 수 없는 코미디언 찰스 매튜스의 연극 <집에서>의 하나였다. 내 기억에 나는 그 당시 와인 거래를 하고 있었다. 우리는 브롬튼 부엌방에서 포도주 생산 과정을 따라 해서 12병에 6.19펜스 하는 스페인 궁정에서 좋아하는 저녁 식사용 셰리주인 옅고 특이한 토닉

241

을 따라 만들었다. 나와 동업자들의 수익은 적었고, 우리는 시대의 취향보다 앞서 있었고, 술 거래상에게 빚을 졌다. 돈이 없어서 어찌할 바를 몰랐을 때, 매튜스가 묘사한 관객들을 보면서, <집에서>처럼 여자로 해서 위대한 모방가인 그를 따라 하자는 생각이 떠올랐다. 그 방법을 가로막는 한 가지 사소한 문제는 그런 여자를 찾기가 어려웠다는 것이다. 그때부터 지금까지 나는 그것을 해결하지 못했다. 마침내 난 그 문제를 해결했다. 이제 그 여자를 찾았다. 밴스톤 양은 재능뿐만 아니라 젊음과 아름다움을 가지고 있다. 변장하는 법을 가르치고, 다른 등장인물에 맞는 의상을 마련하고, 노래와 연기 기량을 발전시키고, 관객들과 현명한 이야기를 나누게 하는 것이다. 집에서의 젊은 아가씨를 광고하고, 처음부터 마지막까지 젊은 아가씨의 1인 연기로 대중들을 놀라게 하고 모든 관리를 내가 하는 것이다. 그에 따르는 필연적 결과는 무엇일까? 내 친척은 명성을 얻고, 나는 재산을 얻는 것이다.

난 평소처럼 밴스톤 양에게 이런 생각들을 솔직하게 말했다. 대본을 쓰고, 모든 사업을 관리하고 수익을 나누자고 제안했다. 그녀가 무대에 오르면 마주치게 될 질투심과 만나게 될 장애물을 알려주면서 내 입지를 강화하는 것을 잊지 않았다. 그리고 나는 그녀가 하려는 개인적 조사와 그 정보에 따라 행동을 취하기 전에 바라는 독립에 대해 깔끔하게 말해줬다. "당신이 무대에 오르면, 매니저가 일을 가져다줄 건데, 당신이 독립하려고 할 때, 그가 고집을 부릴 수 있어요. 반대로 당신이 내 생각을 받아들인다면, 당신은 마음대로 결정하고 있고, 스스로 매니저가 돼서, 당신이 원하는 대로 길을 정할 수 있어요." 이 마지막 배려가 그녀에게 와닿았던 것 같았다. 그녀는 하루 동안 고심하더니, 다음 날 승낙했다.

난 전체 거래 내용을 바로 기록했다. 우리의 합의는 한 가지 특별한 것만 제외하고 매우 만족스러웠다. 그녀는 내가 제출한 서류 하단에 자신의 이름을 쓰는 것을 병적으로 불신했고 서명하지 않겠다고 강경하게 말했다. 차후 돈을 버는 것이 목적이기 때문에, 그녀는 구두로 진행하려고 했다. 목적을 다 이루면, 일주일 전에 그만두겠다고 알리고 떠나겠다고 분명히 했다. 다루기 힘든 아가씨였다. 그녀는 이미 나에게 그녀가 얼마나 가치 있는지 알았다. 한 가지 위안이라면, 내가 장부를 관리하는 것이다. 내가 할 수 있다면 내 친척은 너무 갑자기 주머니를 채우지 않을 것이다. 다가오는 실험적인 일을 위해 밴스톤 양을 훈련시키는 나의 노력은 그 젊은 아가씨 관심사에 대한 익명의 편지 2통을 쓰면서 달라졌다. 그녀 친구들에 대한 일로 안절부절못하며 내 가르침에 제대로 집중하지 못하는 것을 보고, 난 그녀에 대한 조사를 지시한 변호사에게 친절하게 조사를 그만두라는 익명의 편지를 썼다. 이 편지는 런던에 있는 내 친구에게 동봉했고, 채링 크로스에 보내라고 했다. 일주일 후 나는 같은 방법으로 두 번째 편지를 보냈는데, 변호사와 그의 고객이 내 조언을 받아들이기로 했는지를 서면으로 알려달라고 요청했다. 난 우리 사이의 이해 충돌로 익살스럽게 그의 편지를 다음 주소로 보내라고 지시했다. "맞대응, 웨스트 스트랜드 우체국."

며칠 후 답장이 도착했다. 물론 런던에 있는 내 친구가 정한 대로 휘트비 우체국으로 보냈다.

변호사의 답은 짧고 간결했다. "선생님, 내 충고를 따랐다면, 당신과 당신이 보낸 익명의 편지는 마땅히 경멸의 대상이 됐을 겁니다. 하지만 내 생각에 대해 막달렌 밴스톤 양의 언니는 내가 반박할 수 없는 주장을 제기했습니다. 그리고 그녀의 간청에 따라, 최소 두 자매가 서면으로 연락을 할 수 있다면, 저희 쪽의 추가적인 절차는 철회될 것임을 알려드립니다. 밴스톤 양 언니의 편지를 동봉합니다. 일주일 내에 이 편지를 받았다는 것을 듣지 못한다면, 나는 다시 한번 그 문제를 경찰에게 맡길 것입니다. — 윌리엄 펜드릴." 이 윌리엄 펜드릴은 심술 궂은 사람이다. 한때 저명한 귀족이 골이 난 하인에 대해 말했던 것 정도로만 그에 대해 말할 수 있다. "그놈이 나에게 조금이라도 배려심이 있었다면 그렇게 성질을 부리지 않았을 거야!"

물론 편지를 전달하기 전에, 난 변호사가 동봉한 편지를 읽었다. 언니 밴스톤 양은 동생 소식을 듣지 못해 정신이 산만하고, 한 가정에 개인 교사로 들어가기로 했고, 1주일 뒤에 시작하기로 했으며, 그녀가 새로운 일을 시작하기 전에 그녀를 안심시켜 줄 편지를 오랫동안 기다리고 있다는 내용이었다. 다시 봉투를 닫고, 나는 동생 밴스톤 양에게 편지를 전달하며, 조심스러운 말을 건넸다. "내가 당신을 만났을 때보다 더 용감해진 게 확실해요?" "래지 대위님, 요크 성벽에서 만났을 때 난 돌아갈 수 있었어요. 지금은 너무 멀리 와버렸어요."

그녀가 정말 그렇게 생각한다면, 나도 그렇다고 생각하기에, 언니와 연락하는 것은 아무런 해가 되지 않을 것이다. 같은 날 그녀는 장문의 편지를 썼다. 자신의 편지를 보고 크게 울었고, 저녁에 봤을 때 그녀는 나에게 뾰로통하고 무뚝뚝했다. 그녀는 세상 경험이 부족했다, 불쌍하게도. 그녀는 정말 세상 경험이 부족했다. 내가 그것을 알게 해줄 수 있는 사람이라 얼마나 다행인가!

2. 11월 연대기

우리는 더비에 정착했다. 대본은 써졌고, 연습은 꾸준히 하고 있다. 모든 어려움은 해결됐지만, 돈은 영원한 어려움이다. 밴스톤 양의 자산은 피아노 연습과 필요한 의상을 구매 제작까지 포함해서 개인적으로 필요한 것을 마련하기에는 충분했다. 하지만 연극을 시작하는 데 드는 비용은 우리가 가진 어떤 수단으로도 부족했다. 우리의 일에 관심을 보여주길 원했던 연극계 내 친구는 불행하게도 그의 경력에서 위기에 처해 있었다. 필요한 금전적 작물을 키웠을지도 모르는 나는 인간적 동정심 분야를 경작하기 위한 시간이 부족했다. 우리가 크리스마스까지 준비하려고 한다면, 투기꾼으로 알려진 이 마을의 지역 음악 판매상 중 한 명에게 애를 써보는 것 말고는 다른 방도가 없었다. 이 하숙집에서의 비공개 연습, 그리고 욕심 많은 사람의 주머니를 채우는 합의, 이런 희생들은 시작하는 데 있어서 매우 필요한 일일 뿐이다. 뭐! 단 한 가지 위안이 되는 것이 있다. 난 음악 판매상을 속일 것이다.

3. 12월 전반 연대기

그 음악 판매상은 나에게 존경심을 강요한다. 그는 극소수의 인간 중 한 사람이다. 내 평생 속이지 말아야 할 사람을 만났다. 그는 우리의 난감한 상황을 능수능란하게 이용했고 더비와 노팅엄 공연과 관련해 우리에게 조건을 걸었는데, 자신의 관심사만 제외하고 다른 사업적인 면을 모두 무시했고, 글로 남기는 걸 좋아하는 나도 그 협상을 기록할 수가 없었다. 말할 필요도 없이, 나는 최선을 다해 양보했다. 내 친척에게 우리의 형편없는 금전적 전망을 전했다. 우리 차례가 올 것이다. 한편, 어릴 때 지역 음악 판매상을 몰랐던 것을 진심으로 후회한다.

개인적으로 난 밴스톤 양에 대해 불평할 이유가 없다. 우리는 그녀가 이곳저곳을 다닐 때 친구들에게 정기적으로 (우체국에) 알려주기로 했다. 이렇게 언니와 소식을 전하는 것 외에, 그녀는 또한 서머싯에 사는 클레어 씨라는 사람과도 소식을 전하는데 그 사람은 그녀와 자기 아들이 주고받는 모든 편지를 전해준다. 후자에 대해 조심히 알아보니, 그는 지금 중국에 있다. 처음부터 배후에 어떤 신사가 있다고 의심했는데, 그는 먼 아시아에 있다는 것을 알고 매우 만족한다. 그곳에 오래 있기를!

우리의 재능 있는 막달렌을 위한 이름을 찾는 사소한 책임은 내게 맡겨졌다. 그녀는 이 주제에 대해 어떤 관심도 없다. "당신이 맘에 드는 이름 아무거나 주세요"라고 그녀는 말했다. "난 다른 것에 대한 권리가 많아요. 직접 만드세요." 난 그녀의 소원을 들어주기로 기꺼이 허락했다. 제

상업용 장서에는 쓸 만한 이름 목록이 포함돼 있다. 지금 우리에게 압박 감을 주는 그 존경할 만한 남자가 광고를 낼 준비가 되면, 5분 만에 하나 를 고를 수 있다. 이 문제에서 내 마음은 아주 편하다. 나의 모든 결정은 꽤 괜찮은 배우에게 집중돼 있다. 만약 그녀가 첫날 밤 공연을 잘 넘긴다 면 그녀가 놀랄 만한 일을 해낼 것이라는 걸 조금도 의심치 않는다. 하지 만 만약 그날 우편물이 와서, 언니 편지를 읽고 그녀가 마음이 상할 만큼 해를 끼친다면, 그 결과가 두렵다.

4. 12월 후반 연대기

나의 재능 있는 친척이 처음으로 대중 앞에 모습을 드러냈고, 우리 미 래의 흥망성쇠의 토대를 마련했다.

첫날 밤 참석자들은 내가 감히 생각했던 것보다 많았다. 처음부터 끝 까지 젊은 아가씨가 도움도 없이 연기한다는 (광고를 보고) 저녁 연극의 신기함이 대중들의 호기심을 자극했고, 좌석을 어느 정도 채웠다. 다행히 도 그날 밴스톤 양에게 온 편지는 없었다. 그녀는 첫 의상을 입고 음악 종 소리가 들릴 때까지는 완전히 집중했다. 그 결정적인 순간에 그녀는 갑 자기 무너졌다. 대기실에 혼자서 흐느끼며 아이처럼 이야기하는 걸 발견 했다. "아, 불쌍한 아빠, 가엾은 아빠! 오, 세상에. 아빠가 지금 날 보셨다 면!" 그런 문제에 대한 내 경험은 그것은 타당한 충고가 동반되는 탄산암 모늄 같은 일이다. 그녀의 컨디션을 올릴 시간이 없었다. 눈은 활활 타오 르게 하고, 볼은 붉게 칠했다. 그녀가 붉은 열기를 띠었을 때 막이 올랐 다. 그녀는 로즈메리 가에서 응접실 뒤쪽에서 황급히 나갔던 것처럼 서 둘러 나갔다. 그녀의 외모로 그녀가 입을 열기 전에도 그녀를 받아들이 는 문제는 해결됐다. 등장인물의 변화, 노래와 대사를 전속력으로 해냈 다. 실수를 여러 번 했지만 고치려고 하지 않았고, 사람들을 완전 정신없게 만들었고 박수갈채를 절대 기다리지도 않았다. 모든 것이 우리가 계산한 시간보다 20분 이상 빨리 끝났다. 그녀는 마지막까지 해냈고 막이 내리자마자 대기실 소파에서 기절했다. 그 음악 판매상은 너무 놀라서 자리를 떴고, 난 저녁 의상을 입지도 못하고, 장소가 또다시 흔들릴 때까지 그녀를 부르는 대중들에게 필요한 사과를 하고 의사를 불렀다. 난 커튼 뒤에서 의사에게 간단히 말해달라고 했다. 내 평생 상대적으로 적은 관객들부터 이런 박수를 본 적이 없었다. 나는 찬사를 느꼈다. 깊이 느꼈다. 14년 전 선술집에서 친구에게 (설명도 곁들어) 읽어줬던 바로 이 마을에서 형편없는 생존 수단(돈)을 끌어모았다. 그리고 지금 나는 최고의 위치에 올랐다. 두말할 필요도 없이 그 자리에서 내가 첫 번째로 할 일은 그 음악 판매상을 내보내는 것이었다. 그는 다음 날 아침 더비와 노팅엄 이후에도 계약을 연장하려고 들렸다. 내 조카딸은 그를 보지 못할 정도로 상태가 좋지 않다고 전했다. 그리고 날 찾았을 때, 그는 내가 일어나지 않았다는 말을 들었다. 나는 그때 우리의 재능 있는 막달렌에게 애처롭게 그 일을 맡는 것에 전념했다. 그녀의 대답은 너무나 만족스러웠다. 그녀는 영원히 아무와도 계약하지 않을 것이다. 적어도 그녀의 지위와 나의 지위를 이용하려는 모든 사람하고는 말이다. 그녀가 돈을 원하고 계속하는 동안, 그녀는 자기 원하는 대로 할 수 있고 나와 수익을 나누어 가질 것이다. 여기까지는 좋았다. 하지만 그녀가 나에게 비위를 맞추는 이유로 그녀가 다음에 덧붙인 이유는 내 취향에 맞지 않았다. "그 음악 판매상은 내 조사를 위해 고용한 사람이 아니에요. 바로 당신이에요." 얼떨떨한 성공 속에서 그녀가 그 조사들을 계속 기억하는 것이 난 마음에 들지 않는다. 앞날에 안 좋을 것이다. 앞날에 지긋지긋하게 안 좋을 것이다.

5. 1847년 1월 연대기

그녀는 벌써 본성을 드러냈다. 난 그녀가 조금 두려워지기 시작한다. 노팅엄 계약을 마무리하고(더비서 공연 이상의 결과를 냈다), 이제부터 우리가 직접 맡는 다른 공연을 뉴어크에서 하자고 제안했다. 밴스톤 양은 아무런 반대를 하지 않다가, 일정을 정할 때 대중 앞에 다시 공연할 때까지 1주일만 미루자고 해서 날 놀라게 했다.

"왜죠?"

"전에 요크에서 당신한테 말했던 조사를 하려고요."

나는 바로 그녀 앞에 지연으로 인한 생각할 수 있는 모든 형태의 모든 위험을 펼쳐놓았다. 그녀는 꼼짝도 하지 않았다. 나는 비용 문제로 그녀의 뜻이 흔들리게 해보았다. 그녀는 나에게 더비와 노팅엄 공연에서 자기 몫의 수익금을 건네주며 답했고, 하루에 거의 2기니 비율에 해당하는 돈이었다. 누가 처음에 고집불통 고집쟁이를 골랐는지 궁금하다. 그 남자는 여자에 대해 아는 것이 거의 없었을 것이다!

어쩔 수 없었다. 나는 평소처럼 지시사항을 적었다. 내가 첫 번째 할 일은 마이클 밴스톤 씨의 주소를 알아내는 것이었다. 또한, 그가 그곳에서 얼마나 오래 살았는지, 그리고 그가 콤―레이븐 집을 팔았는지를 알아내길 기대했다. 다음으로 조사할 건 돈으로 뭘 하는지, 친한 친구들은 누군지, 지금은 그와 함께 사는 아들, 노엘 밴스톤과 어떤 관계인지 등 평소 생활 습관이었다. 마지막으로 조사할 것은, 아버지나 아들에게 영향력을 미치는 여자 친척이나 그 집에서 권한을 행사하는 여자가 있는지를 알아내는 것이었다.

만약 내가 오랫동안 인간 동정심 분야를 키우는 데 있어 다른 사람들의 일에 대한 개인적 조사에 익숙하지 않다면, 이런 질문들 중 일부는 일주일 내에 알아내기가 다소 어려웠을지도 모른다. 그때처럼 난 내 모든 경험을 살려서, 주어진 시간보다 하루 일찍 답을 들고 노팅엄으로 돌아왔다. 앞으로 참고하기 쉽게 순서대로 적었다.

(1) 마이클 밴스톤 씨는 현재 브라이튼의 저먼 플레이스에 거주하고 있으며, 분위기가 마음에 드는지 그곳에 계속 머물 것 같다. 공기가 그에게 적합하다는 것을 알게 돼 그곳에 남아 있을 것 같다. 그는 작년 9월 스위스에서 런던에 도착했고, 도착하자마자 콤―레이븐 부동산을 팔았다.

(2) 그의 평소 생활 습관은 잘 알려지지 않았다. 그가 방문하거나 그를 찾아오는 친구가 없다. 돈 대부분은 펀드에 들었고, 일부는 철도에 투자했지만, 1846년 공황 상태에서도 살아남았고, 빠르게 그 가치가 오르고 있다. 그는 대담한 투기꾼으로 알려져 있다. 영국에 도착한 이후 그는 과감하게 주택 부동산에 투자했다. 그는 런던 외곽에 주택 여러 채를 가지고 있고, 점차 명성을 얻고 있는 동쪽 해안 지역 해수욕장에도 집이 몇 채 있다. 이 모든 거래에서 그는 상당히 좋은 거래를 한 것으로 알려졌다.

(3) 그의 친한 친구가 누구인지 알아내기는 쉽지 않다. 두 명의 이름만 확인됐다. 첫 번째는 바트람 제독으로, 지난 몇 년 동안 마이클 밴스톤 씨와 우호적인 관계를 맺고 있는 것으로 보인다. 두 번째는 제독의 조카인 조지 바트람 씨로, 현재 저먼 플레이스에 있는 집에서 잠깐 머무르고 있다. 조지 바트람 씨는 사망한 앤드류 밴스톤 씨의 누나의 아들로, 그녀 또한 사망했다. 따라서 그는 노엘 밴스톤 씨의 사촌이고, 건강이 약한 노엘 밴스톤은 저먼 플레이스에서 아버지와 아주 잘 지내고 있다.

(4) 마이클 밴스톤 씨의 집안에는 여자 친척이 없다. 그러나 아내 사망후 줄곧 집안일을 해주며 아버지와 아들 모두에게 강한 영향력을 가진 가정부가 있다. 그녀는 스위스 출신이고, 노부인이며, 미망인이다. 그녀의 이름은 르카운트 여사다.

이 세부적인 내용을 밴스톤 양에게 건네줬을 때, 그녀는 내게 고맙다는 말 외에는 아무 말도 하지 않았다. 나는 그녀의 자신감을 불러일으키려고 노력했다. 정중함을 되살리는 것 빼고는 어떤 성과도 없었다. 그러다가 갑자기 연극 이야기로 옮겨갔다. 그렇다. 그녀는 내가 원하는 정보를 주지 않는다면 결론은 명백하다. 내가 스스로 해결해야 한다. 사업적으로 고려할 사항은 이 페이지 나머지에 적었다. 나는 사업으로 돌아가야 한다.

재무표	1월 3째 주
방문 장소 및 공연 회차	뉴어크, 2회
실용 수입	25파운드
실제 실현	32파운드 10실링
추정 수입 배분	밴스톤 양: 12 10 나:　　　12 10
실제 수입 배분	밴스톤 양: 12 10 나:　　　20 10
1주일 개인 초과분 혹은 개인 증명	7파운드 10실링
정산 및 수정	H. 래지

우리가 다음으로 영국의 동정심을 단번에 매료시킬 곳은 셰필드이다. 2월 첫 번째 주에 막을 올린다.

6. 2월 연대기

내가 예상했듯이 연습을 하면서 내 친척은 점차 자신감을 얻었다. 그녀의 정체를 숨기고 다른 인물들을 흉내 내는 재주는 관객들의 혼을 완전히 빼놔서, 같은 사람들이 그녀가 어떻게 하는 것인지 보기 위해 두 번씩 온다. 좋은 것을 충분히 봐왔던 영국 대중들이 전혀 모르는 사랑스러운 결점이다. 그들은 등장인물 중 내가 콤—레이븐에서 인사했던 故 밴스톤 가족의 존경받는 가정교사를 모델로 삼은 북부 시골 출신 노부인에게 앙코르를 외쳤다. 이 특별한 공연은 사람들을 상당히 놀라게 한다. 당연했다. 내 연극 경험상, 19살 소녀가 대중들 앞에서 이렇게 특별하게 사로잡는 것을 전혀 본 적이 없다.

나는 평소보다 낮은 어조로 글을 쓰고 있다. 내 유머가 그립다. 사실은, 난 앞날에 대해 우울하다. 우리가 한창 번창할 때, 나의 비뚤어진 제자는 사소한 집안싸움에 매달리고 있다. 나 자신이 그녀가 생각하고 있을지도 모르는 밴스톤의 길에서 일어날 변덕에 좌우되는 것 같다. 그녀 재산의 설계자로서 나와 내 정신에 너무 좋지 않다.

그녀는 나에게 시킨 조사 내용에 따라 이미 행동을 취했다. 마이클 밴스톤 씨에게 편지 두 통을 썼다.

첫 번째 편지는 답장이 없었다. 두 번째 편지는 답장을 받았다. 내가 중간에 가로채려고 했지만, 그녀는 총명했다. 그녀가 답장을 읽고 나서, 그날 늦게 나는 다른 함정을 놓았다. 성공했지만 그뿐이었다. 그녀가 없는 동안 봉투 안을 보는데 30초 정도 있었다. 그녀가 보냈던 편지가 되돌아왔을 뿐이었다. 이런 모욕을 조용히 참은 그녀가 아니다. 마이클 밴스톤에게 나쁜 짓을 할 것이다. 그건 조금도 중요하지 않다. 내가 피해를 보는 것, 그것이 정말 심각한 문제다.

7. 3월 연대기

셰필드와 맨체스터에서 공연한 후, 우리는 리버풀, 프레스턴, 랭커스터를 다녔다. 소녀의 이번 풍향계에 또 다른 변화가 있었다. 그녀는 더는 마이클 밴스톤에게 편지를 쓰지 않았다고 나처럼 돈을 벌고 싶어 했다. 우리는 많은 이익을 실현하고 있고, 우리는 죽도록 일하고 있다. 난 그녀의 이런 변화가 마음에 들지 않는다. 그녀는 이룰 목적이 있다. 그렇지 않았다면, 지갑을 채우고 싶은 대단한 열정을 보이지 않을 것이다. 내가 할 수 있는 일은 없다. 회계 장부를 없애고, 증명서도 없애고, 돈주머니를 비워 둘 수도 없다. 공연이 성공하고 자신의 이익을 챙기는 그녀의 예리함으로 난 말 그대로 비교적 정직할 수밖에 없다. 그녀를 막으려는 나의 힘든 노력에도 그녀는 이익의 1/3 이상을 챙겼다. 그리고 내 나이에 이것을 얻었다. 도덕적 영농인으로서 오랫동안 성공한 경력 끝에 이것을 얻었다. 감탄의 흔적은 아주 작지만, 내 감정을 자유로이 표현할 수 있다.

8. 4월과 5월 연대기

우리는 큰 마을 7곳을 더 방문하고, 현재는 버밍엄에 있다. 장부를 살펴보니, 밴스톤 양은 이번까지 공연으로 거의 4백 파운드에 달하는 엄청난 액수를 거둬들였다. 내 수익은 아마 1~2백 파운드 이상이 될 것이다. 하지만 난 그녀의 재산 설계자로, 말하자면 장부 발행자로, 제대로 돈을 받지 못하고 있다.

이번 달 29일이 찰스 2세 전 국왕의 복원 기념일이라는 것을 알게 됐다. 내가 만들어준 평판을 고마워한 줄 모르는 여자가 방에 들어와서 우리 사이의 사업 관계는 당분간 끝이라는 거에 대해 너무 많은 말을 했을 때, 난 겨우 내 상자를 잠갔다.

나는 내 느낌에 관해 쓰지 않고 사실만 기록한다. 그녀는 아주 침착하게 휴식이 필요하며 '마음속에 새로운 목표'가 생겼다고 말했다. 그녀는 아마 내가 그 목표를 도와주기를 원할지도 모른다. 그리고 그녀는 아마 공연계로 돌아올지도 모른다. 어느 경우든 우리는 충분히 주소를 교환할 것이고, 필요할 경우 서로에게 편지를 쓸 수 있을 것이다. 너무 갑작스럽게 나를 떠나고 싶지 않기에, 그녀는 다음 날(일요일)까지 남기로 하고 월요일 아침에 출발할 것이다. 그렇게 많은 말로 그녀는 설명했다.

내 경험상 불평해도 소용없다. 나에게는 아무런 권한이 없다. 이 비상 사태에서 내가 할 수 있는 한 가지 현명한 방법은 어떤 쪽이 나에게 이로운지 파악하고, 불필요하게 망설이지 말고 그 길을 가는 것이다.

아주 조금만 생각해 보면, 그녀에게 마이클 밴스톤에 대한 교묘한 계획을 꾸미고 있음을 알 수 있다. 그녀는 젊고, 아름답고, 영리하고, 뻔뻔스럽다. 그녀에게는 돈이 있고 노인의 약점을 찾아낼 시간이 있다. 그녀는 성을 무기로 불시에 마이클 밴스톤 씨를 공격할 것이다. 그녀는 이 목표에 날 원할까? 불확실하다. 쉽게 말해서 그녀는 날 내쫓고 싶은 걸까? 그럴 수 있다. 내가 내 제자에게 이런 취급을 받아야 할 사람인가? 확실히 아니다. 난 대안들을 세워 내가 갈 길을 볼 수 있는 사람이다. 그 대안들은 다음과 같다.

첫 번째 대안: 그녀의 제안에 내가 동의한다고 말하고, 앞으로의 모든 움직임을 개인적으로 주시하기 위해 그녀와 주소를 교환한다. 두 번째 대안: 보호자 자격으로 염려된다고 말하고, 만약 그녀가 계속 그 계획을 고집한다면, 언니와 변호사에게 알리겠다고 협박하는 것이다. 세 번째 대안: 내가 이미 알고 있는 정보를 마이클 밴스톤 씨와 나 사이에 시장성 있는 상품으로 거래를 하는 것이다. 현재 나는 세 가지 중 마지막 대안에 마음이 간다. 하지만 서둘러 결정하기에는 너무나 중요하다. 오늘은 29일에 불과하다. 월요일까지 내 사건 연대기를 중단할 것이다.

5월 31일 — 내 대안과 그녀 계획은 모두 수포가 되었다.

평소처럼 아침 식사 후 신문이 배달됐다. 난 신문을 훑어보다가 부고 면에 눈에 띄는 내용을 봤다.

"29일, 브라이튼, 마이클 밴스톤 님, 취리히 출신, 향년 77세."

내가 2줄로 된 놀라운 내용을 읽을 때 밴스톤 양은 방에 있었다. 보닛을 쓰고, 짐을 챙기고, 기차 시간까지 초조하게 기다리고 있었다. 나는 아무 말 없이 그녀에게 신문을 건넨다. 그녀는 아무 말 없이 내가 가리킨 곳을 봤고, 마이클 밴스톤의 부고 기사를 읽었다. 그녀는 신문을 떨어트렸고, 갑자기 베일을 내렸다. 그녀가 나에게서 얼굴을 감추기 전에 나는 얼굴을 한 번 힐끗 보았다. 그 얼굴이 내 마음에 미치는 영향이 매우 놀라웠다. 평소처럼 유머로 표현한다면, 그녀 얼굴은 취리히 출신 마이클 밴스톤 님 그의 인생에서 가장 현명한 행동은 29일 브라이튼에서 한 행동이었다는 걸 알려줬다. 쥐 죽은 듯이 고요한 방이 매우 어색해서, 난 한마디 해야겠다고 생각했다. 내 이익을 생각해야 했기에 한 가지 주제를 꺼냈다. 공연을 언급했다.

"이렇게 됐으니, 우리 공연은 평소대로 하는 거겠죠?"

"아뇨. 조사를 진행할 거예요"라고 베일을 쓴 그녀가 말했다.

"망자에 대한 조사요?"

"망자의 아들에 대한 조사요."

"노엘 밴스톤요?"

"맞아요. 노엘 밴스톤."

내 얼굴에 쓸 베일이 없는 나는 몸을 숙여서 신문을 주웠다. 그녀의 사악한 결심에 나는 순간 화가 났다. 그녀와 다시 이야기하기 전에, 사실 마음을 진정시켜야 했다.

"그 새로운 조사는 예전처럼 악의가 없는 건가요?"

"전혀 악의는 없어요."

"뭘 알고 싶어요?"

"장례식 후에도 노엘 밴스톤 씨가 브라이튼에 남는 지 여부예요."

"남지 않는다면요?"

"그렇다면, 어디가 됐든 그 사람 새 주소지를 알고 싶어요."

"알았어요. 그리고 그다음은요?"

"아버지의 모든 돈이 아들에게 갔는지 알고 싶어요."

난 그렇게 된 그녀가 보이기 시작했다. 돈이라는 말에 나는 안도했다.

또다시 내 편이 된 거 같았다.

"더 없어요?"

"한 가지만 더요. 가정부라는 르카운트 여사가 노엘 밴스톤 씨를 계속 모시는지 확인해주세요."

르카운트 여사 이름을 언급할 때 그녀의 목소리가 조금 바뀌었다. 그는 분명히 이미 그 가정부를 믿지 못할 만큼 충분히 예리하다.

"내 비용은 평소처럼 받나요?"

"평소처럼요."

"언제 브라이튼으로 떠날까요?"

"되도록 빨리요."

그녀는 일어나 방을 나갔다. 잠시 고심한 후, 나는 새로운 임무를 맡기로 했다. 내 친척을 위해 개인적인 조사를 하면 할수록, 그녀를 진심으로 대하는 호레이시오 래지를 내쫓기가 더욱더 어려워질 것이다.

내가 내일 브라이튼으로 출발하는 데 방해할 일은 없다. 그래서 내일 나는 간다. 만약 노엘 밴스톤 씨가 아버지 재산을 물려받았다면, 그는 내가 질투감을 느끼도록 하는 데 유일하게 실패한 금전적 축복을 받은 사람이다.

9. 6월 연대기

9일 – 나는 어제 돌아왔다. 앞으로 개인적으로 참고하기 편하도록 다음과 같이 적는다. 노엘 밴스톤 씨는 브라이튼을 떠나 런던에서 사업을 할 목적으로 램버스 복스홀 워크에 있는 부친의 빈 집으로 이사했다. 사기꾼 입장에서 매우 의미 있는 주거지의 선택은 N. V. 씨와 돈이 쉽게 떨어지지 않을 것처럼 보인다.

노엘 밴스톤 씨는 다음과 같은 상황에서 부친과 같은 입장이 되었다.

앤드류 밴스톤 씨가 사망했을 때처럼 마이클 밴스톤 씨도 매우 특이하게 사망한 거 같다. 유언장을 남기지 않았다. 하지만 두 가지 경우에서 차이가 있다면, 동생은 비공식적인 유언장을 남겼고, 형은 전혀 유언장을 남기지 않았다. 가장 힘든 사람들은 약점이 있다. 그리고 마이클 밴스톤 씨의 약점은 자기의 죽음을 생각하는 것이 극복할 수 없는 공포였던 거 같다. 그의 아들, 가정부, 그리고 변호사 세 사람 모두 그에게 유언장을 작성할 것을 몇 번이고 노력했지만, 지금까지 소홀히 했다고 알려진 유일한 사업 업무를 미루겠다는 그의 고집은 절대 흔들리지 않았다. 의사 두 명이 그를 마지막에 돌봤다. 회복하기에는 너무나 늦었다고 경고했지만 헛수고였다. 그는 죽지 않을 것이라고 낙관적으로 말했다. 그가 이 세상에 한 마지막 말은(르카운트 여사를 도왔던 간호사에게서 들었다) 다음과 같다. "점점 나아지고 있어. 날아갈 거 같아. 나 좀 데리고 나가줘." 그날 밤, 죽음이 그 두 사람보다 더 완강했고, 법에 따라 (유일한 자식인) 아들이 재산을 물려받았다. 유언장이 작성됐어도 결과는 똑같았을 거라는 건 확실하다. 아버지와 아들은 서로를 매우 신뢰했고, 항상 가깝게 함께 지내온 것으로 알려졌다.

르카운트 여사는 노엘 밴스톤 씨와 함께 남았고, 아버지 때처럼 집안일을 맡았고, 그와 함께 보홀 워크에 있는 새집으로 갔다. 상황이 바뀌어서 그녀가 고생이라는 것을 모두가 인정했다. 마이클 밴스톤 씨가 만약 유언장을 작성했다면, 그녀가 상당한 유산을 받았을 거라는 건 의심의 여지가 없다. 그녀는 이제 노엘 밴스톤의 감사함에 의존하고 있다. 그리고 그녀는 그 감사함이 계속되도록 시의적절하게 조금씩 각성할 것이다. 이번 분기 동안 내 친척 앞으로의 의도가 나쁜 짓인지 돈인지 말할 수 없다. 어느 경우든, 그녀가 르카운트 여사를 곤란한 장애물로 생각할 것이라는 걸 나는 감히 예견한다. 지금까지 알아낸 정보는 이 정도다. 그 정보를 듣는 밴스톤 양의 태도에서 나에 대한 배은망덕한 불신이 드러났다. 그녀는 고맙다는 말만 하고 다른 말은 없었다.

공연에 대해 더 언급하지 않겠다. 현재 숙소 이전에 대해서도 한마디도 하지 않았다. 그렇다. 내 오른손은 내 왼손을 내기에 걸었다. 십중팔구 그녀는 아버지 때처럼 아들과도 연락할 것이다. 십중팔구, 한 달도 안 돼서 노엘 밴스톤에게 편지를 쓸 것이다.

21일 ─ 그녀는 오늘 편지를 썼다. 우표 2장을 붙였기 때문에 분명히 장문의 편지일 것이다. (개인 메모. 답장을 기다리자)

22일, 23일, 24일 ─ (개인 메모. 답장을 기다리자)

25일 ─ 답장이 왔다. 전직 군인으로서, 자연스럽게 나는 그것을 얻기 위해 전략을 썼다. 진정한 인내심은 성공이라는 보상을 나에게 준다. 그래서 나는 그것을 해냈다.

그 편지는 노엘 밴스톤 씨가 아닌 르카운트 여사가 적었다. 그녀는 너무나도 공손한 어조로 아주 높은 도덕적 우위를 차지했다. 노엘 밴스톤 씨가 몸이 허약하고 최근에 겪은 사별로 편지를 쓰지 못했다. 밴스톤 양이 보낸 편지는 뜯지 않은 채 반송될 것이다. 어떠한 개인적 부탁도 법의 보호에 따라 바로 조처를 할 것이다. 돌아가신 아버지로부터 막달렌 밴스톤 양에 대한 경고를 분명히 받은 노엘 밴스톤 씨는 아버지의 충고를 아직 잊지 않고 있다. 밴스톤 아가씨들에 대한 그의 행동 방침이 그의 아버지가 추구했던 행동 방침과 다른 것이라고 가정하는 것은 최고의 남자들에 대한 기억의 불명예가 된다. 이것이 그가 부인에게 직접 지시한 것이다. 그녀는 자신이 선택할 수 있는 가장 유화적인 언어로 표현하려고 노력했고, 밴스톤 양을 (예의상) 성姓으로 불러서 불필요한 고통을 주지 않으려고 노력했다. 그녀는 그들을 대변해서 이러한 양보가 허비되지 않을 것이라고 믿는다. 편지 내용은 이랬고, 그렇게 끝났다.

나는 이 편지에서 두 가지 결론을 내렸다. 첫 번째, 심각한 결과를 초래할 것이다. 두 번째, 아주 공손한 르카운트 여사는 다루기 가장 위험한 여성이다. 내 앞에 안전한 길이 보이면 좋겠다. 아직 보이지 않는다.

29일 ─ 밴스톤 양은 나를 버리고 떠났다. 그리고 돈벌이가 되는 연극 공연도 그만두고 떠났다. 나는 사기를 당했다. 수치스러운 말을 쓸 일이 없을 거로 생각했던 내가, 내가 사기를 당했어!

그 사건들을 기록하자. 당분간 그 기록들이 무기력한 시각으로 나에 대해 보여준다. 그러나 그 사람의 본성이 이긴다. 나는 그 사건들을 반드시 기록해야 한다.

그녀는 어제 나에게 곧 떠날 것이라고 알렸다. 내가 브라이튼에서 알아 온 정보에 대해 다른 민간인의 말을 듣고, 그녀는 우리의 조사를 조금 더 밀어붙일 필요가 있다고 넌지시 알렸다. 나는 바로 예전처럼 그것을 맡겠다고 제안했다. "아뇨. 이번에는 당신은 빠져요. 이건 여자에 대한 조사예요. 내가 직접 할 거예요!"라고 했다. 이 새로운 결심은 르카운트 여사를 겨냥하고 있음을 개인적으로 확신하면서, 나는 그 주제에 대해 몇 가지 악의가 없는 질문을 했다. 그녀는 조용히 대답하기를 거절했다. 나는 다음으로 언제 떠날 건지 물었다. 28일에 떠난다고 했다. 어디로? 런던. 장기간 떠날 것인가? 그러지 않을 것이다. 혼자서 가나? 아뇨. 나와 함께 가나? 아뇨. 그럼 누구와 떠나는가? 내가 반대하지 않으면, 래지 부인과 함께. 세상에! 무슨 목적으로? 연세가 있는 여자 지인과 동행하면, 괜찮은 숙소를 얻을 수 있으니까. 그리고 나는 연세가 있는 남자 지인으로서 사업에서 완전히 배제된 것이냐? 현재로서는 말할 수 없다. 현재 주소로 그녀에게 올 수 있는 편지를 내가 전해야 하지 않는가? 아니다, 그녀가 직접 우체국에서 처리할 것이다. 그녀는 동시에 앞으로 연락이 필요한 경우를 대비해, 내가 그녀에게 오는 편지를 받을 수 있는 주소를 요청했다. 이 마지막 대답 후, 더 물어보는 것은 시간 낭비일 뿐이었다. 난 더 질문하지 않고 시간을 아꼈다.

서로에 대한 우리의 현재 입장은 이전에 마이클 밴스톤의 사망에 우리의 입장이었던 것이 분명했다. 나는 예전처럼 대안을 선택해야 했다. 어느 쪽이 내 개인적 이득인가? 그녀가 나를 다시 원할 가능성을 믿는 거?

그녀의 친척과 친구들을 개입시켜서 그녀를 협박하는 거? 아니면 내가 가지고 있는 정보를 부자 가족과 나 사이에 가치 있는 상품으로 만드는 거? 세 가지 대안은 아버지 일로 고른 것이다. 아들 일로 한 번 더 골라야 한다.

기차는 거의 4시간 후 런던으로 출발했고, 래지 부인과 함께 그녀는 떠났다. 내 아내는 너무 어리석고, 불쌍한 사람이어서 비상 상황에서 능동적으로 가치가 없지만, 나와 밴스톤 양과의 연락을 유지하기에는 수동적으로 쓸모가 있고, 그 상황을 생각해서, 나는 스스로 바지를 솔질하고 면도하고, 한정된 기간 동안 불편함을 감수하기로 했다. 래지 부인이 예전에 가지고 있던 희미한 빛이 그녀가 떠나고 나서야 마침내 보이기 시작했다. 런던으로 가는 것을 허락받자마자 그녀는 바로 두 가지 질문을 했다. 쇼핑해도 되는지와 요리책을 두고 가도 되는지. 밴스톤 양은 한 가지 질문에 "그럼요"라고 대답했고, 다른 질문에 "네"라고 답했다. 그리고 그때부터 래지 부인의 웃음이 끊이지 않았다. 나는 허무하게 소리를 질러서 여전히 목이 쉬었다. 그리고 뒤축이 닳은 양쪽 신발에 이루 말할 수 없는 혐오감을 느끼며 그녀를 기차에 두고 왔다.

평범한 상황이라면 이런 말도 안 되는 상세한 내용은 내 기억에 남지 않았을 것이다. 하지만 사실, 현재 나의 불운한 아내의 우둔함으로 누구도 예상치 못한 결과를 초래할 수도 있다. 그녀는 몸만 큰 아이에 불과하다. 밴스톤 양이 그녀를 믿는다는 건 분명히 알 수 있었다. 왜냐면 바로 그런 점에서 더욱 교활한 여성을 믿지 않기 때문이다. 내 친척보다 내가 크고 작은 아이들을 더 잘 안다. 자신의 관심사를 비밀로 할 때는 인간적 순수함의 모든 형태를 조심해야 한다.

다시 일 이야기를 하자. 화창한 여름날 오후 2시에 난 이곳에 홀로 남아, 나 스스로 노엘 밴스톤 씨에게 접근할 가장 안전한 방법을 고심하고 있다. 그가 구두쇠라고 의구심을 품어도, 난 실망하지 않는다. 내 시절에는 나는 돈을 좋아하는 만큼 사람들을 정말 좋아해서 엄청난 금전적 성과를 끌어냈다. 진짜 어려움은 르카운트 여사라는 장애물과 싸우는 것이다. 내가 틀리지 않았다면, 이 여자에 대해 조금은 진지하게 생각해 봐야 한다. 오늘 연대기를 마무리하고 르카운트 여사에 대해 알아볼 것이다.

3시 — 전혀 예상치 못하게 알게 된 내용을 적기 위해 이 페이지를 다시 펼쳤다.

마지막으로 쓰고 나서, 오늘 아침 숙녀들을 기차역으로 데려다주면서 있었던 한 가지 상황이 기억났다. 난 그때 밴스톤 양이 짐 가방 3개 중 한 개만 챙긴 것을 봤는데, 지금 와서 보니 그녀가 남기고 간 짐을 살펴보면 어쩌면 유익한 결과를 얻을 수 있을 것 같았다. 한동안 이상한 자물쇠들을 익혔기 때문에, 밴스톤 양의 짐가방을 여는 데 어려움은 없었다. 둘 중의 하나는 관심을 끌 만한 것이 없었다. 의상과 세면도구와 연극에 쓰는 소품들이 들어 있는 나머지 하나가 더 살펴볼 만했다. 가방 주인의 비밀 중 하나를 바로 보여줬기 때문이다.

짐 상자에는 모든 의상이 다 있었다. 놀랍게도 한 가지만 빼고. 없어진 의상은 북부 부인의 의상이었다. 내 제자의 변장 중 가장 최고라고 이미 언급했던 그 등장인물로, 그녀의 가정교사 가스 양의 목소리와 태도를 모델로 삼았다. 가발, 눈썹, 보닛과 베일, 망토와 그녀의 등과 어깨를 굽어보이게 하는 패드, 얼굴을 변장시킬 화장품, 모든 것이 없었다. 화려한 꽃무늬의 비단 가운만이 남았다. 연극에서는 유용했지만, 색과 무늬가 너무화려해서 낮에 입기에는 눈에 띈다. 다른 의상으로 사람들 사이에서 충분히 눈에 안 띄게 다닐 수 있다. 보닛과 베일만 구식이고 망토는 진한 회색이다. 이걸 알게 되면서 한 가지는 명백히 추론할 수 있다. 내가 여기 있는 동안, 그녀는 노엘 밴스톤과 르카운트 여사가 처음부터 의심할 필요가 없는 가스 양으로 분장해 두 사람에 대한 작전을 펼칠 것이다.

이런 상황에서 난 어떻게 해야 하나? 그녀의 비밀을 알았는데, 나는 뭘 해야 하나? 당혹스럽다. 어떻게 해야 할지 어리둥절하다.

현재 날 혼란스럽게 하는 건 그녀의 개인적 목적을 위해 자신을 변장하기로 했다는 단순한 사실 그 이상이다. 수백 명의 소녀가 변장에 대한 환상이 있고, 매년 수백 건의 사례들이 잡지에 실린다. 하지만 나의 옛 제자는 한순간도 신문에 나오는 평범한 모험담과 혼동해서는 안 된다. 그녀는 남자처럼 입고 남자의 목소리와 태도를 흉내 낼 수도 있다. 그녀는 여자로서 내가 한 번도 본 적 없는 인물들을 그리는 데 타고났다. 그녀는 대중들 앞에서 공연하면서 힘을 느끼고, 변장 능력을 최고조에 이르도록 훈련했다. 사생활에서 자신의 목적을 이루기 위해 이런 능력을 사람들 모르게 이용하려는 아주 영리한 소녀이고, 모든 것이 무너지고 자신만의 방식으로 자신만의 목적을 위해 싸울 능력을 지금까지 가다듬은 소녀가 지금 사기를 치려고 하고, 이끌어 가기에는 처음이고 위험하기에, 어느 쪽이든 매우 심각한 결과를 초래할 것이다. 내 동료들을 속인 많은 경험에서 나온 내 확신이다. 내가 그녀의 짐가방을 보기 전까지는 전혀 말하거나 생각한 적도 없는 내 친척의 계획에 대해 말하고 있다. 그녀의 잃어버린 재산에 대한 싸움에서 이길 가능성이 현재 반반이라서, 내 인생의 저울이 어디 쪽으로 기울지 알 수 없다. 내가 확실히 알 수 있는 건, 변장하고 노엘 밴스톤의 문을 통과하게 되는 날, 어느 쪽으로든 기울 것이라는 것이다. 내 관심사는 어느 쪽을 가리키고 있는가? 맹세코 모르겠다.

5시 — 나는 능숙하게 타협을 했다. 중립을 지키기로 했다.

오늘 우체국에서 노엘 밴스톤 씨에게 익명의 편지를 보냈다. 펜드릴 씨를 혼란스럽게 하는 데 성공한 똑같은 방법으로 목적을 이룰 것이다. 늦어도 내일 오후까지는 램버스 복스홀 워크에 도착할 것이다. 편지는 짧고 적절했다. 가장 걱정스러운 말로 노엘 밴스톤 씨에게 음모의 희생자가 될 것이며 이미 아버지와 그에게 편지를 쓴 젊은 아가씨가 주동자라는 것을 경고했다. 그 폭로로 필자에게 일어날 수 있는 심각한 위험에도, 그의 안전을 위해 필요한 정보를 알리는 것이다. 그리고 그 답장은 타임즈 광고란에 싣는다. "모르는 친구"에게 보내며, 노엘 밴스톤 씨가 그 값진 봉사에 대해 얼마나 사례를 할지 명확히 명시해야 한다.

261

예상치 못한 복잡한 상황이 일어나지 않는 한, 이 편지는 현재 내 관심사를 정확히 충족시켜 줄 것이다. 만약 광고가 실리고, 그 사례금이 내가 적군의 편에 써는 것을 정당화할 만큼 충분하다면 난 받아들일 것이다. 만약 광고가 실리지 않거나, 노엘 밴스톤 씨가 나의 귀중한 도움에 너무나 터무니없이 낮게 부른다면, 난 여기서 내 친척이 날 찾을 때까지 시간을 보내거나, 그녀가 날 찾게 만들거나 할 것이다. 만약 그 익명의 편지가 우연히 그녀의 손에 넘어간다면, 일부러 필자를 그녀의 조사를 해준 사람들 중 한 명으로 소개했기 때문에 깎아내리는 암시들을 보면 내가 했다는 것을 알게 될 것이다. 만약 르카운트 여사가 그것을 손에 쥐고 나를 함정에 빠뜨린다면, 나는 그 일에 제2의 인물이 등장하는 순간 전체적인 일을 전혀 모르기 때문에, 그녀의 솔깃한 초대를 거절한다. 되는대로 놔두고, 여기서 나는 이득을 볼 준비를 한다. 완벽히 안전과 안정을 추구하며 양쪽 모두를 바라보며, 도덕적 영농인으로서 한 번에 두 가지 농작물을 보며, 만약의 사태에 대비해 낫을 들고 있다.

앞으로 1주일 동안 배달 올 신문이 평소보다 더 재미있을 것이다. 난 결국 어느 쪽에 속하게 될지 궁금하다.

램버스
복스홀 워크

Chapter 1

템스강 남쪽 제방 쪽에 비숍스 워크 앤 가든과 강을 마주 보는 테라스(비슷한 주택들이 연이어 다닥다닥 붙어 있는 거리)와 접해 있는 램버스의 옛 대주교관은 오늘날 실용적인 런던에서 고풍스러운 것을 좋아하는 모든 애호가들에게 소중한, 옛 런던 시대의 건축 유물이다. 이 유서 깊은 건물 남쪽으로 램버스의 미로 같은 거리가 있다. 강에서 가까운 복잡한 주택가 중간 정도에 옛날처럼 우중충한 건물들이 두 줄로 나란히 있는 곳이 복스홀 워크다.

주변 동네까지 뻗어 있는 어두운 거리는 대부분 가난한 사람들이 산다. 상점들이 즐비한 거리에 빈곤과의 사투가 아주 더러운 포장도로에서 거리낌 없이 드러나고, 일주일 내내 그 힘을 비축했다가, 토요일 밤 소동이 일어나고, 일요일 아침 흐릿한 가스등으로 먼동이 트는 것을 보게 된다. 절대 웃지 않는 뚱한 여성들은 이곳처럼 런던 지역의 정육점을 찾아다니며, 남편들의 봉급에서 선술집에 쓸 돈을 아껴서 손에 꽉 쥐고는 감히 살 수 없는 고기를 탐욕스럽게 바라본다. 마치 부자 언니들이 보석을 만지듯이 고기를 열망한다. 대도시의 부유한 지역에서 멀리 떨어진 다른 구역들처럼 이곳에서, 말이 거리의 오물보다 거칠고, 옷이 거리의 진흙보다 더 더러운 흉측한 런던 방랑자는 기분이 언짢고 난폭해져 거리 모퉁이와 진을 파는 술집에 있다. 관습들은 많이 바뀌었지만, 사람들은 별로 바뀌지 않은 현대 진보에 대한 요란한 자기주장은 완전한 모순으로 허세가 된다. 국가가 번영하는 동안, 또 다른 벨사살(바빌론 최후의 왕) 같은 이곳의 장엄한 광경은 군주인 돈에게 균형을 이루는 영광과 권력 부족에 대해 경고하는 글이 적힌 '성벽 위에 글'이다.

이와 같은 동네에 자리 잡은 복스홀 워크는 비교적 괜찮고, 편견 없이 바라본다면 훌륭한 곳이다. 거리 대부분은 여전히 개인 주택들이다. 가게가 드문드문 있고, 이런 가게들은 인파들로 붐비지 않는다. 상거래는 요란하지 않았고, 소비자들은 '구매'라는 시끄러운 호객 행위에 시달리지 않았다. 복스홀 워크에서 새를 좋아하는 사람들은 마음의 편안함을 느끼고, 비둘기들은 구구하고, 카나리아들은 짹짹거린다. 중고 손수레, 마차, 몇 년 정도 쓴 침대, 누군가는 한 세트로 만들고 싶어 했던 분리된 마차 바퀴들, 모든 것을 여기서는 같은 저장소에서 볼 수 있다. 런던을 비추는 가스의 대홍수 속에 하나의 지류 하천은 이 인근 생계 활동의 원천이다. 이곳에는 감리교 개종의 시기가 건축 종교의 원리가 되기 전, 존 웨슬리(감리교 창시자)의 추종자들이 세운 사원이 있다. 그리고 이곳에서 가장 눈에 띄는 것은 한때 수천 개의 불빛이 반짝이던 곳, 달콤한 음악 소리가 아침까지 밤하늘을 울려 퍼졌던 곳, 한 세기 여름 동안 런던의 아름다움과 유행을 마음껏 즐기고 춤을 췄던 곳이 오늘날은 진흙과 쓰레기 더미로 가득하고, 집 밖에서는 복스홀 가든에 버려진 시신 썩는 냄새가 난다.

래지 대위가 그의 연대기를 마지막으로 작성할 때, 복스홀 워크 집들 중 한 곳에 한 여성이 나타나 아파트를 세 놓는다는 전단지를 창문에서 떼어냈다. 그 아파트는 2층에 있는 방 두 개로 되어 있다. 선금을 낸 두 여자가 1주일간 빌렸다. 그 두 여자는 막달렌과 래지 부인이다.

막달렌은 여자 집주인이 방을 나가자마자 창가로 가서, 맞은편 건물들을 조심스럽게 내다보았다. 그 건물들은 다른 집들과 비교해 규모와 외관 면에서 상당히 뛰어났고, 건물에는 세워진 날짜가 새겨져 있는데, 1759년으로 적혀 있었다. 그것들은 인도에서 뒤로 벗어나서 정원으로 구분됐다. 그 건물들과 맞은 편 작은 집들 사이에 있는 도로의 폭과 이런 특이한 위치 때문에, 막달렌은 문에 있는 숫자를 볼 수 없었고, 창문에 나타나는 대략적인 사람의 옷과 몸매 윤곽만 볼 수 있었다. 그런데도 그녀는 반대편에 있는 한 집에 시선을 고정하고 애타게 바라봤다. 숙소에 들어가기 전에 그녀가 찾았던 그 집, 현재 노엘 밴스톤과 르카운트 여사가 사는 곳이다.

10분 넘게 조용히 창가에서 지켜보다가 그녀는 갑자기 방 쪽으로 뒤돌아보면서 자신의 행동이 여행 동반자에게 어떤 영향을 줬는지 살폈다. 그 15분 동안 걱정한 일은 조금도 일어나지 않았다. 래지 부인은 탁자에 앉아, 그들이 런던 종착역을 떠날 때 마차 창가로 던져진 상인들의 광고 전단지를 정리하는 데 집중했다. "가볍게 읽을거리에 대해 종종 들었어요." 아이가 새 장난감 자리를 쉴 새 없이 바뀌는 것처럼 래지 부인은 전단지 위치를 쉴새 없이 바꾸었다. "예쁜 색으로 인쇄됐어요. 내일 쇼핑할 때 사고 싶은 게 다 있어요. 연필 좀 빌려줄래요. 화내지 않을 거죠? 너무나 표시하고 싶어요." 그녀는 막달렌을 올려다봤고, 자신의 바뀐 상황에 즐겁게 웃으며, 주체할 수 없는 기쁨에 커다란 손으로 탁자를 두드렸다. "요리책이 없어요. 머릿속이 윙윙거리지도 않고, 내일 대위님 면도 안 해 줘도 돼요! 난 늘 초라해요. 캡은 한쪽으로 기울어져 있고 아무도 나한테 소리치지 않아요. 마음이 떨려요. 여기가 휴가지인 게 분명해요!" 그녀는 손으로 탁자를 더 크게 두드렸고, 막달렌이 연필을 주고 나서야 조용해졌다. 래지 부인은 바로 품위를 되찾고, 팔꿈치를 탁자에 대고, 저녁 내내 상상의 쇼핑에 빠졌다. 막달렌은 창가로 돌아갔다. 의자를 가져다가 커튼 뒤에 앉아서, 또다시 맞은편 집에 시선을 고정했다.

2층과 3층 창문은 가림막이 내려져 있었다. 1층 창문은 가려져 있지 않고 부분적으로 열려 있었지만, 그 근처로 아무도 오지 않았다. 양쪽 집에는 문이 열렸고 사람들이 오갔다. 열두 명쯤 되는 아이들이 인도로 나와 놀았다. 잃어버린 공과 셔틀콕을 되찾으려고 작은 정원에 들어갔다. 사람들이 계속 왔다 갔다 했고, 짐을 높게 쌓은 마차들이 길 따라 느릿하게 움직이며 기차역을 오갔다. 단 한 집만 빼고 전방위적으로 모든 일상이 끊임없이 일어났다. 몇 시간이 흘렀다. 그리고 맞은편 집은 여전히 문이 닫혔고, 안팎으로 사람이 있다는 흔적이 전혀 보이지 않았다. 복스홀 워크에서 막달렌이 직접 하려고 했던 한 가지 목적 즉, 르카운트 여사의 얼굴과 태도와 습관을 알아내고 주인을 살펴보겠다는 목적이 지금까지는 완전히 실패했다. 창가에서 3시간을 지켜봤지만, 그 집에 사람이 살고 있는지 제대로 알 수 없었다.

6시가 되자, 집주인이 저녁 식사를 위해 식탁보를 펼치면서, 래지 부인의 공부를 방해했다. 막달렌은 창가 쪽이 잘 보이는 자리에 앉았다. 아무 일도 없었다. 저녁 식사가 끝났다. 광고 전단에 주석을 달고, 대위의 부재로 입맛이 돌면서 먹고 마시고 하면서 졸음이 온 래지 부인은 안락의자에 앉아, 그녀의 남편에 아주 심각한 정신적 고통을 줘서 싫어했던 자세로 깊이 잠들었다. 7시가 됐다. 회색 포장도로와 갈색 주택 벽으로 여름 저녁의 그림자가 살며시 길게 드리워져 있었고, 맞은 편은 여전히 문이 닫혀 있었다. 아직 열려 있는 창문으로는 검은 여백 말고는 아무것도 보이지 않았다. 그 방은 마치 무덤처럼 생기가 없고 변화가 없었다.

래지 부인의 온화하게 코 고는 소리는 점점 심해졌다. 저녁은 따분하게 지나갔고, 8시가 가까워지자 마침내 어떤 일이 일어났다. 정문이 처음으로 열렸고, 문턱에 한 여성이 나타났다.

르카운트 여사인가? 아니다. 옷차림으로 봐서 하인이었다. 손에 큰 열쇠를 들었고, 심부름하러 나간 게 분명했다. 몇 시간 동안 소극적인 인내심을 겪은 후 성급한 그녀는 일부는 호기심으로 일부는 순간적인 충동으로 행동을 취했고, 보닛을 낚아챘고 목적지가 어디든 하녀를 따라가기로 했다.

그녀는 램버스 워크로 불리는 가까운 거리에 있는 상가로 향했다.

조금 거리를 두고 걸었고 그 동네에 익숙지 않아 잠시 망설이고 나니, 그 하인은 길 건너 문구점에 들어갔다. 막달렌은 길을 건너서 그녀를 따라 들어갔다.

어쩔 수 없이 가게에 늦게 들어갔기에 막달렌은 그 여자가 뭘 주문했는지 듣지 못했다. 하지만 판매대 뒤에 있는 남성이 하는 첫 번째 말이 들렸고, 하인의 목적이 철도 안내서 구매임을 알게 됐다.

"이번 달 안내서인가요, 7월 안내서예요?"라고 점원이 고객에게 물었다.

"주인님이 어떤 건지 말씀 안 했어요. 모레 시골로 간다는 것만 알아요."

"모레면 7월 1일이군요. 당신 주인이 원하는 건 새로운 달 안내서예요. 내일 나와요."

다음 날에 다시 오겠다 하고, 그 하인은 가게를 떠나 복스홀 워크로 돌아가는 길로 향했다. 막달렌은 판매대에서 처음 눈에 들어온 사소한 물건을 사서 서둘러 같은 방향으로 돌아갔다. 그녀가 방금 알게 된 것은 매우 중요한 것이었고, 그녀는 가능한 바로 필요한 행동을 취해야 한다고 느꼈다. 숙소 거실에 들어서니, 막 잠에서 깬 래지 부인은 캡이 어깨 위에 떨어져 있었고, 신발 한 짝이 없어진 것을 보고 졸리면서도 어리둥절해 하고 있었다. 막달렌은 여행으로 그녀가 피곤하고, 가장 좋은 건 잠자리에 드는 것이라고 설득하려고 애썼다. 래지 부인은 신발을 먼저 찾으면 완전히 그러고 싶다고 했다. 신발을 찾던 중, 그녀는 유감스럽게도 옆 탁자에 있는 광고 전단지를 봤고, 그리고 바로 그날 저녁 했던 일들을 떠올렸다. 래지 부인은 전단지를 맹렬히 흔들면서 말했다. "연필 줘봐요. 아직 못 자요. 내가 원하는 거 절반밖에 표시 못 했어요. 보자. 내가 어디까지 했더라? 핀치의 유아용 젖병인가, 아냐! x가 있네. x는 원하지 않는 거야. *들판에서 편안함. 버클러의 튼튼한 사냥용 반바지. 오, 맞아. 여기네. 읽어본 적이 있어. 이*

거야. 여기 내가 표시해 둔 거야. 우아한 캐시미어 가운, 매우 동양적이고 매우 웅장함. 1파운드 6.19펜스까지 할인. 제시간에 올 것. 단 3벌 남음. 돈 챙겨서 가서 사요!'

"오늘 밤은 안 돼요. 지금은 자고 내일 전단지 다 보는 건 어때요? 내가 침대맡에 둘게요. 그럼 아침에 일어나자마자 바로 볼 수 있어요."

래지 부인은 이 말을 바로 따랐다. 막달렌은 그녀를 옆방으로 데려가서 아이처럼 침대에 눕히고 옆에는 그녀의 장난감을 놔뒀다. 그 방은 너무 좁았고, 침대도 너무 작았다. 흰옷을 입고 취침용 모자의 큰 후광으로 달 같은 얼굴의 래지 부인이 너무 크고 불균형적으로 커서, 초조해하던 막달렌도 그날 밤 여행 동반자를 두고 방을 나설 때는 미소 지었다.

래지 부인이 기분 좋게 외쳤다. "아하! 우리 내일 캐시미어 가운 사요. 이리 와 봐요! 말해줄 게 있어요. 날 봐요. 난 구부정하게 잘 거고 나한테 소리 칠 대위님은 여기 없어요!" 숙소 거실에서 집주인이 잠자리를 봐둔 소파형 침대가 있었다. 촛불을 밝힌 후, 막달렌은 홀로 남아 생각을 정리하며 앞날을 계획했다.

그녀가 있을 때 문구점에서 오갔던 질문과 대답으로 봐서, 노엘 밴스톤 씨가 현재 복스홀 워크에서 거주하는 것이 하루만 더 있으면 끝난다는 것이 분명한 결론이다. 그녀가 과감하게 안으로 들어가기 전에 맞은 편에서 며칠 동안 조심스럽게 살피겠다는 첫 번째 신중한 계획은 사태 전환으로 완전히 좌절됐다. 그녀는 다음 날 모든 위험을 감수하고 저돌적으로 할지 앞으로 절대 일어나지 않을 수도 있는 미래의 기회를 기다리며 잠시 멈춰야 하는지에 대한 딜레마에 빠졌다. 중간은 없었다. 그녀가 두 눈으로 직접 노엘 밴스톤 씨를 보고, 르카운트 여사가 두려워해야 할 최악의 상황을 알게 될 때까지, 즉 그녀가 자신의 신분을 조심스럽게 감추는 필요한 예방책으로 이 두 가지 목적을 이룰 때까지는, 런던으로 온 목표를 이루기 위한 발걸음을 한 발짝도 뗄 수 없었다.

밤 시간은 계속 흘렀고, 생각은 꼬리에 꼬리를 물었지만, 그녀는 여전히 어떤 결론도 내리지 못했다. 여전히 그녀는 자신의 경험상 자신에 대해 또다시 망설여야 하고 불안해하고 의심했다. 급기야 그녀는 조바심을 내며 방을 가로질러 트렁크를 열어 잠자리에 들기 전에 필요한 물건들을 꺼내면서 작은 안도감을 찾았다. 래지 대위의 의심은 틀리지 않았다. 그가 버밍햄에서 그녀의 짐 상자에서 찾지 못했던 의상 소품들이 거기, 드레스 두 벌 사이에 숨겨져 있었다. 그녀는 하나하나 살피면서, 그녀한테 필요했던 물건을 잃어버리지 않은 것에 스스로 만족하며, 다시 창가로 돌아와 살폈다. 반대편 집은 응접실까지 어두웠다. 아까는 올라가 있던 가림막이 지금은 창문 아래로 내려와 있었다. 그리고 그 뒤로 비치는 불빛으로 그녀는 처음으로 그 방에 사람이 있다는 것을 알게 됐다. 그것을 본 그녀의 눈빛은 밝아졌고 얼굴은 붉어졌다.

"저기 그 사람이 있어!" 그녀는 나지막하게 화를 내며 혼잣말을 했다. "그 사람은 우리 돈으로 살고 있어. 나를 경계하라는 그 사람 아버지 충고에 따라 그 집에 살고 있어." 그녀는 밖을 내다보려고 올렸던 가림막을 내리고, 트렁크 쪽으로 다시 와서 북부 시골 여인 역할의 연극 소품이었던 회색 가발을 꺼냈다. 가발은 포장 때문에 구겨져 있었다. 그녀는 그것을 화장대로 들고 와서 빗질했다. "그의 아버지는 막달렌 밴스톤에 대해 경고했습니다." 그녀는 르카운트 여사가 보낸 편지 구절을 따라 말하고, 거울 속 자신을 바라보며 비통하게 웃었다. "그 사람 아버지가 가스 선생님에 대해 경고했는지 궁금하네. 내일은 내가 기대했던 것보다 빨라. 무슨 상관이야. 내일 할 거야."

다음 날 이른 아침, 막달렌이 일어나 밖을 내다보니, 구름이 잔뜩 꼈고 흐렸다. 그러나 아침 먹을 때가 되자, 금방이라도 비를 뿌릴 듯한 조짐은 사라졌다. 날씨 방해도 없고, 그녀가 그날 첫 번째로 해야 할 일, 즉 여행 동반자를 집에서 내보낼 수 있었다.

래지 부인은 옷을 차려입고, 광고 전단지로 중무장을 했고, 10시에는 나가고 싶었다. 이른 시간에 막달렌은 집주인의 큰딸에게 잘 보살펴달라고 부탁했는데, 그녀는 조용하고 예의가 바른 소녀로 양산과 모슬린 드레스를 살 수 있게 이미 약간의 돈을 쥐여줬다. 10시가 되자마자 막달렌은 래지 부인과 그녀의 수행원을 마차에 태워 보냈다. 그후, 그 집에 사는 사람들의 일상적 습관을 알아내기 위해, 위층에서 방을 정리하고 있는 집주인에게 가서 함께 약간의 수다를 떨었다.

래지 부인과 자신 외에 다른 하숙인이 없다는 것을 알게 됐다. 집주인의 남편은 하루 종일 집을 비웠고, 기차역에 근무했다. 작은딸은 언니가 없는 동안 부엌일을 맡았다. 어린 아이들은 학교에 있었고, 한 시에 밥을 먹으러 돌아올 것이다. 집주인은 여성용 고급 리넨을 마련해서 그날 아침 내내 건물 뒤편에 있는 작은 방에서 일할 것이라고 했다. 따라서 막달렌이 1시에 아이들이 밥 먹으러 돌아오기 전 외출을 한다고 가정하면, 편안하게 변장을 하고 아무도 모르게 나갈 수 있었다.

11시에 방 정리가 다 됐고, 집주인은 자기 일을 하려고 물러났다. 막달렌이 조심히 방문을 닫고, 창문 가림막을 내리고, 바로 오늘의 위

271

험한 실험을 준비했다.

　위험을 피하고 문제를 해결해야 하기에 버밍햄의 옷 가방에 화려한 소품은 남겨둔 그녀는 관객들을 즐겁게 하려고 해 가스등 밑에서 했던 변장과 대낮에 낯선 두 사람을 찾으려는 시선을 속이기 위한 변장에서도 크게 차이가 난다는 걸 항상 생각했다. 그녀가 처음 입었던 드레스는 짙은 갈색의 (알파카라고 불리는 소재로 만들어진) 자신의 오래된 가운으로 하얀색에 작은 별 모양 패턴이 깔끔하게 있었다. 이 옷의 아랫부분에 있는 이중 주름 장식은 유일하게 여성 모자를 제작하는 사람이 만들었다는 것을 보여주는 것으로, 노부인에게 어울리는 의상과 전혀 어울리지 않는 장식이었다. 머리와 얼굴 변장이 그녀가 다음으로 중점을 두는 것이었다. 끊임없는 연습으로 터득한 재주로 회색 가발을 쓰고 가다듬었다. (다소 크고, 가발보다는 더 짙은 색깔의) 인조 눈썹을 접착제로 조심스럽게 붙이고, 분장 용품으로 투명하고 깨끗한 얼굴을 윤기가 없고, 아파 보이는 여자처럼 칙칙한 얼굴로 바꿨다. 다음으로 주름을 그리고 나이 들어 보이게 해야 한다. 여기가 첫 번째 난관이다. 가스등 불빛에서는 성공했던 변장이 대낮에는 실패였다. 인위적인 피부 반점을 감추는 것은 정말 힘들었다. 그녀는 트렁크에서 베일 2개를 꺼냈다. 구식 보닛을 쓰고 2개를 연달아 대보았다. (검은색 레이스가 달린) 베일 하나는 여름에 쓰기에는 너무 두꺼워서 눈에 띌 것이다. 다른 하나는 평범한 레이스로, 그녀의 이목구비가 보이면서도 (공연 때보다는 훨씬 적게 그린) 이마와 입가 주름은 다소 희미하게 보였다. 하지만 또 다른 장애물이 생겼다. 특별한 이유 없이 다른 사람들과 이야기하는 동안 계속 베일을 내리고 있을 수 없다는 문제. 순식간에 떠올린 생각과 분장용 팔레트로, 그녀는 베일을 계속 쓸 눈에 띄는 핑계를 만들어냈다. 눈꺼풀 안쪽으로 일부러 붉게 칠해서 염증처럼 보이게 했는데, 보통 사람 말고 가까이에 앉아 있는 의사만이 가짜라고 알아볼 것이다. 그녀는 일어나 거울에 비친 자신의 끔찍한 변신을 의기양양하게 바라보았다.

마지막 단계로 그녀가 버밍햄에서 가져온 엷은 회색 망토를 입고, 래지 부인이 노련한 솜씨로 만든 패드를 넣어 젊은 우아함과 아름다움을 보여주는 등과 어깨를 감췄다. 변장이 이제 완성됐고, 그녀는 캐릭터에 맞게 약간 저는 걸음걸이를 연습했고, 1분간 연습 후 거울로 돌아와 목소리와 태도를 연습했다. 이러한 신체적 특징들이 가스 양을 흉내를 낼 수 있었던 유일한 부분이었다. 완벽하게 닮았다. 거친 목소리, 무뚝뚝한 태도, 특정 구절에서 머리에 힘주어 끄덕이는 습관, 노섬브라 지역 사투리로 'r'이 들어간 모든 말을 진동해서 발음하는 특성, 북부 지역 출신 여교사의 이 모든 개인적 특징들이 재현되었다. 이렇게 완성된 변장은 래지 대위가 말한 대로, 자기 변장술의 승리였다. 그녀의 얼굴을 가까이서 보지 않는 한, 그녀를 아프고, 인상이 별로고, 매력적이지 않은 최소 50살 여성 정도로만 볼 것이다.

문을 열기 전, 그녀가 방에 없을 때 집주인이 들어올 경우를 대비해, 무대 소품이 하나도 보이지 않도록 주의 깊게 주위를 살폈다. 그녀가 유일하게 잊어버린 물건은 밤새 읽었던 노라의 편지 꾸러미였다. 그녀가 옷을 입는 동안 의도치 않게 거울 밑으로 넣었던 편지였다. 편지를 치우려고 꺼냈을 때, 처음으로 '거리에서 우리가 만난다면 노라 언니는 날 알아볼 수 있을까?'라는 생각이 처음으로 스쳤다. 그녀는 거울을 바라보며, 슬픈 미소를 지었다. "아니, 노라 언니조차도 못 알아봐."

그녀는 먼저 시계를 본 후, 문을 열었다. 12시가 가까웠다. 집주인 아이들이 학교에서 돌아오기 전, 필사적인 실험을 해 본 후 숙소까지 돌아오려면 겨우 한 시간밖에 남지 않았다.

층계참에서 잠시 아래쪽 복도에서 모든 것이 조용한지 확인했다. 그녀는 계단을 소리 없이 내려왔고, 집에서 나올 때 누구와도 마주치지도 않고 거리로 나왔다. 잠시 후 그녀는 길 건너 노엘 밴스톤의 집

문을 두드렸다.

전날 문구점까지 따라갔던 같은 여자 하인이 문을 열었다. 사람들 앞에 모습을 드러낸 첫날 밤을 떠올리게 하는 순간적인 떨림과 함께 막달렌은 (가스 양의 목소리와 태도로) 르카운트 여사가 있는지 물었다.

"르카운트 여사는 나가셨어요, 부인."

"밴스톤 씨는 집에 계신가요?" 첫 번째 장애물에 맞서 바로 결심을 굳히며 막달렌이 물었다.

"주인님은 아직 일어나지 않으셨어요, 부인."

또 이렇다니! 그 나약한 천성이었다면 그 경고를 받아들였을 것이다. 막달렌의 본성은 거기에 맞섰다.

"르카운트 여사는 몇 시에 돌아오시나요?"

"1시쯤에요."

"그럼 가능하면 1시 후에 제가 다시 들리겠다고 말 전해줘요. 르카운트 여사를 꼭 만나야 해요. 내 이름은 가스 양이에요."

그녀는 돌아서서 집을 떠났다. 숙소로 돌아가는 것은 불가능했다. (막달렌이 문이 닫히는 소리를 듣지 못했기에) 그 하인이 그녀를 눈으로 좇았고, 게다가 그녀가 집 안으로 들어간다면, 집주인의 아이들이 집 근처에 있을 것이 확실한 그 시간에 다시 밖으로 나가는 게 위험해질 수 있다. 그녀는 무의식적으로 오른쪽으로 돌아서 계속 걷다가 복스홀 다리가 생각나서 거기서 강 건너편을 바라보며 기다렸다.

지금부터 한 시간 가까이 빈다. 어떻게 시간을 보내야 할지 고민하다가, 노라 언니의 편지 꾸러미를 치웠을 때가 다시 생각났다. 변변치 않은 변장의 완성도를 시험해 보고 싶은 갑작스러운 충동이 마음속의 더 높고 순수한 감정과 섞였고, 함부로 자신을 드러내놓고 말하지는 못하지만, 언니의 얼굴을 다시 보고 싶은 자연스러운 그리움이 커졌다. 노라가 나중에 보낸 편지에는 가정교사의 생활, 즉 수업 시간, 여가 시간, 제자들과 산책하는 시간 등에 대해 자세히 적혀 있었다. 막달렌이 노라의 고용주 집으로 갈 수 있는 교통편이 있다면, 언니가 외출하기 몇 분 전에 도착할 수 있을 것이다. "100통의 편지보다 한 번 보는 게 더 좋아!" 그런 생각을 속으로 하면서, 변장을 한 채 노라가 매일 산책하는 곳으로 가려고, 막달렌은 서둘러 다리를 건너 북쪽 제방으로 향했다.

그러니까, 그녀의 인생의 전환점에서, 그녀가 돌이킬 수 없는 발걸음을 내딛기 전에, 노엘 밴스톤 집 문턱을 넘기 전에, 선의 힘이 둘러싼 그녀를 둘러싼 악의 힘을 물리치고, 그녀가 계획했던 사기에서 등을 돌리게 해서, 그녀는 치명적인 그 집에서 다행히도 점점 빨리 멀어지도록 했다.

그녀는 지나가는 빈 마차를 세워서 기사에게 스프링 가든스 뉴 스트리트로 가달라고 했고, 제시간에 목적지에 도착하면 요금을 두 배로 주겠다고 했다. 그 기사는 그렇게 해서 더 많은 돈을 벌었다. 막달렌은 뉴 스트리트를 따라 10걸음 정도 더 걷다가 세인트 제임스 공원을 향하자, 그녀 너머로 집 문이 열리면서 상복을 입은 한 여성이 두 어린 소녀와 동행했다. 그 여성은 또한 집 계단을 내려올 때 막달렌 쪽으로 고개를 돌리지 않고 공원 쪽으로 향했다. 그건 중요하지 않았다. 막달렌의 마음은 그녀가 노라를 보고 있다는 걸 말해줬다.

그녀는 그들을 따라 세인트 제임스 공원으로 향했고, 거기에서 (나무 그늘이 우거진 산책길을 따라) 그린 공원으로 갔고, 그들이 잔디밭에 도착해 하이드 파크 코너 쪽으로 언덕을 오를 때 점점 더 가까워졌다. 그녀는 열심히 노라의 드레스의 세세한 부분까지 살폈고, 이목구비와 자세가 조금 바뀌었다는 것을 알게 됐다. 그녀는 가을보다 몸이 더 야위었고, 고개는 약간 축 늘어져 있었고, 터덜터덜 걸었다. 어떤 불행도 그녀에게서 빼앗을 수 없는 우아함과 깔끔함을 지닌 상복은 그녀의 바뀐 환경에 어울렸다. 검은 가운은 값이 나가는 소재로 만들었고, 검은 숄과 보닛은 평범하고 값싼 종류로 만들어졌다. 그녀 양쪽에서 걷고 있는 두 어린 소녀는 실크 옷을 입고 있었다. 막달렌은 본능적으로 그 애들이 미웠다.

그녀는 잔디밭을 넓게 돌아다녔고 부자연스러운 만남이라는 의심을 피하면서 언니를 만나기 위해 점점 방향을 틀었다. 심장은 빠르게 뛰고, 가짜 머리, 가짜 얼굴 색깔, 가짜 드레스를 생각하고, 소중하고 친숙한 얼굴을 점점 가까이 보자 열이 불같이 났다. 그들은 가깝게 서로를 지나쳤다. 눈빛이 더 깊어졌고 예전보다 슬픈 아름다움을 지닌 노라의 어둡고 온화한 눈은 동생 얼굴인지는 전혀 모른 채 올려다봤다가 이방인의 얼굴에서 다시 시선을 돌렸다. 그 한순간의 눈빛이 막달렌의 가슴에 박혔다. 노라가 지나간 후 그녀는 우두커니 서 있었다. 그녀를 감춘 비참한 변장이 경악스러웠다. 노라 품에 안겨 부끄러운 얼굴을 묻고 싶다는 열망에 사로잡혔다. 그녀는 돌아서서 뒤를 돌아봤다.

노라와 두 아이는 언덕에 도착했고, 거리와 공원을 구분하는 철제 난간에 있는 출입구 한 곳과 가까이 있었다. 그들이 출입구에 도착하자 거부할 수 없는 매력에 이끌려, 막달렌은 그들을 또다시 따라갔고, 두 아이가 다음은 어느 길로 가고 싶은지에 대해 화를 내며 말싸움하는 것을 들었다. 노라가 그들을 데리고 출입구를 지나, 길을 건너려고 기다릴 때 몸을 숙여 말하는 것을 보았다. 그들은 노라가 한 말에 목소리가 더 커지고 화를 더 낼 뿐이었다. 8살이나 9살 정도 된 동생은 맹렬히 화를 내며 울고 소리를 지르고 심지어 가정교사를 발길질하기도 했다. 거리의 사람들은 멈춰 서서 웃었고, 그들 중 일부는 농담으로 작게 훈육을 했다. 한 여성은 노라에게 아이 엄마인지 물었고, 또 다른 여성은 귀에 들리도록 노라가 아이의 가정교사인 것을 안타까워했다. 막달렌이 사람들 사이를 헤치고 나아가기 전에, 즉 언니는 돕겠다는 생각으로 다른 모든 것들을 망각하고, 자신을 저버리고 노라 쪽으로 가기도 전에, 덮개 없는 마차가 포장도로를 천천히 지나갔고, 앞쪽 마차들 때문에 가는 게 막혔다. 안에 앉아 있던 노부인이 아이의 울음소리를 듣고 노라를 알아보고는 바로 그녀를 불렀다. 마부는 사람들을 물러서게 했고, 아이들을 마차에 태웠다. "내가 이 길을 지나가서 다행이네"라고 말하며 그녀는 노라에게 앞자리에 앉으라며 경멸적인 손짓을 했다. "넌 결코 내 딸들을 통제 못 하는구나, 앞으로도 그렇겠지." 마부는 마차 계단을 올랐고, 마차는 아이들과 가정교사를 태우고 떠났고, 사람들은 흩어지고, 막달렌은 다시 혼자가 됐다.

그녀는 비통한 생각을 했다. "그래야 했어! 언니는 괴롭히기만 해야 했어. 우리는 또 이별의 괴로움을 겪어야만 했어."

그녀는 무의식적으로 발걸음을 돌렸다. 꿈속인 것처럼 공원 공터로 돌아왔다. 언니에 대한 사랑의 힘으로 무장하고, 언니를 위해 느꼈던 분함을 맹렬히 느끼며, 그녀는 어느 때보다 인생에 있어 엄청난 유혹을 더 분명하게 느꼈다. 모든 분장과 변장으로, 강하고 격정적이었던 극심한 절망감은 낮아지고, 초췌해지고, 끔찍해졌다. 노라는 사람들의 호기심과 즐거움의 대상이 되었다. 노라는 대로변에서 질책받았다. 바로 그 남자 때문에 노라는 오만한 노부인과 성질 나쁜 아이에게 고용되는 희생자가 됐고, 프랭크는 중국으로 갔다. 그리고 그 남자의 아들이 그 뒤를 잇고 있다. 계획했던 속임수의 현장에서 그녀를 돌아서게 하고 변장하는 자신이 싫다는 생각을 들게 한 언니에 관한 생각이 이제는 그녀의 목적을 위한 수단이 되었다. 그 생각으로 그녀의 발에 날개가 달렸고, 그 치명적인 집으로 더 서둘러 갔다.

그녀는 다시 공원을 나서, 어디에 있는지 모른 채 거리로 나섰다. 다시 한번 그녀를 지나가는 첫 번째 마차를 세워서 복스홀 워크로 가자고 말했다.

걷다가 마차를 타니 차분해졌다. 그녀는 정신을 차리고 옷을 살폈다. 숙소에서 나온 후 그사이에 변장에 아무 일도 일어나지 않았는지 확인해야겠다는 생각이 바로 떠올랐다. 그녀는 복스홀 워크에 돌아가기 전에 빵집 앞에서 기사에게 멈추라고 하고 거울을 보았다.

회색 두건은 엉망이 됐고 구식 보닛은 한쪽으로 기울여졌다. 다른 것은 괜찮았다. 그녀는 의상을 가다듬은 후 마차로 돌아왔다. 그녀가 노벨 밴스톤의 집 문을 두 번째 두드렸을 때는 1시 반이었다. 전처럼 그 여자 하인이 문을 열었다.

"르카운트 여사 돌아오셨나요?"

"네, 부인. 이쪽으로 오세요."

하인은 막달렌보다 앞장서 빈 복도를 따라 걷다가 카펫이 깔려 있지 않은 계단을 올라, 집 뒤편에 있는 방문을 열었다. 방에는 마당을 내다보는 하나의 창문에서 들어오는 빛이 비쳤고, 벽은 허전했고, 바닥은 아무것도 덮이지 않았다. 침실용 의자 2개는 벽 쪽에 있었고, 식탁은 창문 밑에 있었다. 식탁 위에는 물이 가득 찬 수조가 있었고, 그 가운데에는 수초와 얽힌 피라미드 미니어처로 장식됐다. 달팽이는 수조의 양쪽에 달라붙어 있었고, 올챙이와 작은 물고기는 푸른 물에서 빠르게 헤엄치고, 미끄러운 도롱뇽과 날씬한 개구리들은 수조가 무성한 바위틈으로 소리 없이 왔다 갔다 했다. 피라미드 위에는 약간 밝은 눈의 두꺼비가, 돌처럼 차갑고 돌처럼 갈색이고 돌처럼 움직이지 않고 혼자 앉아 있었다. 그 당시 영국에서는 물고기와 파충류를 애완동물로 키우는 건 대중화되지 않았다. 방에 들어간 막달렌은 처음 보는 수조에 놀라움과 혐오감을 억누르지 못하고 뒤로 물러났다.

그녀 뒤에서 여자가 말했다. "놀라지 마세요. 내 애완동물들은 아무도 해치지 않아요."

막달렌은 뒤돌아서 르카운트 여사와 마주했다. 그 가정부의 편지로 그녀는 무뚝뚝하고, 약삭빠르고, 못생기고, 무례한 늙은 여자를 만날 것이라고 예상했다. 그녀의 태도는 온화하고 싹싹했고, 옷은 매우 깔끔하고, 멋지고, 소박했고, 외모는 세월의 영향을 크게 받지 않았다. 만약 르카운트 여사가 실제 나이보다 15살이나 16살 정도 적게 불려서 자기가 38살이라고 해도, 남자 천 명 중 1명은, 여자 백 명 중 1명만이 믿는 걸 주저했을 것이다. 짙은 머리만이 흰 머리가 되었을 뿐이다. 티끌 하나 없는 레이스 캡 밑으로 가르마를 타서 상복 리본으로만 묶었다. 매끈한 하얀 이마나 통통한 하얀 뺨에는 주름 하나 없었다. 이중 턱에는 보조개가 있었고, 치아는 하얗고 가지런했다. 애원하고 설득력 있는 미소를 지르며 자신의 단점을 최대한 이용하는 데 익숙지 않았다면, 입술은 너무 얇다고 생각했을 것이다. 크고 검은 눈은 다른 여자의 얼굴이었다면 사납게 보였을지도 모른다. 눈은 온화하고 마음을 녹였다. 바위 위 두꺼비, 창가에서 보이는 뒷마당 풍경, 말을 하면서 부드럽게 문지르는 그녀의 통통하고 예쁜 손, 케임브릭(면이나 마로 아주 얇게 만든 흰색 천) 슈미젯(목과 가슴을 가리는 레이스 장식의 속옷)을 입고 사람들 말을 들을 때 흐뭇하게 바라보는 습관 등 막달렌 눈에는 모든 것이 흥미로웠다. 그녀가 마이클 밴스톤을 애도했던 우아한 검은 가운은 단순한 드레스가 아니었다. 고인에 대한 찬사였다. 순백의 모슬린 앞치마는 그 자체로 훌륭했다. 검은 옥 귀걸이는 너무 수수해서 퀘이커 교도가 보고 아무런 죄도 짓지 않았을지도 모른다. 적당히 통통한 얼굴은 적당히 통통한 체구와 잘 어울렸다. 땅 위로 부드럽게 미끄러졌다. 걸음은 차분했다. 플라토닉한 시선에서 르카운트 여사를 제대로 볼 수 있는 남자들은 많지 않다. 10대들은 그녀에게 빠질 수밖에 없었을 것이다. 여자만이 그녀에게 냉담하고 예쁘고 미소 짓는 겉모습의 내면을 무정하게 들여다봤을 것이다. 여자 인생의 황혼기에 있는 이 비너스 같은 여자를 처음 봤을 때, 막달렌은 르카운트 여사를 만나기 전에 변장하길 더 잘했다는 생각이 들었다.

"아침에 들렀다는 분을 만나 봬서 반가워요. 가스 양 맞으시죠?"라고 그 가정부가 물었다.

그녀가 그 질문을 할 때, 눈으로는 막달렌에게 창가에서 안쪽으로 고개를 더 돌리라고 경고했다. 햇살이 너무 강해서 가정부가 그녀를 제대로 보지 못했을 거라는 단순한 의심이 순간 들었다. 그녀는 정신을 가다듬고, 고개만 숙여서 대답했다.

르카운트 여사는 외국 악센트로 영어로 유창하게 말했다. "장소가 누추해서 죄송해요. 밴스톤 씨는 임시로 여기 머무시는 거예요. 내일 오후에 해안지역으로 떠나는데, 집을 제대로 정리할 필요가 없다고 생각했어요. 자리에 앉으셔서 오신 이유를 말씀해 주시겠어요?"

그녀는 어느새 막달렌 가까이에 와서 창가 빛을 등지고 의자에 앉았다. "앉으세요." 르카운트 여사는 방문객의 베일 사이로 보이는 염증이 난 눈을 매우 조심스럽게 바라보며 말했다.

"보시다시피 눈병 때문에 고생하고 있어요." 창문에서 고개를 계속 옆으로 돌린 채 조심스럽게 가스 양의 말투로 목소리를 끌어올리며 답했다. "베일을 계속 내리고 있고 빛에서 떨어져서 앉아 있는 거 양해해 주세요." 그녀는 다시 자기 뜻대로 그 말을 했다. 그리고 침착하게 창 너머 방구석으로 의자를 당겨서 앉았고, 자신의 얼굴에 보닛의 그림자가 계속 지게 했다. 르카운트 여사의 설득력 있는 입술은 공손하게 연민을 표하며 중얼거렸다. 르카운트 여사의 상냥한 검은 눈은 낯선 부인을 그 어느 때보다 더 관심 있게 바라봤다. 그녀는 방문객이 조금 더 창문 쪽으로 고개를 돌리게 하거나 상대방을 보지 않아서 공손함을 잃지 않기 위해, 자신의 의자를 막달렌과 아주 나란히 놓고 벽에 아주 가까이 앉았다. 르카운트 여사는 조심스럽게 작게 기침하며 말했다. "그럼요. 무슨 일로 이렇게 방문하셨나요?"

"먼저 내 이름을 들어본 적이 있는지 물어봐도 될까요?" 어쩔 수 없이 고개를 돌렸지만 동시에 얼굴과 빛 사이로 침착하게 손수건을 들어 올리며 막달렌이 말했다.

르카운트 여사는 아까보다 더 심한 기침을 하며 답했다. "아뇨. 가스 양이라는 이름은 몰라요."

막달렌이 말을 이었다. "그렇다면, 내 소개를 하는 것으로 당신을 찾은 목적이 가장 잘 설명이 되겠네요. 나는 몇 년 동안 콤-레이븐에서 돌아가신 앤드류 밴스톤 씨 가정교사로 지냈고, 지금은 고아가 된 따님들을 위해서 여기에 왔어요."

이때까지 손을 부드럽게 매만지고 있던 르카운트 여사는 갑자기 멈췄다. 면담 초반부터 입술은 자신도 모르게 다물어지고 너무 얇아졌다.

"초록빛 그늘 없이 바깥 빛을 견딜 수 있다니 놀랍네요."

가짜 가스 양이 한 말을 마치 그녀가 전혀 한 적 없는 것처럼 전혀 신경 쓰지 않고, 그녀는 조용히 말했다. "이때는 빛 가리개 쓰면 너무나 더워지거든요." 막달렌은 가정부의 침착함에 잘 맞춰서 응수했다. "내가 이 집에 온 이유에 대해 한 말을 들었는지 물어봐도 될까요?"

"뭐 때문에 내가 그 일을 신경 써야 하는지 물어봐도 될까요?"

"그럼요. 당신이 보낸 편지에서 두 아가씨에 대한 노엘 밴스톤 씨의 뜻이 무엇인지 알게 됐기 때문에 당신을 보러 왔어요."

그 솔직한 대답은 효과가 있었다. 그 낯선 부인이 처음에 르카운트 여사가 의심했던 것보다 더 잘 알고, 그런 상황에서 그녀를 무시해버리는 것은 현명하지 못하다는 것을 경고했다.

그 가정부가 말했다. "죄송해요. 전에는 거의 이해하지 못했어요. 지금은 완전히 알겠어요. 이런 마음 아픈 일에 내가 중요한 사람이라거나 어떤 영향력을 행사한다고 생각하신다면, 그건 부인께서 오해하시는 거예요. 난 노엘 밴스톤 씨의 대변자이고, 이상한 표현이지만 그분이 들고 있는 펜일 뿐이에요. 그분은 병약자이고, 다른 병약자들처럼 좋을 때도 있고 나쁠 때도 있어요. 그 젊은 사람에게 답장을 쓸 때는 건강이 안 좋을 때였어요. 밴스톤 양이라고 불러도 될까요? 가엾은 소녀죠. 부모의 결혼 여부가 나 같은 사람에게 무슨 상관이겠어요? 말씀드린 것처럼, 그 답장을 보낼 때는 노엘 밴스톤 씨 건강이 좋지 못했던 시기였고, 그래서 어쩔 수 없이 비서로서 내가 그 답장을 써야 했어요. 아가씨들에 대한 말씀하시고 싶다면, 내가 부인처럼 아가씨라고 불러도 될까요? 아니에요. 밴스톤 양이라고 부를게요. 밴스톤 양 문제에 대해 말씀하고 싶다면, 노엘 밴스톤 씨에게 당신의 이름과 방문 목적에 대해 전해드릴게요. 혼자 응접실에 계시고, 오늘은 상태가 좋으세요. 오랫동안 일한 하인으로 힘이 있으니 당신을 대신해서 기꺼이 그렇게 해드릴게요. 바로 전해드릴까요?"라고 르카운트 부인은 일어나면서 도움을 주려고 아주 상냥하게 물었다.

"실례가 안 된다면 부탁드려요."

"그럼요. 해야 할 일인 걸요. 내가 할 수 있는 한 도와야죠." 그녀는 인사를 하고 미소를 지으며 방에서 나갔다.

혼자 남겨진 막달렌은 르카운트 여사 앞에서는 참았던 분노를 드러냈다. 화풀이할 대상이 없었기에, 두꺼비에게 향했다. 그것은 바위 위에 얌전하게 앉아서 밝은 눈으로 공허하게 쳐다보고 있는 그 시선이 그녀의 모든 신경을 자극했다. 그녀는 증오심을 억누르고 그 생명체를 바라봤다. 이를 악물고 심술궂게 중얼거렸다. "작은 괴물 같은 네 피가 더 차가운지 르카운트 여사의 피가 더 차가운지 궁금하네? 그녀 심장이 더 끈적거릴까, 네 등이 더 끈적거릴까? 징그러운 너는 네 주인이 어떤 사람인지 알아? 네 주인은 악마야!"

두꺼비의 입 밑에 있는 얼룩덜룩한 살갗은 기이하게 주름이 잡혔다가, 방금 그에게 건넨 말을 삼킨 것처럼, 천천히 다시 팽창했다. 막달렌은 그 생명체의 눈에 띄는 움직임에 놀라 뒤로 물러났고, 하찮다는 듯이 자리로 돌아왔다. 하마터면 다시 못 앉을 뻔했다. 문은 소리 없이 열렸고, 르카운트 여사가 다시 모습을 드러냈다.

"몇 분만 기다려 주시면, 밴스톤 씨를 만나실 수 있을 거예요. 그분이 지금 하는 일이 끝나고 부인을 만날 준비가 되면, 응접실 종을 울릴 거예요. 조심해 주세요, 부인. 그분의 기분을 우울하게 하거나, 어떤 식으로든 동요시키지 마세요. 어렸을 때부터 그분 심장 때문에 주위 사람들이 너무 걱정했어요. 좋은 병은 없어요. 장기 자체에 생명력이 없어서 지방 변질처럼 만성적 질병만 있을 뿐이죠. 심장에 너무 무리 가는 것만 안 한다면, 심장이 충분히 잘 버틸 거예요. 그게 그분을 진찰한 모든 의사의 조언이었어요. 그러니 그걸 명심해주시고, 대화할 때 주의해 주세요. 의사 말이 나와서 그런데, 당신 눈에 생긴 염증에 황금 연고는 발라 봤나요? 그게 특효약이라고 하던데요."

막달렌은 예민하게 답했다. "그건 저한테는 안 듣더라고요. 노벨 밴스톤 씨를 뵙기 전에, 물어보…."

르카운트 여사가 끼어들었다. "죄송하지만, 그 불쌍한 아가씨들에 대한 질문인가요?"

"밴스톤 양 자매들에 대한 거예요."

"그러면 난 나설 수 없어요. 죄송하지만, 주인님이 안 계실 때 그리고 주인님 허락 없이는 그 불쌍한 아가씨들에 대해 (부인이 밴스톤 양 자매라고 말하는 걸 들으니 기쁘네요!) 정말 이야기할 수 없어요. 여기서 기다리는 동안 다른 이야기를 해요. 내 수조 보실래요? 영국에서는 아주 신기할 거예요."

"당신이 방에서 나가 있는 동안 수조를 봤어요."

"그러셨어요? 별로 관심이 안 생기죠? 아주 당연해요. 나도 결혼 전까지 전혀 관심 없었어요. 몇 년 전에 죽은 우리 남편이 내 취향을 찾아주고 발전시켜줬어요. 저명한 스위스 동식물연구가 르콩트 교수에 대해 들어본 적 있나요? 내가 그 사람 미망인이에요. (내가 돌아가신 주인님을 모시고 지냈던) 취리히에서 내 이름을 영어식으로 르카운트로 바꿨어요. 당신의 관대한 나라 사람들은 할 수만 있다면 이름조차도 외국적인 것은 받아들이지 않을 거예요. 하지만 나의 소중한 남편이야기를 하자면, 자신의 연구를 내가 도울 수 있게 해줬어요. 그 사람이 죽고 나서, 오죽 과학에만 관심을 가졌어요. 교수로서 여러 분야에서 탁월했고, 파충류 분야에서 뛰어났어요. 그는 피실험체들과 수조를 남겼어요. 다른 유산은 없었어요. 저 수조가 다예요. 이 작고 조용한 녀석 빼고는 다른 피실험체들은 다 죽었어요. 이 착한 두꺼비 말이에요. 내가 그걸 좋아하는 것에 놀랐어요? 놀랄 것이 없어요. 교수는 날 파충류에 대한 일반적인 편견에서 벗어나게 할 만큼 충분히 오래 살았어요. 제대로 이해하면, 파충류는 아름다워요. 잘 살펴보면 파충류는 마지막 단계에서 유익해요." 그녀는 작은 손가락을 뻗어서, 손가락 끝으로 두꺼비 등을 어루만졌다. "촉감이 완전 색달라요. 이런 여름 날씨에는 아주 좋고 완전 차가워요."

응접실에서 종이 울렸다. 르카운트 여사는 일어나 수조 위로 다정하게 몸을 굽히고는 마치 새인 것처럼 헤어질 때 두꺼비에게 쩍쩍 소리를 냈다. "밴스톤 씨가 부인을 만날 준비가 됐네요. 절 따라오세요. 가스 양." 그녀는 이렇게 말하며 먼저 문을 열고 나갔다.

Chapter 3

"가스 양입니다. 도련님." 르카운트 여사는 응접실 문을 열며 예절 바른 하인의 말투와 태도로 방문객 등장을 알렸다.

막달렌은 응접실 앞과 뒤가 접이식 문으로 구분되는 길고 좁은 방에 있었다. 앞 창문에서 멀지 않은 곳에 앉아 빛을 등지고 앉아 있는 연약하고 금발에 자기만족에 찬 작은 남자가 보였는데, 너무 큰 사이즈의 흰옷을 입고 있었고, 가슴 쪽 단추 구멍에 걸쳐 제비꽃 꽃다발이 깔끔하게 그려져 있었다. 그는 30살에서 35살 사이로 보였다. 안색은 어린 소녀처럼 연약했고, 눈은 가장 연한 파란색이었고, 윗입술 쪽에는 희미하고 작은 하얀 콧수염이 있었는데, 양쪽 끝에 왁스를 발라서 얇은 나선형 곱슬 모양이었다. 어떤 것에 특별히 관심을 가질 때는, 눈꺼풀을 반쯤 감았다. 그가 웃자, 관자놀이에 자잘한 주름이 생겼다. 무릎에는 하얀 실내복에 묻지 않도록 냅킨을 깔고 딸기 한 접시를 올려놨다. 그의 오른편에는 큰 원탁이 있었는데, 전 세계 곳곳에서 가져온 것으로 보이는 진귀한 물건들로 가득했다. 아프리카의 박제된 새, 중국의 도자기로 된 괴물, 인도와 페루의 은 장식구, 이탈리아의 모자이크 작품, 프랑스 청동 등이 여행 때 포장용으로 쓰였던 거친 나무 상자와 거무칙칙한 가죽 케이스와 함께 지저분하게 모든 한 곳에 모여 있었다. 그 작은 남자는 자신의 호기심과 옷차림, 연약한 건에 대해 쾌활하게 그리고 히죽히죽거리며 사과했다. 그리고 의자 쪽으로 손을 흔들면서 방문객에게 교만스러운 공손함으로 자신의 관심을 보였다. 막달렌은 르카운트 여사가 그녀를 속인 게 아닌지 잠시 의심하

285

며 그를 바라봤다. 이 사람이 매정한 아버지가 걸었던 길을 매정하게 따랐던 사람이라고? 그녀는 거의 믿을 수 없었다. "자리에 앉으세요, 가스 양." 그는 그녀가 주저하는 것을 보며 다시 말했고, 높고 가늘고 조바심이 나는 목소리로 자신의 이름을 말했다. "노엘 밴스톤이라고 합니다. 날 만나고 싶어 하셨다고요!"

"저는 물러나도 될까요, 도련님?"

"당연히 안 되죠! 여기 계세요. 우리하고 같이 있어요. 르카운트 여사는 제가 가장 신뢰하는 사람이에요. 내게 하고 싶은 말이 있으면 여사께 해도 돼요. 그녀는 집안의 보배예요. 영국에서 르카운트 여사와 같은 보배는 없어요."

가정부는 우아한 슈미젯에 시선을 고정한 채 집안의 미덕에 대한 칭찬을 들었다. 하지만 막달렌은 이미 르카운트 여사와 주인이 주고 받은 시선으로, 노엘 밴스톤이 이미 방문객 앞에서 무슨 말을 해야 할지 지시받았음을 빨리 간파했다. 이런 의혹과 햇빛에 얼굴이 노출 안 되도록 자리 잡는 데 있어 방 안의 장애물에 막달렌은 조심해야 했다. 그녀는 처음에 거의 방 중간쯤에 의자를 가져갔다. 잠시 다시 생각해보고는, 의자를 왼손으로 잡아서, 접이식 문 왼쪽 기둥에 가깝게 놨다. 이 위치에서 그녀는 르카운트 여사가 원탁을 돌아 막달렌 앞으로 지나가 주인의 옆자리에 자리 잡는 것을 교묘하게 막았다. 탁자 오른쪽 빈 공간에는 벽난로와 난로망이 있었고 여행용 트렁크와 큰 포장 상자가 있었다. 르카운트 여사에게는 다른 대안이 없었다. 접이식 문 반대편 기둥 쪽으로 막달렌과 나란히 앉거나 일부러 그녀 앞을 지나가 방문객에게 무례를 범해야 했다. 작게 기침을 하고 주인을 한 번 응시한 후, 그 가정부는 그 점을 인정하고 오른쪽 문기둥에 자리를 잡았다. 르카운트 여사는 '조금만 기다려. 다음은 내 차례야'라고 생각했다. 막달렌이 의자를 옮기다가 우연히 탁자 쪽으로 다가가자, 노엘 밴스톤이 소리쳤다. "그러지 마세요, 부인! 망토 소매 조심하세요. 죄송하지만, 그 은촛대를 거의 쓰러뜨릴 뻔하셨어요. 평범한 촛대가 아니에요. 페루 촛대예요. 그 양식으로 세상에 딱 3점만 있어요. 하나는 페루 대통령에게 있고, 하나는 바티칸에 보관돼 있고, 하나는 내 탁자에 있어요. 10파운드에 샀고, 가치는 50파운드예요. 아버지가 사신 물건 중 하나예요. 이 모든 게 전부 아버지가 구매하신 거예요. 영국 다른 집에는 이런 진귀한 물건들이 없어요. 르카운트, 편안하게 있어요. 르카운트 여사도 진귀한 물건과 같아요, 가스 양. 그녀도 아버지가 데려오셨죠. 그렇죠, 르카운트? 아버지는 대단한 분이셨어요. 부인도 여기서 돌아볼 때마다 그분을 떠올리게 될 거예요. 전 지금 아버지 옷을 입고 있어요. 지금은 이런 리넨으로 만든 게 없어요. 사랑이나 돈으로도 구할 수 없죠. 만져보실래요? 아마 잘 모르시겠죠? 당신의 두 학생에 관해 이야기하고 싶으신가요? 2명이죠, 그렇죠? 착한가요? 통통하고 생기가 있고 다 큰 영국 미녀들인가요?"

르카운트 여사가 비통해하며 끼어들었다. "죄송하지만, 그 슬픈 일에 대해 그런 식으로 말씀하시면 저는 정말 물러나야겠어요. 그 사람들을 조롱하는 말을 앉아서 들을 수가 없네요. 그 사람들 입장을 생각해야죠. 가스 양을 생각하셔야죠!"

노엘 밴스톤은 반쯤 눈꺼풀을 감은 채 가정부를 바라보면 말했다. "당신은 착해요. 훌륭해요! 내가 그랬죠, 부인. 르카운트는 훌륭한 사람이라고. 그녀가 두 소녀에 대해 연민을 느낀다는 것을 아실 거예요. 전 그렇지는 않지만, 그들에게 생활비는 줄 수 있어요. 난 마음이 넓어요. 그들과 부인께 생활비를 드릴 수 있어요." 그는 아주 다정하고 공손하게 미소를 지었고, 무릎 위 접시에 있는 딸기를 먹었다.

"가스 양을 놀라게 하시네요. 그러려고 한 게 아니라도, 놀라게 하셨어요, 도련님. 저처럼 주인님을 잘 모르는 분이잖아요. 가스 양 생각을 좀 하세요, 도련님. 절 봐서라도, 가스 양을 배려하세요"라며 르카운트 여사가 나무랐다.

지금까지 막달렌은 단호하게 침묵을 지켰다. 순간적으로 표출할 뻔했던 끓어오르는 분노로 심장이 빠르게 맹렬하게 요동쳤고, 노엘 밴스톤이 말하는 동안 입을 다물었다. 그녀가 르카운트 여사였다면, 두 번이나 방해하지 않고 그가 계속 떠들도록 했을 것이다. 그 가정부의 연민이라는 정제된 오만함은 한 여자의 오만함이었다. 그리고 순간적으로 그녀는 자신의 감정을 통제했다. 그녀는 다음 말을 할 때 가스 양의 목소리와 태도를 더욱더 훌륭하게 흉내 냈다.

"참 훌륭하시네요. 전 특별히 배려해서 대우해 달라고 한 적이 없는데요. 난 가정교사고, 그런 건 기대 안 해요. 부탁드릴 건 단 한 가지예요. 노엘 밴스톤 씨를 위해서라도, 내가 하는 말을 들어달라는 겁니다."

"들으셨죠? 가스 양이 주인님께 심각하게 할 말씀이 있는 거 같아요. 저분이 하시는 말, 도련님을 위해서라도 들으세요."

노엘 밴스톤의 안색이 갑자기 하얗게 변했다. 그는 딸기 접시는 아버지 물건들 사이로 치웠다. 의자에 앉아 있던 그는 손을 떨고 몸을 불안하게 꼬았다. 막달렌은 그를 유심히 지켜보며 생각했다. '한 가지는 벌써 알았어. 그가 겁쟁이야!'

노엘 밴스톤은 눈에 띄게 두려운 표정과 태도로 물었다. "무슨 말씀이시죠, 부인? 날 위해서라도 당신 말은 들어야 한다는 게? 날 협박하러 온 거라면, 엉뚱한 사람을 찾아온 거예요. 취리히에 있는 우리 모임에서 내가 한 성격 한다고 알려져 있어요. 그렇죠, 르카운트?"

"전반적으로요, 도련님. 하지만 가스 양의 말을 들어봐요. 아마 제가 저분의 뜻을 잘못 이해한 것 같아요."

"반대예요. 정확히 내 뜻을 표현했어요. 내가 이곳에 온 목적은 노엘 밴스톤 씨가 행한 조치에 대해 경고하러 왔어요."

"그러지 마세요! 그 불쌍한 아가씨들을 돕고 싶다면, 그런 식으로 이야기하지 마세요. 간청해서 마음을 누그러트려야죠. 협박하지 마

288

세요!" 르카운트 여사는 그런 말을 하면서 겸손의 말투와 걱정하는 표정을 조금은 과장했다. 만약 막달렌이 처음에 르카운트 여사가 습관적으로 주인의 모든 것을 결정하고, 그다음에 가정부의 뜻이 아닌 그의 뜻대로 행동하는 것이라고 설득한다는 것을 보지 못했다면, 지금에서야 알았을 것이다.

"르카운트가 한 말 들으셨죠? 날 어렸을 때부터 알았던 사람이 자발적으로 한 말을 들은 거예요. 잘 새겨들으세요, 가스 양. 잘 들으시라고요!" 그는 만족스러운 듯이 무릎 위 실내복 자락을 정리하고는 딸기 접시를 다시 무릎 위에 올렸다.

"당신의 기분을 상하게 하려는 게 아니에요. 난 단지 당신이 진실에 눈을 뜨기 바랄 뿐이에요. 당신이 차지하게 된 재산의 주인이었던 두 자매를 당신은 몰라요. 그들이 어렸을 때부터 알았어요. 그리고 그들과 당신을 위해서 내 경험을 들려주고자 온 거예요. 두 자매 중 언니는 두려워할 필요가 없어요. 그녀는 당신 이전에 당신 아버지가 안겼던 힘든 고난을 잘 견디고 있어요. 여동생은 아주 반대죠. 그녀는 이미 당신 아버지의 결정을 받아들이기 거부했고, 이제 르카운트 여사가 보낸 편지를 받고는 가만있지 않기로 했어요. 내 말을 믿으세요. 그녀를 적으로 두면, 그녀는 당신에게 심각한 문제를 일으킬 수 있어요."

노엘 밴스톤은 다시 안색이 바뀌며 의자에서 또 안절부절못했다. "심각한 문제네요." 멍한 표정으로 말을 되풀이했다. "편지라면, 부인, 그녀는 이미 충분히 문제를 일으켰어요. 나에게 한 번, 내 아버지께 편지를 두 번 썼어요. 아버지께 보낸 편지 중 한 통은 협박 편지였어요. 그렇죠, 르카운트?"

"자신의 감정을 표출했죠, 안 됐어요, 편지를 되돌려 보내는 건 모질다고 생각했지만, 도련님 아버지께서 가장 잘 아셨죠. 그때 전 감정을 표출하게 내버려 두라고 했죠. 어쨌든, 몇몇 그 협박적인 말이 뭐 소용 있겠어요? 그녀 상황에서 할 수 있는 말이었고 그 이상은 아니에요."

"그렇게 확신하지 마세요. 당신보다 내가 그녀를 더 잘 알아요."

그녀는 그 말을 하다가 순간적인 공포에 멈췄다. 르카운트 여사의 동정심에 짜증이 나서 자신이 연기하고 있는 인물을 잊어버리고, 본래 자신의 목소리로 말할 뻔했다.

다시 정신을 차리고 노엘 밴스톤에게 계속 말했다. "내 제자가 쓴 편지를 언급하셨죠. 그녀가 당신 아버지에게 쓴 편지에 대해 아무 말하지 않을 거예요. 그녀가 당신에게 쓴 편지에 대해서만 말할 거예요. 편지에 부적절한 말이나, 틀린 말이 있었나요? 두 자매의 아버지가 그들을 위해 남긴 것을 잔인하게 빼앗긴 건 사실이잖아요? 그분의 유언장은 그와 그들에 대한 거였어요. 그리고 결혼을 다시 해야 한다는 걸 몰랐기 때문에 그리고 잘못된 점을 고치기 전에 돌아가셨기 때문에 소용없어진 거예요. 그걸 부정할 수 있나요?"

노벨 밴스톤은 웃으며 딸기를 먹었다. "부정할 뜻은 없어요. 계속 말해 보세요, 가스 양."

"두 번째 유언장을 작성하지 않아서, 법적으로 그 자매에게서 빼앗은 돈을 당신이 받았는데, 당신 아버지도 전혀 유언장을 작성하지 않은 게 사실 아닌가요? 고아가 된 아가씨들에게 이 일이 얼마나 힘든지 알아요?"

"매우 힘들겠죠? 당신도 그런 생각이 들죠, 르카운트?"

르카운트 여사는 고개를 저으며 예쁜 검은 눈을 감았다. "참혹하죠. 참혹하다는 말밖에 할 수 없네요. 가스 양. 어떻게 그 어린 사람, 아니지! 어떻게 동생 밴스톤 양이 돌아가신 주인님이 유언장을 작성하지 않았다는 걸 알았는지 이해가 안 되네요? 신문에 났나요? 제가 방해했죠, 가스 양, 제자 편지에 대해 더 하실 말 있으세요?"

그녀는 이런 말을 하면서 방문자의 의자보다 몇 인치 앞으로 소리

없이 끌어당겼다. 시도는 좋았지만, 소용은 없었다. 막달렌은 고개를 계속 왼쪽으로만 돌렸고, 바닥에 있는 포장 상자 때문에 더는 앞으로 갈 수 없었다.

"한 가지만 더 질문할게요. 제자의 편지에 노엘 밴스톤 씨에 대한 제안이 있었어요. 그 제안을 생각해보는 걸 왜 거절했는지 알고 싶네요."

노엘 밴스톤은 놀라서 하얀 눈썹을 치켜올리며 외쳤다. "세상에, 진심인가요? 그 제안이 뭔지는 아세요? 편지를 보기는 했나요?"

"진심이고 그 편지를 봤어요. 앤드류 밴스톤 씨의 재산이 어떻게 당신 손에 들어왔는지 기억하라고 간청했죠. 딸들 사이를 갈라놓은 것은 그 재산의 반은 유언장에서 그들 것이라고 알려주고, 그분이 살아계셨다면 자녀들을 위해 무엇을 했을지에 대한 정의감을 당신에게 부탁했었죠. 더 분명한 말로 하자면, 그 돈의 반은 딸들에게 주고, 나머지 반을 당신 맘대로 가지라고 부탁했죠. 제안의 내용이 그랬죠. 왜 그걸 고려해 보지 않는 거죠?"

노엘 밴스톤은 아주 쾌활하게 말했다. "이유는 아주 간단해요. 유명한 속담을 하나 상기시켜 드리죠. 어리석은 이는 돈을 오래 지니고 있지 못하는 법이다. 내가 무엇이든 간에, 나는 바보가 아니에요."

"그런 식으로 말하지 마세요, 도련님. 진지하세요. 제발 진지하세요!"라고 르카운트 여사가 불평했다.

"아주 불가능한데요. 난 진지할 수가 없어요. 가스 양, 내 아버지는 이 문제는 대단히 도덕적인 관점에서 생각하셨어요. 저기 있는 르카운트도 매우 도덕적인 관점에서 생각하죠, 그렇죠? 난 그렇지 않아요. 도덕적 관점에서 생각하기에는 난 (유럽) 대륙에서 너무 오래 살았어요. 이 일에서 내 생각은 2+2는 4처럼 아주 분명해요. 난 돈이 있고, 내가 그걸 줘 버리면 타고난 바보가 될 거예요. 내 생각은 그래요. 정말 간단하지 않아요? 난 품위 같은 거 없어요. 나에게 유리한 법을 당신에게 내세우는 거 아니에요. 내 맘을 바꾸게 하려고 전혀 모르는 사람인 당신이 여기 온 것도 탓하지 않아요. 내 지갑에 손대고 싶어 하는 두 아가씨도 비난하지 않아요. 내가 말하고 싶은 건, 내 지갑을 열 만큼 난 바보가 아니에요. Pas si bete(그렇게 어리석지 않아요), 취리히에서 영국인들 사이에서 쓰던 프랑스어예요. 프랑스어 아세요, 가스 양? Pas si bete!" 그는 딸기 접시를 또 한 번 치우고는, 고운 흰 냅킨에 손가락을 닦았다.

막달렌은 화를 참았다. 만약 그녀가 그 순간에 손으로 그를 죽일 수 있었다면, 아마도 그렇게 했을 것이다. 하지만 그녀는 화를 참았다.

"당신이 이 문제에 대해 조금 전에 했던 말들이 르카운트 여사의 편지에서 당신을 대신해 한 말이라고 이해하면 되나요?"

"바로 그래요."

"당신은 아버님의 재산도 앤드류 밴스톤 씨의 재산을 물려받았는데도, 두 자매에게 정의롭거나 너그러운 행동을 해야겠다는 의무감이 안 드나요? 그리고 그들에게 한다는 말이, 당신이 돈을 가졌으면, 동전 한 닢도 주길 거부한다는 건가요?"

"가장 정확하게 말씀하셨네요! 가스 양, 당신은 사업가네요. 르카운트 여사, 가스 양은 사업가예요!"

르카운트 여사는 통통한 하얀 손을 우아하게 비틀며 외쳤다.

"저한테 물어보지 마세요, 도련님. 어쩔 수 없이 제가 끼어들어야 하잖아요. 영어로 뭐라고 하더라, 협상해요. 노엘 도련님은 정의롭게 구는 걸 심술궂게 거부하고 있어요. 가스 양에게 말했던 이유보다 더 좋은 이유가 있어야 해요. 도련님은 존경하는 아버지의 예를 그대로 따르고 있어요. 이 문제에 있어 그분이 도련님께 했던 대로 해야 한다고 생각하기 때문이요. 바로 그 이유예요. 가스 양, 그 이유 때문이라고 받아주길 간청드려요. 아버지 뜻대로 따를 뿐이에요. 그뿐이에요. 그분 아버지께서 제안하셨고, 이제 도련님이 그 제안을 다시 하실 거예요. 노엘 도련님, 이 불쌍한 소녀가 편지에서 했던 말 기억할 거예요. 언니는 가정교사로 나갔고, 그녀는 재산을 잃게 되면서 앞으로 몇 년 동안 결혼에 대한 희망을 잃어버렸어요. 아버님이 지난번에 제안한 것처럼, 도련님도 한 사람당 100파운드를 줄 것이라는 거 기억하시죠? 가스 양, 그렇게 하면 충분한가요? 이 불행한 자매들에게 각각 100파운드를 준다면…."

"그는 죽는 날까지 그 모욕을 후회하게 될 거예요"라고 막달렌이 답했다.

그 대답이 나온 그 순간, 사람들이 뒤돌아보게 했을 수도 있었다. 그녀는 르카운트 여사에게 마침내 정곡을 찔렀다. 막달렌의 성급한 대답은 본래 자신의 목소리로 격렬하게 터져 나왔다. 공연에서 했던 습관 덕분에 바로 잡으면서, 눈에 띄는 심각한 실수를 저지르는 것을 막았다. 연극에서 했던 연습 때문에 살았고, 마치 아무 일도 일어나지 않았던 것처럼, 바로 가스 양의 목소리로 계속 말했다.

"좋은 뜻이겠지만, 르카운트 여사, 당신은 좋은 일을 하는 게 아니라 해를 끼치고 있어요. 내 제자들은 당신이 제안한 그런 협상은 받아들이지 않을 거예요. 조금 전에 심한 말을 해서 죄송해요. 양해해 주세요." 그녀는 회유의 말을 하면서 그 가정부의 얼굴을 열심히 살폈다. 르카운트 여사는 손수건을 눈에 가져다 대면서, 당황스러운 표정을 지었다. 그녀가 막달렌의 목소리가 자연스러운 말투로 바뀌었던 순간적인 변화를 알아차렸는가 아닌가? 말하기가 불가능하다.

르카운트 여사는 손수건 뒤에서 중얼거렸다. "내가 무엇을 더 할 수 있겠어요. 생각할 시간, 회복할 시간을 주세요. 잠시 물러나도 될까요, 도련님? 이 슬픈 광경에 긴장되네요. 물 좀 마셔야겠어요. 안 그러면 기절할 거 같아요. 이 슬픈 일을 바로잡을 잡을 시간이 있으면 하네요. 제가 돌아올 때까지 기다려 주세요."

그 방에는 문이 두 개 있었다. 하나는 응접실 앞쪽으로 가는 문으로 막달렌의 왼쪽에 가까이 있었다. 그녀의 뒤에 있는 다른 하나는 응접실 뒤쪽으로 가는 문이었다. 르카운트 여사는 방문객 앞을 지나지 않도록, 열린 접이식 문을 지나 뒤쪽 문으로 나갔다. 막달렌은 뒤에서 문이 열렸다 닫히는 소리를 들을 때까지 기다렸다가, 노엘 밴스톤과 단둘이 있는 기회를 최대한 활용하기로 했다. 그런 인간 본성에서 관대한 충동을 일으키는 완전한 절망감은 이제 자신의 경험으로 증명되었다. 그를 비겁한 인간으로 대하고 그의 두려움을 이용해 영향을 미칠 수 있는 마지막 기회가 남았다. 그녀가 말을 하기도 전에, 노엘 밴스톤이 침묵을 깼다. 그는 교활하게 애를 썼으나, 화가 어느 정도 났고, 가정부가 자기를 두고 간 것에 대해 놀랐다. 그는 방문객을 불안하게 바라봤다. 르카운트 여사가 돌아올 때까지 그녀를 회유하고 싶어 초조했다.

"이 일이 힘든 거라는 걸 부정한 적이 절대 없다는 걸 알아주세요. 날 기분 상하게 할 뜻이 없다고 하셨죠. 저도 당신을 언짢게 하게 하고 싶지 않아요. 딸기 좀 드실래요? 아버지가 사신 물건들 보실래요? 전 원래 정중한 남자예요. 두 자매가, 특히 동생이 안쓰러워요. 애정 문제가 제 약점이에요. 밴스톤 양 (르카운트처럼 나도 늘 밴스톤 양이라고 부를게요) 연인 이야기를 들었을 때 참 기뻤어요. 밴스톤 양의 연인이 돌아와서 그녀가 결혼한다는 소식을 들으면 매우 기쁠 거예요. 만약 돈을 빌려주면 그가 돌아올 것이고, 담보가 좋고, 내 변호사가 괜찮다고 생각하면…."

"그만 하세요, 밴스톤 씨. 당신이 상대할 사람에 관한 생각이 완전히 틀렸어요. 1주일 내 결혼할 수 있다고 해도, 동생의 결혼이 당신 아버지와 당신에게 편지를 쓰게 한 신념에 어떤 변화가 있을 거로 생각하는 건 정말 잘못된 거예요. 그녀가 여러 이유에서 행동할 수 있다는 거 부정하지 않겠어요. 결혼을 빨리하겠다는 희망과 남에게 의존하는 생활에서 언니는 구하겠다는 희망에 매달려 있다는 것도 부정하지 않아요. 하지만, 두 가지 목표가 다른 방법으로 이루어졌다면, 자기 아버지가 자식들에게 남긴 유산을 당신이 가지도록 하지 않았을 거예요. 난 그 애를 알아요, 밴스톤 씨! 그녀는 이름도 없고, 집도 없고, 친구도 없는 불쌍한 아이예요. 당신을 보호하는 법, 적출된 태어난 모든 아이들을 보호하는 그 법은 그녀를 썩은 고기인 것처럼 완전히 잊어버리죠. 당신들 법이지, 그녀를 위한 법이 아니에요. 그녀는 법은 비열한 억압의 도구이고, 견딜 수 없이 잘못된 것이라고만 알고 있어요. 그 잘못된 생각이 마치 악마처럼 그녀를 괴롭히고 있죠. 그렇게 잘못된 것을 바로잡겠다는 결심이 그녀 안에서 불타오르고 있어요. 만약 그 불쌍한 애가 내일 백만장자와 결혼해서 부자가 된다고 해서, 그녀가 조금이라고 자신의 목적을 바꿀 거라고 생각해요? 그녀는 마지막 숨 쉴 때까지, 아버지 사망이라는 재앙 속에 자식들을 무기력하게 만들어 버린 절대 받아드릴 수 없는 부당함에 맞설 거예요. 절박한 여자가 당신의 닫힌 손을 열게 하거나 죽이려고 할지도 모르는 힘을 쓰는데, 어떤 수단도 그녀는 서슴지 않을 거예요!"

그녀는 갑자기 말을 멈췄다. 또다시 자신의 굳건한 진심이 나와버렸다. 또다시 비뚤어진 천성의 타고난 고귀함이 속임수보다 더 우월해졌다. 그 순간 계획했던 일이 마음에서 사라졌다. 인생의 목표가 그녀의 마음에서 자신의 말과 목소리로 더욱더 맹렬하게 쏟아져 나왔다. 그녀는 자기 앞에 의자에 몸을 웅크린 채 조용히 있는 비굴한 작은 남자를 보았다. 무서워하는 그가 그녀의 목소리가 바뀐 것을 충분히 알아차렸을까? 아니다. 그의 얼굴이 말해주고 있었다. 무서워서 그는 어리둥절했다. 이번에는 그 순간의 기회가 그녀 편이 되었다. 그녀의 의자 뒤쪽 문은 아직 다시 열리지 않았다. 그녀는 말도 표현할 수 없는 안도감을 느끼며 생각했다. '내 말을 저 사람만 들었어. 르카운트 여사는 피했어.'

결코 그렇지 않았다. 르카운트 여사는 그 방을 나간 적이 없었다.

문을 열고 다시 닫은 후, 그 가정부는 나가지 않고 조용히 막달렌의 의자 뒤에 무릎을 꿇고 있었다. 접이식 문기둥에 기대선 그녀는 주머니에서 가위를 꺼내 (그녀의 시각에서는 전혀 보이지 않는) 노엘 밴스톤이 막달렌에게 말을 걸어 그녀의 관심을 끌 때까지 기다렸다가 손에 가위를 들고 앞으로 몸을 숙였다. 흰 점이 있는 갈색 알파카 드레스인 가스 양의 치마가 가정부의 손이 미치는 바닥에 닿았다. 르카운트 여사는 드레스 밑단의 2단 주름 장식 바깥쪽을 위로 들어 올려 안쪽 주름 장식에서 불규칙한 작은 조각들을 조심히 잘라내고, 바깥쪽 주름 장식을 다시 깔끔하게 매만져 빈틈이 없도록 했다. 주머니에 가위를 넣고, (접이식 문기둥 뒤에 숨어서) 일어났을 때, 막달렌은 마지막 말을 했다. 르카운트 여사는 조용히 응접실 뒤쪽 문을 다시 열었고, 제자리로 돌아왔다.

그녀는 주인의 놀란 표정을 보며 물었다. "제가 없는 동안 무슨 일이 있었던 거죠? 창백하고 불안하시잖아요. 오, 가스 양. 내가 다른 방에서 드렸던 주의사항을 잊어버렸나요?"

르카운트 여사의 재등장으로 노엘 밴스톤은 평정심을 되찾고 외쳤다.

"가스 양은 제정신이 아니에요. 가스 양은 정말 터무니없는 태도로 나를 위협했어요. 더는 두 소녀를 동정하지 말아요, 르카운트 여사. 특히 동생은요. 그녀는 내가 들어본 사람들 중 가장 발악하는 악마 같은 인간이에요. 만약 그녀가 정당한 방법으로 내 돈을 가질 수 없다고, 반칙을 쓰겠다고 위협했어요. 가스 양은 내 앞에서 그런 말을 했어. 내 앞에서!" 그는 두 팔을 꼬고 극도로 모욕적인 표정을 지으며 말을 되풀이했다.

"진정하세요, 도련님, 진정하고, 내가 가스 양과 이야기하게 해주세요. 옆방에서 제가 말씀드렸던 것을 잊어버리셨다니 유감이네요. 당신은 노엘 씨를 불안하게 만들었어요. 당신은 협상하러 왔으면서 우리가 전에 알았던 내용만 자꾸 말했어요. 오랜 세월을 살고 경험도 있

296

는 여성분이 어떻게 그런 터무니없는 말을 심각하게 되풀이할 수 있죠? 이 소녀는 허풍을 치고 위협해요. 그녀는 이렇게 할 것이고, 그렇게 할 거예요. 선생님은 그녀를 믿으시죠. 그녀가 뭘 할 수 있는지 분명히 말해주세요."

날카롭게 독설을 퍼부은 후, 힐끗 바라보았다. 르카운트 여사는 너무 자주 쏘아붙였다. 막달렌은 연기하고 인물로 완전히 분해서, 차분히 면담을 끝냈다. 의자 뒤에서 일어난 일에 대해 몰랐던 그녀는 바뀐 르카운트 여사의 표정과 태도에 더 이상 위험을 감수하지 않고 더 이상 그 집에서 자신을 믿어서는 안 된다고 생각했다.

"난 내 제자를 신뢰하지 않아요. 때가 되면 당신의 질문에 그녀가 행동으로 보여줄 거예요. 그녀를 아는 내가 말할 수 있는 건 그녀는 허풍쟁이가 아니라는 거예요. 마이클 밴스톤 씨에게 쓴 내용대로 그녀는 준비했고, 실제로 그렇게 하려고 했는데, 그 사람이 죽으면서 계획이 틀어졌어요. 아버지 뜻을 따르기로 한 마이클 밴스톤 씨의 아들은 머지않아 내가 제자에 대해 오해하지 않는다는 것과 내가 여기에 쓸데없이 협박이나 하러 오지 않았다는 걸 알게 될 거예요. 내 심부름은 끝났어요. 노엘 밴스톤 씨에게 선택할 두 가지 대안을 주죠. 앤드류 밴스톤 씨의 재산을 그분 따님들과 나누거나 아니면 지금처럼 계속 거절해서 앞으로 일어난 결과를 받아들이는 거예요." 그녀는 인사를 하고 문으로 향했다.

노엘 밴스톤은 순백의 얼굴에 처음으로 분노와 경각심을 드러내며 일어섰다. 그가 입을 열기도 전에, 르카운트 여사는 통통한 두 손이 그의 어깨를 눌러서 의자에 조심히 다시 앉혔고, 딸기의 접시를 무릎 위에 다시 올려줬다.

"노엘 도련님, 딸기 몇 개 더 먹고 기분전환하세요. 가스 양은 내게 맡기세요."

그녀는 막달렌을 따라 복도로 나왔고, 응접실 문을 닫았다.

"런던에서 지내시나요, 선생님?"

"아뇨. 시골에 살아요."

"내가 편지를 쓰고 싶으면 어디로 보내야 하나요?"

"버밍엄 우체국이요." 그녀는 최근에 떠났던 곳과 여전히 자기에게 보내지는 모든 편지를 받는 장소를 말했다. 르카운트 여사는 기억해 두려고 반복해서 말했고, 복도에서 두 걸음 앞으로 나가다가 조용히 막달렌 팔에 오른손을 올렸다.

"떠나시니까 한마디만 조언할게요. 선생님, 당신은 대담하고 영리한 여자예요. 너무 대담하게 굴지도 말고, 너무 영리하게 굴지 마세요. 당신은 생각보다 더 많은 위험을 감수하고 있어요." 그녀는 갑자기 발끝을 세워서 막달렌의 귀에 대고 다음 말을 속삭였다. "당신은 내 손바닥 안에 있어!" 매 음절을 매우 강조하면서 르카운트 여사가 말했다. 그렇게 말하면서, 왼손을 살며시 움켜쥐었다. 짧은 순간에 막달렌의 옷에서 자른 조각을 그 손에 감췄다.

"무슨 말이죠?" 막달렌은 그녀를 밀어내며 물었다.

르카운트 여사는 정중하게 집 문을 열었다.

"지금은 아무 뜻도 아니에요. 조금만 기다리며, 시간이 지나며 알게 될 거예요. 작별 인사를 하기 전에 마지막으로 한 가지만 물어볼게요, 선생님. 당신의 제자가 순진한 어린아이였을 때, 카드 집을 짓는 것을 좋아했나요?"

막달렌은 성급하게 긍정의 몸짓으로 답했다.

"그녀가 카드 탑이 될 때까지 집을 점점 더 높게 짓는 것을 봤나요? 어린아이가 눈을 크게 뜨고 그것을 보면서 그녀가 이미 완성한 것을 너무 뿌듯해하며 더 많이 쌓고 싶어 하는 걸 본 적 있나요? 그녀가 작은 손으로 흔들림 없이 들어서, 숨을 죽이고, 다른 카드 하나를 꼭대기에 올려놓은 순간, 탁자 위로 무너진 것을 본 적이 있나요? 아, 보셨군요. 괜찮다면, 그녀에게 저의 선의의 메시지를 전해 주세요. 그녀는 이미 집을 충분히 높게 지었다고. 그녀가 다른 카드를 놓기 전에 조심하기를 바란다고요."

막달렌은 가스 양처럼 무뚝뚝하게 고개를 끄덕이며 말했다. "메시지 전하죠. 하지만 그 애가 신경을 쓸지 모르겠네요. 당신 생각보다 그녀의 손은 훨씬 더 흔들림이 없고, 다른 카드를 올릴 거예요."

"그리고 집이 무너지겠죠."

"그리고 다시 짓죠. 안녕히 계세요."

르카운트 여사는 문을 열며 말했다. "안녕히 가세요. 마지막 한마디만요, 가스 양. 안쪽 방에서 제가 한 말 생각해 보세요. 눈에 난 염증에 황금 연고를 발라요."

막달렌이 문턱을 넘었을 때, 손에 든 꾸러미에서 편지 한 통을 꺼내 계단을 올라오는 우체부와 마주쳤다. 그녀가 정원에서 거리로 나오면서, "노엘 밴스톤 씨 계신가요?"라고 우체부가 물어보는 것을 들었다.

그녀가 때맞춰 떠나서 모면한 새로운 문제와 새로운 위험을 생각지도 못한 채 정원 문을 지나갔다. 우체부가 방금 가정부의 손에 전달한 편지는 다름 아닌 래지 대위가 노엘 밴스톤에게 보낸 익명의 편지였다.

르카운트 여사는 한 손에는 막달렌의 드레스 조각을, 다른 한 손에는 래지 대위의 편지를 들고 응접실로 돌아왔다.

"그녀를 내보냈어요? 드디어 가스 양 눈앞에서 문을 닫았어요?"

르카운트 여사는 거만하게 웃으며 말했다. "가스 양이라고 부르지 마세요, 도련님. 가스 양처럼 보였죠. 기발한 가면극을 본 거예요. 방문객의 변장을 벗겼다면, 아마도 밴스톤 양을 봤을 거예요. 도련님한테 온 편지가 있어요. 조금 전에 우체부가 주고 갔어요."

그녀는 주인 손이 닿는 탁자 위에 편지를 놨다. 노엘 밴스톤은 방금 알게 된 사실에 놀라 가정부 얼굴을 뚫어지게 쳐다보았다. 그녀가 자기 앞에 편지를 가져다 놓을 때도, 그는 편지를 쳐다보지도 않았다.

르카운트 여사는 의자에 차분히 앉으며 말을 이었다. "제 말을 믿으세요, 우리 방문객이 집에 돌아가면, 회색 머리 가발을 상자에 넣고, 따뜻한 물과 스펀지로 눈에 난 염증을 닦아낼 거예요. 염증처럼 얼굴에 난 자국도 그린 거라면, 햇빛 때문에 아무것도 보지 못했다면, 전 분명히 속았을 거예요. 하지만 난 그 자국들을 봤어요. 거무칙칙한 안색 밑으로 젊은 여성의 피부를 봤어요. 이 방에서 화가 난 진짜 목소리를 들었어요. 그리고 악센트가 있는 가짜 목소리도 들었죠. 난 그 여자의 외모 머리부터 발끝까지 하나도 믿지 않아요. 노엘 도련님, 제 생각엔 그 아가씨 본인이에요, 또 대담한 아가씨예요."

"왜 문을 잠그고 경찰을 부르지 않았어요? 내 아버지였다면 경찰을 불렀을 거예요. 나도 그렇고요, 르카운트, 우리 아버지라면 경찰을 불렸을 거예요."

"죄송하지만, 도련님. 아버님께서는 경찰에게 신고할 것을 더 알아 내실 때까지 기다리셨을 거예요. 우리는 이 아가씨를 다시 볼 거예요, 도련님. 아마 다음에는 본래의 얼굴과 목소리로 여기로 올 거예요. 어떤 얼굴인지 궁금하네요. 제가 들었던 그 화난 목소리로 그녀가 차분할 때 내는 목소리를 알아들을 수 있을 만큼 충분한지 궁금해요. 전그녀가 모르는 작은 방문 기념품을 가지고 있고, 그녀 생각대로 쉽게날 벗어나지 못할 거예요. 그게 유용한 기념품이 된다면, 도련님은 그게 뭔지 아시게 될 거예요. 그렇지 않다면, 사소한 일로 도련님을 성가시게 하지 않을게요. 도련님, 손에 편지 있어요. 아직 안 보셨네요."

노엘 밴스톤은 편지를 열었다. 첫 줄을 읽다가 흠칫 놀랐고, 잠시주저하더니, 서둘러 마지막까지 읽었다. 편지가 손에서 떨어졌고, 그는 다시 의자에 웅크리고 앉았다. 르카운트 여사는 젊은 여자처럼 민첩하게 일어나 편지를 집어 들었다.

"무슨 일인데요, 도련님?" 질문한 그녀의 표정이 바뀌었고, 너무나놀라고 두려워서 그녀의 크고 검은 눈은 사납게 굳어졌다.

"경찰 불러요. 르카운트, 보호받아야 해요. 경찰 불러요!"

"편지 읽어봐도 될까요, 도련님?"

그는 힘없이 손을 흔들었다. 르카운트 여사는 편지를 주의 깊게 읽었고, 다 읽은 후 아무 말 없이 탁자 위에 놓았다.

노엘 밴스톤은 당황하여 가정부를 쳐다보며 물었다.

"할 말 없어요? 르카운트. 난 갈취당할 거예요! 그 편지를 쓴 악당이 모든 걸 알고 있고, 내가 돈을 주지 않으면 아무것도 말해주지 않을 거래요. 난 갈취를 당할 거라고요! 이 탁자에 수천 파운드 상당의 재산들이 있어요. 다른 것들로 대체할 수도 없고, 유럽 왕들도 만들수 없는 물건들이에요. 문을 잠그고, 경찰 불러요, 르카운트!"

르카운트 여사는 경찰을 부르는 대신, 벽난로 위 선반에서 큰 녹색 종이부채를 꺼내서 주인 맞은 편에 앉았다.

"지금 흥분했어요, 노엘 도련님. 열 받았으니, 열 좀 식히세요."

우유통에 빠진 파리를 구해낼 때 대부분 여자가 짓는 부드러운 표정과 태도로, 그녀는 평소와 같은 얼굴로 5분 이상 끈기 있게 그에게 부채질을 해줬다. 그의 안색에서 특유의 푸르스름한 창백함과 숨쉬기 힘들어하는 모습에 익숙하지 않은 사람이라면, 이 사람의 생명에서 중요한 장기가 제 역할을 하기에는 너무 약하다는 것을 모를 수도 있을 것이다.

"괜찮아졌어요, 도련님? 조금 생각할 수 있겠어요? 더 바른 판단을 내릴 수 있겠어요?"

그녀는 일어나 마치 저녁 식사용 접시가 적당히 데워졌는지 확인하는 것처럼 진심 어린 마음이 아닌 무의식적으로 그의 심장에 손을 올렸다. "좋아요." 그녀는 다시 자리에 앉아 부채질을 다시 했다. "벌써 괜찮아지고 있어요. 노엘 도련님. 도련님이 스스로 생각하고 의견을 먼저 말하기 전까지는 나한테 이 익명의 편지에 관해서 물어보지 마세요." 그녀는 부채질을 계속하며 그의 얼굴을 열심히 바라봤다. "생각하세요. 도련님 생각을 말하는 걸 주저하지 말고 생각해봐요. 내가 도련님을 믿으니까 생각을 떠올려봐요. 맞아요. 노엘 도련님, 이 편지는 도련님을 겁주려는 쓸데없는 짓이에요. 뭐라고 적혀 있었죠? 도련님이 밴스톤 양의 음모의 대상이라고 했죠. 우리는 이미 그걸 알고 있어요. 그 아가씨의 염증이 난 눈 때문에 알았어요. 우리는 그 음모를 경멸해요. 그다음 뭐라고 했죠? 도련님이 돈을 주면 알려줄 소중한 정보가 있다고 했죠. 이 사람을 방금 뭐라고 불렀죠?"

"악당이라고 불렀어요." 노엘 밴스톤은 다시 거드름을 피우며, 의자에서 점점 몸을 폈다.

"다른 모든 점에서 그렇듯, 그 점에서도 저도 의견이 같아요. 진짜로 이런 정보가 있고 진심인 악당이거나 밴스톤 양의 대변자이에요.

그리고 그녀가 다른 형태의 속임수로 우리를 혼란스럽게 할 목적으로 이 편지를 쓰게 했어요. 그 편지가 진짜인지 가짜인지, 지금은 현명한 생각이 떠오르지 않죠, 노엘 도련님? 이 문제에 너무 빨리 경찰을 개입시키면 도련님의 적들이 경계할 거라는 걸 더 잘 알잖아요. 저도 같은 생각이에요. 아직 경찰은 아니에요. 이 익명의 남자나 여자가 도련님이 쉽게 겁먹었을 거라고 생각하게 두세요. 돈에 대한 대가로 받는 정보에 함정을 파는 거예요. 답장을 해주고 그다음에 뭐가 오는지 봐요. 필요하다고 느낄 때 경찰을 부르는 비용을 치르는 거예요. 저도 찬성이에요. 할 수만 있다면 돈이 들지 않을 거예요. 이 문제에 있어 모든 점에서 제 마음과 노엘 도련님 마음은 하나에요.”

“그렇게 생각해요, 르카운트? 나도 그렇게 생각해요. 확실히 그렇게 생각해요. 할 수만 있다면 경찰에게 한 푼도 주지 않을 거예요.” 그는 편지를 다시 읽었고, 두 번째 읽자 짜증을 내며 당혹스러워했다. “하지만 그 남자는 돈을 원해요!” 그는 성급하게 반발했다. “그 남자가 돈을 원한다는 걸 잊은 거 같네요. 르카운트.”

“돈을 주기는 하지만, 도련님이 이미 생각했듯이, 돈을 주지 않아요. 그렇지 않아요! 이 남자한테 ‘손을 내밀어 봐요, 선생님’이라고 말하고, 그가 손을 내밀면, 도련님은 그를 아프게 한 방 먹이고, 도련님 주머니에 다시 손을 집어넣어요. 웃으시는 거 보니 기쁘네요. 다시 기분이 좋아지셔서 다행이에요. 편지 보낸 사람이 말한 대로 광고로 답장을 할 거예요. 광고는 싸요. 도련님 손이 조금 떨리네요. 제가 대신 쓸까요? 잘 쓰지는 못하지만, 언제나 제가 써드릴 수 있어요.”

답도 듣지 않고, 그녀는 뒷방으로 가서 펜, 잉크와 종이를 가지고 돌아왔다. 그리고 무릎 위에 압묵지를 올려놓고, 기분 좋은 복종의 모델을 바라보며, 다시 주인의 의자 앞에 앉았다.

“제가 받아쓸까요? 제가 대략 쓰면, 도련님이 나중에 손 보실래요? 제가 대략 쓸게요. 편지 좀 보여주세요. 타임즈에 ‘모르는 친구’에게 광고를 실을 거예요. 뭐라고 할까요, 도련님. 잠시만요, 제가 쓰고 나면 보세요. '모르는 친구에게 편지를 보낼 수 있는 주소를 알려줄 것을 (광고로) 요구하는 바입니다. 그가 제공한 정보에 관한 사례는….' 얼마나 적을까요?"

노엘 밴스톤은 갑자기 조바심을 내며 말했다. "아무것도 적지 말아요. 돈은 내 소관이에요. 내 일이라고요. 르카운트, 나한테 맡겨요."

르카운트 여사는 그에게 압묵지를 건네며 답했다. "그럼요, 도련님. 당연하죠, 도련님. 돈을 내놓으려는 뜻이 없다는 걸 미리 알아도, 돈을 주는 것에 선심 써야 한다는 거 잊지 마세요."

"명령하지 마요. 르카운트. 난 따르지 않아요." 노엘 밴스톤은 점점 제 뜻과 조급함을 드러내며 말했다.

"나 혼자서 이 일을 할 거예요. 내가 주인이에요, 르카운트!"

"당신이 주인님이시죠, 도련님."

"내 아버지가 나보다 먼저 주인이셨어요. 그리고 난 아버지의 아들이에요. 르카운트, 내가 아버지 아들이라고요!"

르카운트 여사는 순순히 고개를 숙였다.

"내가 적당하다고 생각하는 금액을 적을 거예요." 노엘 밴스톤은 작은 금발 머리를 격렬하게 끄덕이며 말했다. "내가 직접 이 광고를 보낼 거예요. 하인한테 문구점에 들고 가서 타임즈에 실으라고 할 거예요. 내가 종을 두 번 울리면, 하인을 보내요. 내 말 알겠어요, 르카운트? 하인을 보내라고요."

르카운트 여사는 다시 고개를 숙이고 천천히 문으로 걸어갔다. 그녀는 언제 주인을 이끌어야 할지, 언제 그를 혼자 있도록 해야 하는지 잘 알았다. 모든 중요한 부분은 그녀가 이끌고, 나중에 세세한 부분은 그에게 양보해야 한다는 것을 경험으로 터득했다. 사소한 일에 고집을 피우는 것은 그처럼 모든 나약한 성격의 인간들 특징이다. 광고의 빈칸을 채우는 것이 이 경우에 사소한 일이다. 그리고 르카운트 여사는 그것을 바로 인정해서 그의 불신을 잠재웠다. 그녀는 문을 열면서 혼자 생각했다. '내 노새가 흥분했어. 오늘 내가 더 이상 할 수 있는 건 없어.'

"르카운트!" 그녀가 복도에 들어섰을 때 그녀의 주인이 외쳤다. "돌아와요!"

르카운트 여사는 돌아갔다.

"나 때문에 기분 상한 건 아니죠?" 노엘 밴스톤이 초조하게 물었다.

"당연히 아니죠. 도련님 말대로, 도련님이 주인님이세요."

"좋은 사람이에요. 손 줘봐요!" 그는 그녀의 손에 키스했고, 자신의 애정이 어린 행동에 크게 만족하며 미소 지었다. "르카운트, 당신은 가치 있는 사람이에요."

"감사해요, 도련님." 그녀는 예의를 지키며 밖을 나왔다. "만약 저 원숭이 같은 머리가 똑똑했다면, 얼마나 악한이었을까?"

혼자 남겨진 노엘 밴스톤은 광고의 빈칸에 대해 몰두했다. 르카운트 여사가 그가 돈을 줄 의사가 없다는 것을 알기에 그가 돈을 제시하는 데 관대할 것이라고 불필요한 암시를 한 것은, 그의 성격을 잘 알기 때문이었다. 그는 돈을 쓸모 있게 쓰는 아버지의 냉철한 능력을 물려받지 못하고, 돈에 대한 아버지의 추악한 사랑만 물려받았다. 재산에 관한 그의 한 가지 생각은 그것을 지키겠다는 것이다. 그는 타고난 구두쇠였기 때문에, 관대할 것이라는 기본적인 생각은 그를 위축시킬 뿐이었다. 그는 펜을 들었다가 다시 내려놓았다. 그리고 익명의 편지를 세 번째 읽으면서, 미심쩍다는 듯이 고개를 저었다. 갑작스러운 생각이 들었다. '내가 이 사람에게 큰돈을 주면, 그 사람이 실제로 내가 돈을 줄 방법을 찾지 못할 수도 있다는 것을 어떻게 알 수 있지? 여자들은 항상 서둘러. 르카운트는 늘 서둘러. 오후 시간이 있으니까, 오후에 생각할래.'

그는 짜증을 내며 르카운트 여사가 자리를 뜬 의자 위로 압묵지와 광고 초안을 치웠다. 자기 자기로 돌아오면서, 불안한 생각에 잠긴 남자와 같은 분위기로 그는 작은 머리를 진지하게 흔들며 무릎 위 하얀 실내복을 정리했다. 몇 분이 흘렀다. 르카운트 여사의 시곗바늘이 15분이 흐르고 30분이 지났지만, 노엘 밴스톤은 여전히 의혹에 잠겼고, 여전히 종을 울려 하인을 부르지 않았다.

한편, 르카운트와 헤어진 후 막달렌은 길 건너 숙소로 가는 것을 조심스레 삼가고, 동네 한 바퀴를 돌고 난 후에야 겨우 되돌아왔다. 다시 복스홀 워크에 왔을 때, 그녀 눈에 처음 들어온 것은 숙소 문 앞에 서 있던 마차였다. 앞으로 더 가보니, 마차 문 앞에서 집주인의 딸이 운전사와 요금 문제로 실랑이하는 것을 보게 됐다. 소녀의 등이 자신 쪽으로 향해 있다는 사실을 알아챈 막달렌은 그 상황을 이용해 그 집으로 눈에 띄지 않게 들어갔다.

그녀는 복도를 미끄러지듯 걸어가서 계단을 올라갔는데, 첫 번째 층계참에서 여행 동반자와 마주쳤다. 그곳에서 래지 부인이 작은 짐 꾸러미를 품에 안은 채 거리에서 마부와 실랑이하는 문제를 애타게 기다리며 서 있었다. 되돌아가는 건 불가능했다. 밑에서 화난 목소리가 복도를 통해 들려왔다. 망설여서는 안 됐다. 하지만 한 가지 선택만 남았고, 그 선택은 계속 가는 것이었다. 막달렌은 필사적으로 그렇게 하기로 했다. 그녀는 아무 말 없이 래지 부인을 밀치고 자신의 방으로 뛰어 들어가서, 망토, 보닛과 가발을 벗고 소파 침대와 벽 사이의 빈 공간에 눈에 보이지 않게 던져버렸다.

처음 몇 분 동안 래지 부인은 놀라서 아무런 말도 못 하고 그 자리에 꼼짝하지 않고 서 있었다. 품에 있던 짐 꾸러미 중 두 개가 계단에 떨어졌다. 그녀는 그 참사에 정신이 번쩍 들었다. 래지 부인은 갑자기 생각이 떠오르자 소리쳤다. "도둑이야! 도둑!"

막달렌은 완전히 닫을 시간이 없었던 방문으로 그녀의 말을 들었다. "래지 부인, 당신이에요?"라고 본래의 목소리로 외쳤다. "무슨 일이에요?" 그녀는 말하는 동안 수건을 낚아채서 물에 담갔다가 얼굴 아래쪽을 재빨리 닦았다. 귀에 익은 목소리에 래지 부인은 세 번째 짐 꾸러미를 떨어뜨리고는 깜짝 놀라 그것도 잊어버린 채 두 번째 층계를 올라왔다. 막달렌은 두통에 시달리는 듯 이마에 수건을 대고 2층 층계참으로 나왔다. 가짜 눈썹을 제거하는 데 시간이 필요했기에, 두통이 그것을 감출 수 있는 가장 쉬운 핑계였다. "왜 집에서 소란을 피워요? 조용히 해요. 두통 때문에 정신이 없단 말이에요."

"무슨 일이라도 있어요?" 복도에서 집주인이 물었다.

"아무것도 아니에요. 내 친구가 소심한데, 마부와 실랑이 때문에 겁먹었어요. 그 사람이 달라는 만큼 주고 보내요"라고 막달렌이 답했다.

"그 여자는 어딨어요?" 래지 부인은 약간 떨면서 속삭이며 물었다. "내 옆을 지나서 당신 방에 들어간 그 여자 어딨냐고요?"

"흥! 아무 여자도 당신 옆을 지나가지 않았어요. 직접 들어와서 봐요!"

그녀는 문을 열었다. 래지 부인은 방 안에 들어와 방 전체를 둘러봤지만 아무도 보지 못했다. 그러자 놀라서 네 번째 짐 꾸러미를 떨어뜨리고, 온몸을 힘없이 떨었다.

래지 부인은 두려운 말투로 말했다. "그 여자가 여기 들어가는 걸 봤어요. 회색 망토에 챙이 넓은 보닛을 쓴 여자. 무례한 여자가 계단에서 내 옆으로 지나갔어요. 그랬어요. 이 방인데, 여자가 없어요. 기도서를 주세요!" 래지 부인은 얼굴이 매우 창백해졌고, 남은 짐꾸러미들을 작은 폭포처럼 떨어트리면서 외쳤다. "좋은 걸 읽고 싶어요. 내 죽음에 대해 생각하고 싶어요. 난 유령을 봤어요!"

"헛소리하지 말아요! 꿈꾸고 있네요. 쇼핑을 너무 많이 했나 봐요. 방으로 들어가서 보닛 벗어요."

"잠옷 입은 유령, 천을 두른 유령, 쇠사슬 두른 유령 이야기에 들은 적 있어요." 래지 부인은 포목상 짐꾸러미의 마법 동그라미(마법사가 땅에 그리는 원)에 겁을 먹은 채 말을 이었다. "그런 유령들보다 더한 유령이 여기 있어요. 회색 망토에 보닛을 쓴 유령. 그게 뭔지 알아요." 래지 부인은 참회의 눈물을 흘리며 계속 말했다. "대위와 떨어져서 너무 행복한 나에 대한 심판이에요. 뒤축이 닳도록 런던에 있는 상점들을 다닌 나에 대한 심판이에요. 나는 죄 많은 인간이에요. 날 보내지 말아요. 무슨 수를 써서라도 날 놓지 말아요." 그녀는 막달렌의 팔을 꽉 잡았고, 혼자 남겨진다는 생각에 또 몸을 떨었다.

이런 비상사태에서 남은 한 가지 기회는 상황을 받아들이는 것이었다. 막달렌은 래지 부인을 의자에 앉혔다. 그녀가 여행 동반자에게 등을 보일 수 있는 자리에 데려다 놓고, 그동안 약간의 물로 가짜 눈썹을 제거했다. "거기서 잠시 기다려요. 그리고 내가 머리를 감는 동안 진정하고 있어요."

"진정하라고요? 머리가 어깨가 떨어질 거 같은데 어떻게 진정을 해요? 요리책을 볼 때 머리가 윙윙거렸던 건 지금 유령을 보고 윙윙거리는 거에 비하면 아무것도 아니에요. 여기 휴가가 비참하게 끝났어요! 당신이 원할 때 언제든지 날 데리고 돌아가요. 벌써 지긋지긋해졌어요!"

마침내 눈썹을 제거한 막달렌은 독창성을 펼칠 수 있는 모든 설득의 무기로 동반자 마음에 일어난 불운한 인상을 마음껏 물리칠 수 있었다.

그 시도는 소용이 없었다. 래지 부인은 자기보다 현명하고 유령 본 사람들을 만족시키는 말들을 증거로, 초자연적으로 영혼의 세계에서 온 방문객을 봤다고 믿었다. 신중히 살펴본 바 막달렌이 할 수 있는 건, 래지 부인이 소위 그 유령이 연극에 등장하는 북부 시골 여자임을 빨리 알아채지 못하도록 하는 것이었다. 이 점에 대해 스스로 만족했던 그녀는, 그 인상이 계속해서 떠올려지지 않는 한, 남은 인상이

자연스럽게 기억에서 사라지는 것밖에 없었다. 이는 마음이 약한 여행 동반자의 특유의 허약함이었다. (유령들의 모든 법과 규칙에 따라) 두 번 이상 더 나타나지 않으면 한 번 나타난 것은 별거 아니라고 재차 확인시켜주고, 래지 부인에게 용기를 북돋아 준 후, 바다와 계단에 떨어진 짐 꾸러미로 다시 관심을 돌리게 한 후 그리고 두 사람 사이의 방문을 열어놓고 그녀 방으로 피할 수 있게 약속하고 유령이라는 무서운 이야기를 더는 하지 않겠다고 말한 후에야, 막달렌은 마침에 그날 일어났던 일들에 대해 계속해서 되돌아볼 수 있는 특권을 얻었다.

첫 단계에서 두 가지 심각한 결과가 일어났다. 르카운트 여사는 그녀가 자신의 목소리로 말하도록 덫을 났고, 분장한 채, 래지 부인과 마주치는 일이 일어났다.

이런 참사에 맞서 그녀는 어떤 이점을 얻었는가? 다른 사람들에게 맡겼다면 수개월 만에 알았을지도 모르는 것보다 노엘 밴스톤과 르카운트 여사에 대해 더 많이 알게 됐다. (그녀가 처음 그에게 그들의 동반자 관계를 끝내야 한다고 그녀가 처음 경고했을 때, 래지 대위가 예리하게 부분적으로 간파했던) 그녀가 마이클 밴스톤에 대해 개인적으로 세웠던 계획이 마이클 밴스톤의 아들에게는 가망 없다는 걸 분명히 알 수 있었다. 그녀가 세웠던 전체적인 음모의 중심축은 그 아버지의 투기 습관이었다. 아버지에게는 있었던 빈틈이 노엘 밴스톤에게는 없었다.

이 결론에 도달한 후, 그녀는 앞으로 어떻게 해야 하나? 르카운트 여사의 적대적인 경계심과 노엘 밴스톤의 불신에 맞서, 목적을 비밀리에 이루려면 어떤 새로운 방법을 찾을 수 있을까?

그런 모든 중요한 생각을 하면서 그녀는 거울 앞에서 무의식적으로 머리를 빗었다. 순간적인 흥분으로 뺨이 달아오르고 큰 회색 눈은 밝게 빛났다. 그녀는 자신이 예쁘다는 걸 알았다. 변장을 지우고 나서 변장 때와는 달리 자신의 미모가 어떤지 의식했다. 회색 머리 가발을 벗은 지금, 그녀의 사랑스러운 연한 갈색 머리는 어느 때보다도 굵고 부드러웠다. 그녀는 손가락으로 솜씨 좋게 머리를 이리저리 땋아서 어깨에 올렸다. 그녀는 땋은 머리를 뒤로 넘겼다가 옆으로 넘겼다가 하면서 인위적으로 덧댄 망토를 벗은 등과 어깨에서 어떻게 떨어지는지 살폈다. 잠시 후 그녀는 다시 한번 거울을 바라봤다. 양손을 머리카락 깊숙이 집어넣었다. 그리고 팔꿈치를 탁자 위에 올려놓은 채, 입김 때문에 거울이 흐릿해질 때까지 자신의 모습을 점점 더 가까이 바라봤다. 그녀는 승리의 미소를 지으며 생각했다. '난 어떤 남자라도 쥐락펴락할 수 있어, 내 모습을 유지하는 한. 그 가증스러운 인간이 지금 날 본다면….' 그녀는 갑자기 자신이 무서워서, 끝까지 생각하지 못하고 움츠러들었다. 그녀는 몸서리치며 거울에서 물러났고, 두 손으로 얼굴을 가렸다. "아, 프랭크! 내가 당신에게 얼마나 비열한 인간인지!"라고 중얼거렸다. 그녀는 품에서 작은 하얀 실크 주머니를 꺼내서, 거기에 조용히 키스했다. "내 사랑! 내 천사! 아, 프랭크, 정말 사랑해요!" 눈물이 터졌다. 그녀는 열심히 눈물을 닦고, 주머니를 제자리에 넣고 다시 거울을 바라보며 생각했다. '오늘처럼 미치고 비참했던 나 자신은 이제 없어!'

다음 단계에 대해 더 생각하지 않고, 노엘 밴스톤에 대한 생각으로 더 빨리 막막해진 앞날에서 벗어나, 그녀는 방에서 뭔가 편안하게 할 수 있는 일을 조급하게 찾았다. 벽과 침대 사이로 던져버린 변장 소품이 다시 생각났다. 거기에 두는 건 불가능했다. (지금 짐 정리에 몰두하고 있는) 래지 부인은 하는 일에 싫증을 느끼고, 조금 있다가 다시 와서 침대 근처를 지나가다가 회색 망토를 보게 될지도 모른다. 뭘 해야지? 처음에 한 생각은 변장 소품을 트렁크에 다시 넣는 것이다. 하지만 일어났던 일을 생각하면, 그녀와 래지 부인이 같은 지붕에 함께 있는 동안은 그걸 가까이 두는 건 위험했다. 그녀는 그날 저녁 그것을 치우기로 했고, 대담하게 버밍엄으로 돌려보내기로 했다. 트렁크에

310

보닛 상자가 있었다. 그녀는 상자를 꺼내 가발과 망토를 집어 놓고, 보닛 윗부분을 마구 눌러 납작하게 만들었다. (아직 벗지 않은) 드레스는 그녀 것이었다. 래지 부인은 그 옷을 입고 있는 그녀 모습에 익숙했기 때문에 옷은 보낼 필요가 없었다. 상자를 닫기 전에 종이에 급하게 몇 줄 적었다. "실수로 동봉한 물건들을 가져왔어요. 내 소식을 다시 들을 때까지, 당신이 갖고 있는 내 짐과 함께 보관해줘요." 보닛 위에 편지를 두고, 상자에 버밍엄 래지 대위에게 보낸다고 적고, 바로 아래층으로 내려가 집주인의 딸에게 가장 가까운 수취인 집으로 보내달라고 했다. 자기 방으로 돌아가면서 '그 문제는 해결했어'라고 생각했다.

래지 부인은 여전히 작고 좁은 침대 위에서 짐을 정리하는 데 집중하고 있었다. 막달렌이 들어와 자기를 보자, 가냘픈 비명을 지르며 돌아섰다. "또 그 유령이라고 생각했어요. 나한테 일어난 일 때문에 조심하고 있어요. 대위님이 보고 싶어 하는 것처럼, 모든 짐을 똑바로 정리했어요. 신발도 제대로 신었어요. 그럴 거 같지 않지만, 오늘 밤에 눈을 감는다면, 다리를 똑바로 하고 잘 거 같아요. 그리고 내가 살아 있는 한 다시는 휴가가 없을 거예요. 날 용서해줬으면 좋겠어요. 겸허하게 용서받고 싶어요." 래지 부인은 애절하게 고개를 흔들며 말했다.

"용서해요! 다른 여자들이 당신만큼 용서를 별로 바라지 않는다면요. 자! 자! 물건을 열어보고 있었네요. 와! 오늘 뭐 샀는지 구경하고 싶어요."

래지 부인은 주저했다가, 뉘우치듯 한숨을 쉬고, 잠시 생각했다가 꾸러미 중 하나를 향해 소심하게 손을 뻗다가, 초자연적 경고를 생각하고 필사적으로 자제력을 발휘해 몸을 사렸다.

막달렌은 그녀에게 기운을 북돋우며 말했다. "이거 열어봐요. 뭐예요?"

그녀의 후회에도 불구하고, 연한 푸른 눈은 희미하게 밝아지기 시작했다. 그러나 그녀는 꾹 참으며 고개를 저었다.

쇼핑에 대한 열정이 되살아날 수 있을 것이다. 하지만 여전히 그 유령이 마음에 걸렸다.

"그거 싸게 샀어요?" 막달렌이 은밀하게 물었다.

"아주 싸게요!" 불쌍한 래지 부인은 덫에 바로 걸렸고, 마치 아무 일도 없었던 것처럼 짐 꾸러미를 향해 달려들면서 외쳤다.

막달렌은 한 시간 이상 구입한 물건들에 대해 수다를 떨었고, 유령에 대한 모든 기억에서 그녀의 주의를 분산시키기 위해 산책을 하러 나가기로 했다.

그들이 숙소를 떠난 후, 노엘 밴스톤의 집 문이 열렸고, 여자 하인이 다른 심부름을 하려고 나왔다. 그녀는 이번에는 손에 조심히 들고 있는 편지 심부름인 게 분명했다. 공격이나 방어 계획이 아직 없다는 걸 의식한 막달렌은, 순간적인 두려움으로 르카운트 여사가 벌써 새로운 연락을 취하기로 했는지와 그 편지가 '가스 양'에게 보내는 건지에 대해 궁금해졌다.

그 편지에는 주소 같은 것이 없었다. 노엘 밴스톤은 마침내 돈 문제를 해결했다. 광고의 빈칸은 채워졌고, 대위가 한 익명의 경고에 대한 르카운트 여사의 감사가 타임즈에 실릴 것이다.

* 편지를 통한 이야기 전개

1. "타임즈"의 광고란 발췌 내용

모르는 친구에게 편지를 보낼 주소를 (광고로) 요청합니다. 그가 주는 정보에 대한 사례금은 5파운드입니다.

2. 래지 대위가 막달렌에게

버밍엄, 1847년 6월 2일.
나의 소중한 아가씨에게.
당신이 실수로 가져간 의상들이 담긴 상자가 무사히 도착했어요. 당신의 소식을 다시 들을 때까지 내가 특별히 잘 보관할 거라는 거 알아둬요.
이 기회를 통해 당신의 이해관계에 대한 변함없는 충성을 다시 한 번 장담해요. 당신의 신뢰를 저버리지 않고, 노엘 밴스톤 씨가 당신의 실물에 만족했는지 물어봐도 되나요? 그가 거절했을까 봐 무척 염려되네요. 그렇다면 가슴에 손을 얹고 그의 비열함 때문에 내가 혐오감을 느낀다고 진지하게 말할 수 있어요. 당신이 부질없이 그의 관심을 끌었다는 불길한 예감이 왜 들까요? 왜 나는 이 친구를 해충으로 생각할까요? 우리는 서로 전혀 모르는 사이고, 당신이 부탁한 조사를 하면서 알게 된 것 빼고는 그에 대해 전혀 몰라요. 당신의 관심사에 내가 심히 동조해서 예언적인 통찰을 하는 걸까요? 아니면 비현실적으로 생각해서, 정말 전생 같은 것이 있나요? 그리고 노엘 밴스톤 씨가 날 그렇게 모욕했었나요? 말하자면 다른 세계에서요?

보다시피, 난 평소처럼 재미있게 편지를 쓰고 있어요. 하지만 난 당신이 원할 때 도와주는 것에 대해 진지해요. 조건 때문이라면 전혀 망설이지 말아요. 당신이 예전에 말하려고 했던 어떤 조건이라도 나는 이미 받아들였어요. 만약 당신의 현재 계획을 그렇게 할 거라면, 당신의 목적을 위해, 난 모든 구멍에서 금 액체가 나오게 할 때까지 노엘 밴스톤 씨를 쥐어짤 준비가 됐어요. 이런 거친 비유를 용서해줘요. 당신에게 도움이 되고 싶어서 서둘렀네요. 내 뜻을 있는 그대로 전하는 것이고, 아주 멋진 말로 당신이 다듬어요.

내 불쌍한 아내는 어떤가요? 그녀가 신발을 제대로 신거나, 영원한 대칭과 질서의 법칙과 조화 속에 외모를 꾸미는 것이 불가능하다고 생각할까 봐 걱정이네요. 그녀는 당신과 너무 친하게 지내려고 하나요? 이런 점에서 나는 항상 그녀를 살피는 데 익숙해요. 그녀는 날 대위로만 불러야 했어요. 하지만 우리 결혼 후 드물게, 나에게 편지를 써야 할 경우는, 인사말은 엄격하게 '선생님께'로 한정했어요. 이런 사소한 집안일은 래지 부인을 살피는 데 유용한 것으로 생각하세요. 다시 당신의 소식을 듣게 되기를 간절히 바라며

호래시오 래지 씀

3. 노라가 막달렌에게

[앞서 버밍엄 우체국에서 편지 두 통을 받았다.]
켄싱턴 웨스모어랜드 하우스, 7월 1일
사랑하는 막달렌에게
다음에 편지를 쓸 때 (그리고 곧 쓰길 바랄게!) 가스 양에게 내게 쓴 편

지를 보내줘. 직장을 그만둬서, 다른 일자리를 찾을 때까지 시간이 좀 걸릴 거야.

이제 다 끝났으니, 내가 행복하지 않았다는 거 인정해. 가르쳐야 하는 두 어린 여학생들의 사랑을 얻기 위해 열심히 노력했지만, 이유는 모르겠지만 그 애들은 처음으로 날 싫어했어. 아이들 어머니에게는 불만이 없어. 하지만 그 집안의 실세인 할머니가 날 너무 힘들게 했어. 그분은 늘 내 경험 부족에 대해 이야기하셨고, 아이들과의 문제가 언제나 나 때문이라고 여기셨어. 그래서 난 일을 그만둔 게 후회되지 않아. 전혀. 그 집에서 나와서 난 기뻐.

저축한 돈이 조금 있어, 막달렌. 그리고 너랑 며칠 동안 함께 있고 싶어. 내 동생이 보고 싶어서 마음이 아파. 목소리를 듣고 싶어. 우리가 어디서 만날 수 있는지 한 마디만 해줘. 내가 원하는 거 그게 전부다. 생각해봐. 제발 생각해줘.

이번 일로 내가 낙담했다고 생각하지 마. 세상에는 친절한 사람들이 많아. 그리고 그 사람들 중 몇몇이 다음에 고용할지도 몰라. 내 생각에, 남자들보다 여자들이 행복해지는 게 더욱더 힘들어. 하지만 우리가 인내하며 노력해야만, 오래 노력해야만, 지상이 아니라면, 천국에서라도 마침내 행복해질 수 있을 거야. 이제 나의 길은 너를 다시 만나는 거야. 잊지 마, 내 동생.

노라 씀

4. 가스 양이 막달렌에게

웨스트모어랜드 하우스, 7월 1일.
사랑하는 막달렌 아가씨에게
내 필체 알아보겠죠. 이 편지를 쓰는 이유는 언니가 아가씨에게 말하지 않았던 것을 알려주기 위해서예요. 내가 아가씨에게 편지 쓴다는 건 전혀 몰라요. 언니가 쓸데없는 걱정하게 하고 싶으면 그리고 날 불필요하게 괴롭히기 싫으면, 계속 언니가 모르도록 해요.

아마 노라 아가씨가 편지에서 일을 그만뒀다고 말했겠죠. 아가씨 때문에 그만뒀다는 이야기를 해야 해서 마음이 아파요.

그 일은 이렇게 일어났어요. 노라 아가씨가 일했던 집안 신사분의 변호사가 와이트 펜드릴 씨와 길트 펜드릴 씨예요. 12월에 아가씨가 스스로 선택한 인생이 모든 파트너들에게 알려줬어요. 요크에서 아가씨를 찾으려고 고용됐던 사람이 아가씨가 더비에서 공연하고 있는 것을 보고, 그 신사가 직접 당신에 대해 물어보는 질문에 대한 답변으로, 그 사실이 와이어트 씨를 통해 며칠 후 노라의 고용주에게 전해졌어요. (그와 함께 사는) 그의 아내와 어머니는 그가 이런 조사들을 하길 분명히 바랐어요. 그 사람들이 노라 아가씨에게 동생에 대해 물었을 때 얼버무리면서 답하자 의심을 품었죠. 그녀 탓을 하기에는 노라 아가씨를 너무 잘 알잖아요. 아가씨의 현재의 삶에 완전히 거짓말을 하지 않으려고 회피하는 것이 유일한 탈출구였어요.

같은 날, 그 집안의 두 여자가 언니를 불러서, 아가씨가 가명으로 전국 이곳저곳을 돌아다니며 공연한다는 걸 알게 됐다고 말해줬어요. 그들은 이 문제에 노라 아가씨 탓을 하지 않았고, 내가 이 자리를 마련해줬을 때 보장했듯이 그녀의 품행이 나무랄 데 없다는 것도 충분히 인정했어요. 하지만 동시에, 그들은 그녀가 계속 일을 하려면, 그녀가 아이들을 돌보는 동안, 절대로 아가씨가 그들의 집을 방문하거나 그녀를 만나려고 외출해서는 안 된다는 확실한 조건을 내걸었어요. 자신에게 닥친 모든 고난을 꿋꿋하게 참아왔던 언니는 아가씨에게 쏟아지는 비방에 바로 분개했어요. 그녀는 고용주들에게 바로 그 자리에서 경고했어요. 격렬한 말이 이어졌고, 그녀는 그날 저녁 그 집을 떠났어요.

안 좋은 일로 직장을 그만두게 된 일로 아가씨를 괴롭히고 싶지는 않아요. 노라 아가씨는 내가 바라고 생각했던 것만큼 그렇게 행복하지 않았어요. 아이들이 음침하고 다루기 힘들다는 것이나 남편의 어머니가 집안 모든 사람을 지배하려고 한다는 걸 내가 미리 아는 것은 불가능했어요. 노라 아가씨가 이 자리를 그만둔 것은 잘한 거예요. 하지만 피해는 거기서 그치지 않아요. 아가씨도 나도 알듯이, 그 피해는 계속될지도 몰라요. 이 일자리에서 일어난 일은 다른 일자리에서도 일어날 수도 있어요. 아가씨의 행동이 아무리 순수하더라도, 아가씨가 사는 방식이 모든 존경받는 사람들에게는 못미더운 삶의 방식이에요. 영국 여자들 중 십중팔구는 예절 의식도 없고 동정심이 없다는 걸 알 만큼 난 이 세상을 오래 살았어요. 노라 아가씨의 다음 고용주가 아가씨에 대해 알고, 그리고 다음에 그 자리를 그만두면 다시는 일자리를 영영 못 찾을 수도 있어요.

난 아가씨 언니의 침착함이 부러워요. 막달렌 아가씨, 옛날 일을 잊고 돌아오겠다면, 당신의 늙은 가정교사도 그것을 잊어버리고, 당신 아버지와 어머니가 한때 그 가정교사에게 줬던 가정을 아가씨에게도 줄 거라는 거 믿어줘요.

해리엇 가스 씀

5. 프랜시스 클레어 주니어가 막달렌에게

중국 상하이, 1847년 4월 23일.

내 사랑 막달렌에게

정신 상태가 산만해서, 당신에게 편지 쓸 상태가 아니라서, 당신의 편지에 답장하는 걸 미뤘어요. 여전히 좋지 않지만, 더 이상 미뤄서는 안 될 것 같았어요. 도의심이 생겼고, 나는 이 편지를 쓰는 고통을 겪고 있어요.

중국에서의 나의 가망성은 모두 끝났어요. 마치 내가 물건인 것처럼, 나를 잔인하게 취급한 그 회사는 일련의 사소한 모욕적인 일로 내 인내심을 지치게 했어요. 그리고 자존심 때문에 처음부터 과소평가됐던 내 일을 그만두고 싶어요. 이런 상황에서 내가 영국으로 돌아가는 건 불가능해요. 나는 내 나라에서 너무나도 지독히 이용당해서, 할 수 있다고 해도, 그 나라로 돌아가고 싶지 않아요. 만약 내가 할 수 있다면, 세상을 살아가기 위해, 난 이 지역 민간 무역선에 오를 거예요. 어떻게 끝날지, 혹은 다음에 나에게 무슨 일이 생길지 말할 수 없어요. 내가 어떻게 되든 그건 별로 중요하지 않아요. 전부 다른 사람들 잘못 때문에 나는 방랑자이자 망명자가 됐어요. 고국에서 나를 치워버리고 싶다는 냉정한 바람이 그 목적을 이뤘어요. 난 영원히 보내져 버렸어요.

내가 희생해야 할 건 단 한 가지만 더 남았어요. 내 마음의 가장 소중한 감정들의 희생이죠. 앞길도 막막하고, 고국으로 돌아올 기회도 없는데, 어떻게 당신에게 내 약혼을 지키라고 할 수 있겠어요? 안 돼요! 당신에게 그 약혼을 지키라고 하는 건 이기적이고, 몇 년 동안 당신을 기다리게 하는 건 배려심이 없는 것이고, 결국 부질없어요. 잔인하게 짓밟힌 내 감정이 너무 예민해서 그렇게 할 수 없어요. 나는 눈물을 흘리며 써요. 당신은 당신의 운명이 버림받았다고 생각해서는 안 돼요. 이 가슴 아픈 내용을 당신의 약속에서 벗어나는 것이라고 생각하세요. 우리의 약혼은 끝났어요.

내가 당신에게 이별을 말하면서 할 수 있는 유일한 위안은, 우리 둘 다 잘못이 없다는 거예요. 내 아버지 때문에 당신이 나약하게 행동했을지도 모르지만, 난 당신이 최선을 다했다고 확신해요. 나를 영국에서 쫓아내면 어떤 치명적인 결과를 초래할지는 나 빼고는 아무도 몰랐어요. 그리고 아무도 듣지 않았어요. 내가 아버지의 뜻을 따랐고, 당신의 뜻을 따랐어요. 이것으로 끝이에요.

너무 고통스러워서 더 이상 쓸 수 없어요. 내가 약혼을 깨트려서 내가 무슨 대가를 치를지 당신이 모르기 바라요! 제발 당신을 탓하지 말아요. 내가 다른 사람들에게 이용당한 건 당신 잘못이 아니에요. 성공한 기회를 갖지 못하는 거 당신 잘못이 아니에요. 당신의 행복을 위해 진심으로 빌고, 그리고 당신의 친구로 남아서 잘 되기를 바라는, 버려진 불쌍한 인간을 잊어요.

프랜시스 클레어 주니어 씀

6. 프랜시스 클레어 시니어가 막달렌에게

[앞 편지를 동봉]

내가 항상 네 불쌍한 아버지에게 내 아들이 바보라고 말했지만, 중국에서 우편이 오기 전까지는 그 애가 비열한 놈인 줄은 전혀 몰랐다. 난 그가 가장 수치스러운 상황에서 고용주들을 떠났다고 믿을 만한 충분한 이유가 있어. 나처럼 이 시간부터는 그놈을 잊어라. 너와 내가 마지막으로 만났을 때, 넌 이 일에 대해 나에게 잘 대해줬다. 이제야 말하는구나. 얘야, 미안하다.

F.C.

7. 래지 부인이 남편에게

선생님께

제발 여기 와서 우리를 도와줘요. 그녀는 어제 내가 모르는 끔찍한 편지를 받아서 침대에서 읽었고, 내가 아침 식사를 들고 들어갔을 때, 그녀가 몸이 아픈 것을 봤고, 만약 의사가 가까이 있지 않았다면, 그녀는 살지 못했을 수도 있었고, 그녀는 앉아서 무시무시한 표정을 짓고 한마디도 하지 않고, 눈빛이 너무 무서워서, 난 온몸이 떨려요. 오, 제발 와서 내가 일들을 정리하게 해줘요. 난 그녀가 좋아요. 그녀는 나에게 너무 친절했어요. 집주인은 그녀가 무너질까 봐 걱정이라고 말했고, 제대로 쓰는 건지 모르지만, 당신의 순종적인 아내 마틸다 래지의 실수를 용서하고 와서 제발 우리를 도와줘요. 좋은 의사 선생님이 당신이 결정하지 못할까 봐 이 문제에 대해 편지를 쓸 거예요. 다시 한번 당신의 순종적인 아내 마틸다 래지로 남을게요.

의사 편지

선생님, 제가 어제 복스홀 워크에 있는 이웃집을 방문해 갑자기 몸이 아픈 젊은 여성을 살폈다는 것을 알려드립니다. 내가 봤던 실신 상태 중 가장 힘들었지만 그녀를 회복시켰습니다. 그 후로 그녀는 재발하지 않았지만, 지금까지도 사라지지 않은 어떤 심각한 정신적 고통이 있는 게 분명합니다. 그녀에게 무슨 일이 일어나는지 전혀 의식하지 못한 채, 아무도 못 가져가게 하는 편지를 손에 쥔 채, 그녀는 몇 시간 동안 아무 말 없이 앉아 있습니다. 만약 이런 우울증이 계속된다면, 매우 고통스러운 정신적 결과들이 뒤따를지도 모릅니다. 그리고 저는 어떤 친척이나 친구가 나서서 그녀가 정신이 들도록 해야 한다고 말할 뿐입니다.

리처드 자비스, 왕립 외과 의사 대학 위원

8. 노라가 막달렌에게

7월 5일.

제발, 아직 네가 아직도 버밍엄에 있는지, 어디서 널 볼 수 있는지 알려줘! 방금 소식 클레어 씨한테서 들었어. 오, 막달렌, 너 자신을 불쌍히 여기지 않는다면, 날 불쌍히 여겨줘! 낯선 사람들 사이에서 너 혼자 있다는 생각, 이 참담한 소식에 아파하는 너에 대한 생각이 내 머릿속에서 떠나지 않아. 내가 널 어떻게 생각하는지 어떤 말로도 표현이 안 돼! 내 동생, 그 겁 많은 놈이 네 마음을 훔치기 전에 고향에서 더 좋았던 날들을 기억해. 우리가 늘 함께했던 콤―레이븐에서의 행복한 시간을 기억해. 나를 모르는 사람처럼 대하지 마! 이제 세상에서 우리 둘뿐이야. 내가 가서 너를 위로할 수 있게 해줘. 할 수만 있다면 너에게 언니 이상의 존재가 되고 싶어. 한 줄만. 내가 널 어딜 서 찾을 수 있는지, 한 줄만 적어줘!

9. 막달렌이 노라에게

7월 7월.

나의 소중한 노라 언니에게

언니 편지에서 나에 대한 언니의 사랑이 전부 느껴져. 혼자 남겨진 언니의 맘이 나에게 와 닿았어. 언니가 나에게 쓴 편지를 읽고 나서, 난 다시 생각하고 느낄 수 있었어. 걱정하지 마. 내 마음은 다시 한번 살아 숨쉬고 있어. 언니 편지를 받기 전까지는 죽은 거나 마찬가지였어.

내가 받았던 충격에 난 이상하리만큼 차분해졌어. 마치 예전 나 자신과 헤어지는 것 같아. 한때 내게 그토록 소중했던 희망이 이제는 과거로 사라진 거 같아. 노라 언니, 만약 우리가 다시 함께 있다면, 언니보다 내가 내 인생의 파멸에 대해 더 차분하게 볼 수 있어, 노라 언니, 만약 우리가 다시 함께한다면 언니가 볼 수 있는 것보다 말이야. 난 이미 프랭크에게 편지를 쓸 수 있을 거 같아.

언니, 내 생각에, 어떤 남자가 어떤 여자를 냉대하기 전까지는 그녀가 사랑하는 남자에게 얼마나 자신을 완전히 헌신했는지 아는 여자는 아무도 없을 것 같아. 만약 내가 언니가 편지에서 프랭크를 겁쟁이와 놈이라고 말하는 부분을 읽었을 때 마음이 아팠다고 고백하면, 언니는 나의 나약함을 동정할 수 있을까? 내가 나 자신을 경멸하듯이 아무도 이것에 대해 날 경멸할 수 없어. 나는 돌아가서 자신을 때린 주인의 손을 핥는 개와 같아. 언니한테만 말하는 건데 사실은 그랬어. 정말 그랬어. 그가 나를 기만하고 버렸어. 나에게 편지로 잔인한 이별을 고했지만 그를 놈이라고 부르지 마! 만약 그가 뉘우치고 내게로 돌아온다면, 나는 지금 그와 결혼하느니 죽는 게 나아. 그러나 언니가 직접 그를 비난하는 말을 쓰는 건 거슬려. 만약 그의 의지가 약하다면, 누가 그의 의지를 약하게 했을까? 마이클 밴스톤이 우리 것을 빼앗지 않았다면, 그리고 프랭크가 날 떠나 억지로 중국에 가지 않았다면 이런 일이 일어났을까? 오늘부터 일주일 후면 기다림의 해는 끝날 것이고, 만약 내 결혼 지참금을 뺏기지 않았다면 난 프랭크의 아내가 되어 있었을 거야.

그 일이 있은 후, 내가 도망친 것이 잘한 거라고 하겠지. 언니! 내 마음 속 대답은 아니라는 거야! 지금 내가 자유로운 여자인 것보다 프랭크의 불쌍한 아내가 되는 게 더 나아.

나는 그에게 편지를 쓰지 않았어. 내가 그러고 싶어도, 그 사람은 편지를 보낼 주소를 주지 않았어. 하지만 난 쓰고 싶지 않아. 나는 그에게 작별을 고하기 전에 기다릴 거야. 어느 날 내가 아버지가 지참금으로 주겠다고 했던 재산을 갖게 되면, 내가 뭘 할 거 같아? 나는 그의 편지에 대한 나의 복수로서, 날 버린 사람에게 대한 나의 마지막 작별 인사로 그걸 전부 프랭크에게 보낼 거야. 그날을 위해 난 살 거야. 노라 언니, 언니가 당신이 더 잘되기를 바라며 나는 살 거야. 그게 나에게 남은 모든 희망이야. 언니의 힘든 삶을 생각하면 지친 내 눈에 또다시 눈물이 나. 난 거의 다시 예전 모습으로 돌아왔다고 생각해.

우리가 만나기 전에 아직 조금 기다려야 한다고 말해도, 날 냉정하고 배은망덕하게 생각하지 말아줘. 지금보다 더 좋을 때 언니를 만나고 싶어. 프랭크를 나에게서 멀리 떠나보내고, 언니를 더 가까이 데려오고 싶어. 이게 좋은 이유일까? 난 몰라. 나한테 이유는 묻지 마. 종이에 그린 작은 원에 언니를 위한 키스를 담았어. 내가 다시 편지 쓸 때까지, 그게 우리를 함께 있게 해줄 거야. 안녕, 언니. 언니에 대한 내 마음은 진심이지만, 노라 언니, 아직은 언니를 감히 만날 수 없어.

막달렌

10. 막달렌이 가스 양에게

나의 존경하는 가스 선생님에게

선생님께 답장 안 한 지 너무 오래되었네요. 하지만 제게 일어난 일을 아실 테니, 절 용서해 주세요.

말씀드리고 싶은 거 몇 마디만 적을게요. 다시는 제가 예의를 저버리지는 않을 것임을 믿으셔도 돼요. 다음부터 예의를 지켜야 한다는 걸 알 만큼 세상에 대해 알아가고 싶어요.

노라 언니는 다시는 저 때문에 일자리를 그만두지 않게 될 거예요. 배우로서 내 삶은 끝났어요. 그게 아무런 해가 없다는 걸 하느님은 아시고, 그걸 그만두는 날 저도, 아마 선생님도 슬프겠지만, 절대 다시 하지 않을 거예요. 프랭크가 날 떠났듯, 그 일도 날 떠났고, 노라 언니에 대한 생각뿐이에요. 질렸어요. 이 따분한 편지에서 몇 가지 소식 알려드릴까요? 마이클 밴스톤은 죽었고, 노엘 밴스톤이 나와 노라 언니의 재산을 물려받았어요. 재산을 물려받을 자격이 돼요. 자기 아버지 자리에서, 우리를 망치고 있어요.

선생님이 알고 싶어 한다는 거에 전 더 이상 할 말이 없어요. 저 때문에 괴로워하지 마세요. 정신을 차리려고 노력하고 있어요. 옛날 콤―레이븐에서 프랭크를 사랑할 만큼 어리석었던 그 불쌍한 소녀를 잊으려고 해요. 가끔 그 소녀는 잊히지 않을 것이라고 말하는 정신적 고통이 오지만 자주는 아니에요.

저처럼 길을 잃은 사람에게 편지를 쓰는 선생님은 정말 친절했어요. 항상 제 친구였어요. '항상'이라는 말은 용감한 말이에요, 나의 연세 든

323

선생님! 나는 당신이 그것을 기억하고 싶어 하실지 궁금하네요. 그래도 달라질 게 없지만, 제가 어렸을 때 선생님이 고생하셨던 것에 대해 항상 감사할 거예요. 그때 일에 대해 제가 제대로 갚지 못했어요. 나중에 갚지 못했어요. 선생님의 용서와 동정을 구해요. 우리 둘 모두를 위해 할 수 있는 최선의 방법은 저를 잊으시는 거예요.

막달렌 올림

추신: 한 줄 더 쓰려고 봉투를 열었어요. 제발 이 편지는 노라 언니에게 보여주지 마세요!

11. 막달렌이 래지 대위에게

복스홀 워크, 7월 17일.

내가 틀리지 않았다면, 내가 앞날을 생각할 수 있을 만큼 진정되면, 바로 버밍엄에 있는 당신에게 편지를 쓰기로 되어 있었어요. 마침내 내 마음을 정했고, 나는 이제 당신이 나에게 그렇게 거리낌 없이 줬던 도움을 받아들이기로 했어요.

내가 갑작스럽게 병이 났다는 소식을 듣고, 당신이 이 집에 왔을 때, 내가 보였던 태도를 용서해 주길 바라요. 내 자신이 통제가 안 됐어요. 정신적 고통으로 한동안 정신이 없었어요. 관용이 자비였을 그때 큰 관용으로 날 보살펴 줘서 감사해요.

내가 할 수 있는 한 당신이 해줬으면 하는 일을 간단명료하게 말할게요.

우선 연극에서 사용했던 의상들을 모두 처분해 주세요. 난 영원히 공연을 안 할 거예요. 앞으로 우연히 공연과 나를 연결시킬 수 있는 모든 것에서 벗어나고 싶어요. 상자 열쇠는 이 편지에 동봉되어 있어요.

내 드레스가 들어 있는 다른 옷 가방을 이 집으로 보내주세요. 당신에게 훨씬 더 중요한 일을 맡길 거라서, 직접 들고 오지는 마세요. 당신이 떠났을 때 나한테 남긴 쪽지를 참고해서, 이번에는 노엘 밴스톤을 복스월 워크에서 현재 그가 지금 살고 있는 곳까지 추적해 주길 바라요. 만약 사는 곳을 찾았고, 당신이 르카운트 여사나 주인의 관심을 끌지 않았다고 확신한다면, 노엘 밴스톤이 살고 있는 도시나 마을에 (당신과 래지 부인도 함께 살) 나의 거처를 바로 마련해 주길 바라요. 새삼스럽게 말할 필요도 없지만, 어딘지는 몰라도 그가 그곳에서 얼마 동안 지낼 것이라고 생각하기 때문에 이렇게 써요.

만약 이번 달까지 이런 조건에 맞는 가구를 갖춘 작은 집을 찾을 수 있다면, 처음에는 한 달만 쓸 수 있게 해줘요. 당신의 부인, 조카와 당신이 사용할 것이라고 이야기하고, 가장 의심스러운 질문들을 피할 수 있다고 생각되는 가명을 사용하세요. 나는 이 일을 당신의 경험에 맡길게요. 우리가 누구인지에 대한 비밀은 우리의 인생이 달린 비밀인 것처럼 절대적으로 지켜져야 해요.

내 부탁을 들어주는 데 들어가는 비용은 바로 갚겠어요. 내가 원하는 종류의 집을 잘 찾았다면, 우리를 데리러 런던으로 돌아올 필요는 없어요. 우리가 어디로 가야 할지 알게 되면 바로 합류할게요. 그 집은 꽤 괜찮아야 하고, 노엘 밴스톤 씨가 사는 곳이 어디든 현재 주거지와 어느 정도 가까워야 해요.

이 편지에서 내가 생각하고 있는 목표에 대해 말하지 않는 것을 이해해 주세요. 글로써 설명하고 싶지 않아요. 모든 준비가 다 되면, 당신은 내가 하려는 일에 관해 나한테서 직접 듣게 될 거예요. 그리고 최선의 방법으로 나를 도울지 말지를 당신이 분명하게 말해주길 바라요.

내가 이 편지를 봉하기 전에 한마디만 더 할게요.

만약 당신이 집을 마련하고 우리가 당신과 합류하기 전에, 노엘 밴스톤 씨나 르카운트 여사와 부인에게 몇 마디 공손한 말을 주고받을 기회가 생긴다면, 그 기회를 이용하세요. 가까운 이웃 주민으로 정말 우연히 서로 친해지는 것이 내 현재 목표에서 아주 중요해요. 가능하다면 래지 부인과 내가 당신에게 가기 전에, 당신이 이번 목적을 위한 길을 닦아줬으면 해요. 특히 르카운트 여사를 매우 주의 깊게 살펴볼 기회를 날리지 마세요. 어떻게 하든 처음에 그 여자의 날카로운 시선을 가리는 것이 당신이 나에게 준 도움 중에 가장 귀중한 도움이 될 거예요.

당신이 런던을 떠난 이후 한 일에 대해 내가 잘못 생각한 게 아니라면, 이 편지에 바로 답장할 필요는 없어요. 나는 숙박을 1주일 연장했으니, 당신이 내가 원하는 소식을 나에게 전할 때까지 기다릴 수 있어요. 당신은 모든 가능한 상황에서 앞날에 대한 나의 인내심을 확신할 수 있을지 몰라요. 내 변덕은 끝이 났고, 나의 급한 성격은 마지막으로 당신의 관용을 바라요.

막달렌 씀

12. 래지 대위가 막달렌에게

서퍽 앨드버러 노스 싱글즈 빌라, 7월 22일.

내 소중한 아가씨에게

당신의 편지는 날 매료시키고 감동을 줬어요. 당신의 이유는 내 마음에 그대로 전해졌고, 내 보잘것없는 능력에 대한 당신의 신뢰도 같이 느껴졌어요. 늙은 군인의 맥박은 당신이 준 신뢰에 뛰고, 그걸 받을 자격이 있다고 다짐해요. 이런 온화한 표출에 놀라지 말아요. 모든 열성적인 본성은 때때로 표출시켜 줘야 해요. 그리고 내가 표출하는 방법은 바로 '말'이에요.

당신이 바랐던 것은 모두 다 했어요. 집을 마련했고, 이름은 찾았고, 내 개인적으로 르카운트 여사를 알게 됐어요. 이런 일반적인 설명을 읽고 나면, 당신은 자연스럽게 함께 동봉한 세부 내용들이 알고 싶어질 거예요. 그 내용은 다음과 같아요.

런던에서 당신을 떠난 다음 날, 난 이곳에서 흥미롭고 작은 해변 집까지 노엘 밴스톤 씨를 추적했어요. 그의 아버지가 수없이 구매한 것 중 하나가 앨드버러에 있는 집이었어요. 떠오르는 해안 피서지로, 그렇지 않았다면 마이클 밴스톤은 그 집에 돈을 투자하지 않았을 거예요. 런던에서 공짜로 살았던 비열하고 작은 구두쇠가 지금은 서퍽 해안에서 또 공짜로 살고 있어요. 그는 여름과 가을 동안 현재 거처에 지낼 거예요. 그에서 다섯 집 떨어진 이 우아한 별장에서 당신과 래지 부인은 나와 함께 지내면 돼요. 나는 집 전체를 일주일에 3기니씩 주기로 했고, 가을까지 같은 가격에 지낼 수 있어요. 부유층들이 지내는 피서지에서, 그런 집은 두 배는 줘야 했을지도 몰라요.

우리의 새로운 이름은 당신의 의견에 따라 신중하게 골랐어요. 당신이 잊지 않으면 하는 내 책 중에 《스킨즈 투 점프 인투Skins To Jump Into》라는 제목의 책에는 내가 잘 아는 돌아가는 분들의 이름, 가족 및 환경에 관한 목록이 포함돼 있어요. 그중에 몇몇 이름들은 예전에 업무상 어쩔 수 없이 사용했어요. 다른 이름들은 아직 그대로 남아 있고 쓸 수 있어요. 우리에게 딱 어울리는 것은 바이그레이브라는 이름의 가족이에요. 나는 지금 바이그레이브 씨로 딱 적당해요. 당신은 바이그레이브 양(세례명, 수전)이 되고, 래지 부인은 바이그레이브 부인(세례명, 줄리아)로 한다면 그 변신은 완성될 거예요. 나는 당신의 삼촌이에요. 나의 소중한 형은 20년 전에 온두라스 벨리즈에서 마호가니와 로그우드 거래 회사를 만들었어요. 그는 그곳에서 죽었고, 흑인 예술가가 현지 목재로 직접 만든 멋진 기념비와 함께 지역 묘지의 남서쪽에 묻혔어요. 19개월 후 그의 미망인은 첼트넘의 하숙집에서 뇌졸중으로 사망했지요. 그녀는 영국에서 가장 뚱뚱한 여성으로 여겨졌고, 계단을 오르내리는 것이 힘들어서 1층에서 살았어요. 당신은 그녀의 외동딸이고, 첼트넘에서의 슬픈 사건 이후로 나의 보살핌을 받고 있어요. 당신은 다음 8월 2일에 21살이 되고, 뚱뚱한 것만 빼고, 어머니와 꼭 닮았어요. 앞으로 있을 조사에 대한 이야기로 당신의 마음을 진정시키기 위해 새로운 가족 이야기에 대한 나의 상세한 지식으로 당신에게 폐를 끼쳤네요. 어떤 질문에도 만족시킬 수 있는 나와 내 책들을 믿어요. 그동안 우리의 새로운 이름과 주소를 적어서 어떤 인상이 떠오르는지 봐요: '바이그레이브 씨, 바이그레이브 부인, 바이그레이브 양, 앨드버러 노스 싱글즈 빌라.' 내 인생에 있어, 대단히 잘 쓰였어요.

마지막으로 전할 것은 르카운트 여사와의 친분이에요.

우리는 어제 여기 식료품점에서 만났어요. 들어보니, 르카운트 여사는 주인한테 없고, 입스위치에 가서야 구할 수 있는 특별한 종류의 차를 원했어요. 나는 바로 그 번창한 도시로 가는 사소한 비용에 대한 이야기로 안면을 트는 방법이 보였죠. "오늘 입스위치에서 볼일이 있고, (제 시간에 돌아온다면) 오늘 저녁에 앨드버러로 돌아와요. 당신이 차를 주문하면 제가 사서 돌아오게요." 르카운트 여사는 정중히 거절했지만, 난 정중하게 그렇게 하겠다고 했죠. 우리는 대화를 나눴어요. 우리의 대화에 대해 당신이 걱정할 필요는 없어요. 대화를 해 본 결과, 르카운트 여사의 약점이라면 교수였던 죽은 남편 때문에 알게 된 과학 취미라는 생각이 들었어요. 여기서 그녀의 호감을 사고 예쁜 검은 눈을 적당히 가릴 방법 기회가 있다는 생각이 들었죠. 이런 생각에, 입스위치에서 여사의 차를 구매하면서, 유명한 소책자인 <조이스의 과학적 대화>도 샀어요. 빨리 외우고 무한한 자신감이 있는 나는 개인적으로 과학에 대한 지식을 쌓아서, 바이그레이브 씨는 르카운트 여사가 교수가 죽고 나서 만났던 가장 지식이 풍부한 남자로 보이게 하려고 해요. (당신의 멋진 표현대로) 그 여자의 눈을 멀게 하는 것이 당신만큼이나 나한테도 분명히 필요해요. 내가 제안한 방법이 성공하면, 당신도 편해질 거예요. 조이스의 영향을 받아 래지가 그렇게 할 사람이에요.

이제 모든 소식을 다 전했어요. 당신의 신뢰를 받을 만한가요? 당신의 진짜 목적이 무엇인지 정말 알고 싶다고 하지 않을게요. 우리가 만나면 그 열망은 충족될 거예요. 노엘 밴스톤 씨만큼 생산적이고 금전적인 투자를 하고 싶었던 적이 없었어요. 난 더 이상 말하지 않을래요. Verbum sap(한마디로 충분해요). 라틴어를 인용해서 미안하지만 정말이에요.

호래시오 래지 씀

추신: 당신이 요구한 대로 지시를 기다리고 있어요. 내가 당신을 이곳으로 데려오기 위해 런던으로 돌아가야 할지, 아니면 당신을 맞이하기 위해 여기서 기다릴지만 말해줘요. 집은 완벽하게 정리됐고, 날씨는 매력적이고, 바다는 르카운트 여사의 앞치마처럼 아주 잔잔해요. 그녀가 방금 창가로 지나가서 우리는 인사를 나눴어요. 똑똑한 여자예요, 막달렌. 하지만 조이스와 나는 함께 그녀가 아주 하찮다는 걸 보여줄 거예요.

13. 이스트 서퍽 아르고스 발췌문

앨드버러: 우리는 올해 예년보다 일찍 이 건강하고 유명한 피서지에 방문객들이 오는 것을 기쁘게 생각합니다. '우리는 영원하라Esto Perpetua' 만 말하면 됩니다.
방문객 명단: 최근에 도착한 노스 싱글즈 빌라의 바이그레이브 부인과 바이그레이브 양입니다.

4장

서픽
앨드버러

Chapter 1

서퍽 해안에서 낯선 사람에게 가장 놀라운 광경은 바다의 침식에 육지가 기이하게 무방비 상태로 있는 것이다.

이 해안의 다른 곳과 마찬가지로 앨드버러에서도 대부분의 지역 전통이 말 그대로 익사됐다. 한때 인구가 많고 번성했던 항구였던 구시가지는 바다로 거의 완전히 사라졌다. 북해는 거리, 시장, 방파제, 인도를 삼켜버렸다. 그 무자비한 바다는 80년도 안 돼서 앨드버러의 염전을 문 닫게 하면서 대대적인 파괴를 완성했고, 지금은 겨우 시인 크래브의 고향 정도로만 알려져 있다.

해마다 전진하는 파도에 밀려, 금세기에 주민들은 한쪽 습지와 다른 쪽 바다 사이에 자리 잡고 있는 땅, 즉 건물을 지을 수 있을 만큼 단단한 마지막 땅으로 물러났다. 이곳에서, 변덕스러운 파도로 생긴 모래 언덕의 안전을 믿고, 앨드버러 주민들은 대담하게 자신들의 독특한 작은 피서지를 만들었다. 그들의 첫 지상 소유물은 자연스럽게 생긴 낮은 제방으로 바다와 나란히 있는 길로 둘러싸였다. 망가지고 울퉁불퉁한 이 길을 경계로 현대식 앨드러버의 별장들이 있는데, 멋있고 작은 집들이고 대부분 정원이 있고, 여기저기 여러 원에 장식물들이 꽃밭 사이에서 조각상 역할을 하는 뱃머리를 바라보고 있다. 이 별장들이 있는 낮은 곳에서 보면, 어떤 때는 바다가 육지보다 높은 것으로 보인다. 해안선이 거대한 비율로 미끄러져 가고, 놀랍게도 창가 근처에서 보인다. 더 좋은 집들이 다른 형태와 시기의 건물들과 섞여 있다. 한쪽에는 사라진 항구와 자치구의 중심이었던 옛 앨드버러의 고덕식 마을회관이 바다와 가까이 있는 현대식 별장 쪽을 향하고 있다. 다른 쪽에는 난파된 러시아 선박의 뱃머리고 장식된 목조 관측소가 이웃집들보다 높이 솟아 있으며, 맨 위층에 어두운 옷을 입고 앉아서 창문으로 끊임없이 밖을 살피며 성실하게 일하는 사람들이 있다. 앨드버러의 도선사들로 관측소에서 도움이 필요한 배들을 살피고 있다. 이렇게 신기하게 뒤섞인 건물들 뒤에는 견고한 도선사의 집, 곰팡이가 핀 해변 창고와 복합 상가들이 길에 쭉 뻗어 있다. 이 거리의 북쪽 끝에는 교회와 낮은 나무가 있는 산이 있는데, 습지대 전체에서 보이는 언덕으로 구분된다. 길 반대편 끝에는 인적이 뜸한 원형 포탑과 에이들 강과 바다 사이의 슬로던 근교로 이어진다. 이것은 현재 영국 해안 지역 소도시의 주요 특징들이다.

덥고 흐린 7월 오후, 그리고 막달렌에게 편지를 보낸 지 이틀째 되는 날, 래지 대위는 그 당시 앨드버러와 동부 카운티 철도를 연결하는 마차의 도착을 마중하기 위해 노스 싱글즈 빌라 문을 지나 천천히 걸어갔다. 마차가 올 때 그는 여관에 도착했고, 마차에서 내리는 막달렌과 래지 부인을 맞이할 준비를 했다.

대위가 부인을 맞이할 때 불필요한 시간을 보내지 않았다. 그는 그녀를 못 믿겠다는 듯이 바라보며, 발끝을 세워 보닛을 확 당겨서 똑바로 씌워주고는, 큰 소리로 "잠자코 있어요"라고 말하고 나서 우선은 아무 말도 하지 않고 그녀를 떠났다. 그는 평소처럼 말을 유창하게 하며 막달렌을 맞이하기 시작했지만 갑자기 말을 멈췄다. 예리한 래지 대위는, 그의 옛 제자의 모습과 태도가 상당히 변했음을 바로 알아챘다.

그녀의 얼굴은 말할 때를 빼고는 차분해서, 마치 대리석처럼 정적이고 차갑게 보였다. 목소리는 더 부드럽고 보다 차분해졌고, 눈빛은 더 안정적이었고, 발걸음은 예전보다 느렸다. 그녀가 웃을 때, 미소가 생겼다가 갑자기 사라졌고, 입 한쪽에는 예전에는 볼 수 없었던 긴장감이 보였다. 그녀는 래지 부인에게 더할 나위 없이 참을성 있게 굴었다. 그녀는 전혀 다른 예의와 배려심으로 대위를 대했지만, 그녀는 아무것도 관심이 없었다. 뒷길에 있는 특이한 작은 가게들, 곧 닥칠 거 같은 바다, 해변의 옛 마을회관, 도선사, 어부, 지나가는 배들, 그녀는 마치 앨드버러가 어린 시절부터 잘 알았던 것처럼 이 모든 것들에 무관심했다. 심지어 대위가 노스 싱글즈 정원에 마차를 세우고, 기세를 부리며 새 집으로 소개했을 때도 그녀는 그 집을 거의 쳐다보지 않았다. 그녀가 던진 첫 번째 질문은 그녀의 집이 아니라 노엘 밴스톤의 집에 관한 것이었다.

"그 사람 얼마나 가까이 살고 있어요?" 유일하게 감정을 담아 물었다.

래지 대위는 노스 싱글즈에서 앨드버러 슬로던 쪽으로 5번째 있는 별장을 가리키며 답했다. 막달렌은 그가 그 장소를 가리키자, 그 집을 더 가까이 보려고 갑자기 정원의 문으로 나가서 혼자 걸어갔다. 래지 대위는 그녀를 눈으로 좇으면서 불만스럽게 고개를 저었다.

"이제 말해도 되나요?" 그의 뒤에서, 그가 쓴 밀짚모자 10인치 위에서 정중하게 물어보는 온순한 목소리가 물었다.

대위는 돌아서서 아내를 마주 봤다. 매우 당황하는 그녀 얼굴을 보니, 막달렌이 그의 편지에서 적은 지시사항을 지키지 못했고 래지 부인은 바뀐 그녀의 신분과 이름을 제대로 알지 못한 채 앨드버러에 도착했다는 것을 알 수 있었다. 이러한 의혹을 잠재워야 할 필요성을 대수롭지 않게 여기기에는 너무나 심각했다. 래지 대위는 지체 없이 필요한 질문들을 했다.

"똑바로 서서 내 말 잘 들어요. 당신한테 물어볼 게 있어요. 지금 당신이 누구인지 알아요? 당신이 죽어서 런던에 묻혔다는 것을 알고 있어요? 래지 부인의 유골에서 불사조처럼 살아났다는 거 알고 있어요? 아니! 당신은 그걸 모르는 게 분명해요. 정말 부끄럽네요. 당신 이

334

름이 뭐예요?"

"마틸다." 래지 부인은 아주 당황한 상태에서 답했다.

대위는 격렬하게 외쳤다. "그게 아니에요! 어떻게 당신 이름이 마틸다라고 말해요? 당신의 이름은 줄리아예요. 내가 누구예요? 그 샌드위치의 바구니를 똑바로 들지 않으면 바다에 던져버릴 거예요! 내가 누구예요?"

"모르겠어요." 래지 부인은 이번에는 온순하게 부정적인 답을 말했다.

그녀의 남편은 노스 싱글즈 빌라의 낮은 정원 벽을 가리키며 말했다. "앉아요! 더 오른쪽으로! 더 낮게! 됐어요. 몰라요?" 그녀를 앉게 해서 같은 높이에서 얼굴을 부자연스럽게 마주 보자마자, 대위는 되물었다. "두 번 다시 그런 말 듣고 싶지 않아요. 내일 아침, 내 수염을 면도해줄 여자가 내가 누군지 모르면 안 돼요. 나 좀 봐요! 왼쪽으로 더. 조금 더, 됐어요. 내가 누구라고요? 난 바이그레이브 씨예요. 세례명은 토머스고요. 당신은 누구라고요? 바이그레이브 부인이고, 세례명은 줄리아예요. 런던에서 당신과 함께 여행한 그 젊은 여성은 누구라고요? 저 젊은 아가씨는 바이그레이브 양이고, 세례명은 수전이에요. 난 그녀의 영리한 삼촌 톰이에요. 그리고 당신은 그녀의 영리한 숙모 줄리아고요. 교리문답처럼 바로 다 말해 봐요! 당신 이름은 뭐예요?"

래지 부인이 간청했다. "나쁜 머리 봐줘요. 정리될 때까지 좀 봐줘요."

그때 막달렌이 그들과 합류하며 말했다. "그녀를 괴롭히지 마세요. 곧 배우겠죠. 집으로 들어가요."

래지 대위는 조심스럽게 고개를 다시 흔들었다. 평소보다 덜 공손하게 말했다. "시작이 나빠요. 바보 같은 내 아내가 벌써 우리를 방해하고 있어요."

그들은 집으로 들어갔다. 막달렌은 대위가 한 모든 준비에 완전히 만족했다. 그녀는 그가 따로 마련해 놓은 방도 마음에 들었다. 여자 하인도 받아들였다. 티타임에 여자 하인을 소개했지만, 그녀는 여전히 주변의 새로운 장면에는 관심이 없었다. 테이블을 정리하자마자, 아직 해가 지지 않았는데도, 래지 부인은 피곤해서 습관적으로 졸았고, 그녀는 (신발을 제대로 신고) 방에서 나가라는 (엄격히 바이그레이브 부인으로) 침대로 가라는 남편의 지시를 받았다. 단 둘이 남게 되자, 대위는 막달렌을 뚫어지게 바라보며 말을 걸어주길 기다렸다. 그녀는 아무 말도 하지 않았다. 그는 그녀의 건강 상태에 관해 정중히 물어보며 대담하게 이야기를 시작했다. 그리고는 넌지시 말했다. "피곤해 보이네요. 그 여정이 당신에게 너무 버거웠을까 봐 걱정이네요."

그녀가 창밖을 멍하니 바라보며 말했다. "아뇨. 나는 평소보다 더 피로하지 않아요. 이제는 늘 피곤해요. 잠자리에 들 때도 피곤하고, 일어나는데도 피곤해요. 오늘 밤 내 말을 듣고 싶다면, 기꺼이 말할 준비가 됐어요. 나갈까요? 여기는 매우 덥네요. 그리고 저 사람들의 목소리를 도저히 못 참겠어요." 그녀는 창문으로 항해하는 사람들만이 빈둥거릴 수 있는 것처럼, 벽에 기대서 빈둥거리고 있는 뱃사공 무리들을 가리켰다. 그녀는 조급하게 물었다. "이런 끔찍한 곳에 조용한 산책길은 있어요? 신선한 공기를 좀 마시고, 짜증나게 하는 이방인을 피할 수 있을까요?"

"30분 정도 걸어가면 외딴 길이 있어요." 준비된 대위가 답했다.

"아주 좋네요. 나가요, 그럼."

그녀는 피곤한 한숨을 내쉬며 들어올 때 사이드 테이블에 뒀던 밀짚 보닛과 가벼운 모슬린 스카프를 챙겨서, 태평하게 문으로 향했다. 래지 대위는 정원 문까지 그녀를 따라갔다가, 새로운 생각이 떠올라 멈춰 섰다.

그는 조심히 속삭였다. "미안해요, 내 아내가 자기가 누구인지 잘 모르는 상태에서, 집에 새 하인과 함께 홀로 두면 안 될 거 같아요. 우리가 돌아오기 전에 그녀가 깰 경우를 대비해, 개인적으로 열쇠로 잠그고 와야겠어요. 단속을 잘하면 잃는 법이 없다는 속담 알죠! 잠시만 기다리고 있어요."

그는 서둘러 집으로 돌아갔고, 막달렌은 정원 담장에 앉아서 그가 돌아오기를 기다렸다. 그녀는 그 자리에 제대로 앉지 못했을 때, 아까는 보지 못했던 공공도로를 따라 함께 걸어오던 두 신사가 그녀 옆을 가까이 지나갔다. 두 낯선 사람 중 한 사람은 옷으로 봐서 성직자임을 알 수 있었다. 그 사람 동행의 신분은 얼핏 봐서는 쉽게 구별할 수 없었다. 경험이 풍부한 눈으로 보면, 그의 표정과 태도와 발걸음에서 그가 선원이라는 것을 충분히 알 수 있을 것이다. 그는 인생의 전성기를 맞은 남자였다. 키가 크고, 여유롭고, 근육질이었으며, 얼굴은 햇볕에 그을려 짙은 갈색이었고, 검은 머리는 회색으로 변했고, 눈은 어둡고 깊고 확고했다. 굳은 결심과 명령을 하는 남자의 눈이었다. 그와 그의 친구가 그녀가 앉아 있는 곳을 지나갈 때, 두 명 중 그가 막달렌과 가까웠다. 그리고 그는 그녀의 아름다움에 갑자기 놀라서 바라보았다. 자신도 모르게 분명하고 진심어리고 숨김없는 감탄사를 내뱉어, 자칫 무례하게 보였다. 그리고 그 순간 막달렌은 분개했다. 그녀는 그 남자의 단호한 검은 눈이 갑자기 열광적으로 느껴졌다. 그리고 그에게 황급히 눈살을 찌푸리고는, 고개를 돌려 집을 되돌아봤다.

다음 순간 그녀는 그가 지나갔는지 다시 한 번 주위를 둘러보았다. 그는 몇 야드 앞으로 나아갔다가 분명히 멈췄다. 그리고 이제 다시 한 번 그녀를 바라보기 위해 돌아보는 중이었다. 그의 동행인 성직자는 막달렌이 짜증을 내는 것을 알아차리고는 그의 팔을 익숙하게 잡고는, 농담 반 진담 반으로 그에게 계속 가자고 했다. 두 사람은 옆집 모퉁이를 돌아 사라졌다. 모퉁이를 돌 때, 햇볕에 그을린 선원은 그의 동행을 또 멈추게 하고, 두 번 뒤를 돌아봤다.

"당신 친구인가요?" 그때 막달렌에게 온 래지 대위가 물었다.

"당연히 아니죠. 전혀 모르는 사람이에요. 아주 무례하게 날 바라봤어요. 여기 사람이에요?"

"바로 알아볼게요." 순종적인 대위는 이렇게 말하고는 뱃사람들 쪽으로 가서 특유의 친화력을 보이며 이것저것 물었다. 몇 분 뒤 알아낸 정보를 가지고 돌아왔다. 그을린 남자는 목사 부인의 오빠로, 상선의 선장이었다. 그는 다음 항해를 준비하며, 친척들과 함께 잠시 동안 지내고 있었다. 성직자의 이름은 스트릭랜드이고, 상선 선장의 이름은 커크였다. 뱃사람들이 이 두 사람에 대해 아는 것은 이 정도였다.

막달렌이 무관심하게 말했다. "그들이 누구인지는 중요하지 않아요. 그 남자의 무례함 때문에 잠시 짜증이 났을 뿐이에요. 그만 됐어요. 나도 생각할 게 있고 당신도 마찬가지잖아요. 좀 전에 말한 그 산책길이 어디 있죠? 어디로 가야 하죠?"

대위는 슬로던 쪽 남쪽을 가리키며 팔을 내밀었다. 막달렌은 그 팔을 잡기 전에 망설였다. 그녀는 호기심 어린 눈으로 노엘 밴스톤의 집을 바라봤다. 그는 정원에 나와 있었고, 고개를 높이 들고 작은 잔디밭 위를 왔다 갔다 했으며, 르카운트 여사는 주인의 녹색 부채를 들고 그를 조용히 보살피고 있었다. 이를 본 막달렌은 걸으면서, 그들이 산책하러 갈 때, 그녀가 정원 쪽에 가까이 있을 수 있게 래지 대위의 오른팔을 잡았다.

"우리 이웃들의 시선이 우리에게 쏠려 있어요. 그리고 당신의 조카로 최소한 할 수 있는 건 당신의 팔을 잡는 거겠죠." 그녀가 쓴웃음을 지으며 말했다. "자! 계속 걸어요."

대위가 속삭였다. "이쪽을 보고 있어요. 르카운트 여사에게 당신을 소개할까요?"

"오늘 밤은 아니에요. 기다려요. 내가 당신한테 하는 말 먼저 들어요."

그들은 정원 담장을 지나갔다. 래지 대위는 과장된 동작으로 모자를 벗었고, 답례로 르카운트 여사는 우아하게 고개를 숙여 인사했다.

막달렌은 그 가정부가 자신의 얼굴과 몸매, 옷차림 등을 여성들이 서로를 관찰할 때 느끼는 마지못한 관심과 의심스러운 호기심으로 살피는 것을 보았다. 그녀가 그 집 너머로 걸어갈 때, 고요한 저녁에 노엘 밴스톤의 예리한 목소리로 말하는 것이 들렸다. "멋진 아가씨예요. 내가 그런 건 잘 보잖아요. 훌륭한 아가씨예요!"

그 말이 들렸을 때, 래지 대위는 갑자기 놀라서 동반자를 살폈다. 그녀의 손은 그의 팔에서 심하게 떨었고, 입술은 말할 수 없는 고통스러운 표정과 함께 굳게 다물고 있었다.

두 사람은 주택가 남쪽 경계선에 도착할 때까지 천천히 조용히 걸었고, 작은 조약돌과 시들어버린 풀이 있는, 앨드버러의 황량한 끝이자 슬로던의 외로운 시작인 작은 황무지에 들어섰다.

동쪽에는 바다의 회색빛 위엄이 숨 막힐 듯이 고요함에 잠겨 있었다. 수평선은 단조롭고 안개 낀 하늘에 녹아들었고, 배 여러 척이 한가롭게 어둑어둑하고 고요한 물에 떠 있었다. 남쪽으로는 높은 방조제와 풀이 위로 높이 솟아 있는 음산한 원형 포탑이 그 너머로 보이는 모든 것을 어둡게 가렸다. 서쪽에는 일몰로 음산한 하늘은 붉게 빛났고, 내륙 습지의 경계에 있는 물푸레나무는 검게 보였고, 반짝이는 물웅덩이는 피바다로 보였다. 근처에는 에이들 강의 조수가 진흙투성이 제방에서 소리 없이 흘러내렸고, 고요하고 쓸쓸하고 황량한 물가에는 작은 슬로던 항구가 있는데, 선착장은 쓸쓸하고, 창고는 썩어가고, 질벅거리는 강가에는 연안선이 몇 척이 있었다. 해변에는 파도 소리도 들리지 않았고, 물보라 소리도 들리지 않았다. 가끔씩 습지에서 바닷새가 울었다. 폐허가 된 내륙의 저 멀리 있는 농가에서 이따금 소들을 집으로 부르기 위해 부는 희미한 뿔피리 소리가 저녁 무풍을 타고 애절하게 들렸다.

막달렌은 대위의 팔에서 손을 떼고, 원형 포탑 쪽으로 향했다. "걷는 게 지쳤어요. 여기서 쉬어요."

그녀는 비탈길에 앉아 쉬다가, 자라고 있는 풀을 뽑아 공중에 날렸다. 한동안 이렇게 조용히 있던 그녀는 갑자기 래지 대위를 바라봤다. "놀랐죠?" 깜짝 놀랄 정도로 갑자기 물었다. "내가 변했죠?"

대위의 준비된 전술은, 그녀가 솔직하게 말할 때가 됐을 때, 더 적절할 때 그가 말을 하라고 그에게 경고했다.

"그렇게 물어본다면, 대답을 해야겠죠. 맞아요. 당신은 변했어요."

그녀는 또 풀을 뽑았다. "그 이유를 짐작하겠어요?"

대위는 현명하게 침묵했다. 그는 고개만 끄덕이며 답했다.

"내가 아끼는 모든 사람을 잃었어요." 그녀는 풀을 점점 빨리 뜯으면서 말을 이었다. "그렇게 말해도 별 의미가 없겠지만, 날 이해하는데 도움이 되겠죠. 한때 죽는 게 낫다는 일들이 있었고, 내가 냉정하게 생각하도록 하는 일들이었어요. 이제는 그 일들을 하든 말든 신경 안 써요. 나는 아무것도 아니에요. 난 이 풀 한 줌보다 더 나한테 관심 없어요. 내가 뭔가를 잃어버린 것 같아요. 그게 뭘까요? 마음? 양심? 몰라요. 당신은 알아요? 내가 무슨 헛소리를 하고 있는 건지! 내가 뭘 잃어버렸든 무슨 상관이겠어요? 그건 사라졌고, 끝이에요. 있죠! 대답 안 해 줘도 돼요. 날 칭찬하려고 애쓰지 말아요. 오늘 충분히 칭찬받았어요. 처음에는 그 선원, 나중에는 노엘 밴스톤. 어떤 숙녀라도 그정도 허영심이면 충분해요! 날 숙녀라고 부를 수 있나요? 아마 아닐거예요. 나는 단지 10대 소녀일 뿐이다. 아, 40살은 된 기분이에요!"

그녀는 마지막 풀까지 바람에 날렸다. 그리고 대위에게 등을 돌린 후, 볼이 잔디에 닿을 때까지 고개를 숙였다. "부드럽고 포근하네요." 그녀는 보기에 안쓰러울 정도로 그 자리에 앉아 있으며 말했다. "나를 쫓아내지 않아요. 대지大地! 내게 남은 유일한 어머니!"

래지 대위는 놀라서 멍하니 그녀를 바라봤다. 그가 사람들에 대한 경험이 많지만, 더욱 무모한 행동을 하도록 부추기는 신중하지 못한 말들을 토해내며 자포자기를 한 상황에서는 무력했다. 그는 불안해하며 속으로 생각했다. '이상해! 연인과 헤어져서 정신이 돌았나?' 그는 잠시 생각한 후 그녀에게 말했다. 조심스럽게 제안했다. "내일 이야기 해요. 오늘 밤 당신 좀 피곤해 보여요. 서두를 거 없어요."

그녀는 바로 고개를 들어, 요크에서 봤을 때 처음 그녀의 얼굴에서 봤던 절박하면서도 필사적인 반항과 분노에 찬 모습으로 그를 봤다. "내 생각을 당신한테 말하려고 왔고, 말할 거예요!" 그녀는 경사면에 똑바로 앉았다. 그리고 두 손으로 무릎을 감싸고 그녀 앞에 보이는 서서히 어두워지는 풍경을 계속 바라봤다. 그 이상한 자세로, 그녀는 마음이 진정될 때까지 기다린 후 고개를 돌려 그를 보지도 않은 채, 대위에게 다음처럼 말했다.

그녀는 갑자기 말을 꺼냈다. "당신과 내가 처음 만났을 때, 난 내 생각을 혼자만 간직하려고 했어요. 지금까지 내가 실패했다는 걸 충분히 알아요. 내가 요크에서 당신에게 마이클 밴스톤이 우리를 망쳤다고 처음 말했을 때, 당신은 내가 그것을 받아들이지 않기로 결심했다는 것을 짐작했을 거라고 생각해요. 당신이 짐작했든 아니든, 그랬어요. 나는 그 결심을 하고 친구들을 떠났어요. 그리고 나는 지금 내 안에서 그 결심이 어느 때보다 더 강하게, 10배 더 강하게 느껴져요."

"어느 때보다 10배 더 강하다는 거, 강인한 사람에게는 당연지사예요."

"아뇨. 생각할 것이 없는 게 당연한 결과예요. 당신이 복스홀 워크에서 아팠던 날 보기 전에는 생각할 것이 있었어요. 지금은 생각할 게 없어요. 만약 나중에 당신이 날 찾는다면, 같은 짓을 되풀이한다는 걸 기억하세요. 먼저 질문 한 가지만 할게요. 당신이 신문을 보여주고 내가 마이클 밴스톤 부고 기사를 읽었던 그 날 아침에 내가 뭘 할지 짐작했어요?"

"그 사람 지갑에 손을 넣어서, 원래 대부분 당신 거였던 것을 가져올 거라고 대충 짐작했어요. 그때 당신은 내가 돕지 못하게 해서 깊은 상처를 받았어요. 왜 그녀는 나를 꺼릴까? 왜 그렇게 비이성적으로 꺼릴까, 라고 혼잣말을 했었죠."

"이제는 불평할 여지가 없을 거예요. 그런 일이 일어나지 않았다면, 당신은 날 도와줬을 것이라고 분명히 말할 수 있어요. 마이클 밴스톤이 죽지 않았다면, 나는 브라이튼으로 가서 가명으로 안전하게 그의 지인에게 접근하는 방법을 찾았을 거예요. 난 몇 달 동안 제법 살 수 있는 돈이 충분히 있었어요. 그 기간을 이용해서, 르카운트 여사가 그에게 영향력을 끼치지 못하게 필요하다면 1년을 기다렸을 것이고, 직접 내 손으로 내 방식으로 끝낼 수 있었을 거예요. 세월, 참신함, 완전한 절박함이 모두 나에게 유리했고, 난 성공했을 거예요. 1년도 안 돼서, 아니면 6개월도 안 돼서, 르카운트 여사는 주인에게 해고됐을 것이고, 내가 밴스톤 씨의 입양 딸이자 충실한 친구로 노년의 그를 여자 투기꾼에서 구하고 그녀의 자리를 대신에 했을 거예요. 나보다 어린 소녀들은 나만큼 가망이 없어 보이는 속임수를 써 보았고, 끝까지 그것을 해냈어요. 나는 내 이야기를 준비했고, 모든 계획을 세웠어요. 내 방식대로 그 노인을 공격할 약점을 알고 있었는데, 르카운트 여사가 나보다 먼저 그녀를 공격할 것이라는 걸 알았어요. 다시 말하지만 나는 성공했어야 했어요."

"그랬을 거라고 생각해요. 그리고 그다음은요?"

"마이클 밴스톤 씨는 다음에 대리인을 바꿨을 거예요. 당신이 그 자리를 꿰차는 데 성공했을 것이고, 그가 좋아하는 투기에 언니와 나한테서 뺏어간 재산을 잃게 했을 거예요. 래지 대위 당신이 그 자리에 앉아, 마지막 동전 한 닢까지 확실히 털리게 했을 거예요. 대담한 음모, 충격적인 사기였죠, 그렇죠? 난 신경 안 써요! 우리를 속수무책으로 만든 그 비열한 법 때문에 어떤 음모든, 어떤 사기든 내 양심에는 옳으니까요. 좀 전에 나의 서먹함에 대해 이야기했죠? 이제 됐나요? 마지막에 내가 심한 말을 했나요?"

대위는 진지하게 가슴에 손을 얹고, 다시 한 번 그의 유창한 말 실력을 보였다. "당신은 나에게 끝없는 유감을 느끼게 하네요. 만약 그 노인이 살았다면, 내가 얼마나 그 사람한테서 많이 거둬들였을까요? 도덕적인 분야에서 내 특권으로 얼마나 엄청난 거래를 했을까요?" 래지 대위는 애절하게 라틴어로 말했다. "예술은 길고 인생은 짧다Ars longa, vita brevis. 과거의 잃어버린 기회에 눈물을 흘리고, 현재 우리를 위로할 수 있는 일을 해봐요. 한 가지 확실한 건 당신이 마이클 밴스톤 씨를 대상으로 하려고 했던 계획은 그의 아들의 경우에는 전혀 가망이 없다는 거예요. 그 사람 아들에게는 금전적인 유혹이 통하지 않아요." 타임즈 광고에 실린 그의 답에 분개했던 것을 기억해내며 말을 이었다. "노엘 밴스톤 씨는 가장 비열한 인간이라는 걸 알려줄 때는, 당신은 나의 확고한 확신을 믿어도 돼요."

"마찬가지로 그를 만나 이야기 나눴던 내 경험을 믿어요. 당신처럼 내가 그 사람을 더 잘 알아요. 래지 대위님, 당신한테 털어놓을 다른 이야기가 있어요! 내가 어떤 목적으로 런던으로 가져왔던 의상들을 당신한테 돌려보냈었죠. 변장을 하고 노엘 밴스톤을 찾아가서, 직접 르카운트 여사와 주인을 살피는 게 목적이었어요. 내 목적을 달성했고, 다시 말하지만, 지금 우리가 상대해야 할 그 집에 있는 두 사람을 내가 당신보다 더 잘 알아요."

래지 대위는 깊은 놀라움을 나타냈고, 완전히 놀란 사람의 정신 상태에서 물어볼 수 있는 순진한 질문들을 했다. 막달렌이 짧게 답하자 그는 다시 말했다.

"그럼 그 결론은 뭔가요? 결론이 없으면 우리는 여기 있어서는 안 돼요. 방법이 보여요? 당연히, 방법을 알겠죠?"

그녀는 재빨리 답했다. "네. 알아요."

대위는 방랑자의 얼굴에 열렬한 호기심이 보이며 그녀에게 조금 더 가까이 다가갔다.

그는 불안한 듯 속삭이며 말했다. "계속 말해 봐요."

그녀는 그의 말을 듣지 못했는지 대답 없이 생각에 잠긴 채 어둠을 바라봤다. 그녀는 입을 다물고 손으로 무의식적으로 무릎을 감쌌다.

래지 대위는 그녀가 말하도록 조심스럽게 일깨우며 말했다. "아들이 아버지보다 더 다루기 어렵다는 사실을 숨길 수 없어…."

"내 방식으로는 그렇지 않아요"라고 그녀가 갑자기 끼어들었다.

"맞아요! 뭐! 우리가 찾을 수 있을 만큼 충분히 기다린다면, 모든 것에는 지름길이 있다는 말이 있잖아요. 내 생각에 당신은 충분히 오래 찾았고, 당신이 그것을 찾았다는 자연스러운 결과가 나온 거 같네요."

"찾으려고 애쓰지 않았어요. 보지 않고도 찾았어요."

래지 대위는 매우 당황스러워하며 외쳤다. "아주 놀랍네요! 나의 소중한 아가씨, 당신의 현재 상황에 대해 내가 완전히 잘못 알고 있는 건가요? 내가 알기로, 노엘 밴스톤 씨는 그의 아버지가 그랬던 것처럼 당신과 당신 언니는 재산을 받았고 그걸 지키려고 하는 거 아닌가요?"

"맞아요."

"그리고 설득을 해도 안 되고 법으로 해도 안 되고, 그의 아버지처럼 그도 그러는데, 확고히 그 전략을 쓰겠다는 건가요?"

"아주 단호해요. 재산 때문이 아니라 권리 때문이에요."

"정말 그렇다니. 구두쇠가 아니었던 아버지한테도 어려웠던 그 방법이 구두쇠인 아들에게는 쉽겠어요?"

"아주 쉬워요."

인내심이 다 한 그가 소리쳤다. "태어나서 처음으로 무슨 말인지 모르겠네요! 도대체 무슨 뜻이에요!"

그녀가 처음으로 그를 돌아봤다. 똑바로 그리고 계속 얼굴을 쳐다봤다.

"무슨 뜻인지 말해줄게요. 나는 그 사람과 결혼할 거예요."

래지 대위는 너무나 놀라서 무릎을 꿇고 그대로 멈췄다.

막달렌은 그에게 다시 고개를 돌리며 말했다. "내가 그랬죠. 내가 아끼는 사람들 모두 잃었다고. 지금 내 인생의 목적은 단 한 가지뿐이고, 그걸 빨리 이루고 죽을수록 더 좋아요. 만약…." 그녀는 말을 멈추고, 위치를 조금 바꾸더니, 희미하게 빛나는 어두운 황혼 속에 그녀 밑으로 빠르게 빠지는 물줄기를 가리켰다. "만약 그 일을 이뤘다면, 지금보다 더 빨리 저 강에 뛰어들었을 거예요. 이제는 더 이상 나 스스로를 괴롭히지 않아요. 더 이상의 계획도 없고 지쳤어요. 내 앞에 지름길과 절대 용납할 수 없는 길이 놓였어요. 래지 대위, 난 그 길을 택하고 그와 결혼할 거예요."

"그가 당신이 누군지 전혀 모르게 하고요?" 그는 천천히 일어나 천천히 몸을 움직여 그녀 얼굴을 보았다. "내 조카, 바이그레이브 양으로 결혼하는 건가요?"

"당신 조카, 바이그레이브 양으로요."

"그리고 결혼 후에는?" 질문하는 그의 목소리가 떨렸고, 질문을 끝맺지 못했다.

"결혼 후에는 더 이상 당신의 도움이 필요하지 않아요."

그녀가 그렇게 대답하자, 대위는 몸을 숙여 그녀를 가까이 바라보더니, 갑자기 아무 말도 하지 않고 뒤로 물러섰다. 그는 몇 걸음 걸어가더니, 다시 풀밭에 앉아서 꼼짝하지 않았다. 막달렌이 사라지는 불빛 속에서 그의 얼굴을 볼 수 있었다면, 그의 얼굴을 보고 놀랐을 것이다. 아마도 소년 시절 이후로 처음으로 래지 대위의 안색이 변했다. 그는 몹시 창백했다.

"나한테 할 말 없어요? 혹시 내가 어떤 조건을 제시해주길 기다리는 거예요? 이게 내 조건이에요. 내가 여기서 모든 비용을 지불할 거예요. 결혼식 당일 우리가 헤어질 때, 작별 선물로 200파운드를 받을 거예요. 그런 조건에서 날 돕겠다고 약속할래요?"

"나한테 뭘 기대하는 거죠?" 그는 그녀를 슬쩍 보더니 갑자기 불신의 목소리로 물었다.

"당신은 나와 당신의 가짜 신분을 유지하고, 르카운트 여사가 내가 진짜 누군지 알아내지 못하도록 하세요. 그 이상은 부탁하지 않아요. 나머지는 내 책임이지, 당신 책임이 아니에요."

"언제 어디서든 결혼 후에 일어나는 일들은 나하고 상관이 없다는 건가요?"

"아무것도 없어요."

"내가 교회 문에서 당신과 헤어지나요?"

"교회 문에서 당신 주머니에 당신 수고비를 챙기고요."

"당신이 가지고 있는 돈으로요?"

"그럼요. 그 외에 어떻게 주면 되는데요?"

래지 대위는 모자를 벗고, 안도하며 손수건으로 얼굴을 가렸다.

"잠시만 생각할 시간을 줘요."

"마음껏 생각하세요." 그녀는 그렇게 답하고는 제방으로 다시 올라가 자리를 잡고는 다시 풀을 뜯어서 공중에 흩날렸다.

대위의 심사숙고는 막달렌과 비교해서 그의 입장에서 생각해보면 불필요하게 복잡하게 않았다. 프랭크의 수치스러운 파혼으로 그녀가 받은 상처를 전혀 가늠할 수가 없었다. 그 약혼은 그녀의 삶에서 유일한 구원이라는 착각 속에서 잔혹하게 한 방을 날렸다. 래지 대위는 그녀의 절망감을 단순한 사실로 받아들였고, 그녀가 그에게 했던 제안의 결과를 직시했다.

결혼 전 전망에서 그는 그것을 결국에 이뤄야 한다는 것을 제외하고는 속임수를 행하는 것보다 더 심각한 것은 없었다. 그것은 그의 오랜 방랑생활에서 그가 익숙하게 해왔던 속임수들과 다를 바 없었다. 결혼 후의 전망에 대해서 그는 미래의 불길한 어둠, 숨어 있는 공포와 범죄의 유령, 그리고 그 뒤에 있는 파멸과 죽음 뒤에 있는 검은 수령을 통해 어렴풋하게 알아챘다. 자신만의 한계 내에서 무한한 뻔뻔

346

함과 지략을 가진 사람이었다. 그 한계를 넘어서면, 대위는 살아 있는 한 가장 무해한 사람처럼 법의 존엄성에 더없이 순종하고, 조심스럽게 자신의 안위만을 챙기는 겁쟁이에 불과했다. 하지만 지금은 한 가지 심각한 문제로 생각이 가득했다. 그가 받은 조건 하에 결혼까지 노엘 밴스톤에 대한 음모에 가담한 후, 경험상 분명히 뒤따르게 되는 그 결과에 빠질 위험 없이 빠져나올 수 있을까?

이상하게 보이겠지만, 이번 비상사태에서 그의 결정은 누구보다도 노엘 밴스톤의 영향을 받았다. 대위는 막달렌이 그에게 제안한 금액을 거절했을지도 모른다. 공연 수익으로 주머니에 600파운드 이상을 채웠기 때문이었다. 그러나 자신의 정보와 자신을 5파운드 가치로 취급한 남자를 아무도 모르게 일격을 날리는 있는 가능성에 신중하고 자제할 필요는 없었다. 자존심이라는 작은 중립지에서 최고의 사람과 최악의 사람이 같은 조건으로 만났다. 그의 광고에서 대답을 봤을 때, 그의 행동에 대한 래지 대위는 분개를 추정할 수가 없었다. 그가 완전히 고결한 제안을 한 것처럼 진심으로 화가 났고, 인간적 모욕을 당했다고 생각했다. 불만으로 가득했던 그는 막달렌에 보냈던 첫 번째 편지에서 드러냈다. 그는 노엘 밴스톤의 이름이 언급될 때마다 발끈했다. 그리고 마침내 그가 갈 방향을 결정했고, 그의 인생에서 처음으로 돈의 동기가 2위로 물러났고, 악의적 동기가 이겼다고 말할 수 있다.

래지 대위는 다시 힘차게 일어나며 말했다. "그 조건, 받아드릴게요. 물론 우리가 합의한 조건에 따라야 해요. 우리는 결혼식 날에 헤어져요. 난 당신이 어디로 가는지 묻지 않고, 당신도 내가 어디로 가는지 묻지 않는 거예요. 그때부터 우리는 서로 남남이에요."

막달렌은 언덕에서 천천히 일어섰다. 그녀의 얼굴과 태도에서 끔찍한 우울감과 침울한 절망감이 느껴졌다. 그녀는 대위가 내린 손을 거절했다. 그녀가 그에게 대답할 때 목소리가 너무 낮아, 그는 그녀의 말을 거의 들을 수 없었다.

"서로를 이해했으니, 이제 돌아가요. 내일 르카운트 여사에게 날 소개시켜줘요."

"우선 몇 가지 물어볼게요." 그가 진지하게 말했다. "당신이 생각하는 것보다 이 문제에는 더 많은 위험이 있고, 우리 방식에는 더 많은 함정이 있어요. 내가 당신과 르카운트 여사를 서로 소개시키기 전에, 난 당신이 그 여자를 방문했던 전체 이야기를 알아야 해요."

그녀는 성급하게 외쳤다. "내일까지 기다려요. 오늘 밤 그 이야기로 날 화나게 만들지 마세요."

대위는 더 이상 말하지 않았다. 그들은 앨드버러 쪽으로 향했고, 천천히 돌아갔다.

그들이 집에 도착하니, 밤이 되었다. 달도 별도 보이지 않았다. 육지에서 불어오는 약하고 소리 없는 바람이 어둠과 함께 불어왔다. 막달렌은 방해받지 않고 숨을 쉬고 싶어서 길에 홀로 멈췄다. 잠시 후 그녀는 미풍에 얼굴을 돌려 바다 쪽을 바라봤다. 밤의 어두운 공허 속에서 길을 잃은 잔잔한 물의 헤아릴 수 없는 고요함은 엄청났다. 그녀는 마치 그녀에게는 비밀이 없는 미스터리인 것처럼 어둠을 바라보며 서 있었다. 마치 어둠의 어떤 숨겨진 매력에 이끌린 것처럼 어둠 속으로 천천히 나아갔다.

그녀는 동반자에게 말했다. "바다 보고 올게요. 여기서 기다려요. 금방 올게요."

순식간에 그의 시야에서 그녀가 사라졌다. 마치 밤이 그녀를 집어삼킨 것 같았다. 그는 귀를 기울였고, 깊은 고요함 속에서 조약돌을 밟아서 그녀의 발자국을 세었다. 그 소리는 밤에 천천히, 멀리 그리고 더 멀리 멀어졌다. 갑자기 소리가 멈췄다. 그녀가 가다가 잠시 멈췄거나 썰물 때문에 드러난 모래사장에 도착했을까?

그는 기다렸고 초조하게 귀를 기울였다. 시간이 흘렀지만 아무 소리도 들리지 않았다. 어둠에 대한 불신이 커지는 가운데 그는 여전히 귀를 기울였다. 또 다른 순간, 보이지 않는 해안에서 소리가 났다. 아래쪽 바닷가에서 멀고 희미하게 한참 우는 소리가 고요함 속에서 들렸다. 그리고 또다시 모든 것이 멈췄다.

갑자기 놀라서, 그는 해변으로 내려가 그녀를 부르기 위해 앞으로 걸어갔다. 그가 길을 건너기도 전에 빠르게 다가오는 발자국 소리가 들렸다. 그는 잠시 동안 기다렸고, 그와 바다 사이에 있는 길로 한 남자가 빠르게 지나갔다. 너무 어두워서 그 낯선 사람의 얼굴을 알아볼 수가 없었다. 이름이 커크였던 그 상선 선원만큼 키가 크다는 것만 알 수 있었다.

그 사람은 북쪽으로 향했고, 곧 보이지 않았다. 래지 대위는 길을 건너자, 해변 쪽으로 몇 걸음 걸어가다가, 멈춰 서서 다시 귀를 기울였다. 조약돌에 부딪혀 나는 발자국 소리가 다시 들렸다. 천천히 그의 왼쪽에서 들렸고, 지금은 뒤에서 들렸다. 그는 그녀가 자신에게 오도록 소리를 냈다. 조약돌이 있는 경사에서 내려오는 그림자가 보였고 어둠 속에서 모습을 드러냈다.

그가 신경적으로 말했다. "당신 때문에 놀랐잖아요. 무슨 일이 생긴 줄 알고 걱정했다고요. 고통스러운 것처럼 당신이 우는 소리를 들었어요."

"그랬어요?" 그녀가 무관심하게 말했다. "옛날에는 고통스러웠죠. 상관없어요. 이제 끝났어요."

그녀가 그에게 대답하면서, 무의식적으로 뭔가를 앞으로 흔들었다. 그것은 지금까지 그녀가 항상 품에 지니고 다녔던 작은 하얀 비단 주머니였다. 전에는 한 번도 버릴 것이라고 생각해본 적 없는 물건 중 하나가 이제는 영원히 사라졌다. 낯선 해안가에서 홀로, 처녀의 추억 중 가장 좋아했던 것, 처녀의 희망 중 가장 소중한 것을 갈기갈기 찢어 버렸다. 낯선 해안가에서 홀로, 그녀는 한때 소중했던 주머니에서 프랭크의 머리카락을 꺼내서, 바다와 어둠 속에 던져버렸다.

어둠 속에서 래지 대위를 빠르게 지나쳤던 키 큰 남자는 길 따라 빠르게 걸었고, 작은 황무지를 가로질러 앨드버러 호텔의 열린 문으로 들어갔다. 지나가던 그의 얼굴에 가득히 비추는 복도 조명은 래지 대위의 짐작이 맞았음을 보여줬고, 그 이방인이 상선을 타는 커크 씨라는 걸 보여줬다.

복도에서 호텔 주인을 만난 커크 씨는 오래된 손님의 친숙함으로 그에게 고개를 끄덕였다. "신문 있나요? 방문객 명단을 보고 싶어요"라고 그가 물었다.

"제 방에 있어요, 손님." 주인이 집 뒤편 응접실로 안내하며 말했다. "이곳에 머무는 친구가 있나요?"

대답 없이, 선원은 신문을 잡자마자, 방문자 명단을 펼쳐 손가락으로 아래를 쭉 훑었다. 손가락이 갑자기 이 줄에서 멈췄다: '씨뷰 별장, 노엘 밴스톤 씨.' 상선의 커크는 그 이름을 되새기고, 생각에 잠긴 채 신문을 내려놓았다.

"아는 사람 찾았어요, 선장님?"

"아버지가 생전에 가끔 말씀하셨던 이름은 찾았어요. 이 밴스톤이 성이죠? 그 집에 아가씨가 살고 있는지 아세요?"

"모르겠네요, 선장님. 제 아내가 바로 여기에 올 거예요. 그녀는 분명히 알 거예요. 아버님께서 밴스톤 씨를 아셨다면 오래전이겠군요."

"오래전이었죠. 아버지가 캐나다 연대에 계셨을 때, 그 이름을 가진 부관을 알고 계셨어요. 여기 있는 사람이 같은 남자인지, 그리고 그 젊은 여자가 그의 딸인지 궁금하네요."

"죄송하지만, 선장님. 젊은 아가씨를 마음에 두신 모양이군요." 주인이 유쾌한 미소를 지으며 말했다.

커크 씨는 주인이 기분 좋게 한 말이 그렇게 맘에 들지 않는 것처럼 보였다. 그는 갑자기 캐나다의 부관과 연대 이야기로 돌아갔다. "그 불쌍한 동료의 이야기는 듣는 나조차도 비참했어요"라고 말하고는 다시 방문객 명단을 멍하니 살폈다.

"그걸 말해도 나쁠 건 없잖아요? 참담하든 아니든, 손님이 사실대로 아는 이야기일 뿐이잖아요."

커크 씨는 망설였다. "이 사람이나 친척들이 아직 살아 있다면, 모르는 사람이 아는 것이 싫을 수도 있는 이야기라서, 말하지 않는 것이 옳다고 생각해요. 제가 말씀드릴 수 있는 건 아버지가 아주 끔찍한 상황에서 그 젊은 장교를 구해줬다는 거예요. 그들은 캐나다에서 헤어졌어요. 아버지는 연대에 남으셨어요. 그 젊은 장교는 제대해서 영국으로 돌아갔고, 그때부터 그들은 서로 만나지 못했어요. 여기 이 밴스톤이 같은 사람인지 궁금하네요. 궁금하네요…."

그는 "그 젊은 아가씨가"라고 말하면서 갑자기 자신의 맘을 확인했다. 같은 시각 주인의 아내가 들어왔고, 커크 씨는 그곳에서 권한이 큰 사람에게 바로 질문을 했다.

"여기 방문자 명단에 있는 밴스톤 씨에 대해 아시는 것이 있나요? 노인인가요?"

"그는 보기에 뚱하고 작은 사람이지만 늙지는 않았어요, 선장님."

"그럼 내가 말하는 그 사람이 아니요. 어쩌면 그 남자의 아들일까요? 여자들도 같이 있어요?"

여주인은 고개를 갸우뚱하더니, 얄보듯이 입술을 삐죽거렸다.

"그 사람은 가정부랑 지내요. 중년 여성인데, 내 맘에는 들지 않아요. 틀릴 수도 있지만, 그녀 위치에서 그렇게 옷을 잘 차려입는 여자를 좋아하지 않아요."

커크 씨는 당황하는 표정을 짓기 시작했다. "집을 착각했나 보네요. 씨뷰 별장이 8각형 모양의 잔디밭이 있고 자갈길에 하얀 깃대가 있는 집 맞죠?"

"그건 씨뷰가 아니에요. 손님이 말씀하시는 건 바이그레이브 씨가 지내는 노스 싱글즈예요. 부인과 여조카가 오늘 마차를 타고 왔어요. 그의 아내는 공연에 나올 만큼 키가 크고, 내가 본 사람 중 가장 옷을 못 입는 여자예요. 하지만, 이런 말해도 되는지 모르지만, 바이그레이브 양은 눈여겨볼 만해요. 우리가 앨드버러에 오래 살았지만, 내 생각에 그녀가 가장 예쁜 아가씨예요. 그 사람들이 누군지 궁금해요. 이름아세요, 선장님?"

커크 씨는 가무잡잡하고 햇볕에 그을린 얼굴에 실망감을 보이며 말했다. "아뇨. 이런 이름을 들어본 적이 전혀 없어요."

그렇게 말하고, 그는 자리에서 일어났다. 주인은 그에게 작별 음료를 마시자고 했다. 여주인은 그에게 10분 더 머물면서 차 한잔 마시라고 했다. 그는 여동생이 자신을 기다리고 있어서 바로 목사관으로 돌아가야 한다고 답했다.

호텔을 나서자마자 커크 씨는 서쪽으로 얼굴을 돌리고, 어둠이 허용하는 한 빨리 큰길을 따라 내륙으로 걸어갔다.

그는 속으로 생각했다. "바이그레이브? 이제 그녀의 이름을 알았어. 이름을 알았으니 난 참 현명해! 만약 밴스톤이었다면, 아버지의 아들이 그녀를 알게 될 기회가 있었을 텐데." 그는 걸음을 멈추고 앨드버러 쪽을 바라봤다. "나 정말 바보야!" 그가 갑자기 지팡이로 땅을 내리치면서 버럭 소리를 질렀다. "난 40살이라고." 그는 고개를 숙이고 그어느 때보다도 빨리 방향을 틀어 다시 걸었다. 그의 단호하고 검은 눈은 배 갑판에서 여러 번 바다를 찾았던 것처럼 땅 위의 어둠을 찾았다.

한 시간 넘게 걸은 후 그는 공터에 작은 교회와 목사관에 함께 자리

잡고 있는 마을에 도착했다. 그는 뒷길로 집에 들어갔고, 성직자의 부인인 여동생이 거실에서 혼자서 일하고 있는 것을 보았다.

"네 남편은 어디 있어, 리지?" 구석에 있는 의자에 앉으며 물었다.

"윌리엄은 아픈 사람을 보러 갔어. 나가기 전에 시간은 충분히 있었어." 그녀가 웃으며 덧붙였다. "그 젊은 여자에 대해 말해 줄 수 있을 만큼. 그리고 오빠가 결혼해서 안정적인 생활을 하기 전까지 앨드버러에서 절대 자신을 믿지 않겠다고 선언했어." 그녀는 말을 멈추고, 전보다 더 유심히 오빠를 바라봤다. "로버트!" 그녀가 일을 제쳐놓고 갑자기 방을 가로질러 그에게 다가갔다. "오빠 불안하고 괴로워 보여. 윌리엄은 오빠가 젊은 아가씨를 만난 것을 웃어넘겼어. 심각해? 말해 봐. 그 여자 어떤 사람인데?"

그 질문에 그는 고개를 돌렸다.

그녀는 그의 발쪽에 있는 스툴에 앉아 그를 계속 올려다봤다. "진심인 거야, 로버트?"라고 그녀가 조심히 되물었다.

햇볕에 그을린 커크의 얼굴은 감추는 것이 익숙하지 않았다. 말을 하기도 전에 얼굴에서 대답이 드러났다. "나 떠가기 전까지는 네 남편한테 말하지 마." 평소 여동생이 알고 있는 모습과 달리 그는 다소 거칠게 말했다. "나는 비웃음 받아도 싸다는 거 같아. 그렇다고 해도, 나 상처받는다고."

"상처받는다고?" 그녀는 놀라서 말을 반복했다.

커크는 비통하게 말을 이었다. "내가 그렇게 생각한다고 해서 날 바보로 취급하지 마, 리지. 내 나이 또래의 남자면 더 잘 알아야지. 난 그녀를 1분도 채 보지도 않았는데도, 그녀를 한 번 더 보고 싶어서 해가 질 때까지 그곳에서 서성거렸어. 몰래 숨어서 말이야. 만약 내가 하는 짓을 내 부하가 봤다면, 소리쳤을 거야. 내가 마법에 걸린 것 같아. 그녀는 그저 소녀일 뿐이야, 리지. 십 대는 넘겼는지. 난 그녀의 아버지뻘이야. 그게 다야. 나도 모르게 그녀가 내 맘속에 들어왔어.

이 집에 오는 내내 짙은 어둠 속에서도 난 그녀 얼굴이 보여. 지금도 보여. 네 얼굴처럼 또렷하게 보여."

그는 황급히 일어나 방 안을 왔다 갔다 했다. 여동생은 놀라움과 동정심을 가지고 그를 보았다. 그녀는 그가 어릴 때부터 항상 자신을 자제하는 모습을 보는 데 익숙했다. 그녀는 바다 생활의 절박한 긴급 상황에서 그의 동료 수백 명의 죽음이 임박한 상황에서도 침착한 그를 보았고, 헛된 것이 아니었다는 그의 이야기를 들었다. 그녀 인생에서, 지금처럼 침착하고 평온한 마음의 균형이 무너지는 것을 본 적이 결코 없었다.

"어떻게 오빠의 나이와 자신에 대해 그렇게 부당하게 말할 수 있어? 로버트, 오빠에게 잘 어울리는 여자는 이 세상에 없어. 그녀의 이름은 뭐야?"

"바이그레이브, 들어봤어?"

"아니. 하지만 곧 그녀와 알 수도 있었겠지. 만약 우리한테 시간이 조금만 더 있었다면, 내가 앨드버러에 가서 그녀를 만날 수 있었다면 말이야. 하지만 오빠는 내일 떠날 거고, 배는 이번 주말에 출항하잖아."

"그거 정말 다행이야!" 커크가 열렬히 말했다.

"떠나서 기쁘다고?" 그녀는 그에게 점점 더 놀라서 물었다.

"나 자신을 위해서 정말 기뻐, 리지. 내가 다시 정신을 차린다면, 난 배 갑판에서 선원들에게 돌아가는 길을 찾을 거야. 이 아가씨는 벌써 내 생각에 들어왔어. 그녀는 한 걸음도 더 나아가지 않고, 나와 내 의무 사이에 있을 거야. 난 결정했어. 내가 바보이기는 하지만, 내일 아침 앨드버러에서 가볍게 인사할 내가 아니라는 것을 알 만큼 분별력은 있어. 20마일을 더 걸어도 괜찮아. 오늘 밤 돌아갈 거야."

여동생은 깜짝 놀라 일어나서 그의 팔을 재빨리 잡았다. "로버트! 진심 아니지? 어두운데 혼자서 걸어가겠다는 건 아니지?"

그가 웃으면 답했다. "아침에 첫 번째로 할 일 대신에 밤에 마지막으로 할 일로 작별 인사를 하는 것뿐이야. 제발 날 봐줘, 리지. 난 바다에서 내 인생을 보냈고, 내 마음이 이런 식으로 이상한 게 익숙하지 않아. 육지에 사는 사람들은 익숙할 거야. 육지에 사는 사람들은 쉽게 받아들일 거야. 난 못해. 여기서 멈추면, 난 편히 있을 수 없어. 내 일까지 기다린다면, 다시 돌아가서 그녀를 다시 볼 수밖에 없을 거야. 이미 내 자신이 부끄러운데 더 부끄러워지고 싶지 않아. 두 번 생각하지 않고, 나는 내 의무와 나 자신으로 돌아가기 위해 싸울 거야. 어둠은 나에게 아무것도 아냐. 난 어둠에 익숙해. 큰길로 갈 거고, 길 안 잃어. 날 보내줘, 리지! 내 나이에 유일한 애인은 내 배야. 배로 돌아가게 해줘!"

그의 여동생은 여전히 그의 팔을 붙잡고, 여전히 그에게 아침까지 머물라고 애원했다. 그는 아주 인내심을 가지고 친절하게 그녀의 말을 들었지만, 그의 결심은 한순간도 흔들리지 않았다.

"윌리엄한테 뭐라고 말해? 그 사람이 돌아와서 오빠가 가버렸다는 걸 알면 무슨 생각을 하겠어?"

"지난 일요일 설교에서 그가 우리에게 준 충고를 받아들였다고 말해. 내가 세상과 육체와 악마에게 등을 돌렸다고 말해."

"어떻게 그렇게 말할 수 있어, 로버트! 그리고 아이들은. 애들한테 작별 인사 없이 가지 않겠다고 약속했잖아."

"그건 사실이야. 어린 조카들에게 약속했고 지킬 거야"라고 말하며 그는 문밖에 있는 매트 위에서 신발을 벗었다. "날 위층으로 데려다줘, 리지. 두 조카를 깨우지 않고 작별 인사를 할게."

그녀는 더 이상 그에게 저항해도 소용없다는 것을 알고, 촛불을 들고 위층으로 올라갔다.

두 어린 아이들은 같은 침대에서 함께 자고 있었다. 막내는 삼촌이 가장 좋아하는 아이였고, 삼촌의 이름에서 따왔다. 그는 대충 만든 작은 장난감 배를 두 팔로 꼭 끌어안고 평화롭게 잠들어 있었다. 커크는 발꿈치를 들고 살금살금 다가가면서 눈이 부드러워졌고, 여자처럼 부드럽게 입을 맞췄다. 선원은 상냥하게 말했다. "가여운 꼬마, 나도 저 나이였을 때처럼, 그 아이도 배를 좋아하네. 내가 돌아오면 더 멋있게 깎아줘야겠네. 선원이 될 수 있도록 언젠가 내 조카를 나한테 맡겨주겠니?"

"아, 로버트, 나처럼 그냥 결혼해서 행복하게 살아."

"때가 지났어, 동생아. 나를 도와줄 조카와 함께 나는 그곳에서 있는 그대로 최선을 다할 거야."

그는 방을 나섰다. 여동생이 그를 따라 거실로 들어갔고, 눈물을 흘렸다. "오빠가 이렇게 우리를 떠나는 거 너무나 허망하고 잔인해. 내일 내가 앨드버러에 가서 오빠를 위해 그녀와 친해져 볼까, 로버트?"

"아니! 내버려둬. 내가 그 소녀를 다시 만나라는 계시를 받는다면, 만날 거야. 미래에 맡기고, 넌 그대로 있어." 그는 신발을 신고, 모자와 지팡이를 챙겼다. 그는 쾌활하게 말했다. "너무 심하게 걷지 않을 게. 마차가 안 지나가면, 아침 식사를 하려고 들린 곳에서 기다릴 거야. 눈물 닦고 키스해줘."

"1년 안에 돌아올게." 커크는 문 앞에서 오랜 선원과 같은 모습을 보였다. "리지, 중국 숄이랑 저장실에 둔 차 상자를 가지고 올게. 조카들이 날 잊지 않도록 해줘. 이런 식으로 널 떠나는 걸 잘못된 거라고 생각하지 말아줘. 난 옳은 일을 하는 거야. 신이 너희를 축복하고 소중한 너와 네 남편을 잘 보살펴 주시길! 안녕!"

그는 몸을 굽혀 그녀에게 키스했다. 그녀는 문으로 달려가 그의 뒷모습을 쫓았다. 훅 부는 바람에 촛불이 꺼졌고, 순식간에 어두운 밤이 그녀에게서 그의 모습을 사라지게 했다.

3일 후 커크 선장의 1등 상선 딜리버런스 호가 런던을 출발해 중국해로 향했다.

폭풍과 변화의 위협이 밤과 함께 사라졌다. 앨드버러에 아침이 밝았을 때, 태양이 푸른 하늘에 떠올랐고, 파도는 여름 바람에 즐겁게 물결치고 있었다.

피서지를 찾는 다른 방문객들로 아직 떠들썩하지 않은 시간에, 이 지칠 줄 모르는 래지는 노스 싱글즈 빌라 문 앞에 나타나 깔끔하게 제본된 책《조이스의 과학적 대화》를 들고 북쪽으로 향했다. 집 너머 폐허에 도착한 그는 해변으로 내려가 책을 펼쳤다. 지난밤 이야기로 앞으로 할 일에서 마주해야 할 어려움을 더욱더 뚜렷하게 알게 됐다. 그는 이제 막달렌에게 보낸 편지에서 암시했던 독특한 시도를 하고, 그 대단한 르카운트 여사의 모든 관심과 주목을 받는 매우 박식한 남자라는 인물에 집중하기로 했다. 래지 대위는 공복 상태에서 아침에 가장 먼저 (그의 표현에 따르면) 기성 과학이라는 약을 먹고, 지식을 늘린 후 가족과 아침 식사를 함께했다. 막달렌의 얼굴은 밤새 잠을 못잔 기색이 역력했다. 그녀는 아무런 불평도 하지 않았다. 태도는 차분했고, 성질을 완전히 억누르고 있었다. 13시간 정도 방해받지 않고 잠을 자서 생기를 되찾은 래지 부인은 기분이 아주 좋았고, (웬일로) 양쪽 신발도 질질 끌지 않았다. 그녀는 큰 얇은 종이 몇 장을 방 안으로 가지고 들어와 기이하고 다양한 모양으로 잘랐는데, 남편한테서 바로 "거기서 뭐하는 거예요?"라는 짧고 날카로운 질문을 받았다.

래지 부인은 소심하게 회유하는 말투로 말했다. "패턴 떠요, 대위님. 런던에서 쇼핑하면서, 오리엔탈 캐시미어 가운을 샀거든요. 돈을 상당히 컸어요. 나는 옷을 직접 만들어서 돈 절약하려고요. 패턴도 있고, 옷 만드는 법도 잘 알고 있어요. 아주 깔끔하게 할 거요. 대위님. 괜찮다면, 구석에 앉아서 할게요. 그리고 제 머리가 윙윙거리든 아니든 간에 똑바로 앉아서 똑같이 내 일을 할 거예요."

대위가 단호하게 말했다. "당신이 누구고, 내가 누군지, 저 젊은 아가씨가 누군지 알 때 당신 일을 해요. 그전에는 안 돼요. 신발 보여줘 봐요! 좋아요. 캡 보여줘 봐요! 좋아요. 아침밥 만들어요!"

아침 식사가 끝나고 나서, 래지 부인은 방에 들어가 있으라는 명령을 받았고, 남편이 나오라고 할 때까지 방에서 기다리는 지시를 받았다. 그녀가 돌아가자마자, 래지 대위는 전날 밤 막달렌 때문에 다 하지 못했던 대화를 이어갔다. 그는 그녀가 변장하고 노엘 밴스톤의 집을 방문했을 때와 관련된 질문을 했다. 그 질문은 머리가 아주 명석한 남자의 질문으로, 간단명료하고 면밀했다. 30분도 안 돼서, 그는 복스홀 워크에서 일어났던 모든 일을 알게 됐다. 대위가 정보를 얻은 후에 내린 결론은 명확하고 간단했다.

불리한 점으로, 그는 르카운트 여사가 방문객이 변장했다는 것을 확실히 눈치챘고, 문을 여닫았는지 모르지만, 실제로 방을 떠난 적이 없었으며, 따라서 두 경우 모두 막달렌이 본래 자신 목소리로 말했을 때 르카운트 여사가 그녀 목소리를 들었던 것이 확실하다고 말했다. 유리한 점으로는, 그는 분장한 얼굴과 눈꺼풀, 가발, 속을 덧댄 망토가 막달렌의 정체를 완벽하게 감춰서, 겉모습에서는 가정부가 가까이에 꼼꼼하게 살펴보는 것을 견뎌냈다는 사실에 매우 만족했다. 르카운트 여사의 눈과 귀를 속이기는 그렇게 쉽지 않다는 걸 그도 인정했다. 하지만 분노가 일어 화를 냈던 두 번의 경우, 그녀가 미래를 위해 모든 분노를 폭발시키지 않도록 조심했다는 것과 르카운트 여사가 아직 그녀의 차분하고 일상적인 말투를 듣지 못했다는 점에서 그녀의 목소리는 들키지 않을 기회가 있다는 것이 그의 의견이었다. 전반전으로 봤을 때 대위는 앞으로 계획이 긍정적이라고 했다. 한 가지 심각한 장애물만 해결된다면 말이다. 그 장애물은 다름 아닌 래지 부인이었다.

놀랍게도 막달렌이 유령의 이야기를 들려주었을 때, 래지 대위는 즐거워하기보다는 짜증 나는 태도로 들었다. 그녀가 이야기를 다 했을 때, 그는 숙소 계단에서 래지 부인과 불운한 만남이 복스홀 워크에서 일어난 모든 사고 중 가장 심각한 것이라고 그녀에게 분명히 말했다.

"난 어리석은 아내로 인한 어려움을 예전에도 자주 해결했기 때문에 감당할 수 있어요. 난 그녀의 새로운 신분을 그녀의 머릿속에 주입할 수 있지만, 귀신은 지울 수 없어요. 우리는 가장 중요한 시기와 가장 곤란한 상황에서 그녀가 회색 망토를 입고 보닛을 쓴 여성을 다시 떠올리지 않을 것이라는 보장이 없어요. 쉽게 말해서, 래지 부인은 매 순간 지뢰밭이에요."

"만약 우리가 그 위험을 알고 있다면, 그걸 피할 방법을 취할 수 있잖아요. 어떻게 할 거죠?"

"잠시 래지 부인을 내보내야죠. 금전적 문제 때문에 그녀와 완전히 떨어져 있을 수는 없어요. 먼 친척이나 전혀 생각지도 못한 사람이 물려준 유산으로 갑자기 부자가 된 사람들 이야기를 읽어 본 적 있죠? 내가 래지 부인과 결혼했을 때, 그녀가 이런 경우였어요. 늙은 여자 친척이 내 아내에게 재산을 나눠줬고, 내가 가정적인 모습을 보여주기만 하면, 그 친척 사망 시 내가 두 번째 상속인이 될 것이라는 걸 우연히 알게 됐죠. 하지만 이런 상황에서, 아내가 사회 전반적인 보살핌을 받도록 해야죠. 내가 아내를 보살피지 않는다면, 누군가는 그렇게 해야 해요. 비록 내가 여유가 없지만, 당분간 정신 허약자들이 지내는 외딴 농가에서 안전하게 지낼 수 있도록 하는 걸 반대하지 않아요. 비용은 얼마 안 들어요. 참 안심이죠. 어떻게 생각해요? 당장 짐을 싸서 그녀를 다음 마차로 보낼까요?"

"안 돼요!" 막달렌은 단호하게 대답했다. "그 불쌍한 사람의 인생은 이미 힘들어요. 더 힘들게 하기 싫어요. 내가 아팠을 때, 그녀는 내게 다정하고 정말 친절했고, 내가 도울 수 있는 동안 그녀가 낯선 사람들 사이에 있게 두지 않을 거예요. 그녀를 여기에 있게 하는 위험은 겨우 한 가지 위험일 뿐이에요. 당신이 감당하지 못하겠다면, 래지 대위, 내가 할 거예요."

대위는 진지하게 답했다. "다시 생각해봐요. 래지 부인을 데리고 있겠다고 하기 전에."

"한 번이면 충분해요. 래지 부인을 보내지 않을 거예요."

"알겠어요." 대위는 체념하듯이 말했다. "나는 감정적 문제에 절대 간섭하지 않아요. 하지만 대신 한마디만 할게요. 내가 당신한테 도움이 되려면, 시작부터 손이 묶인 상태서는 할 수 없어요. 이건 심각해요. 난 내 아내와 르카운트 여사를 믿지 않아요. 당신이 그렇지 않겠다니 걱정되네요. 래지 부인이 여기에 있으려면, 그녀는 방에 있어야 한다는 게 조건이에요. 그녀의 건강이 걱정된다면, 이른 아침이나 저녁 늦게 그녀와 산책하러 나갈 수 있어요. 하지만 하인과 함께 있을 때도 그녀를 믿어서는 안 되고, 그녀가 혼자 있을 때도 그녀를 믿어서는 안 돼요. 난 분명히 말했어요. 간과하기에는 아주 중요하다고요. 어떻게 생각해요, 찬성이에요, 반대예요?"

잠시 생각한 막달렌은 대답했다. "당신 말대로, 산책할 때 내가 그녀를 데리고 나간다는 조건에 찬성해요."

래지 대위는 고개 숙여 인사한 후, 다시 상냥한 태도를 보였다. "우리 계획이 뭐죠? 오늘 오후에 우리의 일을 시작하나요? 르카운트 여사와 주인에게 당신을 소개할 준비가 됐나요?"

"준비됐어요."

"좋아요. 우리는 그들이 평상이 외출하는 2시에 길에서 만날 거예요. 아직 12시가 안 됐네요. 앞으로 2시간 남았고, 내 아내에게 새로운 신분을 준비시키는데 충분한 시간이네요. 그 과정은 절대적으로 필요해요. 그녀 때문에 하인한테 우리가 들키지 않도록 하기 위해서죠. 결과는 걱정하지 말아요. 래지 부인은 결혼 생활 동안 여러 가지 가명을 머리에 새겼어요. 열심히 주입시키기만 하면 돼요. 그뿐이에요. 이제 모든 것이 정리됐군요. 2시 전에 내가 할 일이 있나요? 아침에 할 일 있어요?"

"아뇨. 내 방에 돌아가 쉴래요."

"어젯밤에 잘 못 잤나요?" 정중하게 문을 열어주면서 그가 물었다.

그녀는 무심코 대답했다. "한두 번 깼어요. 어제 정신이 산만했던 거 같아요. 어제 저녁에 나를 무례하게 쳐다보던 그 남자의 대담한 검은 눈이 내 꿈에서도 나를 다시 보는 것 같았어요. 오늘 그 사람을 보고, 그 사람이 나를 또 짜증 나게 하면, 당신한테 그 사람하고 이야기해보라고 할 거예요. 여기서 2시에 만나요. 래지 부인을 너무 다그치지 말아요. 되도록 부드럽게 그녀가 알아야 하는 걸 가르쳐 주세요."

이런 말을 남기고, 그녀는 위층에 올라갔다.

그녀는 무거운 한숨을 침대에 누워 잠을 청했다. 소용없었다. 현재 그녀가 겪는 따분한 지루함은 잔다고 해결되는 것이 아니었다. 그녀는 다시 일어나서 창가에 앉아 바다를 멍하니 바라봤다.

그녀보다 나약한 사람은 프랭크가 떠난 충격을 그녀가 느꼈던 것처럼, 그리고 지금도 여전히 느끼는 것처럼 느끼지 않았을 것이다. 그녀의 타고난 자부심, 잘못된 것에 대한 그녀의 예리한 감각이 할 수 있는 모든 것은 과거 불멸의 헌신으로부터 여전히 매달리는 그녀를 부끄럽게 여기고, 프랭크의 무자비한 이별은 그 편지를 쓴 사람의 타고난 천함이 아니라 어떤 원인 때문이라고 탓하는 것이었다. 그 사랑의 대상이 그녀에게는 가치가 없었기 때문에 마음에서 진실한 사랑을 버릴 수 있었던 그 여자는 아직 살아나지 못했다. 그녀가 할 수 있는 건 남몰래 싸우는 것이었다. 즉 그녀가 약하면 그 경쟁에서 그녀는 질 것이다. 만약 그녀가 강인하다면, 여성의 본능, 가장 위험하고 가장 절박할 때 쓰이는 모든 도덕적 치료의 과정인 고뇌를 통해, 모든 도덕적인 변화, 그녀가 평생 기억해야 할 변화에 대해 그녀는 이길 것이다. 막달렌의 강한 본성은 그런 투쟁에서 그녀를 지탱해줬다. 그리고 현재의 그녀가 되었다.

거의 한 시간 동안 창가에 앉아 무의식적으로 풍경을 바라본 후, 아무런 느낌도 아무 생각도 들지 않았던 자신을 사로잡고 있던 이상한 무감각을 떨쳐버리고, 그날의 중요한 일을 준비하기 위해 일어났다.

그녀는 옷장으로 가서, 1년 전에 콤-레이븐에서 여름용으로 만들었던 밝고 섬세한 모슬린 드레스 두 벌을 옷걸이에서 꺼냈다. 그녀가 다른 소지품들을 팔 때, 팔 만한 가치가 너무 없었던 것이었다. 이 옷들을 침대에 나란히 놓은 후, 그녀는 다시 한번 옷장을 들여다봤다. 다른 여름옷 한 벌만 있었는데, 그녀가 노엘 밴스톤과 르카운트 여사와 기억에 남는 면담을 했을 때 입었던 평범한 알파카 가운이었다. 이 옷을 입지 않고 제자리에 두기로 했다. 그 가정부가 알아보기에는 패턴이 너무 차분하고, 기억하기에는 너무나 평범해서가 아니라, 자신의 목적에 맞지도 충분하지도 않기 때문이었다. 옷장 서랍에서 평범한 흰색 모슬린 스카프, 옅은 회색의 작은 장갑, 투스카나 밀짚모자를 꺼낸 뒤 자물쇠를 잠그고 열쇠를 조심스럽게 주머니에 넣었다.

바로 옷을 입지 않고, 그녀는 모슬린 드레스 두 벌을 멍하니 바라봤다. 어떤 옷을 입었는지 신경 쓰지도 않고, 어떤 것을 선택해야 할지 갈팡질팡했다. 그녀는 깔깔 웃으면서 혼잣말을 했다. "그게 무슨 상관이야. 어떤 옷을 입든 난 똑같이 쓸모없는 사람인데." 그녀는 자신의 웃음소리에 놀란 듯 몸을 떨더니, 갑자기 손에서 가장 가까이 있는 드레스를 집었다. 색깔은 파란색과 하얀색이었고, 파란색은 그녀의 안색과 아주 잘 어울렸다. 그녀는 거울도 안 보고 서둘러 옷을 입었다.

거울 속 자신의 모습이 보기 싫은 건 태어나서 처음이었다. 정원용 모자 밑에 머리를 정리할 때만 잠시 볼 뿐이었다. 그녀는 스카프를 어깨에 걸치고 화장대로 돌아와 장갑을 꼈다. "화장할까?" 얼굴이 창백해지고 있다는 걸 직감적으로 느끼면서 자문했다. "립스틱이 아직 상자 안에 있어. 더는 내 얼굴을 거짓으로 보일 수 없어." 그녀는 거울 쪽을 보다가 다시 고개를 돌렸다. "안 돼! 르카운트 여사와 주인과 마주해야 해. 화장은 안 돼." 시계를 본 후, 그녀는 방에서 나와 아래층으로 다시 내려갔다. 2시까지 겨우 10분 정도 남았다.

래지 대위는 응접실에서 기다리고 있었다. 꽤 괜찮은 프록코트와 뻣뻣한 여름용 크라바트, 하얀 실크해트와 어울리는 담황색 조끼, 회색 바지를 입고 부츠를 신어 깔끔하고 쾌활한 시골 사람 차림이었다. 옷깃은 그 어느 때보다도 높았고, 그는 새 접이식 의자를 손에 들고 있었다. 그 순간 그를 본 영국 상인이라면 그 자리에서 그를 믿었을 것이다.

"멋지네요." 대위는 막달렌이 응접실에 들어왔을 때 아버지처럼 살펴보며 말했다. "너무 새롭고 멋져요! 조금 창백하고, 조금 심각해 보이는 것 빼고는 완벽해요. 한 번 웃어봐요."

막달렌이 씁쓸하게 말했다. "웃을 때 되면 웃어요. 필요할 때 어떤 얼굴이든 바꿨던 연기 연습을 믿으세요. 래지 부인은 어디 있죠?"

"래지 부인은 가르침을 받았고, 방에서 그녀 일을 해도 된다는 보상을 받았어요. 옷을 만드는 그녀의 새로운 취향을 인정해요. 그 일에 모든 정신을 쏟고 집에 있을 거니까요. 그녀가 그걸 만들면서 실수를 안 할 리가 없기에 오리엔탈 가운을 그렇게 빨리 만들 수는 없을 거예요. 표현이 그렇지만 그녀는 달걀을 품는 암탉처럼 가운을 품을 거예요. 장담하는데, 그녀의 변덕에 나는 안심되네요. 현재 상황에서 이보다 더 편한 건 없어요."

그는 으스대며 창가로 가 밖을 내다보더니 막달렌에게 와 보라고 손짓했다. "저기 있네요!"라고 말하며 길 쪽을 가리켰다.

노엘 밴스톤은 완전히 구식 담황색 양복을 입고 천천히 지나갔다. 그의 건강 상태가 최악인 날이었다. 그는 르카운트 여사의 팔에 기대서 그녀가 들고 있는 양산으로 햇빛을 가렸다. 가정부는 평상시처럼 차분하고 라벤더 빛깔의 여름 가운, 검은 작은 망토, 과하지 않은 밀짚 보닛, 선명한 푸른 베일을 쓰고, 아픈 주인을 조심히 보살폈다. 가끔 주인이 바다 풍경을 보게 했고, 가끔 아픈 사람이 길을 지나갈 수 있게 한쪽으로 비켜서 낯선 사람들에게 고개를 숙여 인사하며 예의를 차렸다. 해변에서 빈둥거리고 있는 사람들에게 그녀가 눈에 띄었다. 다 같이 관심 있게 그녀를 바라봤고, 마치 "정말 가정적인 사람이네. 진짜 대단한 여자야"라고 말하는 것처럼 자기들끼리 고개를 끄덕이며 인정했다.

래지 대위의 다른 색깔의 두 눈은 불신감을 가지고 르카운트 여사를 계속 따라갔다. 그는 막달렌의 귀에 속삭였다. "저기서는 어렵겠어요. 저 여자가 자리를 뜨기 전에는 생각보다 힘들겠어요."

"기다려요." 막달렌이 조용히 답했다. "기다려 봐요."

그녀는 문으로 향했다. 대위는 더는 아무 말 하지 않고 그녀를 따라가며 속으로 생각했다. '네가 결혼할 때까지만 기다릴 거야. 네가 하고 싶은 대로 해봐.'

문에서 막달렌은 그에게 다시 말했다.

그녀는 남쪽을 가리키며 말했다. "우리는 저쪽 길로 가서 돌면, 그들이 돌아올 때 마주칠 거예요."

래지 대위는 동의하고 막달렌을 따라 정원 문까지 갔다. 그녀가 그 문을 지나갈 때, 정원 담장 밖 길에서 유모와 두 어린 남자아이들과 함께 어슬렁거리고 있는 한 여자에게 관심이 쏠렸다. 그 여자는 막달렌이 나오자 흠칫 놀라 열심히 바라보다가 혼자 미소를 지었다. 호기심이 발동해 커크의 여동생은 바이그레이브 양을 보고 싶어서 애들버러로 왔다.

그녀의 얼굴형과 그녀의 짙은 눈빛에서 막달렌은 전날 밤 무례하게 내뱉은 감탄으로 그녀를 짜증나게 했던 상선 선장을 떠올렸다. 그녀는 뚫어지게 보는 낯선 사람에게 바로 눈살을 찌푸리고 불쾌한 표정을 지어 보였다. 그 여자는 얼굴을 붉히고, 뒤돌아서 천천히 걸어갔다.

커크의 여동생은 '어렵고, 대담하고, 불쾌한 아가씨야. 어떻게 로버트 오빠는 저 여자에게 감탄할 수 있지? 오빠가 떠나서 정말 다행이야. 다시는 오빠가 바이그레이브 양을 보지 않기를 바라고 그럴 거라고 믿어'라고 생각했다.

막달렌이 래지 대위에게 말했다. "여기 사람은 정말 무례하네요. 어젯밤 그 남자보다 저 여자가 더 무례했어요. 얼굴이 그 사람이랑 닮았어요. 누군지 궁금하네요."

"바로 알아볼게요. 낯선 사람들은 조심해야 하는 건 당연해요." 그는 바로 그의 친구인 뱃사람들에게 물었다. 그들은 가까이 있었고, 막달렌은 질문과 대답을 분명히 들었다.

래지 대위는 편안하고 재미나게 말했다. "오늘 아침 모두 어때? 바람은 어때? 북서쪽이랑 서쪽 바람이지? 아주 좋네. 저 여자분은 누구야?"

"스트릭랜드 부인이에요, 선생님."

"아! 그 목사 부인이자 선장의 여동생이구나. 그 선장은 오늘 어디에 있어?"

"런던으로 간 거 같아요. 주말에 중국으로 배가 떠나요."

중국! 그 한마디가 남자의 입에서 나오자, 오랜 슬픔의 고통이 막달렌의 마음을 가격했다. 모르는 사람인데도, 그녀는 그 상선 선장의 이름이 언급되는 것조차 싫어지기 시작했다. 그는 지난밤 그녀의 꿈에 나와서 괴롭혔다. 그리고 이제, 그녀가 가장 절박하게 그리고 맹목적으로 그녀의 옛 고향의 존재를 잊으려고 할 때, 그는 그녀의 마음에 프랭크를 떠올리게 하는 간접적인 원인이 되었다.

"가요!" 그녀는 동반자에게 화를 내며 말했다. "그 남자나 배가 우리랑 무슨 상관이에요? 얼른 가요!"

"맞아요, 우리가 바이그레이브 가족의 친구들을 찾지 않는 한, 누구도 신경 쓸 필요 없겠죠?"

그들은 남쪽으로 10분 이상 걷다가, 노엘 밴스톤과 르카운트 여사를 만나려고 되돌아서 다시 걸었다.

래지 대위와 막달렌은 르카운트 여사와 주인의 모습이 보이기 전에 노스 싱글즈 빌라가 다시 보일 때까지 왔던 길을 되돌아갔다. 그때 가정부의 라벤더 색깔 옷과 양산, 그리고 그 밑에서 걷는 담황색 옷을 입은 허약하고 작은 체구가 멀리 보였다. 대위는 바로 속도를 늦추고, 막달렌에게 앞으로의 만남에서 해야 할 행동을 다음처럼 알렸다.

"미소 잊지 말아요. 모든 면에서 그렇게 해야 해요. 산책으로 안색이 좋아졌고, 모자도 당신한테 잘 어울려요. 르카운트 여사의 얼굴을 똑바로 보고, 말할 때 당황하지 말아요. 노엘 밴스톤 씨 가정부가 당신을 볼 때, 노엘 밴스톤 씨가 관심을 보인다면, 그를 너무 신경 쓰지 말아요. 한 가지만 신경 써요! 난 아침 내내 《조이스의 과학적 대화》를 읽었어요. 르카운트 여사에게 내가 공부했던 것을 알려준다는 뜻에서 매우 진지해요. 만약 내가 당신과 그녀의 주인한테서 관심을 돌리지 못한다면, 우리의 성공 가능성은 없다고 돈을 걸겠어요. 저 여자와 수다도 성공을 못 하면 칭찬도 성공 못 할 거예요. 농담도 통하지 않는다면, 기성 과학 이야기는 죽은 교수가 생각날 거고, 기성 과학은 성공할 수도 있어요. 내가 뭘 말하는지 알려줄 신호를 정해야 해요. 이 접이식 의자 잘 봐요. 왼손에서 오른쪽으로 옮기면, 조이스에 대해 말하는 거예요. 오른손에서 왼손으로 옮기면, 래지에 대해 말하는 거예요. 첫 번째 경우에는, 날 방해하지 마요. 내가 이야기를 끌어갈게요. 두 번째 경우에는 당신이 하고 싶은 말을 해요. 내 말 허투루 듣지 말아요. 연습해 볼래요? 정말 이해했어요? 아주 좋아요. 내 팔 잡고 행복한 것처럼 해요. 침착해요! 저 사람들 왔어요."

씨뷰 별장과 노스 싱글즈 거의 중간에서 그들은 만났다. 래지 대위는 모자를 벗고 인사했다, 아주 친근한 말로 바로 대화를 시작했다.

"안녕하세요, 르카운트 여사." 그가 사교성이 타고난 남자로서 솔직하고 쾌활한 공손함으로 말했다. "좋은 아침이에요, 밴스톤 씨. 오늘 아프신 거 보니 유감이네요. 르카운트 여사, 제 조카 소개할게요. 바이그레이브 양이에요. 얘야, 이분은 씨뷰 별장에 사는 이웃인 노엘 밴스톤 씨란다. 우리는 앨드러버에서 친해질 수밖에 없어요, 르카운트 여사. (내 조카가 조금 전에 말했던 것처럼, 밴스톤 씨) 거기는 산책로가 하나밖에 없고, 그 산책길에서는 우리가 나갈 때마다 우리 모두 만나게 돼요. 그리고 왜 안 그렇겠어요? 우리가 서로에게 격식을 차려야 하나요? 그렇지 않아요. 우리는 그 반대예요. 밴스톤 씨는 대륙적 예의를 갖췄어요. 구식 영국인의 무뚝뚝한 따뜻함과 어울려요. 여자들은 같은 꽃밭에 있는 꽃들처럼 사이좋게 지내죠. 그리고 그 결과 우리가 바닷가에 머물려면 서로 잘 지내는 것이 상호 이익이에요. 기분 좋은 절 용서하세요. 이렇게 활달하고 젊은 감정을 용서하세요. 바다 공기 중에 떠다니는 요오드 때문이에요. 르카운트 여사, 바다 공기의 요오드 효과가 악명이 높아요."

"어제 도착했죠, 바이그레이브 양, 그렇죠?" 대위가 폭풍 수다가 끝나자마자 가정부가 말했다.

그녀는 밴스톤의 가정에서 단련된 공손한 친절함으로, 막달렌의 젊음과 아름다움에 관해 온화한 어머니처럼 그녀에게 말을 건넸다. 그녀와 막달렌이 서로를 바라보는 동안 그녀의 얼굴, 목소리, 또는 태도에 대해 조금의 의심이나 놀라움을 드러내지 않았다. 그녀가 지금 본 진짜 얼굴과 모습에 복스홀 워크에서 보았던 가짜 얼굴과 모습을 전혀 떠올리지 않는 것이 분명했다. 변장은 르카운트 여사가 알아보지 못할 만큼 완벽했던 것이 확실했다.

"어제 저녁에 숙모와 이곳에 왔는데, 후반 여정에서 매우 피곤했어요. 당신도 그러셨겠죠?"

그녀는 자신의 목소리가 르카운트 여사에게 미치는 영향을 최대한 빨리 알아내기 위해, 일부러 필요보다 더 길게 대답했다. 가정부의 얇은 입술은 어머니 같은 미소를 계속 지었다. 가정부의 상냥한 태도는 겸손함을 조금도 잃지 않았지만, 그녀의 눈빛은 갑자기 관심의 눈초리에서 질문의 눈초리로 바뀌었다. 막달렌은 조용히 몇 마디 더 말한 다음, 그 결과를 다시 기다렸다. 르카운트 여사의 얼굴은 조금씩 바뀌었고, 어머니와 같은 미소를 사라졌고, 상냥한 태도는 자제력을 조금 잃었다. 완전히 인정한다는 기색은 여전히 보이지 않았다. 가정부의 표정은 처음부터 그랬던 것처럼, 질문하는 표정뿐이었다.

그녀는 막달렌과 더는 대화하지 않고 주인에게 말했다. "조금 전에 피곤하다고 했죠. 안에 들어가 쉬실래요?"

씨뷰 별장 주인은 그때까지 눈꺼풀이 반쯤 감긴 눈으로 막달렌에게 인사하고, 히죽거리며, 감탄만 하고 있었다. 그의 태도에서 갑작스럽게 흥분과 동요가 느껴지고, 쭈글쭈글하고 작은 그의 얼굴이 생기가 도는 건 확실했다. 심지어 노엘 밴스톤의 파충류처럼 차가운 기질도 그녀의 영향으로 따뜻해졌다. 그는 분명히 아름다운 여성을 보는 눈이 있었고, 막달렌의 우아함과 아름다움을 지나치지 않았다.

"도련님, 안에 들어가서 쉴래요?" 가정부는 다시 물었다.

"아직요. 르카운트, 왠지 힘이 나서 더 걸을 수 있을 거 같아요." 그는 씩 웃으며 막달렌에게 돌아서며 낮은 톤으로 덧붙였다. "내 산책길에 새로운 관심사를 발견했네요, 바이그레이브 양. 우리를 두고 가지 마세요, 그럼 관심사가 사라지니까요."

그는 자신의 기발한 최고의 칭찬에 능글맞게 웃었다. 래지 대위는 이때 가정부 쪽으로 가서 말을 걸어 그녀의 관심을 교묘하게 돌렸다. 네 명 모두 천천히 걸었다. 르카운트 여사는 더 이상 아무 말도 하지 않았다. 그녀는 주인의 팔을 꽉 붙잡고 있었고, 그녀의 아름다운 검은 눈으로 그 어느 때보다 많은 의문스러운 표정으로 주인 너머에 있는 막달렌을 바라봤다. 조심성 많은 래지는 그 시선을 놓치지 않았다. 그는 접이식 의자를 왼손에서 오른손으로 옮겼고, 바로 자신의 과학적 지식을 내뿜었다.

"바쁜 광경이네요, 르카운트 여사." 대위는 바다와 지나가는 배들을 향해 접이식 의자를 정중히 흔들며 말했다. "영국의 위대함이죠, 여사, 진정한 영국의 위대함이에요. 저 배 중 몇 척은 무거운 짐을 얼마나 잔뜩 실었는지 보세요. 나는 종종 그 영국 선원들이 배에 화물을 실을 때, 자신들이 옮기는 것의 정역학적 중요성을 알고 있는지 궁금해요. 만약 내가 갑자기 저 배들 중 한 척의 갑판으로 옮겨진다면 (난 배멀미가 있어서 하나님께서 용서하실 거예요) 그리고 내가 선원들에게 이렇게 말하겠죠. '잭! 자네는 놀라운 일을 해냈어. 부유식 선박의 이론을 이해했어.' 정말 용감한 청년이에요! 그리고 그 이론에 잭의 목숨이 달려 있어요. 만약 그가 필요한 것보다 30분의 1을 더 많이 배에 싣는다면, 어떻게 될까요? 앨드러버를 무사히 지나가요. 템스강에 안전하게 입항해요. 그리니치처럼 민물에 들어가면 배가 가라앉아요. 과학적 확실성에 따라 강바닥까지 가라앉죠!"

여기서 그는 말을 잠시 멈췄고, 르카운트 여사에게 정중하게 다른 이야기가 아닌 설명을 하겠다고 했다.

"무한한 기쁨이네요, 여사"라고 말하며 그는 노엘 밴스톤이 막달렌에게 칭찬할 때 힘없는 고음을 자신의 깊은 목소리에 묻히게 했다. "원하신다면, 첫 번째 원칙부터 시작하죠. 수면에 떠 있는 모든 물체는 물체의 무게와 같은 무게만큼 많은 유동체로 대체돼요. 좋아요. 그게 첫 번째 원칙이에요. 여기서 무엇을 추론할 수 있을까요? 명백하게 이거죠. 선박을 물 위에 계속 떠 있게 하기 위해서는, 여기가 중요한데, 선박과 화물의 중량이 선박의 해당 부분에 안전하게 담을 수 있는 부피와 같은 양의 물보다 적어야 해요. 이제, 바닷물은 특히 담수나 강물보다 30배 더 무겁고, 북해에 있는 배는 템스강에 있는 배만큼 깊이 가라앉지 않을 거예요. 따라서 런던 시장으로 가는 배에 짐을 실을 때, 우리는 (정역학적인 면에서) 세 가지 대안이 있어요. 바다에서 운송할 수 있는 양보다 30분의 1을 적게 싣거나, 강 하구에서 30분의 1을 싣거나, 둘 중 하나를 하지 않거나, 아니면 둘 중 하나도 하지 않으면, 내가 이미 말했듯이, 우리는 가라앉아요!" 래지 대위는 조이스 이야기는 다 했다는 표시로, 다시 접이식 의자를 오른손에서 왼손으로 옮기며 말했다. "그게 부유식 선박의 이론이죠. 마무리로 한마디 해주시면 정말 감사하겠어요."

"감사해요, 선생님. 본의 아니게 절 슬프게 하셨네요. 하지만 그런 점에서 제가 알게 된 지식은 소중해요. 바이그레이브 씨, 과학 이야기를 들은 지 오래되었네요. 사랑하는 남편이 절 동반자로 여겼고, 선생님이 그랬던 것처럼 내 생각을 향상하게 했어요. 그 후로 누구도 나와 지적인 이야기를 하지 않았어요. 정말 감사해요, 선생님. 당신의 친절한 배려가 잊지 않을게요."

그녀는 하소연하듯이 한숨을 쉬며, 자기 반대편에서 나누는 대화에 귀를 기울였다.

조금 전에 그녀는 주인이 바이그레이브 양의 해변 복장에 대해 아주 아부를 떠는 말을 들었을 것이다. 그러나 막달렌은 래지 대위의 접이식 의자 신호를 보았고, 노엘 밴스톤에게 그와 앨드버러 집에 대해 시의적절하게 물어서 이야기의 주제를 돌렸다.

"당신을 놀라게 하고 싶지 않지만"이라는 노엘 밴스톤의 첫 마디가 르카운트 여사의 관심을 끌었다. "하지만 앨드버러에서 안전한 집은 단 한 채 있고, 그 집이 내 집이죠. 바다가 다른 집은 다 부숴도 내 집을 부술 수는 없어요. 아버지가 그 집을 신경 쓰셨어요. 아버지는 대단한 분이셨어요. 그는 내 집을 말뚝 위에 짓게 했어요. 난 영국에서 가장 튼튼한 말뚝이라고 믿을 만한 이유가 있어요. 그 무엇도 그것들을 쓰러뜨릴 수 없어요. 바다가 뭘 하든 상관없어요. 그 무엇도 그것들을 쓰러뜨릴 수 없어요.

"그렇다면 만약 바다가 밀려온다면, 우리 모두 당신 집으로 피신해야겠네요"라고 막달렌이 말했다.

노엘 밴스톤은 또 다른 칭찬의 기회를 봤고, 동시에 조심스러운 대위는 다른 과학 이야기의 기회를 봤다.

남자 중 한 명이 속삭이며 말했다. "그런 일이 일어나서 피난처를 제공할 수 있다면 기쁘겠는데요."

"바람의 방향이 또다시 바뀌었네요"라고 다른 사람이 소리쳤다. "물어볼 사람이 어디 있지? 아, 저기 있네. 뱃사람! 지금 바람 어때? 아직도 북서풍과 서풍이지? 그리고 어제 저녁 남동풍과 남풍이고? 르카운트 여사, 이런 날씨에 바람이 바뀌는 것보다 주목할 만한 것이 있을까요?" 대위는 접이식 의자를 다른 손으로 들면서 말을 이었다. "과학을 탐구하는 사람에게 더욱 어리둥절한 자연 현상이 있을까요? 공기중에 가득 있는 전기 유체가 이런 변동성의 원인이라고 말씀하시겠죠. 엄청난 폭풍의 속도를 작은 깃털로 측정했던 그 유명한 철학자의 실험을 알려주세요. 친애하는 여사님, 당신의 제안을 모두 받아들…."

"죄송합니다, 선생님. 제가 모르는 지식을 친절하게 알려주시네요. 유감스럽게도 그 문제는 제 능력 밖이에요."

"오해하지 마세요, 여사님." 대위는 방해를 의식하지 못한 채 공손하게 말을 이었다. "제 말은 온대 지방에서만 적용돼요. 열대지방에서는 낮에 해안가 쪽으로 바람이 불고, 밤에는 바다 쪽으로 불어요. 그리고 전 바로 결정적인 시험을 하려고 해요. 예를 들어, 낮에는 태양열이 육지에서 공기를 희박하게 해서 바람이 분다는 걸 알아요. 제가 증명해 보일게요. (당신에게 친절히 허락을 받고) 주방 계단으로 당신을 안내하고, 요리사의 손에서 가장 큰 파이 접시를 가져와서 찬물로 채워요. 맞아요! 그 차가운 물은 바다를 상징해요. 다음으로 집에서 쉽게 편할 수 있는 그릇에 뜨거운 물을 채워서 파이 접이 가운데에 놓아요. 또 맞아요! 뜨거운 물그릇은 공기가 희박해지는 육지를 나타내요. 그 점을 명심하고, 불이 켜진 초를 주세요. 차가운 물 위로 촛불을 들고 불어서 꺼요. 연기는 바로 접시에서 그릇으로 이동해요. 당신을 이해시키기 전에, 전 다시 촛불을 켜고, 전체 과정을 거꾸로 할 거예요. 뜨거운 물을 파이 접시에 채우고, 차가운 물을 그릇에 채워요. 나는 촛불을 다시 끄면 이번에는 연기가 그릇에서 접시로 이동해요. 그 냄새는 좋지 않지만, 그 실험은 결정적이죠."

그는 다시 접이식 의자를 든 손을 바꿨고, 환심을 사려는 미소를 지으며 르카운트 여사를 바라봤다. "제 말이 길고 지루하다고 생각하는 건 아니죠, 여사님?" 그는 가정부가 반대편 대화에 다시 한번 귀 기울였을 때처럼, 편안하고 쾌활하게 말했다.

"당신의 지식에 놀랐어요. 선생님." 르카운트 여사는 대위를 다소 당혹스럽게 바라봤지만, 지금까지 불신하지는 않았다. 그녀는 그가 영국인치고 별난 사람이고, 어쩌면 조금은 할 일 없이 지식을 자랑하는 사람이라고 생각했다. 그러나 그는 적어도 그녀에게 그 지식을 말해주면서 그녀를 칭찬했다. 그리고 그녀는 지금까지 죽은 남편의 과학적인 연민에 대해 그녀가 만난 사람들에게 큰 존경을 받지 못했다고 생각했기 때문에 더욱더 그렇게 느꼈다. 그녀는 잠시 머뭇거리다가 말을 이었다. "죽은 남편의 과학 분야를 탐구해 보신 적이 있나요? 바이그레이브 씨, 왜냐하면 (비록 제가 여자지만) 파충류를 주제로 당신과 의견을 교환할 수 있을 거 같아서 물어보는 거예요."

래지 대위는 적지에서 기성 과학을 위태롭게 하기에는 너무 예리했다. 그 늙은 군인은 조심스럽게 고개를 저었다.

"저처럼 수박 겉핥기 하는 사람에겐 너무 방대한 주제네요. 부군과 같은 철학자의 인생과 노고는 저 같은 지식 재간을 가진 사람들에게 자신을 대단하다고 생각지 말라고 경고하죠." 대위는 앞으로 씨뷰 별장과 교류를 보다 원활하게 하려고 말을 이었다. "고인의 과학적 기념품을 소장하고 있는지 여쭤봐도 될까요?"

르카운트 여사는 얌전하게 땅바닥을 바라보면서 말했다. "그 사람수조와 연구 주제였던 작은 두꺼비가 있어요."

"그의 수조와 두꺼비라니!" 대위는 애절한 관심을 보이며 소리쳤다. "제 생각을 직설적으로 말하는 걸 용서해주세요, 여사님. 사람들이 관심 있어 할 대상을 할 가지고 계시네요. 저도 그중 한 사람으로, 보고 싶네요."

르카운트 여사의 매끈한 뺨이 기뻐서 붉어졌다. 그렇게 차갑고 비밀스러운 성격을 공격할 수 있는 점은 교수의 추억이 깃든 장소였다. 그의 과학적 업적에 대한 그녀의 자부심과 고국에서는 별로 알아주지 않는 것에 대한 그녀의 굴욕감은 진심 어린 것이었다. 래지 대위는 인간의 허영심이라는 보잘것없는 제단에 지금보다도 더 좋은 목적으로 불순한 향을 피운 적이 절대 없었다.

"당신은 정말 좋으신 분이에요. 제 남편의 기억을 존경해주시고절 존중해주셨어요. 하지만 당신은 친절하게 날 평등하게 대해 주셨지만, 전 집안일을 책임져야 한다는 걸 잊어서는 안 돼요. 먼저 주인의 허락을 받고 나서, 제 유산을 보여줄 수 있는 걸 영광으로 생각할게요."

그녀는 노엘 밴스톤 쪽을 봤다. 그녀의 진심 어린 제안은, 남자보다는 여자한테서 보다 자주 나타나는 이상하게 복잡한 이유와 더불어, 막달렌이 그녀의 주인에게 보여준 인상에 대한 질투심 많은 불신과 섞였다. "한 가지 부탁해도 될까요, 도련님?" 르카운트 여사는 조심히 개인적 이야기를 할 수 있는 순간을 잠시 기다렸다가, 막달렌이 접이식 의자 덕분에 다시 깔끔하게 방해하지 않을 때를 기다렸다가 물었다. "바이그레이브 씨는 영국에서 남편의 과학적 업적을 높이 평가

하는 몇 안 되는 사람 중 한 분이에요. 그분이 나의 작은 파충류 세계를 보고 싶어 하는데, 보여드려도 될까요?"

노엘 밴스톤은 상냥하게 말했다. "아무렴요, 르카운트. 당신은 훌륭한 분이고, 나는 당신에게 은혜를 베풀고 싶어요. 바이그레이브 씨, 르카운트의 수조는 영국에서 유일한 수조예요. 르카운트의 두꺼비는 세계에서 가장 오래 산 두꺼비예요. 오늘 저녁 7시에 차 마시러 오실래요? 그리고 바이그레이브 양도 함께 오도록 설득해 주실래요? 난 그녀가 우리 집을 봤으면 좋겠어요. 그녀가 집이 얼마나 튼튼한지 전혀 모르는 거 같아요. 와서 내 집을 둘러보세요, 바이그레이브 양. 벽을 두드려 보세요. 위층에 올라가 바닥을 두드려 보시면, 얼마나 돈이 들었는지 들을 수 있을 거예요." 그는 교묘하게 눈을 찡그렸고, 막달렌에게 또 다른 말을 하려고 했을 때, 그의 초대에 감사하는 래지 대위의 큰 목소리에 파묻혔다. "7시 정각에 오세요. 그리고 그 매력적인 모자도 쓰세요"라고 그가 속삭였다.

르카운트 여사의 입술이 기분 나쁘게 닫혔다. 대위의 조카딸을 대위의 지적 사치에 매우 심각한 문제점으로 여겼다.

"피곤해 보이세요, 도련님. 오늘 안 좋은 날이에요. 조심하셔야 해요. 돌아가요."

새로 알게 된 사람들을 초대하는 자신의 주장을 관철시킨 노엘 밴스톤은 의외로 고분고분했다. 그는 조금 피곤하다고 했고, 가정부의 조언에 따라 바로 돌아섰다.

"제 팔을 잡으세요. 반대편은 제 팔 잡아요." 그들이 발걸음을 돌리기 위해 돌아섰을 때, 래지 대위가 말했다. 그의 서로 다른 색깔 눈은 그가 말하는 동안 막달렌을 의미심장하게 쳐다봤고, 처음부터 르카운트 여사의 인내심을 자극시키지 말라고 그녀에게 경고했다. 그녀는 바로 이해했다. 그리고 노엘 밴스톤이 대위의 팔이 필요 없다고 재차 말했지만, 그녀는 바로 가정부 옆에 섰다. 르카운트 여사는 다시 기분이 좋아졌고, 현재 상황에서 가장 대답하기 어려운 질문을 하면서 막달렌과 다시 대화했다.

"바이그레이브 부인은 여행 후에 너무 피곤해서 오늘 못 나오신 거 같네요? 내일 그녀를 만날 수 있을까요?"

"아마 못 만나실 거예요. 숙모께서는 건강이 안 좋으세요."

"사랑하는 아내가 상황이 좀 복잡해요." 래지 부인의 외모가 (우연히 그녀의 모습을 봤다면) 막달렌이 방금 한 말과 상충된다는 것을 알고 있던 대위가 말을 덧붙였다. "겉으로는 나타나지 않는 신경 질환이 있어요. 만약 그녀를 보시면 그 모습에 속아, 내 아내가 건강하다고 생각하겠지만, 그녀를 흥분시키면 안 돼요. 유감스럽지만, 우리 의료진이 그녀는 사람을 절대 만나서는 안 된다고 했어요."

"너무 안됐네요. 그 가엾은 부인은 당신과 조카분이 떨어져 있으면, 종종 외로움을 느끼겠어요."

"아뇨, 바이그레이브 부인은 천성적으로 가정적인 여성이에요. 일을 할 수 있으면, 바늘과 실만 있으면 할 일이 무궁무진해요." 가정부의 호기심으로 래지 부인에 대한 개인적인 질문에 대비해, 그는 이렇게 설명하고 진실은 일부러 회피하면서, 래지 대위는 현명하게 더 이상 물어보지 않도록 유창하게 말했다. 그는 결론을 말했다. "나는 이곳의 공기에 큰 희망이 있다고 생각해요. 이미 봤듯이, 요오드는 놀라운 작용을 해요."

르카운트 여사는 요오드의 효능에 대해 아주 간단하게 말한 후 자신만의 깊은 생각에 잠겼다. '뭔가 이상해. 건강해 보이는 여자가, 복잡한 신경 질환을 앓고 있는데, 바늘과 실을 쓸 정도로 손은 괜찮다니. 모순투성이야.' "앨드버러에 오래 지내실 건가요, 선생님?" 그녀는 큰 소리로 물었고, 대위의 얼굴을 자세히 살폈다.

"모든 건 바이그레이브 부인에게 달렸어요. 가을까지는 머물 생각이에요. 씨뷰 별장에 여름 동안만 계시나요?"

"도련님한테 물어보셔야 해요. 제가 아니고 그분이 결정하세요."
그 대답은 적절하지 않았다. 노엘 밴스톤은 막달렌과 떨어져서 걸어가게 된 것 때문에 몰래 짜증을 내고 있었다. 그는 그렇게 바뀐 것이 르카운트 여사 때문이라고 탓했고, 그는 그 자리에서 바로 화를 낼 기회를 잡았다.

"앨드버러에 지내는 건 나하고는 아무 상관이 없어요." 그가 언짢아하며 말했다. "나만큼이나 당신도 잘 알잖아요, 르카운트. 모든 게 당신에게 달렸어요. 르카운트 여사는 스위스에 남동생이 한 명 있어요"라고 그는 대위에게 계속 말했다. "중한 병을 앓고 있어서, 만약 그가 더 악화한다면, 그녀는 그를 돌보기 위해 그곳에 가야 할 거예요. 난 그녀를 따라갈 수도 없고, 집에 혼자 있을 수도 없어요. 나는 앨드버러에서 나의 기반을 정리하고 친구들과 지내야 할 거예요. 모든 건 당신에게 르카운트나 똑같이 당신 동생에게 달렸어요." 그는 가정부 너머에 있는 막달렌을 뚫어지게 바라보며 노엘 밴스톤에게 계속 말했다. "만약 내 결정에 달렸다면, 난 가을 내내 앨드버러에서 즐겁게 보낼 거예요. 아주 기쁜 마음으로요." 그는 막달렌에게는 상냥한 눈빛을 지으며, 르카운트 여사에게는 악의적인 말투로 그 말을 반복했다. 지금까지 래지 대위는 잠자코 있었다. 그는 속으로 노엘 밴스톤이 조금 발끈한 것을 보면서 르카운트 여사와 주인이 떨어질 가능성에 대해 주의 깊게 생각하고 싶었다. 주인이 낯선 사람 앞에서 집안일을 공공연히 말하고 그녀에게 질투하듯 반항하자, 가정부의 얇은 입술은 불길하게 떨었고, 이제 그가 개입할 때였다. 오해가 극에 달한다면, 그날 저녁 씨뷰 별장 초대는 연기될 가능성이 있다. 예전처럼 지금도 래지 대위는 한 번 유용한 지식을 끌어냈다. 조이스 책에서 배운 대로, 그는 3번째로 과학의 바다에 뛰어들었고, 또 다른 진주를 건졌다. 노엘 밴스톤 씨의 문 앞에서 멈췄을 때, 그는 그때까지도 예의 바른 인내심과 유창한 언변으로 (이번에는 기하학에 대해) 열변을 토하며, 르

377

카운트 여사의 기분을 좋아지게 하려고 했다.

"이런, 도련님 집에 도착했네요!" 그는 세세히 문장을 말하다가 말았다. "계속 당신을 서 있게 하지 않을게요. 사과하지 마세요, 르카운트 여사님, 제발요! 다음에 당신에게 기하학의 신기한 점에 대해 더 분명하게 이야기해드릴게요. 바람 주머니, 다 쓴 수신기와 네모난 상자로 실험을 할 수 있다는 걸 다시 한번 말씀드려요. 오늘 저녁 7시에 뵐게요. 선생님, 르카운트 여사. 즐거운 산책이었고, 아주 유익하게 생각들을 주고받았네요. 이제 가자, 얘야, 숙모가 우릴 기다리겠다."

르카운트 여사가 정원 문을 열기 위해 옆으로 비켜선 동안, 특별한 목적을 위해 양산을 직접 들고 있던 노엘 밴스톤은 양산 그늘 밑에서, 기회를 포착해 막달렌에게 마지막으로 부드러운 눈빛을 보냈다. 그는 다정한 미소를 지으면서 말했다. "오늘 저녁에 올 때 그 예쁜 모자 쓰는 거 잊지 마세요!" 그가 마지막 말을 하기 전에, 르카운트 여사가 미끄러지듯 자리로 돌아왔고, 바로 양산을 들었다.

"오늘 아침 아주 잘했어요!" 래지 대위와 막달렌이 함께 노스 싱글즈로 돌아갈 때 그가 말했다. 당신과 나, 조이스 세 명 모두 놀라운 일을 해냈어요. 첫날 낚시에서 우호적인 초청을 받았어요. 그는 대답을 듣기 위해 잠시 말을 멈췄지만, 아무 대답도 듣지 못했고, 어느 때보다 막달렌을 더 주의 깊게 살폈다. 그녀의 얼굴은 다시 창백해졌다. 그녀의 눈은 주변을 신경 쓰지 않고, 무모한 절망감에 빠져 무의식적으로 앞만 보고 있었다.

그는 너무 놀라서 물었다. "무슨 일이에요? 아파요?"

그녀는 대답이 없었다. 그의 말을 거의 듣지 않는 거 같았다.

그가 또 물었다. "르카운트 여사 때문에 놀랐어요? 불안해할 이유가 전혀 없어요. 전에 당신 목소리와 비슷한 소리를 들었다고 생각할 수 있지만, 당신 얼굴을 보고 그녀는 분명히 혼란스러워했어요. 성질 내지 말고, 그녀에게 아무 말 하지 말아요. 그리고 가을이 다 가기 전에 당신은 나에게 200파운드를 주는 거예요."

그는 또다시 대답을 기다렸고, 그녀는 여전히 침묵을 지켰다. 대위는 다른 방향으로 세 번째 시도를 했다.

"오늘 아침에 편지라도 받았어요? 집에 또 안 좋은 소식이 있어요? 언니에게 또 다른 문제가 생겼어요?"

"내 언니에 대해 아무 말도 하지 말아요!" 그녀가 격하게 소리쳤다. "당신도 나도 그녀에 대해 말할 자격이 없어요."

그녀는 정원 문에서 그 말을 하고 혼자서 서둘러 집으로 들어갔다. 그는 그녀를 따라갔고, 그녀의 방문이 쾅하고 닫히고 거칠게 자물쇠가 이중으로 잠기는 소리를 들었다. 래지 대위는 욕을 하며 화를 냈고, 아내를 보기 위해 뚱하게 1층 응접실로 들어갔다. 그 방에는 창문이 위쪽에 있고 기이하게 집 뒤쪽에 있는 작고 어두운 방으로 통하는 작은 문이 있었다. 대위는 조심히 이 문에 다가가, 창문에 걸려 있는 하얀 모슬린 커튼을 걷어 올리고 안쪽 방을 들여다봤다. 캡은 한쪽으로 기울어져 있고, 구두는 제대로 신지 않은 래지 부인이 있었다. 핀 여러 개를 치아로 물고 있었고, 탁자에서 오리엔탈 캐시미어 가운이 천천히 미끄러지고 있었다. 한 손에는 가위를 들었고, 다른 손에는 재봉 안내서를 들고 있었는데, 몹시 어려운 일에 푹 빠져서, 그녀는 남편이 보고 있다는 것도 전혀 의식하지 못했다. 다른 상황이었다면 그의 목소리에 그녀는 바로 상황을 알아차렸을 것이다. 하지만 래지 대위는 은둔 생활을 하는 게 그녀에게 안전하고 그곳에 놔두는 게 낫다고 자신을 납득시킨 후, 아내에게 시간을 낭비하기에는 막달렌이 너무 걱정됐다.

그는 응접실을 나와, 복도에서 잠시 머뭇거린 후, 위층으로 몰래 올라가, 막달렌의 문밖에서 걱정하며 귀를 기울였다. 손수건이나 침대보로 소리를 억누르며 흐느껴 우는 희미한 소리가 그의 귀에 들어왔다. 마침내 진실에 대한 약간의 의혹이 마음에 떠오르면서 그는 바로

1층으로 돌아왔다.

"악마가 그녀의 연인을 데려갔어! 노엘 밴스톤 씨가 시작부터 그의 망령을 떠올리게 했어."

Chapter 5

막달렌이 7시가 되기 전에 응접실에 나타났을 때, 동요했던 흔적이 전혀 보이지 않았다. 그녀는 평소처럼 조용하고 무관심하게 보고 말했다.

래지 대위는 그녀를 보자 불신이 사라졌다. 그는 오후 내내 노엘 밴스톤에게 원한을 갚은 기쁨과 앞으로 200파운드를 벌 수 있는 가망이, 막달렌이 어느 순간 불안한 성격을 드러내 위태로워질 수 있다고 심각하게 의심을 했었다. 그녀가 자제하고 있다는 명백한 증거가 눈에 보이자, 그는 심각한 불안에서 벗어났다. 얼굴에 관심이 쏠리고, 목소리가 이상하게 튀어나오지 않는 한, 그녀가 자기 방에서 개인적으로 겪는 고통은 그에게 별로 문제가 되지 않았다.

씨뷰 별장에 가는 길에, 래지 대위는 그 가정부에게 스위스에 있는 아픈 동생에 대해 몇 가지 측은한 질문을 할 것이라고 했다. 그는 이 남자의 건강 상태가 음모의 향후 진행에 큰 영향을 미칠 수 있다고 생각했다. 그는 현재 상황에서 가정부와 주인이 떨어져 지낼 가능성에 대해 가까이에서 알아볼 기회라고 말했다. 대위는 주인집의 정문을 열면서 속삭였다. "적절한 시기에 르카운트 여사가 떠난다면, 남자는 우리 거예요."

잠시 후 막달렌은 이번에는 노엘 밴스톤이 초대한 손님으로 그의 집에 다시 갔다.

그날 저녁 일어났던 일 중 대부분은 오전 산책 중에 일어났던 일들의 반복이었다. 노엘 밴스톤은 막달렌의 미모에 대한 찬사와 자신의 소장품에 대한 찬양 사이를 오갔다. 래지 대위는 르카운트 여사의 남동생에 대해 교묘하게 간접적으로 물어보고 수많은 지식을 내뿜으면서, 주인의 표정과 말을 지켜보려는 가정부의 질투심 어린 경계심을 계속해서 다른 데로 돌렸다. 그렇게 저녁 10시가 지났다. 그때쯤 래지 대위의 기성 과학 지식은 고갈이 됐고, 가정부는 성질을 내기 시작했다.

다시 한번 래지 대위는 막달렌에게 눈빛으로 경고했고, 노엘 밴스톤의 친절한 항의에도 불구하고, 현명하게 일어나 작별 인사를 했다.

래지 대위가 돌아가는 길에 말했다. "르카운트 여사의 남동생은 취리히에 살고 있대요. 독신남이고, 약간의 돈이 있고, 누나가 그와 가장 가까운 친척이래요. 만약 그가 완전히 헤어지는 걸 도와준다면, 르카운트 여사에 대한 문제가 덜어질 거예요."

달빛이 밝은 밤이었다. 그는 막달렌이 또다시 우울증에 빠졌는지 보기 위해 그 말을 하면서 그녀를 돌아봤다. 그렇지 않았다! 그녀의 변덕스러운 기분은 또다시 변했다. 그녀는 매우 들떠 있었다. 르카운트 여사와의 심각한 문제들을 생각만 해도 비웃었고, 노엘 밴스톤의 고음의 목소리를 흉내 냈고, 그를 조롱하면서 그의 과한 칭찬을 따라했다. 그녀는 예전처럼 집으로 뛰어가는 대신 동반자 옆에서 어슬렁거리며 노래를 조금씩 흥얼거리고 정원 산책로에 있는 조약돌을 이리저리 발로 찼다. 래지 대위는 그녀의 변화를 최고의 징조라고 여겼다. 그는 마침내 가족 정신이 다시 돌아오고 있다는 분명한 조짐을 봤다고 생각했다.

그는 그녀에게 침실용 촛불을 밝히면서 말했다. "저기, 내일 우리 모두 길에서 만나면, 뱃사람 친구들이 말한 것처럼, 땅이 어떻게 펼쳐져 있는지 보게 될 거예요. 한 가지 말할 수 있는 건, 노엘 밴스톤 씨의 가정적인 분위기에 오늘 밤 폭풍이 몰아치지 않는다면, 내가 잘못 본 거라는 거예요."

대위 특유의 침투력은 그를 오도하지 않았다. 손님들이 떠난 후 씨 뷰 별장의 문이 닫히자마자, 르카운트 여사는 막달렌의 영향력이 이 미 위협적이라고 확신시키려고 애썼다.

그녀는 노엘 밴스톤이 막달렌을 진짜로 어떻게 생각하는지 알아내 기 위해 모든 책략을 썼다. 그녀는 그가 이미 바이그레이브 양의 아름 다움을 마음에 들어 하는 것을 무의식적으로 말하도록 몇 번이고 노 력했다. 그녀는 개구리와 도롱뇽이 수조에서 바위틈에서 왔다 갔다 하는 것처럼 그의 모든 약점을 파고들었다. 하지만 그녀는 한 가지 심 각한 실수를 저질렀는데, 그건 매우 영리한 사람들이 지적으로 뒤처 지는 사람들과 소통할 때 보편적으로 쉽게 저지르는 실수였다. 그녀 는 바보가 어리석다고 무조건 믿었다. 인간의 가장 낮은 특징 중 하 나인 교활함이 지적으로 가장 뒤처지는 사람들에게 가장 크게 발달 한 능력이라는 것을 잊고 있었다. 만약 그녀가 주인에게 정말로 화를 냈더라면, 아마도 주인은 겁먹었을 것이다. 만약 그녀가 그의 생각에 대해 솔직하게 말했다면, 그의 부족한 통찰력이 인지하지 못했던 생 각들을 말해줌으로써 그를 놀라게 했을 것이다. 그는 호기심에 설명 을 부탁했을 것이고, 그 호기심이 커지면 그녀는 그에게 자비를 베풀 었을 것이다. 사실은 그렇지 않았고, 그녀는 그에게 교활하게 굴었고, 그 바보는 그녀에게 맞섰다. 이 세상에서 모든 관대한 동기들이 이해 하기 어려운 미스터리로 보였던 노엘 밴스톤에게, 마치 그가 최고의 능력을 갖춘 사람인 것처럼, 가정부의 행동 밑바닥에 깔린 인색한 동 기가 순간적으로 눈에 들어왔다. 르카운트 여사는 그날 밤은 그를 두 고 떠났다. 그녀가 망했다는 것을 알았다. 사나운 모습을 드러내고 주 인의 얼굴에 손자국을 내고 싶다는 천한 갈망을 느끼면서 떠났다. 그 녀는 한 번이고 백 번이고 패배할 여자가 아니었다. 그녀는 바이그레 이브 가족과 점점 친해진 일에 대해 한 번에 그리고 영원히 확인할 방 법을 찾을 때까지 계속 생각하기로 굳게 마음먹었다. 그녀는 자신의 방에서 혼자 있으며 평정심을 되찾았고, 그날 일어난 일들로 내린 결론을 처음으로 다시 살폈다.

이 바이그레이브 양의 목소리에서 그녀는 뭔가 조금 익숙하다고 느꼈고, 동시에 설명할 수 없는 모순 속에 뭔가 이상하다고 생각했다. 젊은 아가씨의 얼굴과 모습은 그녀에게 완전히 생소했다. 눈에 띄는 얼굴이고, 인상적인 모습이었다. 그리고 만약 그녀가 예전에 그 모습을 봤다면, 분명히 기억했을 것이다. 바이그레이브 양은 확실히 모르는 사람이었다. 그리고 아직….

그녀는 그날 이것 말고 다른 생각은 떠오르지 않았다. 그녀는 현재 더는 나아갈 수 없었다. 생각의 연결고리가 끊어졌다. 그녀의 마음은 다른 생각의 파편으로 향했고, 모습을 보이지 않고 있는 그 여자, 건강해 보이지만 신경 질환이 있고, 신경 질환이 있지만, 바늘과 실은 다룰 수 있는 숙모에 대한 다른 생각의 연결고리를 형성했다. 기억나지 않지만 이해할 수 없을 정도로 닮은 조카 목소리, 사람들 시선에서 모습을 계속 감추고 이해가 안 되는 병을 앓고 있는 숙모, 해박한 과학 지식을 가지고 있지만, 학구적인 남자에게는 절대 어울리지 않는 추잡하고 뻔뻔한 태도를 지닌 삼촌, 이 3명의 작은 가족들은 겉모습과 같을까?

그 의문을 마음에 품고 그녀는 잠자리에 누웠다. 촛불을 끄자마자, 어둠이 그녀의 생각을 알 수 없는 이유로 괴롭혔다. 그녀도 모르게 생각이 현재에서 과거로 향했다. 옛 주인이 다시 생각났고, 취리히 영국인 모임에서 했던 말과 행동들이 되살아났고, 브라이튼에서 옛 주인의 임종이 떠올랐다. 브라이튼에서 런던으로 생각이 이어졌고, 복스홀 워크의 기본적인 것만 있고 편안했던 방, 주방 탁자에 있었던 수조와 염증난 눈 때문에 햇빛을 피해 의자에 앉아 있던 가짜 가스 양, 그녀가 받아서 주인에게 전해줬던 위협적으로 음모를 알렸던 익명의 편지, 광고 빈칸을 채우는 것에 대한 논의, 노엘 밴스톤이 제안한 금액이 터무니없이 적다고 말했을 때 뒤따랐던 말다툼, 그것들이 지난 몇 주 동안 그녀를 괴롭히지 않았던 오래된 의구심을 되살렸다. 그 위협적인 음모가 단순히 말뿐이었는지 아니면 그녀와 그녀 주인이 또다시 듣게 될 것인가 하는 의구심이었다. 이 부분에서 그녀의 생각은 또다시 멈췄고, 순간적으로 멍해졌다. 그다음 순간 그녀는 침대에서 벌떡 일어났다. 심장은 격렬하게 뛰고, 머리는 마치 제정신을 잃은 것처럼 빙빙 돌았다. 갑자기 흩어졌던 여러 생각 파편들이 모여서 알기 쉬운 하나의 형태로 그녀에게 분명하게 떠올랐다. 순간적인 동요가 모든 것을 지배할 때, 그녀는 박수를 치면서 어둠 속에서 갑자기 소리쳤다.

"또 밴스톤 양이야!!!"

그녀는 침대에서 일어나 다시 한번 촛불을 켰다. 불안감은 가라앉았지만, 자신의 의혹에 대한 충격으로 떨렸다. 옷장을 열어 탄산암모늄 약병을 꺼냈을 때, 굳은 손이 떨렸다. 뺨이 매끈하고 머리카락도 풍성했지만, 그녀는 매년 비슷한 나이의 여자들을 보면서, 그걸 물과 함께 탐욕스럽게 마셨고, 겉옷을 입은 다음 침대 옆에 앉아 다시 침착해지려고 애썼다.

그녀는 그 사실을 알게 해준 정신적 과정을 전혀 알 수 없었다. 그녀가 바이그레이브 가족에 대해 어느 정도 내린 결론으로는 그 가족이 그녀에게 의심의 대상이 되었다는 것에는 충분하지 못했다. 그녀의 주인에 대한 음모를 뜻하는 또 다른 의혹의 대상이 다시 떠올랐고, 따로 생각했던 두 가지 생각이 갑자기 이어지면서 빛을 발했다. 그녀는 이런 식으로 결과에서 원인으로 추론할 수 없었다. 그녀는 그 의혹이 이미 의혹 이상이 되었다고 생각할 뿐이었고, 그 확신이 마음속에 더욱 확고하게 자리 잡았다.

다시 불을 밝히고 막달렌을 다시 생각해보니, 르카운트 여사는 한 시간 전에 주인의 탁자에 앉아 있었던 우아하고 아름다운 아가씨에게서 가짜 가스 양의 얼굴과 모습 일부를 알아봤고, 복스홀 워크에서 들었던 화난 목소리와 그날 저녁에 아래층에서 들었던 부드럽고 예절 바른 목소리 사이에서 전에는 전혀 생각지도 못했던 비슷한 점을 이 제야 알게 됐다고 자신을 설득했다. 그녀는 진실에 대해 정말 알고 있 다는 중압감 때문에 이러한 결과를 내린 것이 아니라고 자신을 설득 했지만, 그 노력은 헛수고였다.

르카운트 여사는 자신을 속이는 데 시간과 생각을 낭비할 여자가 아니었다. 순간적인 추측으로 알게 됐다는 필연적인 결론을 받아들였 다. 그리고 무엇보다도 그녀가 확신하는 것이 명백한 증거가 없이는 사람들에게 납득시킬 수 없다는, 반갑지 않지만 명백한 사실을 인정 했다.

이런 상황에서 주인과 함께 안전하게 갈 수 있는 길은 무엇일까?

만약 다음 날 아침 그들을 만났을 때, 그날 밤 그녀의 마음에 떠오 른 생각을 솔직하게 노엘 밴스톤에게 솔직하게 말한다면, 그녀가 아 는 노엘 밴스톤을 생각해 봤을 때, 두 가지 결과 중 하나가 반드시 일 어날 것이다. 그는 화를 내거나 반박할 것이고, 증거를 요구할 것이 다. 막달렌이 그 집에 들어오지 못하게 아무런 이유 없이 질투심 때 문에 그녀를 비난한다고 할 것이다. 그렇지 않으면, 그는 정말 놀라서 법의 보호를 외치고, 바이그레이브 가를 처음부터 경계해야 한다고 경고할 것이다. 막달렌만이 음모에 가담했다면, 이 후자의 결과는 가 정부의 마음에 그리 중요하지 않았을 것이다. 그러나 이제 알게 된 속 임수를 생각하면, 그녀는 너무 현명해서 대위의 무한한 지략을 제대 로 판단하지 못했던 것이었다. '만약 내가 명백한 증거도 없이 이 무례 한 악당을 만난다면, 내가 내일 아침 주인의 눈을 뜨게 하더라도 바이 그레이브 씨가 밤이 되기 전에 다시 눈을 가릴 거야. 그 악당이 시작 할 때 내 손을 본다면, 그는 탁자 밑에서 자신의 모든 카드를 가지고 플레이하고, 그가 분명히 게임에서 이길 거야'라고 생각했다.

기다리는 것이 명백히 현명했다. 교활한 바이그레이브 씨는 위급 상황에서 자신들의 목적을 위해 위장했던 그와 그의 조카의 신분을 드러낼 증거를 보일 것이 분명했다. 르카운트 여사는 다음날 아침 자기 생각을 숨기고, 그녀가 반박할 수 없는 사실을 알아내서 그 음모를 공격할 수 있을 때까지 일단 중단하기로 했다. 그녀의 주인은 바이그레이브 가족과 겨우 하루 알았을 뿐이다. 그녀가 단 며칠 더 친하게 지내도록 하고, 늦어도 1주일 내로 그녀가 확실히 알아낼 수 있다면, 위험한 친밀감으로 발전할 염려는 없었다.

그동안 그녀는 현재 그녀를 가로막고 있는 장애물을 제거하고, 현재 부족한 무기를 갖추기 위해 어떤 방법을 취할 수 있을까?

심사숙고한 결과, 그녀에게 유리한 3가지 방법이 떠올랐다. 첫 번째는 막달렌과 친해져서, 노엘 밴스톤 씨가 있을 때 자신의 본모습을 드러내도록 그녀를 함정에 빠트리는 것이었다. 두 번째 방법은 언니 밴스톤 양에게 편지를 써서, (걱정스러운 이유와 함께) 여동생의 소재와 낯선 사람이 그녀를 알아볼 수 있는 외모 특성을 물어보는 것이었다. 세 번째 방법은 은둔 생활 중인 바이그레이브 부인에 대해 알아내고, 개인적으로 만나 병약한 여자의 진짜 문제는 남편의 비밀을 지킬 능력이 부족해서인지를 확인하는 것이었다. 여기에 열거한 세 가지 방법을 모두 해보고, 이미 목표로 정한 날에 막달렌에게 덫을 놓기로 한 르카운트 여사는 겉옷을 벗고, 조금이라도 잠을 청했다.

그녀가 다시 침대에 누웠을 때 차가운 회색 바다 위로 동이 트고 있었다. 그녀가 잠들기 전에 마지막으로 떠올린 생각은 그 여자의 특징으로, 그 대위를 위태롭게 한다는 생각이었다. 그 교수 미망인은 생각했다. '그 사람은 내 남편의 신성한 기억을 하찮게 여겼어. 내 인생과 명예를 걸고, 그가 대가를 치르도록 할 거야.'

다음 날 아침 일찍 막달렌은 대위와 합의에 따라 사람들 눈에 띌 염려가 없는 시간에 래지 부인을 데리고 나와 간단한 운동을 하는 것으로 하루를 시작했다. 그녀는 집에 있겠다고 애원했다. 오리엔탈 캐시미어 가운을 계속 생각하고 있었고, (그녀 표현에 따르면) "그녀가 가위질을 할 수 있기" 전까지 옷 만들기 안내서를 적어도 100번은 읽겠다고 생각했다. 하지만 그녀의 동행은 그 거절을 받아들이지 않았고, 그녀는 어쩔 수 없이 나왔다. 현재 막달렌이 유일하게 순수하게 결심한 것은 그 불쌍한 래지 부인이 자신 때문에 갇혀서는 안 된다는 것이었고, 그것이 자신이 좋은 사람이라는 마지막 표시였기에, 그 결심에 더 매달렸다.

그들은 평소보다 늦게 아침 식사를 하러 돌아왔다. 남편의 눈에 들도록 래지 부인이 위층에서 머리부터 발끝까지 단장하는 동안, 막달렌과 대위가 응접실에서 그녀를 기다리는 동안, 씨뷰 별장에서 하인이 쪽지를 들고 왔다. 그 심부름꾼은 답을 기다렸고, 그 쪽지는 래지 대위에게 보내진 것이었다.

대위는 쪽지를 열어 다음과 같은 내용을 읽었다.

선생님께

노엘 밴스톤 씨께서 던위치라고 불리는 해안가에 가서 오늘 좋은 날을 즐기자고 제안하셨다고 말씀드리고 싶습니다. 그분은 선생님이 마차의 비용을 분담하고, 이번 나들이에 선생님과 바이그레이브 양이 함께할 것인지 알고 싶어 하십니다. 저도 일행으로 함께합니다. 당연한 말이지만, 선생님과 젊은 숙녀들도 우리와 함께하기로 동의한다면 저도 주인님만큼 기쁠 것입니다. 우리는 11시 정각에 출발한 것을 제안합니다.

— 버지니 르카운트 올림

"누가 보낸 편지예요?" 막달렌은 그것을 읽는 래지 대위의 얼굴이 바뀌는 것을 보고 물었다. "씨뷰 별장에서 우리한테 뭘 원하는데요?"

래지 대위는 진지하게 말했다. "미안하지만, 생각을 좀 해야 될 것 같아요. 잠시만 시간을 줘요."

그는 응접실을 몇 번 왔다 갔다 하더니, 갑자기 필기구가 놓여 있는 구석에 있는 탁자로 다가갔다. "난 애송이가 아니라고요, 여사님." 대위는 혼잣말로 익살스럽게 말했다. 그는 갈색 눈을 찡긋하더니, 펜을 들고 답장을 썼다.

"이제 말해줄래요?" 하인이 방을 나가자 막달렌이 물었다. "그 편지에 뭐라고 쓰였고, 뭐라고 답했어요?"

대위는 그녀에게 편지를 전했다. "초대에 응했어요." 그가 조용히 대답했다.

막달렌은 편지를 읽었다. "어제는 적개심을 감췄고, 오늘은 우정을 맺었다니. 무슨 뜻이죠?"

"르카운트 여사가 내 생각보다 훨씬 예리하다는 뜻이에요. 그녀는 당신이 누군지 알았어요."

막달렌이 소리쳤다. "불가능해요. 그 시간 동안 정말 불가능해요."

대위는 침착하게 말을 이었다. "그녀가 어떻게 당신을 알았는지는 말할 수 없어요. 우리가 생각했던 것보다 당신 목소리를 더 많이 알지도 몰라요. 아니면 우리 가족을 의심스럽다고 생각했거나, 어떤 의심스러운 점 때문에 복스홀 워크에서 당신이 아침 방문했던 때가 다시 생각났을 수도 있어요. 어느 쪽이든 간에, 이런 갑작스러운 변화만으로도 충분해요. 그녀는 당신을 알아봤어요. 그리고 그녀는 담소를 나누는 척하면서 불편한 질문을 한두 개를 해서, 그녀가 알게 된 것을 증명하고 싶은 거예요. 난 다양한 사람들을 겪었고, 르카운트 여사처럼 예리한 여자를 대하는 것도 처음은 아니에요. 나의 소중한 아가씨, 온 세상이 하나의 무대고, 이 순간부터 우리는 하나의 작은 무대 위한 장면 속에 있는 거예요."

그런 말을 한 후, 그는 호주머니에서 《조이스의 과학적 대화》를 꺼냈다. 자신에게 유용한 정보를 줬던 책에 "친구, 넌 벌써 끝이야!"라고 작별 인사를 하고 찬장에 넣었다. "사람의 인기란 이런 거예요." 불굴의 방랑자는 호주머니에 열쇠를 기분 좋게 넣으면서 말을 이었다. "어제 조이스는 나의 전부였습니다. 오늘은 그 친구한테 신경 안 써요!" 그는 손가락을 까딱하고는 아침을 먹기 위해 앉았다.

막달렌은 화난 눈으로 그를 바라보며 말했다. "당신 말이 이해가 안 돼요. 앞으로 내가 알아서 해야 한다는 건가요?"

래지 대위가 외쳤다. "이런, 아직도 내 유머에 익숙해지지 않았어요? 르카운트 여사가 날 믿는다고 확신하기 때문에 이제 기성 과학하고 끝났다는 거예요. 던위치 초대에 응했잖아요? 맘 편안하게 생각해요. 이미 내가 당신에게 준 도움은 이제부터 당신에게 줄 도움과 비교하면 아무것도 아니에요. 나의 명예는 르카운트 여사를 패배시키는 거예요. 이번 그녀의 움직임으로 우리 사이의 개인적인 일이 됐어요. 그 여자는 정말 내가 속았을 거로 생각하고 있어요!!!" 대위는 분해서 칼자루를 탁자에 내리치며 소리쳤다. "세상에, 내 평생 이렇게 모욕당한 적은 처음이에요! 의자를 탁자 쪽으로 바짝 당겨 앉아서 내가 하는 말에 조금만 집중해줘요."

막달렌은 그의 말에 따랐다. 래지 대위는 조심스럽게 목소리를 낮춰 계속 말했다.

"지금까지 말해왔지만, 한 가지 꼭 필요한 일은 르카운트 여사가 당신이 방심한 틈을 노려 당신을 잡게 해서는 절대 안 된다는 거예요. 오늘 아침에 일어난 일에 대해서도 난 똑같이 말할 거예요. 그녀가 당신을 의심하도록 놔둬요. 우리가 도와주지 않는 한, 난 그녀가 의혹의 근거를 찾는 걸 막을 거예요. 오늘 우리는 그녀가 자신을 뒷받침할 어떤 사실들을 알기도 전에 주인에게 자신을 드러낼 만큼 어리석었는지 보게 될 거예요. 그렇지 않을 거예요. 만약 그녀가 그에게 말했다면, 우리는 그의 미약한 작은 머리가 확신으로 가득 차서 아플 때까지, 우리는 바이그레이브 가족이라는 신분에 대한 증거들을 쏟아낼 거예요. 이번 나들이에서 당신이 할 일은 두 가지예요. 첫 번째, 르카운트 여사가 당신에게 하는 말은 전부 믿지 마세요. 두 번째, 당신의 모든 매력을 발휘해서 오늘부터 노엘 밴스톤 씨의 마음을 확실히 잡아요. 우리가 마차를 타고 떠날 때와 던위치에서 산책을 할 때, 내가 기회를 만들게요. 모자를 쓰고 미소를 지어요. 예쁘게 꾸미고, 끈을 단단히 매세요. 가장 깔끔한 부츠와 밝은 장갑을 착용하세요. 그 뚱한 작은 악당이 당신의 치마폭에 휩싸이게 해요. 그리고 그 이후의 모든 일은 나에게 맡겨요. 침착해요! 래지 부인이 왔어요. 이제 그녀를 더욱 더 조심히 보살펴야 해요. 캡 보여줘요, 래지 부인! 신발 보여줘요! 앞치마에 그게 뭐죠? 얼룩? 얼룩이 있으면 안 돼요! 아침 먹고 나서 그거 벗고 다른 거로 입어요. 탁자 가운데로 의자 들고 와요. 조금 더 왼쪽으로, 조금 더. 아침 먹어요."

11시 15분 전에 래지 부인은 (그녀가 정말 원해서) 뒤쪽 방으로 갔고, 그날 내내 옷 만들기에 빠졌다. 시계가 정각을 울리자, 르카운트 여사와 그의 주인은 노스 싱글즈로 마차를 타고 왔고, 정원에서 그들을 기다리는 막달렌과 래지 대위를 봤다.

던위치로 가는 동안 즐거움을 방해하는 일은 일어나지 않았다. 노엘 밴스톤은 매우 건강하고 기분이 아주 좋았다. 르카운트는 전날 밤 사소한 오해에 대해 사과했다. 이번 나들이는 자신이 대접하겠다고 했다. 그가 이러한 양보를 생각해냈고, 막달렌을 바라보며 계속 히죽거리고 멍청하게 웃었다. 르카운트 여사는 자기 역할을 완벽하게 해냈다. 그녀는 막달렌에게 어머니처럼 대했고, 노엘 밴스톤에게 친절한 관심을 기울였다. 그녀는 래지 대위와 대화에 깊은 관심을 가졌고, 과학을 제외하고 일반 주제에 이야기하는 것에 대해 약간 실망했다. 그녀는 진짜 목적을 넌지시 암시하는 말을 하거나 표정을 보이지 않았다. 그녀는 평소처럼 우아하고 예의 바른 옷차림을 하고 있었다. 그리고 그녀는 그 무더운 여름날 여정에서 완벽하게 멋있는 유일한 사람이었다.

그들이 던위치에 도착해 마차에서 내릴 때, 르카운트 여사가 대위를 보지 않을 때, 그는 막달렌에게 마지막 경고를 했다.

"고양이 조심해요. 돌아가는 길에 발톱을 드러낼 거예요"라고 속삭였다.

그들은 마을을 떠나 가까운 수녀원 유적지로 걸어갔다. 한때 인구가 많았던 도시 던위치의 마지막 유적으로, 수 세기 동안 바다가 모든 것을 집어삼킨 곳에서 마지막으로 살아남은 것이다. 유적지를 둘러본 후, 그들은 마을과 북해가 내려다보이는 낮은 모래 언덕 사이에 있는 작은 나무 그늘을 찾았다. 여기서 래지 대위는 막달렌과 노엘 밴스톤이 르카운트 여사와 자신보다 앞서 걸어가도록 했고, 잘못된 길로 들어서, 바로 완벽한 교묘함으로 길을 잃었다. 몇 분 동안 (잘못된 방향으로) 헤매고 나서, 그는 바다 근처의 공터에 다다랐고, 가정부가 앉을 수 있도록 정중하게 접이식 의자를 펼치면서, 사라진 일행들이 그 길로 와서 자신들을 발견할 때까지 기다리자고 했다.

르카운트 여사는 그 제안을 받아들였다. 그녀는 에스코트하는 남자가 일부러 길을 잃었다는 것을 아주 잘 알고 있었지만, 그녀의 부드러운 태도에 충격적인 영향을 주지는 않았다. 그녀가 대위를 심판할 날은 아직 오지 않았다. 단지 자신의 목록에 새로운 사항을 추가하고 접이식 의자에 앉았다. 래지 대위는 그녀 발치에서 낭만적인 자세로 몸을 뻗었고, (연인처럼 보이는) 완강한 두 적은 마치 20년 지기 친구처럼 편안하고 즐거운 대화에 빠졌다. 르카운트 여사가 대위에게 말하는 동안, 그는 생각했다. '난 당신을 알아요, 여사님! 당신은 내가 기성 과학에 걸려 넘어지는 것을 보고 싶고, 내가 교수님 수조에 빠져 죽도록 내버려 두겠지!' 대위가 자기 차례에서 이야기할 때 르카운트 여사는 생각했다. '갈색과 녹색 눈을 가진 악당 같으니! 낯짝이 두껍지, 하지만 내가 널 찌를 거야!'

서로에 대해 이런 생각을 품은 채, 막달렌과 노엘 밴스톤이 길을 헤매다가 4명이 다시 모일 때까지, 그들은 일반적인 주제, 사회 문제, 현지 풍경, 영국과 스위스 사회, 건강, 기후, 서적, 결혼과 돈 등에 대해 한순간도 쉬지 않고, 한 시간 동안 별 오해도 없이 유창하게 이야기를 나눴다.

마차가 기다리고 있는 여관에 도착했을 때, 래지 대위는 르카운트 여사가 주인과 있을 수 있게 하고, 막달렌에게 잠시 뒤로 물러나 이야기하자고 신호를 보냈다.

래지 대위가 속삭였다. "그가 당신 치마폭에 휩싸였나요?"

그녀가 대답하면서 머리부터 발끝까지 온몸을 떨었다.

"그가 내 손에 키스했어요, 그걸로 충분하죠? 집으로 돌아갈 때, 내 옆에 앉게 하지 말아요! 나는 할 만큼 했어요. 오늘 남은 시간 동안 날 살려줘요."

"나하고 같이 마차 앞쪽에 앉아요."

돌아가는 길에, 래지 대위는 예상은 적중했다. 르카운트 여사는 발톱을 세웠다.

이보다 시의적절할 수 없었다. 그녀에게 상황이 이보다 더 좋을 수 없었다. 막달렌의 기분은 가라앉았다. 몸과 마음은 지쳤다. 그리고 새로운 자리 배치로, 그녀는 주인 바로 옆에 앉아 있는 가정부 바로 건너편에 앉았다. 막달렌의 얼굴에 스쳐 지나가는 아주 작은 변화들을 매번 살피면서, 르카운트 여사는 런던 이야기와 강 양쪽에 있는 대도시의 다양한 구역의 주민들이 받는 상대적인 장점들에 관한 이야기를 끌어가면서 첫 번째 시험을 시도했다. 항상 준비된 래지는 그녀의 의도를 일찍 파악하고는 바로 끼어들었다. "복스홀 워크 이야기를 하려는 거군요, 여사님, 내가 먼저 하죠."

그는 바로 자신이 살았던 런던의 여러 구역에 관한 이야기를 지어냈고, 그중에 한 곳으로 능숙하게 복스홀 워크를 언급하면서, 르카운트 여사가 그 인접 지역에 대한 갑작스러운 질문을 막달렌에게 하는 것을 막았다. 그는 거주지에서 자연스럽게 자신의 이야기로 넘어갔고, 가정부에게 (바이그레이스라는 인물로) 모든 가족사를 털어놓았다. 온두라스에 있는 형의 무덤과 독학한 흑인 예술가의 기념비, 그리고 첼튼넘의 하숙집 1층에 살았던 형의 엄청나게 뚱뚱한 미망인 이야기도 잊지 않았다. 막달렌에게 정신을 차릴 시간을 주기 위해, 이런 자전적 이야기들을 쏟아내서 목적을 달성했지만, 다른 목적에는 맞지 않았다. 르카운트 여사는 그에게 한마디도 하지 않고 경청했다. 래지 대위의 가짜 신분에 완벽한 이야기로 그녀가 그에게 대항할 수 있는 사실을 알기 전까지, 자신이 확신하는 것을 노엘 벤스톤에게 설득시킬 수 없다는 절망감만 확인했다. 그녀는 그가 말을 다 할 때까지 기다렸다가, 다시 공격에 나섰다.

그녀는 막달렌에게 말했다. "당신 삼촌이 한때 복스홀 워크에 살았다니, 이런 우연이 있군요. 노엘 씨도 그곳에 집이 있고, 앨드버러로 오기 전에 그곳에서 살았어요. 바이그레이브 양, 혹시 '가스 양'이라는 이름을 가진 여자에 대해 알고 있는지 물어봐도 될까요?"

이번에는 대위가 끼어들기 전에 그녀가 질문했다. 막달렌은 이미 앞에서 지나갔던 일을 보고 대비해야 했지만, 그날 조금 전에 일어났던 일로 긴장이 풀어졌고, 그녀는 잠시 정신을 차리고 나서야, 그 질문에 부정하는 대답을 할 수 있을 뿐이었다. 그녀는 아주 잠시 망설였는데, 수상히 여기지 않는 사람은 신경 쓰지 않았을 것이다. 하지만 르카운트 여사의 개인적 확신을 확인할 수 있을 만큼 충분히 길었고, 그녀는 앞으로 더 나아가기로 했다.

그녀는 래지 대위가 대화에 끼어들려는 노력을 계속 무시한 채, 막달렌에게 시선을 고정한 채 말을 이었다. "그냥 물어봤어요. 왜냐하면, 가스 양은 모르는 사람이었고, 내가 그녀에 대해 무엇을 할 수 있을지 궁금하거든요. 바이그레이브 양, 우리가 시내를 떠나기 전날, 내가 언급했던 사람이라고 자신을 소개한 어떤 사람이 매우 특별한 상황에서 우리를 방문했어요."

사근사근하고 환심을 사는 태도로, 사악한 경멸적 태도를 동정으로 교묘하게 가장해서, 그녀는 이제 막달렌 바로 앞에서 변장한 막달렌 모습을 대담하게 묘사했다. 콤-레이븐의 주인과 안주인을 늘 어르신과 더 훌륭한 일가를 짜증 나게 하는 사람들이라고 얕잡아 보며 말했다. 그녀는 부모처럼, 존경받는 사람의 성격과 이름을 가진 노엘 밴스톤 씨에게 금전적 이득을 취하려고 하는 아이들을 애통해했다. 대위가 주의를 딴 데로 돌리지 않도록 교묘하게 주인 이야기를 하고, 하찮은 도발은 하지 않으면서, 악의적인 여자가 내뱉을 수 있는 말로 모든 약점을 건드리면서, 그녀는 틀림없이 자신의 주장을 펼쳤을 것이고, 막달렌이 공개적으로 본 모습을 드러내도록 괴롭혔을 것이다. 래지 대위가 큰소리를 외치면서, 막달렌의 손목을 갑자기 잡지 않았다면 말이다.

래지 대위가 외쳤다. "너무나 죄송하지만, 내 조카 얼굴 좀 보세요. 맥박을 보니, 격렬한 신경통이 또 왔네요. 오 얘야, 왜 아프다고 말 안 했어? 그런 예의는 안 차려도 돼! 얼굴을 보니 아프네요, 그렇죠, 르카운트 여사? 밴스톤 씨, 왼쪽 머리가 아프네요. 베일 내리고, 나한테 기대. 우리 친구들이 양해하실 거야. 오늘 남은 시간은 널 봐주실 거야."

르카운트 여사가 그 신경통이 진짜인지 의혹을 품기도 전에, 대위 예상대로 그녀의 주인이 가만히 있지 못하고 적극적으로 공감했다. 그는 마차를 세웠고, 바이그레이브 양과 그녀의 삼촌은 편안한 뒷좌석으로, 르카운트 여사와 자신은 앞좌석으로 바로 자리를 바꾸자고 했다. "르카운트 여사, 정신을 들게 하는 약 가지고 있나요? 훌륭해요! 바로 바이그레이브 양에게 주고, 마부에게 조심히 운전하라고 해요. 만약 마부가 바이그레이브 양이 흔들리도록 한다면, 한 푼도 못 받는다고 해요." 이런 경우 최면술이 자주 쓰였다. 노엘 밴스톤의 아버지는 유럽에서 가장 강력한 최면술사였고, 노엘 밴스톤은 그의 아들이었다. 그가 최면술을 할까? 저 지독한 마부에게 그늘진 곳에 마차를 세우라고 명령할 수 있을까? 치료를 받아야 할까? 앨드버러보다 가까운 곳에서 치료를 받을 수 있을까? 그 마부는 몰랐다. 그는 지나가는 사람들을 모두 세워서 그가 의사인지 물어봤다. 그래서 그는 집으로 돌아가는 내내, 숨 쉬는 짧은 시간마다 점차 연민과 자부심이 커졌다.

르카운트 여사는 한마디도 하지 않고 패배를 인정했다. 래지 대위가 그녀를 방해한 순간부터, 남은 여정 동안 그녀는 더는 입을 열지 않았다. 아파하는 아가씨를 주인이 걱정하며 따뜻하게 보살피는 걸 보며, 그녀는 속으로 분을 삼켰다. 되도록 그녀는 그를 신경 쓰지 않았다. 그녀는 패배한 적에 대한 지나칠 배려를 보이는 대위가 뭘 하든 그 대위에게 전혀 관심을 주지 않았다. 앨드버러에 가까워질수록, 르카운트 여사의 단호한 검은 눈은 반대편 자리에 기대서 베일을 내리고 눈을 감고 있는 막달렌을 점점 뚫어지게 바라봤다.

마차가 노스 싱글즈에 도착해, 래지 대위가 막달렌에게 손을 내밀었을 때가 돼서야, 그 가정부는 마침내 그에게 눈길을 줬다. 그가 마차 문에서 웃으면 모자를 벗을 때, 그녀의 자제력이 갑자기 사라지면서, 그를 한 번 쏘아보고, 그 자리에서 공손한 대위를 무색하게 만들었다. 그는 노엘 밴스톤의 마지막 동정 어린 질문에 성급하게 대답하고, 바로 돌아서서 막달렌을 데리고 집으로 갔다. "그녀가 발톱을 드러낼 거라고 말했죠. 내가 말리기도 전에 그녀가 당신을 할퀸 거 내 잘못 아니에요. 그녀에게 상처받았어요?"

"상처를 줬지만, 어떤 의미에서는 나에게 용기를 줬어요. 내일 꼭 해야 할 일을 말해줘요, 난 그대로 할 테니까." 그녀는 그런 말을 하면서 크게 한숨 쉬고 방으로 올라갔다.

래지 대위는 바로 응접실로 가서, 앉아서 고민했다. 그는 그날 패배 후 생각만큼 적군의 다음 행동을 확신할 수 없다는 생각이 들었다.

헤어질 때 그 가정부의 표정은 아직 끝나지 않았다는 걸 분명히 보여줬고, 늙은 군인은 그녀가 취할 다음 단계에 제대로 준비하는 것이 아주 중요하다고 느꼈다. 그는 시가에 불을 붙이고, 앞으로의 위험에 대해 조심스럽게 생각했다.

래지 대위가 노스 싱글즈의 응접실에서 고민하는 동안, 르카운트 여사는 씨뷰 별장의 자신의 침실에서 계획을 짜고 있었다. 그녀의 음모를 폭로하려는 첫 번째 시도가 실패한 것에 대한 분노가 그녀는 노엘 밴스톤의 열병이 통제가 안 되기 전에 두 번째 시도를 해야겠다는 필요성을 느꼈다. 막달렌에 대한 덫이 실패하자, 막달렌의 언니를 함정에 빠트리는 것이 다음 시도였다. 르카운트 여사는 차 한 잔을 주문하고, 필통을 열어 내일 우편으로 언니 밴스톤 양에게 보낼 편지의 초안을 쓰기 시작했다.

그래서 그날의 소규모 접전은 끝났다. 전투의 열기는 아직 일어나지도 않았다.

Chapter 6

　모든 인간의 침투에는 한계가 있다. 비록 지금 래지 대위의 예리한 통찰력이 어찌할 바를 모르고 있지만, 지금까지 그는 자신의 길을 정확히 알았다. 그는 르카운트 여사의 다음 단계에 대해 전혀 준비되지 않았다는 생각이 분해서 담배를 껐다. 이런 비상 상황에서, 그의 경험상 그가 택할 수 있는 안전하고 유일한 길은 하나뿐이었다. 그녀가 유리한 점을 이용해 몰래 그를 공격할 시간이 생기기 전에, 가정부가 전술을 완전히 바꾸도록 혼란스러운 느낌을 주기로 했다. 이런 생각을 가지고 그는 하인을 위층으로 보내 바이그레이브 양에게 내려와서 그와 이야기하자는 말을 전했다.

　막달렌이 응접실에 들어왔을 때, 그가 말했다. "당신을 방해한 거 아니죠. 담배 냄새는 미안해요. 다음 과정에 대해 두 가지를 이야기하고 싶어요. 솔직히 말해서, 르카운트 여사가 날 혼란스럽게 했고, 이제 그녀를 혼란스럽게 함으로써 되돌려주려고 해요. 내가 제안하는 건 아주 간단해요. 난 이미 당신이 심각한 신경통을 겪고 있다고 했고 (내일 아침 노엘 밴스톤 씨가 안부를 물어보면) 당신은 완전히 꼼짝하지 않고 누워있는 거에요. 씨뷰 별장에서 '오늘 아침 브레이브 양은 어때요?'라고 물으면, 노스 싱글즈에서는 '더 안 좋아졌어요. 바이그레이브 양은 방에만 있어요'라고 답하는 거죠. 2주 정도 '바이그레이브 양은 어때요?'라고 물어보면, 필요하다면 같은 기간 동안, '차도가 없어요'라는 대답만 반복하는 거에요. 이런 갑갑한 생활을 참을 수 있겠어요? 이른 아침이나 늦은 밤에 신선한 공기를 쐬러 나가는 것에 반대는 안 해요. 하지만, 낮 동안에는, 말 그대로, 래지 부인처럼 당신 방에만 있어야 해요."

"이렇게 하는 당신 목적이 뭐죠?"

"내 목적은 두 가지예요. 내 어리석음이 부끄럽지만, 사실은 난 르카운트 여사의 다음 행동을 정확히 모르겠어요. 확실히 알 수 있는 건, 그녀가 주인이 진실에 눈을 뜨도록 다른 시도를 할 거라는 거예요. 당신의 신분을 폭로하기 위해 그녀는 무슨 수단이든 이용할 것이고, 그녀의 목적을 이루기 위해 당신과 개인적 소통은 꼭 필요해요. 내가 그 소통을 막으면, 처음부터 그녀를 방해하거나, 카드놀이로 치면, 그녀의 손을 못 쓰게 하는 거예요. 무슨 말인지 알겠어요?"

막달렌은 분명히 이해했다. 대위는 계속 말했다.

"두 번째 이유는 전적으로 르카운트 여사의 주인 때문이에요. 사랑은 다른 것과 전혀 다르게, 불리한 상황에서 더 커져요. 첫 번째 조치로 노엘 밴스톤 씨는 당신에게 매력을 느꼈어요. 다음 조치로 그걸 단절시킴으로써 그가 정신 팔리도록 하는 거예요. 이 목적을 이루기 위해서 만남을 몇 번 더 제안했어야 했지만, 르카운트 여사를 상대로 우리의 상황은 불리해요. 그래서 어제 당신이 끼친 영향력을 믿고, 원하지 않았지만, 더 빨리 갑작스러운 헤어짐을 시도해 봐야 해요. 당신은 만나지 않지만, 난 노엘 밴스톤 씨를 만날 거예요. 만약 그 신사의 마음에 생소한 것이 생긴다면, 난 바로 그 점을 건드릴 거예요. 이제 내 생각을 다 말했어요. 시간을 갖고 생각해보고 찬성할지 안 할지 알려 줘요."

"내가 르카운트 여사와 주인을 만나지 않고도, 좋은 쪽으로 바뀌는 거잖아요! 당신 원하는 대로 해요."

그녀는 지금까지 힘없고 지친 채 대답했지만, 마지막 말을 할 때는 래지 대위에게 자신을 더는 압박하지 말라는 경고 신호로, 목소리를 높이고 얼굴을 붉혔다.

"아주 좋아요. 평소처럼 우리는 서로를 이해했어요. 피곤해 보이네요. 당신을 더 붙잡지 않을게요."

그는 일어나 문을 열고 나갔다가 중간쯤 멈춰서 다시 돌아왔다. "아래층에서 하인과 여러 문제를 정리해야겠어요. 당신은 계속 침대에 누워 있을 수 없고, 하인이 손님을 맞이하러 현관으로 나갈 때, 우리는 당연히 그녀를 믿지 않고, 그녀의 판단에도 맡겨서는 안 돼요. 나는 그녀에게 반갑지 않은 지인이 집에 들어오지 못하게 하는 방법으로 당신이 집에 없다고 말하는 것처럼, 당신이 아프다고 말하도록 이해시킬 거예요. 문 열어 줄게요. 미안하지만, 당신 방으로 가는 대신 래지 부인의 작업실에 갈 거예요."

"나도 알아요. 난 이제 그 끔찍한 방에서 래지 부인을 데리고 나와 위층으로 데리고 가고 싶어요."

"저녁 동안에요?"

"2주 내내요."

래지 대위는 그녀를 따라 식당으로 들어왔고, 그리고 다시 말하기 전에 현명하게 문을 닫았다.

크게 놀란 그가 물었다. "2주 동안 당신이 내 아내와 함께 지내겠다는 거 진심이에요?"

"당신의 아내는 이 죄 많은 집에서 유일하게 무죄인 사람이에요." 그녀는 격렬하게 폭발했다. "나는 그녀와 함께 있어야 하고 그렇게 할 거예요."

"흥분하지 말아요. 어쨌든 래지 부인은 데려가요. 난 그녀를 원하지 않아요." 그런 조건으로 배우자를 포기한 그는 조심히 응접실로 돌아갔다. '이래서 여자들은 약해!' 대위는 똑똑한 머리를 툭툭 치며 생각했다. '여자의 지적 능력에 부담을 주면, 여자의 성질은 바로 가라앉는단 말이야.'

그날 저녁 대위가 말한 부담은 노스 싱글즈 여성들에게만 국한되는 것이 아니었다. 씨뷰의 여성까지 확대되었다. 거의 두 시간 동안 르카운트 여사는 책상에 앉아 그녀가 원하는 목적을 정확히 이루기 위해 언니 밴스톤 양에게 편지를 완성하기 전에, 쓰고, 수정하고, 또 다시 썼다. 마침내 초안이 만족할 만큼 완성됐다. 그리고 그녀는 그다음 날 부칠 수 있도록 바로 똑같이 베껴 썼다.

이렇게 쓴 그녀의 편지는 독창성 면에서 걸작이었다. 첫 번째 서두 후, 가정부는 노라에게 복스홀 워크에서 변장을 한 방문객의 모습, 면담에서 나눈 대화 내용, 그리고 가스 양이라고 주장하는 사람이 모든 가능성에서 동생 밴스톤 양 같다는 자신의 주장을 솔직하게 말했다. 여기까지는 사실을 말하고, 르카운트 여사는 계속해서 그녀의 주인에게 법적으로 처리하기 위한 상당한 증거가 있고, 앨드버러에서 자신을 위협했던 음모에 대해 알고 있지만, 가족으로서 배려하고 언니 밴스톤 양이 동생이 극단적인 일을 불필요하게 벌이지 않도록 힘 써주기 바라기에 망설이고 있다고 했다.

(이어지는 편지에서) 이런 상황에, 복스홀 워크를 찾은 변장한 방문객의 신원이 명백하게 밝혀져야 하며, 만약 르카운트의 추측이 틀렸고, 모르는 사람인 걸로 밝혀진다면, 노엘 밴스톤 씨는 자신의 변호를 위해 고발을 긍정적으로 생각하고 있다고 했다. 그러나 가정부는 동생 밴스톤 양을 전혀 알지 못했기 때문에, 특히 이 문제에서는 더 잘 아는 사람이 다루는 것이 바람직했다. 만약 언니 밴스톤 양이 앨드버러에 직접 올 수 있다면, 친절히 편지로 그렇다고 알려 달라고 했다. 그러면 르카운트 여사가 날짜를 정하기 위해 다시 편지를 보낼 것이다. 반면, 만약 밴스톤 언니가 올 수 없다면, 르카운트 여사는 답장에서 여동생의 얼굴이나 손에 있는 점처럼 작은 특징을 포함해 그녀의 개인적 용모에 대해 자세히 설명해 달라고 했고, (최근에 썼을 경우에 대비해) 그녀의 마지막 편지에 적힌 주소가 무엇인지, 없다면 봉투 소인이 어디인지 말해 달라고 했다. 이런 정보가 그녀에게 도움이

될 것이며, 르카운트 여사는 그 그릇된 젊은 아가씨에 대해 책임지고 개인적으로 신원을 확인할 것이고, 답장으로 바로 언니 밴스톤에게 그 결과를 알려 줄 것이다.

이 편지를 올바른 주소로 보내는 것은 르카운트 여사에게 그렇게 어렵지 않았다. 마이클 밴스톤 씨가 살아 있었을 때 두 자매에 대해 간청했던 변호사의 이름을 기억하고 있었기 때문에, 그녀는 편지에 "밴스톤 양, 전문, 런던, 펜드릴 씨"라고 적었다. 그녀는 노엘 밴스톤 씨의 변호사에게 보내는 두 번째 봉투에 동봉했고, 펜드릴 씨 사무실로 바로 보낼 것을 요구하는 내용을 봉투에 적었다.

르카운트 여사는 다음 날에 직접 보낼 편지를 책상 안에 넣으면서 '이제, 그녀를 잡았어!'라고 생각했다.

다음 날 씨뷰 하인이 와서, 주인의 안부 인사를 전하며 바이그레이브 양의 건강에 관해 물었다. 래지 대위의 지시 사항이 예상대로 전해졌다. 바이그레이브 양은 너무 아파서 방에만 있었다.

노엘 밴스톤은 이 소식을 듣고 걱정이 돼, 오후 산책을 하러 나왔을 때 노스 싱글즈를 직접 방문했다. 바이그레이브 양은 차도가 없었다. 그는 바이그레이브 씨를 만날 수 있는지 물었다. 멋진 대위는 이 비상사태에 대처할 준비가 되어 있었다. 그는 조금 자극적인 긴장감은 노엘 밴스톤에게 해가 되지 않을 것이라 생각했고, 조심스럽게 하인에게 필요한 경우 대답을 이렇게 하라고 했다. "바이그레이브 씨는 누구도 만날 수 없으니 양해해 달라고 하셨어요."

둘째 날에는 전날과 마찬가지로 오전에는 심부름꾼이, 오후에는 노엘 밴스톤이 직접 물어보러 왔다. (막달렌에 관한) 오전의 답은 "아주 조금 나아졌어요"였다. (래지 대위에 관한) 오후의 대답은 "바이그레이브 씨는 방금 나가셨습니다"였다. 그날 저녁 노엘 밴스톤의 성미는 매우 불안정했다. 인내심과 눈치가 있는 르카운트의 여사는 그가 기분 상하지 않도록 매우 노력했다.

셋째 날 아침, 젊은 숙녀에 대한 소식은 더 좋지 않았다. "바이그레이브 양은 여전히 매우 좋지 않고, 침대에서 일어나지 못해요." 이 메시지를 가지고 돌아온 하인은 우체부를 만나, 르카운트 여사에게 보내진 편지 2통을 들고 거실로 갔다.

첫 번째 편지의 필체는 가정부에게 익숙했다. 취리히에 있는 아픈 남동생의 의료진이 보낸 것이었고, 환자의 병환이 최근에 크게 호전돼서, 생명을 유지할 수 있는 모든 희망이 생겼다고 했다.

두 번째 편지에 적힌 주소는 낯선 필체로 적혀 있었다. 밴스톤 양의 답장이라고 생각한 르카운트 여사는 아침 식사가 끝날 때까지 기다렸다가 자신의 방으로 갔다.

편지를 열어 마지막 부분에 적힌 이름을 보고 그녀는 조금 놀랐다. 서명은 "노라 밴스톤"이 아니라 "해리엇 가스"였다.

가스 양은 언니 밴스톤 양이 1주일 전에 프랑스 남부 임시 거처에 고용주 가족들과 함께 지낸다는 조건으로 가정교사로 들어갔고, 약 한 달이나 6주 뒤에 영국으로 돌아올 것이라고 했다. 밴스톤 양의 어쩔 수 없는 부재 기간 동안, 가스 양이 그녀에게 온 모든 편지를 읽고, 여동생에 대한 어떤 소식이라도 바로 답장을 해주기로 했다. 막달렌 밴스톤 양은 7월 중순 이후 편지를 쓰지 않았으며, 마지막에 보낸 편지의 소인은 런던 램버스이고, 언니는 그녀에 대해 매우 걱정하면서 영국을 떠났다.

이 설명을 마친 가스 양은 집안 사정으로 인해 개인적으로 앨드버러에 가서 르카운트 여사를 도울 수 없었다고 말했다. 하지만, 모든 면에서 이 일에 적합한 사람으로 펜드릴 씨를 대리인으로 보내겠다고 했다. 그 신사는 막달렌 밴스톤 양을 아주 잘 알고, 직업적인 경험과 신중함 때문에 그가 훨씬 더 도움이 될 것이다. 그는 필요하다고 생각할 때 언제든지 앨드버러로 갈 거라고 친절히 동의했다. 하지만 그의 시간은 매우 귀하기 때문에, 가스 양은 르카운트 여사가 확실히 그의 도움이 꼭 필요하다고 할 때 그에게 가라고 부탁했다.

이렇게 정리된 내용을 전하며, 가스 양은 또한 자신에게 편지를 보낸 사람에게 동생 밴스톤 양에 대해 설명을 하는 것이 옳다고 생각한 다고 덧붙였다. 르카운트 여사가 펜드릴 씨의 도움을 받을 시간도 없이 비상 상황이 일어날 수도 있다. 그리고 이 불쌍한 아가씨에 대해 관용을 베풀려는 노엘 밴스톤 씨의 뜻을 펼치는 것이 그녀의 신분을 확인하는 데 예상치 못한 어려움으로 더뎌질 수도 있을 것이다. 이런 상황에서 인상착의에 대한 설명은 다음과 같았다. 막달렌을 알아볼 수 있는 특징이 있으며, 요크로 보낸 전단지에서 공식적으로 언급됐 듯이 '목 왼쪽에 작은 점 2개가 가까이 있다'는 것이었다.

결론에서, 가스 양은 르카운트 여사의 의혹이 사실로 드러날 가능성이 매우 높다는 염려를 나타냈다. 하지만, 모르는 사람이 그 음모를 저지른 것으로 밝혀지는 아주 희박한 가능성이 있으며, 가스 양은 이럴 경우 노엘 밴스톤에게 감사한 마음으로 법적 절차를 돕겠다고 했다. 그런 이유로 그녀는 자신과 자신의 이름을 사용해서 변장한 사람 사이의 어떠한 관계도 없다는 것을 공식적으로, 필요하다면 개인적으로 반복해서, 부인한다고 덧붙였다. 그녀는 돌아가신 앤드류 밴스톤 씨의 가정교사로 있던 가스 양이며, 그녀는 평생 복스홀 워크 동네나 근처에도 가본 적이 없었다.

이러한 부인과 함께, 만약 언니가 영국에 있었다면 막달렌을 위해서라면 모든 것을 할 거라는 열렬한 다짐으로 편지를 마무리했다. 가스 양의 성격답게 빠짐없이 서명되어 있었고, 날짜가 정확하게 적혀있었다.

이 편지는 가정부에게 엄청난 무기가 되었다. 변호사의 개입으로 막달렌의 정체를 확인할 수 있는 수단이 되었다. 펜드릴 씨가 나타나기 전, 유리하게 쓰일 수 있는 인상착의 내용도 있다. 진짜 가스 양이 가짜 가스 양을 폭로했다. 언니 밴스톤 양이 동생에 받은 마지막 편지는 복스홀 워크 동네에서 (아마도 쓰고) 보냈다는 것을 확인시켜 줬다. 나중에 앨드버러 소인이 찍힌 편지를 받았다면, 소재에 관한 문제에 있어서는 일련의 증거들이 틀림없이 더 완벽했을 것이다. 하지만, 지금만으로도, (르카운트 여사가 아직도 들고 있는 갈색 알파카 드레스 조각을 더해서) 음모에 드리워진 베일을 벗기고, 노엘 밴스톤에게 분명하고 놀라운 진실을 마주하게 하는 데 이 정도 증거면 충분했다.

현재 가정부가 바로 행동을 취하는 데 방해가 되는 한 가지 장애물은 바이그레이브 양이 현재 자신의 방에서만 은둔 생활을 하고 있다는 것이었다. 펜드릴 씨와 연락을 하기 전에 개인적으로 접근하는 것을 분명히 해야 했다. 르카운트 여사는 다시 보닛을 쓰고, 우체부가 오기 전 노스 싱글즈를 들러서 뭐라도 알아보기도 했다.

이번에는 바이그레이브 씨가 집에 있었고, 그녀는 별 어려움 없이 집에 들어갈 수 있었다.

그날 아침 신중히 생각을 했던 래지 대위는 위기 상황에 조금 더 가까이 나아가기로 결정했다. 목적을 이루기 위해 그는 가정부와 그녀 주인을 따로 만나서, 그들에게 자신에 대해 완전히 상반된 인상을 심어줌으로써 그들 관계를 멀어지게 할 필요가 있었다. 따라서 르카운트 여사의 방문은 그를 당혹스럽게 하는 것이 아니라 그가 바랄 수 있는 가장 반가운 일이었다. 그는 그녀가 정말 예상치도 못한 아주 점잖은 태도로 그녀를 맞이했다. 환심을 사려는 미소는 사라지고, 가늠이 안 되는 엄숙한 표정을 지었다.

"바이그레이브 양이 아프다는 소식에 주인님과 제가 모두 유감스러워한다는 것을 전하기 위해 들렀어요. 차도가 좀 있나요?"

"아뇨, 여사님." 대위는 최대한 짧게 답했다. "제 조카는 전혀 차도가 없어요."

"제가 간병해본 적이 있어요, 바이그레이브 씨, 제가 도움이 된다면…."

"감사합니다, 르카운트 여사. 그러실 필요 없어요."

이런 솔직한 대답 후 잠시 침묵이 흘렀다. 가정부는 조금 당혹스러웠다. 바이그레이브 씨의 공들인 예의와 수많은 말들은 어떻게 되었는가? 그녀의 기분을 상하게 하고 싶은 것인가? 그렇다면, 그녀는 앉은 자리에서 그가 자신의 목적을 이루게 해서는 안 된다고 결심했다.

"어떤 병인지 물어봐도 될까요? 던위치에 갔던 나들이와 관련이 없기를 바라요."

"이런 말씀 드려서 유감이지만, 여사님, 그 마차에서 일어났던 신경통 때문입니다."

'그렇다는 거지! 저 사람은 내가 그 병이 진짜라고 생각하도록 하지도 않고, 시작부터 본모습을 드러냈어'라고 르카운트 여사는 생각했다. "신경성 질환인가요?"

대위는 심각한 표정으로 고개를 끄덕이며 답했다.

"그럼 집에 신경성 질환자 2명이 있는 건가요, 바이그레이브 씨?"

"맞아요, 여사님, 2명이에요. 내 아내와 내 조카요."

"이상하게 불운이 겹쳤군요."

"그래요, 여사님, 아주 이상해요."

기분 나빠하지 않겠다는 르카운트 여사의 결심에도, 모든 발작에 정말 짜증나게 무관심한 래지 대위 때문에 그녀는 화가 나기 시작했다. 그녀는 뭔가를 더 말하기 전에, 침착해지기가 조금은 힘들다는 것을 의식했다.

"바이그레이브 양이 방에서 나올 희망이 지금은 없나요?"

"전혀 없습니다, 여사님."

"치료에 만족하시는 거 같군요."

대위는 침착하게 말했다. "치료받는 건 없어요. 제가 직접 돌봐요."

그 대답에 점점 쌓이던 르카운트 여사의 독기가 입 밖으로 터져 나왔다.

그녀는 악의적인 미소를 지으며 말했다. "선생님의 과학 지식에 의학에 대한 지식도 있는 거겠죠?"

표정이나 태도 변화 없이 대위는 대답했다. "그럼요, 여사님, 다른 것만큼 잘 알고 있어요."

그 말투에 르카운트 여사에게는 품위 있는 대안이 하나밖에 남지 않았다. 그녀는 면담을 끝내기 위해 일어섰다. 순간적인 유혹이 너무 커서, 헤어질 때 그는 래지 대위에게 위협의 그림자를 드리울 수밖에 없었다.

"어떤 일에 대한 빚을 갚을 때까지 저를 맞아주신 당신의 태도에 대한 감사를 미뤄야겠네요. 한편, 제대로 된 치료를 받지 못하지만, 바이그레이브 양의 병환이 제가 여기 올 때 생각했던 것보다는 덜 심각한 거 같아서 기쁘네요."

구제불능인 대위가 응수했다. "여사님 말 절대 부인하지 않겠어요. 괜찮으시다면, 다음에 내 조카가 상당히 괜찮아져서 만날 때, 부인 말대로 그때 인사를 하겠습니다." 그런 말을 한 후, 그는 그 가정부를 따라 복도로 나갔고, 정중하게 그녀에게 문을 열어줬다. 그는 문을 다시 닫으면서 속으로 생각했다. '난 당신의 술수를 알아요. 당신 손에 내 조카에 대한 트럼프 카드가 보이고, 난 당신이 그 카드를 내놓지 못하게 할 거예요.'

그는 응접실로 돌아와, 다음에 일어날 일, 즉 르카운트 여사의 주인 방문을 침착하게 기다렸다. 한 시간도 안 돼, 래지 대위의 예상대로, 노엘 밴스톤이 왔다.

대위는 주저하는 방문객의 손을 꼭 잡으면서 외쳤다. "당신이 무슨 일로 오셨는지 알아요. 르카운트 여사가 이곳을 방문한 이야기를 했고, 틀림없이 내 조카가 아픈 것이 그냥 속임수라고 했겠죠. 선생님은 놀라고, 마음이 아프고, 내가 당신의 친절한 연민을 하찮게 여긴다고 의심하셨겠죠. 한마디로, 설명이 필요한 거죠. 설명해 드릴게요. 자리에 앉으세요, 밴스톤 씨. 남자로서 생각하고 판단해 주세요. 우리가 오해받고 있다는 거 알아요. 처음부터 솔직하게 말씀드리겠어요. 당신의 가정부가 그 원인이에요."

살면서 처음으로 노엘 밴스톤은 눈을 제대로 떴다. "르카운트라니!" 그는 몹시 당황해서 소리쳤다.

"그래요, 선생님. 오늘 아침에 르카운트 여사가 오셨을 때 저의 정중하지 못한 태도로 불쾌하게 해드린 거 같아요. 난 솔직한 남자고, 내가 느끼지 못한 건 짐작할 수 없어요. 당신의 가정부 성격에 대해 불평하는 게 아니에요. 그녀는 당연히 가장 훌륭하고 믿을 수 있는 여성이지만, 그녀와 같은 위치에 있는 사람들은 공통적으로 한 가지 심각한 결점이 있어요. 비록 선생님은 모르셨겠지만, 그녀는 자신의 주인에게 영향을 미치는 사람을 질투하고 있어요."

"미안하지만, 내 관찰력은 놀라운 정도로 빨라요. 아무것도 날 피할 수 없어요."

"그렇다면, 르카운트 여사가 질투심으로 내 조카에게 했던 행동을 눈치 못 챘을 리가 없을 텐데요?"

노엘 밴스톤은 자신의 손님들이 씨뷰를 떠났을 때 르카운트 여사와 자신 사이의 서먹함을 떠올렸고, 바로 대답하지 못했다. 그는 매우 놀라고 매우 괴로워했다. 던위치로 갈 때 르카운트 여사가 기분 좋아지려고 최선을 다했다고 생각했고, 어떤 불운한 오해가 있었다고 믿었다.

대위가 심각하게 추궁했다. "선생님은 그 상황을 눈치채지 못하셨다는 뜻인가요? 명예롭고 관찰력이 있는 남자로서, 그렇게 말하면 안 돼요! 겉으로만 예의 있는 척하는 당신 가정부는 진짜 감정을 숨기지 않았어요. 내 조카도 봤고, 저도 봤어요. 밴스톤 씨, 내 조카는 예민하고, 활기찬 아가씨예요. 그리고 그녀는 앞날을 위해 르카운트 여사와 친해지는 것을 분명히 원치 않아요. 오해하지 마세요. 조카뿐만 아니라 저도 당신과는 계속 잘 지낼 거예요, 밴스톤 씨. 바이그레이브 양은 단지 당신 집에서 (고전적 암시로 말하자면) 분쟁의 씨가 되고 싶지 않은 거예요. 저는 지금까지 그녀가 옳다고 생각해요, 그리고 솔직히 말하면, 그녀가 실제로는 신경과민이지만 심각한 병이라고 과장했어요. 순전히 당분간, 이 두 여성이 길에서 매일 만나는 걸 피하고, 서로가 불쾌한 인상을 남기고 각자 집으로 돌아가는 걸 막기 위해서였어요."

"내 집에서 이런 불쾌한 일은 용납하지 않아요. 내가 주인이에요. 바이그레이스 씨, 당신도 이미 알고 있을 거예요. 내가 주인이라고요!"

"당연하죠. 선생님, 하지만 하루 종일 권위를 행하며 사는 건 집안 주인의 인생이라기보다는 교도관 같은 인생이에요. 소모감을 생각해 보세요."

래지 대위가 그의 권위를 인정해준 것에 대해 마음이 진정된 노엘 밴스톤이 말했다. "그렇게 생각하나요? 난 당신이 옳은 건지 모르겠어요. 하지만 바로 몇 가지 조치를 할 거예요. 난 바보가 아니에요. 더 우스꽝스러워지기 전에 르카운트를 완전히 내보내겠어요!" 그는 얼굴을 붉히고 맹렬하게 팔짱을 꼈다. 래지 대위의 교묘하게 흥분시키는 설명은 늘 몰래 생각하고 있었던 가정부의 영향력에 대한 잠재적인 의혹과 르카운트 여사가 이제 평소처럼 그 힘을 발휘하지 못한다는 생각을 일깨웠다. "바이그레이브 양이 날 어떻게 생각하겠어요!" 그는 갑자기 화를 내며 소리쳤다. "르카운트를 내보낼 거예요. 젠장, 바로 르카운트를 쫓아낼 거예요!"

"아니에요, 그러지 마세요!" 르카운트 여사를 절박한 상황으로 몰고 가는 건 피하려는 대위가 말했다. "가벼운 방법들도 있는데 왜 강한 방법을 취하려고 해요? 르카운트 여사는 늙은 하인이에요. 르카운트 여사는 중요하고 쓸모가 있어요. 그녀의 작은 단점은 질투고, 그 질투는 미혼인 주인과 있어서 그래요. 그녀는 당신이 어여쁘고 젊은 숙녀에게 공손한 관심을 보이는 것을 보고, 그 젊은 숙녀가 당신의 정중함을 의식하고 있다는 걸 알고 있어요. 그래서 불쌍하게도, 그녀가 화를 내는 거예요! 확실한 해결책은 뭘까요? 그녀를 달래세요. 남자답게 여자의 나약함을 받아들이는 거예요. 다음에 우리가 길에서 만날 때, 르카운트 여사가 당신과 함께 있다면, 다른 길로 가세요. 만약 르카운트 여사가 당신과 함께하지 않는다면, 우리가 꼭 당신과 함께할게요. 간단히 말해서, 선생님, (고전적인 말로) 단호하게 행동하기 전에, 온화한 태도를 보이세요!

노엘 밴스톤이 래지 대위의 회유하는 조언을 받아들여야 하는 하나의 훌륭한 이유였다. 비록 그가 용기 내어 맞설 수 있다고 해도, 르카운트 여사와 공개적인 불화는 그의 아버지와 그에 대한 봉사에 대한 감사의 뜻으로 답례를 해야 한다는 걸 인정하는 의미일 것이다. 금전적인 형태로 감사를 표해야 한다는 생각만으로도 그의 탐욕스러운 본성은 움츠러들었다. 주저하는 태도를 보이며 논의를 한 후, 그는 대위의 제안에 동의하고 르카운트 여사를 달래기로 했다.

"하지만 나는 이 문제는 꼭 짚고 넘어갈 거예요. 내가 르카운트 여사의 나약함을 인정하는 것에 대해 오해받아서는 안 돼요. 바이그레이브 양은 내가 가정부를 무서워한다고 생각해서는 안 돼요!"

대위는 바이그레이브 양은 그런 생각을 해서도 안 되고 하지도 않을 거라고 말했다. 그런데도, 노엘 밴스톤은 평소처럼 끈질기게 자꾸 그 주제로 돌아갔다. 그가 개인적으로 바이그레이브 양과 화해하면 경솔한 것인가? 그날 그녀를 만날 수는 없는가? 안 된다면, 다음 날은? 아니면 그다음 날은? 래지 대위는 조심스럽게 답했다. 그는 노엘 밴스톤의 바람을 빨리 들어줘서 불신을 크게 자극하지 않는 것이 중요하다고 느꼈다.

"오늘 면담은 불가능해요. 그 애는 아직 충분히 낫지 않았고 휴식을 원해요. 단지 르카운트 여사와 마주치는 당황스러운 일을 피하려

410

고 그러는 것이 아니라, 이런 신경과민에 아침 공기와 고요한 아침이 중요하기 때문에, 내일 낮에 더워지기 전에 그녀에게 나가자고 할 거예요. 우리는 여기서 일찍 일어나요. 7시에 출발할 거예요. 만약 당신도 일찍 일어나고, 우리와 함께하고 싶으면, 아침 산책에 동행하세요. 그 시간이 익숙지 않다는 거 알아요. 하지만 오후 늦게는 내 조카가 소파에 쉬고 있어서 방문객들을 만날 수 없을지도 몰라요."

이런 말을 하는 목적은 가정부가 어쩌면 자고 있을 시간에 노엘 밴스톤이 노스 싱글즈로 몰래 오게 하기 위한 것으로, 래지 대위가 그에게 간접적으로 암시했다. 그는 (자신의 이익에 대한 일이기에) 바로 그 자리에서 그 제안을 받아들일 만큼 예리했다. 특별한 일이 있으면 아침에 늘 일찍 일어난다고 공손하게 말하고, 7시에 만나기로 하고 바로 자리에서 일어났다.

"떠나기 전에 한마디만요. 이 대화는 오직 우리끼리만 아는 거예요. 우리 조카가 르카운트 여사를 어떻게 생각하는지 그녀는 전혀 몰라야 해요. 저의 무례했던 행동을 설명하고 당신의 생각을 이해시키기 위해서 이런 말을 하는 거예요. 정말 비밀로 해야 합니다. 밴스톤 씨, 안녕히 가세요!"

이런 작별의 말을 하고, 대위는 방문객을 배웅했다. 뜻밖의 참사가 일어나지 않는 한, 그는 이제 무사히 일을 끝낼 수 있게 되었다. 그는 그날 아침 중요한 두 걸음을 앞서 나갔다. 그는 가정부와 그녀의 주인 사이에 불화의 씨앗을 뿌렸고 노엘 밴스톤에게 르카운트 여사는 모르게 하면서 막달렌과 그 사이의 공통 관심사를 알려줬다. 래지 대위는 기분 좋게 손을 비비면서 생각했다. '우리의 남자를 사로잡았어. 마침내 사로잡았다고!'

노스 싱글즈를 떠난 노엘 밴스톤은 곧장 집으로 가면서 자신의 위치를 다시 제대로 인지했고, 만약 르카운트 여사와 대립한다면 힘으로 해결하겠다고 굳게 결심했다.

가정부는 현관에서 가장 온화한 미소와 태도로 주인을 맞이했다. 풀 죽은 눈을 하고 그에게 말했다. 그녀는 뚫을 수 없는 존경의 장벽인 자립에 대한 그의 심사숙고한 주장에 반대했다.

"노스 싱글즈 방문으로 도련님도 바이그레이브 양의 병에 대해 저와 같은 결론인지 물어봐도 될까요?"

"당연히 아니에요, 르카운트. 난 당신이 성급하고 편견을 가지고, 결론을 내렸다고 생각해요."

"유감이네요. 전 바이그레이브 씨의 무례함에 상처받았지만, 그 일에 대한 편견으로 판단하지 않았어요. 아마도 그는 도련님을 따뜻하게 맞이했겠죠?"

"그 사람은 나를 신사처럼 대했어요. 내가 말하고 싶은 건, 르카운트, 그는 나를 신사로 대했다는 거예요."

이 대답으로 르카운트 여사를 당황스럽게 했던 의문점이 해결됐다. 바이그레이브 씨가 갑자기 자신을 차갑게 대하는 것이 무슨 뜻이든 간에, 그가 그녀의 주인을 공손하게 대했다는 것은, 들통날 위기에도 그는 겁먹지 않았고, 음모가 계속 진행 중임을 시사했다. 가정부의 눈은 밝게 빛났다. 분명히 이 결과를 예상했었다. 잠시 생각한 후, 그녀는 주인에게 다른 질문을 했다. "아마 다시 바이그레이브 씨를 방문하실 거죠, 도련님?"

"당연히 방문할 거예요. 내가 원한다면."

"그리고 바이그레이브 양 건강이 좋아지면 만나시겠죠?"

"왜 아니겠어요? 안 되는 이유라도 있어요? 당신한테 먼저 물어봐야 해요, 르카운트?"

"절대 아니에요, 도련님. 도련님이 자주 말했듯이 (그리고 저도 자주 동의했듯이), 도련님이 주인이세요. 이 말을 들으면 놀라실지 모르겠지만, 전 노엘 도련님이 바이그레이브 양을 다시 만나길 바라는 개인적인 이유가 있어요."

노엘 밴스톤 씨는 조금 놀라서, 약간의 호기심으로 가정부를 바라봤다.

"전 그 젊은 아가씨에게 이상한 상상이 들었어요. 제 상상을 용서해주고, 제 부탁을 한 가지만 들어주시면 정말 감사하겠어요."

"상상이라고요?" 그는 점점 놀라며 말을 되풀이했다. "무슨 상상요?"

"이것뿐이에요, 도련님."

그녀는 앞치마의 깔끔하고 작은 주머니에서 고이 접은 편지지를 꺼내서 노엘 밴스톤의 손에 쥐어 줬다. 그녀는 아주 침착하고 아주 인상적인 태도로 말했다. "늙고 충실한 하인에게 친절을 베풀어서, 노엘 도련님, 이 종이를 조끼 안주머니에 넣어두세요. 그리고 다음에 바이그레이브 양과 동행할 때, 제일 먼저 그걸 읽어보세요. 그리고 이 시간부터 그때까지 우리 사이에 오간 것에 대해 다른 사람들에게는 어떤 것도 말씀하지 마세요. 도련님이 제가 부탁한 것을 들어주시고, 다음에 바이그레이브 양을 만나고 오면, 저의 이상한 부탁에 대해 설명해 드릴게요."

그녀는 최고의 품위를 지키며 인사를 하고 조용히 방을 나갔다.

노엘 밴스톤은 쪽지에서 문으로, 문에서 쪽지를 바라보며 놀라움을 금치 못했다. 자신의 집에서 수수께끼라니! 자신의 눈앞에서! 무슨 뜻일까?

르카운트 여사가 그날 아침 시간을 헛되이 보내지 않았다는 뜻이었다. 대위가 노스 싱글즈에서 방문객에게 그물을 던지는 동안, 가정부는 그의 발 아래 땅을 꾸준히 파고 있었다. 쪽지에는 다름 아닌 바로 가스 양의 편지에서 막달렌의 인상착의에 대한 설명 중 일부를 조심스럽게 옮겨 적은 발췌문이 있었다. 래지 대위조차도 부러워했을지도 모르는 대담한 기발함으로, 르카운트 여사는 자신의 음모를 의심하지 않는 희생자 본인이 그 음모를 폭로하도록 했다!

Chapter 7

늦은 저녁, 막달렌과 래지 부인이 몰래 산책을 마치고 돌아왔을 때, 대위는 위층으로 올라가는 그녀를 세워서 그날 일어났던 일에 대해 알렸다. 그는 질질 끌지 않고 노엘 밴스톤을 움직이게 할 때가 되었다는 자신의 의견을 덧붙였다. 그녀는 그의 말을 이해하며 부탁받은 일을 하겠다고만 대답했다. 래지 대위는 다음 날 아침 7시에 노엘 밴스톤 씨와 함께 산책할 것을 부탁했다. "그럴게요. 더 할 말 있나요?" 더 이상은 없었다. 막달렌은 그에게 잘 자라고 인사하고 자기 방으로 돌아갔다.

그녀는 3일 동안 집에 은둔해 있으면서 대위와 함께 필요 이상 있는 걸 원치 않았다. 그 기간 내내, 그녀는 래지 부인에게 싫증 내기보다는, 인내심을 가지고, 거의 열심히 친구가 하는 일을 함께했다. 옛날 자유로웠던 콤-레이븐에서 단조로운 생활로 가끔 짜증내고 조바심을 냈던 그녀가 지금은 래지 부인의 작업대에게 불평 한마디 하지 않았다. 옛날에 바늘과 실도 보기 싫어했고, 옷 만들기에 대해서는 한 번도 읽어본 적이 없는 그녀가 지금은 마치 그 옷을 성공적으로 완성하는 것이 유일한 존재의 목적인 것처럼, 래지 부인의 옷 만들기를 간절히 바라고, 래지 부인의 실수도 잘 참아냈다.

그녀는 뭐든지 반가웠다. 옷을 가봉하는 사소한 문제, 그녀의 도움을 너무나 자랑스러워하고, 그녀의 친구에게 너무나 행복한 그 불쌍하고 모자란 인간의 끝없는 수다 등, 다가올 미래와 양심의 가책을 받는 운명을 생각나지 않도록 하는 건 뭐든 환영했다. 그렇게 심한 아픔을 겪은 마음은 다정한 손을 잡는 것과 같은 사소한 일로 누그러졌고, 황량한 마음은 밤에 헤어질 때 래지 부인의 키스로 기운을 얻었다.

평온하고 평등한 정신을 가진 대위는 그 집에서 홀로 외롭게 있어도 우울하지 않았다. 막달렌이 일부러 그를 피하는 것에 분개하기보다는, 그는 결과에 대해 생각하고, 그 결과를 높이 평가했다. 그녀가 아내 때문에 그를 더 무시할수록, 그녀가 스스로 후견인 역할을 해서 더 직접적으로 도움이 되었다. 그는 억지로 양보했던 것을 무르고, 자신이 혼자서 책임지고 있는 아내를 안전한 곳으로 치워버리려고 여러 번 생각했었다. 막달렌이 래지 부인을 자신의 친구로 지키겠다는 것이 진심이라는 것을 알고 그 생각은 버렸다. 두 사람이 함께 있는 동안, 그의 가장 큰 근심은 덜었다. 그가 밖에 나가 있는 동안 그의 바람대로 그들은 방안에만 있었고, 래지 부인이 뭘 하든, 막달렌은 그가 돌아오기 전까지 열지 않았다. 그날 밤 래지 대위가 안심하고 시가를 피고, 르카운트 여사가 아침에 그를 위해 준비한 함정을 모른 브랜디를 홀짝거렸다.

7시 정각 노엘 밴스톤이 왔다. 그가 응접실에 들어선 순간, 래지 대위는 방문객의 표정과 태도가 바뀐 것을 감지했다. '뭔가 잘못됐군. 르카운트 여사와는 아직 다 끝난 게 아니었어'라고 생각했다.

"바이그레이브 양은 오늘 아침에는 어떤가요? 아침 산책을 해도 될 만큼 괜찮나요?" 아침 햇살과 아침 공기에 익숙하지 않은 그는 반쯤 감긴 눈으로 쓱 방을 둘러봤고, 공손한 질문들을 하며 안절부절못하면서 다른 의자로 자리를 옮겼다.

"조카는 괜찮아졌어요. 지금 옷 입고 있어요." 안절부절못하는 작은 친구를 계속 지켜보며 답했다. "밴스톤 씨!" 그는 갑자기 말을 덧붙였다. "난 솔직한 영국인이에요. 내 생각을 직설적으로 말해서 미안해요. 어제와 달리 날 다정하게 대하지 않으시네요. 얼굴을 보니 뭔가 불안한 일이 있군요. 난 당신의 가정부를 믿지 않습니다, 도련님! 그녀가 당신의 관용을 이용했나요? 나나 내 조카에 대해 나쁜 말을 하던 가요?"

만약 노엘 밴스톤이 르카운트 여사의 지시에 따라서, 읽어볼 시간 이 될 때까지 주머니에 넣어둔 접어둔 쪽지를 그대로 놔뒀다면, 래지 대위의 고의적인 직설적인 호소는 먹히지 않았을 것이다. 하지만 호기심이 이겼다. 그는 밤에 그 쪽지를 읽었고, 아침에 또다시 읽었다. 정말 당혹스럽고 놀라웠다. 그리고 마음이 너무 혼란스러워서 평소처럼 행동할 수 없었다. 그는 머뭇거렸다. 그리고 변명하기 시작했다.

래지 대위는 첫 문장을 다 내뱉기도 전에 그의 말을 막았다.

대위는 아주 고상한 태도로 말했다. "죄송해요, 선생님. 지켜야 하는 비밀이 있는 거면, 그렇다고만 말하면 되고, 난 그렇게 했어요. 난 누구의 비밀도 침해하지 않아요. 동시에, 밴스톤 씨, 어제 내가 당신을 만났을 때, 나는 아무런 비밀 없이 만났다는 걸 기억하세요. 난 아주 솔직하게 그리고 높은 신뢰감을 가지고 당신을 인정했고, 당신과 함께 어울리는 장점을 높이 평가하기에, 동등한 조건에서 우정을 쌓고 싶어요." 그는 꽤 괜찮은 프록코트를 벗고, 방문객을 남자답고 점잖은 태도로 살폈다.

노엘 밴스톤은 불쌍하게 외쳤다. "당신을 기분 나쁘게 할 뜻이 아니었어요. 왜 내 말을 가로막은 거죠, 바이그레이브 씨? 왜 설명을 못하게 해요? 기분 상하게 하려는 건 아니었어요."

"기분은 상하지 않았어요. 당신에게는 재량권을 행사할 완벽한 권리가 있어요. 불쾌하지 않아요. 다만 나도 당신과 같은 그런 특권이 있어요." 그는 품위를 지키며 일어나서 종을 울렸고, 하인에게 말했다. "바이그레이브 양에게 오늘 아침 산책은 다음으로 미뤄졌고, 아래층으로 내려오지 않아도 된다고 전해요."

이런 강력한 조치는 원하는 결과를 이끌어냈다. 노엘 밴스톤은 그 메시지를 전하기 전에 잠깐 개인적으로 이야기하자고 간절히 간청했다. 단호하게 굴었던 래지 대위는 누그러졌다. 그는 다시 하인을 내보냈고, 의자에 다시 앉아, 자신 있게 그 결과를 기다렸다. 방문객의 약점을 이용하는 건 그가 르카운트 여사보다 한 수 위였다. 그의 판단력은 여자의 잠재적인 질투에 의해 왜곡되지 않았고, 막달렌이 노엘 밴스톤에게 남긴 인상을 폄훼하고 자기 착각에 빠졌던 르카운트 여사가 저질렀던 실수를 그는 하지 않았다. 이 세상에서 중년 여성이 그 가치를 제대로 평가하지 못하는 것 중에 하나가 자신이 불리할 때 자신보다 젊은 여성이 내뿜는 아름다움의 힘이다.

"바이그레이브 씨, 너무 성급하시네요. 시간도 안 주고, 기다려서 내 말도 안 들었어요!" 하인이 응접실 문을 닫자, 노엘 밴스톤은 애처롭게 외쳤다.

"제 가족이 그래요. 바이그레이브 가의 혈통이죠. 용서해주세요. 당신이 바라는 대로 우리뿐이니, 계속 말해보세요."

막달렌과 지내는 시간을 잃은 것과 르카운트 여사를 배신하는 것 사이에서, 그 가정부의 궁극적인 목적은 전혀 알지 못한 채, 래지 대위의 캐묻고 싶어 하는 눈빛에 겁을 먹은 노엘 밴스톤은 바로 결정을 내렸다. 그는 전날 저녁에 르카운트 여사와 했던 면담에 대해 당황하며 이야기했고, 주머니에서 쪽지를 꺼내 대위에게 건넸다.

그 미스터리한 쪽지를 본 순간, 래지 대위 맘속에 진실에 대한 의혹이 일어났다. 그는 쪽지를 보기 전에 창문 쪽으로 갔다. 관심을 끈 첫 번째 줄은 다음과 같다. "노엘 도련님, 지금 도련님이 동행하고 있는 그 젊은 아가씨와 친구에게 전해 들었던 인상착의를 비교해 보세요. 버지니 르카운트의 입증되지 않은 증거를 믿으려고 하지 않는 걸 도련님이 두 눈으로 직접 그 증거를 보자마자, 제가 빈칸으로 남겨둔 사람의 이름을 알게 되실 거예요." 그것으로 대위에게 충분했다. 인상착의를 읽기도 전에, 깊은 굴욕감을 느낀 르카운트 여사가 그를 놀라게 하려고 무엇을 했고 무슨 생각을 했는지 알았다.

417

생각할 시간이 없었다. 전체적인 일이 엎어지게 생겼다. 현재 래지 대위가 할 수 있는 건 뻔뻔하게 바로 행동을 취한 것이었다. 한 줄 한 줄 읽고 있지만, 여전히 어떤 답이 떠오르지 않았다. 그는 막달렌의 목에 있는 작은 두 점을 언급하는 마지막 문장을 읽었다. 가장 중요한 묘사 부분에서, 한 가지 생각이 떠올랐다. 그의 서로 다른 색깔의 눈은 반짝였고, 입꼬리는 올라갔다. 래지는 다시 정신을 차렸다. 그는 창가에서 갑자기 돌아서서는, 곧 닥칠 심각한 일이 일어날 것이라고 암시하는 무서운 표정으로 노엘 밴스톤을 똑바로 바라봤다.

"선생님, 르카운트 여사의 가족에 대해 아는 것이 있나요?"

"괜찮은 집안이죠. 내가 아는 건 그 정도예요. 그건 왜 묻죠?"

"평소 난 도박을 하지 않지만, 이번에는 당신 가정부의 집안에 광기가 있다고 돈을 걸겠어요."

"광기라니!" 노엘 밴스톤은 너무 놀라서 말을 반복했다.

"광기죠!" 대위는 검지로 그 쪽지를 단호하게 치면서 되풀이했다. "이 개탄스러운 편지의 모든 내용에서 정신 이상의 교활함, 정신 이상의 의혹, 정신 이상의 교활한 배반이 보여요. 르카운트 여사가 내 조카에게 한 행동을 보면 내 생각보다 훨씬 더 놀라운 이유가 있네요. 바이그레이브 양은 옛날에 당신 가정부가 정신 이상을 일으킨 일과 관련이 있고, 심각하게 당신 가정부를 불쾌하게 한 어떤 여자와 닮았고, 정신을 차리지 못하고 그 여자와 내 조카를 혼동한 게 틀림없어요. 제 생각은 그래요. 밴스톤 씨. 옳을 수도 있고 틀릴 수도 있어요. 내가 말하고 싶은 거, 당신이나 어느 누구도, 그런 이해할 수 없는 편지를 쓰고, 당신에게 그런 부탁을 하는 건 제정신으로 볼 수 없다는 거예요."

"난 르카운트가 미쳤다고 생각하지 않아요." 노엘 밴스톤은 매우 멍한 표정과 아주 어리벙벙한 태도로 말했다. "내가 못 봤을 리가 없어요. 만약 르카운트가 미쳤다면 내가 알아챘을 거예요."

"알았어요. 내 생각에, 그녀는 미친 망상을 하고 있어요. 당신 생각에는 그녀는 제정신이고 당신이나 나도 가늠할 수 없는 이상한 동기가 있어요. 어느 쪽이든, 호기심의 문제일 뿐 아니라, 양측의 개인적 만족을 위해서 르카운트 여사가 말하는 그 설명을 시험해 봐도 나쁜 건 없죠. 물론 내 조카에게 그 편지에서 말한 대로 터무니없는 실험의 대상이 될 것이라고 말하는 건 불가능해요. 하지만 당신은 직접 볼 수 있어요, 밴스톤 씨. 잠자코 있다가, 미쳤든 아니든, 최소한 당신은 당신이 본대로 가정부에게 틀렸다고 말할 수 있어요. 인상착의 내용을 다시 한 번 볼게요. 신원 확인의 목적으로는 대부분 쓸모없는 내용이에요. 수많은 아가씨들이 키가 크고, 얼굴이 하얗고, 연한 갈색 머리, 그리고 연한 회색 눈을 가지고 있어요. 반면에 당신은 수많은 아가씨들의 목 왼쪽에 작은 점 두 개가 가까이 붙어 있지 않는다고 말하겠죠. 맞는 말이에요. 우리같이 과학적인 사람들은 그 점을 결정적인 시험이라고 생각해요. 내 조카가 아래층으로 내려오면, 그녀의 목을 보세요."

노엘 밴스톤은 그날 아침 처음으로 히죽히죽 웃으며 그 결정적 시험을 매우 반겼다.

"목을 보세요." 그는 방문객에게 편지를 돌려주고, 문 쪽으로 가면서 반복했다. "밴스톤 씨, 난 위층으로 올라가 바이그레이브 양의 외출복을 살필게요. 그녀가 모르고 당신의 시선을 가리지 않게, 머리를 너무 낮게 내렸다던가, 프릴이 너무 높으면, 기분 나쁘게 않도록 그렇게 하지 말라고 할게요. 당신에게 부탁하고 싶은 건 기회를 신중하게 선택하고, 내 조카가 어떤 신사의 관찰 대상이 목이라는 걸 모르게 해 달라는 거예요."

응접실에서 나오자마자 래지 대위는 전속력으로 계단을 올라가 막달렌의 방문을 두드렸다. 아래층으로 내려오라는 그들 사이의 정해진 신호에 따라 그녀는 외출복을 입고 그에게 문을 열어줬다.

"화장품이랑 파우더 어떻게 했어요?" 대위는 설명도 없이 물었다. "내가 버밍엄에서 받았던 소품 상자에는 없었어요. 어디 있어요?"

"여기 있어요. 지금 그거 왜 찾아요?"

"그거 들고 바로 내 옷방으로 와요. 화장품, 브러시, 팔레트 다 챙겨서요. 물어볼 시간 없어요. 무슨 일이 있었는지 말해줄게요. 매 순간이 소중해요. 바로 날 따라와요!"

이상한 제안을 하는 그의 얼굴을 보니 심각한 이유가 있는 것이 분명했다. 막달렌은 화장품을 챙겨서 그를 따라 옷방으로 향했다. 그는 문을 잠그고 조명과 가까이 있는 의자에 그녀를 앉히고 무슨 일이 있었는지 말했다.

"들통나기 직전이에요." 그는 액상 접착제와 색조를 섞었고, 자신이 가지고 있던 병에서 강력한 건조제를 더하며 대위가 말을 이었다. "그리고 당신 점을 가려서 그 악마 같은 르카운트에게 뻔뻔스러운 거짓말을 할 거예요."

"분장으로 안 가려져요. 어떤 색깔로도 가릴 수 없어요."

"내 색조는 될 거예요. 난 다양한 일을 했고, 그중에 분장도 있었어요. 멍 같은 거 들어본 적 있죠? 드루리 가에서 몇 달 동안 살았어요. 내 피부 색조로 모든 종류의 모양과 크기의 멍을 가렸고, 당신의 점도 먹힐 거예요."

이렇게 확신하고, 대위는 받침 접시에 섞은 불투명한 색깔에 브러시를 담갔다가, 막달렌의 피부에 발랐다. 케임브릭 손수건으로 하얀 가루를 처음 칠한 후, 그가 가리려는 그녀의 목 부분 위에 붓 끝으로 두 겹의 색을 입혔다. 그 과정은 몇 분만에 이루어졌고, 마치 마술처럼 점이 보이지 않았다. 가까이 보지 않고서는 가렸다는 것을 모를 것이다. 2~3피트만 떨어져도, 그건 완벽하게 보이지 않았다.

"마를 때까지 여기서 5분만 기다려요. 그리고 응접실로 와요. 르카운트 여사가 지금 당신을 본다면 당황할 거예요."

"잠깐만요. 아직 이야기 안 한 게 있어요. 르카운트 여사가 어떻게 그 인상착의를 알아냈죠? 그녀가 나한테 뭘 봤든 간에, 그녀는 목에 난 점을 본 적 없어요. 너무 멀리 떨어져 있고 높이 있어서, 내 머리카락으로 가려져요."

"누가 그 점에 대해서 알죠?"

그녀는 갑자기 프랭크가 떠올라서 괴로워하고 얼굴이 창백해졌다.

"언니가 알아요." 그녀는 희미하게 답했다.

"르카운트 여사가 당신 언니에게 편지를 썼을지도 몰라요."

"언니가 알 권리도 없는 낯선 사람에게 말해줬다는 거예요? 절대 아니에요. 절대!"

"르카운트 여사에게 말해 줄 수 있는 다른 사람은 없어요? 그 점은 요크에서 본 전단지에 적혀 있었어요. 누가 그걸 적었죠?"

"노라 언니는 아니에요. 아마도 펜드릴 씨겠죠. 어쩌면 가스 양이요."

"그럼 르카운트 여사는 펜드릴 씨나 가스 양에게 편지를 보냈겠네요. 가스 양이 조금 더 가능성 있겠네요. 변호사보다는 가정교사가 대하기가 보다 편하니까요."

"가스 양에게 뭐라고 했을까요?"

래지 대위는 잠시 고민했다.

"르카운트 여사가 뭐라고 썼는지는 몰라요. 하지만 내가 르카운트 여사였다면 어떤 내용을 썼을지 말할 수 있어요. 당신에 대한 허위 이야기로 가스 양에게 겁을 주고, 그다음 당신을 찾는데 자애로운 낯선 사람이 도와줄 수 있도록 자세한 용모에 대해 물어봤을 거예요." 막달렌의 눈은 바로 분노의 눈빛이 번쩍였다.

"당신이 했을 일이면 르카운트 여사도 했을 거예요." 그녀는 분개하며 말했다. "변호사도 가정교사도 내 의지와 방식에 대한 내 권리에 이의를 제기하지 않을 거예요. 만약 가스 양이 르카운트 여사와 연락을 해 내 행동을 통제할 수 있다고 생각했다면, 가스 양이 틀렸다는 것을 보여줄 거예요! 래지 대위, 이런 형편없는 발각의 위험을 끝내야 할 때가 됐어요. 우리는 지름길을 택해서 르카운트 여사와 가스 양이 생각하는 것보다 빨리 끝내야 해요. 아래층에 있는 그놈이 청혼하도록 시간을 얼마나 줄 수 있어요?"

"오래는 줄 수 없어요. 이제 당신 친구들이 당신이 어디 있는지 알면, 하루 전 통보로 우리를 만나러 올 거예요. 1주일 안에 할 수 있겠어요?"

그녀는 과격하고 반항적인 웃음을 지으며 말했다. "3~4일 내로 할게요. 던위치 때처럼 오늘 아침에 우리랑 함께 떠났다가, 떠날 때 핑계를 대고 래지 부인을 데리고 가세요. 아직 덜 말랐어요? 아래층에 가서 내가 바로 간다고 그 사람한테 전해 주세요."

그렇게, 두 번째로, 가스 양의 선의의 노력이 무너졌다. 그렇게 돌이킬 수 없는 상황이 막달렌을 기꺼이 다시 붙잡으려는 손길로 되돌려버렸다.

대위는 래지 부인에게 잠시 들러서 산책할 거라고 지시를 내린 후, 응접실에 있는 방문객에게 되돌아갔다.

그는 노엘 밴스톤 옆에 다시 조심스럽게 앉으며 말했다. "기다리게 해서 죄송해요. 유일한 변명은 내 조카가 우연히 우리의 목적과는 다르게 머리를 꾸몄어요. 난 그녀에게 바꾸라고 설득했어요. 젊은 아가씨들이 몸단장에서는 다소 완강하게 굴죠. 그녀가 들어오면 당신 옆에 의자를 내어주고, 우리가 산책을 시작하기 전에 목을 편안하게 보세요."

그 말을 하고 나서, 막달렌은 응접실로 들어왔고, 인사를 나눈 후, 아주 태연하게 의자에 앉았다. 노엘 밴스톤은 그 자리에서 결정적 시험을 했으며, 시험의 대상을 아주 공정하게 살폈다. 바이그레이브 양의 매끄럽고 하얀 목 어디에도 점이 보이지 않았다. 노엘 밴스톤의 반쯤 감긴 눈이 깜빡거리는 모습에서 르카운트 여사의 말이 명백하게 틀렸음을 말해줬다. 아침에 일어난 하나의 중요한 사건이, 지금까지 일어났던 모든 사건들 중 가장 중요한 결과를 도출했다. 그 한 가지 발견으로 지금까지 흔들린 적 없는 주인에 대한 가정부의 영향력이 흔들렸다.

몇 분 후 래지 부인이 나타났고, 막달렌과 함께 시간을 보낼 수 있다는 기쁨에 빠져 있는 노엘 밴스톤이 놀라는 만큼 들떠 있었다. 산책하는 일행은 바로 집에서 나와, 북쪽으로 발걸음을 옮겨서, 씨뷰 별장의 창가를 지나지 않았다. 래지 부인은 이루 말할 수 없이 놀라워했다. 그녀와 함께 걷는 특권이 그에게 특별한 일인 것처럼 남편이 결혼 생활 중 그녀에게 처음으로 공손하게 팔을 내밀어서 젊은이들 앞으로 데려갔다. 대위가 사납게 속삭였다. "앞을 봐요! 당신 조카랑 밴스톤 씨는 내버려 둬요! 뒤돌아보는 거 들키면, 아궁이에 오리엔탈 캐시미어 가운을 집어넣을 테니까! 팔자걸음으로 발맞춰서 걸어요. 틀렸잖아요, 발맞춰요!" 래지 부인은 발을 맞추기 위해 최선을 다했다. 튼튼한 무릎이 떨렸다. 그녀는 대위가 도취됐다고 굳게 믿었다. 산책은 한 시간 이상 계속됐다. 9시가 되기 전 그들은 노스 싱글즈로 다시 돌아왔다. 여자들은 바로 집으로 들어갔다. 노엘 밴스톤은 래지 대위와 정원에 남았다. "그럼, 이제 르카운트 여사에 대해 어떻게 생각하세요?"

"빌어먹을, 르카운트!" 노엘 밴스톤은 크게 동요하며 대답했다. "당신 말에 어느 정도 동의해요. 내 지긋지긋한 가정부가 미쳤다고 생각이 드네요."

그는 르카운트 여사에 대한 단순한 암시가 불쾌한 것처럼 짜증을 내며 마지못해 말했다. 안색은 울그락불그락했고, 태도는 멍하고 오락가락했다. 그는 산책하는 동안 안절부절못했다. 막달렌이 생각지도 못한 우아함과 격려의 말로 그의 자제력을 완전히 무너트린 것은 래지 대위도 정확하게 생각하지 못했던 것임이 분명했다.

그가 갑자기 열정적으로 외쳤다. "내 인생에서 산책이 이렇게 즐거운 적은 처음이에요. 바이그레이브 양이 산책 덕분에 더 나아지길 바라요. 내일 아침도 같은 시간에 산책하나요? 나도 같이 해도 될까요?"

대위는 정중하게 말했다. "물론이죠, 밴스톤 씨. 원래 이야기로 돌아가서, 르카운트 여사에게 뭐라고 말할 건가요?"

"모르겠어요. 르카운트는 정말 성가셔요! 당신이 내 입장이라면 어떻게 하겠어요, 바이그레이브 씨?"

"말해주기 전에, 한 가지만 물어볼게요. 아침 식사 시간이 언제인가요?"

"9시 30분이요."

"르카운트 여사는 아침 일찍 일어나나요?"

"아뇨. 르카운트는 아침에 게을러요. 난 게으른 여자가 싫어요. 당신이 내 입장이라면, 그녀에게 뭐라고 말할 건가요?"

"아무 말도 하지 않을 거예요. 바로 뒷길로 해서 집으로 돌아가요. 마치 아침 먹기 전에 잠시 둘러보는 것처럼 앞 정원에서 르카운트 여사가 날 보게 해요. 내가 방금 방에서 나온 것처럼 생각하도록 놔둘 거예요. 만약 그녀가 당신에게 오늘 여기에 갈 생각이냐고 물어본다면, 아니라고 하세요. 그녀가 답을 할 수밖에 없는 상황이 될 때까지 조용히 지내세요. 그러고 나서 분명한 사실을 말하는 거예요. 바이그레이브 씨의 조카와 르카운트 여사가 말했던 설명이 가장 중요한 부분에서 불일치하며, 그 이야기는 다시 언급하지 말라고 하는 거예요. 이게 내 조언이에요. 어떻게 생각해요?"

노엘 밴스톤이 의논 상대의 마음을 들여다볼 수 있었다면, 그는 대위의 조언이 대위의 이익에 정말 잘 부합된다고 생각했을지도 모른다. 르카운트 여사가 주인의 노스 싱글즈 방문에 대해 모르고 있는 한, 자신의 실험을 시도할 기회가 올 때까지 기다리는 동안, 그녀는 추가적인 절차로 그 음모가 위태로워지지 않을 것이라고 믿게 될 것이다. 이런 점에 대한 래지 대위의 조언을 당연히 이해할 수 없었던 노엘 밴스톤은, 그것을 단순히 가정부에게 설명해야 하는 상황에서 벗어나는 방법으로만 여겼다. 그는 말 그대로 따르겠다고 간절히 말하며, 더 이상 지체하지 않고 씨뷰로 돌아갔다.

이번에는 르카운트 여사의 행동에 대한 래지 대위의 예상은 빗나가지 않았다. 그녀는 주인의 노스 싱글즈 방문을 의심하지 않았다. 그녀는 필요하다면 주말까지 그가 바이그레이브 씨를 만나는 것을 인내심을 가지고 기다리기로 했다. 그리고 그날 그가 바이그레이브 가족과 개인적 연락을 하지 않겠다고 했을 때, 예상치 못한 질문으로 그를 당황시키지 않았다. 그녀가 한 말이라고는 "몸이 좋지 않나요, 노엘 도련님?" 아니면 "마음이 내키지 않으세요?"였다. 그는 짧게 "몸 상태가 좋지 않아요"라고 대답했고, 그렇게 대화는 끝났다.

다음 날 아침, 전날 아침과 같은 일들이 정확히 반복됐다. 이번에는 노엘 밴스톤은 가슴 주머니에 기념품을 챙기고 미친 듯이 기뻐하며 집으로 갔다. 바이그레이브 양의 장갑 한 짝을 가지게 됐다. 낮 동안 틈틈이 그는 혼자 있을 때마다 장갑을 꺼내 매우 열정적으로 키스했다. 그 뚱하고 작은 인간은 새로운 느낌의 형언할 수 없고 몰래 느끼는 기쁨으로 인한 행복감에 도취됐다. 취리히에서 아버지의 좁은 인맥을 통해 만났던 몇몇 아가씨들은 그를 진기하고 작은 장난감으로 취급하면서 짓궂게 굴었다. 그들의 마음에 그가 남길 수 있는 가장 강한 인상은 그들의 애완견이 그와 경쟁할 수 있다는 인상이었다. 그가 그들에게 줄 수 있는 가장 깊은 관심은 그들이 새 장신구나 새 드레스에 대해 느꼈을지도 모르는 관심이었다. 지금까지 그를 흠모하고 그의 찬사를 진지하게 받아들였던 유일한 여성들은 매력이 떨어지고 결혼 가능성이 빠르게 떨어지는 여성들뿐이었다. 그는 인생 처음으로 아름다운 아가씨와 함께 몇 시간 동안 행복한 시간을 보냈고, 자신의 자부심을 낮추게 하는 굴욕적인 기억 없이 그녀에 대해 생각했다.

감추려고 했지만, 새로이 알게 된 감정에 그의 표정과 태도에 변화가 일어났고, 르카운트 여사에게 숨길 수 없었다. 둘째 날에 그녀는 바이그레이브 가족을 방문할 준비가 되었었는지 날카롭게 그에게 물었다. 그는 전처럼 부인했다. "아마 내일은 가실 거죠, 노엘 도련님?" 가정부는 끈질기게 물었다. 그는 한계에 달했다. 그는 그녀의 질문에 짜증이 났다. 그는 자신을 도와줄 노스 싱글즈의 친구들을 믿었고, 이번에는 그렇다고 대답했다. "만약 그 젊은 숙녀를 만나면, 조끼 주머니에 넣어드린 쪽지 잊지 마세요." 양쪽 모두 더 이상 말하지 않았지만, 그날 밤 우편으로 가정부는 가스 양에게 편지를 썼다. 그 편지는 감사의 말을 전하며 가스 양의 편지를 받았으며, 며칠 내로 르카운트 여사가 다시 편지를 써서 펜드릴 씨를 앨드버러로 부를 수 있길 바란다는 내용이 적혀 있었다.

늦은 저녁, 노스 싱글즈의 응접실이 어두워지기 시작하고 대위가 평소처럼 촛불 때문에 종을 울렸을 때, 그는 복도에서 하인에게 다시 아래층 촛불을 끄라고 말하는 막달렌의 목소리를 듣고 놀랐다. 그녀는 곧바로 문을 두드렸고 유령처럼 어두운 방에 미끄러지듯 들어왔다.

"내일 당신 계획에 대해 물어보고 싶은 것이 있어요. 오늘 저녁에 내 눈이 매우 안 좋아서, 몇 분 동안 촛불을 끄는 걸 이해해 주길 바라요."

그녀는 숨 막히고 낮은 목소리로 말했고, 의자에서 일어나 대위한테서 떨어져서 방에서 가장 어두운 쪽으로 조용히 가는 것이 느껴졌다. 창가에 앉은 그는 그녀의 옷 윤곽을 흐릿하게 알아볼 수 있었고, 희미한 목소리도 들을 수 있었다. 지난 이틀 동안 그는 아침 산책을 제외하고는 그녀를 보지 못했다. 그날 오후 그는 아래층의 작은 뒷방에서 아내가 우는 것을 봤다. 그녀는 그에게 막달렌이 자신을 놀라게 했는데, 그녀가 중국에서 편지가 왔을 때 복스홀 워크에서 끔찍한 시간을 보냈을 때 같은 모습이라고만 말할 수 있었다.

"래지 부인한테서 당신이 오늘 아팠다는 걸 들어서 유감이었어요." 대위는 무의식적으로 목소리를 낮춰 거의 속삭이듯 말했다.

"괜찮아요." 그녀는 어둠 속에서 차분하게 답했다. "난 고통받고 살 만큼 충분히 강해요. 나와 같은 상황에 다른 아가씨들이라면 보다 행복했겠지만, 고통받고 죽었을 거예요. 그건 중요치 않아요. 100년 후에도 모두 똑같을 거니까요. 그 사람은 내일 아침 7시에 다시 오나요?"

"당신이 반대하지 않는다면, 올 거예요."

"이의는 없어요. 반대하는 건 그만뒀어요. 하지만 시간을 바꾸고 싶어요. 이른 아침에는 내 모습이 최고가 아니에요. 밤에 잘 못 자고 초췌한 채로 일어나요. 오늘 밤에 그에게 편지를 써서 12시에 오라고 하세요."

"이런 상황에 당신이 산책하는 게 눈에 띌 수 있어서 12시는 다소 늦어요."

"산책할 생각 없어요. 응접실로 안내하세…."

그녀가 문장을 끝내기도 전에 그녀의 목소리는 침묵 속으로 사라졌다.

"네?"

"그리고 나 혼자 응접실에서 그 사람을 맞을게요."

"알았어요. 훌륭한 생각이네요. 그가 여기 있는 동안, 난 식당으로 물러나 있을 테니, 그 사람이 떠나면 당신이 와서 말해줘요."

또다시 침묵이 흘렀다.

그녀가 갑자기 물었다. "당신에게 말하는 거 말고 다른 방법이 없나요? 그가 함께 있는 동안 나 자신을 통제할 수 있지만, 내가 나중에 무슨 말을 할지 혹은 무엇을 할지 대답할 수 없어요. 다른 방법은 없나요?"

"여러 가지 방법이 있죠. 먼저 떠오르는 건, 그 사람이 오기 전에 위층 당신 방 창문 가림막을 내려놔요. 난 해변으로 나가, 집이 보이는 곳에서 기다릴게요. 그가 나가는 걸 보면, 창문을 볼게요. 만약 그가 아무 말도 하지 않았다면, 가림막을 내려놓으세요. 만약 그가 당신에게 청혼했다면, 가림막을 위로 올려요. 그 신호는 단순하니 서로 오해할 수 없어요. 내일 최고의 모습 보여줘요! 그를 확신시켜요. 할 수 있다면 그를 사로잡아요!"

그는 그녀가 자기 말을 들었다고 확신할 정도로 큰 소리로 말했지만, 그녀에게서 아무런 대답도 듣지 못했다. 죽음과 같은 정적 속에 그녀가 의자에 일어날 때 옷이 바스락거리는 소리만 들릴 뿐이었다. 그녀의 어슴푸레한 모습이 다시 방을 가로질렀다. 문은 조용히 닫혔고, 그녀는 사라졌다. 그는 급하게 종을 울렸다. 하인은 평소보다 덜 침착한 모습으로 창문 가까이에 서 있는 그를 보았다. 그는 그녀에게 기분이 좀 안 좋다고 말하고, 찬장에서 브랜디를 가져다 달라고 했다.

다음 날 12시가 되기 몇 분 전에 래지 대위는 해변에 있는 어선 뒤로 몸을 숨겼다. 정각이 되자, 그는 노엘 밴스톤이 노스 싱글즈로 가서 정원 문을 여는 것을 보았다. 집 문이 닫히자, 래지 대위는 편안하게 배에 기대서 시가에 불을 붙였다.

그는 30분 동안 시가를 폈다. 10분씩 30분 동안 피웠다. 그는 피울 수 있을 때까지 피웠다. 시가 마지막 부분을 던졌을 때, 문이 다시 열렸고 노엘 밴스톤이 나왔다.

대위는 바로 막달렌의 창문을 올려다봤다. 순간적인 흥분에 빠져 그는 초를 세었다. 응접실에서 자기 방까지 1분이 채 걸리지 않을 것이다. 30까지 세었지만 아무 일도 일어나지 않았다. 50까지 세었지만 아무 일도 일어나지 않았다. 초를 세는 것을 포기하고 성급하게 배에서 떠나 집으로 돌아가려고 했다.

그가 첫 발걸음을 내딛었을 때 신호를 보았다.

가림막이 올라갔다.

해변의 높은 곳에 조심스럽게 올라간 래지 대위는 길에 들어서기 전에 씨뷰 별장 쪽을 바라봤다. 노엘 밴스톤은 다시 집에 도착했다. 그는 막 자신의 집 문을 열고 들어갔다.

대위는 그를 눈으로 뒤쫓으며 말했다.

"만약 부자인 당신의 입장이라면 당신의 돈을 나한테 준다고 해도, 나는 그 돈을 받지 않을 거야!"

Chapter 8

집으로 돌아오자마자, 래지 대위는 하인에게 중요한 메시지를 받았다. "노엘 밴스톤 씨가 오후 2시에 다시 방문할 테니, 그때 바이그레이브 씨가 집에 계시길 바란다고 하셨어요."

이 메시지를 들은 대위의 첫 번째 질문은 막달렌에 대한 것이었다. "바이그레이브 양은 어디 있지?" "방에 계세요." "바이그레이브 부인은 어디 계시지?" "응접실 뒤쪽 방에 계세요." 래지 대위는 바로 뒤쪽 방으로 발걸음을 돌렸고, 또다시 울고 있는 아내를 보았다. 그녀는 하루 종일 막달렌의 방에서 쫓겨났으며, 무슨 일 때문에 쫓겨났는지 알고 싶어서 어찌할 바를 몰랐다. 예의도 없이 한탄하는 그녀를 뭐라고 한 후, 그녀의 남편은 그녀에게 위층으로 올라가서 문을 두드리고, 2시가 되기 전 중요한 질문에 대해 막달렌에게 5분 동안만 시간을 내줄 수 있는지 물어보라고 지시를 내렸다.

돌아온 대답은 부정적이었다. 막달렌은 그녀가 결정해야 하는 문제에 대해서 서면으로 물어달라고 요청했다. 그녀는 하인이 아니고 래지 부인을 통해 쪽지를 전달받고 같은 식으로 답장을 보낼 것이라고 했다. 래지 대위는 바로 서류함을 열어 다음과 같이 썼다: "노엘 밴스톤과의 면담 결과에 대해 진심으로 축하해요. 그는 두 시에 다시 올 거예요. 분명히 정식으로 청혼을 할 거예요. 결정해야 할 건 계승적 재산권 처분 문제에 대해 내가 그를 압박할지 말지예요. 당신이 고려해야 하는 건 두 가지예요. 첫째, (당신이 그에게 미치는 영향을 전혀 과소평가하지 않고) 앞에서 말한 압박을 노엘 밴스톤에게 돈을 짜내기 전에 오랫동안 할 건지 여부. 두 번째, 예리한 여인에게 있어 우리의 현재 상황을 생각했을 때, 지연의 위험을 감수하는 것이 옳은지 여부예요. 이 점들을 생각해보고, 가능한 빨리 결정해줘요."

이 쪽지에 대한 답장은 평소 막달렌의 단단하고 또렷한 필체와는 달리 삐뚤삐뚤하고 얼룩덜룩하게 쓰였다. 다음과 같은 내용만 담겨 있었다. "계승적 재산권 처분에 대해 걱정하지 마세요. 미래를 위해 그의 돈을 내 손에 맡기는 걸로 하세요."

"그녀를 봤어요?" 아내가 답장을 전달할 때, 대위가 물었다.

래지 부인은 또다시 눈물을 터트리며 말했다. "그러려고 했지만, 그녀는 손을 내밀 정도로만 문을 열었어요. 나는 그 손을 살짝 잡았는데 너무 차가웠어요. 아, 불쌍해라!"

르카운트 여사의 주인이 2시에 왔을 때, 그는 르카운트 여사의 녹색 부채라는 진통제가 필요한 것처럼 놀란 채 서 있었다. 막달렌에게 고백했다는 동요, 가정부에게 들키는 것에 대한 두려움, 막달렌의 친척과 후견인이 그에게 강요할 수도 있는 금전적 조건에 대한 괴로움, 이 모든 감정이 갈등과 함께 압도당해 그의 약한 심장이 부담감을 느꼈다. 그는 노스 싱글즈의 응접실에 앉아 숨을 헐떡였고, 동요할 때 항상 얼굴에 나타났던 불길한 징조의 푸르스름한 창백함이 나타나려고 했다. 래지 대위는 진심으로 놀라서, 이야기를 나누기 전 방문객에게 브랜디를 한 잔 마시게 했다.

자극제에 다시 정신을 차리고, 대위가 준비해 놓은 말에 용기를 얻은 노엘 밴스톤은 자신이 방문하는 목적을 꽤 분명한 말로 표현했다. 그 일에 대한 모든 관습적인 예비 단계는 쉽게 생략됐다. 구혼자의 가족은 훌륭했다. 그의 지위는 분명히 만족스러웠다. 그의 믿음은 성급했지만, 분명히 사심이 없고 진실했다. 래지 대위가 해야 할 일은 남자다운 감정에 떨리는 목소리로 행복한 말로 다양한 고려사항들을 언급하고, 완벽하게 하면 됐다. 면담에서 첫 30분 동안 그 주제의 섬세하고 위험한 부분에 대해서는 어떤 암시도 하지 않았다. 대위는 방문객이 준비될 때까지 기다렸고, 그런 후 다음과 같은 말로 부드럽게 넘어갔다.

"밴스톤 씨, 우리 둘 다 간과한 같은 한 가지 작은 문제가 있어요. 당신의 가정부의 최근 행동으로 봐서, 그녀가 당신의 인생에 일어날 변화를 우호적인 시선으로 보지 않을까 봐 염려되네요. 당신이 맺을 새로운 인연을 아직 그녀에게 알려줄 필요가 없다고 생각했나요?"

노엘 밴스톤은 르카운트 여사에게 말해야 한다는 생각만으로도 창백해졌다.

"어떻게 해야 할지 모르겠어요." 가정부가 방안을 들여다보는 것처럼 창가 쪽을 초조하게 곁눈질하며 말했다. "저는 어색한 모든 상황이 싫고, 지금까지 내가 겪은 상황 중 가장 불편해요. 당신은 르카운트가 얼마나 끔찍한 여자인지 몰라요. 난 그녀가 두려운 게 아니에요. 내가 그녀를 두려워한다고 생각하지 마세…."

이런 말을 할 때, 그의 두려움은 목구멍까지 올라왔고, 거짓말로 그의 말을 멈추게 했다.

"설명하려고 애쓰지 말아요." 래지 대위가 달랬다. "흔한 이야기예요, 밴스톤 씨. 당신과 당신 아버지를 모시면서 나이 든 여자가 있어요. 그 여자는 수년 동안 온갖 작고 비밀스러운 방법으로 자신의 위치를 체계적으로 자치했어요. 간단히 말해서, 당신이 경솔하지만, 지극히 천성적으로 친절하기에 그녀는 당신에게 재산권으로 주장할 수도 있는…."

"재산이라니!" 노엘 밴스톤은 대위의 말을 오해하고, 더 이상 자신의 두려움을 숨기지 못하고 외쳤다. "난 그녀가 재산을 얼마나 청구할지 몰라요. 그녀는 내 아버지한테도 그랬던 것처럼 나한테도 달라고 할 거예요. 수천 파운드, 바이그레이브 씨. 내 호주머니에서 수천 파운드가 나갈 거예요!!!"

그는 금전적 압박에 대한 상상으로 절망해 두 손을 꼭 쥐었다. 르카운트 여사의 날카로운 칼날에 그의 황금빛 인생의 피가 뿜어져 나오는 거 같았다.

"침착해요, 밴스톤 씨, 침착! 그 여자는 지금까지 아무것도 모르고, 돈은 아직 사라지지 않았어요."

"맞아요. 당신 말대로 돈이 아직 사라지지 않았어요. 그것 때문에 긴장할 뿐이에요. 긴장할 수밖에 없어요. 조금 전에 무슨 말 하려고 했죠. 나에게 조언을 하려고 했어요. 난 당신의 충고를 소중히 여겨요. 당신은 내가 당신의 충고를 얼마나 소중히 여기는지 몰라요." 그는 다소 무기력해 보이는 화해의 미소를 지으며 말했다. 그것은 똑똑한 친구를 의존한다는 점에서 절대적으로 비굴했다.

"당신의 입장 이해해요. 당신처럼 나도 당신의 어려움을 잘 알아요. 르카운트 여사와 같은 여자에게 젊고 아름다운 후계자에게 아내의 권위를 앞세워 길을 터주기 위해 집안의 왕좌에서 물러나라고 말하면, 불편한 장면은 필연적으로 일어나죠. 밴스톤 씨, 가정부가 제정신이라면 불편한 장면이지만, 그녀의 지적 능력이 불안하다는 내 의견이 맞는다면, 훨씬 더 심각한 일이 벌어져요."

"내 의견도 그래요. 특히 오늘 일어난 일을 보면요."

래지 대위는 바로 어떤 일이 있었는지 알려달라고 했다. 노엘 밴스톤은 이에 따라 자신에 대한 수많은 삽입 어구를 사용해서, 르카운트 여사가 한 시간 전에 주인의 옷 주머니에 넣어둔 쪽지에 관한 두려운 질문을 했다고 했다. 그는 바이그레이브 씨가 조언한 대로 질문에 대답했다. 인상착의에 대해 살폈고, 목에 난 점에 대한 중요한 내용은 맞지 않다고 말하자, 르카운트 여사는 잠시 생각하더니, 살펴보기 전에 그 쪽지를 바이그레이브 씨에게 보여줬는지에 대해 물었다. 그는 순간적으로 떠올린 유일하게 안전한 답으로 아니라고 답했다. 그러자 가정부는 이상하고 깜짝 놀랄 말을 했다. "나에게 진실을 숨기시네요, 노엘 도련님. 당신은 낯선 사람을 믿고, 당신의 오랜 하인이자 오랜 친구를 의심하네요. 바이그레이브 씨의 집에 갈 때마다, 바이그레이브 양을 볼 때마다, 당신은 파멸에 점점 더 가까워지고 있어요. 나도 모르는 사이에 그 사람들이 도련님의 눈을 눈가리개로 가렸네요. 하지만 곧 머지않아 나는 그걸 벗겨낼 거예요!" 르카운트 여사는 한 번도 본 적이 없는 표정을 지으면서 이렇게 보기 드문 반발을 하자, 노엘 밴스톤은 아무런 대답도 하지 못했다. 가정부의 피 속에 정신 이상이라는 숨어 있는 오점이 있다는 바이그레이브 씨의 확신이 떠올랐고, 그는 기회가 생겼을 때 그 방을 떠났다.

래지 대위는 그 이야기에 매우 주의 깊게 귀 기울였다. 하지만 한 가지 결론을 도출할 수 있었고, 빨리 일을 마무리지으라는 명백한 경고였다.

그는 진지하게 말했다. "당신이 내 의견을 보다 회의적으로 받아들이는 것이 놀랍지 않네요. 밴스톤 씨, 당신이 방금 한 말을 듣고 나니, 현명한 사람이라도 달리 할 수 없어요. 점점 심각해지고 있어요. 나는 당신의 삶에 일어날 삶은 변화에 대해 르카운트 여사에게 전했을 때 어떤 결과가 따를지 거의 알지 못해요. 내 조카가 그 결과에 관련될 수도 있어요. 그녀는 초조하고, 극도로 예민해요. 조카는 이 여성의 불합리한 증오와 불신의 무고한 대상이에요. 놀랐어요, 도련님. 난 쉽게 평정을 잃지 않지만, 도련님 때문에 앞으로의 일에 대해 걱정스러운 건 인정해요." 그는 눈살을 찌푸리고, 고개를 저으며, 실망스러운 눈빛으로 방문객을 바라봤다.

노엘 밴스톤은 불안해지기 시작했다. 바이그레이브 씨의 태도 변화는 그의 청혼을 새롭고 비판적인 관점에서 다시 생각해 볼 것이라는 불길한 징조처럼 보였다. 타고난 두려움과 타고난 교활함으로 그는 스스로 문제 해결책을 제안했다.

"왜 르카운트에게 전부 말을 해야 하죠? 르카운트가 알 권리가 있나요? 그녀에게 비밀로 하고 결혼할 수는 없나요? 그리고 우리 둘 다 그녀의 손에서 벗어났을 때 누군가 나중에 그녀에게 말할 수 없나요?"

래지 대위는 자신의 표정을 마음대로 지을 수 있기에 놀란 표정을 지으며 이 제안을 받아들였다. 면담 내내 그의 가장 중요한 목적은 이렇게 혹은 다른 말로 르카운트 여사에게서 결혼을 비밀로 하자는 것이었는데, 그 자신이 아니라 노엘 밴스톤한테서 나왔다. 나약한 사람이 받아들일 수 있는 유일한 책임은 자신의 어깨에만 놓여 있는 것이라고 계속해서 지적해줘야 한다는 걸 대위보다 잘 아는 사람은 아무도 없었다.

"난 모든 종류의 일에서 비밀스럽게 하는 건 반대해왔어요. 하지만 가장 엄격한 규칙에도 예외는 있죠. 아직 아니라고 하더라고 이 문제에서 밴스톤 씨의 위치가 예외적이라는 것을 인정해야 해요. 나는 부적절하고 달갑지 않다고 생각하지만, 당신이 방금 한 제안은 (별거 아니라도) 매우 당황스러운 상황에서 당신을 구하고, 이미 언급한 가정부의 개인적 금전적 요구에서 당신을 보호해 줄 거예요. 양측 모두 바람직한 결과를 얻을 거예요. 내 입장에서는 내 조카를 불안하게 하는 모든 걱정이 없어지는 건 말할 것도 없고요. 하지만, 당신이 제안한 대로, 그런 비밀리에 하는 결혼은 서둘러야 해요. 지금 상황을 보면, 오래 끌수록 우리의 비밀이 새어 나갈 위험이 더욱 더 커지니까요. 서로가 마음만 맞는다면 난 급하게 하는 결혼을 반대하지 않아요. 내 연애 결혼도 급하게 한 거예요. 짧은 기간 교제하고 성급히 결혼했지만, 예상 외로 잘 지내고 결국에는 잘된 사례들이 많이 있어요. 하지만 밴스톤 씨, 만약 당신과 내 조카가 이렇게 용이하게 하려면, 상류층 사이에서의 일반적인 결혼 준비 과정은 어떻게든 서둘러야 해요. 당신은 틀림없이 지금 내가 혼인 계승적 재산권 처분에 대해 언급한다는 것을 알 거예요."

래지 대위 입에서 '혼인 계승적 재산권 처분'이라는 말이 나오자,

노엘 밴스톤은 떨리는 손으로 유리잔을 내밀며 말했다. "브랜디 한 잔만 더 주세요."

"나도 당신과 함께 한잔할게요." 대위는 재빨리 체면을 내려놓고, 매우 즐겁게 브랜디를 홀짝거렸다. 소심하게 집주인을 따라 하던 노엘 밴스톤은 치과 의자에 앉아 있는 자세로 머리를 뒤로 젖히고 손을 움켜잡고는 다가오는 시련을 마주하기 위해 마음을 가다듬었다.

대위는 빈 잔을 내려놓고 다시 체면을 차렸다.

"내 조카는 자신이 선택한 남자에게 모든 선물 중 가장 헤아릴 수 없는 선물, 자신 외에는 다른 지참금이 없어요. 하지만 이런 상황에서 (당신이 알고 있듯이) 그녀의 미래의 남편과 관례적으로 명문화하는 내 권리를 박탈당하지 않아요. 이 문제에서 보통은, 내 변호사와 당신의 변호사가 만나고 협의를 하고, 연기를 했다가, 낯선 사람들은 당신의 의도를 알려고 하고, 르카운트 여사는 조만간 당신이 그녀에게서 비밀로 하고 싶어 하는 진실을 알게 될 거예요. 지금까지는 내 말에 동의하나요?"

말할 수 없는 불안감에 노엘 밴스톤은 입을 다물었다. 그는 그저 고개를 끄덕이며 답할 뿐이었다.

"알겠어요. 아마 당신도 내가 아주 독창적인 사람이라고 생각했을 거예요. 만약 내가 지금까지 당신한테 그런 인상을 주지 않았다면, 내가 계속 생각해왔던 몇몇 문제들이 있었다는 걸 알려줘야겠군요. 혼인 계승적 재산권 처분도 그중 하나예요. 현재 상황에서 부모나 후견인은 보통 뭘 하나요? 사윗감으로 고른 남자를 한 여자의 행복에 대한 성스러운 보증금으로 신뢰하고 나서, 그 남자에게 등을 돌리고, 그녀의 금전적인 미래를 제공하는 데 대단히 낮은 책임감을 보이는 남자를 믿기 거부해요. 그는 법으로 할 수 있는 가장 강력한 구속력 있는 문서로 사위에게 족쇄를 채우고, 낯선 사람과 불량배들을 상대할 때 사용할 수 있는 것과 같은 예방책을 자기 자식의 남편에게 쓰죠.

난 이러한 행위가 더할 나위 없이 일관성이 없고 부적합하다고 생각해요. 밴스톤 씨, 그건 내 행동 방침이 아니에요. 내가 하지도 않을 것에 대해 말하지 않아요. 내가 조카와 함께 있는 당신을 믿는다면, 나는 그녀와 나에 대한 모든 낮은 책임감을 가지고 당신을 믿어요. 손쥐 봐요. 당신의 명예를 걸고, 아내의 지위와 당신의 재력을 아내에게 주겠다고 말하고 재산권 처분 문제는 이 순간부터 영원히 우리가 정하는 거예요." 이렇게 오만한 어조로 막달렌의 지시를 이행한 그는 부모와 같은 감정과 인간적인 모습으로 프로코트를 열고, 고개를 똑바로 들고 손을 뻗고 앉았다.

한순간 노엘 밴스톤은 말 그대로 놀라서 겁에 질려 있었다. 그다음, 그는 의자에서 일어나 완벽한 존경의 표시로 관대한 친구의 손을 잡았다. 오랜 다양한 경력에서 래지 대위가 지금처럼 표정을 유지하는 데 어려움을 느낀 적은 아직 한 번도 없었다. 목표의 대상이었던 남자의 인색한 고마움의 폭발에 대한 경멸, 보호의 대가를 5파운드로 평가한 남자에 대한 음모가 성공했다는 환희, 앞으로 다가올 결과에 자신이 연루되는 실수로 도덕적 영농의 일격을 가할 기회를 놓친 것에 대한 아쉬움, 이런 모든 다양한 감정들이 대위의 마음을 뒤흔들고, 표정과 말로 드러내는 방법을 찾으려고 함께 애썼다. 그는 노엘 밴스톤이 자신의 손을 계속 잡고 있게 했고, 그가 제정신을 되찾을 때까지 일련의 주장과 약속을 내뱉도록 했다. 그 결과, 그 작은 남자는 다시 의자에 앉았고, 바로 르카운트 여사에 대한 이야기를 다시 꺼냈다.

"우리가 아직 해결하지 못한 문제로 되돌아가 보죠. 내 습관과 감정을 무시하고, 이미 언급했던 말들을 생각해서, 르카운트 여사 모르게 내 조카와 결혼하고 싶은 당신의 바람을 허락한다고 가정해보죠. 그렇다면 그 목표를 이루기 위해 당신은 어떤 방법을 제안할 건지 물어보고 싶군요."

"아무것도 제안할 수 없어요." 노엘 밴스톤은 힘없이 대답했다. "내 제안을 거절할 건가요?"

"생각보다 더 대담한 요구를 하는군요, 밴스톤 씨. 난 절대 일을 어중간히 하지 않아요. 내가 평소처럼 허심탄회하게 행동을 할 때는, (당신도 이미 알듯이) 나는 경솔할 정도로 솔직해요. 예외적인 상황에서 어쩔 수 없이 다른 방식을 취해야 한다고, 나보다 더 교활한 여우는 없을 거예요. 만약 당신의 요구로, 내가 여기서 정직한 영국 코트를 벗고 예수회 옷을 입는다면, 만약 순전히 당신의 어색한 위치에 대한 동정심으로, 내가 르카운트 여사로부터 당신의 비밀을 지키는 데 동의한다면, 나는 당신의 입장에서 싸울 때 양심의 가책을 느껴서는 안 돼요. 내가 목숨 걸고 하면, 당신도 목숨 걸고 해야 해요."

노엘 밴스톤은 씩씩하게 말했다. "당신이 그렇다면, 당연히 목숨 걸고 할게요. 난 르카운트 몰래 하는 데 양심의 가책을 느끼지 않아요. 하지만 그녀는 악마같이 교활해요, 바이그레이브 씨. 어떻게 해야 할까요?"

"곧 듣게 될 거예요. 내 생각을 펼치기 전에, 도덕성이라는 추상적인 질문에 대해 당신의 생각을 듣고 싶어요. 보통 실현 가능성 없는 사기에 대해 어떻게 생각해요?"

노엘 밴스톤은 그 질문에 약간 당황한 듯 보였다.

"좀 더 쉽게 물어볼까요? 모든 것이 사랑과 전쟁에서 정당하다는 널리 통용되는 격언에 대해 어떻게 생각해요? 찬성인가요 반대인가요?"

"찬성이에요" 노엘 밴스톤은 최대한의 준비태세로 답했다.

"한 가지만 더 물어볼게요. 르카운트 여사를 상대로 실현 가능성 없는 사기를 치는 것에 특별히 반대하나요?"

노엘 밴스톤의 결심은 약간 흔들리기 시작했다.

"르카운트가 알아낼 가능성이 있을까요?" 그가 조심스럽게 물었다.

"그녀는 당신이 결혼을 해서 그녀 손에서 벗어날 때까지 알지 못할 거예요."

"확신하세요?"

"매우 확신해요."

말로 표현할 수 없는 안도감을 느낀 노엘 밴스톤이 말했다. "르카운트를 속여요. 난 최근에 그녀가 나를 지배하려 한다는 의심을 품기 시작했고, 르카운트와 충분히 오래 함께 지냈다는 생각이 들기 시작했어요. 그녀가 완전히 사라졌으면 좋겠어요."

"당신이 원하는 대로 될 거예요. 1주일이나 10일 내에 당신은 그녀를 내보낼 거예요."

노엘 밴스톤은 간절한 마음으로 일어나 대위의 자리로 다가갔다.

"설마요! 어떻게 그녀를 내보내죠?"

"여행을 보낼 생각이에요."

"어디로요?"

"앨드버러에 있는 당신의 집에서 취리히에 있는 그녀 남동생의 병상으로요."

노엘 밴스톤은 그 대답에 놀라 뒤로 물러났고, 갑자기 자기 자리로 돌아갔다.

"어떻게 할 건데요?" 그가 몹시 당황하여 물었다. "남동생은 훨씬 좋아졌어요. 그녀는 오늘 아침에 취리히에서 온 다른 편지를 받았고, 그렇게 적혀 있었어요."

"편지를 봤나요?"

"네. 그녀는 항상 남동생을 걱정해서, 나한테 그걸 보여 주곤 했어요."

"누구한테서 왔나요? 뭐라고 적혀 있었나요?"

"의사가 보냈어요. 그 사람이 항상 그녀에게 편지를 써요. 그녀의 남동생에 대해서는 난 별로 신경 쓰지도 않고, 짧다는 것 외에는 내용은 별로 기억 안 나요. 그 남자는 훨씬 나아졌어요. 그리고 의사가 다시 편지를 쓰지 않는다면, 그녀는 당연히 그가 회복되고 있다고 생각할 거예요. 그게 핵심이죠."

"당신이 그 편지를 다시 돌려줬을 때, 그녀가 그걸 어디에 뒀는지 아나요?"

"네, 회계장부를 보관하는 서랍에 넣었어요."

"당신이 그 서랍을 열어 볼 수 있어요?"

"물론이죠. 여벌의 열쇠가 있어요. 나는 언제나 그녀가 회계장부를 보관하고 장소의 열쇠를 여벌로 만들자고 했어요. 회계장부를 잠근 채 넣어두는 걸 절대 허락하지 않아요. 그것은 집안의 규칙이에요."

"밴스톤 씨, 오늘 그 편지를 가정부 몰래 가져와서 내가 개인적으로 한두 시간 동안 가지고 있게 해주면 좋겠어요."

"그걸로 뭐 하려고요?"

"말해주기 전에 몇 가지 물어볼 게 있어요. 취리히에 르카운트 여사를 속이는 당신을 도와줄 수 있는 친한 친구가 있나요?"

"어떤 종류의 도움을 말하는 거죠?"

"해외에 있는 친구들 중 한 명에게 편지를 보낼 때, 앨드버러의 르카운트 여사에게 보내는 다른 편지를 동봉해서 보낼 수 있나요? 그리고 그 친구에게 취리히에서 르카운트 여사에게 편지를 보내는 장난을 도와달라고 하는 거예요. 믿을 만한 사람 있어요?"

"2명 알아요! 모두 여자고, 둘 다 노처녀고, 르카운트의 앙숙이에요. 하지만 당신 계획이 뭐죠, 바이그레이브 씨? 난 평소에 통찰력이 떨어지지 않지만, 당신의 계획을 모르겠네요."

"곧 알게 될 거예요."

그 말 후, 그는 일어나 방 한쪽에 있는 책상으로 가서 편지지에 몇 줄 적었다. 처음에 혼자 신중하게 읽은 후, 노엘 밴스톤에게도 와서 읽으라고 손짓했다.

대위는 자신의 작문이 만족스러운 듯 펜 끝으로 가리키며 말했다. "좀 전에, 르카운트 여사에게 칠 사기가 떠올랐어요. 이거예요."

그는 방문객에게 자기 의자를 내줬다. 노엘 밴스톤은 앉아서 다음과 같은 내용을 읽었다.

"부인께, 지난번 편지를 쓴 이후로, 남동생의 병이 재발했다는 소식을 알려 드리게 되어 대단히 유감입니다. 증상이 너무 심각해서, 부인을 병상으로 바로 불러야 한다는 것이 참 힘듭니다. 병환이 심해지는 것을 막기 위해 모든 노력을 기울이고 있으며, 아직 희망을 잃은 건 아닙니다. 하지만 제 양심상 부인이 치명적 결과가 될 수 있는 제 환자의 위중한 변화를 모르도록 할 수 없었습니다. 심심한 위로를 전하며, 저는…."

래지 대위는 이 편지에 대한 반응을 초조하게 기다렸다. 그만큼 비열하고 이기적이며 비겁한 밴스톤조차도 르카운트 여사에게 그런 속임수를 쓰는 것에 대해 조금의 죄책감을 느낄지도 모른다. 비록 그녀의 동기가 신경 쓰이지만, 그녀는 아버지에게 완전히 신임을 얻어 그가 어렸을 때 함께 지냈고, 지금은 그의 집에서 살면서 그를 충실히 섬겼다. 이것을 기억하지 못할 수도 있다. 그리고 기억하고 있다면, 그는 지금 제안받은 그 계획을 망설이지 않고 도와줄 수 있을까? 래지 대위는 무의식적으로 인간 본성에 대한 의구심만큼 그에 대한 믿음도 있었다. 그가 놀랍게도, 그리고 다행스럽게도, 걱정할 필요가 없었다. 그 편지를 정독하는 노엘 밴스톤의 마음에 생긴 유일한 감정은 친구의 생각에 대한 진심 어린 찬사와 그 계획을 실행하는 자신의 공에 대한 자만심이었다. 겁쟁이가 아닌 바보의 예는 매일 볼 수 있다. 교활하지 않은 바보의 예도 가끔 볼 수 있다. 그러나 잔인하지 않은 바보의 사례가 어디에 있는지는 합리적으로 의심할 수 있다.

노엘 밴스톤은 박수를 치며 외쳤다. "완벽해요! 바이그레이브 씨, 당신은 프랑스 희극의 피가로만큼 훌륭해요. 프랑스라는 말이 나왔으니 말인데, 당신의 기발한 편지에서 한 가지 심각한 실수가 있어요. 잘못된 언어로 썼어요. 의사가 르카운트에게 편지를 쓸 때, 그는 프랑스어로 써요. 아마 제게 번역을 시키려고 했던 거죠? 내 도움 없이는 해낼 수 없는 거죠? 난 영어만큼 프랑스어도 유창하게 써요. 절 보세요! 여기 앉아서 번역할게요."

그는 래지 대위가 원본을 썼을 때와 거의 같은 속도로 번역을 완성했다. "잠깐만요!" 그는 기발한 친구의 작문에서 또 다른 실수가 있는 것을 발견하고 아주 중대한 승리감을 느끼며 외쳤다. "그 의사는 언제나 날짜를 적어요. 여기에는 날짜가 없네요."

"날짜는 당신한테 맡길게요." 대위는 냉소적으로 웃으며 말했다. "당신이 실수를 찾았으니까, 바로 고쳐요!"

노엘 밴스톤은 속으로 실수를 발견할 수 있는 능력과 처리할 수 있는 능력을 구분하는 큰 차이를 곰곰이 생각했고, 많은 현명한 사람들처럼 그 차이를 극복하는 것을 거부했다.

그가 정중하게 말했다. "마음대로 할 수 없어요. 당신이 날짜를 쓰지 않은 이유가 있겠죠?"

래지 대위는 기분 좋게 답했다. "그 편지가 취리히에 도착하는 데 얼마나 걸리냐에 따라 날짜가 달라질 거예요. 나는 그 점에 대해서는 아는 게 없어요. 당신은 아버지가 살아계셨을 때 많이 겪어봤겠죠. 나한테 알려주면, 당신이 책상에서 일어나기 전에 날짜를 추가할 수 있어요."

래지 대위 예상대로, 노엘 밴스톤의 경험이 시간 문제를 해결하는 데 완벽히 도움이 되었다. 대륙의 철도 운행은(1847년) 거의 없었고, 그 시기에 영국에서 취리히로, 그리고 다시 취리히로 영국으로 보내는 편지는 우편 왕복으로 열흘이 걸렸다.

그 정보를 알게 된 대위가 말했다. "내일부터 5일째가 되는 날짜를 프랑스어로 적어요. 다음으로 할 일은 가능한 한 빨리 의사의 편지를 가져오는 거예요. 의사 필체로 당신이 번역한 것을 그대로 쓰려면 몇 시간 동안 연습해야 해요. 외국 편지지가 있나요? 편지지 몇 장을 가져다주고, 취리히에 있는 당신의 숙녀 친구분에게 필요한 요구사항을 적어서 동봉해서 같이 보낼게요. 이것만 해주면 돼요, 밴스톤 씨. 내가 야박하다고 생각하지 마세요. 하지만 당신이 재료를 빨리 가져다줄수록, 나는 더 기쁠 거예요. 우린 서로를 완전히 이해한 거 맞죠? 내조카에 대한 청혼을 받아들여, 난 당신의 상황을 고려해 비공개 결혼을 허락해요. 당신의 계획을 진행하기 위해 약간의 무해한 책략이 필요해요. 내가 당신의 뜻에 따라 책략을 세웠고, 당신은 바로 이용하면돼요. 내일부터 10일 내로 르카운트 여사는 스위스로 갈 것이고, 내일부터 15일째 취리히에 도착할 거예요. 우리의 속임수를 알아채고, 내일부터 20일째 되는 날에 르카운트 여사는 앨드버러로 돌아와서, 탁자 위 청첩장을 발견하고, 그녀의 주인이 신혼여행을 떠났다는 것을알게 될 거예요. 난 알기 쉽게 산술적으로 말한 거예요. 신의 축복이있기를. 안녕히 가세요!"

"내일 바이그레이브 양을 만날 수 있을까요?" 문에서 돌아서며 노엘 밴스톤이 물었다.

"조심해야 해요. 내일 안 된다고 하지 않겠지만, 장담은 못 해요. 앞으로 10일 동안 르카운트 여사를 처리해야 한다는 거 기억해요."

노엘 밴스톤이 열렬히 소리쳤다. "르카운트가 북해 바닥에 있었으면 좋겠어요! 그녀를 처리하는 건 당신이 아주 잘하는데, 당신은 그집에 없잖아요. 내가 뭘 해야 하죠?"

"오늘처럼 2시에 혼자서 산책 나와서 이곳에 잠시 들러요. 그동안, 당신이 나에게 줘야 하는 거 잊지 마세요. 그것들을 큰 봉투에 같이넣어서 봉인하세요. 그렇게 한 후, 르카운트 여사에게 평소처럼 함께산책하자고 하세요. 그리고 르카운트 여사가 위층에서 보닛을 쓰고있는 동안, 하인을 통해서 그걸 나한테 보내요. 알겠어요? 잘 가요."

한 시간 후 봉인된 봉투에 담긴 물건이 래지 대위에게 아주 안전하게 도착했다. 낯선 필체를 똑같이 따라 하고, 잘 알지도 못하는 언어로 쓴 말을 정확하게 베끼는 두 가지 일은 대위가 예상한 것보다 훨씬 더 힘들었다. 11시가 되어서야 취리히로 보낼 편지가 완성됐다.

그는 잠자리에 들기 전, 시원한 밤바람을 쐬기 위해 한산한 길로 나갔다. 씨뷰 별장을 바라보니, 가정부의 방만 빼고 모든 불이 꺼져 있었다. 래지 대위는 수상쩍어하면서 고개를 흔들었다. 이때쯤 되자 그는 르카운트 여사가 깨어 있다는 걸 믿지 못할 만큼 경험이 쌓였다.

만약 래지 대위가 길에서 르카운트 여사의 방에 불이 켜져 있는 걸 보면서, 그녀의 방을 들여다볼 수 있었다면, 그 가정부가 화장대 위에 올려둔 쓸모없는 작은 갈색 물건을 보고 깊은 생각에 빠진 것을 보았을지도 모른다.

하지만 르카운트 여사는 지금까지 매 순간 부딪히고 좌절당할 것이라고는 생각지 못한 결론에 스스로 짜증을 내고 있었다. 그녀가 다음에 무엇을 해야 하나? 만약 그녀가 펜드릴 씨를 부른다면, 그가 앨드버러에 왔을 때 (그의 업무상 단 몇 시간만 있을 수 있다면), 그다음으로 그가 해야 할 확실한 일은 무엇인가? 만약 그녀가 노엘 밴스톤에게 쪽지로 옮겨 쓴 편지 원본을 보여 준다면, 그는 바로 설명을 바랄 것이다. 르카운트 여사는 가스 양을 속였던 이야기를 밝힐 것이고, 그리고 어쨌든 그의 눈으로 본 증거로, 여전히 목에 난 점에 대한 조사는 완전히 실패했다. 그녀의 말이 더는 받아들여지지 않는다고 해도, 언니 밴스톤 양이 앨드버러에 깜짝 등장해서 모두를 놀라게 하고, 노스 싱글즈에 그녀의 목소리를 여동생이 듣는다면 즉각적인 결과로 나타날 것이다. 하지만 언니 밴스톤 양은 영국 밖에 있고, 적어도 한 달 동안 돌아올 거 같지 않다. 르카운트는 지금까지 해왔던 방법을 걱정스럽게 살폈을지 모르지만, 현재 자신 앞을 가로막고 있는 축적된 장애물을 어떻게 넘을지는 떠올리지 못했다.

이런 상황에서 다른 여자들은 상황이 바뀔 때까지 기다렸을 것이다. 르카운트 여사는 대담하게 자신의 행적을 되돌아보고, 새로운 방법을 찾기로 했다. 당분간 가짜 바이그레이브 양이 실제로는 막달렌 밴스톤이라는 증명하기 위한 시도들은 접고, 다음 활동의 범위를 좁히기로 했다. 막달렌의 신분에 대한 실제적인 질문은 놔두고, 그녀의 주인이 매료된 노스 싱글즈의 젊은 아가씨와 복스홀 워크에서 그를 겁먹게 한 변장한 여성이 동일 인물이라는 단순한 사실을 주인에게 납득시키는 것에 만족하기로 했다.

이 새로운 목적을 이루는 수단이 언뜻 보기에는 르카운트 여사가 방금 포기한 목적을 위한 방법보다는 절대 쉽지 않았다. 여기서는 다른 사람의 도움을 기대할 수 없었고, 표면적으로 자비로운 동기를 맹목적으로 내세울 수도 없고, 펜드릴 씨나 가스 양에게 호소할 수도 없다. 여기서 가정부의 유일한 기회의 성공은 첫째 바이그레이브 씨의 집에 몰래 들어갈 수 있느냐와, 둘째 기억에 남는 알파카 옷에서 그녀가 몰래 잘라낸 옷 조각이 바이그레이브 양의 옷장에 있는 것과 일치하느냐에 달려 있다.

르카운트 여사는 현재 자기 앞에 놓인 난관을 해결하기 위해, 앞으로 며칠 동안 아침부터 저녁까지 노스 싱글즈에 사는 사람들의 습관을 살피고, 그 집의 하인에게 뇌물이 먹히는지 알아보기로 했다.

성과가 좋다면, 그녀가 돈이나 술책으로 (바이그레이브 씨나 그의 조카가 모르게) 노스 싱글즈에 들어간다면, 두 번째 문제는 바이그레이브 양의 옷장에 접근하는 것이었다.

만약 하인을 매수할 수 있다면, 이 문제의 장애물은 미리 제거될 수 있을 것이다. 하지만 하인이 정직한 사람이라면, 그 새로운 문제는 쉽게 해결되지 않을 것이다. 오랫동안 신중하게 생각한 끝에, 만약 하인이 도움을 못 주면, 그녀가 마침내 바이그레이브 양은 직접 만나봐야겠다는 대담한 결심을 내렸다. 이 아가씨가 미스터리한 은둔 생활을 하는 진짜 이유는 무엇일까? 가장 엄밀하고 불편한 진실이 있는 사람일까? 아니면 비밀을 지키는 데 누구에게도 기대지 않는 사람일까?

아니면 바이그레이브 씨처럼 교묘하고, 아직 실행하지 않은 새로운 속임수를 펼치기 위해 준비하는 사람일까? 처음 두 가지 경우, 르카운트 여사가 시치미를 떼면 성과가 있을 것이다. 마지막 경우에는 (다른 결론을 얻지 못했다면), 어둠 속에 숨어 있는 적을 발견하는 것이 매우 중요할 것이다. 어쨌든, 그녀는 위험을 감수하기로 했다. 싸움의 시작에서 그녀가 유리하다고 생각했던 세 가지 기회, 즉 말로써 막달렌을 함정에 빠트리는 기회, 그녀 친구들의 도움으로 그녀를 함정에 빠트리는 기회, 바이그레이브 부인을 이용해 함정을 빠트리는 기회 중 두 가지를 시도했고, 두 가지가 실패했다. 3번째 기회가 아직 남았고, 3번째는 성공할지도 모른다.

그렇게 대위의 적은 그녀의 방에서 혼자서 그에 대한 음모를 꾸몄고, 그동안 대위는 해변에서 그녀의 창문 불빛을 지켜봤다.

다음 날 아침 식사 전, 래지 대위는 직접 위조 편지를 취리히로 보냈다. 그는 가장 중요한 기간인 앞으로 10일 동안 르카운트 여사와 어떻게 해야 할지 결정하지 못한 채, 노스 싱글즈로 돌아갔다.

놀랍게도 이 점에 대한 그의 의문은 막달렌에 의해 갑자기 결정됐다.

그는 아침 식사가 차려진 방에서 자신을 기다리고 있는 막달렌을 봤다. 고개를 숙이고 어깨 위로 머리를 늘어트린 채 쉴 새 없이 왔다 갔다 했다. 그녀가 방에 들어오는 그를 올려다봤을 때, 대위는 래지 부인이 그보다 먼저 느꼈던 그 두려움, 즉 프랭크의 편지가 복스홀 워크에 도착했을 때 이미 한 번 겪어봤기 때문에, 그녀가 또다시 정신을 가누지 못할 거라는 두려움을 느꼈다.

"그 사람 오늘 또 와요?" 그녀는 래지 대위가 권한 의자를 밀어 거칠게 바닥으로 내동댕이치면서 물었다.

대위는 현명하게도 간단하게 그녀에게 답했다. "맞아요. 2시에 올 거예요."

"나를 데리고 떠나줘요." 그녀가 얼굴에서 머리카락을 마구 뒤로 넘기며 소리쳤다. "그가 오기 전에 날 데리고 떠나줘요. 나는 이 혐오스러운 곳에 있는 동안 그와 결혼하는 공포를 극복할 수 없어요. 내가 잊을 수 있는 어딘가로 데려가 줘요, 그렇지 않으면 미쳐버릴 거예요! 이틀만 휴식을 줘요. 끔찍한 바다에서 이틀만 벗어나고 싶어요. 감옥 같은 이 끔찍한 집에서 이틀만요. 앨드버러에서 멀리 떨어진 넓은 세상 어느 곳에 이틀만 있을게요. 당신과 함께 돌아올게요. 그럼 끝까지 해낼게요! 이틀만 그 사람과 그 사람의 모든 것에서 벗어나게 해줘요! 내 말 듣고 있어요, 이 악당아?"

그녀는 그의 팔을 붙잡고 격렬하게 흔들며 울었다. "난 너무나 고통스러워요. 더는 견딜 수 없어요!"

그녀를 진정시킬 방법은 단 하나였고, 대위는 바로 실천했다.

"진정하려고 노력하면, 한 시간 안에 앨드버러를 떠날 수 있어요."

그녀는 그의 팔을 놓고, 뒤에 있는 벽에 힘껏 기댔다. "노력할게요." 그녀가 숨을 헐떡였지만, 덜 미친 듯이 그를 바라보며 답했다. "내가 그렇게 하면, 당신은 불평하지 않을 거죠." 그녀는 앞치마 주머니에서 손수건을 꺼내려 했지만 찾지 못했다. 대위가 꺼내줬다. 그녀의 눈은 부드러워졌고, 그에게서 손수건을 받은 후, 조금 더 편하게 숨을 쉬었다. "당신은 내 생각보다 친절한 사람이네요. 조금 전에 격한 말을 해서 미안해요. 정말 정말 미안해요." 눈물을 흘리며 그녀는 행복했던 시절의 타고난 우아함과 상냥했던 모습으로 그에게 손을 내밀었다. "다시 나와 친구가 되어줘요." 그녀가 애원하며 말했다. "난 그저 소녀일 뿐이에요. 래지 대위, 그저 여자아이일 뿐이에요!"

그는 조용히 그녀의 손을 잡고 잠시 토닥인 후, 그녀가 다시 방으로 돌아갈 수 있게 문을 열어줬다. 그는 그런 작은 관심을 보였을 때 진심으로 후회했다. 그는 방랑자였고 사기꾼이었다. 비열하고, 교활하고 타락한 인생을 살았지만, 그도 인간이었다. 그리고 그녀가 사기꾼에 대해 욕설을 해도 완전히 사라지지 않은, 잃어버렸던 동정심이 일어났다. 하인이 그녀의 식사를 들고 왔을 때 그가 말했다. "빌어먹을 아침밥. 바로 여관으로 가서 한 시간 내로 집 앞으로 쌍두마차를 보내라고 전해요." 그에게 생소한 정신적 혼란에 여전히 짜증을 내며 복도로 가서 부인에게 그 어느 때보다 더 격렬하게 소리쳤다. "1주일간 필요한 짐을 싸요. 그리고 30분 안에 준비해요!" 그런 지시를 내린 후, 그는 거실로 돌아와 식사를 제대로 못 했다는 것에 짜증을 내며 반 정도 차려진 식탁을 바라봤다. 그는 억지로 웃으며 혼잣말을 했다. "그녀 때문에 내 식욕이 사라졌네. 시가를 피고 신선한 공기를 쐐야지."

그가 20년만 젊었다면, 그런 해결책을 내지 못했을 것이다. 그러나 50세가 넘으면, 반발에 대한 정책을 저버리는 사람이 어디 있을까? 연습과 장소 변경으로 대위는 다시 자기 모습으로 돌아왔다. 그는 다시 시가 맛을 느꼈고, 곧 앨드버러를 떠나는 문제에 대한 종잡을 수 없는 관심을 떠올렸다. 몇 분 동안 생각한 후 현재 비상 상태를 공정하게 살펴봤을 때, 막달렌의 발병으로 현재 가장 최선인 일을 하는 것이 옳았다.

래지 대위가 막달렌과 씨뷰에서 차를 마셨던 저녁에 물어봤을 때, 가정부의 남동생이 상당한 자산을 가지고 있음을 분명히 알게 됐다. 누나가 그의 가장 가까운 친척이고, 그의 유언장에서 르카운트 여사의 몫을 뺏고 싶어서 안달이 난 부도덕한 사촌 몇 명이 있었다. 이 점에서 남동생이 재발했다는 가짜 소식이 영국에 전해지면, 가정부가 취리히로 가는 강력한 동기가 될 수 있었다. 그러나 그사이 그녀가 노엘 밴스톤의 진짜 위치에 대해 생각한다면, 마지막에 그녀가 남동생의 병상을 지켜서 얻는 적은 금전적 이익을 지키는 것보다 주인에게서 큰 금전적 이익을 확고히 하는 것을 더 좋아하지 않을 수도 있다고 누가 말할 수 있겠는가? 그 질문에 대한 답은 내려지지 않았지만, 노엘 밴스톤의 노스 싱글즈 가족과 점점 친해지는 것을 확인해봐야 하는 건 분명히 필요했고, 그 목적을 위해서, 그들이 앨드버러 집에서 잠시 떠나는 것에 대해 어떠한 의심도 남겨서는 안 된다. 이런 결론에 대단히 만족한 래지 대위는 마차가 와서 출발하기 전에 사과하고 설명하기 위해 바로 씨뷰 별장으로 갔다.

노엘 밴스톤은 쉽게 만날 수 있었다. 그는 아침 식사 전에 정원을 산책하고 있었다. 친구에게서 소식을 들었을 때, 그는 실망과 짜증을 바로 드러냈다. 하지만 대위는 유창한 말솜씨로 곧 그에게 현재 상황을 받아들여야 하는 이유를 이해시켰다. 르카운트 여사를 일깨우기 위한 10일 사이 어떤 일이 일어났을 때 사기가 실패할 수 있다는 생각만으로도 바로 효과가 나타나, 그가 바라는 대로 노엘 밴스톤은 인내심 있고 순종적으로 됐다. 래지 대위는 기본적인 설명을 끝낸 후 말했다. "두 가지 이유로 우리가 어디로 가는지 말하지 않을 거예요. 첫째, 아직 결정 못 했어요. 그리고 둘째, 만약 당신이 우리 목적지를 모른다면, 르카운트 여사는 당신에게 캐묻지 못할 거예요. 지금도 창문 커튼 뒤에 숨어서 우리를 보고 있을걸요. 그녀가 오늘 아침에 당신이 나와 뭘 했는지 묻는다면, 조카가 다시 건강이 안 좋아졌고, 기분 전환을 위해 친구 몇 명을 만나는 그녀를 데려다주러 며칠 동안 떠나게 돼서 작별 인사를 하러 왔다고 하세요. 만약 (과하지 않게) 르카운트 여사에게 당신이 내 말에 조금 실망했고 당신과 친해지려고 하는 나의 진심이 확신하지 못하겠다는 인상을 남긴다면, 우리의 목표에 큰 도움이 될 거예요. 우리는 늦어도 4일이나 5일 안에 노스 싱글즈로 돌아올 거예요. 만약 그사이 나에게 무슨 일이 생기면, 꼭 편지 쓸게요."

"바이그레이브 양이 나에게 쓴 편지는 없나요?" 노엘 밴스톤이 애처롭게 물었다. "그녀는 당신이 여기 온 걸 알아요? 나한테 전하는 메시지 없어요?"

"그걸 잊어버리다니, 변명의 여지가 없네요. 사랑을 전해달라고 했어요."

노엘 밴스톤은 황홀감에 빠져 말없이 눈을 감았다. 그가 다시 눈을 떴을 때, 래지 대위는 정원 문을 나가 노스 싱글즈로 돌아가고 있었다. 그가 문을 닫고 들어오자마자, 르카운트 여사는 대위가 있을 거로 의심했던 감시 장소에서 내려와 대위가 제대로 예상한 대로 주인에게 그가 떠나는 것에 관해 물었다. 그 답을 듣고 그녀는 한 가지 생각밖에 들지 않았다. 그녀는 바로 거짓말이라고 생각하고, 어느 때보다 더 조심히 노스 싱글즈를 감시하기 위해 자신의 방 창문으로 돌아갔다.

놀랍게도 30분도 채 지나지 않아, 바이그레이브 씨의 집에 빈 마차가 서 있는 것을 보았다. 짐을 옮겨서 마차에 실었다. 바이그레이브 양이 나와서 자기 자리에 앉았다. 바이그레이브 부인으로 추측되는 체구가 크고 키가 큰 여성이 뒤따라 마차에 탔다. 하인이 그다음으로 나와서 길에서 기다렸다. 마지막으로 나타난 사람은 바이그레이브 씨였다. 그는 집 문을 잠그고, 가까이에 사는 노스 싱글즈의 집주인의 별장으로 열쇠를 가져갔다. 돌아온 그는 작은 마을로 혼자 떠나는 하인에게 고개를 끄덕이고 마차에 타고 있는 여자들과 함께했다. 마부가 올라탔고, 마차는 떠났다.

르카운트 여사는 이 일들을 자세히 살펴봤던 오페라글라스를 내려놓고, 스스로 인정하기 참 부끄러운 당혹감을 느꼈다. 앨드버러 집에서 갑자기 모든 사람이 떠난다는 바이그레이브 씨의 비밀은 그녀에게 이해할 수 없는 미스터리였다.

비슷한 상황에서 래지 대위 쪽에서 보여 준 적 없는 체념과 함께 그 상황을 받아들이고, 르카운트 여사는 이득도 없는 짐작에 시간을 낭비하지도 성질도 내지 않았다. 그 미스터리가 앞으로 더 심해지든 해결이 되든 내버려 두고, 아침에 일어났던 일을 어떻게 이용할 것인지 중점적으로 생각해 보기로 했다. 노스 싱글즈의 가족이 어떻게 됐든, 그 하인은 남았고, 그 하인은 현재 가정부의 계획에 중요한 도움이 될지도 모른다. 르카운트 여사는 보닛을 쓰고, 지갑에 있는 은화를 확인하고는 하인과 친분을 쌓으려고 나섰다.

그녀는 바이그레이브 씨가 노스 싱글즈의 열쇠를 주고 온 집으로 먼저 가서 집주인에게서 하인의 현재 주소를 알아냈다. 그녀의 발걸음은 헛되지 않았다. 집주인은 그 소녀가 며칠 동안 친구들을 보러 집에 가도 된다는 허락을 받았다는 것과 친구들이 앨드버러 어느 곳에 사는지 알고 있었다. 하지만 여기서 그가 아는 정보는 갑자기 바닥이 났다. 그는 바이그레이브 씨와 그의 가족이 어디로 가는지, 그리고 얼마나 집을 비울지에 대해 전혀 알지 못했다. 그가 말하는 있는 건, 세입자로부터 그만 살겠다는 통보를 받지 못했으며, 바이그레이브 씨가 돌아와서 열쇠를 달라고 하기 전까지 보관해 달라는 부탁을 받았다는 것이었다.

당황했지만 낙담하지 않은 르카운트 여사는 앨드버러 뒷길 쪽으로 발걸음을 돌렸고, 아침 방문으로 하인의 친척들을 놀라게 했다.

바이그레이브 씨의 일에서 벗어났다고 생각했던 그녀는 르카운트 여사의 호출로 처음에는 놀랐지만, 하인은 질문에 최선을 다해서 답했다. 하지만 그녀는 주인의 계획에 대해 전혀 알지 못했다. 그녀가 그들에 대해 말할 수 있는 건 자신은 해고된 건 아니고, 노스 싱글즈에서 필요한 일이 생기면 자신을 부르는 쪽지를 기다린다는 것이었다. 르카운트 여사는 그녀에게 이 문제에 대해 더 좋은 정보를 얻을 수 없다는 생각에, 자연스럽게 화제를 바꿔서, 바이그레이브 씨 집에서 일하는 장단점에 대해 전반적으로 이야기하도록 유도했다.

르카운트 여사는 이런 간접적인 방법으로 그 집의 작은 비밀들을 알게 됐고, 두 가지 사실을 발견했다. 첫 번째, (궂은 집안일까지 하고 있던) 하인이 젊은 아가씨와 숙모만 알고 있는 바이그레이브 양 옷장의 비밀을 폭로할 위치가 아니었다. 두 번째, 바이그레이브 부인이 그렇게 숨어 있는 건 그녀가 바보와 별반 다르지 않으며, 남편은 그녀를 사람들 앞에 보여 주는 걸 부끄러워한다는 진짜 이유가 확인됐다. 르카운트 여사는 이러한 사소한 발견으로 예전에 의심스러웠던 매우 중요한 점이 이해가 됐다. 그녀는 이제 무식한 하인을 매수하는 것이 아니라 바보 같은 부인을 속여서 막달렌의 옷장에 대해 개인적으로 알아보는 것이 더 가능성 있다는 것에 만족했다. 불쌍한 래지 부인의 허술한 재량권을 노리겠다는 결론에 도달한 가정부는 궁금해하는 모습을 더는 보이지 않으려고 조심했다. 그녀는 대화를 지역 화제로 바꾸고 그녀에게 좋은 인상을 남길 때까지 기다렸다가 떠났다.

3일이 지났다. 그리고 르카운트 여사와 그녀의 주인은 (각각 매우 다른 목적을 가지고) 사람들이 돌아오는 첫 신호를 기다리며 노스 싱글즈 쪽을 지켜봤다. 그 사이에 노엘 밴스톤에게 삼촌이나 조카가 쓴 편지는 오지 않았다. 이런 무시로 그는 짜증을 진짜로 부렸고, 대위가 가정부 앞에서 표현하라고 권했던 그의 부재중인 친구들에 대한 거짓된 의구심의 효과는 커졌다. 그는 바이그레이브 씨뿐만이 아니라 조카도 잘못 생각한 거 같다는 불안을 털어놓았고, 정말 짜증스러운 태도를 보이면서 현재 당황스러워하는 르카운트 여사를 더 혼란스럽게 만들었다.

4일째 되는 날 아침 노엘 밴스톤은 정원에서 우체부를 만났고, 다행히도 그에게 배달된 편지들 중에서 바이그레이브 씨가 보낸 편지가 있었다.

편지를 보낸 곳은 '우드브릿지'이고 몇 줄만 적혀 있었다. 바이그레이브 씨는 조카가 좋아졌고, 전처럼 사랑을 보낸다고 했다. 그는 다음 날 앨드버러로 돌아가며, 노엘 밴스톤 씨에게 엄밀하게 개인적으로 전할 새로운 생각이 있다고 했다. 한편 그는 밴스톤 씨에게 가족들이 돌아가는 날 특별히 초대를 받기 전까지는 노스 싱글즈에 들리지 말라고 간청했다. 확실히 이상한 요구의 이유는 밴스톤 씨가 친구들을 다시 만나게 되면, 완전히 만족스러운 설명을 듣게 될 거라고 했다. 그때까지 그는 르카운트 여사와 모든 대화에 매우 조심하고, 편지를 충분히 정독한 후에 바로 폐기하는 것이 (고전적인 구절이 미안하지만) 필수조건이었다.

5일째가 되었다. (그 편지를 폐기한) 노엘 밴스톤은 결과를 애타게 기다렸다. 르카운트 여사는 인내심을 가지고 일어나는 일들을 지켜봤다. 오후 3시가 다 되어서야 마차가 다시 노스 싱글즈 문에 나타났다. 바이그레이브 씨는 마차에서 내려 열쇠를 가지러 집주인의 집으로 재빨리 걸어갔다. 그는 하인과 함께 돌아왔다. 바이그레이브 양은 마차에서 내렸다. 거대한 친척은 그녀를 따라갔다. 집 문이 열렸다. 트렁크를 내려두고, 마차는 사라졌고, 바이그레이브 가족은 다시 집에 왔다!

4시가 되고, 5시가 되고, 6시가 됐지만 아무 일도 일어나지 않았다. 30분이 더 지나고 나서야, 여느 때처럼 말쑥하고, 작은 얼룩도 없고, 괜찮게 차려입은 바이그레이브 씨가, 씨뷰 방향으로 느긋하게 걸으면서 모습을 드러냈다.

그는 바로 그 집에 들어가지 않고 그곳을 지나쳤다가 갑자기 생각난 듯 멈춰 섰다. 그리고 발걸음을 되돌려 문에서 밴스톤 씨를 찾았다. 밴스톤 씨는 복도로 나와 환대했다. 침실 쪽에 열린 문을 통해 누구라도 들을 수 있게 목소리를 높이면서, 바이그레이브 씨는 현관에서 방문 목적을 간단히 말했다.

그는 먼 친척 집에서 지냈다고 했다. 먼 친척은 옛 거장들이 그린 작품 2점이 있는데 그것을 처분하고 싶고, 그 작품을 바이그레이브 씨가 관리하도록 맡겼다. 그런 일에 아마추어인 노엘 밴스톤 씨가 그 작품들을 보고 싶다면, 바이그레이브 씨가 노스 싱글즈로 돌아가고 30분 위에 오면 볼 수 있을 것이다.

이런 이해하기 어려운 발표를 하고, 혼자 재미있는 공모자는 검지를 짧은 로마인 코 옆에 대고 "날씨가 좋죠? 안녕히 계세요!"라고 말하고는, 길에서 이해가 안 될 정도로 어슬렁거리며 계속 산책을 했다.

30분이 지나고 노엘 밴스톤은 가슴 속에 꺼지지 않는 연인의 열정과 완전히 갈피를 못 잡는 남성의 혼란스러운 마음으로 노스 싱글즈에 나타났다. 너무나 행복하게도 막달렌이 응접실에 혼자 있는 것을 봤다. 그녀가 그렇게 아름다워 보인 적은 지금까지 없었다. 앨드버러에서 4일간 떠나서 얻은 휴식과 안도감은 어느 정도 성과가 있었다. 훨씬 더 평안을 찾았다. 너무나 극에서 극으로 계속 떨었던 그녀는 5일간의 격정적인 절망에서 벗어나 모든 회한을 떨치고 모든 결과를 받아들이기로 한 열정적인 행복으로 향했다. 그녀의 눈은 반짝였고, 뺨은 홍조를 띠었고, 지난날 여자아이의 명랑함을 쓸쓸하게 흉내 내며 끊임없이 말했고, 한심스러울 정도로 계속 웃었다. 그녀는 르카운트 여사의 부드러운 목소리와 너무나도 비슷하게 은근한 품행의 우아함을 흉내 냈는데, 이것은 그저 예전 모습을 섬세하고 정확하게 흉내 낸 것이었다. 지금과 같은 그녀의 모습을 본 적 없던 노엘 밴스톤은 매료되었고, 나약한 머리는 기쁨에 도취돼 어지러웠고, 쭈글쭈글한 뺨은 그녀에게 감염된 것처럼 빨개졌다. 그녀와 단둘이 있는 30분은 그에게 5분처럼 지나갔다. 숙모와 이미 한 약속으로 그녀가 갑자기 그를 떠났을 때, 구두쇠였던 그는 그 순간 그녀와 함께 황금 같은 시간 5분을 더 보내기 위해 금화 5개를 내놓을 수도 있었을 것이다.

막달렌이 문을 닫자마자 그 문이 다시 열렸고, 대위가 들어왔다. 그에게 자연스럽게 설명을 듣기 원하는 예의가 없고 무뚝뚝한 방문객에게 설명을 해주러 그가 들어왔고, 매 순간을 최대한 맘껏 이용하기로 했다.

"마지막으로 우리가 만난 이후로, 현재 우리의 상황에서 승패 가능성을 생각해 봤어요. 결론은 다음과 같아요. 취리히에서 온 편지가 르카운트 여사에게 도착할 때 당신이 여전히 앨드버러에 있다면, 우리가 겪고 있는 모든 고통은 사라질 거예요. 만약 가정부에게 50명의 형제가 모두 함께 죽는다면, 우리가 노스 싱글즈에 이웃으로 있는 동안 씨뷰에 당신 혼자 남겨두는 것보다 차라리 50명 전부 내팽개칠 거예요."

붉었던 노엘 밴스톤의 뺨은 실망으로 창백해졌다. 르카운트 여사를 아는 그에게도 그 생각이 맞았다.

"우리가 다시 떠나면, 얻는 것이 아무것도 없을 거예요. 그런 경우에 우리가 당신에게 우리를 따라올 방법을 남기지 않았다는 것을 무엇으로도 당신 가정부를 설득할 수 없기 때문이죠. 이번에는 당신이 앨드버러를 떠나야 하고, 무엇보다도, 우리가 따라갈 수 있는 눈에 보이는 흔적을 하나도 남기지 말고 떠나야 해요. 우리가 앞으로 5일 안에 이 일을 이룬다면, 르카운트 부인은 취리히로 갈 거예요. 우리가 실패하면, 그녀는 확실히 씨뷰에 붙어 있을 거예요. 질문하지 마세요! 당신이 따를 지시사항을 마련했고, 그 지시사항에 아주 집중해주길 바라요. 내 조카와의 결혼은 당신이 지금부터 내가 하는 말을 잊지 않는 것에 달렸어요. 질문 하나 먼저 할게요. 내 충고를 따랐어요? 르카운트 여사에게 당신이 날 잘못 판단한 거 같다고 생각하기 시작했다고 말했나요?"

노엘 밴스톤은 뉘우치면서 말했다. "더 안 좋게 말했어요. 내 감정에 무지막지한 짓을 했어요. 바이그레이브 양을 의심한다고 말해서 부끄러웠어요."

"계속 부끄러워해요! 모든 힘을 다해서 우리를 의심하면 내가 당신을 도울 거예요. 한 가지만 더 물을게요. 오늘 오후에 내가 충분히 크게 말했나요? 르카운트 여사가 내 말을 들었나요?"

"네. 르카운트가 문을 열고 당신 말을 들었어요. 왜 내게 그런 말을 한 거죠? 여기 그림은 안 보이는데요. 이 또한 다른 사기인가요, 바이그레이브 씨?"

"대단한 추측이에요, 밴스톤 씨! 이제 내가 당신에게 말하려는 다음 이야기로 내 상상 속 그림 거래의 목적을 알게 될 거예요. 씨뷰로 돌아가면 르카운트 여사에게 이렇게 말하세요. 옛 거장의 작품 복제

품인 내 친척의 작품 2점을 원작처럼 터무니없는 가격에 내가 당신에게 팔려고 했다고 하세요. 내가 그럴듯한 사기꾼과 별반 다를 게 없다고 의심한다고 말하고, 나와 같은 악당과 엮인 불운한 내 조카가 불쌍하다고 해요. 이게 당신이 할 말이에요. 내가 방금 한 말을 그대로 말하세요. 그렇게 할 수 있죠?"

"당연히 할 수 있어요. 하지만 르카운트는 내 말을 믿지 않을 거예요."

"잠깐 기다려요, 밴스톤 씨. 내 지시사항 아직 안 끝났어요. 내가 방금 한 말 알아들었어요? 좋아요. 오늘에서 내일로 넘어가죠. 내일 평소와 같은 시간에 르카운트 부인과 산책하러 나오세요. 길에서 내가 당신을 만나면 고개 숙여 인사를 할 거예요. 내 인사를 받아주지 말고, 다른 곳을 보세요. 쉽게 말해서, 날 못 본 척해요! 충분히 쉽죠?"

"그녀는 날 믿지 않을 거예요, 바이그레이브 씨, 날 믿지 않아요!"

"조금만 더 기다려요, 밴스톤 씨. 또 다른 지시사항이 있어요. 오늘과 내일 지시사항을 말해줬죠. 이제 모레 할 일이에요. 그날은 우리가 취리히에 편지를 보낸 지 7일째 되는 날이에요. 7일째 되는 날, 날 다시 만나는 것이 짜증 난다고 하면서, 전처럼 산책 나가는 것을 거부하세요. 집이 좁다고 투덜거리고, 건강이 안 좋다고 불평하고, 앨드버러에 오지 말았어야 했고 바이그레이브 가족과 친해지지 않았으면 좋았을 거라고 하면서, 르카운트 여사가 당신의 불만에 대해 걱정할 때, 그녀가 더 좋게 바꿀 수 없는지 갑자기 물어봐요. 그 질문을 자연스럽게 던지면, 그녀가 답할 거로 생각해요?"

노엘 밴스톤은 짜증 내며 답했다. "그녀는 질문받는 걸 별로 안 좋아해요. 내가 앨드버러에 싫증이 났다고만 하면 돼요. 만약 그럴 거 같지 않지만, 만약 그녀가 날 믿는다면, 바이그레이브 씨, 그녀는 그렇지 않을 거예요. 그녀는 내가 물어보기도 전에 이미 생각해 놓은 게 있을 거예요."

대위가 간절히 말했다. "아! 아! 그렇다면, 르카운트 여사가 이번 가을에 가고 싶어 하는 곳이 있군요."

"매년 가을마다 그곳을 가고 싶어 해요(제기랄!)."

"어디로요?"

"바트람 제독 집으로요. 당신은 그 사람 모르죠? 세인트 크럭스 인 더 마쉬에 살아요."

"인내심을 잃지 말아요, 밴스톤 씨! 지금 당신이 나에게 말한 것 중 가장 중요한 부분이 있네요. 바트람 제독이 누구죠?"

"아버지의 오랜 친구예요. 내 아버지가 그에게 은혜를 베푸셨죠. 두 분 다 젊었을 때, 아버지가 그 사람에게 돈을 빌려줬어요. 나는 세인트 크럭스에서 가족과 같아요. 내 방은 항상 준비되어 있어요. 제독의 집에는 조카 조지 바트람 말고는 아무도 없어요. 조지는 내 사촌이에요. 아버지가 제독과 친했던 것처럼, 나도 조지와 친해요. 그리고 나는 친구에게 돈 한 푼 빌려준 적이 없어서 아버지보다 더 예리하죠. 르카운트는 항상 조지가 맘에 든다고 자랑하는데 짜증 나요. 그녀도 그 제독을 좋아해요. 그 사람은 그녀의 허영심을 부추겨요. 세인트 크럭스로 오라고 항상 나와 함께 그녀를 초대해요. 그녀에게 최고의 침실 중 하나를 내어주고, 마치 숙녀처럼 대해요. 그녀는 루시퍼만큼이나 자랑스러워하고 숙녀 대접을 받는 걸 좋아해요. 그리고 그녀는 매년 가을 나에게 세인트 크럭스에 가자고 졸라요. 무슨 문제 있어요? 수첩은 왜 꺼내요?"

"제독의 주소를 알고 싶네요, 밴스톤 씨, 바로 설명할게요."

래지 대위는 수첩에 노엘 밴스톤이 불러준 주소를 받아적었다. "에식스 오스라거 인근 세인트 크럭스 인 더 마쉬, 바트람 제독."

"좋아요!" 대위는 수첩을 다시 닫으며 소리쳤다. "우리를 막았던 유일한 어려움이 이제 해결됐어요. 인내심을 가져요, 밴스톤 씨. 인내심! 우리가 잠시 멈췄던 곳에서 다시 시작하죠. 5분만 더 집중하면, 결혼까지 순탄할 거예요. 모레 당신은 앨드버러가 싫증이 났다고 하면,

르카운트 여사는 세인트 크럭스를 가자고 할 거예요. 당신은 그 자리에서 승낙하거나 거부하지 말아요. 생각해 보겠다고 하고, 다음 날 아침까지 세인트 크럭스에 가는 걸 결정하지 말아요. 평소 당신이 짐을 싸나요, 아니면 르카운트 여사에게 전부 맡기나요?"

"당연히 르카운트가 다 하죠. 그러라고 돈을 받는 거잖아요! 하지만 나 진짜로 가는 건 아니죠?"

"당신은 개인적으로나 편지로 이 집과 어떠한 연락도 하지 말고 마차를 타고 최대한 빨리 철도역으로 가세요. 르카운트 여사는 남아서 짐을 싸고 짐꾼들과 정리를 하고, 다음 날 아침에 세인트 크럭스로 당신을 따라갈 거예요. 그다음 날 아침은 10일째 되는 날 아침이에요. 10일째 되는 아침에는 그녀는 취리히에서 오는 편지를 받고, 당신이 내 지시를 따랐다면, 밴스톤 씨, 당신이 거기 앉아 있는 것처럼, 그녀는 취리히로 갈 거예요."

마침내 대위의 전략이 진정한 빛을 발하자, 노엘 밴스톤의 얼굴빛이 다시 밝아지기 시작했다.

"그럼 난 세인트 크럭스에서 뭘 하죠?"

"내가 당신을 보러 갈 때까지 거기서 기다려요. 르카운트 여사가 떠나자마자, 난 이곳 교회에 가서 결혼식을 올릴 거라고 할 거예요. 당일이나 그다음 날, 난 수첩에 적힌 주소로 제독 집으로 당신을 데리러 갈 것이고, 런던에 함께 가서 결혼 허가를 받을 거예요. 르카운트 여사가 취리히로 가는 동안 우리는 허가증을 받고 앨드버러로 돌아오고, 당신과 내 조카는 부부가 될 거예요! 이게 당신의 미래 계획이에요. 어떻게 생각해요?"

노엘 밴스톤은 갑자기 열광하며 소리쳤다. "정말 기발해요! 당신은 제가 만난 사람 중 가장 대단한 사람이에요. 누군가는 당신이 평생 사람들을 속이기만 했을 거라고 생각할 거예요."

래지 대위는 그가 그럴 생각이 있다고 생각하는 한 남자의 안일한 태도로 무심결에 그의 타고난 천재성에 찬사를 받았다.

그는 겸손하게 말했다. "당신한테 이미 말했지만, 난 절대 일을 어중간하게 하지 않아요. 우리는 서로 예의를 차릴 시간이 없어요. 지시받은 내용 확실히 기억해요? 혹시나 사고가 생길까 봐 난 적지 않아요. 기억력을 이용해야 해요. 손가락으로 날 따라서 지시사항을 떠올려 봐요. 오늘은 내가 당신한테 작품을 팔아넘기려고 했다고 르카운트 여사에게 말해요. 내일은 길에서 날 모른 척해요. 모레는 산책하기 싫고, 앨드버러가 싫증이 났고, 르카운트 여사가 제안하도록 해요. 그다음 날 당신은 그 제안을 받아들여요. 그다음 날에는 세인트 크룩스로 가는 거예요. 한 번 더요! 엄지는 작품들, 검지는 길에서 날 모른 척하기, 중지는 앨드버러에 싫증 내기, 약손가락은 르카운트 여사의 조언 받아들이기, 새끼손가락은 세인트 크룩스로 가기. 이보다 더 명확한 것도 없고, 더 쉽게 할 수 있는 것도 없어요. 이해 안 가는 게 있어요? 가기 전에 한 번 더 설명해 줬으면 하는 거 있나요?"

"한 가지만 더요. 내가 세인트 크룩스로 가기 전에 이곳에 또다시 오면 안 되는 거죠?"

"안 돼요! 그 일의 전체적인 성공은 당신이 거리에 두는 것에 달렸어요. 르카운트 여사는 당신이 한 모든 말을 믿을 수 있는지, 즉, 당신이 이 집과 연락을 하는지 안 하는지 확인할 거예요. 그녀는 밤낮으로 당신을 지켜볼 거예요! 방문하지도 말고, 메시지를 보내지도 말고, 편지도 쓰지 말고, 혼자서도 나가지 마세요. 나나 내 조카에게 어떤 형태로든 연락을 하지 않음으로써 당신이 그녀의 충고를 따랐다는 것을 확신시키고 세인트 크룩스를 향해 출발하는 모습을 보여주세요. 그렇게 하면, 우리의 목적에는 가장 최고이고 그녀에게는 최악인 증거에 따라 그녀는 당신을 믿을 거예요."

마지막으로 당부의 말을 남기고, 그는 작은 남자와 따뜻하게 악수를 나누고 그 자리에서 집으로 돌려보냈다.

씨뷰로 돌아온 노엘 밴스톤은 5일 중 첫날의 행동 방침을 정확하게 실행했다. 바이그레이브 씨가 가짜 그림을 원작인 것처럼 넘기려했다는 이야기를 듣는 동안 르카운트 여사의 입술에 희미하게 경멸의 미소가 떠올랐지만, 이야기가 끝날 때까지 한마디도 하지 않았다. 몰래 그녀의 얼굴을 본 노엘 밴스톤은 생각했다. '내 말이 맞았어. 그녀는 한마디도 믿지 않아!'

다음날 길에서 만남이 이뤄졌다. 바이그레이브 씨는 모자를 벗었고 노엘 밴스톤은 다른 쪽을 바라보았다. 대위는 완벽하게 놀라고 분개하는 척했지만, 르카운트 여사를 확실히 속이지 못했다. 그녀는 비꼬면서 말했다. "오늘 바이그레이브 씨를 불쾌하게 하셨어요, 도런님. 다행히도 그분은 훌륭한 기독교인이에요! 그리고 내일 도런님을 용서하실 거예요."

노엘 밴스톤은 슬기롭게 대답을 자제했다. 다시 한 번 그는 혼자서 자신의 통찰력에 박수를 보내고, 또 한 번 기발한 친구를 이겼다.

지금까지 대위의 행동 방침은 누가 실수하기에는 너무나 분명하고 간단했다. 하지만 시간이 지나면서 복잡해졌고 3일째 노엘 밴스톤은 헷갈려서 작은 실수를 해버렸다. 앨드버러에 싫증 났고 환경의 변화를 원한다고 말하자, (그의 예상대로) 가정부는 바로 세인트 크럭스 방문을 제안했다. 그 조언에 부드럽게 답할 때, 그는 첫 번째 실수를 저질렀다. 결정을 다음 날까지 미루는 대신, 그는 르카운트 여사가 제안한 그 날 승낙했다. 이 실수의 결과는 그렇게 중요하지 않았다. 노엘 밴스톤에게 노스 싱글즈와 모든 연락 금지한 현명한 예방책 덕분에 계산된 것보다 하루 일찍 가정부가 주인을 감시할 뿐이었다. 래지 대위 생각대로, 주인이 바이그레이브 가족과 관계를 끊고 세인트 크럭스로 가고 싶어 하는 주인의 바람이 사실인지 거짓인지 확인하기 위해, 르카운트 여사는 한쪽 혹은 양쪽에서 몰래 연락을 취하는지 방심하지 않고 지켜봤다. 지금까지 노스 싱글즈를 오가는 사람들을 면밀히 살폈던 그녀의 관심은 이제 전적으로 주인에게 향했다. 남은 3일째 내내, 그녀의 시야에서 그는 절대 벗어나지 못했고, 어떤 용건이든 집에 온 제3자가 그와 사적 대화를 할 기회를 조금도 허락하지 않았다. 밤에는 몰래 그의 침실 문 쪽으로 가서 그가 정말 잠들었는지 확인했다. 그리고 다음 날 해가 뜨기 전에, 순찰을 돌던 해안 경비대원은 씨뷰 별장 위층에서 자신만큼 일찍 일어나 일을 하고 있는 한 여성을 보고 놀랐다.

넷째 날 아침 노엘 밴스톤은 전날 저지른 실수를 의식하며 아침 식사를 하러 내려왔다. 시간을 벌기 위한 확실한 방법은 아직 마음의 결정을 하지 못했다고 말하는 것이었다. 가정부가 오늘 떠날 거냐고 물어봤을 때, 그는 대담하게 그렇게 말했다. 또다시 르카운트 여사는 아무런 말도 하지 않았고, 또 얼굴에 불신의 징후가 나타났다. 경험상 주인의 우유부단은 전혀 이상하지 않았다. 그러나 이번에는 주인이 노스 싱글즈와 연락할 시간을 벌기 위해 변덕을 부린다고 생각했고, 그래서 그녀는 두세 배의 경계심을 가지고 그를 또 감시했다. 그날 아침에는 편지가 오지 않았다. 정오 무렵 날씨가 점점 더 나빠졌고, 평소처럼 산책할 생각은 접었다. 주인이 응접실에 있는 동안, 르카운트 여사는 다른 쪽에서 복도로 통하는 문을 열고 노스 싱글즈가 잘 보이는 옆 창문에 앉아서 계속 감시했다. 의심쩍은 모습, 수상쩍은 소리도 없었다. 저녁이 되자, 주인의 망설임은 끝이 났다. 그는 날씨가 마음에 안 들고, 집이 싫고, 바이그레이브 씨를 또 만나는 게 짜증 나니, 내일 아침 첫 번째로 할 일로 세인트 크럭스로 가겠다고 했다. 르카운트는 뒤에 남아서 짐을 싸고 짐꾼들과 정리하고, 다음 날 그를 따라 제독 집으로 따라갈 수 있을 것이다. 가정부는 이런 지시들을 내리는 그의 말투와 태도에 약간 놀랐다. 그녀가 아는 한, 그는 노스 싱글즈와 어떤 연락도 하지 않았다. 그럼에도 그는 가능한 한 빨리 앨드버러를 떠나기로 결심한 것 같았다. 처음으로 그녀는 자신의 결론을 고집하는 걸 망설였다. 그녀는 주인이 그들이 앨드버러로 돌아오기 전에 바이그레이브 가족에 대해 불평했던 것을 기억했다. 그리고 문 앞에 있는 여행용 마차가 있었고 심지어 바이그레이브 씨가 자신의 말을 진짜라는 걸 증명했을 때도, 이미 불신으로 자신이 호도되었음을 자각했다.

르카운트 여사는 여전히 마지막까지 계속해서 조심하기로 했다. 그날 밤, 문이 닫혔을 때, 그녀는 몰래 앞문과 뒷문 열쇠를 치웠다. 그리고 침실 창문을 살살 열고 감기에 안 걸리게 보닛과 망토를 두르고 창가에 앉았다. 노엘 밴스톤의 창문은 그녀의 방 창문과 같은 쪽에 있었다. 만약 누군가 몰래 아래쪽 정원에서 그와 이야기하려고 온다면, 가정부에게도 들릴 것이다. 술수로 만들어 낼 수 있는 모든 형태의 은밀한 소통을 가로챌 준비를 만만히 하고, 르카운트 여사는 밤새 조용히 지켜봤다. 아침이 되자, 그녀는 하인이 일어나기 전에 아래층으로 몰래 내려가 열쇠를 제자리에 두고, 노엘 밴스톤이 아침 식탁에 나날 때까지 응접실의 자기 자리에 다시 앉았다. 그가 마음을 바꿨나? 아니었다. 비용 때문에 철도로 가는 것을 거절했지만, 여전히 세인트 크럭스에 가는 건 확고했다. 그는 일찍 출발하는 마차의 안쪽 자리에 앉기를 원했다. 마지막까지 의심스러웠던 르카운트 여사는 제빵사를 대신 보냈다. 그는 공무원이었고, 바이그레이브 씨는 그가 개인 심부름하는 걸 의심하지 않았다. 마차가 씨뷰에 정차했다. 르카운트 여사는 주인이 자리에 앉는 것을 보고, 나머지 세 자리는 이미 모르는 사람들이 차지했다는 걸 확인했다. 그녀는 (아직 다 채워지지 않은) 바깥 자리에도 승객들이 모두 있는지 마부에게 물었다. 그 남자는 그렇다고 대답했다. 그는 시내에서 부른 두 명의 신사가 있었고, 다른 사람들은 여관에 있었다. 르카운트 여사는 곧장 여관으로 발걸음을 옮겼고, 출발하는 마차의 마지막 모습을 볼 수 있는 반대편 길에 자리를 잡았다. 10분이 더 흐른 후, 안팎으로 승객으로 가득한 마차가 덜컹거리며 출발했다. 바이그레이브 씨나 노스 싱글즈에 사는 누구도 승객들 사이에 없다는 걸 확인했다.

확인할 것이 한 가지만 더 남았고, 르카운트 여사는 잊지 않았다. 바이그레이브 씨는 틀림없이 마차가 정차한 것을 봤다. 그는 단순한 추측으로 마차를 빌려 철도역까지 갈지도 모른다. 르카운트 여사는 (마차가 유일하게 보이는) 여관에 한 시간 가까이 있었지만, 무슨 일이 일어나는지 기다렸다. 아무 일도 일어나지 않았고, 마차도 나타나지 않았다. 노엘 밴스톤을 추적하는 것은 이제 인간 범위를 넘었다. 오랫동안 압박감을 느꼈던 르카운트 여사의 마음은 마침내 편안해졌다. 평소보다 좋은 기분으로 자리에서 일어나 살림을 정리하기 위해 씨뷰로 돌아갔다. 그녀는 응접실에 혼자 앉아서 안도의 숨을 길게 내쉬었다. 래지 대위의 계산이 맞았다. 그녀의 감각에 대한 증거가 가정부의 불신을 이겼고, 말 그대로 정반대의 극단적 믿음에 빠지게 했다.

지난 3일 동안 일어난 일들을 자신의 경험에서 추정해보면, 세인트 크럭스에 가는 것은 그녀가 먼저 생각해 냈고, 주인이 그녀의 제안을 받아들였다는 것을 노스 싱글즈 가족들에게 알릴 기회도 찾지 않았고 그럴 의향도 보이지 않았다는 걸 알기 때문에, 르카운트 여사는 배신에 대한 의혹이 옳다고 주장할 수 있는 근거가 하나도 없다는 것을 정말 인정할 수밖에 없었다. 결과로 나타난 연속적으로 일어난 상황들을 새롭게 살펴봐도, 어디서도 이해할 수 없거나 모순된 것은 없었다. 가짜 그림을 원작인 것처럼 넘기려고 했던 시도는 바이그레이브라는 사람의 성격과 완벽하게 어울렸다. 자신을 속이려고 했던 것에 대한 주인의 분개, 바이그레이브 양이 알고 있는 것 같다는 명백한 의심, 길에서 삼촌에 대한 경멸적인 대우, 모르는 사람과 경솔하게 친해진 장소에 대한 피로감과 그날 아침에 떠나려는 준비 등 가정부는 한 가지 충분한 이유로 이 모든 것이 진짜 현실이라고 인정했다. 직접 노엘 밴스톤이 바이그레이브 가족이 따라오도록 하나의 단서를 남기거나 남기려고도 하지 않고 앨드버러를 떠나는 것을 그녀의 눈으로 직접 봤다.

이제까지 가정부가 내린 결론이 그녀를 이끌었지만, 그뿐이었다. 기회와 운에 미래를 맡기기에 그녀는 너무나 빈틈없었다. 주인의 변덕스러운 성질이 누그러질지도 모른다. 언제든지 일어날 수 있는 우연한 일로 바이그레이브 씨는 자신의 실수를 만회할 기회를 얻고, 노엘 밴스톤의 판단으로 잃어버린 자리를 교묘하게 되찾을 수 있다. 상황이 마침내 자신에게 유리해졌다는 걸 인정하면서도, 르카운트 여사는 처음으로 하려고 했고 지금도 하려고 하는 음모를 분명히 밝히는 것이 주인의 앞날에 대한 안전을 영원히 보장하는 것이라고 확신했다.

르카운트 여사는 회계장부를 펼치고 영수증을 정리하면서 생각했다. "세인트 크럭스에서는 늘 즐거워. 제독은 신사이고, 집은 웅장하고, 식사는 훌륭해. 상관없어! 바이그레이브 양의 옷장 안을 확인할 때까지 여기 씨뷰에서 혼자 있을 거야."

그녀는 그날 주인의 수집품들을 다양한 상자에 넣고, 짐꾼들의 요구사항을 해결하고 가구들을 덮개로 가렸다. 해질녘이 되자, 그녀는 밖으로 나가 조사에 집중했고, 어둠을 틈타 노스 싱글즈 정원에 과감히 들어갔다. 응접실과 위층 방은 평소처럼 불이 켜져 있었다. 잠시 망설인 후, 그녀는 집 문으로 몰래 가서 밖에서 소리 없이 손잡이를 돌려봤다. 앨드버러에 있는 다른 집들처럼 그녀 생각대로 자물쇠는

465

잠겨 있지 않았지만, 문이 말을 듣지 않았다. 이상하게도 문이 안쪽에서 잠겨 있었다. 그 사실을 안 후, 집 뒤쪽으로 돌아갔고, 그쪽 문도 똑같이 잠겨 있다는 것을 확인했다. "빨리 빗장을 걸었네요, 바이그레이브 씨." 가정부는 다시 길로 몰래 돌아오면서 말했다.

그녀는 다시 침실로 돌아갔다. 지난 이틀간 계속된 감시와 긴장된 흥분으로 지쳤다.

다음 날 아침 그녀는 7시에 일어났다. 30분 더 지난 후, 예전처럼 아침마다 똑같은 시간에 시간을 엄수하는 바이그레이브 씨가 겨드랑이에 수건을 끼고 노스 싱글즈 문에서 나와 해변에서 그를 기다리는 배로 향하는 걸 봤다. 수영은 대위의 여러 가지 개인 재주 중 하나였다. 그는 매일 아침 배를 타고 바다로 나갔고, 짙고 푸른 물에 호화롭게 몸을 담갔다. 르카운트 여사는 이미 이 취미에 걸리는 시간을 계산했고, 보통 배를 타고 해변을 떠날 때부터 돌아올 때까지 꼬박 한 시간이 걸린다는 것을 알게 됐다.

그 시간 동안 그녀는 노스 싱글즈에서 사는 누구도 집을 떠나는 것을 본 적이 없었다. 하인은 분명히 주방에서 일할 것이고, 바이그레이브 부인은 아마 아직 침대에 있을 것이다. 그리고 바이그레이브 양은 아마도 삼촌이 없을 때 함부로 나가지 말라는 지시를 받았을 것이다. 지난 며칠 전부터 그 집에서 막달렌이라는 장애물을 맞닥트리는 문제는 르카운트 여사가 머리를 쥐어짜도 해결하지 못한 유일한 문제였다.

대위가 탄 배가 해변을 떠난 후, 그녀는 15분 동안 창가에서 앉아서 무의식적으로 노스 싱글즈에 시선을 고정했다. 앉아서 앨드버러에서 며칠 늦게 출발하는 것에 주인에게 어떤 핑계를 대는 편지를 쓸지 고민했다. 그때 집 문이 갑자기 열렸고, 막달렌이 혼자서 정원으로 나왔다.

그녀의 몸매와 옷차림은 착각할 수가 없다. 그녀는 서둘러 대문 쪽으로 향해 몇 걸음 걷다가, 맑은 아침 햇살이 너무 강했던 것처럼 산책용 모자의 베일을 내린 다음, 길에 급히 나가 북쪽으로 걸어갔다. 너무 서둘러서인지 마음속 생각에 사로잡혀서인지, 그녀는 정원 문을 닫지도 않고 나갔다.

르카운트 여사는 눈앞에 보이는 증거를 한 순간 의심하며 의자에서 벌떡 일어났다. 그녀가 헛되이 계획했던 기회가 진짜로 그녀에게 생긴 것인가? 그렇게 오랫동안 계속 그녀에게 불리했던 기회가 마침내 그녀에게 유리해진 것인가? 의심의 여지가 없다. 속된 표현으로 '운이 따랐다.' 그녀는 보닛과 망토를 낚아채 전혀 주저하지 않고 노스 싱글즈로 향했다. 바이그레이브 씨는 바다에 나갔고, 바이그레이브 양은 나갔다. 바이그레이브 부인과 하인은 집에 있지만, 처리하기 쉽다. 기회를 놓쳐서는 안 된다. 위험을 감수할 만하다.

이번에는 문이 쉽게 열렸다. 막달렌이 떠난 후 아무도 빗장을 걸지 않았다. 르카운트 여사는 조용히 문을 닫고 복도에서 잠시 귀를 기울였다. 하인은 주방에서 요리를 한다고 시끄러웠다. 가정부는 조심히 계단을 올라가며 생각했다. '만약 내 행운의 별이 나를 곧장 바이그레이브 양의 방으로 인도한다면, 난 누구도 방해하지 않고, 그녀의 옷장을 볼 수 있을 거야.'

그녀는 층계참 오른쪽에 가장 가까운 문부터 시도했다. 변덕스러운 기회는 이미 그녀를 버렸다. 자물쇠가 잠겨 있었다. 그녀는 왼쪽 반대편 문을 시도했다. 부츠는 대칭으로 나란히 놓여 있었고, 화장대 위의 면도기로 그녀가 아직 방을 제대로 찾지 못했음을 알 수 있었다. 층계참 우측으로 돌아와 집 뒤편으로 통하는 작은 통로를 따라 내려가 세 번째 문을 시도했다. 문이 열렸고, 극단적으로 너무나도 다른 두 여성, 래지 부인과 르카운트 여사가 순간적으로 얼굴을 마주했다.

"정말 너무나 죄송해요!" 르카운트 여사는 너무나도 침착하게 말했다.

"주님 우리를 축복하시고 구원하소서!" 너무나 속수무책으로 놀란 래지 여사가 외쳤다.

곧바로 두 번의 감탄사가 울렸고, 그 순간 르카운트 여사는 자신의 희생자에게 조치를 취했다. 그냥 나갈 수가 없었다. 그녀는 탁자 위에 반만 만들어지고 반은 그대로인 오리엔탈 캐시미어 가운이 있는 것을 봤다. 래지 부인의 바보 같은 발이 의자 근처에서 잃어버린 신발을 마구 찾는 걸 보았고, 그녀가 들어온 문 옆에 두 번째 문이 있고, 가까운 곳에 그녀가 앉을 수 있는 두 번째 의자가 있다는 것을 알아차렸다. 르카운트 여사가 의자에 앉으며 말했다. "내가 함부로 들어왔다고 화내지 말아요. 내가 설명할게요."

아주 부드러운 목소리로 말하면서, 환심을 사려는 입술로 감미로운 미소를 짓고, 예쁜 검은 눈에 마음을 녹이는 관심을 담아 래지 부인을 살펴면서, 그 가정부는 거짓말의 아버지가 부러워했을지도 모르는 꾸밈없는 진실한 태도로 거짓말을 쏟아냈다. 그녀는 바이그레이브 씨로부터 바이그레이브 부인이 많이 아프다는 말을 들었다. (노엘 밴스톤의 가정부로 일하는) 씨뷰에서 시간이 있을 때 바이그레이브 부인에게 친절한 도움을 주지 못해 끊임없이 자신을 책망했다. 그녀는 (바이그레이브 부인이 남편의 친구 중 한 명이고 자연스럽게 그녀의 매력적인 조카를 흠모하는 사람들 중 한 명으로 알고 있는) 주인이 떠난 앨드버러 집에서 그와 함께 가자는 지시를 받았다. 그녀는 일찍 떠나야 했지만, 이웃에 대한 배려를 베풀지 못한 것에 대해 사과하지 않고서는 양심이 견딜 수가 없었다. 그녀는 집에 아무도 찾을 수 없었다. 하인은 그녀의 목소리를 듣지 못했다. 바이그레이브 부인의 방이 위층에 있을 것이라 생각했고, 그녀는 진심으로 부끄럽지만, 무작정 마음대로 들어왔고, 이제는 그녀를 봐주고 용서하는 바이그레이브 부인의 관용을 믿을 수밖에 없었다.

진심이 덜한 사과가 르카운트 여사의 목적에 도움이 되었을 수도 있을 것이다. 래지 부인이 기를 쓰고 생각해서 뜻밖의 손님이 익히 들어왔던 이웃 주민이었다는 사실을 알게 되자마자, 그녀는 르카운트 여사의 숙녀다운 태도와 너무나 잘 어울리는 옷에 흠뻑 빠졌다. 불쌍한 래지 부인은 그 가정부가 마지막 말을 할 때 생각했다. '얼마나 고상하게 말을 하는지. 내 심장이 뛰어. 정말 옷도 잘 입었어.'

르카운트 여사는 자신의 목적을 이루기 위한 방법으로 오리엔탈 캐시미어 가운을 교묘하게 이용했다. "내 경험상 가장 세심한 주의가 필요한 일을 내가 방해했네요, 부인. 오, 이런, 다 된 곳을 또 뜯고 있었네요. 나도 그랬어요, 바이그레이브 부인. 어떤 옷은 만들기 참 어려워요. 어떤 옷은 '아냐. 당신 맘대로 하고 있잖아. 안 맞아!'라고 말하는 것 같다니까요."

래지 부인은 이 행복한 말에 크게 감동했다. 웃음을 터트렸고 진심으로 인정하는 손뼉을 쳤다.

그녀는 기분 좋게 외쳤다. "내가 첫 가위질을 하고 나서 이 가운이 나한테 계속 그런 말을 했어요. 내가 등이 엄청 크다는 건 알지만, 그게 이유가 아니에요. 몇 주 동안 가운을 만들었는데, 왜 결국에는 안 맞는 거죠? 가슴 쪽에 자루처럼 매달려 있어요. 치마 여기도 보세요. 맞지 않아요. 앞은 질질 끌리는데, 뒤는 위로 올라가서 발꿈치가 보여요. 게다가 발꿈치가 가리면 쓸려요!"

"부탁 하나 해도 될까요?" 르카운트 여사가 은밀하게 물었다. "내 경험이 당신에게 도움이 될 거 같은데요, 바이그레이브 부인? 가슴 쪽이 큰 문제네요. 지금, 이게 당신의 가슴 부분인가요? 쉬운 말로 해도 될까요? 이 가슴 부분은 엄청 잘못됐어요!"

"그런 말 하지 마세요!" 래지 부인은 애원하듯 외쳤다. "제발요, 좋은 분이잖아요! 엄청나게 크다는 거 알아요. 하지만, 그렇기는 해도, 이건 막달렌의 옷에서 본떠 만든 거예요."

그녀는 이미 자신이 누군지 까먹었고 자신이 직접 막달렌을 언급했다는 것을 알아차리지 못할 만큼 옷 이야기에 깊이 빠져 있었다. 르카운트 여사의 예리한 귀는 실수한 그 순간을 알아챘다. '그래! 그렇지! 이미 한 가지 확인했어. 만약 내 의심에 의문이 생긴다면, 여기 확인시켜줄 훌륭한 여자가 여기 있어.' 그녀는 큰소리로 말했다. "잠깐만요, 당신 조카의 드레스 중 한 벌을 본떠 만들었다고 했나요?"

"네, 완전히 똑같이요."

르카운트 여사는 능숙하게 답했다. "그럼 조카분 옷을 만들 때 분명 심각한 실수가 있었을 거예요. 나에게 보여줄 수 있어요?"

"어머나, 그럼요! 이쪽으로 오세요, 부인. 그리고 가운도 들고 오세요. 탁자 위에 올려놓으면 화를 내며 계속 미끄러질 거예요. 여기 침대에 자리 많아요."

그녀는 연결되는 문을 열고 막달렌의 방으로 가는 길을 열심히 안내했다. 르카운트 여사는 따라가면서 몰래 시계를 봤다. 그날 아침처럼 시간이 빨리 흐른 적은 없었다! 20여 분 후에 바이그레이브 씨가 수영을 마치고 돌아올 것이다.

"저기 있네요!" 래지 부인은 옷장을 열어 옷걸이에서 드레스를 꺼내며 말했다. "거기 봐요. 거기에도 가슴 부분에 접은 주름이 있고 내 것에도 주름이 있어요. 비슷비슷해요. 내 것이 가장 크죠. 그게 다예요!"

르카운트 여사는 진지하게 고개를 저었고, 바로 옷 제작에서 중요한 세부 사항들을 이야기를 해줬고 3분도 안 돼서 바라던 대로 오리엔탈 캐시미어 가운의 주인은 완전히 당황했다.

래지 부인은 애원하듯 외쳤다. "그런 말 마세요. 그렇게 계속 말하지 마세요! 난 당신보다 뒤처졌어요. 머리는 벌써 윙윙거려요. 착하니까 뭘 해야 할지 알려주세요. 조금 전에 패턴 같은 거 말했잖아요. 내가 너무 커서 패턴이 맞지 않는 걸까요? 그렇다면 어쩔 수 없어요. 성장기 소녀였을 때, 내 몸집 때문에 많이 울었어요! 내가 반 이상은 더 컸어요. 세로로 재든, 가로로 재든, 부정하지는 않을게요. 내가 반 이상은 더 컸어요. 어쨌든."

르카운트 여사는 반발했다. "부인, 부인은 스스로를 학대하고 있어요! 당신은 미네르바처럼 위엄 있는 풍채를 갖고 있어요. 위엄 있고 소박한 여성은 옷도 그래야 해요. 의상의 법칙은 고전이에요. 의상의 법칙을 무시해서는 안 돼죠! 비너스는 접은 주름, 주노는 퍼프_puff_, 미네르바는 접힘이에요. 패턴을 전부 다 바꾸어 봐요. 당신 조카에게 다른 드레스들도 있네요. 우리 미네르바 패턴을 찾아볼까요?"

그녀는 그 말을 하면서 옷장으로 다시 향했다.

래지 부인이 따라와서, 고개를 절레절레 흔들며 옷을 하나씩 꺼냈다. 실크 드레스, 모슬린 드레스들이 나왔다. 르카운트 여사가 찾고 있는 드레스는 보이지 않았다.

"옷이 많네요. 비너스와 다른 두 여신들에 (리넨 하나 걸치지 않고 있는 그림을 본 적 있어요) 맞는 옷은 있지만, 나에게 맞는 건 없어요."

"다른 옷이 없는 건 확실해요?" 르카운트 여사는 옷장을 가리켰지만, 그 안에 있는 건 건드리지 않으면서 말했다. "저 짙은 숄 뒤쪽 구석에 뭔가 걸려 있는게 보여요."

래지 부인은 숄을 치웠고, 르카운트 여사는 옷장의 문을 조금 더 넓게 열었다. 가장 안쪽에 있는 옷걸이에 하얀 점과 이중 주름 장식이 있는 갈색 알파카 드레스가 아무렇게나 걸려 있었다!

갑작스럽게 찾았다는 것에 그녀는 완전히 방심하고 다른 사람처럼 행동했다. 드레스를 보고 깜짝 놀랐다. 잠시 후 그녀는 불안하게 래지 부인을 바라봤다. 깜짝 놀란 것을 봤을까? 전혀 눈치 채지 못했다. 래지 부인의 모든 관심은 알파카 드레스에 쏠렸다. 그녀는 이해할 수 없을 정도로 매우 실망한 표정으로 그 옷을 응시했다.

"놀란 거 같은데, 부인. 옷장 안에 뭘 보고 놀라요?"

"저 가운을 보기 싫어서 내가 크라운 은화 5개를 썼어요. 내 기억에서 깨끗이 지웠는데, 이제 다시 돌아왔어요. 가려요!" 래지 부인은 갑자기 절박하게 옷 위에 숄을 던지면서 소리쳤다. "저 옷을 더 보면, 다시 복스홀 워크에 돌아가는 거 같아요!"

복스홀 워크! 그 두 단어로 르카운트 여사는 또 다른 것을 알기 직전이었다. 그녀는 시계를 다시 훔쳐보았다. 바이그레이브 씨가 돌아올 때까지 겨우 10분밖에 남지 않았다. 조카는 10분도 안 돼서 돌아올 수도 있을 것이다. 더 이상 위험을 무릅쓰지 말고 르카운트 여사에게 가라는 경고가 들렸다. 호기심은 그 자리에서 시간이 다 될 때까지 모든 위험을 무릅쓸 용기를 줬다. 그녀가 래지 마음의 연약한 마음을 조심히 파고들면서, 상냥한 미소는 조금씩 굳어지기 시작했다.

그녀는 최대한 부드럽게 물었다. "복스홀 워크에 안 좋은 기억이 있어요? 아니면 조카 옷에 안 좋은 기억인가요?"

래지 부인은 의자에 주저앉아 몸을 떨기 시작하며 말했다. "내가 저 가운을 입은 그녀를 마지막으로 본 건, 쇼핑을 마치고 돌아와서 유령을 봤을 때였어요."

"유령이라고요?" 르카운트 여사는 우아하게 놀라면서, 손을 꼭 쥐고 말을 되풀이했다. "부인, 죄송하지만, 세상에 그런 게 있나요? 어디서 봤는데요? 복스홀 워크에서요? 말해요. 내가 만난 사람 중 유령을 봤다는 여자는 당신이 처음이에요. 말해봐요!"

가정부에게 갑자기 중요한 사람이 됐다는 것에 우쭐해진 래지 부인은 자신의 초자연적인 모험담에 깊이 빠져들었다. 르카운트 여사는 숨죽인 채 열심히 유령이 입고 있던 옷, 계단을 급히 올라가는 유령과 침실로 사라진 유령에 대한 설명을 들었다. 지대한 관심을 가지고 옷장에 있는 드레스가 바로 그 유령이 사라진 끔찍한 순간에 막달렌이 입고 있던 바로 그 드레스라는 것을 들은 르카운트 여사는 래지 부인이 더 자세히 이야기하도록 부추겼고, 앞으로 몇 시간 동안 나타나지 않을 거 같은 부수적인 상황에 혼란스러워지도록 했다. 멈출 수 없는 시간들이 점점 더 빨리 지나갔다. 바이그레이브 씨가 돌아오는 위험한 순간이 점점 다가왔다. 르카운트 부인은 친구의 눈에 띄도록 시계를 세 번째 봤다. 그녀가 노스 싱글즈에서 벗어날 수 있는 시간이 말 그대로 2분 남았다. 별일이 안 생긴다면 2분이면 충분할 것이다. 그녀는 알파카 드레스를 찾았고, 복스홀 워크에서의 모험담도 전부 들었다. 그 외에도 래지 부인 나이와 같이 마침 기억하고 있던 그 집 주소로 알게 됐다. 주인을 일깨우는 데 필요했던 모든 것을 이제 다 파악했다. 더 머물 수 있다고 해도, 그럴 필요가 없었다.

'이 쓸모 있는 바보를 쿠데타로 공격하고, 그녀가 정신을 차리기 전에 나가야겠어.'

"무서워요!" 르카운트 여사는 작은 날카로운 비명 소리로 유령 이야기를 방해하고 최소한의 예의도 없이 문으로 향했고, 래지 부인은 말할 수 없이 놀랐다. "온몸에 소름이 끼치네요. 안녕히 계세요!" 그녀는 래지 부인의 넓은 무릎으로 쌀쌀맞게 오리엔탈 캐시미어 가운을 던졌고, 바로 방에서 나갔다.

계단을 재빨리 내려갈 때, 침실 문이 열리는 소리가 들렸다.

"어디서 배워먹은 태도예요!" 난간 위에서 희미한 목소리가 들렸다. "내 가운을 그렇게 왜 던져요? 부끄러운 줄 알아요!" 캐시미어 가운에 대한 모욕을 차츰 깨닫게 된 래지 부인이 순한 양에서 사자가 돼서 계속 말했다. "정말 못됐어. 부끄러운 줄 알아!"

이런 작별 인사를 뒤로 한 채, 르카운트 여사는 집 문에 도달해 방해받지 않고 열었다. 그녀는 미끄러지듯 재빨리 정원에 난 길을 걸어 문에서 나와, 길에 안전하게 도착한 후 멈춰서 바다 쪽을 바라봤다.

그녀가 처음 본 것은 해변에서 가만히 서 있는 바이그레이브 씨의 모습으로, 손에 수건으로 들고 겁에 질린 수영한 사람이었다. 한눈에 그가 정원 문을 지나는 가정부를 봤다는 걸 충분히 알 수 있었다.

바이그레이브 씨가 집에 가자마자 조사할 것이라고 당연히 생각하면서, 르카운트 여사는 아무 일도 없었다는 듯이 침착하게 씨뷰로 돌아갔다. 아침 식사가 차려진 응접실에 들어갔을 때, 그녀는 탁자 위에 놓인 편지를 보고 놀랐다. 잊어버린 짐꾼의 계산서라고 생각하면서 그녀는 그것을 챙기려고 조바심을 내며 탁자로 향했다.

그것은 취리히에서 온 위조 편지였다.

소인과 주소를 적은 (원본을 훌륭하게 베껴 쓴) 필체로 르카운트 여사는 편지를 열어보기 전에 내용이 조심스러웠다.

잠시 마음을 가다듬고, 남동생의 발병 소식을 읽었다.

필체도 이상하지 않았고, 편지의 어느 부분에서도 조금이라고 이상하다고 생각이 드는 표현은 없었다. 그녀를 남동생의 병상으로 부르는 것이 진짜라는 것에 의심의 여지는 없었다. 편지를 쥐었던 손이 무릎으로 무겁게 내려왔다. 그녀는 곧 창백해지고, 늙고, 초췌해졌다. 현재의 목적과 관심과는 먼 생각들, 그녀를 영국이 아닌 다른 나라로, 가정부 시절이 아닌 다른 시절로 돌아가게 한 기억은 내면의 그림자를 표면으로 드러나게 했고 얼굴에 신비스런 흐름의 흔적이 어둡게 나타났다. 시간은 흘렀고, 아래층 하인은 여전히 하염없이 응접실의 종이 울리기를 기다렸다. 시간이 계속 흘렀고, 그녀는 여전히 눈물을 흘리지 않고 조용히 있었고, 현재와 미래는 신경 쓰지 않고, 과거 속에 있었다.

부르지 않은 하인이 나타나자, 정신이 들었다. 무거운 한숨을 내쉬며, 냉정하고 비밀스러운 여성은 그 편지를 다시 접었고, 현재의 관심사와 의무에 대해 전념했다. 그녀는 취리히에 갈지 안 갈지에 대해 아주 잠깐 고민한 후 결정했다. 아침을 먹으려고 의자에 앉기도 전에 가기로 결심했다.

래지 대위의 전략이 멋지게 먹혔지만, 아침에 일어났던 일 도움 없이는, 이 결과를 달성하지 못했을 수도 있다. 대위가 경계하는 주된 걱정이었던 좀 전에 일어났던 일, 그도 모르게 조금 전에 일어났던 그 일이, 일어날 수 있었던 모든 일들 중에서, 음모의 주된 목적을 바로 이뤄서, 이전의 모든 계산을 필요 없게 만든 사건이었다! 만약 르카운트 여사가 취리히에서 온 편지를 받기 전에 찾고 있던 정보를 얻지 못했다면, 그 편지는 부질없었을 것이다. 그녀는 영국을 떠나기로 결심하기 전에 망설였을 것이고, 그 망설임이 대위의 계획에 치명적일 수도 있었을 것이다.

손 안에 있는 확실한 증거들, 막달렌 옷장에서 찾은 가운, 수첩에 보관되어 있는 그 가운에서 자른 조각, 래지 부인을 통해서 알게 된 변장을 했던 집에 대한 정보로, 르카운트 여사가 아직까지 경고할 수 없었던 노엘 밴스톤에게 이제 경고할 수 있는 수단, 즉 그녀가 취리히가 가 있는 동안 바이그레이브 가족과 화해하겠다는 위험한 성향을 막을 수 있는 수단이 그녀에게 있었다. 이제 그녀를 당황하게 하는 유일한 문제는 그녀가 영국을 떠나기 전에 주인과 개인적으로 직접 이야기를 할지 서면으로 전할지를 결정하는 문제였다.

의사의 편지를 다시 읽었다. 죽어가는 동생의 병상으로 그녀를 부르는 문장에서 '즉각'이라는 단어에 밑줄이 두 번 그어졌다. 바트람 제독의 집은 기차역에서 조금 떨어져 있었다. 세인트 크럭스에 갔다가 다시 돌아오는 데 시간이 걸리고, 취리히로 가는 시기를 분명 놓치게 될 것이다. 그녀가 노엘 밴스톤을 직접 만나는 것을 대단히 선호하지만, 그에게 편지를 써서 귀중한 시간을 아끼는 것 외에는 선택의 여지가 없었다.

일찍 출발하는 마차 자리를 잡으라고 사람을 보낸 후, 그녀는 앉아서 주인에게 편지를 썼다.

처음에는 그날 아침 노스 싱글즈에서 일어났던 일을 전부 말해주려고 했다. 하지만 곰곰이 생각한 후 그러지 않기로 했다. 이미 한 번 (가스 양의 편지에 있는 인상착의를 베껴 써서) 자신의 무기를 주인의 손에 맡겼고, 바이그레이브 씨가 그 무기를 자신에게 향하게 했다. 이 번에는 그녀가 엄격히 무기를 지키기로 했다. 알파카 드레스의 옷 조각은 자신 외에 아는 사람은 누구도 없었고, 영국으로 돌아올 때까지, 혼자 간직하기로 결심했다. 자세히 말하지 않고도 노엘 밴스톤 마음에 필요한 인상을 남길 수 있을 것이다. 그에게 영향을 끼칠 수 있는 편지 형식을 경험으로 알고 있던 그녀는 이제 다음과 같이 썼다.

노엘 도련님께
스위스에서 슬픈 소식이 들려왔어요. 사랑하는 내 동생이 죽어가고 있고 의사가 바로 취리히로 오라고 불렀어요. 나에게 남은 유일한 대안은 유럽 대륙으로 최대한 일찍 가야만 하는 거예요. 내 동생이 처음 아플 때부터 도련님이 친절하게 허락해주신 것처럼, 영국을 떠나야 할 거 같고, 세인트 크럭스로 먼저 도련님을 만나야 하지만 그 대신, 런던으로 가야 해요. 집안에 닥친 참사로 고통스럽지만, 도련님의 행복과 매우 관련되고 늙은 가정부가 가장 깊은 관심을 두고 있는 다른 주제를 언급하지 않고서는 이 기회를 놓칠 수 없어요.
놀라고 충격받을 거예요, 노엘 도련님. 동요하지 마세요! 침착하세요!
노스 싱글즈에 있는 우리 이웃들의 진짜 모습에 눈을 뜨게 해준 뻔뻔한 사기 시도는 바이그레이브 씨가 도련님의 친분을 강요했던 유일한 일이 아니었어요. 런던에서 도련님을 협박했던 악명 높은 음모는 앨드버러에서 바이그레이브 씨의 지시에 따라 일어났어요. (나중에 만나면 말씀드릴) 우연한 일로 도련님의 앞으로의 안전을 위해 소중한 정보를 알게 됐어요. 나는 바이그레이브 양이라고 하는 사람이 다름 아닌 복스홀 워크에서 변장을 하고 우리를 방문한 여자라는 것을 분명하게 알게 됐어요.
난 처음부터 이것을 의심했지만, 의심을 뒷받침할 증거가 없었어요.

도련님이 잘못된 생각을 하지 않도록 막을 수단이 없었어요. 다행히도 이제 더는 속수무책은 아니에요. 도련님이 법원 판사라면, 내가 방금 한 주장에 대한 절대적인 증거, 즉 직접 볼 수 있는 증거, 당신이 납득할 증거를 가지고 있어요.

노엘 도련님, 어쩌면 아직까지도 내 말을 믿지 않겠죠? 그렇겠죠. 날 믿지 말든, 마지막으로 부탁드려요. 영국인으로 공명정대한 감각으로 내 말을 부정하지는 마세요.

이번 우울한 여정으로 영국에서 2주 혹은 최대 3주 동안 떠나 있을 거예요. 그동안 세인트 크럭스에서 친구들과 지내면서 편하고 즐겁게 지내세요. 만약 내가 돌아오기 전에, 예상치 못한 상황으로 도련님이 다시 한 번 바이그레이브 가족들과 지내고, 타고난 친절함으로 그들이 틀림없이 도련님에게 할 변명을 받아들이려고 한다면, 날 위해서라 아니라, 도련님을 위해서 조금이라도 그러지 마세요. 내가 돌아올 때까지 젊은 아가씨(모든 다른 젊은 아가씨들을 말하는 거예요)에게 추파를 던지지 마세요. 내가 돌아왔을 때, 바이그레이브 양이 복스홀 워크에서 그런 변장을 하고 위협적인 말을 한 여자라는 걸 증명하지 못한다면, 하루 전 통보를 하고 일을 그만두겠다고 약속드려요. 도련님에 대한 감사의 맘으로 아버님뿐만 아니라 도련님에 대한 저의 권리를 포기함으로써 이웃에 대한 거짓 증언을 한 죄를 속죄할 거예요. 어떤 숨김도 없이 이 약속드려요. 만약 내가 증명하지 못한다면, 가톨릭 신도로서 그리고 솔직한 여자로서 그 약속을 지킬 거라고 맹세해요.

버지니 르카운트 씀

이 편지의 마지막 문장들은, 가정부가 쓰면서 잘 알고 있듯이, 노엘 밴스톤에게 깊고 지속적인 효과를 낼 수 있다고 확실히 믿을 수 있는 호소를 담았다. 자신의 주장을 증명하는 데 자신의 맹세, 인생 또는 명성을 걸었을 수도 있고, 그의 마음에 영구적인 인상을 남기지 못했을 수도 있다. 하지만 그녀가 일자리뿐만 아니라 금전적 권리까지 걸었을 때는, 결과를 기대하며 다시 한번 그의 인생을 지배하려는 열정에 빠졌다. 의심할 여지없이, 그의 가장 큰 관심사, 즉 돈을 아끼는 것이라면 그는 기다릴 것이다.

르카운트 여사는 편지를 봉하고 보내면서 생각했다. '바이그레이브 씨에게 체크메이트! 싸움은 끝났어. 게임은 끝났어.'

르카운트 여사가 주인 앞날의 안전은 챙기는 사이에, 노스 싱글즈에서 여러 일이 일어나고 있었다. 래지 대위는 가정부가 자기 집에 나타난 것에 놀라 서둘러 집으로 향했고, 불길한 일이 일어났다는 예감에 곧장 아내의 방으로 향했다.

래지 부인은 지금껏 대위가 그렇게 완전히 분개한 모습을 본 적이 없었다. 남편의 분노의 소용돌이에 그녀의 천성적으로 낮은 지능이 한꺼번에 사라졌다. 그가 그녀에게 알아낸 유일하게 분명한 사실은 두 가지였다. 첫 번째, 막달렌이 경솔하게 자리를 비운 것은 막달렌의 구제불능의 초조함이 이유였다. 그녀는 밤을 샜다. 열이 나고 비참했고, 모든 결과를 무릅쓰고 신선한 공기를 쐬며 머리를 식히러 나갔다. 두 번째, 래지 부인의 고백에 따르면, 그녀는 르카운트 여사와 만나 이야기를 했고, 유령 이야기로 끝났다고 했다. 이것을 알게 된 래지 대위는 부인의 두려움과 혼란과 싸울 시간이 없었다. 그는 바로 노엘 밴스톤 집이 잘 보이는 창가로 가서, 르카운트 여사가 자리 잡고 노스 싱글즈에 일어나는 일을 감시하는 것처럼, 자리를 잡고 씨뷰에서 일어나는 일들을 감시했다.

막달렌이 돌아와 그가 자리에 있는 걸 봤을 때, 아침에 일어났던 참사에 대해 그는 한마디도 하지 않았다. 마침내 유창할 말솜씨가 고갈된 것 같았다. "래지 부인이 뭘 할지 당신에게 말했고, 래지 부인은 그렇게 했어요." 그는 르카운트 여사보다 더 꼼짝하지 않고 창가에 앉아 있었다. 그가 꼭 해야 한다고 생각하는 한 가지 적극적인 일을 대리인에게 시켰다. 그는 하인을 여관으로 보내 마차와 빠른 말을 빌리게 하고, 그날 정오 전에 그가 직접 가서 마부에게 언제 마차가 필요할지 말하겠다고 했다. 조바심 낸다는 것을 보이지 않기 위해 일찍 떠나는 마차 시간까지는 피했다. 그때 입꼬리가 올라가 있는 대위의 입술은 불안감으로 씰룩거리기 시작했고, 손가락으로 창유리를 계속해서 톡톡 쳤다.

마침내 마차가 씨뷰에 정차했다. 잠시 후, 감시하고 있던 래지 대위는 그날 아침 앨드버러를 떠나는 승객들 중 한 명이 르카운트 여사라는 것을 알았다.

아침에 일어났던 일로, 아직 풀리지 않은 불확실하고 심각한 문제가 남았다. 르카운트 여사의 종착지가 어디일까, 쥐리히 아니면 세인트 크럭스일까? 주인에게 래지 부인이 말해 준 유령 이야기와 이름과 장소와 관련된 모든 것을 말한 것은 분명했다. 하지만 그녀가 마음대로 할 수 있는 두 가지 방법, 즉 개인적으로 전하든지 편지로 전하든지, 그녀가 선택한 방법을 아는 것이 대위에게 매우 중요했다. 만약 그녀가 제독의 집으로 간다면, 그녀가 여행할 기차를 타기 위해 마차를 타고 따라가서, 나중에 에식스 역에서 세인트 크럭스 역까지 마차로 그녀를 앞지를 수밖에 없을 것이다. 반대로, 그녀가 주인에게 편지를 쓰는 것으로 만족했다면, 편지를 가로채기 위한 수단만 생각하면 될 것이다. 대위는 우선 우체국에 가기로 했다. 가정부가 편지를 썼다고 가정했을 때, 하인에게 맡기지 않았을 것이다. 앨드버러를 떠나기 전에 우체통에 편지를 안전하게 넣었을 것이다.

대위는 우체국장에게 활기차게 말했다. "안녕하세요. 노스 싱글즈에 사는 바이그레이브라고 합니다. 우체통에 보낸 편지가 있는데…" 그 우체국장은 키가 작고, 결과적으로 자기 자리의 중요함을 제대로 알고 있는 사람이었다. 그는 진지하게 래지 대위를 살폈다.

"편지를 한 번 보내면, 그 편지가 주소지에 도착할 때까지는 우체국 직원 외 그 누구도 취급할 수 없습니다, 선생님."

대위는 우체국장이라고 겁먹을 사람이 아니었다. 묘안이 떠올랐다. 바트람 제독의 주소가 적힌 수첩을 꺼내며 다시 이야기를 꺼냈다.

"편지가 잘못 보내질 거라면요? 그리고 필자가 우체통에 넣고 나서 수정을 하고 싶다면요?"

깐깐한 우체국장은 똑같은 말을 되풀이했다. "편지를 한 번 보내면, 그 편지가 주소지에 도착할 때까지는 누구도 취급할 수 없습니다."

"당연하죠, 진심으로, 그걸 손대려는 게 아니에요. 설명만 할게요. 여성분은 여기 '에식스 세인트 크럭스 인 더 마쉬, 바트람 제독 댁의 노엘 밴스톤 님'으로 보냈어요. 그분이 급하게 적어서, 우체국 소재지 이름인 '오스라거'를 제대로 덧붙였는지 확실하지 않아요. 편지가 늦게 배달되지 않으려면 그게 가장 중요한 일이죠. 우편 업무를 원활히 하고, 국장님이 직접 우체국 소재지를 덧붙여서 여성분을 도와주시면 안 될까요? 열성적인 국장님께 말씀드려요. 제 부탁을 들어주시면 안 될까요?"

우체국장은 주소에 필요한 내용만 덧붙인다면, 자기 자신 외에는 아무도 편지에 손대지 않고, 우체국의 소중한 시간을 허비하지 않는다면 반대할 수 없음을 인정할 수밖에 없었다.

마침 그때 특별히 할 일이 없었기 때문에, 그는 바이그레이브 씨의 요청에 따라 그 여성분을 기꺼이 도와주기로 했다. 래지 대위는 우체국장이 우체통 안에 있는 편지를 분류하는 것을 숨죽이며 지켜봤다. 편지가 거기 있을까? 열성적인 공무원의 손이 갑자기 멈출까? 그렇다! 손이 멈췄고, 나머지에서 편지를 골라냈다.

우체국장이 편지를 자기 손에 들고 물었다. "노엘 밴스톤 님이라고 했죠?"

"세인트 크럭스 인 더 마쉬, 바트람 제독 댁의 노엘 밴스톤 님이에요."

"에식스 오스라거." 우체국장이 편지를 우체통 안으로 다시 던지면서 말했다. "그 부인은 실수를 하지 않았어요, 선생님. 주소가 아주 정확합니다."

어떻게 보일지 시의적절하게 생각해서, 그는 다시 거리로 나오자마자 하얀 실크해트를 공중으로 던지는 것을 자제했다. 더 이상의 모든 의심은 이제 풀렸다. 르카운트 여사는 주인에게 편지를 썼다. 그러므로 르카운트 여사는 취리히로 가는 길이었다.

그 어느 때보다도 고개를 높이 들고, 페티코트의 꼬리가 바람에 날리고, 타고난 뻔뻔함이 하늘을 찌르는 대위는 여관으로 걸어가서 철도시간표를 요구했다. (물론 종이에 써서) 계산을 한 후에, 런던으로 가는 두 번째 열차에 제때 맞춰 도착하기 위해 한 시간 내에 출발하는 마차를 잡았고, 앨드버러에서 온 소식은 없었다. 그다음 할 일은 더욱더 진지할 것이었다. 다음 일은 엄청나게 성공할 것이라는 확신을 암시했다. 그날은 목요일이었다. 여관에서 교회로 가서, 서기에게 다음 주 월요일까지 결혼 허가가 필요하다고 알렸다.

대담하기는 했지만, 마지막에 이룬 성과로 긴장이 조금 풀렸다. 정원 문빗장을 들어 올릴 때 손이 떨렸다. 그는 아침에 했던 일을 알리기 위해 막달렌을 부르기 전에 브랜디와 물을 마셨다. 그녀가 마지막 돌이킬 수 없는 조치를 취했다는 소식과 결혼식 날 통지를 듣는다면, 또 다른 발작이 일어날 것이라는 걸 상당히 예상할 수 있었다.

시계를 보니 대위는 잔을 다 비울 시간이 없었다. 몇 분 후 그는 위층에 필요한 메시지를 보냈다. 막달렌이 나타나길 기다리는 동안, 이 일을 절정으로 치닫게 하는 데 필요한 것들을 했다. 우선 그는 빈 카드에 가명을 (결코 평소보다 훌륭하지는 않다) 쓰고 다음과 같은 내용을 덧붙였다. '잠시도 지체할 시간이 없음. 문에서 기다리고 있겠음. 바로 나올 것.' 다음으로 상자에서 봉투 6개를 꺼내서 모두 다음과 같은 주소를 적었다. '런던 솔즈베리가 무사레드 호텔, 토머스 바이그레이브 님.' 그는 봉투와 카드를 조심스럽게 가슴 주머니에 넣은 후 책상을 닫았다. 그가 책상에서 일어날 때, 막달렌이 방으로 들어왔다.

잠시 면담을 시작하는 가장 좋은 방법을 생각했고, 자신만의 표현으로 부딪히기로 했다. 두 마디로 그는 막달렌에게 무슨 일이 일어났는지 말했고, 월요일이 결혼식 날이라고 알렸다.

만약 그녀가 격정에 휩싸이면 그녀를 진정시키고, 시간을 달라고 애원하면 타이르고, 눈물을 쏟으면 그녀를 동정할 준비를 했었다. 너무나 놀랍겠고, 그의 계산은 빗나갔다. 그녀는 말 한마디 하지 않고 눈물 한 방울 흘리지 않고 그의 말을 들었다. 그가 말을 다 끝내자, 의자에 털썩 앉았다. 그녀의 큰 회색 눈은 그를 멍하니 바라봤다. 불가사의한 순간, 그녀의 아름다움은 모두 사라졌다. 그녀의 얼굴은 마치 시신처럼 몹시 굳었다. 대위의 경험상, 처음으로 (모든 것을 지배하는) 두려움이 그녀의 몸과 영혼을 사로잡았다.

"주저하지 않네요?" 그는 그녀를 일깨우려고 애쓰며 말했다. "마지막 순간인데 주저하지 않는 게 확실해요?"

그녀의 눈은 공허했고, 얼굴에도 변화가 없었다. 하지만 그녀는 그의 말을 들었다. 의자에서 조금 움직였고, 천천히 고개를 저었기 때문이다.

"당신이 자진해서 이 결혼을 계획했어요." 대위는 은밀한 표정과 불안한 남자의 떨리는 목소리로 말을 이었다.

"내 생각이 아니고 당신 생각이었어요. 나한테는 책임이 없어요. 없다고요! 2백 파운드로는 안 돼요! 만약 당신의 결심을 지키지 않는다면, 더 좋은 생각이 있어…"

그는 말을 멈췄다. 그녀의 얼굴은 바뀌고, 마침내 입술이 움직였다. 움직이고 있었다. 그녀는 왼손을 천천히 들어서 손가락을 펼쳤다. 마치 자신에게 낯선 손인 것처럼 쳐다봤다. 그리고 결혼식까지 남은 날짜를 세었다.

그녀는 혼자 속삭였다. "금요일 하루, 토요일 이틀, 일요일 사흘, 월요일…." 손이 무릎으로 떨어졌고, 얼굴은 또다시 굳었다. 치명적인 두려움이 다시 한 번 그녀를 사로잡았고, 입에서 다음 말은 나오지 않았다.

래지 대위는 손수건을 꺼내 이마를 닦았다.

"젠장 2백 파운드라니, 2천 파운드로도 안 돼."

그는 손수건을 다시 넣고, 주머니에서 자신에게 쓴 봉투를 꺼내서 처음으로 그녀에게 가까이 다가가, 그녀의 팔에 손을 얹었다.

"정신 좀 차려요. 당신한테 마지막으로 할 말이 있어요. 들어줄래요?"

그녀는 몸부림을 치며 정신을 차렸다. 하얀 뺨에 희미한 홍조가 감돌았다. 그녀는 고개를 끄덕였다.

래지 대위는 봉투들을 들고 말을 이었다. "이것 좀 봐요. 만약 내가 이것들을 쓴 목적대로 돌린다면, 르카운트 여사의 주인은 절대 그녀의 편지를 받지 못할 거예요. 만약 내가 그들을 찢어버린다면, 그는 내일 받을 편지로 당신이 복스홀 워크를 방문했던 여자라는 것을 알게 될 거예요. 말해봐요! 봉투를 찢을까요, 아니면 주머니에 다시 넣을까요?"

쥐 죽은 듯이 조용했다. 해변 조약돌 위로 밀려오는 여름 파도 소리와 길에서 빈둥거리는 사람들의 목소리가 열린 창문을 통해 방의 텅 빈 고요함을 가득 채웠다.

그녀는 고개를 들고 손을 들어 봉투를 똑바로 가리켰다.

"다시 넣어요."

"진심이에요?"

"진심이에요."

그녀가 그 대답을 할 때, 밖에서 바퀴 소리가 들렸다.

"바퀴 소리 들리죠?"

"들려요."

"마차 보이죠?"

여관에서 잡았던 마차가 정원 문에 나타나자, 대위가 창문으로 가리키며 말했다.

"보여요."

"자진해서, 나보고 가라고 할 건가요?"

"네. 가세요!"

다른 말 없이 그는 그녀를 떠났다.

하인이 그의 여행 가방을 들고 문에서 기다리고 있었다.

"바이그레이브 양은 몸이 좋지 않으니, 당신 여자 부인한테 응접실에 가보라고 전해."

그는 마차에 올랐고 세인트 크럭스 여정의 첫 단계를 시작했다.

오후 3시가 다 되어서야 래지 대위는 에식스를 통과하는 기차를 타고 오스라거와 가장 가까운 역에 멈췄다. 그곳에서 알아본 결과, 세인트 크럭스까지 마차를 타고 가고 가서, 그곳에서 15분 정도 있다가 런던으로 가는 저녁 기차 시간에 맞춰서 역으로 돌아와야 한다. 10여 분후 대위는 다시 길을 따라 해안 방향으로 마차를 타고 달렸다.

몇 마일을 달린 후, 복잡한 교차 도로에 마차와 마부가 들어섰다.

"세인트 크럭스 아직 멀었나요?" 대위는 여정이 끝날 기미가 안 보이자 점차 초초해하며 물었다.

"다음 도로를 돌면 집이 보일 겁니다, 손님"이라고 마부가 말했다.

다른 길에서 돌자 탁 트인 시골이 눈앞에 다시 펼쳐졌다. 마차 앞에 앉은 래지 대위는 하늘을 배경으로 길고 어두운 줄을 봤는데, 에식스 해안 저지대가 침수되지 않도록 보호하는 방파제 줄이었다. 평평한 중간 지역에 보이지 않는 바다에서 이상한 환상적인 곡선으로 감기는 조수의 미로가 가로 질렀고, 높은 수의 강과 낮은 진흙뻘 수로가 있었다. 그의 오른편에는 대부분 목조 주택으로 이루어진 기이한 작은 마을이 있었고, 조류의 가장자리까지 쭉 뻗어 있었다. 왼편에는 저 멀리 폐허가 된 수도원이 우울하게 솟아 있었고, 수도원 광장 양쪽에는 적막한 건물 더미가 있었다. 바다에서 흘러나온 물줄기 중 하나(에식스에서는 '후미'라고 불린다)가 한 집을 거의 완전히 휘감고 있었다. 반대쪽에는 다른 물줄기가 지상으로 쭉 뻗었고, 현대적으로 보수한 짜임새 없는 건물들과 폐허나 다름없는 다른 한쪽을 구분 짓는 것처럼 보였다. 목조 다리와 벽돌 다리가 개울을 가로질렀고, 나침반의 모든 지점에서 그 집에 접근할 수 있었다. 동네에 사람 한 명 보이지 않았고, 보이지 않는 마당에서 개가 짖는 소리만 들렸다.

"어느 쪽 문으로 갈까요, 손님, 앞문인가요? 뒷문인가요?"

"뒷문으로 가 주세요." 래지 대위는 눈에 안 뜨일수록 더 안전하리라 생각하며 말했다.

마차는 공터를 지나 음울한 돌담 안으로 들어가기 전에 개울을 두 번 건넜다. 거주 구역의 열린 문 쪽에서 햇볕에 거칠어진 노인이 반쯤 완성된 배 모형 작업으로 바빴다. 그는 일어나 마차 문으로 왔고, 이마에 있던 안경을 들어 올리며 낯선 사람의 등장에 당황했다.

"노엘 밴스톤 씨가 여기 계신가요?"

"네, 선생님. 노엘 씨는 어제 오셨어요."

"그 명함을 노엘 밴스톤 씨에게 주세요. 그리고 내가 여기서 기다리겠다고 전해 주세요."

잠시 후 앨드버러에서 오는 소식을 갈망했던 노엘 밴스톤이 숨 가빠하고 열렬한 모습으로 나타났다. 래지 대위는 마차 문을 열어서 그가 뻗은 손을 잡아 격식 없이 안으로 그를 끌어당겼다.

"당신 가정부는 떠났고, 당신은 월요일에 결혼할 거예요. 흥분하지 말고 감정 드러내지 말아요, 그럴 때가 아니에요. 집에 가서 하인에게 10분 내로 짐 싸라고 시키고, 제독 집에서 나와서 바로 나와 런던행 기차를 타러 가요."

노엘 밴스톤이 소심하게 물어보려고 했다. 대위는 들으려고 하지 않았다.

"가면서 이야기해줄게요. 여기서 이야기하기에는 시간이 너무 아까워요. 르카운트가 다시 생각해 보지 않을 거라 우리가 어찌 알겠어요? 취리히에 가기 전에 안 돌아올 거라고 어찌 장담하겠어요?"

그런 놀라운 생각에 노엘 밴스톤은 바로 따랐다.

"제독에게는 뭐라고 하죠?" 그가 무기력하게 물었다.

"결혼하러 간다고 해요, 확실하게. 지금 르카운트가 돌아온다고 해도 무슨 상관이겠어요? 만약 당신이 미리 말 안 한 걸 그가 이상하게 여긴다면, 사랑의 도피고 신부가 기다리고 있다고 해요. 잠깐만요! 당신이 없는 동안 편지가 당연히 이곳으로 보내지겠죠? 이 봉투들을 제독에게 주고, 당신 편지를 나에게 보내라고 말해요. 난 우리가 갈 호텔의 오래된 고객이에요. 만약 방이 다 차게 되면, 그 주인이 내 이름이 적힌 편지들을 관리해 줄 거예요. 당신 편지를 런던에서 안전하게 받을 주소가 있는 게 가장 중요할 거예요. 르카운트 여사가 취리히에 가는 길에 당신에게 편지를 쓸 수 있잖아요?"

노엘 밴스톤은 열심히 봉투를 챙기면서 말했다. "당신 정말 똑똑해요! 모든 것 생각해뒀어요!"

그는 매우 들떠서 마차를 떠나 집으로 뛰어 들어갔다. 10분 후에 래지 대위는 그를 안전하게 데리고, 마차를 타고 돌아가기 시작했다.

여행객들은 그날 저녁 적당한 시간에 런던에 도착해서 그 호텔에서 숙박할 수 있었다.

래지 대위는 그가 상대해야 할 남자의 가만히 있지 못하고 꼬치꼬치 캐묻는 성격을 알고 있었기에, 런던으로 가는 길에 노엘 밴스톤이 그에게 할 질문들을 상대하는 것이 조금 어렵고 당황스러울 거라고 예상했다. 다행스럽게도, 여행 시작부터 여행 동반자는 놀라운 집안 소식에 모든 관심을 쏟았다. 예상치 못한 실수들로, 바이그레이브 양은 하녀 없이 결혼식 전날 떠나야 했다. 노엘 밴스톤은 모든 책임을 지겠다고 선언했고, 바이그레이브 씨에게 도와달라고 귀찮게 하지 않을 것이라고, 여정이 끝나면, 호텔 주인과 상의해 비어 있는 방들을 직접 살피겠다고 했다. 런던까지 가는 내내 그는 같은 주제로 계속 언급했다. 저녁 내내 호텔에서 그는 여주인의 거실을 들락날락해서, 그녀는 정말 문을 잠글 수밖에 없었다. 결혼과 관련된 다른 모든 과정에서, 그는 전면에 나서지 않았다. 그는 기발한 친구의 뒤를 따를 수밖에 없었다. 하녀 문제에 있어서 그는 마침내 자신의 자리를 요구했다. 그는 아무도 따르지 않았다. 그가 앞장섰다.

다음 날 오전은 결혼 허가를 받는 데 전념했다. (이전에 대위에 들었던 정보에 따라) 아가씨가 성년이라고 굳게 믿었던 노엘 밴스톤은 간절하게 맹세를 했다. 허가증을 받고 나서, 신랑은 호텔 주인이 부르기로 약속했던 하녀들의 성격과 자격을 살피기 위해 돌아왔고, 래지 대위는 '본인의 개인적인 일로' 런던에서 좀 떨어진 곳에 사는 친구 집으로 향했다. 대위의 친구는 법과 관련 있었고, 대위가 볼 일은 두 가지였다. 첫 번째 목적은 남편과 부인의 미래에서 다가오는 결혼의 법적 영향에 대해 스스로 알아보는 것이었다. 두 번째 목표는 결혼식 날 앨드버러에서 떠날 때 그가 갈 수 있는 목적지의 모든 흔적을 지우는 것을 미리 마련해 두는 것이었다. 두 가지 일을 성공적으로 마무리한 후, 호텔로 돌아온 그는 여주인 거실에서 불쾌한 존엄성을 보이는 노엘 밴스톤을 봤다. 세 명의 가정부는 시험에 합격한 듯했으나, 임금 문제에서 무례하게도 그 자리를 수락하기를 거부했다. 네 번째 후보자는 다음 날 올 것으로 보였다. 그리고 노엘 밴스톤은 그녀가 올 때까지 대도시를 떠나는 것을 분명히 거절했다. 래지 대위는 불필요하게 앨드버러로 돌아가는 것이 지연되자 대놓고 짜증을 냈지만, 소용없었다.

토요일 아침에 일어난 첫 번째 일은 대위가 자신에게 쓴 봉투에 동봉된 르카운트 여사의 편지 도착이었다. (급사와 미리 합의해서) 그는 침실에서 그것을 받아, 매우 주의를 기울여서 읽고 수첩에 조심스럽게 넣어 뒀다. 그 편지는 가정부가 영국으로 돌아왔을 때 심각한 일들이 일어날 것이라는 불길한 징조였다. 그리고 협박을 받고 있는 막달렌 때문에 위험을 경고했다.

그날 오후 4번째 하녀 후보가 나타났는데, 작은 기대와 우울한 태도를 보이는 젊은 여자로 (여주인 말처럼) 불행한 일이 닥친 것 같았다. 그녀는 시험이라는 시련을 성공적으로 통과했고, 불만 없이 제시받은 임금을 받아들였다. 양쪽에서 고용 관계를 확인한 후, 노엘 밴스톤 때문에 또다시 출발이 지연됐다. 그는 결혼반지에 1기니(영국의 옛 금화) 이상 쓸 건지 말 건지 아직 결정하지 못했다. 그는 그날 온종일 보석상에서 형편없는 결단력을 보이면서, 그와 대위, 그리고 (그들과 함께 다니는) 새로운 하녀는 그날 저녁 런던에서 출발하는 마지막 기차를 가까스로 탔다. 그들이 앨드버러에서 가장 가까운 역에서 출발한 것은 늦은 밤이었다. 래지 대위는 여정 내내 이상하게도 입을 다물고 있었다. 그는 마음이 편치 않았다. 그는 매우 위급한 상황에서 막달렌을 통제할 마땅한 사람이 없는 상태에서 그녀를 두고 떠났고, 그가 노스 싱글즈에 없을 때 일어났던 일에 대해 전혀 알지 못했다.

래지 대위가 없는 동안 앨드버러에서 무슨 일이 있었는가? 대위가 최대한 손을 써도 바로잡기 힘든 일들이 일어났다.

마차가 노스 싱글즈를 떠나자마자, 래지 부인은 남편이 하인에게 전해달라고 부탁한 메시지를 받았다. 그녀는 대위와 격렬했던 면담으로 어리둥절한 채 그리고 뭘 잘못했는지도 모른 채 자신이 잘못했다고 뉘우치면서 응접실로 서둘러 갔다. 만약 막달렌의 마음이 결혼에 대한 생각으로 사로잡히지 않았다면, 가정부를 만날 때 일어났던 일을 래지 부인이 횡설수설하며 말하는 걸 들어줄 만큼 그녀가 침착했다면, 르카운트 여사가 옷장을 봤다는 걸 조만간 알았을 것이다. 비록 진실을 전혀 짐작하지 못했을지라도 막달렌은 최소 그 알파카 드레스에 숨어 있는 위험 요소가 있다고 경각심을 느꼈을 것이다. 래지 부인이 응접실에 갔을 때 이런 결과는 일어나지 않았다. 그런 결과는 이제 불가능했기 때문이다. 사실은 그렇지 못했고, 래지 부인이 응접실에 갔을 때 이런 결과는 일어나지 않았다. 그런 결과는 이제 불가능했기 때문이다.

아침 일찍 일어났던 사건들, 며칠 몇 주 동안 일어났던 사건들은 마치 일어나지 않았던 것처럼 막달렌의 마음에서 완전히 사라졌다. 무자비하게 날짜와 시간이 확실하게 정해진 월요일이 다가온다는 공포감에 모든 감정이 굳어지고, 모든 생각이 없어졌다. 래지 부인은 가정부가 방문한 이야기를 해보려고 3번 시도했다. 처음에는 마치 바람이나 바다를 보고 말하는 거 같았다. 두 번째 시도는 조금 더 성공한 듯 보였다. 막달렌은 한숨 쉬며, 잠시 무관심하게 듣더니 그 이야기를 무시했다. "상관없어요. 결말은 모두 똑같아요. 당신한테 화 안 나요. 더 이상 말하지 마세요"라고 말했다. 그날 오후, 달리 무슨 얘기를 해야 할지 몰라서, 래지 부인은 다시 이야기를 꺼냈다. 이번에는 막달렌이 짜증을 내며 그녀에게 대들었다. "제발, 사소한 일로 날 괴롭히지 마요. 못 참겠어!" 래지 부인은 그다음에서 입을 다물고, 더 이상 그 이야기를 꺼내지 않았다. 언제나 그녀에게 친절했던 막달렌은 화를 내며 말을 못 하게 했다. 르카운트 여사의 옷장의 비밀에 대한 관심을 전혀 몰랐던 대위는 옷장에 접근조차도 안 했다. 정신이 혼란스러운 부인에서 얻은 모든 정보는 순전히 그가 알고 있는 것에 대해서만 직접적으로 물어봐서 얻어낸 것이다. 어떤 변명도 없이 분명한 답을 원했고, 평소처럼 자기주장을 펼쳤고, 부인에게 짜증이 났더라도, 그날에 떠난다고 그 질문을 다시 할 기회가 없어졌다. 알파카 드레스는 어둠 속에 방치된 채 걸려 있었다. 눈에 띄지 않고, 곧 닥칠 예상치 못한 위험의 중심이었다.

오후가 되어서 래지 여사는 용기를 내서 신선한 공기를 쐬자고 간청했다.

막달렌은 마지못해 모자를 쓰고, 산책로를 따라 북쪽 끝까지 이를 때까지 마지못해 동반자와 함께했다. 해변은 외딴 곳이었고, 그들은 조약돌 위에 나란히 앉았다. 밝고 상쾌한 날씨였다. 유람선들이 잔잔하고 푸른 바다를 항해하고 있었다. 앨드버러 해변에서 행복하게 빈둥거렸다. 래지 부인은 즐거운 풍경에 기운을 되찾았다. 그녀는 어린 아이처럼 바다에 조약돌을 던지며 즐거워했다. 이따금씩 막달렌을 훔쳐봤지만, 격려하지도 않았고, 친근하지 않았다. 그녀는 조약돌 바닥 경사면에 조용히 앉아 팔꿈치를 무릎에 대고 손에 머리를 얹은 채, 넋을 빠진 채 아무것도 알아보지 못하는 듯한 눈으로 바다를 바라보고 있었다. 래지 부인은 조약돌에 싫증이 나고 유람선을 보는 데 흥미를 잃었다. 큰 머리를 무겁게 끄덕이기 시작하더니, 따뜻하고 나른한 바람을 즐기며 졸았다. 그녀가 잠에서 깼을 때, 유람선은 멀리 멀어져 갔다. 돛은 멀리 하얀 점이 되었다. 해변에서 어슬렁거리는 사람들은 적었고, 태양은 하늘 아래 저물었고, 푸른 바다는 더욱 짙어지고, 산들바람에 잔물결을 일으켰다. 변한 하늘과 땅, 바다가 날이 저물었음을 말해줬다. 그녀 가까이 있는 사람만 빼고 모든 것이 변했다. 막달렌은 여전히 똑같은 자세로 지친 눈으로 바다를 계속 바라봤고, 여전히 아무것도 알아보지 못했다.

"아, 나한테 말 좀 해봐요!"

막달렌은 흠칫 놀라 그녀를 멍하게 바라봤다.

"늦었어요." 그녀는 불어오는 바람에 몸을 떨며 말했다. "집으로 돌아가요. 차를 마시고 싶어요." 그들은 조용히 집으로 걸어갔다.

그들이 함께 티테이블에 앉았을 때 래지 부인이 말했다. "물어본다고 화내지 말아요. 무슨 고민거리 있어요, 아가씨?"

"맞아요. 신경 쓰지 말아요. 내 문제는 곧 끝날 거예요."

그녀는 래지 부인이 식사를 다 마칠 때까지 기다렸다가 자기 방으로 올라갔다.

화장대에 앉으면서 그녀가 말했다. "월요일! 월요일이 오기 전에 무슨 일이 생길지도 몰라!"

그녀의 손가락은 화장대에 놓인 브러시와 빗, 작은 병과 상자 사이를 무의식적으로 왔다 갔다 했다. 그것을 한쪽으로 정리했다가 이제 다른 식으로 정리했다가 갑자기 밀어버렸다. 잠시 후 두 손은 놀고 있었다. 서랍 속 물건들 중 콤-레이븐에 살 때 그녀의 것이었던 기도서와 집을 떠날 때 그녀와 언니가 챙겼던 과거 유품들이 있었다. 그녀는 오래 머뭇거리다가 기도서의 결혼 예배 부분을 펼쳤고, 한 줄도 읽기도 전에 다시 덮고 서랍에 다급하게 다시 넣었다. 열쇠로 잠그고, 일어나서 창가로 향했다. "지긋지긋한 바다야!" 그녀는 넌더리를 내며 돌아섰다. "외롭고, 따분하고 끔찍한 바다야!"

그녀는 다시 서랍장으로 돌아와, 기도서를 두 번째 꺼내서, 결혼 예배 부분을 반쯤 다시 펼쳤다가, 조급하게 서랍에 다시 넣었다. 자물쇠로 잠근 후 이번에는 손에 열쇠를 쥐고 창가로 가서 정원에 던져버렸다. 그것은 화단에 떨어졌다. 눈에 보이지 않았다. 사라졌다. 없어졌다는 것에 안도했다.

"금요일에 무슨 일이 생길 거야. 토요일에 무슨 일이 벌어질 거야. 일요일에 무슨 일이 일어날 거야. 아직 3일 남았어!"

그녀는 창문 밖 녹색 덧문을 닫고 커튼을 쳐서 방을 더욱 더 어둡게 했다. 머리는 무겁고, 눈은 뜨겁게 달아올랐다. 그 시간을 잠을 자면서 보내고 싶다는 우울한 충동에 침대에 몸을 던졌다. 조용한 집이 그녀에게 도움이 됐다. 방의 어둠이 도움이 됐다. 혼미해진 정신이 그녀의 감각에 영향을 미쳤다. 선잠이 들었다. 안절부절못하는 손을 쉴 새 없이 움직였고, 머리는 베개에서 이리저리 움직였지만, 그래도 그녀는 계속 잤다. 한두 마디 길게 말했다. 잠꼬대는 점점 더 계속됐고, 더 분명해졌고, 잠을 길게 잘수록, 마음이 진정되고, 더 깊은 잠에 든 거 같았다. 그녀는 웃었다. 행복한 꿈을 꿨다. 프랭크 이름이 나왔다. "날 사랑하나요, 프랭크? 오, 내 사랑, 다시 말해 봐요. 또 말해 줘요!"

시간이 흐르면서 방 안은 어두워졌다. 그리고 여전히 그녀는 잠을 자고 꿈을 꾸었다. 해가 질 무렵, 집 안이나 밖에서 아무 소리도 내지 않았고, 그녀는 침대에서 벌떡 일어나더니, 순식간에 다시 잠이 깼다. 그 방의 나른한 어둠이 두려웠다. 창문으로 달려가 덧문을 열고, 저녁 공기와 저녁 빛을 쐬기 위해 몸을 기댔다. 그녀의 눈을 해변의 사소한 풍경에 빠졌다. 그녀의 귀는 바다의 반가운 속삭임에 젖었다. 그녀가 꿈에서 깨어나면서 어떤 감명도 받지 못했다. 더 이상 어둠도, 더 이상 잠도 없다. 다른 사람들에게 자비로운 잠이 그녀에게는 위험했다. 잠은 과거에 눈을 뜨기 위해, 미래에 대해 눈을 감을 뿐이었다.

그녀는 다시 응접실로 내려가서, 아무리 할 일 없고, 아무리 사소한 것이라고 떠들고 싶었다. 응접실은 비어 있었다. 아마 래지 부인은 일하러 갔을 것이다. 아마 그녀는 이야기하기에는 너무 피곤할 것이다. 막달렌은 탁자 위 모자를 챙겨서 나갔다. 불과 몇 시간에 마음에 들지 않았던 바다가 지금은 친근해 보였다. 시원한 저녁 파란색이 얼마나 사랑스러운가! 하늘의 빛으로 도약하는 행복한 파도 속에서 얼마나 신처럼 기쁠까!

그녀는 밤이 되고 별이 보일 때까지 밖에 머물렀다. 밤이 그녀를 진정시켰다.

그녀는 서서히 평정심을 되찾았고, 자신의 처지를 똑바로 직시했다. 자발적으로 그녀가 끊임없이 계획하고 공들였던 일의 끝이 어떤 일로 망쳐질 것이라는 헛된 희망이 사라졌고, 힘없이 스스로 소멸됐다. 그녀는 정확한 대안을 알았고, 그것을 마주했다. 한쪽은 결혼이라는 역겨운 시련이었고, 다른 한쪽은 목표를 포기하는 것이었다. 목표를 희생하는 것과 자신을 희생하는 것 사이를 선택하기에는 너무 늦었는가? 그렇다! 너무 늦었다. 돌아갈 길이 막혔다. 소원을 바꿀 시간이 없다. 목표를 달성하기 위해 했던 기도를 물릴 수도 없다. 한때 그녀가 시간을 지배했다면, 이제는 시간이 그녀를 지배했다. 그녀가 더 움츠러들수록, 더 힘들어지고, 더 무자비하게 그녀를 몰아붙였다. 그녀에 대한 어떤 감정도, 그녀를 미치게 하는 두려움조차도, 결혼 생활의 공포보다 강하지 않았다.

9시쯤 그녀는 집으로 돌아갔다. 래지 부인이 문에서 그녀를 맞이했다. "또 산책했어요! 들어와서 앉아요. 얼마나 피곤하겠어요!"

막달렌은 웃으며 래지 부인의 어깨를 부드럽게 쓰다듬었다.

"내가 얼마나 강한지 모르네요. 아무것도 날 해치지 못해요."

그녀는 촛불을 밝히고 방으로 올라갔다. 화장대에 다시 앉자, 3일 내에 연기될 거라는 헛된 희망, 우연한 사고로 벗어날 거라는 헛된 희망이 다시 되살아났다. 이번에는 이전보다 보다 더 구체적이었다.

"금요일, 토요일, 금요일. 그에게 무슨 일이 일어날 거야. 나에게 무슨 일이 일어날 거야. 심각한 일, 치명적인 일. 우리 중 한 명이 죽을지도 몰라."

갑자기 그녀의 얼굴이 변했다. 춥지도 않은데, 몸을 떨었다. 깜짝 놀라게 하는 소리도 없는데 흠칫 놀랐다.

"우리 중 한 명이 죽을지도 몰라. 그게 나일지도 몰라."

그녀는 깊은 생각에 빠졌다가 잠시 후에 정신을 차리고 문을 열고는, 래지 부인을 불러 말을 걸었다.

""내가 피곤할 거라는 당신 생각이 맞았어요. 산책이 좀 힘들었나 봐요. 피곤하네요, 잘게요. 좋은 꿈 꿔요." 그녀는 래지 부인에게 키스하고 다시 문을 살살 닫았다.

방을 몇 번 왔다 갔다 하다가, 그녀는 갑자기 필기구 함을 열어 언니에게 편지를 쓰기 시작했다. 편지는 점점 길어졌다. 편지지 한 장을 꽉 채웠다. 진심을 담은 이야기로 가득했다. 노라 언니에게 전하는 그녀 자신의 이야기였다. 그녀는 눈물을 흘리지 않고 조용히 슬퍼했다. 펜으로 매끄럽게 써내려 갔다. 2시간 넘게 쓴 후, 편지를 끝내지 못한 채 그녀는 자리에 썼다. 서명은 없었다. 언젠가 쓸 빈칸이 남아 있었다. 편지지를 넣어 놓은 필기구함을 치우고, 창가로 가서 바람을 쐬고 그 자리에서 밖을 내다보고 서 있었다.

달이 바다 위로 저물고 있었다. 몇 시간 전에 불던 산들바람이 잦아졌다. 땅과 바다로 밤의 기운이 깊고 무척 잔잔하게 내리 않았다.

그녀는 머리를 푹 숙였고, 조각달과 함께 모든 풍경이 사라졌다. 그녀는 바다도 하늘도 보지 않았다. 죽음이라는 유혹이 가득했다. 그 유혹은 콤-레이븐 교회 묘지에 있는 돌아가신 부모님의 무덤을 가리켰다.

'이제 19살이 됐어. 겨우 19살이라고!' 그녀는 창가에서 물러나 잠시 머뭇거리다가 다시 밖을 내다봤다. 그녀는 감사하며 말했다. "아름다운 밤이네! 멋진 밤이야!"

그녀는 창가에서 떠나 침대에 누웠다. 이전에 위태롭게 왔던 잠은 이제 자비롭게 왔다. 마지막으로 죽음의 이미지를 생각하며 꿈도 꾸지 않고 깊이 잤다. 다음날 아침 일찍 래지 부인은 막달렌의 방으로 와서 때마침 일어난 그녀를 봤다. 그녀는 거울 앞에 앉아 생각에 잠긴 채 조용히 천천히 꼼꼼하게 머리를 빗고 있었다.

"오늘은 좀 어때요, 아가씨? 다시 좋아졌어요?"

"네."

그렇다고 답한 후, 그녀는 잠시 생각에 잠기더니, 갑자기 말을 바꿨다.

"아뇨. 아뇨. 그렇게 좋지 않아요. 치통이 좀 있어요."

그렇게 말을 바꾼 그녀는 빗으로 머리를 휘감아 앞으로 내려서 얼굴을 가렸다.

아침 식사 때는 매우 조용했고, 차만 마셨다.

"약국 가서 약 사다 줄게요."

"아뇨, 괜찮아요."

"제발요."

"됐어요!"

그녀는 날카롭고 화를 내며 두 번째로 거부했다. 늘 그렇듯이, 래지 부인은 항복하고 그녀가 마음대로 하게 했다. 아침 식사가 끝나자 그녀는 아무 말 없이 일어나 밖으로 나갔다. 래지 부인은 창가에서 그녀를 지켜봤고, 그녀가 약국 쪽으로 가는 걸 봤다. 약국에 도착한 그녀는 발걸음을 멈췄다. 들어가기 전에 잠시 멈추고 약국 안을 들여다봤다가, 주저하다가 조금 되돌아가다가, 다시 주저했다가 해변으로 돌아갔다.

주변을 살펴보지도, 자신이 고른 자리도 신경 쓰지 않고, 그녀는 조약돌에 앉았다. 지금 그녀가 앉아 있는 자리에서 가까이 있는 사람들은 보모와 남자아이 2명뿐이었다.

두 명 중 동생이 손에 작은 장난감 배를 들고 있었다. 오묘한 끌림과 관심으로 막달렌을 잠시 바라보던 그 아이가 갑자기 다가와서는, 자신의 장난감을 그녀의 무릎에 태연하게 올려놓으면서 친하게 지내려고 했다.

"내 배 구경해요." 그 아이는 막달렌 무릎에 손을 교차시키며 말했다. 그녀는 보통 아이들에게 참을성이 있지 않았다. 행복했던 시절에는 지금처럼 그녀 쪽으로 그녀에게 다가오는 남자아이를 만난 적이 없었다. 그녀의 눈에서 갑자기 힘든 절망이 사라졌다. 굳게 다물고 있던 입술이 떨렸다. 아이 손에 장난감 배를 다시 돌려주고는 무릎 위로 아이를 앉혔다.

"나한테 키스해 줄래?" 그녀가 힘없이 말했다. 남자아이는 배에 입을 맞추고 싶다는 듯이 배를 바라봤다.

그녀는 거의 겸손하게 다시 부탁했다. 그 아이는 그녀의 목에 손을 올리고 키스했다.

"내가 네 누나라면, 날 사랑해주겠니?" 친구가 없는 그녀의 처지에 대한 고통과 마음속 헛된 자상함에서 이 말이 쏟아져 나왔다.

"날 사랑할 거니?" 아이의 가슴팍에 얼굴을 묻으며 또다시 물었다.

"네, 내 배 봐요."

그녀는 눈물을 흘리며 배를 바라봤다.

"그거 뭐라고 불러?" 아이의 관심을 끌려고 애쓰며 물었다.

"커크 삼촌 배라고 불러요. 커크 삼촌은 멀리 갔어요."

그 이름으로 기억나는 것은 없었다. 그녀에게는 이제 옛 기억만 있었다. "갔다고?" 옆에 있는 어린 친구에게 무슨 말을 해야 할지 생각하면서 멍하니 따라 했다.

"네. 중국에 갔어요."

아이 입에서 나온 그 말에 갑자기 생각이 났다. 그녀는 커크의 어린 조카를 무릎에서 내려놓고 바로 해변을 떠났다. 집으로 돌아가면서, 지난밤의 몸부림이 다시 떠올랐다. 하지만 아이가 그녀에게 가져다준 안도감, 즉 무릎 위에 앉아 있는 동안 그녀가 느꼈던 다정함이 여전히 영향을 미쳤다. 해변에서 마주친 남자아이가 순수한 눈빛으로 그녀를 바라볼 때, 그녀는 새로운 생각에 눈을 뜨며 떠오르는 희망을 의식하고 있었다. 돌아가기에는 너무 늦었나? 다시 한 번 그녀는 자문했고, 이제 처음으로, 의심이 들었다.

생각하지 말고 행동하라고 경고하는 변한 자신에 대한 불신을 품은 채 그녀는 자기 방으로 달려갔다. 숄이나 모자를 벗을 틈도 없이, 그녀는 필기함을 열어 쓸 수 있는 한 빨리 래지 대위에게 다음과 같이 썼다.

"이 편지에 내가 약속한 돈 동봉해놨어요. 결심이 서지 않아요. 그와 결혼하는 건 견딜 수 없어요. 난 앨드버러를 떠났어요. 나약한 날 불쌍히 여기고 날 잊어요. 절대 다시 만나지 말아요."

두근거리는 마음으로, 간절하게, 떨리는 손가락으로, 품 속 하얀 실크 주머니에서 지폐를 꺼내 편지에 넣었다. 그녀는 손으로 급하게 찾았다. 손의 감각을 잃었다. 그녀는 주머니에 있던 모든 내용물을 거칠게 꺼내서 일부를 찢어버리고, 나머지는 접힌 부분을 정리했다. 탁자에 그것을 던질 때, 가장 먼저 눈에 띈 것은 이미 희미해진 자신의 필체였다. 그녀는 보다 자세히 보았고, 돌아가신 아버지의 편지에서 베꼈던 내용들과 종이 하단에 변호사의 간략하고 지독한 말이 써져 있는 것을 봤다.

밴스톤 씨의 따님들은 누구의 자녀도 아닙니다. 그리고 법적으로 그들은 어쩔 수 없이 삼촌의 처분에 달렸습니다.

두근거리던 마음이 멈췄다. 떨리는 손은 얼음처럼 굳어졌다. 과거의 모든 일이 말없이 너무도 엄청나게 그녀를 힐책했다. 그녀는 조금 전에 쓴 편지를 집어 들고 아직도 마르지 않은 잉크를 멍하게 바라봤다.

뺨의 핏기가 또다시 사라졌다. 눈물이 나지 않는 눈에 힘든 절망감이 다시 차갑게 반짝였다. 그녀는 지폐를 조심스럽게 접어 주머니에 다시 넣었다. 아버지의 편지 사본에 입맞춤을 하고 지폐와 함께 제자리에 다시 넣었다. 품에 주머니를 다시 넣고, 두 손으로 얼굴을 잠시 감쌌다가, 래지 대위에 쓴 편지를 찬찬히 찢었다. 잉크가 마르기도 전에, 바닥으로 편지가 조각조각 찢어졌다.

찢어진 마지막 종잇조각을 떨어트리면서 말했다 "아니! 내가 가는 길을 되돌릴 수 없어!"

그녀는 침착하게 일어나 방을 나갔다. 계단을 내려갈 때, 올라오고 있는 래지 부인을 만났다. "다시 나가는 거예요? 같이 가도 될까요?"

막달렌의 관심이 딴 데 있었다. 질문에 답하는 대신 자기 생각을 무심코 내뱉었다.

"수많은 여자들이 돈 때문에 결혼하잖아요. 나는 왜 안 되죠?" 너무나 당혹스러워하는 래지 부인의 모습에 그녀는 정신을 차렸다.

"이런, 내가 놀라게 했죠? 내 말 전혀 신경 쓰지 말아요. 모든 여자애들이 말도 안 되는 소리 하고 나도 별반 다르지 않아요. 가요. 내가 밥 사 줄게요. 대위가 없는 동안 즐겁게 지내요. 우리끼리 멀리 가요. 보닛 쓰고 나랑 호텔에 가요. 주인한테 멋진 식사 차려달라고 할게요. 먹고 싶은 거 다 먹어요. 내가 기다려줄게요. 당신이 나이가 들어서 할머니가 되면, 날 좋게 기억해주겠죠? '그녀는 나쁜 아가씨가 아니었어요. 그녀가 살아 있고 번창했던 것보다 수백 명은 더 나빴고, 아무도 그들을 탓하지 않아요'라고 말할 거예요. 자! 자! 보닛 써요. 세상에, 난 무슨 마음으로 산 거지! 다른 여자애들의 마음이 오래 전에 죽었을 때 어떻게 살고 지내는지."

30여 분 후, 그녀와 래지 부인은 함께 마차를 탔다. 말 한 마리가 시작부터 말을 듣지 않았다. "채찍질해요." 그녀가 마부에게 화를 내며 소리쳤다. "뭐가 무서워요? 채찍질해요! 마차가 뒤집힌다고 생각해봐요." 그녀는 갑자기 동반자를 돌아보며 말했다. "그리고 내가 튕겨서 그 자리에서 죽으면요? 터무니없는 소리죠! 그렇게 보지 않아요. 난 당신 남편과 비슷해요. 약간의 유머로 그냥 농담한 거예요."

그들은 종일 밖에 있었다. 집에 다시 도착했을 때는 해가 진 후였다. 신선한 공기를 쐬면 몇 시간을 보낸 두 사람 모두 피곤했다. 그날 밤 또다시 막달렌은 전날 밤처럼 꿈도 꾸지 않고 깊은 잠을 잤다. 그리고 그렇게 금요일이 지나갔다.

온종일 그녀를 버티게 했던 생각을 마지막으로 생각했다. 계단에서 래지 부인을 우연히 만났을 때 이미 말해버렸던, 앞으로의 시련을 받아들이겠다는 무모한 결심을 하며 베개에 머리를 뉘었다. 토요일 아침에 잠에서 깼을 때, 그 결심은 사라졌다. 금요일의 생각과 일조차도 애써 잊었다. 다시 한 번, 오싹한 한기가 돌았고, 너무나 고요하게 그녀에게 속삭였던 저무는 달빛 아래서 다가왔던 치명적인 절망감을 그녀는 또다시 천천히 느꼈다.

"목요일 밤에 끝내야 한다는 걸 알았어. 그때 이후로 난 잘못했어."

아침 식사 자리에서, 그녀는 치통으로 또 아프다고 했다. 약을 사 오겠다는 래지 부인을 또 거부했다. 전날 아침과 똑같이 아침 식사 후 그녀는 집을 나섰고 약국으로 향했다.

"치통이 있어요." 그녀는 계산대 뒤에 있는 노인에게 불쑥 말했다.

"한 번 봐도 될까요, 아가씨?"

"볼 필요 없어요. 충치예요. 감기에 걸린 거 같아요."

약사는 15년 전부터 유행하던 다양한 치료약을 권했다. 그녀는 그것들 중 어느 것도 구매하지 않았다.

"로더넘이 다른 것보다 더 잘 든다는 거 알아요." 그녀는 약사를 보는 대신 계산대에 있던 병들을 만지작거리면서 말했다. "로더넘 좀 주세요."

"알겠습니다, 아가씨. 질문해서 죄송하지만, 형식상의 문제일 뿐이에요. 앨드버러에 머물고 있나요?"

"네. 노스 싱글즈의 바이그레이브 양이에요."

약사는 인사 후 선반으로 가서 바로 보통의 반 온스 병에 로더넘을 채웠다. 고객의 이름과 주소를 미리 확인하면서 가게 주인은 신중한 사람에게는 당연하지만, 비슷한 상황에서 그 당시 법률상으로 보편적이지 않은 예방조치를 취했다.

"로더넘에 탈지면도 좀 드릴까요?" 병에 라벨지를 붙이고 크게 글씨를 쓰고 난 후 물었다.

"그렇게 해 주세요. 병에는 방금 뭐라고 쓴 거죠?" 그녀는 호기심과 불신감을 보이며 날카롭게 물었다.

약사는 라벨지를 그녀에게 보여주면서 답했다. 그녀는 큰 글씨로 적힌 것을 읽었다. 독약.

노인은 웃으면서 말했다. "안전한 게 좋아서요, 아가씨. 다른 분야에서 아주 훌륭한 분들도 독극물에서는 애석하게도 부주의한 경우가 자주 있어요."

그녀는 계산대에 있는 병들을 다시 만지작거렸고, 대답을 듣기 바라면서 다른 질문을 했다.

"로더넘 같은 것이 위험한가요?"

"죽을 수 있어요, 아가씨." 약사는 차분히 답했다.

"아이가 죽나요? 아니면 허약한 사람이요?"

"영국에서 가장 힘센 사람이, 그가 원한다면 죽을 수 있어요."

그렇게 답하고, 약사는 흰 종이로 약병을 밀봉한 후 계산대에서 막달렌에게 로더넘을 건넸다. 그녀는 그걸 받으면서 웃었고, 값을 지불했다.

"노스 싱글즈에서 사고 날 일은 없을 거예요. 화장품 가방에 넣어서 보관할게요. 계속 아프면, 다시 와서 다른 약을 먹어 볼게요. 안녕히 계세요."

"안녕히 가세요, 아가씨."

그녀는 한 번도 고개를 들지도, 지나가는 사람을 알아채지도 못한 채 바로 집으로 돌아갔다. 가구를 지나치듯 그녀는 복도에서 래지 부인을 스치고 지나갔다. 계단을 올라가다가, 부주의로 한 번, 붙잡으려다가 옷에 발이 두 번 걸렸다. 이미 그녀는 평범한 일상에 관한 관심이 없었다.

혼자 있는 방에서, 그녀는 포장지에서 병을 꺼내서 종이와 탈지면을 벽난로에 던졌다. 이렇게 하고 있을 때 문 두드리는 소리가 났다. 그녀는 병을 숨겼고 안절부절못하며 올려다봤다. 래지 부인이 방에 들어왔다.

"치통약 사 왔어요?"

"네."

"내가 도와줄 거 있어요?"

"아뇨."

래지 부인은 여전히 문 근처에서 불안하게 서성거렸다. 더 할 말이 있는 게 분명했다.

"무슨 일 있어요?" 막달렌은 예민하게 물었다.

"화내지 말아요. 대위님이 걱정돼서요. 편지를 아주 잘 쓰는데, 아직 편지가 없어요. 번개처럼 빠른 사람인데 안 돌아왔어요. 토요일인데 소식이 없어요. 도망갔을까요? 무슨 일이라도 생긴 걸까요?"

"아니라고 생각해요. 아래층으로 내려가요. 내가 가서 직접 이야기 해줄게요."

다시 혼자 있게 되자마자, 막달렌은 의자에서 일어나 잠겨 있는 찬장 쪽으로 가서 손에 열쇠를 들고 주저하며 잠시 멈췄다. 래지 부인의 등장으로 모든 생각의 흐름이 방해받았다. 래지 부인의 사소했던 마지막 질문이 벼락 끝에 있는 그녀를 붙잡았고, 우연한 사고로 벗어날 것이라는 오랜 헛된 희망을 다시 품게 했다.

"그들 중 한 명에게 무슨 일이 일어날 수도 있잖아?"

그녀는 로더넘을 찬장에 넣어 잠그고 열쇠는 짐꾸러미에 넣었다. '월요일 전까지 시간은 충분해. 대위가 돌아올 때까지 기다릴 거야.'

아래층에서 약간의 논의 후에, 주인이 돌아올 수도 있으니 하인이 자지 않고 있어야 한다는 의견이 모아졌다. 그날은 어떤 일도 일어나지 않고 조용히 지나갔다. 막달렌은 책을 보면서 몇 시간을 멍하니 보냈다. 그녀가 이제 느끼는 건 기대감에 지친 인내심뿐이었다. 마침내 가슴 아픈 생각의 고통이 무뎌지고 약해졌다. 그녀는 자기 방으로 돌아가기 싫은 낯선 혐오감을 어렴풋이 의식하며 낮과 저녁을 응접실에서 보냈다. 밤이 깊어가자, 안팎의 소리가 멈췄고, 마음의 동요가 다시 일었다. 책을 읽으면서 차분해지려고 했다. 책에 집중할 수 없었다. 방 한쪽에 신문이 있었다. 다음으로 신문을 읽었다. 기사 제목을 무의식적으로 읽었다. 무관심하게 페이지를 넘기다가 잉글랜드 외딴 지역의 사형 집행에 대한 기사에 관심이 갔다. 그 범죄 이야기에는 감동적인 것은 없었지만, 그것을 읽었다. 그것은 흔한, 끔찍하게 흔한 살해 행위로, 같은 농장에 다니는 여자를 질투심에 남자가 살해한 사건이었다. 특별한 증거도 없이 유죄판결을 받았고, 특별한 상황도 없는데 교수형이 집행됐다. 다른 범죄자들처럼 그에게 희망이 없다는 걸 알았을 때 자백을 했고, 기사 마지막 부분은 다음과 같았다.

"나는 1년 정도 고인과 사귀었어요. 충분한 돈이 생기면 그녀와 결혼하겠다고 말했죠. 그녀는 내가 이제 충분히 돈이 있다고 했어요. 우리는 말다툼을 했어요. 나와 더 이상 데이트를 하는 걸 거부했어요. 나와 맥주를 마시지 않았어요. 내 동료 하인 데이비드 크라우치와 어울렸어요. 토요일에 그녀에게 가서 크라우치를 포기하면 교회 허락을 받자마자 그녀와 결혼하겠다고 말했어요. 날 비웃었어요. 세탁소에

서 그녀는 날 쫓아냈고 나머지 사람들이 쫓겨나는 날 봤어요. 난 마음
이 편치 않았어요. 페릿의 피스라고 불리는 목초지에 있는 문에 앉았
어요. 그녀에게 총을 쏴야겠다고 생각했어요. 총을 챙겨서 장전했어
요. 다시 페릿의 피스로 갔어요. 마음먹기가 힘들었어요. 쟁기를 공중
에 던져서 그녀를 죽일지 말지, 내 운명을 시험해 보기로 했어요. 평
평하게 떨어지면 그녀를 살려주고, 뾰족한 부분이 땅에 꽂히면 그녀
를 죽이겠다고. 잘 휘둘러서 던졌어요. 뾰족한 부분이 꽂혔어요. 가
서 그녀에게 총을 쏴서 죽였어요. 나쁜 짓이었지만 그렇게 했어요. 사
람들 말대로 운에 따라 했어요. 재판에서 사람들 말대로 내가 했어요.
신이 나에게 자비를 베푸셨으면 바라요. 어머니가 내 낡은 옷을 가지
셨으면 좋겠어요. 더 이상 할 말 없어요."

　행복했던 시절에 막달렌은 사형 이야기와 인쇄된 자백을 읽지 않
았을 것이다. 그런 주제에 끌리지 않았을 것이다. 그녀는 지금 그 끔
찍한 이야기를 읽고 있다. 이해할 수 없는 관심을 가지고 읽었다. 더
높고 더 나은 것들에 대해 전전하던 그녀는 살인자의 끔찍한 직접적
인 자백을 처음부터 끝까지 읽었다. 만약 그 남자나 그 여자를 알았다
면, 그 장소가 기억에 낯익었다면, 그녀는 그 이야기를 그렇게 더 자
세히 읽거나 인상을 분명하게 받지 못했을 것이다. 그녀는 스스로 궁
금해 하며 신문을 내려놨다. 다시 한 번 신문을 들어서 다음 내용을
읽으려고 애썼다. 소용없었다. 다시 관심이 딴 데로 쏠렸다. 신문을
던져버리고 정원으로 나갔다. 밤은 어두웠고, 별들은 별로 거의 없고
희미했다. 자갈길이 보였다. 집 문과 정원 문 사이를 왔다 갔다 했다.
　신문에 실린 자백이 그녀의 마음을 무섭게 사로잡았다. 걷는 동안
바다 위로 검은 밤이 열렸고, 밭에서 공중으로 쟁기를 던지는 살인자
의 모습을 보여줬다. 그녀는 몸서리치며 집으로 달려갔다. 살인자가
그녀를 따라 응접실로 들어왔다. 그녀는 촛불을 들고 방으로 올라갔

다. 병적인 환상이 그녀를 따라와 로더넘이 숨겨 놓은 곳으로 갔고 그 곳에서 사라졌다.

자정이었고, 대위가 돌아올 기미를 여전히 보이지 않았다.

그녀는 필기구함에서 노라 언니에게 쓴 편지를 꺼내서 천천히 읽었다. 그 편지로 진정이 됐다. 마지막 빈 칸에 이르자, 그녀는 다급하게 되돌아가서 다시 읽기 시작했다.

교회 시계가 1시를 알렸고, 여전히 대위는 나타나지 않았다.

그녀는 그 편지를 두 번째로 읽었지만, 필사적으로 완강히 돌아서서 편지를 세 번째 읽기 시작했다. 마지막 페이지를 다시 한 번 읽으면서, 그녀는 시계를 보았다. 1시 45분이었다. 드레스 허리끈에 시계를 다시 끼워 넣었을 때 아침의 고요함 속에 멀리서 바퀴 소리가 났다.

그녀는 편지를 내려놓고, 차가운 손을 무릎에 꼭 쥐고 귀를 기울였다. 그 소리는 점점 더 빨라지고, 점점 더 가까워졌다. 다른 사람들에게는 사소한 소리가 그녀 귀에는 비운의 소리였다. 집 옆을 지나쳤다. 조금 더 멀리 가서 멈췄다. 크게 문 두드리는 소리, 창문을 여는 소리와 목소리가 들렸고, 그리고 다시 긴 적막이 있었고, 다시 돌아왔다. 그리고 아래쪽 문이 열렸고, 복도에서 대위가 목소리가 들렸다.

더 이상 참을 수 없었다. 그녀는 문을 조금 열고 그를 불렀다.

그는 바로 위층으로 뛰어 올라왔고, 그녀가 자고 있지 않아서 놀랐다. 그녀는 그의 얼굴을 마주하는 것이 두려워서, 문 뒤로 계속 숨은 채, 좁은 문틈으로 말했다.

"뭔가 잘못됐나요?"

"진정해요. 잘못된 것 아무것도 없어요."

"지금부터 월요일 사이에 아무 일도 일어나지 않을 거 같아요?"

"전혀요. 결혼은 확실해요."

"확실해요?"

"그럼요."

"안녕히 주무세요."

그녀는 문 사이로 손을 내밀었다. 그는 약간 놀라면서 그 손을 잡았다. 그의 경험상 그녀가 자발적으로 손을 내민 것은 자주 있는 일이 아니었다.

그녀의 차가운 손을 느낀 그가 말했다. "너무 늦게까지 깨어 있네요. "안 좋은 밤을 보낼까 봐, 잠을 못 잘까 봐 걱정되네요."

그녀는 조심스레 문을 닫았다.

"당신 생각보다 더 잘 잘 거예요."

그녀가 자기 방에 혼자 틀어박혔을 때는 2시가 넘었다. 의자는 화장대 옆에 늘 있던 자리에 있었다. 의자에서 몇 분 동안 깊은 생각을 하다가, 노라 언니에게 보내는 편지를 열고 빈칸이 남겨진 마지막 부분으로 넘겼다. 빈 칸 위에 적힌 마지막 내용은 이랬다. "… 언니에게 내 마음을 다 털어놨고, 숨긴 건 아무것도 없어. 여기까지 왔어. 내가 끔찍한 생각을 치르더라도, 내가 힘들게 이룬 끝은 내가 목적을 달성하거나 죽는 거야. 악의적이고 미쳤다고 하겠지만, 그래야 해. 난 이제 두 가지 여정 중 하나를 선택해야 해. 만약 그와 결혼할 수 있다면, 교회로 가겠지. 만약 나 자신을 모독하는 것을 내가 감당할 수 없다면, 무덤으로 가는 거야!"

그 마지막 문장 밑에, 다음과 같이 썼다.

"난 선택했어. 그 잔인한 법이 허락한다면, 날 우리 아버지와 어머니와 함께 고향 교회 묘지에 묻어줘. 안녕, 사랑하는 언니! 항상 순수하고, 항상 행복해. 프랭크가 나에 대해 묻는다면, 내가 그를 용서하고 죽었다고 말해줘. 나 때문에 슬퍼하지 마, 노라 언니. 난 그럴 가치도 없어."

그녀는 편지를 봉하고 언니 주소를 적었다. 탁자에 놓으면서 눈물이 고였다. 다시 시야가 맑아질 때까지 기다렸다가 품 속 작은 주머니에서 지폐를 꺼냈다. 편지지로 감싼 후, 래지 대위 이름을 쓰고 다음과 같은 말을 덧붙였다. "내 방문을 잠그고, 언니가 올 때까지 날 그대로 둬요. 내가 약속한 돈은 이 안에 있어요. 당신 탓이 아니에요. 내 잘못이고, 내 탓일 뿐이에요. 나에 대한 좋은 추억이 있다면, 날 위해서 당신 부인에게 다정하게 대해줘요."

노라 언니에게 보낸 편지에 동봉한 후, 그녀는 일어난 방을 둘러봤다. 물건 몇 개가 제자리에 있지 않았다. 그녀는 그것들을 정돈하고 침대 머리 쪽 양쪽 커튼을 쳤다. 다음으로 옷을 살폈다. 언제나처럼 깔끔하고, 순수하고, 깨끗하고, 확실하게 정돈되어 있었다. 머리 빼고는 아무것도 흐트러지지 않았다. 머리칼 몇 개가 삐져나와 있었다. 거울을 보며 조심히 머리를 다듬었다. 희미한 미소를 지으며 말했다. "너무 창백해 보이네. 아침에는 사람들이 날 찾으면 더 창백하겠지?"

그녀는 로더넘을 숨겨 놓은 곳으로 곧장 가서 그것을 꺼냈다. 병은 너무 작아서 손안에 쉽게 잡혔다. 잠시 그곳에 서서 병을 바라봤다.

"죽어! 갈색 병에 있는 이 약으로, 죽는다고!"

그 말이 입에서 나오자, 말할 수 없는 공포의 고통이 순식간에 그녀를 엄습했다. 머릿속은 미칠 듯이 혼란스러웠고, 숨쉬기 힘든 고통에 휘청거리며 방을 가로질렀다. 몸을 지탱하기 위해 탁자를 잡았다. 느슨해진 손에서 병이 떨어져 탁자 위 도자기 제품에 부딪히자, 희미하게 쨍그랑거리는 소리가 칼이 부딪치는 것처럼 그녀의 머리를 스쳤다. 죽음이라는 말만 내뱉는 자신의 속삭임이 바람처럼 귓가에 맴돌았다. 침대 옆으로 몸을 끌고 가서 바닥에 앉아 머리는 침대에 기대며 생각했다. '아, 내 인생이! 이렇게 매달릴 가치가 있을까?'

시간이 지나고 다시 기운을 차렸다. 그녀는 무릎을 꿇고 침대에 머리를 숨겼다. 죽음으로 도망치는 것에 대해 용서를 구하기 위해 기도를 하려고 했다. 입에서 정신없는 말들이 터져 나왔다. 침대보로 틀어막지 않았다면 울음을 터트렸을 말이었다. 그녀는 일어났다. 절망감이 자신에 대한 저돌적인 분노와 함께 그녀를 강하게 했다. 곧 그녀는 탁자로 돌아왔고, 어느 순간 독약이 다시 그녀 손에 있었다.

그녀를 코르크 마개를 열고 입으로 병을 가져갔다.

입술에 차가운 유리의 촉감이 닿자, 그녀의 강인한 젊은 인생은 뜨거운 피로 두근거렸고, 죽음과 가까워진 공포에 대한 혐오의 광분과 싸웠다. 그녀 안에 있던 활기찬 생명력의 모든 활동력은 자신의 의지로 자신의 인생을 기꺼이 망가트렸던 파괴에 반발했다. 그녀는 잠시 멈췄다. 자신도 모르게 두 번째 멈췄다. 젊음과 건강의 눈부신 완벽함에서, 인간 존재의 위기에서 떨면서 그녀는 서 있었다. 파괴자의 입맞춤이 가까워지고, 신성한 신뢰에 충실한 자연은 마지막까지 그녀를 구하기 위해 싸웠다.

아무 말도 나오지 않았다. 뺨은 붉게 달아올랐고, 숨은 점점 거칠어졌다. 독약을 손에 쥔 채, 곧 쓰러질지도 모른다는 생각에 창가로 가서, 창문을 덮고 있던 커튼을 젖혔다.

새로운 날이 밝았다. 광활하고 잿빛 새벽이 고요한 동쪽 바다 위로 흘러들어왔다.

그녀는 안개가 자욱한 고요함 속에서 크고 고요한 물결이 일렁이는 것을 보았다. 아침의 상쾌한 숨결이 얼굴에 차갑게 와 닿는 것을 느꼈다. 힘이 다시 났다. 정신이 조금 맑아졌다. 바다를 보면서, 밤새 정원 산책길을 걸었던 것과 어두운 공허감 속 병적인 망상을 떠올렸다. 공중으로 쟁기를 던져 여자의 생사를 정하는 살인범의 모습이 다시 떠올랐다. 그런 끔찍한 미신에 감염됐던 그녀에게 새로운 날이 갑자기 떠올랐다. 주저함의 공포에서 벗어난다는 전제가 절망의 마지막 기운을 불러일으켰다. 그녀는 생사를 운에 맡기고 싸움을 끝내기로 했다.

무슨 운에 맡길까?

바다가 눈에 보였다. 안개 속에 희미하게 집 쪽으로 작은 연안 항로선이 조류와 같은 방향으로 순조롭게 천천히 떠다니는 것이 보였다. 30분 안에, 아마도 그보다 더 빨리, 배들이 그녀의 창가를 지나갈 것이다. 시곗바늘은 4시를 가리켰다. 그녀는 배가 그녀 쪽으로 오는 구역을 등지고, 창틀에 독약을, 무릎 위에 시계를 올려놓고 창가에 가까이 앉았다. 30분 동안 그녀는 거기서 기다려서 지나가는 배들을 세어 보기로 결심했다. 만약 짝수의 배가 지나가면 살라는 징조가 될 것이다. 만약 홀수의 배가 지나간다면, 그 끝은 죽음일 것이다.

마지막 결심 후, 그녀는 머리를 창문에 기대고 배들이 지나가기를 기다렸다.

첫 번째 배는 높고 어둡고 안개 속에서 고요한 바다 위를 조용히 미끄러지듯 지나갔다. 잠시 후, 두 번째 배가 따라왔고, 세 번째 배가 가까이 있었다. 시간이 점점 흘렸지만, 아무것도 지나가지 않았다. 시계를 봤다. 12분에 배 3척이었다. 셋.

네 번째 배는 다른 것보다 느리고, 다른 것보다 크며, 나머지보다 안개 속에서 더 멀리 멀어졌다. 다시 시간 간격이 점점 길어졌다. 그리고 다음 배는 가장 어둡고 가장 가까운 곳으로 지나갔다. 다섯. 또 홀수였다.

다섯.

시계를 다시 봤다. 19분, 5척. 21분, 22분, 23분, 6번째 배는 없었다. 24분에 6번째 배가 지나갔다. 25분, 26분, 27분, 28분, 또 홀수다. 7번째 배가 눈에 보였다. 30분까지 2분이 남았다. 그리고 배는 7척이다.

29분에 일곱 번째 배가 지나간 뒤로는 아무것도 뒤따라오지 않았다. 시계의 분침이 30까지 절반을 가리킬 때, 여전히 희뿌연 바다는 안개만 자욱했다. 창문에서 머리를 움직이지 않고, 그녀는 한 손에 독약을 들고 다른 손에 시계를 들었다. 초가 빠르게 흐르는 동안, 그녀는 시계를 봤다가 바다를 봤다고, 바다를 봤다가 시계를 봤고, 마지막으로 바다를 봤을 때 8번째 배를 봤다.

그녀는 움직이지도, 말도 하지 않았다. 생각의 죽음, 감정의 죽음이 이미 와 있는 것처럼 보였다. 그녀는 창문 가장자리에 무의식적으로 독약을 도로 갖다 놓고, 꿈속인 것처럼, 배가 어둠 속으로 희미하게 사라질 때까지, 안개 속에서 사라질 때까지, 배가 조용히 미끄러져 가는 것을 지켜보았다.

시야에서 생명의 전령이 사라지자 긴장감이 풀렸다. 그녀는 혼잣말로 힘없이 속삭였다. "신의 섭리일까? 아니면 운일까?"

그녀는 눈을 감고 머리를 뒤로 젖혔다. 삶의 감각이 그녀에게 돌아왔을 때, 얼굴에 아침 햇살이 따뜻하게 비쳤다. 푸른 하늘이 그녀를 내려다보고 있었고, 바다는 황금빛 바다였다.

그녀는 창가에서 무릎을 꿇고 울음을 터뜨렸다.

그날 정오가 되자 계단 밑에서 기다리고 있던 래지 대위는, 막달렌의 방에서 아무런 움직임도 들리지도 않고 오랜 침묵에 불안감을 느꼈다. 그는 새로 온 하녀가 위층으로 따라오라고 하고, 문을 가리키며 그녀에게 조용히 들어가서 아가씨가 깨어 있는지 알아보라고 말했다.

하녀는 방에 들어가서 잠시 있다가, 다시 문을 살며시 닫으며 나왔다.

"아름다워요, 주인님. 그리고 갓 태어난 아이처럼 조용히 자고 있어요."

　남편이 노스 싱글즈로 돌아온 아침은 래지 부인의 집안 달력에서 영원히 기억에 남을 아침이었다. 그녀는 막달렌 결혼 소식을 처음 들었던 그때부터 날짜를 적었다. 끊임없이 놀라며 인생을 사는 것이 래지 부인의 운명이었다. 그러나 대위가 냉정하게 진실을 말했을 때, 길을 잃은 미로처럼 놀라움의 미로에서 방황한 적은 없었다. 그녀는 노엘 밴스톤이 연인으로서 허락을 받으러 왔다는 걸 의심할 만큼 충분히 예리했다. 그리고 막달렌이 조바심을 내며 말할 때 청혼을 받아들였다는 불길한 징조라고 막연히 해석했지만, 결혼이 임박했다고는 깊이 생각하지 못했다. 남편이 계속 사실을 말할수록, 그녀는 계속 놀라워했다. 하루 전에 집안 결혼 소식에 그리고 막달렌의 결혼식! 신부를 포함해서 누구도 새 옷을 주문하지 않았고! 그녀에게 가장 잘 어울렸을 오리엔탈 캐시미어 가운은 전혀 입을 수가 없었다! 래지 부인은 대위의 존재와 대위의 끔찍한 눈빛은 완전히 잊은 채 의자에 비스듬히 주저앉고 균형이 잡히지 않은 무릎을 손으로 어수선하게 두드렸다. 세상이 종말을 고했고, 운명이 이 지구상의 일을 마무리하면서 간과했던 유일한 인간이 자신이었다는 것을 들어도 그녀는 놀라지 않았을 것이다!

　아내가 스스로 평정심을 찾도록 남겨두고, 래지 대위는 집 아래쪽으로 가서 막달렌이 나타나길 기다렸다. 한 시가 다 되어서야 위쪽 방에서 그녀가 깨어나서 돌아다니고 있다고 알리는 발소리가 들렸다. 그는 바로 하녀를 불렀고, 두 번째로 위층에 올라가 여주인에게 가보라고 했다.

막달렌은 화장대 옆에 서 있었는데, 갑자기 문을 살짝 두드리는 소리에 놀랐다. 이어서 '그녀의 하녀'라고 말하는 온순한 목소리 들렸고, 그 목소리는 바이그레이브 양이 아침에 도움이 필요한지 물었다. 막달렌은 생각지 못한 하녀가 있다는 놀라움에서 정신을 차리자마자 말했다. "지금은 괜찮아. 필요할 때 부를게."

그 여자를 물러나게 한 후, 그녀는 무심코 문에서 창문으로 시선을 돌렸다. 일출 때 놔둔 로더넘 병이 여전히 창가에 있는 것이 눈에 들어오자, 새로운 하인에 대한 생각이 바로 멈췄다. 그녀는 낯선 감정의 혼란, 즉 그 병을 보고 끔찍한 현실이 떠올랐는지, 아니면 끔찍한 꿈이 떠올랐는지 아직도 막연한 의구심을 품으며, 다시 그 병을 손에 쥐었다. 첫 번째 충동은 그것을 바로 버리는 것이었다. 창밖으로 내용물을 버리기 위해 병을 들어 올리고는 갑자기 자신에게 다가온 충동이 미덥지 못해 잠시 멈췄다. '나는 새로운 내 인생을 받아들였어. 그 인생이 나를 위해 준비해 둔 것이 무엇인지 내가 어떻게 알지?' 그녀는 창가에서 탁자로 돌아왔다. "그렇다면 마셔야 할지도 몰라." 그렇게 말하며 로더넘을 화장품 가방에 넣었다.

그녀는 이렇게 할 때 마음이 편치 않았다. 뭐라고 말할 수 없는 배은망덕한 행동 같았다. 여전히 그녀는 숨겨 놓은 곳에서 병을 치우려 하지 않았다. 그녀는 서둘러 화장실로 갔다. 그녀는 하녀를 부를 수 있고, 자기 자신과 새로운 주제에 대한 생각을 잊어버릴 수 있도록 서둘렀다. 종을 울린 후, 그녀는 탁자에 있던 노라 언니와 래지 대위에게 쓴 편지 두 통 모두 로더넘을 넣은 화장품 상자에 넣고, 시곗줄에 계속 달고 있던 열쇠로 단단히 잠갔다.

하녀에 대한 막달렌의 첫인상은 호의적이지 않았다. 런던 호텔 여주인이 노련한 눈으로 그 낯선 사람을 불행에 휩싸인 젊은이로 특징 짓고, 표정과 태도에서 그녀가 의심하는 불행이 어떤 것인지 분명히 보여줬던 것처럼, 막달렌은 그녀를 그렇게 살피지 못했다. 그러나 이러한 단점으로, 막달렌은 새로운 하녀의 행동과 공손한 겉모습 밑에 숨어 있는 아픔과 슬픔의 징후를 알 수 있는 완벽한 능력이 있었다. 그녀는 그 소녀가 성질이 괴팍하다고 의심했다. 이름이 마음에 들지 않았다. 그리고 노엘 밴스톤과 관련된 어떤 하인을 받아들이는 것이 내키지 않았다. 하지만 몇 분 후 '루이자'가 점점 마음에 들었다. 그녀는 모든 질문에 완벽하게 단순하고 명쾌하게 답했다. 그녀는 자신의 일을 완전히 이해하는 것처럼 보였다. 그리고 말을 걸기 전까지는 그녀는 절대 말을 하지 않았다. 그때 그녀에게 모든 것 물어본 후, 그리고 그 하녀를 공평하게 평가하자고 결심한 후, 막달렌은 일어나 방을 나섰다. 방 안 공기는 지난밤의 압박감으로 여전히 무거웠다.

"나한테 할 말 더 있니?" 그녀는 문을 열면서 하녀 쪽으로 돌아보면 말했다.

루이자는 아주 정중하고 매우 침착하게 물었다. "죄송하지만 아가씨, 주인님께서 내일이 결혼식이라고 말씀하신 거 같은데요?"

막달렌은 낯선 사람 입에서 나온 결혼이라는 말에 몸서리쳤지만 억누르고 그렇다고 답했다.

"준비하는데 매우 촉박한 시간이네요, 아가씨. 아래층에 내려가시기 전에, 짐 사는 것에 대해 지시를 내리신다면…?"

막달렌은 서둘러 말했다. "네 생각처럼 그렇게 준비할 거 없어. 원한다면 여기 있는 물건들은 한 번에 짐 쌀 수 있어. 오늘 입은 옷을 내일도 입을 거야. 밀짚 보닛과 가벼운 숄은 빼고 나머지는 모두 내 상자에 넣어. 챙겨야 하는 새 드레스는 없다. 주문한 옷이 없어." 그녀는 예복과 웨딩드레스가 없는 것에 대해 흔한 설명을 덧붙이려고 했다. 하지만 결혼에 대해 더 이상 언급하지 않고, 다른 말 없이 갑자기 방을 나갔다.

온순하고 우울한 루이자는 놀란 채 서 있었다. '여기 뭔가 잘못됐어. 벌써 새 일터가 무섭네'라고 생각했다. 그녀는 체념한 듯 한숨을 쉬고 고개를 흔든 후 옷장으로 갔다. 그녀는 먼저 아래 서랍을 살펴보고 안에 있는 여러 가지 리넨들을 꺼내서 의자에 놓았다. 다음으로 옷장 윗부분을 열고, 그녀는 드레스들을 침대 위에 나란히 놓았다. 마지막으로, 빈 상자들을 방 한가운데에 놓고, 그녀가 마음대로 쓸 수 있는 공간을 그녀가 정리해야 하는 드레스와 비교했다. 자신이 할 일을 완전히 이해한 준비된 자립적인 여성으로서 그녀는 계산을 하고, 바로 짐을 싸기 시작했다. 리넨을 제일 작은 상자에 막 넣었을 때, 방문이 열리고 수담을 떨고 싶어 하는 가정부가 들어왔다.

"무슨 일이시죠?" 루이자가 조용히 물었다.

"이런 일과 같은 거 들어봤어요?" 가정부는 방에 들어오면서 바로 이야기를 꺼냈다.

"예를 들면?"

"당연히 이 결혼과 같은 거죠. 런던에서 자랐다고 들었어요. 젊은 아가씨가 새 거 하나도 없이 결혼한다는 거 들어봤어요? 결혼식 베일도 없고, 결혼 식사도 없고, 하인들에게 결혼식 부탁도 안 하고요. 신의 섭리를 거스르고 있다는 거죠. 난 가난한 가정부에 불과하다는 거 알아요. 하지만 사악해요. 정말 사악해요. 내 말 누가 듣던지 상관 안 해요!"

루이자는 계속 짐을 쌌다.

"옷 좀 봐요!" 그 가정부는 못마땅한 듯 침대에 손을 흔들며 말했다. "난 가난하지만 새 가운도 없이 신랑과 결혼하지 않을 거예요. 이것 봐요. 이 칙칙한 갈색 좀 봐요. 알파카예요! 이 알파카 옷은 안 챙길 거죠? 뭐, 가정부에게는 어울리지 않을 거예요! 만약 선물로 주겠다고 하면 받을지 모르겠어요. 치마 길이를 줄이고 허리를 늘이고, 살짝 밝게 수선하면 그렇게 나쁘지 않겠죠?"

"그 드레스 내버려 두실래요." 루이자는 여전히 차분하게 말했다.

"뭐라고 했어요?" 그녀는 자신의 귀를 의심하며 물었다.

"그 드레스 내버려 두시라고요. 그 드레스는 우리 아가씨 것이고, 전 방에 있는 모든 걸 싸라는 지시를 받았어요. 여기 도우시러 온 거 아니면, 지금 아주 방해하고 있어요."

"알았어요, 당신이 런던에서 자랐는지는 몰라도, 그게 런던식 태도라면, 난 서펀식으로 하죠!"

그녀는 화가 나서 손잡이를 잡아당겨서 문을 열고, 거칠게 닫더니, 다시 열고 안을 들여다봤다. "서펀식으로요!" 가정부는 빈정대면서 고개를 숙이고 작별 인사를 했다.

루이자는 아랑곳하지 않고 계속 짐을 쌌다. 작은 상자에 리넨을 깔끔하게 정리한 뒤, 그녀는 다음으로 드레스에 시선을 돌렸다. 가장 값어치가 없는 것이 뭔지 확인하면서 그것들을 신중히 살핀 후, 그녀는 별 어려움 없이 트렁크 아래에 넣을 것을 정했다. 상자에 처음으로 넣은 건 갈색 알파카 드레스였다.

그동안 막달렌은 아래층에서 대위와 있었다. 비록 그녀의 얼굴에서 나른함과 모든 움직임에서 노곤함을 알아채지는 못했지만, 그녀가 완벽히 차분한 상태에서 그를 만났다는 것에 안도했다. 그녀는 심지어 그의 여정에 대해 물어볼 정도로 침착했고, 안색이 변했고 입술이 조금 떨리는 것 외에는 다른 동요의 기색은 없었다.

세인트 크럭스를 거쳐 런던으로 갔던 이야기를 끝내고 나서, 래지 대위가 말했다. "과거 이야기를 너무 많이 했어요. 이제 현재 이야기를 하죠. 신랑은…."

그녀가 중간에 끼어들었다. "괜찮다면, 노엘 밴스톤 씨라고 불러요."

"그럴게요. 노엘 밴스톤 씨는 오늘 오후에 와서 식사를 하고 저녁 시간을 보낼 거예요. 그는 분명히 짜증스러워할 거예요. 하지만 다른 짜증 내는 사람들처럼, 어떤 상황에서도 그를 내보내서는 안 돼요. 그가 오기 전에, 난 당신에게 개인적으로 마지막으로 한두 마디 조언을 해줄 거예요. 내일 이 시간쯤에 우리가 다시 만날 수 있는지도 모른 채, 우리는 헤어지겠죠. 마지막까지 성실히 당신을 위해서 돕고 싶어요. 작별 인사를 할 때 앞으로의 안전을 위해 내가 할 수 있는 모든 것을 다했다고 생각해주길 간절히 바라요."

막달렌은 놀라서 그를 바라봤다. 그의 어투가 바뀌었다. 동요했다. 그는 이상하게 진지했다. 그의 표정과 태도에서 우울한 고독 속에서 그녀가 그에게 마음을 열었던 앨드버러에서의 첫 날 밤이 생각났다. 그때 둘은 원형 포탑 경사면에 단둘이 앉아 있었다. "당신이 잘해줬다는 것밖에 생각 안 나요."

래지 대위는 갑자기 의자에서 일어나 방을 왔다 갔다 했다. 막달렌의 마지막 말에 그가 이상하게 동요한 것 같았다.

"젠장!" 그가 소리쳤다. "그런 말 하면 안 돼요. 당신은 날 나쁘게 생각해야 해요. 난 당신을 속였어요. 당신은 처음부터 끝까지 연극으로 수익을 제대로 나눠 갖지 못했어요. 저런! 이제야 사실대로 말하네요!"

막달렌은 웃으면서 그에게 다시 의자에 앉으라고 손짓했다.

그녀는 차분히 말했다. "당신이 날 속인다는 거 알았어요. 당신은 당신 일을 한 거예요, 래지 대위. 내가 당신과 함께했을 때 예상했어요. 그때도 불만 없었고, 지금도 없어요. 내가 당신을 곤란하게 했던 것 때문에 그 돈을 가져간 거라면, 마음껏 가져도 돼요."

"합의의 뜻으로 악수할래요?" 대위는 평소와는 다르게 매우 어색해하고 망설이며 말했다.

막달렌은 그에게 손을 내밀었다. 그는 손을 꽉 잡았다. "당신은 이상한 아가씨예요." 그가 아무렇지 않게 말하려고 애썼다. "당신은 내가 잘 이해하지 못하는 나를 붙잡았어요. 나는 지금 당신한테서 돈을 받는 것이 좀 불편해요. 하지만 당신은 그 돈을 원하지 않죠?" 그는 망설였다. "난 요크 성벽에서 당신을 만나지 않았다면 좋았을 텐데."

"그러기에는 너무 늦었어요, 래지 대위. 더 이상 말하지 마요. 날 괴

517

롭히기만 할 뿐이에요. 더 이상 말하지 마요. 우리 다른 이야기해요. 아까 개인적으로 말해 줄 것이 있다고 했죠?"

대위는 방을 다시 왔다 갔다 했고, 본래 모습으로 돌아오려고 애썼다. 그녀는 수첩에서 르카운트 여사가 주인에게 보낸 편지를 꺼내서 막달렌에게 건넸다.

"주소지에 도착했다면 우리를 망쳤을지도 모르는 편지예요. 신중하게 읽어봐요. 다 읽고 나면 당신한테 물어볼 것이 있어요."

막달렌은 편지를 읽었다. "이 증거가 무엇이기에, 르카운트 여사가 그렇게 확신하죠!"

"내가 묻고 싶은 게 바로 그거예요. 복스홀 워크에서 변장을 했을 때 일어났던 일들을 생각해봐요. 당신이 이미 나한테 말했던 것들 말고 당신에게 불리한 것을 찾았을 다른 가능성이 있나요?"

"내가 변장했다는 걸 알았고, 내 원래 목소리가 말하는 걸 들었어요."

"그리고 다른 건 더 없어요?"

"없어요."

"알았어요. 그렇다면 그 편지에 대한 내 해석이 분명히 맞을 거예요. 르카운트 여사가 말하는 증거는 내 아내의 끔찍한 유령 이야기예요. 쉽게 말해서 바이그레이브 양이 변장한 밴스톤 양이고, 목격자는 앨드버러에서 바이그레이브 양의 숙모로 알려진 바로 그 사람이에요. 그 점에 대해서는 안심해요. 르카운트 여사와 내 아내는 이제 볼 일 없어요. 르카운트 여사와 내 아내가 서로를 보는 건 마지막이에요. 그동안, 이 편지를 줄 때 내가 했던 말들 무시하지 마요. 일이 터질 수 있으니 그건 찢어버려요. 하지만 잊지는 마요."

막달렌은 그 편지를 찢어버리면서 답했다. "꼭 기억할게요. 더 할 말 있어요?"

"당신의 앞으로의 안전과 관련해 매우 유용한 정보 몇 가지를 알려줄게요. 잘 들어요, 내일이 지나면 당신에게 일어나는 일은 아무것도 알고 싶지 않아요. 우리가 처음 이 문제를 논의할 때 합의했어요. 질문도 하지 않고, 추측도 하지 않아요. 내가 지금 하고 싶은 것은 결혼 후에 당신의 법적 지위에 대해 주의를 주고, 재량에 따라 당신이 원하는 대로 하도록 내버려두는 거예요. 내가 런던에 있었을 때 변호사의 의견을 듣고, 당신에게 유용할 수 있다고 생각했어요."

"분명 유용할 거예요. 변호사가 뭐라고 말했어요?"

"있는 그대로 말하자면, 그는 이렇게 말했어요. 만약 노엘 밴스톤 씨가 당신이 가명으로 그와 결혼했다는 사실을 알게 된다면, 그는 교회 재판소에 혼인 무효 선고를 신청할 수 있어요. 신청서의 쟁점은 판사에게 달렸어요. 하지만 그가 의도적으로 속았다는 것을 증명할 수 있다면, 증거가 확고한 사건이 될 것이라는 게 법조계의 의견이에요."

막달렌이 간절히 말했다. "내가 받아들인다고 하면요? 그다음은요?"

"당신도 신청서를 낼 수 있어요. 그러나 한 가지를 기억해요. 자신의 속임수를 인정하고 법정에 서야 한다는 거예요. 그 점에 대해 판사들이 어떻게 생각할지는 당신의 상상에 맡길게요."

"그 변호사가 다른 것도 말했어요?"

"한 가지 더요. 법이 두 당사자의 일생 동안 결혼에 어떤 영향을 미치든, 둘 중 어느 한쪽이 사망하면, 생존자의 신청은 아무 효력이 없을 것이고, 생존자의 경우 결혼은 계속 유효해요. 이해하겠어요? 만약 그 사람이 죽거나, 당신이 죽는다면, 그리고 법원에 어떠한 신청도 할 수 없으며, 그 사람이 생존하거나 당신이 생존하면 결혼 생활에 대해 이의를 제기할 권한이 없어요."

그는 그 말을 하면서 은근한 호기심으로 막달렌을 바라봤다. 그녀는 고개를 옆으로 돌려 멍하니 시곗줄을 고리 모양으로 묶었다가 다시 풀었다 하면서, 그가 그녀에게 마지막으로 한 말에 대해 골똘히 생각하는 게 분명했다. 래지 대위는 불안해하며 창가로 가 밖을 내다보았다. 그의 눈에 먼저 들어온 것은 씨뷰에서 오는 노엘 밴스톤 씨였다. 제자리로 돌아와 막달렌에게 다시 한 번 말했다.

　"노엘 밴스톤 씨가 왔어요. 그 사람이 들어오기 전에 한마디만요. 당신 나이 조심해요. 결혼 허가를 받기 전에 나한테 물어봤어요. 난 문제에서 벗어나려고 지름길을 택했고, 당신이 21살이라고 말했고, 그는 거기에 맞춰서 선서했어요. 난 신경 쓰지 말아요. 내일이 지나면 난 없으니까요. 하지만, 만약 그 문제가 드러난다면, 당신을 위해서 당신이 결혼한 나이를 잊지 말아요. 더 이상 아무것도 없어요. 필요한 말은 다 했어요. 앞으로 무슨 일이 있어도, 내가 최선을 다했다는 것을 기억해줘요."

　그는 대답을 기다리지 않고 서둘러 정원으로 나가 손님을 맞이했다.

　노엘 밴스톤은 양손에 신부 예물을 엄숙하게 들고 노스 싱글즈에 나타났다. 문제의 물건은 (그의 아버지의 물건 중 하나였던) 오래된 장식함이었다. 장식함에는 (그의 아버지의 또 다른 물건들 중 하나인) 은으로 장식된 구식 카벙클 브로치가 있었다. 두 가지 모두 그의 돈은 건들지 않으면서 헤아릴 수 없는 가치를 지닌 것이었다. 대위가 건강과 기분에 대해 물었을 때, 그는 불길하게 고개를 저었다. 그는 뜬 눈으로 밤을 지새웠다. 씨뷰에 혼자 있다는 걸 알자마자, 르카운트가 다시 나타날 것이라는 걷잡을 수 없는 불안감이 그를 괴롭혔다. 씨뷰는 르카운트를 생각나게 했다. (말뚝 위에 지어서 영국에서 가장 튼튼한 집이었던) 씨뷰는 그 이후로 그에게 끔찍했다. 그는 밤새도록 이런 생각을 했고, 또한 자신의 책임감도 느꼈다. 처음에는 시종이 있었다. 이제 그는 그녀를 고용했고, 그녀가 그렇게 하지 않으리라 생각하기 시작했다. 그녀는 그의 손에서 아플 수도 있을 것이고, 거짓 성격으로 그를 속였을 수도 있고, 그녀와 호텔 여주인이 한통속이었을 수도 있다. 끔찍했다! 정말 생각만 해도 끔찍했다. 그러고 나서 그가 어디로 가서 내일 신혼여행을 보낼 것인지를 결정해야 하는 또 다른 책임, 어쩌면 두 가지 중 더 무거운 책임이 있었다. 그는 아버지의 빈집 중 하나를 선호했을 것이다. 그러나 (그가 반대할 것으로 예상되는) 복스홀 워크와 (당연히 논외인) 앨드버러를 제외한 모든 집은 세를 놨다. 그는 바이그레이브 씨의 손에 맡길 것이다. 바이그레이브 씨는 어디에서 신혼여행을 보냈을까? 영국 제도에서 선택한다면, 바이그레이브 씨는 모든 상황을 주의 깊게 살펴볼 때, 어디로 정했을까?

이때 신랑의 질문들은 갑자기 끝나고, 신랑은 걷잡을 수 없는 경악스러운 표정을 지었다. 위급할 때마다 조언을 해줬던 그의 현명한 친구는 신혼여행이라는 긴급한 문제에서는 갑자기 그에게 등을 돌리고 그 문제에 대한 논의를 단호히 거부했다.

"아뇨." 노엘 밴스톤이 말할 기회를 달라고 부탁했을 때 대위가 말했다. "정말 미안하지만, 이 문제에 대한 내 관점은 여느 때처럼 특이해요. 예전에는 당신 맘 편안하게 하려고 기만적으로 지내왔어요. 그 분위기가 점점 가까워지고 있어요. 나의 도덕적인 존재는 환기가 필요해요. 장소는 내 조카랑 정해요. 특별히 부탁할게요, 난 그 문제는 정말 모르니까 빼줘요. 르카운트 여사는 취리히에서 돌아오면 여기로 올 것이 확실하고, 당신이 어디에 가 있는지 나에게 분명히 물어볼 거예요. 이상하게 생각하겠지만, 밴스톤 씨. 하지만 내가 모르겠다고 말할 때, 내가 진실을 말하고 있다는 익숙지 않은 사치를 한 번쯤은 느끼고 싶어요!"

그런 말을 한 후 그는 응접실 문을 열고 노엘 밴스톤에게 막달렌이 있다고 알린 후 다시 인사를 하고 나와서, 홀로 산책을 하며 나머지 오후 시간을 보냈다. 그의 얼굴은 걱정하는 기색이 역력했고, 해안가를 거닐 때 색깔이 다른 눈은 여기저기 의심스럽게 바라봤다. '따분해. 내일이 지나갔으면 좋겠어.'

하루가 지나고 아무 일도 일어나지 않았다. 저녁과 밤은 조용하고 평온하게 이어졌다. 월요일이 왔고, 구름 한 점 없이 아름다운 날이었다. 월요일은 결혼식을 확실히 한다는 대위의 주장을 확인시켜 줬다.

10시가 되자 교회 계단에 오르던 서기는 교회 좌석을 안내하는 사람에게 옛 속담을 인용했다. "결혼식 날 해가 나면 신부가 잘 살아요!"

15분여 후, 제의실에서 결혼식이 열렸고 성직자가 재단에 올랐다. 조심스럽게 결혼의 비밀을 지켜 왔기 때문에, 아침에 교회를 개방하는 것으로도 그 비밀을 드러내기에 충분했다. 대부분 여성들로 이루어진 작은 규모 신도들이 여기저기 앉아 있었다. 흩어져 있었다. 커크 여동생과 아이들이 앨드버러에 있는 친구와 함께 머물고 있었고, 커크 여동생은 신도들 중 한 명이었다.

결혼식이 시작되자, 르카운트 여사에 대한 잊히지 않는 두려움이 노엘 밴스톤에서 대위에게까지 퍼졌다. 처음 몇 분 동안은 두 사람의 시선이 그 자리에 있던 여성들을 철저하게 살펴보다가 같이 안도감을 느끼며 다시 한 번 눈길을 돌렸다. 성직자는 그 시선을 알아차렸고 허가증을 평소보다 더 면밀히 살폈다. 서기는 신부에 대한 옛 속담이 항상 믿을 만한지 개인적으로 의심하기 시작했다. 여자 신도들끼리 신부의 옷차림과 외모를 보고 용납할 수 없는 무시를 하며 중얼거렸다. 커크의 여동생은 친구의 귀에 악의적으로 속삭였다. "로버트 오빠를 위해서 오늘 하느님께 감사드릴 거야." 래지 부인은 그녀가 모르는 어떤 무서운 참사가 닥칠까 봐 조용히 울었다. 겉으로는 영향을 받지 않는 한 사람은 바로 막달렌 자신이었다. 그녀는 눈물도 흘리지 않고 체념한 채 제단 앞에 서 있었다. 마치 인간 감정의 모든 근원이 그녀 안에 얼어붙은 것처럼 서 있었다.

성직자는 성경책을 열었다.

끝났다. 땅에서 하늘에 이르는 무서운 말이 선포됐다. 그들의 부모를 갈라서게 한 풀기 힘든 적개심을 물려받은, 죽은 두 형제의 자식들이 남편과 아내가 됐다.

그 순간부터 헤어질 때까지 아주 빠르게 일들이 흘러갔다. 혼인 예배 말씀이 아직도 귓가에 맴도는 동안 그들은 집으로 돌아왔다. 집에 들어온 지 얼마 안 돼서 정원 문에 마차가 정차했다. 잠시 후에 막달렌과 대위가 바랐던 기회, 마지막으로 개인적으로 이야기를 나눌 기회가 생겼다. 그녀는 여전히 쌀쌀맞고 체념을 한 상태였다. 한때 자신을 지배했던 두려움과 한때 그녀의 영혼을 괴롭혔던 회한에서 이제 모두 벗어난 것처럼 보였다. 그녀는 손을 굳게 잡고, 그에게 약속한 돈을 줬다. 굳은 표정으로 그를 마지막으로 바라봤다. 그가 간절히 속삭였다. "내 탓이 아니에요. 난 당신이 부탁한 대로 했을 뿐이에요." 그녀는 고개를 숙였다. 그가 그녀의 이마에 입맞춤할 수 있도록 했다. "조심해요. 내 마지막 말은, 부디 내가 없어도 잘 지내요!" 그녀는 미소를 지으며 그에게서 돌아서서 그의 아내에게 작별 인사를 했다. 래지 부인은 어두웠던 그녀 인생에 하늘에서 빛처럼 내려온 존재인 친구를 잃는다는 상실감에 용기 있게 마주하려고 노력했다. 당신은 나에게 매우 잘해줬고, 정말 고마워요. 진심으로 감사해요. 그녀는 더 이상 말할 수 없었다. 그녀의 어머니가 살아서 그 끔찍한 날을 봤다면, 매달려서 울었을 모습처럼, 그녀는 막달렌에서 매달려 울음을 터트렸다. 불쌍한 생명체가 통곡하는 목소리로 외쳤다. "당신이 걱정돼요. 아, 우리 아가씨, 당신이 걱정돼요!" 막달렌은 필사적으로 몸을 빼서 그녀에게 키스하고 서둘러 문으로 나갔다. 그 어떤 것에도 흔들리지 않았던 그녀는 그렇게 가식 없는 고마움의 표현, 너무나 정직한 사랑의 외침에 흔들렸다. 그녀가 결혼한 남자가 문에서 그녀를 기다리고 있었지만, 마차를 타고 도피하고 싶었다.

래지 부인은 그녀를 따라 정원으로 따라 나가려고 했다. 그러나 대위는 막달렌이 뛰쳐나갈 때 그녀의 얼굴을 보았고, 그는 계속해서 아내를 제지했다. 멀리서 마지막 작별 인사를 나눴다. 마차에서 보이는 한, 막달렌은 그들을 뒤돌아왔다. 모퉁이를 돌 때 손수건을 흔들었다. 잠시 후에 그녀와 그들의 마지막 인연의 끝이 끊어졌다. 수개월간 함께 했던 우정은 이미 과거가 되었다.

래지 대위는 길에서 들여다보고 있는 놈팡이들을 향해 집 문을 닫았다. 그는 아내를 응접실로 다시 데려갔고, 그녀가 한 번도 경험하지 못한 관대함으로 그는 말했다. "그녀는 자신의 길을 떠났고, 한 시간 뒤에 우리도 우리의 길을 가야 해요. 실컷 울어요. 그녀 때문에 울어도 돼요!"

그때도, 심지어 막달렌의 미래에 대한 두려움으로 마음이 우울했을 때도, 그 남자의 지배적인 습관은 여전했다. 무의식적으로 문서함을 열었다. 무의식적으로 회계장부를 열고, 막달렌과의 마지막 거래를 기록했다. 대위는 우울한 표정으로 "밴스톤 양에게 2백 파운드를 받았다"라고 적었다.

"나한테 화 안 낼 거죠?" 래지 부인은 눈물을 흘리며 남편을 소심하게 바라보며 말했다. "위로의 말이 필요해요, 대위님. 아, 언제 그녀를 다시 볼 수 있을지 말해줄래요?"

대위는 책을 덮고, 거침없이 한 마디 뱉었다. "절대 못 봐요."

그날 밤 11시와 12시 사이에 르카운트 여사는 마차를 타고 쥐리히에 갔다. 그녀가 도착했을 때, 남동생의 집은 문이 닫혀 있었다. 하인은 다소 힘들고 느릿하게 잠에서 깼다. 문을 열어 방문객이 누군지 봤을 때 말이 나오지 않을 만큼 놀라서 손을 들었다.

"내 남동생 살아 있어?" 르카운트 여사는 집으로 들어오면서 물었다.

"살아 계세요!" 하인이 말을 따라 했다. "신선한 공기를 쐬러 시골로 휴가 가셨어요."

가정부는 충격을 받아 복도의 벽에 기대했다. 마부와 하녀는 그녀를 의자에 앉혔다. 그녀의 얼굴은 몹시 화났고, 치가 떨렸다.

"남동생 주치의 불러와."

의사가 왔다. 그가 말하기도 전에 그녀는 편지를 건넸다.

"당신은 그 편지를 썼나요?"

그는 빠르게 훑어보고는 지체없이 답했다.

"당연히 아니에요."

"당신 필체예요."

"내 필체를 위조한 거예요."

새로운 힘을 얻은 그녀는 의자에서 일어났다.

"파리행 반송 우편 열차가 언제 출발하지?"

"30분 후에요."

"가서 내 자리 잡아."

하인은 망설였고 의사는 반발했다. 그녀는 그들 말이 귀에 들어오지 않았다.

"가라고! 아니면 내가 직접 가!"

그들은 시키는 대로 했다. 하인은 자리를 잡으러 갔고, 의사는 남아서 르카운트 여사와 이야기를 나눴다. 30분 후, 그는 그녀가 열차 자리에 앉을 수 있게 도왔고 차장에게 승객을 잘 봐달라고 부탁했다.

"영국에서 쉬지 않고 오셨어요. 쉬지도 않고 다시 돌아가시는 거예요. 잘 살펴주세요. 안 그러면 왕복하는 중에 쓰러질 거예요."

우편 열차가 출발했다. 새로운 날 새벽 1시가 되기도 전에 르카운트 여사는 영국으로 돌아갔다.

* 편지를 통한 이야기 전개

1. 조지 바트람이 노엘 밴스톤에게

세인트 크럭스, 1847년 9월 4일.

노엘에게

처음부터 두 가지만 간단히 물어볼게. 모든 게 이해가 안 가는데, 너 뭘 숨기고 있는 거야? 그리고 네 결혼과 관련된 모든 것을 가장 오래된 친구들에게 그렇게 숨기는 이유가 뭐야?

앨드버러에서 널 추적할 수 있는지 알아보려고 그곳에 갔다가 돌아왔어. 런던에 있는 네 변호사에게 물어보니, 네 허락 없이는 네가 칩거하는 장소가 어디인지 말할 수 없다는 대답을 들었어. 내가 그 사람을 설득할 수 있었던 말은 그 사람에게 보낸 편지를 너에게 전달한다는 거였어. 그래서 이 편지를 썼고, 답장 기대할게.

성급한 넌 사생활의 기쁨을 누리고 너를 방해해야만 하는 일이 무엇인지 물어보겠어. 노엘, 심각한 이유 때문에 너와 연락하려는 거야. 네가 결혼하려고 도망친 후 세인트 크럭스에서 무슨 일이 일어났는지 넌 모를 거야. 난 편지 쓰는 걸 몹시 싫어하지만, 너에게 알려주려고 오늘 시간을 낸 거야.

지난 달 23일, 삼촌과 난 저녁 식사 후 와인을 마시다가 세인트 크럭스에 손님이 도착했다는 뜻밖의 소식을 들었어. 그 손님이 누구였다고 생각해? 르카운트 여사였어!

526

모든 여자에게 똑같이 존중을 표해야 한다는 옛날 사고방식을 가진 독신남인 삼촌은 정중한 관심을 가지고 탁자에서 바로 일어나 르카운트 여사를 맞이했어. 따라갈까 말까 고민하던 중 삼촌이 큰 소리로 부르셔서 내 명상은 갑자기 끝나버렸지. 거실로 뛰어 들어가니, 소파에 반송장처럼 있는 너의 불쌍한 가정부를 모든 여자 하인들이 보살폈어. 그녀는 쉬지도 않고 영국에서 취리히로, 다시 취리히에서 영국으로 왔어. 그리고 그녀는 진지하게 말 그대로 죽음의 문턱에 있는 것 같았어. 가장 먼저 치료를 받아야 한다는 삼촌 말에 동의했어. 바로 그 자리에서 마부를 보냈고, 르카운트 여사의 부탁으로 모든 하인들이 방에서 나갔어.

우리끼리만 있게 되자, 르카운트 여사가 물어본 질문에 우리는 놀랐어. 영국을 떠나기 전에 그녀가 너에게 보낸 편지를 네가 받았는지를 물어봤어. 너의 특별한 부탁으로 네 친구 바이그레이브 씨에게 보냈다고 했을 때, 그녀는 창백해졌고, 네가 같은 이름의 바이그레이브 씨와 함께 우리를 떠났다고 덧붙이자, 마치 제정신이 아닌 것처럼 손을 꼭 잡고 우리를 바라봤어. 다음으로 "지금 노엘 도련님 어디 있어요?"라고 물어봤어. 노엘이 우리한테 알려주지 않았다고만 대답할 수 있었어. 그녀는 그 대답에 완전히 충격을 받은 것 같았어. "파멸의 길로 갔어요! 그는 영국에서 가장 위대한 악당과 함께 사라졌어요. 꼭 찾아야 해요. 꼭 노엘 도련님을 찾아야 해요! 만약 도련님을 찾지 못하면, 너무 늦을 거예요. 결혼할 거라고요!" 그녀는 아주 미친 듯이 소리를 질렀어. "내 명예를 걸고, 그분은 결혼할 거예요!" 제독은 조심성 없이, 그러나 선의로, 네가 이미 결혼했다고 그녀에게 말해줬어. 그녀는 창문이 또다시 흔들릴 정도로 비명을 지르고 소파에 쓰러지면서 기절했어. 의사가 아슬아슬하게 때맞춰서 왔고 곧 그녀를 진찰했어. 하지만 그녀는 같은 날 밤 병에 걸렸고, 그 후로 점점 더 안 좋아지고 있어. 마지막 진료에서 지금 앓고 있는 열 때문에 뇌 후유증 가능성이 있어.

이제, 노엘, 삼촌도 나도 너의 확신에 끼어들고 싶지는 않아. 우리는

527

그런 일을 하지 않았을 거라고 생각하는 노엘 밴스톤의 부인에게 너의 가정부는 적개심과 불신을 가지는 건 어떤 분명한 이유가 있기 때문이라는 사실을 무시할 수 없어. 네 집에서 어떤 이상한 오해가 있었던 간에, (만약 네가 혼자만 알고 있겠다고 하면) 네 일이지, 우리의 일이 아니야. 우리가 할 수 있는 건 의사가 한 말을 너에게 전달하는 거야. 환자는 정신이 혼미해졌고, 그녀가 지금처럼 앞으로도 그럴 건지는 대답을 거부하고 있어. 그녀가 주인에 대해 계속 이야기한다는 걸 알기에, 의사 생각으로는 너무 늦기 전에 네가 여기로 바로 여기로 와서 살핀다면, 그녀를 진정시키는 데 도움이 될 거래.

어떻게 생각해? 널 둘러싸고 있는 어둠에서 벗어나 세인트 크럭스로 올 거니? 평범한 하인이었다면, 내가 여기서 너에게 제안하는 일 때문에, 네가 즐거운 신혼여행을 그만두길 망설이는 거 이해해. 하지만, 친구, 르카운트 여사는 평범한 하인이 아니잖아. 아버지 때부터 너는 그녀의 충직함과 믿음에 대한 신세를 지고 있어. 그리고 이 불쌍한 여자를 미치게 만드는 것 같은 불안감을 네가 잠재울 수 있다면, 나는 정말 네가 여기 와서 그렇게 해야 한다고 생각해. 네가 아내를 두고 오는 건 당연히 불가능하지. 그렇게 마음 아픈 일을 할 필요 없어. 제독님이 네가 삼촌의 살아 있는 가장 오래된 친구라는 걸 상기시키고, 삼촌 집에서 네가 그랬던 것처럼 네 아내도 편안하게 지내도 된다고 하셨어. 이렇게 어수선한 곳에서 그녀는 병실에 가까이 갈 필요가 없어. 그리고 삼촌이 특이하기는 하지만, 그녀가 우정의 제안을 경멸하지 않을 거라고 확신해.

내가 네 행방에 대한 단서를 찾으러 앨드버러로 갔었다고 이미 말했지? 그걸 알리려고 되돌아보고 싶지는 않아. 그래서 내가 너에게 말했다면, 다시 말할게. 사실은 난 앨드버러에서 적어도 서면을 통해 네가 알고 있는 지인을 만났어.

씨뷰에서 허탕 치고, 호텔에 가서 너에 관해서 물었다. 주인은 나에게 아무런 정보도 줄 수 없다고 했어. 하지만 내가 네 이름을 언급했을 때,

그녀는 내가 너와 친척이냐고 물었어. 사촌이라고 하니까, 그때 호텔에 실종된 친척에 대해 매우 힘들어하고 있는 젊은 여성이 호텔에 있는데, 우리가 서로의 앨드버러에서 볼 일에 대해 안다면, 그녀가 나에게 혹은 내가 그녀에게 도움이 될지도 모른다고 말해줬어. 나는 그녀가 누구인지 전혀 몰랐지만, 되는대로 내 명함을 보냈어. 그리고 5분 후에 나는 지금까지 만나 본 매력적인 여성들 중 한 명과 마주했지.

처음 나눈 이야기에서 그녀는 내 집안 이름을 소문으로 안다는 걸 알게 됐어. 그녀가 누구라고 생각해? 나와 너의 삼촌, 앤드류 밴스톤의 장녀였어. 난 종종 예전에 불쌍한 어머니가 동생 앤드류에 대해 말하는 것을 자주 들었고, 콤-레이븐에서 그 슬픈 이야기를 알았어. 하지만 너도 알다시피, 우리 가족은 늘 사이가 멀었고, 나의 매력적인 사촌을 한 번도 본 적이 없었어. 그녀의 눈과 머리는 짙었고, 그리고 내가 항상 한 여자에게서 동경하는 점잖고 내성적인 태도를 지녔어. 난 두 자매에게 했던 네 아버지의 행동에 대한 우리의 오랜 의견 차이를 다시 말하고 싶지도 않고, 동생 앤드류가 그분에게 나쁘게 행동했을지도 모른다는 사실을 부인하고 싶지도 않아. 나는 그 문제에 있어 그분의 도덕적으로 높은 위치는 나 같은 비참한 죄인에게는 난공불락이라는 걸 기꺼이 인정해. 그리고 내 낭비벽 때문에 다른 사람들의 금전적인 문제에 대한 어떤 의견도 내지 못한다는 거에 반박하지 않을 거야. 하지만, 이 모든 허용과 단점에도 불구하고, 난 한 가지는 말할 수 있어, 노엘. 만약 네가 장녀 밴스톤 양을 보게 된다면, 네가 태어나서 처음으로 아버지의 예를 따르는 것이 맞는 건지 의심하게 될 것이라고 감히 말할 수 있어.

그녀는 나에게 불쌍한 일을 간단하고 꾸밈없이 조금 이야기해줬어. 그녀는 이제 가정교사로서 두 번째 직장에서 일하고 있고, 늘 그렇듯이, 모든 사람을 알고 있는 나는 그 가족을 알고 있어. 한동안 만나지 못했던 삼촌의 친구로, 포틀랜드 플레이스의 티렐 가족으로, 그분들은 밴스톤 양을 마치 가족처럼 아주 친절히 대해주고 배려해 주고 있어. 그 집 나이 든 하인들 중 한 명이 앨드버러까지 그녀와 동행했는데, 그녀가 그곳에 온 이유는 호텔 여주인이 말한 대로였어. 어렵게 된 집안 사정이 밴스톤 양의 여동생에게 심각한 영향을 끼친 것으로 보였고, 밴스톤 양의 여동생이 친구들을 떠나 한참이나 실종 상태야. 앨드버러에서 마지막으로 그녀 소식을 들었고, 언니는 티렐 가족과 함께 유럽 대륙에서 돌아오자마자 즉시 그곳으로 와서 알아보기 시작했다.

이게 밴스톤 양이 말한 전부야. 그녀는 네가 여동생을 본 적이 있는지, 아니면 르카운트 여사가 여동생에 관해 조금이라도 알고 있는지 물었어. 아마 네가 앨드버러에 있었다는 것을 알고 있었기 때문일 거야. 물론 내가 아무것도 이야기해 줄 수 없었어. 그녀는 그 이야기에 대해 자세한 내용은 언급하지 않았고, 나도 함부로 그녀에게 물어볼 수 없었어. 내가 한 일이라고는 그녀가 알아보는 걸 힘을 다해서 도와주는 것뿐이었어. 그 시도는 완전히 실패했어. 아는 사람이 없었어. 우리는 물론 인상착의로 찾았어. 그리고 이상하게도, 그 인상착의에 맞는 앨드버러에 예전에 머물렀던 유일한 젊은 아가씨는, 세상의 모든 사람 중에서 네가 결혼한 여자였어. 그녀에게 (둘 다 집을 떠난) 삼촌과 숙모가 없었더라면, 난 네가 모르고 사촌과 결혼했을 거라고 의심하기 시작했을 거야! 이게 미스터리의 단서일까? 화내지 마. 농담 좀 했어. 내가 말할 때처럼 글도 경솔하게 쓰잖아. 결국, 우리가 알아본 건 모두 이해 안 되는 거였고, 나는 밴스톤 양과 동행자와 함께 이곳 역까지 함께 돌아왔어. 다음에 런던에 가면 티렐 가족을 방문해야 할 것 같아. 나는 확실히 변명의 여지없이 그 가족에게 소홀했어.

3번째 편지지까지 썼네! 난 자주 펜을 들지 않지만, 내가 펜을 들면 급하게 내려놓지 않는다는 것을 너도 동의할 것이야. 나머지 내용은 네 맘대로 생각해도 되지만, 르카운트 여사에 대해 내가 말한 건 생각해보고 시간이 중요하다는 것도 기억해.

조지 바트람 씀

2. 노라 밴스톤이 가스 양에게

포틀랜드 플레이스.

소중한 가스 양에게

더 슬프고 더 실망스럽네요! 별 소득 없이 방금 앨드버러에서 돌아왔어요. 막달렌은 여전히 보이지 않아요.

필요한 것을 알아보는데 인내심이 부족했거나 통찰력이 부족해서 내 희망이 또다시 무너진 게 아니에요. 그런 문제들에 대한 나의 미숙함은 매우 친절하게도 뜻밖에도 조지 바트람 씨의 도움을 받았어요. 이상한 우연의 일치로, 내가 앨드버러에서 막달렌을 찾고 있을 때, 그는 우연히 그곳에서 노엘 밴스톤 씨에 대해 물어보고 있었어요. 그가 명함을 보냈고, 이름을 보고, 그 사람이, 그렇게 불러도 된다면, 내 사촌이라는 것을 알았기 때문에, 그를 만나서 조언을 구하는 것은 부적절한 행동이 아니라고 생각했어요.

막달렌에 대해 자세히 이야기하는 건 자제했고, 선생님이 나 대신 답장한 르카운트 여사의 편지에 대해서는 전혀 언급하지 않았어요. 막달렌이 실종됐고, 앨드버러에서 마지막 소식을 들었다고만 말했어요. 그가 나를 도울 때 베푼 친절은 말로 다 표현할 수 없어요. 그는 비참한 처지에 있는 나를 세심하고 대하고 존중해 줘서, 그가 우리 만남을 완전히 잊는다 해도 오랫동안 고맙게 기억해야 할 거예요. 그는 꽤 젊고, 30살은 넘지 않은 거 같아요. 얼굴과 체격에서 콤-레이븐의 집 식당에 있던 아버지 젊은 시절의 초상화가 약간 떠올랐어요.

우리의 조사는 무의미했지만, 내 마음에 매우 이상하고 충격적인 느낌이 들었어요. 노엘 밴스톤 씨는 앨드버러에서 만난 바이그레이브라는 이름의 젊은 아가씨와 최근 비밀스러운 상황에서 결혼한 것으로 보여요. 그는 변호사를 제외하고는 어디로 가는지 말도 없이 아내와 함께 떠났어요.

가정부의 심각한 중병 소식을 알리기 위해 그를 추적하려고 애쓰는 조지 바트람 씨에게 들었어요. 그 가정부는 선생님이 답장했던 그 르카운트 여사예요. 아직은, 우리 둘 다 특별히 관심을 가질 만한 게 없어요. 하지만 앨드버러 사람들이 말해 준 바이그레이브 양의 외모가 놀랍고 이해할 수 없을 정도로 막달렌 모습과 닮았다고 하면 나만큼 선생님도 놀랄 거로 생각해요. 우리가 알고 있는 모든 상황과 연관 지어봤을 때, 이 발견은 선생님에게 말로 할 수 없는 영향이 내 마음에 미쳤어요. 나도 모르게요. 날 보러 와주세요! 지금처럼 막달렌 때문에 이렇게까지 비참함을 느낀 적이 없었어요. 긴장감 때문에 이상하게 내 신경이 쇠약해졌나 봐요. 나는 사소한 일에도 미신을 믿어요. 전혀 모르는 사람이 우연히도 막달렌과 닮았다고 하니 가끔 아주 끔찍한 의구심이 들어요. 단지 우연히도 노엘 밴스톤이라는 이름과 엮여서 그런가 봐요. 다시 한 번 날 보러 와주세요. 하고 싶은 말이 너무 많아서, 편지에서는 차마 할 수도 없고 감히 할 수도 없어요.

감사함과 애정을 담아, 노라 드림

3. 존 로스콤(변호사)가 조지 바트람 님에게

런던 링컨스 인, 1847년 9월 6일.

선생님께

제 고객인 노엘 밴스톤 씨에게 보낸 편지를 동봉한 귀하의 편지를 받았고, 밴스톤 씨의 현주소로 보내 달라는 요청을 확인했습니다.

지난번 이 문제에 관해 귀하와 대화를 나눈 이후로, 제 고객에 대한 저의 입장은 완전히 바뀌었습니다. 3일 전 그분으로부터 편지를 받았는데, 편지에 다음 날 거처를 바꿀 뜻이 있다고 적혔지만, 장소에 대해서는 전혀 몰랐습니다. 그 이후로 그분에게서 소식을 듣지 못했습니다. 그리고 그분이 이전에 저에게 평소보다 더 많은 돈을 요구했기 때문에, 나를 포함한 모든 사람으로부터 거주지를 숨기길 바란다고 가정한다면, 그분은 저에게 편지를 쓸 필요가 없을 것입니다.

이런 상황에서, 제가 다시 그 목적지까지 편지를 보낼 수 있게 상황이 되면 꼭 알려 드리겠다고 약속하고, 편지를 반송하는 것이 옳다고 생각합니다.

존 로스콤 근배謹拜

4. 노라 밴스톤이 가스 양에게

포틀랜드 플레이스

사랑하는 가스 양에게

어제 제가 쓴 편지와 편지에 쓴 불길한 예감을 모두 잊어버리세요. 오늘 아침에 온 우편물로 새로운 활기를 찾았어요. 조금 전에 편지 한 통을 받았는데, 선생님 집에서 저한테 왔는데, 어제 선생님이 집에 안 계실 때 언니 분께서 이곳으로 보내줬어요. 누가 썼는지 아시겠어요? 막달렌이었어요!

그 편지는 매우 짧고, 급하게 쓴 것 같았어요. 지난 며칠 밤 동안 내 꿈을 꾸었고, 그 꿈 때문에 그녀가 오랫동안 소식이 없어서 내가 힘들어할 것이라는 걱정이 그녀가 견딜 수 있는 것보다 더 고통스러웠다고 했어요. 그래서 그녀는 안전히 잘 지내고 있고, 머지않아 날 만나길 바라고 있고, 우리가 만났을 때, 아직 해본 적이 없어서 자매의 사랑을 시험해 볼 수 있는 무슨 말을 하고 싶다고 했어요. 그 편지는 날짜가 적혀 있지 않지만, 소인은 앨론비여서, 지명 사전을 찾아보니 컴벌랜드에 있는 작은 바닷가라는 걸 알게 됐어요. 답장을 쓸 수 있다는 희망은 없어요. 막달렌은 현 거주지를 떠나기 전날이고, 마음대로 다음에 어디로 갈지 말하거나, 그녀에게 편지를 보낼 때의 지시사항을 내릴 수 없었기 때문이에요.

행복했던 시절에는 이 편지가 만족스럽지 않다고 생각했었을 것이고, 아직 아무도 그녀를 향한 사랑을 시험해 보지 않았기 때문에 미래에 대한 자신감을 그렇게 암시하는 것에 대해 심각하게 놀랐을 거예요. 하지만 내가 겪었던 모든 긴장감 끝에, 그녀의 필체를 다시 볼 수 있어서 행복했고, 다른 모든 감정을 떨쳐버릴 수 있을 거 같아요. 선생님이 곧 제게 오실 것이고 선생님이 직접 편지를 읽으시는 걸 보고 싶어서, 그 편지는 동봉하지 않았어요.

노라 올림

추신: 조지 바트람 씨가 티렐 부인을 방문했어요. 그는 아이들을 소개해 달라고 고집부렸어요. 그가 떠나자 티렐 부인은 기분 좋게 웃으며, 그분 생각에는 그 사람이 내가 보고 싶어서 아이들을 만나려는 것 같았다고 말씀하셨어요. 이런 말도 안 되는 말을 쓰면서 내 기분이 얼마나 나아졌는지 선생님이 상상하실지도 몰라요.

5. 르카운트 여사가 런던 대리인 드 블레리오 씨에게

세인트 크럭스, 1847년 10월 23일.

선생님께

이전에 내 남동생과 당신 사이에 존재했던 상업상의 관계를 우호적으로 기억하면서, 당신의 도움을 약속하는 친절한 편지에 감사해 왔어요. 사실은, 긴 중병에서 회복하는 데 너무 많은 힘을 썼고, 지난 10일 동안 병이 재발해서 고생했어요. 난 이제 다시 좋아졌고, 당신이 날 위해 맡겠다고 친절하게 제안한 일에 참여할 수 있어요.

　현재 나에게 가장 중요한 것은 노엘 밴스톤 씨를 찾는 거예요. 난 지난 수년 동안 이 신사분의 가정부로 지냈고, 공식적인 해고 통보를 받지 않았기에, 여전히 그분을 모시고 있다고 생각해요. 내가 대륙에 가 있는 동안, 그는 작년 8월 18일 서퍽에 있는 앨드버러에서 비공개 결혼을 했어요. 그는 같은 날 자신의 변호사인 링컨스 인의 로스콤 씨를 제외하고 모두에게 은신처를 비밀로 한 채 부인을 데리고 떠났어요. 얼마 있다가 그는 9월 4일에 이번에는 로스콤 씨에게 자신의 새 거처를 알리지 않고 또 이사를 했어요. 그때부터 지금까지 변호사는 그분이 현재 어디에 있는지 전혀 모르고 있어요(아니면 그러는 척하고 있어요). 이러한 상황에서 밴스톤 씨가 알려준 이전 거주지가 어디였는지 알려달라고 로스콤 씨에게 부탁했어요. 로스콤 씨는 앨드버러를 떠난 후 고객의 일련의 행위를 공개할 수 있는 공식 허가를 받지 못해 이 요청을 거부했어요. 이 집을 소유하고 있고, 내가 심하게 아팠을 때 보살펴 주신 신사분의 조카가 로스콤 씨의 연락책이라서 이 자세한 내용들을 알게 됐어요.

　노엘 밴스톤 씨가 아내와 함께 숨어 지내는 이유를 전적으로 나 때문이라고 생각해요. 첫째, 그분은 결혼하는 그 상황에 내가 분개할 것이라는 걸 인식했어요. 두 번째, 20년 동안 그분 아버지와 그를 충실하게 모셔왔기 때문에 내가 죽지 않는 한 속수무책으로 쫓아낼 수 없다는 것을 알아요. 그는 살아 있는 남자들 중 가장 인색하고, 아내는 살아 있는 여자들 중 가장 비열해요. 그가 나에 대한 의무를 이행하는 것을 피할 수 있다면, 그렇게 할 것이고, 그의 아내가 그가 배은망덕하게 굴도록 부추긴다고 생각되네요.

　그를 찾기로 결정한 나의 목적은 간단히 이거예요. 그의 결혼 생활은 용기가 열 배 있는 남자라도 겁내지 않고서는 직면할 수 없는 결과에 노출됐어요. 그 결과가 어떤지 그 사람은 전혀 몰라요. 그의 아내는 알고 그가 계속 모르도록 하고 있어요. 나는 그 결과를 알고 있고 그가 깨닫도록 할 수 있어요. 그를 위협하는 위험에서 나만이 그를 안전하게 지킬 수 있어요. 그리고 구해준 것에 대해 법대로 내 몫을 지불해야 할 거예요. 그 이상도 그 이하도 아니에요.

당신이 나에게 이야기했듯이, 이제는 내가 주저 없이 당신에게 마음을 털어놨어요. 내가 왜 이 남자를 찾고 싶은지, 그리고 그를 찾으면 무엇을 할 것인지 알 거예요. 앞으로 남은 심각한 질문에 대한 답변은 당신의 판단에 맡길게요. 어떻게 찾을 수 있을까요? 그들이 앨드버러에서 떠난 후, 그들의 첫 흔적을 찾을 수 있다면, 나머지는 주의 깊게 조사하면 충분할 거예요. 아내의 외모와 남편과 그녀 사이의 현저한 대비가 분명 그들을 본 모든 낯선 사람들에게 언급되고 기억될 거예요.

답장을 보낸다면, '에식스 오스라거 인근 세인트 크럭스 인 더 마쉬, 바트람 제독 전문'으로 보내주세요. 고마워요.

버지니 르카운트

6. 드 블레리오 씨가 르카운트 여사에게

킹스랜드, 다크스 빌딩,
1847년 10월 25일.
비공개 및 기밀 사항

부인께

모든 종류의 개인적 조사에 대한 훌륭한 경험이 있는 제 친구와 상담을 해 부인의 관심을 전달했습니다. 나는 (이름들을 언급하지 않은 채) 당신의 사건을 그에게 맡겼습니다. 그리고 모든 점에서 제대로 된 방침을 취해야 한다는 것에 나와 그의 생각이 같다는 걸 알려드리게 돼서 기쁩니다.

그리고 그들이 앨드버러를 떠난 후 그들의 임시 거처를 알게 될 때까지 부인이 언급하신 것들은 추적하기 위해 할 수 있는 일이 거의 없거나 전혀 없다는 저와 친구의 의견입니다. 할 수 있다면, 빨리 할수록 좋습니다. 부인의 편지로 미루어 볼 때, 변호사가 그들이 거처를 옮겼다는 소식을 알게 된 후 몇 주가 지났습니다. 두 사람 모두 눈에 띄는 외모를 가진 사람들이기 때문에, 그들의 여행을 도와줬을지도 모르는 낯선 사람들은 아마도 그들을 아직 잊지 않았을 것입니다. 그럼에도 불구하고, 조사는 해볼 만합니다.

부인이 고려해야 하는 문제는, 그들이 우리에게 필요한 주소를 변호사 이외의 다른 사람에게는 알리지 않았을 수 있다는 것입니다. 남편이 가족들에게 편지를 썼을 수도 있고, 아내가 가족들에게 편지를 썼을 수도 있습니다. 나와 친구 모두 후자의 가능성이 더 높다고 생각합니다. 아내의 가족과 접촉할 방법이 있다면, 부인께서 그걸 이용할 것을 적극 추천합니다. 그러고 싶지 않으시다면, 부인이 알고 있는 그녀의 가까운 친척이나 친한 여자 친구의 이름을 알려주시면, 저희가 대신 접촉해보겠습니다.

어떤 경우든, 우리에게 두 사람에 관해 쓸 수 있는 만큼 인상착의를 정확하게 알려주시기 바랍니다. 특히 이 중요한 사항에 대해서는 빨리 알려주시기 바랍니다. 따라서 회신 우편에서 그 인상착의를 알려주십시오. 그동안 우리는 어떤 정보가 로스콤 씨의 사무실에서 개인적으로 어떤 정보를 알아냈는지 확인할 것입니다. 그 변호사 자신은 아마도 전혀 우리 손이 닿지 않을 것입니다. 하지만 만약 그의 서기 중 누군가에게 부인이 적당히 돈을 쥐어주면, 그 기회를 최대한 활용할 것이라고 확신합니다.

알프레드 드 블레리오 씀

7. 펜드릴 씨가 노라 밴스톤에게

설 가, 1847년 10월 27일.

친애하는 밴스톤 양에게

(예전에 노엘 밴스톤의 가정부로 있었던) 르카운트라는 여성분이 오늘 아침 내 사무실에 들러서 당신의 주소를 알려달라고 부탁했습니다. 나는 그녀에게 부탁을 바로 들어주지 못해서 죄송하다고 하고, 내일 아침에 방문하면 확실한 대답을 주겠다고 했습니다.

이 문제에서 내가 주저하는 건 르카운트 여사는 개인적으로 믿지 못해서 압니다. 난 그녀의 편견에 대해 아무것도 모릅니다. 하지만 내게 부탁을 할 때, 그녀는 아가씨 동생 때문에 아가씨를 개인적으로 만나고 싶다고 했습니다. 이 이야기를 듣자마자 주소를 알려주지 않기로 결심한 것에 대해 용서해 주세요. 아가씨의 오랜 친구와 진심 어린 지지자로서 허락을 할 건가요? 어떤 핑계를 대든 아가씨 여동생의 앞날과 휘말리는 것을 내가 강력히 반대한다고 해도, 아가씨는 그것이 잘못됐다고 생각하지 않을 것입니다.

이 이상의 말로 당신을 괴롭게 하지 않을 것입니다. 하지만 난 아가씨의 행복에 관심이 깊고, 모든 시련을 견뎌낸 인내심에 대해 진심으로 감탄하고 있습니다. 내 조언을 따르지 않겠다면, 그렇다고 말해도 되고, 그러면 르카운트 여사는 내일 아가씨 주소를 알게 될 것입니다. (정말 내키지 않지만) 이 경우, 최소 가스 양이 그 면담 자리에 있게 할 것을 권해드립니다. 동생과 관련된 어떤 일이든, 아가씨는 오랜 친구의 조언을 얻을 수 있고, 관대한 충동적 행동을 하지 않도록 오랜 친구의 보호를 받을 수 있습니다. 이렇게 당신을 도울 수 있었다면, 그렇게 했을 것입니다. 하지만 르카운트 여사는 의논할 문제가 너무나 민감해서, 내가 참석하는 것을 허락할 수 없다고 간접적으로 알렸습니다. 이렇게 반대하는 것이 정말 가치가 있을지 모르지만, 두 사람을 어릴 적부터 보살폈던 가스 양에게는 그렇게 못할 것입니다. 그래서 다시 한 번 말하지만, 르카운트 여사를 만나다면 가스 양과 함께 만나세요.

윌리엄 펜드릴 씀

8. 노라 밴스톤이 펜드릴 씨에게

포틀랜드 플레이스, 수요일.

펜드릴 씨에게

제가 변호사님의 친절에 감사하게 여기지 않는다고 생각하지 마세요. 정말, 정말 아니에요! 하지만 전 르카운트 여사를 꼭 만나야 해요. 변호사님이 편지를 쓰셨을 때는 제가 막달렌에게 편지를 받았다는 걸 모르셨을 때였어요. 나한테 어디 사는지 말하진 않았지만, 머지않아 만날 거라는 희망이 생겼어요. 아마도 르카운트 여사는 이 문제에 대해 나에게 할 말이 있을지도 몰라요. 그렇지 않다고 하더라도, 여전히 내 동생이에요. 난 그녀를 버릴 수 없어요. 그녀의 이름으로 나에게 오는 그 누구에게도 등을 돌릴 수 없어요. 펜드릴 씨, 아시다시피 전 항상 이 문제에 대해 완강했었고, 변호사님은 항상 저와 함께해 주셨어요. 절대 다 갚을 수 없는 신세를 또 질게요. 그래도 제 편이 돼주세요!

가스 양과 관련된 변호사님의 조언은 기꺼이 받아들인다고 말해야 할까요? 전 이미 와달라고 편지를 썼고, 내일 오후 4시에 이곳에 오실 거예요. 르카운트 여사를 만나실 때, 가스 양이 저와 함께하고, 내일 오후 4시에 이곳에서 우리를 만날 수 있을 거라고 전해 주세요. 감사합니다.

노라 밴스톤 드림

9. 드 블레리오가 르카운트 여사에게

비공개.
다크스 빌딩, 10월 28일.

부인께

로스콤의 서기 중 한 명이 약간의 돈을 받고, 당신에게 중요한 것으로 보이는 상황을 언급했습니다. 거의 한 달 전에, 그 서기가 우연히 변호사 책상 위에 있던 서류 중 하나를 들여다볼 기회가 있었고, 서류 형식과 종이 색깔이 좀 특이해서 관심이 갔습니다. 그는 로스콤 씨가 잠깐 자리를 비운 동안 서류 첫 부분과 마지막 부분만 볼 수 있었습니다. 첫 부분은 유언장 작성할 때 흔히 쓰이는 형식이었고, 마지막 부분에서 노엘 밴스톤 씨의 서명과 함께 두 증인의 이름과 날짜가 적혔었는데, 그 날짜는 정확히 지난 9월 30일이었습니다.

서기가 더 살펴보기도 전에, 변호사가 돌아와서 서류를 정리하더니 노엘 밴스톤 씨의 문서를 보관하는 금고에 유언장을 넣고 조심스럽게 열쇠로 잠갔습니다. 로스콤 씨가 9월 말에 사무실에 나오지 않았다는 것이 확인됐습니다. 만약 그가 그때 고객의 유언장 집행을 관리하는 것이었다면, 그럴 가능성이 꽤 있습니다. 9월 4일에 이사한 후 밴스톤 씨의 주소에 대해 알고 있는 것이 분명합니다. 부인 쪽에서 아무것도 할 수 없다면, 우리 쪽에서 변호사를 감시하는 것이 좋을 것입니다. 어쨌든, 노엘 밴스톤 씨가 결혼 후 유언장을 작성한 것이 확실합니다. 그 사실에 관한 결론은 부인께 맡기고, 곧 부인에게서 소식을 듣게 되길 바랍니다.

알프레드 드 블레리오 씀

10. 가스 양이 펜드릴 씨에게

포틀랜드 플레이스, 10월 28일.

변호사님께

르카운트 여사가 조금 전에 떠났어요. 너무 늦지 않았더라면, 나는 진심으로 노라가 변호사님의 충고를 받아들여서 그녀를 만나는 것을 거절했기를 바랐을 거예요.

면담에 대해 분명하고 완벽하게 설명할 수 없을 정도로 괴로운 마음으로 편지를 써요. 르카운트 여사가 한 말과 현재 우리의 상황에 대해서만 간단히 말할게요. 나머지 이야기는 보다 진정되고 개인적으로 변호사님을 만날 수 있을 때 할게요.

르카운트 여사가 앨드버러에서 노라에게 편지를 보냈고, 내가 자리를 비운 그 애를 대신해서 답장했다는 걸 기억하실 거예요. 르카운트 여사가 오늘 왔을 때, 그녀의 첫 마디는 그 문제에 대해 다시 이야기하러 왔다고 했어요. 내가 기억하는 한, 노라에게 다음과 같이 이야기했어요.

"아가씨 여동생 문제로 당신에게 편지를 썼어요, 밴스톤 양, 그리고 얼마 후에 가스 양이 그 편지에 친절히 답장을 주셨죠. 그때 내가 두려워했던 일이 현실로 이뤄졌어요. 당신 여동생은 그녀를 확인하려는 내 모든 노력을 방해했어요. 내 주인인 노엘 밴스톤 씨와 함께 사라졌어요. 그리고 그녀는 현재 눈 깜짝할 사이에 치욕과 파멸을 초래할 수 있는 위험한 상황에 있어요. 주인님을 찾는 게 내 관심이고, 여동생을 찾는 것이 당신 관심이잖아요. 소중한 시간이니, 여동생에 대한 어떤 소식이라도 있나요?"

노라는 두려움과 괴로움에 답했어요. "편지 한 통을 받았지만 주소는 없었어요."

"봉투에 소인은 없던가요?"

541

"있었어요. 앨론비였어요."

"앨론비라, 없는 것보다는 낫네요. 앨론비로 그녀를 추적하는 데 도움이 될 거예요. 앨론비는 어디죠?"

노라가 그 여자에게 말했어요. 모든 게 순식간에 지나갔어요. 난 너무 혼란스럽고 놀라서 전에는 개입하지 못했지만, 이제는 개입할 수 있을 만큼 충분히 침착해졌어요.

"자세한 이야기를 안 하시네요. 우리한테 아무것도 이야기하지 않으면서, 우리에게 겁만 주시네요."

"자세한 이야기를 듣게 될 거예요. 그리고 내가 아무런 이유 없이 당신들에게 겁을 줬는지 당신과 밴스톤이 스스로 판단하게 될 거예요."

그녀는 바로 긴 이야기를 시작했고, 그 이야기는 내가 감히 말할 수도 다시 말할 수도 없어요. 내 말이 끝나면 우리 둘 다 느꼈던 공포를 이해하게 되실 거예요. 만약 르카운트 여사의 말이 맞는다면, 막달렌은 자기 아버지의 재산을 되찾기 위해 마지막으로 그리고 아주 절박하게 말도 안 되는 결심을 했고, 가명으로 마이클 밴스톤의 아들과 결혼했어요. 그녀의 남편은 아직도 그녀의 처녀 때 이름이 바이그레이브였고, 그녀의 사기 행위를 도왔던 협잡꾼의 진짜 조카인 줄로 알고 있어요. 그 협잡꾼의 인상착의를 듣고, 난 그 사람이 래지 대위였다는 걸 알게 됐어요.

르카운트가 일어나서 떠날 때, 자신의 주인을 찾아서 그를 깨우쳐주려는 자신의 금전적인 목적에 대한 쌀쌀맞은 공언은 변호사님에게 말하지 않을게요. 그녀가 이 불명예스러운 결혼을 한 막달렌의 목적에 대해 했던 암시도 말하지 않을 거예요. 내가 편지를 쓰는 유일한 목적이자 이유는 나를 도와서 노라의 비통함을 달래 달라고 부탁하는 거예요. 동생의 소식을 듣고 받은 충격은 일어났던 일의 최악의 결과는 아니에요. 괴로웠던 그녀는 편지에 대한 르카운트 여사의 질문에 순진하게 대답했고, 갑자기 혼란스럽고 놀라서 나온 대답이었는데, 일부러 그녀를 놀라게 해서 정보를 얻어낸 여자가 그 대답으로 막달렌에게 편견을 가질 것이라고 확신하고 있어요. 난 그저 르카운트 여사가 편지 소인으로 주인을 추적할 수 있다면, 우리는 똑같은 방법으로 같이 막달렌을 추적할 수 있다고 상기시키면서, 지금 함께 지내고 있는 훌륭한 분들의 우정과 보호를 잃을 수 있는 극단적인 조치를 그녀가 하지 못하도록 막을 뿐이에요. 이 불쌍한 소녀를 찾기 위해 요크에서 너무나 아쉽게도 실패했던 그 노력을 개인적으로 반대하시겠지만, 노라를 위해서라도 그때 했던 조치를 다시 해 줄 것을 부탁드려요. 그녀를 진정시킬 수 있게, 변호사님이 직접 우리 쪽에서 찾기 시작했다는 확답만 나에게 보내주세요. 변호사님이 이렇게 하신다면, 시간이 지나 두 자매 사이에 서서 어떤 대가를 치르더라도 노라의 평화와 성품과 앞으로의 번영을 지키려는 나를 믿게 될 거예요.

해리엇 가스 올림

11. 르카운트 여사가 드 블레리오에게

10월 28일.

선생님께

당신은 바랐던 흔적을 찾았어요. 노엘 밴스톤 부인이 언니에게 편지를 썼어요. 주소는 없었지만 소인은 컴버랜드 앨론비예요. 따라서 앨론비부터 조사를 시작하면 돼요. 당신은 이미 남편과 부인의 인상착의에 대해 쓴 것을 받았어요. 한순간도 지체하지 말아주세요. 가능하다면 이 편지를 받고 바로 컴버랜드로 그것을 보내달라고 부탁하고 싶어요.

편지를 마무리하기 전에 로스콤 사무실에서 알게 된 것에 대해 이야기하고 싶어요.

노엘 밴스톤 씨가 결혼 후 유언장을 작성했다는 소식이 놀랍지도 않고, 그 유언장이 누구에게 유리할지에 대해 당황스럽지도 않아요. 내가 주인을 찾는 데 성공하면, 그 사람이 받을 수 있으면 그 돈을 받으라고 해요. 당신의 편지를 받은 이후로 이 문제에 있어 취해야 할 과정이 떠올랐지만, 사업의 세부 사항과 법률의 복잡성에 대한 무지로 인해 내 생각대로 준비되고 확실하게 실행될 수 있는지 여전히 불확실해요. 나는 민감하고 위험한 일을 맡길 수 있는 전문직 종사자를 알지 못해요. 이 문제처럼 다른 문제에서도 당신의 넓은 경험에서 도움을 크게 받을 수 있을까요? 내일 2시에 그 문제에 관해 상담하기 위해 사무실을 방문할게요. 내가 다음에 노엘 밴스톤 씨를 만날 때 내가 유언장에 관해 미리 철저히 준비했다는 걸 그분이 아는 것이 가장 중요해요.

버지니 르카운트 씀

12. 펜드릴 씨가 가스 양에게

설 가, 10월 29일.

가스 양에게

선생님의 편지를 읽었을 때의 슬픔을 이루 말할 수 없습니다. 급한 부탁을 하게 된 상황과 이유를 보면, 나는 어떤 반대도 하지 않도록 하는 데 충분합니다. 믿을 만한 사람에게 직접 지시를 내려서, 오늘부터 앨론비에서 일을 착수할 것이고, 그에게 소식을 듣자마자, 특별 전령을 통해서 선생님께 알려드리겠습니다. 밴스톤 양에게 이 말을 전해 주시고, 저의 진심 어린 연민과 존경도 부디 함께 전해 주세요.

당신의 충실한 윌리엄 펜드릴 씀

13. 드 블레리오 씨가 르카운트 여사에게

다크스 빌딩, 11월 1일

부인께

내가 예상했던 것보다 훨씬 더 별 어려움 없이 알아냈다는 것을 부인에 전할 수 있어서 기쁩니다. 노엘 밴스톤 씨 부부는 솔웨이 만을 건너 덤프리스를 거쳐 니스 강둑에 있는 마을에서 몇 마을 떨어진 별장에서 지내고 있습니다. 정확한 주소는 덤프리스 인근 베일리올 별장입니다.

이 정보는 쉽게 입수했지만, 다소 특이한 상황에서 알게 됐습니다.

앨론비를 떠나기 전에, 제 직원들이 놀랍게도, 어떤 낯선 사람이 그곳에 와서 자신들과 같은 것을 물어보고 다닌다는 것을 알게 됐습니다. 이런 상황에 대한 어떠한 지침도 없었기에, 그들은 직접 상황을 살폈습니다. 그 남자를 자신들 일에 있어 불청객으로 간주하고, 그가 알아내는 데 성공하면 자신들의 공로와 보상이 사라질 수 있다고 생각해서, 그들은 수적 우위와 그곳에 먼저 왔다는 점을 이용해서 그들이 직접 조사를 해보기 전에 그 낯선 사람을 조심스럽게 오도했습니다. 그들의 자세한 절차를 알고 있고, 부인에게 폐를 끼칠 필요는 없는 것입니다. 결론은 이 사람이 누구든 간에, 내 직원들이 퍼스로 넘어가기 전에 흘린 잘못된 정보에 따라 그는 남쪽으로 되돌아갔다는 것입니다.

나보다는 부인께서 실마리를 더 잘 찾을 수 있고, 부인의 여정을 서둘러야 할 수도 있기 때문에 그 상황에 대해 언급합니다.

알프레드 드 블레리오 올림

14. 르카운트 여사가 드 블레리오 씨에게

11월 1일.

선생님께

당신의 편지가 런던 내 숙소에 방금 도착했어요. 누가 앨론비에 조사하러 그 남자를 보냈는지 알아요. 별문제 아니에요. 그가 실수했다는 걸 알아차리기도 전에, 나는 덤프리스에 있을 거예요. 짐을 다 쌌고, 다음 열차를 타고 북부 지역으로 출발해요. 정말 고마워요.

버지니 르카운트 씀

덤프리스 베일리올
별장

11월 3일 오전 11시, 베일리올 별장의 아침 식탁은 과도기 상태, 즉 2인분 식사 중 한 명은 벌써 먹었고 한 명이 아직 오지 않아서 기본적으로 편안해 보이지 않았다. 한순간도 낙담하지 않고 달걀 껍질을 까고 생선은 뼈까지 발라 먹고, 접시에 남긴 부스러기에 컵에 남은 찌꺼기로 봐서 왕성한 식욕임이 틀림없다. 다과를 내놓는 하인들이 현재 손님의 눈에 보이지 않게 이전 손님의 모든 흔적을 빠른 속도로 깨끗하게 치우면서, 존중해야 하고 책망해서는 안 되는 인간 본성의 나약함을 분명히 현명하게 받아들인다. 비록 그의 이전 사람이 그의 아내든 자식이든, 사라진 먹은 사람의 흔적으로는, 자기 밥과 관련된 현재의 상처를 느끼지 않고서는 식탁에서 누구도 자기 자신을 마주할 수 없다.

11시 넘어 베일리올 별장에서 노엘 밴스톤이 홀로 아침밥을 먹으러 왔을 때 이런 생각이 마음속에 떠올랐다. 그는 눈살을 찌푸리며 식탁을 바라보더니 역겹다는 표정으로 종을 울렸다.

하인이 나타나자 그가 말했다. "이 난장판 치워. 네 여주인은 갔어?"

"네, 거의 한 시간 전에요."

"루이자는 아래층에 있어?"

"네, 주인님."

"식탁 정리하고 나서, 루이자를 나한테 보내."

그는 창문 쪽으로 걸어갔다. 얼굴에서 순간적인 짜증이 사라졌다. 하지만 불만스러운 표정은 계속 남아 있었다. 개인적으로, 그는 결혼 생활로 더 안 좋아졌다. 쭈글쭈글한 작은 뺨은 홀쭉해지기 시작했고, 허약한 작은 체구는 벌써 약간 구부정해졌다. 그의 안색에서 예전의 섬세함은 사라졌다. 병약한 창백함만 남았다. 얇은 금발 콧수염은 더 이상 실용적으로 왁스를 바르거나 곱슬곱슬하게 꼬지도 않았다. 약하고 솜털 같은 수염 끝부분은 짜증을 내는 입꼬리 쪽에 온순하게 매달려 있었다. 10주 혹은 12주가 된 결혼 생활을 그의 머리칼로 헤아린다면, 10년이나 12년 정도 됐을 거라고 생각했을 것이다. 그는 창가에 서서 무의식적으로 앞에 놓인 화분에서 잎사귀를 따면서 슬픈 곡을 쓸쓸하게 흥얼거렸다.

창가에서 덤프리스에서 몇 마일 위로 굽이진 니스 강줄기가 내려다 보였다. 여기저기 숲이 우거진 둑의 냉랭한 틈 사이로 평평하고 넓은 경작지가 눈에 들어왔다. 강에는 배들이 지나가고, 짐수레들은 큰길을 따라 덤프리스로 터벅터벅 향했다. 하늘은 맑았다. 11월의 태양은 마치 한 해가 두 달 더 젊어진 것처럼 기분 좋게 빛나고 있었다. 그리고 스코틀랜드에서 밝고 평화로운 매력으로 유명한 풍경은 쌀쌀한 날씨에서 최고의 풍경이었다. 만약 안개에 가려져 있거나 비에 흠뻑 젖었다면, 노엘 밴스톤 씨는 어떻게 봐도 지금처럼 매력적이라고 느꼈을 것이다. 그는 창가에서 있을 때 루이자가 문을 두드리는 소리가 들리자, 시무룩하게 다시 아침 식탁으로 돌아가서는 들어오라고 했다.

"차를 끓여. 난 아무것도 몰라. 난 여기에 방치된 거 같아. 아무도 날 도와주지 않아."

신중한 루이자는 조용하고 유순하게 지시에 따랐다.

"네 여주인이 자리를 뜨기 전에 나에게 메시지를 남겼니?"

"특별한 메시지는 없습니다. 여주인님은 아침을 더 오래 기다리면, 너무 늦을 거라고만 말씀하셨어요."

"다른 말은 없었어?"

"마차 입구에서 1주일 후에 돌아올 거 같다고 하셨어요."

"마차에서 부인은 기분이 좋아 보였어?"

"아뇨. 제 여주인님은 매우 걱정하고 불안해 보였어요. 더 할 일이 있을까요, 주인님?"

"모르겠어. 잠시만."

그는 불만스러워하며 아침 식사를 계속했다. 루이자는 체념한 듯 문 앞에서 기다렸다.

"최근에 네 여주인이 기분이 안 좋은 거 같아." 그가 갑자기 짜증을 내며 말했다.

"여주인께서는 그렇게 쾌활하지 않으세요, 주인님."

"그렇게 쾌활하지 않다니 무슨 말이지? 얼버무리는 거야? 난 집에서 아무런 존재도 아냐? 내가 모든 것을 계속 몰라야 해? 네 여주인은 자기 할 일만 하고 어린아이처럼 날 집에 두고 떠나는데, 난 그녀에게 질문 하나도 못 해? 하인이 나한테 말을 얼버무려? 얼버무리지 마! 그렇게 쾌활하지 않다고? 그렇게 쾌활하지 않다니 무슨 뜻이야?"

"제 말은 그저 좋은 기분이 아니셨다는 거예요, 주인님."

"그럼, 그렇게 말하면 되잖아? 단어의 가치를 몰라? 말의 가치를 모르면 가장 끔찍한 결과가 초래될 수 있어. 여주인이 런던에 간다고 너한테 말해줬어?"

"네, 주인님."

"부인이 런던에 간다고 했을 때 무슨 생각했어? 나 없이 가는 거 이상하지 않았어?"

"이상하다고 생각하지 않았어요, 주인님. 제가 더 해 드릴 일이 있을까요?"

"오늘 아침은 어때? 따뜻해? 정원에 해가 났어?"

"네, 주인님."

"정원에 나가봤어?"

"네, 주인님."

"외투 가져다줘. 조금 걸어야겠어. 그 남자가 솔질했나? 그 남자가 솔질하는 거 직접 봤어? 네가 보지 않았는데 솔질을 했다는 게 무슨 말이지? 나한테 끝부분 보여줘. 꼬리 부분에 먼지 한 톨이라도 있으면 그 사람 해고할 거야! 이거 입는 거 도와줘."

루이자는 그가 외투 입는 것을 도와줬고, 모자를 건넸다. 그는 짜증을 내며 나갔다. 원래 아버지 것이었던 외투는 컸고, (그가 혼자 저렇게 잘못된 치수를 사서) 모자는 컸다. 그는 모자와 외투에 파묻혔다. 그가 겨울 햇살을 받으며 정원 산책을 천천히 걸어갈 때, 특히 더 작고, 허약하고 우울해 보였다. 그는 모자와 외투에 파묻혔다. 잠시 앞뒤로 천천히 서성거리다가 아래쪽 정원에서 멈춘 그는 담장에 기대어 무기력하게 흐르는 강을 내려다봤다.

그는 여전히 루이자에게 조바심을 내며 했던 첫 번째 질문에 대해 생각했다. 그날 아침 마차를 타고 부인이 떠난 상황과 그녀가 떠날 때 자신에 대한 배려가 부족했던 것에 대해 계속 생각했다. 불만에 대해 계속 생각할수록, 더 분해졌다. 자만심이 상처를 입었을 때 그는 매우 유연한 감정을 느낄 수 있었다. 깊은 치욕감에 울타리에 기댄 팔 쪽으로 고개를 점점 숙였고, 그는 큰 한숨을 내쉬었다.

그 한숨에 그의 곁에 가까이 들리는 목소리가 대답했다.

"저하고 있었을 때 더 행복하셨죠, 도련님"이라고 애석해하는 목소리가 말했다.

그는 비명을 지르며, 말 그대로 비명을 지르며 고개를 들었고, 르카운트 여사와 마주했다. 여자 귀신인가 아니면 진짜 그녀인가? 그녀는 머리가 하얗고, 얼굴 살은 빠졌고, 눈은 크고 밝았고 움푹 파인 뺨은 초췌해 보였다. 그녀는 메마르고 늙었다. 몸이 쇠약해져 옷이 헐렁했다. 풍만했던 아름다움의 흔적은 남아 있지 않았다. 조금도 꿰뚫어 볼 수 없는 단호함, 부드럽게 환심을 사는 모습이 병환을 겪은 르카운트 여사에게 남은 유일한 과거 흔적이었다.

"침착하세요, 노엘 도런님." 그녀가 부드럽게 말했다. "절 보고 놀라실 필요 없어요. 내가 물었을 때, 도런님의 하인이 정원에 있다고 말했고, 난 여기 도런님을 찾으러 왔어요. 도런님께 분개하고, 비난의 그림자처럼 괴롭히려고 도런님을 찾은 게 아니에요. 지금까지 그래왔고 지금도 여전히 그런 것처럼 저는 당신의 하인으로 여기에 온 거예요."

그는 조금 정신을 차렸지만, 여전히 말문이 막혔다. 그는 울타리를 꽉 잡고 그녀를 응시했다.

르카운트 여사가 말을 이었다. "내가 하는 말 잘 들으세요, 도런님. 난 여기 도런님 적이 아니고 친구로 온 거예요. 난 도런님을 용서했어요. 도런님은 절실하게 여전히 제가 필요해요. 내 팔 잡으세요, 노엘 도런님, 햇빛을 좀 쐬면 회복하는 데 도움이 될 거예요." 그녀는 그가 자신의 팔에 잡게 하고 정원 산책로를 천천히 걸었다. 그와 있는지 5분도 안 돼서 그를 완전히 다시 사로잡았다.

"이제 다시 아래쪽으로 가요, 노엘 도런님. 좋은 햇살 맞으면서 조심히 아래쪽으로 다시 가요. 듣고 싶지 않겠지만 도런님께 하고 싶은 말이 많아요. 먼저 집안 사정에 대해 조금 물어볼게요. 집 문에서 하는 말이, 노엘 밴스톤 부인이 여행을 떠났다고 하던데요. 떠난 지 오래됐나요?"

그 질문에 그녀 주인의 손은 그녀 팔에서 떨었다. 대답을 하는 대신 그는 자신을 지키려고 어렴풋이 애썼다. 그의 입에서 나온 첫 마디는 가정부가 그를 붙잡았다는 생각에서 튀어나왔다. 그는 르카운트 여사와 화해하려고 애썼다.

그는 살살 달래면서 말했다. "난 늘 당신한테 뭔가를 해 주려고 했어요. 곧 소식을 전하려고 했어요. 맹세코 진심으로, 르카운트, 곧 나한테서 소식을 들었을 거예요."

"의심하지 않아요, 도런님. 하지만 지금은, 나에 대해 전혀 신경 쓰지 마세요. 도런님과 도런님 이해관계가 먼저예요."

"여기는 어떻게 왔어요?" 그는 놀란 눈으로 그녀를 바라보며 물었다. "어떻게 날 찾았어요?"

"이야기하자면 길어요. 다음에 말할게요. 지금은 내가 도련님을 찾은 거로 충분해요. 도련님 부인은 오늘 집으로 돌아오나요? 조금 더 크게요, 도련님! 안 들려요. 그래요! 1주일간 안 돌아온다고요! 그리고 그녀는 어디로 갔어요? 런던이라고 하셨어요? 그리고 무슨 이유로요? 꼬치꼬치 캐묻는 게 아니에요, 노엘 도련님. 아주 필요한 질문이라서 중요한 걸 물어보는 거예요. 왜 도련님 부인은 도련님을 여기에 두고 혼자서 런던에 간 거죠?"

그녀가 그 마지막 질문을 했을 때 그들은 다시 울타리 쪽으로 내려왔고, 노엘 밴스톤이 대답하는 동안 그들은 울타리에 기대며 기다렸다. 그녀는 그에게 어떠한 악의도 없다는 것을 거듭 확인해줬다. 그는 마음이 진정되기 시작했다. 르카운트 여사의 재등장으로, 아내의 하인에게 입은 허영심의 상처와 아침 식탁에서 느꼈던 불만에 관해 이야기하면서 서서히 그의 모든 불만을 털어놓는 감당 안 되는 옛날 습관이 되돌아왔다.

"부인을 대신해서 대답할 수 없어요." 그는 심술궂게 답했다. "노엘 밴스톤 부인은 제대로 날 생각해주지 않아요. 내가 당연히 허락한다고 생각하고 런던에 있는 친구들 보러 간다고만 말했어요. 그녀는 오늘 아침 나에게 작별 인사를 하지 않고 가버렸어요. 마치 내가 아무도 아닌 것처럼 갈 길을 갔어요. 날 아이처럼 대해요. 믿을지 모르지만, 르카운트, 난 그녀의 친구가 누군지도 몰라. 전혀 몰라요. 런던에 있는 친구들이 그녀의 삼촌과 숙모라고 짐작만 할 뿐이에요."

르카운트 여사는 런던에서 알게 된 정보를 바탕으로 그 질문을 혼자서 생각했고, 곧 명백한 결론에 도달했다. 처음에 언니에게 편지를 쓴 후, 막달렌은 십중팔구 그 편지대로 했을 것이다. 그녀가 런던에서 방문하는 친구들은 분명 그녀의 언니와 가스 양이라는 것에 의심의 여지가 없었다.

르카운트 여사는 침착하게 말을 이었다. "삼촌과 숙모가 아니에요, 도런님. 말해 줄 비밀이 있어요. 그녀에게는 삼촌과 숙모가 없어요. 다른 설명을 해 드리기 전에, 조금 더 산책해요. 진정하세요."

그녀는 다시 그를 붙잡고, 집으로 향했다.

"노엘 도런님!" 그녀는 갑자기 산책길 중간에서 멈추면서 말했다. "도런님이 살면서 하셨던 가장 최악의 장난이 뭔지 아세요? 내가 말씀 드릴게요. 그 최악의 장난은 날 취리히로 보낸 거였어요."

그의 손이 그녀 팔에서 또다시 떨렸다.

그가 애처롭게 외쳤다. "내가 안 그랬어요! 전부 바이그레이브 씨가 했어요."

"바이그레이브 씨가 날 속였다고 인정하시네요? 그 말을 들으니 기쁘네요. 이제 곧 모든 사실을 아시게 될 거예요. 바이그레이브 씨가 도런님을 속였다는 것을요. 그 사람은 이제 내 손아귀에서 벗어나지 못하고, 난 앨드버러 때처럼 무기력한 여자가 아니에요. 하나님 감사합니다!"

그녀는 이를 악물고 그 경건한 감탄사를 내뱉었다. 래지 대위에 대한 그녀의 모든 증오심을 이 두 마디로 드러냈다.

"도런님, 내가 여행 가방에서 뭘 꺼내는 동안 가방 한쪽을 들어주세요."

가방 안에는 깔끔하게 접힌 종이들이 일렬로 있었고, 밖에는 번호가 적혀 있었다. 르카운트 여사는 그중 하나를 꺼낸 후, 용수철이 크게 딸깍하는 소리를 내며 가방을 다시 닫았다.

"노엘 도런님, 앨드버러에서 날 지지할 수 있는 내 의견만 있었어요. 내 의견은 바이그레이브 양의 미모와 바이그레이브 씨의 재치에 악감정은 없어요. 난 오직 증거들을 가지고 도런님의 사랑에 대한 열병에 대처하고 싶었고, 그 당시에는 증거들이 없었죠. 이제 난 증거들을 가지고 있어요. 모든 점에 대한 증거들을 가지고 있어요. 머리부터 발끝까지 증거들로 가득해요. 더는 침묵하지 않고 증거를 가지고 말할 거예요. 이 필체 알아보겠어요, 도런님?"

그는 그녀가 내민 문서를 보고 뒤로 물러났다.

그가 소심하게 말했어요. "이해가 안 돼요. 난 당신이 뭘 원하고 무슨 말 하는지 모르겠어요."

르카운트 여사는 그의 손에 그 문서를 쥐어졌다. "잠시만 내 말에 귀 기울이면, 내가 무슨 말 하지는 알게 될 거예요. 도런님이 세인트 크럭스로 떠난 후 그날, 난 바이그레이브 씨 집에 가서 바이그레이브 씨의 부인과 개인적으로 몇 마디 나눴어요. 그 대화로 내가 지난 몇 주 동안 찾고 싶었던, 도런님을 납득시킬 수 있는 방법이 생겼죠. 난 도런님께 편지를 썼어요. 스위스에서 돌아와서 바이그레이브 양에 대한 개인적인 의심이 사실이라는 것을 증명하지 못한다면, 내 자리를 그만두고 도런님의 관대함에 대한 모든 기대를 내려놓겠다고 편지를 썼어요. 그것은 내 편지가 세인트 크럭스에 왔고, 도런님 부탁으로 그걸 바이그레이브 씨에게 보내는 편지에 동봉했다는 바트람 제독의 서면 확인서예요. 바이그레이브 씨가 도런님께 그 편지를 줬어요? 초조해하지 마세요, 도런님! 예 혹은 아니요로 한마디로만 답하세요."

그는 문서를 읽고 점점 더 어리둥절해지고 두려워하며 그녀를 올려다봤다. 그녀는 그가 말할 때까지 완강하게 기다렸다. "아뇨." 그가 희미하게 말했다. "나는 그 편지를 받은 적이 없어요."

"첫 번째 증거예요!" 그에게 그 문서를 도로 가져와서 가방에 다시 넣으며 르카운트 여사가 말했다. "더 심각한 내용을 말하기 전에, 도런님이 허락하시면 한 가지면 더 확인할게요. 앨드버러에서 익명의 사람에 대해 적은 인상착의를 도런님께 드렸고, 다음에 바이그레이브 양과 있을 때 비교해 보라고 부탁했었죠. 바이그레이브 씨한테 그 인상착의를 보여주고 나서, 지금 부인해봐야 소용없어요, 노엘 도런님.

여기 도런님을 도와줄 노스 싱글즈 친구들은 없어요. 내가 적어 준 쪽지를 바이그레이브 씨에게 보여주고 나서, 비교를 했지만 가장 중요한 부분에서 실패했어요. 익명의 아가씨에 대한 내 인상착의 설명에는 목 왼쪽에 작은 점 2개가 가까이 있었는데, 도런님이 바이그레이브 양의 목을 봤을 때 점이 전혀 없었죠. 난 도런님의 어머니뻘 되는 나이예요, 노엘 도런님. 무례한 질문이 아니라면, 현재 도런님 부인의 목 상태에 대해 아는지 물어봐도 될까요?"

그녀는 인정사정없이 침착하게 그를 바라봤다. 그녀의 눈빛에 움츠러들면서 그는 뒤로 몇 발자국 물러났다. "난 말할 수 없어요." 그는 말을 더듬거렸다. "몰라요. 이런 질문들 왜 하는 거예요? 난 그 뒤로 점에 대해 전혀 생각하지 않았어요. 난 절대 본 적이 없어요. 그녀는 머리카락을 아래로 내려…."

"머리카락을 아래로 내리는 훌륭한 이유가 있죠. 그 이야기를 끝내기 전에 머리카락을 들어 올려볼 거예요. 내가 정원에 있는 도런님을 찾으려고 이곳에 왔을 때, 부엌 창문을 통해 일하고 있는 깔끔하고 젊은 사람을 봤는데, 내 눈에는 아가씨의 하녀처럼 보였어요. 그 젊은 사람이 도런님 부인의 하녀 맞죠? 죄송해요, 도런님, 그렇다고 하신 거죠? 그렇다면, 다른 질문을 할게요. 도런님이 고용했어요, 아니면 부인이 고용했어요?"

"내가 고용했어…."

"내가 없는 동안에요? 내가 도런님이 아내를 맞아들인다는 거나 아내의 하녀를 고용한다는 걸 전혀 몰랐을 때요?"

"맞아요."

"그런 상황이라면, 노엘 도런님은 내가 하녀와 도런님을 속이려고 공모했다는 걸 의심할 수 없어요. 내가 기다리는 동안 집으로 들어가세요. 아침저녁으로 노엘 밴스톤 부인의 머리를 단장해주는 그 여자에게 여주인의 목 왼쪽에 점이 있는지 물어보고 만약 있다면 그 점이 어떤지 물어보세요."

그는 아무 말 없이 그 집을 향해 몇 걸음 걷다가 멈춰 서서 르카운트 여사를 뒤돌아봤다. 깜빡이던 눈은 차분해졌고, 쭈글쭈글했던 얼굴은 갑자기 평온해졌다. 르카운트 여사는 조금 앞으로 다가와서 그와 함께했다. 그녀는 그 변화를 알아챘지만, 그에 대한 많은 경험에도 진정한 의미를 파악하지 못했다.

"말할 구실이 필요해요? 내가 그녀에게 물어봤으면 하는 그런 질문을 아내의 하녀에게 설명하는 게 망설여지세요? 그런 처지에 있는 사람들이라면 구실을 쉽게 찾을 수 있어요. 내가 노엘 밴스톤 부인의 유산에 대한 소식을 들고 여기 왔고 유산을 받기 전에 확인해 본 질문이 있다고 말하세요."

그녀는 집을 가리켰다. 그는 그 신호에 관심을 주지 않았다. 그의 얼굴이 점점 창백해졌다. 움직이지도 않고 말도 하지 않고, 서서 그녀를 바라보았다.

"두려워요?" 르카운트 여사가 물었다.

그 말에 그는 흥분했다. 마침내 남자다움의 불꽃이 일어났다. 그는 개한테 달려드는 양처럼 그녀에게 대들었다.

"난 질문도 받지 않고 명령도 받지 않을 거예요." 그는 새로 얻은 용기에 몸을 격렬하게 떨면서 소리쳤다. "난 더 이상 협박을 당하거나 혼란스러워하지 않을 거예요! 여기는 어떻게 찾았어요? 당신이 말하는 힌트와 수수께끼로 뭘 하려는 거예요? 내 아내에 대해 무슨 험담을 하려고요?"

르카운트 여사는 만일의 경우에 대비해 침착하게 여행용 가방을 열고 정신을 들게 하는 약병을 꺼냈다.

"솔직하게 이야기하네요. 솔직하게 이야기하면 답을 듣게 되실 거예요. 너무 화가 나서 못 듣는 거겠죠?"

그녀의 표정과 말투에 그는 자신도 모르게 놀랐다. 용기가 다시 사라지기 시작했고, 필사적으로 용기를 잃지 않으려고 했지만, 그녀에게 답할 때 목소리가 떨렸다.

"바로 대답해줘요."

"도런님 지시대로 하죠. 난 두 가지 목적으로 여기에 왔어요. 도런님의 상황에 대해 눈 뜨게 하고, 도런님의 재산 어쩌면 인생을 지키기 위해서요. 도런님 상황은 이래요. 바이그레이브 양은 가짜 신원과 가명으로 도런님과 결혼했어요. 기억나세요? 복스홀 워크에 와서 도런님을 협박했던 변장했던 여자요? 내가 여기 분명히 서 있는 것처럼, 그 여자가 현재 도런님 아내예요."

그는 숨도 쉴 수 없어 아무 말도 못하고, 입은 벌린 채, 눈은 멍하게 그녀를 바라봤다. 갑작스러운 폭로가 한계치를 넘었다. 그는 충격을 받았다.

"내 아내라고?" 그는 말을 반복했고, 얼간이 같은 웃음을 터트렸다.

"도런님 아내예요." 르카운트 여사는 되풀이했다.

그 두 단어를 되풀이하면서 그의 긴장감이 풀렸다. 처음으로 그에게 어떤 생각이 떠올랐다. 그녀에게 시선을 고정하게 은밀한 경고를 보내며 뒤로 급히 물러났다. "미쳤어!" 그의 친구인 바이그레이브 씨가 앨드버러에서 했던 말을 갑자기 떠올리며 혼잣말을 했고, 그녀의 얼굴이 초췌하게 변한 것을 보고 더욱 분명해졌다.

그는 속삭이듯 말했지만 르카운트 여사에게 들렸다. 그녀는 순식간에 다시 그의 곁으로 다가갔다. 처음으로 침착함을 잃고 화를 내며 그의 팔을 붙잡았다.

"내가 미쳤다고 증명하고 싶어요, 도런님?"

그는 그녀의 손을 뿌리치고 다시 용기를 내기 시작했다. 그는 불신감으로 진지하고 진심으로 다시 용기를 내기 시작했고, 그녀가 계속 그에게 강요하는 주장에 맞서는 용기를 냈다.

"그래요. 내가 뭘 하면 되죠?"

"내가 말한 대로 하세요. 하녀에게 여주인의 점에 대해 물어보세요. 그리고 만약 그녀가 점이 거기 있다고 말하면, 한 가지 일을 더 하세요. 나를 도련님 아내의 방으로 데리고 가서 내가 보는 앞에서 직접 옷장 문을 여세요."

"그녀 옷장에서 뭘 뭐하는데요?"

"열어보면 알게 될 거예요."

"정말 이상해!" 그는 멍하니 혼잣말을 했다. "소설의 한 장면 같아. 현실이 아냐." 그는 천천히 집으로 들어갔고, 르카운트 여사는 정원에서 그를 기다렸다.

몇 분 후 집에서 정원으로 이어지는 계단 층계참 위에 그가 다시 나타났다. 한 손으로는 철제 난간을 붙잡고, 다른 한 손으로 르카운트 여사에게 오라고 손짓했다.

그에게 다가가며 그녀가 물었다. "하녀가 뭐라고 하던가요? 거기에 점이 있다고 하던가요?"

그는 속삭이며 대답했다. "네." 하녀 말에 그는 눈에 띄게 모습이 변했다. 앞으로 알게 될 사실에 대한 두려움으로 생각이 마비됐다. 그는 무의식적으로 움직였다. 마치 꿈꾸고 있는 사람처럼 보고 말했다.

"내 팔 잡을래요? 도련님?"

그는 고개를 저었고, 그녀보다 앞서서 복도를 지난 계단을 올라가 아내의 방으로 향했다. 그녀가 그와 합류하고 방문을 잠그자, 그는 아무 말도 없이 놀란 표정도 짓지 않은 채, 수동적으로 지시를 기다리고 있었다. 그는 모자도 외투도 벗지 않았다. 르카운트 여사가 대신 벗겨 줬다. "고마워요." 그는 잘 교육 받은 아이처럼 온순하게 말했다. "소설 같아요. 현실이 아니에요."

침실은 그리 크지 않았고, 가구는 무겁고 구식이었다. 그러나 방을 꾸미고 더 생기 있게 보이게 하는 작은 장식품들이 곳곳에 보였고 막달렌의 자연적 취향과 세련됨을 알 수 있었다. 말린 장미 잎이 차가운 공기에서 향기를 풍겼다. 르카운트 여사는 그 향기에 경멸적으로 눈살을 찌푸리며 창문을 최대한 열었다. 그녀는 고결한 역겨움을 드러내며 몸서리쳤다. "하! 사기의 공간이네요."

그녀는 창가 가까이에 앉았다. 옷장은 맞은편 벽에 있었고, 침대는 그녀의 오른쪽에 있었다. "옷장을 열어보세요, 노엘 도런님. 난 근처에 안 갈 거예요. 아무것도 만지지 않을 거예요. 당신 손으로 직접 꺼내서 침대에 올려놓으세요. 내가 멈추라고 할 때까지 하나하나씩 꺼내세요."

그는 그녀의 말에 따랐다. "할 수 있는 만큼 최선을 다할게요. 손이 차가워지고 머리는 반쯤 잠들었어요."

막달렌이 몇 벌을 들고 떠났기 때문에 꺼낼 드레스가 많이 없었다. 침대에 드레스 두 벌을 올린 후, 3번째 드레스를 찾으려고 옷장 안쪽을 뒤져야만 했다. 그가 그 옷을 꺼내자, 르카운트 여사는 멈추라는 신호를 보냈다. 벌써 끝났다. 그는 갈색 알파카 드레스를 찾았다.

"침대 위에 놓으세요. 드레스 밑쪽 이중 주름 장식을 보세요. 바깥쪽 주름을 들어서 안쪽 주름을 조금씩 손가락으로 훑어보세요. 일부가 빠진 부분을 찾게 되면, 멈추고 날 보세요."

그는 1분 이상 천천히 손가락으로 주름 장식을 훑었다가 멈추고는 올려다봤다. 르카운트 여사는 수첩을 꺼내서 펼쳤다.

"이제 내가 하는 말 한마디 한마디가 도런님과 나에게 심각한 결과를 초래할 거예요. 집중해서 들으세요. 자신을 가스 양이라고 했던 여자가 복스홀 워크에서 우리를 보러 왔을 때, 난 그녀가 앉아 있던 의자 뒤에 무릎을 꿇고 그녀가 입었던 드레스에서 옷 조각을 조금 잘라냈는데, 그 드레스를 확인하는 데 도움이 될 거예요. 그 여자가 도런님에게 이야기하는 데 집중할 때 이렇게 했어요. 그때부터 지금까지 내 수첩에 그 조각을 간직했어요. 노엘 도런님, 그 조각이 아내 옷장에서 조금 전에 직접 꺼낸 옷에 들어맞는지 확인해보세요."

그녀는 일어나 그에게 옷 조각을 건넸다. 그는 떨리는 손으로 주름 장식의 빈 곳에 그 조각을 넣었다.

"맞나요, 도런님?"

그는 드레스를 떨어트렸고, 그를 진찰했던 모든 의사들이기 가정부에게 조심하라고 경고했던 매우 푸르스름한 창백함이 얼굴에 서서히 퍼지기 시작했다. 르카운트 여사는 지금 그의 뺨에서 본 것과 같은 대답은 예상하지 못했다. 그녀는 정신을 들게 하는 약병을 들고 서둘러 그에게 다가갔다. 그는 무릎을 꿇고 혼란스러워하며 그녀의 옷을 붙잡았다. 쉰 목소리로 헐떡이며 말했다. "날 살려줘요. 아, 르카운트, 날 구해줘요!"

"구해드릴게요. 도런님을 구하려고 수단과 방법을 가지고 여기로 왔어요. 일어나서 공기 좀 쐬요." 그녀는 그를 일으켜 방을 가로질러 창가로 데려갔다. "왼쪽에 또 오싹한 고통이 느껴져요?" 그녀는 지금까지 본 적 없는 놀라움에 물었다. "아내 방에 오드 콜로뉴나 탄산암모늄 있어요? 말한다고 힘 빼지 말고, 있는 곳을 가리키세요!"

그는 방 한쪽 구석에 높은 곳에 고정된 오래된 월넛 나무로 된 작은 삼각형 모양 찬장을 가리켰다. 르카운트 여사는 문을 열려고 했지만 잠겨 있었다.

그것을 알게 됐을 때, 그녀는 안락의자에 앉혔던 그의 머리가 점점 뒤에 젖혀지는 것을 보았다. 그녀는 지난 몇 년 동안 의사들이 했던 충고, 그를 기절한 채 내버려두면, 죽게 된다는 충고를 바로 전날에 들었던 것처럼 떠올랐다. 그녀는 찬장을 다시 바라보았다. 그 아래 구석진 곳에 끈의 끝이 보였고, 분명히 포장용으로 그곳에 놔둔 것이었다. 망설임 없이, 그녀는 끈을 낚아채서 천장 문고리에 한쪽 끝을 단단히 묶고 다른 쪽 끝을 양손으로 힘껏 잡아당겼다. 썩은 나무가 부서지고, 찬장 문이 열리면서 그 안에 있던 보잘것없는 물건들이 바닥으로 시끄럽게 쏟아져 나왔다. 그녀 발밑에 깨진 도자기나 유리는 신경 쓰지도 않고, 찬장 안쪽을 살폈고 유리병 두 개가 반짝이는 것을 보았다. 하나는 선반 맨 안쪽에 숨겨져 있었고 다른 하나는 조금 앞에 있었지만 거의 숨겨져 있었다. 그녀는 두 병 모두 한꺼번에 집어서 창가로 가져갔고, 창가에서 보다 밝은 빛에서 병 라벨을 읽을 수 있었다.

오른손에 있는 병을 먼저 봤다. 탄산암모늄이었다. 그녀는 다른 병은 보지도 않고 탁자 위에 바로 올려놨다. 그 다른 병은 다음 차례를 기다리며 그곳에 있었다. 어두운 액체가 담긴 그것은 독약이라고 적혀 있었다.

Chapter 2

르카운트 여사는 탄산암모늄을 물과 섞어 바로 투약했다. 각성제 효과가 있었다. 잠시 후 노엘 밴스톤은 부축 없이 의자에서 혼자 일어날 수 있었다. 안색은 다시 좋아졌고, 보다 편하게 숨을 쉬었다.

"지금은 좀 어때요? 왼쪽이 다시 따뜻해졌어요?"

그는 그 질문을 듣지 않았다. 방 안을 둘러보던 그의 시선은 우연히 탁자로 향했다. 르카운트 여사에게 놀랍게도, 그녀에게 답하는 대신 그는 의자에 앉아 몸을 숙여, 그녀가 찬장에서 가져와 신경 쓰지 못하고 급하게 됐던 두 번째 병을 손으로 가리키며 유심히 바라봤다. 어떤 것을 보고 그는 다시 놀랐고, 그녀는 탁자 쪽으로 가서 그가 보고 있는 것을 봤다. 병에 붙은 라벨지가 한눈에 보였다. 앨드버러 약사가 손으로 직접 쓴 것으로, 두 사람을 놀라게 하는 단어가 적혀 있었다. "독약."

그것을 보자 르카운트 여사조차도 침착함을 잃었다. 그녀는 자신의 가장 불길한 예감, 의식하지 못했던 막달렌에 대한 증오심을 알게 되리라고는 예상치 못했고, 이제야 그것들을 깨닫게 되었다. 그 독약을 구했을 때의 절망감에 빠진 자살, 앞날에 대한 불신으로 그 독약을 간직했던 자살 목적이 스스로 벌을 받고 있었다. 막달렌이 없는 동안 그 병은 그녀가 한 번도 생각해본 적 없는 배신, 남편의 목숨에 대한 배신에 대한 거짓 증언이 되었다.

노엘 밴스톤은 무의식적으로 손으로 탁자를 가리키며, 고개를 들어 르카운트 여사를 올려다봤다.

그녀는 그 표정에 답했다. "찬장에서 가져왔어요. 어떤 병이 내가 원하는 건지 몰라서 두 병을 같이 꺼냈어요. 나도 도련님만큼 무척이나 충격받고 무서워요."

"독약이라니!" 그는 천천히 혼잣말을 했다. "내 아내가 자기 방 찬장에 독약을 보관했어요." 그는 다시 말을 멈추고 르카운트 여사를 바라봤다. "나한테 쓰려고요?" 그는 공허하고 미심쩍은 어투로 말했다.

"도련님 마음이 편안해질 때까지 그 이야기를 하지 말아요. 그동안 이 병 안에 있는 위험 물질을 도련님이 보는 앞에서 바로 없애야 해요." 그녀는 코르크 마개를 열고, 로더넘을 창문 밖으로 부어버린 다음 빈 병을 던졌다. "이제 이 끔찍한 발견은 잊어버려요. 바로 아래층으로 내려가요. 내가 이제 하려는 말은 다른 방에서 하면 돼요." 그녀는 그가 의자에서 일어나도록 부축했고, 그의 팔을 잡았다. 함께 계단을 내려가며 생각했다. '그에게 잘됐어. 내가 오길 잘했어.'

복도를 지날 때, 덤프리스에서 타고 온 마차가 기다리고 있는 정문 쪽으로 나가 마부에게 가장 가까운 여관에 말을 세우고 두 시간 후에 그녀를 다시 찾으라고 지시했다. 이렇게 한 후 그는 노엘 밴스톤과 함께 거실에 들어가, 불을 피우고 그를 그 앞에 있는 안락의자에 편안히 앉혔다. 그는 몇 분 동안 노인처럼 힘없이 손을 녹이며 불꽃을 똑바로 응시했다. 그런 후 그가 말을 했다.

그는 여전히 불꽃을 바라보며 입을 열었다. "복스홀 워크에 그 여자가 와서 날 협박했을 때, 그 여자가 떠난 후 당신이 응접실로 돌아와서 나한테 말했…" 그는 말을 멈추고 몸을 조금 떨었고 그 시점에서 기억의 실마리를 놓쳤다.

"도련님께 그 여자가 내 생각에는 밴스톤 양 본인이라고 말했었죠. 놀라지 마세요, 노엘 도련님! 도련님 아내는 멀리 떠났고, 내가 여기서 당신을 보살피고 있어요. 무서우면, 스스로에게 '르카운트가 여기 있다. 르카운트가 날 돌봐줄 거야'라고 말하세요. 아무리 그 진실이 견디기 힘들더라고 진실은 반드시 밝혀져야 해요, 도련님. 막달렌 밴스톤이 변장을 하고 도련님께 온 여자였고, 변장을 하고 왔던 그 여자가 도련님이 결혼한 여자예요. 런던에서 도련님을 협박했던 그 음모는 그녀가 도련님 아내가 된 음모와 같아요. 그건 명백한 사실이에요. 위층에 드레스들 보셨죠. 만약 그 드레스가 더 이상 없었다고 해도, 난 여전히 도련님에게 확인시켜 줄 수 있는 증거들이 있어요. 바이그레이브 부인과 면담 덕분에, 난 도련님 아내가 런던에서 묵었던 숙소를 찾았어요. 복스홀 워크에 있는 우리 집 맞은편이었어요. 집주인 딸들 중 한 명을 만났는데, 안쪽 방에서 도련님 아내가 변장하는 것을 지켜봤고, 그녀의 신원과 동행인 바이그레이브 부인을 확인시켜 줄 수 있어요. 그리고 내 부탁에 따라 그 사실들을 서면으로 작성해서 줬고, 그것으로 누가 그녀의 말에 반박한다면 반박할 준비가 됐어요. 노엘 도련님 더 잘 이해할 수 있을 때 원하시면 그 진술서를 읽어보세요. 그리고 가스 양이 쓴 편지를 읽어보세요. 나에게 썼던 모든 말을 도련님에게 개인적으로 되풀이하는 편지인데, 그녀는 복스홀 워크에 있었다는 걸 부인하고, 어릴 적부터 알고 지내온 막달렌 밴스톤의 양의 특징을 공식적으로 확인시켜 주는 편지예요. 자신 있게 말할 수 있어요. 내가 가져온 증거들 어디에도 흠잡을 데가 없다고요. 만약 바이그레이브 씨가 내 편지를 훔치지 않았다면, 난 고의적으로 속여서 취리히에 보내기 전에 그 경고를 받았을 거예요. 그리고 결혼 후에 내가 도련님께 들고 온 증거들은, 그때 결혼 전에 도련님에게 보여줬을 거예요. 내가 영국을 떠난 이후로 일어난 일에 대해 내 탓을 하지 마세요. 당신 삼촌의 못된 딸을 탓하고, 갈색 눈과 녹색 눈을 한 악당을 탓하세요!"

그녀는 마지막 독설들은 나머지 모든 말처럼 천천히 뚜렷하게 내뱉었다. 노엘 밴스톤은 아무 대답도 하지 않고 여전히 불가에서 몸을 웅크린 채 앉아 있었다. 그녀는 그의 얼굴을 훑어봤다. 그는 조용히 울고 있었다. 그 불쌍한 작은 생명체가 말했다. "난 그녀를 너무나 사랑했어! 그리고 그녀도 날 좋아한다고 생각했어!"

르카운트 여사는 말없이 무시하며 그에게 등을 돌렸다. "그녀를 사랑했다니!" 그녀는 혼잣말로 그 말을 반복했고, 경멸감으로 가득해진 초췌한 그녀의 얼굴은 다시 돋보였다.

그녀는 방 아래쪽 끝에 있는 책장으로 가서 책들을 살폈다. 책을 오래 보기도 전에, 뒤에서 겁에 질린 목소리로 그녀를 부르는 소리에 그녀는 깜짝 놀랐다. 그의 얼굴에서 눈물이 사라졌다. 그녀 쪽으로 얼굴을 돌렸을 때, 두려움으로 다시 공허해졌다.

"르카운트!" 두 손으로 그녀를 붙잡으며 말했다. "계란에 독이 있었을까요? 오늘 아침에 계란이랑 토스트 조금 먹었어요."

"진정해요, 도련님. 도련님이 지금까지 먹은 독은 아내의 속임수라는 독뿐이에요. 만약 그녀가 도련님 목숨으로 어리석음에 대한 대가를 치르도록 이미 결심했다면, 도련님이 집에 남아 있는 동안 그녀는 집을 떠나지 않았을 거예요. 그 생각을 떨쳐버려요. 한낮이에요. 기분전환이 필요해요. 당신 안전을 위해 해줄 말이 더 있어요. 도련님이 바로 해야 할 일이 있어요. 힘을 내세요, 그리고 그걸 할 거예요. 이집에 음식이 여전히 미덥지 못하면 내가 맛을 볼게요. 내가 종을 울리면, 하인에게 지시를 내릴 만큼 침착해졌어요? 아무도 도련님이 몸이 아프거나 마음이 괴롭다고 생각하지 않도록 해야 해요. 하인이 들어오기 전에 나한테 먼저 해봐요. '점심 가져와'라고 말할 때 어떻게 보고 말할지 해보세요."

두 번 연습한 후, 르카운트 여사는 그가 본심을 드러내지 않고 지시를 내릴 수 있다고 생각했다.

종소리에 루이자가 왔다. 루이자는 르카운트 여사를 자세히 살폈다. 점심은 시녀가 들고 왔다. 그 시녀는 르카운트 여사를 자세히 살폈다. 점심을 다 먹은 후 요리사가 식탁을 정리했고, 그 요리사는 르카운트 여사를 꼼꼼히 살폈다. 하인 3명은 집에 뭔가 이상한 일이 벌어지고 있다는 것을 확실하게 의심했다. 그들끼리 그 방에 들어갔던 세 번의 기회를 공유했다는 걸 의심하는 것은 거의 불가능했다.

르카운트 여사가 호기심 대상이라는 걸 그녀도 알았다. '제때 내 목적을 달성하기 위해 수단으로 잘 무장했어. 만약 내가 아무것도 안 한다면, 저 여자들 중 한 두 명은 내 길을 방해할 거야.' 이런 생각에 자극받은 그녀는, 하인들 중 마지막 사람이 방에 들어오자마자 구석에 있던 여행용 가방을 들고 왔고, 노엘 밴스톤 맞은편 탁자 끝에 앉아서 그를 계속해서 바라봤다. 그녀는 그가 점심 식사 때 마신 와인의 양을 세심하게 조절했다. 그녀는 그를 혼란스럽게 하지 않고 용기를 돋울 정도로 정확히 충분히 마시게 했다. 그리고 그녀는 이제 하루 일을 마치고 그림을 살피는 예술가처럼 그의 얼굴을 냉정하게 살펴보았다. 그 결과에 그녀는 만족했고, 그 자리에서 진지하게 면담을 시작했다.

"내가 더 말하기 전에, 내가 언급했던 서면 증거 볼 건가요, 노엘 도련님? 아니면 이제 도련님에게 제안하는 걸 바로 할 정도로 충분히 사실을 확인하셨나요?"

"당신 제안을 들어보죠." 그는 탁자에 팔꿈치를 놓고 손에 머리를 기대며 말했다.

르카운트 여사는 여행용 가방에서 방금 말한 증거 서류를 꺼내서, 그가 참고하기를 원한다면, 쉽게 닿을 수 있도록 그 서류들을 조심스럽게 그의 옆쪽에 뒀다. 그녀는 기죽기보다 그의 무례함에 눈에 띄게 고무되었다. 경험상 그 기색은 조짐이 좋은 것이었다. 드물기는 하지만, 그가 작은 결심을 하면, 나약한 대부분의 사람들 결심처럼 늘 공격적으로 나타났다. 그럴 때 그는 그와 관련된 사람들에게 겉으로는 뚱하고 무례할수록 그의 결심은 확고했다. 그리고 그가 사려 깊고 예의가 바르면 그 결심은 무너졌다. 방금 그가 한 대답 어투와 탁자에서 보인 태도에서 르카운트 여사는 스페인산 와인과 스코틀랜드산 양고기가 제 역할을 다해서 그가 용기를 다시 얻었다고 확신했다.

"도련님이 원하시면 형식적인 질문을 할게요. 하지만 의심의 여지 없이 도련님은 이미 유언장을 작성하셨겠죠?"

그는 그녀는 보지 않은 채 고개를 끄덕였다.

"아내에게 유리하게 작성했나요?"

그는 다시 고개를 끄덕였다.

"도련님 모든 재산을 그녀에게 남겼나요?"

"아뇨."

르카운트는 놀란 듯했다.

"도련님 스스로 그녀에 대해 신중함을 보인 건가요? 아니면 도련님 아내가 유언장에서 자신의 몫에 제한을 둔 가능성이 있나요?"

그는 불안하게 침묵했다. 그는 그 질문에 대답하는 것이 분명 부끄러웠다. 르카운트 여사는 덜 직접적인 형식으로 되물었다.

"도련님이 사망할 경우 미망인에게 얼마나 남겼어요, 노엘 도련님?"

"8만 파운드요."

그 대답이 그 질문에 대한 답이었다. 8만 파운드는 정확히 마이클 밴스톤이 동생이 죽었을 때 고아가 된 자녀들에게 가져온 재산이었고, 그의 아버지처럼 무정하게 자기 차례에서 소유했던 재산이었다. 노엘 밴스톤의 침묵은 그가 말하기 부끄러웠던 고백을 무언으로 드러냈다. 틀림없이 애지중지하는 사랑 때문에 약해져서 전 재산을 아내에게 바쳤다. 앙심을 품고 모든 억압을 이겨낸 이 소녀, 교회 문에서도 필사적인 투지로 움츠러들지 않았던 이 소녀는 승리의 순간에 있으며, 모든 것을 기꺼이 바치려고 하는 남자에게서 그 부분만 받아냈다. 그에게서 아버지 재산을 마지막 동전 한 푼까지 그대로 받아냈다. 그리고 수만 파운드 이상으로 그녀를 유혹하는 손길을 뿌리치고 돌아섰다. 그 순간 르카운트 여사는 놀라서 입을 다물었다. 막달렌 때문에 경탄에 가까운 놀라움을 느꼈고, 당연히 적대감보다 놀라움이 컸다.

그녀는 그때부터 10배 더 막달렌을 증오했다.

잠시 침묵했던 그녀가 다시 말문을 열었다. "노엘 도련님이 사망할 경우 그녀에게 더도 말도 덜도 말고 8만 파운드만 남긴 이유가 틀림없이 있겠죠. 그리고 다른 한편으로는, 모든 의혹들을 몰랐을 때, 그때 결정적인 이유가 있었을 거라고 확신해요. 그 시간은 이제 지나갔어요. 이제 사실을 알았어요, 도련님. 그리고 콤-레이븐의 재산이 우연히도 아내 분의 지시로 그녀에게 남겼던 금액과 정확히 같다는 걸 언급하는 것도 (내 말처럼) 잊지 않으실 거예요. 여전히 그녀가 도련님과 결혼한 동기가 의심스럽다면, 유언장을 보세요. 그게 동기예요!"

그들이 탁자에서 서로 마주한 이후 처음으로 그는 고개를 들고 그녀의 말에 귀 기울였다. 콤-레이븐 재산은 지금까지 따로 금액 평가를 한 적이 없었다. 아버지 사망으로 다른 재산과 합쳐져서 그가 물려받았다. 평소 사고방식과 순진무구함이 지금까지 그의 눈을 가렸고, 이제야 그 사실에 그는 눈을 떴다. 그는 아무 말 하지 않았다. 하지만 르카운트 여사를 덜 시무룩하게 바라봤다. 그의 태도가 더욱 마음에 들었다. 용기의 만조가 벌써 빠져나갔다.

"지금쯤이면 도련님의 입장이 나만큼 분명할 거예요. 이 여자와 그녀의 목적 달성 사이에는 이제 단 하나의 장애물만 남았어요. 그 장애물은 도련님의 목숨이에요. 위층에서 우리가 확인한 후, 도련님 목숨이 얼마나 가치 있는지 스스로 생각해보세요."

그 끔찍한 말에 사그라지고 있던 결심이 마지막 한 방울까지 빠져나갔다. "날 겁주지 마요! 이미 충분히 겁먹었어요." 그는 일어서서 의자를 끌고 탁자를 돌아 르카운트 여사 옆에 왔다. 의자에 앉아서는 달래는 것처럼 그녀의 손에 키스했다. "당신은 멋진 사람이에요!" 그는 가라앉은 목소리로 말했다. "훌륭한 르카운트! 내가 어떻게 해야 하는지 말해줘요! 결심이 섰어요. 내 목숨을 구하기 위해서 뭐든 할 거예요!"

"방에 필기도구가 있나요, 도련님, 탁자로 가져와 주실래요?"

필기구를 가져오는 동안, 르카운트 여사는 여행용 가방을 다시 살폈다. 가방에서 서류 두 개를 꺼냈는데, 각각 똑같이 깔끔하게 상업적 필체로 적혀 있었다. 하나는 '유언장 초안'이었고, 다른 하나는 '제안서 초안'이었다. 탁자 위에 그걸 올려놨을 때, 손이 조금 떨렸다. 그녀는 노엘 밴스톤을 위해서 가져온 후각 자극제를 자신의 콧구멍에 가져다 댔다.

"내가 이곳에 왔을 때, 노엘 도련님, 지금보다 도련님에게 생각하는 시간을 더 주고 싶었어요. 도련님 아내가 런던에서 갔다고 처음 말했을 때, 그 여정의 목적은 언니와 가스 양을 만나는 거라고 생각했어요. 위층에서 끔찍한 것을 발견한 후로, 난 그 생각을 바꾸고 싶어요. 아내가 친구들이 누군지 만나는 사람들이 누군지 말하지 않는 것이 날 불안하게 해요. 런던에 공모자들이 있을지도 몰라요. 아니면 반대로 이 집에 공모자들이 있을 수 있어요. 하인 3명 모두 차례대로 방에 들어와 나를 볼 기회가 있었어요. 난 그들의 표정이 마음에 안 들어요. 도련님도 나도 날마다 심지어 매 시간마다 무슨 일이 일어날지 몰라요. 내 충고에 따른다면, 도련님이 바로 선수를 칠 거예요. 마차가 다시 오면, 나와 함께 이 집을 떠나요!"

"좋아요, 그래요!" 그가 간절하게 말했다. "난 당신과 함께 집을 떠날 거예요. 돈을 준다고 해도 여기에 혼자 있지 않을 거예요. 펜과 잉크로 뭘 할 건데요? 당신이 쓰나요, 내가 써요?"

"도련님이 써야 해요. 처음부터 마지막까지 도련님 스스로 안전을 도모하기 위해 수단들을 강구해야 해요. 난 제안만 하고, 노엘 도련님이 결정하는 거예요. 도련님 처지를 인정하세요. 가장 먼저 해야 할 일이 뭐죠? 분명해요. 다른 유언장을 작성해서 도련님 사망 시 아내의 몫을 박탈하는 거예요."

그는 고개를 격렬하게 끄덕이며 찬성했다. 얼굴에는 생기가 돌았고, 악의적인 승리감에 눈이 반짝였다. 그는 속삭이며 혼잣말을 했다. "그녀는 한 푼도 못 가져. 한 푼도!"

"유언장을 작성한 후, 나 말고 믿을 수 있는 사람 손에 반드시 맡겨야 해요. 노엘 도련님, 난 그냥 하인일 뿐이에요! 유언장이 안전해지고 도련님이 안전해지면, 이 집의 도련님 아내에게 편지를 쓰세요. 그녀의 악명 높은 사칭 행각은 들통났고, 새 유언장을 작성해서 도련님 사망 시 무일푼이 되었다고 말하세요. 분노감에 그녀는 더 이상 도련님 집에 들어올 수 없다고 말하세요. 그렇게 강력한 입장을 표하세요. 그리고 더 이상 도련님이 아내의 처분에 따르는 것이 아니라, 아내가 도련님의 처분에 따라야 해요. 법의 도움으로 도련님의 권리를 확고히 하고, 도련님이 내세우려는 미래에 대한 어떤 조건이든 이 여자를 굴복시켜요."

그는 열심히 펜을 들었고 앙심을 품고 거드름을 피우며 말했다. "그래요. 내가 내세우고 싶은 어떤 조건이든요." 그는 갑자기 감정을 자제하더니, 낙담하고 당혹스러워했다. "이제 난 어떻게 해야 하죠?" 집었던 펜을 재빨리 집어던지면서 물었다.

"뭘 하다니요, 도련님?"

"로스콤 씨는 먼 런던에 있고 이곳에는 날 도와줄 변호사가 없는데 어떻게 내 유언장을 작성하죠?"

르카운트 여사는 검지로 그녀 앞에 있는 서류들을 조심히 두드렸다. "여기에 도련님에게 필요한 게 다 있어요. 도련님한테 오기 전에 난 이 문제를 신중하게 살폈어요. 그리고 내가 해결하지 못하는 문제들은 믿을 만한 친구에게 도움을 받았어요. 내가 언급한 친구는 스위스 출신이지만 영국에서 태어나고 자란 신사예요. 그의 직업이 변호사는 아니지만, 법에 대한 경험이 상당해요. 그리고 그는 도련님이 작성한 유언장 견본뿐만 아니라, 유언장 견본만큼이나 우리에게 중요한 서한 초안도 제공했어요. 노엘 도련님, 아직 말하지 않았지만, 꼭 해야 할 다른 일이 있는데, 유언장만큼 시급해요."

"그게 뭔데요?" 호기심이 생긴 그가 물었다. "다음에 할 거예요. 아직 할 차례가 아니에요. 유언장부터 먼저 해야 해요. 내가 가져온 견본을 구술할 테니 도련님이 쓰세요."

노엘 밴스톤은 유언장과 서한 초안을 미덥지 못한 호기심으로 바라봤다. "당신이 구술하기 전에 내가 직접 그 서류들을 봐야겠어요. 그게 마음에 더 만족스러울 거예요, 르카운트."

"그럼요, 도련님!" 르카운트 여사는 그 서류들은 바로 건네주면서 답했다.

그는 유언장 초안을 먼저 읽고, 사람들 이름과 그들에게 유산으로 남기는 금액 목록이 빈칸으로 남겨진 것으로 보고 믿을 수 없다는 듯이 잠시 멈추고 눈썹을 찡그렸다. 2, 3분 후 그는 서류 마지막 부분까지 읽었다. 그는 어떤 이의도 제기하지 않고 그것을 르카운트 여사에게 돌려줬다.

서한의 초안은 훨씬 길었다. 그는 전혀 이해할 수 없다는 듯한 당혹감과 불만을 드러내며 힘들게 마지막까지 읽었다. 그는 옛날처럼 거드름을 피우며 말했다. "그 문제에 대해 어떤 조치를 취하기 전에, 설명을 들어야겠어요."

"우리가 계속 진행하면 설명이 될 거예요."

"전부 다요?"

"때가 되면 전부 다 설명될 거예요, 노엘 도련님. 유언장에는 아무런 이의가 없으세요? 아까 말했듯이, 유언장부터 처리해야 해요. 꼬마애도 이해할 수 있을 만큼 충분히 간결하다는 걸 봤을 거예요. 하지만, 어떤 의문이라도 생긴다면, 무슨 일이 있어도 전문 변호사에게 유언장을 보여줘서 그 의문을 해결하세요. 그동안 우리는 모두 죽을 사람들이고 잃어버린 기회는 결코 되돌릴 수 없다는 걸 다시 한 번 말해도, 내가 오지랖이 넓다고 생각하지 마세요. 도련님의 시간은 도련님 것이고, 적이 도련님을 의심하지 않을 때, 유언장을 작성하세요!"

그녀는 종이 한 장을 펼쳐 그 사람 앞에 두고, 펜을 잉크에 담갔다가 그의 손에 쥐어 주었다. 그는 아무 말 없이 그것을 쥐었고, 언뜻 보기에, 일시적인 불안감을 느끼는 거 같았다. 하지만 요점은 파악됐고, 그는 그곳에 앉았고, 앞에 종이가 있고, 손에는 펜이 있었다. 마침내 본격적으로 유언장을 작성할 준비가 됐다.

르카운트 여사가 초안을 미리 살펴본 후 말했다. "첫 번째로 결정한 문제는 유언 집행자를 선택하는 거예요. 도련님 결정에 영향을 주고 싶지만, 당연히 현명한 선택을 하셔야 해요. 다른 말로, 도련님이 믿을 수 있는 오랜 친구를 선택해야 한다는 거죠."

"제독을 의미하는 거겠죠?"

르카운트는 고개를 끄덕였다.

"알았어요. 제독으로 하죠."

분명 여전히 그의 마음을 짓누르고 있는 무엇인가가 있었다. 그가 힘든 상황에 부닥쳤어도, 르카운트 여사의 분별 있고, 사심이 없는 충고를 지금처럼 트집 하나 잡지 않고 받아들이는 것은 그의 본성과 맞지 않았다.

"준비됐어요, 도련님?"

"네."

르카운트 여사는 다음과 같은 초안의 첫 문장을 구술했다.

"현재 덤프리스 인근 베일리올 별장에 사는 나, 노엘 밴스톤의 유언장이다. 1847년 9월 13일에 작성했던 전 유언장을 전부 무효로 한다. 그리고 이로써 에식스 세인트 크럭스 인 더 마쉬의 아서 에버라드 바트람 제독을 이 유언장의 단독 유언 집행자로 지정한다."

"다 적으셨어요, 도련님?"

"네."

르카운트 여사는 초안을 내려놓았고, 노엘 밴스톤은 펜을 내려놓았다. 둘 다 서로를 처다보지 않았다. 긴 침묵이 흘렀다.

르카운트 여사가 마침내 입을 열었다. "노엘 도련님, 재산 처분을 어떻게 하고 싶은지 듣고 싶어요. 도련님의 큰 재산 말이에요." 그녀는 가차 없이 강조하며 말을 덧붙였다.

그는 펜을 다시 집어 들더니, 쥐 죽은 듯이 깃펜에서 깃털을 뽑기 시작했다.

"어쩌면 도련님의 예전 유언장이 어땠는지 알려주면 도움이 될 거예요. 8만 파운드를 아내에게 남긴 후 남은 돈을 모두 누구에게 남겼는지 물어봐도 될까요?"

만약 그가 그 질문에 제대로 대답했다면, "나는 나머지 모든 돈을 내 사촌인 조지 바트람에게 남겼어요"라고 말했을 것이고, 르카운트 여사가 있는 데서 유언장에 르카운트 여사의 이름을 언급하지 않았다는 것을 암묵적으로 인정했을 것이다. 더 대담한 남자라도 그의 입장이었다면 지금 그가 느끼고 있는 압박감과 당혹감을 똑같이 느꼈을지도 모른다. 그는 깃펜에서 마지막 깃털을 뽑았다. 그리고 발밑에 있는 함정을 필사적으로 뛰어넘었고, 스스로 르카운트 여사의 요구를 충족시켜 주기로 했다.

그는 불안하게 말했다. "예전 유언장 말고 지금 작성 중인 유언장에 대해 말하고 싶어요. 첫 번째로, 르카운트⋯." 그는 망설였고, 깃펜 끝 쪽을 입으로 물고 뜯으면서 생각에 잠겼고, 더는 말하지 않았다.

"네, 도련님?" 르카운트 여사는 끈질기게 물었다.

"우선⋯."

"네, 도련님?"

"첫 번째로 당신의 몫을 챙겨줘야겠죠?"

그는 마치 관대한 거절을 당할 것이라는 희망이 아직 남아 있는 것처럼, 마지막 말을 애처롭게 물어보는 말투로 말했다. 르카운트 여사는 지체없이 이 점에 대해 그를 일깨웠다.

"감사해요, 노엘 도련님." 그녀는 호의를 받아들이는 것이 아니라 권리를 인정하는 여자의 말투와 태도로 말했다. 그는 또다시 깃펜을 물었다. 얼굴에 땀이 나기 시작했다.

"문제는 금액이네요."

"(도련님 기억에) 한탄하던 아버님도 병환 때 그런 문제를 겪으셨죠?"

"기억 안 나요." 노엘 밴스톤은 완강하게 말했다.

"도련님은 그분 침대 한쪽에 있었고, 난 반대편에 있었어요. 유언장을 작성하라고 설득했지만 허사였죠. 다시 건강해질 때까지 기다렸다가 유언장을 작성하겠다고 우리에게 말씀하신 후, 나를 돌아보면, 내가 죽는 날까지 고이 간직할 친절하고 감동적인 말씀을 하셨어요. 그 말 잊었어요, 노엘 도련님?"

"네." 노엘은 망설임 없이 말했다.

"지금 예민한 내 상황에서, 도련님의 기억을 되살릴 수는 없어요."

그녀는 시계를 보더니 다시 조용해졌다. 그는 두 손을 꽉 쥐고 망설임의 고통에 의자에서 몸을 좌우로 비틀었다.

르카운트 여사는 그를 전혀 신경 쓰지 않는 척했다.

"어떨 거 같아…?" 그는 말문을 열었다가 갑자기 다시 닫았다.

"네, 도련님?"

"천 파운드는 어때요?"

르카운트 여사는 의자에서 일어나, 잔뜩 격분한 채 그의 얼굴을 똑바로 바라봤다.

"노엘 도련님, 오늘 도련님을 돕고 나서, 더 이상 얻는 게 없다면, 최소한 도련님의 존중이라도 받고 싶네요. 안녕히 계세요."

"2천!" 노엘 밴스톤은 절망감에 찬 용기로 외쳤다.

르카운트 여사는 경멸적인 침묵 속에 서류를 덮고 여행용 가방을 팔에 걸쳤다.

"3천!"

르카운트 여사는 철옹성처럼 위엄 있게 탁자에서 문으로 향했다.

"4천!"

르카운트 여사는 몸서리치며 숄을 챙기고, 문을 열었다.

"5천!"

그는 격렬한 분노와 긴장감에 휩싸여 그는 손을 꽉 쥐고 비틀었다. "5천"은 금전적 자살에 대한 죽음의 외침이었다.

르카운트 여사는 다시 문을 조용히 닫고, 한 걸음 뒤로 물러섰다.

"상속세는 없는 거죠, 도련님?"

"있어요."

르카운트 여사는 뒤돌아서 문을 다시 열었다.

"없어요."

르카운트 여사는 돌아와서 아무 일도 없었다는 듯이 탁자에 다시 앉았다.

"상속세 없는 5천 파운드가 도련님 아버님이 감사하게도 유언장에서 나에게 약속하셨던 금액이었어요." 그녀가 조용히 말했다. "도련님 기억을 떠올려 보면, 내가 사실대로 말한다는 걸 알 거예요. 노엘 도련님, 아버님 약속을 자식으로서 지킨 거 받아드릴게요. 그리고 그만 할게요. 난 내 지위를 비열하게 이용하는 것을 경멸해요. 도련님의 두려움을 이용해 어떤 것을 얻는 것도 경멸해요. 도련님은 나 자신에 대한 나의 존경과 내가 짊어지고 있는 저명한 이름 때문에 보호받고 있어요. 내가 했던 모든 일과 도련님을 모시는 동안 내가 겪었던 모든 일을 기꺼이 받아들이세요. 르콤트 교수 미망인은 당연히 자신의 몫만 챙기고 그 이상은 취하지 않아요!"

그 말을 할 때, 순간적으로 그녀 얼굴에서 아픈 기색이 사라졌고, 눈은 한결같은 내면의 빛으로 빛났다. 모든 여성은 승리의 광채 속에서 빛났다. 그 승리는 자신의 주장을 관철하고, 자신의 온건함을 입증

하고, 막달렌의 입장에서 막달렌의 강직한 금욕과 대등하게 함으로서 3번의 승리를 거뒀다.

"도련님이 다시 진정되면, 계속 진행해요. 일단 조금 기다려요."

그녀는 그에게 마음을 가다듬을 시간을 주었고, 초안을 먼저 본 후, 유언장의 두 번째 단락을 다음과 같이 구술했다.

"나는 버지니 르콤트 부인(취리히 출신 故 르콤트 교수의 미망인)에게 상속세 없이 5천 파운드를 유증한다. 유증을 하면서, 내 가정부로서 르콤트 여사의 믿음과 충실함에 내 생각뿐만 아니라, 유언장을 남기지 않고 돌아가셨던 아버지께서도 유언장에 그녀의 봉사에 대한 감사함의 표시로 지금 내가 그녀에게 남기는 금액을 남기셨을 것이라 생각하고 그 유지를 받든다고 기록으로 남기길 바란다."

"마지막 말 썼어요, 도련님?"

"네."

르카운트 여사는 탁자에 기대어 노엘 밴스톤에게 손을 내밀었다.

"고마워요, 노엘 도련님. 5천 파운드는 아버님을 위해 일했던 것에 대한 보답이에요. 유언장에 적힌 글은 도련님의 답례예요."

처음으로 그의 얼굴에 희미한 미소가 스쳤다. 곰곰이 생각해보니, 상황이 더 나빴을지도 모른다는 생각에 그는 위로가 됐다. 자금 담당과 절충할 수 없는 문장으로 감사의 빚을 갚아서 상처받은 영혼에 위안이 됐다. 아버지가 어떻게 하셨든, 결국 그가 르카운트와 합의를 했다!

"조금만 더 쓰면, 괴롭지만 필요한 업무는 다 마무리될 거예요. 사소한 내 유산 문제가 해결됐으니, 중요한 문제가 남았어요. 이제 거액의 재산의 앞으로 향방이 도련님의 지시를 기다리고 있어요. 누구에게 가죠?"

그는 의자에서 다시 몸을 비틀기 시작했다. 아내의 강렬한 매력에도 불구하고, 서류상으로 그의 돈과 헤어지는 게 것이 고통스러웠다.

그는 고통을 참았고, 희생을 감수했다. 그리고 이제 두 번째로 그를 무자비하게 기다리고 있는 두려운 시련이 다시 찾아왔다!

"이미 내가 했던 질문을 다시 하면, 도련님 결정에 도움이 될 거예요. 아내의 영향을 받아 작성했던 유언장에서 나머지 돈은 누구에게 남겼죠?"

이제 그 질문에 대답해도 나쁠 것이 없었다. 그는 그 돈을 사촌 조지에게 남긴다는 것을 인정했다.

"잘하셨어요, 노엘 도련님. 지금 이보다 더 잘할 수 없어요. 조지 씨와 그분의 두 자매가 도련님에게 유일하게 남은 친척들이에요. 불치병 환자인 자매 한 명은 이미 그녀가 느끼는 고통으로 인한 모든 욕구를 충족시킬 만큼 돈이 충분히 있어요. 다른 한 명은 도련님보다 훨씬 부자인 남자의 아내죠. 이 자매들에게 물려주는 건 돈 낭비예요. 그 돈을 조지에게 남기는 건 사촌분이 언젠가 삼촌의 허물어져 가는 집과 얼마 없는 재산을 상속받았을 때 그에게 필요한 도움을 주는 거예요. 제독은 유언 집행자로, 조지 씨는 상속자로 지정하는 유언장이 도련님이 작성해야 하는 제대로 된 유언장이에요. 우정의 권리를 공경하고, 혈연관계의 권리를 정당화하는 거예요."

그녀는 온화하게 말했다. 세인트 크럭스의 환대에 자신이 빚진 모든 것에 감사하는 마음으로 말했기 때문이다. 노엘 밴스톤은 다른 펜을 들어, 첫 번째 펜처럼 깃펜의 깃털을 뽑기 시작했다.

"그렇네요." 그는 마지못해 말했다. "조지에게 있는 거 같아요. 조지가 나에 대한 주요 권리가 있다고 생각해요." 그는 망설였다. 그는 어떻게 해서든 도망치고 싶은 것처럼 문을 바라보고, 창문을 바라보았다.

"아, 르카운트." 그는 애처롭게 외쳤다. "정말 큰 재산이에요. 다른 사람에게 물려주기 전에 조금만 더 기다려요."

놀랍게도 르카운트 여사는 이 특유의 요구에 바로 응했다.

"기다려요, 도련님. 유언장에 한 줄 더 쓰기 전에 중요하게 할 말이 있어요. 얼마 전에, 도련님 현재 상황과 관련해 두 번째로 해야 할 일이 있다고 말했죠. 때가 되면 해야 할 일이에요. 이제 때가 됐어요. 사촌 조지에게 도련님 재산을 남기기 전에 부딪히고 물리쳐야 하는 심각한 어려움이 있어요."

"무슨 어려움인데요?"

르카운트 여사는 대답 없이 의자에서 일어나, 살며시 문 쪽으로 가더니 갑자기 문을 열었다. 밖에서 듣는 사람은 아무도 없었고, 복도는 끝에서 끝까지 고요했다.

자기 자리로 돌아온 그녀가 말했다. "난 모든 하인들을 믿지 않아요. 특히 도련님 하인들은요. 가까이 앉아요, 노엘 도련님. 지금부터 내가 하는 이야기는 우리 빼고 다른 사람들은 들어서는 안 돼요."

르카운트 여사가 탁자 위에 놓인 두 번째 서류를 펼쳐 빠르게 훑어보면서 기억을 되살리는 동안 몇 분간 이야기가 중지됐다. 그런 후, 그녀는 복도 밖에 있는 누구든 알아듣지 못하게 목소리를 낮춰 다시 한 번 노엘 밴스톤에게 말을 걸었다.

"다시 도련님 아내에 대해 다시 이야기해야 해요, 도련님. 어쩔 수 없이 해야 해요. 도련님과 날 위해서 아주 간단하게 이제 그 여자에 대해 말할게요. 노엘 도련님, 그녀가 가스 양인 것처럼 우리에게 왔을 때 했던 자백과 앨드버러에서 했던 행동에서, 우리가 이 여자에 대해 뭘 알죠? 만약 아버님이 돌아가시지 않았다면, 그녀는 그분에게서 콤-레이븐 돈을 훔치려고 계획을 꾸몄을 거예요. 도련님이 그 돈을 물려받자, 돈을 뺏으려는 계획을 준비했다는 걸 우리가 알아요. 우리는 그녀가 어떻게 그 음모를 끝까지 해냈는지 알고, 지금 이 순간 그녀의 탐욕과 사기를 성공하려면 도련님의 죽음만이 남았다는 걸 알아요. 우리는 이 점들을 확신해요. 그녀가 젊고, 대담하고, 영리하다는 것, 그녀는 의심도, 양심의 가책도 없고, 동정심도 없고, 보통 남자들이 (나는 전혀 이해가 안 돼요!) 감탄하며 바라보는 개인적 자질도 있다는 걸 확실히 알아요. 이것들은 허상이 아니고 사실이에요, 노엘 도련님. 나만큼 도련님도 잘 알고 있어요."

그는 그렇다는 몸짓을 했고, 르카운트 여사는 말을 이었다.

"과거 내가 했던 말을 명심하고, 이제 나와 함께 미래를 봐요. 난 도련님이 장수할 거라고 믿고 그러길 바라요. 그러나 잠시만 도련님이 사망할 경우를 생각해봐요. 도련님이 사망할 경우 사촌 조지에게 재산을 물려준다는 이 유언장을 남겼어요. 런던에 모든 유언장의 사본을 보관하는 사무실이 있다고 들었어요. 호기심 많은 낯선 사람이 돈을 주고 특혜를 받아서 사무실에 들어가서, 또는 그녀가 마음껏 그곳에서 유언장을 읽을 수 있어요. 내가 무슨 말 하려는지 알겠어요, 노엘 도련님? 유산 상속을 박탈당한 도련님의 미망인이 돈을 주고 유언장을 읽어요. 상속권을 박탈당한 미망인이 도련님의 아버지에서 도련님, 다음으로 조지 바트람 씨에게 간 컴-레이브 돈을 알게 되는 거예요. 그걸 알게 되면 확실한 결말이 뭘까요? 도련님 사촌이자 친구에게 유산을 남기면서, 자신의 실패에 격분해서 이 여자의 복수심과 속임수의 목표가 어느 때보다 확고해질 거예요. 도련님 사촌 조지는 어떤 사람이죠? 그는 너그럽고 의심이 없는 사람이에요. 자신을 기만하지 않고, 다른 사람들은 속이지 않아요. 도련님 아내의 부도덕한 매력과 헤아릴 수 없는 속임수에 그를 내버려두면, 거기 앉아 있는 도련님처럼 그 끝이 확실히 보여요. 그녀는 도련님 눈을 멀게 했으니, 그의 눈을 멀게 할 거예요. 그리고 도련님도 나도 모르게, 그녀는 그 돈을 가질 거예요!"

그녀는 그의 마음을 사로잡기 위해 마지막 말을 남겼다. 상황을 너무나 명쾌하게 말했고, 결론이 너무나 명백했기 때문에, 별 노력 없이도 그는 그 의미를 단번에 파악했다.

"알겠어요!" 그는 앙심을 품고 손을 움켜쥐며 말했다. "이해했어요, 르카운트! 그녀는 한 푼도 가져서는 안 돼요. 내가 뭘 해야 하죠? 그 돈을 제독에게 남길까요?" 그는 말을 멈추고 잠시 고심했다. "아니에요, 제독에게 남기면 조지에게 남길 때처럼 똑같이 위험해요."

"노엘 도련님, 내 조언을 따른다면 위험하지 않아요."

"어떤 조언이죠?"

"도련님 생각대로 하세요. 펜을 다시 들고, 바트람 제독에게 돈을 남기세요."

그는 무의식적으로 잉크에 펜을 담그고는 머뭇거렸다.

"유언장에 서명하기 전에 어느 부분에서 내가 도련님을 이끌지 알게 될 거예요. 그동안 계속하면서 하나하나 접근해 봐요. 다음 단계로 넘어가기 전에 유언장을 다 작성하면 좋겠어요. 나에게 5천 파운드 유산을 남긴다는 내용 밑에 세 번째 단락부터 시작해요."

그녀는 (초안을 보고) 다음과 같이 마지막으로 중요한 문장을 구술했다.

"내 안장 비용과 법적 부채를 지불한 후 나머지 재산은 앞서 말한 유언 집행자인 아서 에버라드 바트람 제독에게 남긴다. 그가 적합하다고 생각하는 용도에 사용할 수 있다."

"1847년 11월 3일 이 문서의 유언자인 노엘 밴스톤이 마지막 유언장을 우리 임석 하에 서명하고 봉인하고 전달한…."

"그게 다예요?" 노엘 밴스톤이 놀라서 물었다.

"제독에게 재산을 물려주는 것으로 충분해요. 그리고 그게 전부예요. 이제 우리가 이미 예상했던 경우로 돌아가요. 도련님 미망인이 돈을 주고 유언장을 봐요. 바트람 제독에게 남긴 콤-레이븐 돈을 그가 원하는 대로 사용할 수 있다고 분명히 적혀 있어요. 이걸 보면 그녀는 뭘 할까요? 그녀는 제독에게 덫을 놓을 거예요. 그는 총각이고, 늙었어요. 누가 이 절박한 여자의 기교로부터 그를 보호하겠어요? 이미 훌륭한 일을 한 그 펜으로 도련님이 직접 보호하세요. 도련님 아내가 보는 유언장에 이 유산으로 남긴다고 했죠. 제독과 도련님 사이에 극비로 남긴 편지에서 그 유산을 다시 가져오세요. 유언장과 편지를 한 부로 같이 만드세요. 그리고 도련님 사망일에 봉인을 뜯으라고 지시하는 문서와 함께 제독에게 주세요. 유언장 내용은 지금처럼 그대로 하세요. 그리고 (도련님과 그분 사이의 비밀로) 편지에서 사실을 전하세요. 그분에게 도련님 재산을 남기면서, 도련님의 유산을 받아서 조카 조지에게 주라고 부탁하는 거예요. 그분의 명예에 대한 신뢰와 도련님 아버님과 도련님에 대한 그분의 애정 어린 기억에 대한 믿음으로 이 문제를 전적으로 믿고 맡긴다고 하세요. 도련님은 어렸을 때부터 제독을 알고 지냈어요. 그분은 조금 변덕스럽고 특이해요. 하지만 머리부터 발끝까지 신사예요. 그리고 죽은 친구가 보여준 명예로 그분은 신뢰를 전혀 저버리지 않을 거예요. 이와 같은 전략으로 과감히 어려움에 맞서세요. 그리고 도련님은 다른 방식으로 아내의 올가미에서 이 무기력한 두 남자를 구하세요. 여기 한쪽에는 제독에게 재산을 준다는 도련님 유언장으로 그녀가 음모에 빠지도록 해요. 그리고 다른 한쪽에는 그 돈을 개인적으로 조카에게 준다는 내용의 편지를 쓰는 거예요!"

이런 조합의 악의적인 재주는 노엘 밴스톤이 가장 높이 평가할 만했다. 그는 인정과 감탄을 말로 표현하려고 했다. 르카운트 여사는 경고하듯 손을 들었고 그는 입을 다물었다.

"잠깐만요, 도련님 의견을 말하기 전에, 우리는 거의 절반만 해결했어요. 제독이 도련님이 개인적으로 부탁한 대로 유산을 사용했다고 쳐요. 아무리 비밀을 잘 지킨다고 해도 머지않아 도련님 아내가 진실을 알게 될 거예요. 그다음에 무슨 일이 일어나겠어요! 그는 조지 씨를 유혹하겠죠. 도련님이 한 일은 우회적 방법으로 그분에게 돈을 물려줬을 뿐이에요. 시간이 흐른 후, 도련님이 유언장에서 그분을 공개적으로 언급했듯이, 그분은 그녀의 처분에 달렸어요. 이에 대한 해결책은 뭐겠어요? 가능하다면 그 해결책으로, 그녀와 돈 사이에 도련님의 사촌 조지를 보호하기 위해 두 번째 장애물을 만드는 거예요. 도련님? 그녀의 길을 막는 가장 유망한 장애물이 뭐겠어요?" 그는 고개를 저었다. 르카운트 여사는 미소를 지었고, 그의 팔에 손을 얹어 세심한 주의를 기울여 그를 놀라게 했다.

"그녀의 길에 여자를 내세우는 거예요!" 그녀는 아주 교활한 말투로 속삭였다. "우리는 도련님이 무엇을 하든 그녀의 매혹적인 아름다움을 믿지 않아요. 우리의 입술은 매끈한 뺨에 키스하지 않아요. 우리의 팔은 그 유연한 허리에 두르지 않아요. 우리는 그녀의 미소와 우아함을 꿰뚫어보고 있고, 그녀는 우리를 매료시킬 수 없어요. 여자를 내세워요, 노엘 도련님! 하인이라서 나와 같이 속수무책인 여자가 아니라 권위와 아내의 질투심을 가진 여자로요. 제독에게 보낸 편지에서 도련님 사망 시 조지 씨가 총각이라면, 그 후 일정 기한 내에 결혼하지 않으면 유산을 남기지 않는다는 조건을 붙이세요. 그 조건에도 여전히 그분이 미혼으로 남아 있다면, 그럼 누가 그 돈을 가져야 할까요? 그 경우에는 사촌 조지의 결혼한 자매에게 재산으로 남긴다고 해서 한 번 더 도련님 아내의 길을 막아요."

그녀는 잠시 말을 멈췄다. 노엘 밴스톤은 다시 자신의 의견을 표현하려고 했고, 다시 르카운트 여사는 손을 들어 그를 조용히 시켰다.

"노엘 도련님이 찬성한다면 난 당연히 받아들이게요. 만약 반대한다면, 도련님이 말을 꺼내기도 전에 그 반대를 감수할게요. 도련님은 이렇게 말하겠죠. 이 조건이 목적에 부합한다면, 왜 제독에게 보내는 개인 서신에 숨겨야 하죠? 유언장에 왜 사촌 이름을 공개적으로 명시하지 않죠? 이유는 단 하나예요. 도련님 아내와 같은 여자 때문에 비밀스런 방법만이 확실한 방법이에요. 도련님의 뜻을 더욱 숨길수록, 그녀가 그것들을 스스로 알아내는 데 더 많은 시간을 낭비하게 될 거예요. 그녀가 낭비한 그 시간으로 제독이 배반할 시간을 벌게 되고, (만약 그때도 미혼이라면) 조지 씨는 누구의 방해 없이 숙녀분을 고를 수 시간을 벌게 되고, 선택된 그 숙녀분의 안전을 위한 시간을 버는 거예요. 그렇지 않다면 도련님 아내의 의심과 적개심의 첫 번째 대상이 될 거예요. 위층에서 발견한 그 병을 기억하세요. 그리고 도련님이 할 수 있는 한 이 절박한 여자가 계속 모르도록 해야 해가 없어요. 노엘 도련님, 가장 간결한 말로 이게 제 조언이에요. 어떻게 생각하세요, 도런님? 친구인 바이그레이브 씨만큼 나도 똑똑한가요? 내 모의의 목적이 도런님의 소원을 들어주고 당신 친구들을 보호하는 것이라면, 조금 공모할 수 있을까요?"

마침내 노엘 밴스톤은 말을 할 수 있었고, 예전에 래지 대위에게 찬사를 표할 때 했던 말들과 비슷하게 르카운트 여사에게 존경을 표했다. "정말 똑똑해요!" 그가 르카운트 여사의 가장 쓰라린 적에게 한번 말했던 감사의 말이었다. "정말 똑똑하네요!" 이제 르카운트 여사에게 그 감사의 말을 했다. 정말 극과 극이었다. 가끔씩 어리석은 사람이 모든 것을 포용한다.

"도런님, 그런 찬사를 해 주셔서 감사해요. 제독에게 보낼 편지를 아직 쓰지 않았어요. 그 편지를 완성해서 같이 두기 전까지 유언장은 이브 없는 아담처럼 영혼이 없는 육체예요. 내가 조금 더 구술하고, 도런님이 조금만 더 쓰면, 우리의 일은 끝나요. 죄송해요. 편지가 유언장보다 길 거예요. 이번에는 그 편지지보다 더 큰 종이가 필요해요."

필기구 함을 뒤져서, 알맞은 크기의 편지지 몇 장을 찾았다. 르카운트 여사는 다시 구술했고, 노엘 밴스톤은 펜을 다시 펜을 들었다.

"베일리올 별장, 덤프리스."
"1847년 11월 3일."
"비공개."
"바트람 제독에게
(내 유일한 유언 집행자로 지정된) 내 유언장을 열어보면, 5천 파운드를 제외하고 나머지 모든 유산은 당신에게 유증한다는 것을 알게 될 것입니다. 현재 당신 손에 맡겨진 그 재산을 남긴 목적을 개인적으로 이야기하는 것이 내 편지의 목적입니다.

이 큰 유산을 특정 조건에서 조카 조지에게 주는 것으로 생각해 주시길 바랍니다. 만약 내가 사망했을 때 조카가 결혼했고 부인이 살아 있다면, 바로 그에게 그 유산을 주기 부탁드립니다. (난 그가 자신의 거룩하고 법적인 의무를 생각할 것이라고 확신하며) 그가 그 돈을 부인과 혹시 있다면 자녀들에게 잘 쓰길 바랍니다. 반면, 내가 사망했을 때 그가 미혼이거나 홀아비일 경우, 유산을 받는 조건으로 그가 결혼을 일정 기간 내…"

르카운트 여사는 지금까지 구술했던 초안을 내려놓고 노엘 밴스톤에게도 펜을 내려놓으라고 손짓했다.

"기한 문제가 있네요. 도련님 사망 시, 사촌이 미혼이거나 홀아비리면 결혼할 때까지 얼마나 시간을 줄 건가요?"

"1년은 줘야 할까요?"

"만약 우리가 소유권만 생각한다면, 나도 1년이라고 말했을 거예요. 특히 조지 씨가 홀아비일 경우라면 더욱더 그렇죠. 하지만 우리는 소유권뿐만 아니라 도련님 아내도 고려해야 해요. 도련님 사망과 사촌의 결혼 사이에 1년간의 지체는 재산을 위태롭게 하는 긴 시간이에요. 결단력 있는 여자에게 1년 동안 음모를 꾸미고 계획할 시간을 주면 그녀가 무슨 짓을 할지 몰라요."

"6개월?"

"6개월이면 두 사람에게 괜찮은 시간이네요. 도련님 사망 후 6개월이면 조지 씨에게 충분할 거예요. 도련님, 심란해 보이네요. 무슨 일 있어요?"

그가 화를 내며 소리쳤다. "내 죽음에 대해 너무 많이 말하지 않았으면 좋겠어요. 마음에 안 들어요! 그 단어가 정말 싫어요!"

르카운트는 체념한 듯 미소를 지으며 초안을 살폈다.

"여기 '작고'라는 단어가 보이네요. 노엘 도련님, 그 단어가 더 맘에 들어요?"

"네. 작고가 더 나아요. 사망만큼 무섭지는 않아요."

"편지 계속 적어요, 도런님."

그녀는 다음과 같이 다시 구술했다.

"… 경우에, 내 작고일로부터 6개월 이내 결혼을 그가 내 유산을 받는 조건으로 합니다. 그가 결혼하는 여자는 미망인은 안 됩니다. 결혼은 결혼 공고를 하고, 어린 시절부터 알았고 미래의 아내의 가정과 환경이 대중의 관심 대상이 되는 오스라거의 교구 교회에서 공개적으로 축하하는 결혼이어야 합니다."

조용히 초안에서 눈을 뗀 르카운트 여사가 말했다. "이건 도런님에게 성공했던 함정이 조지 씨에게도 똑같은 함정이 만들어졌을 경우에 대비해 그분을 보호하기 위한 거예요. 그녀는 다음번에는 괜찮은 가짜 신분과 가짜 이름을 그렇게 쉽게 찾지 못할 거예요. 그녀를 도와줄 바이그레이브 씨조차도요! 잉크에 한 번 더 담그세요, 노엘 도런님. 다음 문단을 써야 해요. 준비됐어요?"

"네."

르카운트 여사는 말을 이었다.

"만약 당신의 조카가 이런 조건들을 따르지 않는다면, 즉, 내가 작고했을 때 미혼이거나 홀아비일 때, 6개월 이내에 내가 여기서 지시한 대로 결혼하지 못했다면, 그는 유산 전체 혹은 일부를 받지 못합니다. 그 경우에는 내 유언장에서 당신에게 남긴 유산을 그를 건너뛰고 그의 결혼한 누이인 거들스톤 부인에게 물려주길 바랍니다.

내 동기와 의향을 알려드렸으니, 고심해 봐야 하는 다음 질문으로 넘어가겠습니다. 당신이 이 편지를 봤을 때, 조카가 미혼이라면, 가능한 한 빨리 그가 여기에 명시된 조건을 알아야 하는 건 분명합니다. 이런 상황에서 내가 당신에겐 쓴 편지를 그에게 자유롭게 전달할 수 있습니까? 아니면 이와 같이 내 바람의 개인적 표명이 존재하지 않는다는 인상을 그에게 주겠습니까? 그리고 그의 결혼과 관련된 모든 조건을 마치 전적으로 당신이 내건 것처럼 말하겠습니까?

만약 당신이 후자를 선택한다면, 당신의 우정이 나에게 보여준 많은 은혜에 또 하나의 은혜를 베푸는 것입니다.

내 재산 소유와 처분에 특이한 조건을 단 것은 (내 작고 후) 부도덕한 사람의 사기와 음모의 대상이 될 것이라는 믿을 만한 심각한 이유가 있기 때문이다. 그러므로 우선 당신을 위해서라도, 이 편지의 존재에 대한 어떠한 의심도 내가 언급하는 사람에게 전해지지 않길 간절히 바랍니다. 나는 또한, 두 번째로 거들스턴의 부인을 위해서, 당신의 조카가 기한 내에 결혼하지 못할 경우, 내가 언급한 같은 사람의 전 재산이 거들스턴 부인에게 넘어간다는 것을 전혀 모르기를 간절히 바랍니다. 나는 조지의 편안하고 고분고분한 성격을 알고 있습니다. 그런 시도들이 있을까 봐 두렵습니다. 그리고 나는 그에게 비밀을 털어놓는 것을 삼가는 것이 신중한 길이라고 확신합니다. 그에 관한 성급한 폭로는 심각하고 심지어 위험한 결과를 초래할 수 있습니다.

따라서 이런 조건들이 당신이 내건 조건인 것처럼 말하세요. 자산가로서 당신에게 부과된 새로운 책임, 내 유언장에서 당신의 지위, 그리고 결과적으로 가족 이름을 영속화해야 한다는 당신의 바람 때문에, 당신이 제안했다고 그가 생각하도록 하십시오. 만약 그가 이런 이유들을 납득하지 못한다면, 그의 결혼식 날에 그에게 추가 설명을 해주는 것을 반대하지 않습니다.

다 끝났습니다. 당신의 명예에 대한 절대적인 의지와 내 친구에 대한 당신의 다정한 관심에 내 마지막 소원을 털어놓았습니다. 이 편지를 쓸 수밖에 없는 비참한 상황에 대해 나는 아무 말도 하지 않을 것입니다. 만약 내 목숨을 부지한다면, 당신은 나한테서 직접 듣게 될 것입니다. 내 어려움과 고통에 관해 제일 먼저 상담하는 사람은 당신일 것입니다. 내 부탁이 지켜질 때까지, 이 편지를 철저히 비밀에 부치고 당신만 알고 있으세요. 어떤 구실을 대서든 당신 외에는 누구도 알지 못하게 하십시오.

정말입니다, 바트람 제독.

노엘 밴스톤 씀

"서명했어요, 도련님? 봉하기 전에 내가 살펴볼게요."

그녀는 편지를 주의 깊게 읽었다. 노엘 밴스톤의 빽빽한 필체로 쓴 편지는 편지지 두 장을 채우고 세 번째 장 상단에서 끝났다. 르카운트 부인은 봉투를 사용하는 대신 옛날 방식으로 깔끔하고 빈틈없이 접었다. 그녀는 잉크 스탠드의 불붙이개에 불을 붙이고 편지를 필자에게 돌려줬다.

"노엘 도련님이 직접 봉하세요." 그녀는 불붙이개를 끄고 그에게 펜을 다시 건넸다. "편지에 에식스 세인트크러스 인 더 마쉬, 바트람 제독에게라고 적으세요. 주소 위에 다음 말들을 첨부하고 서명하세요. 혼자 간직하시다가 나, 노엘 밴스톤이 사망한 날에, 아니면 도련님이 원하시면 작고한 날에 혼자서만 열어보세요. 다 썼어요? 다시 한 번 보여주세요. 모든 면에서 아주 잘했어요. 축하드려요, 도련님. 만약 도련님 아내가 콤-레이븐의 돈을 위해 마지막 음모를 꾸미지 않았다면, 그건 노엘 도련님 잘못도, 내 잘못도 아니에요!"

편지를 완성하면서 노엘 밴스톤은 집중력이 풀렸고, 바로 개인적인 생각으로 되돌아왔다. "이제 짐을 싸야 해요. 내 물건들을 두고 갈 수 없어요."

"죄송하지만, 도련님, 먼저 유언장 서명부터 해야 해요. 그리고 도련님 서명을 증명할 2명도 있어야 하고요." 그녀는 앞쪽 유리창 밖을 내다보고, 마차가 문 앞에서 기다리고 있는 것을 보았다. "마부가 증인이 될 거예요. 덤프리스에서 괜찮을 일을 하고 있고, 만약 찾을 일이 있으면 그를 찾을 수 있을 거예요. 다른 증인은 도련님 하인들 중

한 명이어야 해요. 그들 모두가 얄미운 여자들이지만, 요리사는 셋 중
그나마 인상이 덜 험해요. 내가 나가서 마부를 부를 동안 그 요리사를
부르세요. 여기 증인들이 오면, 그들에게 이렇게만 말하세요. '여기
서명할 서류가 있는데, 서명 증인으로서 당신들 이름을 적어주길 바
라요.' 더 이상 말하지 마세요, 노엘 도련님! 평소처럼 말하세요. 서명
이 끝나면 도련님 짐을 챙길게요."

그녀는 현관으로 가서 마부를 응접실로 불렀다. 돌아오니 요리사
가 이미 와 있었다. 요리사는 이상하게 기분이 나빠 보였고, 계속해서
르카운트 여사를 응시했다. 잠시 후 노인이 마부가 들어왔다. 그는 위
스키 냄새를 풍겼지만 그는 스코틀랜드 출신이다. 냄새만이 그를 배
신했다.

노엘 밴스톤은 가르쳐준 대로 말을 반복했다. "여기 서명할 서류가
있는데, 서명 증인으로서 당신들 이름을 적어주길 바라요."

마부는 유언장을 바라봤다. 요리사는 르카운트 여사에게서 전혀
눈을 떼지 않았다.

"그럼요, 도련님." 마부는 얼굴 주름 주름 하나에 조심성을 보이며
말했다. "못할 것도 없죠, 도련님, 먼저 무슨 서류인지 말씀해 주시겠
어요?"

르카운트 여사는 노엘 밴스톤이 그 말에 화내기 전에 끼어들었다.

"도련님 유언장이라고 말해요. 그가 도련님 서명을 볼 때, 페이지
상단을 본다면 직접 더 많이 알 수 있어요."

"아, 아." 마부가 페이지 상단을 바로 보면서 말했다. "유언장이군
요, 선생님들! 죽음을 마주하는 서류군요! 모든 육체는 풀과 같아요."
그는 위스키 냄새를 내뿜으며 경건하게 천장을 올려다보면 말을 이었
다. "다른 성경 구절과 함께 그 말들을 받아들여야죠. 많은 사람들이
원하지만 소수가 선택을 받죠. 계시록 1장 1절부터 15절까지를 다시
읽어보고, 모든 것을 마음 걸 마음에 새겨요. 그럼 재산은 뭐냐고요?

쓸데없는 거죠! 그리고 육체는요? 도예가를 위한 점토죠. 그럼 생명은요? 코가 숨 쉬는 거죠!"

요리사는 마치 교회에 있는 것처럼 귀를 기울였다. 하지만 절대 르카운트 여사에게서 눈을 떼지 않았다.

르카운트 여사는 체념한 듯이 말했다. "서명하시는 게 좋겠어요, 도련님. 이건 덤프리스에서 거래하는 동안 흔히 하는 관례예요. 저 남자는 좋은 뜻으로 하는 말이에요."

노엘 밴스톤이 화를 내다가 빠르게 불안해하는 것을 보고, 달래는 말투로 마지막 말을 덧붙였다. 마부의 지나친 훈계는 그에게 혐오감뿐만 아니라 두려움도 부추기는 거 같았다.

그는 잉크에 펜을 담궜다가 아무 말 없이 유언장에 서명했다. 마부는 가장 세심하게 그 서명을 지켜봤고, 깊은 한숨을 내쉬며 또다시 위스키 냄새를 풍기면서 증인으로 자신의 이름을 서명했다. 요리사는 간신히 르카운트 여사에게서 시선을 떼고 아주 급하게 서둘러서 서명했고, (그 사이에) 가정부의 총에 장전된 권총이 있는지 보는 것처럼 흠칫하며 다시 되돌아봤다. "고마워요." 르카운트 여사는 아주 상냥하게 말했다. 요리사는 공격적으로 입을 다물고 그녀의 주인을 바라봤다. "가도 돼!"라고 주인이 말했다. 요리사는 경멸적으로 기침을 하고 자리를 떴다.

"오래 기다리게 하지 않을게요." 르카운트 여사는 물러나는 마부에게 말했다. "30분 이내에 돌아갈 준비를 할 거예요."

마부의 근엄한 표정이 처음으로 누그러졌다. 그는 묘한 미소를 지으며 발끝을 세워 살금살금 르카운트 여사에게 다가갔다. 그는 환심을 사려는 듯한 공손함으로 말했다. "한 가지 잊으시면 안 돼요. 하루치 수고비를 준다면 최고의 운전 실력을 보여드리죠!" 그는 낮은 쉰 소리로 웃으면서 응접실을 나섰다.

마부가 문을 닫자마자 노엘 밴스톤이 말했다. "르카운트, 30분 내에 우리가 떠날 거라고 했어요?"

"네, 도련님."

"눈을 어디다 둔 거예요?"

그는 화가 나서 발을 쾅쾅거리며 물었다. 르카운트 여사는 깜짝 놀라 그를 쳐다보았다.

"그놈이 취한 거 안 보여요?" 그는 점점 더 짜증을 내며 말을 이었다. "내 목숨은 별거 아니에요? 술 취한 마부에게 맡겨요? 저놈이 운전하는 거 못 믿겠어요, 하늘 아래 무슨 일이 있어도 말이에요! 당신이 그런 생각을 하다니 놀랍네요, 르카운트."

"그 남자는 계속 술을 마셔왔어요, 도련님. 그래서 그렇게 보이고 술 냄새가 나기 쉽죠. 하지만 그는 분명 술에 익숙해져 있죠. 만약 그가 술에 취하지 않아서 똑바로 걸을 수 있고 (분명히 그러고 있지만) 유언장에서 확인할 수 있듯이 훌륭한 필체로 자기 이름을 서명했다면, 그 사람은 우리를 덤프리스로 태워다 줄 만큼 술에 취하지 않았다고 생각되네요."

"그런 거 없어요. 당신은 외지인이에요, 르카운트. 여기 사람들을 몰라요. 그들은 아침부터 밤까지 위스키를 마셔요. 위스키는 가장 독한 증류주고, 머리에 미치는 효과로 악명이 높아요. 난 그 위험을 감수하고 싶지 않아요. 술 취하지 않은 사람만이 날 태워다 줬고 앞으로도 그럴 거예요."

"나 혼자서 덤프리스로 돌아갈까요, 도련님?"

"날 여기다 두고요? 그런 일이 있었는데 이 집에 나 혼자 둔다고요? 아내가 오늘 밤에 돌아오지 않을 거라고 어떻게 알죠? 그녀의 여정이 날 호도하기 위한 맹목적인 것이 아니란 걸 어떻게 알죠? 당신은 인정도 없어요, 르카운트? 이런 비참한 날 두고 갈 수 있어?" 그는 의자에 주저앉아 자신의 생각을 다 말하기 전에 울음을 터뜨렸다. "정말 못됐어요!" 그는 손수건으로 얼굴을 가리면서 말했다. "진짜 못됐어요!"

그를 불쌍히 여길 수밖에 없었다. 만약 인간이 불쌍하다면, 그는 그 인간이었다. 그는 아침부터 격앙된 감정들의 충돌로 마침내 무너졌다. 르카운트 여사가 계속해서 길을 인도했던 복잡한 조합의 미로를 따라 그녀를 따라가려는 노력이 그를 지탱해 줬다. 그 노력이 끝나는 순간, 그는 무너졌다. 원인과는 거리가 먼 마부가 그 결과를 재촉했다.

"도련님 때문에 놀라고 마음이 아프네요. 진정하세요. 도련님이 원하시면 여기 있을게요. 도련님을 위해서 오늘 밤 여기서 지낼게요. 무서운 하루를 보냈으니 휴식이 필요할 거예요. 마부를 바로 보낼게요, 노엘 도련님. 그 사람을 통해 호텔 주인에게 쪽지를 보내고, 내일 아침에 다른 사람이 마차를 몰고 오게 할게요."

그 말에 그는 힘을 얻었다. 눈물을 닦고 르카운트 여사의 손에 키스했다. "그래요!" 그가 희미하게 말했다. "마부를 돌려보내요. 그리고 당신은 여기에 머물러요. 당신은 좋은 사람이에요! 훌륭한 르카운트! 술 취한 놈 내보내고 바로 돌아와요. 벽난로에서 편안하게 있고, 멋진 저녁 식사를 하고 예전처럼 지내요." 그는 힘없는 목소리를 떨었고, 모닥불가로 돌아와서는 자신의 한심한 생각에 다시 눈물을 흘렸다.

르카운트 여사는 잠시 나가 마부를 돌려보냈다. 응접실로 돌아왔을 때, 그가 손에 종을 들고 있는 것을 봤다.

"뭐가 필요하세요, 도련님?" 그녀가 물었다.

"하인들에게 당신 방을 준비하라고 말하려고요. 당신을 배려하고 싶어요, 르카운트."

"정말 친절하세요, 노엘 도련님, 하지만 잠시만요. 하인이 다시 들어오기 전에 이 서류들을 치워두는 게 좋을 것 같아요. 도련님이 유언장과 봉인된 편지를 한 봉투에 넣고, 제독에게 보내면, 내가 그분 손에 그 동봉된 것이 안전하게 전달되도록 살필게요. 잠시만 식탁으로 오시겠어요, 노엘 도련님?"

그렇지 않았다! 그는 고집불통이었다. 그는 벽난로 가에서 움직이기를 거부했고, 쓰는 것이 진절머리가 났다. 그는 태어나지 말았으면 하고 바랐고, 펜과 잉크는 보기도 싫었다. 르카운트 여사는 모든 인내심과 모든 설득력을 동원해 두 번째로 그에게 제독 주소를 쓰도록 했다. 그녀는 겨우 종이함에서 빈 봉투를 꺼내서 무릎 위에 올려놓을 수 있었다. 그는 투덜대고 심지어 욕도 했지만, 마침내 다음과 같이 봉투에 적었다. "세인트 크러스 인 더 마쉬, 바트람 제독에게. 르카운트 편으로 보냄." 그가 온순하게 따른 것도 끝이 났다. 그는 매우 격렬한 말로 봉투를 봉인하는 것을 거부했다. 그에게 이 절차를 강요할 필요는 없었다. 그의 인장이 탁자 위에 있었고, 그가 쓰든 그가 신뢰하는 사람이 그를 대신해서 쓰든 아무 상관이 없었다. 르카운트 여사는 봉투에 두 가지 중요한 내용물을 조심히 넣고 봉투를 봉인했다.

그녀는 마지막으로 여행용 가방을 열어 봉해진 봉투를 넣기 전에 말로는 형언할 수 없는 승리감을 느끼며 바라봤다. 가방에 넣으면서 미소를 지었다. 유언장에는 변호사가 사용하지 않은 불필요한 문구가 표현도 없었고, 실제 변호사가 작성한 것처럼 편지를 깔끔하게 완성했다고 생각했다. 막달렌에 대한 증오와 복수에 대한 열망이 낳은 맹목적인 의존에서, 그녀는 자신의 능력과 친구의 법에 맹목적인 신뢰에서, 그녀는 아침 일의 약속에 무조건 믿었다.

그녀가 여행용 가방을 닫을 때, 노엘 밴스톤이 종을 울렸다. 이번에는 루이자가 왔다.

"여분의 방을 준비해줘. 이 여성분은 오늘 여기서 주무실 거야. 내물건들은 환기시켜줘. 이 여성분과 난 내일 아침에 떠날 거야."

공손하고 고분고분한 루이자는 뚱하게 조용히 명령을 받아드렸고, 주인의 철옹성 같은 손님을 화난 얼굴로 바라보며 나갔다. 하인들은 모두 분명히 여주인을 위했고, 르카운트 여사에 관해서 모든 한 의견이었다.

"끝났어요!" 노엘 밴스톤은 안도의 한숨을 쉬며 말했다. "와서 앉아요, 르카운트. 편안하게 있어요. 수다나 떨어요." 르카운트 여사는 그 제안을 받아들여 안락의자를 그의 옆으로 끌어당겼다. 그는 조심스럽게 그녀의 손을 잡았고, 이야기하는 내내 손을 놓지 않았다.

모르는 사람이 창문을 통해서 본다면 그들을 어머니와 아들로 생각하고, '정말 행복한 집이구나!'라고 생각했을지도 모른다.

노엘 밴스톤이 주로 말하는 수다는 평소처럼 끊임없는 질문의 연속이었고, 전부 자신과 자신의 미래에 관한 것이었다. 다음날 아침 그들이 떠나면 르카운트는 그를 어디로 데려갈까? 왜 런던으로? 르카운트가 세인트 크럭스에 가서 제독에게 유언장과 편지를 전달하는 동안, 그는 왜 런던에 남아 있어야 하는가? 그가 제독의 집에 가면 아내가 따라올지도 모르기 때문에? 음, 그 안에 뭔가가 있으니까. 그는 로스콤 씨 근처에 있는 편안한 숙소에 안전하게 숨어야 하기 때문에? 왜 로스콤 씨 근처인가? 아, 그래, 어떤 법이 그에게 도움이 될지 확실히 알고 싶어서. 법이 그를 속인 비열한 인간으로부터 그를 자유롭게 해줄까? 르카운트도 모르다니 정말 짜증이야! 그가 스코틀랜드에서 남편과 아내처럼 비열한 사람과 함께 살았으니, 법이 그의 재혼을 허용할까? (그가 듣기로) 공개적으로 결혼이라고 간주되는 것은 스코틀랜드에서의 결혼이었다. 르카운트가 거기에 앉아서 아무것도 모른다고 하다니 너무나 성가셨다! 로스콤 씨 외에는 아무하고도 말하지 말고 혼자서 런던에 오래 머물러야 하나? 르카운트가 중요한 서류들을 제독에게 건네자마자 그에게 돌아오는가? 르카운트는 아직 자신이 주인을 모신다고 생각하는지? 착한 르카운트! 훌륭한 르카운트! 그리고 법적 문제가 다 끝나면 그다음은? 이 지긋지긋한 영국을 떠나 다시 해외로 가는 거 어떤가? 프랑스로 가서, 파리 근교 저렴한 지역으로 가는 건 어떤가? 베르사유? 생 제르맹? 멋지고 작은 프랑스 집은 저렴한지? 착한 프랑스 하녀가 요리를 하고, 음식 재료를 낭비하지 않는 사람으로? 혼자서 산책해서 건강해지고 정원사 비용도 아끼는 멋진 작은 정원도 있고? 나쁘지 않은 생각이었다. 앞으로 잘될 거 같지, 르카운트?

그렇게 그는 계속 떠들었다. 가엾고 나약한 인간! 비굴하고 비참한 작은 인간!

짧은 11월 하루가 끝나고 어두워지자 그는 졸기 시작했다. 그가 잠들면서 끊임없는 질문들은 마침내 끝났다. 바깥바람은 슬픈 겨울 노래를 불렀다. 지나가는 발자국 소리, 길 위를 지나가는 바퀴 굴러가는 소리가 음산한 정적 속에서 멈추었다. 그는 조용히 잤다. 난로 불빛이 그의 주름진 작은 얼굴과 초조해하고 축 처진 손에 오르내렸다. 르카운트 여사는 그를 불쌍히 여긴 적이 없었다. 이제 그를 동정하기 시작했다. 그녀의 주장을 관철시켰다. 그의 유언장에서 그녀의 몫이 보장됐다. 그녀의 보살핌 아래 그는 스스로 자신의 미래를 만들었다. 난롯가 불은 편안했고 주변 환경은 기독교적인 감정을 느끼기에 좋았다. "가엾은 사람!" 르카운트 여사는 그를 깊은 연민의 눈빛으로 바라보며 말했다. "불쌍한 사람!"

저녁 시간이 되자 그가 일어났다. 그는 저녁을 먹을 때 명랑했다. 그는 프랑스의 저렴한 작은 집 생각을 떠올리며 히죽거리고 멍청하게 웃으며, 르카운트 여사에게 프랑스어로 이야기했다. 시녀와 루이자는 마지못해 차례대로 기다렸다. 저녁 식사가 끝났을 때, 그는 벽난로 앞 안락의자로 돌아왔다. 르카운트 여사도 그를 따랐다. 그는 다시 대화를 시작했다. 즉 질문을 되풀이했다. 그러나 아까처럼 그렇게 빠르지 않았고 선뜻 물어보지 않았다. 그들은 지치기 시작했고, 이야기를 계속 나누다가, 점점 드문드문 이야기하다가 완전히 멈췄다. 9시쯤에 그는 다시 잠들었다.

이번에는 조용히 자지 않았다. 잠꼬대를 했고, 이를 갈았고 의자에서 머리가 왔다 갔다 했다. 르카운트 여사는 그를 깨우려고 일부러 큰 소리를 냈다. 그는 눈이 멍하고 뺨은 홍조를 띤 채 깨어났다. 그는 새로운 생각, 즉 끔찍한 편지를, 아내에게 영원한 이별의 편지를 쓰겠다는 생각을 하며 응접실에서 쉴 새 없이 돌아다녔다. 어떻게 쓰지? 어떤 말로 자신의 감정을 표현해야 할까? 셰익스피어도 비상사태를 감당할 수 없었을 거야! 그는 비할 바 없는 분노의 희생자였다. 악마 같은 인간이 그의 마음속에 들어왔어! 독사 같은 사람이 난롯가에 몸을 숨겼어! 그녀가 마땅히 받아야 하는 오명으로 그녀를 낙인찍을 말들을 어디서 찾을 수 있을까? 그는 자신의 무력한 분노에 숨이 막힐 거 같아 걸음을 멈췄다. 멈추더니 허공에 소심하게 주먹을 날렸다. 르카운트 여사는 너무나 놀라 온 힘을 다해 말했다. 이미 나약해진 그를 억누르고 있던 중압감을 겪은 후, 지금처럼 터져버린 격정적인 동요에 그날 밤과 다음 날 여행할 기력이 망가졌을지도 모른다. 아침에 그 이야기를 다시 하자고 끊임없이 약속하고 정말 어렵게 그녀는 그에게 위층에 올라가 밤 동안 진정하라고 설득했다. 그녀는 팔을 내밀어 그를 부축했다. 안도하며 위층에 올라가다가 그는 갑자기 새로운 환상에 사로잡혔다. 그는 그녀가 예전부터 자주 만들어 주었던 와인, 계란, 설탕, 향신료 등 따뜻하고 편안한 혼합물을 기억했고, 그가 잠들기 전에 그걸 굉장히 즐겨야 한다고 생각했다. 르카운트 여사는 그가 실내복으로 갈아입도록 도와줬다. 그 후 응접실 벽난로에서 그에게 따뜻한 음료를 만들어 주기 위해 다시 아래층으로 내려왔다.

그녀는 종을 울려서 노엘 밴스톤의 이름으로 혼합물에 필요한 재료들을 가져오라고 했다. 교묘한 적의를 지닌 하인들은 재료를 하나하나씩 가져와서 그녀를 최대한 오래 기다리게 했다. 그녀는 소스팬, 숟가락, 텀블러, 육두구 강판, 포도주가 있었고 계란, 설탕, 향신료는 없었는데, 그의 방에서 시끄럽게 왔다 갔다 하는 소리를 듣고 틀림없이 그가 다시 예전 주제로 흥분했다고 생각했다.

그녀는 다시 한 번 위층으로 올라갔다. 그러나 그가 너무 빨랐다.

문 밖에서 그녀가 오는 소리를 들었다. 그리고 그녀가 문을 열었을 때, 그는 교묘하게 그녀에게 등을 보이고 의자에 앉아 있었다. 그를 너무 잘 알고 있기 때문에 그녀는 따뜻한 음료를 곧 가져다주겠다고 하고는 방을 나가려고 돌아섰다. 나가는 길에 그녀는 구석에 있는 탁자에 잉크 스탠드와 종이함이 있는 것을 보고 그의 주의를 끌지 않고 필기구들을 치우려고 했다. 그는 빨리 눈치를 챘다. 그는 자신의 약속을 의심하냐면서 화를 내며 물었다. 그녀는 그가 기분 나빠할까 봐 필기구를 탁자에 다시 내려놓고 방을 나섰다.

30여 분 후에 혼합물이 완성됐다. 그녀는 거품을 내고 향기를 풍기며 큰 텀블러에 담아 그에게로 가져갔다. 그녀는 문을 열면서 생각했다. '이걸 마시면 자겠지. 평소보다 진하게 만들었어.'

그는 자리를 바꿨다. 그는 구석의 탁자에 앉아 여전히 그녀에게 등을 돌리고 글을 쓰고 있었다. 이번에는 그의 빠른 귀가 도움이 되지 않았다. 이번에는 그녀가 그를 현장에서 잡았다.

"아, 노엘 도런님! 도런님!" 그녀는 나무라듯 말했다. "약속을 지켜야죠?"

그는 대답하지 않았다. 왼쪽 팔꿈치를 탁자 위에 올려놓고 왼손에 머리를 얹고 앉아 있었다. 오른손은 종이 위에 손등을 대고 있었고, 펜은 그 안에 느슨하게 있었다.

"노엘 도런님, 음료 가져왔어요." 그가 기분 상하지 않도록 그녀는 친절한 말투로 말했다. 그는 그녀를 전혀 눈치채지 못했다. 그녀는 그를 깨우러 탁자로 갔다. 깊은 생각에 잠겼나?

그는 죽었다!

* 편지를 통한 이야기 전개

1. 노엘 밴스톤 부인이 로스콤 씨에게

세인즈 존스 우드 파크 페라스
11월 5일.

변호사님께

난 어제 밴스톤 씨를 베일리올 별장에 두고 친척을 만나려고 런던에 왔고, 주중에 그에게 돌아갈 거예요. 어젯밤 늦게 런던에 도착했고, 서신으로 미리 잡은 숙소로 향했어요.

오늘 아침, 내가 없는 특별한 일이 생기면 편지를 쓰라고 지시했던 베일리올 별장의 내 하녀가 보낸 편지를 받았어요. 그녀의 편지는 이 편지에 동봉했습니다. 난 그녀에 대한 어느 정도 경험상, 그녀가 정확히 사실대로 말한다고 생각해요.

쓸데없는 암시로 일부러 변호사님에게 폐를 끼치지 않으려고 합니다. 내 하녀의 편지를 읽으시면, 그 소식에 내가 어떤 충격을 받는지 이해하실 거예요. 난 그녀의 이야기를 무조건 믿는다고 되풀이할 뿐이에요. 내 남편의 전 가정부가 그를 찾아내서 내가 없을 때 그의 나약함을 이용해 다른 유언장을 작성하도록 설득했다고 굳게 확신해요. 내가 아는 그녀는 틀림없이 밴스톤 씨에 대한 영향력을 이용해, 가능하다면 내 남편의 재산에 대한 나의 몫을 전부 박탈하도록 했을 것입니다.

이와 같은 상황에서, 내가 여기서 언급할 것보다 더 많은 이유로, 가능한 한 빨리 밴스톤 씨를 만나 설명하는 것이 무엇보다도 중요해요. 내 하녀가 우표 발송 마지막 시각 전까지 친절히 소식을 전하려고 했다는 걸 알게 될 거예요. 하지만 르카운트 여사가 그날 밤 그 별장에서 잔다는 것과 오늘 아침에 그녀와 밴스톤 씨가 함께 떠나기로 했다는 거 이후로 알려줄 소식이 없어요. 하지만 그 마지막 소식을 알았을 때, 나는 지금보다 일찍 스코틀랜드로 돌아갔어야 했어요. 지금 상태에서 내가 다음에 뭘 해야 할지 스스로 결정할 수 없네요. 밴스톤 씨가 떠난 뒤 내가 덤프리스로 돌아가는 것도 헛수고인 것 같고, 런던에 머무는 것도 마찬가지로 쓸데없는 일 같아요.

이 문제에 대해 친절히 조언해 주시겠어요? 오늘 오후나 내일 변호사님이 정한 시간에 링컨스 인으로 찾아가겠습니다. 다음 몇 시간은 약속이 있어요. 이 편지를 보내자마자, 르카운트 여사가 알아낸 방법들에 대한 내 의심들이 충분한 근거가 있는지 확인하기 위해 켄싱턴으로 갈 것입니다. 회신 편으로 답을 주시면, 세인트 존스 우드에 제시간에 가서 답장을 받을게요.

막달렌 밴스톤 올림.

2. 로스콤 씨가 노엘 밴스톤 부인에게

링컨스 인, 11월 5일.

부인께

부인의 편지와 동봉된 내용에 저는 크게 걱정되고 놀랐습니다. 업무가 많아 오늘이나 내일 아침에는 부인을 뵐 수 없을 거 같습니다. 하지만 내일 오후 3시도 괜찮으시다면, 그 시간에 절 만날 수 있습니다.

부인의 편지나 하녀에게 이 놀라운 일과 관련해 더 자세하게 알기 전까지는 긍정적 의견을 드릴 수가 없습니다. 하지만 지금 판단 유보를 해도, 내일까지 런던에 머물러서, 제 사무실에서 상담한 후 다른 결과가 도출될 수 있을 것입니다. 적어도 당신이나 제가 아침 우편물을 보면 이 이상한 문제에 대해 더 알게 될 가능성이 있습니다.

존 로스콤 재배再拜.

3. 노엘 밴스톤 부인이 가스 양에게

11월 5일, 2시.

선생님 집을 몰래 떠난 후 웨스트모어랜드 하우스에서 방금 돌아왔어요. 내가 왜 왔고 왜 떠났는지 아실 거예요. 다시는 선생님을 친구처럼 대할 수 없지만, 당신을 모르는 사람처럼 대하지 않는 것은 옛 기억 때문이에요.

나는 3일에 북쪽에서 런던으로 출발했어요. 이 긴 여정의 유일한 목적은 노라 언니를 보는 거예요. 나처럼 비참한 여자들만 느낄 수 있는 회한의 시간을 보내며 몇 주 동안이나 괴로웠어요. 어쩌면 그 고통으로 내가 약했을지도 모르고, 어쩌면 잊어버렸던 유연함이 다시 생겼을지도 모르죠. 하나님은 알고 계시겠죠! 달리 설명할 방법이 없네요. 비통해질 때까지 낮에는 노라 언니를 생각하고 밤에는 언니 꿈을 꾼다고만 말할 수 있어요. 모든 위험을 감수하고 그녀를 만나기 위해 런던에 온 것보다 더 좋은 이유는 없어요. 내가 받아야 할 것보다 더 많은 것을 바라지 않아요. 나는 선생님도 인정했을지도 모르는 나아지고 회개한 사람이었다고 말하고 싶지 않아요. 내가 아는 감정은 오직 하나뿐이에요. 노라 언니의 목에 팔을 두르고 품에 안겨 울고 싶어요. 어린애 같다고 할 수 있겠죠. 무슨 일이 생겼을지도 몰라요. 아무 일도 일어나지 않을 수도 있어요. 누가 알겠어요?

선생님 도움 없이는 노라 언니를 찾을 방법이 없어요. 아무리 내 행동이 마음에 안 드셔도, 내 언니를 찾는 걸 거부하지 않으실 거라고 생각해요.

어젯밤 낯선 침대에 누웠을 때, "아버지와 어머니를 위해서 가스 양에게 말해달라고 부탁할 거야"라고 혼잣말했어요. 내가 그 생각에 얼마나 위안을 느꼈는지 선생님은 몰라요. 어떻게 하시겠어요? 선생님처럼 착한 여자들이 나 같은 비참한 죄인을 위해 무엇을 할까요? 교회에서 우릴 위해 기도하는 것밖에 모르잖아요. 아, 결혼 이후 처음으로 그날 밤 행복하게 잠들었어요. 아침이 되자, 나는 하룻밤만 행복해지는 대가를 치렀어요. 아침이 되자 이 세상에서 나의 가장 강적이 (내가 어떤 적을 말하는지 알기 위해 충분히 내 일에 참견하셨죠) 내가 자리를 비운 동안 나에게 복수를 했다고 전하는 편지가 왔어요. 언니에 대한 충동을 따르면서, 나는 무너졌어요.

내가 그 소식을 들었을 때, 현재로서는 그 나쁜 짓을 되돌릴 방법이 없어요. 무슨 일이 있었든, 무슨 일이 일어나든, 다른 일을 하기 전에 노라 언니를 만나겠다고 결심했어요. 선생님은 나에게 닥친 참사에 대해 걱정하고 있다고 생각해요. 앨드버러에서 선생님이 르카운트 여사와 편지를 주고받았다고 확신했기 때문이에요. 하지만 노라 언니를 의심한 적은 없어요. 지금 내가 임종을 맞는다면, 노라 언니를 의심한 적이 없다고 자신 있게 말할 수 있어요.

그래서 오늘 아침 언니의 주소를 물어보고 선생님은 르카운트 여사와 편지를 주고받았다고 의심했었다고 분명히 인정하기 위해 웨스트모어랜드 하우스로 갔어요.

내가 문에서 선생님을 찾았을 때, 그들은 선생님이 외출했지만, 곧 돌아올 것이라고 말했어요. 그들은 그때 교실에 있는 언니를 만날 건지 나한테 물어봤어요. 난 언니를 방해하고 싶지 않았어요. 난 선생님에게 볼 일이 있지, 언니하고는 아니니까요. 난 선생님이 돌아올 때까지 방에서 혼자 기다리게 해달라고 부탁했어요.

 내가 마지막으로 기억하고 있는 때처럼 커튼으로 나누어진 1층 2인실로 나를 안내했어요. 바깥쪽 방에는 벽난로가 있었지만, 안쪽 방에는 벽난로가 없었기에, 커튼이 쳐진 거라고 생각했어요. 그 하인은 나에게 매우 공손하고 세심한 관심을 기울여줬어요. 난 예의와 관심에 감사하는 법을 배웠고, 그녀에게 최대한 유쾌하게 말을 했어요. 그녀에게 말했죠, "내가 여기서 가스 양이 오는지 볼게요. 그녀가 문으로 오면, 유리문을 통해 그녀에게 손짓으로 부를 수 있어요." 하인은 선생님이 그 길로 온다면 그렇게 할 수 있지만, 가끔 후원 문으로 직접 열쇠를 열고 들어올 때도 있으니, 만약 선생님이 이렇게 들어온다면, 내가 방문했다는 걸 알려주겠다고 했어요. 내가 그 집에 왔을 때 내 마음속에 사전에 계획해 둔 속임수가 없었다는 걸 보여주기 위해서 이런 사소한 일들을 언급했어요.

 난 지루하게 기다렸는데 선생님은 오지 않았어요. 그 방이 더운 건 조바심 때문인지 아니면 그 방의 벽난로 때문인지 모르겠지만, 잠시 후 찬 공기를 쐬려고 커튼을 거두고 안쪽 방으로 들어갔어요.

 난 후원으로 통하는 유리문으로 걸어가 밖을 내다봤어요. 그리고 내가 방문을 막 나섰을 때 거의 동시에 문이 열리는 소리를 들었고, 선생님과 어떤 낯선 여자가 이야기 나누는 소리를 들었어요. 그 낯선 사람은 아마 특별 기숙생들 중 한 명이었어요. 주고받은 말에서 복도에서 만났고, 그녀는 아래층으로 내려오는 길이었고, 선생님에서 후원에서 들어오는 길이라는 걸 알게 됐어요. 그녀의 다음 질문과 당신의 다음 대답에서 이 사람은 내 언니의 친구 중 한 명이었고, 언니에게 관심이 많고, 선생님이 노라 언니를 보고 방금 돌아왔다는 것을 알고 있었어요. 그때까지 힘든 상황을 겪고 있는 내가 낯선 사람과 마주하는 것이 꺼려져서, 내 모습을 드러내는 것을 망설이고만 있었어요. 하지만 바로 선생님과 그녀가 내 이름을 말하는 것을 듣고, 난 일부러 우리 사이에 있던 커튼 쪽으로 가까이 가서 귀를 기울였어요.

나쁜 행동이라고 하실 거죠? 원한다면 못됐다고 하세요. 나 같은 여자 애한테 뭘 더 바랄 수 있겠어요?

선생님은 늘 기억력으로 유명했어요. 그로부터 한 시간도 채 지나지 않았으니 선생님과 그 친구와 나눈 이야기를 반복할 필요가 없겠죠. 이 구절을 읽으면, 내가 아는 것처럼 나에 대해 무슨 말들을 했는지 아실 거예요. 자세한 내용은 묻지 않을게요. 선생님의 모든 이유와 변명을 당연하게 받아들일 거예요. 선생님과 펜드릴 씨가 다시 날 찾고 있다는 걸 아는 것만으로도 충분해요. 그리고 이번엔 노라 언니도 나 몰래 나를 찾는 계획을 세우고 있다는 것도요. 내가 언니에게 보낼 편지가 나를 잡기 위한 함정이 됐고, 르카운트 여사가 노라 언니에게서 얻은 정보를 이용해서 복수의 목적을 이뤘다는 것을 알게 된 것으로도 충분해요.

이 말을 들었을 때 내가 어떤 고통을 겪었는지 말할까요? 아뇨, 선생님께 이야기하는 건 시간 낭비일 뿐이에요. 난 고통 받을 만해요, 그렇죠?

그 말을 듣고 난 후, 나의 난폭한 성질을 알고 선생님을 볼 자신이 없어서, 내가 그 집을 떠날 기회를 찾기 전에 하인이 선생님께 내가 왔다는 걸 말할까 노심초사하면서 안쪽 방에서 기다렸어요. 그런 불행은 일어나지 않았어요. 하인은 분명히 위층에서 목소리를 듣고, 우리가 복도에서 만났다고 생각했어요. 당신이 방을 나가서 보닛을 벗기 전까지 시간이 얼마나 흘렀는지 나는 몰라요. 선생님은 나갔고, 친구도 함께 나갔어요. 난 유리문을 살며시 열고 후원으로 나갔어요. 선생님이 집으로 들어온 길을 따라서 나는 그 집을 나왔어요. 하인에게 뭐라 하지 말아요. 늘 그렇듯, 내가 관련한 곳에서는 나만 비난하면 돼요.

이제 내 마음을 조금 진정시키기에 충분한 시간이 흘렀어요. 내가 얼마나 강한지 아세요? 내가 어렸을 때 모든 병과 싸웠던 거 기억나세요? 나는 이제 다 큰 여자고, 같은 방법으로 불행에 맞서 싸워요. 동정하지 마세요, 가스 양! 날 동정하지 말아요!

노라 언니에게 악감정은 없어요. 언니를 본다는 희망이 사라졌고, 그녀에게 편지를 쓰면서 얻은 위로가 이제는 없어졌어요. 마음의 상처를 입었지만, 언니에게 화는 안 나요. 언니는 좋은 맘으로 했어요. 가여워요! 아마 좋은 뜻에서 했을 거예요. 무슨 일이 일어났는지 안다면 언니가 괴로워할 거예요. 언니에게 말하지 마세요. 내가 들렸다는 것도 비밀로 하고 내 편지는 불태우세요.

마지막으로 할 말이 있어요.

내가 현재 상황을 제대로 이해하는 거라며, 선생님의 정보원들이 별 보람도 없이 여전히 요크에서 날 찾고 있어요. 그만두라고 하세요. 괜히 돈 낭비하는 거예요. 만약 내일 선생님이 날 찾는다면, 뭘 할 수 있겠어요? 내 위치가 바뀌었어요. 난 더는 불쌍한 따돌림 당하는 소녀도, 선생님이 한때 쫓았던 떠돌이 연극배우도 아니에요. 내가 선생님께 하겠다고 말했던 일을 했어요. 이번에는 적법성을 갖췄어요. 내가 누군지 아세요? 나는 존경할 만한 기혼자로, 이 세상에서 남편을 제외하고 누구도 내 행동에 대한 책임을 지지 않아요. 이 세상에 자리를 잡았고, 마침내 이름이 생겼어요. 훌륭한 모든 사람들의 친구인 법도 나의 존재를 인정하고 나의 편이 되었어요. 캔터베리 대주교가 결혼을 허가했고, 앨드버러 교구 목사가 혼인예배를 올렸어요. 만약 거리에서 선생님의 정보원들이 나를 따라오는 걸 보고, 그들로부터 보호를 요구한다면, 법은 내 요구를 인정할 거예요. 선생님은 영악한 내가 얼마나 놀라운 일을 했는지 잊었네요. 누구의 자식도 아니었는데 누군가의 아내가 됐어요.

선생님이 이런 점들을 잘 생각하고, 탁월한 상식을 발휘한다면, 나는 새로운 친구이자 보호자인 법에 호소하는 것이 두렵지 않아요. 지금쯤이면 마침내 어느 정도 내 일에 끼어들었다는 느끼실 거예요. 난 노라 언니와 멀어졌고, 남편에게 내 비밀이 드러났고, 르카운트 여사에게 겼어요. 선생님은 날 극단으로 몰아넣었어요. 길을 잃고 친구가 없는 여자만이 느낄 수 있는 굳은 다짐으로 내 인생의 전쟁과 싸우도록 날 강하게 해줬어요. 선생님 계획이 잘 안 됐지만, 전혀 쓸모없지 않았어요.

나는 더는 할 말이 없어요. 만약 노라 언니에게 내 이야기를 한다면, 언니가 나를 다시 볼 날이 올 것이라고 전해주세요. 우리 두 자매가 생존권을 회복하는 날에, 내가 노라 언니의 재산을 언니 손에 쥐어 주는 날 말이에요.

그게 내 마지막 말이에요. 다음에 또 내 일에 간섭하고 싶은 마음이 들 때 그 말들을 기억하세요.

막달렌 밴스톤 씀.

4. 로스콤 씨가 노엘 밴스톤 부인에게

링컨스 인, 11월 6일.

부인께

아침에 온 우편은 틀림없이 저뿐만 아니라 부인께도 충격적인 소식이 전해졌을 것입니다. 지금쯤이면 부군의 갑작스러운 사망 소식이라는 끔찍한 고통이 부인에게 닥쳤을 것입니다.

전 북쪽으로 출발하여 필요한 모든 조사를 하고 고인의 변호사로 할 수 있는 모든 의무를 예의를 갖춰서 수행할 것입니다. 제가 모든 상황을 모르기 때문에, 부인께 먼저 편지를 써서 지금은 드릴 수 없는 조언을 드릴 때까지 베일리올 별장에 절 따라오지 말 것을 간곡하게 권합니다. 제가 스코틀랜드에 도착한 후 보내는 첫 번째 편지를 기다리세요.

존 로스콤 재배.

5. 펜드릴 씨가 가스 양에게.

설 가, 11월 6일.

가스 양에게

노엘 밴스톤 부인의 편지를 다시 돌려드리겠습니다. 편지의 분위기에 대한 당신의 분노와 이 불행한 여자가 당신 집에서 우연히 들은 대화를 이해한 태도에 당신의 괴로움을 이해할 수 있습니다. 나는 솔직히 일어난 일이 안타깝다고 덧붙일 수 없습니다. 콤-레이븐 때 이후로 내 생각은 변한 적이 없습니다. 노엘 밴스톤 부인은 가장 무모하고, 가장 극단적이고, 가장 비상식적인 여자들 중 한 명이 되리라 생각합니다. 그리고 언니를 위해서라도 그녀가 언니와 떨어져 있는 상황은 환영할 일입니다.

이 문제에 있어서 당신이 따라야 할 행동방침은 조금도 의심의 여지가 없습니다. 심지어 노엘 밴스톤 부인도 언니에게 불필요한 고통을 주고 싶지 않다고 스스로 인정합니다. 어떻게 해서든 밴스톤 양이 켄싱턴 방문과 그 뒤에 온 편지에 대해 모르게 하십시오. 그 사실을 알리는 건 현명하지 못할 뿐만 아니라 굉장히 괴로울 것입니다. 만약 우리에게 어떤 해결책이나 어떤 희망이라도 있었다면, 비밀로 하는 것을 약간 망설였을지도 모릅니다. 하지만 해결책도 희망도 없습니다. 노엘 밴스톤 부인은 자기 뜻을 완벽하게 정당화했어요. 당신도 나도 그녀를 막을 최소한의 권리도 주장할 수 없습니다.

난 우리의 쓸데없는 조사를 끝내는 데 필요한 조치를 이미 취했습니다. 며칠 내로 밴스톤 양에게 편지를 써서, 동생에 대한 그녀의 마음을 진정시키기 위해 최선을 다할 것입니다. 만약 제가 그녀를 만족시킬 충분한 구실을 찾지 못한다면, 그녀가 진실을 아는 것보다 우리가 아무것도 찾지 못했다고 생각하도록 하는 것이 더 나을 것입니다. 이만 줄이겠습니다.

윌리엄 펜드릴.

6. 로스콤 씨가 노엘 밴스톤 부인에게

링컨스 인, 11월 15일

부인께

부인의 요청에 따라 이제 제가 직접 말로 전했어야 했던 것 (그러나 최근에 부인에게 닥친 참사)에 대해 서면으로 전해드리고자 합니다. 이 편지는 당신과 저 사이의 비밀로 해주시길 바랍니다.

부인이 원하는 대로 이번 달 3일에 돌아가신 남편분이 집행한 유언장 사본을 동봉합니다. 원본 문서의 진위는 의심의 여지가 없습니다. 바트람 제독의 변호사가 베일리올 별장에서 권한을 갖는 거에 대해 형식적으로 항의했습니다. 그런데도 그가 두 번째 유언장에 따라 단독 유언 집행자 역할을 맡았습니다. 그의 입장이었다면 저도 똑같이 했을 것이라고 말할 수밖에 없습니다.

우리가 당신의 이익을 위해 무엇을 할 수 있는지에 대한 심각한 문제가 따릅니다. 지난 9월 30일에 저의 입회하에 작성된 유언장은, 현재 11월 3일에 작성된 두 번째 유언장으로 대체되고 무효가 됐습니다. 이 문서에 대해 이의를 제기할 수 있을까요?

새 유언장에 대해 반박할 가능성이 있을지 의문입니다. 그것은 틀림없이 비정기적으로 작성됐습니다. 하지만 그것은 법이 지시하는 대로 날짜를 기재하고 서명했고 증인도 있습니다. 유언장에 담긴 완벽히 간결하고 쉬운 조항들은 어떤 점에서도 엄밀히 따져도 공격할 여지가 없습니다.

그렇다면, 우리는 유언자가 자신의 재산을 처분하기에 적합하지 않은 상태에서 작성되었다는 근거로 유언장에 이의를 제기할 수 있을까요? 또는 유언자가 부당하고 부적절한 영향을 받았다고?

이런 경우 첫 번째, 의학적인 증거가 우리에게 걸림돌이 될 것입니다. 우리는 이전의 질병으로 유언자의 정신이 약해졌다고 단언할 수 없습니다. 의사들은 줄곧 그가 심장병으로 죽을 수 있다고 말했듯이, 그가 갑자기 죽은 것은 분명합니다. 그가 사망했던 날에도 평소처럼 정원을 산책했고, 푸짐한 저녁을 먹었습니다. 그를 모시던 사람들 중 누구도 그의 변화를 눈치채지 못했습니다. 평소보다 조금 더 짜증을 냈을 뿐, 그뿐이었습니다. 그의 신체적 기능을 공격하는 건 불가능합니다. 지금까지 그것으로 법정까지 간 사건이 없습니다.

우리는 그가 부당한 압박을 받아, 더 쉽게 말해서 르카운트 부인의 영향력 아래 행동했다고 분명히 말할 수 있을까요? 이 방법을 취하는 것에도 심각한 어려움이 있습니다. 예를 들어, 우리는 르카운트 여사에게 유언장에서 정당하지도 않은 몫을 챙겼다고 주장할 수 없습니다. 그녀는 마땅히 받아야 할 몫만큼만 아니라 故 마이클 밴스톤이 그녀에게 남기려고 했던 몫만큼으로만 교묘하게 자신의 유산을 제한했습니다. 만약 제가 그 주제에 대해 조사를 받았다면, 나는 그분이 그런 의사를 밝히는 걸 직접 들었다고 인정할 것입니다. 제가 그분이 그 의사를 밝히는 것을 여러 번 들었다는 건 사실입니다. 르카운트 여사의 유산에 대해 공격할 점이 없고, 고인이 된 부인의 부군이 유언 집행자를 선택하는 것에도 공격의 여지가 없습니다. 그분이 이 세상에서 가장 오래되고 믿을 수 있는 친구를 선택한 것은 현명하고 자연스러운 것입니다.

한 가지 더 고려할 사항이 남아 있습니다. 즉, 제가 지금까지 살펴본바 가장 중요하고 따라서 제가 마지막으로 남겨둔 사항입니다. 9월 30일에 유언자가 유언장을 작성하면서, 미망인 단독 집행자에게 8만 파운드의 유산을 남겼습니다. 그 후 11월 3일, 그는 이 유언장을 분명히 무효로 하고, 그의 미망인을 한 번도 언급하지 않고, 그리고 비교적 하찮은 유산을 제외하고, 재산 나머지를 전부 친구에게 남기는 또 다른 유언장을 작성했습니다.

이처럼 보기 드문 절차를 설명하기 위해 정당한 이유가 제시될 수 있는지 없는지는 전적으로 부인에게 달려 있습니다. 아무 이유가 없고, 제가 알기에도 없기에, 공격할 여지가 있는 점으로 신중하게 고려해 볼 만하다고 생각합니다. 모든 가능성을 살펴봐야 하는 변호사로서 부인에게 지금 호소하고 있다는 것을 이해해 주십시오. 저는 부인의 개인적인 일에 끼어들고 싶지 않습니다. 부인에 대한 간접적인 비판으로 해석될 수 있는 단어를 쓰고 싶지 않습니다.

만약 부인이 아는 한, 그렇게 할 특별한 이유나 동기도 없이, 그리고 르카운트 여사의 영향 때문에 다른 분명한 설명도 없이 부군이 변덕을 부려서 부인을 유언장에서 배제했다면, 변호사로서 저는 바로 이 문제에 대해 이의를 제기하는 것이 적절하다는 의견입니다. 반면에 제가 제안한 의견을 받아들이지 않는 (저는 모르지만, 부인은 아는) 이유가 있다고 말씀해주신다면, 부인이 원하지 않는다면 추가 설명을 부탁하며 부인을 괴롭히지 말라는 뜻으로 받아들이겠습니다. 후자의 경우라면, 저는 다시 부인에게 편지를 쓸 것입니다. 나는 유언장에 대해 부인이 대단히 놀랄 수도 있는 것에 대해 할 말이 있기 때문입니다.

존 로스콤 재배.

7. 노엘 밴스톤 부인이 로스콤 씨에게

11월 16일.

변호사님께.

변호사님이 나에게 베푸신 친절과 배려에 감사드려요. 그리고 내가 격식 차리지 않고 가능한 한 최소한의 말로 당신의 편지에 답장하는 건, 지금 내가 겪고 있는 걱정거리들 때문이에요.

변호사님의 질문에 부정적으로 대답하는 것을 주저하지 않는 나만의 이유가 있어요. 당신이 제안한 대로 유언장에 대해 법정에서 다투는 건 불가능해요.

막달렌 밴스톤 씀.

8. 로스콤 씨가 노엘 밴스톤 부인에게

링컨스 인, 11월 17일.

부인께

저의 제안에 부인만의 이유로 거부하는 답장을 받았다는 것을 알려드립니다. 제가 드릴 말이 없는 이런 상황에서, 돌아가신 부군의 유언장에 관해 다시 한 번 말하겠다는 약속을 지키겠습니다.

문서 사본 한 번 보십시오. 바트람 제독에게 부군의 재산 전부를 남긴다는 조항에서 그가 적합하다고 생각되는 용도에 사용할 것이라는 조건으로 끝난다는 것을 볼 수 있을 것입니다.

간단하게 보이겠지만, 이 말은 매우 눈여겨볼 만합니다. 첫 번째, 어떤 변호사도 부군의 유언장 작성에 그런 말을 사용하지 않았을 겁니다. 두 번째, 그 말들은 분명하고 올바른 목적을 수행하는 데 있어 완전히 쓸데 없는 말입니다. 무조건 제독에게 유산을 남겼습니다. 그리고 동시에 그가 원하는 대로 할 수 있다고 적혀 있습니다. 그 문구는 분명히 두 가지 결론 중 하나를 분명하게 가리키고 있습니다. 필자가 완전히 무지한 상태에서 적었거나, 조심스럽게 덫을 놓은 것입니다. 나는 후자의 설명이 맞다고 확신합니다. 이 단어들은 분명히 어떤 사람(모든 개연성으로 봐서 부인)을 오도하려는 의도이며, 그 말을 사용한 교활함은 (교육받지 못한 사람들이 법을 다룰 때 항상 생기는) 도를 넘는 교활함입니다. 저의 30년의 경험으로 그 단어들이 전달하고자 하는 의미와는 정반대의 의미로 받아들였습니다. 바트람 제독은 자신이 원하는 대로 자신의 유산을 자유롭게 쓸 수 없습니다. 그는 개인적으로 비밀 신탁의 형태의 부속서류에 의해 제한받고 있다고 생각합니다.

비밀 신탁이 무엇인지 쉽게 설명해 드리겠습니다. 그것은 보통 유언자가 유언장에서 공개적으로 밝히고 싶은 않은 유언을 개인적으로 편지 형식으로 유언 집행자들에게 전달하는 것입니다. 제가 부인에게 100파운드를 남기고, 부인이 부인 마음대로 유산을 쓰는 것이 아니고, 저만의 이유로 유언장에 그 이름을 명시하지 않은 제3자에게 주라는 비밀 편지를 쓰는 것입니다. 그것이 비밀 신탁입니다.

만약 제가 여기서 설명한 것과 같은 문서가 현재 바트람 제독에 있다는 제 주장이 맞는다면, 제가 부인에게 인용한 특이한 문구가 첫 번째 근거입니다. 두 번째, 오직 법적으로 고려해도, 제 서신에 거추장스럽게 할 필요가 없기에, 만약 제 생각이 옳다면, 십중팔구 비밀 신탁을 찾는 것이 부인의 최고 관심사가 될 것입니다. 전문가만이 이해할 수 있는 이런 문제들에 있어 전문적인 이유나 관련된 제 경험으로 부인에게 폐를 끼치지 않을 것입니다. 지금 제가 확실하다고 생각한 것이 틀렸다고 증명될 때까지, 제가 부인의 대의를 완전히 포기했다고 말하지 않을 것입니다.

이런 중요한 문제가 계속 불확실한 상태로 있다면, 더는 말을 보탤 수도 없고 그 의혹을 풀 방법도 제안할 수 없습니다. 만약 신탁의 존재가 증명되고, 신탁에 포함된 조항을 성격을 알게 된다면, 그때 저는 그 점을 이용해서 소송을 제기할 수 있는 법적 가능성이 무엇인지 부인에게 분명히 말할 수 있을 것입니다. 그리고 또한 부인과 개인적인 합의로 제가 그 사건을 개인적으로 맞는 것이 합당한 지 여부를 말할 수 있을 것입니다.

현재로서는, 저는 어떠한 합의도 할 수 없고, 어떠한 조언도 할 수 없습니다. 제 개인적으로 의견을 부인에게 터놓고 말해서 부인이 자유롭게 추론할 수 있도록 할 뿐이고, 여기서 쓸 수 있는 것보다 더 자신 있고 확실하게 쓰지 못해서 유감입니다. 이처럼 매우 어렵고 민감한 사안에 대해 양심적으로 할 수 있는 말을 다 했습니다.

존 로스콤 재배.

추신: 제가 지난번 편지에서 한 가지 고려사항을 빠뜨렸는데, 여기서 언급하는 것은 그 일과 관련해 저는 어떤 점에서도 빠트리지 않았다는 것을 알려드립니다. 만약 밴스톤 씨가 사망 당시 스코틀랜드에 거주했다는 것을 증명할 수 있었다면, 남편이 아내에게 완전히 상속 박탈시키는 것을 허용하지 않는 스코틀랜드 법에 따라 부인을 몫을 주장했을지도 모릅니다. 그러나 밴스톤 씨가 스코틀랜드에 합법적으로 거주했다고 주장하는 것은 불가능합니다. 그는 단지 방문객으로 그곳에 왔으며, 그 계절 동안 가구가 완비된 집에서 거주했고, 말이나 행동으로 북부 지역에 영원히 정착하겠다는 의사를 전혀 밝히지 않았기 때문입니다.

9. 노엘 밴스톤 부인이 로스콤 씨에게

변호사님께

변호사님의 편지를 가장 깊은 관심과 주의를 가지고 여러 번 읽었어요. 그리고 자꾸 읽을수록, 바트람 제독의 손에 변호사님이 언급한 것과 같은 편지가 정말로 있다고 더 확신하게 되었어요.

그것을 찾아야 하는 것이 내 관심사이며, 그것을 비밀리에 그리고 확실하게 찾을 방법을 찾기로 했다는 걸 변호사님에 바로 알려드려요. 내 결심은 변호사님이 자연스럽게 나에게 미친 영향보다는 다른 이유 때문이에요. 변호사님이 항의하고 싶어 할 경우를 대비해서 이 말을 드려요. 내게 변호사님에게 항의는 소용이 없을 것이라고 장담할 때는, 내게 그럴 만한 이유가 있어서예요.

나는 이 문제에 대해 어떠한 도움도 부탁하지 않을 거예요. 나는 조언을 얻고자 누구에게도 폐를 끼치지 않을 거예요. 변호사님은 내 어떤 경솔한 처사에도 관여하시면 안 돼요. 어떤 위험도 감수할 거예요. 아무리 지체되더라도 난 참을성 있게 견뎌낼 거예요. 나는 혼자고 친구도 없고, 마음은 분명 힘들지만, 이보다 더 안 좋은 시련을 이겨낼 만큼 충분히 강인해요. 다시 기운을 차릴 것이고, 때가 올 거예요. 만약 그 비밀 신탁을 바트람 제독이 가지고 있다면, 변호사님이 다음에 나를 만날 때는, 그것이 내 손에 있는 것을 보게 될 거예요.

막달렌 밴스톤 씀.

세인트 존스 우드

Chapter 1

크리스마스까지 2주 정도밖에 남지 않았지만, 날씨는 보통 다가오
는 계절에 떠오르는 서리와 눈이 내릴 낌새는 아직 없었다. 대기는 이
상할 정도로 따뜻했고, 묵은해는 축축이 내리는 비와 약한 안개 속에
서 힘없이 저물어 가고 있었다.

12월 오후가 끝날 무렵 막달렌은 런던에 도착한 이후 지내고 있는
숙소에 혼자 앉아 있었다. 작고 좁은 벽난로 앞에서 불은 서서히 타
올랐고, 맞은편 비에 젖은 집과 정원 풍경은 빠르게 어두워지고 있었
다. 그리고 교외의 머핀 파는 소년이 울리는 종소리가 저 멀리서 쓸쓸
하게 들렸다. 벽난로에 가까이 앉아서, 무릎 위에 약간의 돈을 흩어놓
고, 막달렌은 매끄러운 옷 표면에 아이들이 퍼즐을 맞추는 것처럼 멍
하게 동전을 앞뒤로 옮기면서 계속 동전 위치를 바꿨다. 이따금 그녀
얼굴을 희미하게 비추는 희미한 불빛은 옛날 친구들에게 슬프게 그들
만의 이야기를 전했을 변화를 보여줬다. 드레스는 헐렁해졌지만, 그
녀는 수선하지 않았다. 예전의 부산한 움직임과 표정의 변화는 더는
보이지 않았다. 얼굴은 초췌하고 차분했고, 변화가 없고 부자연스럽
게 침착했다. 펜드릴 씨가 지금 그녀의 모습을 봤다면 그녀에 대한 가
혹한 판단이 누그러졌을지도 모른다. 승리감에 빠진 르카운트 여사는
쓰러진 적을 보고 마침내 동정했을지도 모른다.

앨드러버에서 결혼식을 한 지 4개월도 되지 않았고, 그 대가를 이
미 치렀고, 아무 소용없는 회한, 절망적으로 외로운 상태, 돌이킬 수
없는 패배에 빠졌다. 그녀를 위해 이 점을 말해두자. 허물에 대한 진

616

실이 속죄에 대해서도 말해두자. 그녀가 성공하는 날에는 비밀스러운 승리를 누리지 못했다고 기록해두자. 그녀에게 영감을 주었던 자신의 행동에 대한 두려움은 계획대로 결혼했을 때 절정에 달했다. 남편의 유언장에 따라 콤-레이븐의 돈이 그녀에게 남겨졌을 때 그녀가 고통을 겪었던 것처럼 그녀가 남몰래 고통스럽던 적은 없었다. 자신의 목적을 이뤘을 때 느꼈던 것처럼, 그녀는 자신의 목적을 달성하기 위해 취한 수단이 이루 말할 수 없이 모욕적이라고 느낀 적은 없었다. 그런 감정에서 언니의 사랑으로 용서와 위안을 구하라고 그녀를 재촉하는 회한이 커졌다. 한 번도 다음 속에 떠오르지 않았고, 아버지 무덤에서 처음 그녀가 신성하게 느낀 후에도 한 번도 없었는데, 그녀가 스스로 다짐했던 목표를 이번처럼 놓쳐 본 적은 처음이었다. 가스 양에게 치명적인 말을 엿들었던 그 날 노라의 영향력이 르카운트 여사의 복수를 전하는 스코틀랜드에서 편지가 왔던 날처럼 좋은 성과처럼 낸 적은 없었다.

해를 입었고 기회는 사라졌다. 시간과 희망은 모두 그녀를 지나쳤다. 내면의 목소리가 이제 점점 더 희미하게 그녀에게 내리막길에서 멈추라고 간청했다. 언니에 대한 첫 불신으로 마음에 생긴 상처, 남편의 사망 소식 후 알게 된 소식들, 르카운트 여사의 승리에 받은 상처들이 전부 느껴졌다. 그녀의 결혼 생활을 괴롭혔던 양심의 가책은 이제 절망감으로 무뎌졌다. 고해로 속죄를 하기에는 너무 늦었다. 비참한 남편에게 한때 비참한 아내의 마음속에 숨겨뒀던 더 깊은 비밀을 털어놓기에는 너무 늦었다. 르카운트 여사가 그녀 탓으로 돌렸던 끔찍한 배반에 대해서는 전혀 생각하지 않았다. 그녀는 그와 결혼했을 때 그의 건강이 얼마나 안 좋은지 알았고, 그가 콤-레이븐의 재산을 그녀에게 남겼을 때 다른 남자들에게 해가 되지 않는 한순간의 사고가 그의 생명을 위태롭게 할 수 있고 그녀가 벗어날 수 있다는 걸 알았다는 것에 죄책감을 느꼈다. 그의 죽음은 그가 살았을 때 그녀가 공개적으로 인정하는 것을 꺼렸던 걸 분명하게 말해줬다. 그런 비난의 둔해진 고통에서, 모두를 심지어 노라까지도 의심하는 지독한 비참함에서, 실패한 계획의 쓰라린 느낌에서, 그녀의 친구 없는 삶의 공허한 고독에서 어떤 피난처가 남았을까? 하지만 이제 하나의 피난처만 남았다. 그녀를 파멸로 몰아넣는 무자비한 목적으로 향했고, 대담한 절망감으로 외쳤다. '계속 가!'

그녀는 변호사의 편지를 받은 이후 여러 날 동안 한 가지 목적에만 몰두했다. 며칠 동안 자신의 상황에서 비밀 신탁을 찾을 방법을 찾으려고 애썼다. 이번에는 래지 대위의 도움을 받을 수 없었다. 늙은 군인은 오랜 경험으로 사라지는 데 능숙했다. 도덕적 영농인의 쟁기는 아무런 고랑도 남기지 않았다. 그의 흔적은 찾지 못했다. 로스콤 씨는 너무 신중해서 어떤 적극적인 일도 하지 않았다. 그는 소극적으로 자신의 의견을 고수하고 나머지는 자신의 고객에게 맡겼다. 그는 비밀 신탁이 손에 들어오기 전까지는 아무것도 알고 싶지 않았다. 막달렌의 관심사는 이제 막달렌만의 관심사였다. 위험이 있든 없든, 그녀 혼자서 다음 일을 해야 한다. 그녀는 위축되지 않았다. 혼자서 가능성을 계산했다. 혼자서 이제 그녀는 시도해 보기로 했다.

난롯가에 앉아 있던 그녀가 혼잣말했다. "시간이 됐어. 먼저 루이자에게 알려야겠어."

그녀는 무릎에 흩어놓은 동전을 모아서 탁자 위에 올려놓고는 다음 일어나서 종을 울렸다. 집주인이 답했다.

"내 하녀가 아래층에 있나요?"

"네, 부인. 차를 마시고 있어요."

"할 일 끝나면 여기로 오라고 전해줘요. 잠시만요. 탁자에 돈이 있어요. 지난주에 당신에게 빚졌던 돈 말이에요. 보여요? 촛불 켜줄까요?"

"조금 어둡네요, 부인."

막달렌은 촛불을 밝혔다. 탁자 위에 촛불을 두면서 말했다. "내가 떠나는 걸 언제 통보해 줘야 하죠?"

"보통은 1주일 전이에요, 부인. 이의가 없길 바라요."

"전혀 없어요. 예상보다 빨리 이 집을 떠날 수도 있을 거 같아서 그 냥 물어본 거예요. 돈은 맞아요?"

"정확하네요, 부인. 여기 영수증 받아요."

"고마워요. 루이자에게 차를 다 마시면 날 보러 오라고 꼭 전해줘요."

집주인은 물러났다. 다시 혼자 있게 되자마자, 막달렌은 촛불을 끄고 난로 근처 자신의 의자 가까이에 빈 의자를 가져다 놨다. 그런 후 다시 자기 자리에 앉아 루이자가 나타날 때까지 기다렸다. 앉아서 불을 바라보기만 하는 그녀 얼굴에 의심이 가득했다. '승산이 희박하지만, 시도는 해봐야 해.'

10분 후, 루이자가 밖에서 부드럽게 문 두드리는 소리가 들렸다. 그녀는 방에 들어오면서 난로가 불빛만 빼고 다른 빛이 없어서 놀랐다.

"촛불 켤까요, 주인님?" 그녀가 정중하게 물었다.

"네가 원하면 켜, 안 그러면 말고. 너한테 할 말이 있어요. 내가 그 말을 했을 때, 우리가 어둠 속에 함께 앉아 있을지 아니면 밝은 곳에 앉아 있어야 할지 네가 결정해."

루이자는 문 근처에서 기다렸고, 그 이상한 말들을 듣고 어안이 벙벙했다.

막달렌은 빈 의자를 가리키며 말했다. "여기 와서 앉아."

루이자가 앞으로 와서, 소심하게 여주인 옆에 있는 의자를 치웠다. 막달렌은 바로 다시 끌어당겼다. "아냐. 내 옆에 가까이 와." 루이자는 잠시 망설였다가 시키는 대로 했다.

"너와 동등한 관계에서 말하고 싶어서 가까이 앉으라고 한 거야. 한때 우리 사이에 어떤 차이가 있었던 건 이제 없어. 난 아무런 계급도 지위도 없이 속수무책으로 버려진 외로운 여자야. 너와 친구로 지낼 수도 아닐 수도 있어. 여주인과 하인으로서 우리의 관계는 끝내야 해."

"아, 주인님, 그런 말씀 마세요!" 루이자가 힘없이 애원했다.

막달렌은 슬프지만 계속 말했다.

"네가 처음 왔을 때, 널 좋아하면 안 된다고 생각했어. 널 좋아하게 됐어. 너에게 감사하는 법을 배웠어요. 처음부터 끝까지 너는 나에게 충직하고 잘 해줬어. 내가 할 수 있는 최소한의 일은 네 앞길을 가로막지 않는 거야."

"절 내보내지 마세요!" 루이자가 애원하듯 말했다. "가끔 약간의 돈으로 절 도와줄 수 있다면, 임금은 나중에 받아도 돼요, 진심이에요!"

막달렌은 그녀의 손을 잡고 좀 전과 같이 슬픈 말을 계속했다.

"앞으로 내 인생은 정말 어둡고 불확실해. 내가 할 다음 단계는 날 번영으로 이끌 수도 파멸로 이끌 수도 있어. 이런 앞날을 함께하자고 너에게 부탁할 수 있을까? 만약 네 미래가 나처럼 불확실했다면, 너 역시 친구 없이 세상에 버려졌다면, 내 양심은 쉽게 네 운명을 나와 함께하자고 했을지도 몰라. 내가 너한테 잘못한 게 아니라고 느꼈다면, 너의 믿음을 받아들였을 거야. 너로서 이번 일을 어떻게 생각할 수 있을까? 넌 미래를 생각해야 해. 넌 훌륭한 하인이고 나보다 더 좋은 곳에서 일할 수 있어. 내 이름을 말해도 돼. 내 증명서가 충분치 않다고 생각하면, 나보다 먼저 모셨던 여주인을 언급할 수⋯."

막달렌이 마지막 고용주에 대해 언급하는 순간, 루이자는 손을 빼고 겁먹은 듯이 의자에서 일어났다. 잠시 침묵이 흘렀다. 여주인과 하녀 모두 똑같이 놀랬다.

막달렌이 먼저 말을 꺼냈다.

"너무 어둡지?" 의미심장하게 물었다. "촛불을 밝힐 거지, 어쨌든?"

루이자는 가장 어두운 방구석으로 물러났다.

"절 의심하시는군요. 주인님!" 그녀는 숨 가쁘게 속삭이며 어둠 속에서 답했다. "누가 말해줬어요? 어떻게 아셨어⋯." 그녀는 말을 멈추고 눈물을 터트렸다. "전 의심받을 만해요." 그녀는 침착해지려고 애쓰며 말했다. "부인할 수 없어요. 주인님은 정말 친절하게 대해 주셨어요! 주인님이 좋아졌어요. 용서해 주세요, 밴스톤 부인. 전 악마 같은 인간이에요. 제가 속였어요."

"이쪽으로 와서 다시 내 옆에 앉아. 이리 와. 아니면 내가 일어나서 직접 널 데려올 거야."

루이자는 천천히 자리 자리로 돌아왔다. 불빛이 희미했지만, 그녀는 두려워하는 거 같았다. 그녀는 손수건으로 얼굴을 가리고 다시 의자에 앉으면서 여주인에게서 몸을 움츠렸다.

"누가 나에게 널 일러바쳤다고 생각하는 건 오해야. 네 표정과 말투로 아는 게 전부야. 넌 내 밑에서 일하기 시작한 후로 네 마음을 짓누르는 비밀스러운 고민이 있었어. 너와 너의 과거에 대해 지금 내가 아는 것보다 더 많이 알고 싶어서 고백하는 거야. 단순히 내가 궁금해서가 아니라 나도 비밀이 있으니까. 너도 나처럼 불행한 여자니? 만약 그렇다면, 내 비밀을 털어놓을게. 내게 할 말이 없다면, 만약 비밀을 간직하겠다면, 널 비난하지 않아. 그냥 우리 헤어지자고 말할 뿐이야. 네가 어떻게 나를 속였는지 묻지 않을게. 내가 널 데리고 있는 동안, 넌 정직하고 충직하고 능력 있는 하인이었다는 것만 기억할 거야. 그리고 너의 새 여주인에게 너에 대해 좋은 말을 많이 해줄 거야."

그녀는 대답을 기다렸다. 잠깐, 아주 잠시 루이자는 머뭇거렸다. 그 소녀의 천성은 나약했지만 타락하지는 않았다. 그녀는 진심으로 여주인에게 애착을 두고 있었다. 그리고 그녀는 용기를 내서 막달렌이 생각지도 못한 말을 했다.

"만약 저를 내보낸다면, 주인님, 제가 사실대로 말할 때까지는 추천서 받지 않을게요. 부인을 두 번 속이고 싶지 않아요. 부군께서 절 어떻게 고용했는지 말씀해 주셨나요?"

"아니, 물어본 적도 없고, 그 사람이 말해 주지도 않았어."

"그분은 신원 증명서를 보고 절 고용하셨어…."

"그래서?"

"그 증명서는 위조된 거였어요."

막달렌은 놀라서 뒤로 물러섰다. 예상치 못한 고백이었다.

"네 여주인이 증명서 주는 걸 거부했니? 왜?"

루이자는 무릎을 꿇고 여주인의 무릎에 얼굴을 묻었다. "묻지 마세요! 전 비참하고 타락한 인간이에요. 전 부인과 같은 방에 있을 자격이 없어요." 막달렌은 그녀에게 몸을 숙여 귓속말로 물었다. 루이자는 슬픈 한 단어로 대답을 속삭였다.

"그 사람이 널 버렸니?" 막달렌이 잠시 기다렸다가 생각해본 후 물었다.

"아뇨."

"그 사람을 사랑하니?"

"대단히요."

막달렌은 사랑 없는 결혼 생활을 빠르게 떠올렸다.

"세상에, 나한테 무릎 꿇지 마!" 그녀가 격정적으로 외쳤다. "만약 이 방에 타락한 여자가 있다면, 네가 아니고 나야."

그녀는 온 힘을 다해서 그 소녀를 다시 의자에 앉혔다. 두 사람 모두 잠시 조용히 기다렸다. 막달렌은 루이자의 어깨에 손을 얹은 채 다시 자리에 앉아, 이루 말할 수 없는 비통함에 사그라지는 불길을 바라봤다. '아, 세상에는 정말 행복한 여자들이 있어! 남편을 사랑하는 아내들! 자식들을 부끄러워하지 않는 어머니들'이라고 생각했다. 루이자에게 다시 한번 부드럽게 말을 걸었다. "이제 좀 진정됐어? 내가 다른 걸 물어보면 대답해 줄 수 있어? 아이는 어디 있어?"

"유모에게 맡겼어요."

"아이 아버지가 지원하니?"

"최선을 다하고 있어요."

"뭐 하는 사람이야? 누구 밑에서 일하니? 아니면 상인이니?"

"그 사람 아버지가 도목수예요. 아버지 목공소에서 일하고 있어요."

"일자리도 있는데 왜 너와 결혼을 안 했어?"

"그 사람 아버지 때문이지, 그이 잘못은 아니에요. 그 사람 아버지가 우리를 불쌍히 여기지 않으세요. 나와 결혼하면 그 사람은 집집마다 쫓겨나요."

"그 사람 다른 일자리는 못 구하니?"

"런던에서 좋은 일자리를 구하기가 어려워요. 런던에는 사람들도 정말 많고 서로의 일자리를 빼앗죠."

"만약 지금 돈이 있다면 그가 너하고 결혼을 할까?"

"그럴 거예요, 부인. 호주에서 많은 일을 할 수 있고, 여기서 받는 임금보다 두세 배 더 받을 수 있어요. 아이를 위해 조금이라도 더 저축하려고 그이는 열심히 노력하고 있고, 저도 열심히 노력하고 있어요. 하지만 너무 적어요! 우리가 앞으로 몇 년을 산다면, 우리에게 희망은 없어 보여요. 제가 전부 다 잘못했다는 거 알아요. 전 행복할 자격이 없다는 걸 알아요. 하지만 어떻게 내 아이가 고통받도록 내버려 두겠어요. 전 일을 해야만 했어요. 제 여주인은 저에게 가혹했고, 바느질로 생계를 꾸리면서, 건강이 나빠졌어요. 만약 저에게 다른 기회가 있었다면 전 절대 가짜 신분으로 누군가를 속이지 않았을 거예요. 전 혼자였고 무기력했어요, 주인님. 그리고 전 용서를 구할 뿐이에요."

"나보다 더 좋은 여자들에게 용서를 구해." 막달렌이 슬프게 말했다. "나는 그저 네 감정을 잘 알 뿐이고, 진심으로 널 좋아해. 네 입장이었다면 나도 가짜 신분으로 일했을 거야. 더는 옛날 일은 말하지 말자. 그 일에 대해 말하면서 내가 얼마나 마음 아팠는지 넌 모를 거야. 앞날에 관해 이야기하자. 내가 널 도울 수 있고, 너한테 해가 되지 않을 거야. 날 도와줄 수 있다고 생각하고 나에게 그 보답으로 가장 큰 일을 해줘. 잠깐만, 내 말 무슨 뜻인지 듣게 될 거야. 네가 결혼했다고 가정하면, 남편과 함께 이민 가는 데 비용이 얼마나 들까?"

623

루이자는 부부가 호주까지 가는 배 3등 선실 비용을 말했다. 그녀는 낮고 절망적인 말투로 말했다. 적당한 액수였지만, 그녀의 눈에는 현실 불가능한 돈처럼 보였다.

막달렌은 의자에서 일어나더니 다시 그 소녀의 손을 잡고 진지하게 말했다.

"루이자! 만약 내가 그 돈을 주면, 넌 그 보답으로 나에게 뭘 해줄 거야?"

그 제안에 루이자는 놀라서 할 말을 잃은 것 같았다. 몸을 심하게 떨면서 아무 말도 하지 않았다. 막달렌은 한 번 더 말했다.

"오, 주인님, 진심이세요? 정말 진심이세요?"

"그래, 진심이야. 그 보답으로 넌 나에게 뭘 해줄래?"

"해주다니요? 제가 못할 건 없어요!" 그녀는 여주인의 손에 키스하려고 했지만 막달렌은 허락하지 않았다. 그녀는 단호하게 거의 거칠게 손을 뺐다.

"난 너에게 어떤 의무를 지우려는 게 아니야. 우리는 서로를 도와주는 거야. 그뿐이야. 조용히 앉아서 생각해보자."

10분 동안 방에는 침묵이 흘렀다. 그리고 막달렌은 시계를 꺼내서 난로 가까이에 가져갔다. 난로 불빛으로 몇 시인지 충분히 알 수 있었다. 6시에 가까웠다.

그녀는 의자에서 일어나면서 루이자에게 다시 말을 걸었다. "아래층으로 내려가서 전언을 전할 만큼 차분해졌니? 아주 간단한 전언이야. 남자아이에게 최대한 빨리 마차를 불러오라고 말하면 돼. 난 바로 나가야 해. 그 이유는 저녁 늦게 알게 될 거야. 너에게 할 말이 많지만, 지금은 말할 시간이 없어. 내가 떠나면, 넌 일거리를 여기로 가져와서 내가 돌아오기를 기다려. 취침 시간 전에 돌아올게."

더 이상의 설명 없이 그녀는 서둘러 촛불을 켜고 침실로 가서 보닛과 숄을 걸쳤다.

Chapter 2

저녁 9시와 10시 사이에 초조하게 기다리던 루이자는 고대했던 집 문을 두드리는 소리를 들었다. 그녀는 바로 아래층으로 내려가 여주인에게 문을 열어줬다.

막달렌의 얼굴이 상기됐다. 집을 나설 때보다 집으로 돌아올 때 훨씬 더 동요하는 모습을 보였다. 그녀는 다급하게 루이자에게 말했다. "계속 탁자에 있어. 하지만 일은 하지 마. 내가 하는 말 잘 들어줘."

루이자는 그 말을 따랐다. 막달렌은 탁자 반대편에 앉아서 촛불을 옮겨 하인의 얼굴을 똑바로 바라봤다.

그녀가 갑자기 말을 꺼냈다. "지난 2주 동안 날 보려고 한두 번 왔던 점잖은 중년 여성 본 적 있지?"

"네, 부인. 두 번째 왔을 때 제가 문 열어 드렸어요. 앳우드 여사시죠?"

"그 사람이야. 앳우드 여사는 로스콤 씨의 가정부야. 개인 사저 가정부가 아니라 링컨스 인에 있는 사무실 가정부지. 이번 주 저녁에 그녀와 차를 마시기로 약속했고, 오늘 밤에 마셨어. 앳우드 여사와 같은 일을 하는 여자와 이렇게 친한 내가 이상하지?"

루이자는 아무 말을 하지 않았다. 표정으로 이상하게 생각하고 있다는 걸 알 수 있었다.

"앳우드 여사와 친하게 지내는 이유가 있어. 그녀는 미망인이고 딸이 많아. 딸들 모두 일하고 있어. 그중 한 명은 세인트 크럭스 인 더 마쉬에서 바트람 제독을 모시고 있는 하녀야. 앳우드 여사의 주인에

625

게서 그 사실을 알았어. 그 사실을 알게 되자마자 난 앳우드 여사와 개인적으로 친해지자고 했어. 아직도 이상하지?"

루이자는 조금 불안해 보이기 시작했다. 여주인의 태도는 말과 달랐다. 분명 놀라운 일을 암시했다.

"앳우드 여사가 나에게 어떤 매력을 느꼈는지는 감히 말할 수 없어. 그녀는 예전에 잘 살았고 교육을 받은 사람이야. 그런 점에서 내가 마음에 들었나 봐. 어쨌든, 그녀는 먼저 다가가는 날 흔쾌히 받아주셨어. 이 착한 여자에게 난 어떤 매력을 느꼈는지 곧 말해 줄게. 난 세인트 크럭스 인 더 마쉬의 현재 집안사에 대해 호기심이 이루 설명할 수 없이 커. 앳우드 여사의 딸은 착하고, 어머니에게 항상 편지를 써. 그녀의 어머니는 편지와 딸을 자랑스러워하고, 딸과 딸이 하는 일에 대해 거리낌 없이 이야기해. 그게 앳우드 여사의 매력이야. 지금까지 이해가 됐니?"

루이자는 이해했다. 막달렌은 말을 이었다. "앳우드 여사와 딸 덕분에, 난 벌써 세인트 크럭스 집안에 대해 몇 가지 흥미로운 일을 알고 있어. 너에게 말하지 않아도, 하인들의 입과 편지에서 주인들이 생각하는 것보다 더 자주 그들에 관해 이야기하지. 세인트 크럭스에 유일한 여자 주인은 그 가정부야. 하지만 남자 주인은 바트람 제독이야. 그는 이상한 노인 같은데, 그 사람 변덕과 바람 때문에 그의 친구뿐만 아니라 하인들도 재미있어해. 그의 바람 중 하나(우리 스스로 알아봐야 할 유일한 문제야)는 그가 바다에서 지냈을 때 남자들이 충분히 있었고, 지금은 육지에 살고 있어서 여자 하인들에게만 시중을 받게 될 것이라는 거야. 그 집에 있는 한 남자는 늙은 선원인데, 평생 주인과 함께해왔어. 그는 세인트 크럭스에서 연금 수급자와 같고 집안일과는 거의 상관이 없어. 집 안에 있는 다른 하인들은 모두 여자고, 저녁 식사 때 제독은 하인 대신 식사 시중을 드는 하녀를 둬. 세인트 크럭스에 있는 식사 시중 하녀는 약혼했고 주인이 허락하자마자 떠날 거야.

이 사실들을 알게 된 지 며칠 됐어. 하지만 내가 오늘 밤 앳우드 여사를 만났을 때, 그녀는 딸에게 또 다른 편지를 받았고, 그 편지에서 난 더 많은 걸 알아낼 수 있었어. 그 가정부는 새 하인을 찾는데 어찌할 바를 모르고 있어. 가정부에게 모든 걸 맡긴다고 했지만, 그녀의 주인이 젊고 이쁜 하녀를 고집하고 있어. 동네에서 제독이 원하는 하녀를 찾으려고 알아봤지만 전부 실패했어. 앞으로 2~3주 이내에 찾지 못하면, 그 가정부는 타임즈에 광고를 내고 지원자들을 보러 직접 런던으로 가서, 그들을 꼼꼼하게 조사할 거야."

루이자는 그 어느 때보다도 주의 깊게 그녀의 여주인을 바라보았다. 그녀 얼굴에서 당혹감은 사라지고 그 대신 실망의 그림자가 나타났다.

"내가 한 말 명심하고 내가 몇 가지 물어볼 동안 조금만 더 기다려 줘. 내 말 이해한다고 생각하지 마. 장담하는데, 넌 내 말 이해 못 했어. 항상 시녀로 일했니?"

"아뇨, 부인."

"식사 시중 시녀는 해 봤어?"

"한 곳에서만 해봤어요, 그곳에 오래 있지 않았어요."

"네가 할 일을 배울 만큼은 있었니?"

"네, 부인."

"식탁 옆에서 기다리는 것 말고 다른 일은 뭐였어요?"

"손님을 안내했어요."

"그렇구나. 그리고 또 뭐 했어?"

"식기류를 챙겼어요. 식탁보도 전부 제가 관리했어요. 침실을 제외하고 모든 종소리에 응대했어요. 가끔 잡동사니를 챙겨야···."

"하지만 너의 주 업무는 조금 전에 말했던 거니?"

"네."

"시중 하녀로 일해 본 지 얼마나 됐어?"

"2년 조금 넘었어요."

"그동안 식탁에서 기다리는 법, 접시와 나머지를 정리하는 법은 잊지 않았지?"

이 질문에 막달렌이 물어볼수록 점점 흩트러지던 루이자의 관심이 완전히 흐트러졌다. 신중해지기보다 불안이 점점 커졌고, 심지어 겁도 사라졌다. 여주인에게 대답하는 대신 그녀는 혼란스러워하며 과감하게 물어봤다.

"죄송하지만, 저에게 세인트 크럭스 하녀 자리를 제안하시는 거예요?"

"널? 당연히 아니지! 내가 나가기 전에 이 방에서 했던 말 잊었어? 넌 결혼해서 네 남편과 네 아이와 함께 호주에 가야지. 내 말대로 넌 내가 설명할 때까지 기다리지 않았어. 마음대로 결론을 내렸고, 그 결론도 잘못 내렸어. 내가 방금 물어봤는데 대답을 안 했어. 시녀 일을 잊어버렸냐고 물었어."

"아, 아니에요. 부인!" 루이자는 지금까지 다소 마지못해 대답했지만, 이제는 선뜻 그리고 자신 있게 답했다.

"그 일을 다른 하인한테 가르쳐 줄 수 있어?"

"네. 그녀가 빨리 배우고 집중력이 있으면 쉽게 가르쳐 줄 수 있어요."

"그 일 나한테 가르쳐 줄 수 있어?"

루이자는 놀라서 얼굴색이 변했다. "주인님을요!" 그녀는 반신반의하고 외쳤다.

"응. 내가 세인트 크럭스에서 시중 하녀 자리를 맡을 수 있게 가르쳐 줄래?"

말을 분명했지만, 어리둥절해진 루이자는 여주인의 제안을 이해하지 못하는 거 같았다. "주인님을요!" 그녀는 멍하니 말을 되풀이했다.

"내가 너한테 이러는 목적을 분명하게 말해주면, 이 특별한 계획을 이해하는 데 도움이 될 거야. 네가 나와 지내려고 스코틀랜드에서 이곳에 왔을 때, 밴스톤 씨 유언장에 대해 내가 한 말 기억해?"

"네, 부인. 부인이 유언장에서 완전히 제외되었다고 말했어요. 만약 내 동료 하인이 그 내용을 알았다면 증인으로 절대 서지 않았을 거라고 확신해…."

"이제 그거 신경 쓰지 마. 난 네 동료 하인을 탓하지 않아. 르카운트 여사만 탓할 뿐이야. 하던 이야기 계속할게. 르카운트 여사가 바라던 나에게 손해를 끼칠 수 있을지는 전혀 확실치 않아. 내 변호사 로스콤 씨 말로는 그 유언장에도 불구하고 정당한 내 몫을 받을 기회가 있대. 그 기회는 나와 로스콤 씨가 바트람 제독이 남몰래 가지고 있다고 생각하는 편지를 내가 발견하느냐에 달렸어. 내 본래 모습으로 직접 하면 그 편지를 얻을 가망이 없어. 르카운트 여사는 제독에게 나에 대해 나쁘게 말했고, 밴스톤 씨는 그 사람에게 내가 모르는 뭔가를 전했어. 만약 내가 그에게 편지를 쓴다면, 내 편지에 답장하지 않을 거야. 만약 내가 그의 집에 간다면, 문전박대당할 거야. 난 세인트 크럭스에 낯선 사람으로 가는 방법을 찾아야 해. 충분한 시간을 갖고 그 집을 둘러볼 수 있는 자리에 있어야 해. 내가 만약 그 집에 하인으로 들어가면 모든 상황이 나에게 유리해. 그래서 하인으로 난 갈 거야."

"하지만 부인은 숙녀예요." 루이자는 매우 난처해하며 반대했다. "세인트 크럭스 하인들이 부인을 알아볼 거예요."

"그들이 아는 거 두렵지 않아. 난 네 생각보다 더 교묘하게 다른 사람으로 위장하는 법을 알아. 발각될 가능성은 내가 감당해야 할 위험이야. 이제 네가 걱정하는 부분을 이야기하자. 날 도울지 말지 아직 결정하지 마. 무슨 도움이 필요한지 먼저 들어줘. 넌 바느질을 빨리하고 잘해. 1주일 안에 하인이 입을 만한 적당한 옷을 만들 수 있어? 내 실크 드레스 중 한 벌은 너한테 맞게 수선할 수 있니?"

"1주일 안에 끝낼 수 있을 거 같아요, 부인. 하지만 왜 제가 입어…."

"조금만 기다리면 알게 될 거야. 내일 집주인에게 일주일 전 통보를 해야겠어. 그 사이 네가 옷을 만드는 동안 난 하녀 일을 배울 수 있어. 여기 하인이 저녁을 가져오고, 방에 너와 나 단둘이 있을 때, 평소처럼 네가 날 시중드는 게 아니고 내가 널 시중드는 거야. (나 정말 진지해. 방해하지 마!) 너 방해하지 않고 옆에서 배울 수 있는 거 배우고, 기회가 있을 때마다 열심히 연습할 거야. 1주일이 지나고 옷이 다 만들어지면, 우리는 이곳을 떠나 다른 숙소로 갈 거야. 네가 여주인, 나는 하녀로 말이야."

루이자는 그녀 앞에 닥칠 일에 몸을 떨면서 끼어들었다. "들통 날 거예요, 부인. 전 숙녀가 아니에요."

막달렌이 씁쓸하게 말했다. "내가 숙녀잖아. 숙녀가 뭔지 말해 줄까? 숙녀는 비단옷을 입고, 자신이 중요하다고 생각하는 여자야. 너에게 옷을 입히고, 네가 그 생각을 하게 할 거야. 넌 말을 잘하고, 본래 조용하고 자제력도 있어. 수줍음만 극복하면, 난 너에 대해 조금도 걱정 안 할 거야. 새 숙소에서 넌 네 역할을, 나는 내 역할을 연습할 충분한 시간이 있을 거야. 옷 몇 벌 더 만들고 시간이 충분할 거야. 내가 입을 옷과 네 웨딩드레스 말이야. 난 매일 신문을 살필 거야. 광고가 뜨면, 그 순간에 떠오르는 이름이나, 네가 네 이름 빌려주고 싶으면 네 이름으로 난 거기에 응할 거야. 그리고 그 가정부가 나에게 신원 증명서를 부탁하면 너에게 물어보라고 할 거야. 그녀는 널 여주인으로, 나는 시녀로 볼 거야. 네가 의혹을 품지 않는다면 그녀는 어떤 의심도 하지 않을 거야. 네가 내 지시를 따르고 내가 하라는 대로 말하면, 그 면담은 10분 내로 끝날 거야."

루이자는 여전히 떨면서 말했다. "무서워요, 부인. 놀라서 숨도 안 쉬어져요. 용기라니! 어디서 용기를 얻어요?"

"내가 너에게 호주로 가는 뱃삯을 주잖아. 남편을 얻고 아이도 되찾는다는 새로운 희망을 보고 거기서 넌 용기를 얻으면 돼."

루이자의 슬픈 얼굴이 밝아졌다. 심장 박동이 빨라졌다. 황금빛 미래를 생각하면서 그녀의 눈빛에서 여주인과 같은 분위기가 피어났다.

"만약 내 제안으로 받아들이겠다면, 내가 원하면 넌 바로 교회에 가서 결혼 공고를 할 수 있어. 신문에 광고가 나오는 날 돈을 약속할게. 가정부가 나를 거절한 위험은 내가 감당할 위험이지 네 몫이 아니야. 내 예쁜 외모가 애석하게도 사라졌다는 걸 알아. 하지만 여전히 다른 하인들을 제치고 내 자리를 지킬 수 있을 거 같아. 바트람 제독이 원하는 시중 시녀처럼 보이니까. 이 문제에서 네가 걱정할 건 아무것도 없어. 만약 있었다면 내가 언급하지 말았어야 해. 세인트 크럭스에서 내가 발각되는 게 유일한 위험이고 그건 전적으로 내 책임이야. 내가 제독 집에 있을 때쯤이면 넌 결혼을 해서, 새로운 삶을 위해 배를 타고 있을 거야."

희망으로 빛났던 루이자의 얼굴은 다시 두려움 때문에 어두워졌고, 결단을 내리는데 치른 고심의 흔적이 역력했다. 그녀는 시간을 벌려고 애썼다. 그녀는 당황하며 감사의 말 몇 마디를 하려고 했다. 하지만 그녀의 여주인은 그녀를 조용히 시켰다.

"나한테 고마워할 필요 없어. 다시 말하지만, 우리는 서로를 돕는 것뿐이야. 난 돈이 별로 없지만, 너한테 줄 만큼 있고 마음껏 줄 수 있어. 난 비참한 삶을 살았어. 다른 사람이 날 비참하게 만들도록 했어. 난 널 행복하게 해줄 수 없어. 새로운 사기에 널 끌어들이는 것 빼고는 말이야. 있잖아, 네 잘못이 아니야. 거절한다면 너보다 못한 여자들이 날 도와줄 거야. 네가 원하는 대로 결정해. 하지만 돈을 받는 건 걱정하지 마. 내가 성공한다면, 난 그 돈 필요 없어. 만약 실패한다…."

그녀는 말을 멈추고, 의자에서 벌떡 일어나 난롯가로 가서 루이자에게 얼굴을 숨겼다.

그녀는 난로망에 무심코 발을 따뜻하게 하면 말을 이었다. "만약 내가 실패하면, 세상의 모든 돈은 나에게 아무런 소용이 없을 거야.

이유는 전혀 신경 쓰지 마. 나도 신경 쓰지 말고. 너 자신을 생각해. 네가 나에게 했던 고백을 이용하지 않을 거야. 너의 뜻에 반하는 영향을 주지 않을 거야. 네 생각대로 해. 하지만 한 가지만 기억해. 난 결심했어. 너의 어떤 말이나 행동에도 그건 바뀌지 않아."

그녀가 갑자기 탁자에서 일어나, 마지막 말을 할 때 목소리 톤이 바뀌자 루이자는 다시 주저하는 것 같았다. 그녀는 무릎 위 두 손을 꼭 쥐었다. "너무 갑작스러워요, 주인님. 너무나도 그렇게 하겠다고 말하고 싶지만, 아직 두려워…."

막달렌은 계속 난로를 바라보면 끼어들었다. "밤새 고민해보고 내일 아침, 내 방에 와서 네 결정을 이야기해줘. 오늘 밤은 도움 필요 없어. 나 혼자서 옷 벗을 수 있어. 넌 나만큼 강하지 않아. 지쳤을 거야. 나 신경 쓰지 마. 잘 자, 루이자, 그리고 좋은 꿈 꿔."

그런 상냥한 말을 하면서 그녀의 목소리는 점점 가라앉았다. 그녀는 크게 한숨을 내쉬었고, 벽난로 선반에 팔을 올려서 머리를 기대서 보기가 안쓰러웠다. 루이자는 그녀 생각대로 방을 떠나지 않았다. 조용히 그녀 옆으로 와서 손에 키스했다. 막달렌은 놀랐지만, 이번에는 손을 빼지 않았다. 끔찍한 외로움이 하인의 입술이 닿자 누그러들었다. 오만했던 마음은 녹아내렸고, 눈에는 뜨거운 눈물로 가득 찼다. "날 괴롭히지 마!" 그녀가 희미하게 말했다. "친절함의 시간은 지나갔어. 친절함은 이젠 나를 압도할 뿐이야. 잘 자!"

아침에 막달렌은 예상했던 긍정적인 대답을 들었다. 그날 집주인은 일주일 전 통보를 받았고, 루이자는 시녀 옷을 빠르게 만들었다.

* 편지를 통한 이야기 전개

1. 가스 양이 펜드릴 씨에게

웨스모어랜드 하우스, 1848년 1월 3일.

펜드릴 씨에게

변호사님이 친절히 부탁하신 대로, 노라가 어떻게 지내고 있고 여동생에 대한 마음이 어떻게 바뀌었는지 알려드리기 위해 편지를 써요.

계속 소식이 없는 막달렌에게 체념하고 있다고 말할 수 없네요. 그녀의 충실함을 너무나 잘 알고 있기 때문이죠. 단지 그녀가 새로운 생각과 새 희망으로 슬픔과 긴장감의 무거운 압박에서 벗어나기 시작했다고만 말할 수 있어요. 나는 그녀가 아직 마음속으로 이것을 깨닫고 있는지 의심스럽고, 그녀가 스스로 의식하지 못하지만, 그 결과가 보여요. 다른 관심사와 다른 사랑이 주는 위안에 그녀의 마음이 열리는 것을 봅니다. 그녀는 그 이야기에 대해 한마디도 하지 않았고 나도 한마디도 하지 않아요. 하지만 조지 바트람 씨의 포트랜드 플레이스의 가족 방문이 점점 잦아지고 있다는 것과 노라가 긴장감 속에서 안도감을 찾고 있으며, 내가 가르쳐주지 않은 미래에 대한 희망을 느끼고 있는 건 확실히 알아요.

이 사실을 변호사님께 아주 극비리에 알려드린다는 것을 말할 필요가 없을 거예요. 이제 막 떠오르기 시작한 새벽처럼 행복한 전망이 더 밝아질 것인지는 신만이 아십니다. 여러 번 절 찾아온 조지 바트람을 자주 볼수록, 점점 그가 마음에 들어요. 내가 보기에, 그 사람은 고귀하고 진실한 신사인 거 같아요. 만약 노라가 그의 아내가 되는 것을 본다면, 살 만큼 오래 살았다고 생각할 수 있을 거예요. 하지만 누가 앞일을 알겠어요? 우리가 너무 많은 고통을 겪었기 때문에 희망을 갖는 것이 두렵네요.

막달렌에 대한 어떤 소식이라도 들었나요? 왜 그러는지 혹은 어떻게 그러는지 모르지만, 남편의 사망 소식을 알기 때문에, 그녀에 대해 나의 오랜 애정이 그 어느 때보다 더 집요해진 거 같네요.

해리엇 가스 드림.

2. 펜드릴 씨가 가스 양에게

설 가, 1848년 1월 4일.

가스 양에게

노엘 밴스톤 부인에 대해서는 들은 바가 없습니다. 하지만 선생님을 본 이후로, 그녀가 남편의 죽음으로 처해진 상황이 사실임을 알게 되었습니다. 그녀는 어떤 종류의 유산도 받지 못했습니다. 그녀의 이름은 남편의 유언장에 한 번도 언급되지 않았습니다.

우리가 알고 있는 걸 알기에, 이 상황이 우리를 더 당황스럽게, 어쩌면 더 고통스럽게 위협한다는 것은 숨길 수 없습니다. 노엘 밴스톤 부인은 그녀의 모든 계획과 희망이 완전히 무너지는데 필사적으로 저항하지도 않고 굴복하는 여성이 아닙니다. 남편의 사망 이후 그녀에 대해 어떤 소식을 듣지 못했다는 사실만으로도 앞으로 심각한 일이 일어날 거 같습니다. 그녀의 처지와 기질 때문에, 지금 그녀가 조용할수록, 나는 점차 그녀가 더 못미덥습니다. 현재 극단에 몰린 그녀가 어떤 맹렬한 조치를 취할 지 말할 수 없습니다. 그녀 자신을 물론 순진한 언니에게도 영향을 미칠 수 있는 이번 추문의 원인이 그녀인지 확신할 수 없습니다.

당신이 내가 이 편지를 쓰는 동기를 오해하지 않는다는 것을 알고, 내가 당신에게 불필요한 경종을 울릴 만큼 사려 깊지 못하다고 생각하지 않는다는 것도 알고 있습니다. 행복한 앞날을 암시하는 당신의 편지에 대한 나의 진심 어린 걱정에 더욱 더 솔직하게 썼습니다. 기회가 있을 때 모든 상황에서 영향력을 행사할 수 있을 때 영향력을 행사해서, 점점 커지고 있는 사랑을 견고히 하고 앞으로 일어날 참사의 영향을 받지 못하도록 할 것을 강력하게 권합니다. 노엘 밴스톤 부인이 받지 못한 재산은 바트람 제독이 물려받았고, 그리고 조지 바트람 씨가 그의 삼촌 후계자라는 걸 알린다면, 아무런 이유 없이 당신에게 경고하는 것이 아니라는 것을 인정하게 될 것입니다.

윌리엄 펜드릴 씀.

3. 바트람 제독이 드레이크 여사(세인트 크럭스 가정부)에게

세인트 크럭스, 1848년 1월 10일.

드레이크 여사에게

마침내 새 시녀를 찾았고, 다른 볼일이 다 끝나면 그 소녀와 함께 세인트 크럭스로 돌아갈 준비가 되었다고 적힌, 런던에서 온 자네의 편지를 받았네.

이번 준비는 바로 변경해야 한다네. 그 이유를 편지로 알려서 진심으로 유감이네. 의사들을 포함해 우리 중 누구도 불안하지 않을 정도로 경미해 보였던 내 조카인 거들스톤의 부인의 병환이 돌이킬 수 없이 끝났네. 오늘 아침에 그녀가 사망했다는 충격적인 소식을 알게 됐다네. 그녀의 남편은 슬픔으로 제정신이 아니라더군. 조지 군은 이미 매형 집에 가서 마지막 우울한 일을 맡고 있고 장례식이 열리기 전에 나도 뒤따라가

야 한다네. 우리는 나중에 거들스톤 씨를 데려와서 환경을 바꿔보자고 제
안할 거라네. 이런 슬픈 상황으로 최소 한 달이나 6주간 세인트 크럭스를
비워야 할지 모른다네. 집 문을 닫을 것이고 내가 돌아올 때까지 새 하인
은 필요치 않다네.

따라서 이 편지를 받는 즉시 자네는 그 소녀에게 가족 사망으로 우리
의 준비에 일시적인 변화가 생겼다고 말해주게. 그녀가 기다리겠다면, 6
주 후에 여기로 갈 것이라고 그녀에게 약속할 수 있다네. 조지 군이 안 돌
아와도, 난 그때쯤이면 돌아올 것이네. 만약 그녀가 거절한다면, 그녀에
게 적당히 보상하고 일을 정리하게.

아서 바트람.

4. 드레이크 여사가 바트람 제독에게

1월 11일

존경하는 주인님께

심부름을 끝내고 내일 세인트 크럭스로 돌아가길 바랐지만, 늦어지는
것에 대해 걱정을 덜어 드리고자 편지를 씁니다. 제가 고용한 그 젊은 여
성은 (이름은 루이자입니다) 기꺼이 기다리겠다고 합니다. 그리고 그녀
의 안녕에 신경 쓰는 현재 그녀의 여주인이 그동안 그녀가 지낼 수 있게
할 것입니다. 그녀는 지금부터 6주 후에 즉 내달 2월 25일부터 새 일을
시작한다는 것을 알고 있습니다. 유가족에게 닥친 안타까운 사별에 대한
저의 정중한 조의를 받아주시길 간곡히 바랍니다.

소피아 드레이크 올림.

세인트 크럭스
인 더 마쉬

"여기가 네가 잘 곳이다. 짐 정리하고 내 방으로 다시 내려와. 제독님이 돌아오셨으니, 오늘 저녁 식사부터 시중을 들 거야."

가정부 드레이크 여사는 이 말을 남기고 문을 닫았다. 새 시중 하녀는 세인트 크럭스의 침실에 혼자 남았다.

그날은 다사다난했던 2월 25일이었다. 르카운트 여사가 주인의 개인적 지시를 유언 집행자의 손에 맡긴 지 겨우 4개월 만에, 그녀의 첫 번째이자 최우선 목표에 불리했던 상황의 조합물이 정확히 현재 일어났다. 노엘 밴스톤 씨의 미망인과 바트람 제독의 비밀 신탁이 같은 집에 함께 있었다.

지금까지 특별한 일 없이 막달렌에게 유리하게 전개되었다. 지금까지, 그녀를 세인트 크럭스로 이끌었던 길에 장애물은 없었다. 그녀가 이름을 빌린 루이자는 남편과 아이와 함께 호주로 떠난 지 3일이 지났다. 막달렌이 비밀을 터놓은 유일한 사람이었고 지금쯤이면 그녀는 영국 땅에서 벗어났다. 그 소녀는 조심스럽고, 믿음직스럽고, 마지막까지 충직하게 여주인을 위했다. 그녀는 가정부와 면담을 잘 이겨냈고, 그 면담에 대비해 준비한 지시사항들을 하나도 잊지 않았다. 그녀는 제독 가족의 사망으로 6주 동안 연기되자, 여주인의 대담한 전략의 성공을 위해 중요한 집안일들을 완벽하게 습득하도록 계속 연습하자고 스스로 제안했다. 이렇게 얻은 시간 덕분에 루이자가 결혼하고 이별의 날이 됐을 때 막달렌은 옛 하녀가 그녀에게 가르칠 수 있는 모든 것을 매우 세세하게 배우고 익혔다. 세인트 크럭스의 문을 지나던 날, 그녀는 필사적인 모험을 시작했고, 최근에 겪은 인생으로 그녀는 긴급 상황에서 마음을 단단히 먹었고, 다른 사람 신분으로 사는 데 숙달된 그녀의 능력은 두 달 동안 그녀가 맡은 자리의 실제적인 일을 매일 매일 익혀서 더욱 강해졌다.

드레이크 여사가 방에서 나가서 혼자 남게 되자마자, 그녀는 옷가방을 풀고 저녁 시간을 위해 옷을 갈아입었다.

그녀는 거들스톤 부인을 기리는 뜻에서 라벤더 색깔 옷을 입었다. 제독의 지시에 따라 모든 하인은 흰 모슬린 앞치마, 옷에 어울리는 리본이 달린 깔끔한 흰색 모자와 깃을 착용했다. 목 윗부분까지 잠그고, 머리 뒤쪽에 깔끔한 작은 흰색 모자를 쓰는 이런 하인 의상은 리넨 상인을 빼고는 모든 남자 눈에 이런 단순한 옷은, 여자가 입을 수 있는 가장 수수하고 매혹적인 옷으로, 그녀의 미모 때문에 정신적 고통으로 인한 슬픈 변화는 눈에 거의 보이지 않았다. 가슴과 그녀의 몸매가 드러나는 뻣뻣한 실크로 된 이브닝 드레스를 입었다면, 제독은 자신의 응접실에서 알아보지도 못하고 그녀를 지나쳤을지도 모른다. 미모 찬양자는 하인의 저녁 복장을 한 그녀를 한 번 보자마자, 두 번 그녀를 보기 위해 되돌아볼 수밖에 없었다.

가정부 방으로 가기 위해 계단으로 내려가면서 그녀는 두 개의 긴 석조 복도로 이어지는 입구를 지나갔는데, 하나는 3층에, 다른 하나는 2층에 있었다. 그녀는 문을 바라보며 생각했다. '방이 많네! 여기서 내가 찾으려는 거 찾으려면 힘들겠어.'

1층에 도착한 그녀는 햇볕에 거칠어진 노인을 만났는데, 그는 멈춰서 매우 흥미로운 표정으로 그녀를 응시했다. 래지 대위가 세인트 크릭스 뒷마당에서 봤던 그 노인으로, 배 모형을 만들었다. 온 동네에 그는 '제독의 키잡이'로 널리 알려져 있었다. 그의 이름이 메이지였다. 바다에서 힘든 일을 겪었고 육지에서 열심히 술을 마셨던 이야기가 그의 쭈글쭈글하고 주름진 얼굴에 새겨져 있었다. 60년의 세월이 그의 충성심을 증명했고, 항해가 끝날 때 그는 지친 몸으로 선장의 집으로 왔다.

물어볼 사람이 없었기에, 막달렌은 그 노인에게 가정부의 방으로 가는 길을 알려달라고 부탁했다.

"내가 알려줄게요." 늙은 메이지는 귀가 어두운 사람의 특유의 높은 목소리로 말했다. "새로 온 시녀인가요? 그리고 잘 컸네요! 제독님은 앞뒤로 깔끔한 시녀를 좋아해요. 잘할 거예요."

"메이지 씨가 너한테 하는 말 신경 쓰지 마." 그 늙은 선원이 막달렌에게 문을 열어주면서 이런 말을 하자, 가정부가 말했다. "그 사람은 자기 멋대로 이야기해. 성가시고 지저분한 사람이지만 나쁜 뜻으로 하는 말은 아냐." 드레이크 여사는 능숙하게 사과하고, 자신만의 집안일 영역에서 형식적인 일로 막달렌에게 먼저 식품 저장고를, 다음으로 침구류 보관실을 보여줬다. 이 의식이 끝나고 위층으로 올라가 그녀에게 2층 복도에서 이어지는 식당을 보여줬다. 여기서 식탁보를 깔고 오직 한 사람만을 위해서 식탁을 준비하라는 지시를 받았다. 조지 바트람이 삼촌과 함께 세인트 크럭스로 돌아오지 않았기 때문이다. 드레이크 여사의 예리한 눈은 막달렌이 준비하는 것을 주의 깊게 살폈다. 드레이크 여사의 개인적 신념은 식탁보를 펼쳤을 때 새로 온 하인이 자신의 일을 이해하고 있음을 인정했다.

한 시간 후 수프 그릇이 식탁 위에 놓였다. 그리고 막달렌은 제독의 빈 의자 뒤에 홀로 서서 주인이 식당에 들어와서 처음으로 살필 때까지 기다렸다. 아래쪽에서 큰 종소리가 들렸다. 바깥 석조 복도를 걷는 빠르고 비틀거리는 발소리가 들렸고, 갑자기 문이 열리더니, 키가 크고 호리호리하며 눈과 입술은 예리하고 모든 움직임이 부산한 노인이 큰 래브라도 2마리와 함께 들어와 급하게 자기 자리에 앉았다. 개들은 그를 따랐고, 의자 양쪽에 묵직하고 차분하게 앉았다. 이 사람이 바트람 제독이었고, 이 개들은 외로운 식사 자리의 동행이었다.

"아! 아! 아! 새로 온 시녀인가 보군!" 그는 날카롭게 막달렌을 바라봤지만, 전혀 불친절하지 않게 말을 걸었다. "자네 이름이 뭐였지? 루이자였나? 괜찮다면 루시라고 부를게. 뚜껑 치워줘, 내가 오늘 1, 2분 늦었군. 내일은 그 때문에 시간을 어기지 말게. 나는 대체로 시곗바늘처럼 규칙적일세. 오는 길은 어땠나? 역에서 자네가 타고 온 짐수레가 많이 덜컹거렸나? 수프가 아주 좋아. 불처럼 뜨겁군. 3년 전에 서인도에서 먹었던 수프가 생각나는군. 반상복을 입었네? 거기 서보게, 내가 볼 수 있게. 아, 좋아. 아주 깔끔하고 멋지고, 단정하군. 불쌍한 거들스톤! 아, 소중하고 정말 불쌍한 거들스톤! 개 무서워하지 않지, 루시? 응? 뭐라고? 개를 좋아한다고? 그렇구만! 말 못 하는 동물들한테 늘 잘해주게. 이 두 마리 개는 손님이 있을 때 빼고는 나와 늘 함께 식사를 한다네. 코가 검은 개는 브루투스고, 코가 하얀 개는 카시우스야. 브루투스와 카시우스가 누군지 들어봤나? 고대 로마인이냐고? 맞아, 훌륭하구만. 책도 읽고 바느질도 잘하면 언제나 자네에게 좋은 남편감을 구해주겠네. 수프 치우게, 수프 치우라고!"

막달렌 인생에서 놀랄 만한 비밀을 가진 사람이 바로 이 사람이다! 노엘 밴스톤의 유언장에 그녀 대신 이름이 올라간 사람이 바로 이 남자였다!

생선과 구운 고기가 잇따라 나왔고, 제독은 독백을 했다가 시녀에게 이야기했다가 이제는 개들한테 하면서 친근하게 굴기도 하고 불평을 하기도 했다. 막달렌은 제독 식사의 동반자들이 지금까지 음식 한 점 얻어먹지 못했다는 것에 놀랐다. 육중한 두 마리 짐승은 식탁에 머리를 올리고 웅크리고 앉아서 밥 먹는 것을 뚫어지게 쳐다봤지만, 나눠 먹는 건 기대하지 않는 것 같았다. 구운 고기를 치우고, 제독의 음식이 바뀌었고, 막달렌는 탁자 한쪽에서 두 가지 본 요리의 뚜껑을 열었다. 맛있는 요리 중 첫 번째 요리를 주인에게 건네자, 개들이 갑자기 숨 가빠하며 관심을 보였다. 브루투스는 게걸스럽게 침을 흘렸다.

카시우스는 말로 표현할 수 없는 기대감에 혀를 내밀고 큰 턱 사이로 입김을 내뿜었다.

제독은 자유롭게 밥을 먹으면서 막달렌에게 옆 테이블에서 빵을 가져다 달라고 했다. 그녀의 시선이 멀어졌을 때, 그는 브루투스 입에 몰래 접시 내용물을 떨어트렸다. 운 좋은 친구가 맛있는 음식을 꿀꺽 삼키자, 카시우스는 가냘프게 끙끙거렸다. 제독은 속삭였다. "조용! 바보야! 넌 다음이야!"

막달렌은 두 번째 요리를 가져왔다. 그는 다시 한번 맘껏 먹고, 다시 한번 그녀에게 빵을 가져오라고 시키고, 사려 깊은 주인이고 공평한 사람인 것처럼 이번에는 카시우스에게 음식을 줬다. 플레인 푸딩과 건강에 좋지 않은 '크림'으로 된 다음 코스가 나왔을 때, 저녁 식탁에서 개의 역할에 대한 막달렌의 의혹이 확인됐다. 주인이 간단히 푸딩을 먹을 때, 개들은 정성스럽게 만든 크림을 삼켰다. 제독은 분명히 한편으로는 요리사 기분을 나쁘게 하는 게 두려웠고, 다른 한편으로는 소화 문제도 있어서, 브루투스와 카시우스가 매일 매일 진퇴양난에 빠진 주인을 자주 돕는 훈련된 공범이었다. "아주 좋아! 정말 잘했어!" 늙은 신사는 눈에 뻔히 보이는 이중의 의미로 말했다. "요리사에게 크림이 최고였다고 말해주게."

탁자에 와인과 디저트를 놓고, 막달렌은 물러나려고 했다. 식당에서 나가기 전에, 그녀 주인이 그녀를 다시 불렀다.

"잠시만, 잠깐! 아직 우리 집 방식을 모르는군, 루시. 내 오른쪽에 다른 와인 잔을 하나 더 가져다주게. 자네가 찾을 수 있는 가장 큰 걸로. 디저트 먹으러 오는 3번째 개가 있는데, 50년 이상 바다와 육지에서 나를 따라다니는 술고래 선원이라네. 그래, 그래, 우리가 원하는 와인잔이야. 자네 잘하는구만. 깔끔하고 손재주가 있어. 서두르지 말게, 무서워할 거 없네!"

갑자기 문 밖에서 두드리는 소리가 났고, 개들이 한 마리씩 크게 짖어서 막달렌은 깜짝 놀랐다. "들어오게!" 제독이 소리쳤다. 문이 열리고, 브루투스와 카시우스가 기분 좋게 꼬리로 바닥을 두들겼고, 메이지는 곧장 주인의 오른쪽에 있는 의자로 걸어갔다. 퇴역 군인은 마치 식당이 선실이고 집이 항해 중인 배인 것처럼 다리를 벌리고 균형 맞춰서 그곳에 섰다.

제독은 큰 잔에는 포트와인을, 자기 잔에는 클라레 와인(프랑스 보르도산 적포도주)을 채우고 입 쪽으로 가져갔다.

"여왕 폐하 만세, 메이지!"

"여왕 폐하 만세, 선장님!" 개들이 본 요리를 한입에 꿀꺽 삼키듯, 늙은 메이지는 포트와인을 삼기며 말했다.

"바람은 어떤가, 메이지!"

"북서풍입니다, 선장님!"

"오늘 밤 보고할 거 있나, 메이지?"

"없습니다, 선장님!"

"잘 자게, 메이지!"

"안녕히 주무십시오, 선장님!"

저녁 식사 후 의식이 끝나고, 메이지는 인사를 하고 식당을 나갔다. 브루투스와 카시우스는 양탄자 위에 늘어져서는 버섯을 소화했고 난롯가에서 육즙을 만들어냈다. "우리의 일용할 양식에 하나님께 감사해야지. 아래층에 가서 저녁 먹게. 내 충고를 주자면, 가볍게 먹게, 루시, 가볍게 말이야, 안 그러면 악몽을 꾼다네. 일찍 자고 일찍 일어나야, 시녀가 건강하고 부유해지고 현명해진다네. 그게 자네 조상들의 지혜라네. 비웃으면 안 돼. 잘 자게." 막달렌은 자리를 떴다. 그렇게 바트람 제독과 첫날 경험이 끝났다. 다음 날 아침 식사를 마친 후, 제독이 새 시녀에게 내린 지시 중 한 가지 특별한 지시가 포함됐고, 그 지시는 막달렌 상황에서 흥미로웠다. 그날 오스라거에 일 때문에 노신사가 집을 비울 때, 그 집에 사는 모든 사람과 친해지고, 종이 울렸을 때 어디서 종이 울리는지 알 수 있게 여러 방의 위치를 배우라는 것이었다. 드레이크 여사가 다른 일을 하고 있지 않다면 집안 안내를 담당했고, 그렇지 못할 경우 낮은 직급의 하인이 막달렌 안내를 맡을 것이다.

정오에 제독은 오스라거로 떠났고, 막달렌은 집 구경을 위해 드레이크 여사의 방에 있었다. 드레이크 여사는 다른 일이 있어서 수석 하녀에게 보냈다. 그날 아침 수석 하녀는 드레이크 여사와 같은 상황이었고 그녀를 하급 하녀에게 보냈다. 하급 하녀들도 모두 일이 밀렸고 그럴 시간이 없다면서 무뚝뚝하게 메이지가 할 일이 없고 ABC보다 그 집을 더 잘 안다고 말했다. 막달렌은 혼자서 감추려고 힘들게 노력한 분개와 경멸감을 느끼며 그 말뜻을 파악했다. 그녀는 전날 밤 여자 하인들이 전부 불신감으로 가지고 자신의 존재에 대해 이해가 안 될 만큼 분개하고 있다고 의심했는데 이제는 확실해졌다. 드레이크 여사는 정말 그날 아침에 일이 바빴다. 하지만 핑계를 댔던 그녀 밑에 있는 모든 하인은 평소보다 더 바쁘지 않았다. 그들 표정에서 분명히 알 수 있었다. "우리는 네가 마음에 안 들어. 너한테 집 안내해 주지 않을 거야."

그녀는 메이지에게 가는 길을 찾았다. 빈약한 안내 때문이 아니라 퇴역 군인이 갈라지고 떨리는 목소리로 불멸의 바다 노래 '톰 볼링'을 저 멀리 한가롭게 부르는 소리를 들었기 때문이다. 그녀가 집 지하층 석조 복도에서 다음은 어느 길로 가야 할지 갈팡질팡할 때, 멀리서 듣기 싫은 늙은 목소리가 다음과 같은 가사를 부르는 것을 들었다.

그의 모습은 남자다웠다.
그의 마음을 친절하고 부드러웠다.
톰은 자신의 의무를 다했다.
그러나 그는 하늘 높이 갔다.

그러나 그는 하늘 높이 갔다.

막달렌은 떨리는 목소리를 따라갔고, 뒷마당이 내다보이는 작은 방을 발견했다. 메이지는 안경을 코에 걸친 내 울퉁불퉁한 늙은 손으로 모형 배를 만들고 있었다. 브루투스와 카시우스는 다시 난로 앞에 있었고, 그것을 완전히 즐기는 것처럼 코를 골고 있었다. 한쪽 벽에는 넬슨 경 수채화가 걸려 있었고, 바트람 제독의 마지막 기함 그림이 걸려 있었는데, 연어 색깔의 하늘에 슬레이트 바다에서 전속력으로 달리는 것 같았다.

"아, 그 사람들 당신에게 집안을 안 보여줘요? 그럼 내가 보여줄게요! 저 수석 하녀는 심술궂어요. 당신은 그 사람들이 보기에 너무 젊고 예뻐요. 그게 바로 당신이죠." 그는 일어난 난롯불을 손봤다. "그녀는 포플러 나무처럼 곧군." 메이지는 나른한 독백 속에 막달렌 모습을 떠올리며 혼잣말을 했다. "그녀는 포플러 나무처럼 곧고 제독님도 그래!" 그는 다시 막달렌에게 말을 걸었다. "나를 따라와요. 먼저 나침반 핀트부터 가르쳐줄게요. 핀트를 알면, 무슨 일이 있어도 온 집안을 쉽게 항해할 수 있죠."

그는 문으로 가다가 멈추고는 갑자기 자신의 모형 배가 생각나서 다시 돌아가서 빈 찬장 위로 치웠고, 다시 문으로 가다가 또다시 멈춰서 몇몇 방은 쌀쌀하다는 걸 기억해내고는 허둥대고 투덜거리며 모자를 찾았다. 막달렌은 앉아서 참을성 있게 그를 기다렸다. 그녀는 여자들에게 받았던 대우와 그가 그녀를 대하는 대우를 대조했다. 단호하게 저항하고, 할 수 있는 한 위풍당당하게 경멸하자, 아무리 경멸스럽더라도 겪어본 모든 불친절함은 빠르게 와 닿는 찌르는 듯한 힘이 있다. 막달렌은 늙은 선원의 투박한 친절 때문에 여자 하인들의 적의에 대해 어떻게 생각하는지 알고 있을 뿐이었다. 방 안 움직임에서 잠에서 깬 말 못 하는 개들이 일어나서 환영해 주는 것에 그녀는 더 감동했다. 브루투스는 주둥이를 부드럽게 그녀 손에 들이밀었고, 카시우스는 그녀의 무릎에 다정하게 앞발을 올렸다. 그들을 쓰다듬고 어루만지면서 그녀는 두 생명체를 갈망했다. 콤-레이븐에서 개들과 함께 정원을 거닐고 그늘진 잔디밭에서 여름 아침 시간을 아주 편안하게 보냈던 것이 엊그제 같았다.

메이지는 마침내 모자를 찾았고, 그들을 뒤따르는 개들과 함께 탐험을 시작했다. 전부 하인 공간으로 된 지하층을 떠나 2층으로 올라와 긴 복도에 들어섰는데, 지난밤 경험으로 막달렌은 이미 익숙했다. 메이지 노인은 막달렌이 지금 서 있는, 마당과 연못이 내다보이는 창문이 불규칙한 간격으로 있는 복도의 오른쪽에 있는 긴 벽을 가리키며 "이 벽에 등을 기대요"라고 말했다. "여기에 등을 대고, 당신의 앞을 똑바로 바라봐요. 뭐가 보이죠?" "통로의 반대편 벽이요." "아! 아! 또 뭐가 보여요?" "방으로 통하는 문이요." "또 뭐가 있죠?" "다른 건 아무것도 안 보여요." 메이지는 빙그레 웃고, 윙크하며 막달렌에게 울퉁불퉁한 검지를 인상적으로 흔들어댔다. "나침반 핀트 중 하나를 보고 있어요. 이 벽에 등을 기대서 정면을 똑바로 보면 북쪽을 보는 거예요. 여기서 만약 길을 잃으면 벽에 기대서 정면을 보고 말해요. '난 북쪽을 본다!' 그걸 잘하면 방향을 잃지 않을 거예요."

이런 기초를 알려주고, 메이지는 복도 왼편 첫 번째 문을 열었다. 막달렌에게 이미 익숙한 식당으로 이어졌다. 두 번째 방은 서재로 꾸며졌고, 세 번째 방은 응접실이었다. 네 번째와 다섯 번째 문은 사람이 살지 않는 방으로, 둘 다 잠겨 있었고 집의 북쪽 건물까지 이어져 짧은 두 번째 통로가 시작되는 첫 번째 문과 직각을 이뤘다. 시간을 잘 배분해서 방을 보여주며 '제목'에 대해 이야기하고 개에게 휘파람을 불었던 메이지는 이곳에서 다시 나침반으로 돌아와 막달렌에게 다시 벽에 기대라고 했다. 그녀 현재 위치에서 (아주 정확하게) 동쪽을 보고 있다고 말하면서 그 과정을 줄이려고 했다. 메이지는 자신만의 설명 방법을 고수하며 말했다. "먼저 동쪽을 알기 전까지 동쪽에 대해 이야기하지 마요. 이 벽에 등을 기대고 앞을 똑바로 봐요. 뭐가 보여요?" 나머지 질문과 대답은 전과 같이 진행됐다. 마지막에 다다랐을 때, 막달렌의 교관은 만족했다. 그는 다시 빙그레 웃고 윙크를 하며 말했다. "이제 동쪽을 알기 때문에 동쪽에 대해 이야기할 수 있어요."

동쪽 복도는 몇 야드 안 돼서 높다란 문이 있는 곳에서 끝이 났다. 그 문을 통해 다른 방처럼 고가의 구식 가구로 꾸며진 넓고 높은 응접실로 들어갔다. 이 방을 가로지른 막달렌의 교관은 문 맞은편에 있는 육중한 미닫이를 뒤로 밀었다. "앞치마를 머리에 둘러요. 우리는 지금 연회장에 가고 있어요. 바닥은 지독하게 춥고 석탄 운반선의 바퀴벌레처럼 습기로 축축해요. 제독님은 북극항로라고 부르시죠. 나도 이름을 지었죠. '뼈가 얼어붙는 곳'이라고 부르죠."

막달렌은 출입구를 지나 세인트 크럭스의 옛 연회장에 있었다. 왼쪽에는 높이 솟은 창문들이 늘어서 있었고, 정면으로 보이는 길이는 100피트 이상이었다. 그녀의 오른쪽에는 맞은편 끝에서 끝까지, 해상과 육상 전투를 그린 어둡고 때 묻은 낡은 그림들이 걸려 있었는데, 액자에서 썩어가고 있었다. 벽 중간쯤 그림 아래쪽에는 큰 벽난로와 검은색 대리석으로 된 벽난로 위 선반이 있었다. 그렇게 큰 빈 공간에서 눈에 보이는 유일한 (만약 가구라도 부를 수 있다면) 가구는 삭막한 오래된 삼각대로, 연회장 한가운데에 외로이 서 있었고 잿가루가 쌓인 넓은 원형 팬을 떠받들고 있었다. 한때 정교하게 조각되고 금박을 입혔던 높은 천장은 먼지와 거미줄로 더럽혀져 있었고, 방의 양쪽 끝의 벗겨진 벽은 습기로 얼룩져 있었으며, 차가운 대리석 바닥에는 항랑한 빙을 가로지르는 손님들에게 오솔길처럼 창문과 나란히 작은 매트들이 깔려 있었다. 메이지가 지었던 이름보다 더 좋은 이름은 없을 것이다. '뼈가 얼어붙는 방'은 세인트 크럭스의 연회장을 세 단어로 정확하게 묘사했다.

"이 음침한 곳에 불은 전혀 피우지 않나요?"

"뼈가 얼어붙은 방 어느 쪽에서 제독님이 지내느냐에 따라 전부 달렸죠. 제독님은 방을 바꿔서 지내는 걸 좋아하시죠. 당신이 조금 전에 왔던 '뼈가 얼어붙는 방'의 북쪽에서 지내시면, 여기에 석탄을 낭비하지 않죠. 만약 뼈가 얼어붙는 방 남쪽에서 지내시면, 우리가 다음으로 갈 곳인데, 벽난로와 팬에 불을 피우죠. 우리가 불을 피울 때, 매일 밤바다 습기가 가득하지만, 매일 아침 습기를 날리죠."

이 놀라운 설명과 함께, 메이지는 연회장 아래쪽 끝으로 인도했고, 더 많은 문을 열어서 북쪽 건물에서 봤던 것과 비슷하게 적당한 크기에 가구가 구비된 방 4개를 보여줬다. 그녀는 창밖을 내다봤고, 가시와 잡초가 무성한 채 방치된 세인트 크럭스 정원을 봤다. 정원에서 그리 멀지 않은 곳에서 여기저기서 지역 특유의 조류가 덤불과 나무 사이로 햇빛이 반짝이며 완만하게 굽이굽이 흐르고 있었다. 저 멀리 작은 마을들이 흩어져 있는 동쪽 평지가 보였고 후미를 가로질렀다가, 바다 침식에 무방비 상태로 있는 에식스 해안을 보호하기 위해 길게 곧게 뻗은 방파제에 의해 갑자기 끊겼다.

"아직 봐야 할 방이 더 남았나요?" 정원에서 시선을 거두고 다른 문을 찾으며 막달렌이 물었다.

"더 이상 없어요. 여기서 좌초됐으니 우리는 바람을 타고 다시 돌아가야 해요. 지금 당신이 남쪽에 있기 때문에 집의 또 다른 쪽이 우리 귀에 맴돌고 있죠. 정원을 보고 싶으면 정원으로 나가야 돼요. 여기 이 벽의 반대편에 벽돌로 된 칸막이벽으로 구분되어 있어요. 제독님이 태어나고 생각하기 전에 수도사들이 여기서 수백 년 전에 살았는데 내가 듣기로 좋은 시간을 보냈다고 하네요. 그들은 오전 내내 교회에서 노래하고, 오후 내내 과수원에서 술을 마셨데요. 최고의 깃털 침대에서 잠을 잤고, 1년 내내 동네에서 살을 찌웠데요. 운 좋은 사람들이에요! 운이 좋아요!"

수도사들에 대해 감탄사를 외치면서, 그런 좋은 시절을 살지 못한 것에 유감스러워하며, 퇴역 군인은 되돌아가는 길을 안내했다. '뼈가 얼어붙는 방'을 지나갈 때, 막달렌이 그보다 앞장섰다. '그녀는 포플러 나무처럼 곧아.' 메이지는 젊은 친구를 따라 다리를 절뚝거리며, 머리를 흔들며 속으로 중얼거렸다. '난 그들이 속한 국가는 전혀 신경 안 써. 하지만 나는 항상 올곧고 잘 자란 그들을 좋아했고, 죽는 날까지 항상 올곧고 잘 자란 그들을 좋아할 거야.'

"3층으로 올라가 볼 방이 더 있나요?" 막달렌이 그들이 출발한 지점으로 돌아왔을 때 물었다.

타고난 그녀의 맑고 뚜렷한 음색은 지금까지 귀가 안 좋은 늙은 선원에서 귀에도 잘 들렸다. 놀랍게도 그는 마지막 그녀의 질문에 갑자기 귀가 완전히 먹었다.

"나침반의 핀트 확실히 알아요? 확실치 않으면 벽에 등을 대고 다시 한번 북쪽부터 시작하죠."

막달렌은 '북쪽'을 포함해 모든 점이 상당히 익숙해졌다고 그에게 확신시켰으며, 그 후 더 큰 소리로 질문을 반복했다. 퇴역 군인은 어느 때보다 더 못 들은 척했다.

"그래요, 당신 말이 맞아요. 이 복도는 추워요. 내가 돌아가지 않으면, 내 난로불이 꺼지겠죠? 나침반 핀트를 잘 모르겠으면 나한테 오면, 내가 또 잘 가르쳐 줄게요." 그는 친절하게 윙크하고 휘파람으로 개들을 부르더니 다리를 절뚝거리며 가버렸다. 막달렌은 그가 3층에 대한 그녀의 호기심을 잠재우는 성공한 것에 낄낄거리는 소리를 들었다. "난 그들을 어떻게 다룰지 알지!" 메이지는 의기양양하게 혼잣말했다. "키 큰 사람과 작은 사람, 토박이와 외국인, 연인들과 아내들, 난 그들을 어떻게 다룰지 안다고!"

혼자 남겨진 막달렌은 3층을 직접 살펴보기로 하고 바로 계단을 올라가서 늙은 선원의 가르쳐 준 훌륭한 방법을 써먹었다. 열어봐야 할 문이 더 많다는 것만 빼면, 석조 복도는 2층과 완전히 비슷했다. 그녀는 되는 대로 가장 가까운 문 2개를 차례대로 열어봤고, 모두 침실이라는 것 알게 됐다. 그녀와 관계없는 구역에서 여자 하인 중 한 명에게 들킬까 봐, 그녀는 처음부터 침실을 너무 무리하게 조사하지 않았다. 그녀는 복도가 끝나는 곳을 보려고 서둘러 걸어가서, 아래층 현관과 같은 위치에 창고에서 끝난다는 것을 알고, 바로 되돌아갔다.

돌아가는 길에 그녀는 아까는 지나쳤던 물건을 보게 됐다. 벽과 나란히 놓여 있는 바퀴 달린 낮은 침대로, 침실 쪽 문 하나에 가까이 있었다. 이상하고 편안하지 않은데도, 밤에 그 침대에 누군가가 자는 것이 분명했다. 침대보가 있었고 베개 밑에서 두꺼운 빨간 뱃사람 모자 끝 부분이 삐죽 나와 있었다. 그녀는 침대가 놓여 있는 문 근처에 있는 문을 과감히 열었고, 어떤 흔적과 표시에서 추측한 대로, 제독이 잠자는 곳을 찾았다. 잠시 방을 살피는 것도 위험했기 때문에 다시 살며시 문을 닫고 부엌 쪽으로 돌아왔다.

그녀는 오후 내내 바퀴 달린 낮은 침대와 그것이 놓인 이상한 위치에 대해 곱씹었다. 누가 거기서 잘 수 있을까? 빨간 뱃사람 모자와 이미 알고 있는 메이지의 주인에 대한 개 같은 충성심으로 봐서 그녀는 늙은 선원이 그 침대 주인이라고 추측했다. 하지만 침실이 충분히 있는데, 왜 그는 밤에 그렇게 춥고 불편한 곳에서 지내는가? 왜 주인 방문 밖을 지키며 자야 하는가? 주인이 무서워하는, 밤에 생기는 위험이 있는가? 터무니없는 의문이었지만, 침대의 위치에 관한 생각을 억누를 수가 없었다.

이 문제에 대한 주체할 수 없는 호기심에 그는 가정부에게 물어보기로 했다. 그녀는 3층 복도 길이가 2층 복도만큼 긴지 확인하기 위해 걸었다고 인정했고, 낮은 침대가 있는 위치에 놀랐다고 말했다. 드레이크 여사는 함축된 질문에 짧고 날카롭게 답했다. "너 같은 어린 애가 이렇게 낯선 집에 처음 왔을 때 작은 호기심이 생기는 거 뭐라 하지는 않아. 하지만 앞으로 침실은 네가 상관할 바가 아니라는 거 기억해. 메이지 씨는 네가 본 그 침대에서 주무셔. 밤에 주인 방문 밖에서 자는 게 그분 습관이야." 빈약한 설명을 하고 드레이크 여사는 입을 다물었고 더 이상 말하지 않았다.

그날 늦게 막달렌은 메이지에게 직접 물어볼 기회가 생겼다. 파이프 담배를 피우며 아늑한 불가에서 술잔을 데우고 있는 기분 좋은 퇴역 군인을 봤다.

그녀는 대담하게 물었다. "메이지 씨, 왜 침대를 그렇게 차가운 복도에 둬요?"

"뭐야! 이 어린 아가씨가 위층에 갔어요?" 메이지는 곁눈질을 하며 잔에서 올려다봤다.

막달렌은 웃으며 고개를 끄덕였다. "자! 얼른! 말해주세요!" 그녀가 살살 달래며 말했다. "왜 제독님 문밖에서 주무세요?"

"왜 가운데로 가르마를 타죠?" 메이지가 다른 곁눈질을 하며 물었다.

"익숙하니까요."

"아! 아! 그게 이유예요? 뭐, 당신이 머리 가르마를 가운데로 타는 이유가 내가 제독님 문밖에서 자는 이유예요. 난 그들을 어떻게 다룰지 알죠!" 메이지는 낄낄거리며, 의기양양하게 에일을 휘저으며 혼잣말했다. "키 큰 사람과 작은 사람, 토박이와 외국인, 연인들과 아내들, 난 그들을 어떻게 다룰지 안다고요!"

막달렌은 저녁 식사 때 제독을 기다리는 동안 낮은 침대에 대한 미스터리를 풀기 위한 세 번째이자 마지막 시도를 했다. 그 노신사의 질문 덕분에 그녀에게 어떠한 건방짐이나 무례함도 없이 그 문제를 언급할 기회가 생겼다. 하지만 그는 그의 방식대로, 메이지와 드레이크 여사가 그랬던 것처럼 꽤 이해하기 어려운 존재라는 것을 드러냈다. 제독은 퉁명스럽게 말했다. "그건 자네와 상관할 바가 아니라네. 궁금해하지 말게. 아래층으로 내려가서 구약성서를 찾아서 호기심 때문에 에덴의 동산에 어떤 일이 일어났는지 읽어보게나. 착하게 굴고, 이브를 흉내 내지 말게나."

늦은 밤, 막달렌은 3층 복도 끝을 지나 자신의 방으로 혼자 올라가는 길에 멈춰 서서 귀를 기울였다. 계단을 지나가는 사람들이 볼 수 없도록 복도 입구에 가림막이 처져 있었다. 가림막 너머로 들려오는 코 고는 소리에 그녀는 몰래 들어갈 용기가 생겼고 몇 발짝 앞으로 나아갔다. 손으로 촛불을 가리면서 그녀는 대담하게 제독의 방문에 가까이 다가갔는데, 놀랍게도 낮게 그 침대를 본 이후로 위치가 바뀌었고, 바로 문 맞은편에 있어서 제독의 방에 들어가려는 사람은 누구든 막았다. 이것을 본 후, 요란하게 코를 골고 붉은색 뱃사람 모자를 눈썹까지 내리고, 담요는 코까지 끌어당긴 채 요란하게 코를 고는 메이지는 침대와 비교해서 별로 중요하지 않은 대상이 되었다. 그 퇴역 군인은 진짜로 주인의 문 앞을 지키며 잤고, 그와 제독과 가정부는 말로 설명할 수 없는 이 일을 비밀로 하고 있다는 것이 이제 확실해졌다.

"이상한 결말이야." 막달렌은 위층에 있는 자신의 침실로 가면서 자신이 알게 된 사실을 곰곰이 생각했다. "이상한 하루의 이상한 결말이야!"

첫 주가 지나고, 두 주가 지났지만 막달렌은 언뜻 보기에는 세인트 크럭스 처음 입성했던 날보다 비밀 신탁 찾는 것에 가까워지지 않았다.

하지만 2주일간 별일은 없었지만 헛되게 보낸 것은 아니었다. 그녀는 한 가지 중요한 점에서 이미 만족했다. 그녀는 다른 하인들의 뿌리 깊은 불신을 아무렇지 않게 무시할 수 있었다. 시간이 지나면서 새로 온 사람은 자신들과 다르다는 막연한 확신은 바뀌지 않은 채, 여자들은 그녀의 존재에 익숙해졌다. 막달렌이 스스로 방어할 수 있는 것은 처음부터 오직 부정적이었던 그녀에 대한 본능적인 여자의 의심을 계속하도록 했고 그녀는 이것을 이뤄냈다.

날마다 여인들은 악의와 불신으로 지칠 줄 모르는 경계심을 가지고 그녀를 지켜보았고, 매일 자신들이 겪는 고통에 대한 보상을 얻지 못했다. 새로운 시중 시녀는 자신과 자신의 위치를 항상 기억하며 묵묵히, 현명하게 그리고 성실하게 자기 일을 했다. 그녀의 유일한 휴식과 기분 전환으로 낮에는 메이지와 개들과 함께 종종 보냈고, 밤에는 감시에서 벗어나 자신의 방에서 홀로 소중한 시간을 보냈다. 세인트 크럭스에 방이 남아도는 덕분에, 원하는 경우 하인들은 각자 자신의 방에서 잘 수 있는 선택권이 있었다. 밤에 홀로 막달렌은 다시 본연의 모습이 될 수 있으며, 과거를 꿈꿀지도 모르고, 꿈에서 깨어날지도 모르며, 그녀가 눈물을 흘리고 있다는 것을 알아차릴 호기심 어린 눈빛을 마주치지 않을지도 모르며, 미래를 곰곰이 생각해 볼 수도 있으며,

그녀에게 '꿍꿍이가 있다고'는 의심에 구석에서 사람들이 웅성거리는 것에 놀라지 않을 수도 있었다.

지금까지는 집안에서 자신의 위치가 완벽히 안전한 것에 만족한 그녀는, 2주일이 채 끝나기 전에 그녀에게 유리한 두 번째 기회에서 이익을 얻었고, 르카운트 여사라는 큰 문제에 대한 자신의 모든 의혹을 덜었다. 일부는 하인들 구역에서 여자들이 식탁에서 떠드는 수다를 우연히 듣고, 일부는 어느 날 아침 제독의 안락의자에 펼쳐져 있던 스위스 신문에 표시된 단락을 보고, 그녀는 이번에는 그 가정부가 현장에 있을 거라고 전혀 두려워할 필요가 없다는 확신을 얻었다. 기사에 따르면 르카운트 여사는 주인 사망일 이후 세인트 크럭스에서 일주일 이상 지내다가, 고국에서 유산으로 명예롭고 풍요로운 은퇴 생활을 보내기 위해 영국을 떠났다. 스위스 신문의 단락은 이 칭찬할 만한 계획의 달성을 그렸다. 르카운트 여사는 취리히에 정착했을 뿐만 아니라 (삶의 불확실성을 현명하게 염두에 두고) 그녀 사망 후 재산을 자선적인 목적으로 사용하기로 했다. 그중 절반은 제네바 대학의 빈곤 학생들을 위한 '르콤트 장학금' 설립에 쓰였다. 나머지 절반은 취리히시 당국이 후년에 집안일을 훈련받을 취리히 출신 고아 소녀들의 관리와 교육에 쓰일 것이다. 스위스 기자는 이러한 박애적 유산을 과장된 추도 연설로 표현했다. 취리히는 공공 미덕의 귀감이 된 것에 축하받았으며, 스위스 후원자인 윌리엄 텔이 르카운트 여사와 불리하게 비교되었다.

셋째 주가 시작됐고, 막달렌은 이제 비밀 신탁을 찾기 위해 내디딜 수 있게 되었다. 그녀는 메이지에게 겨울과 봄 동안에는 북쪽 건물에서 지내고, 여름과 가을에는 몹시 추운 통로 '뼈가 얼어붙는 방'을 지나서 정원이 내다보이는 동쪽 방에서 지내는 것이 주인의 습관임을 확인했다. 제독의 부족한 재정으로 인해 연회장은 눅눅하고 해체된 상태로 남았고, 세인트 크럭스의 내부는 어렵게 두 개의 별채로 나뉘어 있었지만, 이보다 더 편리한 배치는 있을 수 없을 것이다. (막달렌이 그녀의 정보원을 통해 알게 됐는데) 때때로 겨울과 여름 모두 제독은 그때 자신이 지니고 있지 않은 방의 상태를 걱정해서, 가구, 그림, 책을 직접 눈으로 살펴야 한다고 고집부릴 때도 있었다. 이럴 때는 겨울과 마찬가지로 여름에도 며칠 동안 큰 벽난로에 불을 피우고, 삼각팬에 숯불을 붙여 연회장을 따뜻하게 했다. 노신사의 불안이 가라앉자마자 방문은 다시 닫히고, '뼈가 얼어붙는 방'은 또다시 몇 주간 방치돼서 축축하고, 적막해지고, 썩어간다. 최근 임시 이주를 한 지 불과 며칠밖에 되지 않았다. 제독은 동쪽 건물에 있는 방들이 주인이 없는 동안 전혀 나빠지지 않은 것에 스스로 만족해했다. 그리고 이제 그는 몇 주 동안, 그리고 계절이 춥다면, 어쩌면 몇 달 동안 북쪽 건물에 지내는 것으로 생각될 것이다.

그 자체로는 사소한 것일 수도 있지만, 이런 세부 내용은 그녀가 탐색 지역의 범위를 고치는 데 도움이 됐기 때문에 막달렌에게 아주 중요했다. 제독이 모든 중요 문서를 자신의 손에 쉽게 닿을 수 있는 곳에 보관했을 거라고 가정할 때, 그녀는 이제 비밀 신탁이 북쪽 건물에 있는 방들 중 하나 또는 다른 방에 있을 것이라고 확신할 수 있었다.

어느 방에? 그 질문은 대답하기 쉽지 않았다.

낮에 제독이 마음대로 사용할 수 있는 4개의 거주 가능한 방들, 즉 식당, 서재, 오전용 거실, 그리고 현관 쪽으로 나 있는 응접실 중에서 그가 선호하는 곳이 있다면 그가 대부분의 시간을 보내는 서재였다. 이 방에는 서랍이 잠긴 탁자가 있었고, 문이 잠긴 멋진 이탈리아 캐비닛이 있었고, 책장 아래 벽장이 다섯 개 있었는데, 모두 잠겨 있었다. 다른 방에도 이렇게 비슷한 보관함이 있었고 서류 일부나 전부가 보관되어 있을 것이다.

그녀는 종소리에 불려서 가면, 이 방이나 저 방에서 그가 자물쇠를 열고 잠그는 것을 봤고, 가끔 서재에서도 봤다. 캐비닛이나 벽장이 열렸을 때 그가 그녀를 돌아오면 지시를 내릴 때 그의 표정이 조바심을 내고 조급해한다는 것을 종종 봤다. 비밀 신탁이든 아니든 그의 서류와 물건과 관련해 어떤 것 때문에, 그가 거슬리고 짜증을 낸다고 추론했다. 그녀는 그가 어떤 방에 무언가를 두고 밖으로 나와 다른 방으로 들어가 몇 분간 기다렸다가 열쇠를 손에 들고 첫 번째 방으로 돌아가 자물쇠를 급하게 잠그고 다시 여는 소리를 여러 번 들었다. 이렇게 열쇠와 벽장을 계속 걱정하는 건, 활동적으로 태어난 사람이 하루 내내 규칙적으로 할 일이 없어서 사소한 일로 왔다 갔다 하며 보내는 은퇴생활의 무료함 때문에 더욱 악화되었을 것이다. 한편으로 이렇게 왔다 갔다 하고 자물쇠를 열고 잠그는 것은 어쩌면 편하게 지내고 있던 노인에게 뜻밖에 개인적으로 책임을 져야 할 것이 생겼고 말년에 일어난 새로운 압박감에서 나온 걸 수도 있을 것이다. 어느 쪽이든 그의 행동이 합리적으로 설명될 것이다. 막달렌 입장에서는 어느 쪽 해석이 맞는지 말하기가 난감했다.

그녀가 도착한 첫날 그를 보면서 한 가지 확실하게 알게 된 것이 있었다. 제독은 열쇠를 다룰 때 융통성 없고 조심스러운 사람이었다.

모든 작은 열쇠들을 그는 코트의 가슴 주머니에 달린 고리에 보관했다. 늘 그렇지 않지만, 보통은 서재 탁자 서랍 중 하나에 큰 열쇠들을 함께 놔뒀다. 어떤 때는 밤에 이렇게 보관했고, 어떤 때는 작은 바구니에 넣어 침실로 가져갔다. 열쇠를 두고 가거나 들고 가는 시간이 일정치 않았다. 서재 탁자 서랍에 열쇠를 두거나 다른 곳에 두는 것은 특별한 이유가 없었다. 이렇게 뿌리 깊은 고집과 변덕은 체계화하려는 모든 노력을 헛되게 하고 미리 계산하려는 모든 시도를 좌절시켰다.

그가 털어놓도록 교묘한 덫을 놔서 결정적 정보를 얻으려는 희망은 처음부터 완전히 소용없다는 것이 증명됐다.

막달렌 상황에서 이런 모든 종류의 시도는 누구든 더할 나위 없이 어렵고 위험했을 것이다. 제독이라면 도저히 불가능했다. 한 주제에서 다른 주제로 방향을 바꾸는 경향, 그의 목소리가 닿는 곳에 누구라도 있는 계속 혀를 놀리는 습관, 하인들과 위엄을 내려놓고 잘 지내는 모습은 겉으로 보기는 많은 걸 약속했지만 실제 이뤄진 건 없었다. 막달렌이 주인의 전례와 그녀에 대한 주인의 명백한 호감을 아무리 소심하게 혹은 공손하게 이용한다고 해도, 그 노인은 바로 그녀가 있어야 할 위치에서 앞으로 나오는 걸 바로 알아차리고, 기분 좋게 상처를 주지 않으면서 직설적으로 말해서 그녀를 바로 제자리로 돌려보냈다. 모순되게 들리겠지만, 바트람 제독은 너무 잘 알아서 접근할 수 없었다. 그는 영국에서 가장 자랑스러운 사람이었을 때보다 더 적절하게 자신과 하인들 사이 거리를 유지했다. 하급자에 대한 상급자의 체계적인 보호는 때때로 극복될 수 있다. 하지만 체계적 친숙함은 결코 극복되지 않는다.

시간이 점점 지체됐다. 넷째 주가 왔고 막달렌은 아무것도 찾지 못했다. 마지막에는 그 가능성이 암울했다. 제독의 열쇠를 손에 넣을 방법을 고안하는 것도 분명 절망적이지만, 그녀가 의심을 받지 않고 몇 시간 동안 열쇠를 가진다고 확신할 수 없고, 어느 쪽부터 찾아야 할지 모르기 때문에 완전히 시간 낭비일 수도 있었다. 신탁은 네 개의 다른 방에 위치한 약 20개의 서류 보관함 중 하나에 넣어놨을 수 있으며, 어떤 방을 들여다봐야 할지, 어떤 보관함부터 먼저 봐야 할지, 서류 뭉치 중 어디에 있을지는 그녀가 말할 수 있는 것 이상이었다. 모든 면이 헤아릴 수 없을 정도로 불확실했다. 이를테면 성공 직전에 눈가리개를 하고 방황하는 처지에 놓인 채, 그녀는 이미 절망에 빠지고 있는 인내심으로 절대 일어나지 않을 일에 절대 일어나지 않을 기회를 기다리고 있었다.

매일 밤 그녀는 사라진 날들을 되돌아보았지만, 다른 날과 구별되는 일이 떠오르지 않았다. 세인트 크럭스에서 지치고 똑같은 나날을 유일하게 막아주는 것은 메이지와 개들 특유의 비행이었다.

어느 틈엔가 브루투스와 카시우스의 타고난 야성이 드러났다. 집에서 느끼는 소박한 편안함, 만들어진 요리의 맛있는 매력, 난로 옆 깔개에서 소화를 즐기는 점잖은 즐거움 등 모든 매력을 잊어버린 채, 개들은 배은망덕하게 집을 나가 바깥세상의 방탕함과 모험을 추구했다. 이러한 경우에 메이지와 그의 주인 사이에 확립된 문답 공식은 한 가지 점에서 조금씩 달랐다. "여왕 폐하 만세, 메이지"와 "바람은 어떤가, 메이지?"라고 말한 후 새로운 질문이 이어졌다. "개들은 어디 있지, 메이지." "밖으로 나갔습니다, 제독님, 그럴 수 있습니다"가 퇴역 군인의 변함없는 대답이었다. 제독은 마치 브루투스와 카시우스가 제대로 효도 못 하는 아들인 것처럼 이 소식을 들으면 늘 한숨을 쉬며 고개를 저었다. 2, 3일 후 개들은 항상 야위고 더러워져서 돌아왔고 진심으로 자신들을 부끄러워했다. 다음날 내내 그들은 예외 없이 불명예스럽게 묶여 있었다. 다음 날 그들은 깨끗하게 목욕하고 정식으로 식당에 다시 들어갔다. 그곳에서 냄비라는 절묘한 도구로 그들은 다시 문명화가 됐다. 제독의 두 아들은 냄비 뚜껑이 열리며 언제나처럼 침을 한가득 흘렸다.

메이지 영감도 어떤 경우에는 개들만큼 불명예스러운 경향이 있다는 것이 드러났다. 이따금 본래의 방탕함이 터졌다. 그도 역시 편안한 집이 주는 모든 즐거움을 망각하고 배은망덕하게 집을 나섰다. 그는 주로 오후에 사라졌다가 밤에 술에 취해 돌아왔다. 그는 이런 경우에 어떤 화를 당하기엔 너무 노련한 배였다. 그의 사악하고 늙은 다리는 돌아갈지는 몰라도 결코 실패하지 않았다. 그의 사악하고 늙은 눈은 물건이 둘로 보일지 몰라도, 항상 그에게 집으로 가는 길을 알려주었다. 하인들은 그가 술에 취했다고 아무리 설득해도 성공하지 못했다. 그는 항상 오명을 경멸했다. 그는 자신만의 결코 틀리지 않는 기준으로 자신의 상태를 먼저 시험할 때까지 그 생각을 개인적으로 받아들이기를 거부했다.

홍청망청 마신 경우에 그는 1층 자기 방으로 비틀거리며 들어가 찬장에서 모형 배를 꺼내 절대 완성되지 않을 거 같은 작업을 하려고 하는 것이 그의 습관이었다. 그가 돛대를 부수고 약한 밧줄을 흩트려놓고 나서야 퇴역 군인은 실제적인 증거를 근거로 사실을 받아들였다. 그는 자신에게 터놓고 말하곤 했다. "아! 아! 여자들 말이 맞아. 또 취했어, 메이지, 또 취했다고!" 이 사실을 인정한 후, 제독이 자신의 방에 안전히 있을 때까지 그는 아래쪽에서 몰래 기다렸다가, 슬리퍼를 신고 조심히 자기 자리로 올라가는 것이 그의 습관이었다. (주인의 방문에 넘어지는 참사가 생길 수밖에 없는) 낮은 침대에 들어가는 것이 너무 조심스러운 그는 항상 술을 깨려고 늘 복도를 왔다 갔다 했다. 막달렌은 여러 번 가림막 주위를 엿봤을 때, 노련한 선원은 불안정하게 보초를 지키며 배 위에서 자신의 임무를 여러 번 상상하는 것을 보았다. 그는 다리가 지그재그로 통로를 따라 걷거나, 벽에 등을 기댄 채 자신의 체계인 '나침반의 핀트'를 연구할 때 "이것은 흔치 않게 활기찬 해로의 배야"라고 중얼거리곤 했다. "위험한 밤이야, 명심해"라고 중얼거리면서 또 한 차례를 돌곤 했다. "네 주머니처럼 어둡고, 바람이 다시 우리 쪽으로 불고 있어." 다음날 메이지는 개들처럼 아래층에 불명예스럽게 남았다. 다음 날, 다시 개들처럼, 그는 자신의 특권을 되찾았다. 그리고 식후 의식에 또 다른 변화가 있었다. 방에 들어서자 늙은 선원은 문에 등을 기대고 간단하면서도 포괄적인 말로 용서를 구했다. "제독님, 제 자신이 부끄럽습니다." 그렇게 사과를 시작하고 끝을 냈다. "다음에 이런 일이 있어서는 안 된다네, 메이지." 제독은 이렇게 대답하곤 했다. "다시는 그런 일이 없을 겁니다, 제독님." "좋아. 이리 와서 와인 한 잔 마시게. 여왕 폐하 만세, 메이지." 퇴역 군인은 좌현에서 벗어났고, 대화는 평소와 같이 끝났다.

그렇게 네 번째 주가 끝날 때까지, 단조로움을 덜어주는 이보다 더 중요한 일은 일어나지 않았다.

　마지막 날에 사건이 일어났다. 마지막 날에는 뜻밖에도 오랫동안
미뤄왔던 미래의 가망이 밝아오기 시작했다. 막달렌이 평소처럼 식당
에 식탁보를 펴고 있을 때, 드레이크 여사가 들어오더니 처음으로 두
사람 식탁을 준비하라고 지시했다. 제독이 조카로부터 편지를 받았
다. 그날 저녁 일찍 조지 바트람 씨는 세인트 크럭스로 돌아올 예정이
었다.

Chapter 3

두 번째 덮개를 놓고 나서, 막달렌은 감추기 어려운 흥미와 조바심을 내며 저녁 식사 종이 울리기를 기다렸다. 바트람 씨의 귀환으로 십중팔구 그 집의 생활에 변화가 생길 것이고, 어떤 종류의 변화라도, 아무리 사소한 것이라도 바랄 수 있을지 모른다. 조카는 삼촌에게 미치지 못했던 영향을 받을 수 있을 것이다. 어쨌든, 두 사람은 저녁을 먹으며 자신들의 일을 할 것이다. 그녀 앞에서 매일 매일 나누는 그 대화를 통해, 지금은 전혀 보이지 않는 방법이 머지않아 그 모습을 드러낼 수 있을 것이다.

마침내 종이 울렸고, 문이 열리며 두 신사가 함께 식당으로 들어섰다.

막달렌은 언니가 충격을 받은 것처럼 젊은 시절 앤드류 밴스톤을 그린 콤-레이븐 초상화와 견주어, 아버지를 닮은 조지 바트람의 모습에 충격을 받았다. 조카가 삼촌을 따라 방을 가로질러 식탁에 앉는 동안, 밝은 머리 색깔과 발그레한 안색, 밝고 푸른 눈동자, 꼿꼿한 자세가 그녀의 기억에서 모두 떠올랐다. 그녀는 갑자기 고향과 관련된 기억이 되살아나는 것에 대해 준비가 되어 있지 않았다. 숨기려고 노력했지만 집중력은 흐트러졌다. 그리고 그녀는 그 집에 들어온 이후 처음으로 식탁에서 기다리는 실수를 저질렀다.

농담 반 진담 반으로 하는 제독의 독특한 질책에 그녀는 정신을 차렸다. 그녀는 조심스럽게 조지 바트람을 다시 바라봤다. 이번에는 그가 남긴 인상이 바로 그녀의 호기심을 불러일으켰다. 그의 얼굴과 태도에서 불안하고 어딘가에 몰두하고 있다는 것이 분명히 드러났다. 그는 삼촌보다 자신의 접시를 더 자주 보았고, (제독이 그녀에게 말을 걸 때 한 번 스치듯 새로 온 시녀를 볼 때 빼고는) 막달렌을 전혀 보지 않았다. 어떤 불확실한 것이 분명 그의 생각을 괴롭혔고, 어떤 억압감에 그는 자연스럽게 행동하지 못했다. 무엇이 불확실한지? 무슨 압박을 느끼는 건지? 저녁 식탁에서 대화하는 과정에서 개인적인 폭로가 조금씩 나올까?

아니었다. 다른 요리들이 계속 나왔고, 개인적인 폭로 같은 것을 일어나지 않았다. 공적인 일과 사적인 개인 문제 사이에서 대화는 불규칙적으로 중단됐다. 국내외 정치와 세인트 크루스 집안 이야기를 차례대로 했다. 저녁 식탁에서 프랑스 왕좌에서 루이 필리프를 추방한 혁명의 지도자들과 메이지와 개들이 나란히 함께했다. 디저트는 식탁에 놓였고, 늙은 선원은 들어와서 충성을 나타내는 축배를 들고, '주인 조지'에게 경의를 표한 후 다시 밖으로 나갔다. 막달렌은 그의 뒤를 따라 하인들의 사무실로 돌아갔는데, 대화 처음부터 끝까지 그녀의 계획 발전에 조금이라도 중요한 것을 전혀 듣지 못했다. 그녀는 첫날부터 낙담하지 않기 위해 애를 썼다. 그들은 내일 다시 프랑스 혁명과 개들에 대해 이야기할 수 없을 것이다. 시간은 아직 불가사의한 일을 할지도 모른다. 그리고 시간은 모두 그녀 것이었다. 와인과 함께 남은 삼촌과 조카는 난로 양쪽으로 안락의자를 끌어당겼다. 그리고 막달렌이 없을 때 막달렌이 듣고 싶어 했던 바로 그 대화를 시작했다.

"클라레 마실 거니, 조지?" 탁자 너머로 병을 밀면서 제독이 말했다. "울적해 보이는구나."

"조금 불안해요, 삼촌." 조지는 잔을 비우고 불을 똑바로 바라보며 대답했다.

"그 말을 들으니 기쁘구나. 나 스스로도 조금 불안하구나. 이제 3월 말인데 아무것도 안 했어. 네 시간은 5월 3일에 끝나잖아. 그리고 넌 거기에 아직도 몇 년 더 남아 있는 것처럼 앉아 있구나."

조지는 미소를 지으며 체념한 듯 와인을 마셨다.

"삼촌이 작년 11월에 저에게 한 말 진심이세요? 정말 그 이해할 수 없는 조건을 저한테 내거시는 거예요?"

"이해할 수 없다니." 제독이 짜증스럽게 말했다.

"안 그렇다고요? 처음부터 삼촌이 너그럽게 결정해주셔서 전 무조건으로 삼촌 재산을 상속받기로 했어요. 하지만 나는 일정 기간 내에 결혼하지 않는 한, 불쌍한 노엘이 삼촌에게 남긴 재산을 조금도 건드리지 않을 거예요. (삼촌의 친절 덕분에) 집과 땅은 어떤 일이 있어도 제 것이 되어요. 하지만 제가 5월 3일에 기혼자가 아니면, 전 두 가지 모두를 개선할 수 있는 돈을 독단적으로 빼앗겨요. 유감스럽게도 제가 아는 것은 부족하지만, 그 말도 안 되는 절차는 한 번도 들어본 적 없어요!"

"쏘아붙이지 말고 고함치지 말거라, 조지! 하고 싶은 말을 해봐. 여왕 폐하 해군을 비꼬는 거 이해할 수 없구나."

"기분 나쁘셨다면 죄송해요, 삼촌. 하지만 제가 아는 삼촌과는 전혀 낯설게, 삼촌이 절차를 바꾸고, 그리고 제가 자연스럽게 설명해달라고 할 때, 냉정하게 돌아서시고 알려주지 않으셔도 전 별로 놀라지 않아요. 노엘이 유언장을 작성하기 전에 삼촌과 그 애가 비공개 합의를 했다면, 왜 저에게 말하지 않으세요? 우리 사이에 수수께끼가 필요 없는데, 왜 수수께끼를 만드세요?"

"난 그러지 않았어, 조지!" 제독은 화가 나서 호두까기로 탁자를 치면서 외쳤다. "넌 자꾸 캐물으려고 하지만, 난 말하지 않을 거다! 내가 원하는 대로 조건을 만들 것이고, 내가 원하지 않는 한 난 누구에게도 해명할 책임이 없어! 증인석 증인처럼 조사도 받지 않고 내가 전혀 예상치도 못한 책임과 걱정을 내 불행한 어깨에 지게 된 것도 충분히 나쁘단다. 무슨 걱정이든 네 것도 내 것도 아니니 신경 쓰지 마. 여기 예쁜 친구들이 있고만!" 제독은 격노하며 조카에게 계속 소리쳤고, 말을 더 잘 듣는 난로 앞 깔개에 누워 있는 개들에게 말을 했다. "여기 예쁜 친구? 그 애는 흔하지 않게 두 가지 편안한 일, 그러니까 재산과 아내 문제를 해결하라는 요구를 받았단다. 6개월 안에 아내를 얻어야 하지(해군에서는 6일 안에 모든 짐을 챙겨서 부인을 맞았을 거야). 내가 아는 한, 여기저기에 그 아이에게 멋진 여자애들이 있고 마음만 먹으면 선택할 수 있는데, 뭐 하는 걸까? 그 아이는 몇 달째 자리를 꼬고 앉아 있고, 여자애들은 내버려 두고 이유를 알고 싶어서 자기 삼촌을 괴롭히고 있구나. 그 가련하고 불운한 여자애들이 안됐어. 나 때는 말이지 사람들이 살과 피로 만들어졌고 그걸로 충분했었지. 요즘에는 기계로 만들어지지."

"기분 나쁘셨다면 죄송해요, 삼촌."

"흥! 그렇게 기가 죽어서 날 볼 필요 없어." 제독이 쏘아붙였다. "와인이나 마시거라, 용서할 테니까. 건강해야 해, 조지. 세인트 크럭스에서 널 다시 봐서 기쁘구나. 저 스펀지케이크 좀 보거라! 요리사가 네 귀환을 축하한다고 보냈단다. 그녀의 기분을 상하게 할 수도 없고, 와인을 상하게 할 수도 없잖니. 자!" 제독은 개들에게 스펀지케이크 4개를 연속으로 던져줬다. 노신사는 진지하게 말을 이었다. "유감이구나, 조지. 그런 멋진 여자들 중 한 명도 네 눈에 들지 않아서 정말 유감이구나. 넌 네가 얼마나 큰 손해를 보고 있는지 모른단다. 너의 이런 바보 같은 행동으로 내가 어떤 골치와 고행을 겪는 몰라."

"제 해명을 들으시면, 제 행동이 전혀 다르게 보이실 거예요. 만약 그 숙녀분이 날 받아준다면, 나는 내일이라도 결혼할 준비가 됐어요."

"이런 악마 같은 놈! 그래서 드디어 마음에 드는 아가씨가 있는 거야? 도대체 왜 진작 말하지 못했니? 이제 네가 아내를 손에 넣었다는 거 알았으니, 신경 쓰지 말거라, 내가 다 용서할 테니. 다시 잔 채우거라. 이건 그녀의 건강을 위해서야. 그나저나, 누구니?"

"바로 말씀드릴게요. 이 대화를 시작할 때, 제가 조금 걱정된다고 했잖아…."

"내 주변의 멋진 여자들 중 한 명이 아닌 거군, 아하, 조지, 네 얼굴을 보고 벌써 알았지! 뭘 걱정하는 거냐?"

"제 선택에 실망하실까 두려워요, 삼촌."

"말 돌리지 말거라! 그녀가 누군지 말해주지 않는데, 내가 거절할지 말지를 어떻게 말할 수 있겠어?"

"그녀는 콤-레이브의 앤드류 밴스톤의 장녀예요."

"누구라고!!!"

"밴스톤 양이요, 삼촌."

제독은 아직 맛도 보지 못한 와인 잔을 내려놨다.

"네 말이 맞았다, 조지. 네 선택이 마음에 들지 않는구나. 정말 마음에 안 들어."

"그녀의 불운한 출생 때문에 반대하시는 거예요?"

"천만에! 불운하게 태어난 건 그녀 잘못이 아니야, 가엾은 놈아. 너도 나만큼 잘 알잖니, 조지, 내가 반대하는 이유."

"여동생 때문에요?"

"당연하지! 살아 있는 가장 진보적인 사람이라면 그녀의 여동생을 반대할 거다."

"여동생 잘못 때문에 밴스톤 양을 고통받게 하는 건 가혹해요, 삼촌."

"잘못이라고 했니? 조지, 네 이익과 관련해서는 매우 편리한 기억력을 가지고 있구나."

"범죄라고 하고 싶으시면 그렇게 부르세요, 삼촌. 다시 말씀드리지만, 밴스톤 양에게는 가혹해요. 밴스톤 양의 인생은 전혀 흠잡을 것이 없어요. 처음부터 끝까지 그녀는 천 명 중 한 명의 여성도 그녀를 대신할 수 없을 정도의 인내심, 다정함과 용기로 힘든 시기를 견뎠어요. 어린 시절부터 그녀를 알았던 가스 양에게 물어보세요. 그녀가 집에 들어온 날을 축복하는 티렐 부인에게 물어보세…."

"말도 안 되는 소리 하지 말거라! 미안하지만, 조지, 성자의 인내심을 시험하기엔 이미 충분하구나. 얘야, 나도 밴스톤의 양의 덕목을 부정하지는 않아. 네가 원한다면, 그녀가 최고의 여성이라는 거 인정해. 그게 문제가 아니라…."

"죄송하지만, 제독님, 그녀가 내 아내가 된다면, 문제가 되는데요."

"내 말 좀 들어보렴, 조지. 네 관점뿐만 아니라 내 관점에서 보렴. 네 사촌 노엘에게 무슨 일이 있었니? 그 불쌍한 노엘은 내가 들어본 것 중 가장 비열한 음모의 희생자였고 그 음모의 주동자는 밴스톤 양의 빌어먹을 동생이었어. 그녀는 가장 악명 높은 방법으로 그를 속였지. 그리고 그의 유언장에서 상당한 유산이 떨어지자마자, 그를 죽일 독약을 가지고 있었어. 이건 진실이야. 그녀 방에 숨겨뒀던 그 병을 발견했던 르카운트 여사에게 들어서 알고 있는 거잖니. 네가 밴스톤 양과 결혼을 하면, 이 악마 같은 인간이 처제가 되는 거야. 그녀가 우리 가족의 일원이 되는 거야. 그녀가 저질렀던 모든 치욕적인 일 그리고 앞으로 저지를 치욕이 우리의 치욕이 될 거란다. 그리고 그녀를 사로잡고 있는 악마만이 그녀가 앞으로 얼마나 나아갈지 알 거다. 맙소사, 조지, 그게 어떤 위치인지 생각해 보렴! 이런 여자가 네 처제가 된다면, 어떤 상황이 될지 생각해봐."

조지가 단호하게 말했다. "삼촌의 생각을 들었으니, 이제 제 생각을 말할게요. 아주 흥미로운 상황에서 만난 젊은 아가씨에게 어떤 인상을 받았어요. 몇 년만 더 젊었더라면 그랬을지도 모르지만, 그 인상에 전 무모하게 행동하지 않았어요. 기다렸다가 다가갔어요. 제가 이 젊은 아가씨를 볼 때마다 그 인상은 강해지고, 그녀의 미모와 성격이 점점 좋아졌어요. 그녀와 떨어져 있으면, 전 안절부절못하고 불만스러웠어요. 그녀와 함께 있을 때, 전 가장 행복하게 살아 있는 사람이에요. 그녀를 가장 잘 아는 사람들로부터 그녀의 행실에 대해 들었던 모든 것이 그녀에 대한 내 높은 평가를 확인시켜줘요. 제가 찾을 수 있는 한 가지 결점은 그녀의 책임이 아닌 불행, 그녀에게는 전혀 어울리지 않는 여동생이 있다는 불행이에요. 불쾌하다는 건 인정하지만 그 불행이 내가 사랑하고 존경하는 밴스톤 양의 모든 훌륭한 자질을 망가뜨리나요? 그렇지 않아요. 오히려 전 그녀의 훌륭한 자질을 더욱 소중하게 여기게 됐어요. 제가 맞서야 할 결점이 있다면, 그리고 누가 이 세상에서 다른 거 뭘 기대할까요, 난 아내가 아니라 오히려 아내 여동생의 결점이에요. 제 행복에서 가장 중요한 건 내 아내지, 아내 여동생이 아니에요. 제 생각에 노엘 밴스톤 부인은 이미 나쁜 짓을 할 만큼 했어요, 삼촌. 저한테서 훌륭한 아내를 빼앗아 그녀가 더 나쁜 짓을 하도록 놔둘 필요는 없을 거 같아요. 옳든 그르든, 제 생각은 그래요. 감정적인 문제로 삼촌에게 폐를 끼치고 싶지 않아요. 제가 말씀드리고 싶은 건 이 정도 나이면 제가 하고 싶은 걸 알고, 제 마음은 확고하다는 거예요. 만약 제 결혼이 저를 대신해서 삼촌의 목적을 실행하는 데 필수적이라면, 제가 결혼할 수 있는 여자는 이 세상에 단 한 명뿐이고, 그 여자는 밴스톤 양이에요."

이 확고한 맹세에 저항할 수 없었다. 바트람 제독은 아무런 대답도 하지 않고 의자에서 일어나 방안을 불안하게 이리저리 걸었다. 상황은 분명 심각했다. 거들스톤 부인의 사망으로 비밀 신탁에서 명시한 두 명의 중 이미 한 명은 실패했다. 만약 5월 3일에 조지가 독신이라면, 두 번째이자 (그리고 마지막) 사람도 차례대로 실패하는 것이다. 늦어도 2주 안팎으로 오스라거 교회에 결혼 공고를 해야 하고, 그렇지 않으면 신탁에 명시된 조항 중 하나를 시간 내에 준수하지 못할 것이다. 천성적으로 완고한 제독은, 조카가 생각하는 결혼에 강하게 반대했고, 방안을 서성거리다가 조카가 미동도 없이 자신의 얼굴을 쳐다보고 있다는 것에 자신도 모르게 몸을 움츠렸다.

"밴스톤 양과 약혼했니?" 그가 갑자기 물었다.

"아뇨, 삼촌, 한결같이 친절을 베풀어주셨기 때문에 그 문제에 대해 먼저 말씀드린 거예요."

"정말 고맙구나, 그래. 그리고 넌 다른 모든 것을 미루듯이 나에게 말하는 걸 마지막 순간까지 미뤘구나. 네가 청혼하면 밴스톤 양이 받아드릴 거 같아?"

조지는 머뭇거렸다.

제독이 소리쳤다. "겸손함은 악마한테나 줘버려! 지금은 겸손할 때가 아니라 목소리를 낼 때란다. 그녀가 받아들일 거 같아?"

"그럴 거라고 생각해요, 삼촌."

제독은 냉소적으로 웃더니 방을 또 서성였다. 그는 갑자기 멈춰서 주머니에 손을 넣고는, 구석에 가만히 서서 깊은 생각에 잠겼다. 몇 분 후 그의 얼굴이 조금 좋아졌다. 새로운 생각이 떠오르면서 얼굴이 밝아졌다. 그는 힘차게 난롯가로 걸어가 조카의 어깨에 다정하게 손을 얹었다.

"네가 틀렸어, 조지. 하지만 널 바로잡기엔 너무 늦었지. 다음 날 16일 오스라거 교회에 결혼 공고를 꼭 올려야 해, 그렇지 않으면 너 돈을 잃게 돼. 밴스톤 양에게 네 상황을 이야기했니? 아니면 다른 것처럼 마지막까지 미루고 있는 거냐?"

"삼촌, 그 상황이 너무나 특이해서 제 동기를 오해할 수 있을 거 같아서 언급하고 싶지 않았어요. 그녀에게 어떻게 말해야 할지 당최 모르겠어요."

"그녀의 친구들에게 말해 보렴. 돈 문제가 있다는 걸 알려주면, 네가 못하겠다면 그 사람들이 그녀의 양심의 가책을 극복하겠지. 하지만 내가 너한테 말하려는 게 그게 아냐. 이번엔 여기 얼마나 머물 생각이냐?"

"며칠 정도 머물다가…."

"그리고 런던으로 돌아가서 청혼하겠다고? 1주일이면 밴스톤 양과 네 기회를 고를 시간이 충분한 거냐? 2주일 중에서 1주일을 할애해서?"

"삼촌이 원하시면, 1주일 동안 여기서 지낼게요."

"그런 거 안 바란다. 짐 싸서 내일 떠나."

조지는 어안이 벙벙해져 삼촌을 바라봤다.

"네가 여기 왔을 때 너한테 온 편지들 봤겠지. 그중 한 통이 내 오랜 친구인 프랭클린 브록 경에게서 왔었지?"

"네, 삼촌."

"농장에 와서 지내라는 초대장이었지?"

"네, 삼촌."

"바로 가겠니?"

"할 수 있으면 바로 갈게요."

"알았다. 네가 그래 주길 바란단다. 낼 농장으로 떠나거라."

조지는 난롯불을 되돌아보며 초조하게 한숨을 쉬었다.

"이제 알겠네요, 삼촌. 삼촌은 절 완전히 잘못 생각하시는 거예요. 밴스톤 양에 대한 저의 사랑은 그런 식으로 흔들리지 않아요."

바트람 제독은 선미 갑판을 걷듯 다시 방안을 왔다 갔다 했다.

"가는 게 있으면 오는 게 있어야 한단다, 조지. 내가 한 번 양보했으면, 너도 어느 정도 양보를 해야 하는 거다."

"부정하지는 않을게요, 삼촌."

"좋구나. 이제 내 제안을 들어보렴. 잘 들어둬, 조지. 잘 듣는 건 모든 사람의 특권이야. 나는 처음부터 완벽하게 할 거란다. 밴스톤 양이 너를 행복하게 해줄 수 있는 유일한 여자라는 걸 부정하지 않아. 그 점은 의심치 않아. 내가 궁금한 것은 네가 스스로 안다고 생각하는 것만큼 이 문제에 대한 네 마음을 정말 잘 알고 있는지 여부야. 조지, 그동안 많은 여자들과 사랑에 빠졌다는 거 부인하지 못하겠지? 그들 중에 넌 브록 양과 사랑에 빠졌잖니. 적어도 작년 이맘 때 넌 그 젊은 아가씨와 몰래 다정하게 지냈어. 그리고 아주 좋았지! 브룩 양은 내가 처음 와인을 마셨을 때 언급했던 많은 아가씨들 중 한 명이란다."

"삼촌은 가벼운 관계와 진지한 애정을 혼동하고 계세요. 완전히 잘못 알고 계시네요. 정말이에요."

"충분히 그럴 수 있겠지. 틀리지 않은 척하지 않을 거란다. 그건 아랫사람들에게 맡길 거다. 하지만 네가 내 낡은 망원경과 키가 같았을 때부터 널 알아 왔어, 조지. 그리고 너의 이 진지한 애정을 시험해 보고 싶구나. 네 생각처럼 너의 온 마음과 영혼이 밴스톤 양에게 강하게 끌린다고 날 납득시킨다면, 난 그 필연성을 받아들이고 반대하지 않을 거다. 하지만 먼저 날 납득시키렴. 내일 농장에 가서 1주일 동안 브룩 양과 시간을 보내렴. 그 매력적인 아가씨에게도 오래된 불꽃을 다시 피울 기회를 공평하게 주고, 다시 세인트 크럭스로 돌아와서 그 결과를 내게 들려주렴. 정직한 사람으로서 밴스톤 양에 대한 애정이 여전히 흔들리지 않는다고 말한다면, 그 순간부터 반대하지 않을 거다. 내 마음속에서 어떤 불안감을 느끼든, 난 너의 바람에 반하는 어떠한 말도 하지 않을 거란다. 이게 내 제안이란다. 네 눈을 보니 노인이 어리석은 생각을 한다고 생각하는구나. 그러나 그 노인은 더 이상 널 괴롭히지 않을 거란다, 조지. 그리고 너에게 아들이 생긴다면, 그 노인 말년에 네가 그 사람을 기분 좋게 하는 즐거운 모습이 될지 모르지."

그는 그 말을 하면서 난롯가로 돌아와 다시 한번 조카의 어깨에 손을 얹었다. 조지는 다정하게 그 손을 잡았다. 가장 다정다감하고 좋은 의미에서 그의 삼촌은 그에게 아버지였다.

"진정 원하시는 거면 부탁하신 거 할게요, 삼촌. 그 시험은 완전히 쓸모없을 거라고 말하는 게 맞아요. 하지만 만약 여기서 지내는 것보다 농장에서 1주일 보내는 걸 더 바라신다면, 농장에 갈게요."

"고맙구나, 조지." 제독은 무뚝뚝하게 말했다. "너에게 기대했던 만큼, 넌 날 실망시키지 않는구나." 그 약삭빠른 노신사는 탁자에 다시 앉으며 생각했다. '만약 브록 양이 이 난장판에서 우리를 구해주지 않는다면, 변덕스러운 내 조카는 계속 맹렬해지겠지.' 그는 큰 소리로 말을 이었다. "오늘 밤 정리해야 할 문제들을 생각해보고 다른 이야기를 해. 이런 가족사 걱정 때문에 내 와인 맛이 좋아지지 않는구나. 그 병은 너한테 맞아. 런던 극장에 그 사람들은 뭘 하니? 해군에 있을 때는 극장을 늘 찾았지. 처음에는 비극을 시작했다가 마지막에는 혼파이프로 흥을 올렸지."

그날 저녁 나머지 시간 내내 그들은 평범한 이야기를 했다. 바트람 제독과 조카가 자러 가기 위해 헤어질 때 되어서야 그 금기된 주제를 다시 꺼냈다.

"내일 잊지 않았지, 농장 말이다?"

"당연하죠, 삼촌. 아침 먹고 제가 직접 이륜마차를 몰고 갈 거예요."

다음 날 정오가 되기 전, 조지 바트람 씨는 집을 떠났고, 막달렌에게 유리했던 마지막 기회는 그와 함께 사라졌다.

Chapter 4

조지 바트람 씨가 떠났던 날, 평소와 다름없이 세인트 크럭스에서 식사 종이 울렸고, 식탁에 새로 온 시중 하녀의 자리는 여전히 비어 있었다. 하급 하녀 중 한 명이 그녀 방에 가서 알아보라고 보내졌고, '루이자'가 조금 정신을 잃어서 그날 식탁 시중을 봐달라고 간청했다는 소식을 가지고 돌아왔다. 이에 따라 가정부 권한으로 드레이크 여사가 직접 사실을 확인하기 위해 바로 위층으로 올라갔다. 그녀를 보자마자 원인이 무엇이든 간에 시중 하녀가 아픈 것이 게으름을 피우거나 음침한 목적 때문이 아니라는 것이 확인됐다. 그녀는 가정부가 준 치료제의 복용을 정중히 거절했고, 신선한 공기를 마시며 산책할 수 있게 허락해 달라고 했을 뿐이었다.

"여기 있는 것보다 움직이는 것이 익숙해요. 정원에 나가서 바람을 좀 쐐도 될까요?"

"물론이지. 혼자 걸을 수 있겠어, 아니면 누굴 보내 줄까?"

"괜찮다면, 저 혼자 갈게요, 여사님."

"그래. 나갈 때 보닛과 숄 쓰고 동쪽 정원에 가. 제독님은 가끔 북쪽 정원에 가시니 거기서 널 보면 놀라실 거야. 바람 좀 쐬고 운동 충분히 했으면, 내 방으로 와서 네가 어떤지 보여줘."

몇 분 후에 막달렌이 동쪽 정원에 나와 있었다. 하늘은 맑고 화창했지만, 집안의 차가운 그림자는 정원의 산책로에 머물며 한낮의 공기가 쌀쌀했다. 그녀는 현대적 건물의 남쪽에 위치한 옛 수도원 터로 향해 걸었다. 이곳에서 자유롭게 숨을 쉴 수 있고 인적이 드문 공터가 있었고, 이곳에는 창백한 3월의 햇살이 황량함과 쇠퇴의 틈 사이로 들어와 온화한 봄으로 그녀를 초대했다.

그녀는 서너 개의 갈라진 돌계단을 올라가, 그 너머 폐허가 된 파편들 위에 앉아 햇볕을 쬐었다. 그녀가 고른 자리는 한때 교회 입구였다. 오랜 세월 동안 인간의 죄와 인간의 고통의 물줄기가 그녀가 지금 앉아 있는 곳을 넘어서 매일매일 고해성사실로 흘러 들어갔다. 지난날 그 오래된 돌을 밟았던 모든 비참한 여자들 중에서, 지금 그 돌 위에 발을 올리고 있는 여자만큼 비참한 존재는 없었을 것이다.

자리에서 몸을 지탱하기 위해 양쪽에 손을 올리자 그녀의 손이 떨렸다. 무릎에 손을 놨지만, 거기서도 손이 떨렸다. 그녀는 의아해하며 손을 바라봤다. 손이 떨렸다. "늙은 여자 같아!" 그녀는 희미하게 말하면서 다시 그녀 옆으로 손을 내렸다.

그날 아침 처음으로 잔인하게 알게 된 것이 그녀의 마음을 사로잡았다. 그녀가 가장 자신 있게 믿었던 시기에, 가장 원했던 때에 그녀의 힘이 그녀를 약하게 만들고 있다는 사실을 깨달았다. 그녀는 바트람 씨가 예기치 않게 떠난 것에 놀랐고, 마치 자신에게 닥칠 수도 있었던 극심한 재앙의 충격처럼 느껴졌다. 한 번 희망이 꺾이면, 다른 때에는 그녀에게 일어난 저항력으로 새로운 노력을 했는데, 이번에는 그녀를 질식시킬 정도의 공포로 몰아넣었고, 마치 그녀가 세인트 크룩스에서 추방되는 최악의 참사에 압도당하는 것처럼 절망감에 사로잡혀 몸을 가누지 못했다. 그러나 이와 같은 변화에서 한 가지는 알 수 있었다. 1년도 안 돼서 그녀는 인생의 감정을 소모하고 낭비했다. 자연이 그녀에게 너무나 많이 안겨준 건강과 힘이라는 풍요로운 선물을 벌을 받지 않고 너무 오랫동안 남용했고, 마침내 그녀가 무너졌다.

그녀는 멀리 희미한 푸른 하늘을 올려다봤다. 폐허를 덮고 있는 담쟁이덩굴 사이에서 새들의 즐거운 노랫소리가 들렸다. 아, 하늘의 냉정한 거리감이여! 아, 새들의 인정사정없는 행복이여! 한참 전성기에 그곳에 앉아, 늙고 나약하고 지쳤다고 느끼는 외로운 공포감! 그녀는 마지막 결심을 다지며 일어섰고, 주위를 둘러보며 부풀어 오르는 히스테리적인 열정을 억제하려 애썼다. 햇살 속에서 이리저리 빠르게 그리고 더 빠르게 걸었다. 매우 피곤했지만 운동이 그녀에게 도움이 됐다. 그녀는 차오르는 눈물을 억지로 참았다. 몸에 생긴 고통과 싸웠고, 손을 움켜쥐었다. 조금씩 정신이 맑아지기 시작했다. 그녀 자신에 대한 절망적인 두려움이 점차 사라졌다. 그녀에게는 아직 젊음과 힘이 남아 있었다. 몹시 상처받았지만, 아직 가라앉지 않은 영혼이 있었다.

점차 걸음의 범위를 넓혔고, 점차 관찰력을 회복했다.

수도원 서쪽 끝 폐허는 동쪽보다는 덜 파괴된 상태였다. 튼튼하고 오래된 성벽이 아직도 있는 어떤 곳은 옛날에 보수했었다. 붉은 기와지붕이 네 개의 옛날 방 위에 대충 얹혀 있었고, 나무 문이 덧대어 있었고, 오래된 수도사 방은 세인트 크럭스의 다양한 목재를 보관하기 위한 헛간으로 사용됐다. 문에 자물쇠가 없었다. 막달렌은 안에 아무렇게 어질러진 것에 햇빛이 들어오도록 문을 밀기만 하면 됐다. 그녀는 호기심도 뭔가를 찾겠다는 생각도 없이 헛간을 하나하나 살펴보기로 했다. 그녀의 유일한 목적은 남는 시간을 보내고, 불안한 생각을 다시 하지 않기 위해서였다.

첫 번째 헛간에는 크고 작은 정원사의 도구들이 들어 있었다. 두 번째는 부서진 가구, 벌레 먹은 빈 나무 액자, 깨진 꽃병, 덮개가 없는 상자, 그리고 제본이 찢긴 책들로 어질러져 있었다. 막달렌은 목재가 있던 헛간을 무심히 한 번 둘러보고 떠나려고 몸을 돌렸을 때, 발에 뭔가가 걸렸고 그것은 근처에 있던 도자기 파편에 쨍그랑하는 소리를 냈다. 그녀는 몸을 숙여, 녹슨 열쇠가 쨍그랑 소리를 낸다는 것을 알게 됐다.

그 열쇠를 집어 살폈다. 그녀는 밖으로 나가 잠시 생각했다. 더 오래전에 잊어버린 열쇠들이 헛간의 목재들 사이에 있을 것이다. 그녀가 찾을 수 있는 걸 다 모아서 캐비닛과 벽장의 자물쇠에 하나씩 시도해 보면 어떨까? 모험적인 시험에 열쇠 하나는 맞을 가능성이 충분히 있지 않을까? 세인트 크럭스의 자물쇠가 가구만큼 구식이라면, 현대 발명품의 보호 장치가 없다면, 확실히 기회가 충분했다. 그녀의 손에 있는 바로 그 열쇠가 제독의 열쇠 다발 중 하나의 잃어버렸던 복사본이 아니라고 누가 말할 수 있겠는가? 목적 달성을 위한 다른 모든 수단이 부족하기 때문에 위험을 감수할 가치가 있었다. 헛간에 다시 들어가면서 그녀의 지친 눈이 옛날처럼 반짝였다.

30분 여분이 지나고 그녀가 밖에 있을 수 있는 시간적 제한에 다다랐다. 그 사이에 그녀는 처음부터 끝까지 헛간을 뒤졌고, 열쇠 5개를 더 찾았다. 그녀는 열쇠를 감추고 집으로 급하게 돌아가면서 생각했다. "기회가 5번 더 생겼어!"

가정부 방에 가서 먼저 보고한 후, 그녀는 위층으로 올라가 보닛과 숄을 벗었다. 밤이 될 때까지 열쇠를 침실에 숨길 기회를 잡았다. 열쇠에 녹과 먼지가 가득 꼈다. 하지만 잠잘 시간이 돼서 하인들 시선을 피해 방에 혼자 있을 때까지 닦을 수 없었다.

저녁 식사 시간에 평소처럼 그녀가 제독을 개인적으로 봤을 때, 제독의 변한 모습에 바로 충격을 받았다. 그녀의 경험상 처음으로 노신사는 조용하고 우울했다. 그는 평소보다 적게 먹었고, 식사 시작부터 끝까지 그녀에게 다섯 마디도 하지 않았다. 분명히 달갑지 않은 문제가 그의 마음에 걸렸고, 그걸 떨쳐버리려는 노력에도 불구하고 끈질기게 계속 그 자리에 남았다. 저녁 시간 동안 틈틈이 그녀는 점점 더 당혹스러워하며 그 문제가 뭔지 궁금했다.

마침내 더디게 가던 시간이 끝났고 잠잘 시간이 됐다. 그날 밤 잠들기 전 막달렌은 열쇠에서 모든 불순물을 닦아내고 자물쇠를 부드럽게 열 수 있도록 기름칠을 했다. 마지막으로 남은 문제는 방해받지 않고 들킬 위험을 최소화하면서 시도해 볼 수 있는 시간을 선택하는 것이었다. 밤새 곰곰이 생각한 막달렌은 일단 기다렸다가 다음 날 일에 따라 정하기로 했다.

아침이 왔고, 처음으로 세인트 크럭스의 일을 믿기로 한 그녀가 옳았다. 아침이 밝았고, 그녀를 당황하게 했던 남은 문제는 예상외로 그 누구도 아닌 제독 때문에 순조롭게 풀렸다. 집에 있던 모든 사람이 놀랍게도, 그는 아침 식사 때 한 시간 내에 런던으로 출발할 준비를 하라고 했고, 시내에서 밤을 보낼 것이며, 다음 날 저녁 시간에 세인트 크럭스로 돌아올 것이라고 했다. 그는 가정부나 다른 누구에게도 더 이상 설명을 하지 않았지만, 런던에서 볼 일이 평범한 일이 아니라는 건 쉽게 알 수 있었다. 그는 급하게 아침 식사를 했고, 마차가 문 앞에 도착하기 전에 조급하게 탈 준비를 했다.

막달렌은 조심했다. 바트람 제독이 떠난 후, 열쇠를 시도해 보기 전에 조금 기다렸다. 그렇게 하길 잘했다. 드레이크 여사는 제독이 없는 틈을 이용해 2층 방 상태를 점검했다. 점검 결과 그녀는 전혀 만족하지 못했다. 빗질과 걸레질을 시작했고 하녀들은 낮 동안 계속해서 방을 드나들었다.

그날 저녁이 지나갔지만, 막달렌이 기다리는 안전한 기회는 나타나지 않았다. 잠잘 시간이 다시 찾아왔고, 그녀는 다음 날 아침 불확실한 가능성을 믿거나, 한밤중에 과감하게 열쇠를 시도하는 두 가지 대안 사이에 놓였다. 예전 같으면 망설임 없이 선택했을 것이다. 지금은 망설였다. 하지만 그녀의 오래된 용기의 흔적이 여전히 그녀를 지탱했고, 밤에 모험해 보기로 했다.

세인트 크럭스 사람들은 일찍 자고 일찍 일어난다. 자기 방에 11시 반까지 기다렸으면, 충분히 기다린 것이다. 그때 그녀는 열쇠를 주머니에 넣고 촛불을 손에 들고 계단을 살금살금 걸었다.

침실 층 복도로 향하는 입구를 지나자 그녀는 멈춰 서서 귀를 기울였다. 가림막 너머에서 코 고는 소리, 힘없이 끌리는 발자국 소리가 들리지 않았다. 그녀는 의심스러워하며 주위를 둘러봤다. 석조 복도 는 쓸쓸했고, 낮은 침대는 비어 있었다. 한 시간여 전에 메이지가 손에 촛불을 들고 상층 구역으로 가는 걸 그녀 눈으로 직접 봤었다. 그는 주인이 없는 틈을 타서 방에서 자는 익숙지 않은 호사를 누리는 것일까? 그런 생각을 할 때, 복도 저쪽 끝에서 소리가 들려왔다. 그녀는 살며시 그곳으로 향했고, 가장 끝에 있고 외진 곳에 있는 남아도는 침실의 문에서 퇴역 군인이 방 안에서 코를 고는 소리를 들었다. 여러 가지 면에서 놀라웠다. 낮은 침대에 대한 이해하기 힘든 수수께끼가 심화됐다. 메이지가 상스럽게 복도에서 밤을 보내는 걸 별로 좋아하지 않는다는 걸 분명히 보여줬기 때문이다. 순수하고 전적으로 주인 때문에 낯설고 불편한 잠자리를 지키는 것이었다.

이 결론이 시사하는 것을 곰곰이 생각할 시간이 없었다. 막달렌은 복도를 따라 왔던 길을 되돌아가 2층으로 내려갔다. 그녀는 가장 가까운 문을 지나 서재에 먼저 도전했다. 계단과 복도에서 말할 수 없는 두려움에 심장이 빠르게 두근거리는 걸 느꼈다. 하지만 방의 네 벽 안에 있고, 유령처럼 조용한 밖에서 문을 닫았을 때 안정감을 되찾았다. 탁자 서랍 자물쇠를 처음으로 시도했다. 어떤 열쇠도 맞지 않았다. 다음은 캐비닛이었다. 첫 번째처럼 두 번째 시도도 실패할까?

그렇지 않았다! 열쇠 중 하나가 맞았다. 약간의 인내심을 가지고 관리했던 열쇠 중 하나가 자물쇠를 돌렸다. 그녀는 열심히 안을 들여다봤다. 위에는 개방형 선반이 있었고, 아래에는 긴 서랍이 있었다. 선반에는 특이한 광물이 깔끔하게 라벨을 붙이고 정리되었다. 서랍은 칸으로 나뉘어 있었다. 두 칸은 서류가 들어 있었다. 첫 칸은 영수 증만 있었다. 두 번째로, 그녀는 업무용 문서 더미를 발견했지만, 누렇게 변한 글씨로 봐서 신탁은 거기에 없었다. 그녀는 캐비닛의 문을 닫고, 조금 힘들게 다시 잠근 후, 다른 방에서 계속 살펴보기 전에 다음으로 책장 벽장에 열쇠를 넣어봤다. 책장 벽장에 들지 않았고, 다른 모든 방의 서랍과 벽장에도 맞지 않았다. 하나하나씩 그녀는 계속해서 인내심을 가지고 시도했다. 소용없었다. 서재 캐비닛이 그녀에게 유리한 기회를 준 것은 처음이자 마지막이었다.

그녀는 한밤중 고요한 집에서 자신의 발소리만 들으며 자신의 미끄러지는 그림자만 보고 방으로 돌아갔다. 전에 숨겨둔 장소에 열쇠를 무의식적으로 치워놓고, 그녀는 침대를 바라보다가 몸서리를 치면서 몸을 돌렸다. 그날 아침 정원에서 겪은 일에 대한 경계심이 뇌리에 생생하게 떠올랐다. '한 번 더 시도하면 또 다른 기회를 또 놓치는 거야! 그걸 생각하면 다시 실패할 거고, 어둠 속에서 깨어 있으며 그걸 생각할 거야!' 그녀는 하인으로 가질 수 있는 많고 작은 물건들 중 하나로 반짇고리를 세인트 크럭스에 가져왔다. 그녀는 지금 반짇고리를 열어서 단호하게 일에 전념했다. 부족한 그녀의 바느질 솜씨가 그녀가 생각하고 있는 목적을 도왔다. 일에 매우 집중했다. 그녀가 현재 가장 두려워하는 다른 모든 두 가지 주제, 즉 자신과 미래에 대한 생각에서 멀어지게 했다.

다음 날 제독이 계획한 대로 돌아왔다. 런던 방문에도 그의 기분은 나아지지 않았다. 어떤 정복할 수 없는 의혹의 그림자가 여전히 그의 얼굴에 드리웠다. 막달렌이 그가 혼자서 먹는 식사 시중을 드는 동안, 그는 이상할 정도로 조용했다. 그날 밤 가림막 안쪽에서 다시 한번 코고는 소리가 들렸고, 메이지는 다시 불편한 낮은 침대에 누워 있었다.

사흘이 더 흘러 4월이 되었다. 4월 2일에, 1주일 전에 느닷없이 떠났던 조지 바트람 씨가 세인트 크럭스에 다시 나타났다. 그는 오후 일찍 돌아와 도서관에서 삼촌과 면담했다. 면담이 끝난 후, 그는 다시 집을 떠났고, 그날 밤 런던으로 가는 마지막 기차를 타기 위해 마차를 타고 기차역으로 향했다. 마부는 길에서 '조지 씨가 세인트 크럭스를 떠날 때 어느 때보다 기분이 좋다는 것'을 알아차렸다. 마부는 또한 돌아올 때는 말들을 무리하게 몰았다고 제독이 욕을 했다고 말했다. 주인이 화가 났다는 암시로 한 번도 겪지 못했던 경험이었다. 자기 일을 하던 막달렌도 짜증 내는 노인에게 비슷하게 시달렸다. 그녀가 식당에서 하는 모든 것이 마음에 들지 않았다. 양고기 요리부터 구운 치즈까지 모든 요리에 트집을 잡았다.

그다음 이틀은 여느 때처럼 지나갔다. 사흘째 되는 날 사건이 일어났다. 겉보기에는 응접실 종이 울리는 것보다 중요한 것은 없었다. 실제로는, 그것은 다가오는 재앙의 전조였고, 어마어마한 결말의 전조였다.

종소리에 응하는 건 막달렌의 일이었다. 응접실 문에 도착한 그녀는 평소처럼 문을 두드렸다. 답이 없었다. 다시 문을 두드려도 답이 없었다. 그녀는 조심스럽게 응접실에 들어갔고, 바로 얼굴 가득히 한기를 느꼈다.

맞은편 벽의 육중한 미닫이문이 뒤로 밀리면서 텅 빈 방에 '뼈가 얼어붙는 방'의 한기가 거침없이 쏟아지고 있었다.

그녀는 다음에 무엇을 해야 할지 몰라 문 근처에서 기다렸다. 분명 응접실의 종이 울렸고 다른 것은 없었다. 그녀는 맞은편 열린 출입구를 통해 폐허가 된 연회장의 황야를 바라보며 기다렸다.

잠시 생각해 본 그녀는 다시 아래층으로 내려가 두 번째 종을 기다리는 것이 최선인 거 같았다. 그녀는 방을 나가려고 돌아서다가, 다시 한번 뒤를 돌아봤고, 바로 그 순간 연회장 맞은편 맨 끝, 즉 동쪽 건물에 있는 첫 번째로 방으로 통하는 문이 열리는 것을 보았다. 멋진 코트와 모자를 쓴 키 큰 남자가 나왔고 빠르게 응접실로 다가왔다. 걸음걸이는 보였지만, 여전히 그의 모습은 보이지 않았다. 연회장을 절반쯤 지날 때 막달렌은 제독임을 알아봤다.

그는 응접실에서 자신을 기다리고 있는 시녀를 발견하고는 짜증을 낼 뿐만 아니라 놀란 표정을 지었고, 날카롭고 의심스러운 듯 그녀가 그곳에서 뭘 원하는지 물었다. 막달렌은 종이 울려서 그곳에 왔다고 대답했다. 설명을 듣자 그의 얼굴이 조금 밝아졌다. "그래, 그렇구만. 내가 종을 울려놓고는 잊어버렸구만." 그는 미닫이문을 제자리로 끌어당겼다. 그는 석탄통을 가리키며 조급하게 말을 이었다. "석탄, 석탄 때문에 종을 울렸다네."

막달렌은 부엌으로 돌아갔다. 불을 담당하고 있는 하인에게 제독의 지시를 전달한 후, 그녀는 식품 저장고로 돌아와 살며시 문을 닫고 홀로 앉아 생각에 잠겼다.

응접실에서 봤던 인상이 계속 남았다. 비밀로 하기 위해 자신만의 급한 이유로 동쪽 방을 찾은 바트람 제독을 우연히 보게 돼서 놀랐다. 이제 한 가지 지배적인 생각에 밤낮으로 사로잡혔고, 그녀는 단번에 모든 논리적 어려움을 뛰어넘어 바로 제독이 비밀리에 한 일에 대한 의혹과 그가 비밀 신탁 수탁자라고 가리키는 비슷한 의혹을 함께 연관을 지었다. 지금까지 그가 잠시 동안 머무르는 방들 중 한 곳에 모든 중요한 문서를 보관하고 있다고 그녀는 확고하게 믿었다. 지금까지 그녀가 확신했던 결론이 갑자기 미덥지 못하면서 스스로 자문했다. 왜 그는 다른 방처럼 일부는 잠그지 않았을까? 방에 숨겨진 열쇠를 떠올리면서 그녀는 새로운 관점의 합리성에 대한 감각을 더욱 분명히 했다. 한 가지 별로 중요치 않은 예외를 빼고 그녀가 집 북쪽에 있는 방에서 열쇠를 시도해 봤을 때, 모두 맞지 않았다. 한 번도 시도한 적도 없고, 시도해 볼 생각도 없었던 동쪽 방의 캐비닛과 벽장을 성공하지 못할 수도 있을까? 지금까지 해봤던 기회보다 아무리 작더라도, 시도해 봐야 할 기회였다. 신탁이 동쪽 건물 보관함에 숨겨져 있을 확률이 아무리 희박하더라고, 시도해 볼 만하다. 언제? 자신의 경험에서 답이 나왔다. 엿보는 눈도 없고 우연히 마주칠까 봐 두려워하지 않아도 되는 시간, 집이 조용한 한밤중일 때.

그녀는 지체하면 기력이 빠져서 자신에게 어떤 변화가 일어나는지 충분히 알고 있었다. 그녀는 그날 밤 위험을 무릅쓰기로 결심했다.

저녁 식사 시간 때 그녀는 더 많은 실수를 했고, 식탁에서 시중을 드는 그녀에게 제독의 비판은 그 어느 때보다 날카로웠다. 그의 심한 말에도 그녀는 아무런 아픔도 느끼지 못했다. 그의 말을 거의 듣지 않았다. 다가오는 시도에 대한 감각 외에는 모든 감각이 둔해졌다. 열쇠로 첫 번째 시도를 했던 밤에는 더디게 흘러갔던 저녁이 지금은 빠르게 흘러갔다. 잠잘 시간이 되자 그녀는 깜짝 놀랐다.

이번에는 저번에 기다렸던 것보다 더 오래 기다렸다. 제독이 집에 있었다. 자기 방으로 올라갔다가 마음이 바뀌어서 아래층으로 다시 내려갈지도 모른다. 서재에 뭔가를 잊어버리고 다시 찾으러 갈지도 모른다. 하인 구역의 복도 시계가 자정을 울리자 그녀는 다시 열쇠를 주머니에 넣고, 다시 촛불을 손에 든 채 과감히 방을 나섰다.

내려가려고 첫 계단에 발을 내디뎠을 때, 갑자기 알 수 없는 위험으로 이해할 수 없이 몸이 움츠러들고 크게 망설여졌다. 그녀는 기다렸다가 스스로 이성을 찾았다. 세인트 크럭스에 들어오는 계획을 수행하면서 어떠한 희생도 감내했고 어떤 두려움에도 굴복하지 않았다. 그리고 긴 난관을 참을성 있게 이겨낸 지금, 순전히 마음의 결심으로 출발점에 선 지금, 그녀는 앞으로 나아가길 주저했다. 그녀는 혼잣말했다. "내가 여기에 오기까지 전혀 움츠러들지 않았는데, 뭐 때문에 이제 와서 움츠러들어?"

그 생각으로 모든 맥박이 빨라졌고, 부끄러워하며, 용기 내서 앞으로 나갔다. 가까이 있는 자기 방에 다시 멈출 수 있는 자신을 믿지 못하고 그녀는 4층에서 3층으로, 3층에서 2층으로 계단을 내려갔다. 잠시 후, 그녀는 복도 끝에 다다랐고, 전실을 가로질러 응접실에 들어갔다. 미닫이문의 무거운 놋쇠 손잡이에 손을 댔을 때, 그리고 문을 다시 밀고 나서야, 그녀는 숨을 돌렸다. 연회장은 그녀가 서 있는 나무 칸막이의 반대편에 가까웠다. 흥분된 그녀는 상상만으로도 이미 죽음과 같은 한기가 그녀를 뒤덮고 있는 거 같았다.

그녀는 미닫이문을 몇 인치 뒤로 밀었다. 그리고 순간적으로 놀라 멈췄다. 제독이 그날 그녀 앞에서 문을 닫았을 때는 아무런 소리도 듣지 못했다. 메이지가 동쪽 건물에 있는 방을 보여주기 위해 문을 열었을 때도, 그녀는 아무런 소리도 듣지 못했다. 지금, 고요한 밤에는 문이 바람처럼 둔탁하고 격한 소리를 낸다는 것을 처음 알아차렸다.

그녀는 정신을 차리고 문이 들어가도록 만든 벽의 빈 곳으로 반 정도 문을 더 뒤로 밀었다. 그녀는 대담하게 그 틈으로 들어가 연회장의 야경을 마주했다.

달이 집의 남쪽을 돌고 있었다. 창백한 달빛이 근처 창문으로 흘러들어와 연회장의 대리석 바닥을 비추는 비스듬한 긴 빛줄기가 되었다. 각 창문 사이의 페디먼트(고대 그리스식 건축 양식, 건물 입구 위의 삼각형 부분)의 검은 그림자가 빛줄기와 번갈아 나타나, 바닥을 비추는 희미한 달빛을 더욱 고조시켰다. 아래쪽 끝으로 갈수록 연회장은 신비롭게 어둠 속으로 녹아들었다. 천장은 보이지 않았고, 입을 크게 벌린 벽난로, 돌출된 벽난로 위 선반, 위에 길게 걸린 전투 그림들은 밤에 모두 삼켜졌다. 그러나 반짝이는 창문과 달빛이 비치는 바닥 외에 눈에 보이는 물체 하나는 확실히 알아볼 수 있었다. 마지막이자 가장 먼 빛줄기 중간쯤에, 삼각대는 마치 달에 의해 생명을 얻은 괴물처럼 수척한 검은 다리에 똑바로 솟아올라 있었다. 마치 빛을 뚫고 솟았다가 연회장의 위쪽 그림자에 보이지 않게 녹아내리는 괴물 같았다. 멀고 가까운 모든 소리가 고여 있는 추위에 익사하고 죽었다. 이곳에서 밤의 잔잔한 고요함은 끔찍했다. 깊은 어둠의 심연은 더욱 헤아릴 수 없는 침묵의 심연을 숨겼다.

그녀는 눈과 귀가 긴장된 채 출입구에 꼼짝하고 서 있었다. 그녀는 움직이는 뭔가를 찾았고, 커지는 소리에 귀 기울였지만, 헛수고였다. 온몸이 빠르게 계속 떨렸다. 두려워서 떠는 걸까, 추워서 떠는 걸까?

단순한 의심이 그녀의 단호한 의지를 불러일으켰다. 출입구에서 한 발걸음 내디디며 생각했다. '지금 아니면 안 돼! 달빛을 세 번 세고 연회장을 건너는 거야.'

"하나, 둘, 셋, 넷, 다섯. 하나, 둘, 셋, 넷, 다섯. 하나, 둘, 셋, 넷, 다섯."

3번째 셀 때 마지막 숫자를 내뱉은 후, 그녀는 연회장을 건넜다. 아무것도 찾지 않고, 아무것도 듣지 않고, 한 손은 촛불을 들고, 다른 한 손은 옷자락을 움켜쥐고, 그녀는 유령 같은 장소에서 유령처럼 속도를 냈다. 그녀는 동쪽 방들 중 첫 번째 방문을 열고 들어갔다. 피신처에 도달했다는 갑작스러운 안도감, 새로운 장소에 갑자기 들어온 것에 그녀는 잠시 압도당했다. 어지럽고 숨이 가빴던 그녀는 탁자 위에 촛불을 안전하게 놓고 가까운 의자에 쓰러졌다.

조금씩 진정됐다. 몇 분 후 동쪽 방에 왔다는 승리감을 느꼈다. 몇 분 후 의자에서 일어나 주머니에서 열쇠를 꺼내고 주위를 둘러볼 만큼 힘이 생겼다.

방에서 그녀의 관심을 끈 첫 번째 가구들은 참나무로 조각된 오래된 책상과 캐비닛이 달린 무거운 탁자였다. 먼저 책상부터 시도했다. 서류 두 개 정도 들어갈 보관함이 있었다. 열쇠 3개가 자물쇠에 들어갔지만, 어떤 것도 돌려지지 않았다. 책상은 난공불락이었다. 그녀는 책상을 내버려두고 다음으로 캐비닛을 시도하기 전 잠시 멈춰서 초심지를 다듬었다.

그녀가 촛불을 든 순간, 고요했던 연회장이 소리의 공포에 떨고 있는 것을 들었다. 멀리서 바람이 몰아치는 것처럼 희미하고 순간적인 소리였다.

응접실의 미닫이문이 움직였다. 어느 쪽으로 움직였을까? 알 수 없는 손이 그녀가 밀어 넣었던 공간으로 문을 더 밀어 넣은 것인가 아니면 다시 끌어당겨서 닫은 것인가? 집안에서 알 수 없는 힘에 의해 밤새 갇힐 것이라는 두려움이 연회장을 건널 때보다 더 컸다. 그녀는 필사적으로 방문으로 향했다.

그녀가 방에 들어왔을 때 문이 조용히 뒤따라왔지만 닫히지는 않았다. 그녀는 문을 열고 살폈다.

마주한 광경에 두려움에 휩싸인 그녀는 그 자리에서 꼼짝하지 못했다.

응접실에서 세었을 때 창가의 첫 번째 줄 가까이에서 그리고 어슴푸레한 빛 속에서 홀로 있는 형상을 보았다. 그것은 바닥에서 가장 먼 달빛 빛줄기에서 솟아올라 움직이지 않은 채 서 있었다. 그녀가 볼 때, 갑자기 사라졌다. 또 다른 순간, 두 번째 빛줄기에서 그것을 다시 봤다가 또다시 놓쳤고, 세 번째 빛줄기에서 다시 봤다가 다시 한번 놓쳤다가, 네 번째 빛줄기에서 그것을 봤다. 그것은 순간순간 그림자 속에 신기하게 사라졌다가 빛에 갑자기 다시 보였다가 하면서 5번째 달빛 빛줄기에 다다를 때까지 전진했다. 거기서 그것은 잠시 멈추더니 연회장 한가운데로 천천히 비켜나갔다. 그것은 삼각대에 멈춰 서서, 불에 손을 따뜻하게 하는 것처럼 식어버린 잿더미 위에 손을 올리고는 고요함 속에 소리가 들릴 만큼 몸을 떨면서 서 있었다. 그것은 다시 뒤로 돌아 달빛의 길을 따라 움직이다가 다섯 번째 창에 멈췄다가, 다시 한번 돌아서서 그림자를 뚫고 막달렌이 서 있는 곳으로 슬그머니 다가왔다.

그녀의 목소리는 나오지 않았고, 그녀의 의지는 무기력했다. 시각 빼고는 그녀의 모든 감각이 마비됐다. 공포의 족쇄에 단단히 갇힌 시각은 처음부터 그랬듯이, 변함없이 똑바로 바라봤다. 그녀가 서 있었던 출입구에서 그것은 그림자를 통해 점점 더 가까이, 한 걸음 한 걸음 다가오고 있었다.

가까이 왔다.

손이 닿는 곳에 가까이 왔을 때, 그녀를 붙잡고 있던 공포의 끈이 산산이 끊어졌다. 그녀는 깜짝 놀라서 뒤로 물러섰다. 탁자 위 촛불이 그녀에게 그것의 얼굴을 보여줬다. 바트람 제독이었다.

긴 회색 가운이 그를 감쌌다. 머리는 그대로 드러났고, 발은 맨발이었다. 그는 왼손에 작은 열쇠 바구니를 들고 있었다. 그는 천천히 막달렌을 지나쳤고, 입은 쉬지 않고 속삭였고, 죽은 듯이 차가운 눈빛으로 정면을 똑바로 쳐다봤다. 그의 눈에서 그녀는 무서운 진실을 알게 됐다. 그는 몽유병이었다.

지금 그를 보면서 느끼는 공포는 그녀가 그를 처음 보았을 때, 즉 달빛의 유령, 유령 같은 연회장의 유령을 봤을 때 느꼈던 공포가 아니었다. 이번에는 충격과 싸울 수 있었고 공포의 깊이를 느낄 수 있었다.

그는 그녀를 지나쳐 방 한가운데 멈춰 섰다. 막달렌은 그가 혼잣말처럼 중얼거리자 그의 목소리가 들릴 만큼 가까이 다가갔다. 그녀는 더 가까이 다가가서, 몽유병자가 자신의 죽은 남편의 이름을 분명하게 말하는 것을 들었다.

"노엘!" 몽유병자는 낮고 단조로운 말투로 말했다. "나의 착한 친구, 노엘, 그거 도로 가져가! 그거 때문에 밤낮으로 걱정돼. 어디가 안전한지 모르겠어. 어디에 둬야 할지 모르겠어. 도로 가져가, 노엘. 다시 가져가라고!"

그 말을 내뱉고, 그는 캐비닛으로 향했다. 그 앞에 있는 의자에 앉아 바구니에서 열쇠를 찾았다. 막달렌은 살며시 그를 따라갔고, 의자 뒤에 서서, 촛불을 들고 기다렸다. 그는 열쇠를 찾아 캐비닛을 열었다. 그는 망설임 없이 두 번째 줄 서랍을 꺼냈다. 서랍 속에는 접힌 편지 한 장이 있었다. 그는 그것을 꺼내 탁자에 내려놨다. "가져가, 노엘!" 그는 무의식적으로 반복했다. "다시 가져가!"

막달렌은 어깨 너머로 편지 상단에 남편의 필체로 써진 문구를 읽었다. 혼자 간직하시다가 나, 노엘 밴스톤이 작고한 날에 혼자서만 열어보세요. 노엘 밴스톤. 그녀는 그 아래 제독의 이름과 제독의 주소가 적혀 있는 것을 똑똑히 보았다.

685

그녀의 손이 닿는 곳에 신탁이 있다! 마침내 신탁이 숨겨진 곳을 찾았다!

그녀는 그의 의자 근처에 몰래 가서 탁자에서 편지를 낚아채기 위해 한 걸음 앞으로 나아갔다. 그녀가 움직이는 순간, 그는 다시 한번 그 편지를 챙기고, 캐비닛을 잠그고, 일어나 몸을 돌려 그녀를 마주했다.

순간적인 충동으로 그녀는 그가 편지를 쥐고 있는 손을 향해 손을 뻗었다. 노란 촛불이 그에게 가득 비췄다. 살았지만 죽은 거 같은 끔찍한 그의 얼굴과 꿈꾸는 정신에 무의식적으로 순종하며 움직이는 잠자고 있는 몸의 신비함에 그녀는 겁을 먹었다. 그녀의 손이 떨렸고 다시 옆으로 떨어졌다.

그는 캐비닛 열쇠를 바구니에 다시 넣고 한 손에는 바구니를 다른 손에는 편지를 들고 방을 가로질러 책상으로 갔다. 막달렌은 다시 촛불을 탁자 위에 놓고 그를 지켜보았다. 캐비닛을 열었듯이, 이제 책상을 열었다. 막달렌은 다시 한번 손을 뻗었고, 그의 잠에 대한 신비와 공포 앞에서 다시 한번 움찔했다. 그는 편지를 책상 뒤쪽에 있는 서랍에 넣고 다시 무거운 오크 뚜껑을 닫았다. "그래, 노엘, 네 말대로 거기가 더 안전해." 그는 그렇게 말했다. 그렇게 꿈속에서 죽은 사람이 살아나서 말을 몇 번이고 계속했다.

그가 책상을 잠갔나? 막달렌은 자물쇠가 돌아가는 소리를 듣지 못했다. 그가 천천히 물러나면서 다시 한번 방 한가운데로 걸어가자 그녀는 뚜껑을 열어보았다. 잠겨 있었다. 그것을 알고, 그녀는 그가 다음에 무엇을 하는지 살폈다. 그는 열쇠 바구니를 손에 들고 다시 방을 나가고 있었다. 그녀의 첫 시선이 그를 따라잡았을 때, 그는 문턱을 넘어서고 있었다.

그녀는 어떤 불가사의한 매력에 사로잡혀, 어떤 신비한 힘에 그녀는 자신도 모르게 그를 따라갔다. 그녀는 촛불을 들고 마치 그녀도 몽유병인 것처럼 무의식적으로 그를 따라갔다. 한 사람씩 줄 서서 천천히 소리도 내지 않고 연회장을 건넜다. 그들은 응접실을 지나 복도를 따라 계단을 올라갔다. 그녀는 그를 따라 그의 방까지 따라갔다. 그는 안으로 들어가 문을 살살 닫았다. 그녀는 멈춰서 낮은 침대 쪽을 바라보았다. 침실 문에서 조금 떨어진 곳에서 옆으로 밀려났다. 누가 옮겼을까? 그녀는 갑작스런 호기심과 의혹으로 촛불을 가까이 들고 베개 쪽을 바라봤다.

그 낮은 침대는 비어 있었다.

그 사실에 그녀는 잠시 깜짝 놀랐지만, 그뿐이었다. 분명하게 추론할 수 있지만, 그녀는 그러지 못했다. 서서히 능력을 회복 중인 그녀의 정신은 조금 전에 받은 깊은 인상의 영향을 여전히 받고 있었다. 그녀의 마음은 제독을 따라 그의 방으로 들어갔고, 그녀의 몸은 제독을 따라 연회장을 가로질렀다.

그가 다시 침대에 누웠나? 여전히 자고 있을까? 그녀는 문 앞에서 귀를 기울였다. 방에서는 아무 소리도 들리지 않았다. 그녀는 문을 열어보았고, 문이 잠기지 않은 것을 발견하고는 몇 인치 살짝 열어서 다시 귀를 기울였다. 그의 낮고 규칙적인 호흡이 바로 그녀 귀에 들렸다. 그는 여전히 잠들어 있었다.

그녀는 손으로 촛불을 가리며 방으로 들어가, 침대 맡으로 가서 그를 살폈다. 꿈은 지나갔다. 노인은 깊고 평화롭게 자고 있었다. 입은 조용했고, 얌전한 손은 움직이지 않고 침대보 위에 놓여 있었다. 그는 침대 오른쪽으로 누워 있었다. 그의 손이 닿는 손에 작은 탁자가 있었다. 촛불, 성냥, 밤에 마시는 레모네이드, 열쇠 바구니 등 네 가지 물건이 놓여 있었다.

그날 밤 그가 방으로 들어가는 걸 봤을 때 (그의 손에 바구니가 없을 때 기회가 주어진다면) 그의 열쇠를 가지고 싶다는 생각이 처음 머리에 떠올랐다. 그녀는 낮은 침대가 비어 있다는 것에 놀라 잠시 다시 정신을 잃었었다. 그녀는 탁자에 관심이 쏠리자마자 정신을 다시 차렸다. 나머지 열쇠 중에서 원하는 열쇠를 고른다고 시간을 낭비하는 것은 쓸데없는 짓이었다. 즉, 하나의 열쇠를 쉽게 알아볼 만큼 아는 것이 별로 없었다. 그녀는 탁자에 놓인 바구니에서 모든 열쇠를 챙겨서, 방을 나섰고, 소리가 나지 않게 문을 닫았다.

낮은 침대 옆을 지날 때 다시 한번 관심이 갔고 생각을 했다. 잠시 생각한 후, 그녀는 침대 다리 부분은 방문 건너 원래 자리로 옮겼다. 그가 집에 있든 밖에 있든, 퇴역 군인은 언제라도 비워놓은 자리로 돌아올지 모른다. 침대가 평소 있던 자리에서 옮겨져 있는 것을 보면 뭔가 이상하다고 생각해, 주인을 깨울 수도 있고, 열쇠를 잃어버린 것도 들통날 수 있을 것이다.

그녀가 계단을 내려갈 때도 아무 일이 일어나지 않았고 복도를 지나갔을 때도 아무 일이 일어나지 않았다. 집은 언제나처럼 조용하고 고독했다. 이번에는 아무 망설임 없이 연회장을 건넜다. 밤에 일어났던 일로 인해 그녀는 상상하는 모든 공포에 맞서기로 마음먹었다. "이제 내가 그걸 찾았어!" 동쪽 첫 번째 장에 들어가 오래된 책상 위에 촛불을 놓으면서, 억누를 수 없는 기쁨에 자신에게 속삭였다. 아직 인내심을 가지고 시도해 볼 것이 있었다. 몇 시간 같은 몇 분이 흐른 후, 그녀는 딱 맞는 열쇠를 찾아 책상 뚜껑을 들어 올렸다. 마침내 그녀가 안쪽 서랍을 꺼냈다! 마침내 그녀는 편지를 손에 쥐었다!

봉인되어 있었지만, 인장은 깨져 있었다. 그녀는 방을 나가기 전에 진짜로 신탁을 손에 넣었는지 확인하기 위해 그 자리에서 열어봤다. 그녀가 펼친 첫 부분은 편지의 끝부분이었다. 세 번째 페이지 상단에서 편지가 끝났고 노엘 밴스톤 서명이 있었다. 이름 아래에는 제독의 필체로 다음과 같은 내용이 추가됐다.

"이 편지는 내 친구 노엘 밴스톤의 유언장과 함께 내가 받았다. 이에 대한 다른 지시를 남기지 않고 내가 사망할 경우, 내 조카와 유언 집행자들에게 이 문서에 나온 요청은 절대적으로 나에게 구속력이 있는 것이라고 양해를 구한다.

아서 에버라드 바트람"

그녀는 그 내용을 읽지 않았다. 노엘 밴스톤의 필체가 아님을 알아차렸고 눈에 보이는 내용이 중요하지 않은 것처럼 바로 편지지를 넘겨 첫 페이지 첫 문장으로 관심을 옮겼다. 내용은 다음과 같았다.

"바트람 제독에게

(내 유일한 유언 집행자로 지정된) 내 유언장을 열어보면, 5천 파운드를 제외하고 나머지 모든 유산은 당신에게 유증한다는 것을 알게 될 것입니다. 현재 당신 손에 맡겨진 그 재산을 남긴 목적을 개인적으로 이야기하는 것이 내 편지의 목적입니다.

이 큰 유산을 특정 조건에서…"

그녀는 숨이 막힐 듯한 호기심과 관심을 가지고 여기까지 읽다가 갑자기 집중력이 흐트러졌다. 그녀와 편지 사이에 무슨 일이 있었는지 알 수 없을 정도로 그녀는 너무 깊이 빠져 있었다. 연회장에서 또 소리가 났나? 어깨 너머로 그녀 뒤에 있는 문을 바라보며 귀를 기울였다. 아무 소리도 들리지 않았고, 아무것도 보이지 않았다. 그녀는 다시 편지를 읽었다.

필체는 빽빽했다. 더 읽으려고 했지만, 조급한 호기심 때문에, 어디까지 읽었는지 찾지 못했다. 얼룩 때문에, 읽다 만 문장보다 아래쪽에 있는 문장을 보게 됐다. 그녀가 처음 본 세 단어는 새롭게 그녀의 관심을 끌었다. 이 단어들은 편지에서 조지 바트람을 처음으로 직접 언급한 말이었다. 갑작스럽게 흥분되면서, 그녀는 읽다 만 문장으로 다시 돌아가려고 하지 않고, 나머지 문장들은 열심히 읽었다.

"만약 당신의 조카가 이런 조건들을 따르지 않는다면, 즉, 내가 작고 했을 때 미혼이거나 홀아비일 때, 6개월 이내에 내가 여기서 지시한 대로 결혼하지 못했다면, 그는 받지 못…"

그 부분에서 더 이상 읽지 못했다. 그녀 뒤에서 갑자기 그녀의 눈과 편지 사이로 손이 지나갔고, 순식간에 그녀의 손목을 움켜잡았다.

그녀는 비명을 지르며 돌아섰고, 메이지와 얼굴을 마주했다.

퇴역 군인의 눈은 충혈됐고, 손은 위압적이었고, 천으로 만든 슬리퍼가 발에 뒤틀려져 있었고, 넓게 벌린 다리 위로 몸이 이리저리 흔들렸다. 만약 그날 저녁 한결같은 모형 배의 기준에 따라 자신의 상태를 살폈다면, 그는 필연적으로 평소처럼 자신의 상태를 이렇게 말했을 것이다. "또 취했군. 메이지. 또 취했어."

"젊은 제저벨(이스라엘 왕 아합의 아내 제저벨, 수치를 모르는 여자, 요부, 독부라는 뜻) 같으니라고!" 늙은 선원은 얼굴 한쪽에는 음흉한 미소를 짓고, 다른 한쪽에는 찡그린 표정을 지으며 말했다. "다음에 '뼈가 얼어붙는 방'에서 밤 산책을 하려면, 먼저 예리한 눈으로 살피고 바깥 정원에서 밤 산책하는 사람이 아무도 없는지 확인하도록 해. 그거 내려놔, 제저벨, 내려놓으라고!"

한 손으로 막달렌의 팔을 꽉 움켜쥔 그는 다른 한 손으로 편지를 빼앗아 열린 서랍에 다시 넣고 책상을 잠갔다. 그녀는 그와 싸우지도 않았고 말도 하지 않았다. 힘이 사라졌고 반항할 힘은 무너졌다. 잇따라 반복된 충격으로 그 끔찍한 밤의 공포가 마침내 그녀를 덮쳤다. 그녀는 고분고분하게 굴복했고, 가장 나약한 여자처럼 무기력하게 몸을 떨었다.

메이지는 팔을 떨구고 근엄하게 안쪽 구석에 있는 의자를 가리켰다. 그녀는 한마디도 하지 않고 가만히 앉아 있었다. 퇴역 군인은 비스듬한 책상 윗부분에 양 팔꿈치를 기댄 채, 지휘관의 자세로 다시 한 번 막달렌에게 말했다.

"가둬야 해!" 법적으로 엄하게 덕망 있는 머리를 흔들면서 메이지가 말했다. "내일 아침에 심문이 열릴 거야. 그리고 내가 목격자야. 운도 나쁘지! 내가 목격자라고. 이런 몹쓸 아가씨야, 넌 도둑질을 한 거야. 네가 한 짓이 그거야. 제독님의 열쇠를 훔쳤고, 제독님의 책상을 뒤졌고, 제독님의 개인적인 편지를 열어봤어. 도둑이야! 도둑! 감혀야 해!" 그는 두 손으로 지탱해서 점차 꼿꼿한 자세가 됐고, 굳건한 저항력을 보이며 장황한 독백에 빠졌다. 누가 생각이라도 했을까? 메이지는 아버지같이 눈물을 흘리며 말했다. "겉모습은 포플러 나무처럼 올곧지만, 속마음은 죄로 비뚤어졌어. 잘 자란 아이인데! 불쌍해! 너무나 불쌍해!"

"아프단 말이에요!" 메이지가 비틀거리며 의자로 다가와, 다시 그녀의 손목을 잡자, 막달렌이 희미하게 말했다. "무서워요, 메이지 씨. 너무나 무섭다고요."

"아프다고?" 퇴역 군인이 말을 되풀이했다. "내가 당신을 얼마나 아끼는데. 내 나이에 부끄럽게 당신을 아프게 하다니. 내가 당신 손목을 놔주면, 내가 보이는 곳으로 똑바로 갈 거야? 착한 아가씨가 돼서 당신 방으로 걸어갈 수 있겠냐고?"

막달렌은 방으로 피신할 수 있길 간절히 바라면서 약속했다. 그녀는 일어나서 책상에서 촛불을 들고 가려고 했지만, 메이지의 교활한 손이 너무나 빨랐다. "촛불은 그냥 둬." 퇴역 군인은 자신의 책임 있는 위치를 순간적으로 잊어버리고 윙크를 하며 말했다. "당신은 나보다 빨리 걸으니, 내가 촛불 들지 않으면, 당신이 날 곤경에 빠트릴지도 모르니까 말이야."

그들은 거주 구역으로 돌아갔다. 한 손에는 열쇠 바구니를 들고 다른 손에는 촛불을 들고 막달렌 뒤를 비틀거리며 따라가던 메이지는 '뼈가 얼어붙는 방'을 건너고 그녀의 방문까지 올라가면서, 포플러 나무처럼 곧은 그녀 모습과 죄악으로 비뚤어진 그녀의 기질을 슬프게 비교했다. 목적지에 도착한 그는 그녀가 방에서 안전하게 있는 걸 보기 전에 촛불을 주는 것을 거부했다. 조건이 충족되자 그는 한 손에 들고 있던 촛불을 포기하고, 다른 한 손은 열쇠 쪽으로 돌진해서 자물쇠 안쪽에서 빼내고는 순식간에 문을 닫았다. 막달렌은 밖에서 그가 자신의 손재주에 대해 낄낄거리고, 매우 힘들어하며 열쇠를 자물쇠에 다시 끼워 넣으려는 소리를 들었다. 마침내 깊이 안도하는 소리를 내며 그는 문을 잠갔다. 그곳에서 그녀는 안전해! 막달렌은 유감스러운 독백으로 말하는 걸 들었다. "훌륭한 소녀였는데. 정말 안 됐어! 너무 불쌍해!"

그가 마지막으로 말하는 목소리는 멀리서 사라졌고, 그녀는 자기 방에 홀로 남겨졌다.

난간을 꽉 잡은 메이지는 야간 불빛이 항상 켜져 있는 3층 복도로 내려갔다. 그는 낮은 침대 쪽으로 다가가 반대편 벽에 몸을 기댄 채 침대를 유심히 바라보았다. 밤 동안 자신의 안식처에 대해 오랫동안 고심하는 것은 분명 그에게 만족스럽지 못했다. 그는 불길한 듯 고개를 저었고, 외투 옆 주머니에서 낡고 덧댄 슬리퍼 한 켤레를 꺼내 한없이 의심스러운 표정을 그것을 살폈다. 그는 혼자 중얼거렸다. "난 오늘 밤 내내 밖에 있었어. 마음에 걸려. 바로 그게 마음에 걸린다고."

낡고 덧댄 슬리퍼와 퇴역 군인이 현재 느끼고 있는 당혹감은 원인과 결과의 관계에서 서로 밀접한 관련이 있었다. 그 슬리퍼는 제독의 것이었는데, 이 특별한 한 켤레에 비이성적인 바람을 가지고 있고, 그에게 맞지 않아도 계속 신겠다고 고집을 부렸다. 그날 오후 일찍 메이지는 주인이 다음날 아침 슬리퍼를 찾기 전에 그 자리에서 수리하기 위해 마을 구두 수선공에 슬리퍼를 가지고 갔다. 그는 저녁이 될 때까지 앉아서 수선 진행과 완성을 지켜봤고, 헤어질 때 그와 구두 수선공을 축배를 들기 위해 마을 여관으로 갔다. 그들은 밤늦게까지 계속 마셨고, 헤어질 때, 당연히 두 명 모두 만취 상태에서 헤어졌다.

만약 술 마시기 내기로 동쪽 창문에서 불빛이 비쳤던 세인트 크럭스 경내를 밤에 돌아다니지 않았다면, 그의 기억은 분명히 다음 날 아침에 그의 인생에서 찬란한 업적 중 하나가 됐을 것이다. 그러나 또 다른 결과가 나타났는데, 그 늙은 선원은 술 때문에 드문드문 기억에 남아 이제 희미하게 알 뿐이었다. 그는 규율 위반과 신뢰 위반을 저질렀다. 더 쉽게 말하면, 그는 자신의 자리를 비웠다.

바트람 제독의 몽유병에 대한 유일한 보호 장치는 그의 충실한 늙은 부하가 문밖에서 지켜보고 감시하던 것이었다. 그에게 일반적인 보호 조치를 취하자고 간청해도 먹히지 않았다. 그는 자신의 방에 갇히는 것을 단호히 거부했다. 그는 꿈이 그를 방해할 때마다, 잠든 채로 걷는 문제마저 무시했다. 메이지는 잠결에 제독이 낮은 침대를 밀거나 넘어가려고 하는 시도에 여러 번 깨어났다. 그리고 그 퇴역 군인이 다음 날 아침 몇 번이고 그 사실을 보고했을 때, 주인은 그의 말을 믿으려 하지 않았다. 늙은 선원이 지금 서서 방문을 물끄러미 바라보면서, 과거의 이런 일들이 혼란스럽게 떠올랐고, 제독이 그날 밤 일찍 그의 방에서 나갔는지 아닌지에 대한 심각한 의문을 품을 수밖에 없었다. 만약 그가 몽유병에 시달렸다면, 메이지 손에 있는 슬리퍼는 다음과 같은 결론에 바로 이어진다. 주인은 추운 밤에 맨발로 세인트 크럭스의 돌계단과 복도를 다녔다는 것이다. "주여, 그가 조용히 지냈다고 하소서!" 메이지는 그 생각을 하면 주눅이 들고 용감하고 술에 취한 듯 중얼거렸다. "만약 제독님이 오늘 밤에 걸어 다녔다면, 그분은 죽을 만큼 괴로울 겁니다!"

그는 제독에게는 개처럼 충성심이 강했지만 다른 것은 그러지 못했기에, 온 힘을 다해서 정신을 차리고 술기운을 물리쳤다. 그는 맑은 정신으로 침대를 계속해서 바라보았다. 막달렌이 원래 자리로 옮긴 예방 조치 때문에 그에게 필연적으로 침대가 제 자리에서 움직인 적이 없는 것처럼 보였다. 그는 다음으로 침대보를 주의 깊게 살폈다.

그 위로 발자국이 지나가면서 남기는 자국은 조금도 보이지 않았다. 그 사람 앞에 제독이 방에서 한 번도 움직이지 않았다는 명백한 증거, 갈피를 못 잡는 눈으로 마침내 알아볼 수 있는 증거가 있었다.

"내일 금주를 맹세할 거야!" 메이지는 크게 안도하며 중얼거렸다. 다음 순간 술기운이 다시 퍼졌다. 습관적인 모습으로 돌아온 퇴역 군인은 평소처럼 지그재그로 복도를 서성거렸고, 상상 속 배 갑판을 주시했다.

해가 뜨자마자 막달렌은 갑자기 밖에서 열쇠가 자물쇠에 꽂히는 소리를 들었다. 문이 열리고 메이지 노인이 문턱에 다시 나타났다. 시간이 흐르면서 취기는 차츰 사라졌고 참회하는 홍조를 띄었다. 그는 계속 낮게 으르렁거리면서 어느 때보다도 가쁜 숨을 쉬었고, 끊임없이 자신의 나쁜 행동에 머리를 흔들었다.

"지금은 좀 어때요, 협잡꾼 아가씨?" 늙은 선원이 물었다. "잠을 잘 만큼 양심에 찔리지 않았나 보군요?"

"안 잤어요." 막달렌은 그가 다음에 무엇을 할 지 의구심이 들며 뒤로 물러나면서 말했다. "당신이 문을 잠그고 나서 무슨 일이 있었는지 기억이 안 나요. 기절한 거 같아요. 다시 겁주지 마세요, 메이지 씨! 전 비참할 정도로 몸이 허약하고 아파요. 뭘 원하시죠?"

"심각하게 할 말이 있어요." 메이지는 매우 엄숙하게 대답했다. "지난 한 시간여 동안 이곳에 와서 깨끗하게 자백하자고 생각했어요. 내 말 잘 들어요, 아가씨. 불명예스러운 일을 할 테니까"

막달렌은 경각심에 점점 더 위로 물러서며 그를 쳐다봤다.

"제독님에 대한 내 의무를 잘 알아요." 메이지는 주인의 방문 쪽을 향해 삭막하게 손을 흔들며 말을 이었다. "하지만, 아무리 노력해도, 당신에게 불리한 증언을 할 수가 없네요, 건달 아가씨. 네가 처음 집에 들어왔을 때 당신 모습이 (특히 허리 부분이) 마음에 들었죠. 당신이 강도짓을 저질렀고, 죄악으로 비뚤어졌지만, 나는 여전히 당신 모

습을 좋아할 수밖에 없군요. 나는 일생 동안 잘 자란 아가씨들을 관
용의 시선으로 바라봤는데, 지금 그들에게 가혹한 시선을 던지기에
는 너무 늦었죠. 나는 77살이던가 78살이에요. 몇 살인지 잘 모르겠
네요. 난 이음새가 터지고 양수기도 막히고 죽음의 물이 최대한 빨리
들어차고 있는 낡아빠진 폐선이죠. 그놈은 나보다 더 나쁜 놈이고, 둘
중 나보다 어리고 더 잘 알아야 하죠. 나이가 많든 적든, 난 잘 자란 아
가씨에 대해 관용의 시선을 베풀고 내 무덤으로 들어갈 거요. 내가 더
부끄럽네요. 어린 제저벨, 더 부끄러워요!"

　장황하게 이야기를 끝낸 후, 퇴역 군인의 버거운 눈빛은 그도 모르
게 곁눈질하기 시작했다. 그의 얼굴에 남은 마지막 엄숙함은 입가에
우울하게 자리 잡았다. 막달렌은 그에게 다시 다가가서 말을 걸려고
했다. 그는 다시 한번 우울한 손짓으로 엄숙히 그녀에게 뒤로 가라고
했다.

　"아부하지 말아요! 난 그것 없어도 이미 충분히 나쁜 놈이니까. 제
독님께 보고를 하는 게 내 의무고 그렇게 할 거예요. 하지만 절도 신
고를 하고 조사가 시작되기 전에 당신이 집을 떠난다면, 난 당신을 내
버려둠으로써 불명예스러운 일을 할 거요. 오스라거에 아침 장이 서
고, 독스가 15분 후에 경수레를 몰고 거기로 갈 거요. 내가 독스에게
부탁하면, 그가 당신을 태워다 줄 거요. 난 내 의무를 알아요. 내 의무
는 당신에게 문을 열어놓고 먼저 독스를 만나는 거죠. 하지만 당신처
럼 좋은 아가씨에게 매정하게 굴 수가 없네요. 타고난 천성이지, 갑작
스럽게 생긴 게 아니에요. 다시 한번 말하지만, 내가 더 부끄럽네요.
수치스러워!"

　이처럼 이상하고 갑작스러운 제안에 막달렌은 정말 놀랐다. 그녀
는 밤중에 일어난 사건들로 인해 너무 심각하게 충격을 받아서 어떤
문제에 대해서 바로 결정을 내릴 수 없었다.

　"정말 저한테 친절하시네요, 메이지 씨. 잠시 혼자서 생각해 봐도

될까요?"

"그래요." 퇴역 군인은 그렇게 답하고 바로 방을 나갔다. 메이지는 여전히 성별에 대한 이야기로 말을 이었다. "모두 비슷해요. 당신이 뭘 제안하든, 그들은 항상 더 많은 것을 원할 거요. 키 큰 사람과 작은 사람, 토박이와 외국인, 연인들과 아내들, 모두 비슷하죠."

혼자 남겨진 막달렌은 생각보다 훨씬 더 쉽게 결정을 내렸다.

만약 그녀가 집에 남아 있다면, 그녀가 할 수 있는 행동은 두 가지 뿐이다. 즉, 메이지가 술에 취해서 본 망상에 사로잡혀 말한다고 비난하거나 상황에 순응하는 것이다. 그녀는 성공 직전에 늙은 선원에게 패배했지만, 아무리 생각해도 방어가 인정될 가능성이 아주 낮다 하더라도, 그 순간 그녀를 배려해 주는 그를 희생시켜 자신을 지키겠다는 생각은 들지 않았다. 두 번째 경우(상황에 순응하는 경우)는 한 가지 결과만 예상할 수 있다. 바로 해고되고 어쩌면 정체가 들통 날 것이다. 처음부터 그녀를 미워하고 불신했던 하인들 앞에서 공개적으로 망신을 당하며 집을 떠나는 수모를 겪으면서 얻을 수 있는 게 뭘까? 손에 쥐었던 신탁을 말 그대로 뺏겼던 일을 되돌릴 수는 없었다. 신탁이 실제로 존재한다는 사실과 신탁에 일정 기간 내에 조지 바트람이 결혼해야 한다는 내용을 알게 된 것으로도 로스콤 씨의 경험상 상당한 가치의 보상이 있을 것은 분명했다. 그녀가 의식하고 있는 모든 이유가 기회가 있을 때 몰래 집을 나가라고 재촉했다. 그녀는 복도를 내다보고 메이지에게 다시 오라고 조심히 불렀다.

"당신의 제안을 기꺼이 받아들일게요, 메이지 씨. 당신이 그 편지를 가져갔을 때 얼마나 힘들었는데 모르실 거예요. 하지만 당신은 당신의 의무를 다한 것이고, 어젯밤에는 저한테 가혹하셨지만, 오늘 아침은 절 구해주셔서 감사해요. 전 당신이 생각하는 것처럼 그렇게 나쁜 애는 아니에요. 정말이에요."

메이지 또 한 번 삭막한 손짓으로 그 이야기를 일축했다.

"내버려둬요. 내버려둬. 나 같은 늙은이에게는 별 차이가 없어요. 당신이 50배쯤 더 나쁘다고 해도, 난 그래도 똑같이 당신을 보내 줄 거요. 보닛을 쓰고 숄을 걸치고 따라와요. 내 자신에게는 부끄러운 일이고 다른 사람들에게 경고죠. 그게 바로 나예요. 짐은 안 돼요! 모든 잡동사니는 두고 가요. 필요하다면 제독님 재량으로 살펴야 하니까요. 당신에게 모질게 할 수 없다면, 당신 짐한테는 충분히 가혹하게 굴 수 있죠, 어린 제저벨."

이 말을 하고 메이지는 앞장서서 방을 나갔다. 그는 난간을 잡고 아래층으로 절뚝거리며 내려가면서 혼잣말을 했다. "그녀를 덜 봤다면, 더 좋았을 텐데, 특히 허리를 말이야."

그들이 집 아래쪽에 이르렀을 때 수레는 뒷마당에 있었고, 독스(그렇지 않으면 농장 관리인)는 말 마구의 마지막 버클을 조이고 있었다. 그늘에는 아침 서리가 그대로 남아 있었다. 브루투스와 카시우스가 마당을 돌아다니며 입김을 내뿜고 천천히 꼬리를 흔들며 수레가 출발하는 것을 보려고 기다릴 때, 그들의 덥수룩한 털은 선명하게 번들거렸다. 메이지는 혼자 밖에 나가 독스에게 이야기를 했고, 그는 깜짝 놀라며 수레 좌석에 길동무가 앉을 가죽 쿠션을 올려놨다. 출발 준비를 하는 동안 차가운 아침 공기에 몸이 떨리는 막달렌은 아찔한 혼란과 무력한 감정만을 의식하며 기다렸다. 밤사이 일어난 일이 마당에서 눈앞에 보이는 사소한 상황과 함께 소름 끼치게 혼란스러워졌다. 메이지가 그녀를 수레 쪽으로 데려가기 위해 다시 나타났을 때, 그날 밤에 겪었던 갑작스런 공포감에 그녀는 깜짝 놀랐다. 퇴역 군인이 마지막으로 자신을 관용의 시선으로 바라보고 헤어질 때 그녀의 뺨에 키스하자, 그날 밤의 무력한 혼란에 몸을 떨었다. 다음 순간 그녀가 수레에 탈 수 있도록 그가 도와주고 나서 등을 두드리는 것을 느꼈다. 그다음으로는 그가 그녀에게 앉거나 서거나 포플러 나무처럼 곧은 사람이라는 은밀하게 속삭이는 것을 들었다. 그리고 잠깐의 멈춤이 있었고, 아무 말도 아무 일도 없었다. 그러고 나서 운전사는 고삐를 잡고 그의 자리에 올라탔다.

그녀는 이별의 순간에 정신을 차리고 뒤를 돌아보았다. 그녀가 세인트 크럭스에서 본 마지막 광경은 메이지가 안마당에서 그에게 꼬리를 흔드는 개들과 함께 있으면서 고개를 흔드는 모습이었다. 그녀가 마지막으로 들은 말은 퇴역 군인이 그녀의 매력에 작별을 고하는 말이었다.

"도둑질을 했든 안 했든. 혹시라도 아직 좋은 점이 있다면, 그녀는 잘 자란 아가씨야. 안 됐어! 불쌍해!"

1. 조지 바트람이 바트람 제독에게

런던, 1848년 4월 3일.

삼촌께

세인트 크럭스에 헤어질 때 우리 둘 다 예상치 못했던 일시적인 난관을 알려드리기 위해 급하게 편지를 씁니다. 제가 농장에서 일주일간 시간을 허비하는 동안, 티렐 가족은 런던을 떠날 채비를 하고 있었던 게 틀림없습니다. 전 방금 포틀랜드 플레이스에 왔습니다. 집 문은 닫혔고, (당연히 밴스톤 양을 포함해서) 그 가족은 파리에서 한 계절을 보내기 위해 어제 영국을 떠났습니다.

처음부터 이런 작은 확인 사항에 속상하지 마십시오. 전혀 심각한 문제가 아닙니다. 티렐 가족이 살고 있는 주소를 알아냈고, 오늘 밤 우편선을 타고 해협을 건너려고 합니다. 런던에서 기회를 찾았던 것처럼 파리에서도 기회를 찾을 것입니다. 기회를 놓치지 않을 것입니다. 제 평생 처음으로, 마치 제가 영국에서 가장 성급한 사람인 것처럼 맹렬하게 기회를 잡을 것입니다. 결과를 알게 되는 대로, 바로 알려드리겠습니다.

조지 바트람 올림.

2. 조지 바트람이 가스 양에게

파리, 4월 13일.

가스 양에게

무거운 마음으로 조금 전 삼촌에게 편지를 썼고, 당신이 베풀어 주신 친절한 관심에 다음으로 당신께 편지를 씁니다.

실망스럽게도 간단명료하게 밴스톤 양이 절 거절했다는 것을 알려드립니다. 저의 허영심이 절 통렬하게 호도했을지도 모르지만, 저는 매우 다른 결과를 기대했었습니다. 저의 허영심은 여전히 절 호도하고 있을지도 모릅니다. 밴스톤 양이 저를 거절해서 미안해하는 것 같다고 당신에게 개인적으로 인정해야 하기 때문입니다. 그런 결정을 내린 이유가 그녀의 판단에는 분명히 충분한 이유이겠지만, 그때나 지금이나 저에게는 충분치 않습니다. 그녀는 가장 다정하고 상냥한 태도로 말했지만, 저는 전혀 생각하지도 않지만 저를 생각해서, '그녀 가족의 불운한 일들'이 바로 그 이유이며 제 청혼을 받아들이는 것을 거절한다고 분명히 밝혔습니다.

그녀가 너무나 힘들게 동요해서 전 감히 제 자신의 이유를 간청할 수 없었습니다. 그렇지 않았다면 간청했을 것입니다. 처음 개인적인 질문을 하려고 할 때, 그녀는 자신을 살려달라고 애원하며 갑자기 방을 나갔습니다. 우리 사이에 벽을 만든 '가족 불운'이 단순히 부모님 때문에 생긴 불운을 뜻하는 건지 노엘 밴스톤 부인과 같은 여자를 여동생으로 둔 것이 불운이라는 것인지 저는 여전히 모르겠습니다. 이러한 상황 중 어떤 난관이든, 제 판단에는 어떤 것도 문제가 되지 않습니다. 아무것도 풀어낼 수 없을까요? 어떤 희망도 없는 걸까요? 이런 질문을 해서 죄송합니다. 비통한 실망감을 참을 수가 없습니다. 그녀도, 당신도, 그 누구도 제가 그녀를 얼마나 사랑하는지 모릅니다. 여느 때보다 가장 진심입니다.

조지 바트람 올림.

추신: 하루 이틀 내로 영국으로 출발해 런던을 거쳐 세인트 크럭스로 갈 것입니다. 돈이라는 지긋지긋한 문제와 관련된 집안 사정이 있는데, 다음에는 즐거운 일로 삼촌을 만났으면 합니다. 롱스 호텔로 편지를 보내시면, 제가 받을 수 있을 것입니다.

3. 가스 양이 조지 바트람에게

웨스트모어랜드 하우스, 4월 16일.

바트람 씨에게

당신의 편지로 내가 고통스러울 것이라고만 생각했군요. 그 편지로 내가 크게 화도 났을 거라고 생각했다면, 크게 틀리지 않았어요. 나는 요즘 젊은 여성들의 자존심과 외고집을 참을 수 없어요.

노라에게서 소식 들었어요. 자세히 설명하는 장문의 편지가 되겠네요. 이제부터 난 당신의 명예와 신중함을 전적으로 믿을 거예요. 당신을 위해서, 그리고 노라를 위해서, 당신을 거절하는 그녀의 자존심과 어리석음으로 잘못 인도한 양심의 가책이 실제로 뭔지 알려줄게요. 솔직히 말해 줄 만큼 난 나이가 들었었어요. 그리고 만약 그녀가 자신의 바람을 인지할 정도로 현명했다면 그녀 또한 기쁜 마음으로 승낙했을 거라고 당신에게 말해 줄 수 있었습니다.

그 모든 폐해를 일으킨 장본인은 다름 아닌 당신의 훌륭한 삼촌, 바트람 제독이에요.

제독은 (아마도 당신이 자리를 비운 동안) 티렐 부부와 오랜 우정을 새롭게 하는 척 혼자서 런던에 와서 포틀랜드 플레이스에 들러서 노라에 대한 호기심을 충족시키려 했던 것 같아요. 그는 점심시간에 와서 노라를 봤어요. 그리고 내가 들은 바로는, 그가 집에 왔을 때 기대했던 것보다 그녀가 더 마음에 들었던 것 같아요. 지금까지 이것은 단지 추측에 불과하지만, 불행하게도 오찬이 끝난 후 그와 티렐 부인 단둘이서만 대화를 나눈 게 분명해요. 당신의 이름은 언급되지 않았지만, 노라에 대해 이야기를 나눌 때, 당연히 그들은 당신을 떠올렸어요. (개인적으로 그녀가 마음에 든) 제독은 힘든 삶을 사는 그녀에게 강한 연민을 느낀다고 말했어요. 여동생의 추악한 행동은 늘 그녀의 앞길을 막을 것이 분명해요(라고 그는 걱정했어요). 그녀와 여동생이 서로 남남으로 지내야 한다는 조건을 먼저 내걸지 않고 누가 그녀와 결혼할 수 있겠어요? 그리고 그렇게 하더라도, 결혼으로 노엘 밴스톤 부인과 같은 여자와 인척이 된다는 것에 여전히 남편 가족은 심한 반대를 할 거예요. 정말 통탄스럽죠. 그 불쌍한 아이의 잘못은 아니지만, 그럼에도 불구하고, 여동생이 인생의 걸림돌이라는 것은 사실이었죠. 그래서 그는 노라에게 정말 악감정은 없지만, 자신의 편견에 대해 완강한 신념을 계속 지켰고, 그 편견은 적대적인 면이 있어서, 판단력보다 성미가 급한 사람들은 너무나 쉽게 분개해요.

불행히도 티렐 부인이 그런 사람들 중 한 명이에요. 그녀는 성질이 급하고 판단력은 부족하지만, 멋지고 마음이 따뜻한 부인이에요. 노라를 정말 아끼고 노라의 행복을 진심으로 원해요. 내가 알기로는, 먼저 그녀는 제독 앞에서 그의 의견 표현이 너무나도 세속적이고 이기적인 것이라고 분개했어요. 그리고 그다음 그가 없을 때는 조카의 방문을 단념시키기 위한 암시로, 자신의 집에서 한 여자를 노골적으로 모욕한다고 해석했어요. 지금까지 이것도 이미 어리석었는데, 이보다 더 끔찍한 어리석은 일이 일어났어요.

당신 삼촌이 가자마자, 너무나도 현명치 못하고 부적절하게 노라를 불러서 그 대화를 되풀이했고, 만약 청혼을 받아들이면, 당신에게 아버지와 같은 남자가 어떤 반응을 보일지에 대해 경고했어요. 노라가 여동생에 대한 애착이 변함이 없고, 불행한 상황을 받아들이고 있지만 천성적으로 모든 사소한 일에도 민감하다고 내가 말해 준다면, 당연히 당신을 실망시켰던 거절의 진짜 이유를 이해할 거에요. 이 문제에서 3명 모두 잘못했어요. 당신 삼촌은 대놓고 경솔하게 반대한다고 말했어요. 티렐 부인은 화를 참지 못했고, 전혀 모욕하려는 의도가 없었던 부분에서 모욕감을 느꼈어요. 그리고 노라는 자존심과 모르는 사람하고는 공유할 수 없는 여동생에 대한 부질없는 믿음을 미래의 행복과 번영이 보장된 구애보다 먼저 내세웠어요.

일은 이미 벌어졌어요. 다음 문제는 그 폐해를 되돌릴 수 있느냐에요. 난 그럴 수 있을 거라고 믿어요. 내 충고는 다음과 같아요. 거절을 받아들이지 말아요. 그녀에게 자신이 할 일을 되돌아보고 (그녀가 후회할 것이라고 생각하기에) 몰래 후회할 시간을 충분히 주세요. 나는 기회가 생길 때마다 당신에 대해 이야기할 수 있게 내 영향력을 믿어 봐요. 인내심을 가지고 적당한 때를 기다렸다가 그녀에게 다시 청혼하세요. 남자들은 자기 성찰에 따라 행동하는 것에 익숙해져 있기 때문에, 여성들도 그럴 것이라고 너무 쉽게 생각해요. 여자들은 전혀 그렇게 하지 않아요. 그들은 충동적으로 행동하고, 10명 중 9명은 나중에 그렇게 한 것을 진심으로 후회해요.

그러는 동안 당신은 삼촌의 생각을 바꾸도록 유도하거나, 적어도 삼촌의 의견을 혼자서만 하도록 해서 당신의 이익을 도모하세요. 티렐 부인은 그가 의도적으로 폐해를 끼쳤다고, 마치 그가 그 집에 왔을 때, 그가 떠나면 그녀가 어떻게 할지 미리 확신했을 거라고 성급한 결론을 내렸어요. 그 문제에 대한 설명은 훨씬 간단해요. 당신의 사랑을 알게 되면서 자연스럽게 그는 그 애정의 대상을 보고 싶다는 호기심이 생겼고 티렐 부인의 노라에 대한 무분별한 칭찬은 그의 반대 의사를 자극해서 공개적으로 말해버린 거예요. 어쨌든 당신이 갈 길은 분명해요. 문제를 다시 바로 잡도록 힘을 써서 삼촌을 설득하세요. 6개월도 안 돼서 노라가 당신의 부인이 될 것이라는 확고한 내 바람을 믿어 봐요. 진심이에요.

친구이자 당신의 행복을 비는 헤리엇 가스 씀.

4. 드레이크 여사가 조지 바트람에게.

세인트 크럭스, 4월 17일.

도련님

제 편지를 받고 타지에서 바로 돌아올 수 있기를 바라며, 런던서 주로 머무르시는 호텔로 이 편지를 보냅니다.

도련님이 떠나신 후 세인트 크럭스에서 여러 불쾌한 사건들이 일어났고, 제독님이 평소 때처럼 건강이 좋지 않으시다고 전해드리게 되어서 유감입니다. 이런 두 가지 이유로, 도련님에 이곳에 계시는 게 필요하다고 생각해 제가 책임지고 편지를 씁니다.

이달 초 너무나도 유감스러운 일이 벌어졌습니다. 새로운 시중 시녀가 늦은 밤 (주인님의 열쇠 바구니를 들고) 동쪽 서재에 보관된 기밀 서류를 뒤지고 있는 것을 메이지 씨에게 들켰습니다. 다음 날 아침 우리가 깨어나기 전에 그녀는 집을 나갔고, 그 이후로 소식이 없습니다. 이 일로 주인님은 너무나도 심각하게 짜증이 났고 놀랐습니다. 설상가상으로 그 아이의 기만적인 행위가 들통났던 날, 제독님은 심한 염증성 감기 증상을 보이셨습니다. 어떻게 감기에 걸렸는지 그분도 다른 사람도 몰랐습니다. 의사를 불렀고, 염증이 가라앉았지만, 그저께 다시 발병했고, 이런 상황에서 도련님께 편지를 드리게 돼서 죄송합니다.

제가 조금 전에 언급했던 날, 즉 이번 달 15일에 주인님은 도련님이 외국에서 보냈고 나쁜 소식을 전한 편지를 받고 매우 실망했다고 저한테 알려주셨습니다. 그분은 제게 무슨 소식인지 말씀해 주지 않으셨지만, 지금까지 제독님을 모시면서, 그날처럼 고통스러울 정도로 속상해하시는 모습을 본 적이 없었습니다. 밤이 되자 불안감은 점점 커지는 것 같았습니다. 그분은 문밖에서 나는 메이지 씨의 거친 숨소리를 견딜 수 없을 정도로 짜증이 났고, 메이지 씨에게 그날 밤 아무 침실에서나 자라고 지시를 내리셨습니다. 메이지 씨는 크게 유감스러웠지만, 당연히 따르는 수밖에 없었습니다.

지금은 없어졌지만, 발작이 일어난다면, 제독님이 몽유병으로 방에서 나오지 못하게 하는 유일한 방법으로, 메이지와 저는 주인님 침실에서 가장 가까운 빈방 한 곳에서 문을 살짝 열어놓은 채 밤새 차례대로 망을 보기로 했습니다. 비록 우리가 그분 허락 없이 방에 있는 그분을 안전하게 지킬 수 있다 해도, 우리가 그분을 가두도록 허락하지 않고 방문 열쇠를 주지 않으실 거라는 걸 알았기 때문에, 이 방법밖에 없다고 생각했습니다. 처음 두 시간은 제가 망을 보고, 다음은 메이지 씨가 맡았습니다. 잠시 후 제 방에서 시간을 보낼 때, 그 노인이 귀가 어둡고, 밤에 졸리면 무슨 일이 일어나도 잘 듣지 못할 것이라는 생각이 들었습니다. 나는 다시 옷을 걸치고 메이지 씨에게 돌아갔습니다. 그는 비몽사몽이었습니다. 정신이 까마득해졌고, 제독님의 방으로 갔습니다. 문은 열려 있었고, 침대는 비어 있었습니다. 메이지 씨와 저는 바로 아래층으로 내려갔습니다. 북쪽 방 모두 찾아봤지만, 그분을 찾지 못했습니다. 다음으로 응접실이 생각났고 보다 빠른 사람이 먼저 살펴보기로 했습니다. 복도를 막 도는 순간 저는 주인님이 손에 열쇠를 들고 몽유병 상태에 열린 응접실 문을 나와 저에게 오시는 걸 봤습니다. 뒤에 있는 미닫이문도 열려 있었습니다. 그때 그리고 그 후로 잠결에 그분이 연회장을 지나 동쪽 방으로 갔을 거라는 두려운 생각이 들었습니다. 우리는 그를 깨우는 것을 삼가고, 침실에 스스로 돌아가실 때까지 그분을 뒤따라 다녔습니다. 유감스럽게도 다음 날 아침 모든 나쁜 증상이 다시 나타났고, 여전히 어떤 치료법도 들지 않고 있습니다. 의사의 조언에 따라 우리는 제독님에게 무슨 일이 있었는지 말하지 않았습니다. 아직도 평상시처럼 당신 방에서 밤을 보냈다고 생각하십니다.

저는 신중하게 이 불운한 일을 자세히 설명해 드렸습니다. 우리가 비난을 받아야 한다면 메이지 씨도 저도 기꺼이 비난을 받을 것이기 때문입니다. 우리 둘 다 최선을 다해 행동했고, 우리 둘 다 도련님이 우리에게 책임이 있는 상황을 고려하셔서 가능한 한 빨리 세인트 크럭스로 돌아오시길 바랍니다. 우리 주인님이 정말 버티기가 힘드십니다. 그리고 우리처럼 의사도 도련님이 집에 계셔 주시길 바란다고 생각합니다.

메이지 씨와 함께 저의 존중을 담아, 소피아 드레이크 올림.

5. 조지 바트람이 가스 양에게.

세인트 크럭스, 4월 22일.

가스 양에게

당신이 보내주신 친절하고 위로가 되는 편지에 더 일찍 감사드리지 못해 죄송합니다. 세인트 크럭스에 슬픈 일이 생겼습니다. 가엾은 삼촌이 포틀랜드 플레이스에서 불행하게 개입하셨을 때 제가 느꼈을지도 모르는 짜증을 그분의 중병이라는 불행한 일로 모두 잊었습니다. 삼촌은 감기로 인한 체내 염증을 앓고 계시면서 그 연세에 위험한 증상을 보이고 있습니다.

런던에서 온 의사가 현재 집에 있습니다. 며칠 후에 소식을 더 전해드리겠습니다. 그동안, 절 믿어주십시오.

감사하는 마음을 담아, 조지 바트람 씀.

6. 로스콤 씨가 노엘 밴스톤 부인에게.

링컨스 인 필즈, 5월 6일.

부인에게

뜻밖에도 부인의 이해관계에 가장 중요한 정보를 알게 됐습니다. 오늘 아침에 바트람 제독의 부고 소식이 전해졌습니다. 이번 달 4일에 자택에서 별세하셨습니다.

이 일로 세인트 크럭스에서 부인이 알게 된 것과 관련해 제가 전에 부인에게 명심하라고 했던 고려사항들이 없어지게 됩니다. 이제 우리가 할 수 있는 가장 현명한 방법은 고인의 유언 집행자들에게 바로 연락하는 것입니다. 우선 제독의 고문 변호사를 통해 말할 것입니다.

오늘 그 변호사에게 편지를 보냈습니다. 노엘 밴스톤 유언장에 명시된 그의 유산을 고인이 쓰지 못하도록 막은 비공개 문서의 존재를 최근에 알게 됐다고만 주의를 줬습니다. 제 편지에서 그 서류가 제독의 서류들 사이에 있을 거라고 했습니다. 그리고 제가 노엘 밴스톤 부인이 선임한 변호사로 부인을 대신해 연락한다고 했습니다. 이 조치를 취하는 저의 목적은 제독의 재산 처리 집행에 관한 일반적인 조치가 취하기 전에 유언 집행자가 아직 신탁을 보지 못했을 경우 신탁을 찾도록 하는 것입니다. 만약 그 목적이 성공하지 못한다면, 법적 절차를 밟겠다고 위협할 것입니다. 하지만 그럴 필요가 없을 거라고 생각합니다. 바트람 제독의 유언 집행자들은 분명히 높은 계급과 지위에 있는 사람들일 것입니다. 그들은 신탁을 찾아서 이 문제와 관련해 부인과 그들 자신을 공정하게 처리할 것입니다.

이러한 상황에서 당신은 자연스럽게 '서류가 발견됐을 때, 우리의 전망은 어떤가요?'라고 물을 것입니다. 우리의 전망은 긍정적인 것과 부정적인 것이 있습니다. 우선 긍정적인 것부터 생각해 봅시다.

우리가 실제로 무엇을 알고 있습니까?

첫째, 신탁이 실제로 존재한다는 것을 알고 있습니다. 둘째, 일정 기간 내 조지 바트람 씨의 결혼과 관련된 조항이 들어 있다는 것입니다. 셋째, 이달 3일(부군이 사망한 날로부터 6개월)로 기간이 만료됐습니다. 넷

707

째, (부인과 관련된 문제에 대한 낙관적인 정보가 없는 상태에서 제가 조사를 통해 알게 된 바에 따르면) 조지 바트람은 현재 미혼입니다. 이 경우 신탁에서 지명한 대상은 실패했다는 결론이 자연스럽게 뒤따릅니다.

서류에 삽입된 다른 조항이 없거나, 삽입된 다른 조항도 실패한 것으로 밝혀진다면, 저는 (특히 해군 제독 자신이 자신에 대한 신탁 구속력을 고려했다는 증거가 발견될 경우) 유언 집행자들이 부군의 재산을 법적으로 바트람 제독 재산의 일부로 취급하는 것은 불가능하다고 생각합니다. 유산은 그가 특정하게 명시된 대상들에게 적용한다는 이해에 따라 그에게 남겨진 것으로 명시됐고, 그 대상들은 실패했습니다. 돈은 어떻게 될까요? 유언자의 뜻에 따르면 그것은 제독에게 남겨진 것이 아니었고, 그 것을 남긴 목적은 시행되지도 않았고 시행될 수도 없습니다. (만약 이 일이 실제로 일어난다면) 그 돈은 유언장의 재산으로 귀속돼야 한다고 생각합니다. 그 경우 관련된 법에 따르면, 2등분으로 나눠집니다. 절반은 자녀가 없는 노엘 밴스톤 씨의 미망인에게, 나머지 절반은 노엘 밴스톤 씨의 친족에게 나눠집니다.

부인은 의심의 여지없이 우리에게 유리한 이 사건에 분명히 반대가 있다는 걸 알게 될 것입니다. 실질적인 실현은 하나의 우발상황이 아니라 일련의 우발상황에 달려 있고, 이 모든 것은 우리가 원하는 대로 이루어져야 한다는 걸 알 것입니다. 반대가 있을 수 있다는 건 인정하지만, 동시에 일련의 사건들은 보기와는 달리 흔하지 않은 것은 아닙니다.

우리는 유언장처럼 변호사가 신탁을 작성한 게 아니라고 생각할 만한 충분한 이유가 있습니다. 그것은 우리가 모를 수 있는 나머지 조항의 전부 또는 일부의 타당성에 의문을 제기하기에 충분할 정도로 우리에게 유리한 상황입니다. 제 생각에 우리가 기대할 수 있는 또 다른 기회는, 부인이 본 편지의 세 번째 페이지의 서명 아래에 이상한 필체인데, 불행히도 부인은 그것을 읽지 않았습니다. 그 부분은 바트람 제독이 작성했을 것이고, 내용이 적힌 위치로 봐서, 신탁에 대한 자신의 의무와 관련된 중요한 주제를 다루고 있을 것이 확실합니다.

저는 부인에게 헛된 희망을 갖게 하고 싶지 않습니다. 우리가 시도해 볼 가치가 있는 사건이라는 걸 부인에게 납득시키길 바랄 뿐입니다.

부정적인 전망에 대해서는 확대해서 이야기할 필요가 없습니다. 제가 이미 적은 내용을 보면, 부인은 신탁에 우리가 모르는 타당한 조항이 있는데, 제독이 적절하게 시행했거나 아니면 그의 대리인들이 적절하게 시행할 수 있다면 우리의 바람에 치명적일 수 있다는 걸 이해하게 될 것입니다. 이 경우 유산은 부군이 명시한 의사에 따라 집행될 것이며 그때부터 부인은 아무런 권한이 없습니다.

돌아가신 제독의 대리인에게 소식을 듣는 대로 부인께 알려드리겠다는 것만 덧붙이겠습니다.

존 로스콤 재배.

7. 조지 바트람이 가스 양에게.

세인트 크럭스, 5월 15일.

가스 양에게

또다시 편지로 폐를 끼칩니다. 제가 겪은 상심을 친절하게 위로해 주신 것에 대해 감사함을 전하고 싶고, 제 삼촌의 유언 집행자들에게 특별히 적용된 사항에 대해 말씀드리고 싶은데, 노엘 밴스톤 부인과 직접 관련된 것이라고 당신과 밴스톤 양이 모두 관심을 가지게 될 내용입니다.

제가 법에 대해서 무지하기 때문에, 설명하는 대신 사본을 동봉합니다. 그분에게 전혀 낯선 사람이 제 삼촌의 비밀을 한 가지를 알게 됐다는 주장에서 그 방법에 대한 설명이 전혀 없는 것이 의심스러울 것입니다.

그 상황을 알게 되자, 유언 집행자들이 바로 저에게 물었습니다. 전 그들에게 어떤 긍정적인 정보도 줄 수 없었습니다. 삼촌이 그 일에 대해 저와 상의한 적이 전혀 없었기 때문입니다. 하지만 전 명예를 걸고 마지막 6개월 동안, 삼촌은 제 설명에 가끔씩 조바심을 내셨고, 어떤 개인적인 책임감 때문에 짜증을 내셨다고 말할 수밖에 없었습니다. 또한 그분이 저에게 매우 이상한 조건, 즉 그분이 스스로 내걸었다고 하지만 저는 전혀 납득되지 않았던 조건으로 일정 기간 내에 (지금은 기간이 지났습니다) 결혼하지 않으면 그분에게서 일정 금액의 돈을 받지 못한다는 것으로, 제 생각에 제 사촌 유언장에서 유증된 금액과 동일한 금액이라고 생각한다는 것도 말했습니다. 유언 집행자들은 이런 믿을 수 없는 이야기가 신빙성이 있다는 제 의견에 동의했고, 비밀 신탁을 찾아보기로 결정했지만, 삼촌의 서류 중에 이와 같은 신탁의 내용과 비슷한 서류는 발견되지 않았습니다.

(이런 집에서 사소한 일이 아닌) 수색이 이제 일주일 동안 전면으로 진행되었습니다. 그것은 유언 집행자들과 제 삼촌의 변호사가 감독했는데, 직업상뿐만 아니라 개인적으로 로스콤 씨(노엘 밴스톤 부인의 사무 변호사)를 알고 있으며, 로스콤 씨의 특별 요청에 따라 포함됐습니다. 지금까지 아무것도 발견되지 않았습니다. 수천 통의 서류를 살폈지만 우리가 찾고 있는 서류와 아주 비슷한 것은 하나도 없었습니다.

1주일 후 수색은 끝날 것입니다. 이렇게 오랫동안 하는 것은 제가 특별히 요청했기 때문입니다. 하지만 너그러운 삼촌이 절 유일한 상속자로 정하셨기에, 저에게 아무리 적대적이라고 할지라도 다른 사람들의 이해관계를 위해 최대한 공정하게 할 필요가 있다고 생각합니다.

이런 생각과 더불어, 전 변호사에게 불쌍한 삼촌의 특이한 건강 문제를 밝히는 것을 삼촌의 부탁으로 우리 사이에 항상 비밀로 유지되었던, 즉 몽유병 성향입니다. 저는 그분이 돌아가시기 약 3주 전에 잠결에 걸어가는 모습을 (가정부와 그의 늙은 하인에 의해) 발견했고, 목격된 집 장소와 손에 들고 있던 열쇠 바구니로 보아 집 동쪽 구역의 한 방에서 나왔고 그가 어떤 가구를 열었을지도 모른다고 추측된다고 변호사에게 언급했습니다. 전 삼촌이 주무시는 동안처럼 집에서 길을 쉽게 찾아 문을 잠그고 열고, 온갖 물건들을 여기저기로 치울 수 있다고 알려줌으로써 (몽유병으로 지속되는 기이한 행동들에 대해 전혀 알지 못했던 것 같은) 변호사를 놀라게 했습니다. 그리고 전 그가 문제의 날 밤에 신탁에 관한 꿈을 꾸고, 그 꿈을 실행에 옮기지 않았을까 하는 작은 의구심이 들기에, 동쪽 구역 방을 다시 수색해야 만족할 것이라고 밝혔습니다.

사실 제 생각에 대한 최소한의 근거도 없다는 것을 덧붙이는 것이 옳습니다. 치명적인 병을 앓으시던 후반에, 저의 불쌍한 삼촌은 어떤 일에 대해서도 말하실 수 없었습니다. 제가 지난달 중순 세인트 크럭스에 도착했을 때부터 사망하실 때까지, 비밀 신탁에 대해 한마디도 언급하지 않으셨습니다.

당분간은 여기서 그 문제를 해결해야 합니다. 만약 이 편지의 내용을 밴스톤 양에게 전달하는 것이 옳다고 생각하신다면, (삼촌의 유언 집행자들에게 터무니없는 것처럼 보여도) 여동생의 주장이 정당하게 입증되지 않는다면 그것은 제 잘못이 아니라고 그녀에게 전해주십시오.

조지 바트람 올림.

추신: 모든 문제가 정리되면, 전 기분 전환을 위해 몇 달 동안 해외로 나갈 예정입니다. 집 문을 담그고, 드레이크 여사가 관리할 것입니다. 이 근처에 오시면, 세인트 크럭스를 보고 싶다고 하셨던 당신 말을 기억하고 있습니다. 만약 제가 해외에 있는 동안 에식스에 오실 거 같으면, 실망하시지 않도록 드레이크 여사에게 당신과 친구분들이 집과 마당을 마음껏 출입할 수 있도록 지시를 남겼습니다.

8. 로스콤 씨가 노엘 밴스톤 부인에게.

링컨스 인 필즈, 5월 24일.

부인께

2주일간 수색하고, 아주 세심하고 꼼꼼하게 살폈지만, 故 바트람 제독이 세인트 크럭스에 남긴 서류 중에서 비밀 신탁과 같은 서류가 발견되지 않았다는 것을 인정할 수밖에 없습니다.

이러한 상황에서, 유언 집행자들은 그들이 따라야 하는 유일하게 인정받을 수 있는 권한, 즉 제독의 유언장에 따르기로 결정했습니다. (몇 년 전에 작성된) 이 서류에 따라 부동산과 개인의 모든 재산(즉 사망 당시 고인이 소유한 모든 토지와 모든 돈)은 조카에게 유증됩니다. 유언장은 분명하고, 결과는 필연적입니다. 부군의 재산은 지금 이 순간부터 당신에게 없어집니다. 조지 바트람 씨가 법에 따라 세인트 크럭스의 집과 재산을 상속받는 것처럼 법에 따라 그 재산도 상속받습니다.

이 특별한 절차에 대해 언급하지 않겠습니다. 신탁이 폐기되었거나 찾을 수 없는 곳에 숨겨져 있을 수도 있습니다. 어느 쪽이든, 내 생각에는 부인이 그 서류에 대해 단편적이고 불충분하게 알고 있는 것으로 유효한 법적 주장을 하는 것은 불가능합니다. 만약 다른 변호사들이 이 점에 대해 나와 생각이 다르다면, 반드시 그들과 상의하십시오. 나는 당신의 이익을 확고히 하려고 충분한 돈과 시간을 들였습니다. 그리고 지금 이 순간부터 그 문제에 대해 손을 떼겠습니다.

존 로스콤 재배.

9. 러독 부인(하숙집 관리인)이 로스콤 씨에게

파크 테라스, 세인트 존 우드, 6월 2일.

선생님께

노엘 밴스톤 부인의 지시에 따라 그녀를 대신해 선생님께 편지를 보내며, 물어볼 사람이 없기에, 혹시 선생님이 그녀의 친구들을 알고 있는지 물어보려고 합니다. 그들이 그녀에 대한 몇 가지 조치를 취하는 게 옳다고 생각하기 때문입니다.

밴스톤 부인은 하녀와 함께 제 하숙집에서 지내려고 작년 11월에 처음으로 왔습니다. 그때에도, 그리고 이번에도, 그녀에게 불만이 없습니다. 그녀는 숙녀처럼 행동했고, 저에게 방세를 지불했습니다. 전 한 가정의 어머니로서 책임감을 가지고 편지를 쓰는 것이지, 흥미로운 이유로 쓰는 것이 아닙니다.

적절한 통보를 한 후, (지금은 완전히 혼자인) 밴스톤 부인은 내일 나갑니다. 그녀는 자신의 처지가 너무나 좋지 않아서 제 집에 머물 여유가 없다는 사실을 숨기지 않았습니다. 그녀가 제게 이 말만 했고, 저는 그녀가 어디로 가는지, 다음에 무엇을 할지 전혀 모릅니다. 하지만 전 그녀가 이곳을 떠난 후에 발견될지도 모르는 모든 흔적을 지우길 바란다고 믿는 충분한 이유가 있습니다. 왜냐하면 전 어제 그녀가 눈물을 흘리며 틀림없이 친구들한테서 온 편지들을 태우고 있는 것을 발견했기 때문입니다. 지난주에 그녀의 표정과 행동이 너무나 충격적으로 변했습니다. 나는 그녀에게 끔찍한 문제가 있다고 생각합니다. 제가 보기에, 그녀가 심하게 아프기 직전인 것 같습니다. 이렇게 젊은 여자가 지금처럼 완전히 버림받고 친구가 없는 것을 보니 너무 슬픕니다.

이 편지로 번거롭게 해서 죄송합니다. 제 양심에 걸려서 편지를 쓴 것입니다. 그녀의 친척을 알고 계신다고, 그들에게 시간을 낭비하지 말라고

713

경고해 주십시오. 내일이 지나면, 그녀를 찾을 마지막 기회를 잃을 수도 있습니다.

캐서린 러독 씀.

10. 로스콤 씨가 러독 부인에게

링컨스 인 필즈, 6월 2일

부인께

나와 노엘 밴스톤 부인과의 유일한 관계는 직업적인 것이고, 그 관계도 지금은 끝났습니다. 저는 부인 친구를 아무도 모릅니다. 그리고 저는 그녀의 현재 또는 앞으로의 일에 개인적으로 개입할 수 없습니다.

어떤 도움도 드리지 못해 유감입니다.

존 로스콤 씀.

8장

애런스
빌딩

Chapter 1

6월 7일, 상선 딜리버런스 선주들은 배가 플리머스에 정박해 승객들을 내려주고 런던항으로 귀항 항해를 계속한다는 소식을 접했다. 5일 후, 선박은 강에 들어와, 동인도 선착장으로 예인되었다.

커크 선장은 개인적으로 맡고 있는 일을 처리한 후, 그달 17일에 서퍽에 있는 매부의 목사관을 방문하기 위해 서신으로 필요한 준비를 했다. 이런 경우 평소처럼 그는 런던을 떠나기 전날 여동생을 위해 처리해야 할 일 목록을 받았다. 그중 한 가지 일로 캠던 타운 근처로 데려갔다. 그는 부두에서 목적지까지 마차를 몰고 갔다. 그리고 나서, 마차를 돌려보내고 뉴 로드를 향해 남쪽으로 걸어서 돌아갔다.

그는 그 지역에 대해 잘 알지 못했고, 주변 풍경에 대한 관심이 점점 멀어져 갔다. 여동생을 다시 볼 수 있다는 생각에 들뜬 그는 그녀와 헤어졌던 그날 밤, 걸어서 집을 떠났던 기억을 떠올렸다. 지난 시간 동안 그에게 너무 묘하게 걸린 주문은 모든 일이 끝난 후에도 계속됐다. 쓸쓸한 길에서 계속 생각했던 얼굴이 쓸쓸한 바다 위에서도 계속 생각났다. 꿈꾸는 것처럼 여동생의 집까지 그를 따라왔던 그 여자는 그의 생각과 영혼, 배 갑판까지 그를 따라다녔다. 폭풍과 고요함 속에서 나갔다가, 폭풍과 고요함 속에서 집으로 돌아오는 내내 그녀는 그와 함께했었다. 끊임없이 혼란스러운 런던 거리에서도 그녀는 지금 그와 함께했다. 그는 여동생과 조카들을 만나면, 그의 첫 번째 질문이 무엇일지 알았다. '난 다른 이야기를 하려고 애쓰겠지만, 리지와 내가 단둘이 있을 때 나도 모르게 튀어나오겠지.'

길을 건너기 전 수레들이 지나갈 때까지 기다리면서 생각에서 깨어났다. 그는 잠시 혼란스러웠다. 그 길이 낯설었다. 길을 잃어버렸다.

그가 처음 길을 물어본 행인은 길을 가르쳐주는 데 낭비할 시간이 없는 듯했다. 길 건너편으로 건너가서 오른편에 있는 첫 번째 길로 우회전해서 다시 물으라고 급하게 가르쳐주고는, 그 낯선 사람은 감사의 말도 듣지 않고 인정사정없이 서둘러 가버렸다.

커크는 그가 가르쳐 준 대로 오른쪽으로 꺾었다. 거리는 짧고 좁았고, 양쪽에 있는 집들은 무질서했다. 그는 모퉁이를 지나 장소 이름을 보기 위해 올려다봤다. '애런스 빌딩'이었다.

그가 걷고 있던 '빌딩'의 낮은 쪽에는, 같은 집 문 앞에 세워져 있는 두 대의 마차 주위에 게으름뱅이들이 조금 모여 있었다. 커크는 사람들에게 다가가서 이번에는 급하지 않은 거 같은 예절 바른 모르는 사람에게 길을 물었다. 마차로 향하던 중, 그는 운전사와 언쟁하는 한 여성을 보았고, 한 대만 불렀는데 실수로 두 대가 왔다는 소리가 충분히 들렸다.

집 문이 열려 있었다. 그리고 그 길 다음으로 돌자, 앞에 있는 사람들 머리 위로 복도가 쉽게 보였다.

그와 마주한 광경은 연민을 가지고 거리의 시선에서 보호되었어야 했다. 그는 겁에 질린 얼굴로 복도 한가운데에 있는 낡은 의자 옆에 서 있는 단정치 못한 여자애가 스스로 몸을 지탱할 수 없어 의자에 앉아 있는 여자를 붙들고 있는 모습을 보았는데, 분명 말기 병에 걸린 그 여자는 밖에서 언쟁이 끝난 마차 중 하나에 타려고 했다. 그가 그녀를 처음 보았을 때 그녀는 고개를 숙이고 있었고, 얼굴 윗부분을 가리고 있던 낡은 숄은 앞에 떨어져 있었다.

그가 다시 눈을 돌리기도 전에, 그녀를 살피던 소녀가 그녀의 고개를 들게 하고, 숄을 제자리에 놨다. 그 행동으로 그녀가 다시 고개를 가슴 쪽으로 숙이기 전에 잠깐 그녀의 얼굴이 보였다. 그 순간 그는 자신의 인생에서 잊히지 않고 있는 미모를 가졌던 여인을 보았다. 그 생생한 모습을 떠올린 지 5분도 채 안 됐다.

동시에 두 가지를 알게 돼서, 얼굴을 알아보고 동시에 끔찍하게 변해버린 모습에 그는 할 말을 잃고 감정을 주체하지 못했다. 모든 비상사태에서도 늘 평정심을 유지했던 그가 처음으로 그러지 못했다. 가난에 찌든 거리, 문 주위에는 지저분한 군중들이 눈앞에 보였다. 그는 비틀거리며 뒤로 물러나 뒤에 있는 집의 철제 난간을 붙잡았다.

"그 사람들이 그녀를 어디로 데려가는 거죠?" 그와 가까이 여성이 물어보는 소리를 들었다.

"만약 병원에서 받아주면, 거기로 가고, 안 되면 구빈원이요."

그 무시무시한 대답에 그는 정신을 차렸다. 사람들을 밀치고 집 안으로 들어갔다.

길에서는 오해를 바로 잡고 마차 한 대가 떠났다. 그가 문턱을 넘었을 때, 사람들이 그녀를 옮기는 모습을 마주했다. 남아 있던 마부가 의자 한쪽에 있었고 두 운전자가 언쟁했던 여자가 다른 쪽에 있었다. 그들이 막 그녀를 들어 올렸고, 커크의 큰 키 때문에 문이 가렸다.

"그 여인을 어찌하려는 거죠?"라고 그가 물었다.

마부는 입을 열기도 전에 무례한 눈빛으로 올려다봤다. 그러나 여자는 그보다 빨리 커크의 얼굴에서 억눌린 동요를 보고 순간적으로 의자를 놓쳤다.

그 여자가 간절하게 물었다. "그녀를 아세요? 친구 되세요?"

"네." 커크는 망설임 없이 답했다.

"내 잘못이 아니에요." 그 여자는 그의 시선을 회피하며 답했다. "친구들이 그녀를 찾을 때까지 인내심을 갖고 기다렸을 거예요. 정말 그랬을 거예요."

커크는 아무 답을 하지 않았다. 고개를 돌려 마부에게 말했다.

"문 닫고 가세요. 돈은 내가 바로 보내드릴게요. 어느 방에서 그녀를 데리고 나왔나요?" 그는 여자에게 다시 말을 걸었다.

"2층 안쪽 방이에요, 선생님."

"안내해 주세요."

그는 몸을 숙여 막달렌을 팔로 들어 올렸다. 그녀의 머리는 선원의 가슴에 살며시 기댔다. 그녀는 선원의 얼굴을 경탄스럽다는 듯이 올려다보았다. 그녀는 미소를 지으면 멍하니 속삭였다. 그녀의 마음은 고향 시절로 되돌아갔다. 계속 끊어지는 말로 봐서 그녀는 자신을 아빠 품에 안긴 아이라고 생각하는 거 같았다. 그녀가 부드럽게 말했다. "불쌍한 아빠. 왜 그렇게 표정이 안쓰러워요? 불쌍한 아빠."

여자는 앞장서서 2층 안쪽 방을 안내했다. 그 방은 매우 작았고, 가구가 빈약했다. 하지만 작은 침대는 깨끗했고, 방 안 물건은 깔끔하게 정돈됐다. 커크는 그녀를 침대에 부드럽게 눕혔다. 그녀는 타는 듯한 손가락으로 그의 손을 잡았다. "나 때문에 엄마 힘들게 하지 마세요. 노라 언니를 불러주세요." 커크는 살며시 손을 빼려고 했지만, 그녀는 더 간절하게 손을 움켜잡았다. 그는 그녀가 손을 놓아줄 때까지 침대 머리맡에 앉았다. 여자는 방 한구석에 서서 그들을 바라보며 울었다. 커크는 그녀를 조심스럽게 살폈다. "이야기해주세요." 그는 잠시 후 낮고 조용한 말투로 말했다. "그녀 앞에서 말하세요. 그리고 사실대로 말해 줘요."

그 여자는 많은 눈물을 흘리며 많은 이야기를 했다.

그녀가 2층에 세 들어 산 지 2주 정도 되었다. 1주일 치 방세를 냈고 이름은 그레이라고 했다. 처음 3일간은 아침에 나갔고 매번 너무나도 지치고 실망스러운 표정으로 집으로 돌아왔다. 그 집 여자는 그녀가 가명으로 친구들에게 숨어서 지내고 있다고 생각했다. 그리고 그녀는 3일 동안 오랫동안 나가 있다가 실망스러운 표정으로 집으로 왔을 때 돈을 모으거나 일자리를 구하려고 했지만, 허탕을 친 것이 아닐까 하고 의심쩍어했었다. 하지만 4일째 되는 날 갑자기 그녀는 심하게 몸을 떨고 열이 나면서 아프기 시작했다. 5일째 되는 날 더 심해졌고, 6일째는 너무 힘이 없고 너무 어지러워했다. (그 지역에서 치료도 했던) 약사가 와서 그녀를 살펴보고는, 고열에 걸린 거 같다고 말했다. 그는 식염수를 줬지만, 집주인 여자가 돈을 냈고, 효과는 없었다. 그녀는 아가씨가 유일하게 들고 온 옷 가방을 뒤져봤지만 몇몇 리넨만 있었고, 옷이나 장식품, 친구를 찾는 데 도움이 될 만한 것은 하나도 찾을 수 없었다. 이런 처지에 그녀를 있게 하는 위험과 아픈 여자를 거리에 내보내는 만행 사이에서 그 집주인 여자는 망설이지 않았다. 그녀는 아가씨가 회복하고 친구가 나타날 거라고 기대하며 기꺼이 세입자를 데리고 있었다. 하지만 30분도 안 돼서 돈을 가지러 올 때 빼고는 집에 거의 오지 않는 남편이 평소처럼 몇 푼 안 되는 돈을 뺏기 위해 왔다. 그녀는 남편에게 2층이 방세를 내지 않았고, 아가씨가 회복하거나 친구들이 그녀를 찾을 때까지 방세를 낼 수 없을 것 같다고 부득이하게 말할 수밖에 없었다. 이 말을 들은 남편은 그녀가 건강하든 아프든 나가야 한다고 무정하게 고집했다. 그녀를 데려갈 병원이 있을 것이고, 병원이 안 데려가면 다음에는 구빈원이 데려갈 것이다. 한 시간 내 집에서 나가지 않으면, 그가 다시 와서 직접 끌어내겠다고 협박했다. 그의 아내는 그 사람 말대로 그가 냉혹하다는 것을 너무나 잘 알았다. 그녀 자신을 위해서 다른 선택의 여지가 없었다.

그 여자는 충격적인 이야기를 털어놨고, 모든 것이 솔직히 부끄럽다는 표정을 지었다. 이야기가 끝날 무렵에, 커크는 그의 손을 잡고 있던 타는 듯한 손가락이 느슨해지는 것을 느꼈다. 그는 다시 침대 쪽을 돌아봤다. 그녀는 지친 눈을 감았고 얼굴을 여전히 선원 쪽으로 돌린 채, 잠이 들었다.

"거실에 누가 있나요?" 커크는 속삭이듯 말했다. "거기로 가죠. 할 말이 있습니다."

그 여자는 그를 따라 방에 들어갔다.

"그녀가 당신께 얼마나 빚을 졌나요?"

여주인이 금액을 말했다. 커크는 그 돈을 탁자에 올렸다.

"당신 남편은 지금 어디에 있죠?"

"선술집이요, 끝날 때까지 있어요."

커크는 조용히 말했다. "당신 생각대로 그 사람이 그 돈을 가지게 하거나 그렇게 못할 수도 있어요. 당신의 남편에 관해 당신에게 할 말은 오직 한 가지예요. 그 사람 뼈가 다 부러지는 걸 보고 싶지 않다면, 내가 여기 있는 동안 그 사람에게 오지 말라고 하세요. 잠깐만요! 아직 할 말이 있어요. 동네에 믿을 만한 의사를 알고 있나요?"

"우리 동네는 아니지만, 걸어서 30분 정도 걸리는 곳에 있는 의사는 알아요."

"문 앞에 있는 마차를 타고 가세요. 그 의사가 집에 있으면, 그 사람 데리고 돌아오세요. 매우 위중한 상태에 대한 그 사람 의견을 들으려고 내가 여기서 기다리고 있다고 말하세요, 그리고 당신은 돈을 두둑하게 받을 거예요. 서둘러요!"

그 여자는 방을 나갔다.

커크는 홀로 앉아 그 여자가 돌아오길 기다렸다. 그는 손으로 얼굴을 가린 채 우연히 부딪치게 된 이상하고 감동적인 상황을 깨달으려고 애썼다. 가명으로 런던의 지저분한 샛길로 숨어, 세상의 버림을 받고, 친구도 없이, 무기력하고, 낯선 사람들의 자비를 바라며, 몸과 마음이 망가지고 아픈 그녀를, 그에게 아름다움의 새로운 세계를 열어준 여자를, 그렇게 그는 다시 만났다. 한 번 봤을 뿐인데 그에게 사랑을 불어넣은 여자였다! 어떤 끔찍한 불행이 그녀에게 그토록 잔혹하게 닥치고, 바닥까지 떨어지게 했을까? 어떤 신비한 운명이 그녀가 가장 필요로 할 때 빈곤과 절망의 마지막 피난처로 그를 인도했을까? "만약 내가 그녀를 다시 만나야 한다면, 나는 그녀를 만날 거야." 그가 여동생과 헤어졌을 때 했던 기억에 남는 말, 그 말이 지금 다시 떠올랐다. 그 생각을 마음에 품고, 그는 부름을 받은 임무를 하러 떠났다. 수천 마일 떨어져 요동치는 수면 위로 황량한 시간이 그들 사이에 흘렀다. 시간이 흐르고, 밤낮으로 적막한 바다를 건너고 바람을 맞으며, 좋은 배가 느릿느릿 움직일 때, 그는 자신을 기다리고 있는 마지막으로 점점 더 가까이 나아갔다. 그는 눈을 가린 채 그 비참한 문턱에서 그 만남을 위해 이동했다. "무엇이 날 여기로 이끌었을까?" 그는 속삭이듯 혼잣말을 했다. "우연일까? 아냐. 신의 뜻이야."

그는 장소를 가리지 않고, 시간을 의식하지 못한 때, 계단에서 발자국 소리가 들릴 때까지 기다렸다. 문이 열렸고, 의사가 방에 들어왔다.

"메릭 선생님이세요." 여주인은 의자를 놓으면서 말했다.

"메릭입니다." 방문객은 의자에 앉으면서 조용히 웃으면 말했다. "내과 의사는 아니고 일반 외과 의사입니다."

내과 의사든 외과 의사든 그의 표정과 태도에서 커크는 한눈에 그가 믿을 사람이라는 걸 알 수 있었다.

서로가 몇 마디 나눈 후, 의사 메릭은 여주인에게 침실로 가서 환자가 깨어 있는지 잠들어 있는지 확인해보라고 했다. 그 여자가 돌아와서 말했다. "비몽사몽이에요. 머리가 다시 어지럽고, 열이 펄펄 끓어요." 의사는 바로 침실로 향했고, 여주인에게는 자기를 따라와서 문을 닫으라고 했다.

그가 거실로 돌아올 때까지 초조한 시간이 흘렀다. 그는 다시 나타나서, 질문을 먼저 했다.

"심각한가요?" 커크는 의사 얼굴을 걱정스러운 눈으로 바라보면서 가라앉은 목소리로 말했다.

"위험한 병입니다." 의사 메릭은 위험하다는 것을 강조하면서 말했다.

"먼저 의학적이지 않은 질문 몇 가지를 해도 될까요?"

커크는 고개를 끄덕였다.

"그녀가 이 집에 들어오기 전에 그리고 아프기 전에 삶이 어땠는지 말해 줄 수 있나요?"

"알 방법이 없습니다. 오랫동안 떠났다가 방금 영국으로 돌아왔습니다."

"그녀가 여기 온 건 알고 있었나요?"

"우연히 발견했을 뿐입니다."

"그녀에게 여자 친척이 없나요? 어머니는 없나요? 언니도 없나요? 당신 말고는 돌봐줄 사람이 아무도 없나요?"

"아무도 없습니다. 내가 그녀의 친척들을 찾지 못한다면 말이죠. 나 말고는 아무도 없습니다." 의사 메릭은 말이 없었다. 그는 어느 때보다도 더 주의 깊게 커크를 바라보며 생각했다. '이상하네. 그가 여기서 혼자 그녀를 맡고 있는데, 아는 건 이것뿐이라니?'

커크는 의심쩍어하는 그의 얼굴을 봤고 또 다른 말을 주고받기 전에 그 의심에 대해 솔직하게 말했다.

그는 간단하게 말했다. "여기서 내 위치가 당신을 놀라게 했나 보군요. 그녀의 친구를 찾을 때까지 오빠나 아버지와 같은 위치로 생각해 주시겠어요?" 그의 목소리는 떨렸고, 의사의 팔에 진지하게 손을 올렸다. "난 나 자신을 믿어왔고, 하나님께서 날 심판하실 것이기에, 난 부끄러운 사람이 되지 않을 것입니다."

그가 이 말을 할 때 불쌍하고 지친 머리가 다시 그의 품에 안겼고, 열이 나는 손가락은 다시 그의 손을 잡았다.

의사가 따뜻하게 말했다. "당신을 믿어요. 당신이 정직한 사람이라는 걸 믿어요. 당신을 믿지 못하는 것처럼 보였다면 죄송합니다. 당신의 신중함을 존중해요. 이 순간부터 중요합니다. 우리 모두에게 정직하게 하자면, 단순한 호기심에서 그 질문들을 한 게 아닙니다. 침대에 누워 있는 내 환자는 흔한 원인으로 아픈 게 아니에요. 뭔가 오랫동안 정신적인 시련과 어떤 몹시 지치고 끔찍한 긴장감에 시달리면서 무너진 거예요. 그 시련의 원인이 뭔지, 그리고 그녀가 쓰러지기 전에 얼마나 오랫동안 시달렸는지 알면 도움이 되었을지도 몰라요. 그런 바람으로 물어본 거예요."

"중병이라고 말씀하셨는데, 정신이 위험한 건가요, 아니면 목숨이 위험한 건가요?"

"둘 다예요. 모든 신경계통이 무너졌고, 뇌의 모든 정상적 기능이 망가진 상태예요. 그 병의 성격을 더 분명하게 설명할 수는 없어요. 사람들이 무서워했던 열병은 그냥 결과일 뿐이에요. 내가 당신한테 말한 게 원인이에요. 그녀는 아마 앞으로 몇 주간 침대에 누워 있을지도 몰라요. 의식이 없고, 섬망 상태가 됐다가 수면 상태도 되면서 왔다 갔다 할 거예요. 그녀가 너무나 오래 잠을 자도 당신은 놀라지 말아야 해요. 그렇게 자는 것이 내가 줄 수 없는 어떤 약보다 훨씬 좋은 치료제고, 무엇도 잠을 방해해서는 안 돼요. 우리가 할 수 있는 모든 일은 그녀를 살피고, 가끔 자극제를 먹이고, 자연이 하는 일을 기다리는 거예요."

"여기에 꼭 있어야 하나요? 보다 좋은 곳으로 옮길 수 없나요?"

"현재로서는 안 돼요. 내가 알기로 그녀는 이미 방해를 받았고, 그것 때문에 더 나빠졌어요. 설령 좋아지더라도, 다시 정신을 차리더라도, 너무 빨리 그녀를 옮기는 건 여전히 위험할 거예요. 조금의 흥분이나 불안도 그녀에게는 치명적일 거예요. 이곳을 있는 그대로 최대한 활용해야 해요. 집주인은 내 지시를 받았고, 그녀를 도와줄 좋은 간호사를 내가 보내 줄 거예요. 더는 할 일이 없어요. 그녀의 생명이 누군가의 손에 달린 거라면, 지금 당신과 내 손에 달렸어요. 모든 것은 당신의 통솔 하에 이 집에서 그녀를 돌보는 것에 달렸어요." 그렇게 작별 인사를 하고 그는 일어나서 방을 나갔다.

혼자 남겨진 커크는 문으로 걸어가서 조심히 문을 두드리며 집주인에게 이야기하고 싶다고 말했다.

의사와 면담 후 그는 이전보다 훨씬 침착했고, 단호한 본래의 모습과 비슷했다. 이 남자가 지내본 적이 없는 부자연스러운 사회 분위기 속에 사는 사람은 그 상황의 세속적인 면, 즉 새로움과 낯섦이 아주 힘들게 느껴졌을 것이다. 그가 처한 심각한 현재의 어려움은 앞으로 수많은 오해로 이어질 수 있다. 커크는 그런 상황을 전혀 생각하지 않았다. 그에게 주어진 의무만 생각했는데, 의사가 헤어지면서 한 말이 마음에 분명히 새겨졌다. 모든 것은 그의 통솔 하에 그 집에서 그녀를 돌보는 것에 달렸다. 여자와 아이들이 자신의 배에 탄 비상상황에서 행동했을 때처럼, 그는 책임감으로 가지고 무의식적으로 그렇게 행동했다. 그는 여주인에게 간단명료하게 물었다. 유일한 변화는 가장 낮은 목소리로 말했고, 가끔 그녀가 누워 있는 방을 불안한 표정으로 보는 것이었다.

"의사가 당신에게 한 말 이해되나요?"

"네, 선생님."

"집은 조용해야 해요. 누가 살죠?"

"나와 내 딸만 살아요. 응접실에서 살고 있어요. 성모 대축일 이후 형편이 아주 안 좋아졌어요. 위층 두 개 방 모두 세를 줬어요."

"그 방 두 개와 여기 아래층 방 두 개도 내가 쓸게요. 날 위해 심부름을 해 줄 활동적인 믿을 만한 사람을 알고 있나요?"

"네, 선생님. 제가 해도 될…?"

"아뇨. 당신 딸을 보내세요. 간호사가 올 때까지 당신이 집을 떠나시면 안 돼요. 여기로 심부름꾼을 보내지 마세요. 남자들은 무겁게 걸어요. 내가 내려와서 문에서 이야기할게요."

심부름꾼이 왔을 때, 그는 우선 펜, 잉크와 종이를 사다 달라고 했다. 그다음으로 집 앞으로 지나가는 마차 소리가 안 들리게 방음 방치를 할 수 있는 사람을 알아봐 달라고 했다. 이 일을 하고 나서, 심부름꾼은 우체국으로 보낼 편지 2통을 받았다. 첫 번째는 커크의 매부에게 보내는 것이었다. 간단명료하게 일어난 일을 말하고, 그의 아내에게 소식을 전하도록 했다. 두 번째 편지는 앨드버러 호텔 주인에게 보내는 것이었다. 막달렌이 노스 싱글즈에서 썼던 가명이 그가 그녀에 대해 유일하게 아는 것이었다. 그리고 앨드버러에서 조사를 시작할 때 삼촌과 숙모로 알려진 친척들을 찾을 수 있는 유일한 단서였다.

오후가 끝날 무렵, 점잖은 중년 여성이 의사 메릭의 편지를 들고 그 집에 왔다. 그녀는 의사의 아내를 간호했었던, 믿을 수 있고 신중한 사람이었다. 그리고 그녀는 가끔 그 지역 수녀회의 일원이고, 그 일에 대해 따뜻한 관심을 가진 여성의 도움을 받을 것이고. 그날 저녁 8시쯤에 의사가 직접 들러서 환자가 필요한 것이 없는지 살폈다.

간호사가 도착했고, 믿을 만한 사람이라는 거에 안도한 커크는 편하게 자신의 일을 생각할 수 있게 됐다. 다음 날 서퍽으로 가기 위해 이미 짐을 쌌다. 그 짐을 호텔에서 애런스 건물의 집으로 옮기면 됐다.

그는 호텔로 가는 길에 딱 한 번 큰길에 있는 장난감 가게에 멈춰 구경했다. 창가에 진열된 모형 배를 보며 조카를 떠올렸다. '나와 이름이 같은 애가 내일 날 못 봐서 무척 실망할 거야. 삼촌으로서 뭔가를 보내줘야겠어.' 그는 가게에 들어가 배 하나를 샀다. 상자에 담아 포장했다. 그는 상자 뚜껑을 봉하기 전에 모형 배 갑판 위에 '작은 선원을 위한 배, 큰 선원의 사랑을 담아'라고 적힌 카드를 넣었다. 카드 내용은 이랬다. "아이들이 편지를 받는 것을 좋아해서요." 그는 계산대 뒤에 있는 여자에게 미안하다는 듯이 말했다. "될 수 있는 한 그 상자를 빨리 보내 주세요. 아이가 내일 받았으면 좋겠어요."

저녁 어스름 무렵에 그는 짐을 가지고 애런스 빌딩으로 돌아왔다. 그는 복도에서 부츠를 벗고 직접 트렁크를 들고 위층으로 올라갔다. 2층을 지날 때 물어보려고 잠시 들렸다. 의사 메릭이 대답해줬다.

"깨어나서 헛소리를 한 지 몇 분 안 됐어요. 하지만 그녀를 진정시켰고 지금은 다시 자고 있어요."

"그녀 친구를 찾는 데 도움이 될 만한 말을 하던가요?"

의사 메릭은 고개를 저었다.

"몇 주가 지나도 그 불쌍한 소녀의 이야기는 여전히 우리 모두에게 비밀일 수 있어요. 기다릴 수밖에 없어요."

그렇게 하루가 끝났다. 다가올 많은 나날 중 첫날이었다.

녹색 가림막 사이로 7월의 따뜻한 햇살이 은은하게 비쳤다. 창이 열려 있었고 창틀에는 막 피어난 꽃이 있었다. 낯선 방에 낯선 침대였다. (래지 부인의 꿈인 듯) 큰 체구의 여성이 침대 옆에 우뚝 서서 손뼉을 치려고 했고, 다른 여자가 (재빨리) 박수 소리를 내기 전에 손을 제지했다. (또다시 래지 부인의 꿈인 것처럼) 온화하고 달래는 듯한 목소리가 침묵을 깼다. "그녀가 날 알아봐요, 부인. 날 알아본다고요. 내가 행복하지 않으면, 난 죽을 정도로 괴로울 거예요!" 6주 동안 의식이 없었던 막달렌이 갑자기, 그리고 이상하게 깨어나서 처음 본 광경과 소리였다.

잠시 후 시야는 다시 흐릿해지고, 소리는 다시 조용해졌다. 또다시 자비로운 잠이 왔고, 다시 수면 상태에 들어갔다.

다른 날에는, 시야가 더 선명했고, 소리는 더 커졌다. 문 너머로 병실의 소식을 물어보는 남자 목소리가 들렸다. 그 목소리는 그녀에게 낯설었다. 늘 조용하고 차분한 말투로 조심스럽게 목소리를 낮췄다. 아침에 그녀가 깨어났을 때, 정오에 기운을 차렸을 때, 저녁에 다시 잠들기 전에 그녀에 대해 물었다. '누가 날 이렇게 걱정해 주지?' 어느 정도 정신이 차렸을 때 그 생각이 처음 들었다. '날 이렇게 걱정해 사람은 누굴까?'

며칠이 지나고, 그녀는 침대 옆에 있는 간호사와 이야기할 수 있었다. 그녀 자신에 대해 그녀보다 훨씬 더 많이 알고 있고, 자신이 의사 메릭이라고 말하는 노인의 질문에 대답할 수 있었다. 그녀는 베개에 기대서 침대에 앉을 수 있었고, 그녀에게 무슨 일이 있었고 어디에 있는지 궁금해 했다. 문 반대편에서 아침, 점심, 저녁에 여전히 그녀에 대해 물어보는 그 차분한 목소리에 점점 호기심이 커졌다.

또 하루가 지나고, 의사 메릭이 그녀가 옛 친구를 만날 수 있을 만큼 건강해졌는지 물었다. 그의 뒤 높은 곳에서 온순한 목소리가 "나쁜 이에요"라고 말했다. 그 목소리가 들린 후 모자는 비뚤게 쓰고, 신발 한 짝은 벗겨진 채 거구의 래지 부인의 모습이 보였다. "아, 그녀를 좀 봐요! 그녀를 봐 봐요!" 황홀감에 빠진 래지 부인은 집이 쿵 하고 흔들릴 정도로 막달렌 침대 옆에 무릎을 꿇고 울었다. "세상에, 벌써 날 보고 웃을 만큼 좋아졌어요. 힘내요, 힘내! 죄송해요, 선생님. 제 행동이 여자답지 않다는 거 알아요. 제 머리가 그러는 거지 제가 하는 게 아니에요. 어떻게든 분출하지 않으면, 제 머리가 터질 거예요!" 그날 아침 래지 부인은 어떤 종류의 질문에도 조리 있게 답할 수 없었다. 그녀는 횡설수설했고, 침대 밑에서 다른 신발 한 짝을 찾으려고 손으로 더듬거리면서 병문안을 마무리했다.

의사 메릭이 다음 날에 다른 옛 친구를 만날 거라고 약속했다. 저녁이 되자 평소처럼 물어보는 목소리가 그녀의 안부를 물었을 때, 대답하려고 문을 조금 열었을 때, 그녀가 스스로 희미하게 대답했다. "저 좋아졌어요, 고마워요." 잠시 침묵이 흘렀다. 그리고 문이 다시 닫히자, 그 목소리가 소리를 낮춰서 속삭이고 열렬하게 말했다. "세상에! 누굴까? 모든 사람에게 물었지만, 아무도 말해주지 않았다. 그 남자는 누굴까?"

다음날이 되자 그녀는 문이 살며시 열리는 소리를 들었다. 힘찬 발자국 소리가 방안으로 미끄러져 들어왔다. 유연하고 몸집이 작은 사람이 침대 옆으로 다가갔다. 또 꿈이었을까? 아니었다! 그의 입에서 유창하게 쏟아져 나오는 말솜씨는 현실이었다. 색깔이 다른 눈을 반짝이며 익살스럽게 내뱉는 말은 어느 때보다 더 대담하고, 설득력 있고 훌륭했고, 윤이 나는 검은색 옷에 얼룩이 없는 하얀 크라바트를 하고 화려한 프릴 셔츠를 입은 사람은 뻔뻔스럽고 천하무적이고 변함없는 래지였다!

"한마디도 하지 말아요, 내 소중한 아가씨!" 대위는 침대 옆에 편안하게 앉고는 옛날처럼 비밀스럽게 말했다. "전부 이야기해줄게요. 그리고 당신의 목적을 위해 더 유능한 사람을 찾을 수 없을 거예요. 난 정말 기뻐요. 마땅치 않은 말을 써도 된다면, 당신을 다시 만나고, 건강을 회복하는 것을 보니 솔직히 기뻐요. 종종 당신 생각을 했고, 종종 보고 싶었어요. 가끔 스스로 신경 쓰지 말라고 말했어요. 과거의 무대를 정리하고 막을 내리라고! 살아 있는 동안 살게 하라Dum vivimus, vivamus! 라틴어 인용해서 미안해요. 내 모습 어떤지 말해 봐요. 부자 같아 보여요?"

막달렌은 대답을 하려고 했지만. 대위는 순식간에 또다시 말을 쏟아냈다.

"무리하지 말아요. 당신이 물어볼 말 대신 말해볼게요. 그동안 뭘 했는지? 왜 이렇게 멋있어 보이는지? 어떻게 이 집을 찾아왔는지? 우리가 마지막으로 본 후로, 난 오래된 직업적 관행을 조금 바꾼다고 바빴어요. 도덕적 영농인에서 의학적 영농인으로 바꿨어요. 전에는 사람들의 동정심을 노렸지만, 지금은 사람들의 뱃속을 노려요. 위장과 동정, 동정과 위장은 50살이 넘어서 잘못되면 똑같이 얼굴에 나타나고 거의 같다는 내 의견에 동의할 거예요. 그것이 무엇이든, 놀랍게도 난 마침내 수입이 생겼어요. 돈을 벌게 해 준 건 3가지예요. 알로에, 스카모니아와 자황이라는 거예요. 더 쉽게 말하면, 알약을 팔아요. (당신도 기억한다면) 난 당신과 인연으로 돈을 조금 벌었어요. 내가 말해줬던 래지 부인의 여자 친척이 사망해서 '망자에게 명복을 Requiescat in Pace!' 내 아내가 유산을 받았고, 난 조금 더 많이 벌었어요. 아주 좋아요. 내가 뭘 했을까요? 광고에 돈을 쏟았고, 약과 약상자를 외상으로 구매했어요. 그 결과가 지금 당신 눈앞에 있어요. 큰돈을 벌었어요. 상당한 돈을 주고 옷도 사고, 은행 잔액도 두둑하고, 하인도 고용하고, 일하고, 지불 능력도 있고, 번창하고, 인기도 있고, 이 모든 게 다 알약 덕분이에요."

막달렌은 미소를 지었다. 대위는 나름 진지한 표정을 지었다. 심각한 내용이 있고 다음으로 그 이야기를 하려는 것 같았다.

"사람들에게는 웃을 일이 아니에요, 아가씨. 사람들은 나와 내 알약을 없앨 수 없어요. 그들은 우리가 필요해요. 현재 내가 불행한 대중을 상대로 하고 온갖 광고를 하고 있어요. 책장에서 최신 소설을 봐요. 책장을 펼치자마자 새 노래를 알게 되죠. 마차를 타고 빨간 창문에 도착해요. 약국에서 치약 한 상자를 사고 내가 파란 종이로 포장해요. 극장에 당신이 오면 난 당신에게 노란 옷을 입고 펄럭거리려요. 제 광고들은 제목만 봐도 유혹적이에요. 지난 호에 나온 제목을 몇 가지 말해 줄게요. 속담을 이용한 제목은 '때맞춰 먹는 약 한 알이 약 아홉 알을 아긴다.' 익숙한 제목으로는 '실례지만 배는 좀 어떠세요?' 애국적 제목은 '진정한 영국인의 세 가지 특징은 무엇인가? 그의 가정생활, 그의 집, 그리고 알약.' 아이들 대화 형식으로 '엄마 나 몸이 안 좋아요.' '무슨 일이니, 우리 아가.' '작은 알약 먹을래요.' 역사적 일화 형식의 제목은 '영국 역사상 새로운 발견. 왕자들이 탑에서 갇혔을 때, 충실한 수행원들이 자신들의 작은 소지품을 모았다. 불쌍한 소년들에게 보내진 감동적이고 사소한 것들 중에서, 그는 작은 상자를 찾았다. 시대의 알약이 있었다. 후계자들에게 왕자와 농부들이 이제 비슷하게 구할 수 있는 그 알약이 얼마나 하찮을지 말할 필요가 있을까?' 등등이에요. 내 알약이 만들어지는 곳은 그 자체로 광고예요. 런던에서 가장 큰 가게 중 하나를 가지고 있어요. (투명한 유리창을 통해 사람들을 볼 수 있는) 판매대 뒤에서 젊은 남자 24명이 하얀 앞치마를 두르고 알약을 만들고 있어요. 또 다른 판매대 뒤에서는 크라바트를 한 42

명의 젊은이들이 상자를 만들고 있어요. 가게 아래쪽에서는 나이 든 회계사들이 있고 3개의 엄청난 장부에 알약 판매로 생긴 방대한 금전 거래를 기록해요. 문 위에는 내 이름, 초상화, 서명을 크게 해서 걸어 놨고, 흘러내리는 글씨로 쓴 설립 좌우명 '의사들을 타도하자'가 쓰여 있어요. 심지어 래지 부인도 이 엄청난 사업에 크게 기여하고 있어요. 그녀는 햇빛으로 인한 모든 불편함으로 인해 이루 말할 수 없는 고통을 내가 치료해 준 여자로 유명해요. 그녀의 초상화가 모든 포장지에 새겨져 있고, 다음과 같은 문구가 아래에 적혀 있어요. '그녀가 알약을 먹기 전 당신이 이 환자를 보고 무척 놀랐을 것입니다. 현재 그녀 모습을 보세요!!!' 마지막으로 특히, 그 알약이 내가 이 집에 오게 한 원인이에요. 이미 내가 말한 거대한 사업이 영국 곳곳으로 확장해서 모든 곳에 대리점을 뒀어요. 대리점을 세우는 동안, 내 친구 중 한 명이 오랜 항해 끝에 최근에 영국에 도착했다는 소식을 들었어요. 런던에서 사는 그의 주소를 알아냈는데, 이 집에서 지내고 있었어요. 나는 바로 그를 찾았고, 당신이 아프다는 소식에 깜짝 놀랐어요. 간단히 말해서 영국 의학과 내가 관련이 있었기 때문이에요. 그래서 당신은 지금 이 순간 의자에 앉아 있는 예전처럼 당신의 진정한 벗 호래시오 래지를 보고 있어요." 이렇게 대위는 개인적인 설명을 마무리했다. 그가 막달렌을 주의 깊게 바라볼수록, 결론에 점점 가까워졌다. 겉으로는 표현은 안 했지만 마지막 말에 어떤 중요한 것이 숨어 있었을까? 그렇다. 그가 병실을 방문한 데는 진지한 목적이 있었고, 그가 지금 접근하고 있는 목적이었다.

막달렌의 현재 처지를 알게 된 상황들을 이야기하면서, 래지 대위는 능숙하게 사실 언급을 피했다. 노엘 밴스톤의 결혼과 관련된 어떤 추문도 없었고, 신문 부고에서 사망 소식을 알고 난 후, 대담해진 대위는 동부 지역을 돌고 나서, 2주 후 멋진 알약을 팔기 위한 대리점을 세우기 위해 앨드버러로 돌아왔다. 호텔 여주인을 제외하고는 아무도 그를 알아보지 못했고, 여주인은 바로 그가 집에 들어오자 커크 편지를 남편에게 읽어주라고 고집했다. 같은 날 밤 래지 대위는 런던에 있었고, 애런스 빌딩 2층 방에서 선원과 독대를 했다.

상황이 심각하고, 먼저 그녀가 진짜 누구인지 알지 못하면, 커크는 막달렌의 친구들을 추적하는 데 실패하는 것이 명백하기 때문에, 진실의 일부를 최소한 공개하기로 선장은 결정했다. 집안 사정으로 막달렌이 원한다면 회복해서 설명해 줄 수 있는 구체적인 일들은 언급하길 거부하면서, 그는 앤드류 밴스톤의 막내딸이라고 말함으로써, 친구가 없는 여자를 구해주고 몇 달 동안 바이그레이브 양이라고 알고 있던 커크를 놀라게 했다. 커크 쪽에서는 캐나다에서 그의 아버지와 젊은 장교와 관련이 있다는 사실이 드러나면서 자연스럽게 막달렌 이름을 알게 됐다. 래지 대위도 몰랐지만, 그때는 아무 말도 더 이상 언급하지 않았다. 그러나 2주가 흐르고, 환자가 회복하면서 막달렌이 확실히 물어볼 질문에 의사가 감당하기에 심각한 어려움이 생겼을 때, 대위의 독창성이 평소처럼 발휘됐다.

"제가 마음대로 할 수 없는 앨드버러에 머물렀던 고통스러운 기억을 깨우지 않고서는 그녀에게 진실을 말할 수 없어요. 커크 씨가 이 집에서 그녀를 발견했을 때, 그녀를 노스 싱글즈의 바이그레이브 양으로만 알고 있었다는 걸 아직 인정하지 마세요. 그는 그녀가 누구지 알고 있었고, 아버지의 아들로서 그녀를 도와주고 보호해야 할 (그녀도 느껴야 하는) 의무를 느꼈다고 대담하게 그녀에게 말하세요." 대위는 오래된 주장을 고집하며 말을 이었다. "예전에도 말씀드렸듯이 전콤-레이븐 가족의 먼 친척이에요. 그리고 만약 이 문제에서 선생님을 도와줄 다른 사람이 없다면, 제가 기꺼이 도와 드릴게요."

가까이에 아무도 없었고, 위급상황은 심각했다. 그 책임을 떠맡는 낯선 사람이 모르고 과거의 기억을 건드릴 수도 있는데, 어쩌면 그녀가 그 기억을 너무나 빨리 떠올리기에는 고통스러웠을 것이다. 가까운 친척들도 병상에 너무 일찍 나타나면 똑같은 개탄스러운 효과를 초래했을 것이다. 대안은 질문에 답해주지 않아서 그녀를 짜증나게 하고 놀라게 하거나 아니면 래지 대위를 믿는 것 중에 있었다. 의사 의견은 두 번째 위험이 두 가지 중 가장 덜 위험했고, 그래서 신임을 받은 대위가 현재 막달렌의 침대 맡에 앉아 있는 것이다.

그녀는 래지 대위가 가볍고 즐겁게 한 이야기에 대해 개인적인 이야기를 물어볼 것인가? 그랬다. 그가 조용해지자, 그녀가 물었다. "그 집에 살고 있는 당신의 친구가 누구예요?"

"당신도 나만큼 그 사람을 알 권리가 있어요. 그는 당신 아버지가 캐나다 연대에서 복무하셨을 때, 옛 군인 친구들 중 한 명의 아들이에요. 뺨에서 열이 나면 안 돼요! 만약 열이 나면, 난 가야 해요."

그녀는 놀랐지만 동요하지는 않았다. 래지 대위는 세심한 주의가 필요한 그녀의 개인적인 일을 조심스럽게 이야기해주기 전에, 그녀가 말로만 들었던 먼 과거에 대해 그녀의 관심을 끄는 것부터 시작했다.

잠시 후 그녀는 다음 질문을 했다. "그 사람 이름은 뭐예요?"

"커크예요. 캐나다 연대 지휘관이었던 커크 소령에 대해 들어본 적 없어요? 아버지가 큰 어려움을 겪었을 때 좋은 동료이자 친구로서 도와줬던 소령에 대해 들어본 적 없어요?"

있었다. 그녀는 아버지가 젊었을 때 그에게 아주 잘해준 장교에 대해 들어본 적이 있었다고 어렴풋하게 믿었다. "커크 씨는 가난했나요?" 통찰력이 있는 래지 대위조차도 그 질문에 놀랐다. 그는 운에 맡기고 사실대로 말했다. "아니에요. 가난하지 않아요."

다음 질문에서 그녀가 무슨 생각을 하고 있었는지 알 수 있었다. "커크 씨가 가난하지 않았다면, 왜 그런 집에 살았을까요?"

'그녀가 내 말을 이해했군. 벗어나는 방법은 단 한 가지야. 다른 사실을 밝혀야 해'라고 생각하며, 그는 큰 소리로 말을 이었다. "커크 씨는 여기서 우연히 몹시 아프고 제대로 보살핌을 받지 못하는 당신을 발견했어요. 당신이 스스로를 돌보지 못할 때 누군가는 당신을 돌보고 싶어 했어요. 커크 씨라고 왜 안 그렇겠어요? 그 사람은 당신 아버지의 옛 친구의 아들이었으며 그건 당신의 옛 친구가 되는 거예요. 내가 훌륭한 알약으로 당신을 치료할 수 없을 때, 누가 적당한 의사를 부르고 간호사를 찾아서 데려올 수 있겠어요? 살살! 살살! 그렇게 마구 내 얇은 검은 코트 소매를 잡으면 안 돼요."

그는 그녀의 손을 다시 침대로 올려놨지만, 그녀는 그러려고 하지 않았다. 그녀는 끈질기게 다음 질문을 했다. 커크 씨가 어떻게 그녀를 아는지? 그녀는 한 번도 그를 본 적이 없고, 평생 그에 대해 들어본 적이 없었다.

"그럴 수 있어요. 하지만 당신이 그 사람을 본 적이 없다고 해서, 그도 당신을 본 적이 없는 건 아니에요."

"그 사람이 날 언제 봤는데요?"

대위는 조금도 주저하지 않고 바로 그 자리에서 사실을 은폐했다. "얼마 전에요. 정확히 언제인지는 몰라요."

"겨우 한 번요?"

래지 대위는 갑자기 다른 길이 보였다. "그래요. 딱 한 번 봤어요."

그녀는 잠시 생각했다. 다른 질문에 두 가지 생각이 동시에 담겼고, 다음 질문에 그녀는 노력을 기울였다.

"겨우 한 번 봤고, 겨우 얼마 전에 나를 봤어요. 여기서 날 발견했을 때 어떻게 날 기억했죠?"

"아! 마침내 정확히 짚었네요. 그가 당신을 기억하는 것에 당신은 나보다 더 놀랄 수 없어요. 조언 한마디만 할게요. 당신이 일어나서 커크 씨를 볼 수 있을 만큼 좋아지면, 그 사람에게 당신의 그 예리한 질문을 하고, 그 사람에게서 직접 대답을 들어요." 능숙하게 딜레마에서 빠져나온 래지 대위는 힘차게 일어나서 모자를 챙겼다.

"잠깐만요." 그녀가 애원했다. "물어보고 싶어….."

"더는 안 돼요. 하루 동안 생각할 수 있는 이야기를 충분히 해줬어요. 내 시간은 끝났고, 할 일이 있어요. 난 여느 때처럼 알로에, 스카모니아, 자황을 챙겨서 사람들의 소화불량을 해결하러 전국 곳곳을 다녀야 해요." 그는 걸음을 멈추고 문 앞에서 돌아섰다. "그건 그렇고, 내 불행한 아내가 말을 전해달래요. 만약 그녀가 다시 와서 당신을 봐도 된다면, 래지 부인은 다음번에는 신발을 잃어버리지 않겠다고 진지하게 약속했어요. 난 그녀 말을 믿지 않아요. 어때요? 그녀가 와도 될까요?"

"그럼요. 오고 싶을 때 언제든지 오라고 하세요. 내가 다시 건강해지면, 불쌍한 래지 부인이 나와 함께 지내도 될까요?"

"물론이죠. 반대하지 않는다면, 미리(그녀가 알약을 먹기 전 당신이 이 환자를 보고 무척 놀랐을 것입니다. 현재 그녀 모습을 보세요!) 라고 적힌 빨강, 파랑, 노랑으로 된 그녀의 초상화를 보낼게요. 그녀는 어디를 가든 끊임없이 쓰러질 게 확실하고, 광고의 관점에서 가장 만족스러운 결과가 필연적으로 뒤따를 거예요. 내가 돈만 노린다고 생각하지 말아요. 난 그저 내 나이대로 사는 것뿐이에요." 그는 나가는 길에 두 번째 발걸음을 멈추고 다시 한번 뒤돌아섰다. "당신은 정말 착한 소녀였어요. 그러니 보상을 받을 자격이 있어요. 가기 전에 하나만 마지막으로 알려줄게요. 당신 방문 밖에서 지난 이틀간 어떤 사람이 당신 안부를 물어보는 것 들었어요? 아, 들어봤군요. 잠깐 한마디 하자면, 그 사람이 커크 씨예요." 그는 언제나처럼 힘차게 침대맡을 떠났다. 막달렌은 그가 문을 닫기 전에 간호사에게 자신을 알리는 것을 들었다. 그는 비밀스럽게 속삭이며 말했다. "당신이 물어보신다면, 이름은 래지예요, 알약은 깔끔한 상자에 담겨 있고, 가격은 정부 우표가 포함된 13.5펜스예요. 알약을 먹기 전에 당신을 놀라게 하는 여성 환자의 초상화 몇 부를 챙기고 이제 고민해보길 바라요. 정말 고맙습니다, 안녕히 계세요."

문이 닫히고 막달렌은 다시 혼자가 됐다. 그녀는 고독감을 느끼지 못했다. 래지 대위는 그녀에게 새롭게 생각할 거리를 남기고 떠났다. 그녀는 저녁이 될 때까지 몇 시간 동안 커크 씨에 대해 의아하게 생각했고, 반쯤 열린 문틈으로 그의 목소리를 다시 들었다.

간호사가 그에게 답하기 전에 그녀가 말했다. "당신이 나에게 베풀어 주신 모든 은혜, 정말 감사해요!"

그가 친절하게 대답했다. "나아지려고 노력해요. 당신이 건강해지면, 그게 나한테 큰 보답이 될 거예요."

다음 날 아침 의사 메릭은 그녀가 침대에서 나와 거실 소파로 가고 싶어 조급해하는 걸 보았다. 의사는 그녀에게 변화를 원하느냐고 물었다. "네, 커크 씨를 보고 싶어요." 의사는 다음 날 옮기는 건 동의했지만, 다음 날까지 누군가를 만나서 더 흥분하는 건 금지했다. 그녀는 반항하려고 했지만, 의사 메릭에게는 통하지 않았다. 그가 떠나고 나서, 간호사를 설득하려고 했지만, 역시나 통하지 않았다.

다음 날, 그녀를 숄로 감싸서 소파로 옮겼고, 거기에 작은 침대를 만들었다. 가까운 탁자에는 꽃과 삽화 몇 점이 있었다. 그녀는 바로 누가 그것들을 거기에 뒀는지 물었다. (의사의 경고 눈빛을 알아채지 못한) 간호사는 커크 씨가 그녀가 꽃을 좋아할 수 있고, 그림을 보고 기분이 좋아질 거라 생각했다고 말했다. 그 대답에, 커크 씨를 보고 싶다는 그녀의 갈망이 너무 커져서 가볍게 넘길 수 없게 됐다. 의사는 그를 데리러 바로 방을 나갔다.

그녀는 문이 열리길 간절히 바라봤다. 들어오는 그를 처음 봤을 때, 그녀는 큰 키와 햇볕에 그을린 얼굴을 지금 처음 본 것인지 의구심이 일어났다. 하지만 앨드버러 기억을 떠올리기에는 너무 약하고 너무 흥분했다. 그녀는 그 시도를 포기하고 그를 바라볼 뿐이었다. 그는 소파 끝 쪽에 서서 응원 몇 마디를 했다. 그녀는 그에게 가까이 오라고 손짓하며 쇠약해진 손을 내밀었다. 그는 상냥하게 그 손을 잡고 그녀 옆에 앉았다. 둘 다 말이 없었다. 그의 얼굴에서 침묵 속에 감추고 있던 슬픔과 동정심이 보였다. 그녀는 그가 그녀를 발견했던 그 날처럼 계속 그의 손을, 지금은 의식이 있는 상태에서, 끈질기게 잡고 있었다. 그에게 말을 걸려는 헛된 노력 후, 그녀는 눈을 감았고, 야위고 하얀 뺨 위로 눈물이 천천히 흘러내렸다.

의사는 커크에게 기다리면서 그녀에게 시간을 주라고 신호를 보냈다. 그녀는 조금 나아졌고, 그를 바라보며 중얼거렸다. "당신은 나한테 정말 친절하게 대해 주셨어요. 난 이걸 받을 자격이 정말 없어요!"

"쉿! 쉿! 당신을 도울 수 있어서 내가 얼마나 기쁜지 당신은 몰라요."

그의 목소리에 그녀는 힘이 나고 용기가 생기는 거 같았다. 그녀는 한 여자와 남자 사이의 모든 관습적인 제한을 모두 무시한 채, 감사함과 함께 열렬한 관심을 가지고 그를 바라보고 있었다. "날 여기서 발견하기 전에, 어디서 날 봤어요?"

커크가 머뭇거렸다. 의사 메릭이 도와주러 왔다.

의사가 끼어들었다. "당신은 커크 씨에게 과거에 대해 말하지 마세요. 커크 씨도 당신에게 과거에 대해 말하지 말라고 했어요. 당신은 오늘 새로운 삶을 시작했고, 내가 허락할 수 있는 유일한 기억은 5분 전 기억뿐입니다."

그녀는 의사를 보며 미소 지었다. "한 가지만 물어볼 거예요"라고 말하고 커크를 다시 바라봤다. "당신이 이 집에 오기 전에, 날 한 번만 본 게 사실인가요?"

"정말이에요!" 그는 갑작스럽게 안색을 바꾸며 대답했고, 그녀는 바로 그 변화를 알아챘다. 그녀는 다음 질문을 하면서, 밝아진 눈으로 어느 때보다도 그를 진지하게 바라봤다.

"한 번만 봤는데 어떻게 날 기억하세요?"

그의 손이 무의식적으로 그녀의 손으로 다가가 처음으로 꽉 쥐었다. "난 기억력이 좋아요." 마침내 그가 말했고, 평소 침착했던 모습과 달리 의사와 간호사 모두 알아챌 정도로 이상하게 혼란스러워 하며 그녀를 외면했다.

순간적으로 그가 잡은 손에 몸의 온 신경이 건강을 회복하는 첫 떨림과 함께 강렬한 감정을 느꼈다. 그녀는 그의 바뀐 얼굴색을 바라보고, 머뭇거리는 말에 귀 기울이며, 그녀의 성별과 나이가 가지는 모든 예민한 지각력으로 진실을 빨리 직관적으로 파악하려고 했다. 그가 시선을 돌리는 순간, 그녀는 살며시 그에게서 손을 떼로 베개 쪽으로 고개를 돌렸다. '그럴 수 있을까?' 기분 좋은 떨림과 기분 좋은 혼란에 뺨을 붉히며 생각했다. '그런 걸까?'

의사는 커크에게 또 다른 신호를 보냈다. 그는 이해하고, 바로 일어났다. 그의 얼굴과 태도에서 순간적으로 당황했던 것이 모두 사라졌다. 그는 비밀을 잘 지켰다는 것에 속으로 만족했고, 본래 자신의 모습으로 돌아왔다는 것에 안도감을 느꼈다.

"내일까지 잘 있어요." 그가 방을 나가면서 말했다.

"내일까지 안녕히 지내세요." 그녀는 그를 쳐다보지 않고 부드럽게 말했다.

의사 메릭은 커크가 물러난 의자에 앉아 맥박을 쟀다. "내가 걱정한 대로 매우 빨리 뛰네요."

그녀는 심술을 부리며 손목을 뺐다. "그러지 마세요." 그에게서 움츠러들며 말했다. "만지지 마세요!"

의사 메릭은 기분 좋게 간호사에게 자리를 넘겨주며 속삭였다. "30분 뒤에 돌아올게요. 다시 침대로 데려가요. 말은 못 하게 해요. 신문에 난 그림들 보여주고 그런 식으로 조용히 있게 하세요."

의사가 돌아왔을 때, 신문은 필요하지 않았다고 간호사가 말했다. 환자의 행동은 모범적이었다. 전혀 안절부절못하지 않았고, 한마디도 하지 않았다.

며칠이 지나고, 의사는 그녀가 거실에서 보내도록 허락한 시간이 점점 길어졌다. 그녀는 곧 소파 위 침대가 필요치 않았다. 옷을 입을 수 있고, 안락의자에 베개를 받쳐 앉을 수도 있었다. 침대에서 해방되는 시간은 그녀의 일상에서 대단한 일이었다. 커크와 어울리면서 시간을 보냈다.

그녀는 이제 그에게 두 가지 면에서 관심이 생겼다. 그녀의 정신과 생명을 구해준 남자에 관한 관심, 그리고 그녀를 놀라게 한 마음속 깊은 비밀을 가진 남자에 관한 관심이었다. 그들은 오랜 친구처럼 조금씩 편해지며 친해졌고, 조금씩 그녀는 모든 특혜를 누리고 있다고 생각했고, 뜻하지 않게 그의 본성에 대해 아주 자세히 알게 됐다.

그녀의 질문은 끝이 없었다. 그가 자신과 그의 삶에 대해 말할 수 있는 모든 것을 그녀가 섬세하고 눈에 띄지 않도록 끌어냈다. 자의식이 가장 적었던 그는 그녀의 비상한 손길로 자기 중심주의자가 되었다. 그가 배에 대한 자부심이 크다는 것을 알고 바로 그 점을 이용했다. 그는 평생 육지에 있는 누구와도 이야기한 적이 없었기에, 그녀는 그가 훌륭한 배, 비상 상황에 해냈던 훌륭한 일들에 대해 이야기하도록 이끌었다. 그가 항해에 대한 개인적인 불안과 말할 수 없는 항해의 기쁨을 동료에게 비밀로 하고 있다는 것을 알게 됐다. 그녀는 불에 연료를 더해 아주 기분 좋은 승리감을 느끼는 그의 불타는 얼굴을 바라봤다. 그녀는 그가 시간과 장소를 모두 잊도록 했고, 그의 손이 배의 단단한 방어벽에 내려온 것처럼, 그의 열정적인 이야기에, 곧 부서질 거 같은 작은 숙소 탁자를 진심으로 쓰다듬었다. 그가 자신의 소홀함을 발견하고 혼란스러워하자 그녀는 몰래 기뻐했다. 그가 과연 무슨 생각을 하고 있었는지 후회하면서 의아해할 때 그녀는 기뻐서 울 수도 있었을 것이다.

다른 때에는 삶의 쾌락에 연연하지 않고 위험에 대해, 즉 그가 푹 빠져 있고, 이상하고 순진하게 육지 생활에 대해서는 무지하도록 한 질투 많은 바다의 위험에 대해 이야기하도록 했다. 그는 두 번이나 난

파를 당했다. 무수하게 죽음의 위협을 받았고 가까스로 죽음에서 벗어났다. 그는 항상 어둡고 끔찍한 이야기는 하지 않으려고 했다. 대화할 때 작은 덫을 놓아 그를 교묘하게 유혹함으로써 깊은 곳의 두려움을 말하도록 꾀었다. 그녀는 숨 막힐 듯한 관심을 가지고 그의 말을 들었고, 그가 (쉬운 말로 하면서 더 생생해지는) 두려운 이야기를 하나하나 할 때마다, 숨이 막힐 듯한 경이로움으로 그를 바라봤다. 자신의 용감한 행위에 대한 그의 고귀한 무의식, 즉 그가 따르는 소명 의식에 따른 행위일 뿐이며 자신의 행동을 불굴의 인내와 헌신적인 용기의 행동으로 이야기하는 꾸밈없이 겸손함은 그를 그녀보다 절망적으로 높은 위치에 올려놓았기 때문에 그녀는 자신이 세운 우상을 다시 끌어내릴 때까지 불안하고 조급해졌다. 이런 경우에 그녀는 남자들과 소통에서 여자에게 아주 소중한 친밀한 관심을 그에게 가장 완고하게 요구했다. 그가 가까이 있을 때 몰래 그 생각을 따라가는 것에 매우 기뻐하며 생각했다. '죽음에서 물에 빠진 사람들을 구했던 이 손이 내 베개를 너무 부드럽게 움직여서 언제 움직이는지 알 수 없을 정도야. 반란을 일으킨 사람들을 붙잡아 본연의 자리로 돌아가게 만든 이 손이 내 레모네이드를 섞고 나보다 더 섬세하고 깔끔하게 과일 껍질을 벗기고 있어. 아, 만약 내가 남자가 될 수 있다면, 이런 남자가 되고 싶어!'

그녀는 그가 있을 때는 자기 생각을 전혀 드러내지 않았다. 밤에 그들이 헤어졌을 때만, 그녀는 비로소 자신을 구해준 자기희생적인 헌신에 대해 생각했다. 커크는 그녀가 방에서 잠들기 전 조용한 시간 동안 그를 어떻게 생각했는지 거의 알지 못했다. 그가 그녀에게 미치는 영향, 즉 그가 새로운 삶에 불어넣고 있는 새로운 정신, 몸이 회복되면서 처음으로 느끼는 생생함에 예민하게 열려 있다는 것을 전혀 알지 못했다. 그는 애석하게도, 3층 작은 방에 혼자 앉아 생각하곤 했다. "그녀를 즐겁게 해줄 다른 사람이 없어, 불쌍해. 나 같은 거친 녀석이 그녀 친구들이 올 때까지 지친 시간을 달래줄 수 있다면, 그녀는 내가 말할 수 있는 모든 것을 진심으로 반가워할 거야."

그는 혼자가 될 때마다 기운이 없고 안절부절못했다. 막달렌이 그가 위층에서 자고 있을 거라고 생각할 때, 그는 조금씩 밤에 오랫동안 혼자서 산책하는 습관에 조금씩 빠졌다. 한 번은 그의 말로는 일 때문에 낮에 갑자기 자리를 비운 적이 있었다. 전날 저녁 막달렌이 그에게 자기의 나이를 말하게 된 어떤 일이 그녀와 자신 사이에 일어났다. '지난 생일에 20살이 됐어. 41에서 20을 빼봐. 참 쉬워. 내 어린 조카도 할 수 있을 만큼 쉬워.' 그는 선착장으로 걸어갔고, 배를 씁쓸하게 바라보았다. "배가 어떻게 만들어지는지를 잊어서는 안 돼. 곧 나는 다시 옛 일터로 돌아가야 해." 선착장을 떠나면서, 그는 결혼한 동료 선원을 방문했다. 대화 도중에 그는 친구에게 친구 아내보다 몇 살 더 많은지 물었다. 6살 차이가 났다. "그 정도면 괜찮은 나이 차이지?" "그럼. 드디어 신붓감을 찾는 거야? 35살 정도의 노련한 여성을 찾아봐. 계산해 보니 너한테는 그 정도 나이면 돼."

시간은 무탈하게 빠르게 지나갔다. 현재 그녀는 아주 운 좋게 회복하고 있었고, 현재 그는 이미 불신하기 시작했다.

어느 날 아침 일찍 의사 메릭이 2층에 있는 커크의 작은 방을 방문해서 놀라게 했다. 의사는 갑자기 그의 일에 끼어들면서 말했다. "우리의 환자가 마침내 모든 위험을 이겨내고 친구들을 만날 수 있을 만큼 매우 건강해졌다는 결론을 어제 내렸어요. 그래서 난 괴짜 래지 대위가 우리에게 알려준 대로 했어요. 그 사람이 변호사 펜드릴 씨에게 물어보라고 조언했던 거 기억나죠? 이틀 전에 난 펜드릴 씨를 만났고, 가스 양이라는 여성분을 소개받았어요. 난 우리가 지금처럼 현명하게 주의를 기울이기 잘했다고 확신할 만큼 그녀에게 충분한 이야기를 들었어요. 매우 정말 슬픈 이야기예요. 아래층에 있는 불쌍한 아가씨를 생각해서라도 그 이야기를 해야 해요. 이 세상에서 그녀의 유일한 친척은 언니예요. 언니가 먼저 그녀에게 편지를 쓰고, 그 편지를 받고 그녀가 괜찮으면, 하루 이틀 안에 개인적으로 편지대로 하라고 제안했어요. 내 허락 없이 이곳을 방문하는 거 막으려고 주소는 알려주지 않았어요. 내가 한 일은 그 편지를 전달하는 일뿐이고, 아마 내 집에 돌아가면 와 있을 거예요. 내가 심부름꾼을 통해서 보낼 때까지 집에 있을 수 있나요? 내가 직접 가져올 틈이 없네요. 거실에 없을 때는 기회를 노리고, 그녀가 그곳에 들어왔을 때 보이는 곳에 편지를 두기만 하면 돼요. 그녀가 편지를 열어보기도 전에 주소에 적힌 필체만 보고도 알 거예요. 그녀에게 아무 말 하지 말아요. 집주인이 가까운 곳에 있게 하고 그녀를 혼자 두세요. 당신이 내 지시를 따를 거라고 믿기에 이런 부탁을 하는 거예요. 오늘 아침 기분이 안 좋아 보이네요. 충분히 자연스러운 일이죠. 당신은 신선한 공기에 익숙하고, 이런 갑갑한 곳에서 그리워지기 시작했어요."

"하나만 물어봐도 될까요, 의사 선생님? 그녀도 이런 갑갑한 곳에서 그리워할까요? 언니가 오면, 언니가 그녀를 데려갈까요?"

"내 충고를 따른다면, 분명히요. 그녀는 1주일 내 움직일 수 있을 만큼 건강해질 거예요. 즐거운 하루 보내세요. 당신은 확실히 기운이 없고, 손에 열이 나는 것 같습니다. 푸른 물이 그리운 거 같네요, 선장님."

한 시간 후 편지가 도착했다. 커크는 편지를 보지도 않고 마지못해 그리고 거의 까칠하게 집주인한테서 받아왔다. 막달렌이 아직 화장대에 있다는 것을 확인하고 가까운 곳에 있어야 한다고 집주인에게 설명한 후, 그는 바로 아래층으로 내려와서 거실 탁자 위에 편지를 올렸다. 막달렌은 귀에 익은 발소리를 들었다. "곧 준비 다 돼요." 그녀는 문을 통해 그에게 말했다.

그는 아무 대답을 하지 않고 모자를 챙겨서 밖으로 나갔다. 잠시 머뭇거리던 그는 동쪽으로 향했고, 콘힐에 있던 선주 사무실을 방문했다.

빈방을 둘러보던 막달렌은 한눈에 탁자 위 편지를 발견했다. 의사가 예상했던 대로, 주소를 보자마자 알 수 있었다.

한마디도 하지 않았다. 무릎에 편지를 올려놓고 탁자 옆에 창백하고 조용하게 앉아 있었다. 편지를 두 번이나 열어보려고 했지만, 두 번이나 다시 내려놨다. 언니의 필체를 보면서 그녀의 마음속에 과거만 있는 것이 아니었다. 커크에 대한 두려움도 있었다. '내 과거! 그가 내 과거를 안다면 날 어떻게 생각할까?'

그녀는 다시 용기를 내서 인장을 뗐다. 필체가 낯선 동본된 두 번째 편지가 떨어졌다. 그녀는 두 번째 편지를 옆에 두고 노라의 편지를 읽었다.

와이트섬 벤트너, 8월 24일.

소중한 노라에게

네가 이 편지를 읽을 때, 우리는 어제 헤어졌다고 생각하자. (나도 마음에서 지웠듯이) 너도 과거와 그와 관련된 모든 것을 잊어버려.

긴 편지로 널 흥분시키거나 지치게 해서는 절대적으로 안 된다고 해. 내가 세상에서 가장 행복한 여자라고 말하면 안 되는 걸까? 아니길 바라, 비밀을 나만 간직할 수 없으니까.

내 소중한 동생, 내가 너한테 알려줄 엄청난 소식이 있어. 나 결혼했어. 옛날 이름과 헤어진 지 오늘로 겨우 1주일 정도 됐고, 세인트 크럭스의 조지 바트람의 행복한 아내가 된 지 겨우 1주일 됐어.

처음에는 나 때문에 결혼하는 데 어려움이 있었어. 다행히도, 내 남편은 처음부터 내가 그를 진정으로 사랑한다는 것을 알았어. 첫 번째 기회를 잃고, 그는 나에게 두 번째 말할 기회를 줬고, 보다시피, 난 현명하게 그 기회를 잡았어. 넌 특히 이 결혼에 특별한 관심을 가져야 해, 네가 그 사랑의 원인이거든. 만약 내가 너의 흔적을 찾으러 앨드버러에 가지 않았다면, 만약 조지가 너와 관련된 상황으로 같은 시기에 그곳에 오지 않았다면, 내 남편과 나는 결코 만나지 못했을 거야. 서로의 첫인상을 되돌아볼 때, 우리는 너를 되돌아봐.

너는 지치게 해서는 안 되는 약속을 지켜야 해. (내 의지와는 달리) 이 편지를 마무리해야 해. 인내심을 가지자! 곧 만나자. 조지와 나 두 명 모두 런던으로 가서 널 벤트너로 데리고 올 거야. 이건 내 남편의 뜻이고, 나도 그래. 막달렌, 내 소원과 내 바람대로, 그에게 나처럼 너를 생각하라고 알려주고 나서야 내가 그와 결혼했다고 생각하지 마. 내 생각만 쓸 수 있었다면 난 이 일과 조지에 대해 많은 이야기를 했을 거야. 하지만 가스 양(의 부탁으로)이 편지 마지막 페이지를 남겨야 해. 마지막 인사 전에 한마디만 덧붙일게. 우리가 만날 때까지 또 다른 깜짝 소식이 있다는 걸 알려주기 위해서야. 그게 뭔지 짐작하려고 하지 마. 오랫동안 짐작할 수 있겠지만, 지금 넌 진실에 더 가까이 다가갈 수 없어.

너의 사랑하는 언니, 노라 바트람.

(가스 양이 덧붙임)
나의 소중한 아가씨에게

내가 아가씨에 대한 사랑스러운 옛 기억을 잃어버렸다면, 죽음을 눈앞에 두고 아가씨를 우리에게 다시 찾아줘서 기뻐했다는 걸 알게 되었을 때, 다시 한번 내 마음속에 느껴야 했을 거예요. 언니의 편지에 글을 덧붙이는 이유는 언니 생각처럼 아가씨가 그녀의 제안을 받아들일지 아직 확신할 수 없기 때문이에요. 그녀는 남편이나 그녀에게 사실은 아닌 건 한마디도 하지 않았어요. 하지만 바트람 씨는 당신에게 낯선 사람이에요. 그리고 만약 형부의 보호를 받는 것보다 옛 가정교사 밑에서 더 편안하고 즐겁게 회복할 수 있다고 생각한다면, 내게 먼저 와줘요. 그러면 내가 노라 아가씨가 계획을 조정할 수 있도록 할게요. 샨크린(와이트섬 휴양지)에 있는 작은 집의 우선권을 확보해 놨어요. 자매가 원할 때 언제든 만날 수 있을 만큼 충분히 가깝고, 또 아가씨가 원할 때, 혼자 지낼 수 있을 만큼 충분히 멀어요. 우리는 만나기 전에 나한테 승낙 여부를 알려주면, 다음 우편으로 샨크린에게 편지를 보낼게요.

해리엇 가스 씀"

막달렌 손에서 편지가 떨어졌다. 떠오르지 않았던 생각들이 이제 떠올랐다.

부당했던 참사에 체념했던 노라, 쓰라린 운명을 인내심을 가지고 받아드렸던 노라, 처음부터 마지막까지 복수를 생각하거나 속임수를 쓰지 않았던 노라가 동생의 기발한 재주, 결심과 대담함으로 이루지 못했던 목적을 이뤘다. 솔직하고 명예롭게, 서로가 사랑하며 노라는 콤-레이븐의 돈을 가진 남자와 결혼했고, 그것을 찾으려고 했던 막달렌의 계획이 부부의 연을 이어줬다.

그럼 엄청난 사실을 알게 되자, 오래된 갈등이 다시 일어났다. 그녀를 이기려고 선과 악이 다시 싸웠고, 이번에는 힘이 보태졌다. 그녀의 새로운 삶에 불어 넣어진 새로운 영혼과 함께, 그녀를 구해 준 남자에 대한 커져가는 고마움과 함께 보다 고귀한 감각과 함께, 더 나은 쪽으로 싸웠다. 처음부터 끝까지 그녀의 성격에서 모든 고귀한 요소들을 벌하지 않고 잘못을 저지르게 한 그녀의 타고난 모든 고상한 충동은, 결혼 전후로 비정하고 본질적으로 사악한 여자라고 느낄 수 없는 후회와 함께 그녀를 고문했고, 최고의 투쟁을 위해 힘을 모으고 그녀 앞에 보였던 어울리지 않는 계시를 받아들이도록 그녀를 강화시켰다. 진실한 불멸의 삶에 비추어 볼 때, 진실은 죽은 열정의 잿더미에서 파묻힌 희망의 무덤에서, 더 분명하고 더 또렷하게 그녀 앞에 떠올랐다. 그녀가 편지를 다시 읽었을 때, 잃어버렸던 재산을 되찾은 것이 그녀가 아닌 언니의 승리라는 걸 한 번 더 읽었을 때, 그녀는 모든 작은 질투와 모든 인색한 후회들을 성공적으로 짓밟았다. 그녀는 진심을 다해서 말할 수 있었다. "노라 언니는 그럴 자격이 있어!"

하루가 지나갔다. 그녀는 커크가 돌아올 때까지 아직 열어보지 않은 두 번째 편지에 신경을 쓰지 않고, 자신의 생각에 빠져 있었다.

그는 밖에 있는 층계참에 멈춰서 문을 조금만 열고 방에 들어오지 않고 그녀에게 필요한 게 있는지 물었다. 그녀는 그에게 들어오라고 애원했다. 그의 얼굴은 몹시 지치고 피곤해 보였다. 더 늙어 보였다. "당신이 내 편지를 탁자 위에 뒀나요?"

"네, 의사 부탁을 받고 거기에 뒀어요."

"의사 선생님이 언니한테 온 거라고 말씀하셨겠죠? 언니가 날 보러 오고, 가스 양이 날 보러 올 거예요. 그 사람들이 나에게 베푼 당신의 모든 선함에 나보다 더 많이 감사를 표할 거예요."

그는 단호하게 답했다. "내가 그들의 감사를 받을 이유는 없어요. 난 그들이 아니라 당신을 위해서 한 거예요." 그는 잠시 기다렸다가 그녀를 바라보았다. 만약 그녀가 이미 진실을 짐작하지 못했다면, 다음 말에서 그의 얼굴과 목소리에서 그도 모르게 튀어나왔을 것이다. "친구들이 이곳에 오면, 당신을 여기보다 더 좋은 곳으로 데려갈 거예요."

그녀는 부드럽게 말했다. "그들은 날 아무 데도 데려갈 수 없어요. 내가 생각할 수 있는 장소는 당신이 날 발견한 곳이에요. 내 목숨을 구해준 친구보다 더 소중한 친구에게 갈 수 없어요."

그들 사이에 잠깐의 침묵이 흘렀다.

그는 더 낮은 톤으로 말을 이었다. "우리는 여기에서 매우 행복했어요. 우리가 작별 인사를 할 때 날 잊지 않을 거죠?"

그녀는 그 말에 얼굴이 창백해지며 의자에서 일어나 탁자에 무릎을 꿇고 그의 얼굴을 올려다봤고 그도 그녀의 얼굴을 봤다.

"왜 그런 이야기를 하는 거죠? 우리는 아직 작별 인사를 하지 않을 거예요."

"내 생각에⋯."

"네?"

"내 생각에 당신 친구들이 여기 오면⋯."

그녀는 간절히 그의 말을 막았다. "내가 이 세상에서 가장 소중한 관계인 사람과 떠나는데, 당신을 또다시 볼지 안 볼지 알지도 못한 채 신경도 안 쓴 채 당신을 여기에 두고 떠날 거라고 생각했어요? 아, 당신은 날 그렇게 생각하지 않아요!" 그녀는 뜨거운 눈물을 흘리며 소리쳤다. "날 그렇게 생각하지 않을 거라고 확신해요!"

"아니에요. 난 절대 당신을 부당하게 아니면 하찮게 생각해 본 적도 없고 그렇게 생각할 수도 없어요."

그가 다른 말을 더 더하기 전에 그녀는 갑자기 탁자를 떠나 의자로 돌아갔다. 그는 무의식적으로 그녀에게 여전히 충족되지 못한 어려운 일, 즉 과거의 이야기를 들려줄 필요성에 대해 상기시켜주는 말로 대답했다. 그 이야기를 숨길 생각은 전혀 없었다. '그가 진실을 알면, 지금 나를 사랑하는 것처럼 나를 사랑할까?' 위축되지 않고 그 사람 앞에서 그 이야기를 하려고 할 때, 그 생각만 들었다.

"내 감정은 고려하지 말아요. 내가 당신을 다시 볼 확신이 없다면, 떠날 이유가 없어요. 친구들은 모르지만 내가 어떻게 여기에 왔고, 어떻게 내가 밑바닥까지 떨어졌는지 알아야 할 권리가 있어요."

그는 성급하게 말했다. "난 그럴 권리가 없어요. 당신이 나에게 말하는 게 괴로운 건 아무것도 알고 싶지 않아요."

그녀는 희미한 미소를 지으며 답했다. "당신은 당신의 의무를 다했어요. 당신을 본받아서 내 의무를 하도록 해줘요."

그는 씁쓸하게 말했다. "난 당신 아버지만큼이나 나이가 들었어요. 당신보다 내 나이에 의무를 더 쉽게 할 수 있어요."

그의 나이는 늘 마음에 걸렸고, 그녀도 알아야 한다고 생각했다. 그녀는 전혀 신경 쓰지 않았다. 그가 조금 전에 언급했지만, 그녀가 그에게 말하려는 점에서 잠시도 마음을 돌리지 않았다.

그녀는 끝까지 용기를 내서 말했다. "당신이 날 좋게 생각해 주는 것이 나에게 얼마나 소중한지 몰라요. 내가 당신에게 내 마음을 열 때까지 어떻게 당신의 친절을 받아들이고 존중을 받을 자격이 있을까요? 아, 비참하게 나약한 나를 격려하지 마세요! 내가 진실을 말할 수 있게 해 줘요. 당신이 아니라 내 자신을 위해서요!"

그는 그런 열렬하고 진정성 있는 호소에 깊은 감동을 받았다.

"당신은 말해야 해요. 당신 말이 맞아요. 내가 틀렸어요." 그는 잠시 고민했다. 세심한 배려를 베풀며 그녀에게 물었다. "말하는 것보다 편지로 쓰는 것이 당신에게 보다 쉬울까요?"

그녀는 그 제안을 감사히 받아들였다. "훨씬 쉬워요. 편지로 전한다면, 당신에게 아무것도 숨기지 않을 거라고 확신해요. 당신은 저에게 쓰지 마세요!" 그녀는 갑자기 그에 대한 개인적인 영향력을 완전히 단념하는 위험성을 여자의 본능으로 재빨리 느끼고 갑자기 말을 덧붙였다. "우리가 만날 때까지, 그리고 당신이 어떻게 생각하는지 직접 나에게 말할 때까지 기다려요."

"난 어디서 말할까요?"

"여기서요!" 그녀는 간절하게 말했다. "당신이 무기력했던 날 발견했고, 당신이 날 다시 살게 해줬고, 내가 처음 당신을 알게 된 여기서요. 이 방에서만 말한다면, 당신이 내게 하는 힘든 말도 참을 수 있어요. 한 달 이상 떨어져 있는 건 있을 수 없어요. 한 달이면 충분해요.

만약 내가 돌아온다면….” 그녀는 당황하며 말을 멈췄다. “당신을 생각해 줘야 하는데, 내 생각만 하고 있네요. 당신은 직업도 친구도 있어요. 우리를 위해 당신이 결정할래요? 어떻게 할지 말해줄래요?”

“당신이 원하는 대로 해요. 당신이 한 달 안에 돌아오면, 여기서 날 찾을 수 있을 거예요.”

“당신의 휴식이나 계획을 희생시키는 거 아니에요?”

“시내에 돌아가야 하는 것 빼고는 없어요.” 그는 일어나서 모자를 집었다. “거기는 한 번은 가야 해요. 그렇지 않으면 제때 오지 못할 거예요.”

“우리 약속하는 거죠?” 그녀는 손을 내밀며 말했다.

“맞아요.” 그는 조금 슬프게 답했다. “약속했어요.”

그의 태도가 조금은 우울해 보여 그녀는 괴로웠다. 그를 응원하고 싶은 열망에 다른 모든 불안감을 잊은 채, 그녀는 그가 내민 손을 살며시 잡으며 생각했다. ‘그에게 진실을 말하지 않으면, 아무것도 말하지 않는 거야.’

그에게 진실을 말하지 못했다. 그는 그전에는 함부로 물어보지 못했던 질문을 자문했다. “그녀가 나한테 말하려는 게 고마움일까 아니면 사랑일까?” 그는 궁금했다. “만약 내가 젊었다면, 난 사랑이길 바랐을지도 몰라.” 그녀가 그에게 나이를 말하던 날, 처음 알게 된 나이 차는 그가 집을 떠날 때 또다시 맘에 걸리기 시작했다. 그는 콘힐에 있는 선주 사무실로 돌아가면서 내내 41에서 20을 뺐다.

혼자 남겨진 막달렌은 가스 양이 부탁한 답장을 쓰기 위해 탁자로 향했고, 그녀에게 했던 그 제안을 고맙게 받아들였다.

그녀가 잊고 있었던 두 번째 편지는 그녀가 자리를 바꿀 때 먼저 눈에 띄었다. 그녀는 바로 열어봤고, 필체를 알아보지 못한 채 서명을 보았다. 그녀가 말할 수 없이 놀랍도록, 보낸 사람은 다름 아닌 클레어 씨였다.

철학자의 편지는 일반적인 형태로 쓰였고, 서문도 없고 다음처럼 바로 본론으로 들어갔다.

"경멸스러운 내 아들 놈에 대한 소식이 있어, 최대한 간단하게 쓴다. 내가 늘 그랬지, 프랭크는 교활하다고. 그 애가 중국 고용주를 피해 도 망쳐 온 것을 보면 그런 성격이라는 걸 보여주지. 다음에는 어디서 나타 났다고 생각하니? 홍콩에서 런던으로 돌아가는 영국 상선에 타서, 밀가 루통 뒤에 숨어 있었어.

배 이름은 딜리버런스 호였고, 지휘관은 커크 선장이었어. 커크 선장 은 분별력 있게 프랭크를 물속으로 던져 버리는 대신, 그놈 이야기를 들 어줄 만큼 어리석었어. 너도 잘 알겠지만, 그놈은 자신의 불행을 최대한 이용했어. 굶주렸고, 그를 도와줄 친구도 없이 낯선 곳에서 길을 잃은 영국인이었고, 고향으로 돌아가는 유일한 기회는 영국 배에 몰래 타는 거였어. 그놈 말에 따르면 홍콩에서 숨어 탄 지 이틀이 됐다고 했어. 그 게 그의 이야기였어. 프랭크 처지와 같은 놈은 다른 선장이었다면 밧줄 에 묶였을 거다. 당연히 그 누구에게도 동정을 받을 자격이 없는 프랭크 를 그곳에서는 응석을 받아주고 동정했어. 선장은 그 아이 손을 잡았고 선원들은 그를 불쌍히 여겼고, 승객들은 등을 토닥거렸어. 그는 음식과 옷을 얻었고 집까지 가는 방법을 제공받았어. 너는 지금까지 운이 좋았 다고 하겠지. 그런 건 없어. 내 야비한 아들놈에게 그런 행운 같은 건 없 어.

그 배는 희망봉에 닿았어. 커크 선장이 한 바보 같은 짓 중 하나가 그 곳에서 한 여성 승객을 태웠는데, 그러니까 젊은 여자는 아니고 부유 한 개척자의 나이 든 미망인이었어. 그녀가 프랭크와 그의 불행에 깊은 관심을 가지게 되었다고 굳이 말할 필요는 없겠지? 다음 이야기는 말 할 필요가 없겠지? 내 아들의 생활을 되돌아보면 그 뒤로 일어난 일들 이 어땠을지 알 수 있을 거야. 그 애는 불쌍한 너의 아버지 관심을 받을 자격이 없는데 받았어. 너의 사랑을 받을 자격이 없는데 받았지. 런던의 최고 사무실에서 최고 일자리를 받을 자격이 없는데 받았지. 중국 무역 사무실에서도 똑같이 좋은 기회를 받을 자격이 없었어. 음식과 옷, 연민과 공짜 통행권을 받을 자격이 안 되는데 모두 받았어. 마지막으로 할머니뻘 되는 여자와 결혼할 자격조차도 안 되는데 그렇게 했어! 청첩장을 받은 지 5분도 안 돼서 쓰레기통에 던져 버렸고, 함께 온 편지는 불에 던져버렸다. 그 편지에 담긴 마지막 정보는 그와 그의 아내가 그들에게 어울리는 집을 구하고 있다는 거였어. 내 말 명심해! 프랭크는 영국에서 가장 좋은 부동산을 가지게 될 거야. 당연히 하원 자리를 차지해서 이 엉터리 같은 나라의 의원이… 막돼먹은 놈!

네가 현명한 아가씨라면, 프랭크가 진짜 어떤지 오래전에 알았으니, 너에게 전한 소식으로 그놈에 대한 너의 경멸을 확인할 수 있을 거야. 네 가엾은 아버지가 살아서 오늘 봤으면 좋았을 텐데! 가끔 옛날 수다가 그리워. 프랭크의 청첩장과 편지가 도착했을 때처럼 그에 대한 상실감을 절실하게 느꼈는지 나는 모르겠구나.

너의 벗, 프랜시스 클레어 시니어 씀."

클레어 씨의 이야기에 커크의 이름이 등장해서 그녀는 잠시 침착하지 못했지만, 막달렌은 처음부터 끝까지 쭉 읽었다. 그녀를 괴롭힐 수 있었던 시간은 지나갔다. 그녀 눈에서 콩깍지가 벗겨진 지 오래됐다. 만약 클레어 씨가 그녀가 편지를 옆으로 치우면서 얼굴에 나타난 경멸의 표정을 봤다면 만족했을 것이다. 그녀가 유일하게 진지하게 생각하는 것은 커크에 대한 것이었다. 배에 탄 승객들 이름에 대해 어떤 언급도 없이 그녀 앞에서 개의치 않고 말하는 그의 태도에서, 프랭크는 그들 약혼에 대해 침묵을 지켰음을 보여줬다. 사라진 망상에 대한 고백은 그녀가 조금도 거리낌 없이 밝히겠다고 약속했던 과거 이야기의 일부로 남겨졌다.

그녀는 가스 양에게 편지를 써서 바로 보냈다.

다음 날 한 줄의 회신이 왔다. 가스 양은 샨크린 집 우선권을 지키기 위해 편지를 썼고, 의사 메릭은 다음 날 막달렌이 떠나는 것을 동의했다. 노라가 먼저 집에 도착할 것이고, 병약자를 기차역까지 데려다줄 편안한 마차를 타고 가스 양이 뒤따라올 것이다. 그녀에게 필요한 모든 준비가 마련됐다. 그녀가 해야 할 한 가지 노력은 몸을 움직이는 것이다.

막달렌은 편지를 고마워하며 읽었지만, 편지에 집중하지 못하고 시내로 돌아가는 커크에 대해 생각했다. 아침에 그는 그곳에 벌써 다녀왔는데, 무슨 일로 갔을까? 그들이 약속했는데 왜 하루에 두 번 또 시내를 가야 했을까?

혹시 바다와 관련된 일이었을까? 고용주들이 배로 돌아가라고 하는 걸까?

Chapter 4

자매들의 만남에서 첫 번째 동요는 끝났다. 반은 즐겁고 반은 고통스러웠던 첫 생생한 감명은 다소 누그러졌고, 노라와 막달렌은 손을 잡고, 각자 조용하게 기쁨에 빠졌다. 막달렌이 먼저 말했다.

"나한테 할 말 있지, 노라 언니?"

"너하고 하고 싶은 말이 정말 많지. 너도 나한테 하고 싶은 말이 많을 거고. 내 편에서 말했던 그 두 번째 깜짝 놀란 소식 말하는 거니?"

"응. 거의 나와 관련된 거겠지, 아니면 첫 번째 편지에서 언급하지 않았겠어?"

"거의 너에 관한 거야. 에식스의 조지 집에 대해서 들어봤지? 적어도 세인트 크럭스라는 이름은 들어봤지? 무슨 말부터 해야 할까? 네 몸이 더 놀라운 소식을 듣고 잘 버틸 수 있는지 걱정되는데?"

"충분히 건강해. 나도 세인트 크럭스에 대해 해줄 말이 있어. 나도 언니한테 놀라운 소식이 있어."

"지금 해줄래?"

"지금은 안 돼. 우리가 바닷가에 있을 때, 알 수 있을 거야. 내가 언니 남편 집에 나를 초대해 준 친절을 받아들이기 전에 알게 될 거야."

"무슨 말이니? 왜 바로 말해 주지 않니?"

"옛날에 잘 참았잖아, 노라 언니. 지금도 그렇게 해줄래?"

"그럴게. 그럼 내 이야기로 돌아갈까? 응? 그럼 바로 다시 이야기할게. 에식스에 있는 세인트 크럭스가 조지 집이고, 삼촌에게 물려받았다고 말했지. 가스 양은 그곳을 보고 싶어 한다는 걸 알고, 그 사람이

(제독님 사망 후 해외에 있어서) 자리를 비우는 동안 그 지역에 우연히 들리게 되면 그녀와 친구들이 방문할 수 있다는 말을 남겼어. 조지가 떠난 지 얼마 안 됐을 때 가스 양과 나, 티렐 부인의 친구들이 그 지역에 있었어. 우리는 에식스 위븐 호에 있는 건축업자의 뜰에서 티렐 부인의 새 요크 진수식에 초대받았어. 진수식이 끝나고, 나머지 일행은 식사하려고 콜체스터로 돌아갔어. 가스 양과 난 같은 마차를 타려고 했고, 내 어린 두 학생을 제외하고는 동행은 아무도 없었어. 우리는 마부에게 지시를 내려서 세인트 크럭스로 향했어. 가스 양이 자기 이름을 말하자, 우리를 들여보내졌고 집 전체를 보여줬어. 어떻게 설명해야 할지 모르겠네. 내가 살면서 본 곳 중에 가장 당황스러운 곳이…"

"설명하려고 하지 마, 노라 언니. 계속 이야기해봐."

"알았어. 세인트 크럭스에 있는 방 하나를 바로 이야기하자면, 네가 있는 이곳 거리처럼 길고, 아주 음침하고, 아주 더럽고 너무 추워서 그 방을 떠올리기만 해도 몸이 떨려. 가스 양은 최대한 빨리 그곳을 나가려고 했고, 나도 그랬어. 하지만 가정부는 쓸쓸한 그곳에 유일하게 있는 가구를 먼저 보지 않고서는 우리를 보내 주지 않았어. 삼각대라고 불렀던 거 같아. (놀랄 거 없어, 막달렌. 내가 장담하는데 놀랄 거 없어!) 어쨌든, 그것은 발이 세 개 있는 이상한 거였는데, 꼭대기에 재가 가득 쌓여 있는 팬을 받치고 있었어. (가정부 말로는) 금속으로 된 멋진 작품으로 여겨진다고 했고, 그녀는 특히 라틴어 좌우명이 새겨져 있는 팬 안쪽의 소용돌이 장식을 가리켰어. 그 좌우명이 뭔지는 잊어버렸어. 난 전혀 흥미를 느끼지 못했지만, 가정부를 만족시키기 위해 그 소용돌이 장식을 자세히 들여다봤어. 사실대로 말하자면, 그녀는 기계적으로 외운 금속 세공 이야기에 조금 지쳐 했어. 그리고 그녀가 이야기하는 동안, 나는 듣는 척하면서 마음은 딴 생각을 했고, 손으로 하얀 재를 앞뒤로 휘젓고 있었어. 내가 얼마나 잿더미를 가지

755

고 놀았는지 모르지만, 갑자기 잿더미 속에 깊이 숨겨져 있던 구겨진 종이를 찾았어. 내가 그것을 꺼냈을 때, 한 통의 편지였고 빽빽하고 촘촘한 글씨로 가득한 긴 편지였어. 막달렌, 내 이야기가 끝나기도 전에 넌 이미 예상했겠지. 내가 찾은 게 비밀 신탁이라는 걸 나처럼 너도 잘 알 거야. 손 내밀어봐. 조지가 너한테 이걸 보여주라고 허락했어. 여기 있어."

그녀는 여동생 손에 신탁을 쥐어줬다. 막달렌은 무심코 그것을 받았다. "언니!" 세인트 크럭스에서 헛되이 위험을 무릅쓰고 헛되이 괴로워했던 모든 기억을 떠올리며 그녀는 언니를 바라보며 말했다. "언니가 찾았어!"

"응!" 노라가 기쁘게 말했다. "그 신탁은 잃어버린 물건에 대한 보통의 심술을 예외 없이 증명했어. 잃어버린 걸 찾으면, 보이지 않아. 내버려 두면, 그 모습을 드러내. 막달렌, 너와 너의 변호사는 이걸 찾는 너의 관심이 일반적인 것이 아니라는 생각이 옳다는 걸 증명했어. 잿더미에서 구겨진 종이를 찾은 후 난 모든 것을 미뤘어. 조지 변호사에게 편지를 쓰고, 조지가 유럽 대륙에서 돌아왔어. 가스 양과 난 그 사람이 돌아오자마자 만났어. 그는 우리 모두 할 수 없는 걸 했어. 신탁이 숯 잿더미 속에 숨겨진 미스터리를 풀었어. 바트람 제독님은 평생 몽유병에 시달리셨어. 돌아가시기 얼마 전에 몽유병 상태로 걸어 다니는 모습이 발견됐고, 그 시기에 네 손에 있는 바로 그 편지 때문에 마음속으로 무척이나 불안해하셨어. 조지의 생각에, 그분이 깨어 있을 때 하려고 했던 걸 몽유병 상태에 하셨을 거라고 했어. 신탁을 폐기하는 거 말이야. 불 피운 지 얼마 안 됐고, 그래서 그분은 꿈에서도 계속 불타고 있다고 분명히 아셨을 거야. 내가 편지를 이상한 곳에서 찾은 것에 대한 조지의 설명은 이랬어. 그 편지로 다음에 무엇을 해야 할지가 문제였고, 여자로서 이해하기는 쉬운 문제가 아니었어. 하지만 난 이해해 보기로 했고, 이해했어, 왜냐면 너와 관련된 일이니까."

"이제 내가 말할게. 언니처럼 나도 이 편지에 대해 알고 싶은 특별한 이유가 있어. 그걸로 다른 사람들에게 어찌 됐고, 난 어떻게 되는 거야?"

"우리 막달렌, 그걸 이상하게 보고 이상하게 이야기하는구나!"

"쓸모없어 보이지만, 그 종잇조각으로 넌 재산을 받게 돼."

"이 편지에서 말하는 권리가 재산에 대한 나의 단독 권리야?"

"맞아. 그 편지는 너의 단독 권리야. 다른 말로 설명해줄까? 변호사 의견으로는 이 편지가 논쟁거리가 될 수 있다고 했지만, 조지는 그런 종류의 소송 절차를 허락하지 않았을 거라고 확신해. 그러나 바트람 제독님이 첨부한 그 편지의 (세 번째 페이지의 서명 아래) 추신으로, 제독님 대리인에게 법적 구속력은 물론 도덕적 구속력도 있어. 내가 아는 법률 용어는 다 썼으니, 이제 내 방식대로 말할게. 결론은 간단해. 노엘 밴스톤 씨가 지시한 대로 이뤄지지 않았다는 분명한 이유로 모든 돈이 노엘 밴스톤 씨의 재산으로 귀속되고 (또 다른 법률 용어를 썼어. 내 어휘력이 내 생각보다 풍부해). 만약 거들스톤 부인이 살았거나, 조지가 나와 몇 달 일찍 결혼했다면 결과는 달라졌을 거야. 있는 그대로, 그 돈의 절반은 이미 노엘 밴스톤 씨의 친족에게 배분됐어. 쉬운 말로 하자면, 남편과 아파서 침대에 자리를 보전하는 누이가 어느 날 변호사를 만족시키기 위해 공식적으로 돈을 받았다가, 다음에는 자신을 만족시키기 위해 관대하게 다시 돌려줬어. 이 유산의 절반에 해당하는 거야. 나머지 절반은 전부 네 거야. 이런 일이 생기다니, 막달렌! 너와 내가 상속권을 박탈당한 고아로 남겨졌다가, 2년 만에 우리는 결국 가엾은 우리 아버지의 재산을 나눠 갖게 됐어!"

"잠깐만, 노라 언니. 우리의 몫은 우리에게 아주 다르게 방식으로 받는 거야."

"그렇지? 내 몫은 내 남편을 통해서 받아. 네 몫은 네…." 그녀는 혼란스러워 말을 멈췄다가 안색이 변했다. "용서해줘, 내 동생!" 그녀는 막달렌의 손에 입술을 가져다 대며 말했다. "내가 기억해야 하는 걸 잊어버렸어. 생각 없이 널 힘들게 했어!"

"아냐! 언니 때문에 용기가 났어."

"용기가 났다고?"

"알게 될 거야."

그 말과 함께 그녀는 소파에서 조용히 일어나 열린 창가로 걸어갔다. 노라가 따라오기도 전에, 신탁을 갈기갈기 찢어버려 그 종잇조각들을 길거리로 던져 버렸다.

그녀는 소파로 돌아와 안도의 한숨을 쉬며 노라의 품에 머리를 기댔다. "내 과거 인생에 빚진 것이 없어. 난 찢어진 종잇조각들처럼 과거와 헤어졌어. 과거의 모든 생각과 바람이 영원히 나에게서 사라졌어!"

"막달렌, 내 남편이 절대 허락지 않을 거야. 나도 절대 허락하지…."

"쉿! 쉿! 언니 남편 생각도 맞아, 노라 언니, 언니도 나도 옳다고 생각해. 그 편지를 내가 받았다면, 내가 절대 가져가지 않았을 것을 언니한테서 가져갔을 거야. 내가 꿈꾸던 결말이야. 한때 내가 우리가 서로에게 가졌을 거로 생각했던 견해가 바뀐 건 빼고 아무것도 바뀌지 않아. 있는 그대로가 좋아, 언니. 있는 그대로가 훨씬 더 좋아!"

그렇게 그녀는 오랜 외고집과 교만을 마지막으로 희생했다. 그렇게 그녀는 새롭고 고귀한 삶을 시작했다.

한 달이 지났다. 막달렌의 애런스 빌딩의 집으로 홀로 돌아왔을 때, 어두컴컴한 거리에도 가을 햇살이 비췄고 동네 시계는 2시를 막 가리켰다.

"그가 날 기다리고 있나요?" 집주인이 들어오라고 할 때, 그녀는 걱정스러운 듯 물었다.

그는 거실에서 기다리고 있었다. 막달렌은 살며시 계단을 올라가 문을 두드렸다. 그는 무심코 그녀에게 들어오라고 했는데, 분명히 하인이 그 방에 들어오는 것을 허락해 주는 거라고 생각했다.

"내가 이렇게 빨리 올 줄 몰랐어요?" 그녀는 문지방에서 말을 하면서, 그가 일어나서 그녀를 바라보면서 놀라는 모습을 즐기기 위해 잠시 말을 멈추었다.

그녀의 얼굴에서 유일하게 보이는 병의 흔적으로 얼굴 윤곽이 더욱 뚜렷해지면서 그녀의 미모를 더 돋보이게 했다. 그녀는 검소하게 모슬린으로 된 옷을 입었다. 평범한 밀짚 보닛은 하얀 리본 외에는 다른 장식은 없었다. 그녀가 시골에서 가져온 작은 꽃바구니를 들고 그가 앉아 있던 탁자로 다가가 그에게 손을 내밀었을 때, 지금보다 더 사랑스러워 보였던 적이 없었다.

그녀가 그를 가까이에서 봤을 때, 그는 불안하고 걱정스러워 보였다. 그녀는 그들이 헤어지고 나서 그가 런던에 남아 있었는지, 그가 서퍽에 있는 친구들을 보기 위해 며칠 동안 자리 비우지 않았는지 물어보려고 그의 첫 질문과 축하 인사를 방해했다. 아니었다. 그는 쭉 런던에 있었다. 그는 서퍽에 있는 빈곤한 애런스 빌딩에서 지냈던 그녀와 관련해 재미있던 것이 예쁜 목사관에서는 부족하다고 말한 적이 없었다. 그는 그 이후로 런던에 있었다고만 말했다.

"궁금해요." 그의 얼굴을 유심히 바라보며 그녀가 물었다. "당신도 날 다시 봐서 나처럼 기뻐요?"

그가 웃으며 답했다. "아마 내가 다른 식으로 더 행복할 거예요."

그녀는 보닛과 스카프를 벗고 자신의 안락의자에 앉았다. "나는 이 거리가 매우 추하다고 생각하고, 아무도 그 집이 매우 작다는 걸 부정할 수 없다고 확신해요. 그럼에도 불구하고, 집에 다시 돌아온 거 같아요. 당신이 앉았던 자리에 앉아서 당신 이야기 좀 해봐요. 내가 없는 동안 당신이 한 모든 일, 당신이 했던 모든 생각을 알고 싶어요." 그녀는 그가 자신에 대해 이야기하도록 이끌었던 익숙한 방법으로 끝없이 물어보려고 했다. 하지만 평소보다 덜 자연스럽고 덜 능숙하게 질문했다. 그 방에 들어갈 때 그녀를 사로잡았던 불안은 가볍게 넘길 만한 것이 아니었다. 한쪽에는 부자연스러운 질문을 하고 다른 쪽에는 마지못해 대답하면서 15분을 보낸 후, 그녀는 마침내 조심스럽게 위험한 주제를 꺼냈다.

"해안가에서 내가 당신에게 보낸 편지들 받았어요?" 그녀는 처음으로 그에게서 시선을 갑자기 돌리며 물었다.

"네, 전부 받았어요."

"읽었어요?"

"하나하나 다요. 여러 번이요."

그녀의 심장은 숨 막힐 듯이 뛰었다. 그녀는 용감하게 약속을 지켰다. 콤-레이븐의 집이 파탄 난 것부터 언니가 보는 앞에서 비밀 신탁을 폐기한 것까지 모든 이야기를 그에게 털어놨다. 그녀가 저지른 일, 그녀가 했던 생각 하나도 그에게 숨기지 않았다. 그가 그녀와 약속을 지킬 것이기에, 그녀도 그와의 약속을 지켰다. 약속을 지키겠다는 결심은 흔들리지 않았다. 그리고 이제 물어보려는 결정적인 질문에는 떨렸다. 그녀가 그를 잃게 되는지 차지하게 되는지 알고 싶은 바람이 강한 만큼, 알게 된다는 두려움이 그 순간 여전히 더 강했다. 그녀는 기다렸고 떨렸다. 기다렸고 더 이상 말하지 않았다.

"당신의 편지에 대해 이야기해도 될까요? 내가 당신에게 말해…?"

그가 그 말을 할 때 그녀가 그를 봤다면, 그의 얼굴에서 그가 그녀를 어떻게 생각하는지를 알 수 있었을 것이다. 그녀는 그가 이 세상에서 진실을 말하는 여자의 값진 가치와 고귀한 미덕을 알고 있다는 걸 봤을 것이다. 그러나 그녀는 그를 쳐다볼 용기가 없었다. 무릎에서 시선을 들 용기가 없었다.

그녀가 힘없이 말했다. "아직은 안 돼요. 우리가 다시 만난 지 얼마

안 됐잖아요."

그녀는 황급히 의자에서 일어나 창가로 걸어갔다가, 다시 방으로 들어와서 그가 앉아 있는 탁자로 다가갔다. 그 주변에 흩어져 있는 필기구를 보고 그녀는 화제를 바꿀 핑계가 생겼고, 바로 그 핑계를 잡았다. "내가 들어올 때 편지 쓰고 있었어요?"

"그러려고 생각하고 있었어요. 두서없이 쓸 편지는 아니었어요." 그는 대답하면서 일어났고 필기구를 모아서 치웠다.

"내가 방해했나요? 대신 내가 도와줄 것은 없어요? 비밀이에요?"

"아뇨. 비밀 아니에요."

그는 그녀에게 대답하며 망설였다. 그녀는 바로 진실을 알아챘다.

"당신 배에 관한 건가요?"

그가 그녀에게 숨겼다고 생각했던 일에 대해 그녀가 떠나 있는 동안 어떻게 생각했는지 그는 거의 알지 못했다. 그는 그녀가 이미 배를 질투하고 있다는 걸 거의 알지 못했다.

"옛날 생활로 돌아가고 싶은 거예요? 그들이 당신이 바다로 돌아가길 원하는 거예요? 바로 대답해 줘야 해요?"

"바로 해줘야 해요."

"만약 내가 그때 들어오지 않았다면, 승낙하려고 했어요?"

그녀는 무의식적으로 그의 팔에 손을 얹고, 그의 다음 말에 숨죽일 듯이 불안해하며 모든 생각들을 잊어 버렸다. 그는 사랑의 고백을 털끝만큼 보여줬지만, 아직 말로 표현하지 않았다. '난 상관없지만, 어떻게 하면 그녀를 힘들게 하지 않고 확실할 수 있을까?'

"승낙하려고 했어요?" 그녀가 다시 물었다.

"고민하고 있었어요. 승낙과 거절 사이에서 고민하고 있었어요."

그녀는 그의 팔을 꽉 잡았다. 갑자기 온몸이 떨려서 더 이상 참을 수 없었다. 온 마음을 다해서 말했다.

"나 때문에 고민하고 있었어요?"

"네. 답례로 나의 고백을 받아줘요. 당신 때문에 고민하고 있었어요."

그녀는 더 이상 말하지 않았다. 그를 바라보기만 했다. 그 표정에서 마침내 그에게 진심이 전해졌다.

다음 순간 그녀는 그의 팔에 안겼고 그의 품에서 얼굴을 감춘 채 기쁨의 눈물을 흘리고 있었다.

"내가 행복을 누려도 되는 걸까요?" 그녀는 마침내 한 가지 질문을 던지며 중얼거렸다. "아, 한 번도 느껴본 적도, 한 번도 고통을 겪은 적 없는 가엾고 편협한 사람들이 내가 당신에게 무엇을 물어보는지 묻는다면 어떻게 대답할 것인지 알아요. 만약 내 이야기를 안다면, 그들은 화낸 이유를 모두 잊어버리고 오직 죄만 기억할 거예요. 그들은 내 죄만 붙잡고 나의 모든 고통은 무시할 거예요. 그러나 당신은 그런 사람이 아니에요! 조금이라도 의심된다면 말해줘요! 앞으로 내 인생의 단 하나의 소중한 상대가 당신에게 어울리는지 의심된다면 말해줘요! 나는 당신에게 나를 기다려 달라고 부탁했고, 당신에게 받아들이기 힘든 사실이 있다면 당신 입술로 나에게 말하라고 부탁했어요. 말해줘요, 내 사랑, 내 남편! 지금 말해 줘요!"

그녀는 더 나은 삶이 오길 바라면서 여전히 그에게 매달린 채 올려다봤다. "나에게 사실을 말해줘요!"

"내 입술로요?"

"네!" 그녀는 간절하게 답했다. "당신의 입술로 나에 대한 생각을 말해줘요."

그는 고개를 숙여 그녀에게 키스했다.

200자 원고지 3,500여 매, A4 550여 장. 엄청난 분량이었다. 200자 원고지 500~600매, A4 70~80장 정도여도 한 권의 책으로 만들어지는 요즘, 처음에는 "허걱" 하는 탄식이 절로 내뱉어졌다. 고전이기에 더욱 어렵다는 두려움마저 다가왔다.

하지만 읽을수록 재미있고, 작업할수록 잘했다며 스스로를 토닥토닥 다독였다. 물론 물리적인 시간의 압박은 어쩔 수 없었다. 그래도 소설이 전하는 1차적 가치인 '재미'라는 점에서 꽤나 만족하며 매 시간, 매 분, 매 초를 촘촘히 이어나갔다.

한 권의 책을 번역하는 마음가짐은 생각 이상으로 사명감으로 가득했고, 나 역시 한 명의 독자라는 뿌듯함을 더함과 동시에, 얼리어답터가 되었다는 묘한 만족감이 얽히고설켰다. 그렇게 몇 달의 시간이 지나 한 권의 책을 출판하기 위한 원고가 정리되고 완성되었다.

책으로 나오면 어떠한 모습일지 많이 궁금하다. 이미 번역 작업을 하고, 편집이 되는 과정에서 표지를 확인했다. 책이 전달하고자 하는 메시지를 잘 담아낸 듯하여 더없이 만족한다. 그렇지만 결국에는 내가 번역한 한 권의 책에 만족감을 보여줌과 동시에 다음 책 작업에 임할 것이라는 점도 무시할 수 없다.

그렇게 번역가의 삶은 이어진다. 이러한 번역의 본질마저 이 책의

한 귀퉁이를 차지하는 것은 아닐까 싶다. 그래서 이 '옮긴이의 말'을
꼭 쓰고 싶었다.
　《이름 없는 여자》가 출간되는 데 도움을 주신 모든 분들에게 감사
의 말을 전한다.

― 2022년 봄을 기다리며
남유정·조기준